《儒典》選刊工作團隊

學術顧問　杜澤遜　李振聚　徐　泳

項目統籌　胡長青

責任編輯　劉　晨　劉嬌嬌　張艷艷

呂士遠　趙　菲　劉一星

清長洲陳氏本詩毛氏傳疏

清 陳奂撰

山東省圖書館藏清道光二十七年吴門南園陳氏埽葉山莊刊本

第一册

山東人民出版社·濟南

圖書在版編目（CIP）數據

清長洲陳氏本詩毛氏傳疏 /（清）陳奐撰 .— 濟南：山東人民出版社，2024.3
（儒典）
ISBN 978-7-209-14284-7

Ⅰ . ①清… Ⅱ . ①陳… Ⅲ . ①《詩經》- 詩歌研究 Ⅳ . ① I207.222

中國國家版本館 CIP 數據核字（2024）第 039081 號

項目統籌：胡長青
責任編輯：劉一星
裝幀設計：武　斌
項目完成：文化藝術編輯室

清長洲陳氏本詩毛氏傳疏
〔清〕陳奐撰

主管單位　山東出版傳媒股份有限公司
出版發行　山東人民出版社
出 版 人　胡長青
社　　址　濟南市市中區舜耕路517號
郵　　編　250003
電　　話　總編室（0531）82098914
　　　　　市場部（0531）82098027
網　　址　http://www.sd-book.com.cn
印　　裝　山東華立印務有限公司
經　　銷　新華書店

規　　格　16開（160mm×240mm）
印　　張　113
字　　數　904千字
版　　次　2024年3月第1版
印　　次　2024年3月第1次
ISBN 978-7-209-14284-7
定　　價　328.00圓（全六册）

前言

中國是一個文明古國、文化大國，中華文化源遠流長，博大精深。在中國歷史上影響較大的是孔子創立的儒家思想，因此整理儒家經典、注解儒家經典，爲儒家經典的現代化闡釋提供权威、典范、精粹的典籍文本，是推進中華優秀傳統文化創造性轉化、創新性發展的奠基性工作和重要任務。

中國經學史是中國學術史的核心，歷史上創造的文本方面和經解方面的輝煌成果，大量失傳了。西漢是經學的第一個興盛期，除了當時非主流的《詩經》毛傳以外，其他經師的注釋後來全部失傳了。東漢的經解衹有鄭玄、何休等少數人的著作留存下來，其餘也大都失傳了。南北朝至隋朝興盛的義疏之學，其成果僅有皇侃《論語疏》幸存於日本。五代時期精心校刻的《九經》、北宋時期國子監重刻的《九經》以及校刻的單疏本，也全部失傳。南宋國子監刻的單疏本，我國僅存《周易正義》、《爾雅疏》、《春秋公羊疏》（三十卷殘存七卷）、《春秋穀梁疏》（十二卷殘存七卷），日本保存了《尚書正義》、《毛詩正義》、《禮記正義》（七十卷殘存八卷）、《周禮疏》（日本傳抄本）、《春秋公羊疏》（日本傳抄本）、《春秋正義》（日本傳抄本）。南宋兩浙東路茶鹽司刻八行本，我國保存下來的有《周禮疏》、《禮記正義》、《春秋左傳正義》（紹興府刻）、《論語注疏解經》（二十卷殘存十卷）、《孟子注疏解經》（存臺北『故宮』），日本保存有《周易注疏》《尚書正義》（凡兩部，其中一部被清楊守敬購歸）。南宋福建刻十行本，我國僅存《春秋穀梁注疏》、《春秋左傳注疏》（六十卷，一半在大陸，一半在臺灣），日本保存有《毛詩注疏》《春秋左傳注疏》。從這些情况可以看出，經書代表性的早期注釋和早期版本國内失傳嚴重，有的僅保存在東鄰日本。

鑒於這樣的現實，一百多年來我國學術界、出版界努力搜集影印了多種珍貴版本，但是在系統性、全面性和準確性方面都還存在一定的差距。例如唐代開成石經共十二部經典，石碑在明代嘉靖年間地震中受到損害，明代萬曆初年西安府學等學校師生曾把損失的文字補刻在另外的小石上，立於唐碑之旁。近年影印出版唐石經拓本多次，都是以唐代石刻與明代補刻割裂配補的裱本爲底本。由於明代補刻采用的是唐碑的字形，這種配補本難以區分唐刻與明代補刻，不便使用，亟需單獨影印唐碑拓本。

爲把幸存於世的、具有代表性的早期經解成果以及早期經典文本收集起來，系統地影印出版，我們規劃了《儒典》編纂出版項目。

《儒典》出版後受到文化學術界廣泛關注和好評，爲了滿足廣大讀者的需求，現陸續出版平裝單行本。共收録一百十一種元典，共計三百九十七册，收録底本大體可分爲八個系列：經注本（以開成石經、宋刊本爲主。開成石經僅有經文，無注，但它是用經注本删去注文形成的）、經注附釋文本、纂圖互注本、單疏本、八行本、十行本、宋元人經注系列、明清人經注系列。

《儒典》是王志民、杜澤遜先生主編的。本次出版單行本，特請杜澤遜、李振聚、徐泳先生幫助酌定選目。特此説明。

二〇二四年二月二十八日

目録

第一册

第二册

第三册

第四册

第五册

第六册

詩毛氏傳疏

道光二十七年秋八月碩甫自題

吳門南園掃葉
山莊陳氏藏版

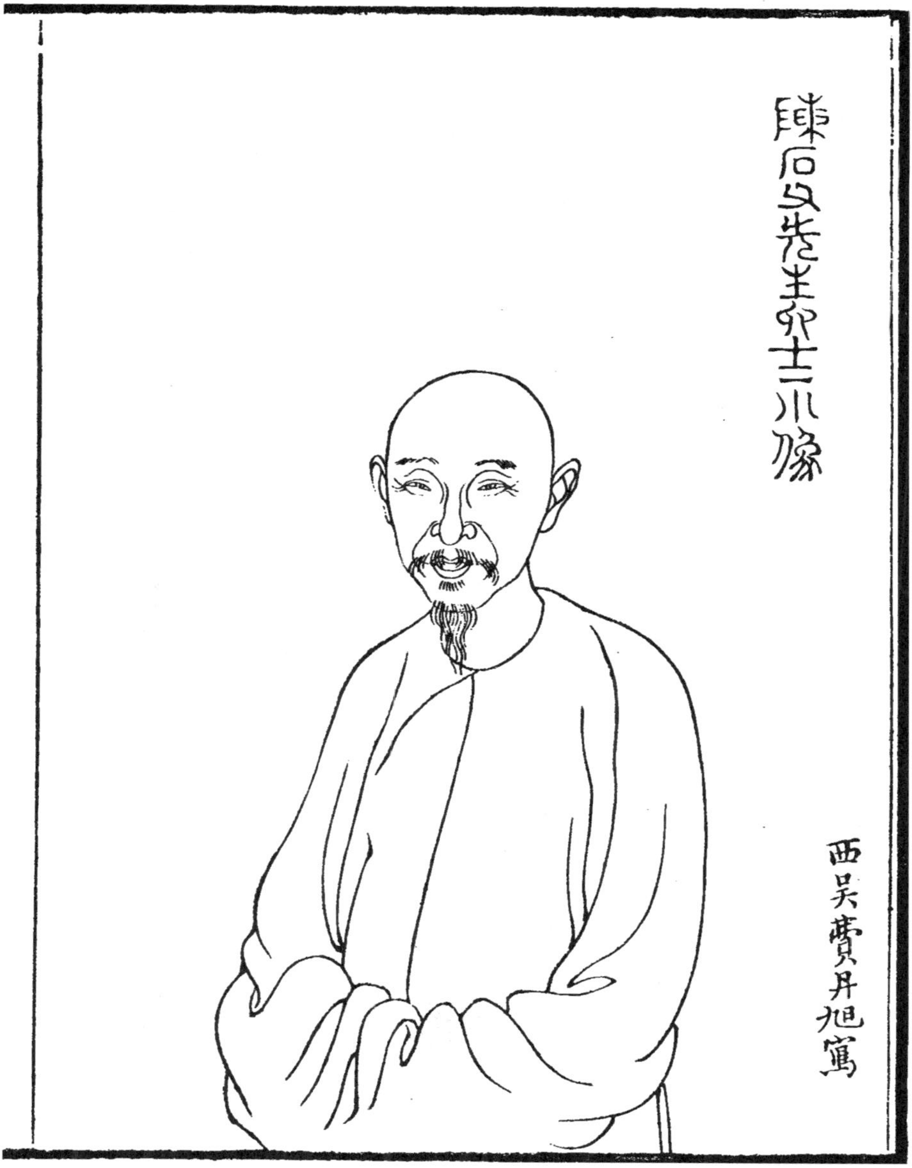
陳石遺先生六十二小像
西吴費丹旭寫

南園舊宅以水連黌儲祥毓秀
篤生先生資産不問簪紱勿
縈下帷覃思發藻儒林祖述
毛氏究顯西京踔厲越孔闡姬
超颿道氣載見海內儀形

吳縣潘遵祁謹贊

受業長洲汪獻玗敬書

四

詩毛氏傳疏目次

目次終

敘曰昔者周公制禮作樂詩爲樂章用諸宗廟朝廷達諸鄉黨邦國當時賢士大夫皆能通於詩教孔子以詩授羣弟子曰小子何莫學夫詩又曰不學詩無以言誠以詩教之入人者深而聲音之道與政通也卜子子夏親受業於孔子之門遂檃括詩人本志爲三百十一篇作序史記云詩三百五篇孔子皆弦歌之此不數六笙詩也子夏作序時六笙詩尚存數傳至六國時魯人毛公依序作傳其序意有不盡者傳乃補綴之而於詁訓特詳授趙人小毛公毛公名亨作詩詁訓傳小毛公名萇爲河閒獻王博士漢書儒林傳不得其詳實詩當秦燔錮禁之際猶有齊魯韓三家詩萌芽閒出三家多採襍說與儀禮論語孟子

春秋內外傳論詩往往或不合三家雖自出於七十子之徒然而孔子既沒微言已絕大道多岐異端共作又或僭以諷動時君以正詩爲刺詩違詩人之本志故齊魯韓可廢毛不可廢齊魯韓且不得與毛抗衡況其下者乎漢興齊魯韓先立學官置博士而毛僅僻在河間平帝末得立學官遂遭新禍班孟堅說詩魯最爲近之者素習見聞而云然也東京已降經術粵隆若鄭仲師賈景伯許叔重馬季長稍稍治毛詩然在廷諸臣猶尚魯訓兼習韓故鄭康成殿居漢季初從東郡張師張恭祖學韓詩後見毛詩義精好爲作箋亦復閒襍魯詩并參

己意固作箋之旨實不盡同毛義及至魏晉鄭學旣行雖以王子雝不好鄭氏力極申毛難鄭究未得毛之精微唐貞觀中孔沖遠作正義傳箋俱疏於是毛鄭兩家合爲一家之書矣兩漢信魯而齊亾魏晉用韓而魯亾隋唐以迄趙宋稱鄭而韓亦亾近代說詩兼習毛鄭不分時代毛在齊魯韓之前鄭後四百餘載不尚專脩毛自謂子夏所傳鄭則兼用韓魯不審鄭氏作箋之旨而又苦毛義之簡深猝不得其涯際漏辭偏解迄無鉅觀二千年來毛雖存而若亾有固然已奐不揣檮昧沈研鑽極畢生思慮會萃於茲竊以毛詩多記古文倍詳歬典或引申或假借或互訓或通

釋或文生上下而無害或辭用順逆而不違要明乎世次得失之迹而吟詠情性有以合乎詩人之本志故讀詩不讀序無本之教也讀詩與序而不讀傳失守之學也文簡而義贍語正而道精洵乎爲小學之津梁羣書之鈐鍵也初放爾雅編作義類凡聲音訓詁之用天地山川之大宮室衣服制度之精鳥獸草木蟲魚之細分別部居各爲撰索久乃劃除條例章句揉成作疏攷漢書藝文志毛詩二十九卷毛詩故訓傳三十卷此葢以十五國風爲十五卷小雅七十四篇爲七卷大雅三十一篇爲三卷三頌爲三卷合爲二十八卷而序別爲一

卷故爲二十九卷毛公作故訓傳時以周頌三十一篇爲三卷而序分冠篇首故合爲三十卷今分作三十卷者仍毛詩舊也古經傳本各自爲書自傳與箋合併而久失原書之舊今置箋而疏傳者宗毛詩義也憶自髦飾聞脩趨承庭訓依奉慈規（父諱植與叔父樸季父格同產以樹德勖子世稱丈芸先生母趙安人）私淑先師之緒博訪通人之語攟取先秦之舊說搴擇末漢之異言墨守之譏亦所不辭而鼠璞之譬庶幾免焉若夫作者之聖述者之明卓乎篇章粲然大備欲達治亂之原以懷聖賢之教其將有竢於天下後世之言詩者長洲舊籍隸崇明陳奐碩甫氏謹撰

條例十凡

凡寫字體恭遇

列聖廟諱恪遵

高宗純皇帝刊行　武英殿五經敬缺末筆恭遇

御名恪遵

聖諭上一字敬缺中點作旻下一字敬改中畫作寗

凡詩有四今以詩爲建首而以毛氏傳別之曰詩毛氏詁訓傳詩是書之名毛氏爲作傳人姓別於齊魯韓三家

凡全書初從校宋小字本不滅改字後獲見原宋本

譌踳脫落難於依據今其甚誤處或從善本訂正而宋本之舊誤仍辨載於疏

凡傳文中羼入箋語及脫句脫字依據善本增補若傳文中衍句衍字及有疑義皆不加刪削唯表明於疏而已

凡經傳相行通用之字如關雎在河之洲洲卽州之俗而仍用洲字不改不妨從俗也疏中則表明之如葛覃傳中貌字槧石林鈔本釋文皆從古文作皃今疏中從古作皃而傳仍作貌所引之書皃貌悉從本書故字體不能畫一此其大概也

凡齊魯韓三家與毛同字同義異字異義者廣採之其有不合者辨證之散見於六朝以後者則從略
凡後人所引傳文意有增益不足徵信者不載
凡援引古書從善本校本與今流俗本不同其注釋閒引用它說與原注亦不必盡同或箸明之不悉箸明也
凡傳注唯毛詩最爲近古義又簡括其訓詁與爾雅詳略異同相爲表裏至于一切禮數名物由漢而來無人稱引遂韜晦不彰故博引古書廣收前說講明而條貫始可以發數千年未明之義大抵用西漢前

人之說而與東漢人說詩者不能茍同也

凡毛氏之學其源出於荀子而善承毛氏者唯鄭仲師許叔重兩家周禮注說文解字多所取說其餘先儒舊說不悉備載亦不復駁難有足以申明毛氏者鄭箋孔疏與近人說詩家亦皆取證

此疏之作始於嘉慶壬申從學段氏若膺先生於蘇郡白蓮橋枝園親炙函丈取益難數而成於道光庚子杭郡西湖水北樓友人汪亞虞聳恿爲之亞虞名适孫遠孫之弟有振綺堂藏書極富庚子四月六日開雕丁未八月七日雕成坿記始末於此

詩毛氏傳疏卷一

長洲陳奐學

周南關雎詁訓傳第一　毛詩國風

周南之國十一篇三十四章百五十九句疏南南國也在江漢之域周雍州地名在岐山之陽譙周司馬貞說本大王所居扶風雍東北故周城是也周公食采於周故曰周周公當武王成王之世周公在王朝為陝東之伯率東方諸侯攝政五年營治東都王城六年制作禮樂遂以文王受命以後與己陝內所采之詩編諸樂章屬歌於大師名之曰周南焉先師金壇段氏玉裁毛詩小箋云章句既移篇前則都數宜在此毛三十四章鄭始三十六章

關雎三章一章四句二章章八句疏今本分章作五章此從故言陸德明釋文云五章章鄭所分故言毛公本意後放此是也小箋云各本章句在篇後孔穎達正義

云定本章句在篇後然則孔本章句在前可知也杜甫以曲江三章章五句爲題書於前知唐本多如此

關雎后妃之德也風之始也所以風天下而正夫婦也故用之鄉人焉用之邦國焉風風也教也風以動之教以化之詩者志之所之也在心爲志發言爲詩情動於中而形於言言之不足故嗟歎之嗟歎之不足故永歌之永歌之不足不知手之舞之足之蹈之也情發於聲聲成文謂之音治世之音安以樂其政和亂世之音怨以怒其政乖亾國之音哀以思其民困故正得失動天地感鬼神莫近於詩先王以是經夫婦成孝敬厚人倫

美教化移風俗故詩有六義焉一曰風二曰賦三曰比四曰興五曰雅六曰頌上以風化下下以風刺上主文而譎諫言之者無罪聞之者足以戒故曰風至于王道衰禮義廢政教失國異政家殊俗而變風變雅作矣國史明乎得失之迹傷人倫之廢哀刑政之苛吟咏情性以風其上達於事變而懷其舊俗者也故變風發乎情止乎禮義發乎情民之性也止乎禮義先王之澤也是以一國之事繫一人之本謂之風言天下之事形四方之風謂之雅雅者正也言王政之所由廢興也政有小大故有小雅焉有大雅焉頌者美盛德之形容以其成

功告於神明者也是謂四始詩之至也【疏】總論全詩風小大雅頌皆以文王詩爲始關雎風始鹿鳴小雅始文王大雅始清廟頌始然則關雎麟趾之化王者之風故繫之周公南言化自北而南也鵲巢騶虞之德諸矦之風也先王之所以教故繫之召公周南召南正始之道王化之基【疏】總論二南文王受命爲西伯三分天下有其二以服事殷雖行王者之事猶循諸矦之職二南同風也是以關雎逗樂得淑女以配君子憂在進賢不淫其色哀窈窕思賢才而無傷善之心焉是關雎之義也【疏】總論關雎論語八佾篇云關雎樂而不淫哀而不傷此孔子論詩釋關雎之義而子夏作序之所本也毛公之學出自子夏故傳與序無不合釋文沈重云鄭詩譜意大序是子夏作小序是子夏毛公合作然則毛詩眞得聖人之教者矣劉向列女傳仁智篇楊雄法言孝至篇司馬遷史記十二

諸侯年表序儒林傳序班固漢書杜欽傳范曄後漢書明帝紀皇后紀馮衍傳楊賜傳張衡傳所引皆申培魯詩又李賢注明帝紀馮衍傳引薛方上韓詩章句竝以關雎爲刺詩然關雎三章周公已用合鄉樂作爲房中之樂箸於儀禮鄉飲酒燕等篇三家詩別有師承不若毛詩之得其正也

關關雎鳩在河之洲（傳）興也關關和聲也雎鳩王雎也鳥摯而有別水中可居者曰洲后妃說樂君子之德無不和諧又不淫其色愼固幽深若雎鳩之有別焉然後可以風化天下夫婦有別則父子親父子親則君臣敬君臣敬則朝廷正朝廷正則王化成

窈窕淑女君子好逑（傳）窈窕幽閒也淑善逑匹也言后妃有關雎之德是幽閒貞專之善女宜爲君子之好匹（疏）興也者詩託關雎以爲興也序

云詩有六義二曰賦三曰比四曰興周禮大師教六詩
其次弟與詩序同鄭玄注云賦之言鋪直鋪陳今之政
教善惡鄭司農衆注云比者比方於物興者託事於物
禮記樂記云人生而靜天之性也感於物而動性之欲
也物至知知然後好惡形焉蓋好惡動於中而適觸於
物假以明志謂之興而以言乎物則比矣而以言乎事
則賦矣要迹其志之所自發情之不能已者皆出於興
故孔子曰詩可以興凡託鳥獸草木以成言者皆興也
賦顯而興隱比直而興曲傳言興凡百十有六篇而賦
比不之及賦比易識耳余友長洲吳毓汾說○關關和
聲關古讀如管關如管叔墨子作關叔之比與和雙聲得
義爾雅釋詁關關音聲和也此傳所本也顧野王玉篇
關關和鳴也或爲喧丁度集韻喧喧和鳴也通作關許
愼說文解字無喧字雎鳩王雎爾雅釋鳥文郭璞注云
雕類今江東呼之爲鶚昭十七年左傳雎鳩氏司馬也
杜預注云王雎正義引陸機毛詩義疏云雎鳩大小如
鴟湥目目上骨露幽州人謂之鷲而揚雄許愼皆曰白
鷢似鷹尾上白案許說見說文而揚說未聞太平御覽
羽族部十三引風土記說詩義者或說雎鳩爲白鷺白
鷺鶬屬於義無取蓋蒼鶂大於白鷺而色蒼其鳴戛和

順又遊於水而息於洲常隻不雙此又謂雎鳩非白鷺矣杜注左傳及戴侗六書故雎下引毛傳摯而有別摯上無鳥字郭注爾雅引有鳥字與今本同定本作摯釋文摯本亦作鷙摯與鷙通摯有別者雌雄別居劉安淮南子泰族篇云關雎興於鳥而君子美之爲其雌雄之不乘居也王肅僞家語好生篇略同又列女傳仁智篇雎鳩之鳥猶未嘗見乘居而匹處也三家說與毛傳言有別義合洲當作州說文川部引詩作州徐鉉云今別作洲非是水中可居者曰州爾雅釋水文酈道元水經河水注河水又南瀵水入焉水出汾陰縣南四十里西去河三里與郃陽瀵水夾河中渚上又有一瀵水皆潛相通故呂忱曰爾雅異出同流爲瀵水案瀵水卽洽水古莘國地在洽水北而東鄰大河其河渚疑卽河州故處余友嘉定朱右曾詩地理徵云文王后妃大姒郃陽人也故詩人詠之以河州起興今陝西同州府郃陽縣東四十里大河經流傳云后妃說樂君子之德無不和諧者卽申釋關關和聲云又不淫其色慎固幽深若雎鳩之有別焉者雎鳩宋小字本作關雎岳本不誤此卽申釋摯而有別所謂樂而不淫也君子謂文王也言后妃之德必本諸文王也傳既釋字之訓又釋經之義全

詩傳例如此也然後可以風化天下以下又推廣言之
總括二南二十五篇序云周南召南正始之道王化之
基騶虞序云人倫既正朝廷既治則王道成此其義也
韓嬰詩外傳孔子與子夏論關雎天地之開生民之屬
王道之原不外此矣韓外傳與毛義同○傳詁窈窕爲
幽閒爾雅冥窈也幽深也窕肆也窕開也窈言婦德幽
靜也窕言婦容閒雅也古者女未嫁女師教以婦德婦
言婦容婦功后妃在父母家有如是也楊雄方言云美
心爲窈美狀爲窕釋文引王肅述毛云善心曰窈善容
曰窕張揖廣雅窈窕好也又窈窕深也蕭統文選顏延
年秋胡詩李善注引韓詩章句窈窕貞專貌析言渾言
義竝相通淑善釋詁文君子偕老韓奕同說文俶善也
聘禮俶獻古文俶作淑古淑俶聲通公羊傳云女在其
國稱女釋文逑本亦作仇仇匹釋詁文孫炎本仇作逑
秦無衣賓之初筵皇矣傳竝訓仇爲匹匹配也好匹猶
嘉配耳大明傳文定厥祥言大姒之有文德也卽此云
窈窕淑女也親迎于渭言賢聖之相配也卽此云君子
好仇也焦延壽易林履姤云雎鳩淑女賢聖配偶云言
后妃有關雎之德家上文關雎起興而言窈窕爲幽閒
又爲貞專皆其德之善言后妃有是德是謂之善女宜

乎爲君子之好配也序云是以關雎樂得淑女以配君
子言作關雎詩者在得淑女配君子也東門之池序思
得賢女以配君子車舝序周人思得賢女以配君子義
竝同漢書匡衡傳妃匹之際生民之始萬福之原婚姻
之禮正然後品物遂而天命全孔子論詩以關雎爲始
言大上者民之父母后夫人之行不侔乎天地則無以
奉神靈之統而理萬物之宜故詩曰窈窕淑女君子好
仇言能致其貞淑不貳其操情欲之感無介乎容儀宴
私之意不形乎動靜夫然後可以配至尊而爲宗廟主
此綱紀之首王敎之端也案匡學韓固齊詩亦與毛詩
合列女傳母儀篇引詩作逑讀如左傳怨耦曰逑而釋
之云言賢女能爲君子和好衆妾鄭玄作箋云后妃善
女能爲君子和好衆妾之怨樛木箋后妃能和諧衆妾
不嫉妬其容貌鄭亦以淑女指后妃唯以好仇爲和好
衆妾義本三家說耳正義謂后妃思
得淑女以配君子失傳箋之恉矣

參差荇菜左右流之(傳)荇接余也流求也后妃有關雎
之德乃能共荇菜備庶物以事宗廟也**窈窕淑女寤寐**

求之【傳】寤覺寐寢也**求之不得寤寐思服悠哉悠哉輾轉反側**【傳】服思之也悠思也【疏】參差說文木部引詩作槮差爾雅釋草莕接余其葉荇釋文莕本亦作荇說文作荇接說文作菨顏之推家訓書證篇荇先儒解釋皆云水草圓葉細莖隨水淺深今是水悉有之黃華似蓴賈思勰齊民要術卷九引義疏云接余其葉白莖紫赤正圓徑寸餘浮在水上根在水底莖與水深淺等大如釵股上青下白以苦酒浸之爲菹脃美可案酒其華蒲黃色古流求同部流本不訓求而詁訓云爾者流讀與求同其字作流其意爲求此古人假借之法也凡依聲託訓者例此爾雅釋言流求也釋詁流擇也郭注云見詩是三家詩或用釋詁文訓流爲擇與下章采之芼之一例作解毛用釋言文求之即緣下文寤寐求之立訓云后妃有關雎之德亦冢上章興義爲說言后妃之德如此乃能共荇菜備庶物以事宗廟也所以釋經言荇菜之義召南采蘩助祭則知荇菜亦以事宗廟公侯夫人執蘩菜不求備物此王后共荇菜備庶物也○寤猶晤訓覺寐猶昧訓寢求求此善女也箋謂求三夫人九嬪以下賢女與傳義異

也服思疊韻傳以思之釋經之服寤寐思之猶云寤寐求之也則經中思字爲助詞無實義漢廣文王傳皆云思詞也思爲句首句末之詞又爲句中之詞悠思釋詁文重言曰悠悠爾雅釋訓悠悠思也釋文輾本亦作展呂忱從車展則輾始見於呂忱字林古作展必矣說文展轉也今隸變作展廣雅展轉反側也何人斯箋反側展轉也展與轉同義展轉又與反側同義重言之者思之甚至不安斯寢此所謂哀而不傷也正義引王肅云哀窈窕之不得思賢才之良質無傷善之心焉若苟慕其色則善心傷也

參差荇菜左右采之窈窕淑女琴瑟友之傳宜以琴瑟友樂之**參差荇菜左右芼之**傳芼擇也**窈窕淑女鍾鼓樂之**傳德盛者宜有鍾鼓之樂疏芣苢傳采取也傳例有不限於首見也經言琴瑟友之傳云友樂之者兼釋下鍾鼓樂之句友之友讀如相親有之有樂之樂讀如喜樂之樂於琴瑟言友於鍾鼓言樂互詞○芼者覒之假借字玉篇引詩作左右覒之說文云覒擇也讀若苗禮記少儀篇爲君子

擇蔥薙則絕其本末呂覽慎人篇顏回擇菜於外皆與傳擇字同義擇者去其根莖也爾雅芼搴也擇搴義相近鍾當作鐘今經典通作鍾傳云鍾鼓之樂者此樂讀爲禮樂之樂鍾鼓爲樂則上文琴瑟亦爲樂琴瑟常御鍾鼓非恆設故傳以有鍾鼓爲德盛實亦互詞也凡樂琴瑟在堂上鍾鼓在堂下關雎爲房中之歌則燕樂有鍾鼓○案宜以琴瑟友樂之釋琴瑟友之句德盛者宜有鍾鼓之樂釋鍾鼓樂之之句蓋漢初經與傳本各自爲書傳箋不分久相襍廁複經之句毋任意刪去有在本句下者其文易明有不在本句下者其理難曉易明者仍之而不補難曉者隨文移改令詩節次昭然其喻學者知非毛氏之舊而已全詩放此

葛覃三章章六句

葛覃后妃之本也后妃在父母家則志在於女功之事躬儉節用服澣濯之衣尊敬師傅則可以歸句安父母化天下以婦道也

葛之覃兮施于中谷維葉萋萋〔傳〕興也覃延也葛所以爲絺綌女功之事煩辱者施移也中谷谷中也萋萋茂盛貌黄鳥于飛集于灌木其鳴喈喈〔傳〕黄鳥摶黍也灌木藂木也喈喈和聲之遠聞也〔疏〕案此興義與鴛鴦篇同婦人之衣不一端而舉葛以言興者溯其本也交於萬物亦不一事而舉鴛鴦以言興者廣其義也此言近而指遠也生民傳覃長也延長義相近葛所以爲絺綌采葛同説文葛絺綌艸也傳云女功之事煩辱者揆下章是刈是濩爲絺爲綌而言箋云習之以絺綌煩辱之事煩辱勞苦之意施移雙聲移亦延也陸灋言廣韻移延也中谷谷中此倒句法中谷有蓷同凡詁訓中多用此例萋萋茂盛貌葉林宗鈔本釋文作皃此可見傳中貌字古本皆作皃字文選潘岳藉田賦注引韓詩章句亦云萋萋盛也葛長谷中萋萋曰茂盛后妃之在父母家猶如是也〇詩黄鳥五見此傳云黄鳥摶黍也小雅黄鳥傳黄鳥宜集木啄粟者黄鳥啄粟故一名摶黍秦風交交黄鳥傳交交

小皃黃鳥爲小鳥與七月傳倉庚離黃不同物則知自來說黃鳥者皆不得其實方言鸝黃自關而東謂之倉庚自關而西謂之鸝黃或謂之黃鳥或謂之楚雀是楊採關西方語倉庚已冒黃鳥之名初不以爲卽詩之黃鳥高誘注淮南子時則篇云倉庚爾雅曰商庚黎黃楚雀也齊人謂之搏黍秦人謂之黃流離幽冀謂之黃鳥是高說倉庚卽黃鳥而又冒以搏黍之名呂覽仲春紀倉庚鳴注同而并引詩云黃鳥于飛集于灌木于是黃鳥之爲倉庚誤始於楊雄之方言而實成其說於高誘之呂覽注也不知爾雅倉庚商庚鵹黃楚雀倉庚鵹黃一物五名皆卽今之黃鸎又爾雅皇黃鳥說者亦不指謂詩之黃鳥而郭璞注云俗呼黃離畱亦名搏黍郭旣以詩爾雅黃鳥爲一而亦誤以倉庚爲一陸機義疏云黃鳥黃鸝畱也或謂之黃栗畱幽州人謂之黃鸎一名倉庚一名商庚一名鵹黃一名楚雀齊人謂之搏黍孔仲達作正義據義疏爲說而黃鳥倉庚合爲一物其承譌久矣余友涇胡承珙毛詩後箋亦以詩之黃鳥卽今之黃雀段氏更引戰國策俛啄白粒仰棲茂樹尤與詩辭義合搏音博○鵠羽傳云集止也灌木栵棘之類傳藂木釋文正義本及家訓皆作叢木宋本作藂木釋文

所謂俗作也釋文一本作最木小箋作冣云冣積也从一从取才句反案爾雅釋木木族生爲欉又欉木最木欉或作灌皇矣傳云灌木叢生卽釋木之木族生爲欉此傳云灌木冣木卽釋木之欉木叢木叢族冣三字訓同毛傳不必盡同爾雅也夏小正傳灌也者聚生者也冣聚聲義皆同爾雅諧和也喈與諧同重言曰喈喈云和聲之遠聞也者言后妃之德和諧在父母家已有遠聲聞也案葛覃一興也黃鳥又一興也詩本葛以爲言故下章又以葛起興

葛之覃兮施于中谷維葉莫莫（傳）莫莫成就之貌是刈是濩爲絺爲綌服之無斁（傳）濩煑之也精曰絺麤曰綌斁厭也古者王后織玄紞公侯夫人紘綖卿之內子大帶大夫命婦成祭服士妻朝服庶士以下各衣其夫（疏）傳云莫莫[illegible]就之皃釋文無之字箋云成就者其可采用之時庶[illegible]莫莫萋萋茂也此三家詩義毛於萋萋爲

茂盛而莫莫爲成就緣下文以立訓旱鹿傳莫莫施皃
訓異而意實同釋文引韓詩云刈取也濩煑之也爾雅
釋訓文釋文引韓詩濩瀹也服虔通俗文云以湯煑物
曰瀹絺綌皆煑葛所成就者以別精麤說文絺細葛也
綌麤葛也或作帢精與細同是女功之所有事者也猒
釋文作猒古猒猒足猒憎皆作猒今字通作厭說文甘部
引詩服之無斁斁猒也正義云斁厭釋詁文彼斁作射
音義同今爾雅作射厭也郭注引此詩作斁禮記緇衣
作射古斁射聲通是刈是濩爲絺爲綌所謂志在於女
功之事也服之無斁所謂躬儉節用也古者王后織玄
紞以下皆國語魯語文魯語公父文伯之母陳先王古
訓以自言其效績而無有怠惰皆以盡婦道也傳引之
者蓋因治葛爲女功之事故推類及之謂后妃之在父
母家躬親煩辱爲化天下以婦道之本下章傳釋嫁時
私衣爲燕服而又推類以及婦人之有副褘盛飾者亦
此意也○魯語織玄紞上有親字韋昭注云紞所以縣
瑱當耳者周禮追師掌王后之首服追衡笄鄭司農注
衡維持冠者春秋傳曰衡紞紘綖玄謂唯祭服有衡笄
垂于副之兩旁當耳其下以紞縣瑱鄭注衡下笄字據
君子偕老正義補說文紞冕冠塞耳者是紞爲縣瑱之

組韋從古說也箸箋云以素爲充耳謂所以縣瑱者或名爲紞紞織之人君五色臣則三色而已青紞之青黃紞之黃據鄭言人君五色則天子紞亦五色或單舉玄以該它色耳○魯語紘綖上有加之以三字韋注云旣織紞又加之以紘紘綖也冕曰紘紘纓之無緌者也從下而上不結弁師玉笄朱紘鄭注云朱紘以朱組爲紘也紘一條屬兩端於武又鄭玄注禮記禮器篇云朱紘天子冕之紘也諸侯青組紘大夫士當緇組紘纁邊案冠無笄有纓冕弁有笄有紘笄貫於武笄首又有紐纓以二組屬於武而結於頤下垂緌爲飾紘則一組以組之兩端上屬於武上小鼻郎笄所貫之紐垂組爲飾鄭注玉藻篇云武冠卷也古者冠卷姝說文紘冠卷維也冠弁冕之總名也然則冕弁有紘矣綖當作延說文無綖字歙金榜禮箋云後漢書輿服志孝明皇帝永平二年初詔有司采周官禮記尚書皋陶篇乘輿服從歐陽氏說公卿以下從大小夏侯氏說冕前圓後方前垂四寸後垂三寸三公諸侯及卿大夫皆有前無後榜按玉藻天子玉藻十有二旒前後邃延則歐陽氏說所本也大戴禮子張問入官篇古者冕而前旒所以蔽明也禮緯旒垂目纊塞耳王者示不聽讒不視非也則大小夏侯氏

說所本也鄭君釋周官禮記用歐陽氏說栒聞之師曰前旒義取蔽明明則無後後旒可知記言十二旒未嘗謂前後皆有也玉藻所云前後邃延者謂延之前後出于武者皆深邃耳前後据延言不据延之垂者言斯言可正諸儒相傳之誤古冕旒之制當從大小夏侯氏說與案周禮弁師掌王之五冕皆玄冕朱裏延紐皆玄冕者五冕皆玄衣而冕也說詳九罭篇朱裏延紐者冕以版爲之裏謂版下延謂覆版之帛紐謂武上之笄結三者皆朱自讀者誤以皆玄冕朱裏連文正義遂有玄表纁裏之說此非也正義又引孔安國論語注言績麻三十升布以爲冕冕卽是綖也蓋孔說亦誤所云麻冕者麻謂麻衣朝服也古冕弁通稱不得據爲冕綖之制延亦織成之組爲之是絲而非麻矣天子朱延諸侯未聞○魯語大帶上有爲字韋注云大帶緇帶也興化任大椿弁服釋例云玉藻大夫素帶裨垂又曰襍帶大夫玄華士緇辟然則緇帶士帶也故士冠禮士喪禮陳士帶皆曰緇帶卿之內子所爲之帶當素帶辟以玄華韋昭云緇帶誤也案任說是也天子諸侯大夫素帶士緇帶皆謂之大帶又有革帶革帶繫韍韐刀鞸及佩玉之屬大帶則束衣垂紳鄭注玉藻云大夫裨垂外以玄內以華華黃

色也禮記孔穎達疏引熊安生云近人爲內遠人爲外
詩正義從鄭說不從韋說○魯語命婦上無大夫二字
韋注云祭服玄衣纁裳案韋注與七月傳同禮器士玄
衣纁裳此士統大夫言大夫祭服玄冕玄衣而冕亦纁
裳士無冕雖爵弁爲異耳正義謂大夫玄冕受之於君
妻所成者自祭之朝服則以祭服朝服合爲一誤○魯
語士上有列字朝服上有加之以三字韋注云既成祭
服又加之以朝服也弁服釋例云蓋列士助祭之服爵
弁亦玄衣纁裳士之妻既織此爵弁服而又加之以朝
服加之二字冡上成祭服爲文謂士妻不僅如大夫命
婦成祭服而已是祭服朝服二文對舉顯爲二服葛覃
疏誤案天子朝服皮弁諸侯朝服玄冠君與臣同色也
韋注云庶士下士也庶士對上文列士列士爲上士則
庶士爲下士不言中士者略也祭法適士二廟庶士庶
人無廟適士立二祀庶士庶人立一祀此適士爲上士
則庶士爲下士鄭注以祭法官師一廟一句遂謂官師
中士下士庶士府史之屬正
義援彼鄭注以剟韋注亦誤

言告師氏言告言歸(傳)言我也師女師也古者女師教

以婦德婦言婦容婦功祖廟未毀教于公宮三月祖廟既毀教于宗室婦人謂嫁曰歸薄汙我私薄澣我衣傳汙煩也私燕服也婦人有副褘盛飾以朝事舅姑接見于宗廟進見于君子其餘則私也害澣害否歸寧父母傳害何也私服宜澣公服宜否寧安也父母在則有時歸寧耳疏言我爾雅釋詁文我后妃自我也師爲女師女師與傅姆異女師者教女之師在公宮宗室不隨行傅姆則隨女同行齊南山箋姜與姪娣及傅姆同處是也禮記昏義篇教以婦德婦言婦容婦功周禮九嬪掌婦學之灋以教九御婦德婦言婦容婦功此傳所本也又昏義是以古者婦人先嫁三月祖廟未毀教于公宮祖廟既毀教于宗室儀禮士昏禮祖廟未毀教于公宮三月若祖廟已毀則教于宗室亦傳所本也因歸而告師氏即序所謂尊敬師傅之義傳引之以明女師有嫁前之教教成而設祭則采蘋傳所云牲用魚

芼之以蘋藻也班固白虎通義嫁娶篇婦人所以有師何學事人之道也詩云言告師氏言告言歸禮昏經曰教于公宮三月婦人學一時足以成矣與君無親者各教於宗廟宗婦之室國君取大夫之妾士之妻老無子者而明於婦道又祿之使教宗室五屬之女大夫士皆有宗族自於宗子之室學事人也班從魯詩與毛詩同婦人謂嫁曰歸釋文一本無曰字正義云定本歸上無曰字案有曰字是也江有汜齊南山箋及公羊傳穀梁傳杜預注左傳皆有曰可證詩疊用言而義別言歸之言與言告之言不同義言告我告也言歸曰歸也此篇及黃鳥我行其野有駜皆作言歸齊南山東山采薇皆作曰歸黍苗作云歸言曰云三字同義若皆訓言爲我則辭義俱絫矣全詩言字有在句首者爲發聲若漢廣之言刈其楚之類是也有在句中者爲語助若柏舟靜言思之之類是也言皆不作我解唯此詩之言告泉水之言邁彤弓之受言文王之永言訓言爲我者當是相傳詁訓如此鄭箋則詩中言字多訓我而於泉水彤弓文王言字不訓我顯易傳訓○芣苢傳云薄詞也汙訓煩煩亦汙垢也內則衣裳垢和灰請澣何休注莊三十一年公羊傳云無垢加功曰漱去垢曰浣齊人語也說

文瀚濯衣垢也从水榦聲或作浣案今字作瀚汙與瀚正相反私與衣又相連上句言汙下句言瀚上句言私下句言衣皆互詞耳私燕服謂燕居之服也有私服必有公服下文害否爲不瀚之公服故傳又言婦人副褘盛飾以推廣及之也內司服掌王后之六服褘衣揄狄闕狄鞠衣展衣緣衣是褘衣王后六服之一也諸侯夫人亦服褘衣君子偕老傳副者后夫人之首飾編髮爲之婦人兼后夫人言禮記檀弓下敬姜曰婦人不飾不敢見舅姑此盛飾見舅姑也明堂位夫人副褘立于房中又祭統夫人副褘立于東房此盛飾見宗廟也伏勝書大傳云古者后夫人將侍于君前息燭後舉燭至于房中釋朝服襲燕服然後入御于君此盛飾見君子也今細繹傳意當就嫁者夙興婦沐浴以俟見質明贊見婦于舅姑三月廟見而后成昏之禮言之云其餘則私者謂事舅姑見宗廟見君子其餘事則服燕服也正義依鄭注內司服强解褘衣見宗廟事舅姑亦服之又推衍展衣褖衣爲見君子盛服誤以傳中餘字爲衣之餘恐未是傳釋害爲何緣衣傳釋曷爲何古害曷聲同故曷謂之何害亦謂之何矣曷者本字害者假借字小箋云害本不訓何而曰何也則可以知害爲曷之假借也

此一例也若假干爲扞直云干扞也假輖爲朝直云輖朝也此直指假借之例毛傳言假借不外此二例說文云否不也云私服宜澣公服宜否者私服即燕服對上衣而言中衣以至祖褻皆私服也公服謂禕衣以下至褖衣○寧安釋詁文說文寧願詞也寍安也凡訓安之字正作寍今通作寧全詩寧字皆寍也寍又爲語詞與胡字同義胡安皆何也傳文父母在則有時歸寧耳此九字是箋語竄入傳文耳箋云言常自絜清以事君子但解害澣害否句父母在則有時歸寧耳正解歸寧父母句序箋云可以歸安父母言嫁而得志猶不忘孝序箋以歸寧爲孝也泉水箋國君夫人父母在則歸寧兩箋正合也又伏后議若后適離宮及歸寧父母從子禮是鄭解此詩歸寧實與左傳歸寧同義則此云父母在有時歸寧箋語非傳語甚顯白也箋解經歸字爲歸宗之歸以寧字連上讀與傳釋經歸字爲歸嫁之歸而以寧字連下讀者不同序云則可以歸歸卽言告言歸序又云安父母卽寧父母毛公本序作傳故上文既釋歸爲嫁則此句弟訓寧爲安歸寧父母者既嫁而寧父母所謂無父母詒罹也後箋云王符潛夫論斷訟篇不枉行以遺憂故美歸寧之志一許不改蓋所以長貞絜而

寧父母也案此正足以發明序傳之義草蟲箋云憂不當君子無以寧父母故心衝衝然又云始者憂於不當今君子待己以禮庶自此可以寧父母故心下也寧父母卽本此詩之義古者后夫人三月廟見使大夫寧有寧父母禮無歸寧父母禮左傳歸寧春秋時制文王初年不當有此且此篇三章皆言后妃在父母家事唯末句纔說到嫁耳若作歸寧連文解大失經恉說文晏安也詩曰以晏父母許引三家詩與毛詩文異而義實同

卷耳四章章四句

卷耳后妃之志也又當輔佐君子求賢審官知臣下之勤勞內有進賢之志而無險詖私謁之心朝夕思念至於憂勤也（疏）小箋云玩又當二字可知古各序合爲一篇故冡上而言

采采卷耳不盈頃筐（傳）憂者之興也采采事采之也卷耳苓耳也頃筐畚屬易盈之器也嗟我懷人寘彼周行

〔傳〕懷思寘置行列也思君子官賢人置周之列位〔疏〕正義云不云興也而云憂者之興明有異於餘興也餘興言采菜即取采菜喻此言采菜而取憂爲興故特言憂者之興言興取其憂而已不取其采菜也勤事采菜尚不盈筐言其憂之極案興有即事以言興者葛覃是也興有離事以言興者卷耳是也它放此○古采事聲同爾雅采事也云采采事采之也者言勤事采之而不已也芣苢傳采采非一詞也鄭志荅張逸云事謂事事一一用意之事芣苢亦然雖說異義則同卷耳苓耳爾雅釋草文郭注引廣雅云枲耳也亦云胡枲江東呼爲常枲或曰苓耳形如鼠耳叢生如盤正義引義疏云葉青白色似胡荽白華細莖蔓生可煑爲茹滑而少味四月中生子如婦人耳中璫今或謂之耳璫幽州人謂之爵耳說文蓩卷耳王逸注楚辭離騷葹枲耳皆異名也傳云頃筐畚屬畚所以盛糧頃筐口不能平執處淺而向揭處淺其盛糧之畚相似歟七月懿筐爲深筐則頃筐爲淺筐故傳又申之云易盈之器也釋文引韓詩頃筐敧筐也敧與頃義相近盈滿也荀子解蔽篇釋詩云頃筐易滿也卷耳易得也然而不可以貳周行故曰心枝則

無知傾則不精貳則疑惑毛傳正本荀子陸德明釋文序錄云荀卿子傳魯人大毛公徐堅初學記云荀卿授魯國毛亨作詁訓傳故詁訓傳多用其師說淮南子敘眞篇今矰繳機而在上罔罟張而在下雖欲翺翔其勢焉得故詩云采采卷耳不盈頃筐嗟我懷人寘彼周行以言慕遠世也此陳古刺今或本三家詩○懷思釋詁文野有死麕齊南山四牡常棣同寘置伐檀生民同寘者寘之俗釋文寘之豉反寘大千反分爲二字二音非也今唯東山釋文作寘大千反從穴下眞不誤行列雙聲作訓襄十五年左傳君子謂楚於是乎能官人官人國之急也能官人則民無覦心詩云嗟我懷人寘彼周行能官人也王及公侯伯子男甸采衛大夫各居其列所謂周行也毛傳以懷人爲思君子官賢人以周行爲周之列位皆本左氏說序所謂輔佐君子求賢審官也釋文序錄云左丘明作傳趙人虞卿傳同郡荀卿名況毛爲荀弟子故作詁訓傳多與左氏傳說詩同是亦用其師說也棫樸序云文王能官人也

陟彼崔嵬我馬虺隤（傳）陟升也崔嵬土山之戴石者虺

隤病也我姑酌彼金罍維以不永懷傳姑且也人君黃金罍永長也疏陟升釋詁文此及載馳文王傳並訓陟爲升詩作升不作登也箋公劉陟升而車舝皇矣陟登則升與登通用矣十月之交傳山頂曰冢卒者崔嵬谷風傳崔嵬山巔也說文崔大高也嵬山石崔嵬高而不平也又𨸏部陮隗高也陮隗與崔嵬同劉熙釋名云土戴石曰崔嵬因形名之也皆謂土山戴石也爾雅石戴土謂之崔嵬毛傳與爾雅正相反或所見本與今異正義以爲傳轉寫之誤非是隤當作穨虺穨病釋詁文玉篇尢部云虺尵馬病小雅采薇序云文王之時西有昆夷之患北有玁狁之難以天子之命命將率遣戍役以守衛中國故歌采薇以遣之出車以勞還杕杜以勤歸也此詩所言正是其事蓋文王大夫或有陟險馬病之憂及其使歸也又設饗燕之禮以勞之序所謂知臣下之勤勞也○姑者詞之且也山有扶蘇傳且詞也方言盬且也廣雅䵻且也姑盬䵻皆古聲故皆爲且說文夊部引詩作夃云秦人市買多得爲夃箋言且者君賞功臣或多於此鄭依夃作訓本三家詩也正義云異義罍制韓詩說金罍大夫器也天子以玉諸

侯大夫皆以金士以梓毛詩說金罍酒器也諸臣之所
酢人君以黃金飾尊大一碩金飾龜目葢刻爲雲雷之
象謹案韓詩說天子以玉經無明文謂之罍者取象雲
雷博施如人君下及諸臣案許愼五經異義從毛詩說
說文木部櫑龜目酒尊刻木作雲雷象象施不窮也罍
或从缶說文與異義同正義引阮諶禮圖亦云刻木爲
之則罍木質畫以雲雷而加飾以爲等差人君黃金罍
黃金其飾也正義引韓詩說士以梓士無飾人洞釋文引
韓詩說天子以玉飾諸侯大夫皆以黃金飾是韓亦爲
木質而加飾矣異義不從韓詩說天子以玉者毛詩說
人君統天子諸侯言天子亦飾黃金不聞飾玉也周禮
司尊彝六尊皆有罍諸臣之所昨也鄭注云昨讀爲酢
字之誤也諸臣獻者酌罍以自酢不敢與王之神靈共
尊鄭司農云罍臣之所飲也案此雖宗廟之罍而人君
饗燕使臣常設此器故云酌彼金罍也維發聲文選楊
雄羽獵賦注及阮籍詠懷詩注引韓詩章句惟辭也維
與惟通凡全詩多用維字爲發聲者放此
永長釋詁文漢廣常棣文王公劉竝同

陟彼高岡我馬玄黃（傳）山脊曰岡玄馬病則黃**我姑酌**

彼兕觥維以不永傷【傳】兕觥角爵也傷思也【疏】爾雅釋山山脊
岡傳所本也公劉箋亦云山脊曰岡傳文玄馬病則黃
五字當作馬病則玄黃與四牡傳馬勞則喘息句法相
同今本誤也上章傳云虺隤病此云馬病義互明也虺
隤疊韻玄黃雙聲皆合二字成義玄黃之不可分釋猶
虺隤之不能分釋耳爾雅釋詁痡瘏虺隤玄黃病也正
釋此詩爾傳於痡瘏虺隤皆用雅訓不應於玄黃更作
玄馬病黃解與雅訓乖戾凡傳言黃馬黑喙曰騧黃白
曰皇黃騂曰黃黃白雜毛曰駓赤黃曰騂黃本馬之正
色黃而玄爲馬之病色若以玄爲馬色而黃爲馬病則
不通矣易林乾師震並云玄黃虺隤行者勞罷役夫憔
悴踰時不歸文選曹子建贈白馬王彪詩云中逵絕無
軌改轍登高岡脩坂造雲日我馬玄以黃玄黃猶能進
我思鬱以紆古皆玄黃連讀不謂玄馬病黃足證今本
毛傳之誤○釋文觵字又作觥今詩皆作觥周禮作觵
觵亦爵也以兕角爲之故云兕觥角爵也正義云異義
韓詩說一升曰爵爵盡也足也二升曰觚觚寡也飲當
寡少也三升曰觶觶適也飲當自適也四升曰角角觸
也飲不能自適觸罪過也五升曰散散訕也飲不能自

節爲人所謗訕也總名曰爵其實曰觴觴者餉也觥亦五升所以罰不敬觥廓也所以著明之貌君子有過廓然著明非所以餉不得名觴毛詩說觥大七升謹案觥罰有過一飲而盡七升爲過多禮圖云觥大七升以兕角爲之先師說云刻木爲之形似兕角蓋無兕者用木也案禮圖觥大七升同毛詩說而異義從韓詩說說文云觵兕牛角可以飲者也从角黃聲其形觵觵故謂之觵俗作觥說文既不以觵爲罰爵其容數當亦同毛詩說段氏謂異義早成說文晚成是也昭元年左傳趙孟叔孫豹曹大夫入于鄭鄭伯兼享之趙孟爲客穆叔子皮及曹大夫興拜舉兕爵曰小國賴子知免於戾矣飲酒樂兕爵卽兕觥此亦饗燕用兕觥之證觥爲最大之爵三人與拜而舉兕爵饗燕將終羣人以盡敬於客之禮故酌此大爵也箋用韓詩說觥爲罰爵桑扈箋同恐非是傷思釋詁文釋傷爲思與上章不永懷同義懷亦思也

陟彼砠矣我馬瘏矣我僕痡矣云何吁矣傳石山戴土曰砠瘏病也痡亦病也吁憂也疏釋文碹本亦作砠說文岨石戴土也引詩

作岨是叔重所據作山旁岨矣𨸏部阭石山戴土也則岨一名阭也釋名云石戴土曰岨岨臚然也皆謂石山戴土也爾雅土戴石爲砠與毛傳異段氏說文注云冎石戴於土上土而戴之以石用土戴於石上石而戴之以土二文互異而義則一戴者增益也石在上則高不平故曰崔嵬土在上則雨水沮洳故曰岨毛之立文爲善矣○瘏病釋詁文鴟鴞同說文瘏或作屠痡病亦釋詁文吁當爲盱爾雅注引詩云何盱矣邢昺疏云卷耳及都人士文也邢所據卷耳作盱詁訓箸於卷耳故都人士與何人斯盱皆不傳此其例也盱憂釋詁文盱者忓之假借字說文忓憂也何憂者言憂臣下之勤勞如何也云爲語詞凡全詩云字或在句首或在句中句末多用爲語詞無實義文選傅咸詩注引韓詩章句云云辭也

樛木三章章四句

樛木后妃逮下也言能逮下而無嫉妬之心焉（疏）下謂衆妾也

南有樛木葛藟纍之【傳】興也南南土也木下曲曰樛南土之葛藟茂盛樂只君子福履綏之【傳】履祿綏安也【疏】傳釋南爲南土與南國異南國在江漢荆州猶不及楊州南土則近在岐周之地也周南十一篇皆文王岐周之詩漢廣汝墳及於南國矣麟止以應關雎此樛木及螽斯桃夭兔罝芣苢皆詠后妃以坿於關雎葛覃卷耳三詩之後則亦岐周也木下曲曰樛謂木之下曲者爲樛也爾雅下句曰朻下曲卽下句樛朻聲義相通釋文云馬融韓詩本竝作朻葢馬治毛詩其所據作朻本與韓詩同藟葛屬釋文引義疏云藟葉似艾白色其子赤可食易困上六困于葛藟釋文引義疏云藟一名巨荒似蘡薁連蔓而生幽州人謂之蓷藟云南土之葛藟茂盛者茂盛釋纍字南有嘉魚傳纍曼也楚辭劉向九歎注虆緣也引詩作虆虆俗字曼緣皆茂盛之意二章荒奄三章縈旋義同案樛木下曲而垂葛藟得而上曼之以喻后妃能下逮其衆妾得以親坿焉傳於首章言興以晐下章也全詩放此○只詞也南山有臺采叔皆作只樂只君子猶云展展矣君子允矣君子也凡只或在句中

或在句末皆爲語詞君子謂文王也言后妃有不嫉妬之德可以樂此文王也履祿爾雅釋言文福履綏之猶鴛鴦云福祿綏之耳爾雅釋詁履福也祿亦福也綏安釋詁文楚茨以綏後祿傳亦云綏安也綏從妥聲妥爲安故綏亦爲安鄭玄注儀禮士相見禮古文妥爲綏此綏妥聲通之證也綏古讀如拖纍古讀如離故詩以纍綏爲韻

南有樛木葛藟荒之傳荒奄也樂只君子福履將之傳將大也疏傳荒奄下奪也字今補几言也者別詞也詞未盡不須用也以別之詞已盡則用也以別之今本多互亂矣荒奄釋言文說文荒蕪也一曰艸掩地也奄與掩通○將大釋詁文方言云將大也齊楚之郊或曰京或曰將破斧正月我將長發傳竝同

南有樛木葛藟縈之傳縈旋也樂只君子福履成之傳成就也疏正月傳云云旋也縈云聲相近鄭注士喪禮云幎讀若詩曰葛藟縈之之縈幎縈亦相近

也說文衣部褮下引作縈又艸部蘂艸旋皃也引詩作蘂縈與蘂同○爾雅就成也成就二字互訓傳爲全詩成字通訓凡成皆有就義也

螽斯三章章四句

螽斯后妃子孫衆多也言若螽斯句不妬忌則子孫衆多也

螽斯羽詵詵兮宜爾子孫振振兮傳螽斯蚣蝑也詵詵衆多也振振仁厚也疏斯語詞螽斯斯羽與麟之止句法相同傳云螽斯蚣蝑疑螽下斯字當衍春秋桓五年秋螽穀梁謂螽爲蟲公羊作螺說文螽蝗也或作螺是螽即蝗矣爾雅阜螽草螽析螽蟿螽土螽李巡注云皆分別蝗子異方之語析螽七月篇作斯螽爾雅毛傳皆謂之蚣蝑然則螽爲蚣蝑斯螽爲蚣蝑猶鳩爲秸鞠尸鳩爲秸鞠鳩爲鶻鳩鳴鳩爲鶻鳩此單評絫評之例若謂斯螽可倒作螽斯則析螽亦可

例作螽析矣解者失之○釋文詵說文作㚞今說文佚㚞字玉篇𦐈所巾切羽多皃集韻𦐈𦐈羽多所臻切𦐈即㚞之異體或三家詩有作𦐈𦐈者也集韻三十二霰引說文詵衆致言也詵與𦐈義亦相近皇皇者華傳駪駪衆多之皃晉語引詩作莘莘駪駪之或作莘莘猶詵詵之或作𦐈𦐈矣桑柔傳甡甡衆多也並字異義同○詵宜者承上轉下之詞爾女也女女后妃也此詩以螽比后妃詵詵薨薨揖揖言后妃子孫衆多也振振繩繩蟄蟄言后妃子孫衆多又皆賢也序云不妬忌則子孫衆多所以推本衆多之由故經中宜字有三義焉子孫衆多也不妬忌也賢也振振仁厚與麟之止殷其靁傳振振信厚各隨文訓禮記中庸篇肫肫其仁鄭注云肫肫讀如誨爾忳忳之忳忳忳懇誠貌也今詩作諄諄諄並與振振聲同義近

螽斯羽薨薨兮宜爾子孫繩繩兮傳薨薨衆多也繩繩戒慎也疏爾雅釋訓薨薨衆也傳用爾雅而益其義云衆多也集韻十七登引博雅薨薨飛也或作翃通作薨今廣雅釋訓翃翃薨薨飛也玉篇翃蟲飛也薨羣鳥弄翅也蓋本三家詩○爾雅繩繩戒也傳用爾

雅而益其義云戒愼也抑子孫繩繩箋繩繩戒也管子宙合篇故君子繩繩乎愼其所先淮南子繆稱篇末世繩繩乎惟恐失仁義並與詩繩繩同是繩繩之爲戒愼其訓古矣繩愼雙聲故下武繩其祖武三家詩作愼其祖武韓詩外傳云詩曰宜爾子孫繩繩兮言賢母使子賢也

螽斯羽揖揖兮宜爾子孫蟄蟄兮傳揖揖會聚也蟄蟄和集也疏傳釋揖揖爲會聚也者言衆多而會聚之進乎衆多之詞也廣雅集集衆也說或本三家與詵詵薨薨並訓衆多揖通作集如說文鏶或作鍓之側○說文斟斟盛也从十甚聲徐鍇繫傳云詩曰宜爾子孫蟄蟄兮蟄蟄衆也此斟義近之也據此或三家詩有作斟斟訓盛者淮南原道注蟄讀什伍之什呂覽孟春紀注音律注蟄讀如詩文王之什此蟄聲與十聲同音之理傳云和集亦盛之意也爾雅蟄靜也郭注云見詩傳此亦三家義

桃夭三章章四句

桃夭后妃之所致也不妬忌則男女以正婚姻以時國無鰥民也疏序言男女婚姻必以正時上句言正下句言時互詞耳男子自二十至三十女子自十五至二十皆爲昏娶之正時至三十二十謂之及時踰三十二十謂之失時失時謂之鰥民不失正時國無鰥民書大傳云舜年三十不娶稱鰥也

桃之夭夭灼灼其華傳興也桃有華之盛者夭夭其少壯也灼灼華之盛也之子于歸宐其室家傳之子嫁子也于往也宐以有室家無踰時者疏興者三章皆言桃夭夭以喻女子之少壯其華喻色實喻德葉喻形體又分屬三章則桃不專指華矣傳云桃有華之盛者此釋首章擬下灼灼其華句正義云桃少故華盛以喻女少而色盛是也云夭夭其少壯也者謂桃不謂華也說文枖木少盛皃引詩作枖枖小箋云夭夭卽枖枖之假借也豈風棘心夭夭傳夭夭盛皃字亦作娱娱廣雅娱娱茂也少壯與茂盛

同義說文媄女子笑皃引詩作媄媄此三家義云灼灼華之盛也者小箋云灼灼卽焯焯之假借焯明也案說文引周書焯見三有俊心今立政篇作灼此灼焯聲通之證明謂之焯亦謂之灼因之凡色之光華明盛者皆謂之焯亦謂之灼矣廣雅灼灼明也玉篇灼灼華盛皃盛與明同義月令仲春之月桃始華○之猶是也之子爲嫁子傳隨文訓也于讀爲於采蘩燕燕傳皆云于於也於者自此之彼之詞自此之彼謂之於又謂之往則於與往同義亦于與往同義矣故于歸爲往歸也漢廣鵲巢燕燕東山篇竝同雨無正維曰于仕于往也二傳訓同葛覃傳婦人謂嫁曰歸云宜以有室家無踰時者傳兼上句爲釋無踰時言無踰少壯之時無踰時而宜有室家嫁子往歸不逮仲春媒氏會之也周禮媒氏有司會無夫家之禮詳見摽有梅篇

桃之夭夭有蕡其實（傳）蕡實貌非但有華色又有婦德、

之子于歸宜其家室（傳）家室猶室家也（疏）說文萉枲實也字或作黂爾雅作黂周禮作蕡枲實爲蕡因之爲凡華結實之稱有蕡其實言桃之實蕡蕡然大也僖三十三年穀梁傳云

實之爲言猶實也凡艸木果曰實傳云非但有華色又有婦德者此承上章華色又以明桃實興婦德也○云家室猶室家也者與上章同義謂室其有家室也孟子滕文公篇丈夫生而願爲之有室女子生而願爲之有家桓十八年左傳申繻曰女有家男有室無相瀆也謂之有禮此家室互言也渾言之室亦家也爾雅牖戶之閒謂之扆其內謂之家說文家凥也

桃之夭夭其葉蓁蓁（傳）蓁蓁至盛貌有色有德形體至盛也**之子于歸宜其家人**（傳）一家之人盡以爲宜（疏）蓁聲同臻故云蓁蓁至盛皃廣雅蓁蓁茂也字亦通作溱無羊傳溱溱衆也王應麟詩考載杜佑通典禮十九引詩作其葉溱溱傳云有色有德形體至盛也者承上二章而又明此言桃葉之至盛以興女子之形體也形體猶言婦容也葛覃傳云古者女師教以婦德婦言婦容婦功○云一家之人盡以爲宜者以釋經宜其家人句此逆辭釋經之例傳不與上二章同訓也凡詩三章有末章與上二章辭異者若汝墳采蘩北風新臺蝃蝀大車

清人風雨子衿東方未明甫田敝笱唐揚之水鴇羽匪風庭燎沔水祈父我行其野谷風魚藻菀柳漸漸之石此文之變也又有末章與上二章辭同而意異者若此篇之定其家人螽斯之揖揖鵲巢之成羔羊之縫考槃之軸緇衣之蓆中谷有蓷之濕兔爰之庸毛公作傳循辭之變本意之殊故往往不與上二章同訓箋不然矣此篇上二章就嫁時言末章就已嫁時言禮記大學篇引末章而釋之云定其家人而后可以教國人正所謂家齊盡定之道也傳意實本大學爲說

兔罝三章章四句

兔罝后妃之化也關雎之化行則莫不好德賢人衆多也【疏】卷耳之應

肅肅兔罝椓之丁丁【傳】肅肅敬也兔罝兔罟也丁丁椓杙聲也赳赳武夫公侯干城【傳】赳赳武貌干扞也【疏】肅肅

敬爾雅釋訓文思齊同敬者言兔罝之人賢其持事猶不忘其敬列女傳賢明篇夫安貧賤而不怠於道者唯至德者能之詩曰肅肅兔罝椓之丁丁言不怠於道也易林坤云兔罝之容不失其恭並與毛訓同釋器兔罟謂之罝傳所本也釋玄應衆經音義卷十七引郭注云罝遮也遮取兔也說文椓擊也丁丁爲椓聲傳云椓杙聲者冡兔罝作訓也釋宮樴謂之杙郭注云橜也又謂之招孟子盡心篇又從而招之趙岐注云招罥也亦謂之蹏莊子外物篇蹏者所以在兔得兔而忘蹏釋文云蹏兔罥也周禮冥氏注弧張罿罦之屬所以扃絹禽獸翨氏注置其所食之物於絹中鳥來下則掎其腳案絹與罥同凡網取禽獸必築橜於地而以捕器網之罝兔亦如是也椓杙今俗謂之朾橜杙者弋之俗丁古朾字

○赳赳武釋訓文說文赳輕勁有才力也从走丩聲讀若鐈酌傳云蹻蹻武皃丩聲喬聲正相近干扞釋言文采芑同成十二年左傳此公侯之所以扞城其民也故詩曰赳赳武夫公侯干城左傳釋詩干城即扞城干古文假俗字毛傳干訓扞義本爾雅其實本左傳爲訓言武夫之能爲公侯扞城其民也呂覽報更篇宣孟德一士猶活其身而況德萬人乎故詩曰赳赳武夫公侯干

城濟濟多士文王以寧此引詩證文王之能用賢公矦
謂文王也高誘注云言其賢可爲公矦扞難其城藩也
墨子尚賢上篇文王舉閎夭泰顛於罝罔之中授之政
西土服據此則兔罝之武夫指閎夭泰顛其人也書大
傳稱閎夭免文王牖里之害爲胥附先後奔走禦侮四
臣之一鄭箋亦云此兔罝之人賢者也有武力可任爲
將帥之德公矦可任以國守扞城其民折衝禦難於未
然此或出於三家詩義毛詩簡略義當然也緜傳云武
臣折衝
曰禦侮

肅肅兔罝施于中逵〔傳〕**逵九達之道赳赳武夫公矦好**
仇〔疏〕施讀如施罟濊濊之施爾雅釋宮云九達謂之逵
傳所本也文選顏延之皇太子釋奠詩注王粲從
軍詩注引韓詩施于中馗薛君章句云中馗馗中九交
之道也說文九部馗九達道也似龜背故謂之馗或作
逵是馗逵同字而九達九交同義也杜預注左傳以爲
逵道九軌劉炫規之逵爲九道交出案劉說是也逵謂
野涂也考工記國中經涂九軌野涂五軌杜謂逵當九
軌直以野涂而容國中涂矣釋文乃引杜解爲說○仇

匹也義見關雎傳例不煩更見也公矦好匹言武夫能爲公矦之好匹匹當讀率由羣匹之匹假樂箋云循用羣臣之賢者其行能匹耦己之心昭三十二年左傳史墨曰物生有兩有三有五有陪貳故天有三辰地有五行體有左右各有妃耦王有公諸矦有卿皆有貳也晉語國人誦之曰若狄公子吾是之依兮鎮撫國家爲王妃兮韋注云言重耳當伯諸矦爲王妃耦漢書董仲舒傳贊伊呂乃聖人之耦文選楊雄甘泉賦捘逑索偶皋伊之徒冠倫魁能竝與詩仇字義同

肅肅兔罝施于中林（傳）中林林中**赳赳武夫公矦腹心**（傳）可以制斷公矦之腹心（疏）正月瞻彼中林傳亦云中林林中也駉傳云野外曰林徐鍇中論法象篇人性之所簡也存乎幽微人情之所忽也存乎孤獨夫幽微者顯之原也孤獨者見之端也胡可簡也胡可忽也是故君子敬孤獨而愼幽微雖在隱蔽鬼神不得見其隙也詩云肅肅兔罝施于中林處獨之謂也○傳云可以制斷公矦之腹心者以釋公矦腹心句左傳及其亂也諸矦貪冒侵欲不忌爭尋常

以盡其民略其武夫以爲己腹心股肱爪牙故詩曰赳赳武夫公矦腹心天下有道則公矦能爲民干城而制其腹心亂則反之杜注云舉詩之正以駮亂義詩言治世則武夫能合德公矦外爲扞城內制其腹心左傳言制毛傳本之以益其義云制斷者謂制斷其貪冒侵欲也公矦腹心謂武夫能爲公矦制斷其腹心則公矦干城亦謂武夫能爲公矦扞城其民矣皆就賢者一邊說桓寬鹽鐵論備胡篇賢良曰匈奴如中國之麋鹿耳好事之臣求其義責之禮使中國干戈至今未息萬里設備此兔罝之所刺故小人非公矦腹心干城也此言小人用事上不能制君腹心下不能爲民干城適見刺於兔罝耳桓釋詩正與毛訓合首章言禦侮二三章不言禦侮也箋俱依禦侮爲說

芣苢三章章四句

芣苢后妃之美也和平則婦人樂有子矣【疏】列女傳貞順篇蔡人之妻者宋人之女也既嫁於蔡而夫有惡疾其母將改嫁之女終不聽其母乃作芣苢之詩又文選劉峻辯命

論注引韓詩芣苢傷夫有惡疾也薛君云詩人傷其君子有惡疾人道不通求已不得發憤而作以事興芣苢雖臭惡乎我猶采采而不已者以興君子雖有惡疾我猶守而不離去也案三家與毛異然亦被文王后妃之化故婦人能守一不去盡其情一心乎君子者也

采采芣苢薄言采之（傳）采采非一辭也芣苢馬舄馬舄車前也宜懷任焉薄辭也采取也**采采芣苢薄言有之**（傳）有藏之也（疏）采采非一辭辭當作詞小箋云謂非一采而已之詞韓詩章句亦云采采而不已也芣苢馬舄馬舄車前爾雅釋草文郭注云今車前草大葉長穗好生道邊江東呼爲蝦蟆衣正義引義疏云馬舄一名車前一名當道喜在牛跡中生故曰車前當道也今藥中車前子是也幽州人謂之牛舌草可鬻作茹大滑其子治婦人產難說文芣苢一名馬舄其實如李令人宜子周書所說段注引黃公紹韻會載說文李作麥案唐慎微證類本草蘇頌圖經云車前實如葶藶赤黑色據蘇說則芣苢之實如麥不如李一本作其

實如李故解之者遂誤以芣苢爲木不爲草陶宏景本草注云韓詩言芣苢是木似李食其實宜子孫然韓詩不言芣苢是木陶未知何據也又案釋文引韓詩直曰車前瞿曰芣苢文選注引章句芣苢澤瀉也韓以芣苢車前爲別物又以澤瀉爲同物皆與爾雅毛傳不合傳云宜懷任焉者此卽周書令人宜子之說也任古妊字今逸周書王會篇作桴苡卽芣苢○薄辭小箋云辭當作詞說文作詞意內而言外也說文凡文辭作辭辭說也凡形容及語助發聲作詞如芣苢之薄漢廣之思草蟲之止大叔于田之忌是也薄見葛覃矣於此始爲傳者漢人傳注不限於首見也案傳爲全詩薄字發凡也後漢書李固傳注引韓詩章句薄辭也辭亦當作詞今字通作辭谷風薄送出車六月薄伐車攻薄狩泮水薄采薄皆詞也此篇及采蘩柏舟出車采芑采綠時邁有客駉皆曰薄言言亦詞也載馳不爲言字作傳駉不爲薄言作傳余友高郵王引之經傳釋詞云薄言皆語詞是也箋薄言爲我薄失之矣采訓取者傳爲采字通訓采從爪取從又爪又皆手也廣雅釋詁采取也○傳云有藏之也者藏之謂收藏之也廣雅有取也高郵王念孫疏證云詩之用詞不嫌於複有亦取也首章泛言取

之次則言其取之之事卒乃言既取而盛之以歸耳若
首章既言藏之而次章復言掇之捋之則非其次矣奐
謂訓有爲取或本三家詩義毛意則以首章泛言取藏
下二章乃分承之耳掇之捋之卽承首章采之而言袺
之襭之卽承首章有
之而言藏古作臧

采采芣苢薄言掇之（傳）掇拾也采采芣苢薄言捋之（傳）
捋取也（疏）說文拾掇也掇拾取也廣雅掇取也義並同
○廣韻六術寽持取今寽禾是也捋與寽聲
義俱近後箋云傳捋取也三字連讀非訓捋爲取猶言
捋捋取之也傳文簡消耳掇是拾其子之既落者捋是
捋其子之
未落者

采采芣苢薄言袺之（傳）袺執衽也采采芣苢薄言襭之
（傳）襭扱衽也（疏）爾雅釋器執衽謂之袺此傳所本也禮
記深衣續衽鉤邊鄭注云續猶屬也衽
在裳旁者也屬連之不殊裳前後也鉤邊若今曲裾也
婺源江永深衣考云續衽謂裳之左旁縫合其衽鉤邊

謂裳之右旁別用一幅布綴於右後衽之上使鉤而前漢時謂之曲裾可以揜裳際也古者布幅闊二尺二寸深衣裳用布六幅裁爲十二幅其當裳之前襟後裾正處者以布四幅正裁爲八幅上下皆廣一尺一寸各邊去一寸爲縫一幅上下皆正得九寸八幅七尺二寸其在上者既足要中之數矣下齊當倍於要又以布二幅斜裁爲四幅狹頭二寸寬頭二尺各去一寸爲縫狹頭成角寬頭一尺八寸皆以成角者向上以廣一尺八寸者向下則四幅下廣亦得七尺二寸合於齊得一丈四尺四寸此四幅連屬於裳之兩旁別名爲衽所謂衽當旁是也玉藻衽當旁鄭注云衽謂裳幅所交裂也凡衽者或殺而下或殺而上是以小要取名焉衽屬衣則垂而放之屬裳則縫之以合前後上下相變深衣考云衽有二朝服祭服喪服皆用帷裳前三幅後四幅裳際不連有衽掩之用布交解寬頭在上合縫之狹頭在下如燕尾之形即喪服篇衽二尺有五寸是也此衽之殺而下者也深衣之衽當裳旁亦交解而以狹頭向上寬頭向下此衽之殺而上者也衽屬於衣則垂而放之謂朝祭喪服之衽屬於裳則縫之以合前後即此深衣之衽也其縫之以合前後者唯左旁爲然若右旁則不能縫

合別有鉤邊鄭亦略言之耳案婦人衣與裳不殊當如男子深衣則袺乃屬於裳執袺扱袺是卽當裳旁之袺鄭注喪服傳婦人不殊裳如深衣而下無袺余友績溪胡培翬云謂無二尺五寸之袺非謂無裳旁之袺是也

○襭扱袺也各本作扱袺曰襭今從宋本釋器扱袺謂之襭傳所本也郭注云扱衣上袺於帶李注同說文衣部云以衣袺扱物謂之襭襭或作擷又足部云趿進足有所擷取也爾雅曰趿謂之擷扱趿義相近扱猶插也許云扱物卽是扱物於帶中袺者手持袺以盛物襭者插袺於帶以納物非袺但手執袺而襭乃納物於袺也

漢廣三章章八句

漢廣德廣所及也文王之道被于南國美化行乎江漢之域無思犯禮求而不可得也(疏)南國卽江漢之域禹貢荊州江漢合流在今湖北武昌漢陽兩府之閒文王時爲荊楚地漢入於江傳云漢上韓詩傳云漢皋皆不及江而詩人又以漢廣命篇則序所云江漢之域在漢南江北非必江漢合流處水經江水注云韓嬰敘傳南其地在南郡南陽之

問今河南南陽府漢之南陽郡即其地矣關雎序云南言化自北而南也葢文王治岐周梁在岐周之西南荆在岐周之東南準視天下則荆梁皆西也文王爲紂三公受命出爲西伯僅主西諸矦其東諸矦非文王所主長之國紂命文王典治南國在荆梁不及楊徐也逸周書大匡云周王宅程三年三州之矦咸率三州者雍荆梁也迨戡黎而後東諸矦畔殷程典云文王合六州之矦奉勤于商六州者雍荆梁及徐豫楊也徐豫楊皆東諸矦叛殷之國文王率焉以朝聘乎紂此三分天下有其二也其實文王所屬止有禹貢雍梁荆三州之地東不過漢廣汝墳西不踰江沱而文王之化其所被於東南者尤多故序二南以江漢之域爲南國在西南者别之爲召南之國

南有喬木不可休思漢有游女不可求思（傳）興也南方之木美喬上竦也思辭也漢上游女無求思者**漢之廣矣不可泳思江之永矣不可方思**（傳）潛行爲泳永長方

洲也（疏）爾雅釋木句如羽喬上句曰喬如木楸曰喬槐棘醜喬小枝上繚爲喬五者義相近傳云上竦
即本爾雅之上句句曲也上竦者其上曲其下少枝葉
高注淮南原道云喬木上竦少陰之木是也休思各本
作休息釋文本或作休思今訂正瞻卬傳云休息也思
訓辭辭當作詞休思求思泳思方思皆詞也傳爲全詩
思字句末語助之發凡也思又爲句首語詞義見文王
篇傳云漢上游女無求思者無求釋經之不可求不可
謂之無無亦謂之不可鴟鴞既取我子無毀我室傳不
可以毀我周室是又以不可釋無矣無思即序所謂無
思犯禮也案傳以南方之木美與漢上之女貞上竦之
木不可休與出游之女不可求漢廣不可泳江永不可
方亦因見江漢而起興也首章唯弟三四句正意餘皆
興二三章言薪中之楚蔞可刈而束之與貞絜之子在
淫亂之世當備禮以取之此變文以言興也○初學記
地部下韓詩云鄭交甫過漢臯遇二女妖服佩兩珠交
甫與之言曰願請子之佩二女解佩與交甫而懷之去
十步探之則亾矣迴顧二女亦不見說文鬼部引韓詩
傳妖服作魃服奇寄切御覽地部二十七與初學記同
又珍寶部一韓詩內傳云漢女所弄珠如荊雞卵文選

江賦南都賦注所引詳略雖異要皆出內傳文也又文選七啓注韓詩序漢廣悅人也琴賦注薛君章句游女漢神也言漢神時見不可得而求之七啓及齊敬皇后哀策文注皆引章句游女爲漢神楚辭王逸九思周徘徊兮漢渚求水神兮靈女此用韓詩義也然則韓詩以游女與之子矣列女傳辯通篇孔子南游遇阿谷處子孔子曰斯婦人達於人情而知禮詩云南有喬木不可休思漢有游女不可求思此之謂也魯詩游女即之子與毛詩合然韓詩外傳載阿谷處子事亦引此詩或韓乃斷章取義也○六月雖傳云廣大也潛行爲泳爾雅釋水文說文泳潛行水中也潛涉水也段注云潛行水中對浮行水上言之邶風傳曰由厀以下爲涉言潛者自其厀以下沒於水言之所謂泳也後人不甚分明若水經注江水篇云有潛客泳而視之見水下有兩石牛此則謂潛全沒水中矣案段說是也邶谷風方舟泳游對文方舟一類泳游一類游者浮水而過泳者涉水而行爾雅泳游也渾言不別也哀九年左傳云是謂如川之滿不可游也不可游與詩不可泳同意說文永部永水長也象水巠理之長詩曰江之永矣又羕水長也詩曰江之羕矣許兩引詩字異義同治毛不廢三家也文

選登樓賦注引韓詩江之漾矣薛君云漾長也漾卽羕之俗是韓詩作羕矣爾雅永羕長也毛詩多古文永古羕字漢以絕流而渡言故曰廣江以順流而下言故曰永方泭釋言文今爾雅方作舫釋言又云舫舟也釋水云大夫方舟方言泭謂之箄箄謂之筏筏秦晉通語也方舟謂之濻說家皆以方爲併船泭爲併木二者不同邶谷風傳云舟船也方舟與永游析爲四事舟爲船方爲泭其義互見蓋方舟大夫之禮制非泛言渡水詩之方當是併木不是併船故傳用爾雅舫泭之訓而不用舫舟之訓邶箋亦云方泭也

翹翹錯薪言刈其楚（傳）翹翹薪貌錯雜也之子于歸言秣其馬（傳）秣養也六尺以上曰馬漢之廣矣不可泳思江之永矣不可方思（疏）翹翹高大之意故云薪皃廣雅翹翹衆也此三家義薪謂楚木蔞草也錯之爲言蔟蔟也雜與集同集木與草爲雜薪猶集玉與石爲雜佩矣無羊箋云麤曰薪綢繆傳云男女待禮而成若薪芻待人事而後束也彼詩以束薪喻嫁娶之以禮正與此同王揚之水傳楚木也○鴛鴦傳

秣穀馬也此秣詁養讀校人頒良馬而養乘之養養者未及駕之詞也於馬言秣不言駕猶於薪言刈不言束皆是待禮而行求不可得之義夏官廋人馬八尺以上爲龍七尺以上爲騋六尺以上爲馬此傳云六尺以上曰馬從周禮說也定之方中傳馬七尺以上曰騋亦從周禮說是諸侯乘騋也騋七尺以上爲諸侯所乘則馬六尺以上當是大夫所乘故此章之馬與下章之驕雖有六尺五尺之殊而以衛文乘騋推之則皆大夫乘也何注隱元年公羊傳云天子馬曰龍高七尺以上諸侯曰馬高六尺以上何與毛異

翹翹錯薪言刈其蔞（傳）蔞草中之翹翹然**之子于歸言秣其駒**（傳）五尺以上曰駒**漢之廣矣不可泳思江之永矣不可方思**（疏）釋文引馬融毛詩注云蔞蔞蒿爾雅購蔏蔞郭璞以蔏蔞爲蔞蒿管子地員篇云蔞下於莽又云山之側其草蒿與蔞是蔞爲蒿莽之類矣正義引義疏云其葉似艾白色長數寸高丈餘正月根芽生旁莖正白生食之香而脆美其葉又可蒸爲茹據此則蔞蒿嫩時可食老則爲薪高丈餘正與詩翹

翹合傳云蔞草中之翹翹則楚亦木中之翹翹翹翹薪皃楚木爲翹翹之薪則蔞草亦爲翹翹之薪互詞見義也上句言錯薪而下句刈楚刈蔞皆薪也猶之揚之水首章言束薪而下章束楚束蒲皆薪也綢繆首章言束薪而下章束芻束楚皆薪也薪其大名也三家詩解以錯薪爲衆薪則楚蔞爲衆薪中之尤翹翹若然楚蔞外別有薪矣非是○駒當作驕陳風椉我駒釋文作驕引沈重云或作駒後人改之皇皇者華篇內同小雅我馬維駒釋文云本亦作驕據陳風小雅則知周南本亦作驕也驕非韻與蔞株濡諏爲合韻說文馬高六尺爲驕詩曰我馬維驕株林箋六尺以下曰驕此傳云五尺以上即是六尺以下也高誘注淮南子時則脩務篇兩云馬五尺以下爲駒然則駒乃五尺以下之稱矣何注公羊傳云卿大夫士曰駒高五尺以上武進臧鏞堂說此駒字亦必驕字之誤奐謂株林傳言大夫得椉驕與何注統卿大夫士說異漢廣游女非大夫也士親迎而秣驕與士昏禮椉墨車俱爲攝盛

汝墳三章章四句

汝墳道化行也文王之化行乎汝墳之國婦人能閔其君子猶勉之以正也

遵彼汝墳伐其條枚(傳)遵循也汝水名也墳大防也枝曰條幹曰枚未見君子惄如調飢(傳)惄飢意也調朝也

(疏)遵循爾雅釋詁文遵大路九罭同汝水名不見禹貢而決汝見孟子漢書地理志汝南郡定陵高陵山汝水出東南至新蔡入淮此新蔡二字疑有誤蓋漢時汝水在汝陰縣北入淮新蔡爲汝水所逕之上流也墳大防釋丘文茗之華傳墳大也大謂之墳故防之大者亦謂之墳字亦作坋說文坋大防也又作濆常武傳濆厓也箋陳屯其兵於淮水大防之上釋水汝爲濆郭注引三家詩作濆水經注汝水逕奇頟城西北濆水出焉世亦謂之大濦水爾雅曰汝有濆濆者汝別也案濆墳字別而義實通大防卽在水旁以水作濆以防作墳一也奇頟城在今河南南陽府葉縣東北大濦水出葉縣東南流逕上蔡新蔡縣境攷二蔡文王子蔡叔國然晉語

文王諏于蔡原韋注蔡蔡公是文王時先有蔡國矣列女傳稱芣苢爲蔡人之妻作又陶宏景名醫别錄澤瀉生汝南池澤汝南蔡地以此驗之汝墳正值二蔡汝過之處序云汝墳之國其卽蔡公等國歟又案汝南郡汝陰故胡國莽曰汝墳考工記注妢胡胡子之國在楚旁妢與墳通汝水入淮在漢汝陰縣北汝水入淮爲汝墳猶之淮水入海爲淮浦常武淮浦非漢縣之淮浦此汝墳亦必非王莽之汝墳矣司馬彪續漢書郡國志劉昭補注引地道記汝陰有陶丘鄉詩所謂汝墳恐未是○說文云條小枝也枝木别生條也枚幹也是枝爲條幹爲枚也幹者本也下章之肄亦謂斬本復生者也旱麓莫莫葛藟施于條枚箋云葛也藟也延蔓於木之枝本而茂盛鄭以條枚爲枝本義同此○爾雅惄飢也傳云飢意謂惄爲飢之意非直訓惄爲飢也釋文引韓詩作愵方言愵憂也說文愵憂皃讀與惄同釋文調又作輖李燾五音韻譜引詩作惄如輖飢毛詩作輖或作調其義訓朝謂卽朝之假借字古人朝食曰饔夕食曰飧朝饔少闕是爲朝飢

遵彼汝墳伐其條肄（傳）肄餘也斬而復生曰肄**既見君**

子不我遐棄（傳）既已遐遠也（疏）肄者櫱枿之假借字長發傳櫱餘也爾雅枿餘也說文巘伐木餘也引商書若顛木之有甹巘又丂部甹木生條也引書作甹枿今般庚篇作由櫱詩之條肄卽書之由櫱傳旣訓肄爲餘又申之云斬而復生曰肄斬而復生卽說文所謂伐木餘也淮南子俶眞篇今夫萬物之疏躍枝舉百事之莖葉條枿皆本於一根而條循千萬也高注枿讀詩頌苞有三櫱同說文枿古文巘字條枿卽條肄也○傳訓旣爲已已爲已止之已又爲已然之已雞鳴行葦公劉傳竝以已釋旣也遐遠棫樸下武同正義云不我遐棄猶云不遐棄我古之人語多倒詩之此類衆矣

魴魚赬尾王室如燬（傳）赬赤也魚勞則尾赤燬火也雖則如燬父母孔邇（傳）孔甚邇近也（疏）赬從赤故訓赤說文引詩作䞓或作赬左傳作竀爲假借字傳文魚上當奪魴字正義有魴字可證言魴魚勞則尾赤意以魴魚之勞喻君子之勞上二章言遵墳伐木皆其王事賢勞也說文魴赤尾魚也玉篇同哀十七年左傳如魚竀尾衡流而方羊詩正

義引鄭衆云魚肥則尾赤以喻蒯聵淫縱左傳不言魴魚故仲師不從毛傳爾雅魴魾郭注云江東呼魴魚爲鯿一名魾邢疏引義疏云魴今伊洛濟潁魴魚也廣而薄肥甛而少肉細鱗羅願爾雅翼云魴縮頭穹脊博腹色青白而味美今之鯿魚也毛不言魴爲何魚者以魴常有人共曉耳燬火釋言文釋文云燬音毁齊人謂火曰燬字書作𤈦說文同說文𤈦火也引詩作王室如𤈦是許所據詩作𤈦也○孔甚釋言文鄭箋小戎十月之交同凡孔與既同義故云孔且者猶既且也云亦孔者猶亦既也上傳既已也悉蟀傳已甚也孔者甚之詞也邇近釋詁文東門之墠杕杜小旻同列女傳賢明篇周南之妻者周南大夫之妻也大夫受命平治水土過時不來妻恐其懈於王事蓋與其鄰人陳素所與大夫言國家多難惟勉强之無有譴怒遺父母憂生於亂世不得道理而迫於暴虐不得行義然而仕者爲父母在故也乃作此詩君子以是知周南之妻而能匡夫也後漢書周磐傳磐居貧養母儉薄不充嘗誦詩至汝墳之卒章慨然而嘆迺解韋帶就孝廉之舉李賢注引韓詩汝墳辭家也其卒章薛君章句頳赤也燬烈火也孔甚也邇近也言魴魚勞則尾赤君子勞苦則顏色變以

王室政教如烈火矣猶觸冒而仕者以父母甚迫近飢寒之憂爲此祿仕案此皆三家詩義毛意亦然也四牡傳云文王率諸侯撫叛國而朝聘乎紂故汝墳之國近在典治南方之中其時婦人亦被文王之化知君子之勤勞猶勉其仕於紂朝是文王之化行也君子不以私害公不以家事辭王事

麟之趾三章章三句

麟之趾關雎之應也關雎之化行則天下無犯非禮雖衰世之公子皆信厚如麟趾之時也（疏）衰世與野有死麕亂世皆謂殷紂時

麟之趾振振公子（傳）興也趾足也麟信而應禮以足至者也振振信厚也于嗟麟兮（傳）于嗟歎辭（疏）趾釋文作止爾雅止足也今作趾止趾古今字止與至同故傳既釋止爲足又以足至申明止足之義正義云言信而應禮則與左

氏說同以爲修母致子也服虔哀十四年左傳注云視明禮修而麟至思睿信立白虎擾言從義成則神龜在沼聽聰知正而名山出龍貌恭體仁則鳳皇來儀騶虞傳云有至信之德則應之是與左傳說同也說者又云人臣則修母致子應以昭二十九年左傳云水官不修則龍不至故也人君則當方來應案孔穎達左傳疏及禮記禮運疏引異義與此詳略不同左傳疏又云賈逵服虔穎容等皆以孔子自衛反魯考正禮樂修春秋約以周禮三年文成致麟麟感而至然則先儒皆主修母致子之說矣麟爲應禮之信獸詩以麟喻公子言公子應文王之禮化其德似麟也麟依說文作麐○序云公子皆信厚故傳以振振訓信厚般其雷振振君子謂大夫之信厚傳訓亦同公子公之子也姓族之所自出也二章公姓三章公族同姓族於公子者也文選謝朓入公山詩注引韓詩章句亦云吁嗟歎辭也于吁古今字辭當作詞歎詞美歎之詞也美歎曰嗟傷歎亦曰嗟凡全詩歎詞有此二義或言嗟或言嗟嗟或言猗嗟或言于嗟爾雅嗟咨䰈也說文口部嗞䰈也言部䰈嗞也嗟䰈𧪾同

麟之定振振公姓（傳）定題也公姓公同姓于嗟麟兮（疏）定題題本作顛定本作題釋文正義皆以顛爲誤疑傳本作顛爾雅作題題顛同義而顛與定雙聲凡毛傳有不與爾雅盡同者必於聲求義也解之者不通其例遂據爾雅之文改毛傳之字矣爾雅釋言定題也顛頂也車鄰傳白顛的顙也題顛頂顙義同定依聲託訓也俗加頁作顁○古者諸侯之子爲公子公子之子爲公孫公孫之子始以王父字爲姓故與公同姓之人其姓實出於公公之別子爲得姓之祖也公之子別子也公子之子繼別也至公孫之子其長子則爲繼別之大宗其庶子卽爲繼禰之小宗旣有小宗卽有庶姓五世而遷其羣小宗各自成其庶姓而羣庶姓又壹是統於大宗之正姓鄭注禮記大傳云姓世所由生又云姓正姓也始祖爲正姓高祖爲庶姓傳云公姓公同姓者同其姓必同其祖故唐杕杜不如我同姓傳同姓同祖也

麟之角振振公族（傳）麟角所以表其德也公族公同祖也于嗟麟兮（疏）傳文角上麟字疑衍角之爲言梏也較也定之爲言顁也庭也角定皆有正直

之義此釋角爲表德而於上章之定不言經義者詳略可互見也角德雙聲定德亦雙聲爾雅麠麠身牛尾一角郭注云角頭有肉公羊傳曰有麠而角○公族猶公姓也孫以祖字爲姓以祖字爲族隱八年左傳諸侯以字爲謚因以爲族杜注云諸侯不賜姓其臣因氏其王父字或便即先人之謚稱以爲族爾雅釋親篇云父之從祖昆弟爲族父曾祖之孫也自己而上數至於曾此四世稱族之義也又云父之從祖祖父爲族曾王父高祖之子也族父之子相謂爲族昆弟高祖之玄孫也自己而上數至於高祖又下數至於玄孫此五世九族之義也又云族昆弟之子相謂爲親同姓與己同出於高祖之父此六世絶族之義也然雖絶族其庶姓猶各以始祖之正姓爲姓即各以始祖之命族爲族所謂同姓從宗合族屬也故傳以同族爲同祖同祖即同姓是姓族皆有服内外之親也正義謂公族較親於公姓則以公族爲親族之族而以公姓爲氏姓之姓謬矣

卷一終

詩毛氏傳疏卷二

長洲陳奐學

召南鵲巢詁訓傳第二　毛詩國風

召南之國十四篇四十章百七十七句（疏）釋文召地名在岐山之陽扶風雍縣南有召亭水經渭水注雍水東逕召亭南故召公之釆邑京相璠曰亭在周城南五十里案周武王封召公於北燕在成王時爲三公北燕國今　京師順天府治召公未就國居王朝爲西伯自陝以西主之周公定樂遂以分陝所典治之國名之曰召南焉

鵲巢三章章四句

鵲巢夫人之德也國君積行累功以致爵位夫人起家而居有之德如鳲鳩乃可以配焉（疏）鳲釋文作尸今通俗作鳲鷃虞序鵲

巢之化行人倫既正朝廷既治天下純被文王之化是鵲巢推本文王矣德如鳲鳩猶云德如關雎也關雎麟止王者之風故曰后妃鵲巢騶虞諸侯之風故曰夫人后妃夫人皆謂大姒也周公作樂爲後世法

維鵲有巢維鳩居之傳興也鳩鳲鳩秸鞠也鳲鳩不自爲巢居鵲之成巢**之子于歸百兩御之**傳百兩百乘也諸侯之子嫁於諸侯送御皆百乘疏鳩五鳩之總名序云鳲鳩故傳知鳩爲鳲鳩也鳲鳩一名秸鞠爾雅作鴶鵴說文作秸鵴方言布穀自關而東西梁楚之閒謂之結誥周魏之閒謂之擊穀爾雅邢疏引義疏云今梁宋之閒謂布穀爲鴶鵴一名擊穀郭注云江東呼爲穫穀鄭注月令作搏穀案結誥擊穀卽秸鞠之轉語穫搏與布聲相近方言又誤以鳲鳩爲戴勝鳥辨見鳲鳩篇鳲鳩篇鳲鳩在桑其子七兮傳云鳲鳩秸鞠也鳲鳩之養其子朝從上下莫從下上平均如一是卽鳲鳩之德也故詩人以鳲鳩與諸侯夫人云鳲鳩不自爲巢居鵲之成巢者此易傳所謂地道无成而代有終之義也箋云鵲之作巢冬至架

之至春乃成淮南子天文篇曰冬至鵲始加巢又時則篇鵲加巢加與架通古人嫁娶在霜降後冰泮前故詩人以鵲巢設喻○傳云百兩百乘兩乘以車馬爲數兩一車兩輪也百兩以兩輪爲數也管子乘馬篇一乘者四馬也百乘以四馬爲數也云諸矦之子嫁於諸矦送御皆百乘者此合次章百兩將之而總釋其義思齊傳御迎也士昏禮注御當爲訝訝迎也謂壻從者也迎親迎也諸矦親迎從者百乘也韓奕韓矦迎止百兩彭彭箋亦云百兩百乘也

維鵲有巢維鳩方之（傳）方有之也**之子于歸百兩將之**

（傳）將送也（疏）方有之釋文據傳一本無之字非也凡詁義不盡則用之字以足之如關雎服思之也葛覃濩煮之也又有連經文之字而言者芣苢薄言有之有藏之也璽臺經之營之經度之也昊天有成命大王荒之荒大之也詁訓本有此句法維鳩方之方有之也其例正同○將訓行送又行之引申也送之者有畱車之禮又有來媵之文韓奕諸娣從之祁祁如雲傳云如雲言衆多也諸矦之子送之者亦百乘

維鵲有巢維鳩盈之傳盈滿也之子于歸百兩成之傳能成百兩之禮也疏盈滿匏有苦葉同墨子經上篇云盈莫不有也盈讀如百室盈止之盈巢之滿猶室之盈也○案一章迎二章送末章百兩成之兼送迎傳乃倒文以釋之云能成百兩之禮者爲能成百兩送迎之禮也言成之者宜室家寧父母

采蘩三章章四句

采蘩夫人不失職也夫人可以奉祭祀則不失職矣疏禮記射義云采蘩者樂不失職也

于以采蘩于沼于沚傳蘩皤蒿也于於沼池沚渚也公侯夫人執蘩菜以助祭神饗德與信不求備焉沼沚谿澗之草猶可以薦王后則荇菜也于以用之公侯之事

傳之事，祭事也。疏于以猶薄言皆發聲語助也蘩皤蒿爾雅釋草文七月同七月之蘩生蠶則蘩非水草故正義以爲生於沼沚之旁者也又爾雅蘩由胡蘩之醜秋爲蒿蘩醜不一種左傳疏引義疏云凡艾白色爲皤蒿今白蒿春始生及秋香美可生食又可蒸一名遊胡北海人謂之旁勃故大戴禮夏小正傳曰蘩遊胡遊胡旁勃也冢今小正作由胡遊由同也陸以皤蒿由胡皆蘩之異名箋云豆薦蘩菹本小正傳則鄭亦以蘩爲由胡不始於元恪也蘩當作蘇○于於釋詁文經作于傳作於于於古今字上于以爲發聲下于訓於與在同義沼池正月靈臺同沚訓渚渾言之也兼葭傳小渚曰沚析言之也傳言蘩菜助祭不求備物即本左傳以釋經義隱三年左傳云苟有明信澗谿沼沚之毛蘋蘩薀藻之菜筐筥錡釜之器潢汙行潦之水可薦於鬼神可羞於王公此傳及采蘋傳皆本左以爲說也云王后則荇菜也者關雎傳后妃有關雎之德乃能共荇菜備庶物以事宗廟彼言王后必備庶物者義各有所取也祭事釋事字則傳文之字疑當衍

于以采蘩，于澗之中。傳山夾水曰澗。于以用之，公侯之

宮(傳)宮廟也(疏)爾雅釋山山夾水澗傳所本也考槃同釋名云澗閒也言在兩山之間也凡兩者爲閒兩山之間必有川焉故其川流行於兩山閒者爲澗○爾雅宮謂之室云廟者宮中之一室也公羊穀梁傳竝云羣公曰宮此羣公廟稱宮矣廟數同於五服之親天子諸矦皆立四親廟與大祖共五廟周制天子有二祧稱七廟不數二祧止五廟詳淸廟篇

被之僮僮夙夜在公(傳)被首飾也僮僮竦敬也夙早也

被之祁祁薄言還歸(傳)祁祁舒遲也去事有儀也(疏)君子偕老副笄六珈傳副者后夫人之首飾編髮爲之彼傳以副爲首飾則被與副同物副用編髮被亦用編髮編髮即周禮追師之編次也葛覃傳云婦人有副褘盛飾接見于宗廟此詩言公矦夫人助祭宗廟首飾必用副則被之爲副又可證也少牢饋食禮主婦被錫衣侈袂主婦贊者一人亦被錫衣侈袂禮箋云被即詩所謂被與案少牢主婦被特牲主婦纚笄被尊於纚笄是大夫妻有被矣大夫妻之被與諸矦夫人之被被飾尊卑不

同而要不得爲髲也鄭改少牢被爲髲又讀詩之被爲
髲髢之髲髢婦人常服后夫人副雖用編髮作成與
髲髢制相似然亦不以髲髢爲從祭之服鄭注追師及
士昏少牢以髲髢爲周禮之次而次又非后夫人從祭
之服也箋詩與注禮又不合○古僮童通射義注引詩
被之童童廣雅童童盛也此三家詩義童童爲首飾盛
祁祁亦當爲首飾盛毛於祁祁揆下文薄言還歸爲舒
遲僮僮揆下文夙夜在公爲竦敬則首飾之盛不待言
矣僮竦疊韻夙早爾雅釋詁文釋文作蚤東方未明生
民傳竝訓夙爲早而此傳又爲全詩夙夜二字通訓也
古曰夙夜今曰早夜夜未旦謂之早夜庭燎云夜如何
其夜未央夜如何其夜未艾未央未艾卽早夜之義未
章云夜如何其夜向晨晨明也向明明已非早夜矣行事
必以早夜爲恭敬故周語叔向說昊天有成命曰夙夜
恭也是也被之僮僮夙夜在公被之祁祁薄言還歸公
讀如論語祭於公之公在公正行助祭之禮故夫人用
被爲首飾之最盛其非視濯溉饎爨可知且在公與下
文還歸意緊相承不應中閒橫梗先夕親事可知公公
廟也歸歸燕寢也僮僮來儀也祁祁去儀也夙夜在公
質明而始行事薄言還歸晏朝而遻也夙夜二字連讀

得義而與夙興夜寐平列者自不同也全詩中若行露小星雞鳴陟岵雨無正烝民韓奕昊天有成命我將振鷺閔予小子有駜解者失其讀久矣因具論之爾雅祁祁遲遲徐也祁與遲聲同義通傳云舒遲者容儀安徐祁祁然也又申之云去事有儀也者祁祁爲事畢歸去之儀則僮僮爲助祭初來之儀依文作訓義可互見也

草蟲三章章七句

草蟲大夫妻能以禮自防也

喓喓草蟲趯趯阜螽(傳)興也喓喓聲也草蟲常羊也趯趯躍也阜螽蠜也卿大夫之妻待禮而行隨從君子未見君子憂心忡忡(傳)忡忡猶衝衝也婦人雖適人有歸宗之義亦既見止亦既覯止我心則降(傳)止辭也覯遇降下也(疏)廣雅喓喓鳴也聲亦鳴也說文無喓字爾雅草螽負蠜正義引爾雅作草蟲又引義疏云

小大長短如蝗也奇音靑色好在茅草中春秋莊二十
九年秋有蜚蜚亦蝗也漢書五行志劉歆以爲負蠜而
郭璞以爲常羊本毛詩說廣雅趯趯跳也躍跳義同阜
螽蠜釋蟲文義疏云今人謂蝗子爲螽子兖州人謂之
螣阜俗作蛗螽爾雅釋文本亦作蛗音終公羊春秋螽
作蝝蝝即蟿字據諸家說草蟲爲蝗阜螽爲蝗子箋謂
異種同類是也庶人之家有不待備禮者卿大夫之妻
必待備禮而後行待禮而行隨從君子傳謂大夫妻而
言也首章以阜螽之從草蟲興妻之隨從君子此蓋明
言其意所在也凡言興體有寓意於喻言者又有明言
其正意者是其例也二三章以陟山采菜興從君子必
當順其志願○忡忡衝衝古今語言之變也衝說文从
童衝衝讀如憧憧往來之憧憧楚辭九歌極勞心兮懾懾
又嚴忌哀時命心煩冤之懾懾廣雅懾懾憂也本三家
詩傳云婦人雖適人有歸宗之義以釋經未見憂心未
見君子謂未成婦也古者婦人三月廟見然後成婦禮未
未成婦有歸宗義故大夫妻於初至時心憂之衝衝然
也春秋宣五年秋九月齊高固來逆叔姬冬齊高固及
子叔姬來左傳冬來反馬也杜注云禮送女留其送馬
謙不敢自安三月廟見遣使反馬孔疏云禮送女適於

夫氏留其所送之馬謙不敢自安於夫若被出棄則將
棄之以歸故留之也至三月廟見夫婦之情既固則夫
家遣使反其所留之馬以示與之偕老不復歸也案占
者諸侯以上不取國中之女反馬告寧乃遣大夫行之
大夫無外交不得取他國中之女女歲歸寧大夫不得
親自反馬故齊高固既取魯女而來反馬示譏爾然大
夫禮亦三月廟見亦留馬留馬之禮即有歸宗之義諸
侯以上體尊無出士卑當夕成昏皆不歸宗故此傳亦
謂大夫妻而言也禮記曾子問篇孔子曰三月而廟見
稱來婦也曾子問曰女未廟見而死則如之何孔子曰
不遷於祖不祔於皇姑壻不杖不菲不次歸葬于母氏
之黨示未成婦也此亦大夫禮也嫁不三月不成婦死
則歸黨出則可以歸宗全婦節遂女志又互見葛屨篇
鄭謂士以上皆當夕成昏故以未見爲在塗既見爲同
牢失之○傳訓止爲辭辭當作詞爲全詩止字發凡也
抑箋云止辭也爾雅釋詁遘遇也覯與遘通公劉抑傳
訓覯爲見此訓覯爲遇者既見謂已見君子既遇謂已
與君子相遇也穀梁傳云遇者志相得也志相得謂之
遇相偶亦謂之遇故釋言云遇偶也易彖辭傳遘遇也
柔遇剛也又序卦傳遘者遇也物相遇而後聚詩言初

昏之子得遇於君子夫婦和則室家成室家成而繼嗣生所謂相遇而後聚也此傳義也降下釋言文文王傳亦訓降爲下襄二十七年左傳鄭伯享趙孟子展賦草蟲趙孟曰善哉民之主也抑武也不足以當之又曰子展其後亡者也在上不忘降案此雖斷章取義然亦主爲卿大夫者說

陟彼南山言采其蕨傳南山周南山也蕨鼈也**未見君子憂心惙惙**傳惙惙憂也**亦既見止亦既覯止我心則說**傳說服也疏詩言南山雖繫於召南而實與周南不分疆域故傳云周南山也攷周原在今岐山縣東其南與鄠縣接界太一山卽太白山在縣東南則周南山卽太一山也終南山在鄠鎬之南古文尚書家說以武功縣之太一當終南說者謂秦風之終南卽此詩傳所說之周南山其誤最甚○蕨鼈爾雅釋草文齊民要術卷九引義疏云蕨山菜也初生似蒜莖紫黑色二月中高八九寸先有葉瀹爲茹滑美如葵三月中其端散爲三枝枝有數葉葉似青蒿長麤堅長不可食周秦曰蕨齊魯曰鼈管子地員篇五粟之土藻龜楢

檀五位之士求黿楢檀黿劉績本作黿上一字皆柔字之誤求柔聲相近藻柔形相近因而誤作求又作藻下一字乃鼈字之誤鼈字滅去上半之敝遂誤作黿又誤作黿耳郭璞山海經注云楢剛木中車材檀木中材故曰楢檀鼈草可食故曰柔鼈也夷吾齊人故評蕨爲鼈矣○晏子春秋外篇惙惙矣如之何淮南子原道篇其爲悲不惙惙與詩惙惙同惙惙爲憂則上章忡忡亦爲憂義得互明也爾雅忡忡惙惙憂也說文忡憂也引詩憂心忡忡惙憂也引詩憂心惙惙則忡忡惙惙皆爲憂也說服雙聲爾雅云悅服也劉向說苑君道篇引詩作悅說悅古今字

陟彼南山言采其薇(傳)薇菜也未見君子我心傷悲(傳)嫁女之家不息火三日思相離也亦既見止亦既覯止我心則夷(傳)夷平也(疏)薇菜者菜名薇也采薇同薇以芼羹公食大夫士虞特牲饋食記鉶芼皆用薇芼即菜也說文云薇菜也俗藿陸機以爲山菜爾雅薇垂水顧野王云水濱生故曰垂水吳江

陳啓源稽古編云坐水生水旁不生水中澗谿潢潦皆山閒水薇生其旁無害爲山菜案此說似得之四月篇云山有蕨薇○曾子問孔子曰嫁女之家三夜不息燭思相離也此凡嫁女者之常禮傳引之者以釋經我心傷悲言大夫妻未三月未成爲婦憂不當君子無以寧父母我心用是傷悲爾不當君子猶恐其被出歸宗也無以寧父母故念父母之思離己也春秋成九年二月伯姬歸于宋夏季孫行父如宋致女左傳季文子如宋致女復命公享之賦韓奕之五章穆姜出于房再拜曰大夫勤辱不忘先君以及嗣君施及未亡人先君猶有望也敢拜大夫之重勤又賦綠衣之卒章而入孔疏云此伯姬二月歸夏致女其閒近三月禮婦入三月廟見廟見之後婦禮既成使大夫聘問謂之致女案父母思離故有致女之禮至如穆姜出拜可謂寧父母矣其禮行於三月廟見後亦是思相離之義諸侯致女春秋一見大夫無聞○夷平出車節南山桑柔召旻傳同夷者侇之省說文侇行平易也士喪禮奉尸侇于堂今文侇作夷侇當爲侇此夷侇爲古今字通用之證凡全詩夷字有平說易常四義其正字皆當作侇也

采蘋三章章四句

采蘋大夫妻能循法度也能循法度則可以承先祖共祭祀矣〔疏〕禮記射義云采蘋者樂循法也

于以采蘋南澗之濱于以采藻于彼行潦〔傳〕蘋大蓱也濱厓也藻聚藻也行潦流潦也〔疏〕說文薲大蓱也今字通作蘋爾雅釋草苹蓱其大者蘋傳所本也釋文引韓詩云沈者曰蘋浮者曰薸薸音飄卽蓱是蘋蓱有大小沈浮之異苹其大名耳韓言沈者非不浮也但其根連水底較大於水浮之蓱說雖異而義實同蘋作薲蓱不作苹也隱三年左傳蘋蘩薀藻之菜杜注云蘋大蓱孔疏引義疏云今水上浮蓱是也其麤大者謂之蘋小者曰蓱季春始生案字亦作萍月令季春之月萍始生逸周書時訓篇穀雨之日萍始生紀萍生候也夏小正七月湟潦生苹傳湟下處也有湟然後有潦有潦而後有苹也此正與詩義合藻亦蘋之屬詩言采蘋藻爲菜爲嫁女教成而祭教成

亦在七月蓋古者嫁娶秋始行之南澗南山之澗也濱厓北山同疑濱字出三家詩召旻釋文引張揖字詁云瀕今濱說文瀕水厓人所賓附也今毛詩唯召旻作瀕耳沈約宋書何尚之傳引毛詩南澗之瀕○藻說文引詩作薻或作藻傳云聚藻左傳謂之蘊藻杜注云蘊藻聚藻也孔疏引義疏云生水底有二種其一種葉如雞蘇莖大如箸長四五尺其一種莖大如釵股葉如蓬蒿謂之聚藻此二藻皆可食煑熟接去腥氣米麪糝蒸爲茹嘉美據陸說則莖如釵股者爲聚藻矣爾雅莙牛藻郭注似藻葉大江東呼爲馬藻邢疏及家訓書證篇引郭注三蒼莁以牛藻謂即聚藻也行猶流也行潦山澗之流潦也洞酌傳亦云行潦流潦也於南澗言蘋於行潦言藻互詞

于以盛之維筐及筥于以湘之維錡及釜（傳）方曰筐圓曰筥湘亨也錡釜屬有足曰錡無足曰釜（疏）甫田傳云在器曰盛說文匡筥也或作筐筥䈰也䈰飯筥也受五升秦謂筥曰䈰筥方言作簇筐筥同類而有方圓之異本爲飯器

乃以盛蘋藻也小雅采菽采菽筐之筥之筐筥盛菽亦爲芼羹之用○湘讀爲鬺假借字也景祐本漢書郊祀志皆嘗鬺亨上帝鬼神顔師古注云鬺煑也鬺亨煑而祀也引韓詩于以鬺之史記封禪書字亦作鬺說文䰞煑也不錄鬺鬺卽䰞也亨與煑同義楚茨傳亨飪之也錡釜屬則錡與釜屬而别也郭璞注方言云錡或曰三腳釜玉篇云三足釜說文鬴鍑屬也或作釜周禮廩人注云六斗四升曰鬴正義云定本有足曰錡下更無傳俗本錡下又云無足曰釜御覽器物部二引無無足曰釜與定本同而六書故錡下鬺下兩引毛傳有足曰錡無足曰釜是毛傳有此兩本也

于以奠之宗室牖下（傳）奠置也宗室大宗之廟也大夫士祭於宗室奠於牖下**誰其尸之有齊季女**（傳）尸主齊敬季少也蘋藻薄物也澗潦至質也筐筥錡釜陋器也少女微主也古之將嫁女者必先禮之於宗室牲用魚

芼之以蘋藻（疏）箋訓置故箋祭爲置祭左傳寘諸宗室
此傳所本也寘亦置也云宗室大宗之
廟也者定之方中室猶宮也采蘩宮廟也室宮同義故
宮謂之廟廟亦室室謂之廟詩言設祭於宗室故謂室爲廟
也宗以廟廟爲主故主祭者稱宗禮記喪服小記別子爲
祖繼別爲宗繼禰者爲小宗有五世而遷之宗其繼高
祖者也鄭注云別子諸侯之庶子別爲後世爲始祖繼
別別子之世長子爲其族人爲宗所謂百世不遷之宗
繼禰者別子庶子之長子爲其昆弟爲宗謂之小宗者
以其將遷也小宗有四或繼高祖或繼曾祖或繼祖或
繼禰皆至五世則遷葢古者立宗之義有小宗以聯其
情又有大宗以收其族大宗者合羣小宗而名之者也
羣小宗各有下正之廟不得有大宗之廟大宗之廟唯
繼別之宗子世世祀之亦羣繼禰之庶子世世宗之是
祖爲百世不遷之祖宗爲百世不易之宗廟爲百世不
毀之廟天子諸侯有大祖廟大夫士則爲始祖廟傳云
大夫士祭於宗室箋於牖下此依經作訓下傳亦云禮
之於宗室各本作宗廟轉寫者或涉傳上句廟字而改
耳今依正義作宗室訂正大夫士祭於宗室此卽庶子
不祭祭於宗子之義也喪服小記庶子不祭祖者明其

宗也鄭注云言不祭祖者主謂宗子庶子俱爲適士得
立祖禰廟者也凡正體在乎上者謂下正猶爲庶也又
庶子不祭禰者明其宗也鄭注云謂宗子庶子俱爲下
士得立禰廟也雖庶人亦然歙程瑤田宗法小記云宗
子庶子皆爲適士於禮皆得立祖禰廟而主祭者唯宗
子雖庶子爲下正得自祭禰而不祭祖故曰庶子不祭
祖明其宗也宗子庶子皆爲下士於禮皆得立禰廟而
主祭者唯宗子庶人祭於寢主祭者亦唯宗子故曰庶
子不祭禰明其宗也案此士爲庶子不祭祭必於宗子
也曾子問宗子爲士庶子爲大夫其祭也如之何孔子
曰以上牲祭於宗子之家祝曰孝子某爲介子某薦其
常事蓋大夫得立曾祖廟但己爲庶子義不當立故孔
疏引崔靈恩云當寄立曾祖廟於宗子之家亦得以上
牲宗子爲祭也喪服小記士不攝大夫士攝大夫唯宗
子亦其義也此宗子爲士庶子爲大夫而主祭者亦唯
宗子矣若宗庶同爵皆爲大夫庶子不祭禮更可知宗
法小記云宗子庶子爲大夫宗子爲繼曾祖之宗有曾
祖祖禰三廟主祭宗子之弟三廟與宗子共不祭宗子
從父昆弟是下正有禰廟主祭而爲祖與曾祖之庶者
祖與曾祖與宗子共不祭宗子從祖昆弟是下正有祖

禰二廟主祭而爲曾祖之庶者曾祖廟與宗子共不必祭案此大夫爲庶子不祭祭必於宗子也然則大夫士必祭祭於宗子之室矣下士是庶子不得立禰廟而祭於繼禰之宗適士是庶子不得立祖廟而祭於繼祖之宗於大夫是庶子不得立曾祖廟而祭於繼曾祖之宗是皆曰小宗若大宗其室則宗子家也其廟則始祖之廟也古者嫁女當祭女所出之祖祖廟毀乃祭於大宗之家之廟故正義中明傳義云言大夫士祭於宗室謂祖廟已毀或非君同姓故祭大宗之家是已牖下宗室之牖下也胡培翬云大夫士宗廟之制室在中有東西房或以爲無西房者燕寢非廟與正寢也房室皆向堂開戶房有戶無牖室則戶牖俱有戶在東牖在西故堂上以戶牖閒爲尊位亦有單就牖以明其位者顧命牖閒南嚮周禮司几筵筵國賓于牖前是也此詩言牖下與牖閒牖前義蓋同奠案胡說廟牖極明白以牖下爲堂上意用箋義但禮記飯于牖下左傳夙于牖下蔡邕獨斷霤神在室祀中霤設主于牖下也皆指室中詩言奠于牖下指室中不指堂上○尸主釋詁文襄二十八年左傳穆叔曰濟澤之阿行潦之蘋藻寘諸宗室季蘭尸之敬也左傳正釋此詩傳詁齊爲敬即本諸此也玉篇女部引

詩作夔說文夔材也廣雅夔好也皆三家詩義陟岵傒人傳以季爲少子此季訓少又爲少女也傳既釋字訓又總釋全章大恉蘋藻薄物澗潦至質筐筥錡釜陋器此本左傳義與采蘩傳同少女微主即是季蘭尸之亦本左傳義也禮記昏義篇古者婦人先嫁三月祖廟未毀教于公宮祖廟既毀教于宗室教以婦德婦言婦容婦功教成之祭牲用魚芼之以蘋藻所以成婦順也傳於葛覃篇既言女師教女之事而於此又引昏義文者以明此詩亨飪蘋藻奠祭宗室正與禮記教成之祭合矣楚語庶人食菜祀以魚則牲用魚爲薄祭也芼菜也箋云亨蘋藻者於魚湆之中是鉶羹之芼又云魚俎實正義云魚體在俎蘋藻亨於魚湆之中此釋牲魚芼蘋藻之說也毛傳亦謂教成之祭其云禮之於宗室者將嫁之女既於宗子之家教之教之三月又設奠於大宗之家此與士昏禮父醴女而俟迎者在當嫁之夕非將嫁之先異時二事箋解經不誤唯誤會傳義以禮爲父醴女正義回護鄭說乃謂傳合教成之祭與父醴女爲一事非也

甘棠三章章三句

甘棠美召伯也召伯之教明於南國（疏）漢書王吉傳說苑貴德篇法言先知篇白虎通義封公侯篇及巡守篇竝引此詩爲召公作二伯分陝述職聽斷獄訟後世思而歌詠之則甘棠謂作於武王世矣案此三家說也甘棠行露紀一時之事行露序云召伯聽訟甘棠傳云召伯聽男女之訟行露述訟者之辭甘棠美聽訟者之德施化在前而采風在後也行露箋云衰亂之俗微貞信之教興殷之末世周之盛德當文王與紂之時此箋則云召公爲二伯此美其功然同一召伯也行露爲文王詩甘棠爲武王詩蓋參三家而爲之說

蔽芾甘棠勿翦勿伐（傳）蔽芾小貌甘棠杜也翦去伐擊也召伯所茇（傳）茇草舍也召伯聽男女之訟不重煩勞百姓止舍小棠之下而聽斷焉國人被其德說其化思其人敬其樹（疏）說文蔽蔽小艸也爾雅芾小也韓詩外傳引詩作蔽茀卷阿傳茀小也芾與茀

同我行其野箋蔽芾始生始生即此傳所云小皃之義
也爾雅釋木杜甘棠杜赤棠白者棠是甘棠赤棠皆得
謂之杜唯別其色之白者謂之棠杜可以通稱棠棠則
不可以通稱杜也毛傳於此甘棠釋杜而於唐風杕杜
之杜釋亦棠竝用爾雅說文云棠牡曰棠牝曰杜杜甘
棠也小雅有杕之杜有睆其實此卽牝杜之義證杜有
實棠則華而不實說文亦是通杜於棠而別棠於杜牡
牝之說足以補雅傳之未及而與雅傳竝無不合杕杜
正義引義疏云赤棠與白棠同耳但子有赤白美惡子
白色爲白棠甘棠也少酢滑美赤棠子澀而酢無味俗
語云澀如杜是也依陸說棠亦有子白棠爲甘棠赤棠
澀如杜則詩之杜其赤棠與其白棠與乃始與古說相
混耳說文𠝣齊斷也从刀歬聲隸變作前經典通假作
翦云去者去其枝葉也釋文引韓詩作剗初簡反剗謂
剗除與去義相近蔡邕劉鎮南碑蔽芾甘棠召伯聽訟
周人勿剗我賴其楨所據詩亦作剗伐擊采芑同擊者
非斬伐之謂乃毀傷之意故汝墳伐其條枚伐其條肄
不訓擊也○茇草舍也以下四十一字宋本岳本皆爲
箋汲古注疏本茇草舍也四字爲傳以下爲箋正義云
定本集注於此注內無箋云則皆爲傳文可證矣今據

以訂正說文废舍也詩曰召伯所废釋文引說文舍上有草字許正用毛訓是其所據詩作废也今字作茇與废同傳云草舍二字見襄二十八年左傳文又定九年引詩而釋之云思其人猶愛其樹襄十四年晉士鞅曰武子之德在民如周人之思召公焉愛其甘棠昭二年晉韓宣子來聘既享宴于季氏有嘉樹焉宣子譽之武子曰宿敢不封殖此樹以無忘角弓遂賦甘棠宣子曰起不堪也無以及召公此皆傳義之所出也

蔽芾甘棠勿翦勿敗召伯所憩（傳）憩息也（疏）集韻二十六產引韓詩勿剗勿敗○憩息爾雅釋詁文詩爾雅釋文皆云憩本又作愒菀柳民勞皆作愒說文愒息也愒與墍聲近愒之俗作憩猶墍之俗作塈也

蔽芾甘棠勿翦勿拜召伯所說（傳）說舍也（疏）王讜唐語林引施士丐詩說云拜如人身之拜小低屈也上言勿翦終言勿拜明召伯漸遠人思不可得也毛詩拜猶伐非也據施說疑毛傳本有拜猶伐也四字今奪然首章傳伐訓擊施乃誤仞爲斬伐故謂毛爲非耳廣韻十六怪扒拔也

引詩勿翦勿扒鄭箋亦云拜之言拔也皆本三家義○說舍雙聲浮游箋云說猶舍息也

行露三章一章三句二章章六句

行露召伯聽訟也衰亂之俗微貞信之教興彊暴之男不能侵陵貞女也疏列女傳貞順篇詩爲申人之女所自作此三家說也

厭浥行露豈不夙夜謂行多露傳興也厭浥溼意也行道也豈不言有是也疏說文浥溼也厭浥古語厭浥浥溼三字聲同傳訓行爲道凡六見而義別道路之道謂之道道義之道亦謂之道載馳之亦各有行鹿鳴之示我周行傳行道也道義之道也此篇及北風之攜手同行有女同車之有女同行行葦之敦彼行葦傳行道也皆道路之道也公劉爰方啓行傳云方開道路義亦同行露道中有露也興者夙夜行露喻犯禮雀角鼠牙喻彊暴速獄訟○後箋云詩首三句初讀之似與豈不爾思畏子不奔文意相類故箋云我豈不知當早夜成昏禮與謂道中之露太多故不行耳

正義曰用此述傳然女方被訟不從而乃先云豈不欲之作此婉辭不合語意玩首章謂字當與下二章誰謂之謂一律誰謂者誣善之辭衆不能察而歸之聽訟之明者也故此云厭浥者道中之露也然必早夜而行始犯多露豈不早夜而謂多露之能濡已乎以興本無犯禮不畏彊暴之侵陵也傳云豈不言有是也謂有是早夜而行者則可謂道中多露經反言之傳正言之可謂善會經旨矣左傳僖二十年隨以漢東諸侯叛楚楚鬬穀於菟帥師伐隨取成而還君子曰隨之見伐不量力也量力而動其過鮮矣善敗由己而由人乎哉詩曰豈不夙夜謂行多露此正以夙夜犯露爲不量力之喻言豈有量力而動猶至見伐乎又襄七年晉韓獻子告老公族穆子有廢疾將立之辭曰詩曰豈不夙夜謂行多露此亦謂自量不才故辭位如人不早夜可無犯露耳杜注皆云豈不欲早夜而行懼多露之濡已此箋義非傳義也傳以厭浥爲多露濡溼之意三句一貫語本直截箋則以行露爲始有露是二月嫁娶正時多露則三月四月已過昏時故云禮不足而彊來於經文三句中多一轉折不如毛義爲允易林云厭浥晨夜道多湛露瀸衣濡襦重不可步亦即以厭浥爲多露無二月四月

之別也

誰謂雀無角何以穿我屋誰謂女無家何以速我獄（傳）不思物變而推其類雀之穿屋似有角者速召獄埆也

雖速我獄室家不足（傳）昏禮純帛不過五兩（疏）誰孰也以猶爲也鼓鐘傳以雅以南爲雅爲南也是以爲同義雀無角鼠無牙物之常也今視屋犄之穿推其類則雀似有角鼠似有牙矣物之變也彊暴之男本無家亦物之常也今視獄訟之速推其類則無家而似有家若雀無角而有角鼠無牙而有牙矣亦物之變也雀鼠喻彊暴之男也穿屋穿墉喻無禮也貞女守禮之常今彊暴來侵陵故作此驚疑意外之語傳云不思物變四字合下章而總釋其義速召疊韻東方未明傳云召告也獄埆亦疊韻埆當作确說文㹜部獄确也从㹜从言二犬所以守也許本毛詩則傳作确不作埆此其證矣周禮大司寇之職以嘉石平罷民以肺石達窮民确者正取嘉石肺石以命名獄亦訟也速速於訟獄或坐嘉石或立肺石皆

在聽斷之後非卽入於圜土也鄭司農司圜注云圜土
謂獄城也若字作土旁角則已入於圜土矣後漢書寇
榮傳不復質确其過寘於嚴棘之下李注云質正也确
實也嚴棘爲獄也其字亦作确〇傳純字定本作紂字
依鄭注周禮以純爲緇改純帛爲紂帛猶丰箋瞻彼洛
矣箋改純衣爲紂衣說文無紂字周禮媒氏及儀禮士
昏禮注郭璞穆天子傳注皆作純帛矣媒氏凡嫁子取
妻入幣純帛無過五兩鄭注云五兩十端也士昏禮納
徵玄纁束帛儷皮注云束帛十端也襍記下篇納幣一
束束五兩兩五尋注云納幣謂昏禮納徵也十个爲束
貴成數兩兩合其卷是謂五兩八尺曰尋一兩五尋則
每卷二丈也合之則四十尺今謂之匹猶匹偶之云與
案納徵之禮重束帛耳士昏禮言玄纁束帛媒氏入幣
純帛不及玄纁者五兩卽玄纁也媒氏曰純帛束帛也
曰純帛五兩束帛十端也曰純帛無過五兩納幣一束
束五兩也純之爲言屯也野有死麕傳純束猶苞之也
純亦束也秦策錦繡千純千束也管子輕重甲篇纂組
一純一束也穆天子傳錦組百純說苑善說篇文織百
純百束也聘禮注凡物十曰束又引朝貢禮純四只制
丈八尺天官內宰注引天子巡守禮制幣丈八尺純四

猳與既夕禮注丈八尺曰制二制合之束十制五合元和惠士奇禮說云葢一匹分兩端相對相合故曰兩亦曰純五兩則一束十端每端二丈純猶全也丈八爲端名曰制幣用之鬼神者也吉凶禮用制賓嘉禮用純案惠半農訓純爲全其說甚精而與鄭十爲束之義亦無不合帛幣也幣用玄纁昏禮之制不過乎此鄭氏注周禮破純帛爲緇帛賈公彥作疏遂有庶人用緇無纁之說而儀禮注仍援純帛以證束帛鄭固以前說爲不安矣詩言不足者禮不足也故傳引昏禮以明之列女傳亦云夫家之禮不備足義與毛同

誰謂鼠無牙何以穿我墉誰謂女無家何以速我訟（傳）墉牆也視牆之穿推其類可謂鼠有牙**雖速我訟亦不女從**（傳）不女從終不棄禮而隨此彊暴之男（疏）說文牙壯齒也段注云壯齒者齒之大者也統言之皆偁齒偁牙析言之前當脣者偁齒後在輔車者偁牙牙較大於齒鼠齒不大故謂無牙也東方朔說騶牙曰其齒前後若一齊等無牙此爲齒小牙大之明證爾雅釋宮云牆謂之墉

是墉即牆也○傳云終不棄禮而隨此彊暴之男以釋經不女從之義今本傳文從上奪女蜀石經有女字今訂正禮純帛五兩也隨即經之從字彊暴之男即經之女字案此與上章義互足也韓詩外傳云夫行露之人許嫁矣然而未往也見一物不具一禮不備守節貞理守死不往列女傳云召南申女許嫁于酆夫家禮不備女不肎往夫家訟之於理致之於獄終以一物不具一禮不備守節持義必死不往服虔宣元年左傳注亦云古者一禮不備貞女不從竝合上下兩章爲訓也

羔羊三章章四句

羔羊鵲巢之功致也召南之國化文王之政在位皆節儉正直德如羔羊也〔疏〕正義云德如羔羊者詩人因事託意見在位者裘得其制德稱其服故說羔羊之裘以明在位之德序達其意故云如羔羊焉

羔羊之皮素絲五紽〔傳〕小曰羔大曰羊素白也紽數也

古者素絲以英裘不失其制大夫羔裘以居退食自公

委蛇委蛇（傳）公公門也委蛇行可從迹也（疏）經言羔羊故傳釋小羔大羊唯羔爲大夫之裘故下傳但說羔裘耳正義云兼言羊者以羔亦是羊故連言以協句素白者考工記凡畫繢之事後素功論語入佾篇繢事後素素與繢事對言蓋以其色白可采也白絲不染絲也五古文作乂當讀爲交午之午周禮壺涿氏午貫象齒故書午爲五此五午相通之例魯有五父衢名亦是午達岐出也釋文它本作佗或作紽說文無紽字據陸所見詩作它它者佗之假借小弁傳佗加也傳詁它爲數者數與縫同事五佗猶交加言縫裘不言縫裘之絲後漢書循吏王渙傳注引韓詩章句云小者曰羔大者曰羊素喻絜白絲喻屈柔紽數名也詩人賢仕爲大夫者言其德能稱有絜白之性屈柔之行進退有度數也案韓與毛訓同唯紽爲絲數之量名與毛訓異玉篇紽絲數也或紽字出韓詩○傳既釋經字再總釋經義云古者庿文王時也干旄篇素絲紕之傳紕所以織組也素絲組之傳總以素絲而成組也鄭注玉藻云紕緣邊也襍記云在旁

曰紕在下曰純深衣云純謂緣之也純邊衣裳之側廣各寸半既夕記云飾裳在幅曰綼在下曰緆素絲者纖成之組作裘緣邊之紕漢人謂之偏諸傳云素絲以英裘謂以素絲爲縫裘之飾英猶飾也淸人闕宮皆以英爲飾出車傳英英鮮明皃卽其義也又云不失其制者言不失縫裘制度下章傳云縫殺之大小得其制兩制字一意大夫序文王時在位者也大夫在朝服玄冠朝服羔裘豹褎緇衣以爲裼卒食燕居易玄冠玄端朝玄端夕深衣則其裘宜朝羔裘而夕褻裘此羔裘爲在家之禮服也傳云大夫羔裘以居與七月傳狐貉之厚以居狐貉褻裘也兩居字義同此謂居家非謂居朝傳揆下文退食自公而言〇公公門謂應門也玉藻朝辨色始入君日出而視之鄭注云入入應門也應門內治朝爲卿大夫治事之所諸侯則爲雉門襄七年左傳詩曰退食自公委蛇委蛇謂從者也衡而委蛇必折杜注云委蛇順貌衡橫也橫不順道必毀折傳云行可從迹者正用左氏釋詩之語從俗作蹤君子偕老委委佗佗傳委委者行可委曲也佗佗者德平易也單言委重言委委單言蛇重言蛇蛇亦作佗佗二傳訓同箋云委蛇委曲自得之皃委曲猶順從也釋文引韓詩逶迤公正皃

韓字異而
義亦相近

羔羊之革，素絲五緎。（傳）革猶皮也。緎，縫也。**委蛇委蛇，自公退食。**（疏）載驅、韓奕傳以革釋鞹，革去毛之稱，此言革與上章言皮同意，則非去毛，故云革猶皮也。爾雅釋訓云：「緎，羔裘之縫也。」傳詁緎爲縫，正本爾雅。作訓五緎既爲縫，則五紽、五總亦爲縫也。爾雅獨解緎者，蓋舉中言之耳。說文黑部云：「䵝，羔裘之縫也。」繫傳引詩作「羔羊之䵝」，許所據詩、爾雅皆作䵝。羔裘，黑羔裘也。所以縫黑羔裘，是謂之䵝。其字從黑會意，不從糸會意，則知今本作緎非古也。玉篇䵝亦作𩋓，從革卽從皮，皆於裘得義。詩以素絲爲織成之組，它、䵝、總皆爲縫裘之名。毛傳於䵝訓縫，而於它、於總訓數，數之爲言蔟蔟也，皆卽密縫之意也。王引之詩述聞云：「紽、緎、總，皆數也。五絲爲紽，四紽爲緎，四緎爲總。五紽，二十五絲；五緎，一百絲；五總，四百絲。故詩先言五紽，次言五緎，次言五總也。西京襍記載鄒長倩遺公孫宏書曰：『五絲爲䋦，倍䋦爲升，倍升爲緎，倍緎爲紀，倍紀爲緵，倍緵爲襚。』緵字又作總。緎者二十絲，總者八十絲，紀、紽之數今失其傳。紽又作佗。

春秋時陳公子佗字五父則知五絲爲紽𠭊西京襍記之編矣案此說與韓詩合今細繹經義上句言裘下句言縫若但言絲數而於縫殺之制其義不明葢三家泥於五字爲數名故有此解然同是羔裘也首章止用二十五絲二三章又多至一百絲四百絲以用絲之多寡爲羔裘之制度其說迂迴難通總不如爾雅毛傳之得經恉也

羔羊之縫素絲五總(傳)縫言縫殺之大小得其制總數也**委蛇委蛇退食自公**(疏)上言皮革此言縫則所縫者皮革也周禮天官有縫人考工記攻皮之工有裘氏玉藻注云縫紩也爾雅釋言云黹紩也縫黹同事儀禮喪服記衣帶下尺袵二尺有五寸袂屬幅衣二尺有二寸袪尺二寸鄭注衣帶下尺者要也廣尺足以掩裳上際也袵所以掩裳際也二尺五寸與有司紳齊也屬猶連也連幅謂不削衣二尺有二寸此謂袂中也衣自領至要二尺二寸倍之四尺四寸加闊中八寸而又倍之凡衣用布一丈四寸袪褎口也尺二寸武進張惠言儀禮圖云衣之長二尺二寸而用

布得前後通爲五尺二寸是古之衣當肩爲殺縫中屈其八寸爲曲袷袷之左右皆殺去其八寸之布而爲縫如是則袷方而衣身止二尺二寸也案此端衣冕服之衣不連裳言也唯深衣長衣中衣衣連裳衣二幅裳四幅通前後十二幅儀禮圖云深衣亙連帶下之長以布七尺二寸中屈之闊中八寸前後各三尺二寸曲袷去布八寸當肩縫也袂中二尺二寸屬於幅袂中縫也左衽前後縫合之續衽縫也要中三尺六寸要縫也下齊倍要七尺二寸齊縫也深衣目錄云深衣連衣裳而純之以采者素純曰長衣有表則謂之中衣案此深衣長衣中衣皆連衣裳言也褎無明文端冕深衣皆有褎衣有紕純裳亦當然傳云縫殺大小得其制亦舉衣以明褎也褎幅廣狹與衣幅大小略相似歟說文云制裁也裁制衣也○小箋云東門之枌傳緵數也烈祖傳緵總也然則此傳數字當讀數罟之數五總猶俗云五蔟也上文它數也亦當如此讀

殷其靁三章章六句

殷其靁勸以義也召南之大夫遠行從政不遑寧處其

室家能閔其勤勞勸以義也

殷其靁在南山之陽（傳）殷靁聲也山南曰陽靁出地奮震驚百里山出雲雨以潤天下何斯違斯莫敢或遑（傳）何此君子也斯此違去遑暇也振振君子歸哉歸哉（傳）振振信厚也（疏）靁古雷字經言靁故傳云殷靁聲殷猶殷殷也殷殷猶隱隱也南山周南山也僖二十八年穀梁傳山南為陽范甯注云日之所照曰陽周禮柞氏疏引爾雅山南曰陽今爾雅無此文雷出地奮震驚百里易豫震兩卦象彖辭文傳引之以釋經靁之義雷有雲雨以喻政澤故申之云山出雲雨以潤天下所以釋經靁在山陽之義而又補明其設喻意也百里就南山至近者說天下又推廣之天天下純被文王之化而王道成也○傳云何此君子以釋經何斯之斯斯此釋詁文釋經違斯之斯違讀如論語棄而違之之違節南山惡怒是違傳亦云違去也違斯猶言此去也故傳先釋斯後釋違逆其辭以釋其義詁訓中多有此

側遑暇四牡同爾雅偟暇也古祇作皇遑偟皆非也今本唯漸漸之石不誤邶谷風小弁之遑恤我後四牡采薇之不遑啓處殷武之不敢怠遑左傳引詩皆作皇其明證矣莫敢或皇莫不也或有也言不敢有暇也二章莫敢皇息言不敢暇止也三章莫或皇處言不有暇居也首章但言不暇下乃言不暇止居耳此篇例也振振信厚麟之止同箋云歸哉歸哉勸以爲臣之義未得歸也

殷其靁在南山之側（傳）亦在其陰與左右也何斯違斯莫敢遑息（傳）息止也振振君子歸哉歸哉（疏）上章山陽謂山南也此章山側傳以陰與左右釋經側字之義周禮疏引爾雅山北曰陰今亦無此文桓十六年公羊傳注云山北曰陰則陰在山北也北與背同北亦側也卷阿傳山東曰朝陽左謂東山東則左側也公劉傳山西曰夕陽右謂西山西則右側也是陰與左右皆側矣說文側旁也○息止葛生浮游民勞傳竝同

殷其靁在南山之下（傳）或在其下何斯違斯莫或遑處

【傳】處居也振振君子歸哉歸哉【疏】或在其下或有也靁聲有在南山之下所謂靁出地奮也○處居四牡黃鳥同旣夕記今文處爲居是處居疊韻通用也處居古字作処凥

摽有梅三章章四句

摽有梅男女及時也召南之國被文王之化男女得以及時也【疏】時謂男三十女二十及猶汲汲也襄八年左傳晉范宣子來聘公享之宣子賦摽有梅季武子曰誰敢哉今譬於草木寡君在君君之臭味也歡以承命何時之有案此雖斷章亦取摽梅及時爲喻序與左氏說合

摽有梅其實七兮【傳】興也摽落也盛極則隋落者梅也尚在樹者七求我庶士迨其吉兮【傳】吉善也【疏】梅由盛而衰猶男女之年齒也梅媒聲同故詩人見梅以起興摽落爾雅釋詁文梅釋文引韓詩作楳說文楳或梅字其本字

當作某某酸果也又說文𠬪讀若詩摽有梅許宗毛氏引作摽摽𠬪讀同又於音箸義也孟子梁惠王篇注引詩莩有梅丁公箸音義云韓詩也鄭德注漢書食貨志芆音蔈有梅之蔈蔈爲摽之誤而莩芆皆卽𠬪之俗玉篇艸部芆落也正作𠬪蓋本韓詩隋亦落也說文陊落也隋與陊義相近管子宙合篇奮盛苓落也盛而不落者未之有也此與傳盛極隋落之義合○首章云其實七兮二章云其實三兮傳以七三爲在樹者之實數言梅實之隋落者多而未隋落者有七有三也七三者合十數也詩人偶以之分章耳正義申毛首章謂男年二十六七女年十六七二章謂男年二十八九女年十八九卒章云三十之男二十之女爲蕃育法孔據篇內有七字而附會其說失之鑿矣匏有苦葉鴟鴞傳云迨及也韓詩云迨願也吉善天保同

摽有梅其實三兮傳在者三也求我庶士迨其今兮傳今急辭也疏今者急之辭也說文云今是時也从亼乁乁古文及急褊也从心及聲今與急皆從及諧聲會意辭當作詞

摽有梅頃筐塈之傳塈取也求我庶士迨其謂之傳不待備禮也三十之男二十之女禮未備則不待禮會而行之者所以蕃育民人也疏卷耳傳云頃筐畚屬塈玉篇引詩作摡廣雅摡取也或本三家詩與毛詩字異而訓同○古謂與曰同謂之謂之行親迎之禮莊二十二年穀梁傳禮有納采有問名有納徵有請期四者備而後娶禮也不待備禮言不待四者禮備便行親迎唯凶荒然也周禮大司徒以荒政十有二聚萬民十日多昏鄭司農注云多昏不備禮而娶昏者多也與此傳訓同傳又本周禮會男女法以申明不待備禮之義乃統釋全章非專釋末章凡傳總釋有發見於章首者又有發見於章末者此其例矣媒氏掌萬民之判凡男女自成名以上皆書年月日名焉令男三十而娶女二十而嫁凡娶判妻入子者皆書之中春之月令會男女於是時也奔者不禁若無故而不用令者罰之司男女之無夫家者而會之鄭注云無夫家謂男女之鰥寡者案男三十而娶女二十而嫁禮記曲禮內則大戴禮本命穀梁文十二年傳尚書大傳白

虎通義竝有其文五經異義古春秋左氏說二十而嫁三十而娶庶人禮也管子入國篇云五曰合獨所謂合獨者凡國都皆有掌媒丈夫無妻曰鰥婦人無夫曰寡取鰥寡而合和之予田宅而家室之三年然後事之此之謂合獨管子合獨亦卽行周禮會男女法古者未三十男亦行娶未二十女亦行嫁三十二十爲年盡若踰時無夫家則爲鰥寡矣嫁娶以秋冬爲正時冰泮而殺止仲春之月爲期盡周禮於仲春會男女之無夫家者以年盡之男女於期盡之月行之此雖禮不備而亦會而行之者也若遇凶荒亦得行此乃爲蕃育民人之法有狐序云古者凶荒則殺禮而多昏會男女之無夫家者所以蕃育民人也傳義正本彼序爲說逸周書糴匡篇大荒嫁娶不以時孔晁注云不以時秋冬也媒氏會男女合之亦此義也

小星二章章五句

小星惠及下也夫人無妬忌之行惠及賤妾進御於君知其命有貴賤能盡其心矣

嘒彼小星三五在東傳嘒微貌小星衆無名者三心五噣四時更見肅肅宵征夙夜在公寔命不同傳肅肅疾貌宵夜征行寔是也命不得同於列位也疏經言小星故傳以嘒爲微皃云小星衆無名者小星對心噣伐嚚爲大星者言之也小星喻賤妾心噣伐嚚皆列宿喻貴妾衆無名卽傳所謂命不得同於列位也此賤妾進御而歸時歷道其所見女日雞鳴篇女日雞鳴士曰昧旦子興視夜明星有爛傳云言小星已不見也則見小星尚在昧旦之前可以證下文宵夜非昏夜之夜矣○三心者襄九年左傳古之火正或食於心是故心爲大火爾雅大火謂之大辰孫郭注竝云大火心也其中最明是心三星中央色最明也史記律書云心言萬物始生有華心天官書云心爲明堂周初心星旦中在十二月五噣者爾雅咮謂之柳柳鶉火也左傳作咮詩釋文引爾雅作噣爾雅釋文咮本作豖或又作注古噣咮豖注竝同聲而通用司馬貞史記索隱云注咮也張守節正義以爲柳入星鄭注考工記鶉火朱鳥宿之柳其屬有星星七星

唯詩正義引春秋元命苞柳五星與毛傳五噣合書堯典日中星鳥以殷中春馬融注云春分之昏七星中吳江氏聲集疏云禮記月令季春之月昏七星中月令周公所作距堯時千九百餘年則恆星移二十餘度故遲二十餘日至季春而昏七星中案月令季夏日在柳季秋旦柳中僖五年左傳丙子旦鶉火中冬十二月丙子朔晉滅虢周十二月夏十月其去周公作月令時又遠故鶉火中在十月詩在周初則鶉火晨見南方當亦在季秋之月傳云四時更見者合下章維參與昴而總釋之也○爾雅釋詁肅疾也重言之爲肅肅肅肅猶數數數亦疾也宵夜釋言文七月宵與晝對文傳亦訓宵爲夜征行釋言文在猶自也夙夜在公猶云退食自公耳夙早也日未出夜未盡曰早夜說見采蘩篇寔是釋詁文此傳爲全詩寔字通訓禮記大學寔能容之寔不能容書泰誓寔作是春秋桓六年春正月寔來公羊穀梁傳並以寔是來爲是來寔是聲義皆同釋文引韓詩作實云有也與毛詩作寔訓是聲義皆異燕燕釋文實是也本亦作寔頍弁箋實猶是也韓奕箋實當作寔趙魏之東實寔同聲寔是也無羊召旻閟宮箋以是字代實字或鄭所據皆作寔也漢時毛詩實寔錯出今全詩寔

字俱改作實總由寔實同讀遂通假矣云命不得同於
列位也者釋經命不同之義命命數也列位行列之位
也天子諸侯皆一取九女后夫人位尊不列九女之數
九女周禮謂之九嬪天官九嬪掌婦學之灋以教九御
婦德婦言婦容婦功各帥其屬而以時御敘于王所敘
次序也次序于王所是有位於王宮也匠人職內有九
室九嬪居之外有九室九卿朝焉是天子內九嬪當外
九卿也喪大記夫人坐于西方內命婦姑姊妹子姓立
于西方外命婦率外宗哭于堂上北面是諸侯內命婦
當外命婦也天子九嬪下有世婦女御卽諸侯之有貴
妾又有賤妾也賤妾與貴妾禮命不同班也文六年左
傳辰嬴賤班在九人杜祁以君故讓偪姞而上之以狄
故讓季隗而己次之故班在四杜注云班位也劉向新
序齊宣王召無鹽女而見之謂曰昔先王爲寡人取妃
匹皆已備有列位矣列位指貴妾若以列位爲夫人
之位其說自誤禮記月喻夫人不聞以星喻夫人

嘒彼小星維參與昴（傳）參伐也昴留也**肅肅宵征抱衾與裯寔命不猶**（傳）衾被也裯禪被也猶若也（疏）參伐者考工記

熊旗六斿以象伐也鄭注云伐屬白虎宿與參連體而六星史記天官書云參爲白虎三星直是也爲衡石下有三星兊曰罰爲斬艾事其外四星左右肩股也案罰亦作伐漢書天文志同傳以伐釋參者亦因參伐連體而渾言之耳何注昭十七年公羊傳云迷惑不知東西者須視北辰以別心伐所在心東方宿伐西方宿詩蓋以東西列宿分章也夏小正云八月參中則旦昴畱者正義引元命苞云昴六星昴之爲言畱言物成就繫畱是也史記律書云昴者言陽氣之稽畱也並以昴爲畱與毛傳合爾雅大梁昴也西陸昴也小正四月昴則見昭四年左傳疏引鄭荅孫皓問云西陸朝覿謂四月立夏之時本爾雅小正爲說昴俗作昴○說文衾大被被寢衣長一身有半論語鄉黨篇必有寢衣長一身有半鄭玄注云今小臥被許鄭同意傳釋衾爲被裯爲襌被者渾言衾裯皆被名析言則裯爲襌被而衾爲不襌之被凡人入寢必衣寢衣而加衾也詩之裯卽論語之寢衣也方言汗襦自關而西或謂之祇裯說文祇裯短衣也祇裯連文與單言裯者不同而其爲帖身之物義實不異箋云裯牀帳也爾雅幬謂之帳幬本或作幬此鄭所本也釋言猷若也猷與猶同鼓鍾傳亦云猶若也

江有汜三章章五句

江有汜美媵也勤而無怨適能悔過也文王之時江沱之閒有適不以其媵備數媵遇勞而無怨適亦自悔也

疏江沱之媵妾也其適女君也媵有賢行能絕適嫉妬之原故美之詩錄江有汜其猶春秋美紀叔姬與適今俗作嫡

江有汜傳興也決復入為汜之子歸不我以不我以其後也悔傳適能自悔也疏興者江喻適汜渚沱喻媵決復入為汜此爾雅釋水文也決者適媵不相得復入者適自悔而媵備數也說文汜下引江有汜本毛詩洍下引江有洍本三家詩爾雅窮瀆汜無水之汜與此異○之子謂適也我媵自我也載芟傳以用也不我以不用我不我與不與我也以與二字渾言義同析言則義別云適能自悔也者傳用序適亦自悔之語以釋經悔之義是詩似美適之能悔而序

以爲美媵者適之悔由於媵之
勞而無怨故詩爲推本之詞

江有渚（傳）渚小洲也水岐成渚之子歸不我與不我與
其後也處（傳）處止也（疏）渚有有水無水兩義鶴鳴魚在于渚謂有水也鴻飛遵渚鳧鷖在渚傳渚沚也謂無水也爾雅小洲曰渚謂無水而可居者爲渚也此篇三章皆以江水別流爲喩江氾江渚江沱皆江水也傳於氾下沱下舉大水溢出別爲小水之名而不言無水之氾沱則渚下自不應用爾雅小洲爲渚之義釋文云本或無此注則陸氏所見或本傳無渚小洲也四字當據之以刪正云水岐成成渚者岐岳本作枝釋文亦作枝案岐枝皆非其正字當作汥或傳借枝爲汥也說文汥水都也从水支聲都猶聚也水所都聚處是曰汥水都卽所謂水汥也穆天子傳八駿之椉以飮于枝洔之中枝正字亦當作汥說文洔水暫益且止未減也益同溢亦謂水之溢出而未減者曰洔渚洔義同蒹葭沚或作洔沚亦渚也枝洔卽汥渚枝洔之中可以飮馬其爲有水可知也學者罕見汥字遂依枝字爲訓解作水之枝出者成渚郭璞江賦云因岐成渚又

注穆天子傳云水岐成渚詩小渚也其義皆謂無水之渚失古義矣水歧成渚傳申經義謂江水別流其所都聚以成渚見江水之大別流成渚以喻適能悔過容媵備數也釋文引韓詩一溢一否曰渚薛綜注文選西京賦引韓詩章句水一溢而爲渚溢讀如禹貢溢爲滎之溢韓毛訓不同而不指此經之渚爲無水之渚者又無不同箋謂江水流而渚畱以喻媵畱不行意與傳異然渚澤停畱鄭亦不謂小洲可居也○處止鳧鷖同說文処止也或作處其後也止言適能悔過終自止其嫉妬之行

江有沱傳沱江之別者之子歸不我過不我過其嘯也歌

疏書禹貢梁荊皆有沱爾雅水自江出爲沱禹所名也漢書地理志蜀郡郫禹貢江沱在西東入大江鄭康成不從漢志梁沱注云郫縣江沱首不於此出江原有鄯江首出江南至犍爲武陽又入江豈沱之類與德清胡渭禹貢錐指云鄯水即大皁江實岷江之正流也沱水自灌縣西南首受大江東逕郫縣新繁成都新都金堂又東南逕簡州資陽資縣富順瀘州與江水會是胡從漢志郫江爲梁沱矣又地理志蜀郡汶江江沱

在西南東入江水經注云汶出玉輪坂下東別爲沱開明之所鑿也此在大江之西別流與禹貢梁沱無涉地理志南郡枝江沱出其西東入江鄭荆沱注云今南郡枝江縣有沱水其尾入江耳首不於江出也華容有夏水首出江尾入沔蓋此所謂沱也水經注江水東逕上明城北江沱枝分東入大江縣治洲上故以枝江爲稱又沮水注云江津豫章口東有中夏口是夏水之首江之沱也酈注言江沱有二一從班一同鄭矣禹貢錐指云枝江沱水爲江州所隔而成何言不於江出華容夏水本沱水枝分而爲夏非出於大江鄭以爲沱者蓋北江久已盛大世目爲岷江之經流因以其所出者爲沱耳禹時無此沱也又云夷水本首受奉節縣之大江今建始縣北其故道皆已壅塞唯從縣南受施州衞開蠻界水東逕巴東長陽至宜都縣北又東入于江胡意奉節之東有三峽七百里之險夏水故爲入沔之水而枝江又爲出峽之經流故以漢志南郡巫縣夷水東至夷道入江者爲荆沱矣漢志以郫之江沱爲禹貢之沱而汶江枝江皆不言禹貢禹貢道江條岷山道江東別爲沱沱爲江水發源之別流當指梁沱說說文沱江別流也出岷山東別爲沱箋亦引道江條之沱爲詩江沱

作證胡朏明以詩沱爲荆沱意以南國在江漢閒也程瑶田通藝錄又以詩沱爲梁沱與竊謂荆梁皆周之南國梁沱在周之西南荆沱在周之東南詩繫於召南之國宜以梁沱爲近是蓋周於禹貢雍州之北地不踰涇洛而岐周之南同於殷商以漢水爲界漢東之梁併入於豫荆漢西之梁併入於雍故漢之西江之東皆禹貢梁州之域而爲召公西陝之掌江沱爲梁沱書闕有閒姑準之地理以備參攷○說文口部嘯吹聲也欠部歗吟也歎吟也是歗與歎同訓吟與嘯訓吹聲義別故分入欠口兩部今本說文嘯字下有籒文作歗四字疑係後人誤衍毛詩作歗中谷有蓷條其歗矣白華歗歌傷懷字皆作歗說文歗字下引詩其歗也謌本毛詩也謌或歌字箋云嘯蹙口而出聲玉篇口部同或鄭用三家詩作嘯與說文嘯吹聲合今本毛詩乃依箋而改誤其歗也歌謂滕備數能與君子歗歌也東門之池云彼美叔姬可與晤歌

野有死麕三章二章章四句一章三句

野有死麕惡無禮也天下大亂彊暴相陵遂成淫風被

文王之化雖當亂世猶惡無禮也（疏）亂世謂紂之世

野有死麕白茅包之（傳）郊外曰野包裹也凶荒則殺禮猶有以將之野有死麕羣田之獲而分其肉白茅取絜清也有女懷春吉士誘之（傳）懷思也春不暇待秋也誘道也（疏）案此傳文鍇誤包裹也凶荒則殺禮猶有以將之十三字當在白茅取絜清也之下傳云郊外曰野野有死麕羣田之獲而分其肉白茅取絜清也包裹也此依經作解也又云凶荒則殺禮猶有以將之此統釋經義也曰包之曰將之經傳兩之字皆指死麕言故首章傳必先釋野有死麕再釋包之其義乃明猶下章傳必先釋野有死鹿再釋純束其文自順首章箋貞女之情欲令人以白茅裹束野中田者所分麕肉爲禮而來下章箋樸樕之中及野有死鹿皆可以白茅裹束以爲禮毛依經作傳鄭依傳作箋可以證今本傳文之誤凡傳例先依經文次弟作解後乃統釋經義以發作詩者之恉即如召南之篇采蘩草蟲甘棠羔羊殷其靁

皆其例也○郊外曰野燕燕干旄駉傳竝同說文麇麞
也䲝文作麢麞麇屬釋文引義疏麞麞也青州人謂之
麞考工記注齊人謂麇爲獐麞獐皆字之異體傳云羣
田之獲而分其肉羣衆也古者大田獵天子取三十焉
其餘以與士衆習射經言野麢傳知爲田獲分肉者此
化本文王之義也云白茅取絜清也者易繫辭傳初六
藉用白茅无咎子曰苟錯諸地而可矣藉之用茅何咎
之有愼之至也夫茅之爲物薄而用可重也愼斯術也
以往其无所失矣葢取諸此也釋文苞逋茆反本瓜正
義引此詩作白茅苞之是陸孔本皆作苞說文勹裹也
勹本字古假作苞今俗作包云凶荒則殺禮猶有以將
之者士昏禮納徵玄纁束帛儷皮鄭注云儷兩也執束
帛以致命兩皮爲庭實皮鹿皮記用物皮帛必可制注
云皮帛儷皮束帛也記庭實納徵執皮攝之內文兼執
足左首隨入西上參分庭一在南賓致命釋外足見文
主人受幣士受皮者自東出于後自左受遂坐攝皮逆
退適東壁案昏禮有幣必有皮玄纁束帛幣也儷皮皮
也納徵重幣故春秋經變言納徵爲納幣唯凶荒之歲
得以減殺其禮詩詠苞苴麢肉但爲庭實執皮之用是
用皮不用幣爲禮之殺矣麢亦鹿之屬○傳訓懷爲思

又釋經春字之義云不暇待秋也者言女感春田之候思得禮則行所以惡非禮相陵不暇待秋而欲嫁男也誘訓道者道之猶謂之也摽有梅求我庶士迨其謂之傳云不待備禮也三十之男二十之女禮未備則不待禮會而行之者所以蕃育民人也不待備禮所謂殺禮也唯凶荒則然彼言男女之年此言凶荒之禮詳略當互參楚辭離騷賦及少康之未家兮留有虞之二姚理弱而媒拙兮恐道言之不固與此傳道字義同

林有樸樕野有麕鹿白茅純束（傳）樸樕小木也野有麕鹿廣物也純束猶包之也**有女如玉**（傳）德如玉也（疏）王引之爾雅述聞云釋木樸樕心樸樕與心皆小貌也因以爲木名耳古者謂小爲僕遬漢書息夫躬傳僕遬不足數顏注曰僕遬凡短之貌也心之言纖纖小也釋名曰心纖也則二字聲義相近邶風凱風首章吹彼棘心傳曰棘心難長養者二章吹彼棘薪傳曰棘薪其成就者小棘謂之棘心與樸樕小木謂之心其義一也故召南傳及說文皆云樸樕小木也而樊注乃云樸樕斛樕也有心能溼江河閒以作柱則是以心爲松柏有心之心

矣夫木皆有心何獨於樸樕而謂之心乎段氏說文注引廣韻柲木名其心黃以爲郎爾雅之心字又謂毛傳說文小木爲心木之譌皆非也案王說是也樸樕爲小木猶扶蘇爲大木皆疊韻連緜字小木以喻殺禮凡漢廣齊南山及小雅車舝等篇言昏姻之事每以薪作喻唐風綢繆篇綢繆束薪傳綢繆猶纏緜也男女待禮而成若薪芻待人事而後束也彼詩以束薪爲喻此詩之意亦猶是也林有樸樕謂薪也野有死鹿白茅純束猶上章云野有死麕白茅苞之謂禮也昏禮用鹿殺禮可用麕故傳於此章言野有死鹿以爲廣物也純亦束也束裹同義傳亦即承上章苞之爲訓○經言如玉傳乃申明之云德如玉言女德如玉德也禮記祭統篇旣內自盡又外求助昏禮是也故國君取夫人之辭曰請君之玉女與寡人共有敝邑事宗廟社稷此求助之本也鄭注云言玉女者美言之也君子於玉比德焉

舒而脫脫兮（傳）舒徐也脫脫舒遲也無感我帨兮無使尨也吠（傳）感動也帨佩巾也尨狗也非禮相陵則狗吠

舒訓徐與常武同而者狀物之詞舒而猶舒如也君子偕老而天而帝傳云如天如帝是而與如同義也舒如卽舒然也旄丘褎如傳云褎然又如與然同義也而如如然一語之轉傳舒遲也釋文定本作舒皃箋脫脫然舒亦無遲字可證集韻十四泰娧娧舒遲皃一曰喜也此三家詩義也玉篇娧好皃娧娧爲本字脫脫爲假借字禮記儒行注云又必舒而脫脫焉鄭葢用毛詩也

【疏】

○感動釋詁文感古撼字釋文胡坎反卽撼也士昏禮送女施衿結帨鄭注云帨佩巾也說詳東山篇說文尨犬之多毛者从犬彡詩曰無使尨也吠許引詩釋尨之本義毛傳釋尨爲狗用爾雅釋畜文李注云尨一名狗渾言之則尨亦狗之通稱案上句我字女子自我也狗有守禦之義尨吠亦女子自喻也傳云非禮相陵所以申明尨吠之故承感帨爲說言有感我帨者則狗吠也昭元年左傳子皮賦野有死麕之卒章趙孟賦常棣且曰吾兄弟比以安尨也可使無吠杜注云義取君子徐以禮來無使我失節而使狗驚吠喻趙孟以義撫諸侯無以非禮相加陵杜以狗吠謂趙孟自喻與毛訓合如謂尨喻非禮之人則上下文義有不可通失毛氏訓經之恉

何彼襛矣三章章四句

何彼襛矣美王姬也雖則王姬亦下嫁於諸侯車服不繫其夫下王后一等猶執婦道以成肅雝之德也

何彼襛矣唐棣之華（傳）興也襛猶戎戎也唐棣栘也曷不肅雝王姬之車（傳）肅敬雝和（疏）興者首二章言華之襛喻王姬車服之盛末章言以絲緡作釣喻王姬能執婦道以成其肅雝之德云襛猶戎戎也者說文艸部茸艸茸茸皃从艸聰省聲戎戎即茸茸也庬上蒙戎左傳尨茸此戎即茸之證釋文襛韓詩作莪說文無莪字疑莪即茸之異體唐棣栘當作唐棣棣晨風山有苞棣傳棣唐棣也是唐棣一名棣作栘栘者誤也論語子罕篇唐棣之華偏其反而皇侃疏云唐棣棣樹也玉篇云槤棣棣也槤俗字皆可訂今本毛傳及爾雅釋木之誤說文栘棠棣也棣白棣也棠當作常爾雅邢疏引陸機義疏云許慎曰白棣樹也如李而小如櫻桃正白今官園種之又有赤棣樹亦似

白棣葉如刺榆葉而微圓子正赤如郁李而小五月始
熟自關西天水隴西多有之案元恪謂白棣以實白而
得名赤棣如郁李其實正赤郁李一名奧李一名雀李
一名車下李爲棣棣之屬乃論語邢疏引義疏云唐棣奧
李也一名雀李亦曰車下李所在山皆有其華或白或
赤六月中熟大如李子可食此與齊民要術引豳風七
月篇義疏鬱樹高五六尺實大如李赤色食之甛正同
則論語疏引唐棣必是常棣之訛小雅之常棣七月之
鬱皆卽赤棣歟而非此唐棣也○淸廟肅雝顯相傳肅
敬也雝和也思齊雝雝在宮肅肅在廟傳雝雝和也肅
肅敬也義竝同序箋云下王后一等車乘厭翟則此車
乃厭翟也士昏禮注云士妻之車夫家共之大夫以上
嫁女則自以車送之則此王姬之車乃王姬自乘其車
也賈公彥儀禮疏引鄭箴膏肓齊侯嫁女乘其母王姬
始嫁時車送之鄭志荅張逸以爲魯詩是魯以此爲齊
侯嫁女之詩然詩何以得編於召南歟曷不曷也曷何
也何彼襛矣唐棣之華曷不肅雝王姬之車言何戎戎
者唐棣華也何肅肅雝雝者王姬車也何謂之曷不又
何不謂之曷唐風有杕之杜篇中心好之曷飲食之言
中心好之何不飲食之也是曷爲何不也說者皆失之

何彼襛矣華如桃李平王之孫齊侯之子（傳）平正也武王女文王孫適齊侯之子（疏）華卽承上章而言華如桃李言唐棣之華如桃李也○平訓正邢傳同傳意王姬之王謂武王王孫之王謂文王故又申之云武王女文王孫也二南皆文王詩雅頌之始亦皆文王詩故四牡傳云周公作樂以歌文王之道爲後世法是其義也春秋元年春王正月公羊傳王者孰謂謂文王也曷爲先言王而後言正月王正月也何言乎王正月大一統也春秋法文王與詩相表裏箋云正王者德能正天下之王亦與公羊說春秋合經言齊侯之子傳云適齊侯之子者適謂下嫁也案此亦承上章而言平王之孫齊侯之子言肅雝之王姬是文王之孫今乃椉車適齊侯之子謂初嫁時也下章齊侯之子平王之孫言今下嫁適齊侯之子者是文王之孫故能成其肅雝之德如此謂已嫁時也三章文義本自一貫文王稱王事固在追王後則此詩當作於武王之世然而詩之王謂文王也采風者故得坿於召南之篇

其釣維何維絲伊緡（傳）伊維緡綸也齊侯之子平王之

孫 疏 維語詞維何何也伊維爾雅釋詁文雄雉蒹葭同緡綸釋言文維絲維緡上維語詞下維與是同義言以絲是綸也六韜云緡隆餌重則嘉魚食之緡調餌芳則庸魚食之說苑政理篇云投綸錯餌淮南子俶眞篇云以道爲竿以德爲綸禮樂爲鈎仁義爲餌采綠箋亦云綸鈎繳案鈎繳爲緡亦爲綸然采綠之綸有糾合之義則此傳以綸詁緡亦必謂以絲而糾合之作爲鈎魚之繳非卽以緡爲鈎魚繳矣說文网部罠鈎也鈎魚繁應以罠爲正字傳於竹竿之鈎以喩婦人之成其室家此詩之鈎興義當同也

騶虞二章章三句

騶虞鵲巢之應也鵲巢之化行人倫旣正朝廷旣治天下純被文王之化則庶類蕃殖蒐田以時仁如騶虞則王道成也 疏 純大也

彼茁者葭 傳 茁出也葭蘆也 壹發五豝 傳 豕牝曰豝虞

人翼五豝以待公之發于嗟乎騶虞（傳）騶虞義獸也白
虎黑文不食生物有至信之德則應之（疏）傳茁出也小箋云也當作
皃今攷正義本作皃字故謂茁茁爲形容其出非訓爲
出正義作也字者是以巳誤之傳改之也說文茁艸初
生出地皃玉篇茁草出皃皆作皃可證葭蘆爾雅釋草
文碩人蒹葭傳並云葭蘆也七月傳葭爲葦說文葦大
葭也葭葦之未秀者高注淮南脩務云未秀曰蘆巳秀
曰葦是葭蘆皆葦未秀者之稱箋云記蘆始出者箸春
田之早晚○爾雅釋獸牝豝傳所本也鄭司農周禮大
司馬注云二歲曰豝說文豝牝豕也一曰二歲能相杷
拏者也詩曰一發五豝一當作壹說文前說本爾雅毛
傳後說本鄭仲師周禮說兩說實一義吉日篇言發彼
小豝則豝爲小豕矣廣雅亦云二歲爲豝發者公之發
壹發而得五豕傳云虞人翼之者所以補明經義之未
備吉日傳驅禽之左右以安待天子翼與驅義正相近
也案此與禮記射義騶虞樂官備之說本無不合賈誼
新書禮篇云虞人翼五豝以待一發所以復中也賈用
魯詩與毛詩合然魯詩以騶虞之虞當即虞人之官究

非達詁○序言仁如騶虞傳則云騶虞義獸不食生物仁義相兼也云有至信之德則應之者言文王有信德而騶虞以應故詩人于嗟乎美歎之也周禮鍾師疏引異義古毛詩說與傳同異義又引古山海經鄒子書云騶虞獸御覽獸部二引尚書大傳散宜生之於陵氏取怪獸尾倍其身名曰騶虞正義引鄭志荅張逸問傳曰白虎黑文何謂荅曰白虎黑文周史王會云今逸周書王會篇佚此文然亦可證騶虞爲獸古無異說服虔注左傳云思睿信立白虎擾白虎即騶虞此從左氏修母致子與古毛詩說同唯周禮疏云今詩韓魯說騶虞天子掌鳥獸官文選劉逵注魏都賦引魯詩傳古有梁騶梁騶者天子之田也李善注東都賦騶作鄒新書禮篇引詩而釋之云騶者天子之囿也虞者囿之司獸者也當亦魯詩傳皆不以騶虞爲獸名鈔本御覽樂部三引墨子三辯篇周成王因先王之樂又自作樂命曰鄒吾吾與虞虞通詩蓋作於成王故古有是說也

彼茁者蓬〔傳〕蓬草名也壹發五豵〔傳〕一歲曰豵于嗟乎騶虞〔疏〕爾雅齧彫蓬薦黍蓬郭注云別蓬種類說文云蓬蒿也蓬春生至秋則老而爲飛蓬衛風所謂

首如飛蓬是也蓬易識之草故傳但云草也草下名字
小箋以爲俗增全詩傳蒲草茗草著草葽草苓草菉草
芑草芄蘭草龍紅草鷊綬草勺藥香草鬯香草蓼水草
苴水中浮草草下皆無名字可證○豵冢上豝言亦謂
冢也傳於豝言牝而於豵言歲互文可見也七月言私
其豵獻豜于公傳豕一歲日豵三歲日豜大獸公之小
獸私之以豜爲大則豵爲小故兩傳訓同鄭司農周禮
注云一歲爲豵說文豵生六月豚一日一歲豵尚叢聚
也廣雅亦云一歲爲豵並與毛傳同毛傳不本爾雅當
別有師承也箋乃本爾雅豕生三豵之說余友歸安姚
學塽說爾雅釋嘼六嘼少畜釋獸之豕當有釋嘼鐇簡
耳然則此是家畜非田豕故毛不用爾雅詩之豝豵皆
田豕也郊特牲云迎虎爲其食田豕也
春蒐亟驅豝豵其卽禮記迎虎之意與

卷二終

武林愛日軒朱兆熊鐫

詩毛氏傳疏卷三

長洲陳奐學

邶柏舟詁訓傳第三　毛詩國風

邶國十九篇七十一章三百六十三句　疏邶商邑名在商都之北武王封武庚爲商後其國不襲紂之故都而徙封於國北之邶邑朝歌紂故都也續漢書郡國志云朝歌北有邶國說文云邶故商邑河內朝歌以北是矣武王時武庚以邶爲國都稱邶國而鄘與衛皆其下邑成王時封康叔於紂之故都更名曰衛稱衛國而邶與鄘又皆其下邑衛卽朝歌邶在朝歌北鄘在朝歌東所以邶鄘衛三國之詩皆衛詩也左傳吳公子札來聘請觀周樂工爲之歌邶鄘衛曰吾聞衛康叔武公之德如是是其衛風乎又衛北宮文子引衛詩曰威儀棣棣不可選也此邶詩也而稱衛詩葢周大師舊次本三國不分編詩者見其篇什緐多較異他國乃分之爲三猶雅之有什焉爾古國邑通稱也然

則一衞也兼有故殷邶鄘則謂之邶鄘衞衞取相土東都曰商衞衞遷帝丘居夏伯昆吾之虚曰昆吾衞皆以衞爲國都而繫以舊號遂連而稱之與之同例邶鄘衞俱在漢河内郡朝歌縣内漢書地理志云河内本殷之舊都周既滅殷分其畿内爲三國詩風邶鄘衞國是也邶以封紂子武庚鄘管叔尹之衞蔡叔尹之以監殷民謂之三監故書序曰武王崩三監畔周公誅之盡以其地封康叔號曰孟侯以夾輔周室遷邶鄘之民于雒邑故邶鄘衞三國之詩相與同風

柏舟五章章六句

柏舟言仁而不遇也衞頃公之時仁人不遇小人在側

【疏】史記衞世家康叔七世至頃侯頃侯厚賂周夷王夷王命爲衞侯頃公卽頃侯也邶鄘衞三國皆衞詩鄘首柏舟衞首淇奧皆武公時詩頃在武前故邶遂以柏舟爲首正義云三國如此次者以君世之首在前者爲先是矣列女傳貞順篇以此詩爲衞寡夫人所作潛夫論斷訟篇亦云貞女不二心以數變故有匪石之詩用

列女傳然與漢書本傳說苑新序所引詩義皆不合此劉子政習魯說兼用韓詩故歟凡韓同毛者多魯異毛者多其師承源流蓋如此

汎彼柏舟亦汎其流（傳）興也汎汎流貌柏木所以宜爲舟也亦汎汎其流不以濟渡也**耿耿不寐如有隱憂**（傳）耿耿猶儆儆也隱痛也**微我無酒以敖以遊**（傳）非我無酒可以敖遊忘憂也（疏）釋文云汎流皃本或作汎汎流皃者此從王肅注加正義云汎然而流是唐時毛傳作汎流皃不重汎字王肅依下文經作汎其流傳作汎汎其流乃於上句重一汎字不知汎猶汎汎汎也書禹貢孔穎達疏引傳作汎汎流也依王肅本又皃誤爲也字耳柏木名柏木爲舟曰柏舟故傳云柏木所以宜爲舟也亦汎其流亦語詞也傳以汎汎其流釋經汎其流三字則傳中亦字當衍矣興者柏舟與仁人不以濟渡與仁人不遇時○耿耿猶儆儆此以今語通古語之例楚辭遠遊夜耿耿而不寐兮王逸注

云耿一作炯炯哀時命作炯炯說文耿炯省聲故耿耿或作炯炯也廣雅耿耿警警不安也儆與警通隱讀爲慇說文云慇痛也慇亦作殷文選陸機歎逝賦阮籍詠懷詩謝瞻答靈運詩劉琨勸進表嵇康養生論注引韓詩並作如有殷憂案殷卽慇之省如猶而也詩合二句爲一句耿耿不寐如有隱憂言耿耿然不得寐而有思痛之憂也如與而一聲之轉故如而皆爲轉下之詞傳釋微爲非非本字微假借字遊當作游微我無酒以敖以游言非無酒敖敖游以忘此痛憂耳亦合二句爲一句鹿鳴傳云敖游也敖游連文同義則下以字爲語助足句此全詩通例如此易林屯咸云汎汎柏舟流行不休耿耿寤寐心懷大憂仁不逢時退隱窮居焦說正用毛序隱憂爲大憂王引之云本三家義

我心匪鑒不可以茹（傳）鑒所以察形也茹度也**亦有兄弟不可以據**（傳）據依也**薄言往愬逢彼之怒**（傳）彼彼兄弟（疏）鑒釋文作監周禮司烜氏注監鏡屬茹度爾雅釋言文鑒所以察形之物我心非如鑒人不可以測

度於我意承上章而言我心之隱憂人無有能明其志者耳匪鑒不可茹與下文匪石不可轉匪席不可卷句法一例箋謂鑒之察形不能度其眞僞我心度知衆人之善惡外內但經明言鑒可度我心不可度依鄭說則爲鑒不可度而我心可度矣韓詩外傳云莫能以己之皭皭容人之混汙然下卽引此詩韓訓茹爲容納與毛訓各通○據依同義僖五年左傳虞公曰吾享祀豐絜神必據我宮之奇對曰鬼神非人實親唯德是依是據爲依也往愬逢怒卽是不可依之事故傳冢上文而釋之云彼彼兄弟箋云責之以兄弟之道謂同姓臣也

我心匪石不可轉也我心匪席不可卷也傳石雖堅尚可轉席雖平尚可卷**威儀棣棣不可選也**傳君子望之儼然可畏禮容俯仰各有威儀耳棣棣富而閑習也物有其容不可數也疏石堅席平傳但就石席作釋箋乃云言己心志堅平過於石席此申成傳義也說苑立節篇言比干尾生夷齊之事其下引此詩而釋之云言不失己也能不失己然後可與濟難

矣此士君子之所以越衆也又新序節士上篇言原憲居魯天子不得而臣諸侯不得而友故養志者忘身身且不憂孰能累之亦引此詩說見韓詩外傳其言君子之不遇時竝與毛詩序合○傳君子望之儼然可畏禮容俯仰各有威儀耳此文多有誤奪正義云君子望之儼然可畏釋經之威也禮容俯仰各有宜耳釋經之儀也正義本傳中威儀二字作宜字案君子下尚有奪字古本毛傳當作君子有威儀望之儼然可畏禮容俯仰各有宜耳十九字傳順經先出威儀二字下復分解以畏釋威以宜釋儀言可畏必曰望之儼然言各有宜必曰禮容俯仰又於分解中見其互義自各本君子下奪去有威儀三字解者因改宜爲威儀幸正義本作宜不誤尋繹傳文訂正之如是襄三十一年左傳衞北宫文子引詩釋之云言君臣上下父子兄弟內外大小皆有威儀也文子又云故君子在位可畏施舍可愛進退可度周旋可則容止可觀作事可法德行可象聲氣可樂動作有文言語有章以臨其下謂之有威儀也毛傳言君子有威儀正用左傳文唯左傳釋詩言君臣父子兄弟內外大小皆有威儀皆者統同之詞毛傳之君子即詩序之謂仁人不當爲統同之詞蓋言各有當也傳棣

棣富而閑習也閑當作閒閒古嫺字閒下習字宐衍車鄰傳閒習也訓閒爲習則不必於閒下增習矣杜預左傳注作富而閑也四字可證富而閒猶之美且都有女同車傳云都閒也相如賦所謂雍容嫺雅是也新書容經篇云棣棣富也義與毛同棣棣禮記孔子閒居篇引詩作逮逮鄭注云安和之貌義相近傳云物有其容不可數也此上當奪選數也三字先釋經字再釋經義全詩通例如此左傳注及釋文皆云選數也疑杜陸所見傳文有此三字正義云又解不可選者物各有其容遭時制宐不可數昭九年左傳曰服以旌禮禮以行事事有其物物有其容是也左傳注云物類也容貌也不可數者言己之儀容美備不可説數也容經篇云不可選衆也

憂心悄悄慍于羣小傳慍怒也悄悄憂貌覯閔既多受侮不少傳閔病也靜言思之寤辟有摽傳靜安也辟拊心也摽拊心貌疏傳先釋慍後釋悄悄文疑誤倒顔師古注漢書楊倞注荀子及魏徵羣書

治要竝云悄悄憂貌慍怒也正義亦順經爲釋其所據毛傳皆當不誤恕當作怨正義云言仁人憂心悄悄然而怨此羣小人在君側者也文選思玄賦注引傳慍怨也不誤孟子盡心篇詩云憂心悄悄慍于羣小孔子也趙注云憂心悄悄憂在心也慍于羣小怨小人聚而非議賢者也孟子引詩正與此序文仁人不遇小人在側合傳義正同孟子又荀子宥坐篇釋詩云小人成羣斯足憂矣家語始誅篇同此釋憂心悄悄句漢書楚元王傳劉向釋詩云小人成羣誠足慍也蓋㨾下慍于羣小句立訓韓詩外傳云小人成羣何足禮哉不足禮亦是怨之意○閔病釋詁文鴟鴞閔予小子同女日雞鳴傳亦訓靜爲安說文竫亭安也靜與竫通辟拊心釋訓文說文日部引詩作晤辟玉篇手部引詩作寤擗晤辟卽寤擗也楚辭王褒九懷寤辟摽兮永思王逸注與爾雅毛傳同辟皆擗古文假借字說文云摽擊也故傳爲形容拊心之皃

日居月諸胡迭而微心之憂矣如匪澣衣（傳）如衣之不澣矣靜言思之不能奮飛（傳）不能如鳥奮翼而飛去（疏）

正義云居諸語助故日月傳曰日乎月乎不言居諸也居諸皆不爲義案孔說是也釋文迭引韓詩作戜云常也疑戜乃戴之誤假樂傳秩秩有常巧言秩秩大猷說文作戴戴是迭秩戴聲同而義通日月喻君臣胡何也何常而微言日月常微耳箋云君道常明如日此常字用韓義又云今君失道而任小人大臣專恣則日如月然鄭泥經中居字作釋毛意不然也○匪不也澣當作澣匪澣衣不澣之衣傳乃釋心憂之狀故云如衣之不澣箋云衣之不澣則憒辱無照察凡全詩中匪字或爲非或爲不古匪非通用故匪謂之非非又謂之不匪亦謂之不出其東門之匪我思存雨無正之匪舌是出常武之匪紹匪游傳竝以不字釋匪字巧言車舝公劉抑桑柔江漢思文箋皆以不字代匪字與訓匪爲非者不同○說文奞部奮翬也从奞在田上詩曰不能奮飛羽部翬大飛也淮南子原道篇羽翼奮高注云奮壯也經言奮飛借鳥爲喻故傳言鳥正義云鳥能擇木故取譬焉是矣宣十七年穀梁傳非之則胡爲不去也曰兄弟也何去而之范注云泰曰兄弟無絶道故雖非而不去論情可以明親親言義足以厲不軌正義引箴膏肓云楚鬻拳同姓有不去之恩鄭注論語云箕子比干不

忍去皆是同姓之臣有親屬之恩君雖無道不忍去之也並與傳意同

綠衣四章章四句

綠衣衛莊姜傷己也妾上僭夫人失位而作是詩也(疏)妾賤妾州吁之母也賤妾不得列姪娣之數今以寵驕而上僭賤妨貴矣逸周書祭公篇云女無以嬖御固莊后

綠兮衣兮綠衣黃裏(傳)興也綠閒色黃正色心之憂矣曷維其已(傳)憂雖欲自止何時能止也(疏)綠閒色喻妾黃正色喻夫人綠衣喻妾上僭黃裏黃裳喻夫人失位綠兮衣兮言綠衣兮也謂以閒色爲上衣也上兮字爲語助如全詩中瑣兮尾兮挑兮達兮薈兮蔚兮萋兮斐兮皆合二字成義上兮字爲語助又有疊其義者如絺兮綌兮父兮母兮叔兮伯兮是也又有重其文者如簡兮簡兮玼兮玼兮摽兮蘀兮是也此皆句例檀弓練衣黃裏注練中

衣以黃爲內是喪或用黃裏而吉則不用黃裏可知易林觀黃裏綠衣君服不安淫湎毀常失其寵光君謂小君也○傳云憂雖欲自止何時能止也者以釋心憂曷已之義以何釋曷以止釋已爲全詩通訓心之憂矣曷維其已言何時止憂也心之憂矣曷維其亡言何時亡憂也維其句中語助

綠兮衣兮綠衣黃裳（傳）上曰衣下曰裳**心之憂矣曷維其亡**（疏）上曰衣下曰裳東方未明傳同下曰裳所以配衣也斯干傳云裳下之飾也上章釋綠黃此章釋衣裳互文也正義云前以表裏興幽顯則此以上下喻尊卑

綠兮絲兮女所治兮（傳）綠末也絲本也**我思古人俾無訧兮**（傳）俾使訧過也（疏）綠爲所染之色故綠爲末而絲爲本本末猶先後絲所以爲衣也綠兮絲兮猶云綠兮衣兮也絲間色正色皆可以爲染今女所治者但爲間色之絲不爲正色之絲以喻嬖妾上僭之非禮○俾使爾雅釋詁文天保蕩傳並訓俾爲使依節南山菀柳緜蕩載見閟宮釋文皆當作卑載

馳傳尤過也訧尤義同我思古人俾無訧兮言我思古之君子使無過於禮也魯語公父文伯之母欲室文伯饗其宗老而爲賦綠衣之三章師亥曰諜而不犯微而昭矣案不犯即詩無訧之義韋昭注誤引四章

絺兮綌兮淒其以風傳淒寒風也**我思古人實獲我心**傳古之君子實得我之心也疏葛覃傳葛所以爲絺綌女功之事煩辱者精曰絺麤曰綌此承上文言絺更言絺綌也淒寒意依經言風故云淒寒風也絺綌以禦寒風喻夫人失位〇實當作是燕燕實勞我心實本亦作寔獲得也衞莊姜以齊女嫁衞而不見荅於莊公以致失位傳云古之君子寔得我之心也者思古之人傷今之已也成九年左傳二月伯姬歸于宋夏季文子如宋致女復命公享之賦韓奕之五章穆姜出于房再拜曰大夫勤辱不忘先君以及嗣君施及未亡人先君猶有望也敢拜大夫之重勤又賦綠衣之卒章而入蓋古者嫁女必有大夫致女之禮三月廟見又有大夫反馬之禮此伯姬嫁于宋故文子復命賦韓奕以言宋土如韓樂穆姜遂荅賦此詩者正取寔獲我心之義所謂斷章取義也

燕燕四章章六句

燕燕衛莊姜送歸妾也疏妾戴嬀也衛莊公夫人莊姜爲己子是謂桓公桓公立在春秋前魯隱四年州吁弑完之已在位十六年完弑而戴嬀歸陳莊姜送之而作是詩也其不稱戴嬀而直稱妾何此正名也莊姜爲適夫人戴嬀雖子貴猶稱妾以視州吁之母身爲賤妾而上僭夫人逆禮甚矣詩之義春秋之義也

燕燕于飛差池其羽傳燕燕鳦也燕之于飛必差池其羽之子于歸遠送于野傳之子去者也歸歸宗也遠送過禮于於也郊外曰野瞻望弗及泣涕如雨傳瞻視也

疏爾雅巂周燕燕鳦舍人注云巂周名燕燕又名鳦說文巂周燕也从隹中象其冠也冏聲燕玄鳥也籥口布翅枝尾象形乙玄鳥也齊魯謂之乙取其鳴自謼象形也字或從鳦夏小正傳燕乙也玄鳥傳玄鳥鳦也然

則巂周也燕也鳦也玄鳥也一物四名舊讀爾雅燕燕屬上下是鳦不名燕燕矣詩重言燕燕者此猶鴟鴞鴟鴞黃鳥黃鳥疊評成義之例傳乃依經作訓云燕燕鳦者此猶罩罩篧汕汕樔重字連文之例呂覽音初篇二女作歌一終曰燕燕往飛漢書五行志童謠燕燕尾涏涏皆與詩義同也自郭景純不明詩義致誤爾雅燕燕連讀而孔仲達左傳疏以爲重名燕燕異方語其誤實始於郭矣云燕之于飛必差池其羽以釋經于飛差池其羽六字是傳意本指一燕而言差池者即說文說燕之形布翅枝尾是也箋云差池其羽謂張舒其尾翼興戴嬀將歸顧視其衣服二章箋頡頏興戴嬀將歸出入前卻三章箋下上其音興戴嬀將歸言語感激聲有小大此箋言興而傳不言興螽斯正義引鄭志荅張逸云若此無人事實興也文義自解故不言之凡說不解者耳衆篇皆然凡實興而傳不言興者放此○之子席戴嬀也傳云去者蓋緣上下文作訓桃夭之子于歸歸謂嫁也自母家之夫家家曰歸自夫家之母家亦曰歸傳釋歸爲歸宗者草蟲傳婦人雖適人有歸宗之義黃鳥傳婦人有歸宗之義與此言歸宗者凡三但草蟲黃鳥言大夫以下婦人歸宗此言諸侯之女亦有歸宗之義左

氏傳所謂大歸也戴嬀歸于陳猶之紀叔姬歸于酅矣遠送至於野故傳云過禮箋云婦人之禮送迎不出門今我送是子乃至于野者舒己憤盡己情案此申傳過禮之說也于訓於者釋于野之于與于歸之于不同義于歸往歸于野於野也於猶之也采蘩傳于於於猶在也二傳訓同意别云郊外曰野郊遠郊也遠送遠郊之外雖過禮猶不越衞境也瞻視爾雅釋詁文雄雉節南山同

燕燕于飛頡之頏之傳飛而上曰頡飛而下曰頏**之子于歸遠于將之**傳將行也**瞻望弗及佇立以泣**傳佇立久立也疏飛而上曰頡飛而下曰頏小箋云上下字當互易頡同頁頁頭也飛而下則頭搶地頏同亢亢者頸也飛而上則亢向天說文注又引楊雄甘泉賦柴虒參差魚頡而鳥肵李注云頡肵猶頡頏也顏注云頡肵上下也皆本毛詩頡頏爲訓奐謂傳文當是頡頏二字之互譌凡鳥飛必卬上而後注下故傳先釋頏之飛而上曰頏再釋頡之飛而下曰頡以盡其翺翔回顧之狀猶下章下上其音傳必先釋上音再釋下音以

寫其鳴號遠近之態同一意例今本順經改傳恐失毛氏之恉○將行簡兮手楚茨文王旣醉烝民敬之傳竝同將古䢖字說文云䢖行皃上言遠送此言遠行下又言其所歸之地立言之次弟然也佇當作宁宁者箸之假借如朝宁郎朝箸之例箸直略切與久義相近傳以久詁宁釋文本久下無立字可證宁久釋詁文今爾雅亦作佇墨子經上篇云久彌異時也

燕燕于飛下上其音（傳）飛而上曰上音飛而下曰下音之子于歸遠送于南（傳）陳在衞南瞻望弗及實勞我心

（疏）飛而上曰上音飛而下曰下音上下猶頡頏也傳先釋上音再釋下音此逆意以解之也箋云聲有小大雄雉箋亦云小大其聲小謂上大謂下凡飛鳥之音遠乃小近始大也上章箋頡頏猶出入頡猶出也頏猶入也箋亦逆意以解之○南以言鄉南行也戴嬀歸于陳故傳以陳在衞南釋之衞今之淇縣陳今之陳州府衞至陳五百里而遙也

仲氏任只其心塞淵傳仲戴嬀字也任大塞瘞淵深也終溫且惠淑愼其身傳惠順也先君之思以勖寡人傳勖勉也疏而字則十五以後稱伯仲異乎男子之五十以伯仲也大明傳云仲中女也又云大任仲任也彼詩言大任來嫁于周故稱婦之姓而言任此莊姜詩戴嬀不必繫乎姓故但言仲而不言仲嬀玉篇人部引詩云仲氏任只仲中也又眾經音義卷九引韓詩云仲中也言位在中也是韓不以仲爲字矣諸侯一取九女皆有列位小星寔命不同傳命不得同於列位也同列位者稱貴妾戴嬀之位在中故稱仲韓與毛不同其義甚古必有師承○賓之初筵傳壬大也任與壬同大者正義云言仲氏有大德行是也塞訓瘞瘞乃實之誤崔集注本作實書堯典孔疏及文選舞賦李注引作實漢書敘傳安世溫良塞淵其德顏注引亦作實定之方中常武箋竝訓塞爲實鄭正本此傳訓皆其證說文𡫳實也書曰剛而𡫳今皋陶謨作剛而塞夏本紀作剛而實此古塞實同訓之理也定之方中箋云淵深也義與傳同惠

順釋言文溫惠猶和順也終猶既也終溫且惠言既溫且惠也與既安且寧既明且哲同詞既醉傳既者盡其禮終其事此終與既同也其義又見葛藟篇淑善也愼誠也禮記中庸云不明乎善不誠乎身矣○勖勉釋詁文書牧誓勖字史記多以訓詁代之作勉字此勖勉義通之證先君莊公也思齊傳寡妻適妻則莊姜適夫人故得自稱曰寡人也思憂思也莊姜不見荅於先君致遭州吁之難憂思不已於戴嬀之歸猶望其以先君之故勉己禮記坊記篇利祿先死者而後生者則民不偝先亡者而後存者則民可以託引詩云先君之思以畜寡人案勖畜古聲同此引詩念畜先君以爲先死亡者斷章取義鄭注以此爲衞夫人定姜之詩云畜孝也獻公無禮於定姜定姜作詩言獻公當思先君定公以孝於寡人釋文云此是魯詩然邶鄘衞於文公以後無詩不應獻公時有定姜之詩又列女傳母儀篇又謂衞定姜子死其婦無子而歸定姜送婦而作列女傳出於劉向劉習魯詩而與禮記注不合唯毛詩序稱衞莊姜詩傳釋南爲陳在衞南仲爲戴嬀字與序發明悉本左傳爲說鄭志荅炅模云爲記注時盧君先師亦然後乃得毛公傳既古書義又宜然記注已行不復改之是鄭注

禮信從三家其後稍稍見毛詩源流眞古故箋詩亦從毛義

日月四章章六句

日月衛莊姜傷己也遭州吁之難傷己不見荅於先君以至困窮之詩也

日居月諸照臨下土(傳)日乎月乎照臨之也乃如之人兮逝不古處(傳)逝逮古故也胡能有定寧不我顧(傳)胡何定上也(疏)傳云日乎月乎照臨之也者言日月照臨也經中居字當讀爲其語助詞傳以諸代乎不釋居字釋詞云小爾雅曰諸乎也故祭義勿勿諸其欲其饗之也禮器諸作乎樂記禮發諸外祭義諸作乎是皆諸乎聲通之證箋云日月喻國君與夫人也當同德齊意以治國者常道也○箋云之人是人也謂莊公也爾雅遾逮也逮及也逝與遾通逝謂之逮逮又謂之及故下章傳直以及字代逝字逝不不及也逝不古

處言不及古處也逝不相好言不及相好也亦作噬有杕之杜噬肎適我言可及時適我也噬肎來游言可及早來游也句義相同古故烝民同古處猶言舊所耳胡何傳爲全詩通訓胡不即何不胡然即何然胡爲乎即何爲乎是胡何同義定止釋詁文節南山亂靡有定箋定止也義與此同寧亦胡也凡詩或言胡或言寧桑柔寧爲荼毒正月胡爲虺蜴寧爲即胡爲也雲漢寧俾我遯正月胡俾我瘉寧俾即胡俾也連言之如胡寧忍予胡寧瘨我以旱皆是也故上言胡而下言寧連言之曰胡寧猶上言維而下言其連言之曰維其上言既而下言亦連言之曰亦既皆其句例寧不我顧言胡不顧我也寧不我報言胡不我報也子衿子寧不嗣音子寧不來伐木寧適不來寧不皆胡不也葛覃傳寧安也寧胡安三字竝與何同義

日居月諸下土是冒傳冒覆也**乃如之人兮逝不相好**傳不及我以相好**胡能有定寧不我報**傳盡婦道而不得報疏君子偕老傳蒙覆也冒蒙聲轉義通下土是冒猶云照臨下土也箋云覆猶照臨也○唐風釋

文引韓詩逝及也及與逮同義逝不爲不及此倒句法不報卽不荅也案此詩四章皆莊姜自敘其傷己不見荅於先君之事傳云盡婦道而不得報盡婦道三字補明經義而以益箸其傷己之情

日居月諸出自東方（傳）日始月盛皆出東方**乃如之人兮德音無良**（傳）音聲良善也**胡能有定俾也可忘**（疏）天保如日之升傳升出也是日始出於東方也東方之日傳亦云月盛於東方禮器大明生於東月生於西此陰陽之分夫婦之位也注大明日也禮記言日東月西以喻夫婦之位此傳言月盛與日始亦皆出東方者箋云夫人當盛之時與君同位是也○傳訓音爲聲德音猶善聞令名也二字連讀得義德之聞於聲者爲德音德音無良言有德我之聲而實無善我之意故云然若谷風有女同車小戎狠跋鹿鳴南山有臺車舝皇矣假樂德音連緜者可以類推良善鶉之奔奔秦黃鳥同說文廣雅竝云良善也忘忘憂也

日居月諸東方自出父兮母兮畜我不卒胡能有定報

我不述（傳）述，循也。（疏）案此經傳疑皆有誤。爾雅釋訓「不遹，不蹟」，不遹不蹟，不徹不道也。不遹不蹟，不徹，統爲釋詩之詞。不蹟不徹，見於小雅。不遹，即此篇報我不述之異文。孫炎云：「遹，古述字。」毛詩多古字，當同爾雅作遹。遹即述，古文假借字。釋文：「述，本又作術。」李善注廣絶交論引韓詩「報我不術」。薛君云：「術，法也。」是韓詩作術，術、述一字也。今詩或因韓改毛耳。傳沔水「念彼不蹟」，不蹟，不道也。十月之交「天命不徹」，徹，道也。不蹟、不徹皆用釋訓文，則此詩不遹爲不道，亦當用釋訓。無疑或云釋詁「遹，循也」，毛氏傳詩所本也。不知爾雅一書原不專釋詩，釋詁「遹，循」可釋尚書康誥「遹」字，而釋訓「遹，道」正釋此詩遹字。報我不道，不道猶言無道也。故釋訓遹爲道，文義已明。若釋遹爲循，文義未盡。古人屬辭最平直也。箋云：「不道，不循禮也。」箋蓋以循禮申傳之道。今本不道作不循，亦誤。

終風四章，章四句

終風，衛莊姜傷己也。遭州吁之暴，見侮慢而不能正也。

疏箋云正
猶止也

終風且暴傳興也終日風爲終風暴疾也**顧我則笑**傳

笑侮之也謔浪笑敖傳言戲謔不敬**中心是悼**疏終風
且暴

且霾且曀其陰其靁皆所以興州吁之暴也御覽天部
九引傳終日而風爲終風有而字終日而風爲終風則
下二章終風且霾終風且曀皆是終日而風也釋文引
韓詩云西風也爾雅西風謂之泰風泰當作大桑柔箋
作大風毛韓意同爾雅釋天日出而風爲暴傳與雅訓
異意同終日而風總釋三終風之義日出而風則專釋
詩首章暴字之義言日出以別於霾曀也孫炎云陰雲
不興而大風暴起傳訓暴爲疾者亦謂風之暴起何人
斯傳飄風暴起之風是也玉篇瀑疾風也此毛詩義而
作瀑字誤說文瀑疾雨也从水暴聲詩曰終風且瀑此
三家詩與雅傳不合或謂傳暴疾也疾下奪雨字據三
家改毛大誤○笑即笑敖序謂之侮慢故傳云笑侮之
也爾雅謔浪笑敖戲謔也說文謔戲也謔爲戲連言之
爲戲謔笑敖者謔之狀也傳云言戲謔不敬即所以釋

經謔字之義韓詩云浪起也韓以謔字逗謔則起笑敖則亦以笑敖爲謔可因韓讀而明毛訓矣中心心中也呡傳悼悼傷也悼與末章懷同義

終風且霾傳霾雨土也**惠然肯來**傳言時有順心也**莫往莫來**傳人無子道以來事已亦不得以母道往加**之悠悠我思**疏霾與埋同聲爾雅風而雨土爲霾雨土者風起土下如雨小雅序雨自上下者也穀梁傳箸於上見於下謂之雨言雨土則風箸矣故傳不更言風也孫炎云大風揚塵土從上下也○燕燕傳惠順也然猶若也呡傳若然同義北風惠而好我而猶如也君子偕老傳而如同義惠然惠而其義一也然字不當作然後解爾雅肯可也說文可肯也此凡語全詩放此順心釋惠然時有順心釋肯來時有順心卽承上章顧我之意也人無子道以來事已釋莫來已亦不得以母道往加之釋莫往莫來故莫往傳乃逆其辭以釋之無子道事已卽承上章笑傲之意也莫訓無又訓不莫來爲無來莫往爲不往也凡全詩莫字有此二義

關睢傳悠思也重言曰悠悠此及雄雉泉水子衿渭陽十月之交皆曰悠悠

終風且曀不日有曀傳陰而風曰曀寱言不寐願言則嚏傳嚏跲也疏陰而風曰曀爾雅釋天文曀亦陰也釋名曀翳也小爾雅曀冥也雅傳緣詩立訓乃兼風言耳終風且曀謂風也不日有曀謂陰也言不日曀也有爲句中語助箋云褕州吁闇亂甚也○寱言不寐猶云獨寐寱言也願思也言我也願言爲思我思我我思也願言則疐謂我思之而志倦欠故也願言則懷謂我思之而憂傷也猶上文云莫往莫來悠悠我思也願言之言訓爲我與寱言之言不同義葛覃言告言歸言告之言訓爲我與言歸之言不同義皆兩言字連文而異解○嚏跲經傳皆從誤本釋文疐本又作疌又作疐鄭作嚏劫本又作跲孫毓同崔云毛訓疌爲故今俗人云欠欠故故是也不作劫字正義引王肅作疐劫定本集注同然則唐初舊本經皆作疐今作嚏者其誤始於唐開成石經陸所見崔本作疌疌卽疐之誤孔引集注作疐不誤又引王肅本毛傳作疐劫劫與跲音同故又改作跲唯陸所見崔本作故孔引集注作劫是

又誤踵王肅矣崔靈恩集注所據毛詩經作疐傳作疐㰦也當是古本如是通俗文張口運气謂之欠㰦玉篇㰦欠張口也廣韻九御㰦欠㰦集韻㰦張口皃或作呿說文欠張口气悟也象气从儿上出之形吹出气也从欠从口傳訓疐爲㰦疐卽古文嚏毛詩作疐三家詩作嚏嚏有口气鼻气兩解說文口部嚏悟解气也从口疐聲詩曰願言則嚏悟解气與㰦訓合許以嚏字从口故主謂口气宗毛故說解同毛而引詩作嚏者此許氏據三家詩字以申毛詩之義謂疐卽嚏之古文假借此說文例也玉篇嚏噴鼻也詩曰願言則嚏鄭箋疐讀爲不敢嚏咳之嚏今俗人嚏云人道我此古之遺語也鄭於毛傳說文異而與玉篇噴鼻之說同此亦本三家詩義也但此詩四章皆是衞莊姜傷己之詞願言則㰦謂我思之不已則志倦而欠㰦也若依噴鼻解嚏字謂州吁思莊姜莊姜爲之噴鼻於序言傷己不合至王肅云願以母道往加之則疐劫而不行不知上章傳云不以母道往加釋莫往句不釋我思句今肅以解此願字而於句義有不安又據狼跋傳改㰦爲劫以疐劫不行解疐字則於篇義更難通

正義依王申毛誤矣

曀曀其陰虺虺其靁傳如常陰曀曀然暴若震靁之聲虺虺然寤言不寐願言則懷傳懷傷也疏曀爲陰故傳以曀曀爲常陰曀曀猶晻晻也說文引詩作㙪㙪曀㙪聲義皆近經言靁傳云震靁大雅兩言如霆如雷震雷即霆雷也暴疾也虞世南北堂書鈔天部四引爾雅疾靁謂之霆郭注云靁之急擊者謂霹靂說文靁陰陽薄動靁雨生物者也从雨畾象回轉形靁籀文靁閒有回回靁聲也霆靁餘聲也鈴鈴所以挺出萬物震劈歷振物者案靁霆震三者自微而箸凡靁必回轉餘聲而振物者也虺虺與回回聲同意別回回者象靁回轉之聲虺虺者振物聲也○懷訓思此云傷者思亦傷也願言則懷言我思之則憂傷也序所謂傷己也

擊鼓五章章四句

擊鼓怨州吁也衞州吁用兵暴亂使公孫文仲將而平陳與宋國人怨其勇而無禮也疏箋云將者將兵以伐鄭也平成也將伐鄭

先告陳與宋以成其伐事春秋傳曰宋殤公之即位也公子馮出奔鄭鄭人欲納之及衛州吁立將修先君之怨於鄭而求寵於諸侯以和其民使告於宋曰君若伐鄭以除君害君爲主敝邑以賦與陳蔡從則衛國之願也宋人許之於是陳蔡方睦於衛故宋公陳侯蔡人衛人伐鄭是也伐鄭在魯隱四年

擊鼓其鏜踊躍用兵傳鏜然擊鼓聲也使衆皆踊躍用兵也**土國城漕**傳漕衛邑也**我獨南行**疏傳云鏜然擊鼓聲鏜然者言形容其擊鼓之聲與零雨其濛兕觥其觩句同皆先言事而後言狀也有先言其狀而後言其事者宛丘坎其擊鼓坎其擊缶是也此句倒也說文鼟鼓聲也引詩作鼟鏜鍾鼓之聲也引詩作鏜依毛訓則詩之鏜當爲鼟也司馬法云鼓聲不過閶閶爲鼟之假借字管子輕重甲篇云湩然擊鼓士忿怒湩與鏜一聲之轉詩上句言擊鼓下句言用兵鼓以動衆故云使衆皆踊躍用兵也踊躍連緜字說文云兵械也○漕衛邑泉水同衛都朝歌漕邑乃在河東城築都城也後狄滅河西之衛而立戴公於漕即此邑矣今河南衛輝府滑縣春秋時衛

之漕邑漕古作曹思須與漕水經注作曹言至于漕列女傳作曹詩序野處漕邑露于漕邑左傳及管子作曹左傳釋文云曹詩作漕定之方中傳云虛曹虛曹以虛得名不以水得名我軍士自我也南行南行伐鄭也

從孫子仲平陳與宋（傳）孫子仲謂公孫文仲也平陳於**宋不我以歸憂心有忡**（傳）憂心忡忡然（疏）從從南行也孫子仲衛大夫序作公孫文仲故傳以爲一人孫公孫子仲其字文仲其謚也云平陳於宋者於字釋經與字平成也陳與宋與者及也爲從同之詞今用兵伐鄭宋爲盟主陳厲於宋不從同也讀與爲於其義憭矣箋云平陳於宋謂使告宋曰君爲主敝邑以賦與陳蔡從正義云成伐事先告陳使從於宋與之俱行也鄭孔皆申明毛義○有狀物之詞憂心忡忡然傳以忡忡釋經之忡此疊字釋單字也草蟲出車篇云憂心忡忡

爰居爰處爰喪其馬（傳）有不還者有亾其馬者**于以求之于林之下**（傳）山木曰林（疏）爰於也於於是也於是有居處而不還者以釋爰居

爰處句不還承上章不歸而言也箋云謂死也傷也病也於是有喪馬而死亡者以釋爰喪其馬句起下文求于林下而言也皇矣傳亦云喪亡也○于於也於猶在也于林之下言在林之下也篇中或言爰或言于爰于竝與於同凡林必兼言麓麓山足故傳云山木曰林也宣十二年左傳趙旃弃車走林逢大夫謂其二子使下指木曰尸女於是授趙旃綏以免明日以表尸之皆重獲在木下此即詩言求林之義箋軍行必依山林正義引周禮肆師祭兵於山川注軍之所依止又以申明傳言山林之義也

死生契闊與子成說(傳)契闊勤苦也說數也**執子之手與子偕老**(傳)偕俱也(疏)說文契大約也契乃挈之假借釋文契本亦作挈大束契契寤歎或作挈挈縣爰契我龜本作挈挈闊疊韻葢古語勤苦憂苦也釋文引韓詩云契闊約束也箋從軍之士與其伍約死也生也相與處勤苦之中鄭用韓詩義毛義則憂用兵之苦因追述其室家有不忍遠離耳傳云說數者說文數計也○君子偕老陟岵傳竝訓偕爲俱說文偕一曰俱也皆俱詞也皆爲語詞之俱偕從皆聲義

亦同正義引王肅云言國人室家之志欲相與從生至死契闊勤苦而不相離相與成男女之數相扶持俱老

于嗟闊兮不我活兮（傳）不與我生活也于嗟洵兮不我信兮（傳）洵遠信極也（疏）于嗟歎詞悲歎之詞也爾雅闊遠也洵訓爲遠則闊之爲遠不訓此傳例也載芟箋活生也連言之曰生活孟子盡心篇云民非水火不生活是生活連文得義洵讀爲敻聲轉通也釋文引韓詩作敻云敻亦遠也高注呂覽盡數篇引詩于嗟敻兮本韓詩也管子宙合篇讂充言心也劉績補注云讂遠也讂與敻通遠者言遠行從軍也正義云信古伸字易曰引而信之伸卽終極之義故云信極也案傳以極詁信而信極連讀猶以生詁活而生活連讀不與我信極者言不與我終古也○案魯隱公四年春州吁弒桓公而自立卽於是秋九月被殺於陳一時之頃伐鄭者再此詩正是國人怨其用兵暴亂爲未能和眾張本左傳眾仲曰州吁阻兵安忍阻兵無眾安忍無親眾叛親離難以濟矣州吁弒其君而虐用其民不務令德而欲以亂成必不免矣蓋此爲眾仲逆料之詞詩人口內不應豫及箋以四章用韓詩義契闊爲軍

中約束末章謂軍士棄約歎其離散相遠非毛義也歐陽修詩本義引王肅云爰居而下三章衛人從軍者與其室家訣別之辭

凱風四章章四句

凱風美孝子也衛之淫風流行雖有七子之母猶不能安其室故美七子能盡其孝道以慰其母心而成其志爾（疏）孟子告子篇公孫丑曰凱風何以不怨曰凱風親之過小者也不怨言不怨親也

凱風自南吹彼棘心棘心夭夭（傳）興也南風謂之凱風樂夏之長養棘心難長養者夭夭盛貌母氏劬勞（傳）劬勞病苦也（疏）興者前二章以凱風之吹棘喻母養其七子後二章以寒泉之益於浚黄鳥之好其音喻七子不能事悦其母泉鳥之不如也南風謂之凱風爾雅釋天文傳又申釋凱風云樂夏之長養所以明

其興義也南風主乎夏萬物茂盛夏小正傳所謂生必于南風爲離氣所生者也凱當作豈傳以樂字釋豈字載驅蓼蕭旱鹿泂酌竝以樂易釋豈弟此作豈之證豈古文愷字爾雅愷樂也說文兩收愷字心部愷樂也豈部愷康也康亦樂也○傳文棘下當有心字小箋云心字各本奪今補棘心對下棘薪言謂棘之初生萌蘖故云難長養者棘心至於夭夭然盛則母氏之劬勞可知矣案段說是也野有死麕傳樸樕小木也爾雅樸樕心是心有小義園有桃傳棘棗也棗叢生故叢生之木皆得稱棘桃夭傳云夭夭其少壯也盛與少壯義相近○爾雅劬勞病也傳云病苦者兼三章言勞苦作訓鴻雁同說文勞勮也疑劬卽勮之異體

凱風自南吹彼棘薪傳棘薪其成就者**母氏聖善**傳聖叡也**我無令人**疏棘長成薪故傳云棘薪其成就者○逸周書謚法篇云叡聖也楚語云子實不叡聖又云其聖之叡廣也此皆聖叡同訓之理傳所本也箋云叡作聖鄭用古文尚書以證傳訓非也洪範五行傳五事曰思心思心之不容是謂不聖漢書五行志五曰思思心曰容容作聖董仲舒春秋繁露五行

五事篇及說苑君道篇皆從今文尚書說毛詩傳與伏書大傳合故詁訓與今文尚書合不當據古文尚書爲證鄭玄注大傳云容當爲睿睿通也亦古文改今文與箋詩意同

爰有寒泉在浚之下傳浚衛邑也在浚之下言有益於浚有子七人母氏勞苦疏酈注水經瓠子水云濮水枝津水上承濮渠東逕鉏邱城南京相璠曰今濮陽城西南十五里有沮邱城六國時沮楚同音以爲楚邱非也又東逕浚城南西北去濮陽三十五里城側有寒泉岡即詩所謂爰有寒泉在浚之下世謂之高平渠非也京相璠曰濮水故道在濮陽南者也案漢書地理志濮陽縣在東郡今直隸大名府開州即古濮陽地酈善長以浚城在濮陽浚城在沮邱東沮邱即楚邱而善長復以京說爲非誤矣辨見定之方中篇攷衛未渡河濮陽乃其下邑故此傳云浚衛邑也干旄在浚之郊傳浚衛邑郊外曰野在浚之都傳下邑曰都是浚邑與楚丘地相近當有可據寒泉在浚下溉浸之所資傳云在浚之下言有益於浚者亦以明其興義也〇勞苦猶劬勞也

睍睆黃鳥，載好其音。〔傳〕睍睆，好貌。有子七人，莫慰母心。〔傳〕慰，安也。〔疏〕小箋云：說文無睆字，疑此本作睍睍黃鳥，故韓詩作簡簡黃鳥也。案韓詩見詩考引御覽羽族部。十毛葢緣下句作訓，疑傳文當作睍睍好也四字，好謂聲音之好，今本也誤作皃。禮記檀弓疏引亦作睍睆好貌，是以睍睍爲形容黃鳥顏色之好矣。葛覃詠黃鳥其鳴喈喈，傳：黃鳥，搏黍也；喈喈，和聲之遠聞也。睍睍、喈喈語轉雙聲。古樂府長歌行：凱風吹長棘，夭夭枝葉傾；黃鳥鳴相追，咬咬弄好音。咬咬亦雙聲。○傳訓慰爲安，車舝縣同。大戴禮曾子立孝篇：子曰：不可入也，吾任其過；可入也，吾辭其罪。詩云：有子七人，莫慰母心。子之辭也。此據戴氏震校本。盧辯注云：七子自責任過之辭。

雄雉四章，章四句。

雄雉，刺衞宣公也。淫亂不恤國事，軍旅數起，大夫久役，男女怨曠，國人患之而作是詩。〔疏〕春秋衞宣公於魯隱四年卽位，明年衞入

郕又與宋入鄭伐戴又與陳蔡從王伐鄭
又與齊鄭伐魯戰于郎皆其軍旅事也

雄雉于飛泄泄其羽（傳）興也雄雉見雌雉飛而鼓其翼泄泄然我之懷矣自詒伊阻（傳）詒遺伊維阻難也（疏）經言雄雉傳則兼及雌雉以明興義也隱元年左傳其樂也洩洩杜注云洩洩舒散也與詩泄泄同洩卽泄字箋云興者喻宣公整其衣服而起奮訊其形貌志在婦人而已不恤國之政事○終風傳懷傷也詒遺爾雅釋言文靜女丘中有麻天保同伊維何彼襛矣蒹葭同箋於此篇伊字及蒹葭東山正月之伊並云伊當作繄繄猶是也或三家詩有作繄也凡毛詩皆作伊內外傳皆作繄左傳繄我獨無惟德繄物繄伯舅是賴國語豈繄多寵繄起先人又宣二年左傳云我之懷矣自詒伊慼此詩正義引作自詒繄慼此伊繄相通之證阻難釋詁文谷風同難軍旅之難也

雄雉于飛下上其音展矣君子實勞我心（傳）展誠也（疏）

箋云下上其音興宣公小大其聲怡悅婦人○展誠釋詁文君子偕老同展與愼雙聲愼謂之誠展亦謂之誠矣展與亶疊韻亶謂之誠展亦謂之誠矣實當作寔寔是也此女望君子之詞言誠以君子久役之故我心是勞也

瞻彼日月悠悠我思（傳）瞻視也**道之云遠曷云能來**（疏）瞻視燕燕節南山同韓詩外傳引此而釋之云急時辭也是故稱之日月也說苑辯物篇略同君子于役篇不日不月曷其有佸義與此同

百爾君子不知德行不忮不求何用不臧（傳）忮害臧善也（疏）百爾君子席在位者也○忮害瞻卬同韓詩外傳云傳曰夫利爲害本而福爲禍先唯不求利者爲無害不求福者爲無禍又傳曰故智者不爲非其事廉者不求非其有是以害遠而名彰也兩引詩不忮不求何用不臧韓亦詁忮爲害馬融注論語子罕篇云忮害也不疾害不貪求言有德行者如此也臧善釋詁文定

之方中野有曼草還頍弁皆同

匏有苦葉四章章四句

匏有苦葉刺衛宣公也公與夫人竝爲淫亂疏夫人謂宣姜也此與新臺刺意同

匏有苦葉傳興也匏謂之瓠瓠葉苦不可食也濟有深涉傳濟渡也由膝以上爲涉深則厲淺則揭傳以衣涉水爲厲謂由帶以上也揭褰衣也遭時制宜如遇水深則厲淺則揭矣男女之際安可以無禮義將無以自濟也疏匏與瓠渾言不別析言之則有異豳風斷瓠小雅瓠葉瓠皆可食公劉酌之用匏匏不可食箋云瓠葉苦謂八月之時正義引義疏云匏葉少時可爲羹又可淹煮極美故詩曰幡幡瓠葉采之亨之今河南及揚

州人恆食之八月中堅强不可食故云苦葉是匏瓠一物異名匏瓠之堅强者也瓠匏之始生者也瓠其大名也傳以瓠釋匏匏有苦葉猶云瓠有苦葉耳瓠葉未苦可食瓠葉至于苦則不可食矣苦與枯通魯語苦匏不材易林震作枯瓠不朽其證也案此句詩意以匏葉之苦不可食興男女必以及時卽弟三章云士如歸妻迨冰未泮也下三句以水之深淺渡有常法興男女之際必守禮義而行卽弟四章云人涉卬不卬須我友也首一句爲一興以下三句又一興如伐木篇首一句伐木丁丁爲一興鳥鳴嚶嚶以下又一興同其篇例二章以濟盈雉鳴興夫人之犯禮義三章又因雉而思鴈四章復因濟渡而思舟子興昏姻之成必由禮義三章四章與首章兩興正同意○濟渡爾雅釋言文連言之曰濟渡末章傳云主濟渡者是也由膝以上爲涉釋水文爾雅釋文字又作厀案今作膝者俗也水在厀以下可褰裳而過謂之揭水至厀以上則必濡褌而過是謂之涉載馳傳水行曰涉管子小問篇至卑耳之谿有贊水者曰從左方涉其深及冠從右方涉其深至膝是其義也傳以衣涉水爲厲謂由帶以上也正義云今定本如此然則各本當作以衣涉水爲厲由帶以上爲厲與爾雅

釋水篇同矣小箋謂定本出於小顏恐屬肊改是也厲當讀爲濿爾雅釋文本或作濿王逸注九歎引爾雅正作濿云濿渡也渡水則其字當作水旁濿今單作厲者謂厲卽濿之古文假借字也傳云以衣涉水爲厲者此本雅訓弟一說也李巡注不解衣而渡水曰厲孫炎注以衣涉水濡褌也郭璞注衣謂褌也不解衣則且濡褌矣濡褌則在由帶以上矣此以衣涉水卽由帶以上厲卽涉也深厲卽深涉也說文云涉徒行厲水也由帶以上爲涉鄭注論語及服注左傳皆作由帶以上爲厲此可證厲涉同義以衣涉水由帶以上同義矣傳云由帶以上爲厲者此本雅訓弟二說也由帶以上與以衣涉水絶然不同蓋爾雅釋詩之例每存兩說如翦齊也翦勤也皆釋詩實始翦商之翦流求也流擇也皆釋詩左右流之之流毛傳中亦用此例如天保傳單信也或曰厚也皆傳聞異辭備存古訓也故此詩厲字雅傳皆備存兩說陸德明釋文云厲以衣涉水也此言厲之弟一說也又引韓詩云至心曰厲至心卽由帶以上此明厲之弟二說也是陸氏所言畫然二事則其據傳文尚不誤較諸定本牽合兩說爲一說其義長矣又說文云砅履石渡水也引詩曰深則砅砅或作濿此許或存齊魯

異說也湥水無定名故說詩者多不同云揭褰衣也者褰當作揭釋文揭揭衣一本作揭褰衣正義云揭褰衣今定本如此是定本同釋文之一本作褰衣非古本也褰裳箋揭衣渡溱水鄭正本此傳之語爾雅揭者揭衣也玉篇手部詩曰淺則揭謂揭衣也竝作揭衣可證言遇淺則揭裳而過其水尚不至厀以下不若遇湥必以衣涉水至厀以上也正義云傳不引爾雅由厀以下爲揭者略耳王引之詩述聞謂古本爾雅無此句故傳不引非略案王說是也爾雅釋水濟有湥涉湥則厲淺則揭揭者揭衣也以衣涉水爲厲繇厀以上爲涉繇帶以上爲厲毛傳依經之次弟爲訓爾雅則以水之由淺而湥爲說故首釋淺則揭句下皆釋湥則厲句以衣涉水爲厲繇厀以上爲涉二句互文足義下句正以申解上句涉字之義厲卽涉也言湥水不言淺水不應中閒廁繇厀以下爲揭六字使上下文辭不貫而經義亦致晦矣傳以湥厲淺揭喻遭時制宜此釋經之與義也後漢書張衡傳湥厲淺揭隨時爲義與傳訓同言男女之際安可無禮義亦必遭時制宜而後行此釋經之正義也傳文當重無禮義三字今奪云無禮義將無以自濟也者將猶且也末章傳云室家之道非得所適貞女不行

非得禮義昏姻不成是其義也濟字卽承上文濟有深涉亦卽起下文有瀰濟盈而言

有瀰濟盈有鷕雉鳴傳瀰深水也盈滿也深水人之所難也鷕雌雉聲也衞夫人有淫泆之志授人以色假人以辭不顧禮義之難至使宣公有淫昏之行**濟盈不濡軌雉鳴求其牡**傳濡漬也由輈以上爲軌違禮義不由其道猶雉鳴而求其牡矣飛曰雌雄走曰牝牡疏新臺河水瀰瀰傳瀰瀰盛皃此云深水者冡深涉深厲言也瀰當作瀰新臺釋文引說文云瀰水滿也盈滿鵲巢同深水人之所難猶無禮義亦人之所難傳兼正喻而言也下言求牡故知鷕爲雌雉聲傳云衞夫人有淫泆之志授人以色假人以辭者以釋有鷕雉鳴句傳又云不顧禮義之難至使宣公有淫昏之行兼以釋有瀰濟盈句經言興義傳則明言正義也新臺傳水所以絜汙穢反于河上而爲淫昏之行淫昏之行皆指宣公納伋妻事○

傳訓濡爲漬不濡軌言漬軌也釋詞以不爲語詞是也由輈以上爲軌詩述聞云傳輈本作軸古輈軸同聲故軸誤爲輈軌上當有濡字寫者脫去耳上章傳曰由𨚍以上爲涉厲謂由帶以上凡言由者皆水之所濡高下之度此言由軸以上亦謂水之所至也軌者軸之兩端水由軸以上則其淺滅軌故經曰濡軌而傳釋之曰由軸以上爲濡軌與上由𨚍以上爲涉厲謂由帶以上文義正同知非由輈以上者輈承衡者最高承軫者最下但曰由輈以上則其爲上曲而承衡之處與下曲而承軫之處皆未可知不可以定水濡之高下故不得言由輈以上也知非由軸以上爲軌者由軸以上乃水濡之度上言水由軸以上則下必言爲濡軌始與上文相應若無濡字則義不可通且上傳由𨚍以上爲涉厲謂由帶以上涉與厲皆濟水之名也此云爲濡軌濡軌亦謂濟水之名若去濡字而但云爲軌則軌之一字不可以爲濟水之名與由𨚍以上爲涉由帶以上爲厲之義參差不一矣故不得言由軸以上爲軌也釋文曰軌舊龜美反謂車轊頭也蓋徐邈阮侃王肅江惇干寶李軌諸人所見本竝作由軸以上爲濡軌軌爲軸之轊頭故有車轊頭之訓陸德明孔穎達所見本軸字始誤作輈軌

立又脫濡字於是讀者不復知傳文所言爲水所濡之度而誤以爲釋軌之名物又以軌非軓上之物而疑爲軾前之軓唐石經因之遂改軌爲軓則既失其義而又失其韻矣案王說是也氓淇水湯湯漸車帷裳箋云帷裳童容也我乃濟渫水至漸車童容猶冒此難而行凡帷裳家車必過於軸漸水至於車帷裳與濟盈濡軌其度相等二詩取興雖殊而其爲濟渡渫水則一也箋云渡水者必濡其軌兩解意同云違禮義不由其道以釋濟盈濡軌句雉指夫人牡指宣公蓋雌雉而求雄雉已違禮義今飛雌求走牡尤爲違禮義之甚者以比宣姜本伋妻而求配宣公尤非配偶新臺篇魚網之設鴻則離之傳言所得非所求也魚網而得鴻離雌飛而求走牡其事同也傳嫌牡雄可以通稱故又申釋之云飛曰雌雄走曰牝牡者雌雄從隹爲飛鳥牝牡從牛爲走獸刺夫人兼刺宣公也上傳云衞夫人有淫泆之志至使宣公有淫昏之行順就經辭作訓然序云公與夫人竝爲淫亂仍以刺宣公淫於新昏作主故傳乃合併以刺之此卽所謂雙雙俱至似鳥獸然者與

雝雝鳴鴈旭日始旦（傳）雝雝鴈聲和也納采用鴈旭日

始出謂大昕之時士如歸妻迨冰未泮（傳）迨及泮散也

（疏）爾雅廱廱和也傳依鳴鴈言故云鴈聲和廱與雝通說文雁讀若鴈今經典字多作鴈鹽鐵論結和篇引詩作雍雍鳴鳱鳱干聲鴈厂聲聲相近納采用鴈儀禮士昏禮文王引之儀禮述聞云士昏禮記曰摯不用死鄭注曰摯鴈也是鴈乃生者鴻鴈野鳥不可生服得之則死若以鴻鴈爲摯則是死物也而記曰摯不用死則非鴻鴈可知又士相見禮曰贄冬用雉夏用腒是四時皆有執摯之禮鴻鴈孟春北去仲冬始來夏月無鴈之時下大夫將何以爲摯乎由是言之所用必非鴻鴈矣鴈葢鵝也鵝乃常畜之禽故四時用之古者謂鵝爲鴈案秋行嫁娶納采在前當無鴈之時則鴈爲家畜之鵝王說是也士昏禮唯納徵用幣不用鴈此外自納采爲始以及問名納吉請期親迎皆用鴈傳乃不言親迎而言納采者嫌昏禮用昏不用昕經下句旭日始旦則非親迎可知故言納采著昏禮之始采事也納采者納昏禮之始有事也傳旭字逗日始出三字詁經之旭字新書脩政語下篇旭旭然如日之始出也義正同說文云旭日旦出皃又云昕日將出也士昏禮記凡行事必用

昏昕鄭目録云日入三商爲昏案三商三刻也昏昕對文日入三刻謂之昏則先日出三刻謂之昕大昕過三刻矣姚信易豫卦旴字注云日始出引詩旴日始旦旴旭一聲之轉旴大也三家詩亦爲大昕之時也○婦人謂嫁曰歸歸妻猶取妻謂親迎也迨及鵙鴞同及者言男女得以及時也泮讀爲判訪落傳判分也㪚分同義大戴禮誥志篇孟春冰泮發蟄月令謂之解凍冰未泮猶在解凍前也荀子大略篇云霜降逆女冰泮殺止言霜降始逆女冰泮而殺止也毛氏親業荀門故其説嫁娶時與荀説同詳東門之楊篇案衛宣公爲子伋娶於齊而聞其美作新臺于河上以要之是宣公于河上親迎夫人矣故詩人卽以昏禮發端正告之以室家之道必當用禮義成昏姻也此章就公説

招招舟子人涉卬否（傳）招招號召之貌舟子舟人主濟渡者卬我也**人涉卬否卬須我友**（傳）人皆涉我友未至我獨待之而不涉以言室家之道非得所適貞女不行

非得禮義昏姻不成（疏）釋文引韓詩招招聲也聲亦謂號召之聲北山傳號召也連言之則曰號召舟子爲舟人猶之榜人涉人耳此章仍從濟渡說下故傳又申之云主濟渡者箋云舟人之子號召當渡者猶媒人之會男女無夫家者使之爲妃匹鄭以舟人喻媒人是也○卬我釋詁文白華生民同傳云人皆涉釋經人涉二字云我友未至我獨待之而不涉釋經卬否卬須我友六字爾雅須待也須與須通此釋經之喻義也傳又云以言室家之道非得所適貞女不行非得禮義昏姻不成此釋經之正義也行露篇雖速我獄室家不足所謂非得禮義昏姻不成也雖速我訟亦不女從所謂非得所適貞女不行也彼序云彊㬥之男不能侵陵貞女卽其義也今夫人不能守貞女之教違禮義而成昏姻室家之道亾矣此章又就夫人說

谷風六章章八句

谷風刺夫婦失道也衛人化其上淫於新昏而棄其舊室家夫婦離絕國俗傷敗焉（疏）左傳稱衛宣公納子伋之妻是爲宣姜而夷姜縊此

淫新昏棄舊室也國人化之遂成爲風俗

習習谷風以陰以雨傳興也習習和舒貌東風謂之谷風陰陽和而谷風至夫婦和則室家成室家成而繼嗣生**黽勉同心不宜有怒**傳言黽勉者思與君子同心也**采葑采菲無以下體**傳葑須也菲芴也下體根莖也**德音莫違及爾同死**疏羣書治要及文選東晳補亡詩注引毛傳習習和舒之皃有之字東風謂之谷風爾雅釋天文孫炎注云谷之言穀穀生也是谷風爲生長之風也陰雨膏潤百物以陰以雨爲陰爲雨也陰陽之道致和而育以興夫婦之道積和而生室家成繼嗣生皆和之驗也黽勉雙聲連緜字文選傳亮劉將軍表注引韓詩作密勿十月之交雲漢黽勉三家詩皆作密勿也密通作蜜爾雅蠠沒勉也說文蠠古蜜字黽蜜蠠同義勉勿沒同義黽勉即勉勉猶蜜勿即勿勿亦蠠沒即沒沒沒矣此黽勉與四章黽勉同婦人自

言所以黽勉者思與君子同心以成其室家也○爾雅須葑從孫注云須一名葑從說文葑須從也據許所見爾雅不同而今本毛傳須下疑脫從字從俗作蓯正義引義疏云葑蕪菁幽州人或謂之芥葑通作蘴方言云蘴蕘蕪菁也陳楚之間謂之蘴魯齊之間謂之蕘關之東西謂之蕪菁陳藏器本草拾遺云蕪菁北人名蔓菁桑中箋及禮記坊記注葑蔓菁此箋又云蔓菁之類菲芴釋草文爾雅又云菲息菜俗作葸義疏云菲似葍莖麤葉厚而長有毛三月中蒸鬻爲茹滑美可作羹幽州人謂之芴爾雅謂之息菜今河內人謂之宿菜案元恪則合芴與息菜皆菲之異名矣箋及坊記注菲葍類元恪言似葍同云下體根莖也者根莖不可食無以下體言不用其根莖也僖三十三年左傳引此詩而釋之云君取節焉可也取節猶節取繁露竹林篇取其一美不盡其失亦引此詩坊記注言人之交當取一善義竝同左傳毛意亦然也葑菲之菜不以其下惡而棄其善以喻夫婦之好不以其後衰而棄其初及與爾女及爾同死猶云與子偕老耳

行道遲遲中心有違傳遲遲舒行貌違離也不遠伊邇

薄送我畿（傳）畿門內也誰謂荼苦其甘如薺宴爾新昏如兄如弟（傳）荼苦菜也宴安也（疏）說文引詩遲遲訓徐行舒與徐同義野有死麕常武傳云舒徐也違訓離離憂也中心心中也心中有離憂之思故遲遲然舒行伲傳所謂有一心乎君子也釋文引韓詩違很也義異○伊猶是也邇近也不遠伊邇言不遠是近也畿讀爲機假借字也呂覽本生篇出則以車入則以輦務以自佚命之曰招蹷之機高誘注蹷機門內之位也詩曰不遠伊爾薄送我畿此不過蹷機之謂又蔡邕司徒夫人靈表不出其機化道宣暢說苑政理篇修近理內正橛機之禮壹妃匹之際案橛卽檿單言機緐言檿機作蹷者字之誤也廣雅檿機闑柣也柣與闑同傳云門內也者闑門在大門內堂戶又在闑門內闑爲闑門中央所豎短木故闑或曰橛機然則闑也闑也檿機也一物已矣左傳婦人送逆不出門國語夫人送王不出屏不出門屏卽是不出橛機也今以男子送婦人而至於檿機箋云送我裁於門內無恩之甚裁猶不過也此鄭申毛也白虎通義嫁娶篇出婦之義必送之接以賓客之禮君子絕愈于小人之

交詩云薄送我畿班引詩以證送婦之禮用魯詩說○荼苦菜釋草文緜傳同是苦菜一名荼也又謂之苦采苓傳苦苦菜也苦菜味苦可食或謂茅秀若有女如荼是也或謂穢草若以薅荼蓼是也凡詩言荼有此三種家訓書證篇云苦菜葉似苦苣而細摘斷有白汁華黃似菊采苓正義引義疏云苦菜生山田及澤中得霜甛脆而美淮南子墜形篇薺冬生夏死高注云薺水也水王而生土王而死也繁露天地之行篇云薺以冬美冬水氣也薺甘味也乘於水氣而美者甘勝寒也誰謂荼苦其甘如薺言君子於已之薄比荼之苦不復如薺之甘耳全詩宴安字皆假作燕唯此宴爾新昏作宴宴饗字亦皆假作燕唯頍弁君子維宴作宴說文宴安也

涇以渭濁湜湜其止（傳）涇渭相入而淸濁異**宴爾新昏不我屑以**（傳）屑絜也**毋逝我梁毋發我笱我躬不閱遑恤我後**（傳）逝之也梁魚梁笱所以捕魚也閱容也（疏）書禹貢雍州涇屬渭汭又道渭東會于涇詩正義引鄭注云涇水渭水發源皆幾二千里然而涇小渭大屬於渭而

入于河又引地理志云涇水出今安定涇陽西幵頭山東南至京兆陽陵行千六百里入渭卽涇水入渭也案陽陵漢志在左馮翊此云京兆陽陵者鄭從東漢志也郡國志陽陵故屬馮翊云行千六百里漢志作千六十里玆涇源出今甘肅平凉府西北至陝西高陵縣西南入渭計行不及千里則六百當是六十之誤鄭從漢志而云幾行二千里者兼連渭水言耳涇入渭與渭入河傳所謂涇渭相入也漢書溝洫志云涇水一石其泥數斗是涇濁而渭清傳所謂清濁異也湜湜水清見釋文引説文云湜水清見底也止今本誤作沚説文玉篇自帖集韻類篇引詩皆作止以猶與也涇與渭相入涇自濁耳渭則湜湜然清也興者以喩君子雖有新昏之惡而己仍持正自守不納汙垢以渭之清形己之絜也涇濁喩新昏渭清喩舊室解者皆以涇濁喩舊室渭清喩新昏失之○屑絜疊韻君子偕老同趙注孟子公孫丑篇引詩不我屑已已與以通列女傳賢明篇趙姬曰夫得寵而忘舊舍義好新而嫚故無恩與人勤於隘厄富貴而不顧無禮君棄此三者何以使人詩不云乎采葑采菲無以下體德音莫違及爾同死與人同寒苦雖有小過猶與之同死而不去況於安新忘舊乎又曰讌爾

新昏不我屑以薣傷之也此三家義與毛詩同○毋依釋文當作無小弁作無爾雅之逝往也三義相近而微有别逝往也往猶去也逝之也之猶至也庸柏舟傳之至也梁爲魚梁周禮𤅊人掌以時𤅊爲梁鄭司農注云梁水偃也偃水爲關空以笱承其空賈疏云謂偃水兩畔中央通水爲關孔候人傳梁水中之梁亦謂魚梁也禮記王制孟子梁惠王篇皆曰澤梁趙岐注以澤梁爲魚梁是也云笱所以捕魚也者賈疏云笱者葦薄以薄承其關孔魚過者以薄承取之說文笱曲竹捕魚笱也淮南子兵略篇魚笱門高注云竹笱所以捕魚其門可入而不得出是其制也然則笱用竹或用葦薄又謂之罶魚麗及苕之華傳皆云罶曲梁也寡婦之笱也寡婦之笱即所謂敝笱與凡爲笱者不同釋文引韓詩發亂也韓讀發爲撥長發傳撥治也撥之爲亂猶治之爲亂逝梁發笱喻新昏者入我家而亂我室我欲禁其無然而不可得也○鄭注禮記表記篇云閱猶容也與傳訓同單言閱絫言容閱浮游傳堀閱容閱也孟子作容悦襄二十五年左傳引詩作說杜注云言今我不能自容說說與閱通遑古祇作皇禮記左傳皆作皇皇暇也皇恤我後言不暇憂我後後人也

就其湥矣方之舟之就其淺矣泳之游之〔傳〕舟船也何有何亡黽勉求之〔傳〕有謂富也亡謂貧也凡民有喪匍匐救之〔疏〕漢廣傳方泭也方舟之類舟船古今名方言自關而西謂之船自關而東或謂之舟說文廣雅皆云舟船也漢廣傳潛行為泳游亦泳之類言就湥則方舟就淺則泳游也箋云喻君子之家事無難易吾皆為之○亡與無同有為富則無為貧矣箋云有求多亡求有歙汪龍毛詩異義謂箋正申說傳貧富之義富益求多貧則求有也匍匐猶寵勉也禮記檀弓篇及漢書谷永傳作扶服

能不我慉反以我為讎〔傳〕慉養也既阻我德賈用不售〔傳〕阻難也昔育恐育鞫及爾顛覆〔傳〕育長鞫窮也既生既育比予于毒〔疏〕能字各本在不我下轉寫誤耳能不我慉與寧不我顧既不我嘉則不我遺能寧既則皆為語詞之轉說文引詩作能不我慉段注云與能不我知能不我甲句法同也能讀為而慉養

釋文以爲王肅義毛傳作興孫毓引傳亦作興玉篇慉
興也案興古嬹字廣雅嬹喜也說文嬹說也說亦喜也
此傳興字當亦訓爲喜慉與好亦同義或曰說文慉起
也蓼莪箋畜起也畜與慉同疑古毛傳本作起起讀起
家而居有之之起箋慉驕也本三家詩○阻難雄雒同
難猶害也售俗讎字上讎與仇同此讎當訓爲用抑傳
云讎用也不讎不用也箋如賣物之不讎御覽資產部
十五引韓詩既詐我德賈用不讎一錢之物舉賣百何
時當讎乎抑箋物善則其讎賈貴物惡則其讎賈惡鄭
本韓義而意實同○傳意兩育字皆訓爲長長猶常也
鞫窮釋言文齊南山小弁同說文䆪窮也䆪窮治罪人
也今字俗作鞫又作鞠畜育恐育鞫及爾顛覆言畜者
長恐此後日之長窮故難顛覆之事願與女共之也顛
覆謂窮也生民載生載育傳亦云育長也此育字與上
兩育字訓同義異育
亦生也毒猶讎也

我有旨蓄亦以御冬宴爾新昏以我御窮（傳）旨美御禦
也有洸有潰既詒我肄（傳）洸洸武也潰潰怒也肄勞也

不念昔者伊余來塈〔傳〕塈息也〔疏〕旨美學韻說文旨美也从甘匕聲蓄無傳箋云蓄聚美菜高注呂覽仲秋紀云蓄菜乾苴之屬也郎引此詩御禦古今字秦黃鳥傳禦當也○經言洸傳云洸洸經言潰傳云潰潰凡經文一字傳文用疊字者一言不足則重言之以盡其形容者例準此釋文引韓詩潰潰不善之皃則洸洸亦不善也箋云君子洸洸然潰潰然無溫潤之色竝與傳武怒義相近肄讀爲勩爾無正其知我勩傳勩勞也勩本字肄假借字塈息嘉樂同塈猶愒也王引之釋詞云來詞之是也全詩來字多與是同義解者皆以來爲往來之來遂詰籟爲病矣案王說是也谷風曰伊余來塈嘉樂曰民之攸塈來猶攸也采芑曰荊蠻來威角弓曰兄弟孔威來猶孔也車舝曰德音來括南山有臺曰德音是茂來猶是也下武曰四方來賀常武曰四方既平來猶既也來皆爲語詞不念昔者伊余來塈言君子不思昔日之情與我共此休息序所謂棄其舊室也

式微二章章四句

式微黎侯寓于衛其臣勸以歸也（疏）黎古作𨙻說文𨙻殷諸侯國在上黨東北應劭注漢書杜預注左傳竝云在上黨壺關今山西潞安府治漢晉壺關縣地李泰括地志云在潞州黎城縣東北十八里案此黎侯本國也漢書地理志東郡黎孟康以爲詩黎侯國今直隸大名府開州地魏郡黎陽晉灼以爲黎山得名今河南衛輝府濬縣地濬縣之東即開州之西案此黎侯所寓之地也水經瓠子水注以黎縣爲黎侯寓而河水注又以黎陽爲黎侯國則誤矣衛宣公之世黎遭狄人迫逐出寓於衛衛即置諸東地爲寓公中露泥中是即所寓二邑也其後魯宣公十五年赤狄潞氏奪黎氏地晉滅潞立黎侯詩序之狄人即赤狄也狄人自迫逐黎侯遂據奪其地晉立黎侯或是繼絕興亾之一舉耳其寓侯之復歸與否不見經傳或其臣勸歸或別立他公爲後無明文可攷衛與黎脣齒相依黎遭狄患衛不能救越後四十餘年衛亦尋滅卒罹狄禍於此可以覘國勢列女傳貞順篇以詩爲黎莊夫人及傅母作此三家義也

式微式微胡不歸（傳）式用也微無也微君之故胡爲乎

中露傳中露衛邑也疏式用爾雅釋言文說文云試用也試謂之用式亦謂之用矣節南山皇矣傳並訓式爲用微無伐木同傳釋式爲用釋微爲無正義引左傳榮成伯賦式微服虔注君用中國之道微案道微猶云無道言衛不能修方伯連率之職救患恤同也箋據爾雅釋訓解式微而微君爲無君與傳迥別今本傳箋不分强截微無也三字作下微字正解則傳訓久晦矣○微非也微君之故胡爲乎中露言非君之故胡爲乎在中露也微君之躬胡爲乎泥中言非君之躬胡爲乎在泥中也邶柏舟傳以非字釋微字此其義中露列女傳引作中路衛邑未聞

式微式微胡不歸微君之躬胡爲乎泥中傳泥中衛邑也疏泥中衛邑亦未聞二邑皆當在衛之東

旄丘四章章四句

旄丘責衛伯也狄人迫逐黎侯黎侯寓于衛衛不能修

方伯連率之職黎之臣子以責於衛也疏案責衛伯伯疑誤衍序云責衛下又云責於衛若蠡斯采蘋般其雷摽有梅野有死麕文法與之同則責衛下不當有伯字矣衛康叔封於成王之世未聞爲方伯然非必皆任此職而今不修以爲刺也春秋上無天子下無方伯凡寰內諸侯均有連屬憂患相及皆當修之魯桓公五年冬州公如曹六年寔來左傳云不復其國也蓋其時魯不能修方伯連率之職州公來魯亾而不復春秋書寔來所以責魯也詩錄旄丘所以責衛也

旄丘之葛兮何誕之節兮傳興也前高後下曰旄丘諸侯以國相連屬憂患相及如葛之蔓延相連及也誕闊也叔兮伯兮何多日也傳日月以逝而不我憂疏爾雅釋丘前高旄丘前高高者後必下故傳必增益其義云前高後下也高下喻尊卑也余友棲霞郝懿行爾雅義疏云旄丘詩釋文引字林作堥云堥丘也亾周反又音毛又亾付反爾雅釋文引字林作嵍又作堥玉篇云嵍丘也或

作㽵顏氏家訓書證篇柏人城東北有一孤山世俗或呼為宣務山余讀碑銘知此巏嵍山也嵍字依諸字書即旄丘之旄也是呂忱顧野王顏之推竝以旄丘為㽵注牟讀曰㽵即此㽵字鄭應同時盍必所見爾雅本旄丘文選荅賓戲注應劭引爾雅文作前高㽵丘又內則丘作㽵丘故一讀一引字俱作㽵可知今本作旄假偺字耳寰宇記云旄丘在澶州臨河縣東今在大名府開州也案旄丘之葛蔓延連及以興矦國連屬憂患相及生民傳誕訓大闊大義相近闊者遠也何誕之節兮言何今葛之遠闊也衞不能修方伯連率之職故云然○傳於下章狐裘充耳為大夫尊盛之服飾則叔伯爲大夫也此黎之臣子控告援救若飢若渴評衞大夫者不敢直斥衞君也多日寓衞之日多也云日月以逝而不我憂者此申明經義為相責之詞

何其處也必有與也傳言與仁義也何其久也必有以也傳必以有功德疏何其處也韓詩外傳作兮古也兮通經言與傳云與仁義荀子議兵篇陳囂問孫卿子曰先生議兵常以仁義為本仁者愛人義者循理孫卿子曰彼仁者愛人愛人故惡人之害

之也義者循理循理故惡人之亂之也彼兵者所以禁暴除害也繁露仁義法篇春秋之所治人與我也所以治人與我者仁與義也以仁安人以義正我故仁之爲言人也義之爲言我也言名以別矣仁之於人義之於我者不可不察也○經言以傳云以有功德周禮大宗伯八命作牧鄭注云謂侯伯有功德者加命得專征伐於諸侯九命作伯注云上公有功德者加命爲二伯得征五侯九伯者

狐裘蒙戎匪車不東（傳）大夫狐蒼裘蒙戎以言亂也不東言不來東也　叔兮伯兮靡所與同（傳）無救患恤同也

（疏）禮記玉藻君子狐青裘豹褎玄綃衣以裼之鄭注云君子大夫士也綃綺屬也染之以玄於狐青裘相宜狐青裘葢玄衣之裘孔疏云熊氏曰六冕皆有裘此云玄謂六冕及爵弁也則天子諸侯皆然君用純狐青大夫士襍以豹褎案傳云大夫狐蒼裘即君子狐青裘蒼青也白虎通義衣裳篇大夫狐蒼是也僖五年左傳士蔿賦曰狐裘尨茸一國三公吾誰適從公事也三公謂有事之臣則狐裘亦狐青裘也玄綃衣冕弁之裼衣也

玄綃衣爲狐青裘之裼則此狐裘爲大夫冕弁之裘凡諸侯會同皆冕弁服也唯大夫狐青裘以豹皮爲褎飾此不言豹褎者文略耳正義以爲玄端裘誤矣蒙戎猶尨茸杜預注云尨茸亂貌義與傳同匪彼也彼車不東者言彼大夫之車不來東也襄八年左傳引詩如匪行邁謀杜注匪彼也是匪爲彼也箋云黎國在衛西今所寓在東○靡無也庸柏舟皇皇者華文王皇矣烈祖竝以無釋靡同讀如同盟之同僖元年左傳諸侯救邢邢人潰出奔師師遂逐狄人具邢器用而遷之師無私焉夏邢遷于夷儀諸矦城之救患也凡矦伯救患分災討罪禮也案此卽救患恤同之事矦伯卽方伯也今狄人迫逐黎矦衞不能逐狄而復黎故責之

瑣兮尾兮流離之子（傳）瑣尾少好之貌流離鳥也少好長醜始而愉樂終以微弱**叔兮伯兮褎如充耳**（傳）褎盛服也充耳盛飾也大夫褎然有尊盛之服而不能稱也

（疏）傳以少好詁瑣尾猶甫田傳以少好詁婉孌婉孌疊韻瑣尾雙聲皆合二字連文成義韓詩防有鵲巢

云娓美也則尾卽娓之古文假借字爾雅鳥少美長醜爲鶹鷅釋文鷅本亦作栗郭注云鶹鷅猶留離詩所謂留離之子說文鶹鳥少美長醜爲鶹離許宗毛疑其所據本作鶹離或古文假借作流離也傳云少好卽少美醜惡也鶹離少美而長惡詩言之子蓋言其少故瑣尾以形容其少好喻叔伯服飾之尊盛至鳥長而毛羽醜惡與叔伯服飾之不能稱俱在詞外也故傳又申明經義總釋之云始而愉樂終以微弱者以言衞之大夫始而樂與仁義終以微弱無功德於諸矦○傳云褎盛服卽承上章狐裘而言狐裘爲大夫狐蒼裘則褎正指豹褎傳又訓充耳盛飾大夫玄冕服以充耳爲飾盛飾者謂盛服之飾也淇奧言充耳皮弁服也箸首章及都人士言充耳爵弁服也箸二三章及此篇言充耳禪冕服玄冕服也男子唯緇布冠無笄無瑱其餘冕弁皆有笄有笄則皆有瑱瑱謂之充耳亦謂之塞耳懸瑱之組謂之紞云大夫褎然有尊盛之服而不能稱也者所以申明經義褎如卽褎然是以然釋如也漢書董仲舒傳今子大夫褎然爲舉首顏注云褎然盛服貌也義與傳同

此言大夫有此服而不能救患恤同是徒有其服而不能稱其德矣候人云彼其之子不稱其服

簡兮三章章六句

簡兮刺不用賢也衛之賢者仕於伶官皆可以承事王者也【疏】釋文作泠官唐開成石經同張參五經文字云泠樂官或作伶譌

簡兮簡兮方將萬舞【傳】簡大也方四方也將行也以干羽爲萬舞用之宗廟山川故言於四方日之方中在前上處【傳】致國子弟以日中爲期碩人俁俁公庭萬舞【傳】碩人大德也俁俁容貌大也萬舞非但在四方親在宗廟公庭【疏】簡大爾雅釋詁文簡簡與下文俁俁同意正義謂大爲大德之人是也箋簡擇也爾雅柬擇也郭注云見詩此本三家說釋方爲四方與下文公庭作對文將訓行行讀如行列之行樂記云其治民勞者其舞行綴遠其治民逸者其舞行綴短是其義也詩言萬舞凡三邶萬舞有奕爲商祀成湯之樂閟宮萬舞

洋洋爲魯祀周公用天子之樂皆用萬舞是萬舞爲天
子宗廟舞名也衛爲侯國不得用萬舞簡兮兩言之者
何也蓋此詩刺賢者仕伶官而作篇中言執籥秉翟其
職事也序云衛之賢者仕於伶官是也就賢者居伶官
乃推其德可承事王朝故於首章兩言萬舞皆在於王
所也序云皆可以承事王者是也此經義也傳因篇中
言伶官承事祭祀故以公庭萬舞爲用於宗廟而以方
將萬舞爲用於山川者又以廣大碩人之德未章傳云
乃安在王室則首章萬舞正指在王室之事此傳釋經
之義而與序亦無不脗合也若謂衛用萬舞則經傳之
指昧矣云以干羽爲萬舞者禮記文王世子春夏學干
戈秋冬學羽籥樂記羽籥干戚樂之器也又干戚旄狄
以舞之案戚猶戈狄即翟干舞有干與戚羽舞有羽與
旄曰干曰羽者舉一器以立言也干舞武舞羽舞文舞
曰萬者又兼二舞以爲名也干舞以舞大武羽舞以舞
大夏而郊特牲朱干設錫冕而舞大武爲諸侯之僭禮
則侯國無干舞可知逸周書世俘篇籥人奏武王入進
萬孔晁注云武以干羽爲萬舞也孔注正本毛義初學
記樂部上引韓詩萬大舞也以干羽舞故萬舞爲大舞
韓傳亦同毛義又案宣八年春秋經萬入去籥此萬之

有籥者也公羊傳萬者何干舞也籥者何籥舞也公羊萬籥對文故以萬爲干舞籥爲籥舞其實萬則未有不籥也孔仲達引異義公羊說樂萬舞以鴻羽取其勁輕一舉千里此乃西京嚴彭祖顔安樂兩家舊說以萬爲羽與公羊傳以萬爲干互相發明最爲得恉又引韓詩說以夷狄大鳥羽則萬舞有羽古無異說萬舞兼干羽或省言干謂干爲萬其說本自可通武功者必有武舞非有武舞者卽去文舞也自何邵公注公羊言萬爲武王以萬人服天下民樂之之樂不從嚴顔舊說後儒遂以萬舞爲干舞之專稱而不爲羽舞之兼號夏小正某氏傳萬也者干戚舞也鄭箋亦謂萬舞干舞也皆同公羊何說孫毓從鄭駁毛於古未審矣傳文用之下誤衍宗廟二字云云用之山川故言於四方釋方將萬舞句下云萬舞非但在四方親在宗廟公庭釋公庭萬舞句上言萬舞用之四方下言萬舞用之公庭傳又申明經義四方爲山川公庭爲宗廟也玩傳中故字非但字則知此宗廟爲衍文正義云祭山川之時乃使之於四方行在萬舞之位是孔所據本不誤也周禮樂師掌教國子六舞有干舞有羽舞而舞師掌四舞教兵舞帥而舞山川之祭祀教羽舞帥而舞四方之祭祀舞師四舞主爲

祈禳不與樂師六舞教國子者混而一也樂師干羽二舞以分教國子詩言萬舞用之山川則兼有干羽不得據樂師干羽分教爲兩事者釋詩亦不可據舞師山川四方爲兩處者釋詩矣天子於巡狩四岳有祭山爲升祭川爲沈之禮傳云山川用萬舞者始謂是與○傳以日中爲期釋經日中之義王肅述毛以爲欲其偏至而要於經義無明證也大司樂以樂舞教國子樂師掌國學之政以教國子小舞大胥掌學士之版以待致諸子鄭司農注以學士謂卿大夫諸子學舞者則國子當兼王大子王子羣后之大子正義謂子爲適子弟爲庶子引王制以證是也傳云教國子弟者是大司樂樂師所司非王大胥也樂師不言弟者省文也周禮大司樂中大夫爲之樂師下大夫爲之小正二月萬用入學此天子入學用萬舞故傳引入學教舞之儀亦以箸碩人之德也箋云在前前上處者在前列上頭也正義云使此碩人居前列上頭所以教國子諸子學舞者令法於己也○狼跋傳碩大也碩人大德謂有大德之人也俁俁釋文引韓詩作扈扈云美皃大與美同意經言公庭傳云宗廟公庭是以公庭爲宗廟也親猶近也鄭司農云宗廟以羽奐謂大祭祀則兼以干故傳謂宗廟用萬舞山川

也教國子弟也宗廟也三者皆以備著碩人之德下章卽承祭宗廟而言

有力如虎執轡如組（傳）組織組也武力比於虎可以御亂御衆有文章言能治衆動於近成於遠也**左手執籥右手秉翟**（傳）籥六孔翟翟羽也**赫如渥赭公言錫爵**（傳）赫赤貌渥厚漬也祭有畀煇胞翟閽寺者惠下之道見惠不過一散（疏）組訓織組謂如織組之有經緯也傳先釋經訓再釋經義御治也武力足以治亂故比於虎以釋有力如虎句衆謂轡文章謂組執轡如織組喩治衆能動近而成遠以釋執轡如組句干旄篇素絲紕之傳紕所以織組也總紕於此成文於彼願以素絲紕組之法御四馬也素絲組之傳總以素絲而成組也素絲祝之傳祝織也兩詩傳義同呂覽先己篇詩曰執轡如組孔子曰審此言也可以為天下子貢曰何其躁也孔子曰非謂其躁也謂其為之於此而成文於彼也聖人組修其身而成文於天下矣淮南子繆稱

篇聖人在上化育如神大上曰我其性與其次曰微彼其如此乎故詩曰執轡如組易曰含章可貞動於近成文於遠王肅家語好生篇及王逸注楚辭九歎皆有此文竝與毛傳同案此言碩人之德有武有文亟宜授以治民之政不當仕以泠官之職三句爲承上起下之詞○籥說文玉篇引詩作龠今通作籥鄭注周禮禮記趙注孟子郭注爾雅竝云三孔說文亦云三孔廣雅云七孔此傳云六孔說各不同籥有大小故也爾雅釋樂大籥謂之產其中謂之仲小者謂之箹釋文云籥以竹爲之長三尺執之以舞是舞者所執之籥或較長於凡籥矣釋鳥翟山雉傳云翟羽卽雉羽執籥秉翟謂吹籥持羽以爲舞羽籥一事也執以籥則謂之籥舞以羽則謂之羽舞凡矦國祭宗廟用羽舞而不用干舞○赭爲赤故云赫赤皃赫如猶赤然也厚亦曰渥赭則訓渥爲厚其義已足不必於厚下增漬字矣正義本傳作厚漬非也釋文及定本厚下無漬字文選顏延年赭白馬賦潘安仁寡婦賦顏延年觀北湖詩陸士衡塘上行注引毛傳竝云渥厚也今本有漬字者後人乃依終南箋增改之耳此傳渥厚也終南箋渥厚漬與燕燕傳塞實也定之方中箋塞充實杕杜傳杕特皃有杕之杜箋杜特生

皆是鄭箋增字之例公庭衛君也錫賜也傳引禮記祭
統篇文以證經錫爵之義祭統夫祭有畀煇胞翟閽者
惠下之道也煇者甲吏之賤者也胞者肉吏之賤者也
翟者樂吏之賤者也閽者守門之賤者也此四守者吏
之至賤者也尸又至尊以至尊既祭之末而不忘至賤
而以其餘畀之祭統但言閽毛傳則兼言閽寺古閽寺
竝稱正義引依毛傳非與今本祭統異也翟郎狄人喪
大記注狄人樂吏之賤者績溪胡匡衷侯國官制考云
周禮無狄人唯有籥師中士四人其職云掌教國子舞
羽龡籥祭統注翟謂教羽舞者也然則諸侯之狄人豈
郎籥師與案胡說是也序謂泠官即狄人狄亦作翟在
天子為籥師在諸侯則為翟人天子籥師中士則諸侯
翟人是下士祭祀龡籥又舞翟即籥師所謂祭祀則鼓
羽籥之舞也傳引之者以明翟為樂吏至賤之官其煇
胞閽寺連而相及耳云見惠不過一散者箋散受五升
正義云禮器禮有以小為貴者貴者獻以爵賤者獻以
散祭統尸飲九以散爵獻士士猶以散獻爵賤
無過散故知不過一散散謂之爵爵總名也

山有榛隰有苓（傳）榛木名下溼曰隰苓大苦**云誰之思**

西方美人彼美人兮西方之人兮（傳）乃宜在王室（疏）說文榛木也亲果實如小栗引春秋傳女摯不過亲栗是女摯與籩實之榛其字古皆作亲木名作榛說文於榛下又云一曰菆也廣雅作藂榛木爲藂生之木疑一曰四字後人所沾也傳釋此詩之榛爲木名者當是叢生之榛尸鳩青蠅棘榛旱麓榛楛皆是木唯定之方中榛與栗類舉其字當作果實之亲齊民要術太平御覽引義疏云榛有兩種其一種子如杼子味似栗者字當作亲其一種形如木蓼生高丈餘者字當作榛今榛亲莫别矣釋文榛本又作蓁齊民要術引詩作山有蓁蓁假借字下溼曰隰車鄰皇皇者華同苓大苦釆苓同爾雅作蘦郭注云今甘草也蔓延生葉似荷青黃莖赤有節節有枝相當或云蘦似地黃沈括筆談云此乃黃藥也其味極苦謂之大苦郭云甘草非也甘草枝葉全不同山有榛隰有苓以喻賢者之處得其宜也○美人碩人也匪風傳云周道在乎西周在衞西故傳以西方爲王室也禮記射義篇古者天子之制諸侯歲獻貢士於天子天子試之於射宮其容體比於禮其節比於樂而中多者得與於祭其容體不比於禮其節不比於樂而中少

者不得與於祭數與於祭而君有慶數不與於祭而君有讓數有慶而益地數有讓而削地書大傳亦言古者諸侯之於天子也三年一貢士天子命與諸侯輔爲政所以通賢共治示不獨專重民之至大國舉三人次國舉二人小國舉一人案大國舉三人者卽王制大國三卿皆命於天子也次國舉二人者卽次國二卿命於天子也小國舉一人者卽小國一卿命於天子也此皆古者貢士之制莊元年公羊傳單伯者何吾大夫之命乎天子者也是列國大夫命於天子也成二年左傳晉鞏朔以上軍大夫獻捷于周王曰鞏伯未有職司於王室是諸侯命卿職司王室也衞在周爲大國其三卿皆得命於天子故傳云宜在王室謂大德之人宜列命卿之位焉序言可以承事王者亦卽大傳所謂天子命與諸侯輔助爲政通賢共治之義也此章承上二章言樂舞廟祭洽翟之人皆有大德有王者起天子必有聘賢之典諸侯亦修貢士之職得與祭以爲慶不得與祭以有讓則衞賢者決不窮處樂吏矣慨今不然是以爲刺

泉水四章章六句

泉水衛女思歸也嫁於諸侯父母終思歸寧而不得故作是詩以自見也

疏春秋歸寧始見於莊二十七年左傳而襄十二年秦嬴歸于楚楚司馬子庚聘于秦爲夫人寧傳以此大夫寧爲禮則必不以歸寧爲禮穀梁傳婦人既嫁踰竟爲非禮傳凡八見亦力主不歸寧蓋古者有大夫寧無夫人歸寧歸寧乃春秋時制泉水詩作於衛宣公時在隱桓之間已非西周舊禮父母在則歸寧今衛女嫁於諸侯因父母既歿思而不得遂作此詩作序者即因之爲言耳鄭箋據時制爲舊禮乃於葛覃歸寧父母解作左傳歸寧之義此則據序父母終思歸寧而不得故云國君夫人父母在則歸寧又篇中有遠父母兄弟句故云歿則使大夫寧於兄弟而要非周初舊禮本然也大戴禮本命女及日乎閨門之內不百里而奔喪禮記檀弓亦言婦人不越疆而弔人而襍記又云婦人非三年之喪不踰封如三年之喪則君夫人歸此奔喪父母而歸又非歿不歸寧繁露玉英篇云婦人無出竟之事經禮也奔喪父母變禮也

毖彼泉水亦流于淇傳興也泉水始出毖然流也淇水名也有懷于衛靡日不思變彼諸姬聊與之謀傳變好貌諸姬同姓之女聊願也疏毖讀爲泌衡門傳泌泉水也說文毖下引詩作泌彼泉水泌本字今詩作毖假借字釋文引韓詩作祕亦假借字泉水不必定指淇水竹竿傳泉源小水之源淇水大水則此泉水即泉源酈道元以泉源爲肥泉蓋肥泉上承諸水而流於淇者也其說或有足據淇水名桑中同漢書地理志河內郡共北山淇水所出說文又引或曰出隆慮西山水經淇水出河內隆慮縣西大號山淮南子墬形淇出大號高注云或曰在臨慮西案隆臨聲通隆慮亦在河內葢淇有二源矣地理志淇至黎陽入河黎陽屬魏郡今濬縣有黎陽廢縣北山經及說文皆云入河唯水經以爲東北入海今淇水從河南衛輝府濬縣入衛以入海非故淇道也淇衛水泉水流淇以興嫁女之歸衛也衛女思歸不得是泉水之不如○懷亦思也變好皃侯人同衛姬姓衛女嫁諸侯有姪娣從故以諸姬爲同姓之女聊者願之詞也爾雅願思也方言

願欲思也願與之謀猶言思與之謀也出其東門聊樂我員願室家得相樂也猶言思室家相樂也素冠聊與子同歸兮願見有禮之人與之同歸猶言思見有禮之人也傳皆訓聊爲願願與方言欲思語氣正合此篇及園有桃箋聊且略之詞素冠箋聊猶且也此今義

出宿于泲飲餞于禰（傳）泲地名祖而舍軷飲酒於其側曰餞重始有事於道也禰地名**女子有行遠父母兄弟問我諸姑遂及伯姊**（傳）父之姊妹稱姑先生曰姊（疏）泲與濟水別泲地名未聞聘禮記出祖釋軷祭酒脯乃飲酒于其側此傳所本也生民取羝以軷傳軷道祭也軷卽周禮之犯軷出祖必犯軷古舍釋通釋釋奠也以始往祭道神曰祖委土爲山依神而祭曰軷取土爲軷謂之犯軷釋奠於軷謂之舍軷釋奠有祭酒脯傳不言者以經中不及出祖舍軷乃文得略耳祭軷畢而卽於道神之側送之者設飲酒焉是曰餞聘禮不言餞然飲酒卽飲餞鄭注云卿大夫處者於是餞之飲酒於其側鄭亦

本詩義而言也崧高申伯信邁王餞于郿箋餞送行飲酒也韓奕顯父餞之清酒百壺箋餞送之故有酒文選謝靈運顏延年詩注引薛君章句云送行飲酒曰餞案碩人篇庶士有朅傳云庶士齊大夫送女者凡諸侯之女嫁於異國必有送女之大夫大夫出使其處者設飲餞禮及大夫歸所嫁之女又有寧父母兄弟姑姊之禮此衛女思歸而追念及來嫁時耳傳云重始有事於道也者昏義昏禮者將合二姓之好上以事宗廟而下以繼後世也是以君子重之此重之義也侯伯之國近郊十五里遠郊三十里出宿在近郊飲餞則在遠郊說見韓奕篇禰地名亦未聞二地皆當在衛之河西釋文引韓詩禰作坭士虞禮注引詩飲餞于禰劉昌宗本作泥余友桐城徐璈詩經廣詁云爾雅水潦所止泥丘釋文泥亦作坭此所引即韓詩泥蓋衛之泥中邑也段氏詩經小學亦有是說○父之姊妹稱姑爾雅釋親文也釋親父之姊妹爲姑王父之姊妹爲王姑曾祖王父之姊妹爲曾祖王姑高祖王父之姊妹爲高祖王姑父之從父姊妹爲從祖姑父之從祖姊妹爲族祖姑案王父以上之姊妹由父之姊妹而推之皆得稱姑此衛女念親親之詞故知諸姑爲父之姊妹不及王父以上之姊妹

也古人稱父之姊有爲姑姊者稱父之妹有爲姑妹者襄二十一年左傳云季武子以公姑姊妻之是父之姊爲姑姊也左傳釋文引列女傳云梁有節姑妹是父之妹爲姑妹也先生曰姊亦釋親文也列女傳貞順篇云禮婦人既嫁歸問女昆弟不問男昆弟所以遠别也

出宿于干飲餞于言（傳）干言所適國郊也**載脂載舝還車言邁**（傳）脂舝其車以還我行也**遄臻于衛不瑕有害**（傳）遄疾臻至瑕遠也（疏）傳云干言所適國郊也者郊有適國之郊而非衛郊也其地名俱未聞上章泲禰爲始嫁所逕之地就己國言之此章干言爲送女者歸國所逕之地就所適之國言之上章言始嫁故云女子有行遠父母兄弟此章即承上章末二句問寧之後而言蓋大夫反馬還車臻衛則所嫁之國亦必有出宿飲餞之事也迺解之者誤以干言爲衛郊豈既宿餞於泲禰而又宿餞於干言乎漢書地理志東郡發干郡國志云東郡衛國有干城又御覽地部十引李公緒記曰柏人縣

有干山言山即引衛詩一在衛東一爲衛北要皆後人坿會不足證信○說文鐧車軸鐵也釭車轂中鐵也䡴車軸耑鍵也兩穿相背鍵一曰車轄轄一曰鍵也軑車轂小穿也軎車軸耑也或作轊漢人軑轊通用軑爲轂末轊爲軸末軸轂皆有鐵以鐕之盛膏於釭中則鐵與鐵相摩使之滑利是曰脂又於軸末以木鍵之是曰䡴車䡴傳閒關設䡴也文選潘尼四言詩星陳夙駕載脂載轄李注云毛詩案轄與䡴同傳釋言爲我葛覃彤弓文王同釋邁爲行爾雅釋言文黍離悉蟀東門之枌時邁同遄疾釋詁文巧言烝民同臻至亦釋詁文雲漢同瑕讀爲遐此假借字也二子乘舟不瑕有害傳言二子之不遠害亦假瑕爲遐遐訓同而義異凡婦人始適異國尚未成婦送嫁之者留車至三月廟見成婦則有寧問之禮又有反馬之禮此衛女追念大夫還反故國時欲與同歸亦不遠害於禮也亦是設想之詞

我思肥泉茲之永歎（傳）所出同所歸異爲肥泉思須與漕我心悠悠（傳）須漕衛邑也駕言出遊以寫我憂（傳）寫

除也【疏】南海曾釗詩毛鄭異同辨云釋水歸異出同流肥水經注淇水篇引爾雅歸異出同日肥無流字河水篇又引呂忱云爾雅異出同流爲瀵水疑爾雅本文當云歸異出同肥異出同流瀵後人轉寫錯誤遂溷沾流字入歸異出同下而脫異出同流瀵句耳但犍爲舍人注已云水異出流行合同曰肥則其誤在漢以前矣惟劉熙釋名云所出同所歸異曰肥泉郭注爾雅引毛詩傳不爲流字作解葢郭本實無流字案曾說是也水經淇水篇引毛傳同出異歸爲肥泉與今本文異而義同又云朝歌東南有馬溝水出朝歌城北東流與美溝合水出朝歌西北大嶺下東南流與馬溝水合又東南注淇水爲肥泉詩所謂我思肥泉也然則肥泉爲朝歌城北之水會合諸水卽爲同出至入東南枝散而分派矣肥泉同出喻衞女未嫁異歸喻適異國爾雅毛傳釋詩如是茲之永歎與兄也永歎同義常棣傳兄茲也茲卽滋也彼言良朋之道不能救難此言衞女之思不得歸寧徒滋長歎語意正同○水經濟水注瀵渠東逕須城北衞詩云思須與曹也須城今在滑縣東南曹漕古今字漕邑已見擊鼓篇在須之東我心悠悠猶云悠悠我思也遊當作游言我也駕我我駕也出游猶數

游也蓼蕭傳寫輸寫其心也寫除與輸寫同爾雅寫憂也寫本不訓憂而依憂言故謂寫爲憂爾雅釋經義毛傳則兼釋字義裳裳者華車舝箋寫爲憂憂除合爾雅毛傳作訓

北門三章章七句

北門刺仕不得志也言衞之忠臣不得其志爾

出自北門憂心殷殷（傳）興也北門背明鄉陰終窶且貧莫知我艱（傳）窶者無禮也貧者困於財已焉哉天實爲之謂之何哉（疏）興者北門喻闇君出北門喻仕闇君北門衞城北門也云背明鄉陰者人君南面而立鄉明而治今衞不然所以席時君行闇冥也箋云喻己仕於闇君猶行而出北門心爲之憂殷殷然正月桑柔皆云憂心慇慇爾雅慇慇憂也本又作殷殷王逸注九歎云隱隱憂也詩云憂心殷殷亦作隱隱○終猶既也終窶且貧既窶且貧也爾雅窶貧也是窶亦貧也傳釋窶爲無禮者言無以爲禮也無禮由於困財故

傳又釋貧爲困於財語雖分釋而義自互明也荀子大略篇云然故民不困財貧窶者有所竄其手困財義本荀子說文云窶無禮凥也倉頡篇云無財曰貧無財備禮曰窶窶從宀俗從穴艱難也莫知我窶貧之難言不得其志也○已焉猶云旣然詁訓然焉通用旣已通用旣然旣如是此承上轉下之詞解者皆誤讀已爲已止之已韓詩外傳兩引詩作亦已焉哉與氓篇句同謂之何哉與云如之何同謂之何卽如之何也哉云皆語詞

王事適我政事一埤益我傳適之埤厚也**我入自外室人交徧讁我**傳讁責也**已焉哉天實爲之謂之何哉**疏適之緇衣四月傳同而意別緇衣四月訓適爲之之猶往也此適爲之之猶至也庸柏舟傳之至也高誘注呂覽知節篇云一猶乃也埤厚釋詁文說文埤增也厚與增義相近○讁俗讁字說文玉篇皆有讁無讁廣韻二十一麥云讁責也讁上同至唐韻始見讁字疑毛詩祇作適爲讁之假借殷武勿予禍適傳適過也適亦讁之假借後人以此詩適字兩見異訓遂加言旁作讁耳孟子離婁注引詩作適可證

王事敦我政事一埤遺我(傳)敦厚遺加也我入自外室人交徧摧我(傳)摧沮也已焉哉天實爲之謂之何哉(疏)爾雅惇厚也古敦惇通用厚猶加也箋云敦猶投擿也韓詩云敦迫也義竝相近埤遺猶埤益也上章訓埤爲厚不爲益作訓此訓遺爲加不爲埤作訓傳訓可互見也爾雅加重也○釋文摧或作催說文催相擣也引詩正作催是許所據詩作催也段注云相擣猶相迫也傳取沮壞之義與摧訓擠訓折義同又釋文引韓詩作誰云誰就也廣雅誰就也本韓詩就亦相迫之義潛夫論交際篇云處卑下之位懷北門之殷憂內見謫於妻子外蒙譏於士夫此與箋以摧爲刺譏之言者合說雖異而意則同

北風三章章六句

北風刺虐也衛國竝爲威虐百姓不親莫不相攜持而去焉

北風其涼雨雪其雱傳興也北風寒涼之風雱盛貌惠而好我攜手同行傳惠愛行道也其虛其邪旣亟只且傳虛虛也亟急也疏興者前二章以風雪喻政之威虐末章赤狐黑烏喻衞國君臣竝爲無道也爾雅北風謂之涼風說文作飆傳但就詩本句爲釋故云北風寒涼之風不用爾雅作訓與豈風谷風異也說文雱溥也籀文作雱盛與溥義相近御覽天十二時序十九引詩作滂滂與雱通穆天子傳庚寅北風雨雪天子以寒之故命王屬休郭璞注引作霶霶俗字○惠愛爾雅釋詁文騫裳子惠思我傳亦云惠愛也傳以同行爲同道箋云性仁愛而又好我者與我相攜持同道而去疾時政也虛虛也釋文一本作虛徐也正義本亦作虛徐案一本非也傳以虛釋虛謂此上虛字讀作謙虛字虛邪二字連文成義虛邪猶委蛇也莊子應帝王篇吾與之虛而委蛇羔羊箋委蛇委曲自得之皃韓詩作逶迤說文逶迤衺去皃廣雅釋訓委蛇逶衺也衆經音義引廣雅作委佗窊邪也邪卽古衺字窊邪與虛邪聲義又相近管子弟子職篇志毋虛邪行必正直

楊雄大玄戾初一虛旣邪心有傾測曰虛邪心傾懷不正也羨次六大虛旣邪或直之或翼之得矢夫測曰虛邪矢夫得賢臣也然則衺曲謂之虛邪委曲亦謂之虛邪詩言虛邪者是委隨順從之義也爾雅作虛徐釋訓其虛其徐威儀容止也孫炎注虛徐威儀謙退也班固幽通賦承靈訓其虛徐兮竚盤桓而且俟曹大家注引詩其虛其徐班從魯詩毛詩虛邪或魯詩作虛徐皆以二字連讀箋云邪讀如徐言今在位之人其故威儀虛徐寬仁者今皆以爲急刻之行矣傳爲虛字作訓不爲邪字作訓箋乃申補傳訓依三家詩易邪爲徐虛邪虛徐一語之轉毛鄭義無不合爾雅悈急也釋文悈本或作極又作亟傳云亟急者箋所謂急刻之行也

北風其喈雨雪其霏傳喈疾貌霏甚貌**惠而好我攜手同歸**傳歸有德也**其虛其邪旣亟只且**疏喈訓疾義未詳玉篇颽疾風也或本三家詩霏甚皃甚與盛同小箋云霏說文無此字古當作非非猶飛也○云歸有德也者以釋經之歸字碩鼠云逝將去女適彼樂國樂國樂國爰得我直亦此意也

莫赤匪狐，莫黑匪烏。傳狐赤烏黑，莫能別也。惠而好我，攜手同車。傳攜手就車。其虛其邪，既亟只且。疏莫無也，匪非也。莫赤匪狐，莫黑匪烏，無有赤者非狐乎，無有黑者非烏乎。狐赤烏黑，人所易曉，今莫能別，言衞之君臣昏惡之甚也。傳中莫字非經義。正義云人莫能分別赤以爲非狐者，人莫能分別黑以爲非烏者，恐非詩恉矣。○傳云攜手就車者，以釋經同車之義，言將就車而同去也。

静女三章章四句

静女刺時也。衞君無道，夫人無德。

静女其姝，俟我於城隅。傳静，貞静也。女德貞静而有法度，乃可説也。姝，美色也。俟，待也。城隅，以言高而不可踰。愛而不見，搔首踟躕。傳言志往而行正。疏邶柏舟、女曰雞鳴傳訓静爲安此云貞靜亦安義也文選張衡思玄賦宋玉神女賦注引韓詩靜貞也韓與毛同又申說貞靜云女德貞靜而有法度乃可說也者法度指彤管此總釋全章之義方言趙魏燕代之閒謂好曰姝說文姝好也又姣好也引詩作姣又衣部袾好佳也引詩作袾袾姝姣袾同傳云美色義亦同○爾雅竢待也字又作俟莊八年穀梁傳俟待也相鼠箸傳竝同於疑當作乎文選向秀思舊賦注引毛詩作俟我乎城隅考工記匠人宮隅之制七雉城隅之制九雉賈疏引異義古周禮說天子城高七雉隅高九雉公之城高五雉隅高七雉侯伯之城高三雉隅高五雉然則雉高一丈城隅加高於城二丈矣鄭注云宮隅城隅謂角浮思也又考工記宮隅之制以爲諸侯之城制鄭注云諸侯畿以外也其城隅制高七丈宮隅門阿皆五丈禮器曰天子諸侯臺門案鄭引禮器臺門以證宮隅城隅之制其說必有所據但臺門天子諸侯制異天子四面城其臺當在中央諸侯城缺南方東西有門門上有臺謂之臺門亦謂之城臺鄭風出其東門傳闉城曲也闍城臺也城隅卽城曲漢人謂之角浮思角亦隅也字亦作學周禮疏據漢時學思災以城隅爲小樓者亦城臺之遺意也諸侯城高五丈城隅高

七丈其宮隅之高與城高同是城隅爲最高之處傳云以言高而不可踰者蓋偕城隅踰靜女之守禮法箋言待禮而動自防如城隅此申成傳也俟乎城隅言親迎者俟女於城門之外丰子之丰兮俟我乎巷兮傳巷門外郎其義也言俟之者兼以反刺人君也韓詩外傳云故不肖者精化始具而生氣感動觸情縱欲反施亂化是以年壽亟夭而性不長也詩曰乃如之人兮懷婚姻也大無信也不知命也賢者不然精氣闐溢而後傷時不可過也不見道端乃陳情欲以歌道義詩曰靜女其姝俟我乎城隅愛而不見搔首踟躕韓詩引此詩爲歌道義道義者韓奕傳所謂曲顧道義也毛韓說解不同而義得互明說苑辯物篇同韓詩說○說文僾仿佛也引詩作僾方言掩翳薆也郭注引詩作薆說文竹部䈤蔽不見也薆與䈤同今詩作㤅者古文假借字烝民傳云㤅隱也案此承上文城隅立言㤅而者隱蔽不見之謂襄二十三年左傳宣子出斐豹而閉之督戎從之踰隱而待之督戎踰入豹自後擊而殺之蓋斐豹既出閉在門外見督戎來而先踰避不見處以待之督戎踰入乃從後擊殺之也詩言㤅而左傳言隱而蓋古有此語也傳文行正之正當依岳本作止志往行止釋搔首踟躕

躕句亦是狀親迎之女其德貞靜而與韓詩道義之說又合也文選琴賦注引韓詩章句云躊躇猶躑躅也洞簫賦思玄賦思舊賦何劭贈張華詩左思招隱詩注引作躊躇皆本韓詩今外傳作踟躕乃後人用毛改韓耳易林師季姬踟躕結衿待時終日至暮百兩不來又同人謙渙季姬踟躕望孟城隅終日至暮不見齊侯此或本齊魯詩

靜女其孌貽我彤管（傳）旣有靜德又有美色又能遺我以古人之法可以配人君也古者后夫人必有女史彤管之法女史不記過其罪殺之后妃羣妾以禮御於君所女史書其日月授之以環以進退之生子月辰則以金環退之當御者以銀環進之著于左手旣御著于右手事無大小記以成法**彤管有煒說懌女美**（傳）煒赤貌

彤管以赤心正人也（疏）傳釋靜爲靜德變爲美色是變與姝同義也車舝傳云變美皃
釋文貽本又作詒案詒是也傳以遺釋詒與雄雉天保
同丘中有麻傳亦以詒爲遺箋云彤管筆赤管也彤管
者女史所執之管是卽古人之法也管雖女史所執然
必后夫人有貞靜之德乃能授以女史之法故傳以爲
靜德之女能遺我以古人之法然後可以配人君也古
者后夫人必有女史彤管之法傳引成文今無可攷正
義云周禮女史八人注女史女奴曉書者其職云掌王
后之禮職掌內治之貳以詔后治內政逆內宮書內令
凡后之事以禮從夫人女史亦如之女史若有不記妃
妾之過其罪則殺之謂殺此女史案傳文史不記過史
上奪女字今據正義訂正御覽皇親部一引劉向五經
要義云古者后夫人必有女史彤管之法后妃羣妾以
禮御于君所女史書其日授其環以示進退之法生子
月娠則以金環退之當御者以銀環進之箸于左手既
御箸于右手左手陽也以當就男故箸左手右手陰也
既御而復故此亦西京舊說與毛傳互有詳略○彤亦
色故傳云煒赤皃說文煒盛明皃盛明者言赤色之盛
明也傳又申明取赤之義云以赤心正人也者謂女史

以赤心而正妃妾之次序也陳啓源稽古編云牛亨問彤管何也董仲舒荅曰彤者赤漆耳史官載事故以彤管赤心記事也張華博物記崔豹古今注皆載其語仲舒去古未遠所聞必有據又武帝時毛詩未行而仲舒之論彤管與詁訓傳相合箋云說懌當作說釋說文說說釋也頍弁庶幾說懌依鄭許懌亦當作釋今詩作說懌爾雅作悅懌并說字誤從心旁矣

自牧歸荑洵美且異傳牧田官也荑茅之始生也本之於荑取其有始有終**匪女之爲美美人之貽**傳非爲其徒說美色而已美其人能遺我法則疏田官爲牧未聞此必田誤作官轉寫併入耳傳文當作牧牧田也四字箋自牧田歸荑鄭所據作牧田正義不爲田官作解孔本亦不誤周禮牧田任遠郊之地隱五年左傳鄭人侵衛牧衛牧猶言晉郊耳管子度地篇草木荑生可食是荑本爲草木初生之稱因之則爲茅之始生矣碩人手如柔荑傳云如荑之新生案彼詩之荑亦茅也茅萑之類初生色白而

蘆葦初生色赤故彼以茅之柔白狀碩人之手而此亦以茅之絜白喻靜女之德茅生後於蘆葦正月之末其始萌芽藉茅可以供祭祀故傳又申之云本之於荑取其有始有終也經中歸字當讀如言告言歸之歸○異無傳異者㦬之假借字李善注神女賦引韓詩云㦬悅也當是此詩章句異㦬一聲之轉韓詩㦬悅也承上文說釋女美而言又說文㦬靜也承上文靜女其姝靜女其變而言皆是釋此詩之詞㦬作嫕者誤箋云其信美而異者可以供祭祀猶貞女在窈窕之處鄭言窈窕亦貞靜之謂此本三家詩以申毛詩或毛詩本作洵美且㦬㦬靜也爲許鄭所本女如字貽當作詒匪非同聲非本字匪假借字定之方中匪風竝以匪釋非與此傳同也傳云說美色者卽承說釋女美而言云遺我以法則者詒遺也法則古女史彤管之法也此與詒我彤管句相應言非徒說美色而說美德也定九年左傳靜女之三章取彤管焉杜注云言靜女三章之詩雖說美女義取彤管故毛公作傳於三章皆取彤管爲說實本左氏也

新臺三章章四句

新臺刺衞宣公也納伋之妻作新臺于河上而要之國人惡之而作是詩也（疏）新臺當在鄄東大河之旁齊衞之所經也酈注水經河水篇河水逕濮陽縣北爲濮陽津又東逕鄄城縣北北岸有新臺鴻基層廣高數丈衞宣公所築新臺矣詩齊姜所賦也爲盧關津臺東有小城崎嶇積側臺址枕河案酈安道注水經往往廣採襍說以示炫博然古今河道不同衞宣公所作新臺河上決非魏晉鄄城縣北臨河之新臺攷史記衞世家成王封康叔爲衞君居河淇間故商虚孟子告子篇昔王豹處於淇而河西善謳趙注云衞地濱於淇水在北流河之西是衞故在淇東河西也漢書地理志魏郡淇水至黎陽入河鄴故大河在東北入海水經注河水東逕遮害亭南又有宿胥口舊河水北入處也然則禹大河故瀆當在今濬滑二縣之西矣漢書溝洫志王橫言周譜云定王五年河徙定王五年當魯宣公之七年也衞宣公時禹故河道未改河在鄴東不逕濮陽碩人詩河水洋洋北流活活此言送女之大夫反馬歸齊齊在衞北衞適齊必遡河上流五百餘里從聊城陸路至齊臨淄若河水已徙則當云東流不云

北流矣又定之方中序衛爲狄所滅東徙渡河野處漕邑漕邑今之滑縣漢之白馬縣文公渡河而東河在楚丘之西若河水已徙則從楚丘之北直東鄄城之北二百餘里皆有大河之所經亦不得謂東徙渡河矣以詩證詩知新臺斷不在鄄城北也

新臺有泚河水瀰瀰 傳 泚鮮明貌瀰瀰盛貌水所以潔汙穢反于河上而爲淫昏之行 **燕婉之求籧篨不鮮** 傳 燕安婉順也籧篨不能俯者 疏 說文玼新色鮮也引詩新臺有玼今詩作泚釋文引韓詩作漼云鮮皃瀰瀰釋文引說文水滿也攷說文作濔滿也从水爾聲是陸所據詩本作濔玉篇濔水流皃文選沈約安陸昭王碑文注引毛詩作河水濔濔今字通作瀰釋文引韓詩作漼漼云盛皃詩小學云韓詩新臺有漼河水浘浘葢一章新臺有泚河水瀰瀰之異文漼浘字與泚瀰同部與洒浼不同部而陸德明誤屬之二章也又盧召弓曰漢地理志引邶詩河水洋洋師古以今邶詩無此句爲疑攷玉篇曰洋亦瀰字然則

洋洋必洋洋之誤集韻亦曰瀰或作洋案洋洋亦即瀰瀰之異文當出齊魯詩管子水地篇水淖弱以清而好洒人之惡仁也荀子宥坐篇水以出以入以就鮮潔似善化並與傳云水所以潔汙穢合潔當作絜水絜汙穢衛宣公反於河上作新臺要納伋妻是爲淫昏之行○谷風傳宴安也宴本字燕假借字燕安婉順言人有安順之德者箋以燕婉之人謂伋此毛義也文選西京賦注引韓詩嬿婉之求云嬿婉好皃燕嬿古今字說文暥目相戲也引詩暥婉之求當出齊魯詩與毛異晉語籧篨不可使俯戚施不可使仰又戚施直鎛籧篨蒙璆韋注云籧篨直者戚施瘁者直直擊也鎛鎛鍾也蒙戴也璆玉磬不能俯故使戴磬案毛傳正用國語文國語籧篨戚施爲八疾之二毛兼引之以刺衛宣公柏舟傳君子有威儀望之嚴然可畏禮容俯仰各有其宜今宣公於一俯一仰有佞媚容悅之狀以是爲病故即以是爲刺此毛義也爾雅籧篨口柔也戚施面柔也亦是釋此詩之詞箋云籧篨口柔常觀人顏色而爲之辭故不能俯也戚施面柔下人以色故不能仰也鄭乃合爾雅國語爲一義矣大玄閑次七跙跙閑于籧除或寑之廬測曰跙跙之閑惡在舍也范望注跙跙惡皃也籧除之人

不能俯者也籧除卽籧篨葢凡物之粗惡者曰籧篨說
文籧篨粗竹席也方言簟自關而西其麤者謂之籧篨
亦人名春秋文十三年邾子籧蒢卒又地名
定十五年次于渠蒢此或取於病惡者也

新臺有洒河水浼浼（傳）洒高峻也浼浼平地也**燕婉之**
求籧篨不殄（傳）殄絕也（疏）小箋云釋丘望厓洒而高岸
夷上洒下漘高謂其頂洒謂
其身峭直夷上者其頂平不高出也洒下亦謂身斗峭
也說文曰陖陗也陗陖也峻同陖洒卽陖之假借字凡
言陖陗皆謂斗直不可上又云吳都賦淸流亹亹李善
注引韓詩亹亹水流進皃不言何經之注今按必此章
浼浼之異文也古音洒讀如詵浼亹皆如門殄如珍傳
云平地義不可通奐疑地字乃池字之誤平池猶滮池
謂河水平滿蓄納爲池則浼浼然也說文云浼污也引
詩河水浼浼污下云一曰小池爲污是許以污釋浼與
此傳平池釋浼浼義正相同說文又云潣水流浼浼皃
亦謂平流爲潣也沔水傳沔沔水流滿也浼潣沔一聲之
轉〇殄絕釋詁文思齊傳殄亦訓絕緜思齊桑柔雲漢
皆云不殄不絕也不絕猶不鮮鮮少也鄭箋殄當作腆

腆善也上章籑鮮善也義異燕禮不腆之酒古文腆作殄

魚網之設鴻則離之(傳)言所得非所求也**燕婉之求得此戚施**(傳)戚施不能仰者(疏)離讀爲麗士冠禮注云古文麗爲離易離卦云離麗也凡詩離羅離羅離罦離罿離畢離皆麗也魚網所以求魚今反得鴻此謂所得非所求也求卽經燕婉之求以喻齊女求伋而得宣公也桓十六年左傳衞宣公烝于夷姜生急子爲之取于齊而美公取之是其事也急詩序作伋○御覽蟲豸部薛君章句云戚施蟾蜍喻醜惡韓謂戚施卽蟾蜍以喻醜惡則上章籧篨爲粗竹席亦喻醜惡高注淮南子脩務篇云籧篨偃戚施僂皆醜貌也此本韓詩說也韓與毛訓異而意同說文䵶鼀詹諸也引詩作得此䵶鼀許亦用韓詩義爾雅釋文戚施字書作規覞同玉篇廣韻皆云規覞面柔也廣雅云規覞八疾也竝與戚施同鄭語云侏儒戚施寔御在側

二子乘舟二章章四句

二子乘舟思伋壽也衞宣公之二子爭相爲死國人傷而思之作是詩也(疏)新序節士篇云伋方乘舟時伋傅母恐其死也閔而作詩此與列女傳孼嬖篇不同劉子政習魯詩兼習韓詩也韓詩多同毛詩

二子乘舟汎汎其景(傳)二子伋壽也宣公爲伋取於齊女而美公奪之生壽及朔朔與其母愬伋於公公令伋之齊使賊先待於隘而殺之壽知之以告伋使去之伋曰君命也不可以逃壽竊其節而先往賊殺之伋至曰君命殺我壽有何罪賊又殺之國人傷其涉危遂往如乘舟而無所薄汎汎然迅疾而不礙也願言思子中心養養(傳)願每也養養然憂不知所定(疏)序思伋壽故傳云二子伋壽也

宣公爲伋取於齊女而美以下桓十六年左傳文詳略字句微有不同伋左傳作急云使賊先待於監左傳作使盜待諸莘服注云莘衛東地水經注河水篇莘道城西北有莘亭衛宣公使伋諸齊令盜待于莘伋壽繼隕于此亭道阸限蹊要自衛適齊之道也史記衛世家作界列女傳同云竊其節左傳節作旌史記列女傳作白旄雖辭有小異而恉則大同也伋壽涉危爭相爲死詩人以如窾舟無薄爲喻廣雅云薄至也詩述聞云景讀如憬魯頌泮水篇憬彼淮夷毛傳曰憬遠行貌下章言汎汎其逝正與此同意也士昏禮姆加景今文景作憬是憬景古字通奐案說文礙止也傳意以迅疾不止釋經中景字與遠行之義正合汎汎流皃○傳訓願爲每皇皇者華傳訓每爲雖願言思子中心養養雖曰思子徒憂其心養養然也願言思子不瑕有害雖曰思子不能遠於害也猶常棣云每有良朋兄也永歎言雖有善朋徒滋長歎而已伯兮願言思伯甘心首疾願言思伯使我心痗文義皆同故終風願言不傳此願言作傳用意攸別終風願訓思此願訓思則思言思子不成辭矣中心心中也爾雅釋詁恙憂也憂謂之恙重言恙恙猶憂爲忡重言忡忡憂爲悄重言悄悄矣釋訓洋洋思也

郭注云憂思邪疏引此詩中心養養云洋養音義同穆天子傳中心翔翔郭注云憂無薄也養養洋洋翔翔皆恙恙也

二子乘舟汎汎其逝（傳）逝往也願言思子不瑕有害（傳）言二子之不遠害（疏）逝往釋詁文東門之枌小雅杕杜同上章傳云涉危遂往兼釋此汎汎其逝也○瑕讀爲遐有爲句中語助不遐有害言不遠害也二子之不遠害卽是涉危也有又爲句首句末語助者義見文王篇

卷三終

詩毛氏傳疏卷四

長洲陳奐學

鄘柏舟詁訓傳第四　毛詩國風

鄘國十篇三十章百七十六句（疏）鄘邑名古作庸逸周書作雒篇云武王克殷乃立王子祿父俾守商祀建管叔于東漢書地理志云庸管叔尹之是庸在朝歌東矣又逸周書言中旄父宇于東孔晁注云中旄父代管叔此與地理志盡以邶庸封康叔不合鄭作詩譜依據逸書故有後世子孫稍併邶庸之說且以管蔡霍爲三監俱與羣經不合或又謂左傳稱康叔取於有閻之土以供王職閻與庸聲相近如左傳閻職史記作庸職以爲康叔身取庸邑之證抑又不然杜預云有閻衛所受朝宿邑葢近京畿攷昭九年左傳周甘人與晉閻嘉爭閻田卽此也不得以庸爲閻矣

柏舟二章章七句

柏舟共姜自誓也衛世子共伯蚤死其妻守義父母欲奪而嫁之誓而弗許故作是詩以絶之疏史記衛世家釐侯卒大子共伯餘立爲君共伯弟和襲攻共伯於墓上共伯入釐侯羨自殺而立和爲衛侯是爲武公五十五年卒攷衛武公元年周宣王之十六年至平王十三年卒計在位五十五年與世家合國語稱武公九十有五猶作懿自儆則其即位年已四十矣共伯又爲武公兄與序云蚤死亦戾索隱云大史公採襍說而爲之記是矣

汎彼柏舟在彼中河傳興也中河河中髧彼兩髦實維我儀傳髧兩髦之貌髦者髮至眉子事父母之飾儀匹也之死矢靡它傳矢誓靡無之至也至己之死信無它心母也天只不諒人只傳諒信也母也天也尚不信我天謂父也疏鄁柏舟傳汎汎流皃汎猶汎汎也中河河中此倒句之例也舟汎汎然與婦人夫不在

無所適從河中河側言其守義之所自處○詩言兩髦
故傳謂髧爲兩髦之皃釋文無之字云髧本又作优玉
篇髟部髧髮垂皃又人部引詩髧或作优說文髳髮至
眉也从髟敄聲詩曰紞彼兩髳或省作𩬊髧优紞同髳
本字髦假借字許云髮至眉本傳義也髮至眉爲子事
父母之飾者禮記玉藻篇親沒不髦喪大記及儀禮旣
夕記皆有說髦之文鄭注云兒生三月鬌髮爲鬌男角
女羈否則男左女右長大猶爲飾存之謂之髦所以順
父母幼小之心至此尸柩不見喪無飾可以去之髦之
形象未聞內則總拂髦注亦云髦用髮爲之象幼時鬌
其制未聞也案子事父母有總有髦總以收髮結之髦
即髮之所結以垂爲飾髦收取他髮爲之兩角故兩髦
垂飾至眉其形象也鄭未治毛詩故云未聞耳齊甫田
傳云總角聚兩髦也兩髦在角故以角爲兩髦其義同
也實當作寔寔是也寔維亦曰時維寔時皆是也維猶
爲也儀匹爾雅釋詁文文王有聲傳匹配也皇矣傳配
媲也○矢誓靡無皆釋言文靡無聲之弁侈耳旄巨皇
皇者華文王皇矣烈祖傳竝以無字釋靡靡字之至一聲
之轉之叚矢靡它此共姜自誓之詞傳乃先釋矢靡後
釋之逆經作訓云至己之叚以釋之叚二字信無它心

以釋靡它二字以申明其自誓如此也諒信爾雅作亮與諒同傳云母也天也尚不信我言不信我之無它心也只與也同義母天連言故傳又申明之云天謂父也儀禮喪服傳婦人有三從之義無專用之道故未嫁從父既嫁從夫夫死從子故父者子之天也夫者妻之天也婦人不貳斬者猶曰不貳天也婦人不貳尊也列女傳母儀篇禮婦人未嫁則以父母爲天既嫁則以夫爲天其喪父母則降服一等無二天之義也杜預桓十五年左傳注亦云婦人在室則天父出則天夫案此天父謂婦人之未嫁者也共姜未嫁天父既嫁則天夫共伯死共姜無子義歸宗故又天父喪服子嫁反在父之室爲父三年是女子既適人而出則爲父服三年與女子子在室爲父服三年者同故婦人既嫁而反從天父之義乃得評父爲天也經先母後父者先親親而後尊尊

汎彼柏舟在彼河側髧彼兩髦實維我特（傳）特匹也**之死矢靡慝**（傳）慝邪也**母也天只不諒人只**（疏）特爲奇又爲耦匹爲耦又爲奇二者義相因釋文引韓詩作實維我直云相當値也毛韓字異義同○民勞傳訓慝爲惡此訓慝爲

邪者各隨文解說也靡慝卽無邪上章傳所謂信無它心也

牆有茨三章章六句

牆有茨衞人刺其上也公子頑通乎君母國人疾之而不可道也（疏）公子頑宣公庶長子昭伯也君母惠公母宣姜也閔二年左傳云初惠公之卽位也少齊人使昭伯烝於宣姜生齊子戴公文公宋桓夫人許穆夫人

牆有茨不可埽也（傳）興也牆所以防非常茨蒺藜也欲埽去之反傷牆也中冓之言不可道也（傳）中冓內冓也所可道也言之醜也（傳）於君醜也（疏）將仲子傳牆垣也云所以防非常者兼明興義也茨蒺藜爾雅釋草文郭注云布地蔓生細葉子有三角刺人說文薺疾黎也引詩作牆有薺薺本字茨假借字薋疾黎合評之曰薺也後人加艸耳薺從艸虞翻注易以蒺藜爲木云欲埽去之反傷牆也者此

合下二章以釋經不可之義正義云言人以牆防禁一家之非常今上有蒺藜之草不可埽而去之欲埽去之反傷牆而毀家以興國君以禮防制一國之非法今宮中有淫昏之行不可滅而除之欲除而滅之反違禮而害國○中冓內冓義未詳中冓與牆對稱牆爲宮牆則中冓當爲宮中之室說文冓交積材也構蓋也應劭注漢書云中冓材構在堂之中也構與冓同堂當作室凡室必積材蓋屋故室內謂之內冓毛意或當如是箋云內冓之言謂宮中所冓成頑與夫人淫昏之語鄭以冓爲構構成恐非此詩毛意周禮媒氏注云陰訟爭中冓之事以觸法者引此詩爲證亦不以冓爲構構成也釋文引韓詩云中冓中夜謂淫僻之言也玉篇𡪢夜也詩曰中𡪢之言中夜之言也本亦作冓漢書文三王傳不窺人閨門之私聽聞中冓之言晉灼注云魯詩以爲夜也韓魯義同傳文於君醜也上奪醜字十月之交傳醜惡也此醜亦爲惡下章傳云長惡長也

牆有茨不可襄也傳襄除也中冓之言不可詳也傳詳審也所可詳也言之長也傳長惡長也疏襄除釋言文出車同說文

云漢令解衣而耕謂之襄除與解衣義相近悉蟀傳除去也不可除言不可去也詳訓審詳與讀義相近讀者抽繹之詳者審悉之也釋文引韓詩揚猶道也韓詩作揚與上章道同義云長惡長也者言君之惡甚長也

牆有茨不可束也傳束而去之中冓之言不可讀也傳讀抽也所可讀也言之辱也傳辱辱君也疏傳文束而去之上奪束字經言埽傳云欲埽去之經言束傳乃云束而去之皆是申明經義二章言除即去也方言云抽讀也讀抽互訓辱爲辱君猶醜言君醜長言惡長亦是申明經義也

君子偕老三章一章七句一章九句一章八句

君子偕老刺衞夫人也夫人淫亂失事君子之道故陳人君之德服飾之盛宜與君子偕老也疏箋云夫人宣公夫人惠公之母也人君小君也或者小字誤作人耳

君子偕老，副笄六珈。傳能與君子俱老，乃宜居尊位服盛服也。副者，后夫人之首飾，編髮爲之。笄，衡笄也。珈，笄飾之最盛者，所以別尊卑。委委佗佗，如山如河。傳委委者，行可委曲蹤迹也。佗佗者，德平易也。山無不容，河無不潤。象服是宜。傳象服，尊者所以爲飾。子之不淑，云如之何。傳有子若是，可謂不善乎。疏詩三章以君子偕老發端，此卽禮記壹與之醮，終身不改之義。偕，俱也。偕老，俱老。傳言后夫人能與君子俱老，宜居尊位，服盛服，所以總釋三章，而又與序相發明也。云副者，后夫人之首飾，編髮爲之者，周禮追師掌王后之首服，爲副、編、次。爲作也。爲副、編、次，謂作副必以編髮次第爲之也。編讀爲辮，次讀爲髲。說文：髲，用梳比也。用梳比謂之次。以他人髮而梳比之，是謂之編次。傳言編髮，卽本周禮編次爲訓。鄭司農注云：副者，婦人之首服。仲師不爲編、編次作解，則與毛意合矣。唯鄭注以副編次爲婦人三等之禮服與毛不同云笄衡笄也者追師追衡笄此傳所本也鄭司農注云追冠名衡維持冠者春秋傳曰衡紞紘綖案男子冠無笄而冕弁有笄冕笄用衡笄以玉爲之所以維持冕也婦人有副笄有纚笄維持纚者謂之纚笄維持副者謂之副笄副笄用衡笄纚笄不用衡笄衡笄亦以玉爲之笄下縣瑱笄上爲珈飾說文笄簪也先首笄也俗作簪云珈笄飾之最盛者所以別尊卑箋云珈之言加也副既笄而加飾如今步搖上飾古之制所有未聞儀禮喪服傳吉笄尺二寸又折笄首者折吉笄之首也鄭注云有首者若今時刻鏤摘頭矣檀弓蓋榛以爲笄長尺而總八寸然則喪笄長尺吉笄長尺二寸折去笄首當折去二寸吉笄有首首有飾珈即飾也珈與副同義衡笄有珈乃得爲副副者以飾珈而名之所謂別尊卑也夫人六珈王后制未聞說文無珈字大玄竈上九男子折笄婦人易哿王涯以哿爲珈音加○傳文行可委曲下蹤迹二字當衍正義云其行委委然行可委曲佗佗然其德平易又云委委者行可委曲佗佗者德平易由德平易故行可委曲是正義本無蹤迹二字釋文云委委行可委曲蹤迹也然陸不爲蹤迹音釋則釋文舊本亦無蹤迹二

字行可委曲謂之委委德平易謂之佗佗傳與羔羊傳文變而意實同羔羊傳云委蛇行可從迹也蛇與佗通羔羊從字與此委曲字是釋經之委字委委字羔羊迹字與此平易字是釋經之蛇字佗佗字羔羊箋委蛇委曲自得之皃委曲二字即本此傳訓今各本此傳委曲下依羔羊傳增入蹤迹二字則與平易義複爲不可通矣幸正義本未誤可據以訂正爾雅委委佗佗美也韓詩委委佗佗德之美皃韓渾言之毛析言之傳言無不容潤者釋經德如山河之義○象服未聞疑此即褘衣也象古豫字說文豫飾也象服猶豫飾服之以畫繪爲飾者周禮內司服王后六服有褘衣鄭司農注褘衣畫衣說文引周禮曰王后之服褘衣謂畫袍禮記玉藻篇亦云王后褘衣夫人揄狄其夫人而服褘衣猶雜記謂之褒衣斆明堂位祭統君卷冕夫人副褘又祭義君皮弁素積夫人副褘案此皆夫人有褘衣之證葛覃傳婦人有副褘盛飾則毛亦謂盛飾有褘矣上文傳云副者后夫人之首飾則象服亦后夫人之飾故云尊者所以爲飾后夫人有副必有褘副有珈飾褘亦有畫飾其尊卑之數未聞也詩首章言褘二章言翟三章言展鄭注禮以褘衣唯王后魯及二王後有之衛爲侯國夫人不

得有禕故箋謂象服爲卽二章之翟三章之展又不數在象服內僖九年穀梁楊士勛疏解詩象服爲象笄正義云象骨飾服與之同誤則以象服爲首飾與上文副笄六珈辭義重複箋疏說恐未是○傳云有子若是釋經子之二字之猶是也云可謂不善乎釋經不淑如之何五字云語詞也不淑如之何如之何不淑也正義云可謂不善言其善也是也禮記雜記篇如何不淑鄭注云如何不善如何者若何也如之何者若之何也莊十一年左傳若之何不弔猶云如之何不淑也弔淑皆善也如與若竝與奈字同義

玼兮玼兮其之翟也傳玼鮮盛貌褕翟闕翟羽飾衣也

鬒髮如雲不屑髢也傳鬒黑髮也如雲言美長也屑絜也

玉之瑱也象之揥也傳瑱塞耳也揥所以擿髮也**揚且之晳也**傳揚眉上廣晳白晳

胡然而天也胡然而帝也傳尊之如天審諦如帝疏說文玼玉色鮮也因之爲凡色鮮之稱追師疏引傳

玼鮮明貌與今本作鮮盛異內司服揄狄闕狄爲王后六服之二夫人與王后服同故傳以褕翟闕翟二者釋經之翟也玉藻襍記皆云夫人揄狄詩釋文揄字又作褕狄本亦作翟說文作褕翟與今本毛傳同褕正字揄假借字翟正字狄假借字喪大記夫人以屈狄玉藻君命屈狄注君女君也屈周禮作闕毛傳亦作闕云羽飾衣者羽字卽承上兩翟字則羽卽翟也飾猶畫也飾衣畫衣也說文褕字下云羽飾衣正本毛詩說鄭司農注云揄狄闕狄畫羽飾司農治毛詩言畫翟羽以爲飾亦與毛不異也翟雉名褕闕皆衣名其畫飾尊卑之次未聞也褕之爲言揄也揄猶揚也闕與屈竝有短義或闕翟畫短羽而褕翟則畫長羽歟鄭注周禮禮記皆以揄爲搖雉揄翟刻繒而畫闕翟刻繒不畫與毛不合而其以畫羽爲飾則與毛許先鄭皆同孫毓以毛傳羽飾衣謂眞以翟羽飾衣剝毛申鄭正義本之則誤解傳義矣之爲句中語助其之翟其翟也其之展其展也揚且之晳揚且晳也揚且之顏揚且顏也之皆語助無實義○傳鬒黑髮下追師疏引無也字昭二十八年左傳皆有仍氏生女黰黑而甚美光可以鑑名曰玄妻服杜注皆云美髮爲黰詩作鬒傳以黑髮釋鬒正本左傳黑髮必

美長故云如雲言美長也說文彡部㐱稠髮也引詩作
㐱或作鬒屑絜邶谷風同髢追師注引詩作鬄說文鬄
髲也或作髢髮髲鬄也正義引說文作髲益髮也箋髢髲
也不絜者不用髲爲善禮記斂髮毋髢左傳以爲呂姜
髢莊子禿而施髢髢假他人髮爲之副亦假他人髮故
鄭以髲髢爲首飾其實首飾謂之副又謂之被不得謂
之髲髢也○淇奧傳充耳謂之瑱充者塞也故瑱又謂
之塞耳也大戴禮子張問入官篇黈絖塞耳所以弇聽
也盧注引禮緯含文嘉以縣絖坐旒爲閉姦聲弇亂色
傳謂瑱爲塞耳者義取諸此也周禮弁師諸侯繅斿皆
就玉瑱玉笄鄭注玉瑱塞耳者說文瑱以玉充耳也詩
曰玉之瑱兮或作䚃案婦人亦有笄故亦有瑱笄爲玉
笄故瑱亦玉瑱張惠言儀禮圖云瑱制無文春秋傳曰
幣錦二兩縛一如瑱則其形必圓而長釋文揥勑帝反
摘他狄反本亦作擿又作𢴤疑揥即擿之省傳作擿謂
揥即擿之假借揥所以擿髮淇奧傳會所以會髮二者
同事會亦作鬠說文云鬠骨擿之可會髮者又云擿搔
也會髮本淇奧傳而擿即本此篇傳許說正可申明毛
訓也擿髮以象骨爲之男女將冠笄者先櫛纚而後以
組束髮是謂之鬠亦謂之揥男子象揥爲會髮之用女

子象揥爲擿髮之用而又佩之以爲飾葛屨傳云象揥所以爲飾○傳云揚眉上廣揚廣豐顔眉上近額與下章傳廣揚而顔角豐滿同義猗嗟抑若揚兮傳揚廣揚兩詩揚字同也襄十七年左傳澤門之皙邑中之黔黔爲黑則皙爲白又昭二十六年左傳白皙鬒須眉傳云皙白皙義本左傳皙從白與皙從日者別胡然皆問詞也古而如通用常武而震而怒今本作如都人士垂帶而厲內則注作如傳釋而天尊之如天而帝審諦如帝正爲全詩而如通訓鄭注內司服引詩云言其德當神明

瑳兮瑳兮其之展也蒙彼縐絺是紲袢也傳禮有展衣者以丹縠爲衣蒙覆也絺之靡者爲縐是當暑袢延之服也子之淸揚揚且之顔也傳淸揚視淸明也揚且之顔廣揚而顔角豐滿展如之人兮邦之媛也傳展誠也美女爲媛疏詩小學云按弟二章弟三章古本皆作玼兮三章傳箋皆不釋瑳字又周禮注引詩

玼兮玼兮其之展也可證也玼瑳異部而音近如賓之初筵傞傞或爲姕姕此篇二三章玼字皆一本作瑳釋文二章玼兮引沈氏云本或作瑳冣後乃分別以玼屬二章瑳屬三章而德明據之○說文褎丹縠衣从衣𧘇聲玉篇同今字通俗作展釋文引馬融毛詩注亦云展色赤竝與毛同唯鄭司農注周禮展衣爲白衣仲師治毛義多同毛此白衣疑有誤箋云展衣字誤禮記作襢衣鄭依玉藻襍記喪大記作襢釋名云襢衣襢坦也坦然正白無文采也與鄭同案內司服王后六服褘衣揄狄闕狄鞠衣展衣緣衣辨外內命婦之服鞠衣展衣緣衣禮記明堂位祭義祭統言夫人褘玉藻襍記言夫人揄狄喪大記言夫人屈狄是外命婦亦有此三服內司服於辨外內命婦服不數之者略也蓋褘衣揄狄屈狄三者有畫文爲婦人加上之服猶男子之冕服也鞠衣展衣緣衣三者無畫文猶男子之朝服也故鄭注書大傳云展衣朝服也夫人日視內朝纚笄而不加副展衣而不加上服故夏時展衣卽覆於縐絺之上不更復有中衣矣箋展衣夏則裏衣縐絺正義謂覆彼縐絺之上是也說文冡覆也蒙與冡通葛覃傳葛所以爲絺綌精曰絺麤曰綌此傳云絺之靡者爲縐靡古糜

字絺於綌較細而縐尤絺之極細者也云是當暑袢延之服也者以釋經是紲袢也句說文褻私服引三家詩作褻袢衣無色引毛詩作紲紲卽褻之假借字袢延當時語延古涎字論語鄉黨篇當暑袗絺綌必表而出之孔注云必表而出加上衣也皇疏云若在家則裘葛之上亦無別加衣若出行接賓客皆加上衣當暑絺綌可單若出不可單則必加上衣也嫌暑熱不加故特明之案詩之縐絺是當暑之裏衣其上覆以展衣覆猶表也展衣亦婦人之上衣對縐絺裏衣言也○傳淸下奪揚字依後箋補後箋云兩揚字當有二義淸揚之揚必非亦謂眉上傳文當作淸揚視淸明也猗嗟美目揚兮揚卽明也又猗嗟名兮名與明通亦謂目也說詳猗嗟篇猗嗟傳云目下爲淸卽此詩淸之義玉藻云視容淸明郊特牲云目者氣之淸明者也卽此傳視淸明之義傳文揚下各本奪且之顏三字依小箋本補正云廣揚而顏角豐滿七字作一句讀揚謂廣揚與上揚字不同上揚字指目此揚指額廣揚卽碩人傳所謂額廣而方也說文注云顏角蓋指全頟而言中謂之顏旁謂之角由兩眉閒以直上皆得謂之顏醫經頟曰顏曰庭是也國語角犀豐盈亦角謂旁犀謂中案傳蓋以廣揚釋揚以

顔角豐滿釋顏以而字代且字揚且之顏言揚而顏也揚且之晳言揚而晳也之爲語助美且仁美且好猶言美而仁美而好也昌而熾昌而大猶言昌且熾昌且大也凡全詩中且而同義者可依此傳類推○展誠雄雉同美女爲媛爾雅釋訓文說文媛美女也人所援也引詩邦之媛兮釋文引韓詩作援云助也箋媛者邦人所依倚以爲援助也許鄭竝兼用韓詩義詩小學云按此篇也字疑古皆作兮說文引玉之瑱兮邦之媛兮箸正義引孫毓故曰玉之瑱兮皆古本之存於今改之未盡者也

桑中三章章七句

桑中刺奔也衞之公室淫亂男女相奔至于世族在位相竊妻妾期於幽遠政散民流而不可止疏成二年左傳楚巫臣盡室以行申叔跪遇之曰異哉夫子有三軍之懼而又有桑中之喜宜將竊妻以逃者也禮記樂記篇桑間濮上之音亾國之音也其政散其民流誣上行私而不可止也此竝與序說合漢書地理志亦云衞地有桑間濮

上之阻男女亦亟聚會聲
色生焉故俗稱鄭衛之音

爰采唐矣沬之鄉矣傳爰於也唐蒙菜名沬衛邑云誰
之思美孟姜矣傳姜姓也言世族在位有是惡行期我
乎桑中要我乎上宮送我乎淇之上矣傳桑中上宮所
期之地淇水名也疏爰於爾雅釋詁文釋詁又云爰于
也爰曰也擊鼓烝民詩或言爰或
言于緜詩或言爰或言曰爰于曰於四字皆語詞爰采
唐矣矣爲起下之詞爰與下文云誰之思之云竝爲發
語之詞此傳爲全詩爰字發凡也緜傳爰於也於於是
也二傳訓同意別唐蒙菜名唐一句蒙一句傳釋唐爲
蒙說本爾雅釋草而又申釋蒙爲菜也名疑也字之
誤爾雅蒙王女郭注云蒙即唐也是蒙又一名王女矣
毛傳不言唐蒙爲女蘿則與女蘿爲別物疑今本爾雅
唐蒙下衍女蘿字說文蒙王女也段注云王或作玉誤
○沬衛邑沬者衛之下邑衛之世族有食采於沬者周
禮所謂都家鄉邑也沬北沬東沬鄉之北與東也書酒

誥明大命于妹邦馬融說謂妹邦卽牧野說文云坶朝歌南七十里地衛都朝歌沬爲衛南郊邑名去朝歌七十里在遠郊外矣沬妹牧坶字竝通用正義謂沬卽朝歌失之姜姓大嶽之苗裔孟姜孟弋孟庸皆世族之妻期要送是惡行也傳云言世族在位有是惡行者此總釋全章之義○桑中地卽衛之桑閒禮記注云桑閒在濮陽南郡國志濮陽縣下劉昭注引博物記桑中在其中案濮陽在今開州南又穆天子傳天子飲于桑中郭注桑林之中此非地名也上宮地未聞淇水名泉水同水經淇水注云淇水南歷枋堰舊淇水口東流逕黎陽縣界南入河地理志曰淇水出共東至黎陽入河溝洫志曰在遮害亭西一十八里至淇水口是也又河水注云河水又東淇水入焉又東逕遮害亭南漢書溝洫志曰在淇水口東十八里有金隄隄高一丈自淇口東地稍下隄稍高至遮害亭高四五丈又有宿胥口舊河水北入處也案今濬縣卽黎陽地遮害亭在縣西十里淇之上卽淇水口也衛之世族居於沬在淇口之西取姜氏弋氏庸氏之女皆在淇口之東此思女之愛厚於我從濮陽之南送至黎陽淇口也眠送子涉淇至于頓丘亦女送男之詞

爰采麥矣沬之北矣云誰之思美孟弋矣傳弋姓也期我乎桑中要我乎上宮送我乎淇之上矣疏弋讀爲姒春秋定姒穀梁傳作定弋姒姓夏之後

爰采葑矣沬之東矣云誰之思美孟庸矣傳庸姓也期我乎桑中要我乎上宮送我乎淇之上矣疏庸姓未聞

鶉之奔奔二章章四句

鶉之奔奔刺衛宣姜也衛人以爲宣姜鶉鵲之不若也

疏襄二十七年左傳伯有賦鶉之賁賁趙孟曰牀笫之言不踰閾則此爲刺詩明矣

鶉之奔奔鵲之彊彊傳鶉則奔奔鵲則彊彊然人之無良我以爲兄傳良善也兄謂君之兄疏鶉說文作䧿云䧿鷂也此詩之

鶉與伐檀之鶉宜爲一物亦鳥也故釋鳥鶉鶉其雄鶛牝痺亦以雌雄棄匹言之鶉鳥有班文其色不純若四月之鶉乃鷻之省鷻爲鷙鳥鷙鳥不雙則此鶉之非鷻明矣鶉今謂之乾鶉即季冬架巢之鳥傳云鶉則奔奔鵲則彊彊然不言奔奔彊彊之義箋奔奔彊彊言其居有常匹飛則相隨之皃韓詩奔奔彊彊棄匹之皃鄭本韓以申毛也奔奔左傳及禮記表記呂覽壹行注俱作賁賁彊彊禮記作姜姜鄭注姜姜賁賁爭鬭惡皃高誘注以賁賁爲其色不純玉篇䎗飛皃此或兼取齊魯家詩說○良善日月秦黃鳥同人之無良言人則無善耳上文兩之字傳以則字代之此之字當亦訓爲則全詩之則同義者放此之與則同義之又與是同義見蝃蝀篇我我國人也傳云兄謂君之兄公子頑惠公庶兄也言人不善我國人猶謂君之兄也韓詩外傳顏回曰人善我我亦善之人不善我我亦善之夫子曰回之所言親屬之言也詩曰人之無良我以爲兄此最得詩人忠厚之恉

毛韓同

鵲之彊彊鶉之奔奔人之無良我以爲君（傳）君國小君

疏君子偕老序陳人君之德箋以爲小君又碩人無使君勞列女傳以爲女君此傳釋君小君而必云國小君者爲國人衆口之詞小君謂宣姜也莊二十二年穀梁傳云小君非君也其曰君何也以其爲公配可以言小君也

定之方中三章章七句

定之方中美衛文公也衛爲狄所滅東徙渡河野處漕邑齊桓公攘戎狄而封之文公徙居楚丘始建城市而營宮室得其時制百姓說之國家殷富焉疏衛滅在魯閔公二年封楚丘在僖公二年春秋之義書入不書滅不與夷狄滅中國也書城不書封不與諸侯封諸侯也詩美文公中興序乃據實事而言之

定之方中傳定營室也方中昏正四方作于楚宮揆之

以日作于楚室（傳）楚宫楚丘之宫也仲梁子曰初立楚宫也揆度也度日出日入以知東西南視定北準極以正南北室猶宫也樹之榛栗椅桐梓漆爰伐琴瑟（傳）椅梓屬（疏）爾雅釋天營室謂之定傳所本也孫郭注竝云定正也營室又謂之水莊二十九年左傳水昏正而栽昭十七年傳衞顓頊之虚也故爲帝丘其星爲大水杜注云衞星營室營室水也又謂之天廟周語曰月底于天廟韋注云天廟營室也又謂之豕韋廣雅釋天云營室謂之豕韋也云方中昏正四方者言定星昏見正居四方之中傳義本左傳爲訓箋云定星昏中而正於是可以營制宫室故謂之營室定昏中而正謂小雪時其體與東辟連正四方傳言得制箋兼言得時周語營室之中土功其始韋注云建亥小雪之中定星昏正於午土功可以始也宏嗣言正於午即下文傳南視定之説夏十月周十二月此蓋魯僖公元年之十二月也説見載馳篇○于一本作爲文選魏都賦注魯靈光殿賦謝朓和伏武昌詩江淹擬顔特進詩王巾頭陀寺

碑文王融曲水詩序注引毛詩皆作作爲正義作爲楚丘之宫作爲楚丘之室是孔所據亦作作爲傳以楚爲楚丘楚宫爲楚丘之宫又引仲梁子說初立楚宫也者言文公始造楚丘之宫也仲梁子見禮記檀弓篇與曾子子游同時鄭注云仲梁子魯人揆度爾雅釋言文日日景也公劉傳考於日景度與考義相近云度日出日入以知東西釋揆之以日句南視定北準極以正南北補釋定之方中句北準極對南視定而推言之極即極星極星不移建國必以極星爲準晏子襍下篇古之立國者南望南斗北戴樞星極星即樞星也又上傳云昏正四方則視定不獨正南北且可以知東西周禮大司徒正日景測日之東西亦兼測日之南北俱可互文見義也考工記匠人建國水地以縣置槷以縣眂以景爲規識日出之景與日入之景晝參諸日中之景夜考之極星以正朝夕鄭注云立王國若邦國者於四角立植而縣以水望其高下高下既定乃爲位而平地槷古文臬假借字於所平之地中央樹八尺之臬以縣正之眂之以其景將以正四方也日出日入之景其端則東西正也又爲規以識之者爲其難審也自日出而畫其景端以至日入既則爲規測景兩端之內規之規之交乃

窬也度兩交之間中屈之以指臬則南北正日中之景最短者也極星謂北辰案毛傳本匠人而鄭注亦足以中明傳義矣爾雅宮謂之室室謂之宮是宮室同也傳楚宮楚室無二義箋楚宮謂宗廟也楚室居室也君子將營宮室宗廟爲先廄庫爲次居室爲後箋雖分解亦傳義之所得該○樹當讀如列樹表道之樹上言營宮室下言建城市也掌固掌脩城郭溝池樹渠之固鄭司農說樹以國語曰城守之木於是乎用之司險設國之五溝五涂而樹之林以爲阻固鄭注云樹之林作藩落也竝與詩樹字義合榛當作亲東門之壇傳栗行上栗亲栗不中琴瑟乃連而及之耳傳文椅梓屬依正義本當作椅桐梓屬正義云釋木椅梓湛露其桐其椅桐椅旣爲類而梓一名椅故以椅桐爲梓屬言梓屬則椅梓別而釋木椅梓爲一者陸機云梓者楸之疏理白色而生子者爲梓梓實桐皮曰椅則大類同而小別也案傳以椅桐梓三木爲一類漆古字作桼桼木亦中琴瑟材故巧言篇荏染柔木君子樹之傳柔木椅桐梓漆也謂此四木中琴瑟之材也桑中傳云爰於也

升彼虛矣以望楚矣望楚與堂景山與京（傳）虛漕虛也

楚丘有堂邑者景山大山京高丘也降觀于桑傳地勢宜蠶可以居民卜云其吉終然允臧傳龜曰卜允信臧善也建國必卜之故建邦能命龜田能施命作器能銘使能造命升高能賦師旅能誓山川能說喪紀能誄祭祀能語君子能此九者可謂有德音可以為大夫疏管子大匡篇狄人伐衛衛君出致于虛尹知章注云虛地名小匡篇衛人出旅于曹虛虛與曹同地當時或有評曹為虛者故管子與詩皆曰虛傳云虛漕虛也漕衛邑名字當作曹詳擊鼓篇戴公初廬於曹戴公卒立文公詩言文公自曹虛而徙居楚丘也○楚楚丘也春秋有兩楚丘一為曹國邑一為衛國邑常熟顧祖禹方輿紀要云曹州曹縣東南四十里有楚丘城春秋時戎州己氏之邑左傳隱公七年戎伐凡伯于楚丘又襄公十年宋享晉侯于楚丘蓋在曹宋閒漢置己氏縣屬梁國今山東兗州府成武縣即其地此楚丘之在宋魯閒者也樂史

太平寰宇記澶州衛南縣下云衛文公自曹邑遷楚丘即此城也漢爲濮陽縣地隋開皇十六年于此置楚丘縣後以曹州有楚丘縣改名衛南此在衛之南埊故以名縣又云楚丘城在縣西北四里方輿紀要云北直大名府滑縣縣東六十里衛南廢縣春秋時楚丘地此楚丘之在衛者也穀梁傳以戎伐之戎爲衛故楚丘爲衛楚丘左公羊不以戎爲衛而杜預何休注仍誤以楚丘屬衛酈道元濟水注濟水北逕楚丘城西以成武之楚丘爲衛文公遷邑又瓠子水注京相璠曰濮陽城西南十五里有沮丘城六國時沮楚同音以爲楚丘道元以京說爲非要之先儒之誤始於穀梁異解而以成武楚丘當之其說實踵於班固漢書地理志云山陽郡成武有楚丘亭齊桓公所城遷衛文公於此子成公徙濮陽東郡濮陽衛成公自楚丘徙此故帝丘顓頊虚今開州漢濮陽地滑縣漢白馬地春秋之曹邑也則楚丘自當在開州滑縣之間京相璠以沮丘當楚丘其説良是不當遠在兖州界内地理志又云齊桓公帥諸侯伐狄而更封衛於河南曹楚丘其誤以戴公所廬之曹即曹國遂以戎伐之楚丘即文公所徙之楚丘且文公時大河在滑縣之東北入海至西漢以後則濮陽成武皆在河

南矣鄭箋云楚丘自河以東夾於濟水又鄭志苔張逸問楚丘在河濟閒疑在今東郡界中然則鄭意近在濮陽不從漢志成武之說矣仁和趙一清辨甚明晰傳云楚丘有堂邑者堂邑名也其地未聞景山楚丘旁邑之山也景訓大故傳云大山則不以景爲山名矣水經濟水注黃溝枝流北逕景山東郎引衞詩景山與京作證其說恐不得實京高丘小雅甫田同爾雅絶高爲之京非人爲之丘其訓有二解郭注云京人力所作丘地自然生應劭風俗通義山澤篇云爾雅丘之絶高大者爲京謂非人力所能成乃天地性自然也應讀與郭異案丘非人力所作京非人力作有人力作者故說文云京人所爲絶高丘也京爲丘之高故毛傳以京爲高丘所謂爲高必因丘陵也〇草蟲傳降下也書禹貢桑土既蠶是降丘宅土傳云地勢宜蠶可以居民者卽本書義作詩訓也龜曰卜眂同允信臧善皆釋詁文終猶既也然猶是也卜云其吉終然允臧言龜卜其吉矣於是徙居楚丘則信乎善也信當讀如論語信乎夫子之信允謂之信猶洵謂之信亶謂之信信皆作虚字解不作實義解故全詩允字多爲語詞云建國必卜之者周禮大卜國大遷貞龜鄭注云正龜於卜位也左傳稱邾文公

卜遷于繹衞成公遷帝丘卜曰三百年緜稱大王徙岐亦曰爰始爰謀爰契我龜曰止曰時築室于茲皆其事也建邦能命龜以下皆用成文未知所出傳蓋因徙都命卜連而及之耳韓詩外傳孔子游於景山之上孔子曰君子登高必賦漢書藝文志傳曰不歌而誦謂之賦登高能賦可以爲大夫或班引出魯詩傳餘義未聞

靈雨既零命彼倌人星言夙駕說于桑田傳零落也倌人主駕者**匪直也人秉心塞淵**傳非徒庸君秉操也**騋牝三千**傳馬七尺以上曰騋騋馬與牝馬也疏零古字作霝爾雅霝落也郭注云見詩今爾雅又俗加艸頭耳廣韻引說文云霝雨零也零與落同靈雨之靈當亦訓爲零言零雨又言既零如汎彼亦汎且噎有噎之比靈雨石鼓文作霝雨東山零雨其濛說文作霝雨皆謂零雨也靈者假借字箋於鄭風靈露訓靈爲落而此篇訓靈爲善非傳意○傳揆下夙駕句故云倌人主駕者正義云諸矦之禮亾未聞倌人爲何官也說文倌小臣也詩曰命彼倌人小臣其義亦未聞後箋以小臣即周禮之小臣

爲大僕之佐箋云星雨止星見說文姓雨而夜除星見也姓與星同釋文引韓詩星精也精猶淸也故淸明亦日精明今俗作晴釋文說毛始銳反舍也說訓舍見甘棠傳箋爲辭說於桑田敎民稼穡務農急也鄭讀說如字或本三家義○匪讀爲非直猶特也特與徒同義傳嫌經文人字與騋牝作對文故以庸君解釋人字庸君庸國之君謂文公也文公雖東徙渡河而繫諸以故國葢作詩者河西舊臣也文公爲庸君猶趙岐注孟子鴟鴞詩以成王爲幽君正義以爲庸庸之人恐失之矣秉訓操秉心操心也燕燕傳云塞實也淵深也案此兼臣下而言匪直也人秉心塞淵言非徒爲君如此爲臣亦當然相鼠序衛文公能正其羣臣干旄序衛文公臣子多好善卽其義也上章言文公徙卜之事而傳亦兼說大夫命龜者意可見矣○馬七尺以上曰騋傳本周禮廋人文爲說釋文本及定本作六尺誤說文亦云馬七尺爲騋引詩曰騋牝驪牝段注云釋嘼曰騋牝驪牝今爾雅譌作驪牡而音義不誤可攷音義曰騋牝頻忍反下同下同者卽謂驪牝也此以驪牝釋詩之騋牝驪與騋以雙聲爲訓謂騋馬驪色亦兼牝馬也奐案爾雅以騋爲驪不解牝字非謂騋牝爲驪色之牝傳云騋馬與

牝馬釋騋牝爲二馬不用爾雅義也諸侯褻騋騋爲文公所自褻之馬牝馬母馬也騋牝非騋之牝三千亦非騋與牝合三千馬有三千者統通國言若邦國六閑馬四種家四閑馬二種皆是也此即序云國家殷富之意閔二年左傳衞文公元年革車三十乘季年乃三百乘此十倍也齊語齊桓公城楚丘以封之其畜散而無育與之繫馬三百詩言騋牝三千此亦十倍也

蝃蝀三章章四句

蝃蝀止奔也衞文公能以道化其民淫奔之恥國人不齒也

蝃蝀在東莫之敢指〔傳〕蝃蝀虹也夫婦過禮則虹氣盛君子見戒而懼諱之莫之敢指女子有行遠父母兄弟〔疏〕蝃蝀爾雅作螮蝀說文螮字下高誘注淮南呂覽歐陽詢藝文類聚天部下蔡邕月令章句引詩皆作螮

蝀爾雅釋天云螮蝀謂之雩螮蝀虹也霓爲挈貳霓本或作蜺郭注云俗名爲美人虹江東呼雩雙出色鮮盛者爲雄曰虹闇者爲雌曰蜺後漢書注引郭注如是傳云夫婦過禮則虹氣盛者以釋經蝃蝀在東句云君子見戒而懼諱之莫之敢指者所以釋經莫之敢指之義也後漢書楊賜傳賜曰今殿前之氣應爲虹蜺皆妖邪所生不正之象詩人所謂蝃蝀者也於中孚經曰蜺之比無德以色親皆虹貫牛山管仲諫桓公無近妃宮案此與毛義合李賢注引韓詩序云蝃蝀刺奔女也蝃蝀在東莫之敢指詩人言蝃蝀在東者邪色乘陽人君淫泆之徵臣子爲君父隱藏故言莫之敢指韓序傳與毛義異○行謂嫁也女子必待命而行以爲禮也

朝隮于西崇朝其雨（傳）隮升崇終也從旦至食時爲終朝**女子有行遠兄弟父母**（疏）隮當作躋爾雅躋升也蒹葭斯干長發傳竝云躋升也周禮眡祲掌十煇之法九曰隮鄭司農云煇爲日光氣也隮者升氣也玄謂隮虹也詩云朝隮于西字亦當作躋案上章傳言虹氣盛則此言升即是升氣升氣即是虹先後鄭說不同而意無異也釋名蝃蝀其見每於

日在西而見於東啜飲東方之水氣也見於西方曰升朝日始升而出見也劉亦謂升爲虹唯荀爽注易需卦引詩解作升雲與詩義不合僎人南山朝隮傳隮升雲也兩朝隮不同崇者終之假借字采綠終朝采綠傳自旦及食時爲終朝與此崇朝同趙岐注孟子云雨則虹見郭璞爾雅音義云虹者陰陽交會之氣雲薄漏日日照雨滴則虹生也葢本是因雨而虹詩則言見虹而雨二者實相因夕見在東朝見於西則雨君子尤當見之而思戒焉傳意當如是也

乃如之人也傳乃如是淫奔之人也**懷昏姻也大無信也不知命也**傳不待命也疏傳云如是淫奔之人釋經如之人三字爾雅之子是子日月箋之人是人蓼莪箋之猶是也凡之與是同義者放此乃如之人也也日月篇作兮韓詩外傳列女傳皆作兮古也兮通用懷讀如有女懷春之懷箋云懷思也又云淫奔之女大無貞絜之信又不知婚姻當待父母之命此申傳不待命之說也韓詩外傳是故陽以陰變陰以陽變故不肖者精化始具而生氣感動觸情縱

欲反施亂化是以年壽亟夭而性不長也詩曰乃如之人兮懷婚姻也大無信也不知命也說苑辯物同列女傳孽嬖篇引此詩而釋之云言嬖色媜命也三家解命竝與毛異

相鼠三章章四句

相鼠刺無禮也衛文公能正其羣臣而刺在位承先君之化無禮儀也疏襄二十七年左傳齊慶封來聘叔孫與慶封食不敬爲賦相鼠然則此爲刺詩矣此與野有死麕序意略同被文王化知惡無禮衛文公正羣臣能刺無禮皆序推本言之耳白虎通義諫諍篇云妻諫夫之詩當本魯詩與左氏傳不合

相鼠有皮人而無儀傳相視也無禮儀者雖居尊位猶爲闇昧之行人而無儀不死何爲疏相視爾雅釋詁文說文相省視也卽引此詩儀當作義周禮肆師治其禮儀故書儀爲義鄭司農云義讀爲儀古者書儀但爲義今時所謂義爲誼

說文義己之威義也儀度也誼人所宜也古仁義字禮義字皆作誼威儀字作義今毛詩用字之例威儀作儀仁義禮義皆作義爲通用假借也關雎大車氓甫田載驅序匏有苦葉氓悉蟀破斧伐柯皇皇者華傳皆作禮義不作禮儀則此篇經序與傳亦皆作義可證矣作儀者疑因箋而誤傳云雖居尊位以釋經人字云猶爲闇昧之行以釋經無義字蓋以鼠喻人也

相鼠有齒人而無止傳止所止息也**人而無止不死何俟**傳俟待也疏傳云止所止息則無止爲無所止息矣禮記仲尼燕居篇孔子曰若無禮則手足無所錯耳目無所加進退揖讓無所制所謂無所止息也箋云止容止孝經曰容止可觀釋文引韓詩云止節無禮節也鄭用韓詩俟待靜女箋同

相鼠有體人而無禮傳體支體也**人而無禮胡不遄死**傳遄速也疏上二章皮齒俱指鼠身一端而言體爲支體亦此意也遄速釋詁文傳於泉水巧言

烝民竝訓謚爲疾此乃訓謚爲速隨文解說也定十年左傳晉人討衞之叛故遂殺涉佗君子曰此之謂弃禮必不鈞詩曰人而無禮胡不遄死涉佗亦遄矣哉杜注云遄速也

干旄三章章六句

干旄美好善也衞文公臣子多好善賢者樂告以善道也

孑孑干旄在浚之郊傳孑孑干旄之貌注旄於干首大夫之旃也浚衞邑古者臣有大功世其官邑郊外曰野

素絲紕之良馬四之傳紕所以織組也總紕於此成文於彼願以素絲紕組之法御四馬也

彼姝者子何以畀之傳姝順貌畀予也疏孑孑猶桀桀特立之意故傳云干旄之皃干讀如籊籊竹竿之

竿說文竿竹梃也於旌旗杠皃竿與杠一聲之轉云注旄於干首者旄與氂同說文氂犛牛尾也注犛牛尾於竿之首謂之干旄下章干旟干旌干皆干旄也出車傳旄干旄也傳又云大夫之旃也者旃亦作旜周禮司常通帛爲旜襍帛爲物士喪禮爲銘各以其物亾則以緇長半幅䞓末長終幅廣三寸書名于末今文末爲旆案禮言無物則幅用半緇半䞓易之緇黑也䞓赤也說文云勿襍帛幅半異或作物今隸變作物物本半幅白半幅赤此士喪易半幅黑耳其下半幅則仍用赤也襍帛之幅半赤則知通帛之旃充幅皆赤矣鄭注周禮云通帛謂大赤從周正色無飾是也通帛正幅旗之縿也爾雅因章曰旃郭注云因其文章不復畫之其游數禮未聞奐謂說文物三游則旃其五游歟特有游而不畫耳司常孤卿建旜諸侯之上大夫卿此大夫爲卿也聘禮使者載旜注聘使卿此大夫得建旃也凡旗皆有旄有旌詩二章言旟則一章之旄三章之旌似皆屬旟傳乃於干旄下箸明爲大夫之旃實據左傳孟子竝有旃以招大夫之禮蘇林注漢書田蚡傳引古禮大夫立曲旃此皆大夫用旃之證旃常建旟不常建猶之駕四常乘駕三非常乘耳傳言旃以明一章之旄與三章之旌皆

指旃爲大夫之所常建不得以不常建之旗亦有旄有旐以一旗該旄旐爲說泥於文而害其意不可以說詩也○浚衞邑豈風同衞邑衞下邑也隱八年左傳云官有世功則有官族邑亦如之此言爲官者有世功則官邑亦世其子孫或以官爲族或以邑爲族傳引之者以言諸侯之大夫有大功者皆得世其官邑於干旄知世其官而於在浚知世其邑也經言郊傳必云郊外曰野者以下章在浚之都知之也大夫采地在都都在郊外○二章言組三章言織故傳云紕所以織組也紕讀如次比之比謂以素絲次比織組是爲紕紕與絣聲相近比絲爲紕猶并絲爲絣矣云總紕於此成文於彼者總亦紕也成文者成其織組之文也爾雅紕飾也文與飾義相近云願以素絲紕組之法御四馬者簡兮執轡如組傳組織組也御衆有文章言能治衆動於近成於遠也執轡如織組織組似御馬兩詩意實同素絲謂轡也素絲紕合組織以爲御馬之法其法可通於治民大戴禮盛德篇六官以爲轡司會均入以爲軜故曰御四馬者執六轡御天地與人與事者亦有六政晏子諫下篇禮者所以御民也轡者所以御馬也韓詩外傳故御馬有法矣御民有道矣法得則馬和而歡道得則民安而

集此皆以御馬譬治民也傳意言大夫願聞其法即序好善之義四之謂四馬五之六之謂轡意以一章三章皆謂大夫乘四馬也正義謂四之服馬之四轡失傳之恉○彼彼大夫也姝順皃六書故九引傳作順也疑唐人作也字不誤詁姝爲順順讀如易君子以順德之順中論虛道篇君子常虛其心志恭其容貌不以逸羣之才加乎衆人之上視彼猶賢自視猶不足也故人願告之而不倦引詩曰彼姝者子何以告之此與傳順訓合畀予釋詁文訓畀爲予與二章同義又互文以見也予之予之以法也

孑孑干旟在浚之都（傳）鳥隼曰旟下邑曰都素絲組之良馬五之（傳）總以素絲而成組也驂馬五轡彼姝者子何以予之（疏）周禮司常鳥隼爲旟傳所本也司常又云州里建旟箋謂州長之屬天子之州長中大夫建旟則諸侯之上大夫卿有旟宜也旟與帥都旗縣鄙旐共建以姝於諸侯建旂也大司馬百官載旟旟與軍吏旗郊野旐同載以別於諸侯載旂也諸侯之旂未嘗無旟考工記鳥旟七游與周禮侯伯七游之制合

則州里百官所建載之旟不得與矦伯同七游矣不獨
此也爾雅錯革鳥曰旟錯革鳥與止畫鳥隼者又復不
同鳥隼畫於旒孫炎注云畫急疾之鳥於旒周官所謂
鳥隼爲旟者矣是也鄭注司常云鳥隼象其勇捷也此
與出車桑柔傳同與六月傳異出車桑柔之旟皆戎車
之所建則大夫之旟其非常建可知無羊傳旟所以聚
衆也○古者城郭之中謂之國中亦謂之邑中其餘鄉
遂之地公有公邑家有家邑縣都有縣邑都邑皆謂之
下邑浚在衞都故傳云下邑曰都也地官載師以家邑
之田任削地以小都之田任縣地以大都之田任畺地
鄭注云家邑大夫之采地小都卿之采地大都公之采
地王子弟所食邑也案周制鄉遂之外置都鄙都爲畿
畺之竟名其實削縣皆有封邑矦國封邑亦在四郊之
外亦有縣都之號衞之有浚都猶晉之有原縣也方士
掌都家鄭司農注云魯季氏食於都○傳釋素絲爲總
以素絲即上章傳云總紕於此也釋組爲成組即上章
傳云成文於彼也說文總聚束也驂馬五轡以釋經五
之之義正義云王肅云古者一轅之車駕三馬則五轡
其大夫皆一轅車夏后氏駕兩謂之麗殷益以一騑謂
之驂周人又益一騑謂之駟本從一驂而來亦謂之驂

經言驂則三馬之名又孔晁云作者歷言三王之法此似述傳非毛旨也何則馬以引重左右當均一轅車以兩馬爲服傷以一馬驂之則偏而不調非人情也株林曰乘我乘駒傳曰大夫乘駒則毛以大夫亦駕四也且殷之制亦駕四故王基云商頌曰約軝錯衡八鸞鏘鏘是則殷駕四不駕三也又異義天子駕數易孟京春秋公羊說天子駕六毛詩說天子至大夫同駕四士駕二詩云四驪彭彭武王所乘龍旂承祀六轡耳耳魯僖所乘四牡騑騑周道倭遲大夫所乘謹案禮王度記曰天子駕六諸侯與卿同駕四大夫駕三士駕二庶人駕一說與易春秋同玄之聞也周禮校人掌王馬之政凡頒良馬而養乘之乘馬一師四圉四馬爲乘此一圉者養一馬而一師監之也尚書顧命諸侯入應門皆布乘黃朱言獻四黃馬朱鬣也既實周天子駕六校人則何不以馬與圉以六爲數顧命諸侯何以不獻六馬王度記曰大夫駕三經傳無所言是自古無駕三之制也案異義大夫駕三本逸禮王度記鄭駁不從其說王肅同異義而孔晁王基皆不從其說異義引毛詩說大夫同駕四相傳古毛詩家說然此傳云驂馬五轡則古又不廢是說矣大夫乘四其常乘也驂非常乘禮記孔子之衛

遇舊館人之喪說驂而賻之或孔子在路偶亦用驂歟服馬四轡驂馬二轡驂外轡納於服之靳環其驂內轡與服馬四轡總持在御者之手所謂驂馬五轡也說文驂駕三馬也駕三馬爲驂又益一驂爲兩驂小戎箋驂兩騑也大叔于田車攻皆曰兩驂

孑孑干旄在浚之城傳析羽爲旌城都城也素絲祝之良馬六之傳祝織也四馬六轡彼姝者子何以告之疏析羽爲旌周禮司常文司常又云斿車載旌司常掌九旗而大司馬辨七旗者蓋以大常旂旗旜物旐旟皆有旌也旂與旟皆有旌傳於首章之旄即本爾雅注旄首之義而於旌下引周禮析羽之義其文可互見也爾雅注旄首曰旌李巡云旄牛尾著干首郭璞云載旄於竿頭如今之幢亦有旒李郭但釋爾雅之旌不涉周禮之析羽鄭注周禮云全羽析羽皆五采繫之旞旌之上所謂注旄於干首也鄭直以羽爲旌舉一端以爲言其實凡旌皆有旄有羽鄉射記旌各以其物無物則以白羽與朱羽糅以鴻脰韜上注旌總名也不命者無物此翿

旌也是翿旌無旄乃以鴻脰易之而糅以白羽朱羽則旌之有羽此其明證也襄十四年左傳范宣子假羽毛於齊定四年傳晉人假羽旄於鄭孔疏云羽旄者有五色鳥羽又有旄牛尾也孫炎注爾雅亦云析五采羽注旄上也說文旌游車載旌析羽注旄首所以精進士卒也許說旌兼羽旄合周禮爾雅以立言耳○上章言都故傳釋城爲都城隱元年左傳祭仲曰都城過百雉國之害也先王之制大都不過參國之一中五之一小九之一又閔元年傳晉獻公使大子主曲沃士蔿曰大子不得立矣分之都城是諸侯封邑大者皆謂之都城也考工記匠人門阿之制以爲都城之制○傳讀祝爲織小箋云此謂假俗祝與織雙聲而合音最近云四馬六轡者以釋經六之之義兩服在中兩驂在旁兩服四轡兩驂各有內外轡靳環在服馬背上兩驂馬之外轡貫之以止驂之出與服馬四轡同入軜上大環便於總持其內轡則先箸服馬之外脅止驂之入秦風謂之脅驅而後入軾前之環謂之觼繫於軾前謂之軜是兩驂內轡不在手在手者止六轡也四驖小戎皇皇者華裳裳者華閟宮皆曰六轡四驖閟宮箋並云四馬六轡定九年左傳竿旄何以告之取其忠也杜注云取其中心願

告人以善道也韓詩外傳亦引詩而釋之云君子善其以誠相告也此皆與序賢者樂告以善道義合

載馳五章一章六句一章八句一章六句二章章四句（疏）今訂正辨見下

載馳許穆夫人作也閔其宗國顚覆自傷不能救也衞懿公爲狄人所滅國人分散露於漕邑許穆夫人閔衞之亡傷許之小力不能救思歸唁其兄又義不得故賦是詩也（疏）閔二年左傳云許穆夫人賦載馳

載馳載驅歸唁衞侯（傳）載辭也弔失國曰唁驅馬悠悠言至于漕（傳）悠悠遠貌漕衞東邑大夫跋涉我心則憂（傳）草行曰跋水行曰涉（疏）桒車曰載假借之爲語詞傳爲全詩載字發凡也豈風泉

水不傳者例不限於首見也辭當爲詞載者發語詞也載驅載驅薄薄言驅薄薄也傳不釋載字凡句首載字無意義者放此載者語助詞也賓之初筵賓載手仇言賓取匹也傳亦不釋載字凡句中載字無意義者放此又載者詞之乃也小戎曰載寢載興斯干曰乃寢乃興是載與乃同義又載者詞之則也江漢曰王心載寧黍苗曰王心則寧是載與則同義此箋及七月湛露沔水小宛楚茨江漢時邁有駜箋竝云載之言則也凡詩中或言載而或言則或言載而或言乃者放此而傳則渾言之云詞也學者可隨文以別解之廣雅䣛詞也說文云䣛讀若載弔失國曰唁昭二十五年穀梁傳文衆經音義卷十三引韓詩傳弔生曰唁弔失國曰唁悠悠爲遠皃黍離傳訓同言至于漕猶曰至渭陽也言曰皆語詞列女傳仁智篇引詩作曹曹漕古今字擊鼓泉水傳皆云衛邑此云衛東邑者時衛已在河東也馳驅歸唁驅馬至漕皆是設想之詞泉水云思須與漕我心悠悠駕言出游以寫我憂卽此首四句之意也思歸唁其兄又義不得意在言外○儀禮聘禮疏引詩作大夫軷涉鄭注軷山行之名跋與軷通傳云草行者山與草皆對水行而言也云水行曰涉者說文𣿅徒行厲水也篆文作

涉釋文引韓詩不由蹊遂而涉曰跋涉不由蹊遂解跋字與毛詩義異大夫許大夫也我許穆夫人自我也言許大夫雖有跋涉之勞而終不能救衛之亾我心用是湥長憂也下章云視爾不臧我思不遠視爾不臧我思不閟末章云百爾所思不如我所之皆本此二句意而申說之蓋許與衛本昏姻國衛爲狄滅許豈無一介弔唁之人特不如夫人之所思要在乞師於大邦耳序云閔衛之亾傷許之小力不能救此夫人賦詩之故實由乎此箋意許人既以歸唁尤夫人不應更有跋涉之事遂席首章大夫爲衛大夫與下大夫君子分屬衛許兩國先後異解恐非經恉

既不我嘉不能旋反（傳）不能旋反我思也視爾不臧我思不遠（傳）不能遠衛也既不我嘉不能旋濟（傳）濟止也視爾不臧我思不閟（傳）閟閉也（疏）正月傳哿可也嘉與哿聲同經言不能旋反傳乃揔下我思不遠句以足經義故云不能旋反我思也爾爾大夫也臧善也云不能遠衛者亦言我思之

不能遠於衛也○說文霽雨止也濟讀同霽故訓止止者止我思也閟閉閟宮同閟閉雙聲閉猶止也

陟彼阿丘言采其蝱（傳）偏高曰阿丘蝱貝母也升至偏高之丘采其蝱者將以療疾女子善懷亦各有行（傳）行道也許人尤之衆穉且狂（傳）尤過也是乃衆幼穉且狂進取一槩之義（疏）偏高曰阿丘爾雅釋丘文釋名云阿何也如人儋何物一邊偏高也阿丘所在未聞疑衛丘名陟彼阿丘與至漕行野一意說文繫傳淮南氾論注引詩作言采其莔毛詩作蝱假借字爾雅釋草莔貝母郭注云根如小貝圓而白華葉似韭正義引義疏云蝱今藥草貝母也其葉如栝樓而細小其子在根下如芋子正白四方連累相箸有分解傳云將以療疾者言欲一至衛國我思始可釋然故取升丘采蝱以設喻也傳不爲言字作訓言亦語詞○懷亦思也傳訓行爲道道各有道者自言其所思之有道與他人各異也尤讀爲訧綠衣傳訧過也書呂刑報以庶尤說文作庶訧此尤訧通用之證文選盧諶贈劉琨詩注引

薛君章句尤非也毛韓義同穉幼穉衆穉謂衆人皆幼穉也幼穉孱弱無知之謂論語子路篇狂者進取又孟子盡心篇孔子在陳曰盍歸乎來吾黨之士狂簡進取案狂簡進取卽下文所謂狂者進取也趙注云簡大也傳進取卽本此義云進取一槩者言狂之狀韓子解老篇心不能審得失之地則謂之狂此狂字之義也褰裳狂童之狂也且傳狂行童昏所化也穉狂猶云狂童也抑彼童而角實虹小子傳童羊之無角者也而角自用也衆穉且狂猶云彼童而角也古且而同也昭二十三年左傳胡沈之君幼而狂亦與詩句恉相同

我行其野芃芃其麥（傳）願行衛之野麥芃芃然方盛長

控于大邦誰因誰極（傳）控引極至也（疏）傳云願行衛之野願思也芃芃盛長之皃云麥芃芃然方盛長言思行衛野麥方盛長之時也胡承珙後箋云狄滅衛在閔公二年冬非麥盛之候考定之方中營室詩也在夏之十月爲周之十二月此蓋魯僖公元年之十二月至僖二年諸侯乃城楚丘而封衛焉則當僖元年春夏之閒戴公已卒文公雖立而尚無寧居許穆夫人所爲賦載馳以弔失國歟揆

之情事衛侯似指文公公爲近巘上麥野雖皆繫設辭亦不宜取非時之物而漫爲託興也案胡說是也春秋書閔公二年冬十有二月狄入衛左傳載宋桓公立戴公杜注戴公名申立其年卒而立文公左傳又載衛文公元年革車三十乘季年乃三百乘注衛文公以此年冬立季年在僖二十五年史記衛世家文公二十五年卒與杜注合是戴之卒文之立皆在魯閔公二年十二月魯僖公之元年卽衛文公之元年也二年春諸侯城楚丘封衛則文廬漕之日已一年有餘定之方中爲文徙居楚丘之詩序云衛爲狄所滅東徙渡河野處漕邑木瓜思齊封楚丘之詩序云衛國有狄人之敗出處于漕齊桓公救而封之遺之車馬器服焉是則處漕者謂文公也此序亦云國人分散露於漕邑亦當指文公而言鄭志荅趙商以廬漕專屬諸戴於定之方中箋云戴立一年而卒故此詩首章衛侯爲戴公皆泥讀左傳戴公廬漕之句不知左傳宋桓公逆河宵濟與齊桓公歸公乘馬皆謂文公也胡墨莊以巘上麥野在魯僖元年春夏之閒準諸於詩可審定其年月○衆經音義卷九引韓詩云控赴也赴謂赴告傳訓控爲引爾雅引陳也陳告與赴告義同說文及襄八年左傳注並同毛訓因讀

論語因不失其親之因極至爾雅釋詁文齊南山苑柳嵩高同至者當讀如申包胥以秦師至控引大邦思其救至此夫人之志也左傳稱齊矦使公子無虧戍曹繫在賦載馳之下意者詩有以感發乎列女傳載許穆夫人初欲嫁齊衞矦不聽而嫁之許其言馳驅弔唁衞矦爲衞懿公又夫人爲懿公女皆與左傳異或因詩辭而附會其說韓詩外傳亦載其事其下即引詩二章似此詩爲衞女欲嫁於齊而作尤不足憑信

大夫君子無我有尤百爾所思不如我所之傳不如我所思之篤厚也疏尤過也大夫君子無我有尤承許人尤之句爾與上文兩言視爾不臧爾字相應所之即所思與上文兩言我思不遠我思不閟思字相應控于大邦是我所思之篤厚也○案古分章與今本異文十三年左傳鄭伯與公宴于棐子家賦載馳之四章襄十九年傳穆叔會范宣子于柯穆叔見叔向賦載馳之四章凡左傳引詩例如野有死麕綠衣揚之水七月常棣魚麗鴻雁節小旻巧言隰桑緜末章皆稱卒章此明言四章則篇末當以我行其野四句爲一章大夫君子四句爲一章矣服虔云載馳五章屬鄘風

許夫人閔衞滅戴公失國欲馳驅而唁之故作以自痛國小力不能救在禮婦人父母既没不得寧兄弟於是許人不嘉故賦二章以喻思不遠也許人尤之遂賦三章以卒章非許人不聽遂賦四章言我遂往無我有尤也然則服子慎以既不我嘉爲二章許人尤之爲三章卒章指五章我遂往即是我行其野之義爲四章非許人不聽即是不如我思之義爲五章四章五章雖錯綜言之而分章固自不誤杜預注於文十三年云載馳詩鄘風四章以下義取小國有急欲引大國以救助疑以下二字係後人誤衍故杜於襄十九年云四章曰控于大邦誰因誰極控引也取其欲引大國以自救助其稱四章可證也載馳五章一章六句一章八句一章六句二章章四句今各本都數一章八句與二章章四句譌易倒置以致篇章錯亂孔仲達作正義時已從誤本亟宜釐正

卷四終

清長洲陳氏本詩毛氏傳疏

清 陳奂撰

山東省圖書館藏清道光二十七年吴門南園陳氏埽葉山莊刊本

第二册

山東人民出版社·濟南

詩毛氏傳疏卷五

長洲陳奐學

衞淇奧詁訓傳弟五　毛詩國風

衞國十篇三十四章二百三句（疏）漢書地理志河內郡朝歌紂所都周武王弟康叔所封更名衞

淇奧三章章九句

淇奧美武公之德也有文章又能聽其規諫以禮自防故能入相于周美而作是詩也（疏）徐幹中論虛道篇衞武公年過九十又作抑詩以自儆也衞人誦其德爲賦淇澳是作於抑詩後矣武公入相在周平王世詳見抑篇

瞻彼淇奧綠竹猗猗（傳）興也奧隈也綠王芻也竹萹竹

也猗猗美盛貌武公質美德盛有康叔之餘烈有匪君子如切如磋如琢如磨(傳)匪文章貌治骨曰切象曰磋玉曰琢石曰磨道其學而成也聽其規諫以自修如玉石之見琢磨也瑟兮僩兮赫兮咺兮(傳)瑟矜莊貌僩寛大也赫有明德赫赫然咺威儀容止宣著也有匪君子終不可諼兮(傳)諼忘也(疏)爾雅釋厓岸隩隈厓內爲隩外爲隈爾雅旣釋隩一名隈又釋厓以別內隩外隈之異名渾言析言皆得互稱此郭讀本也說文隩水隈厓也澳隈厓也其內曰澳其外曰隈大學注澳隈厓也許鄭讀以隈厓連文成義傳訓奧爲隈隈與郭讀同淇隈謂淇水湲曲處也昭二年左傳及禮記大學引詩作澳澳與隩同今詩作奧者古文假借耳陸機謂淇澳二水名或本三家詩義綠王芻釋草文爾雅作菉大學引詩作菉小雅終朝采綠楚辭注引詩作菉菉本字綠假借字郭璞注云菉蓐也今呼鴟腳

莎詩正義引某氏注作菉鹿蓐唐本草舊注云藎草俗
名菉蓐草爾雅所謂王芻者也此𠬝晉輩因藎草可染
黄綠故云然爾竹爾雅亦作竹傳云萹竹爾雅作萹蓄
釋文引韓詩薄萹筑也石經同說文薄水萹萹筑也讀若
督竹者薄之假借字水經淇水注今通望淇川唯王芻
編草不異毛興案編草即萹蓄郭璞注云似小藜赤莖
節蘇頌本草圖經云苗似瞿麥葉細綠如竹赤莖如釵
股節間花出甚細微青黄色根如蒿根是綠竹二草名
唯陸機以爲一草正義席之矣傳云猗猗美盛皃皃釋
文作也有康叔之餘烈釋文本無餘字詩以綠竹之美
盛喻武公之質美德盛言淇奧者康叔所封之地武公
能承康叔之烈故因於衛地而起興焉泉水竹竿有狐
竝以淇水爲興○匪文章皃傳本序有文章作訓匪卽
斐之假借禮記爾雅玉篇列女傳引詩正作有斐君子
釋文引韓詩作邲美皃廣韻六至邲好皃用韓詩也爾
雅釋器骨謂之切象謂之瑳玉謂之琢石謂之磨切瑳
琢磨皆治器之名故傳引爾雅而箸其義以爲治也釋
文切本或作𪗋玉篇𪗋治骨也說文𪗋齒差也讀若切
瑳俗作磋琢御覽器物九引韓詩作鎋束晳補亡詩粲
粲門子如磨如鎋用韓詩也說文礲礱也古作摩俗作

磨云道其學而成也者釋經如切如瑳句云聽其規諫以自修如玉石之見琢摩也者釋經如琢如摩句禮記大學篇引詩而釋之云如切如瑳者道學也如琢如摩者自修也爾雅釋訓文同此傳所本也楚語在輿有旅賁之規位宁有官師之典倚几有誦訓之諫居寢有暬御之箴臨事有瞽史之導宴居有師工之誦史不失書矇不失誦以訓御之案此皆紀武公自修之實序云聽其規諫以禮自防自防即自修亦學問中事耳故荀子大略篇云人之於文學也猶玉之於琢摩也詩曰如切如瑳如琢如摩謂學問也說苑建本篇云學者所以反情治性盡才者也親賢學問所以長德也論交合友所以相致也亦引此詩○澤陂傳儼矜莊皃瑟儼訓同矜莊爲瑟義未聞傳云僩寬大也也釋文作皃荀子榮辱篇塞者俄且通也陋者俄且僩也愚者俄且知也皆反對成文陋者陋陋則僩者寬大傳訓本荀子又新書道術篇容志審道謂之僩反僩爲野亦與傳寬大義近大學釋訓皆云瑟兮僩兮者恂栗也大學注恂字或作峻讀如嚴峻之峻言其容貌嚴栗也案恂栗但解瑟兮猶下威儀但解咺兮禮記爾雅渾舉其義毛傳則各箸其義文異意同也韓詩僩美皃與毛合說文僩武皃與毛

異赫猶赫赫也大明篇明明在下赫赫在上傳文王之德明明於下故赫赫然著見於天是赫赫爲德之明也威儀容止四字同義傳以威儀容止之宣著詁咺釋文引韓詩正作宣云宣顯也禮記作愃爾雅釋文作烜竝與宣同說文心部愃寛閒心腹皃引詩作愃本三家詩也諼忘爾雅釋訓文引詩作諠考槃伯兮皆作諼禮記引詩作諠

瞻彼淇奥綠竹青青（傳）青青茂盛貌**有匪君子充耳琇瑩會弁如星**（傳）充耳謂之瑱琇瑩美石也天子玉瑱諸矦以石弁皮弁會所以會髮**瑟兮僩兮赫兮咺兮有匪君子終不可諼兮**（疏）青青釋文云本或作菁菁唐風小雅作菁菁菁茂盛猶美盛也○充耳謂之瑱荀子禮論篇充耳而設瑱是也說文璓石之次玉者从玉莠聲引詩充耳璓瑩許據詩作璓今詩作琇非是都人士充耳琇實傳琇美石此傳云琇瑩美石也者瑩乃連琇而言與著篇之瑩不同義瑩即琇之光明

說文瑩玉色也傳釋瑱言天子玉諸侯石而箸傳言卿大夫青玉人君黃玉則人君及卿大夫皆用玉其說似異奐案考工記玉人之事天子用全上公用龍侯用瓚伯用將鄭注全純玉也龍瓚將皆雜名也公侯四玉一石伯子男三玉二石將說文作埒說文瓚三玉二石也禮天子用全純玉也上公用駹四玉一石侯用瓚伯用埒玉石半相埒也鄭許皆謂天子用全爲用純玉公侯伯玉石雜唯鄭司農注周禮云全純色也龍當爲尨尨謂雜色然則天子用全爲用純色之玉尨爲雜色之玉侯伯雜色可以例推仲師說與毛傳合玉以白者爲貴雜色者爲次傳云天子玉瑱謂用白玉純色之玉也云諸侯以石謂用石之次玉者雜色之玉也青玉黃玉皆雜色玉之次者故於箸言玉而於淇奧言石蓋與石對稱則青色黃色皆可謂之玉與玉對稱則青色黃色皆但謂之石也夏官弁師諸侯之繅斿九就瑉玉三采其餘如王之事繅斿皆就玉瑱玉笄故書瑉作璑鄭司農注云璑惡玉名先師吳江氏沅云惡玉者亞次之玉也古惡亞字通是則諸侯用亞次之玉周禮言諸侯玉瑱毛傳言諸侯石瑱說似異而實同矣檀弓練角瑱注瑱充耳也吉時以玉人君有瑱鄭謂人君吉時以玉瑱本

周禮其實吉時所用亦非白玉練冠則用角○尸鳩頍
弁傳竝以弁爲皮皮弁皮白鹿皮也春官司服眂朝則皮
弁服玉藻天子皮弁以日視朝箋天子之朝服皮弁以
日視朝正義云在朝君臣同服故言天子之朝也傳文
所以會髮之上奪會字今補會所以會髮與君子偕老
傳揥所以擿髮句義正同經言會弁傳先言弁後言會
者依周禮皮弁會五采之文不先言弁則所會者不箸
也弁師王之皮弁會五采玉璂象邸玉笄故書會作膾
鄭司農注云膾讀如馬會之會謂以五采束髮也士喪
禮曰檜用組乃笄檜讀與膾同書之異耳說曰以組束
髮乃箸笄謂之檜沛國人謂反紒爲膾案此儀禮舊說
也仲師說周禮會五采謂以五采組束髮束髮卽用骨
擿髮是曰膾今士喪禮作鬠古文皆作括括亦會也士
喪禮鬠笄用桑長四寸纋中注笄長四寸不冠故也纋
笄之中央以安髮荀子禮論篇始卒沐浴鬠鬠而不冠
笄此始卒之人鬠髮而不加冠笄與生人異也王之皮
弁先以五采組束髮若露紒然擿髮而加弁弁而貫之
以玉笄諸侯皮弁當與天子同詩之會弁言會髮而加
弁會髮作會以膾會髮作膾說文膾骨擿之可會髮者
詩曰膾弁如星玉篇引詩同傳釋經會字不云會髮而

必云所以會髮者會亦讀爲膾膾謂會即膾之假借字膾即象揥也如星者其象揥玉笄首飾光輝星星然也鄭箋詩及注周禮會爲弁縫飾以玉與毛許先鄭解會字皆不合僖二十八年左傳釋文會亦作璯魏徵隋書禮儀志引詩作璯依鄭說以改經字也又呂覽上農篇庶人不冠弁高注引詩冠弁如星冠弁委貌爲玄冠不爲皮弁皮弁爲諸侯在天子朝之服玄冠爲諸侯視朝之服葢本三家異說

瞻彼淇奧綠竹如簀(傳)簀積也有匪君子如金如錫如圭如璧(傳)金錫鍊而精圭璧性有質寬兮綽兮猗重較兮(傳)寬能容衆綽緩也重較卿士之車善戲謔兮不爲虐兮(傳)寬緩弘大雖則戲謔不爲虐矣(疏)張衡西京賦芳草如積文選注引韓詩綠薵如簀簀積也薛君云簀綠薵盛如積也毛韓皆作簀謂簀即積之假借字或齊魯詩作積爲平子所據也如猶而也積鬱積謂綠竹鬱然其茂積也玉篇薵同藩○傳於金錫言鍊而精以喻道學自修之

功致而於圭璧言性有質謂其性質本美與首章傳云武公質美德盛同義箋云圭璧亦琢磨四者亦道其學而成也鄭申毛意寬猶容也論語云寬則得衆綽訓緩謂其治衆有不迫也○猗當作倚禮記曲禮孔疏論語鄉黨皇疏荀子非相篇楊注文選西京賦李注引詩皆作倚正義云入相爲卿士倚此重較之車孔所據本尚不誤也考工記輿人以其廣之半爲之式崇以其隧之半爲之較崇鄭注云較兩輢上出式者兵車自較而下凡五尺五寸案桒車與兵車同制說文較車輢上曲銅也段氏據文選注引曲銅作曲鉤輢上曲鉤謂之較較與較通較輢其五尺五寸較高於軾二尺二寸較崇即輢崇倚較猶倚輢也釋名云較在箱上爲辜較也重較其較重卿所桒也劉說與毛傳同而未詳其制續漢書輿服志金薄繆龍爲輿倚較劉昭注引徐廣云繆交錯之形也較在箱上西京賦倚金較薛綜注云金較黃金以飾較也然則重較其金有重飾歟云卿士之車者謂武公入相平王爲周卿士也○傳釋末二句卽承上文寬綽而言寬綽爲寬緩寬緩亦弘大皆所以狀其有容衆之德也戲謔不爲虐所以成戲謔之善箋云君子之德有張有弛故不常矜莊而時戲謔此申傳義也

考槃三章章四句

考槃刺莊公也不能繼先公之業使賢者退而窮處疏御覽逸民部一引處下有也字唐石經同

考槃在澗傳考成槃樂也山夾水曰澗碩人之寬獨寐寤言永矢弗諼疏考成爾雅釋詁文江漢載芟絲衣同爾雅般樂也周頌序般樂也漢書敘傳注引詩作盤爾雅釋文考槃本又作盤疑古本作般後人加木加皿耳成樂者謂成德樂道也山夾水曰澗采蘇同釋文引韓詩作干云墝埆之處也劉逵注吳都賦引韓詩考盤在干地下而黃曰干後箋云黃疑潢字之誤潢汙者停水之處小雅正義引鄭注漸卦云干者大水之傷故停水處卽其義也至韓詩干有兩訓則或由韓故韓說與薛君章句之不同○碩人大德之人寬寬大也言賢者雖在山澗陵阿之地而有寬大之休永矢弗諼永長矢誓諼忘也王肅云先王之道長自誓不敢忘也美君子執德宏信道篤

考槃在阿，碩人之薖。傳曲陵曰阿。薖，寬大貌。獨寐寤歌，永矢弗過。疏說文：阿，曲阜也。傳云曲陵者，陵亦阜也。菁菁者莪傳：大陵曰阿。文選西都賦注及衆經音義卷一引韓詩：曲京曰阿。皇矣傳：京，大阜也。大阜謂之京，猶大阜謂之陵；曲陵謂之阿，猶曲京謂之阿，其義一也。傳文皃當作也字。玉篇云：薖，寬大也。碩人之薖與上章碩人之寬同意。釋文引韓詩作過過，美皃。毛韓同也。王肅云：歌所以詠志，長以道自誓不敢過差。正義於弗諼弗過皆本王子雝述毛說。

考槃在陸，碩人之軸。傳軸，進也。獨寐寤宿，永矢弗告。傳無所告語也。疏在陸猶在阿也。天保傳云：高平曰陸，大陸曰阜，大阜曰陵。桑柔傳：迪，進也。軸即迪之假借字。正義云：傳訓軸爲進，則是大德之人進於道義也。弗無義同。傳云無所告語，以釋經之弗告，亦是窮處之意。

碩人四章，章七句

碩人閔莊姜也莊公惑於嬖妾使驕上僭莊姜賢而不荅終以無子國人閔而憂之疏詩中皆追念莊姜初嫁盛時序則就其不荅於終而言之以見閔爾荅猶對也隱三年左傳云衛莊公娶于齊東宮得臣之妹曰莊姜美而無子衛人所爲賦碩人也案美與賢同義列女傳母儀篇稱莊姜傅母見其婦道不正諭之乃作詩此是魯詩與左氏傳不合

碩人其頎衣錦褧衣傳頎長貌錦文衣也夫人德盛而尊嫁則錦衣加褧襜齊侯之子衛侯之妻東宮之妹邢侯之姨譚公維私傳東宮齊大子也女子後生曰妹妻之姊妹曰姨姊妹之夫曰私疏猗嗟頎而長兮傳亦云頎長皃玉篇引詩作碩人頎頎傳頎頎具長皃希馮所據經傳與今本異也傳云錦文衣也四字連讀以釋經衣錦二字巷伯傳貝錦錦文也終南傳錦衣采衣也男子皮弁服錦衣爲中衣以見錦爲美女子錦衣之上復加褧衣以惡文爲義禮

記中庸篇詩曰衣錦尚絅惡其文之著也是褧衣乃爲加上之衣矣說文衣部褧檾也詩曰衣錦褧衣示反古从衣耿聲林部檾枲屬从林熒省聲詩曰衣錦檾衣毛詩作褧褧三家詩作檾說文引三家詩又引毛詩以檾詁褧則褧與檾同也玉藻注及列女傳引詩作絅絅者褧之假借字絅亦檾也褧衣衣兼下裳之名傳云褧襌者猶衣裳也說文直裾謂之襜褕是也丰篇衣錦褧衣裳錦褧裳錦衣裳褧衣裳錦在中褧在外婦人中外服皆裳連衣裳也錦衣爲中衣加褧襌爲上衣夫人嫁時之所服丰傳云嫁者之服兩傳義同也士昏禮女次純衣纁袡立于房中南面婦椉以几姆加景景亦褧之假借字加景與加褧是一事諸侯夫人中衣用錦與士妻中衣用純不同而其上衣用褧用景不異也鄭此箋云褧襌也國君夫人翟衣而嫁今衣錦者在塗之所服也尚之以襌衣爲其文之大著丰箋云褧襌也蓋以襌縠爲之中衣裳用錦而上加襌縠焉爲其文之大著也庶人之妻嫁服也士妻純衣纁袡案鄭氏兩箋其說有四葛覃傳婦人有副褘盛飾以朝事舅姑接見于宗廟進見于君子是副褘以下揄翟屈翟皆旣之夫家之服箋謂嫁服翟衣誤一也士妻純衣加景諸侯夫人錦衣加褧士

妻就塗始加景則諸侯夫人娶衣亦就塗時所加可知士妻純衣立于房中之服則諸侯夫人錦衣亦非在塗之上服可知箋謂在塗衣錦誤二也中庸之絅即褧褧以績縈所成故尚絅惡其文箸箋據玉藻絅爲襌絅從系訓爲縠說文縠細絹也加細絹之衣不得爲惡其文箸矣鄭意據玉藻以帛裏布非禮之文故謂中衣用錦上衣用縠不知以帛裏布非禮者文承朝玄端夕深衣言之非泛言衣制也誤三也諸侯夫人嫁服攝盛故錦衣而加褧士妻嫁服攝盛故純衣而加景士妻且不敢服錦豈庶人妻反上僭侯國夫人乎箋以錦褧爲庶人妻嫁服誤四也○東宮大子宮故傳直以東宮爲齊大子矣女子後生曰妹爾雅釋親文爾雅男子謂女子先生爲姊後生爲妹詩言東宮之妹是男子稱女子之後生者爲妹也泉水問我諸姑遂及伯姊傳云先生曰姊又女子稱女子之先生者爲姊也散文無專稱○漢書地理志趙國襄國故邢國說文邢周公子所封地近河内懷案班許不同漢襄國縣即今直隸順德府附郭邢臺縣漢懷縣即今河南懷慶府武陟縣襄國爲邢始封國懷即春秋之夷儀爲邢徙封國也爾雅妻之姊妹同出爲姨傳不言同出略也莊十年左傳蔡哀侯娶于陳

息矦亦娶焉息嬀將歸過蔡蔡矦曰吾姨也呂覽長攻篇蔡矦曰息夫人吾妻之姨也高注云妻之女弟爲姨說文亦云妻之女弟同出爲姨女弟即姊妹也○譚說文作鄲白虎通義號篇宗族篇及朱子儀禮經傳通解郭璞爾雅注引詩皆作覃郡國志濟南郡東平陵有譚城水經濟水注武原水北逕東平陵縣故城西譚國也今山東濟南府附郭歷城縣東南有故譚城春秋譚子爵此稱公未聞爾雅女子謂姊妹之夫爲私傳所本也釋名云姊妹互相謂夫曰私言於其夫兄弟之中此人與己姊妹有恩私也

手如柔荑膚如凝脂（傳）如荑之新生如脂之凝**領如蝤蠐齒如瓠犀螓首蛾眉**（傳）領頸也蝤蠐蝎蟲也瓠犀瓠瓣螓首顙廣而方**巧笑倩兮美目盼兮**（傳）倩好口輔盼白黑分（疏）靜女傳荑茅之始生此云荑之新生則荑亦謂茅其義可互見也御覽百卉部三引風俗通義詩曰手如柔荑者茅始孰中穰也既白且滑應說正與傳訓同說文凝俗冰字爾雅冰脂也孫炎本作凝

鄭注內則云脂肥凝者釋者曰膏案不釋之脂其色滑白莊子消搖游篇肌膚若冰雪冰雪以言絜白冰脂以言滑白故皆取爲喻郭璞云脂膏誤矣○傳詁領爲頸古今異名也釋文及定本傳文蝎下無蟲字草蟲傳皁螽蠜俗本作蠜蟲正義以蟲爲衍則此蟲亦誤衍矣蝤蠐蝎爾雅釋蟲文郭注云在木中爾雅又云蟦蠐螬蝎蛣蝠蝎桑蠹方言云蟦螬謂之蟦自關而東謂之蝤蟦或謂之蛬蠾或謂之蝖螜梁益之閒謂之蛒或謂之蝎或謂之蛭蛒秦晉之閒謂之蠹或謂之天螻案此皆蝎之異名也說文蝎蝤齏也齏與蠐同蓋蝤之爲言酋也酋者長也正義云蝤蠐白而長故以比頸○正義引釋草云瓠棲瓣也今定本亦然是定本毛傳同爾雅無下瓠字疑古本爾雅當作瓠棲瓠瓣有下瓠字爲毛傳所本定本依已誤之爾雅改不誤之毛傳矣爾雅注引詩作瓠棲釋文云詩作犀廣韻作瓠犀與今詩同說文云瓣瓜中實也瓜中實謂之瓣瓠中瓣謂之犀字亦作棲此齒白整齊之皃說文𪘾齒相值也引春秋傳曰晳𪘾○說文虫部無螓頁部頱好皃詩所謂頱首許不全引詩句故謂此頱字即詩之頱首字是其據毛詩本作頱首矣傳云顙廣而方即君子偕老傳廣揚而顏角豐滿

說文云好皃與傳訓同箋或從三家詩字讀頩爲蠑謂蜻蜻爾雅蜇蜻蜻方言云蟬有文者謂之蜻蜻蠑即蜻之異體自鄭以蠑爲蜻蜻後人又以蛾爲蠶蛾要皆非古字義○詩小學云蛾眉古作娥眉王逸注離騷賦云娥眉好皃顏師古注漢書始有形若蠶蛾之說夫蠶蛾之眉與首異物類乎鳥之有毛角者不得謂之眉也且人眉似蠶角其醜甚矣安得云美哉此千年之誤也娥者美好輕揚之意方言娥好也秦晉之閒好而輕者謂之娥大招娥眉曼只枚乘七發皓齒娥眉張衡思玄賦嫮眼娥眉又云按毛傳葢奪娥眉好皃四字娥字一句眉好皃三字一句○論語八佾篇引詩巧笑倩兮美目盼兮馬融注倩笑貌楚辭大招靨輔奇牙宜笑嗎只王逸注嗎笑貌輔一作酺倩與嗎一聲之轉傳云好口輔口輔即靨酺也釋文倩本亦作蒨引韓詩云蒼白色是韓詩作巧笑蒨兮蒨草初生蒼白色韓詩依字作訓與毛訓異盼從目分聲以分詁盼此同聲爲訓之例玉篇盼謂黑白分本毛訓釋文引韓詩云盼黑色也馬注論語云盼動目貌並與毛訓異

碩人敖敖說于農郊（傳）敖敖長貌農郊近郊**四牡有驕**

朱幩鑣鑣（傳）驕壯貌幩飾也人君以朱纏鑣扇汗且以爲飾鑣鑣盛貌翟茀以朝（傳）翟翟車也夫人以翟羽飾車茀蔽也大夫夙退無使君勞（傳）大夫未退君聽朝於路寢夫人聽内事於正寢大夫退然後罷（疏）敖敖與頎頎傳竝訓爲長皃故箋云敖敖猶頎頎也農郊當衛之東郊高注呂覽孟春紀云東郊農郊也齊在衛東故夫人入竟舍於東郊何注莊二十四年公羊傳云禮夫人至大夫皆郊迎是也東郊在近郊之外故傳以近郊釋之矦國遠郊三十里近郊半之十五里月令注引王居明堂禮出十五里迎歲蓋殷禮也案周制矦國多從殷禮與○驕猶蹻蹻也嵩高四壯蹻蹻傳云壯皃訓同幩者所以爲馬飾故謂幩爲飾說文幩馬纏鑣扇汗也鑣馬銜也釋文鑣馬銜外鐵也一名扇汗又曰排沫是似鑣扇汗一物又輿服志云乘輿象鑣亦扇汗王公列矦朱鑣絳扇汗卿以下有騑者緹扇汗此漢人鑣與扇汗爲二其制未聞也爾雅鑣謂之钀郭注云馬勒旁鐵鑣古用鐵以

朱絲飾鑣是爲朱幩巾車重翟錫面朱總鄭司農注云
總著馬勒直兩耳與兩鑣朱總即朱幩也兩鑣之端繫
諸以鑾秦風所謂鑾鑣也廣雅鑣鑣盛也說文引詩作
鑣鑣以義與傳同玉篇儦儦盛皃或本三家詩案上下文
皆就夫人說此二句就公說故傳以朱幩爲人君之馬
飾此就公親迎夫人而言之也穀梁傳云迎者行見諸
舍見諸○周禮春官巾車王后之五路重翟厭翟安車
翟車連車王后重翟上公夫人厭翟以是爲差侯伯夫
人當用安車攝盛用厭翟其燕出入則當用翟車傳不
言攝盛故釋經之翟爲翟車即本周禮翟車爲訓凡朝
之常禮夫人纚笄不用盛飾皆其側耳重翟者車前後
皆飾翟羽也厭翟者車前一面比次翟羽以爲飾也翟
車者車前之兩旁但飾翟羽不比次也茀三家詩作蔽
故傳云茀蔽也茀即車笭交結木於車前之兩旁其覆
笭之罽罽緣翟羽是謂之翟茀曰朝者亦即引起下二
句之意鄭注巾車云詩國風碩人曰翟蔽以朝謂諸侯
夫人始來乘翟蔽之車以朝見於君盛之也此翟蔽蓋
厭翟也鄭本詩翟蔽爲厭翟就始來攝盛言又解朝爲
夫人朝君非毛義○禮記玉藻篇朝辨色始入君日出
而視之退適路寢聽政使人視大夫大夫退然後適小

寢釋服此傳所本也釋文引韓詩遝罷也義與傳同傳以旣本玉藻文以證經大夫遝之義又言夫人聽內事以明經君爲小君之義君夫人並有聽政之朝大夫遝則君遝適小寢小寢即燕寢而夫人之遝適小寢可知也君路寢有堂爲聽政之處天子諸侯皆三朝大夫朝君在路門外之治朝亦爲外朝大夫朝君於此君視大夫朝亦於此其聽朝在路門內之內朝亦爲燕朝宗人圖嘉事於此諸臣復逆亦於此玉藻言聽政於路寢而傳變言聽朝者謂聽大夫朝政之事也玉藻朝服以日視朝於內朝燕朝亦有視朝之政也傳於君言聽朝於夫人言聽內事於君言路寢於夫人言正寢皆互文以明義也雞鳴傳東方明則夫人纚笄而朝朝已昌盛則君聽朝君聽朝即此云君聽朝於路寢也夫人纚笄而朝即此云夫人聽內事於正寢也兩傳正是一義是君夫人各自有朝矣胡培翬云古者天子諸侯有公卿大夫以襄外治后夫人有世婦九嬪之屬以襄內治故君每日朝羣臣於外以聽政后夫人每日朝羣妾於內以治事正寢夫人之寢后夫人皆別有正寢燕寢下至大夫妻皆然其制前爲君路寢次君燕寢次夫人正寢次夫人燕寢天子路寢一燕寢五后亦正寢一燕寢五諸侯

路寢一燕寢三孔賈疏謂燕寢二非也夫人亦正寢一燕寢三夫人常居在燕寢每日聽事在正寢正寢即夫人朝處左傳所謂內宮之朝是也考工記云內有九室九嬪居之外有九室九卿朝焉注疏謂外九室九卿治事之處內九室九嬪治事之處外九室在正朝左右內九室當在后朝左右此王后禮其諸侯夫人正寢之前亦當有世婦羣妾治事處毛傳言夫人正寢足補禮經之未備案胡說是也經中朝字君字皆就夫人說列女傳賢明篇引詩曰大夫夙退無使君勞其君者謂女君也此又可援魯以證毛矣詩上下文義皆就夫人初嫁盛時說而唯此翟茀以朝三句就常朝之禮言之蓋莊公之不荅莊姜在惑嬖州吁之母之後其初昏原未見其不荅也故詩人始於此著明之

河水洋洋北流活活施罛濊濊鱣鮪發發葭菼揭揭（傳）洋洋盛大也活活流也罛魚罟濊濊施之水中鱣鯉也鮪鮥也發發盛貌葭蘆菼薍也揭揭長也庶姜孽孽庶

士有朅(傳)孼孼盛飾庶士齊大夫送女者朅武壯貌(疏)衛門傳洋洋廣大也盛大義相近北流河水北流也凡夫人三月廟見然後成婦禮後遂有大夫反馬告寧之禮詩上章傳言夫人聽內事於正寢已當在廟見成婦後此章傳又釋庶士爲齊大夫送女者則當指大夫反馬告寧而言之由衛返齊必溯河上流故云北流也活活爲流說文𣶒流聲也隸變作活○爾雅釋器魚罟謂之罛傳所本也濊濊說文兩引詩作濊濊又作濊作濊皆俗字傳云施之水中釋文下有也字說文云礙流也施罛於水中必礙於水流許說正申成毛訓淮南子齊俗篇河水欲清沙石濊之此卽礙流之謂也韓詩云流皃玉篇云水聲又云多水皃皆就水流而言馬融云大魚罔目大豁豁也則又就魚罟而言之矣傳云鱣鯉爾雅釋魚鯉鱣舍人注及說文皆爲一魚唯陸機郭璞皆爲二魚鱣卽鱓鯉今之赤鯉與古說異本草圖經云鯉魚卽赤鯉魚也其脊中鱗一道每鱗上皆有小黑點從頭數至尾無大小皆三十六鱗案詩鱣鮪凡三見毛以鮪爲叔鮪鱣卽三十六鱗之鯉此渾言之也析言之三十六鱗之鯉爲鯉其大者則爲鱣崔豹古今注鯉之大

者爲鱣是也四月匪鱣匪鮪潛逃于淵傳大魚能逃處淵潛有鱣有鮪鯊鱨鰋鯉旣有鱣又有鯉故鄭箋別言之鱣大魚也葢大魚卽大鯉矣然不聞以鱣爲鯉也傳云鮪鮥爾雅鮥叔鮪說文鮪鮥也鮥叔鮪也陸機郭璞皆謂鮪似鱣大者名王鮪小者名叔鮪高誘注呂覽鮪似鯉而大言似鯉則鮪亦鯉屬矣云發發盛皃者釋文引韓詩作鱍鱍說文作鮁鮁淮南說山呂覽季春注作潑潑竝字異而義同葭一名蘆葦之初生者也詳騶虞篇菼薍爾雅釋言釋草竝有其文郭注云似葦而小實中江東呼爲烏蓲邢疏引義疏云薍或謂之荻至秋堅成則謂之萑說文云䓞萑之初生一曰薍或作菼薍䓞也是菼薍皆萑初生之名七月篇八月萑葦傳薍爲萑葭爲葦萑與葦皆已秀之名也葭菼二草孔仲達以爲一草誤矣說文揭高舉也重言曰揭揭眾經音義卷七引傳作朅朅非也案古者霜降逆女冰泮殺止瀸瀸發發則非冰泮前矣葭菼揭揭則又非霜降後矣此追敘齊大夫所見以箸還反之候故云然○庶姜謂媵諸侯一取九女皆媵也此因庶士之歸而先及庶姜居者言之也傳云孽孽盛飾釋文下有也字玉篇作皃字盛飾皃謂首飾之盛皃爾雅孽孽戴也郭注云頭戴物廣韻

巘頭戴物也亦卽盛飾之義說文巘巘櫱同字櫱之或作孽猶巘之或作钀釋文引韓詩作钀钀云長皃謂庶姜形體之高長呂覽過理篇注引詩庶姜钀钀高長皃本韓詩與雅傳異桓三年左傳凡公女嫁于敵國姊妹則上卿送之以禮於先君公子則下卿送之於大國雖公子亦上卿送之於天子則諸卿皆行公不自送於小國則上大夫送之今齊嫁女於衞爲敵國則未知其姊妹與公子與送之者爲上卿與下卿與傳云庶士齊大夫送女者統釋之詞又隱八年傳鄭公子忽如陳逆婦嬀陳鍼子送女此卽大夫送女之一證伯兮傳朅武皃此云武壯義同文選魏都賦注引毛詩作揭釋文引韓詩作桀云健也韓與毛亦字異而義同

氓六章章十句

氓刺時也宣公之時禮義消亡淫風大行男女無別遂相奔誘華落色衰復相棄背或乃困而自悔喪其妃耦故序其事以風焉美反正刺淫泆也

氓之蚩蚩抱布貿絲(傳)氓民也蚩蚩敦厚之貌布幣也匪來貿絲來卽我謀送子涉淇至于頓丘(傳)丘一成爲頓丘匪我愆期子無良媒將子無怒秋以爲期(傳)愆過也將願也(疏)傳詁氓爲民民庶男子也方言說文竝云氓民也蚩蚩敦厚之皃釋文正義本無之字敦亦厚也言男子始來意甚敦厚則蚩蚩然釋文引韓詩氓美皃美美皃謂之氓則蚩蚩爲美毛韓訓異意同鄭司農周禮載師注云里布者布參印書廣二寸長二尺以爲幣貿易物詩云抱布貿絲抱此布也案仲師治毛詩此相傳古毛詩說注又云或曰布泉也易林史以緡易絲抱布自媒如淳注史記平準書詩云抱布貿絲故謂之緡也又鹽鐵論錯幣篇古者市朝而無刀幣各以其所有易無抱布貿絲而已此皆以布爲錢幣或本三家詩我女子自我也○爾雅釋丘丘一成爲敦丘傳所本也敦郭音頓注云成猶重也周禮曰爲壇三成今江東呼地高堆者爲敦釋名作頓丘與詩同水經淇水注云淇水又東屈而西轉逕頓丘北故闞駰云頓丘在

淇水南又屈逕頓丘西詩所謂送子涉淇至于頓丘者也是頓丘之西北皆淇水之所逕流故女子送男子必涉淇而後至頓丘也水經注又云淇水北逕頓丘縣故城西古文尚書以爲觀地矣案頓丘縣漢屬東郡今爲直隸大名府清豐縣在大河故瀆之東與詩頓丘無涉

○愆過傳爲全詩通訓爾雅諐過也說文愆籀文作諐期會期期也良善也此女子雖與男子會期而仍望善媒至也秋行昏禮必待媒妁之言若仲春之月奔者不禁則不待媒妁之言媒氏爲主傳於此將訓願將仲子兮將伯助予兩將字訓請請者語氣直願者語氣曲故隨文以別言之孟子滕文公篇丈夫生而願爲之有室女子生而願爲之有家荀子非相篇婦人莫不願得以爲夫處女莫不願得以爲士弃其親家而欲奔之者比肩竝起案此即傳願字之義期請期也士昏禮納徵在許嫁三月之前請期即在敎女三月之中請期則與親迎時近矣野有死麕傳春不暇待秋也東門之楊傳男女失時不逮秋冬毛傳以秋冬爲昏嫁正時詩云秋以爲期其明證也

乘彼垝垣以望復關（傳）垝毀也復關君子所近也**不見**

復關泣涕漣漣既見復關載笑載言傳言其有一心乎君子故能自悔爾卜爾筮體無咎言傳龜曰卜著曰筮體兆卦之體以爾車來以我賄遷傳賄財遷徙也疏垝訓毀毀猶缺也說文引詩作垝或作陒垣牆也復反也猶來也關衞之郊關也襄十四年二十六年左傳蘧伯玉遂行從近關出又二十六年傳大叔儀乃行從近關出公使止之蓋衞之境有遠有近詩之關卽衞之近關傳云復關君子所近也者言望君子之來宜自近關也傳意正本左傳爲訓云言其有一心乎君子者以釋經泣涕漣漣句楚辭九歎涕流交集兮泣下漣漣王注云漣漣流貌也云故能自悔者揆下弟四章靜言思之躬自悼兮而總釋之卽序所謂困而自悔之意不見復關泣涕漣漣猶云未見君子也既見復關載笑載言猶云既見君子也玩詩語意復關非關名○爾爾男子也左傳稱懿氏卜妻敬仲晉獻公筮嫁伯姬于秦是嫁娶皆有龜卜著筮之事龜以開兆著以揲卦傳承卜筮言故釋體爲兆卦之體周禮大卜三兆其經兆之體皆百有二

十其頌皆千有二百三易其經卦皆八其別皆六十有四是謂也禮記坊記引詩作履無咎言鄭注云履禮也言女鄉卜筮然後與我爲禮則無咎惡之言矣釋文引韓詩作履云履幸也訓異意同賄財爾雅釋言文遷徙釋詁文賓之初筵般武同皇矣傳亦詁遷爲徙以爾車來以我賄遷謂男子來以車徙財也此亦一心乎君子之詞

桑之未落其葉沃若于嗟鳩兮無食桑葚于嗟女兮無與士耽（傳）桑女功之所起沃若猶沃沃然鳩鶻鳩也食桑葚過則醉而傷其性耽樂也女與士耽則傷禮義士之耽兮猶可說也女之耽兮不可說也（疏）桑女功之所起猶葛爲女功之所事因桑生興與葛覃篇以葛生興同隰桑傳沃柔也沃說文作渼重言之則謂之渼渼傳以然字代若字旄丘傳又以然字代如字如若同聲如謂之然若謂之然其義一也正義云女取桑落未落與己色之盛衰

○鳩鶻鳩鶻鳩爲五鳩之一春來冬去之鳥亦曰鳴鳩小宛傳鳴鳩鶻鵰也鶻鵰與鶻鳩實一物也泮水傳黮桑實也葚與黮同傳云鳩食桑葚醉傷其性義未聞說文酖樂酒也媅樂也今字媅通假作湛酖又通假作耽爾雅妉樂也邢疏引詩作妉妉乃酖媅之俗字凡樂過其節謂之酖鳩於葚過食醉傷其性以興女與士過樂則傷禮義之節韓詩外傳所謂防邪禁佚調和心志也此婦人自明持正以禮即下章女也不爽之意

桑之落矣其黃而隕自我徂爾三歲食貧淇水湯湯漸車帷裳（傳）隕隋也湯湯水盛貌帷裳婦人之車也**女也不爽士貳其行士也罔極二三其德**（傳）爽差也極中也

（疏）傳於七月小弁緜皆訓隕爲隊隋隊義相近隋之俗作墮猶隊之俗作墜爾雅隕隊落也隋亦落也而猶且也其黃而隕言黃且隕也君子偕老傳且訓而故而亦可訓且它放此桑落黃隕喻顏色憔悴下文又因色衰而追念初來辛苦不安終棄爾淮南子說山篇云桑葉落而長年悲易林履云桑方將落隕其黃葉失勢傾

側而無所立竝與詩義同○徂往爾猶矣自我徂爾猶云咎我往矣也噫嘻箋以矣字解爾字載驅傳湯湯大皃水盛以言淇水滿盛也凡車不帷裳故傳云帷裳婦人之車箋帷裳童容也鄭司農注巾車作幢容士昏禮婦車亦如之有裧注裧車裳帷裧與幨通列女傳貞順篇齊孝公使駟馬立車載姬以歸姬使侍御者舒帷以自障蔽而使傅母應使者曰妾聞妃后野處則帷裳擁蔽所以正心壹意自斂制也今立車無軿非所敢受命也野處無衞非所敢久居也君子謂孟姬好禮禮婦人出必輜軿是帷裳又名輜軿也漸者漬也漬車至於帷裳以喻家道之難猶不敢失其故常下章三歲爲婦靡室勞矣夙興夜寐靡有朝矣卽承此意而申言之○爽差釋言文蓼蕭同詩述聞云貳當爲貣之譌貣音他得切卽忒之俗字也爾雅爽差也爽忒也鄭注豫卦象傳曰忒差也是爽與忒同訓爲差女也不爽士貣其行言女也不差士則差其行耳爾雅說此詩曰晏晏旦旦悔爽忒也郭注曰傷見絕棄恨士失也然則悔爽忒者正謂恨士之爽忒其行據爾雅所釋詩之作貣明矣箋解女字爲汝貳字爲二皆失之魚豢成八年左傳引詩作貳益依箋改也極中圜有桃思文同罔無也無巾卽是

二三之謂左傳釋詩云士之二三猶喪妃耦

三歲爲婦靡室勞矣夙興夜寐靡有朝矣言既遂矣至于暴矣兄弟不知咥其笑矣（傳）咥咥然笑靜言思之躬自悼矣（傳）悼傷也（疏）雨無正傳云遂安也此遂字亦可訓爲安既遂句承上四句說下此謂女也不爽也至于暴矣句以起下文此謂士貳其行也○經言咥傳重言之則云咥咥說文咥大笑也悼傷者方言云悼傷也秦謂之悼又云陳楚之閒曰悼秦晉之閒或曰矜或曰悼終風檜羔裘箋皆以悼爲傷言見暴而自傷也

及爾偕老老使我怨淇則有岸隰則有泮（傳）泮陂也總角之宴言笑晏晏信誓旦旦（傳）總角結髮也晏晏和柔也信誓旦旦然不思其反反是不思亦已焉哉（疏）傳訓泮爲

陂者謂泮乃阪之假借字杜子春注脽人讀胖爲版此半反聲同之例也車鄰傳陂者曰阪下溼曰隰說文隰阪下濕也阪與隰對文隰者下溼其邊高之處謂之阪亦謂之陂阪亦厓岸之異名下溼之有阪猶淇水之有岸也箋云泮讀爲畔畔涯也言淇與隰皆有厓岸以自拱持也今君子放恣心意曾無所拘制繁露隨本消息篇云拱揖指撝諸侯莫敢不出此猶隰之有泮也鄭所本三家義而與毛意實同○禮記內則子事父母總拂髦婦事舅姑總男女未冠笄者拂髦總角鄭注云總束髮也垂後爲飾總角收髮結之案總與總角別男子拂髦而女子總角其實總角男子亦稱之故甫田傳總角爲聚兩髦此就女子自說故傳以總角爲結髮結髮但聚髮而無髦髦爲子事父母之飾總爲婦事舅姑之飾傳意詩之總角卽內則之總不必就女子未笄時言也又襍記下女雖未許嫁年二十而笄禮之婦人執其禮燕則鬈首注旣笄之後去之猶若女有鬌紒也孔疏云燕居則去其笄而鬈首謂分髮爲鬌紒也然則此詩言總角猶卽鬈首之謂歟宴當讀如宴爾新昏之宴宴謂宴安也○古宴晏通用爾雅釋訓晏晏柔也郭注云和柔與傳訓同定本旦旦猶怛怛說文怛或作悬引三家詩

作信誓悬悬毛詩旦旦爲假借字箋云言其懇惻款誠此申成毛義也釋訓晏晏旦旦悔爽忒也爾雅釋詩謂初嫁之年其言笑則晏晏然以信相誓則悬悬然今士差貳其行故有此悔恨雅與傳訓異而義實同反讀如反以我爲讎之反不思其反誓詞也已既也焉猶然也言今反覆不常不思其前日信誓亦既然哉此皆棄背悔恨之詞

竹竿四章章四句

竹竿衞女思歸也適異國而不見荅思而能以禮者也

（疏）此詩與泉水文略同而事實異泉水之衞女因念父母而思歸歸寧也竹竿之衞女以不見荅而思歸歸宗也歸宗義也歸寧非禮也故序於泉水思歸不云禮而於竹竿之思歸爲能以禮者

籊籊竹竿以釣于淇（傳）興也籊籊長而殺也釣以得魚如婦人待禮以成爲室家豈不爾思遠莫致之（疏）傳云籊籊

長而殺也者殺者纖小之稱爾雅梢梢擢郭注云謂木無枝柯梢擢長而殺者釋文梢郭音朔擢直角反集韻梢色角切梢擢木無枝柯長而殺者或作莦考工記輪人望其輻欲其揱爾而纖也鄭注云揱纖殺小貌鄭司農云揱讀爲紛容揱參之揱漢書司馬相如傳紛溶莦蔘郭彼注云支竦擢也案梢莦揱同說文無籊疑毛詩本作翟翟爲擢古文假借字長而殺謂之擢擢猶長而殺謂之梢擢也興者竹竿爲釣與末章檜爲楫松爲舟以興得夫婦之禮中閒二章言由泉源而達淇水即淇水而思泉源左右之得其宜以興由母家而適夫家本夫家而思母家始終之得其道皆所以傷今也○豈不言有是也莫無也言婦人樂成爲室家雖有是思而無由致得禮則近不得禮則遠也

泉源在左淇水在右（傳）泉源小水之源淇水大水也女子有行遠兄弟父母（疏）酈注水經淇水篇泉源水水有二源一水出朝歌城西北一出東南其水南流東屈逕朝歌城南又東與左水合謂之馬溝水又東與美溝合水出朝歌西北大嶺下東逕朝

歌城北東南注淇水爲肥泉博物志謂之澳水斯水即詩所謂泉源之水也案源古作原今通作源水以北爲左南爲右泉源在朝歌北故曰在左淇水則屈轉於朝歌之南故曰在右泉源一爲馬溝一爲美溝雖不是淇水之發源而要之泉源在上流下注於淇水故傳以泉源爲小水淇水爲大水水由小以達大與女子由幼以至成人泉有原猶教有本也晉語胥臣曰夫教者因體能質而利之者也若川然有原以卬浦而後大傳語似本此義爲訓

淇水在右泉源在左巧笑之瑳佩玉之儺（傳）瑳巧笑貌儺行有節度（疏）胡承珙後箋云瑳疑齹之假借瑳字本亦作磋一切經音義云磋古文齹同說文齹齒參差也詩但爲笑而見齒之貌耳案胡說讀瑳爲齹是也楚辭大招靨輔奇牙宜笑嫣只王注言美女頰有靨輔口有奇牙嘕然而笑尤媚好也輔一作酺准南子脩務篇奇牙出靨酺搖高注靨酺頰邊文婦人之媚也碩人巧笑倩兮彼傳云倩好口輔謂靨酺也此傳云瑳巧笑皃謂奇牙也說文儺行有節也从人難聲詩

曰佩玉之儺疑許所據毛傳祇作行有節無度字庭燎
傳噦噦徐行有節亦無度字或後人以節字義未盡乃
加度字耳有女同車佩玉將將傳云
將將鳴玉而後行所謂行有節也

淇水滺滺檜楫松舟（傳）滺滺流貌檜柏葉松身楫所以
櫂舟也舟楫相配得水而行男女相配得禮而備駕言
出遊以寫我憂（傳）出遊思鄉衛之道（疏）說文攸行水也从攴从人水省
六書故云唐本作水行攸攸也其中從水釋文作滺滺
玉篇滺水流皃五經文字滺見詩風亦作攸案攸從水
爲正字隸變作滺俗又誤作滺攸悠聲同義近黍苗悠
悠行皃又載馳悠悠遠皃黍離悠悠遠意其字皆當作
攸攸通假作悠悠檜柏葉松身爾雅釋木文禹貢作栝
檜栝聲同古舌會聲通也爾雅翼云檜今人謂之圓柏
方言楫謂之橈或謂之櫂所以隱櫂謂之篹所以縣櫂
謂之緝釋名在旁撥水曰櫂櫂濯也濯於水中也且言
使舟櫂進也又謂之楫楫捷也撥水使舟捷疾也說文
楫舟櫂也是櫂本楫之異名舟櫂即舟楫棫樸傳亦云

楫櫂也說文注云許無櫂字手部擢引也楫所以引舟而行故亦謂之擢案傳以舟楫之得水喻男女之得禮此亦待禮以成其室家也箋云此傷已今不得夫婦之禮○遊當作游駕言出游以寫我憂泉水句義皆同彼傳云寫除也此傳云出游思鄉衞之道傳互訓而見義也此詩俱以淇水設喻正是思鄉衞之道之意

芄蘭二章章六句

芄蘭刺惠公也驕而無禮大夫刺之

芄蘭之支傳興也芄蘭草也君子以德當柔潤溫良童子佩觿傳觿所以解結成人之佩也人君治成人之事雖童子猶佩觿早成其德雖則佩觿能不我知傳不自謂無知以驕慢人也容兮遂兮垂帶悸兮傳容儀可觀佩玉遂遂然垂其紳帶悸悸然有節度疏芄蘭草屬故傳直以芄蘭

爲草爾雅釋草雚芄蘭郭注云芄蘭蔓生斷之有白汁可啖說文芄蘭莞也莞乃雚之誤陸機義疏云一名蘿摩幽州人謂之雀瓢唐本草蘇恭云雀瓢是女青別名也名醫增補云女青葉嫩時似蘿摩圓端大莖是雀瓢一名女青蘿摩葉似之芄蘭亦以相似通稱非芄蘭即蘿摩矣說文引詩作枝說苑亦作枝芄蘭之柔枝弱葉興君子之德當有柔潤溫良以反刺惠公之驕慢無禮也○禮記內則子婦事父母舅姑皆左佩小觿右佩大觿注小觿解小結也觿貌如錐以象骨爲之鄭謂小觿解小結則大觿解大結歟說文觿佩角銳耑可以解結詩曰童子佩觿管子白心篇觿解不可解而后解說苑襍言篇百人操觿不可爲固結又修文篇能治煩決亂者佩觿傳云觿所以解結釋經觿字成人之佩以下總釋兩章佩字童子席惠公也正義引閔二年左傳初惠公之卽位也少杜預云蓋年十五六以明惠公稱童子之義五經異義春秋左氏傳說歲星爲年紀十二而一周於天天道備故人君可以冠然則人君十二而行冠禮爲成人人君治成人之事故惠公得佩觿且佩韘也云早成其德者卽傳所謂君子以德當柔潤溫良也說苑云故君子衣服中而容貌得接其服而象其德故望

玉貌而行能有所定矣詩曰芄蘭之枝童子佩觿說行能者也○古能與而通皆語詞之轉則猶是也雖則佩觿能不我知言雖是佩觿而不我知也雖則佩韘能不我甲言雖是佩韘而不我狎也猶民勞篇云戎雖小子而式弘大上言雖而下言能與上言雖而下言而句法正同經言佩觿佩韘雖是成人亦當謙遜而不自謂我知而不自謂我狎傳乃申明經義寔是刺惠公故云不自謂無知不自謂不狎以見其驕慢人經反言之傳正言之也○左傳孝經皆云容止可觀容儀即容止詩之容與儀禮士冠禮之容義同謂成人而有容儀也鄭注士冠禮云容者再加彌成其儀益繁遂猶遂遂也遂遂與大東鞙鞙同爾雅釋器遂有瑞綬兩義傳於大東之遂訓瑞而於此篇之遂爲綬佩玉有綬行則動綬以成聲容儀遂遂玉藻所謂習容觀玉聲鄭注祭義云遂遂相隨行之貌是也帶大帶也古者有大帶又有革帶革帶服於要大帶用組系結於紐革帶所以繫佩大帶所以束衣先服革帶然後加之以大帶革帶不垂其垂者乃大帶也其廣四寸垂長三尺天子諸侯大夫皆合素爲裨士則練裨裨皆謂之大帶惠公垂帶爲諸侯之帶即玉藻所謂素帶終裨彼疏云諸侯以素爲帶亦用朱綠終

禪上以朱下以綠傳云垂其紳帶釋經之垂帶紳亦帶也內則韠紳鄭注論語拖紳苞注書紳孔注竝云紳大帶也鄭司農注典瑞云晉讀如薦紳之薦謂臿於紳帶之閒若帶劒也又白虎通義衣裳篇云所以必有紳帶者示敬謹自約整也皆紳帶連文同義詩言佩玉遂遂然舉佩玉則有革帶可知而紳帶悸悸自屬大帶此及有狐尸鳩都人士之帶皆大帶也悸猶悸悸也悸悸然有節度傳所以形容其垂帶之狀釋文引韓詩垂帶萃兮云萃垂皃悸與萃古聲相近哀十三年左傳佩玉繠兮說文繠垂也悸與繠聲亦相近

芄蘭之葉童子佩韘(傳)韘玦也能射御則佩韘**雖則佩韘能不我甲**(傳)甲狎也**容兮遂兮垂帶悸兮**(疏)傳云韘玦玦字誤釋文玦又作決玉篇韘決也佩韘內則曰佩決車攻傳決鉤弦也說文韘射決也所以拘弦以象骨韋系箸右巨指从韋枼聲詩曰童子佩韘或从弓作弽此與傳訓同箋云韘之言沓所以彄沓手指此以極釋韘也大射儀朱極三注云極猶放也所以韜指利放弦也以朱韋爲之三者食指將指無名指小指短不用案決箸右

巨指極冒右中三指決以鉤弦極以放弦兩事相須士喪大射禮言極必兼言決但經典言決拾無言極拾故傳以決決釋韘者舉決以該極也箋以極釋韘者亦是足成傳義鄭司農注周禮繕人云決者所以縱弦此古人決極不分矣說苑修文篇亦云能射御者佩韘○甲狎爾雅釋言文毛詩用古文假借作甲釋文引韓詩正作狎多方因甲于內亂鄭王本皆以甲爲狎此甲狎字通之證爾雅狎習也習習禮也知知禮也

河廣二章章四句

河廣宋襄公母歸于衛思而不止故作是詩也疏案此詩宋襄公母所作也序云宋襄公母者宋桓公夫人也何以不言宋桓夫人以夫人終襄公世不返宋故不繫諸宋桓而繫諸宋襄也序云歸于衛者歸歸宗也女既歸宗義當廟絕春秋成五年春杞叔姬來歸穀梁傳婦人之義嫁曰歸反曰來歸九年春杞伯來逆叔姬之喪以歸傳夫無逆出妻之喪而爲之也蓋婦人既出不歸葬猶婦人既嫁不歸寧杞叔姬歸於魯其義與杞當絕故春秋書逆喪以見譏宋襄公母歸于衛其義與宋當絕故

詩錄河廣以存禮序與穀梁傳皆正論也序云思而不止者思憂思不止猶不已也當時衞有狄人之難宋襄公母歸在衞見其宗國顛覆君滅國破憂思不已故篇内皆敘其望宋渡河救衞辭甚急也未幾而宋桓公逆諸河立戴公以處曹則此詩之作自在逆河之前河廣作而宋立戴公矣載馳賦而齊立文公矣載馳許詩河廣宋詩而繫列於鄘衞之風以二夫人於其宗國皆有存亡繼絶之思故錄之若僅謂思子而作孔子奚取焉鹽鐵論執務篇好德如河廣此三家詩義或云河當作漢

誰謂河廣一葦杭之（傳）杭渡也**誰謂宋遠跂予望之**（疏）說文抗舉也或作杭後箋云廣雅釋詁抗渡也疑詩杭本亦有作抗者次章曾不容刀釋文正義皆引說文舠字而於一葦杭之竝不及方部之斻是陸孔皆知杭非即斻字也案初學記地部及白居易六帖六兩引詩作航航乃俗字楚辭九歎注引詩作企跂企古通用

誰謂河廣曾不容刀誰謂宋遠曾不崇朝（疏）箋云小船曰刀正義

云上言一葦桴栰之小此刀宜爲舟船之小引說文作舠舠小船也釋文同今說文無舠廣雅釋地云舠舟也蝃蝀傳以崇朝爲終朝箋云崇終也行不終朝亦喻近

伯兮四章章四句

伯兮刺時也言君子行役爲王前驅過時而不反焉疏箋云衛宣公之時蔡人衛人陳人從王伐鄭伯也爲王前驅久故家人思之案事在魯桓公五年衛宣公之十三年也王周桓王也

伯兮朅兮邦之桀兮傳伯州伯也朅武貌桀特立也伯也執殳爲王前驅傳殳長丈二而無刃疏傳釋伯爲州伯者禮記內則州史獻諸州伯州伯命藏諸州府正義引解州伯謂州里之伯是矣管子問篇問州之大夫也何里之士也此亦謂州里之伯州伯卽州長周禮州長每州中大夫一人天子州長中大夫則諸侯當下大夫州長職云若

國作民而師田行役之事則帥而致之掌其戒令與其
賞罰鄭注云掌其戒令賞罰則是於軍因爲師帥謁武
皃碩人同玉篇人部引詩作偈宋玉高唐賦偈兮若駕
駟馬建羽旗文選注引韓詩云偈桀侹也疾驅貌侹疑
健之誤韓詩庶士有桀訓健連言之爲桀健說文無偈
字桀者傑之假借正月載芟傳竝以傑特同訓與此同
箋云桀英桀正義作英傑衆經音義卷五引此經傳俱
作傑說文傑埶也材過萬人也○考工記廬人殳長尋
有四尺是殳長丈二也說文云禮殳以積竹八觚長丈
二尺建於兵車鄭注亦云凡矜八觚殳首有鐏而無刃
故正義云冶氏爲戈戟之刃不言殳刃是無刃也說文
又云祋殳也詩曰何戈與祋杸軍中士所持殳也司馬
法曰執羽從杸祋杸亦皆殳也釋名云殳殊也有所撞
挃於車上使殊離也周禮司戈盾祭祀授旅賁殳說文
殳下亦云旅賁以先驅詩之伯其以州長而攝旅賁歟
後箋云執殳之旅賁則爲士曲禮列國之大夫入天子
之國曰某士注三命以下於天子爲士衞之君子
爲王前驅者自是諸侯大夫於王朝則爲士耳

自伯之東首如飛蓬（傳）婦人夫不在無容飾豈無膏沐

誰適爲容傳適主也疏正義云此時從王伐鄭鄭在衛之西南而言東者時蔡衛陳三國從王伐鄭則兵至京師乃東行伐鄭也上云爲王前驅卽云自伯之東明從王爲前驅而東行故據以言之非謂鄭在衛東○飛蓬猶蒙戎尨上傳蒙戎以言亂也管子形埶篇飛蓬之問不在所賓尹知章注云蓬飛因風動搖不定淮南子見飛蓬轉而知爲車商子飛蓬飄風而行千里乘風之勢也竝與詩飛蓬同傳云婦人夫不在無容飾容字卽撩下句爲訓適當讀爲敵說文敵仇也爾雅仇匹也竝與主義相近容謂容飾也

其雨其雨杲杲出日傳杲杲然日復出矣**願言思伯甘心首疾**傳甘厭也疏古其維通其雨其雨猶云維雨維雨也杲杲日出之貌故玉篇云杲日出也管子內業篇杲乎如登於天尹注云杲明貌楚辭遠遊陽杲杲其未光兮與此杲杲同傳云日復出箋申之以爲伯復不來○願言每曰也義見二子乘舟篇說文日部猒飽也今字通作厭莊九年左傳管召讎也請受而甘心焉杜注云甘心言欲快意戮殺之案左傳甘心與詩甘心不同快意謂之甘心憂念之思滿足於

心亦謂之甘心傳以厭詁甘憂思滿足之意也小弁云疢如疾首趙注孟子梁惠王篇云疾首頭痛也甘心疾首平列言首疾者蓋倒句以協韻耳

焉得諼草言樹之背（傳）諼草令人忘憂背北堂也**願言思伯使我心痗**（傳）痗病也（疏）釋文諼本又作萱文選稽康養生論注引詩作萱說文作安得藼艸或作蕿或作萱爾雅釋文引詩作萲萲即蕿之省傳云令人忘憂儀徵阮元校勘記云此當作令人善忘箋憂以生疾恐將危身欲忘之傳不言憂箋以憂申之也釋文令人力呈反善忘亡向反爾雅釋文引毛傳作令人善忘爲證正義云令人善忘憂憂字以鄭說爲毛說耳案說文云令人忘憂之艸文選謝惠連西陵遇風詩注引韓詩焉得諠草薛君云諠草忘憂也諠當作萱傳文當作諼草令人善忘六字韓詩言忘憂說文言忘憂之艸皆足以補明傳義非有異也古不言諼草爲何草唯蘇頌圖經云萱草俗謂之鹿葱味甘而無毒主五藏利心志令人好歡樂無憂李時珍本草綱目云今東人採其花跗乾而食之名爲黃花菜案今俗

謂金針菜卽此然古無此說也○背北堂北堂燕寢之北堂也古人居室之制爲五架之屋前有堂後有房有室室西房東入處在於室治事在於房中房在堂北謂之北室北堂詩謂之背背者北門傳所謂背明鄉陰也士昏禮鄭注北堂房中半以北特牲有司徹注北堂中房而北則以房之近北者爲北堂矣淮南子原道篇上漏下溼潤浸北房高注云北房陰堂亦此義也室之北有北牖房之北有北階北階下有餘地可以樹草故婦人於房中偶見生傷欲得善忘之草以樹之者謂此也北堂正指北堂階下正義謂婦人欲樹草於堂上誤矣○痗病爾雅釋詁文十月之交亦孔之痗傳與此同說文無痗字

有狐三章章四句

有狐刺時也衞之男女失時喪其妃耦焉古者國有凶荒則殺禮而多昏句會男女之無夫家者所以育人民也疏釋文云所以育民人也本或作蕃育者非案作蕃育者是也正義本有蕃字標有梅傳有蕃字蕃育

故多昏若無蕃字則不辭矣箋但訓育爲生長者以蕃之爲多易曉耳人民當依釋文作民人標有梅傳亦作民人可證

有狐綏綏在彼淇梁（傳）興也綏綏匹行貌石絕水曰梁

心之憂矣之子無裳（傳）之子無室家者在下曰裳所以配衣也（疏）興者以狐爲興傳云綏綏匹行皃者匹者妃耦也狐妃耦而行綏綏然以興無室家者狐之不若也綏綏讀爲夊夊與齊南山同石絕水曰梁絕者渡也以石渡水爲梁與說文履石渡水爲砅或作濿義同也爾雅隄謂之梁郭注云即橋也或曰石絕水者爲梁見詩傳又石杠謂之徛郭注云聚石水中以爲步渡彴也孟子曰歲十月徒杠成或曰今之石橋段注說文云石杠者謂兩頭聚石以木橫架之可行非石橋也然則毛傳石絕水曰梁即是爾雅之石杠石杠亦梁也故得通稱。之子無室家者之子兼男女言桓十八年左傳云申繻曰女有家男有室無相瀆也謂之有禮易此必敗鄭注周禮媒氏云無夫家謂男女之鰥寡者是

室家猶夫家也云在下曰裳所以配衣也者緣衣東方
未明傳上曰衣下曰裳是裳在下也無裳謂無衣裳無
帶謂無衣帶不言衣者文不備耳故傳於首章云配衣
次章云申束衣皆以足成經義衣裳就上下言上下猶
尊卑衣帶就表裏言表裏猶內外末章之子
無服傳云言無室家若人無衣服兼男女說

有狐綏綏在彼淇厲（傳）厲深可厲之旁**心之憂矣之子無帶**（傳）帶所以申束衣（疏）厲與匏有苦葉深則厲訓異而義實相通厲者涉也深厲即深涉傳云深可厲者即本匏有苦葉謂水深可涉也此與爾雅以衣涉水由帶以上兩解厲字之義未嘗不合然傳必申之云深可厲之旁以釋詩厲字則又與說文履石渡水義相近厲本涉水之名因之水旁可涉亦謂之厲廣雅厲方也方與旁同水經注河水篇段國沙州記吐谷渾於河上作橋梁謂之河厲此方俗之命名詩之淇厲淇梁皆爲水旁可涉非若後世之橋梁矣○云帶所以申束衣者廣雅紳束也韓子外儲說左上篇紳之束之宋人有治者因重帶自紳束也鄭注內則云紳大帶所以自紳約也案紳約即紳束古字當作申束

中言帶之垂束言帶之結紐約用
組廣三寸其結之下垂者長三尺

有狐綏綏在彼淇側心之憂矣之子無服傳言無室家
若人無衣服疏伐檀傳側猶厓也

木瓜三章章四句

木瓜美齊桓公也衛國有狄人之敗出處于漕齊桓公救而封之遺之車馬器服焉衛人思之欲厚報之而作是詩也疏魯閔公二年左傳云齊侯使公子無虧帥車三百乘甲士三千人以戍曹歸公乘馬祭服五稱牛羊豕雞狗皆三百與門材歸夫人魚軒重錦三十兩齊語云狄人攻衛衛人出廬于曹桓公城楚丘以封之其畜散而無育桓公與之繫馬三百是其事也案其年冬戴公立未踰月卒而文公立戍曹廬曹皆謂文公矣春秋魯僖公十九年陳蔡楚鄭盟于齊左傳以爲修桓公之好況桓於文曾有存亡繼絶之功衛人思厚

報其德作木瓜之詩其猶春秋盟齊之志歟齊桓盛而王業初衰齊桓歿而王迹終熄故孔子刪詩繫木瓜於衛國之末篇而下繼以王國之變風

投我以木瓜報之以瓊琚（傳）木瓜楙木也可食之木瓊玉之美者琚佩玉名匪報也永以爲好也（疏）爾雅楙木瓜木瓜一名楙本木名故傳云木考工記弓人取幹之道七木瓜次之是木瓜中弓幹材矣詩之木瓜謂實故傳又云可食之木郭注爾雅云實如小瓜酢可食齊民要術引義疏云楙葉似柰葉實如小瓜上黃水經江水注云江水逕魚復縣之故陵地多木瓜樹有子大如甒白黃實甚芬香爾雅之所謂楙也○小箋云瓊爲玉之美者故引伸凡石之美皆謂瓊如瓊琚瓊瑤瓊華瓊瑩瓊玖瓊英瓊瑰皆是也應劭曰瓊玉之華也琚佩玉名小箋云名乃石之誤佩玉石者謂佩玉納閒之石也後箋云此說非也襍佩謂之佩玉亦謂之玉佩故鄭風言佩玉瓊琚秦風言瓊瑰玉佩一也佩一玉名者襍佩非一其中有名琚者耳段以琚乃佩玉之一物不得爲佩玉名誤矣

投我以木桃報之以瓊瑤傳瓊瑤美玉匪報也永以爲好也疏瓊瑤美玉小箋云正義作美石不誤釋文作美玉誤也說文琨珉瑤皆石之美者周禮王獻玉爵后獻瑤爵禮記玉爵獻卿瑤爵獻大夫是其等差後箋云呂記引傳尚作美石正義云瑤亦佩玉名者賈誼新書言佩玉捍珠以納其間大戴作蚍珠韓詩外傳作蠙珠然珠字從玉其初蓋以玉爲者後乃用蚌珠代之荀卿賦曰旋玉瑤珠不知佩也古人始以瑤爲珠以充佩玉故知瑤亦佩玉名也

投我以木李報之以瓊玖傳瓊玖玉名匪報也永以爲好也傳孔子曰吾於木瓜見苞苴之禮行疏瓊玖玉名小箋云王風傳曰玖石次玉者說文玖石之次玉黑色者今此傳作玉名乃玉石之誤耳玉石見楊雄蜀都賦漢書西域傳師古曰玉石石之似玉者也後箋云首章正義云此言琚佩玉名下傳云瓊瑤美石瓊玖玉名三者互也此瓊玖玉名名當作石蓋謂傳訓瓊玖爲玉石與琚爲佩玉名瑤爲美石三者互文見義若作瓊玖玉名則與琚

佩玉名同不得云三者互矣正義又云琚言佩玉名瑤玖亦佩玉名瑤言美石玖言玉名明此三者皆玉石襍也此玖言玉名亦當作玉石葢以瑤之美石玖之玉石證琚雖佩玉名而亦爲玉石襍也今本正義瓊玖玉名玖言玉名二名字皆石之誤若此傳本以玖爲玉名則正義不當引丘中有麻傳以明玖非全玉矣○傳於章末引孔子語以總釋全章葢木瓜桃李皆苞苴之果實也箋云以果實相遺者必苞苴之尚書曰厥苞橘柚禮記曲禮篇苞苴問人新書禮篇苞苴時有筐篚時至則羣臣附其下引詩曰投我以木瓜報之以瓊琚匪報也永以爲好也上少投之則下以軀償矣弗敢謂報願長以爲好古之蓄其下者其施報如此昭二年左傳衛侯享韓宣子宣子賦木瓜杜注云義取於欲厚報以爲好竝與毛詩義合

卷五終

武林夔日軒朱兆熊鐫

詩毛氏傳疏卷六

長洲陳奐學

王黍離詁訓傳第六　毛詩國風

王國十篇二十八章百六十二句

疏王王城也漢書地理志云河南郡雒陽周公遷殷民是爲成周河南故郟鄏地周武王遷九鼎周公致大平營以爲都是爲王城至平王居之又云雒邑與宗周通封畿東西長而南北短短長相覆爲千里案雒邑即王城也鎬京至王城千里而近所謂東西長也周西東都本通畿王城居瀍水之西澗水之東而成周又在瀍水之東爲東都下邑召公相雒邑周公兼營成周幽王既滅宗周而平王遂徙都於此不復及天下之事故謂之曰王國之風焉關雎序云是以一國之事繫一人之本謂之風

黍離三章章十句

黍離閔宗周也周大夫行役至于宗周過故宗廟宮室盡爲禾黍閔周室之顛覆彷徨不忍去而作是詩也（疏）

案黍離之詩太平御覽人事一百一十百穀六兩引韓詩以爲伯封作羽族十載令禽惡鳥論豁尹吉甫信後妻之讒而殺孝子伯奇其弟伯封求而不得作黍離之詩陳思王本韓詩也劉向說苑奉使篇云魏文侯封大子擊於中山趙倉唐見文侯文侯曰子之君何業倉唐曰業詩文侯曰於詩何好倉唐曰好晨風黍離韓詩外傳亦有其文倉唐以詩諷動其父文侯是自指伯封作而新序節士篇又以爲衛宣公子壽閔其兄見害而作所傳聞異此皆三家詩說與毛詩序列黍離於王風之首者不同

彼黍離離彼稷之苗（傳）彼彼宗廟宮室行邁靡靡中心搖搖（傳）邁行也靡靡猶遲遲也搖搖憂無所愬知我者謂我心憂不知我者謂我何求悠悠蒼天此何人哉（傳）

悠悠遠意蒼天以體言之尊而君之則稱皇天元氣廣大則稱昊天仁覆閔下則稱旻天自上降鑒則稱上天據遠視之蒼蒼然則稱蒼天【疏】詩言彼黍彼稷卽是宗周之地故傳依序釋彼爲彼宗廟宮室也箋云宗廟宮室毀壞而其地盡爲禾黍我以黍離離時至稷則尚苗此箋申成傳意也程瑤田九穀考云諸書言種黍皆云大火中是以夏至而種也說文獨言以大暑而種蓋言種黍之極時其正時實夏至也氾勝之種殖書黍暑也種者必待暑說與說文同亦以極時言之矣月令孟春行冬令首種不入鄭注舊說首種謂稷今以北方諸穀播種先後考之高粱最先粟次之黍穈又次之然則首種者高粱也又云瑤田六月過天津見黍穈正秀而高粱竟畮無一秀者因問之農民則曰高粱種在黍穈前秀在黍穈後在地時日久其秀反遲若不早種斷不能收向疑高粱首種而詩乃云黍離離稷猶苗者至此始信詩言不謬矣案程說辨黍稷詳盡此以目驗證經義尤見確實御覽引薛君章句云彼黍離離彼稷之苗離離黍貌也詩人求己兄

不得憂懣不識於物視彼黍離離然憂甚之時反以爲
稷之苗乃自知憂之甚也此韓與毛異湛露傳離離垂
也下二章言稷穗稷實亦是離離之狀憂懣不識故黍
稷莫辨若首章視黍離離不得目爲稷之苗苗狀不相
似韓不若毛之優○傳訓邁爲行邁亦行也行邁靡靡
猶云行道遲遲耳爾無正小旻皆行邁連文靡遲一語
之轉邶谷風傳云遲遲舒行皃玉篇彳部㣆㣆猶遲遲
也今作靡爾雅愮愮憂無告也本又作搖郭注云賢者
憂懼無所訴也義與傳同說文有搖無愮於懽下引爾
雅作愮愮爲誤字大戴禮武王踐阼篇若風將至必先
搖搖楚策心搖搖如懸旌而無所終薄漢書五行志中
上引左傳遠哉搖搖顏注云搖搖不安之貌說文搖動
也廣雅搖亂也○訪落傳悠遠也重言之爲悠悠傳云
悠悠遠意者探詩人之志必得故訓之意如爰爰緩意
懆懆憂意蛇蛇淺意施施難進之意沖沖鑿冰之意皆
其例蒼古作倉釋文本又作倉是也爾雅釋天春爲蒼
天夏爲昊天秋爲旻天冬爲上天異義天號今尚書歐
陽說春曰昊天夏曰蒼天秋曰旻天冬曰上天總爲皇
天爾雅亦然是許叔重所據爾雅作春昊夏蒼與今本
作春蒼夏昊者不同福州陳壽祺五經異義疏證云攷

白虎通義四時篇曰四時天異名何天尊各據其盛者爲名也春秋物變盛冬夏氣變盛春曰蒼天夏曰昊天秋曰旻天冬曰上天爾雅曰一說春爲昊天是也白虎通義竝載爾雅兩說是爾雅舊本有作春昊夏蒼者許君異義及鄭駁所據爾雅皆然說文弟七上日篇旻秋天也从日文聲虞書曰仁閔覆下則稱旻天此用爾雅與今尚書說也所引虞書卽異義之古尚書說也弟十下夰篇昦春爲昦天元氣昦昦从日夰夰亦聲此亦兼採爾雅今尚書古尚書說也其曰春爲昊天與異義同奐案桑柔篇以念穹蒼云穹蒼蒼天也傳本爾雅此因詩言蒼天傳總釋五天名號之義當亦本爾雅黍離離在夏時則蒼天指夏天爾雅春昊夏蒼秋閔冬上爲四時名號而傳更釋其名義也周禮大宗伯賈疏引古尚書說云天有五號各用所宜稱之尊而君之則曰皇天元氣廣大則稱昊天仁覆慜下則稱旻天自上監下則稱上天據遠視之蒼蒼然則稱蒼天說與毛傳同鄭康成從古尚書說云夏氣高明故以遠言之與毛傳云遠意亦同又案四時名號各施所宜泛稱自不專泥於四時故全詩中若秦黄鳥巷伯之蒼天抑雝之皇天節南山雨無正巧言蓼莪抑桑柔雲漢瞻卬昊天有成命時

邁之昊天雨無正小旻召旻之旻天小明信南山文王
之上天皆不取四時之名號此何人哉箋云此亾國之
君何等人
哉疾之甚
彼黍離離彼稷之穗（傳）穗秀也詩人自黍離離見稷之
穗故歷道其所更見行邁靡靡中心如醉（傳）醉於憂也
知我者謂我心憂不知我者謂我何求悠悠蒼天此何
人哉（疏）說文采禾成秀也俗作穗是穗采同字禾秀曰
采稷秀亦曰采生民實發實秀傳不榮而實曰
秀是實亦秀也黍離離爲行役始至之時三章無變文
稷則有苗穗實之異皆是詩人之自見如此傳云故歷
道其所更見者以總釋全章之義道言也
下篇序云君子行役無期度卽此意也
彼黍離離彼稷之實（傳）自黍離離見稷之實行邁靡靡
中心如噎（傳）噎憂不能息也知我者謂我心憂不知我

者謂我何求悠悠蒼天此何人哉疏傳以憂不能息釋噎字正義云噎者咽喉蔽塞之名而言中心如噎故知憂深不能喘息如噎之然是也玉篇謂噎憂不能息也謂噎二字讀逗與嘌下謂嘌嘌無節度也句法正同憂無所愬辭於憂憂不能息傳三憂字一例

君子于役二章章八句

君子于役刺平王也君子行役無期度大夫思其危難以風焉

君子于役不知其期曷至哉雞棲于塒傳鑿牆而棲曰塒日之夕矣羊牛下來君子于役如之何勿思疏說文西鳥在巢上或作棲衡門可以棲遲漢碑作西遲此漢人作西字矣爾雅釋宮鑿垣而棲爲塒郭注云今寒鄉穿牆棲雞說文云雞棲垣爲塒許本爾雅承上句雞棲爲言不言鑿垣者略也毛傳作牆牆者垣也釋文作時賈昌

朝羣經音辨引詩作時爲塒古文假借字

君子于役不日不月曷其有佸傳佸會也雞棲于桀傳雞棲于杙爲桀日之夕矣羊牛下括傳括至也君子于役苟無饑渴疏佸會疊韻聲通加話或作譮檜亦作栝之例說文佸會也玉篇同本毛詩釋文引韓詩佸至也會與至義相近○雞棲于杙爲桀釋宮文于杙當作於弋桀爾雅作榤杙榤皆後出字說文弋橜也兔罝椓之丁丁傳云丁丁椓弋聲也地官牛人以授職人而芻之鄭注云職讀爲樴樴謂之弋可以繫牛是罝兔繫牛與棲雞皆用弋也伯兮傳桀特立也雞棲弋有特立之狀故謂之桀桀之爲言特也猶塒之爲言止也下括猶下來采薇傳來至也括與佸義相近箋云言畜產出入尚使有期節至于行役者乃反不也

君子陽陽二章章四句

君子陽陽閔周也君子遭亂相招爲祿仕全身遠害而

已疏箋云祿仕者苟得祿而已不求道行

君子陽陽左執簧傳陽陽無所用其心也簧笙也右招我由房傳由用也國君有房中之樂其樂只且疏正義引史記稱晏子御擁大蓋策四馬意氣陽陽甚自得今史記列傳作揚揚晏子襍上篇亦作揚揚荀子儒效篇則揚揚如也楊注云得意之貌並與傳無所用其心義合陽即揚之假借玉藻注揚讀爲陽此陽揚聲通之例○傳釋簧爲笙者謂簧即笙也車鄰鹿鳴同爾雅釋樂大笙謂之巢小者謂之和郭注云列管瓠中施簧管端大者十九簧和十三簧者鄉射記曰三笙一和而成聲周禮笙師掌教龡竽笙鄭司農注云竽三十六簧笙十三簧說文廣雅皆本此說疑巢即竽其笙之大者歟故諸家並以十三簧者爲笙之管高注呂覽仲夏紀云竽三十六簧笙十七簧武進莊逵吉以七爲三之誤是已簧爲笙中之管其底貫之以匏故白虎通義云笙曰匏○由訓用蕩人尚乎由行傳亦訓由爲用小弁箋云由用也燕禮乃閒歌魚麗笙由庚歌南有嘉魚笙崇丘歌南山

有臺笙由儀遂歌鄉樂周南關雎葛覃卷耳召南鵲巢
采蘩采蘋大師告于樂正曰正歌備又燕禮記曰有房
中之樂此記文正釋經鄉樂之義禮言鄉樂在笙入閒
歌巳後則此詩上言執簧即笙入閒歌也下言由房即
燕合鄉樂也毛傳以房中之樂釋之正本燕禮爲訓右
招我由房我我僚友也王燕用房中之樂而君子位在
樂官故得相招評其僚友也所謂房中者路寢之房中
也書顧命胤之舞衣大貝鼖鼓在西房兌之戈和之弓
垂之竹矢在東房案上言狄設黼扆綴衣下言東房西
房天子設黼扆在路寢明堂則房爲路寢之房高注淮
南子本經篇云明堂王者布政之堂上圓下方堂四出
各有左右房謂之个凡十二所此一證也禮記明堂位
君卷冕立于阼夫人副褘立于房中案上文言祀周公
于大廟又曰大廟天子明堂則此云房中自在大廟中
可知月令青陽明堂總章玄堂大廟各有左右个此一
證也儀禮覲禮記几俟于東箱鄭注王即席乃設之也
東箱東夾之前相翔待事之處案天子覲諸侯在廟中
故覲禮右肉袒于廟門之東鄭注以爲受命於文王廟
門之外則記云東箱在文王廟中文王廟即路寢之大
廟大室也有東箱必有西箱爾雅釋宮室有東西箱曰

廟東西箱卽東西个東西房也此一證也又燕禮記燕朝服於寢鄭注燕於路寢相親昵也今辟雍十月行此燕禮案鄭以寢爲路寢統天子諸侯而言之諸侯燕寢東房西室其路寢有左右房天子路寢卽明堂爲九室其燕寢左右房與諸侯之路寢同制諸侯燕羣臣在路寢燕同姓之臣在燕寢天子與諸侯同燕合鄉樂非專爲燕燕同姓設也則天子之燕亦在路寢不在燕寢可知燕樂行於路寢之房中故記有房中之樂此又一證也周公攝政制禮作樂築王宮於東都王城其路寢當從天子明堂之制傳云國君雖天子亦國君也正義云天子路寢有五室無左右房又云此路寢之樂謂路寢之下小寢之內作之非於正寢作樂又玉藻疏引熊安生云平王微弱路寢不復如明堂其說皆謬亂不可從○只且皆語詞也北風篇同詩有言且者椒聊椒聊且遠條且是也有言只者柏舟母也天只不諒人只是也連言之曰只且只且猶也且騫裳曰也且皆爲語末助詞

君子陶陶左執翿（傳）陶陶和樂貌翿纛也翳也**右招我由敖其樂只且**（疏）禮記檀弓人喜則思陶鄭注云陶鬱陶也爾雅鬱陶繇喜也文選枚乘七

發注及後漢書杜篤傳注引薛君章句陶暢也暢與傳云和樂同義說文僖喜也嗂喜也陶與僖嗂聲俱相近○案翿纛翳三字兩訓爾雅毛傳皆錯亂不可讀爾雅翿纛也釋文翿徒刀反又徒報反纛字又作纛徒報反鄭眾云羽葆幢也爾雅釋文不爲翳字作音周禮鄉師之職及葬執纛以與匠師御匶而治役鄭注引襍記諸侯匠人執翿以御柩鄭司農云翿羽葆幢也爾雅曰翿纛也以指撝輓柩之役正其行列進退釋文纛桃報反翿劉音桃戚徒報反周禮注引爾雅而釋文亦不爲翳字作音是陸所見之爾雅無纛翳也三字詩正義云釋言翿纛也李巡曰翿舞者所持纛孫炎曰纛舞者所持羽此李孫但爲翿纛也作訓郭璞云今之羽葆幢舞者所持以自蔽翳此郭依翿有翳訓故以蔽翳解之乃轉寫者遂誤合翳也於纛字之下失爾雅之舊本矣爾雅翿纛也毛傳翿翳也此解經義各有師承兩訓不必相同而意義實合一轍釋文於詩君子陽陽宛丘兩篇竝云翳於計反又云纛徒報反沈徒老反俗作纛陸所見爾雅不誤其所見詩傳已衍纛也二字五經文字云纛見詩作纛譌張乃踵陸之誤耳爾雅翿宋本作翢葉林宗鈔本釋文亦作翢玉篇翢纛也此爾雅釋言文也又

翿翳也翳同此毛傳文也希馮猶在元朗之前則其所見毛傳猶不誤葢翿者翳之隸變說文翳翳也所以舞也从羽𣪊聲詩曰左執翳許引詩作翳訓翳正本毛詩傳文纛但見周禮許不錄纛字猶不錄周禮之䮵字皆從毛氏古文說此傳翿翳也箋翳舞者所持謂羽舞也宛巳傳鷺鳥之羽可以爲翳翿翳也箋翳舞者所持以指麾箋承翳字作訓則傳中無纛字又足證也今本爾雅依巳誤之毛傳衍纛翳也三字毛傳又依巳誤之爾雅衍纛也二字不有釋文何由識爾雅之誤不有鄭箋說文玉篇又何由正毛傳之誤爾釋之斯爾得之矣凡舞有羽有旄羽用翟羽旄即漢之羽葆幢以犛牛尾爲之說文旄幢也廣雅翿謂之幢方言翿幢翳也是翿翳皆舞器之名傳爾訓翿爲翳義同而所施各異宛丘值翿即周禮之皇舞也翳者謂以翳覆頭也此執翿即周禮之旄舞也翳者但以翳指撝也周禮旄人下士四人舞者衆寡無數凡四方之以舞仕者屬焉凡祭祀賓客舞其燕樂鄭司農注樂師云辟雍以旄天子路寢行明堂辟雍之禮執翿即秉旄也仲師之說與詩義亦合〇鹿鳴嘉賓式燕以敖傳敖游也此敖字與鹿鳴敖字同由用也用敖猶以敖也不與上章同義凡詩二章下章

不與上章同義者此篇及二子乘舟君子于役遵大路褰裳東門之墠揚之水野有蔓草溱洧葛屨園有桃終南權輿墓門株林伐柯狼跋皆是

揚之水三章章六句

揚之水刺平王也不撫其民而遠屯戍于母家周人怨思焉

揚之水不流束薪【傳】興也揚激揚也**彼其之子不與我戍申**【傳】戍守也申姜姓之國平王之舅**懷哉懷哉曷月予還歸哉**【疏】傳以激揚釋揚淮南子本經篇抑減怒瀨以揚激波高注云抑止也減怒水也瀨急流也而抑止之故激揚之波起也激揚蓋古語鄭風揚之水傳云揚激揚也激揚之水可謂不能流漂束楚乎言能流漂也二傳義同則經中不字爲發語詞矣激揚之水流流漂草木與平王用頻急之政疾趨遠戍視民如

草芥然○彼其之子彼是子也其語助箋云其或作記或作己讀聲相似嵩高箋辺聲如彼記之子之記大叔于田箋忌讀如彼己之子之己葢記己本三家詩毛詩皆作其此及鄭羔裘汾沮洳椒聊候人並同彼是子席平王也我我民也不發聲與猶用也以也采苓傳與用同義九罭傳以與同義是與用以三字同也戍古音讀如歎戍守疊韻采薇箋亦云戍守也釋文引韓詩云戍舍也戍舍雙聲此謂遠戍故下文言思念征夫從行不能還歸耳○云申姜姓之國者嵩高傳以申爲四嶽之後是姜姓之國也漢南陽郡宛縣爲申故都自宣王徙諸謝邑申乃在宛縣之南作爲侯伯其國始大云平王之舅者嵩高傳又云申伯宣王之舅也周與申大國亦世爲昏姻矣鄭語史伯曰申繒西戎方彊王室方騷將以縱欲不亦難乎王欲殺大子以成伯服必求之申申人弗畀必伐之若伐申而繒與西戎會以伐周周不守矣後幽王九年王室始騷十一年而斃韋注云申姜姓幽王前后大子宜咎之舅也大子將奔申幽王伐申申繒召西戎以伐周殺幽王於驪山戲下然則幽王之末申方彊盛平王奔申而幽王伐之申殺幽王立宜咎於申是謂平王平王遂以東徙雒邑而申亦漸弱序箋云申

國在陳鄭之南迫近彊楚王室微弱而數見侵伐王是以戍之

揚之水不流束楚【傳】楚木也**彼其之子不與我戍甫**【傳】甫諸姜也**懷哉懷哉曷月予還歸哉**【疏】上章言束薪此言束楚鄭揚之水亦以束楚束薪分章楚亦薪材漢廣翹翹錯薪言刈其楚是也楚木爲棘之類葛生蒙楚蒙棘黃鳥止棘止楚楚茨傳楚楚茨棘皃皆是也學記注云楚荊也說文云楚叢木一名荊也荊楚木也○甫即呂國詩及孝經禮記皆作甫尚書左傳國語皆作呂甫呂古同聲甫四嶽之後申同姓故傳云諸姜也鄭語史伯曰當成周者南有申呂又曰申呂方彊其隩愛大子亦必可知也案呂在幽王之末稱彊國且呂與申共隩愛大子則平王東遷呂有力焉戍甫在所必也潛夫論志氏姓篇宛西三十里有呂城漢書地理志南陽郡宛故申伯國有屈申城縣南有北筮山育陽有南筮聚在東北水經淯水東過宛縣南又屈南過淯陽縣東酈注云淯水南逕宛城東其地故申伯之都又南梅谿水注之水逕宛西呂城東四嶽佐禹治水有功虞夏之際受封於呂淯水之

南又有南就聚聚在淯陽之東北攷北筮山潛夫論謂之北序山南筮聚續漢志謂之南就聚毛詩之謝三家詩作序或作徐漢人或爲筮或爲就此古今聲同音轉之變徙也漢宛縣故申伯國縣南有北筮山淯水所逕宣王徙封於謝即其地南筮聚在謝之南呂矦城在宛西不在謝西也西周之末申在宛南呂在宛西故史伯荅鄭桓公云申國方彊而又兼及呂國也楚伐申在春秋魯莊公之六年呂未聞成七年左傳楚圍宋之役子重請取申呂以爲賞田薳呂亦楚所滅

揚之水不流束蒲（傳）蒲草也**彼其之子不與我戍許**（傳）許諸姜也**懷哉懷哉曷月予還歸哉**（疏）蒲爲草澤陂韓奕之蒲同說文蒲水艸也草亦薪也箋易傳蒲蒲栁鄭葢以上章束楚爲木一類耳正義依箋爲說謂薪是木名不宐爲草失之○許國古作𨞺隸變作鄦說文𨞺炎帝大嶽之胄甫矦所封在潁川讀若許敘目云呂叔作藩俾矦于許段注云甫矦即呂叔呂叔即文叔也地理志潁川郡許故國姜姓四岳後大叔所封二十四世爲楚所滅案隱十

一年左傳疏引漢書作文叔今河南許州郎春秋時許國許申同姓故傳亦云諸姜也甫申同壤而許去申遠昭二十六年左傳疏劉炫引汲冢紀年平王奔申申侯魯侯許文公立平王於申據此許有立平王之大功時有侵伐故兼戍之與

中谷有蓷三章章六句

中谷有蓷閔周也夫婦日以衰薄凶年饑饉室家相棄爾

中谷有蓷暵其乾矣〔傳〕興也蓷鵻也暵菸貌陸草生於谷中傷於水有女仳離嘅其嘆矣〔傳〕仳別也嘅其嘆矣遇人之艱難矣〔傳〕艱亦難也〔疏〕爾雅釋草萑蓷疑上一雅以隹釋蓷毛傳以鵻釋蓷鵻從隹聲也釋文引爾雅作蓷鵻或本與毛傳同釋文引韓詩蓷茺蔚也正義引

韓詩及三蒼說悉云益母本草益母茺蔚也劉歆曰蓷臭穢又引義疏云舊說及魏博士濟陰周元明皆云菴閭案神農本草茺蔚與菴閭爲二草蓷一名鵻一名茺蔚臭穢即茺蔚之轉聲今俗通謂之益母草華有白紅二種說文水部灘水濡而乾也引詩作灘其乾矣或許所據毛詩作灘今本誤作暵或三家詩作灘毛詩作暵謂暵即灘之假借字不能肊定也菸與蔫一語之轉說文蔫菸也菸鬱也一曰婑也廣雅蔫菸婑葾也廣韻婑枯奺也萎蔫也傳云菸皃者以釋三章暵字兼括乾脩溼三義而又上承中谷明蓷傷水之所由云陸草生於谷中傷於水此總釋全章也蓷傷於水與夫婦衰薄實由凶年○說文仳別也即引此詩本傳訓也別離言相棄也艱難謂饑饉也艱難合二字一義古人屬辭一字未盡重一字以足之七月序正義亦云艱亦難也但古人之語字重耳凡全詩中疊字平列者放此

中谷有蓷暵其脩矣（傳）脩且乾也有女仳離條其歗矣（傳）條條然歗也條其歗矣遇人之不淑矣（疏）說文脩脯也脯乾肉

也乾肉謂之脯亦謂之脩因之凡乾皆曰脩矣凡全詩通例詩三章弟二章與弟一章同意傳於弟二章卽承弟一章立訓如羔羊革猶皮也緇衣好猶宜也此通例也此詩弟二章言脩與弟一章言乾同意傳不云脩猶乾也而云脩且乾也者且乾不盡乾也脩訓且乾則弟一章言乾亦且乾不盡乾之義與乾燥之乾不同傳變文立訓互相足也箋云鵻之傷於水始則溼中而脩久而乾分乾脩爲兩候似非傳恉○椒聊傳條長也重言曰條條條條然者歗聲也釋文歗本又作嘯江有汜箋嘯蹙口而出聲淑善也

中谷有蓷暵其溼矣傳鵻遇水則溼**有女仳離啜其泣矣**傳啜泣貌**啜其泣矣何嗟及矣**疏鵻遇水則溼卽首章傳所云陸草生於谷中傷於水也說文濕下言水濡而乾濡字卽指此章之溼字爲解溼猶濡也匏有苦葉傳濡漬也鵻漬於水則菸然矣方言溼憂也憂猶病與此溼字義相近玉篇暵欲乾也或本三家詩○啜猶歠也依經言故云泣皃後箋云箋云及與也泣者傷其君子棄已嗟乎將復何與爲室家乎詳玩箋語經文當作嗟何及矣傳寫者

誤倒之今各本皆然從來無人是正序下正義云何嗟及矣是決絕之語可知孔所見本已誤倒矣韓詩外傳二說苑建本篇引詩皆作何嗟及矣然外傳引孔子曰不愼其前而悔其後嗟乎雖悔無及矣是正以何及二字相連爲義而所引詩仍作何嗟亦皆傳寫誤倒

兔爰三章章七句

兔爰閔周也桓王失信諸侯背叛構怨連禍王師傷敗君子不樂其生焉（疏）桓五年左傳云王奪鄭伯政鄭伯不朝秋王以諸侯伐鄭鄭伯禦之戰于繻葛王卒大敗祝聃射王中肩是其事也魯桓公五年周桓王之十四年

有兔爰爰雉離于羅（傳）興也爰爰緩意鳥網爲羅言爲政有緩有急用心之不均 我生之初尚無爲（傳）尚無成人爲也 我生之後逢此百罹尚寐無吪（傳）罹憂吪動也

【疏】爰爰讀與緩同易林未濟狡兔趯趯良犬逐咋雄雌
爰爰爲鷹所獲與詩爰爰同爾雅釋訓爰爰緩也釋
器鳥罟謂之羅皆傳所本也鄭注月令高注呂覽竝謂
羅爲鳥網云言爲政有緩有急用心之不均者以明興
義也兔爰喻有緩也雉離喻有急也箋云有緩者有所
聽縱也有急者有所操蹙也衆經音義卷二十三韓詩
爰爰發蹤之皃蹤當作縱發縱卽聽縱鄭用韓申毛也
管子正世篇云制民急則民迫民迫則窘窘則民失其
所葆緩則縱縱則淫淫則行私行私則離公離公則難
用故治之所以不立者齊不得也齊不得則治難行故
治民之齊不可不察也○傳以人爲釋經爲字爲卽僞
也凡成於人爲謂之僞荀子性惡篇云人之性惡其善
者僞也不可學不可事而在人者謂之性可學而能可
事而成之在人者謂之僞又正名篇云生之所以然者
謂之性心慮而能爲之動謂之僞慮精焉能習焉而後
成謂之僞此謂成於人爲者皆僞也爾雅詐僞也詐尤
成於人爲之甚者也成人爲語本荀子我生之初尚無
爲尚猶也言我幼穉之時王朝出政猶不成於僞不成
於僞則諸侯無背叛之心所以閔今桓王之失信也○
罹憂釋詁文說文無罹字疑古毛詩作離釋文罹本又

作離文選盧諶贈劉琨詩注引毛詩作逢此百離斯干無父母詒罹傳罹憂也罹本又作離離爲憂則逢此百離猶下章逢此百憂耳傷己逢之序所謂不樂生也說文吪動也詩曰尚寐無吪正義云吪動釋詁文今釋詁作訛破斧正義云吪化釋言文今釋言作訛釋文吪本亦作訛無羊篇作訛玉篇引作吪動謂動作也

有兔爰爰雉離于罦（傳）罦覆車也**我生之初尚無造**（傳）造爲也**我生之後逢此百憂尚寐無覺**（疏）罦覆車釋器文郭注云今之翻車也有兩轅中施罥以捕鳥說文引詩作雉離于罬〇造爲釋言文爲即僞此與思齊閔予小子酌傳訓同而義異傳訓造爲僞以與上章傳成人爲實一義也爾雅釋言云作造爲也造爲之爲爲造僞猶作爲之爲作僞是爲即僞也又釋詁云載謨食詐僞也載謨食爲作僞之爲爲詐爲詐僞之爲是僞亦爲也古爲僞通用闕雎傳寤覺也覺寤可互訓荀子王霸篇嗚呼哀哉君人者千歲而不覺也

有兔爰爰雉離于罿（傳）罿罬也**我生之初尚無庸**（傳）庸

用也我生之後逢此百凶尚寐無聰（傳）聰聞也（疏）罿罬亦釋器文爾雅繴謂之罿罿罬也罬謂之罦罦覆車也說文网部罦覆車也或作罦罿罬也罬捕鳥覆車也又糸部繴謂之罿罿謂之罬罬謂之罦捕鳥覆車也葢一物五名說文正本爾雅爲說釋文引韓詩云施羅於車上曰罿御覽資產部十二引薛君章句作張羅車上曰罿韓詩謂罿爲覆車與上章之罦一物矣○庸用齊南山同傳從用庸用猶飲次試式矣無用者謂無用師之苦聽聞皆從耳傳訓聽爲聞無聽無聞也尚猶也言時值凶亂猶能寐而無聞乎尚寐無吪尚寐無覺尚字竝與猶同義

葛藟三章章六句

葛藟王族刺桓王也周室道衰棄其九族焉（疏）兔爰刺桓葛藟不應刺平玩詩辭於桓爲有徵矣釋文定本崔靈恩皇甫謐皆以爲桓王詩詩譜左方中作平王者疑徑轉寫者之誤羣書治要亦作刺桓王

緜緜葛藟在河之滸（傳）興也緜緜長不絶之貌水厓曰滸**終遠兄弟**（傳）兄弟之道已相遠矣**謂他人父謂他人父亦莫我顧**（疏）興者言王之恩澤不及親戚故其族以葛藟長大河厓反刺葢王城北逾大河在東都畿內王子弟所封采邑在焉故也文七年左傳宋昭公將去羣公子樂豫曰公族公室之枝葉也若去之則本根無所庇陰矣葛藟猶能庇其本根故君子以爲比況國君平案此詩因葛藟而興又以葛藟爲比故毛傳以爲興左傳則以爲比凡全詩通例關雎若雎鳩之有別旄丘如葛之曼延相連及竹竿如婦人待禮以成爲室家齊南山國君尊嚴如南山崔崔然山有樞如山隰不能自用其財綢繆若薪芻待人事而後束葛生喻婦人外成于他家晨風如晨風之飛入北林菁菁者莪如阿之長莪菁菁然卷阿猶飄風之入曲阿曰若曰如曰喻曰猶皆比也傳則皆曰興比者比方於物興者託事於物作詩者之意先以託事於物繼乃比方於物葢言興而比已寓焉矣正義云緜緜然枝葉長而不絶者據傳文長下有而字文選南都賦注引毛傳與正義

同爾雅釋水滸水厓傳所本也緜同說文作浒徐鉉云今作滸非是○傳云兄弟之道已相遠矣者以巳釋終爲全詩終字通訓既醉傳又以終字釋既字終既巳三字同義遠猶棄也兄弟九族之親也謂他人父者是即遠棄也隱十一年左傳王與鄭人蘇忿生之田溫原絺樊隰郕欑茅向盟州陘隤懷君子是以知桓王之失鄭也案此十二邑皆在河厓桓王不能親撫之以與鄭人所謂謂他人父也鄭終不能有此十二邑其後襄王以田賜晉文公左傳倉葛曰此誰非王之親姻其俘之也又晉語陽人有夏商之嗣典有周室之師旅樊仲之官守焉其非官守則皆王之父兄甥舅也君定王室而殘其姻族民將焉放可知河厓左右皆王族之世官邑矣

緜緜葛藟在河之漘（傳）漘厓也**終遠兄弟謂他人母**（傳）王又無母恩**謂他人母亦莫我有**（疏）釋丘厓岸漘爲厓傳所本也蒹葭大明同說文漘水厓也周書曰王出漘思文正義引鄭注大誓云漘涯也僖元年公羊傳自南漘何注云漘水涯涯者厓之俗○傳云王又無母恩釋文恩下有也字正義以爲箋則誤也王於兄弟有父之尊又有母之親巳

相遠棄故云又無母恩也廣雅疏證云古者謂相親曰有謂他人母亦莫我有謂相親有也有猶友也故釋名云友有也相保有也案荀子大略篇云友者所以相有也亦謂相親有也毛傳多本荀子則此詩有自當作相親有解無傳者易曉耳

緜緜葛藟在河之漘（傳）漘水隒也終遠兄弟謂他人昆（傳）昆兄也謂他人昆亦莫我聞（疏）釋丘夷上洒下不漘郭注云洒謂深也厓上平坦而下水深者爲漘不發聲李注云夷上平上洒下陗下故名漘孫注云平上陗下故名曰漘義並同案漘本依水厓爲名伐檀傳漘厓也此云漘水隒也者正謂水厓之上平洒下廣雅隒漘厓也是隒與漘皆得爲厓也○釋親晜兄也傳所本也郭注云今江東人通言晜說文弟部云周人謂兄曰晜从罤弟晜本字昆俗字晜譌字詩述聞云聞猶問也謂相恤問也古字聞與問通上文曰亦莫我顧亦莫我有此曰亦莫我聞顧也有也聞也皆親愛之意也解者多失之

采葛三章章三句

采葛懼讒也

彼采葛兮一日不見如三月兮〔傳〕興也葛所以爲絺綌也事雖小一日不見於君憂懼於讒矣〔疏〕興者采之爲言事也采葛采蕭采艾皆事之小者讒之進而事每始於細小故以爲喩采采苓傳采采苓細事也細事喩小行也采苓聽讒采葛懼讒義正同葛所以爲絺綌葛覃同傳云事雖小一日不見於君憂懼於讒矣者此總釋全章之義言其事雖甚細小然君子之於君一日不見巳爲讒人所毀故憂懼及之葛爲絺綌蕭供祭祀艾以療疾此唯解物不言興意箋誤會傳以小事專釋首章蕭喩大事艾喩急事因又申說之非是

彼采蕭兮〔傳〕蕭所以共祭祀一日不見如三秋兮〔疏〕爾雅蕭萩郭注云卽蒿故下泉蓼蕭傳並云蕭蒿也正義引義疏云今人所謂萩蒿也或云牛尾蒿似白蒿白葉莖

麤科生多者數十莖可作燭有香氣故祭祀以脂爇之爲香許愼以爲艾蒿非也說文蕭艾蒿也蕭蕭也段注云此物蒿類而似艾一名艾蒿許非謂艾爲蕭也齊高帝云蕭卽艾也乃爲誤耳案白虎通義引王度記云士以蕭庶人以艾是蕭艾二物矣周禮甸師祭祀共蕭茅杜子春云蕭香蒿也玄謂詩所云取蕭祭脂郊特牲云蕭合黍稷臭陽達於牆屋故旣薦然後焫蕭合馨香合馨香者是蕭之謂也又郊特牲注云蕭薌蒿也染以脂合黍稷燒之薌與香通蕭有香氣故采之以供祭祀

彼采艾兮（傳）艾所以療疾**一日不見如三歲兮**（疏）爾雅艾冰臺郭注云今艾蒿孟子離婁篇猶七年之病求三年之艾也趙注云艾可以爲灸人病乾久益善是艾療疾也

大車三章章四句

大車刺周大夫也禮義陵遲男女淫奔故陳古以刺今大夫不能聽男女之訟焉（疏）三章皆陳古之詞

大車檻檻毳衣如菼(傳)大車大夫之車檻檻車行聲也毳衣大夫之服菼騅也蘆之初生者也天子大夫四命其出封五命如子男之服棄其大車檻檻然服毳冕以決訟豈不爾思畏子不敢(傳)畏子大夫之政終不敢(疏)

大車大夫之車何注昭二十五年公羊傳云禮天子大路諸侯路車大夫大車士飾車是大夫之車曰大車古禮有明文矣此大車卽墨車巾車大夫乘墨車鄭注云墨車不畫也覲禮侯氏裨冕乘墨車注云墨車大夫制也乘之者入天子之國車服不可盡同也案侯氏入天子之國裨冕如其命數之冕服所乘之車則皆墨車故此詩言子男入爲天子大夫仍服毳冕而其所乘之大車爲墨車無疑也正義以大車爲革路失之六帖十一引詩作大車轞轞五經文字云轞音檻大車聲詩風亦從檻字爲之○周禮司服子男之服自毳冕而下如侯伯之服冕謂冠毳謂衣是唯子男服毳衣也天子三公袞卿鷩大夫毳是天子大夫亦與子男同服毳衣故傳

云毳衣大夫之服也周制子男五命冕服五章一曰宗彝二曰璪會二章也三曰粉米四曰黼五曰黻刺三章也天子大夫四命冕服四章當去黼而有黻會二章刺二章也蓋天子大夫與公之孤其四命左傳以黻冕命晉士會爲大傅此卽公之孤禮器云諸侯黼大夫黻其義證矣鄭司農注周禮云毳罽衣也說文罽西胡毳布也毳獸細毛也獸細毛謂之毳以毳爲布謂之罽罽古𦇧字也考工記畫繢之事鳥獸蛇畫毳卽畫獸也鄭注周禮意據祼有虎彝蜼彝故云毳畫虎蜼謂宗彝也特舉毳者以宗彝爲章首故也衣者連下裳也畫刺皆在裳說詳九罭篇菼雛雛當作騅爾雅菼騅也郭注云菼草色如騅在青白之閒傳蘆字乃雚字之誤箋菼薍也菼薍皆雚之類蘆則葦之類說文艸部䓿雚之初生一曰薍一曰騅或从炎作菼糸部䋽帛騅色也引詩作毳衣如䋽案草色如騅曰䓿帛色如騅曰䋽毛作菼三家作䋽狀衣之色則當以䋽爲本字菼爲假借字說文又云緂白鱻衣皃緂與䋽同猶菼與䓿同矣書大傳云宗彝白也義正合云天子大夫四命其出封五命如子男之服者既釋經大車毳衣爲大夫之車服而又申明天子大夫命數之節也汪龍詩異義云出封指封爲諸侯

其曰如子男之服者卽典命加一等其國家宮室車旗衣服禮儀亦如之之如正謂王朝大夫出封爲子男乃得服毳冕也大夫出封始得服毳冕則此大夫而言毳冕其爲子男入爲大夫可知故略而不言而箋則申之曰則是子男入爲大夫者義相接成也疏申傳義乃曰毛意以周禮出封謂出於封畿非封爲諸侯誤矣案注說是也大宗伯四命受器鄭注王之下大夫亦四命五命賜則注王之下大夫四命出封加一等五命典命王之大夫四命及其出封加一等注四命中下大夫也出封出畿內封於八州之中加一等褒有德也大夫爲子男卿爲侯伯其在朝廷則亦如命數耳唐無衣傳一章侯伯之禮七命二章天子之卿六命毛於彼傳言天子之卿六命侯伯則七命於此傳言天子之大夫四命子男則五命正謂出封爲諸侯加一等非謂出封畿便加一等有明文矣鄭仲師治毛詩亦以五命出爲子男同康成說檻檻爲車行聲故云槃其大車檻檻然毳衣卽毳冕故云服毳冕以決訟也序云聽男女之訟○經中不涉決訟一語傳云畏子大夫之政釋畏子二字所以補明經義也此章不敢下章不奔奔卽序所謂淫奔也不敢不敢淫奔也傳云終不敢行露傳不女從終不棄

禮而隨此彊暴之男兩終字義正同但彼專指女此兼說男女耳箋云此二句者古之欲淫奔者之辭我豈不思與女以爲無禮與畏子大夫來聽訟將罪我故不敢也子者稱所尊敬之辭

大車啍啍毳衣如璊（傳）啍啍重遲之貌璊赬也**豈不爾思畏子不奔**（疏）啍啍重遲之皃六書故引傳重遲皃無之字說文諄告曉之孰也讀若庉謘語諄謘也讀若行道遲遲段注云諄謘蓋猶鈍遲也許書諄謘連篆是諄有重遲意啍與諄同○說文璊玉䞓色也禾之赤苗謂之虋言璊玉色如之𣯌以毳爲罽色如虋故謂之𣯌虋禾之赤苗也引詩曰毳衣如𣯌䞓與赬通玉色如虋曰璊衣色如虋曰𣯌猶上章之以菼色作喻也毳爲獸毛故𣯌字從毛會意毳衣有赤色故𣯌聲讀如赤苗之虋毛作璊爲假借字三家作𣯌爲本字汝墳傳云赬赤也喪大記大夫以玄赬鄭注云赬赤也玄衣赤裳所謂卿大夫自玄冕而下之服也案諸矦大夫三命玄衣而纁裳此謂天子大夫其冕服上衣玄下裳赬赬者裳之一章耳傳以赬詁璊正與喪大記合書大傳云璪火赤也天子大夫有璪無火則赬者爲畫璪文以

爲裳飾兩章如字皆作而字解玉篇璊數也或亦本三家詩義

穀則異室死則同穴謂予不信有如皦日（傳）穀生皦白也生在於室則外內異死則神合同爲一也（疏）凡穀皆訓善唯此穀字與下句死字作對文故又訓生也正義云穀生釋言文內則曰禮始於謹夫婦爲宮室辨外內男不入女不出案此卽傳生在於室外內異之說也箋云穴謂冢壙中也秦黃鳥同正義云檀弓曰合葬非古也自周公以來未之有改然則周法始合葬也案此卽傳死神合同爲一之說也後箋云漢書哀帝太后丁氏崩上曰朕聞夫婦一體詩云穀則異室死則同穴附葬之禮自周興焉此西京詔書將以太后合葬定陶恭王而引此詩足知詩所陳者必夫婦之正禮又晏子諫下篇景公成路寢之臺逢於何欲葬其母於臺下願請命合骨晏子言之景公許之引詩云穀則異室死則同穴此亦謂是夫婦之正禮也〇釋文皦本又作皎列女梁寡高行傳引詩及文選潘岳寡婦賦注引韓詩皆作皎皦皎皆白也傳文皦白二字今本疑誤衍在穀生之下謂予不

信有如皦日此盟誓之詞左傳有如白水有如上帝有如日有如河有若大川有如先君覲禮注盟神必云日月山川焉者尚箸明也○案末章言夫婦有別終身不敢改適之意禮記大學篇子曰聽訟吾猶人也必也使無訟乎無情者不得盡其辭大畏民志是其義也箋云此章言古之大夫聽訟之政非但不敢淫奔乃使夫婦之禮有別以解穀則異室死則同穴二句是矣又云今之大夫不能然反謂我言不信我言之信如白日也刺其闇於古禮鄭以末二句正刺今而非陳古恐非也列女傳貞順篇楚伐息破之虜其君使守門將妻其夫人而納之於宮楚王出遊夫人遂出見息君謂之曰人生要一死而已何至自苦妾無須臾而忘君也終不以身更貳醮生離於地上豈如死歸於地下哉乃作詩曰穀則異室死則同穴謂予不信有如皦日息君止之夫人不聽遂自殺息君亦自殺同日俱死楚王賢其夫人守節有義乃以諸侯之禮合而葬之君子謂夫人說於行善故序之於詩此雖三家義而末二句卽承上二句直下毛義當同也

丘中有麻三章章四句

丘中有麻思賢也莊王不明賢人放逐國人思之而作是詩也疏莊王平王孫桓王子也魯莊公十一年周莊王之末年春秋不書崩葬穀梁傳以爲志失天下是年齊桓公始霸蓋君子於東遷之後平桓之世尚冀復興西周盛業至莊王而降無復瞻顧矣賢人皆放逐一姓不再興詩云人之云亡邦國殄瘁

丘中有麻彼留子嗟傳留大夫氏子嗟字也丘中墝埆之處盡有麻麥草木乃彼子嗟之所治彼留子嗟將其來施施傳施施難進之意疏留即春秋劉子邑漢書地理志河南郡緱氏劉聚周大夫劉子邑水經洛水注云合水北與劉水合水出半石東山西北流注于劉聚三面臨澗在緱氏西南周畿內劉子國故謂之劉澗蓋其地也攷桓十一年公羊傳古者鄭國處于留鄭滅鄶在春秋前隱十一年左傳王取鄔劉蔿邘之田于鄭杜注云河南緱氏縣西北有劉亭劉與留通王桓王也春秋之前爲鄭邑至桓王時爲

周邑定王時劉康公始食采於劉其後子孫世有其采地劉夏劉卷皆是矣詩言留子嗟留子國是在桓莊之際留乃子國子嗟之采邑傳云留大夫氏者是其爲周之大夫以邑爲氏猶劉夏劉卷之比也云子嗟字也者子男子之美稱子有冠於字之上者如此篇子嗟子國及株林箋夏徵舒字子南是也子有繫於字之下者如十月之交箋聚子字是也○上中高而不平故傳云上中墝埆之處韓詩外傳豐膏不獨樂磽确不獨苦磽确與墝埆同云盡有麻麥草木者合下二章作訓而又云乃彼子嗟之所治蓋此詩本爲子嗟而作也正義云子國是子嗟之父俱是賢人不應同時見逐若同時見逐當先思子國不應先思其子今首章先言子嗟二章乃言子國然則賢人放逐止謂子嗟耳但作者既思子嗟又美其奕世有德遂言及子國耳故首章傳曰麻麥草木乃彼子嗟之所治是言麥亦子嗟所治非子國之功也二章箋言子國使已中有麥著其世賢言著其世賢則是引父以顯子其意非思子國也卒章言彼留之子亦謂子嗟耳○將其來施施舊本當作其將來施施四字正義其將來之時施施然甚難進而易退是孔所據經文本作其將也家訓書證篇詩云將其來施施韓詩亦

重爲施施河北毛詩皆云施施江南舊本悉單爲施俗遂是之恐爲少誤是顔所見江南舊本皆單作施經言施傳則重言之云施施難進之意此猶桑柔旟旐有翩翩翩翩在路不息也那庸鼓有斁斁斁然盛也萬舞有奕奕奕奕然閑也同其句例詩三章章四句每句四字不應此句獨五字來施不作來施施而顔之推反爲江南舊本誤則非也說文暆日行暆暆也傳施施與暆暆同

丘中有麥彼畱子國（傳）子國子嗟父**彼畱子國將其來食**（傳）子國復來我乃得食（疏）子國子嗟父畱氏之子父子共食采於畱世爲周大夫干旄傳云古者臣有大功世其官邑○將其亦誤倒箋其將來食正義故言子國其將來我乃得有食耳是舊本作其將也子國復來我乃得食以釋經來食之義來字逗謂賢者之來食謂思賢者之得食所謂饑渴待之也

丘中有李彼畱之子彼畱之子貽我佩玖（傳）玖石次玉

者言能遺我美寶（疏）貽當依釋文作詒詒遺也說文玖石之次玉黑色者从玉久聲詩曰詒我佩玖讀若芑或曰若人句脊之句案石之次玉本韻傳訓黑色則又申傳說也木瓜李玖爲韻此子玖爲韻故玖同芑爲正讀或玖讀若句者佩有琚瑀所以納閒謂玖與琚瑀同類故同聲讀木瓜傳瓊玖玉石亦是琚瑀同類也玖是佩玉之名以比況留大夫之賢傳云言能遺我美寶靜女傳能遺我以古人之法能遺我法則句義相同

卷六終

詩毛氏傳疏卷七

長洲陳奐學

鄭緇衣詁訓傳弟七　毛詩國風

鄭國二十一篇五十三章二百八十三句（疏）漢書地理志鄭國今河南之新鄭本高辛氏火正祝融之虛也及成皋滎陽潁川之崇高陽城皆鄭分也本周宣王母弟友爲周司徒食采於宗周畿內是爲鄭鄭桓公問於史伯曰王室多故何所可以逃死史伯曰其濟洛河潁之間乎子男之國虢會爲大恃埶與險崇侈貪冒君若寄帑與賄周亂而敝必將背君君以成周之衆奉辭伐罪亾不克矣桓公從其言乃東寄帑與賄虢會受之後三年幽王敗桓公死其子武公與平王東遷卒定虢會之地右雒左泲食溱洧焉案桓公友字多父周厲王子宣王弟也初受封邑於鄭京兆尹漢縣今陝西同州府華州城北有故鄭城是也其子武公掘突徙封國於新鄭河南郡漢縣今河南開封府

新鄭縣西有故鄭城是也

緇衣三章章四句

緇衣美武公也父子竝爲周司徒善於其職國人宜之故美其德以明有國善善之功焉【疏】鄭武公以父桓公死犬戎之難繼爲周司徒與晉文侯定平王於東都王城立功稱職故國人以爲宜賦緇衣焉禮記緇衣篇云好賢如緇衣箋云司徒之職掌十二教善善者治之有功也

緇衣之宜兮敝予又改爲兮【傳】緇黑色卿士聽朝之正服也改更也有德君子宜世居卿士之位焉適子之館兮還予授子之粲兮【傳】適之館舍粲餐也諸侯入爲天子卿士受采祿【疏】周禮考工記鍾氏五入爲緅七入爲緇鄭注云緅今禮俗文作爵言如爵

頭色也又復再染以黑乃成緇矣是緇爲黑色也司服凡甸冠弁服注云冠弁委貌其服緇布衣諸侯以爲視朝之服詩國風曰緇衣之宜兮案委貌玄冠也玄冠朝服爲諸侯視朝之服朝服以緇布爲衣故謂之緇衣詩言緇衣本諸侯朝服傳以武公入爲周卿士故云卿士聽朝之正服也箋云緇衣者居私朝之服天子之朝服皮弁服謂私朝即卿士聽政之朝此申傳說也論語鄉黨注鄭羔裘檜羔裘箋竝以緇衣羔裘爲諸侯之朝服玉藻云羔裘緇衣以裼之是緇衣爲裼衣裼衣者對加上衣而言也若諸侯視朝即以緇衣爲聽朝正服故玉藻孔子曰朝服而朝卒朔然後服之曰國家未道則不充其服焉言朝服不襲也士冠禮主人玄冠朝服緇帶素韠玄端玄裳黃裳襍裳可也緇帶爵韠特牲記特牲饋食其服皆朝服玄冠緇帶爵韠唯尸祝佐食玄端玄裳黃裳襍裳可也皆爵韠案玄冠朝服有韠無裳玄端則士裳有玄黃襍之異鄭司農注司服云衣有襦裳者爲端故樂記之端冕司服之素端左傳國語之端委穀梁傳之委端冠端儀禮之冠端玄論語之端皆不連裳之稱也朝服連衣裳則不與玄端同矣朝服如深衣袍制唯朝服有韠深衣無韠爲異耳任大椿弁服釋例云

漢以後天子朝服皆本深衣制度通典載漢明帝永平中議棨興冠通天冠服衣深衣制有袍隨五時色梁劉昭續漢志注今下至賤吏小史皆通制袍單衣皂緣領袖中衣爲朝服袍制卽深衣之連衣裳者也後漢馬援傳故孝文皇帝綈袍革舃明帝紀注續漢表三老五更皆服絺紵大袍單衣皂緣鍾離意傳賜尚以下帷被皂袍則漢時已以袍爲朝服矣袍色以皂則猶襲古緇衣之制○改更雙聲大東傳庚續也古庚更通用傳意於緇衣知居卿士之位於敝又改爲知世居其位而又釋經宜字之義謂必有德君子宜如是也王制云大夫不世爵使以德爵以功○傳訓適爲之爾雅之往也訓館爲舍公劉同說文云館客舍也箋卿士所之之館在天子之宮如今之諸廬也正義云考工記說王宮之制內有九室九嬪居之外有九室九卿朝焉注內路寢之裏外路寢之表九室如今朝堂諸曹治事之處也六卿三孤爲九卿彼言諸曹治事處此言諸廬正謂天子宮內卿士各立曹司有廬舍以治事也粲餐爾雅釋言文粲爲餐之假借字餐飡也狻竜不能餐猶言不能飡矣伐檀不素餐猶言不素飡矣郭璞云今河北人呼飡爲餐釋文據傳作飡非是餐飡音義皆殊書大傳古者諸侯

始受封則有采地百里諸侯以三十里七十里諸侯以二十里五十里諸侯以十里其後子孫雖有辠黜其采地不黜使其子孫賢者守之世世以祠其始受封之人韓詩外傳八亦有其文案此采地當即湯沐邑采地與采祿不同諸侯本有采地在王朝若諸侯入爲天子卿士則又受卿士之采祿采地世采祿不世白虎通義京師篇諸侯入爲公卿大夫得食兩家采此則兼采地采祿言也周禮小都任縣地去王城四百里大都任畺地去王城五百里鄭以卿之采地在小都公之采地在大都攷新鄭距王城三百餘里本在小都縣地之内故穀梁傳謂寰内諸侯武公入爲卿士兼司徒三公之職更受采地之祿當在大都畺地之内傳以授粲爲受采祿

箋云自館還在采地之都

緇衣之好兮敝予又改造兮（傳）好猶宐也適子之館兮還予授子之粲兮（疏）宐一國之人盡以爲宐也好一國之人皆以爲好也故云好猶宐也

箋云造爲也

緇衣之蓆兮敝予又改作兮（傳）蓆大也適子之館兮還予授子之粲兮（疏）蓆大釋詁文朝服傻袘大者言衣之大稱其德之大與一章宜二章好不同義也正義謂服緇衣大得其宜失之釋文引韓詩蓆儲也儲訓具與毛異說文云蓆廣多兼毛韓說

將仲子三章章八句

將仲子刺莊公也不勝其母以害其弟弟叔失道而公弗制祭仲諫而公弗聽小不忍以致大亂焉（疏）隱元年左傳鄭武公娶于申曰武姜生莊公及共叔段莊公卽位請京使居之謂之京城大叔祭仲曰都城過百雉國之害也先王之制大都不過參國之一中五之一小九之一今京不度非制也君將不堪公曰姜氏欲之焉辟害對曰姜氏何厭之有不如早爲之所無使滋蔓蔓難圖也蔓草猶不可除況君之寵弟乎公曰多行不義必自斃子姑待之案此卽序所云祭仲諫公弗聽也詩人皆言公距諫之詞與左氏傳合

將仲子兮無踰我里無折我樹杞傳將請也仲子祭仲也踰越里居也二十五家爲里杞木名也折言傷害也豈敢愛之畏我父母仲可懷也父母之言亦可畏也疏將請雙聲正月同爾雅請告也是請猶告也時祭仲諫除段而莊公弗能聽呼祭仲而告勿傷害我兄弟此莊公距諫之詞也序言祭仲故傳知仲子爲祭仲也左傳或稱祭足或稱祭仲足或稱祭封人仲足祭氏仲字足其名也春秋桓十一年宋人執鄭祭仲公羊傳云祭仲者何鄭相也何以不名賢也祭仲不名仲杜元凱以爲名仲字足誤矣杜注云祭鄭地陳留長垣縣東北有祭城水經濮水出河南密縣大騩山酈注云東逕陘山北山上有鄭祭仲冢案長垣鄭東境密西境封邑於東而卒葬於西其爲公墓之地與○說文踰𨒪也越與𨒪通里居古作凥今皆作居地官遂人五家爲鄰五鄰爲里是里二十五家也又大司徒五家爲比五比爲閭是郊內稱閭而郊外則稱里也家授五畝宅一里積百二十五畝周制蓋以一夫及餘夫之田數定邑居之里數也

說文𣂚斷也从斤斷艸今字通作折孟子曰無寓人於我室毀傷其薪木傳云傷害猶毀傷也正義引義疏云杞柳屬也生水傍樹如柳葉粗而白色木理微赤故今人以爲車轂今共北淇水傍魯國泰山汶水邊純杞也易姤九五以杞包瓜馬融注云杞大木也虞鄭注竝云杞梛趙注孟子告子篇云杞梛柜梛也一曰杞木名也詩云北山有杞案此引詩北山疑是南山之誤南山有杞見南山有臺篇或因杕杜北山兩篇有陟彼北山言采其杞之文而記憶之誤也然趙邠卿以南山北山之杞爲木名則非也後箋云詩言杞者凡七惟此言木名及小雅四牡之集于苞杞四月之隰有杞桋傳皆以爲枸檵其他如小雅杕杜之言采其杞南山有臺之南山有杞湛露之在彼杞棘北山之言采其杞皆無傳毛意蓋以將仲子之杞首見於經而爾雅無明文故特言木名以別四牡之枸檵至四牡訓以枸檵則其後杕杜南山有臺北山之單言杞者當皆冡此傳而爲枸檵四月又傳者以杞桋連文桋爲赤楝叢生與杞爲枸檵之叢生者相配湛露與棘連文而不傳者以棘之叢生爲人所共知由棘可以知杞故無庸傳歟然則自四牡以後言杞者六當皆爲枸檵惟將仲子爲別木○畏我父母

畏我父母之言也畏我諸兄畏我諸兄之言也故下接句云父母之言諸兄之言猶末章畏人之多言下接句云人之多言是其句例

將仲子兮無踰我牆無折我樹桑（傳）牆垣也桑木之衆也**豈敢愛之畏我諸兄**（傳）諸兄公族**仲可懷也諸兄之言亦可畏也**（疏）牆垣同義鴇羽苞桑傳苞稹也此云木之衆即稹之意也載師注宅不毛者罰以一里二十五家之泉謂宅不樹桑者也七月傳云微行牆下徑也五畝之宅樹之以桑〇云諸兄公族者鄭至莊公得國僅三世同父昆武族也同祖昆桓族也葛藟傳昆兄也

將仲子兮無踰我園無折我樹檀（傳）園所以樹木也檀彊忍之木**豈敢愛之畏人之多言仲可懷也人之多言亦可畏也**（疏）傳文樹木正義本作種木說文園所以樹果也在木曰果義同檀彊忍之木正義本

作彊韌忍韌古今字釋文忍本亦作刃同正義引義疏云檀木皮正青滑澤與繫迷相似又似駮馬駮馬梓楡故里語曰斫檀不諦得繫迷繫迷尚可得駮馬繫迷一名挈榼故齊人諺曰上山斫檀挈榼先殫後箋云傳於木必兼言其形性者自以取興所在故箋申之云無折我樹杞喻言無傷害我兄弟也然則所謂桑與檀者蓋皆以喻段可知桑以喻段之得衆所謂厚將得衆也檀以喻段之恃彊所謂多行不義也

叔于田三章章五句

叔于田刺莊公也叔處于京繕甲治兵以出于田國人說而歸之【疏】繕甲治兵厚且得衆弟叔失敎實由莊公故以爲刺莊公詩下篇大叔于田同

叔于田巷無居人【傳】叔大叔段也田取禽也巷里塗也豈無居人不如叔也洵美且仁【疏】傳云叔大叔段者叔字段名也封之京城謂之大叔段其後出奔於共又謂之共叔段云田取禽也者何注桓四年公羊傳云田者蒐狩之總名也古者

肉倉衣皮服捕禽獸故謂之田義與傳同云巷里塗也者二十五家爲里塗道也字當作涂說文䣊部䣊里中道篆文作巷門部閎巷門也閈閭也汝南平輿里門曰閈閭里門也周禮五家爲比五比爲閭閭侶也二十五家相羣侶也爾雅衖門謂之閎郭注云閎衖頭門昭二十年左傳公孟有事於蓋獲之門外使華齊御公孟宗魯驂乘及閎中杜注云蓋獲衞郭門閎曲門中蓋郭門外有離邑每邑必有巷巷頭有門公孟歸入巷及門則此閎卽里中巷門也襄三十一年子產使盡壞其館之垣而納車馬焉士文伯曰完客所館高其閈閎厚其牆垣子產曰門不容車而不可踰越是閈里中閎爲里門高其閈閎謂卽高其巷門史記孫叔敖傳楚民俗好庳車王欲下令使高之相曰臣請敎閭里使高其梱居半歲民悉自高其車蓋閭里門之下有梱梱卽櫬車入里門櫬高則門亦高客館在巷子產壞館之垣當壞其巷門以納車馬也此皆里巷之制有可攷者

叔于狩巷無飲酒傳冬獵曰狩豈無飲酒不如叔也洵美且好疏冬獵曰狩四職同車攻傳云夏獵曰苗春蒐夏苗秋獮冬狩爾雅釋天周禮大司馬隱五

年左傳竝同傳所本也桓四年穀梁傳春曰田夏曰苗秋曰蒐冬曰狩其云春田秋蒐取名各異又公羊傳春曰苗秋曰蒐冬曰狩何注云不以夏田者春秋制也說苑修文篇夏不田何也曰天地陰陽盛長之時猛獸不攫鷙鳥不搏蝮蠆不螫鳥獸蟲蛇且知應天而況人乎哉王制天子諸侯無事則歲三田鄭注云三田者夏不田蓋夏時也案說雖有異聞而狩爲冬獵諸家悉同夏小正十有一月王狩春秋桓四年春正月公狩周正月夏十一月也車攻箋云狩田獵搏獸也春秋疏引月令章句云獵者捷取之名也

叔適野巷無服馬豈無服馬不如叔也洵美且武（疏）箋云郊外曰野公羊傳注云禮諸侯田狩不過郊蓋諸侯苑囿當在近郊叔適野者大叔居京是以都城之郊爲野也

大叔于田三章章十句

大叔于田刺莊公也叔多才而好勇不義而得衆也（疏）

釋文云
好衍字

叔于田乘乘馬【傳】叔之從公田也**執轡如組兩驂如舞**【傳】驂之與服和諧中節**叔在藪火烈具舉**【傳】藪澤禽之府也烈列具俱也**襢裼暴虎獻于公所**【傳】襢裼肉袒也暴虎空手以搏之**將叔無狃戒其傷女**【傳】狃習也【疏】釋文云叔于田本或作大叔于田者誤是也序言大以別上篇後人或於首章誤加之耳上篇于田無傳此云叔之從公田也者正義云下云襢裼暴虎獻于公所明公亦與之俱田故知從公田也嵩高傳云乘馬四馬也簡兮正義大叔于田云執轡如組謂段之能御車以御車似織組說段之田獵之伎故知爲實御案此正義是也本篇正義謂執轡如組非叔親自御之下言又良御忌乃叔身善御正義固不出一手矣箋云如組者如織組之爲也在旁曰驂小戎箋驂兩騑也文選曹子建應詔詩注引薛君章句兩驂左右騑驂正義云此經止云兩驂

不言兩服知驂與服和諧中節者以下二章於此二句皆說兩服兩驂則知此經所云亦總驂服但馬之中節亦由御善以其篇之首先云御者之良既言執轡如組不可更言兩服理則有之故知如舞之言兼言服亦中節也○釋文正義本傳澤下皆有也字風俗通義山澤篇藪者澤也傳既釋藪爲澤而又申之云禽之府也者言禽以該獸也正義云藪澤亦禽獸之所藏故云禽之府釋文及宋庠國語補音引韓詩禽獸居之曰藪慧苑華嚴經音義淨行品引韓詩傳云澤中可禽獸居之曰藪文義與毛傳同周禮職方氏河南豫州其澤藪曰圃田車攻箋鄭有圃田卽此地也圃田在大叔京城之西今河南開封府中牟縣西北七里有圃田澤傳讀烈與列同火列列火也列古迾字周禮作厲鄭司農注山虞典祀並訓厲爲遮列卽遮迾也詩假作烈孟子滕文公篇益烈山澤而焚之言遮迾山澤而以火焚之也字亦假作烈具具舉俱舉也節南山正月傳並訓具爲俱楚茨箋具皆也說文皆俱詞也俱皆義相近詩作具者古文以爲俱字○襢裼肉袒爾雅釋訓文說文膻肉膻也引詩作膻玉篇同襢卽膻之異體今字通作袒李郭注爾雅云脫衣見體曰肉袒小旻傳徒搏曰暴虎徒搏卽空

手以搏之也孟子盡心篇晉人有馮婦者善搏虎穆天子傳七萃之士高奔戎請生捕虎必全之乃生捕虎而獻之纍搏捕一語之轉公謂莊公也纍虎獻公言叔之勇也漢書匡衡傳鄭伯好勇而國人纍虎匡學齊詩與毛詩異將願也傳訓狃爲習狃復也習復義相近將叔無狃戒其傷女此衆戒叔之詞言叔之不義而得衆也顔師古漢書注狃忕也國人愛叔故請之曰勿忕爲之恐傷女也案顔說是也孔仲達以爲公謂叔之辭恐非詩恉

叔于田乘乘黃〔傳〕四馬皆黃**兩服上襄兩驂鴈行叔在藪火烈具揚**〔傳〕揚揚光也**叔善射忌又良御忌抑磬控忌抑縱送忌**〔傳〕忌辭也騁馬曰磬止馬曰控發矢曰縱從禽曰送〔疏〕傳以四釋乘以馬皆黃釋黃黃爲馬色遂以馬色爲馬名凡四驪四鐵四駱四騏四騵皆其義也禮記襍記篇陳乘黃大路於中庭北輈鄭注覲禮曰路下四亞之覲禮注路下四謂乘馬也亦謂

椉黃爲四馬矣渭陽傳云椉黃四馬也上猶前也襄除也除猶去也兩服在前故云上襄兩驂在後故云鴈行文義正相對傳云揚揚光正義云言舉火而揚其光耳非訓揚爲光也據正義本傳文衍一揚字揚猶舉也上章舉謂舉火此章揚謂揚火光火光也管子輕重甲篇齊之北澤燒火光照堂下尹知章注云獵而行火曰燒○忌訓辭辭當爲詞箋忌讀如彼己之子之己忌己讀聲相似故竝爲語詞傳云騁馬曰磬者磬讀爲罄蓼莪傳罄盡也節南山傳騁極也極者至也是騁馬爲馬所至也云止馬曰控者載馳傳控引也說文引開弓也開弓不發謂之引止馬不奔謂之控控之爲言扣也夏官田僕凡田王提馬而走諸侯晉大夫馳注提猶舉也晉猶抑也使人扣而舉之抑之皆止奔也馳放不扣控與晉義相近正義云縱謂放縱故知發矢送謂逐後故知從禽

叔于田椉椉鴇（傳）驪白襍毛曰鴇**兩服齊首**（傳）馬首齊也**兩驂如手**（傳）進止如御者之手**叔在藪火烈具阜**（傳）

阜盛也**叔馬慢忌叔發罕忌抑釋掤忌抑鬯弓忌**傳慢
遲罕希也掤所以覆矢鬯弓弢弓疏駉傳純黑曰驪驪白褋毛謂黑馬發
白色而閒有褋毛者是曰鴇馬色如鴇故以鳥命馬也
正義云驪白褋毛鴇釋畜文郭璞曰今呼之爲烏驄孔
所據爾雅作鴇五經文字云鴇音保見爾雅則張參所
見爾雅本從馬作鴇矣爾雅釋文引說文鴇黑馬驪白
褋毛今說文馬部無鴇疑出字林傳以首爲馬首齊首
爲馬首齊手爲御者之手如手爲進止如御者之手驂
馬有內外轡轡最難調習今如執轡者之手進止皆齊文
與首章執轡如組句相應四鐵傳阜大此云阜盛各隨
文訓盛者謂持火者盛也○慢釋文作嫚古侮嫚作嫚
惰慢作慢其義皆不訓遲慢嫚皆趧之假借字說文趧
行遲也因之凡遲皆可謂之趧希罕釋詁文掤所以覆
矢釋文下有也字今傳奪說文亦云掤所以覆矢也引
詩抑釋掤忌左傳作冰昭十三年飲冰以蒲伏焉杜注
冰箭筩蓋可以取飲又二十五年公徒釋甲執冰而踞
杜注冰櫝丸蓋或云櫝丸是箭筩傳以弢弓釋鬯弓者
鬯讀爲韔此假借也小戎傳韔弓室也弓室謂之韔亦

謂之弢又謂之鞬左傳右屬櫜鞬又謂之韣禮記帶以弓韣皆是物也蓋韔弢本藏弓之器因之受藏於韔曰韔猶受藏於弢曰弢弢與詔聲相近箋云田事且畢馬行遲發矢希射者蓋矢弢弓

清人三章章四句

清人刺文公也高克好利而不顧其君文公惡而欲遠之不能使高克將兵而禦狄于竟陳其師旅翺翔河上久而不召衆散而歸高克奔陳公子素惡高克進之不以禮文公退之不以道危國亡師之本故作是詩也（疏）春秋閔二年冬十有二月狄入衛鄭弃其師左傳云鄭人惡高克使帥師次于河上久而弗召師潰而歸高克奔陳鄭人爲之賦清人案魯閔公二年鄭文公之十三年也鄭衛連境其時狄人入衛鄭能修方伯連率之職救患恤同此一役也鄭可以霸乃徒尋君臣之小忿外爲救衛之師內遂逐臣之怨春秋譏其弃師不書自弃

其國矣此詩爲公子素所作漢書古今人表有公孫素與鄭文公高克列下上當是一人

清人在彭駟介旁旁傳清邑也彭衛之河上鄭之郊也介甲也**二矛重英**傳重英矛有英飾也**河上乎翱翔**疏清邑清人清邑之人高克所將兵衆也酈注水經渠水篇清池水出清陽亭西南平地東北流逕清陽亭南東流即故清人城也詩所謂清人在彭彭爲高克邑也故杜預春秋釋地云中牟縣西有清陽亭是也案今中牟縣屬河南開封府春秋隱四年及哀十一年之清即漢東郡清縣地與此清爲鄭邑無涉彭河上地名昭二十年左傳衛侯與北宮喜盟于彭水之上又哀二十五年初衛人翦夏丁氏以其帑賜彭封彌子彌子瑕食采於彭爲彭封人疑此即詩之彭彭爲衛邑與鄭連境故傳云衛之河上鄭之郊也正義云衛在河北鄭在河南恐狄渡河侵鄭故使高克將兵於河上禦之箋云駟四馬也介甲小戎箋同僖二十八年左傳駟介百乘服杜注竝云駟介四馬被甲也釋文旁補彭反王云彊也說文騯馬盛也詩曰四牡騯騯段注云鄭風清人駟介旁旁

蓋許偁此而駟介轉寫譌四牡耳許所據涝作騸毛傳本有騸騸盛皃之語後逸之二章曰麃麃武皃三章曰陶陶驅馳皃則知首章當有騸騸盛皃矣○二矛無傳箋云酋矛夷矛本廬人酋矛常有四尺夷矛三尋爲說正義又本廬人攻國之兵欲短守國之兵欲長謂此禦狄于境是守國之兵用長故有夷矛與魯頌閟宮箋二矛備折壞兵車之法不數夷矛以申鄭說案考工記酋矛常有四尺崇於戟四尺謂之六等鄭司農注酋發聲直謂矛考工記言兵車六等但有矛而幷無酋夷之別與廬人言六建者用有不同然詩言高克將兵正將兵車不當數夷矛二矛者亦是備折壞之意此與閟宮皆有二矛之文傳意不應分守國攻國致生異解也此言英閟宮言朱英兩英字亦無異解傳云矛有英飾者卽箋所謂縣毛羽其色朱也重英英飾有重言二矛皆有重飾也載驅傳云翺翔猶彷徉也

清人在消駟介麃麃(傳)消河上地也麃麃武貌二矛重喬(傳)重喬累荷也 河上乎逍遙(疏)消河上地未聞酌傳
蹻蹻武皃麃蹻聲轉

義通○重喬累荷累當作纍荷當作何玄鳥傳何任也纍何猶負何釋文云沈胡可反謂兩矛之飾相負何也正義云如重纍相負何然故謂之纍何也案上章重英矛有英飾但釋經英字之義不釋重字此重喬纍何但釋經重字之義不釋喬字葢喬亦飾也箋喬矛矜近上及室題所以縣毛羽釋文云喬鄭居橋反雉名韓詩作鷮題頭也室劍削名也方言云劍削自河而北燕趙之閒謂之室此言室謂矛頭受刃處也然則毛詩作喬爲假字韓詩作鷮爲本字謂以鷮羽飾矛也箋言縣毛羽從韓說以申補毛義非與毛或異也陸孔皆謂毛讀喬爲橋訓高非是釋文逍本又作消遙本又作搖說文新附逍遙徐鉉等云詩只用消搖此二字字林所加今字消搖通作逍遙檜羔裘白駒同文選南都賦注引韓詩逍遙遊也廣雅逍遙儴佯也逍遙謂之儴佯猶翺翔謂之彷徉檜羔裘箋翺翔猶逍遙也

清人在軸駟介陶陶傳軸河上地也陶陶驅馳之貌**左旋右抽中軍作好**傳左旋講兵右抽抽矢以射居軍中

軸河上地未聞彭消軸三地皆相近陶卽騊

爲容好〔疏〕之假借說文騊馬行皃馬行謂之騊重言騊騊古聲匋舀同騊騊之爲陶陶猶江漢滔滔風俗通義作江漢陶陶之例祭義陶陶遂遂鄭注云相隨行之貌與傳驅馳之訓合○禮記少儀軍尚左卒尚右鄭注云左陽也陽主生將軍有廟勝之策左將軍爲上貴不敗績右陰也陰主殺卒之行伍以右爲上示有死志少儀言左右與詩左右同軍尚左故傳以左旋爲講習兵事卒尚右故傳以右抽爲抽矢以習射抽矢以射卽是講兵中事也正義引少儀軍尚左爲詩左旋之義是巳其解右抽爲右手抽射恐未是釋文抽說文作搯云抽刃以習擊刺也案說文引周書曰師乃搯又引詩曰左旋右搯搯引也或作抽古抽與搯聲同箋云抽刃鄭與許合與毛詩云抽矢以射字義皆不同而其爲講習兵事則又大同也大國三軍次國二軍小國一軍鄭爲次國不當有中軍且高克出師非全師以出者比故傳釋經中軍爲軍中作倒句法容儀容也周禮保氏六儀五曰軍旅之容鄭司農注云軍旅之容闞闞仰仰玄謂軍旅之容暨暨詻詻爾雅作爲也傳釋經作好爲爲容好唯是講習兵事而已與上兩章翱翔消搖同意

羔裘三章章四句

羔裘刺朝也言古之君子以風其朝焉（疏）昭十六年左傳鄭六卿餞宣子於郊子產賦鄭之羔裘宣子曰起不堪也此詩皆言古君子立朝之義故韓起辭不堪陳古刺今也

羔裘如濡洵直且侯（傳）如濡潤澤也洵均侯君也彼其之子舍命不渝（傳）渝變也（疏）傳文如字當衍濡潤澤也無衣傳澤潤澤也句法正同定本無如字可證傳以潤澤釋經之濡字言羔裘光色潤澤然也如猶而也如濡而濡也凡傳云如雲言盛如雨言多如水言衆如雪言鮮絜如絲言調忍皆借他物作比方之詞如猶若也與此如字不同義洵均爾雅釋言文皇皇者華傳均調也韓詩外傳洵作恂侯君釋詁文有君國長民之責皆得稱君左傳吾君在壑谷是大夫稱君之義也釋文引韓詩云侯美也義亦相近○韓詩外傳二新序節士義勇篇及襄二十七年左傳引此詩作彼己之子其己聲同韓詩外傳云崔杼弒莊公合士大夫盟所殺者十餘人次及晏子晏子曰直兵推

之曲兵鉤之嬰不之革也崔杼曰舍晏子晏子起而出
授綏而乘其僕馳晏子撫其手曰麋鹿在山林其命在
庖廚命有所縣安在疾驅安行成節然後去之詩曰羔
裘如濡恂直且侯彼己之子舍命不偸晏子之謂也晏
子襍上新序義勇偸作渝箋云處命不變謂守死善道
見危授命之等此鄭用韓以申毛也管子小問篇語曰
澤命不渝信也澤者釋之假借字舍釋古字通用渝
變釋言文隱六年鄭人來渝平杜注左傳云渝變也

羔裘豹飾孔武有力（傳）豹飾緣以豹皮也孔甚也**彼其之子邦之司直**（傳）司主也（疏）禮記玉藻羔裘豹飾緇衣以裼之鄭注云飾猶褎也
唐羔裘羔裘豹袪羔裘豹褎傳袪袂末也褎猶袪也箋
在位卿大夫之服也此傳云豹飾緣以豹皮也者謂袂
末緣以豹皮爲飾也弁服釋例云大夫羔裘豹袖固以
不純用羔下於諸侯而豹亦飾之最盛者管子大匡諸
侯之禮令齊以豹皮往小侯以鹿皮報齊以馬往小侯
以犬報注往重報輕蓋幣以鹿皮爲重而豹皮又重於
鹿皮故揆度篇令諸侯之子將委質者皆以雙虎之皮
卿大夫豹飾列大夫豹襜注卿大夫上大夫也列大夫

中大夫也然則非上大夫及中大夫且不得以豹爲飾矣孔甚汝墳小戎同○司職疊韻職謂之主故司亦謂之主主直者猶論語云主忠信也

羔裘晏兮三英粲兮（傳）晏鮮盛貌三英三德也**彼其之子邦之彥兮**（傳）彥士之美稱（疏）晏鮮雙聲云鮮盛者謂飾也晏兮猶如濡也英猶美也三英謂有三美德者三德之義當即具在本經荀子富國篇古人爲之不然使民夏不宛暍冬不凍寒急不傷力緩不後時事成功立上下俱富而百姓皆愛其上人歸之如流水親之歡如父母爲之出死斷亡而愉者無宅故焉忠信調和均辨之至也故君國長民者欲趨時遂功則和調累解速乎急疾忠信均辨說乎賞慶矣必先脩正其在我者然後徐責其在人者威乎刑罰三德者誠乎上則下應之如景嚮雖欲無明達得乎哉楊倞注云三德謂調和解累忠信均辨正己而後責人也或曰三德即忠信調和均辨也奐謂楊氏二說俱非忠信一德也調和均辨一德也先脩正己又一德也夫是之謂三德傳意詩言三德當即是首章洵直且侯

之義洵一德也直一德也且矦又一德也夫是之謂三德釋洵爲均卽調和均辨之謂也釋矦爲君卽脩正在我之指也直之爲忠信易曉耳蓋大毛公曾親炙荀子詁訓多從師說其云三德當於本經求其義正與荀子言三德意畧相同說文妏美也粲與妏同賈逵注國語云粲美貌○爾雅釋訓美士爲彥故傳釋經之彥云士之美稱也

遵大路二章章四句

遵大路思君子也莊公失道君子去之國人思望焉

遵大路兮摻執子之袪兮（傳）遵循路道摻擥袪袂也無我惡兮不寁故也（傳）寁速也（疏）遵循聲近故同訓洪範遵王之道又云遵王之路是路亦道也正義引說文有摻字參聲訓斂今本手部佚摻篆傳詁摻爲擥者說文擥下云撮持也从手臨聲盧敢切文選宋玉賦因稱詩曰遵大路兮攬子袪攬俗擥字凡袪袂布一幅四尺四寸中屈之爲徑二尺二寸

而屬於衣是謂之袂中肘以前尺漸殺之則爲之袪徑尺二寸是謂之袂末袂末詳唐羔裘篇深衣之袂末又續緣廣寸半也長衣中衣之袂玉藻注云繼袂揜一尺若今褎矣冕服衣侈袂司服注云士之衣袂皆二尺二寸而屬幅是廣袤等也其袪尺二寸大夫已上侈之侈之者蓋半而益一焉半而益一則其袂三尺三寸袪尺八寸袪袂異材袪爲袂之口傳云袪袂渾言不別也○寁速爾雅釋詁文說文寁𡰥之速也疌疾也寁疌同聲速疾同義速訓疾又訓召行露傳速召也此傳速義自當訓爲召不寁故故故舊也謂吾君不召故舊之人也不寁好好𡟒好也謂吾君不召而𡟒好之也唐羔裘維子之故維子之好彼箋故爲故舊好爲𡟒好其義當同此所以刺莊公失道不能用君子君子去之而不可留釋文云故也一本作故兮後好也亦爾

遵大路兮摻執子之手兮無我魗兮（傳）魗棄也不寁好也（疏）魗當作𢾅釋文本亦作𢾅說文攴部云𡔷棄也引詩作無我𡔷兮𢾅即𡔷也𢾅訓棄棄讀如棄棄予如遺之棄箋讀𢾅爲醜與上章同訓魗俗字

女曰雞鳴三章章六句

女曰雞鳴刺不說德也陳古士義以刺今不說德而好色也〔疏〕正義本義上有士字陳古士義爲句

女曰雞鳴士曰昧旦子興視夜明星有爛〔傳〕言小星已不見也將翱將翔弋鳧與鴈〔傳〕閒於政事則翺翔習射〔疏〕曰語詞女雞鳴而起士昧旦而興旦明也昧明未全明也昧旦後於雞鳴時箋云此夫婦相警覺以夙興言不畱色也子謂君子也士之美稱此承士曰昧旦而言明星大星也爛猶爛爛也大星爛爛故小星已不見矣箋云明星尚爛爛然早於別色時東門之楊箋以明星爲大星也○翺翔以弋鳧鴈言君子之翺翔習射也傳必補明經義云閒於政事者君子夙興先行政事政事之閒然後習射習射以爲燕賓客皆所謂說德也下章卽本此意而申言之箋云弋繳射也言無事則往弋射鳧鴈以待賓客爲燕具

弋言加之與子宜之宜言飲酒與子偕老傳宜肴也琴瑟在御莫不靜好傳君子無故不徹琴瑟賓主和樂無不安好疏弋言加之弋字承上文弋鳧與鴈而言言曰也亦語詞加加豆也周禮醢人加豆之實菹鴈醢既醉傳加豆陸産也鳧鴈皆陸産故弋之以爲加豆之實宜肴爾雅釋言文宜之爲言嘉也古宜嘉同聲若鳧鷖來宜與既嘉爲韻此其例矣上句言加既爲加豆之加則下句言宜當讀爲嘉肴之嘉故雅傳直詁宜爲肴釋經義非釋字義也賓之初筵傳肴豆實也宜言飲酒宜字亦卽承上文與子宜之而言正義引李巡注爾雅云宜飲酒之肴也凡言酒必兼言肴正月彼有旨酒又有嘉肴賓之初筵籩豆有楚肴核維旅酒既和旨飲酒孔偕鳧鷖爾酒既多爾肴既嘉皆肴酒並舉矣加肴飲酒所以燕賓客故下傳云賓主和樂無不安好也子君子謂主人言與子者賓與主人也偕俱也老言久也案此篇詩意皆蟬聯直下首章之子與二章兩與子三章三知子皆女謂士之詞箋以子爲賓客則與首章之子不同義矣○禮記曲禮篇士無故不徹琴瑟傳

引之以釋經琴瑟在御句也鄭注云故謂災患喪病儀禮既夕禮有燕樂器注云與賓客燕飲用樂之器是琴瑟者卽燕飲之樂器也又既夕記有徹琴瑟之文注云去樂是有故徹無故則不徹也賓主和樂無不安好以釋經莫不靜好句賓主和樂冡燕飲而言之也莫不無不也抑傳亦云莫無也邶柏舟傳亦云靜安也白虎通義禮樂篇引詩傳曰大夫士琴瑟御隱五年公羊傳注引魯詩傳曰天子食日舉樂諸侯不釋縣大夫士日琴瑟武進臧鏞堂云此當屬鄭風琴瑟在御之傳也

知子之來之雜佩以贈之傳雜佩者珩璜琚瑀衝牙之類**知子之順之雜佩以問之**傳問遺也**知子之好之雜佩以報之**疏知讀爲相知之知知子與君子相知者也詩述聞云來讀爲勞來之來爾雅曰勞來勤也大東篇東人之子職勞不來毛傳曰來勤也正義曰以不被勞來爲不見勤故采薇序云杕杜以勤歸卽是勞來也是古者謂相恩勤爲來此言來之下言順之好之義相因也箋讀來爲往來之來疏矣○子衿傳佩

佩玉也佩佩所繫之玉謂之佩玉集諸玉石以爲佩謂之襍佩佩襍之爲言集也合也諸玉石傳所謂珩璜琚瑀衝牙之類是也珩者說文珩佩上玉也所以節行止也从玉行聲晉語白玉之珩六雙韋注云珩佩上飾也珩形似磬而小楚語楚之白珩韋注云珩佩上之横者大戴禮保傅篇上有雙衡盧注云衡平也顔師古注漢書五行志中杜佑通典王應麟玉海引月令章句李注文選思玄賦引大戴禮竝作雙衡新書禮篇亦作雙衡初學記器物部引三禮舊圖云凡玉佩上有雙衡衡長五寸博三寸又引魚豢魏略有雙衡案衡與珩通珩爲佩玉最上之名上有環環三組旁兩組各繫一珩據舊圖珩五寸雙珩與下雙璜相準行步下則雙璜與衝牙成聲上則珩與珩成聲采芑篇有瑲蔥珩傳瑲珩聲謂即雙珩之聲也周禮玉府共王之佩玉鄭注引詩傳佩玉上有蔥珩韋注晉語引詩傳上有蔥珩則所謂詩傳者三家釋采芑之蔥珩後儒因改大戴雙字爲蔥字三命則蔥珩也天子白珩諸侯有之僭也大戴言天子之珩不得爲蔥蔥珩明矣璜者說文璜半璧也大戴禮下有雙璜盧注云半璧曰璜周禮注及國語注引詩傳曰下有雙璜賈疏云謂以組懸於衡之兩頭兩組之末皆有半璧

曰璜故曰雙璜三禮舊圖云下有雙璜璜徑三寸典瑞
駔圭璋璧琮琥璜之渠眉鄭注云璜在足是斂尸之璜
在人足亦猶佩玉之璜在組末也正義引列女傳阿谷
之女佩璜而澣下韓詩外傳亦有其文琚瑀者說文琚
佩玉石也瑀石之次玉者木瓜報之以瓊琚傳琚佩玉
石有女同車佩玉瓊琚傳佩有琚瑀所以納閒木瓜旣
言瓊琚又言瓊瑤瓊玖丘中有麻詒我佩玖公劉何以
舟之維玉及瑤渭陽又言瓊瑰琚瑀瑤玖瑰皆美石無
言珠者蔡邕月令章句佩上有雙衡下有雙璜琚瑀以
襍之衡牙蠙珠以納其閒顏注五行志云玉佩上有雙
衡下有雙璜琚瑀以襍之衡牙玭珠以納其閒案此郎
大戴保傅篇文也唯字稍有異耳琚瑀襍於上衡下璜
故言衡璜郎言琚瑀衡牙居雙璜之中央蠙珠又在衡
牙之上則衡牙蠙珠在中組故周禮注引詩傳三禮舊
圖皆云衡牙蠙珠以納其閒毐連而言之是矣毛詩傳
但言琚瑀而不及蠙珠三家詩傳但言蠙珠而不及琚
瑀唯大戴禮備有之今本大戴作衡牙玭珠以納其閒
琚瑀以襍之一本又脫衡牙二字皆脅亂不可讀玭或
作蠙盧注云總曰玭珠而赤者曰琚白者曰瑀則以琚
瑀爲蠙珠續漢志引纂要琚瑀所以納閒今白珠也舊

圖亦以蒼珠爲瑀皆踵盧氏之誤荀子賦篇云琁玉瑤珠不知佩也瑤謂琚瑀珠爲蠙珠釋名亦云佩倍也言其非一物有倍貳也有珠有玉或珠亦玉類唯形之圜好者爾衡牙者禮記玉藻佩玉有衡牙鄭注云居中央以前後觸也孔疏云中央下端縣以衡牙動則衡牙前後觸璜而爲聲所觸之玉其形似牙故曰衡牙皇氏謂衡居中央牙是外畔兩邊之璜以衡牙爲二物案皇說與鄭注同意衡以居中之玉而名牙以兩旁之玉而名非謂衡牙二物也盧注大戴禮云衡在中牙在傍此皇侃所本也大戴禮月令章句五行志注周禮玉府注引詩傳三禮舊圖竝以衡牙爲納閒三禮舊圖又云璜中横以衡牙穆天子傳天子夾佩郭璞注云左右兩佩玉藻古之君子必佩玉右徵角左宮羽注君子士已上是天子至士皆左右佩玉矣佩玉有珩有璜又有琚瑀衡牙傳云之類其外尚有蠙珠也全詩兩言琚瑤玖一言瑰或舉中以晐上下或解一佩以贈或繫一玉以佩此詩乃舉佩玉之全者故云襍佩以贈之也〇箋云贈送也正義云曲禮凡以苞苴簞笥問人者哀二十六年左傳衞侯使以弓問子貢皆遺人物謂之問故云問遺也

有女同車二章章六句

有女同車刺忽也鄭人刺忽之不昏于齊大子忽嘗有功于齊齊侯請妻之齊女賢而不取卒以無大國之助至於見逐故國人刺之疏桓六年左傳公之未昏於齊也齊侯欲以文姜妻鄭大子忽大子忽辭及其敗戎師也齊侯又請妻之遂辭諸鄭伯又十一年傳鄭昭公之敗北戎也齊人將妻之昭公辭祭仲曰必取之君多內寵子無大援將不立三公子皆君也弗從夏鄭莊公卒祭仲與宋人盟以厲公歸而立之秋九月丁亥昭公奔衞己亥厲公立是忽之見逐在魯桓公十一年矣忽既爲莊公大子莊公歿立未踰年卽爲祭仲所逐故鄭人刺忽微弱由失援於大國之助前日不昏於齊致啓後日爭鬩作追刺之詞齊女非文姜鄭志荅張逸問誤正義駁之是矣

有女同車顔如舜華傳親迎同車也舜木槿也將翺將

翔佩玉瓊琚(傳)佩有琚瑀所以納閒彼美孟姜洵美且都(傳)孟姜齊之長女都閑也(疏)經言同車傳云親迎同車以申明經義士昏禮主人爵弁纁裳緇袘從者畢玄端乘墨車從車二乘執燭前馬婦車亦如之有裧亦如之者謂士禮從車二乘執燭前馬壻婦皆同也此卽親迎同車之禮也鵲巢篇一章之子于歸百兩御之御迎也二章之子于歸百兩將之將送也傳諸侯之子嫁於諸侯送御皆百乘案此詩乃設言鄭大子忽親迎齊女當是諸侯親迎之禮女從者之車與壻從者之車其送迎百兩儀從亦皆相同正義引壻御婦車授綏爲與婦同車直指同一車者說不知壻御婦車不過御輪三周壻卽先驅士婦一乘壻家之從車若大夫以上婦自乘其母家之車不同一車也或據下句言女之顔謂壻同車同行時所見云然尤違詩恉內則云女子出門必擁蔽其面又儀禮婦車有裧裧卽幭詩之帷裳也○說文蕣木堇朝華莫落者詩曰顔如蕣華詩作蕣今隸變作舜而又奪去廾頭耳高注淮南呂覽李注文選神女賦齊民要術十御覽百卉部六引詩皆作蕣堇俗作槿淮南時則注云木堇朝榮莫

落樹高五六尺其葉與安石榴相似也是月榮華可用作蒸也襍家謂之朝生一名蕣正義引義疏云舜一名木堇一名櫬一名椵齊魯之閒謂之王蒸今朝生暮落者是也五月始華故月令仲夏木堇榮月令注云木堇王蒸也○木瓜傳瓊玉之美者琚佩玉名經言琚傳言琚瑀上篇傳云襍佩者珩璜琚瑀衝牙之類琚瑀爲石珩璜爲玉大戴禮保傅篇上有雙衡下有雙璜琚瑀以襍之衡牙玭珠以納其閒玭一作蠙案上篇舉珩璜琚瑀衝牙以釋襍佩此以琚瑀爲佩玉之納閒大戴禮於琚瑀言襍於衝牙言納閒而納閒又有蠙珠以石集合玉謂之襍以石納玉閒謂之納閒其義本同也此家上篇而義互相足上篇正義引此傳琚瑀作琚玖者非善本也爾雅釋器佩衿謂之褑郭注佩玉之帶上屬衿當作紟方言廣雅皆云佩紟謂之裎說文紟衣系也綎系綬也綎與裎同禮記經解行步則有環佩之聲又玉藻孔子去魯佩象環五寸列女傳貞順篇鳴玉環佩昔大家注云玉環佩佩玉有環此皆佩玉有環之證也釋器環謂之捐佩玉之有環如車軾之有環大東詩鞙鞙佩璲捐卽鞙鞙繫佩之組也凡佩玉繫於革帶其繫於帶之組謂之褑褑之言瑗也瑗猶環也繫褑之組則有環

環下垂爲三組其中組之末曰衡牙其左右組皆上珩下璜衡牙在前後兩璜之閒瑀琚在上珩下璜之閒蠙珠又在中組之閒故衡牙琚瑀蠙珠皆爲納閒也雙璜之下有綬綬有玄朱純綦緼青之等差綬組爲左右組當較大於中組以中組貫蠙珠故也此佩玉納閒之説也舊説納閒之玉玉藻孔疏云凡佩玉必上繫於衡下垂三道穿以蠙珠下端前後以縣於璜中央下端縣以衡牙玉府賈疏云毛詩傳衡璜之外别有瑀琚其瑀琚所置當於縣衡牙組之中央又以二組穿於瑀琚之內角斜繫於衡牙之兩頭於組末繫於璜云蠙珠以納其閒者組繩有五皆穿珠於其閒故云以納其閒據孔但有蠙珠無琚瑀其説固不足信賈以琚瑀在中組之中央又用五組邪繫衡璜皆有蠙珠陳祥道禮書亦從周禮疏以繪圖其説亦非是近儒或謂蠙珠居中琚瑀又貫於蠙珠之上下或又謂琚瑀居中蠙珠又納於琚瑀之上下則中組一組但末縣一衡牙衡牙之上更無納閒之玉所謂衡牙蠙珠納閒者義不可通也大戴禮云衡牙蠙珠以納其閒者就中組言之也毛傳云琚瑀以納閒者就左右組言之也其誤總以雙珩爲一珩遂滋異説○孟姜齊之長女姜齊姓孟長也美都德音謂其

賢也正義云齊女未必實賢實長假言其賢長以美之不可執文以害意也傳訓都爲閑閑當作閒古嫻字楚辭大招比德好閒習以都只司馬相如上林賦妖冶閒都又楚語使富都那豎贊焉而使長鬣之士相焉臣不知其美也富都即美都也韋注云都閑也義與傳同都乃奲之假借字說文奢部奲富奲奲皃从奢單奲合二字會意奢張也單大也富奲奲言容貌之美大也玉篇奲寬大也丁可昌者二切丁可奲之轉猶都轉音讀如多也昌者奲之正猶都正音讀如者也

有女同行顏如舜英（傳）行行道也英猶華也**將翺將翔佩玉將將**（傳）將將鳴玉而後行**彼美孟姜德音不忘**（疏）傳文衍一行字行露北風載馳鹿鳴行葦傳皆云行道也道者讀如道路之道同道者謂同此道路以至焉爾莊二十四年穀梁傳云迎者行見諸舍見諸此即同行之義也○爾雅釋言華皇也釋草芛葟華榮華荂也華荂榮也木謂之華草謂之榮不榮而實者謂之秀榮而不實者謂之英郭注云今俗呼草木華初生者爲芛音

豨豬江東呼蕐爲荂音敷案芛蓳榮荂竝與蕐同義木爲蕐草爲榮木蓳月令言榮而詩言蕐詩上章言蕐而下章言英傳云英猶蕐者草亦曰蕐渾言無別耳出其東門傳云荼英英荼荼亦榮而不實者故得評爲英說文英艸榮而不實者是英爲艸不爲木也○采芑傳瑲珩聲也說文瑲玉聲也凡言玉聲其字當作瑲瑲今詩作將將將俗字也楚辭注引詩作鏘鏘俗字終南句同大戴禮云上車以和鸞爲節下車以佩玉爲度詩言親迎同車正謂下車而行鳴其佩玉將將然故傳云鳴玉而後行也竹竿佩玉之儺傳儺行有節度是婦人佩玉亦行有節度矣

山有扶蘇二章章四句

山有扶蘇刺忽也所美非美然疏美讀如彼美孟姜之美上篇言應取不取此言不應取而取皆所以追刺忽之失援也何以言之隱七年左傳陳及鄭平十二月陳五父如鄭涖盟壬申及鄭伯盟歃如忘洩伯曰五父必不免不賴盟矣鄭良佐如陳涖盟辛巳及陳侯盟亦知陳之將亂也鄭公子

忽在王所故陳侯請妻之鄭伯許之乃成昏八年四月甲辰鄭公子忽如陳逆婦嬀辛亥以嬀氏歸甲寅入于鄭桓五年春正月甲戌己丑陳侯鮑卒再赴也於是陳亂文公子佗殺大子免而代之公疾病而亂作國人分散故再赴六年秋八月蔡人殺陳佗傳云陳厲公蔡出也故蔡人殺五父而立之案忽妻陳嬀之時陳亂已萌至蔡人殺佗之歲即忽救齊之年鄭陳雖外親姻而陳不足恃昭昭共見而忽又辭昏於齊鄭之爭端實始於此山有扶蘇猶有女同車也

山有扶蘇隰有荷華（傳）興也扶蘇扶胥小木也荷華扶渠也其華菡萏言高下大小各得其宐也**不見子都乃見狂且**（傳）子都世之美好者也狂狂人也且辭也（疏）釋文本傳文木上無小字小箋云無小字爲長呂覽及漢書司馬相如劉向楊雄傳枚乘七發許氏說文皆謂扶疏爲大木許氏扶作枎古疏胥蘇通用傳云荷華扶渠者以扶渠釋荷字華則連經文而言之故訓中多有此例

又恐人誤以扶渠當華故申釋之云其華菡萏也澤陂一章有蒲與荷傳荷夫渠也三章有蒲菡萏傳菡萏荷華也彼傳以夫渠爲荷義與此同夫與扶同俗作芙蕖爾雅釋草荷夫渠其莖茄其葉蕸其本蔤其華菡萏其實蓮其根藕其中的的中薏說文菡萏扶渠華未發爲菡萏已發爲夫容蓮扶渠之實也茄扶渠莖荷扶渠葉蔤扶渠本藕扶渠根段注云今爾雅曰其葉蕸音義云衆家無此何惟郭有就郭本中或復無此句亦並闕讀按無者是也高注淮南云荷夫渠也其莖曰茄其本曰蔤其根曰藕其華曰夫容其秀曰菡萏其實蓮蓮之藏者菂菂之中心曰薏大致與爾雅同亦無其葉蕸三字蓋大葉駭人故謂之荷大葉扶搖而起渠央寬大故曰夫渠爾雅假葉名其通體故分別莖華實根各名而冠以荷夫渠三字則不必更言其葉也荷夫渠之華爲菡萏菡萏之葉爲荷夫渠省文互見之法也段注又云爾雅以其本蔤系於荷扶渠其莖茄之下者謂此乃全荷之本今俗所謂藕者是也蔤之言滅沒於泥中也以其根藕系於其華菡萏其實蓮之下者謂此乃華實之根凡華實之莖必偕葉一莖同出似有耦然故下近蔤上近華莖之根曰藕本言其全根言其偏本

在下根上於本下文的薏仍冢華實言之此作爾雅之精意也叔重列字次弟未得其解矣傳云言高下大小各得其宜也者以總下章釋義扶蘇橋松宜於山荷華游龍宜於隰宜以言不宜與所美之人實非美人小箋云高下謂山隰大謂扶蘇松小謂荷龍〇子都世之美好者也孫奭孟子疏據傳文無也字孟子告子篇惟目亦然至於子都天下莫不知其姣也不知子都之姣者無目者也趙注云子都古之姣好者也引詩曰不見子都姣與美義同荀子賦篇閭娵子奢莫之媒也子奢郎子都都古讀如奢楊注云都誤為奢奢非傳以狂人釋狂狂人謂狂行之人也且訓辭辭當為詞不見子都乃見狂且言不見子都乃見狂人猶下章云不見子充乃見狡童也且為語已之詞無實義此傳為全詩且字發凡也單言曰且連言之曰只且亦曰也且只且也且皆以二字為語已之詞箋於出其東門訓且為徂韓奕訓且為多北風君子陽陽褰裳訓且為此俱非傳義且有在句首者為發語詞山有樞且以喜樂且以永日之屬是也且猶云姑且也且有在句中者為語助詞終風終風且暴終風且霾之屬是也且猶云而且也故卷耳傳以且詁姑君子偕老傳以而詁且也此傳統釋之云且詞

也且與徂同聲故詩又以徂爲語詞

山有橋松隰有游龍㊉傳松木也龍紅草也不見子充乃見狡童㊉傳子充良人也狡童昭公也㊉疏釋文據詩作橋王肅讀橋爲喬故云高也鄭易橋爲槁呂覽先己篇百仞之松本傷於下而末槁於上鄭與呂合松易識之木傳因下龍草而連釋之也龍紅草龍一名紅草名也此與莪蘿蒿也作三句讀一例箋言放縱以釋經游字之義也管子地員篇五位之土其山之淺有龍與芹爾雅亦作龍云蘢天蘥又云紅蘢古其大者蘬龍古亦作蘢鼓郭注俗呼紅草爲蘢鼓語轉耳正義引義疏云一名馬蓼葉大而赤白色生水澤中高丈餘名醫別錄葒草一名鴻鶿如馬蓼而大生水傍陶注云此類甚多今生下溼地極似馬蓼甚長大詩稱隰有游龍本草圖經云葒草即水紅也今所在下溼地皆有之似蓼而葉大竝謂紅草狀似馬蓼非即馬蓼也與陸說異○子充猶子都故傳云良人也汪龍詩異義云孫毓謂傳以狡童爲昭公於義雖通不若箋指小人爲長其言亦是然以傳義求之疑傳文

有誤也傳以章首二句為反興則下二句義當接成且屈伸理對言伸必有屈傳釋子都為美好子充為良人正指君子則狂且狡童當指小人用含失當反正對言合敘所美非美之義無由以狂且狡童目昭公也傳如以目昭公亦必於釋狂且下箸之不應於下章始言又上章解狂且之義而狡童之義於狡童篇釋之似此傳狡童昭公也係彼傳之文後脫誤移於此耳彼敘刺忽不與賢人圖事為賢人指昭公之言故曰狡童昭公也昭公有壯狡之志傳以狡童之義在後總釋此因略而不言不然於此言其人於彼言其義傳文何襍碎乃爾彼此參校知不如是也案汪起潛以此傳文狡童昭公也五字為狡童篇之義誤移於此汪說極是但以子都子充為君子狂且狡童為小人尚是箋義非傳義此與上篇同意刺忽之不取齊姜既失彊齊之援以結亂陳之親故一章云不見子都乃見狂且傳狂狂人也狂人當指陳侯鮑公羊傳曷為以二日卒之悈也何注悈者狂也齊人語二章云不見子充乃見狡童毛無傳狡童猶狂人也狡童當指陳佗公羊傳陳佗者何陳君也陳君則曷為謂之陳佗絕也曷為絕之賤也其賤柰何外淫也惡乎淫淫乎蔡蔡人殺之蓋陳桓公既為病狂之

人不能足恃陳佗弑立亦淫亂之輩不能援救而忽反辭昏於齊以失大國之助是爲刺爾

蘀兮二章章四句

蘀兮刺忽也君弱臣強不倡而和也疏詩二章皆言君臣倡和而刺在言外故昭十六年左傳鄭六卿餞宣子子柳賦蘀兮也

蘀兮蘀兮風其吹女傳興也蘀槁也人臣待君倡而後和

叔兮伯兮倡予和女傳叔伯言羣臣長幼也君倡臣和也疏七月鶴鳴傳竝詁蘀爲落此云槁者槁謂未落各隨文訓云人臣待君倡而後和者所以明興義也箋云槁謂木葉也木葉槁待風乃落興者風喻號令也喻君有政教臣乃行之言此者刺今不然○叔伯爲羣臣長幼之稱經中倡字卽蒙上文吹字倡予予倡予我我君也故傳以君倡倡釋倡予和女女和女爾爾叔伯羣臣也故傳以臣和釋和女風吹蘀槁君令臣行之義也箋謂倡和俱屬叔伯指羣臣言與上下文義不通

蘀兮蘀兮風其漂女傳漂猶吹也叔兮伯兮倡予要女傳要成也疏 標有梅傳摽落也摽謂已落漂謂未落故云漂猶吹也要亦和也要讀如樂記要其節奏之要凡樂節一終謂之一成故要爲成也

狡童二章章四句

狡童刺忽也不能與賢人圖事權臣擅命也疏 箋云權臣擅命祭仲專也

彼狡童兮不與我言兮傳昭公有壯狡之志維子之故使我不能餐兮傳憂懼不遑餐也疏 詩異義以山有扶蘇傳狡童昭公也五字爲此篇文是也詳山有扶蘇篇葢傳既釋狡童爲昭公又申說其義乃云昭公有壯狡之志也隰有萇楚傳沃沃壯佼也彼壯佼謂少好此壯狡謂剛愎狡佼字通而義異禮記月令養壯佼呂覽仲夏紀佼作狡高注

云壯狡多力之士又呂覽禁塞云壯佼老幼大戴禮千乘云老疾用財壯狡用力並與此壯狡義相近孔仲達以爲幼壯狡好非也○維爲也維子之故言爲子之故也唐羔裘句同玉篇唯爲也它家詩作唯毛詩皆作維維與爲古聲相同故義得相通凡維與爲同義者放此餐猶食也遑暇也不能餐謂不暇能食也

彼狡童兮不與我食兮（傳）不與賢人共食祿**維子之故使我不能息兮**（傳）憂不能息也（疏）我我賢人也傳云不與賢人共食祿者孟子萬章篇弗與共天位也弗與治天職也弗與食天祿也趙注云位職祿皆天之所以授賢者而平公不與亥唐共之卽其義也息止也傳於不能息曰憂上章不能餐曰憂懼皆述賢人憂患之詞

褰裳二章章五句

褰裳思見正也狂童恣行國人思大國之正己也（疏）箋云狂童恣行謂突與忽爭國更出更入而無大國正之

子惠思我褰裳涉溱【傳】惠愛也溱水名也子不我思豈無他人狂童之狂也且【傳】狂行童昏所化也【疏】箋云子者庠大國之正卿惠愛北風同愛相親愛也釋文褰本或作騫騫者假借字溱說文水經皆作潧說文潧水出鄭國水經潧水出鄭縣西北平地東過其縣北又東南過其縣東又南入於洧水酈注云潧水出鄶城西北雞絡隖下東南流歷下田川逕鄶城西南注於洧世亦謂之爲鄶水也又云自鄶潧東南更無别瀆不得逕新鄭而會洧也鄭城東入洧者黄崖水也蓋經誤證耳案善長以潧水從新鄭西南入洧而在鄭城東入洧者爲黄崖水故水經洧水篇東過鄭縣南潧水從西北來注之酈注亦云洧水東與黄水合經所謂潧水非也方輿紀要云溱水出密縣境一名鄶水東北流至新鄭縣界與洧水合孟子離婁稱子產以乘輿濟人溱洧者溱洧水淺處爲人可濟涉之一證〇不我思言不思我也箋云言他人者先鄉齊晉後之荆楚玉篇引經傳皆作僮古童僮通傳釋狂童爲狂行童昏化爲也所化所爲也箋狂童之人日爲狂行此箋申傳也晉語童昏不可使謀童昏嚚

瘖僬僥官師之所不材也韋注云童無智昏闇亂鄭注周禮司刺云惷愚生而癡騃童昏者廣雅釋詁僮惛狂癡也釋訓僮昏入疾也是童昏二字連文得義傳狂行童昏又四字連文得義童卽狂也童昏卽狂行之狀故詩有單言狂者如衆穉且狂乃見狂且狂卽此詩狂童之狂單言狂絫言狂童無二義也玉篇僮幼迷荒者此依說文僮未冠之稱故以僮爲幼僮解之者皆沿其誤

子惠思我褰裳涉洧（傳）洧水名也子不我思豈無他士（傳）士事也狂童之狂也且（疏）地理志潁川郡陽城陽城山洧水所出東南至長平入潁說文及杜氏釋例皆謂洧水出陽城山入潁水經洧水出河南密縣西南馬領山酈注云陽城山馬領之統目惟郡國志陽城縣有嵩高山洧水出則異源矣方輿紀要云洧水出河南府登封縣北陽城山逕禹州密縣又東流至新鄭縣合溱水爲雙泊河又經長葛洧川鄢陵扶溝西華縣境而入於潁成十七年左傳諸侯伐鄭至於曲洧曲洧今開封府洧川縣地○古士事聲同其字作士其意爲事此謂假借也東山祈父北山敬之

桓傳同昭十六年左傳云子大叔賦褰裳宣子曰起在此敢勤子至於他人乎此釋上章豈無他人也又云子大叔拜宣子曰善哉子之言是不有是事其能終乎此言終事晉國釋下章豈無他士也傳以事詁士正用左氏說呂覽求人篇云晉人欲攻鄭令叔嚮聘焉視其有人與無人子產爲之詩曰子惠思我褰裳涉洧子不我思豈無他士叔嚮歸曰鄭有人子產在焉不可攻也秦荆近其詩有異心不可攻也引詩以爲將適秦荆則他士亦當爲他事與上章箋義相合

丰四章二章章三句二章章四句

丰刺亂也昏姻之道缺陽倡而陰不和男行而女不隨疏白虎通義嫁娶篇禮男娶女嫁何陰卑不得自專就陽而成之故傳曰陽倡陰和男行女隨

子之丰兮俟我乎巷兮傳丰豐滿也巷門外也悔予不送兮傳時有違而不至者疏傳丰豐滿也也當作皃箋云面貌丰丰然豐滿此謂

形容其面貌也字或作姅方言好或曰姅玉篇姅容好皃子謂壻也我我嫁者也士昏禮壻𣁮其車先俟于門外鄭注云俟待也門外壻家大門外謂御者代壻壻自𣁮其車先至於己家大門外以俟女之至也案詩言俟巷卽俟於門外傳正本禮經爲訓正義以門外爲婦家之門外其誤與箸篇同檀弓下曾子與客立於門側其徒趨而出曾子曰爾將何之曰吾父死將出哭於巷此門外爲巷之證也說文䣆里中道篆文作巷段注云巷今作巷○雲漢傳悔恨也士昏禮婦至主人揖婦以入主人謂壻也禮記昏義作壻是壻親迎而婦卽隨至也今壻俟門外而女乃違禮不至故刺之坊記子云昏禮壻親迎見於舅姑舅姑承子以授壻恐事之違也以此坊民婦猶有不至者東門之楊序云昏姻失時男女多違親迎女猶有不至者並與此傳同傳蓋兼下章發義不送不行皆所謂違而不至也送讀如送子涉淇之送

子之昌兮俟我乎堂兮（傳）昌盛壯貌**悔予不將兮**（傳）將行也（疏）還猗嗟傳昌盛也此云盛壯盛壯謂容體各隨文訓士昏禮及寢門揖入升自西階是壻入寢

門以俟寢門卽闈門也俟堂則堂在闈門以內宣六年公羊傳勇士入其大門則無人焉門者入其閨則無人焉闈者上其堂則無人焉俯而闚其戶方食魚飧此堂在闈門內之證王肅云升於堂以俟○將訓行行讀如有女同行之行箋將亦送也與上章同訓

衣錦褧衣裳錦褧裳傳衣錦褧裳嫁者之服**叔兮伯兮駕予與行**傳叔伯迎己者疏正義云婦人之服不殊裳而經衣裳異文者以其衣裳別名詩須韻句故別言之耳其實婦人之服衣裳連俱用錦皆有褧下章倒其文故傳衣錦褧裳互言之案孔說是也傳衣錦褧裳乃總括詩辭如說文東方昌矣犬夷呬矣風雨湝湝并二句爲一句其例正同碩人傳云夫人德盛而尊嫁則錦衣加褧襜錦褧爲夫人嫁服此云嫁者之服宜謂夫人尊服矣鹽鐵論散不足篇古者男女之際尚矣嫁娶之服未之以記及虞夏之後葢表布內絲骨笄象珥封君夫人加錦尚褧而已與毛傳合說詳碩人篇葢此篇之意言亂始於夫婦之不謹上二章所以刺今時違禮者多然下之違禮由於上之失

道故下二章所以陳古人君昏姻之道焉○傳云叔伯迎己者謂壻之從者也迎己者當不止一人故或稱叔稱伯旄丘叔伯爲大夫蘀兮叔伯爲羣臣則此叔伯義與之同

裳錦褧裳衣錦褧衣叔兮伯兮駕予與歸

東門之墠二章章四句

東門之墠刺亂也男女有不待禮而相奔者也

東門之墠茹藘在阪傳東門城東門也墠除地町町者茹藘茅蒐也男女之際近而易則如東門之墠遠而難則如茹藘在阪其室則邇其人甚遠傳邇近也得禮則近不得禮則遠疏傳云東門城東門也者鄭城西南溱洧之所經流唯城東門無水耳故城東門皆民人所居有墠有栗下篇又云出其東門也墠釋文正義本作壇正義云除地者謂之墠壇墠字異而

作此壇字讀音曰墠蓋古字得通用也釋名州國篇鄭町也其地多平町町然也與此傳云町町者同華嚴經音義世界品引韓詩傳云墠猶坦也義同茹藘茅蒐爾雅釋草文郭注云今之蒨也可以染絳說文蒐茅蒐茹藘人血所生可以染絳茜茅蒐也正義引義疏云一名地血齊人謂之茜徐州人謂之牛蔓瞻彼洛矣正義引鄭駁異義韎草名齊魯之閒言韎韐聲如茅蒐字當作韎陳留人謂之蒨士冠禮注今齊人名蒨爲韎韐案韎下韐字衍蒨韎卽茅蒐之合聲也茜蒨同正義云阪云遠而難則壇當云近而易不言而易可知而易省文也孔所據傳文近下無而易二字又傳文如茹藘在阪如宋本作以誤傳言近遠卽擬下二句作訓云近則如東門之壇其室則邇也云遠而難則如茹藘在阪其人甚遠也○邇訓近室人席女上句言室下句言人互詞傳云得禮則近不得禮則遠者所以釋經則邇甚遠之意得禮不得禮本序說以申明經義也

東門之栗有踐家室傳栗行上栗也踐淺也豈不爾思子不我卽傳卽就也疏東門之栗與上章東門之墠正是一處古者家室必有場圃春

夏爲圃秋冬則爲場場壇即場也周禮序官場人注云場築地爲墠季秋除圃中爲之蓋秋冬乃嫁娶之候故詩人及時而生感也場圃側樹以木周禮謂之園圃將仲子傳云園所以樹木也栗栗木也此民居近於城郭往來道路所通故傳云栗行上栗也行道也襄九年左傳諸侯伐鄭杞人郳人從趙武魏絳斬行栗即謂此也栗者婦人之贄故以取興踐淺釋言文踐讀與淺同行栗易取比淺室易窺衡門傳衡門橫木爲門言淺陋也淺即淺陋之意有淺家室言淺矣家室也有者乃狀其淺之之詞承上文其室則邇而言御覽果部一引韓詩云東門之栗有靖家室栗木名靖善也言東門之外栗樹之下有善人可與成爲室家也藝文類聚果部下靖作靜韓字義皆異○即就傳爲全詩通訓昵東門之日版箋竝云即就也豈不爾思子不我即二句承上文其人甚遠而言我室人自我也不我即言不能成禮以迎我也東門之日篇在我室兮履我即兮傳履禮也言我必待禮而相就也句義相同以刺當時男女不待禮而相奔之亂

風雨三章章四句

風雨思君子也亂世則思君子不改其度焉

風雨淒淒雞鳴喈喈（傳）興也風且雨淒淒然雞猶守時而鳴喈喈然既見君子云胡不夷（傳）胡何夷說也（疏）淒淒寒涼之意說文喈鳥鳴聲也重言喈喈又云湝湝寒也引詩風雨湝湝許并二句爲一句湝湝爲寒聲本三家詩說傳云風且雨淒淒然風雨興亂世也云雞猶守時而鳴喈喈然雞鳴興君子不改其度也○胡訓何已見日月矣此可不傳定本無胡何二字夷說邢同王逸注楚辭九懷云夷喜也或三家詩夷與末章喜同訓也昭十六年左傳子游賦風雨杜注云取其既見君子云胡不夷

風雨瀟瀟雞鳴膠膠（傳）瀟瀟暴疾也膠膠猶喈喈也既見君子云胡不瘳（傳）瘳愈也（疏）詩小學云考說文無瀟字廣韻屋蕭韻皆有潚字無瀟字毛詩風雨瀟瀟入聲音肅平聲音修在弟三部轉入弟二部音宵俗誤爲瀟見明時詩經舊本作潚

潚爲是羽獵賦飛廉雲師吸鼻潚率西京賦飛罕潚箾流鏑擢擽思玄賦迅猋潚其媵我舊注潚疾皃與毛傳潚潚暴疾也意正相合案段說是也潚潚猶肅肅也小星傳肅肅疾皃暴亦疾也終風傳暴疾也玉篇颯先篤切颯颯雨聲古夙聲肅聲相通颯颯卽潚潚也詩小學云廣韻引詩雞鳴嘐嘐玉篇亦曰嘐嘐雞鳴也案此三家詩有作嘐嘐者毛詩作膠膠假借字膠膠爲雞鳴聲故云猶喈喈也○瘳愈瘉卬同愈古瘉字說文云瘉病瘳也瘳疾瘉也

風雨如晦雞鳴不已（傳）晦昏也既見君子云胡不喜（疏）如猶而也僖十五年公羊傳晦晝冥也云昏者晝冥之意爾雅所謂霿也

子衿三章章四句

子衿刺學校廢也亂世則學校不脩焉（疏）定本作刺學廢無校字

青青子衿悠悠我心（傳）青衿青領也學子之所服縱我

不往子寧不嗣音（傳）嗣習也古者教以詩樂誦之歌之絃之舞之（疏）衿古字當作䘳漢石經作靑靑子䘳爾雅衣眥謂之襟孫郭注竝云襟交領也襟亦䘳之異體說文云䘳交衽也衽掩裳際而亦曰䘳者蓋自領及衽皆統稱爲䘳家訓書證篇古者斜領下連於衿故謂領爲衿與說文合但斜領與方領不同禮記深衣曲袷如矩以應方鄭注云袷交領也古者方領如今小兒衣領案士常服服深衣應用方領故此傳釋衿爲領就深衣曲袷之制言之不必如斜領連及於交衽者矣衿爲領靑衿爲靑領重言靑靑者非一詞也箋云禮父母在衣純以靑此引深衣文深衣謂衣緣或領緣亦靑耳云學子之所服者後漢書儒林傳建武五年迺脩起太學服方領習矩步者委它乎其中馬援傳注引前書音義云頸下施衿領正方學者之服也衿領連言正與傳訓合子爲學子則我者詩人自我也上不與學若州長黨正之官徒麋虛設責學子者風上之意也○嗣與事聲義相同故嗣訓爲習傳云古者教以詩樂誦之歌之絃之舞之者以釋經音字之義絃當作弦音謂詩樂也周禮瞽矇諷誦詩禮記樂記弦歌詩頌是誦歌弦

三者皆播之以詩也樂師掌國學之政以教國子小舞內則十三舞勺成童舞象二十舞大夏舞亦與歌詩相應矣墨子公孟篇云或以不喪之閒誦詩三百弦詩三百歌詩三百舞詩三百案百讀爲陌陌猶通也墨子言不居喪則禮樂不廢其誦弦歌舞皆爲詩樂竝與傳同知毛義甚古也寧猶何也寧不何不也釋文引韓詩子寧不詒音云詒寄也曾不寄問也鄭箋用韓說

青青子佩悠悠我思（傳）佩佩玉也士佩瓀珉而青組綬

縱我不往子寧不來（傳）不來者言不一來也（疏）凡佩有事佩德佩經言佩傳申之云佩玉知非佩觿佩韘也經言青青當爲組綬及紟之色故傳引禮記玉藻文士佩瓀珉而青組綬知非佩大夫水蒼玉也玉藻一命緼珩一命謂士也此引士佩瓀珉者不命之士就學子而言瓀當依釋文作瑌如兖反作瓀者依禮記改之也說文瑌石次玉者从石耎聲珉禮記作玟說文珉石之美者从玉民聲玟一曰石之美者从玉文聲珉玟字異義同也禮記緼組綬鄭注云緼赤黃傳引作青組綬者或士緼青皆

可用依經言青青故云青組綬耳鄭注云綬者所以貫佩玉相承受者也爾雅璲瑞也璲綬也郭注云郎佩玉之組所以連繫瑞玉者因通謂之璲佩衿謂之褑郭注云佩玉之帶上屬案衿當作紟方言廣雅皆云佩紟謂之裎說文紟衣系也綬韍維也組綬屬也繸綬維也綎系綬也綎與裎同蓋佩玉必有組其系帶之組曰褑亦曰裎貫玉石之組曰綬桼曰繸○經言不來傳言不一來正義云準上傳則毛意以爲責其不一來習業

挑兮達兮在城闕兮傳挑達往來相見貌椉城而見闕

一日不見如三月兮傳言禮樂不可一日而廢疏胡承珙云上經方云不來此傳不當言相見觀正義云故知挑達爲往來皃可識傳本無相見二字釋文挑達往來見皃無相字此必陸氏本作往來皃傳寫誤皃爲見淺人復於見下加皃字耳挑兮初學記引作佻大東佻佻公子傳訓獨行此挑達訓往來者亦謂獨往獨來與韓詩大東傳嬥嬥往來皃同案胡說是也挑達雙聲連緜字又作岦達說文岦滑也達行不相遇也滑與行不相遇兩義皆即正義所謂乍往乍來之意○爾雅觀謂之闕說

文云闕門觀也春秋定二年雉門及兩觀災新作雉門及兩觀何注昭二十五年公羊傳禮天子諸矦臺門天子外闕兩觀諸矦內闕一觀是觀亦臺也天子於門設臺於應門設兩觀諸矦於雉門設門觀魯用天子制故亦設兩觀他國但設門觀門觀卽門臺於此縣象魏焉所謂闕也桓九年公羊注云周城千雉又定十二年注云天子周城諸矦軒城軒城者缺南面以受過也說文𩫏部𩫖缺也古者城缺其南方謂之𩫖案缺其南方所謂軒城也鄭司農注周禮小胥云宮縣四面縣軒縣去其一面四面象宮室四面有牆故謂之宮縣軒縣三面其形曲缺南面之城謂之軒城猶缺南面之縣謂之軒縣是諸矦之城缺南面也𩫖與闕不同義𩫖卽缺字以城缺南面故其字從𩫏作𩫖與詩之闕爲縣象魏者不同詩城闕二字不連讀傳以椉城釋在城以見闕釋闕鄭矦國三門庫雉路其宮南面卽以宮垣爲城牆不象天子宮室四面有牆之制庫門之內爲雉門雉門有闕庫門爲宮之外門亦卽以宮之外門爲南城門城外謂之鄉有鄉學在焉襄三十一年左傳鄭人游鄉校論執政之然否者以此也椉登也學子登宮外門之城上以內望見雉門之闕闕縣象魏治教彼關亦學校中之事

見闕猶見禮樂也城制詳緜篇○不見不見禮樂也不見禮樂一日如三月之久是禮樂不可一日而廢者矣傳言此即是上兩章厚望學子來習之意

揚之水二章章六句

揚之水閔無臣也君子閔忽之無忠臣良士終以死亡而作是詩也

揚之水不流束楚（傳）揚激揚也激揚之水可謂不能流漂束楚乎終鮮兄弟維予與女無信人之言人實迋女（傳）迋誑也（疏）揚激揚王風揚之水傳同不爲語詞不流流也此不警警也不盈盈也之例正言之不爲語詞反言之則下加一平字以足之其義實同也若此篇不流束楚傳云可謂不能流漂束楚乎傒人不濡其翼鵜在梁可謂不濡其翼乎文王不顯亦世不世顯德乎執競不顯成康不顯乎其成功而安之也傳皆

下加一乎字以足其義詁訓中又有此例此詩人以水之激揚流漂束楚喻忽政之亂促戔泯其忠良故下文嘆寡兄弟也下章喻意同○終猶既也既已也終鮮兄弟維予與女言忽於兄弟之道已寡恩信同心者維我與女而已女謂忽予作詩者自謂所以閔忽之無臣卒以亾亾十月之交傳云親戚之臣心不能已是其義也迋讀與誑同左傳昭二十一年子無我迋言子無我誑也定十年是我迋吾兄言我誑吾兄也亦以迋爲誑詩左傳多古文假借字說文誑欺也

揚之水不流束薪終鮮兄弟維予二人傳二人同心也

無信人之言人實不信疏予二人猶云予女二人耳不申明經義謂予女二人言女文不備也傳云同心以有同心也不信猶誑也

出其東門二章章六句

出其東門閔亂也公子五爭兵革不息男女相棄民人

思保其室家焉（疏）箋云公子五爭者謂突再也忽子亹子儀各一也正義云桓十一年左傳曰祭仲爲公娶鄧曼生昭公故祭仲立之宋雍氏女于鄭莊公生厲公故宋人誘祭仲而執之曰不立突將死祭仲與宋人盟以厲公歸而立之秋九月昭公奔衞己亥厲公立是一爭也十五年傳曰祭仲專鄭伯患之使其壻雍糾殺之雍姬知之以告祭仲祭仲殺雍糾厲公出奔蔡六月乙亥鄭世子忽復歸于鄭是二爭也十七年傳曰初鄭伯將以高渠彌爲卿昭公惡之固諫不聽昭公立懼其殺己也弒昭公而立公子亹是三爭也十八年傳曰齊侯師于首止子亹會之高渠彌相七月齊人殺子亹而轘高渠彌祭仲逆鄭子于陳而立之服虔云鄭子昭公弟子儀也是四爭也莊十四年傳曰鄭厲公自櫟侵鄭及大陵獲傅瑕傅瑕曰苟舍我吾請納君與之盟而舍之六月傅瑕殺鄭子而納厲公是五爭也忽亦再爲鄭君前以大子嗣立不爲爭篡故唯數後爲五爭也

出其東門有女如雲（傳）如雲衆多也雖則如雲匪我思

存傳思不存乎相救急縞衣綦巾聊樂我員傳縞衣白色男服也綦巾蒼艾色女服也願室家得相樂也疏女未嫁者之稱傳云如雲衆多也者衆多上當奪言字此釋經義非釋字訓也君子偕老如雲言美長也敝笱如雲言盛也韓奕如雲言衆多也傳皆有言字可證女子遭亂而出則男子散棄之衆多可知矣匪不也我民人也匪我思不我思也存讀推亾固存之存云思不存乎相救急者男女遭亂世失時配耦自相棄遺無有人焉思固存之不能相救於急難爲是可閔爾○正義引廣雅云縞細繒也王制殷人縞衣而養老鄭注云殷尚白而縞衣裳是縞衣白色也縞衣謂上衣綦巾爲下衣故傳以縞衣爲男服而綦巾爲女服云蒼艾色者蒼青也青如艾色是曰綦女子所服綦色之巾是曰綦巾說文綥帛蒼艾色也詩曰縞衣綥巾未嫁女所服或字作綦段注云許用毛說而以未嫁二字申毛意與謂夏小正八月玄校傳玄也者黑也校也者若綠色然婦人未嫁者衣也玉藻注綾蒼黃之色則校卽綾也說文與小正傳同許所據毛詩作綥今經典皆通作綦箋綦綦文鄭謂

巾上之文茲遵爲蒼艾色也綦文見小戎尸鳩傳聊願也傳與泉水素冠訓竝同云願室家得相樂也者丈夫生願有室女子生願有家室家二字卽冢縞衣綦巾句言我民人願室家相保得以相樂序所謂民人思保其室家也員讀爲云正義云云員古今字助語詞也玄鳥箋員古文云字釋文及文選舞鶴賦東武吟注引韓詩作聊樂我魂薛君章句魂神也韓詩義異

出其闉闍有女如荼傳闉曲城也闍城臺也荼英荼也言皆喪服也**雖則如荼匪我思且縞衣茹藘聊可與娛**

傳茹藘茅蒐之染女服也娛樂也疏闉曲城李注文選鮑照行藥詩引毛詩傳闉城曲是唐初本作城曲正義引說文闉闍城曲重門城曲二字正用傳訓蓋曲之言隈也城之隈處謂之闉闍卽城門也爾雅釋言闍臺也又釋宮闍謂之臺傳云城臺謂城門之臺玉篇闍城門臺是也闉爲城曲其上有臺謂之闍連言之則曰闉闍宣十五年公羊傳於是使司馬子反乘堙而闚宋城宋華元亦乘堙而出

見之何注堙距堙上城具案何解非也堙與闉同以門作闉以土作堙堙即包城臺而言韓詩外傳云於是司馬子反乘闉而窺宋城宋使華元乘闉而應之說文闍樓上戶也段注云許書無闉闍即今闉字西京賦說神明臺曰上飛闥而仰眺西都賦說井幹樓曰排飛闥而上出此二闥皆樓上戶在高處故名之曰飛然則闥在高處可以眺望乘闉與乘堙一也天子南城門有臺故新序襍事五云天子居闉闕之中是矣鄭爲侯國無南城門其三面皆有城城皆有臺出其闉闍猶云出其東門耳箋泥城臺不得言出轉闍爲都非是○荼英荼有女同車傳英猶華也鴟鴞傳荼萑苕也彼言其皮可用此則言其華可比也今驗荻華色白用以楮茵若蘆華色不如荻之白此詩之荼謂萑華非葦華矣箋荼茅秀秀亦華也考工記鮑人之事望而眡之欲其荼白也吳語皆白常白旗素甲白羽之矰望之如荼韋注與鄭箋同云言皆喪服也者皆字即冡上章衆多之意衆多喪服以喻相棄者衆多也邶谷風篇凡民有喪匍匐救之此章傳言喪服與上章傳言救急實本民喪相救作訓雖則如荼匪我思且言雖則衆多喪服如英荼然而無有思相救急我民人也且爲語巳之詞○茹藘一名茅

蒐今之蒨草詳東門之墠篇茹藘染草因之以爲所染之服名猶韎爲茅蒐所染之韋矣傳云女服未詳箋茅蒐染巾也鄭意謂女子之巾猶如男子之韎韐歟釋文娛本亦作虞娛虞皆樂也

野有蔓草二章章六句

野有蔓草思遇時也君之澤不下流民窮於兵革男女失時思不期而會焉

疏 曾釗詩異同辨云按詩譜此爲厲公時詩厲公爭國兵革不息故詩人思遇時遇者諸侯未及期而相見也攷春秋莊公四年夏齊侯陳侯鄭伯遇于垂穀梁傳范甯集解云傳例不期而會曰遇遇者志相得也然則子儀君鄭時嘗與大國會遇矣但不能藉其力以定亂厲公又自櫟入兵革紛起故思邂逅有美之一人以慰安厭亂之願而相偕於善道詩所詠者是也序云君之澤不下流君卽所美之人蓋席當時牧伯又云民窮於兵革男女失時則原所以思遇時之故也鄭乃以爲思得男女會合之時失之左傳襄公二十七年鄭伯享趙孟於垂隴子大叔賦野有蔓草昭公十六年夏鄭六卿餞宣子於郊

子齹賦野有蔓草則是詩非言男女會合審矣案曾說是也春秋書遇淸遇垂遇穀遇魯濟遇梁丘皆是不期而會有務德安民之遺故春秋善之無譏辭厲公之復歸於鄭在魯莊公十四年連年被兵不解興革不休故國人怨刺而作是詩序云民窮於兵革男女失時與上章序所云兵革不息男女相棄民人思保室家同意息兵革所以保室家也左傳鄭伯之享趙孟也爲弭兵還享故子大叔賦此以美趙孟趙孟以爲惠鄭六卿之餞韓宣也在郊次設餞故子齹賦此以美韓宣韓宣以爲善兩引此詩並與序相合韓詩外傳傳曰孔子遭齊程本子於郯之閒傾蓋而語顧子路取束帛以贈子路曰昔者由也聞之夫子士不中道相見女無媒而嫁者君子不行也孔子引此詩亦取不期而會之義又與序正同也序爲刺詩而篇中無刺意故享餞皆賦之非以刺詩賦於盟會也

他賦詩放此

野有蔓草零露漙兮傳興也野四郊之外蔓延也漙漙然盛多也**有美一人淸揚婉兮**傳淸揚眉目之閒婉然

美也邂逅相遇適我願兮傳邂逅不期而會適其時願

疏野有死麕燕燕干旄坰傳竝云郊外曰野此云野四郊之外者謂國竟之通道期遇之草次也蔓古作曼曼訓長延長義相近正義云靈作零字故爲落也嫌靈無落義故云然孔所據詩本作靈字箋訓靈爲落靈者古文假借字釋文漙本亦作團文選謝靈運初發都詩謝玄暉京路夜發詩陸士衡苦寒行謝惠連詠牛女詩古襍體詩注引詩作團御覽地部二十作團顏師古匡謬正俗漙呂氏字林作䨨案疑古本毛詩作專專爲團之假借字周禮大司徒注專圜也說文團圜也露上草成圜如珠是曰團重言之曰團團故傳訓盛多也蓋曼草與諸侯之相連屬旄丘傳諸侯以國相連屬憂患相及如葛之曼延相連及是其義也靈露喻澤也曼草之靈露喻諸侯有澤及於四郊猶蓼蕭之靈露喻天子有澤及於四海皆是興義○傳文清揚下奪婉兮二字武進臧琳經義襍記云此傳當云清揚婉兮眉目之閒婉然美也下八字作一句讀以清爲目之美以揚爲眉上之美以婉兮爲清揚之美婉婉然今傳中無婉字是嫌於清揚爲眉目之閒矣此以經合傳時所刪玉篇面部

云碗於遠切肩目之閒美皃韓詩云淸揚碗兮是韓詩傳亦當云淸揚碗兮肩目之閒美皃與毛傳例同案臧說是也但解揚爲肩上未盡善肩之上爲顙額之際則不得云肩目之閒也君子偕老子之淸揚傳視淸明也猗嗟淸揚婉兮傳好肩目也又美目揚兮傳好目揚肩後箋云毛傳毎於淸揚之揚兼肩言之者說文盱張目也張載注魏都賦盱衡曰肩上曰衡盱舉肩大視也李善引漢書音義曰盱衡謂舉肩揚目也此卽毛傳好目揚肩之義因揚肩見目之美故經以美目爲揚傳欲見揚爲舉目之美故統言肩目之閒與好肩目耳說苑尊賢篇引詩作淸陽婉兮說文陽高明也禮記注明者曰陽○案傳文邂逅下奪相遇適我願兮六字邂逅相遇適我願兮此傳複經句也二句作一氣讀不期而會適其時願此傳釋經義也八字亦作一氣讀序云思遇時思不期而會隱八年穀梁傳云不期而會曰遇是不期而會謂之遇非不期而會謂之邂逅也邂逅有適願之義穀梁傳又云遇者志相得也志相得卽詩所謂適我願也綢繆傳云邂逅解說也解說猶說懌亦是適我願之意義箸於綢繆於此則不爲邂逅發傳矣此經轉寫者刪去複句未盡遂誤以傳文不期而會四字專釋邂

逅二字沿譌至今直以邂逅爲塗遇之通稱學者失其義久矣邂逅當依綢繆釋文作解覯淮南子俶眞篇孰肎解構人間之事高注云解構猶合會也構與覯通

野有蔓草零露瀼瀼傳瀼瀼盛貌有美一人婉如清揚

邂逅相遇與子偕臧傳臧善也疏蓼蕭傳瀼瀼露蕃皃盛與蕃義相近執競烈祖作穰穰廣雅霷霷露也說文水雨二部無漙䨚瀼霷字○左傳韓宣子曰孺子善哉吾有望矣傳訓臧爲善正用左氏釋詩之義

溱洧二章章十二句

溱洧刺亂也兵革不息男女相棄淫風大行莫之能救焉疏箋云救猶止也

溱與洧方渙渙兮傳溱洧鄭兩水名渙渙春水盛也士

與女方秉蕑兮傳蕑蘭也女曰觀乎士曰既且且往觀乎洧之外洵訏且樂傳訏大也維士與女伊其相謔贈之以勺藥傳勺藥香草疏溱說文引詩作潧褰裳一章褰裳涉溱傳溱水名也二章褰裳涉洧傳洧水名也是溱洧爲鄭兩水名矣水經洧水東過鄭縣南潧水從西北來注之酈注云洧水東逕新鄭縣故城中左傳襄公元年晉韓厥荀偃帥諸侯伐鄭入其郛敗其徒兵於洧上是也又東爲洧淵水春秋傳曰龍鬭於時門之外洧淵則此潭也今洧水自鄭城西北入而東南流逕鄭城南又潧水注云潧水又南懸流奔壑崩注丈餘其下積水成潭廣四十許步淵深難測又南注于洧詩所謂潧與洧者也然則潧入洧逕鄭城之西城南爲溱洧合流今謂之雙洎河鄭城西南皆溱洧所經溱小洧大故下文但言洧之外舉洧以該溱也釋文渙渙韓詩作洹洹音丸說文作汎汎音父弓反說文潧篆注云汎蓋汍之誤汍汍與洹洹同地理志作灌灌亦當讀汍汍皆水盛沄旋之皃傳云渙渙春水盛也者御覽時序部十五引韓詩章句云洹洹盛皃也謂

詩七　三

三月桃華水下之時至盛也案此篇毛義可據韓詩以
明之○眾經音義卷二引字書云蕑與蕑同蕑蘭也引
說文云蕑香草也今本說文蕑草出吳林山草上奪香
字說文有蕑無蕑則詩之蕑當卽蕑之或字地理志引
詩方秉菅兮疑魯詩作菅故郭璞注中山經云蕑亦菅
字本漢志也傳云蘭者陸義疏云蕑卽蘭香草也其莖
葉似藥草澤蘭廣而長節節中赤高四五尺漢諸池苑
及許昌宮中皆種之可著粉中藏衣著書中辟白魚本
草綱目以爲卽今省頭草是也炮炙論云大澤蘭卽蘭
草小澤蘭卽澤蘭案澤蘭有此兩種與今之山蘭不同
物蘭生於澤畔澤陂云彼澤之陂有蒲與蕑傳訓蕑爲
蘭此詩之蕑亦當生於溱洧之旁故兩傳訓同釋文引
韓詩云蕑蓮也蘭之通作蓮如瀾漣一字之例韓不謂
荷蓮也管子地員篇五粟之土五臭生之薜荔白芷蘪
蕪椒蓮五沃之土五臭疇生蓮與蘪蕪藁本白芷此皆
以蓮作蘭之證可以識毛韓蘭蓮同物矣御覽引韓詩
章句云秉執也蕑蘭也當此盛流之時士與女衆方執
蘭拂除邪惡鄭國之俗三月上巳之辰於此兩水之上
招魂續魄除拂不祥案此兩蘭字皆當作蓮御覽地二
十四妖異二香三北堂書鈔歲時三初學記歲時下藝

文類聚歲時中六帖四通典禮十五漢書溝洫志注後漢書袁紹傳注續漢書禮儀志注並引韓詩而詳略微異周禮女巫掌歲時祓除釁浴鄭注云歲時祓除如今三月上巳如水上之類釁浴謂以香薰草藥沐浴鄭亦本韓詩義○既且之且與且往之且不同義士曰既且言士曰既觀也山有扶蘇傳且詞也且往觀乎言姑往觀也卷耳傳姑且也御覽引韓詩章句云故詩人願與所說者俱往觀之訏大爾雅釋詁文方言訏大也中齊西楚之閒曰訏生民抑韓奕並同洵訏且樂言洧水之外其地信廣大且以喜樂衡門泌之洋洋可以樂飢傳云洋洋廣大也文義相近釋文引韓詩作恂盱且樂云恂盱樂皃也訓異而意同伊維也謔戲謔也○勺藥香草勺藥不載於爾雅釋文引韓詩云離草也言將離別贈此草也韓詩釋經義不言勺藥爲何草正義引義疏云今藥草勺藥無香氣非是也未審今何草御覽藥部七引義疏云司馬相如賦云勺藥之和揚雄賦曰甘甛之和勺藥之羹勺藥入入食之也廣雅攣夷芍藥也王念孫疏證云攣夷即留夷留攣聲之轉也張揖注上林賦云留夷新夷也新與辛同王逸注楚辭九歌云辛夷香草也郭璞注西山經云芍藥一名辛夷亦香草屬然

則鄭風之勺藥離騷之畱夷九歌之辛夷一物耳西山經云繡山其草多芍藥中山經句檷之山條谷之山洞庭之山竝云其草多芍藥則芍藥山草名醫別錄云芍藥生中岳川谷及邱陵陶注云出白山蔣山茅山最好白而長大餘處多赤與山經合則古之芍藥卽醫家之藥草芍藥也今人畦種之離騷所謂畦畱夷者矣其根莖及葉無香氣而花則香故毛詩謂之香草猶蘭爲香草亦是花香莖葉不香也至司馬相如子虛賦勺藥之和揚雄蜀都賦甘甜之和勺藥之羹皆是調和之名陸氏引以證勺藥之草誤也案王說是也唯上章之蘭爲澤蘭其香在莖葉不必在華耳

溱與洧瀏其清矣(傳)瀏深貌 士與女殷其盈矣(傳)殷衆也 女曰觀乎士曰既且且往觀乎洧之外洵訏且樂維士與女伊其將謔贈之以勺藥(疏)傳瀏深皃皃當作也瀏訓爲深非形容之詞釋文瀏深也不誤文選南都賦注引韓詩瀏清貌是韓緣詩言清故形容爲清貌瀏漻聲同說文瀏深清也

兼毛韓兩義如緇衣之蓆訓廣多亦兼毛韓兩義之例夏小正傳亦云般衆也吳語其民殷衆齊策殷衆富樂皆殷衆連文○

箋云將大也

卷七終

詩毛氏傳疏卷八

長洲陳奐學

齊雞鳴詁訓傳弟八　毛詩國風

齊國十一篇三十四章百四十三句

疏漢書地理志云齊郡臨淄師尚父所封又云少昊之世有爽鳩氏虞夏時有季崱湯時有逢公柏陵殷末有薄姑氏皆爲諸侯國此地至周成王時薄姑氏與四國共作亂成王滅之以封師尚父是爲大公詩風齊國是也是齊初都臨淄其後兼有薄姑爲大國臨淄在今山東青州府治薄姑在今府北博興縣僖四年左傳管仲曰昔召康公命我先君大公曰五矦九伯女實征之以夾輔周室賜我先君履東至于海西至于河南至于穆陵北至于無棣案東海萊夷之地齊語通齊國之魚鹽于東萊韋注云東萊齊東萊夷也齊有東海爲有海邦諸夷之國猶魯頌所謂遂荒大東至于海邦也晏子對景公曰姑尤以西姑尤在今登萊兩府之地地理志

東有甾川東萊琅邪高密膠東此就春秋已後言之矣至大河故瀆春秋初未改禹迹晏子曰聊攝以東杜注云聊攝齊西界也平原聊城縣東北有攝城今聊城屬山東東昌府聊城之去大河故瀆幾四百里齊語桓公築五鹿中牟葢與牡丘以衞諸夏之地攷四邑皆在大河左右築之以禦戎狄非齊西境有此四邑也葢穆陵南接魯無棣北接燕齊與魯燕爲周三公其封國皆連壤故管仲於南北舉齊境言之而東有東夷西有戎狄但舉海與河言之非建國之初即至東海西河也又齊語桓公既反侵地正封疆地南至于䶵陰西至于濟北至于河東至于紀酅案杜預注春秋莊三十年濟水歷齊魯界此云西至濟則在濟西所謂大朝諸侯於陽穀是其西境云北至河者無棣之上下皆大河故瀆之所經也然則齊封域在周禮職方幽州之域而西南及於兖焉

雞鳴三章章四句

雞鳴思賢妃也哀公荒淫怠慢故陳賢妃貞女夙夜警

戒相成之道焉（疏）史記齊世家大公五世至哀公紀侯譖之周亨哀公徐廣以爲周夷王時而鄭譜以爲周懿王時釋文云警本又作敬詩陳古賢妃敬戒之詞也御覽蟲豸部一引韓詩云雞鳴讒人也韓與毛異

雞既鳴矣朝既盈矣（傳）雞鳴而夫人作朝盈而君作匪雞則鳴蒼蠅之聲（傳）蒼蠅之聲有似遠雞之鳴（疏）書大傳云雞鳴大師奏雞鳴于階下夫人鳴佩玉于房中告去也李奇注漢書杜欽傳引魯詩后夫人雞鳴佩玉告去君所列女傳賢明篇雞鳴樂師擊鼓以告旦后夫人鳴佩而去亦此意也此傳所謂雞鳴而夫人作也書大傳云然後應門擊柝告辟也然後少師奏質明于階下鄭注應門朝門也辟啓也此傳所謂朝盈而君作也先夫人者思賢妃之意○蒼青也蒼蠅即青蠅也非實雞鳴故云似蠅聲細小故云似遠雞鳴御覽引薛君章句雞遠鳴蠅聲相似也毛韓訓同後箋云蠅雖不夜飛或人起驚觸或火光所照宿蠅亦有時羣飛作聲北方多蠅夜

起每逢此景

東方明矣朝既昌矣（傳）東方明則夫人纚笄而朝朝已昌盛則君聽朝匪東方則明月出之光（傳）見月出之光以爲東方明（疏）傳云夫人纚笄而朝朝夫人之朝也云君聽朝朝君之朝也此即易家人男正位乎外女正位乎內之義也碩人傳君聽朝於路寢夫人聽內事於正寢君路寢君之內朝也夫人正寢夫人所以聽內事即左傳內宮之朝是也君與夫人各自有朝文義與此正同正義引列女傳魯師氏之母齊姜戒其女云平旦纚笄而朝則有君臣之嚴何休注莊二十四年公羊傳雞鳴纚笄而朝君臣之禮也又白虎通義嫁娶篇雞初鳴咸盥漱櫛縰笄總而朝君臣之道也是以妻朝夫見於漢人傳注當時外戚殭盛扶陽抑陰故以夫婦比君臣然非古也古人首重夫婦有男先乎女之義不聞有以妻朝夫之禮書大傳云然後夫人入庭立君出朝案夫人正寢在君燕寢之內庭即夫人正寢之庭夫人入庭立此傳所謂東方明夫人纚笄而朝也

君出朝此傳所謂朝巳昌盛君聽朝也書傳與詩傳皆合又案特牲饋食禮主婦纚笄注纚笄首服上昏禮姆纚笄女從者纚笄注纚支髮笄今時簪也纚亦廣充幅長六尺此鄭本士冠禮男子之纚說婦人之纚也內則子事父母櫛縰笄總婦事舅姑如事父母櫛縰笄總男女未冠笄者櫛縰縰與纚同纚所以支髮而又飾之以笄是謂之纚笄婦人與男子其笄或異而其支髮之纚制同士妻始嫁及助祭皆用纚笄追師注云王后之燕居亦纚笄總而已據毛傳則夫人日視朝之服亦纚笄凡后夫人常服纚笄其盛飾副笄副不用纚而以編髮爲之見君子偕老篇○匪東方則明月出之光承東方明矣句猶上章匪雞則鳴蒼蠅之聲承雞既鳴矣句皆就夫人言也傳云見月出之光以爲東方明見者夫人之所見此卽序云賢妃貞女夙夜敬戒相成之道也夙早也早夜謂東方未明時

蟲飛薨薨甘與子同夢（傳）古之夫人配其君子亦不忘其敬**會且歸矣無庶予子憎**（傳）會會於朝也卿大夫朝

會於君朝聽政夕歸治其家事無庶子子憎無見惡於夫人

疏 螽斯傳薨薨衆多也彼言螽之衆多此乃言蟲飛之衆多耳伯兮傳甘猒也猒猒足言將早起也子謂君子也傳以古之夫人配其君子釋與予同夢義亦不忌其敬釋甘義箋云我猶樂與子臥而同夢言親愛之無已箋訓甘爲樂非傳之恉○經言會傳云會於朝承上章朝盈朝昌而言也云卿大夫朝會於君朝聽政此申釋會於朝之義也云夕歸治其家事此正釋經歸字之義也正義云成十二年左傳曰世之治也百官承事朝而不夕是於夕而不治公事故歸治家事也案魯語云公父文伯之母曰自卿以下合官職於外朝合家事於內朝外朝子將業君之官職焉內朝子將庀季氏之政焉韋注外朝君之公朝也內朝家朝也又云卿大夫朝考其職晝講其庶政夕序其業夜庀其家事而後即安韋注職在公之官職也並與傳義同○經文予子連文辭句不順與疑予乃子之誤定本作與子憎亦誤也古本當作無庶予子憎與比予于毒寘予于懷胡轉予于恤皆上一字作予下一字作子句法正同此句予字與上句子字對文立言予我也我夫人自謂也

庶眾也眾卿大夫也言無使眾卿大夫見憎於我此夙夜敬戒之詞傳云無見惡於夫人者無使卿大夫見惡於夫人也惡卽經之憎字於卽經之于字夫人卽經之予字是傳本作予于憎其義甚明箋庶眾也無使眾臣以我故憎惡於子鄭家上與子同夢作說非所據經作予子憎也但解憎謂憎君而與傳謂憎夫人文義不同釋文云於夫人音符或依字讀者非正義云夫人謂卿大夫憎惡君是見惡於卿大夫也陸孔依箋申傳實非傳義傳上文三言夫人不應於此言夫人音符異讀

還三章章四句

還刺荒也哀公好田獵從禽獸而無厭國人化之遂成風俗習於田獵謂之賢閑於馳逐謂之好焉疏孟子梁惠王篇云從獸無厭謂之荒閑當作閒閒亦習也

子之還兮遭我乎峱之閒兮傳還便捷之貌峱山名並

驅從兩肩兮揖我謂我儇兮〔傳〕從逐也獸三歲曰肩儇
利也〔疏〕傳還便捷之皃當作便捷也三字釋文作便捷
皃皃正也之誤便之言疾也軍得曰捷便捷者
疾得之謂也淮南子兵略篇虎豹便捷熊羆多力與此
便捷同釋文引韓詩作嬛嬛好皃說文玉篇廣雅竝云
嬛好也本韓詩好謂容好也漢書地理志引詩作營水
經淄水注亦作營峱地理志作嶩字亦作獿御覽獸部
二十一作猱竝字異義同說文峱山在齊地本毛詩也
方輿紀要云峱山在臨淄縣南十五里顏師古注漢書
云齊詩作營之往也言往適營丘而相逢於嶩山也案
唐初齊詩早亡班習魯詩以營爲營丘或是相傳魯詩
舊說顏云齊詩不足據也又攷齊世家周亨哀公立其
弟靜是爲胡公胡公徙都薄姑是胡公都薄姑而營丘
舊都遂爲田獵之地依顏說則詩當作在胡公以後矣
與毛詩序言哀公不合崔靈恩集注幷以下章茂昌爲
地名疑皆出魯詩○竝卽拼拚字爾雅拚使也桑柔傳
拚使也從逐雙聲爲訓驅從爲驅逐二字連文猶序馳
逐連文也言子之習於田獵遭我於峱使我驅逐復揖
我以譽我也凡田獵必卑者馳逐尊者乃發射說文豣

三歲豕肩相及也詩曰竝驅從兩豜兮後漢書馬融傳注引韓詩章句與毛同而許所據作豜或出諸齊魯也七月獻豜于公傳豕三歲曰豜周禮注引詩亦作肩彼言豕此言獸豕田豕也田豕亦是獸鄭司農庖人注野豕爲六獸之一故爾雅廣雅皆入釋獸歟廣雅亦云獸三歲爲肩晏子諫下篇公孫接一搏猏而再搏乳虎呂覽知化篇猶攫虎而刺猏高注云獸三歲曰猏猏猏皆俗字傳訓儇爲利者利猶閑也閑於馳逐也釋文引韓詩作嫙嫙好皃廣雅嫙好也本韓詩

子之茂兮遭我乎峱之道兮傳茂美也**竝驅從兩牡兮揖我謂我好兮**疏茂美生民同美者謂習於田獵也

子之昌兮遭我乎峱之陽兮傳昌盛也**竝驅從兩狼兮揖我謂我臧兮**傳狼獸名臧善也疏昌盛猶嗟同盛者田獵之盛也大叔于田叔在藪火烈具阜傳云阜盛也兩盛字義同箋昌佼好皃還儇茂好昌臧六句一律與韓詩同而與毛詩

異○爾雅狼牡貛牝狼其子獥絕有力迅爾雅言狼之牝者獨得狼名傳但云獸名不言牝者略也管子兵法篇入曰舉狼章則行山是狼爲山獸與詩遭猶驅狼亦合說文狼似犬銳頭白頰高前廣後正義引義疏云其鳴能小能大善爲小兒嗁聲以誘人去數十步止其猛捷者人不能制雖善用兵者不能及也臧訓善善亦好也

箸三章章三句

箸刺時也時不親迎也疏古者親迎天子以下達士皆行之大明親迎于渭天子親迎也韓奕韓侯迎止于蹶之里諸侯親迎也周自文王及宣王時其禮不廢春秋隱二年九月紀裂繻來逆女譏不親迎厥後桓八年祭公逆王后于紀襄十五年劉夏逆王后于齊天子不親迎矣桓三年公子翬如齊逆女文四年逆婦姜于齊宣元年公子遂如齊逆女成十四年叔孫僑如如齊逆女諸侯不親迎矣春秋正夫婦之始天子諸侯皆在所譏正義以箸三詩皆刺哀公則春秋之前哀公之世親迎之禮已廢矣詩人陳古義以

刺今時亦春秋之譏也

俟我於著乎而（傳）俟待也門屏之閒曰著**充耳以素乎而尚之以瓊華乎而**（傳）素象瑱瓊華美石士之服也（疏）俟待靜女相鼠同於當作于下二章同著今俗作著爾雅作宁釋宮門屏之閒謂之宁傳所本也李注云正門內兩塾閒名宁正門應門也應門內之兩塾閒郎路門外之兩塾閒荀子大略篇天子外屏諸侯內屏禮也外屏宁在路門外兩塾閒內屏宁在路門內兩塾閒天子諸侯兩塾在路門左右此郎人君宁立之處也士有二門外門謂之大門寢門在大門以內士喪禮陳一鼎于寢門外當東塾寢門外有東塾則有西塾可知釋宮屏謂之樹郭注云小牆當門中士家於寢門之內設屏屏閒可以宁立故亦謂之宁東方之日韓詩傳云門屏之閒謂之闔蓋闔亦在寢門內也寢門一曰閨門說文門特立之戶故毛詩之著三家詩作戶也鄭風丰篇俟我乎巷兮傳巷門外門者大門也士昏禮壻椉其車先俟于門外此俟巷之說也婦至主人揖婦以入及寢門揖

入此俟箸之說也箋云待我於箸謂從君子而出至於
箸君子揖之時箋亦言壻出婦從至於箸壻揖婦以入
則箸爲壻家之箸也下庭堂同正義誤又案繁露質文
篇昏禮逆于庭逆于堂逆于戶隱二年公羊傳注夏后
氏逆於庭殷人逆於堂周人逆於戶戶即箸此或齊魯
韓詩義以三代親迎禮分屬三章毛傳以爲首章言士
親迎二章言卿大夫親迎卒章言人君親迎于箸于庭
于堂歷陳其卑尊之次○素象瑱淇奧傳云充耳謂之
瑱天子玉瑱諸侯以石然則士以象矣士親迎爵弁纁
裳緇袘其瑱以象爲飾楚語子張驟諫靈王王病之曰
子復語不穀雖不能用吾憖寘之於耳對曰賴君用之
也故言不然巳浦之犀犛兕象其可盡乎其又以規爲
瑱也韋注云瑱所以塞耳言四獸之牙角可以爲瑱案
子張以牙角皆可爲瑱瑱以塞耳故泛言以爲拒人規
諫之喻與旄丘箋如見塞耳無聞知同意或謂諸侯盛
飾亦用牙角之瑱誤矣蕩傳上訓尚尚與上通廣雅尚
加也傳以瓊華爲美石瓊爲美華爲石周禮形方氏無
有華離之地杜子春注云離當爲襍書亦或爲襍案華
亦襍也華石襍色之石木瓜之瓊琚瓊瑤瓊玖有女同
車之瓊琚渭陽之瓊瑰毛傳皆謂之佩玉則此詩之瓊

華與瓊瑩瓊英亦爲佩玉傳云士之服也者禮記玉藻云士佩瓀玟而緼組綬瓀玟石也是士佩玉用石矣鄭箋以詩三章素青黃爲縣瑱之紞而以瓊華瓊瑩瓊英爲瑱與傳異王肅申傳造以美石飾象瑱之説正義駮之足也

俟我於庭乎而充耳以青乎而尚之以瓊瑩乎而（傳）青青玉瓊瑩石似玉卿大夫之服也（疏）庭讀爲廷内之廷○傳以青爲青玉謂卿大夫青玉爲瑱也瑩與淇奧不同淇奧充耳琇瑩謂以琇爲充耳琇下之瑩當作虛義解彼傳云琇瑩美石也美石謂琇不謂瑩此傳云瓊瑩石似玉石似玉謂瑩不謂瓊此其義例也説文瑩玉色也一曰石之次玉者許兩説正足以發明兩詩傳義矣玉藻云大夫佩水蒼玉

俟我於堂乎而充耳以黃乎而尚之以瓊英乎而（傳）黃黃玉瓊英美石似玉者人君之服也（疏）堂爲人君路寢之堂與丰篇異

○傳以黃爲黃玉謂人君黃玉爲瑱也淇奧篇說諸侯以石爲瑱則此黃玉爲黃色之玉上章青爲青色之玉皆石之似玉者唯天子用白玉瑱英者瑛之假借字說文瑛玉光也瑛本爲玉光引申爲石之似玉猶瑩爲玉色引申爲石之次玉其義同也玉藻云公侯佩山玄玉

東方之日二章章五句

東方之日刺衰也君臣失道男女淫奔不能以禮化也

東方之日兮（傳）興也日出東方人君明盛無不照察也

彼姝者子在我室兮在我室兮履我卽兮（傳）姝者初昏之貌履禮也（疏）經以日月爲興傳云日出東方人君明喻人君之明照而盛察二字又與下章傳盛察義通爲互詞總釋也序云君臣失道男女淫奔傳正本序言君臣有道則下之人自無淫奔之男女此陳古刺今也文選宋玉神女賦顏延之秋胡詩陸機日出東南隅行曹

子建美女篇注引韓詩章句詩人言所說者顔色美盛
若東方之日也韓以日月喻女子與毛詩義異○靜女
傳姝美色也此云初昏之皃者傳拨下在我室兮句以
立訓也子女子我室壻室也履者禮之假偺字長發傳
亦云履禮也東門之壇傳云卽就也就猶成也禮我猶
我禮言我以禮而姝者始能成就此昏禮刺今之不能
以禮化
見衰

東方之月兮【傳】月盛於東方君明於上若日也臣察於
下若月也彼姝者子在我闥兮在我闥兮履我發兮【傳】
闥門內也發行也【疏】傳云月盛於東方以釋東方之月
兮句君明於上若日臣察於下若
月又冡上章日明於東方爲訓亦互詞總釋也全詩中
有上章合下章發傳者又有下章合上章發傳者此其
例也十月之交傳云日君道月臣道亦以日月喻君臣
明察者謂能以禮化之也○闥古字當作達說文門部
無闥字內則天子之閣左達五右達五公矦伯於房中
五鄭注云達夾室也江永釋宮增注謂此爲燕寢之制

案達卽闈也天子燕寢有左右房有左右夾室是謂之闈士燕寢東房西室其正寢亦左右房無左右夾室士二門大門與寢門也寢門之左右有塾其內設簾帷之制簾帷亦屏也是亦謂之闈傳云闈門內也釋文引韓詩傳云門屏之閒謂之闈是毛意以寢門左右塾爲闈韓以寢門內屏爲闈毛韓自指一處闈者本非門內之名闈在門內故傳卽門內釋之谷風纔在門中之臬楚茨祊爲門旁之祭傳皆以門內釋之是其義矣發訓行者言姝者必待禮而行也匏有苦葉傳云以言室家之道非得所適貞女不行非得禮義昏禮不成

東方未明三章章四句

東方未明刺無節也朝廷興居無節號令不時挈壺氏不能掌其職焉疏周禮挈壺氏下士六人於諸侯未聞

東方未明顛倒衣裳傳上曰衣下曰裳顛之倒之自公召之疏綠衣綠衣黃裳傳云上曰衣下曰裳彼以箸綠黃之義此以明顛倒之義故再釋之也荀子大

略篇諸侯召其臣臣不俟駕顛倒衣裳而走禮也詩曰顛之倒之自公召之說苑奉使篇魏文侯遣倉唐賜太子衣一襲敕倉唐以雞鳴時至太子迎拜受賜發篋視衣盡顛倒太子曰趣具駕君侯召擊也引詩曰東方未明顛倒衣裳顛之倒之自公召之案此兩引詩以爲君召臣之節斷章取義耳其實詩之本意以未明見召爲失之太早序所謂興居無節號令不時也○召古詔字

東方未晞顛倒裳衣傳晞明之始升**倒之顛之自公令之**傳令告也疏晞者昕之假借字明之始升日始出也天保如日之升傳云升出也未昕猶未明也○令告爾雅釋詁文告與誥通

折柳樊圃狂夫瞿瞿傳柳柔脆之木樊藩也圃菜園也折柳以爲藩園無益於禁矣瞿瞿無守之貌古者有挈壺氏以水火分日夜以告時於朝**不能辰夜不夙則莫**

傳辰時夙早莫晚也疏說文柳少楊也段注云楊之細莖小葉者曰柳柳采薇箋云柔謂脃脕之時柔脃與脃脕義同樊藩爾雅釋言文青蠅同版藩屏也桑扈屏蔽也藩屏蔽爲一義之申傳釋圃爲菜園者園亦藩也周禮大宰園圃毓草木鄭注云樹果蓏曰圃園其樊也載師注云樊圃謂之園是也藩園爲禁以柔脃之木爲之是無益於禁也傳言此以爲無守之者喻○狂夫謂無守之人檀弓瞿瞿如有求而弗得玉藻視容瞿瞿鄭注云不審貌與詩瞿瞿同傳云無守之皃者序所謂不能掌其職也周禮挈壺氏凡軍事縣壺以序聚欜凡喪縣壺以代哭者皆以水火守之分以日夜鄭注云以水守壺者爲沃漏也以火守壺者夜則火視刻數也分以日夜者異晝夜漏也漏之箭晝夜共百刻冬夏之間有長短焉大史立成法有四十八箭貭疏云馬氏云云漏凡百刻春秋分晝夜各五十刻冬至晝四十刻夜六十刻夏至晝六十刻夜四十刻鄭注堯典云日中者日見之漏與不見者齊日長者日見之漏五十五刻於四時最長也夜中者日不見之漏與見者齊日短者日見之漏四十五刻於四時最短也此與馬義異云大史立成法有四十八箭者此據漢法而言則以

器盛四十八箭箭各百刻以壺盛水縣於箭上節而下之水水淹一刻則爲一刻四十八箭者蓋取倍二十四氣也案馬稱古制鄭從東漢厤法與司馬彪續漢書律厤志所紀二十四氣刻漏合王肅則異鄭同馬從古制也周禮言軍壺縣壺詩言居朝廷之事故傳引古者挈壺氏所掌之職又申之云以告時於朝者以刺今朝廷之不然爾雅不辰不時也此與四驖小弁車舝抑傳竝訓辰爲時不能時失時也夙早采蘇生民同莫晚抑同不早則晚承夜字而言夜謂未明未晞也通章皆言太早章末始言晚蓋有失之早者卽有失之晚者所以窮其無節之弊

南山四章章六句

南山刺襄公也鳥獸之行淫乎其妹大夫遇是惡作詩而去之疏桓十八年左傳云公會齊侯于濼遂及文姜如齊齊侯通焉公謫之以告管子大臣篇亦云會濼文姜通於齊侯案此卽淫妹之事則詩作在會濼之後矣前二章刺襄後二章并刺魯桓刺魯桓亦所

以刺襄也敝笱刺文姜猗嗟刺魯莊公序意皆同

南山崔崔雄狐綏綏傳興也南山齊南山也崔崔高大也國君尊嚴如南山崔崔然雄狐相隨綏綏然無別失陰陽之匹**魯道有蕩齊子由歸**傳蕩平易也齊子文姜也**既曰歸止曷又懷止**傳懷思也疏南山屬齊風故傳云齊南山也齊南山卽孟子之牛山晏子諫上篇云楚巫曰請巡國郊以觀帝位至于牛山而不敢登曰五帝之位在于國南請齊而後登之又云景公遊於牛山北臨其國城皆其義證崔高大皃重言崔崔南山喻國君崔崔以喻尊嚴之體玉篇云夂行遲皃思隹切引詩作雄狐夂夂案毛詩用假借作綏綏有狐篇有狐綏綏亦夂夂也彼傳云匹行卽此傳所云相隨之義隨與綏古聲相近綏綏然相隨之皃以喻襄公之隨文姜無別失陰陽之匹南山崔崔一興也雄狐綏綏一興也下三章各自爲興○魯道自齊適魯之道蕩訓平易蕩猶蕩蕩蕩蕩也小弁踧踧周道

傳踧踧平易也蕩踧聲轉而義同文姜稱齊子者猶云齊侯之子爲魯侯之妻也歸謂嫁也嫁於魯侯也懷訓思者言襄公之思文姜也

葛屨五兩冠緌雙止傳葛屨服之賤者冠緌服之尊者

魯道有蕩齊子庸止既曰庸止曷又從止傳庸用也疏兩古緉字說文緉絞也方言緉緛絞也關之東西或謂之緉或謂之緛絞通語也郭注云謂履中絞也五疑讀爲午五兩猶午絞謂屨綦也魏風葛屨之糾糾是也五兩爲屨飾猶雙爲冠飾歟說苑修文篇言親迎禮諸侯以屨二兩加琮大夫庶人以屨二兩加束脩二曰某國寡小君使寡人奉不珍之琮不珍之屨禮夫人貞女夫人受琮取一兩屨以履女是古者親迎有納屨二兩以一兩履女之儀故詩人以葛屨爲喻五兩非十枚於親迎禮無聞冠緌尊飾內則冠緌纓鄭注云緌纓之飾也孔疏云結纓頷下以固冠結之餘者散而下垂謂之緌據此孔說則纓緌一物張惠言儀禮圖云疑緌者別爲絲組既結纓乃箸於纓之兩端玉藻疏云惟績緌爲異

其青組纓與士同是孔亦以綏纓爲二物矣又玄冠紫緌注云緌當用繢諸侯玄冠丹組纓而緌當用繢則鄭亦以纓緌爲二矣案檀弓喪冠不緌玉藻大帛不緌注皆謂凶服去飾此亦纓緌異材之證昏禮主人玄端迎于門外鄭注云主人女父也文姜嫁時齊僖公尚在則僖公爲主人服玄端黻玄端玄冠冠有二組屬於冠卷結於頷下垂緌以爲飾詩言雙止雙之爲言絞也雙與緌同止語詞也此謂文姜始嫁時昏禮之備服飾之盛何等鄭重傳云服之賤者服之尊者亦但就葛屨冠緌賤與尊各有其耦以設喻爾○庸卽上章之由由亦用也孟子盡心篇山徑之蹊閒介然用之而成路正與此傳用字義合從猶隨也

蓺麻如之何衡從其畝（傳）蓺樹也衡獵之從獵之種之然後得麻**取妻如之何必告父母**（傳）必告父母廟**旣曰告止曷又鞠止**（傳）鞠窮也（疏）說文埶種也从坴丮持種之引詩我埶黍稷今通俗作蓺作藝傳訓蓺爲樹又云種之然後得麻則蓺樹皆種也種當作種衡獵之從獵之以釋經衡從其畝句獵

與躐通衡者横之假俗字禮記坊記引詩作横衡從繹文引韓詩作横由云東西耕曰横南北耕曰由衆經音義卷三引韓詩作從横其畝傳曰南北曰從東西曰横又卷二十四作東西曰廣武進臧鏞堂云廣卽横之譌此皆所見本異也毛韓意同小箋云賈思勰齊民要術曰凡種麻耕不厭熟縱横七徧以上則麻無葉也此正合毛說案衡從其畝然後蓺麻以與告父母廟乃可取妻○經言告父母傳必云告父母廟者據下句旣曰告止爲取文姜而言之也春秋桓三年秋公子翬如齊逆女九月齊侯送姜氏于讙公會齊侯于讙夫人姜氏至自齊冬齊侯使其弟年來聘是魯桓取文姜父母旣歿所告當是父母廟非告父母也正義引曲禮齊戒以告鬼神昭元年左傳圍布几筵告於莊共之廟而來以明取妻自有告廟之法又文王世子五廟之孫祖廟未毁雖爲庶人冠娶妻必告此亦取妻告廟之義證與傳義相發明也鞫訓窮言夫道窮也

析薪如之何匪斧不克（傳）克能也取妻如之何匪媒不得旣曰得止曷又極止（傳）極至也（疏）克能爾雅釋言文隱元年穀梁傳亦

云克者何能也析薪待斧以興取妻待媒〇伐柯傳云媒所以用禮也極訓至言至于齊也

甫田三章章四句

甫田大夫刺襄公也無禮義而求大功不脩德而求諸侯志大心勞所以求者非其道也疏襄公於魯桓公十五年即位會艾定許始有主盟之志於後殺鄭子亹納衛惠公遷紀圍郕見於春秋經傳者皆其求諸侯之事也

無田甫田維莠驕驕傳興也甫大也大田過度而無人功終不能獲無思遠人勞心忉忉傳忉忉憂勞也言無德而求諸侯徒勞其心忉忉耳疏上田字讀如甸信南山傳云甸治也甫大爾雅釋詁文車攻傳亦云甫大也大田傳莠似苗也說文莠禾粟下揚生莠也莠草挺出直上非若禾粟向根下垂故曰揚驕驕者揚之意法言脩身篇作維莠喬喬本三家詩傳云大田過度而無人功以釋田甫田句無

發聲正義云周禮授民田上地家百畝中地家二百畝下地家三百畝謂其人力堪治故禮以此爲度過度謂過此數而廣治田是也云終不能獲以釋維莠驕驕句田大田而有莠以興無德而求諸侯終無得也鹽鐵論地廣篇今中國弊落不憂務在邊境意者地廣而不耕多種而不耨費力而無功詩云無田甫田維莠驕驕其斯之謂與三家詩與毛詩合○遠人謂諸侯也爾雅忉忉憂也詩言勞心故傳云憂勞防有鵲巢檜羔裘忉忉同說文無忉字傳云言無德而求諸侯徒勞其心忉忉耳求諸侯釋經思遠人之義則傳以無爲發聲宋本此十四字羼入箋語今據正義本訂正箋意不以無爲發聲

無田甫田維莠桀桀傳桀桀猶驕驕也**無思遠人勞心怛怛**傳怛怛猶忉忉也疏桀桀與驕驕同意故云猶驕驕也桀桀者卽揭揭之假借碩人傳揭揭長也怛怛亦憂勞之意故云猶忉忉也匪風傳怛傷也

婉兮孌兮總角丱兮未幾見兮突而弁兮傳婉孌少好

貌總角聚兩髦也丱幼穉也弁冠也（疏）傳云婉孌少好兒者少好卽是幼穉也說文引詩婉兮嫡兮孌籒文嫡婉嫡竝訓爲順本三家詩云總角聚兩髦者總爲聚角爲兩髦與眂總角不同葢男子未冠拂髦女子未笄總角其制略相似此總角乃男子未冠之服故傳以爲聚兩髦親未沒又以兩髦爲飾也丱當依唐石經作卝五經文字云卝古患反見詩風說文以爲古卵字昭十九年穀梁傳羈貫成童貫亦卝也與傳幼穉之訓合○突而正義作突若突而猶突然也突若猶突如也箋云突爾義竝同古弁冠通稱弁與總角對文言總角幼穉之人突而加冠所以刺襄公志大之意哀十三年穀梁傳黃池之會吳子欲因魯之禮因晉之權而請冠端而襲吳王夫差曰好冠來孔子曰大矣哉夫差未能言冠而欲冠也案吳子會晉魯不脩德而求諸侯故孔子謂其未能言冠而欲冠與詩言事相同傳於淇奧尸鳩弁爲皮弁此云冠者意本孔子語而釋之歟

盧令三章章二句

盧令刺荒也襄公好田獵畢弋而不脩民事百姓苦之故陳古以風焉疏齊語及管子小匡篇竝云襄公田獵畢弋不聽國政攷魯莊公之八年齊襄公之十二年也左傳稱田貝丘而亂作爲襄公因荒亾身之實據皆與序合

盧令令其人美且仁傳盧田犬令令纓環聲言人君能有美德盡其仁愛百姓欣而奉之愛而樂之順時遊田與百姓共其樂同其獲故百姓聞而說之其聲令令然

疏盧爲田犬正義引戰國策云韓國盧天下之駿犬也秦策又云譬若馳韓盧而逐蹇兔也是韓之田犬稱盧盧義實本於詩之盧也四驖傳獫歇驕田犬也皆異名也令令者鈴鈴之古文假借字正義云此言鈴鈴下言環鋂鈴鈴卽是環鋂聲之狀環在犬之頷下如人之冠纓然故云纓環聲也廣雅云鈴鈴聲也字皆作鈴鈴說文盧獜獜健也本三家詩○其人謂古人君也云能有美德盡其仁愛以釋經美且仁言人君美仁若此故百

姓樂聞其令令之聲此傳總釋全章之恉陳古義以風今時也孟子梁惠王篇今王田獵於此百姓聞王車馬之音見羽旄之美舉欣欣然有喜色而相告曰吾王庶幾無疾病與何以能田獵也此無他與民同樂也正義引孟子以申述傳義得其恉矣

盧重環傳重環子母環也**其人美且鬈**傳鬈好貌疏正義云重環謂環相重子母環謂大環貫一小環也○鬈訓好皃好謂容好也箋鬈讀當爲權權勇壯也詩小學云張參五經文字權字注云從手作攉者古拳握字鄭箋攉字从手非从木與捲勇拳勇字同案箋本三家勇壯與下章箋多材一律說文引詩作鬈而手部不錄攉從毛不從三家也

盧重鋂傳鋂一環貫二也**其人美且偲**傳偲才也疏正義云重鋂與重環別一環貫二謂一大環貫二小環也說文亦云鋂環也一環貫二今本說文作鋂大環段注云玉篇廣韻皆云大環詩正義刪此大字奐案正義引說文亦以證鋂爲大環由轉寫者奪大字耳非刪大字也

子母環爲重環一環貫二爲鋂故傳於環言重環而於鋂不言重鋂○偲才疊韻爲訓才讀如思馬斯才之才駟傳云才多才也釋文引說文偲彊也廣雅偲伎也義竝相近案此篇詩辭與鄭風叔于田同一章其人美且仁猶言洵美且仁也二章其人美且鬈猶言洵美且好也三章其人美且偲猶言洵美且武也彼序云叔多才而好勇

敝笱三章章四句

敝笱刺文姜也齊人惡魯桓公微弱不能防閑文姜使至淫亂爲二國患焉

敝笱在梁其魚魴鰥【傳】興也鰥大魚齊子歸止其從如雲【傳】如雲言盛也【疏】邶谷風傳笱所以捕魚也敝笱興詩述聞云下章傳曰魴鱮大魚此亦當云魴鰥大魚寫者脫去魴字耳或曰傳當作鰥魚無大字按經云其魚

魴鰥則鰥之爲魚巳明何須又言鰥魚乎或說非魴也
鰥也魚之形體差大者故曰大魚非必盈車之魚而後
謂之大也案王說是也魴鰥魴鱮皆以喻文姜故傳言
大以明經之興義也魴鰱之類鰥未審何魚述聞云鰥
卽爾雅之鯇也陳藏器本草拾遺曰鯇魚似鯉生江湖
閒今楊州人謂之鱓子魚聲如混或如袞字又作鯶潘
岳西征賦弛靑鯤於網鉅解赬鯉於黏徽鯤與鰥古正
同音○南山載驅皆以齊子爲文姜婦人謂嫁曰歸出
其東門韓奕傳竝云如雲言衆多也盛亦衆多下章如
雨言多如水言衆皆盛也孫毓云齊爲大國初嫁寵妹
庶姜庶士盛如雲雨故妹來自由桓公不能禁制正義
引孫說申傳謂其從者多强盛而難制唯文姜歸魯之
日襄公未爲君言寵妹則非也攷桓三年春秋書齊侯
送姜氏于讙齊侯僖公也桓以弑兄篡國求昏于齊而
文姜又爲僖公寵女親送之讙嫁從之盛驕伉難制魯
爲齊弱由來者漸及至桓十八年文姜如齊與襄公通
桓卽斃於彭生之手序云不能防閑使至淫亂則詩乃
作於十八年後而追刺其嫁時之盛爲淫亂之由實始
於微弱陳啓源稽古編云笱之敝也不敝於彭生棄公
之日而敝於子翬逆女之年詩人推見禍本故不於如

齊刺之而於歸魯刺之

悄湙哉陳說得之矣

敝笱在梁其魚魴鱮（傳）魴鱮大魚**齊子歸止其從如雨**

（傳）如雨言多也（疏）魴鱮大魚韓奕魴鱮甫甫傳云甫甫然大亦謂魴鱮之大也箋云鱮似魴而弱鱗正義引義疏云鱮似魴厚而頭大魚之不美者故里語曰網魚得鱮不如啗茹其頭尤大而肥者徐州人謂之鰱或謂之鱅幽州人謂之鴞鷗或謂之胡鱅○雨訓多雨無正序云眾多如雨

敝笱在梁其魚唯唯（傳）唯唯出入不制**齊子歸止其從如水**（傳）水喻眾也（疏）釋文云韓詩其魚遺遺言不能制也遺亾也不能制卽遺亾之意毛詩唯唯卽遺遺之假借玉篇遺遺魚行相隨箋唯唯行相隨順之皃與玉篇同此必齊魯義而於毛韓亦未有異也案詩三章皆言魚魚陰性淫傳云出入不制者與文姜之驕伉以總釋全章之恉淮南子兵略篇魚笱門高注云竹笱所以捕魚其門可入而不得出然則出入者傳亦就笱以設喻也○舊本北堂書鈔禮儀部五引

傳如水言衆者也者衍字此與如雲言盛也如雨言多也一例當據以訂正今陳禹謨作水喻衆改從誤本矣晉語坎水也衆也韋注云易以坤爲衆坎爲水水亦衆之類案文姜之歸也從之者有媵娣姪周語云人三爲衆

載驅四章章四句

載驅齊人刺襄公也無禮義故句盛其車服疾驅於通道大都與文姜淫播其惡於萬民焉

載驅薄薄簟茀朱鞹傳薄薄疾驅聲也簟方文席也車之蔽曰茀諸侯之路車有朱革之質而羽飾魯道有蕩齊子發夕傳發夕自夕發至旦疏薄之言迫也薄薄車箸地輕易之聲考工記凡祭車之道欲其樸屬而微至鄭司農注云樸讀如子南僕之僕微至謂輪至地者少言其圜甚箸地者微

耳箸地者微則易轉案薄樸聲相近傳云薄薄疾驅聲
疾與迫義亦相近序所謂疾驅於通道大都也詩刺襄
公故傳於下句簟茀朱鞹箸明爲諸侯之路車○簟爲
方文席正義云簟字從竹用竹爲席其文必方故云方
文席也斯干箋云竹葦曰簟爾雅釋器輿革前謂之報
後謂之茀竹前謂之禦後謂之蔽報茀禦蔽皆前後閫
車其用革用竹各有異名此析言之也渾言之則茀蔽
不專稱輿後碩人翟茀傳云翟翟車也夫人以翟羽飾
車茀蔽也茀卽笭翟羽卽覆笭之幦之飾當指輿前者
言此簟茀傳云車之蔽曰茀無飾當指輿後者言說文
云笭籯也籯笭也篚車笭也籠一曰笭也此異名同物
閫車有蔽前後皆有而制不同耳云諸侯之路車有朱
革之質而羽飾者傳雖釋經朱鞹而義可互見簟茀亦
諸侯之路車采芑路車有奭簟茀魚服其義證也朱鞹
亦茀也在輿前蔽李巡云輿前以革爲車飾是也傳以
朱鞹爲朱革又言朱革爲質而飾之以羽爲諸侯路車
之制如此藝文類聚舟車部引白虎通義云天子大路
諸侯路車大夫軒車士飾車案說文軒曲輈藩車也軒
車闕南方前面無蔽蔽在車兩旁故又謂之藩車唯路
車前後皆有蔽其後蔽以竹爲之無飾詩謂之簟茀其

前蔽亦以竹爲之覆之以染朱革而又飾之以羽此即路車覆笭之簟笰歟巾車王之喪車五乘皆有蔽禛飾蔽在後禛即簟笰也在前飾即簟笰之飾其制略相似也路車有覆笭之簟笰而無覆軾之文皮玉藻云乘路車不式是也覆式見韓奕傳○南山傳云蕩平易也傳於下章齊子爲文姜則此齊子與南山同發夕夕發也東方之日傳發行也經言夕不言旦傳云自夕發至旦以言終夕在道也釋文引韓詩發旦也發訓明發夕爲旦夕易林屯蹇升中孚云齊子旦夕畱連久處本韓詩也

四驪濟濟垂轡濔濔（傳）四驪言物色盛也濟濟美貌垂轡濔濔之垂者濔濔衆也**魯道有蕩齊子豈弟**（傳）言文姜于是樂易然（疏）四驪四馬皆驪物色盛謂馬物之色盛也濟濟猶齊齊也車攻我馬既同傳同齊也美與齊義亦相近蓼蕭傳鋚革轡首垂也沖沖垂飾皃此傳云垂轡轡之垂者正謂鋚也釋文爾爾本亦作濔濔猶新臺濔濔今作瀰瀰皆爲後人增益偏旁耳說文爾下云其孔叕叕𠈌𠈌猶叕叕衆之意干旄傳云

四馬六轡所謂衆也玉篇靶乃米切轡坠皃疑出三家詩○傳釋豈弟爲樂易蓼蕭旱鹿泂酌同上章就文姜行會襄公而言此章就文姜與襄公會遇而言下文翱翔游敖皆樂易也爾雅釋言豈弟發也正釋此章豈弟與上章同義郭注云發發行也玉篇發駕車也發亦樂易之意也箋豈弟讀爲闓圛圛明也與韓詩同義

汶水湯湯行人彭彭（傳）湯湯大貌彭彭多貌**魯道有蕩齊子翱翔**（傳）翱翔猶彷徉也（疏）漢書地理志琅邪郡朱虛東泰山汶水所出東至安丘入維泰山郡萊蕪原山禹貢汶水出西南入泲桑欽所言案泲即濟東泰山即沂山其水今亦謂之東汶水班以出萊蕪者爲禹貢之汶水蓋即詩之汶水也水經汶水注云汶水南逕鉅平縣故城東而西南流城東有魯道詩所謂魯道有蕩齊子由歸者也今汶上夾水有文姜臺汶水又西南流詩云汶水滔滔矣攷鉅平在今山東兖州府寧陽縣東北春秋時魯之成邑此齊入魯境之處當時相傳或有依據正義云魯在汶側齊在魯北水北曰陽僖元年左傳稱公賜季友汶陽之田當齊襄公之時汶水之北尚是魯地又云襄公入於魯

境往會文姜此篇所陳蓋是莊公時事○堯典湯湯洪水洪亦大也彭讀如旁此彭彭麃麃分章與清人旁旁儦儦分章同儦儦猶麃麃彭彭猶旁旁矣傳云多者君行師從也翺翔雙聲彷徉疊韻哀十七年左傳橫流而方羊漢書司馬相如傳消搖乎襄羊禮樂志郊祀歌周流常羊思所并後漢書張衡思玄賦悵相佯而延佇文選宋玉風賦倘佯乎中庭竝與彷徉同廣雅云翺翔浮游也

汶水滔滔行人儦儦（傳）滔滔流貌儦儦衆貌魯道有蕩齊子遊敖（疏）湯湯言大滔滔言流傳互文也四月滔滔大水皃江漢滔滔廣大皃是滔滔亦大也說文儦儦行皃傳云衆者謂行人衆也遊敖猶敖遊也釋名云翺敖也言敖遊也翔佯也言彷徉也是遊敖與翺翔同義

猗嗟三章章六句

猗嗟刺魯莊公也齊人傷魯莊公有威儀技藝然而不

能以禮防閑其母失子之道人以爲齊侯之子焉（疏）吳惠士奇春秋說云莊四年春二月夫人姜氏饗齊侯于祝丘其年冬公及齊人狩于禚齊有猗嗟之詩爲莊公狩而作也

猗嗟昌兮頎而長兮（傳）猗嗟歎辭昌盛也頎長貌抑若揚兮（傳）抑美色揚廣揚美目揚兮（傳）好目揚眉巧趨蹌兮（傳）蹌巧趨貌射則臧兮（疏）猗猶噫也單言猗絫言猗嗟故傳於那之猗與此猗嗟竝云歎辭也辭當爲詞昌訓盛謂容貌盛也頎長皃碩人同頎而正義本作頎若云若猶然也引史記孔子世家稱孔子頎然而長是之爲長皃也若者狀事之詞頎若頎然也抑若抑然也氓傳沃若猶沃沃然也是若與然同義矣玉篇抑美也烝民傳懿美也抑懿古同聲傳云抑美色色疑皃之誤釋文作美色皃色字衍也云揚廣揚者謂廣闊揚起顙額之際也蓋揚之爲言上也於目曰揚目於眉曰揚眉又引申之則眉以上皆得稱

揚矣君子偕老傳云揚眉上廣又云揚且之顔廣揚而顔角豐滿皆其義也君子偕老正義引此傳作揚揚廣誤案此三句皆歎美莊公之容貌下文言美目乃爲善射張本○後箋云方言盱揚雙也驢瞳子燕代朝鮮洌水之閒曰盱或謂之揚郭注盱舉眼也揚詩曰美目揚兮是也毛傳云好目揚眉者揚眉猶言盱衡漢書王莽傳盱衡厲色李善注文選引漢書音義曰眉上曰衡謂舉眉揚目也然則毛傳正以揚眉形目美謂好目於揚眉見之故美目謂之揚揚厲目不厲眉奐案玉篇眫美目疑出三家詩亦但厲目說說文蹌動也蹌猶蹌蹌楚茨傳蹌蹌言有容也經言巧趨故云蹌巧趨皃美目巧趨皆謂莊公出射時也○射鄉射也臧善也春秋狩禚公穀皆作郜范甯注云郜齊地是時魯莊公忌父之讎入齊之竟乃與齊侯狩故齊人得熟觀審悉如此其備儀禮鄉射記於竟則虎中龍旜鄭注云於竟謂與鄰國君射也此卽君與君行鄉射之義證狩而射者若小雅車攻先言狩而後言射之例但車攻篇射爲大射或者天子與諸侯行大射君與君行鄉射歟詩可以補禮之闕

猗嗟名兮美目清兮（傳）目上爲名目下爲清儀既成兮終日射侯不出正兮（傳）二尺曰正展我甥兮（傳）外孫曰甥（疏）爾雅釋訓猗嗟名兮目上爲名傳所本也上章傳云好目揚眉所謂目上也則名兮卽上文之揚兮矣爾雅但釋詩之名傳又增成其義云目下爲清案經中美目二字通上下句承上名兮又生下清兮名與清皆美目也下章云舞則選兮射則貫兮射字亦通上下句舞與貫皆射也詩辭中多有此例後箋云目上目下當讀爲視不上於袷之上不下於帶之下謂目之仰視俯視也爲名爲清卽所謂視容清明也下文儀既成兮終日射侯不出正兮故先言目之名兮清兮蓋形容其射時審固之狀名與明通檀弓子夏喪其子而喪其明注云明目精冀州從事郭君碑卜商號咷喪子失名何超晉書音義云名目也此固不誤又引玉篇云詩猗嗟顛兮顛眉目間也本亦作名此則非是如云喪子失名豈得謂失其眉目間乎西京賦眳藐流眄一顧傾城眳與名同眳藐雙聲卽方言驢瞳子謂之矊郭注謂矊藐者矊藐猶眳藐也薛綜注西京賦云眳眉睫之間藐好

視容也二字分釋誤矣至目下爲清郎清揚之清彼清與揚對揚爲舉目則清爲低目此清與名對名爲上視則清爲下視其義一也○儀容儀射五善之一也韓詩外傳云景公以爲儀而射之穿七札是其義也傳云二尺曰正者周禮射人王以六耦射三侯五正諸侯以四耦射二侯三正孤卿大夫以三耦射一侯二正士以三耦射豻侯二正若王大射則以貍步張三侯鄭司農注云三侯虎熊豹也正所射也詩云終日射侯不出正兮司裘王大射則共虎侯熊侯豹侯設其鵠諸侯則共熊侯豹侯卿大夫則共麋侯皆設其鵠鄭司農注云鵠鵠毛也方十尺曰侯四尺曰鵠二尺曰正四寸曰質案司農以射人之三侯謂卽司裘虎熊豹設鵠之侯凡侯皆有鵠也考工記梓人爲侯廣與崇方參分其廣而鵠居一焉張皮侯而棲鵠則春以功張五采之侯則遠國屬皮侯虎熊豹三皮之侯也五采之侯五正之侯也大射張皮侯棲鵠不設正禮射設采侯皆棲鵠又設正故司農以爲一侯之身設四尺之鵠二尺之正四寸之質是正鵠皆在一侯也賓之初筵正義引馬融注周禮及王肅引小爾雅竝與司農同後鄭據司裘言鵠射人言正遂以皮侯謂有鵠而無正五采之侯謂有正而無鵠其

射人注云畫五正之侯中朱次白次蒼次黄玄居外三正損玄黄二正去白蒼而畫以朱緑其外之廣皆居侯中參分之一中二尺梓人注云正之方外如鵠內二尺五采者內朱白次之蒼次之黄次之黑次之其侯之飾又以五采畫雲氣焉後鄭謂正外如鵠正內二尺則正方不止二尺與毛傳二尺曰正之說不同今細覈之司弓矢射椹質注質正也樹椹以爲射正弓人利射革與質注質木椹也正方二尺二尺之邊當有木榦其中設布畫以五采三采二采不等車攻傳云褎纏質以爲槸槸門橜也在門中央田車之輪六尺有三寸軹崇三尺一寸有半其任正之與槸相去一尺一寸有半其廣亦然門槸高二尺又有褎以纏之其高僅二尺餘田車之輪乃可過也若謂正大如鵠侯中丈八尺者鵠方六尺侯中丈四尺者鵠方四尺六寸大半寸侯中一丈者鵠方三尺三寸少半寸則高於田車之軹礙於任正豈能通行據彼傳云以質爲槸正爲二尺是其古制儒家皆不能詳言之矣又賈逵注周禮云四尺曰正正五重鵠居其內而方二尺以爲鵠賈謂正鵠俱在一侯與鄭司農同而云四尺曰正正大於鵠與古說乖戾射人注今儒家云四尺曰正二尺曰鵠此說失之是也賈景伯鄭

仲師竝治毛詩而其說不同若此○正義云傳言外孫曰甥者王肅云據外祖以言也謂不指襄公之身總舉齊國爲信若箋云姊妹之子爲甥則直指襄公之身言之而其謂魯莊爲齊甥無二義也箋又云展誠也此誠我齊之甥言誠者距時人言齊侯之子案春秋桓六年九月丁卯子同生穀梁傳疑故志之時曰同乎人也范注云時人僉曰齊侯之子同於他人莊元年公羊傳夫人譖公於齊侯公曰同非吾子齊侯之子也徐疏云夫人加誣此言然則齊侯之子一語實始於文姜之譖於是人言藉藉播惡萬民此詩序亦云人以爲齊侯之子者從時人之口爲刺譏之詞詩中皆齊人述敘莊公有展我甥兮之語惠士奇云夫子刪詩存之與書子同生一例

猗嗟孌兮傳孌壯好貌**清揚婉兮**傳婉好眉目也**舞則選兮射則貫兮**傳選齊貫中也**四矢反兮以禦亂兮**傳四矢桒矢疏泉水傳孌好皃此云壯好皃者莊公生於魯桓公六年卽位四年狩禚年十七

歲矣身已逾冠故也經義襍記云傳本作淸揚婉兮好眉目也以婉爲好以淸揚爲眉目之閒後箋云淸揚婉兮乃總上二章揚兮淸兮而言婉者好也皆謂目之好毛云婉好眉目者渾言之其實揚眉卽揚目耳正義云眉毛揚起故名眉爲揚非毛意也案野有曼草傳義同

○舞亦射也周禮鄉大夫之職以鄉射之禮五物詢衆庶一曰和二曰容三曰主皮四曰和容五曰興舞五者皆是鄉射之禮古以此興民賢能詩歌此以覘魯莊技藝下句言貫卽主皮則此句言舞爲興舞也論語八佾篇射不主皮馬融注云射有五善焉一曰和志體和二曰容有容儀三曰主皮能中質四曰和頌合雅頌五曰興武武與舞同王引之周禮述聞云大司樂大射王出入令奏王夏及射令奏騶虞詔諸侯以弓矢舞樂師燕射帥射夫以弓矢舞則射時有以弓矢舞之禮以大司樂考之舞當在歌樂之時歌詠其聲舞動其容也鄉射歌騶虞以射與王大射同則射夫亦當以弓矢舞故曰興舞據王說則興舞爲弓矢舞爲射五善之一與詩義正合選者纂之假借字鄭注樂記云綴謂酇舞者之位也酇與纂通選者正其舞位之謂齊者正也舞位正則與樂節相應文選陸機樂府傅毅舞賦注引韓詩舞則

纂兮薛君章句云言其舞應雅樂也毛韓義正相成也貫今串字古作毌作貫者假借字貫訓中中與得同義則中即獲也鄉射禮釋獲司射命曰不貫不釋言不中則不釋算即此詩貫字義也貫是主皮主皮亦爲射五善之一鄉射記云禮射不主皮者不貫革耳非不中革之謂也解者或失之○鄉射禮言乘乘矢者共十有一傳以四矢爲乘矢本鄉射禮文也鄭注云乘矢四矢也箋云反復也禮射三而止每射四矢皆得其故處此之謂復後箋云得其故處當即五射所謂參連也釋文引韓詩反作變云變易周禮保氏五射五曰井儀賈疏云四矢貫侯如井之儀此於韓詩變易之義爲近然此義上章不出正兮已足該之必如箋說乃爲更進一義耳禦儀禮大射注及鄉射疏引詩作御御止也以御亂兮美莊公之善射可以止亂也

卷八終

詩毛氏傳疏卷九

長洲陳奐學

魏葛屨詁訓傳第九　毛詩國風

魏國七篇十八章百二十八句〔疏〕漢書地理志河東郡河北詩魏國案魏在商爲芮國地與虞爭田質成於文王至武王克商封姬姓之國改號曰魏春秋魯閔公二年周惠王之十七年也晉獻公滅魏今山西解州芮城縣是其地也

葛屨二章一章六句一章五句

葛屨刺褊也魏地陿隘其民機巧趨利其君儉嗇褊急而無德以將之

糾糾葛屨可以履霜〔傳〕糾糾猶繚繚也夏葛屨冬皮屨

葛屨非所以履霜摻摻女手可以縫裳傳摻摻猶纖纖也婦人三月廟見然後執婦功要之襋之好人服之傳要褼也襋領也好人好女手之人疏糾糾繚繚古今語凡屨皆有綦經言糾糾傳言繚繚皆謂綦之狀也云夏葛屨冬皮屨者士冠禮屨夏用葛冬皮屨可也又士喪禮夏葛屨冬白屨周禮屨人掌王及后之服屨爲素屨葛屨素者白也白屨素屨屨皆卽皮屨據此則婦人亦用皮屨葛屨耳云葛屨非所以履霜者今葛屨履霜是褊也○糾繚同義摻纖不同義糾糾猶繚繚以今語通古語摻摻猶纖纖則以今義通古義也文選古詩纖纖出素手李注引韓詩纖纖女手薛君云纖纖女手之貌說文玉篇引詩竝作攕攕攕疑纖纖皆卽攕攕之誤女者未成婦之稱有狐傳在下曰裳所以配衣也今女手縫裳是亦褊也禮記曾子問篇孔子曰三月而廟見稱來婦也隱八年左傳鄭公子忽先配而後祖鍼子曰是不爲夫婦誣其祖矣孔疏云賈逵以配爲成夫婦也禮齊而未配三月廟見然後配鄭衆以配爲同牢食也先食而後祭祖無敬神之

心故曰誣其祖也禮記孔疏云賈服之義大夫以上無問舅姑在否皆三月見祖廟之後乃始成昏故譏鄭公子忽先爲配匹乃見祖廟列女傳宋恭伯姬三月廟見當行夫婦之道齊孝孟姬三月廟見而後行夫婦之道白虎通義嫁娶篇婦入三月然後祭行舅姑既没亦婦入三月奠采于廟三月一時物有成者人之善惡可得知也然後可得事宗廟之禮何休注莊二十四年成九年公羊傳與通義同然則大夫以上三月廟見成昏與士當夕成昏禮異漢人傳注皆同唯鄭説不同鄭駁異義云昏禮之暮枕席相連曾子問疏云如鄭義則從天子以下至於士皆當夕成昏舅姑没者三月廟見故鄭成九年注云致之使孝非是始致於夫婦也又鄭隱八年注云祖爲祖道之祭是皆當夕成昏也案毛傳雖無明文然草蟲未見君子憂心忡忡傳云婦人雖適人有歸宗之義謂未三月未成婦有歸宗義是大夫以上皆三月成婦也此傳云三月廟見然後執婦功亦謂未三月未成婦不執婦功也庶人淡衣無裳而首章言縫裳下章佩其象揥亦是大夫攝盛之禮則此詩亦不指士庶以下也箋云未三月未成爲婦此鄭本古説○傳訓要爲褸小箋云褸當作要謂此要乃人衣帶下之要非

人身要領之要古人傳注有此義例案說文臼部𦥔身
中也古文作𦥔今隸變作要衣帶下掩裳上際帶下適
當身中則裳上際爲身中矣詩之要謂裳也釋文正義
據傳文領上有衣字說文𧝪衣領也詩曰要之𧝪之許
說正本傳訓正義云上云女手此云好人故云好人女
手之人今定本云好人好女手之人者義亦通小箋從
正義本不從定本是也案此即承上文之意要𧝪裳而
申言之𧝪又因要而連言之服讀如服之無斁之服服
之猶縫之也葛覃傳云大夫命婦成祭服士妻朝服庶士以下各衣其夫

好人提提宛然左辟佩其象揥〔傳〕提提安諦也宛辟貌
婦至門夫揖而入不敢當尊宛然而左辟象揥所以爲
飾**維是褊心是以爲刺**〔疏〕爾雅媞媞安也說文媞諦也媞媞本字提提假借字安諦
同義也淮南子說林篇提提者射高注云提提安也亦
假提爲媞也爾雅邢疏楚辭東方朔七諫注引詩作媞
媞○宛有委曲順從之義故云辟皃禮記昏義降出御
婦車而壻授綏御輪三周先俟于門外婦至壻揖婦以

入孔疏云婦至壻揖婦以入者謂婦至壻之寢門壻揖以婦入則稍西避之故魏詩云宛然左辟謂此時也士昏禮壻棄其車先俟于門外婦至主人揖婦以入及寢門揖入升自西階案門壻家大門此傳云婦至門夫揖而入者蓋自大門至寢門每門皆揖也云不敢當尊者辟不敢當夫之揖婦始至未成婦就客位居西升就西階則尚左手故宛然而左辟象揥與君子偕老象揥同象揥所以擿髮亦所以爲飾本爲夫人所服此或嫁時攝盛歟佩

猶飾也

汾沮洳三章章六句

汾沮洳刺儉也其君子儉以能勤刺不得禮也〔疏〕釋文及肯

集注君下有子字正義云王肅孫毓皆以爲大夫采菜則王孫據亦有子字也

彼汾沮洳言采其莫〔傳〕汾水也沮洳其漸洳者莫菜也

彼其之子美無度美無度殊異乎公路〔傳〕路車也〔疏〕傳以

汾爲水名地理志大原郡汾陽北山汾水所出西南至汾陰入河說文或說周禮職方氏注皆謂汾水出汾陽郭璞注山經高誘注淮南皆謂汾陰爲汾水入河處竝與志合汾陽今山西忻州靜樂縣汾陰漢屬河東郡今山西蒲州府榮河縣朱右曾詩地理徵云蒲坂爲魏地北接汾陰譜言魏境北涉汾水正義曰其境踰汾攷水經注汾水西逕耿鄉城北古耿城在河津縣東南十二里自河津縣西南至榮河縣九十里河津爲耿地則魏境不得踰汾矣班固引詩但稱汾曲之句此最精於地理一曲者汾水入河之處稍折而西南自南望之爲汾曲也案朱說是也地理志云魏在晉之南河曲其詩曰彼汾一曲寘諸河之側蓋汾晉水也魏北汾西河汾逕西南以入於河則汾曲卽河曲矣西境言河北境則言汾耳魏都其蒲坂已爲魏之北境蒲州至榮河縣百二十里汾水尚在縣北舉汾言者水經河水南出龍門口汾水從東來注之其自龍門以至華陰皆汾水入河所會流故詩舉晉水爲言其實魏無汾也云沮洳其漸洳者沮漸一語之轉列女傳仁智篇河潤九里漸洳三百步漢書東方朔傳塗者漸洳徑也廣雅釋詁漸洳溼也洳說文作溼桓三年左傳曲沃武公伐翼逐翼侯於汾

隰杜注汾汾隰汾水邊史記晉世家作汾旁汾沮洳猶之汾隰汾汾旁矣莫爲菜名正義引義疏云莫莖大如箸赤節節一葉似柳葉厚而長有毛刺今人繅以取繭緒其味酢而滑始生可以爲羹又可生食五方通謂之酸迷冀州人謂之乾絳河汾之閒謂之莫案彼汾采莫箸能勤也下文乃刺其儉不得禮○之子席在位之君子棄公路者也度讀予忖度之之度箋云美無有度言不可尺寸傳釋路爲車公路公車也周禮巾車掌公車之政令天子之路有車右諸侯亦然公車公之車右也天子戎右中大夫二人諸侯降於天子其戎右當下大夫爲之戎右即車右也坊記子曰君不與同姓同車與異姓同車不同服注僕右恆朝服孔疏云僕及車右身衣朝服其朝服之內則有虎裘狼裘玉藻君之右虎裘厥左狼裘是也然則君之車右必衣顯服詩言殊異乎公路殊亦異也乎猶於也謂異於將公之車者所以刺儉也下公行公族同韓詩外傳引詩殊異乎公行殊異乎公族殊異爲超尊似與刺儉不合矣箋據左傳晉有公族公行之官與此詩文同遂以首章公路謂若晉趙盾爲軞車之族今宣三年左傳作旄車毛傳不必據左傳晉官爲說

彼汾一方言采其桑彼其之子美如英【傳】萬人爲英美如英殊異乎公行【傳】公行從公之行也【疏】方猶旁也箋云采桑親蠶事也○正義引尹文子萬人爲英繁露爵國淮南泰俗說英竝與傳同禮記禮運疏及宣十五年左傳疏引辨名記千人曰英白虎通義別名記千人曰英辨名記郎別名記古文記二百十四篇之一也此與傳異行讀如字云從公之行者典路凡會同軍旅弔于四方以路從

彼汾一曲言采其藚【傳】藚水舄也彼其之子美如玉美如玉殊異乎公族【傳】公族公屬【疏】一曲猶一方也爾雅藚牛脣郭注云毛詩傳曰水舄也如續斷寸寸有節拔之可復又蕍蕮注云今澤蕮郭引毛傳水舄如續斷草不謂澤蕮正義引義疏云今澤蕮也其葉如車前草大其味亦相似神農本草澤瀉一名水瀉本草圖經云春生苗多在淺水中葉似牛舌草獨莖而長秋時開白花作叢似穀精草爾雅謂之蕍是澤瀉與續斷異狀矣傳釋藚不云牛脣而云

水舄水舄或卽爾雅之蕮也說文藚水舄許從毛也則是藚也牛脣也蕍也蕮也水舄也澤瀉也六名一物也水舄草生沮洳澤中可作菜義疏云徐州廣陵人食之是也俗作蕮作瀉○傳云公族公屬屬謂屬車也

園有桃二章章十二句

園有桃刺時也大夫憂其君國小而迫而儉以嗇不能用其民而無德教日以侵削故作是詩也

園有桃其實之殽【傳】興也園有桃其實之食國有民得其力心之憂矣我歌且謠【傳】曲合樂曰歌徒歌曰謠不我知者謂我士也驕彼人是哉子曰何其【傳】夫人謂我欲何爲乎心之憂矣其誰知之其誰知之蓋亦勿思【疏】殽古作肴賓之初筵箋云凡非穀而食之曰肴是也傳意合下章以明經之興義云園有桃其實之食國有民

得其力者言桃不言棘言倉不言肴皆互詞園之有桃棗以興國之有民桃棗實可爲肴倉以興下民之力得爲國用所謂能用其民也所以刺不能用其民而無德教之意○曲合樂曰歌釋歌字周語瞽獻曲韋注云曲樂曲此曲之義也徒歌曰謠釋謠字爾雅釋樂徒歌謂之謠此傳所本也說文䚻徒歌䚻古謠字今字通作謠初學記樂部上引韓詩章句云有章曲曰歌無章曲曰謠章樂章也無章曲所謂徒歌也正義云此文歌謠相對謠既徒歌則歌不徒矣行葦傳曰歌者合於琴瑟也案行葦傳作比於琴瑟孔依此傳言合樂意改之耳廣韻四宵繇喜也引詩我歌且繇或義本三家詩不我知不知我也驕驕慢也云夫人謂我欲何爲乎者夫人釋彼人經言子曰傳云謂我卽冢上文兩我字說下何爲乎釋何其其語助也言夫人自爲是反謂我歌謠何爲也蓋與盍同盍何也亦語助之詞蓋亦勿思何勿思也言勿思侵削之由

園有棘其實之食(傳)棘棗也心之憂矣聊以行國不我知者謂我士也罔極(傳)極中也彼人是哉子曰何其心

之憂矣其誰知之其誰知之蓋亦勿思疏說文樲酸棗棘小棗叢生者傳以棗釋棘則小棗而非酸棗矣孟子告子篇養其樲棘趙注云樲棘小棘所謂酸棗也渾言無別爾〇聊願也行猶去也願去其國與逝將去女適彼樂國同意呡士也罔極傳亦云極中也

陟岵三章章六句

陟岵孝子行役思念父母也國迫而數侵削役乎大國父母兄弟離散而作是詩也疏國迫而數侵削釋文正義本及御覽人事部五十二竝作國小而迫數見侵削闕有桃及檜羔裘浮游皆云國小而迫

陟彼岵兮瞻望父兮傳山無草木曰岵父曰嗟予子行役夙夜無已上愼旃哉猶來無止傳旃之猶可也父尚義疏爾雅釋山多草木岵無草木峐傳與爾雅正相反正義以爲轉寫之誤說文釋名竝與爾雅同與毛

傳異說文注云毛詩所據爲長岵之言瓠落也屺之言荄滋也岵有陽道故以言父無父何怙也屺有陰道故以言母無母何恃也毛又曰父尚義母尚恩則屬辭之意可見矣案唐語林施士丏說山無草木曰岵所以言陟彼岵兮言無可怙也以岵之無草木故以譬之此可爲毛傳之確證○父曰嗟予子母曰嗟予季兄曰嗟予弟皆五字句小箋云子與已止韻季與寐棄韻弟與偕死韻案崑山顧炎武句讀已如此夙夜早夜也無猶不也已止也北山篇或不已于行箋云不已猶不止義與此同上讀爲尚毛詩作上洪适隸釋引魯詩石經殘碑作尚尚庶幾也愼誠也旃之聲相轉之即至也尚愼旃哉言庶幾乎其誠至也猶可自華同爾雅猷肎可也猷與猶同說文可肎也可爲肎肎亦爲可則猶來即肎來矣相鼠人而無止傳止所止息也此無止亦是無所止息有戒勉之意故傳釋經云父尚義也猶來思歸也無止勿止也思歸者篤於性也勿止者勸以義也

陟彼屺兮瞻望母兮（傳）山有草木曰屺母曰嗟予季行役夙夜無寐（傳）季少子也無寐無耆寐也上愼旃哉猶

來無棄傳母尚恩也疏屺今爾雅作峐己聲亥聲同在之哈部三蒼字林聲類竝云峐猶屺字音起〇季爲少子候人傳亦云季人之少子也周禮上地家七人可任也者家三人中地家六人可任也者二家五人下地家五人可任也者家二人凡起徒役毋過家一人以其餘爲羨此用民起役之數也韓詩說云年二十行役三十受兵六十還兵此用兵從役之制也然則行役之人乃季弟耳傳云無寐無耆寐也耆者與嗜通說文㝲部𥨊孰寐也从㝲省水聲讀若悸耆寐即孰寐𥨊讀若悸則傳之耆即說文之𥨊也夙早也早夜天未明而早起故無孰寐言行役不能偃息在牀也早夜連文成義此言行役太早欲寐不得寐箋則謂早無寐夜無寐誤矣母尚恩以釋經之無棄言不棄母也

陟彼岡兮瞻望兄兮兄曰嗟予弟行役夙夜必偕傳偕俱也上慎旃哉猶來無死傳兄尚親也疏秦無衣云王于興師脩我矛戟與子偕作王于興師脩我甲兵與子偕行與此篇必偕義同偕訓俱死謂死事也無死者亦是親親戒勉

詩七

之詞故云兄尚親也

十畝之閒二章章三句

十畝之閒刺時也言其國削小民無所居焉

十畝之閒兮桑者閑閑兮(傳)閑閑然男女無別往來之貌行與子還兮(傳)或行來者或來還者(疏)古者五畝之宅樹牆下以桑十畝之閒二宅之地也此在城邑不在田野解者皆以田野之畝說詩則下句言桑者有不可通矣桑者采桑者也閑閑當作閒閒釋文作閒閒穆天子傳注引作閒閒文選宋玉登徒子好色賦注引毛詩作閒閒後人因與上文閒字異義遂易閒閒爲閑閑也閒閒猶寬閒故傳云男女無別往來之皃也或行來者以釋經之行字或來還者以釋經之還字所謂往來也言其國削小民居而無所也男女無別爲削小之由園有桃序云不能用其民而無德教是爲刺

十畝之外兮桑者泄泄兮傳泄泄多人之貌行與子逝兮疏泄猶呭呭也呭呭皆謂多言義相近論語子路篇子適衛冉有僕子曰庶矣哉冉有曰既庶矣又何加焉曰富之曰既富矣又何加焉曰教之今魏國有泄泄之多人而無德教以加之是爲刺也逝往也

伐檀三章章九句

伐檀刺貪也在位貪鄙無功而受祿君子不得進仕爾

坎坎伐檀兮寘之河之干兮河水清且漣猗傳坎坎伐檀聲寘置也干厓也風行水成文曰漣伐檀以俟世用若俟河水清且漣不稼不穡胡取禾三百廛兮不狩不獵胡瞻爾庭有縣貆兮傳種之曰稼斂之曰穡一夫之居曰廛貆獸名彼君子兮不素餐兮傳素空也疏經言伐檀

故傳云坎坎伐檀聲隸釋引石經殘碑欿欿伐輪兮則
毛詩坎坎魯詩作欿欿廣雅欿欿聲也字異義同將仲
子傳云檀彊刃之木寘當作窴窴置說見卷耳篇窴之
禮記中庸注又漢書地理志引下章俱作諸之與諸通
說文厂山石之厓巖人可居籒文从干作厈詩作干者
當從籒文厈假省厓謂厓岸也爾雅釋水河水清且瀾
猗大波爲瀾釋文引說文作大波爲瀾或作漣是瀾漣
同字也漣與淪對文傳以淪爲小風水成文則此云風
行水成文曰漣者與爾雅大波義合也釋名云風吹水
波成文曰瀾瀾連也波體轉流相及連也猗石經殘碑
作兮同語已詞也傳云伐檀以俟世用若俟河水清且
漣以喻君子當爲世用而不得故箋申之云是謂君子
之人不得進仕也正義云伐檀爲車之輪輻非待河水
之清方始用之而經於河干之下即言河水清故解其
意此人不得進仕伐檀隱居以待可仕之世若待河水
清且漣猗然也河水性濁清則難待猶似闇主常多明
君稀出既云置檀河厓因即以河爲喻襄八年左傳云
俟河之清人壽幾何易緯云王者大平嘉瑞之將出則
河水先清是河水稀清故以喻明君稀出也○桑柔箋
云耕種曰稼收斂曰穡與傳種稼斂穡訓同桑柔閟宮

殷武稼穡皆渾言不別云一夫之居曰廛者廛有市廛
園廛兩義周禮廛人鄭司農說廛謂市中之地未有肆
引孟子市廛而不征法而不廛此市廛也載師以廛里
任國中之地鄭康成不從司農說注云廛里者若今云
邑居里矣廛民居之區域也里居也以廛里任國中而
遂人職授民田夫一廛田百畮是廛里不謂民之邑居
在都城者與遂人注云廛城邑之居孟子所云五畮之
宅樹之以桑麻者也案遂人夫一廛田百畮正與孟子
五畮宅百畮田合此廛爲園廛廛爲居園爲圃在城邑
毛傳不言畮數而以七月傳五畮之宅例之則廛宅義
同一夫之居即五畮之宅也釋文云古者一夫田百畮
別受都邑五畮之地居之故孟子云五畮之宅是也陸
說得傳恉矣三百廛言三百夫耳箋冬獵曰狩宵田曰
獵析言也渾言狩獵不別爾雅貈子貆郭注云其雌者
名貛今江東呼貈爲㹶㹴釋文引字林云貛雌貈貐謂
之㹴廣雅云㹴貐也說文貈似狐善睡獸貆貉之類段
注云貉當作貈與案貆爲貈子許云貈類恐亦有誤字
箋云貉子曰貆釋文云依字作貈鄭用爾雅貆爲貈子
則不以貆爲貒也傳但云獸名不言貆爲何獸意亦同
爾雅耳草人鹹潟用貆此貆乃獂之譌字故鄭注以貒

釋之六書故引說文豲豕屬也豲从豕原聲讀若桓逸
周書豲有爪而不敢以撅廣雅豲亦豕屬豲貆聲近易
淆鄭不言貆當作豲或所據周禮不誤也淮南子齊俗
篇貆貉得埵防弗去而緣高注云貆貆豚也貆貉當依
脩務篇作貛貉爾雅貒子貗郭注貒豚也一名貛然則
豲貛貒一也周禮疏云爾雅豿子貒或曰貆故以貆貒
爲一是賈誤以草人之貆與豿子之貆爲同物遂以巳
誤之周禮欲改不誤之爾雅而解詩者又或謂詩貆爲
野豕矣稼穡取禾狩獵得獸皆以喻有功受祿以刺今
之不然箋云是謂在位貪鄙無功而受祿也○羔羊傳
素白也空以盛實與白可受采同意故素謂之白又謂
之空也今俗以徒食爲白餐餐猶食也趙岐注孟子盡
心篇云無功而食謂之素餐文選曹子建求自試表及
潘岳關中詩傅咸贈何劭王濟詩注引韓詩云素者質
也人但有質樸而無治民之材名曰素餐又漢書王吉
傳上疏云今使吏得任子弟率多驕驁不通古今至於
積功治人亾益於民此伐檀所爲作也並明選求賢除
任子弟之令案王吉學韓詩說與毛詩序義合所以刺
在位不用君子也箋云彼君子者
斥伐檀之人仕有功乃肎受祿

坎坎伐輻兮寘之河之側兮河水清且直猗(傳)輻檀輻也側猶厓也直直波也不稼不穡胡取禾三百億兮不狩不獵胡瞻爾庭有縣特兮(傳)萬萬曰億獸三歲曰特彼君子兮不素食兮(疏)傳云輻檀輻也者蒙上章伐檀而言伐輻猶伐檀也考工記輪人鄭注云今世輻以檀是輻用檀古今皆然矣凡輻三十河側與上章河干下章河漘同義故云猶厓也說文⿰土則遏遮也側與⿰土則聲義略同爾雅直波爲徑郭注云言徑侹釋名水直波曰涇涇徑也言如道徑也管子度地篇水之出於山而流入於海者命曰經水亦謂水之直流者爲經也徑涇經同傳本爾雅以直波釋直以見上章漣下章淪皆是水波漣淪必言風因風而成其大小之波文若直波則不必風矣說文云波水涌流也〇楚茨我庾維億傳亦云萬萬曰億豐年傳云數萬至萬曰億正義以爲此從今數鄭箋十萬曰億從古數說文云十萬曰意案意億古今字許與鄭合然說文說秭數億至億與豐年傳同則說億不應與毛異疑十萬乃萬萬

詩九　十

之誤正義引九章筭術皆以萬萬爲億又韋昭注鄭語云賈唐說皆以萬萬爲億則賈景伯亦用今數作萬萬不從古數作十萬毛賈許一家之學楚茨傳露積曰庾禾三百億者露積之數也云獸三歲曰特者爾雅豕生三豵二師一特此家畜非田豕傳於騶虞之豵不用爾雅則知此詩之特亦不用爾雅其上章言貆此章言特特亦獸名也獸三歲三當作四古積畫字四作三故經傳中三亖字往往致譌說見七月篇方言物無耦曰特獸無耦曰介特介皆大也

坎坎伐輪兮寘之河之漘兮河水清且淪猗（傳）檀可以爲輪漘厓也小風水成文轉如輪也不稼不穡胡取禾三百囷兮不狩不獵胡瞻爾庭有縣鶉兮（傳）圓者爲囷鶉鳥也彼君子兮不素飧兮（傳）孰食曰飧（疏）傳云檀可以爲輪者亦承上章伐檀而言輪謂牙也輪人注云今世牙以檀說文檀枋也枋木可作車爾雅杻檍郭注似棣細葉材

中車輞關西呼柵子一名土橿則中牙材者不獨檀矣
鄭司農云牙讀如跛者訝跛者之訝謂輪輮也世閒或
謂之罔書或作輮葛藟傳漘水隒也厓卽水隒釋文漘
亦作脣鄭注乾鑿度引詩作脣說文脣口耑也漘水厓
也詩曰寘河之漘口耑謂之脣水厓謂之漘其義一也
爾雅小波爲淪郭注云言蘊淪釋名淪倫也水文相次
有倫理也傳以轉如輪釋淪淪輪倫竝聲同釋文引韓
詩順流而風曰淪淪文皃案順流則波之小者韓詩說
初無二義○圓者爲囷鄭注匠人韋注吳語說文竝與
傳同三百囷謂三百圓倉也月令修囷倉圓倉也正義
謂方者爲倉失之矣傳以鶉爲鳥名鶉字當從隹四月
正義尚作雜知唐以前不誤也庸風鶉之奔奔今字亦
作鶉爾雅鷯鶉葢鶉猶鴾鶉故鄭注表記謂鶉爲小鳥
也墨子經說上篇化若鼃爲鶉淮南子齊俗篇云蝦蟇
爲鶉○祈父傳孰食曰饔飧饔同義釋文引字林云飧
水澆飯也水澆飯爲餐飧餐聲之轉謂孰食也大東傳
云飧孰食謂黍稷也案孰食不專指黍稷箋及聘禮注
解詩飧爲趙盾食魚飧之飧魚飧亦孰食也正義引鄭
志荅張逸問禮飧饔大多非可素不得與不素餐相
配故易之也誤解傳意謂飧爲禮牢之飧故云然

碩鼠三章章八句

碩鼠刺重斂也國人刺其君重斂蠶食於民不脩其政貪而畏人若大鼠也疏鹽鐵論取下篇周末有履畝之稅碩鼠之詩作也潛夫論班祿篇亦云履畝稅而碩鼠作案三家義與毛序刺重斂合

碩鼠碩鼠無食我黍三歲貫女莫我肯顧傳貫事也逝將去女適彼樂土樂土樂土爰得我所疏碩鼠爾雅作鼫鼠易晉九四晉如鼫鼠鄭注卽引此詩是碩鼫同也郊特牲云迎貓為其食田鼠也逸周書時訓篇田鼠不化鴽國多貪殘與詩義合碩鼠當卽田鼠矣采芑傳云三歲曰畬貫事爾雅釋詁文毛詩作貫隸釋引石經殘碑作宦宦本字貫假借字女謂君也我謂民也三歲貫女莫我肯顧言三歲所耕獲以事君而君乃重斂不肯顧我也○逝逮也適之也首章樂土樂土韓詩外傳兩引作適彼樂土又二章樂國樂國作適彼樂國三章樂郊樂郊新序

節士篇作適彼樂郊皆
冢上重句與毛詩句異

碩鼠碩鼠無食我麥三歲貫女莫我肎德逝將去女適彼樂國樂國樂國爰得我直傳直得其直道疏傳文直上奪得我二字嘗依小箋補得其直道以釋經得我直之義言樂國之人行直道是以往耳論語衞靈公篇云斯民也三代之所以直道而行也

碩鼠碩鼠無食我苗傳苗嘉穀也三歲貫女莫我肎勞逝將去女適彼樂郊樂郊樂郊誰之永號傳號呼也疏春秋莊七年秋大水無麥苗左傳云不害嘉穀也苗爲嘉穀毛傳正本左傳爲訓何注公羊傳云苗者禾也生曰苗秀曰禾倉頡篇云苗者禾之未秀者也禾未秀被水不爲災故左傳以爲不害二十八年冬大無麥禾則直謂之饑矣詩首章言黍二章言麥三章言禾○勞讀如勞來之勞箋云不肎勞來我是也之猶則也鶉之奔

奔傳以則字訓之字古之則聲通也永長也爾雅號謼也呼謼通用誰則永號猶言樂郊之地民無長嘆耳

卷九終

詩毛氏傳疏卷十

長洲陳奐學

唐蟋蟀詁訓傳弟十　毛詩國風

唐國十二篇三十三章二百三句(疏)漢書地理志大原郡晉陽故詩唐國案大原晉陽故大夏地本爲堯舊都堯初稱亦曰唐侯後即天子位遷都平陽因遷高辛氏之子實沈於此世世歷夏商至周祿父之叛劉累之子孫與四國共亂成王滅之以封弟叔虞是爲唐侯叔虞子燮父改爲晉侯鄭譜云至曾孫成侯南徙居曲沃近平陽焉案晉陽今屬山西大原府平陽屬平陽府詩地理徵云成成侯徙都當穆王共王之世周道始衰徐戎侵洛翟人侵畢畿輔近地猶有戎狄之轍況大原乎成侯之徙有由然也

蟋蟀三章章八句

蟋蟀刺晉僖公也儉不中禮故作是詩以閔之欲其及時以禮自虞樂也此晉也而謂之唐本其風俗憂深思遠儉而用禮乃有堯之遺風焉【疏】史記晉世家唐叔至靖侯五世靖侯十七年周厲王出奔于彘大臣行政故曰共和十八年靖侯卒子釐侯司徒立釐侯十四年周宣王初立十八年釐侯卒釐與僖同僖公即釐侯是僖公在共和宣王世矣晉陽平陽皆堯舊都故詩雖作於南徙曲沃之後本堯之遺風仍其舊號謂之唐呂覽當賞篇晉文公曰若賞唐國之勞徒則陶狐將爲首矣是後世亦有謂晉爲唐者正義云季札見歌唐曰思深哉其有陶唐氏之遺風乎不然何其憂之遠也案此序之所本也今襄二十九年左傳作遺民誤

蟋蟀在堂歲聿其莫今我不樂日月其除【傳】蟋蟀蛬也九月在堂聿遂除去也無已大康職思其居【傳】已甚康

樂職主也好樂無荒良士瞿瞿傳荒大也瞿瞿然顧禮
義也疏蟋俗悉字說文作悉蟹率帥古聲同蟋蟀蛬爾
注作精列方言蜻蛚楚謂之蟋蟀或謂之蛬郭注云今促織也亦名青蛚考工記
趨織也梁國呼蛬正義引義疏云蟋蟀似蝗而小正黑
有光澤如漆有角翅一名蛬一名蜻蛚楚人謂之王孫
幽州人謂之趨織里語曰趨織鳴嬾婦驚是也七月篇
說蟋蟀九月在戶堂戶地相連近故知在堂亦爲九月
毛揆下句歲聿其莫爲訓聿者遂之詞爲全詩聿字通
訓也聿與曰通其義皆可訓遂遂亦詞也文選江賦注
引薛君章句聿詞也又張協沈約陸機詩任昉序袁宏
序贊注引詩蟋蟀在堂歲聿其暮章句云暮晚也言君
之年歲已晚也莫暮古今字韓解歲聿其莫句緣下文
爲訓○標有梅傳今急詞也我我僖公也不樂言不自
虞樂也除與舍聲義相近泉水之寫牆有茨之襄楚茨
之抽傳皆訓爲除除皆去也無字與毋通領下句連讀
已爲已止已然之已又爲已甚之已已者甚之詞也康
樂釋詁文臣工同職主亦釋詁文十月之交抑同思居
猶云懷居言不習禮樂也公劉天作傳並訓荒爲大廣

雅巟大也荒與巟通說文䀠部䀠左右視也讀若拘又
若良士瞿瞿如許讀瞿瞿卽䀠䀠也左右視與傳云顧
禮義正合東方未明傳瞿
瞿無守之皃各隨文訓
蟋蟀在堂歲聿其逝今我不樂日月其邁傳邁行也無
已大康職思其外傳外禮樂之外好樂無荒良士蹶蹶
傳蹶蹶動而敏於事疏逝往也邁行猶除去也云外禮
樂之外者言思在於禮樂之外
是亦不習禮樂也緜版傳皆云蹶動也爾
雅釋訓云蹶蹶敏也大玄鍇篇勤蹶蹶
蟋蟀在堂役車其休今我不樂日月其慆傳慆過也無
已大康職思其憂傳憂可憂也好樂無荒良士休休傳
休休樂道之心疏休息也慆與滔聲義皆相近過猶去
也傳以可憂釋憂言不以禮樂自虞
樂是則可憂也箋憂者謂鄰國侵伐之憂與列女傳仁
智篇引詩義合鄭或用魯詩也云休休樂道之心者道

卽禮也書秦誓其心休休焉孔傳云休休樂善也與詩休休同爾雅瞿瞿休休儉也李注云皆良士顧禮義之儉也儉本美德詩言樂必以禮乃爲儉而不中禮者刺傳與雅本無兩意也

山有樞三章章八句

山有樞刺晉昭公也不能脩道以正其國有財不能用有鍾鼓不能以自樂有朝廷不能洒埽政荒民散將以危亡四鄰謀取其國家而不知國人作詩以刺之也（疏）昭公僖公之玄孫桓二年左傳惠之二十四年晉始亂政封桓叔于曲沃杜注云晉文侯卒子昭侯元年危不自安封成師爲曲沃伯案此序云四鄰謀取其國家當指昭公元年始有亂政之事在封桓叔前不得以桓叔爲四鄰也正義說非

山有樞隰有榆（傳）興也樞荎也國君有財貨而不能用

如山隰不能自用其財子有衣裳弗曳弗婁子有車馬
弗馳弗驅傳婁亦曳也宛其死矣他人是愉傳宛死貌
愉樂也疏樞荎爾雅釋木文釋文本或作蓲隸釋載魯
詩石經殘碑亦作蓲管子地員篇云山之側
其木乃區榆區者古文假借字今爾雅作櫙其俗字也
郭注以爲今之刺榆邢疏引義疏云其鍼刺如柘其葉
如榆瀹爲茹美滑於白榆榆之類有十種葉皆相似皮
及木理異爾廣雅梐刺也荎與梐同榆易識之木管子
五粟五沃五位皆有榆陳藏器本草拾遺云江東有刺
榆無大榆是則詩之樞卽刺榆詩之榆卽大榆白榆謂
之枌樞枌皆榆之種類耳傳云國君有財貨而不能用
如山隰不能自用其財此總釋全章設興之意山之有
樞栲漆隰之有榆杻栗有以言不有也○釋文引馬融
注云婁牽也曳與牽義相近婁者摟之假借字玉篇引
詩正作弗曳弗摟傳依經作訓故云宛死貌淮南子俶
眞篇形傷於寒暑燥溼之虐者形苑而神壯高注云苑
枯病也苑讀南陽宛之宛本經篇故閉四關則身無患
百節莫苑注云苑病也苑讀南陽之宛也繁露五行順

逆篇民病心腹宛宛黃又循天之道篇鶴之所以壽者無宛氣於中是故道者亦不宛宛氣竝與傳訓相近愉樂釋詁文方言愉悅也廣雅愉喜也箋改愉爲偷偷說文無偷字

山有栲隰有杻傳栲山樗杻檍也**子有廷內弗洒弗埽子有鍾鼓弗鼓弗考**傳洒灑也考擊也**宛其死矣他人是保**傳保安也疏栲山樗釋木文南山有臺同山樗與樗不同樗即今臭椿故七月我行其野傳竝以樗爲惡木山樗一名栲正義引郭注爾雅云栲似樗色小而白生山中因名云亦類漆樹俗語曰標樗栲漆相似如一義疏云今所云爲栲者葉如櫟木皮厚數寸可爲車輻或謂之栲櫟則栲亦中材用矣說文作梡杻檍釋木文南山有臺同郭注云似棣細葉葉新生可飼牛材中車輞關西呼杻子一名土橿義疏云今官園種之正名曰萬歲既取名於億萬其葉又好故種之共汲山下人或謂之牛筋或謂之檍材可爲弓弩幹也案考工記弓人取幹之道有檍是檍其材用矣說文無杻字檍作橲云橲梓屬大者可爲棺椁小者可爲弓

材與謂檍爲梓屬其大者也小者郭所謂似棣材可中弓榦亦中車輞此言隰杻當是檍之小者南山有臺篇北山有杻是檍之大者歟○詩述聞云一章之衣裳車馬二章之廷內鍾鼓皆二字平列字各爲義廷與庭通廷內謂庭與堂室非謂庭之內也內則曰灑埽室堂及庭弟子職曰凡拚之道堂上則播灑室中握手是洒埽之事尤重堂室豈有言庭而不及堂室者乎大雅抑篇洒埽廷內義與此同洒灑抑傳同東山伐木箋並以洒爲灑說文洒滌也古文以爲灑埽字是洒爲古文假借也古者以水灑地曰灑先灑地而坌除其穢是曰灑埽

正義云今定本弗鼓弗考注考擊也無亦字義並通也然則正義本經作弗擊弗考傳考亦擊也與上章傳婁亦曳也文義相同文選潘岳河陽縣作注引毛詩弗擊弗考傳考亦擊也與正義本合考讀爲攷廣雅攷擊也

保安南山有臺楚茨思齊常武

傳並同上章樂此章安同義

山有漆隰有栗子有酒食何不日鼓瑟傳君子無故琴瑟不離於側且以喜樂且以永日傳永引也宛其死矣

他人入室疏傳云君子無故琴瑟不離於側定本少無故二字案此君子指國君傳意原不必與女曰雞鳴傳同也喜亦樂也傳於卷耳漢廣常棣文王永訓長唯此訓引者引曰猶引年引亦長也

揚之水三章二章章六句一章四句

揚之水刺晉昭公也昭公分國以封沃沃盛彊昭公微弱國人將叛而歸沃焉疏此與下篇椒聊刺昭公意略同攷左傳云惠之二十四年晉始亂故封桓叔于曲沃靖侯之孫欒賓傅之惠之三十年晉潘父弒昭侯而納桓叔桓叔不克晉人立孝侯案昭侯文侯子昭公也桓叔穆侯子文侯弟成師也魯惠公二十四年晉昭公之元年也元年封桓叔七年而昭公被弒潘父晉大夫也黨桓叔知時叛晉者衆

揚之水白石鑿鑿傳興也鑿鑿然鮮明貌素衣朱襮從子于沃傳襮領也諸侯繡黼丹朱中衣沃曲沃也既見

君子云何不樂疏王鄭風揚之水傳竝云揚激揚也隸釋載魯詩作楊鑿讀爲糳說文糳米一斛舂爲八斗曰糳爲米六斗大半斗曰粲故鮮明謂之粲亦鮮明謂之鑿鑿重言之曰粲粲亦曰鑿鑿聲義皆相近興者揚水喻昭公王鄭風竝以激揚之水爲君政之煩急亂促則此文義正同上章序云刺昭公不能脩道以正其國卽其義也白石喻桓叔桓叔自分封於沃之後能脩其德日就盛彊其大都耦國之形已昭然不疑以白石之鮮明鑿鑿然爲喻白石之鑿鑿由於水之激揚桓叔之盛彊實由於昭公之不能脩道正國故詩首句言亂本之所由成耳解者皆揚水喻桓叔與序刺昭公意不甚關切失經之恉矣下章晧晧絜白粼粼清激興義同○素衣謂中衣也傳訓襮爲領玉篇纂領連也亦作襮是領名曰襮矣爾雅釋器黼領謂之襮此釋詩之襮也說文及鄭注禮記竝釋詩之襮爲黼領與爾雅同傳既釋襮爲領而又引禮記郊特牲文以明中衣領有繡黼其意亦用爾雅黼領之義也郊特牲繡黼丹朱中衣大夫之僭禮也鄭注云繡黼丹朱以爲中衣領緣也孔疏云中衣謂冕及爵弁之中衣以素爲之繡黼爲領丹朱爲緣案傳本郊特牲文而必明明言諸侯者

亦謂禮唯諸侯中衣則然大夫用之則爲僭桓叔未爲諸侯已服此諸侯中衣之制其僭孰甚焉左傳云唯器與名不可以假人若以假人與人政也政亾則國家從之是謂矣古者裘葛皆有裼衣裼衣又謂之中衣其上有上衣裼以見美爲敬裼衣者對免上衣而言也冕服皆上衣下裳其中衣以充美爲盛中衣者對不免上衣而言也金榜禮箋云掩合上衣謂之中衣袒而露見謂之裼衣是也蓋冕服用素中衣亦用素傳謂中衣則經之素衣卽中衣諸侯冕服其中衣之衣領緣以丹朱畫以繡黼諸侯皮弁服中衣用錦衣或用素衣說見終南篇○子席叛晉者也于往也沃左傳作曲沃故傳云沃曲沃也漢書地理志河東郡聞喜故曲沃晉成侯自晉陽徙此劉昭郡國志補注云曲沃在聞喜縣東北數里與晉相去六七百里案此謂去唐叔舊都耳曲沃晉南徙之故都至昭公都翼桓叔封於曲沃在翼之南今山西絳州聞喜縣東有左邑城春秋時之曲沃也君子席桓叔也

揚之水白石皓皓(傳)皓皓絜白也素衣朱繡從子于鵠

傳繡黼也鵠曲沃邑也既見君子云何其憂傳言無憂

也疏楚辭大招天白顥顥廣雅皡皡白也竝與此皓皓同絜白謂白石絜白也○傳訓繡爲黼者亦本爾雅禮記爲訓朱即丹朱繡即繡黼也繡與黼其爲刺文繡黼同義猶丹朱同義皆二字平列劉昭輿服志注云襮繡領也繡領即黼領孫郭注爾雅以爲繡刺黼文者非也禮記注及儀禮士昏特牲饋食注竝引魯詩云素衣朱綃綃繒名也案上章朱襮爲朱領下章朱綃爲朱繒謂領以繒爲之據特牲注此衣染之以黑詩有素衣記有玄宵衣宵與綃通玉藻玄綃衣爲裼衣詩素衣爲中衣是中衣即裼衣可證此魯詩義也毛傳所見經文自作朱繡引禮記丹朱繡黼以爲中衣領緣之文解經義同而字異鄭箋改朱繡爲朱綃從魯詩也併改禮記繡黼爲綃黼文義有不可通○鵠曲沃邑謂鵠爲曲沃之下邑也其地無聞詩述聞云易林否之師曰揚水潛鑿使石絜白衣素表朱遊戲皋沃其文皆出唐風揚之水篇衣素表朱即素衣朱襮襮之爲言表也易林訓襮爲表與毛詩異始本於三家與其遊戲皋沃即從子于沃從子于鵠也鵠與皋古同聲鵠之作皋蓋亦本三家

也傳以無憂釋何憂云其皆語助云何其憂猶云何不樂也國人以歸沃爲無憂此逃將叛者之詞

揚之水白石粼粼【傳】粼粼清澈也我聞有命不敢以告人【傳】聞曲沃有善政命不敢以告人【疏】傳云粼粼清澈也者謂白石清澈粼粼然也說文巛部粼水生厓石閒粼粼也从巛粦聲其字从巛故粼粼爲水說稍異玉篇潾潾水清皃潾與粼同○我詩人自我也聞曲沃有善政命者釋經聞有命三字之義下篇序云君子見沃之盛彊能脩其政是卽曲沃之善政命也序又云知其蕃衍盛大子孫將有晉國此卽不敢以告人之故蓋其人必身在桓叔而心切昭公憂昭公之微弱畏桓叔之盛彊眞有向隅仰屋無所告語之嘆君子知晉之必爲沃幷已情見乎辭矣定十年左傳侯犯以郈叛叔孫謂郈工師駟赤曰郈非叔孫氏之憂社稷之患也將若之何對曰臣之業在揚之水卒章之四言矣案侯犯據郈叛魯與桓叔據沃叛晉其事相似駟赤畏侯犯特詠此詩以明己意則知作詩之人斷非從叛之人上二章就叛晉者說末章卽承此意以諷動昭公耳荀子臣道篇迫脅於亂時窮居於

暴國而無所避之則崇其美揚其善違其惡隱其敗言其所長不稱其所短以爲成俗詩曰國有大命不可以告人妨其躬身荀子引詩與毛傳釋詩意正合詩小學云所引卽揚之水之三章也前二章皆六句此章四句姝太短恐漢初傳之者有脫誤

椒聊二章章六句

椒聊刺晉昭公也君子見沃之盛彊能脩其政知其蕃衍盛大子孫將有晉國焉

椒聊之實蕃衍盈升（傳）興也椒聊椒也彼其之子碩大無朋（傳）朋比也椒聊且遠條且（傳）條長也（疏）阮元揅經室集云椒聊聊字舊訓爲語助謬矣毛傳椒梂椒也也上必脫梂字鄭箋云一梂之實意實承傳而述言之緣傳已專訓不必再爲聊梂也之訓矣爾雅椒樧醜莍莍卽梂也又云朻者聊朻亦卽梂也胡承珙後箋從阮說云今考本

草經蔓椒一名家椒名醫別錄陶注云俗呼爲樛樛卽朻字朻亦卽梂字鄭箋之梂自是釋經之聊亦必毛傳已作椒梂也故但云今一梂之實楚辭九歎懷椒聊之蔎蔎兮王逸注云椒聊香草也詩曰椒聊且蔎蔎香貌據此盈可見聊非語助至王逸以爲香草者猶說文以莍入艸部蓋草木散文得通耳後箋又云文選景福殿賦曹子建求通親親表李善注竝引詩作蔓延盈升此所引疑三家詩蔓延與蕃衍聲同字通又李注兩引詩下皆有美其繁興四字疑亦三家詩傳之語奐案三家釋詩與毛詩義合詩以椒實之蕃衍興桓叔子孫之蕃衍又以椒氣之遠長興桓叔之政教此皆興唯中二句非興篇內皆陳沃事而昭公不知是以爲刺○之子席桓叔也碩亦大也蕃衍碩大竝兩字同義朋訓比者比爲比方之比王肅孫毓申毛必屢反是也秦黃鳥百夫之防傳防比也亦比方字朋防一聲之轉後箋云無比者卽陳敬仲占辭莫之與京之意○六月韓奕傳竝訓脩爲長條與脩皆從攸聲故二字同訓下章傳云言聲之遠聞也案此六字當本在條長也之上後人誤奪乃坿於篇末耳言上當有遠字遠言聲之遠聞也與折言傷害也句言陰均也同一句法今以全詩通例攷之凡

上下章同辭則傳必總釋於上章如殷其雷傳振振信厚也北風傳虛虛也亟急也殷其雷北風皆末二句同辭以及桑中末三句同辭漢廣末四句同辭黍離園有桃秦黃鳥末六句同辭而其義皆總釋於上章不分釋也此詩遠條二字成義同辭不應分屬上下章可證矣遠言聲之遠聞也正釋經之遠字條長也正釋經之條字箋云椒之氣日益遠長似桓叔之德彌廣博鄭箋正申毛傳蓋詩以椒香遠長興桓叔德政有遠聞子孫將有晉國也左傳云故能有其國家令聞長世

椒聊之實蕃衍盈匊(傳)兩手曰匊**彼其之子碩大且篤**(傳)篤厚也**椒聊且遠條且**(傳)言聲之遠聞也(疏)兩手曰匊采綠同宣十二年左傳舟中之指可匊矣杜注亦云兩手曰匊說文勹部扗手曰匊扗疑兩字之誤而手字不誤考工記陶人疏引小爾雅云匊二升二匊爲豆豆四升此別一義匊俗作掬○篤厚爾雅釋詁文大明公劉維天之命同後箋云篤厚即鄭子封謂叔段厚將得衆之意奐謂昭二十六年左傳晏子曰陳氏厚施焉民歸之矣

後世若少惰陳氏而不亾則國其國也已厚施與傳篤厚之訓亦合說苑立節篇故夫士欲立義行道毋論難易而後能行之立身著名無顧利害而後能成之詩曰彼其之子碩大且篤非良篤脩激之君子其誰能行之哉韓詩外傳亦有其文此雖斷章而與毛詩不同當出三家義也

綢繆三章章六句

綢繆刺晉亂也國亂則昏姻不得其時焉

綢繆束薪三星在天〔傳〕興也綢繆猶纏緜也三星參也在天謂始見東方也男女待禮而成若薪芻待人事而後束也三星在天可以嫁娶矣**今夕何夕見此良人**〔傳〕良人美室也**子兮子兮如此良人何**〔傳〕子兮者嗟茲也

〔疏〕綢繆纏緜皆疊韻字古今語也史記天官書參爲白虎三星直是也爲衡石漢書天文志同孟康注云參

三星者白虎宿中東西直似稱衡也傳釋三星爲參又挾下二章在隅在戶知在天爲始見東方者此參星爲東西直之時王肅云謂十月也纏綿薪芻喻嫁娶之必待禮以釋綢繆句參星昏始見於東方是可行嫁娶之候以釋三星句昭元年左傳云后帝遷實沈于大夏主參唐人是因故參爲晉星葢此詩人亦因晉星而起興爾○良人猶美人男子粲三星在天之夕至女家來親迎覯見美人以成其家室故傳云良人美室也與孟子將覯良人指男子者不同正義云以三章見此粲者粲是三女故知良人爲美室良訓爲善故稱美也○王引之詩述聞云傳嗟茲卽嗟嗞說文嗞嗟也廣韻嗞嗟憂聲也秦策曰嗟嗞乎司空馬管子小稱篇曰嗟茲乎聖人之言長乎哉說苑貴德篇曰嗟茲乎我窮必矣楊雄青州牧箴曰嗟茲天王附命下土皆歎辭也或作嗟子楚策曰嗟乎子乎楚國亡之日至矣儀禮經傳通解續引尚書大傳曰諸侯在廟中者愀然若復見文武之身然後曰嗟子乎此葢吾先君文武之風也夫是嗟子與嗟嗞同經言子兮猶曰嗟子乎嗟嗞乎也故傳以子兮爲嗟嗞箋謂子兮子兮斥娶者始失其義案王說是也蕩傳咨嗟也子與咨皆嗞之假借字咨嗞雙聲子嗞疊

五五二

韻彼以嗟釋咨此以嗟茲釋子其義一也易明夷六五箕子劉向說今作荄茲公羊負茲白虎通義作負子皆子茲聲通之證正義云如何猶柰何昭十二年公羊傳注云如猶柰也如此良人何言見良人而不得見柰此良人何親迎女猶有不至者也東門之楊昏以爲期明星煌煌傳云期而不至義正同

綢繆束芻三星在隅（傳）隅東南隅也**今夕何夕見此邂逅**（傳）邂逅解說之貌**子兮子兮如此邂逅何**（疏）參星在天則自東而南昏見於隅故傳以爲東南隅正義云在十月之後謂十一月十二月是也〇說文無邂字邂逅當依釋文作解覯傳文解說之皃四字當依釋文作解說也三字韓詩云不固之皃固蔽也不固不蔽見也韓以解覯爲形容經之見字故云之皃毛直訓解覯爲解解說不須云之皃今本從韓而誤解覯古語解說今語江有汜箋云歌者言其悔過以自解說也箋正用此傳訓草蟲傳覯遇也穀梁傳遇者志相得也志相得謂之遇遇謂之覯解說者志相得也靜女頍弁說懌鄭箋作說釋義竝相同

綢繆束楚三星在戶（傳）參星正月中直戶也今夕何夕見此粲者（傳）三女爲粲大夫一妻二妾子兮子兮如此粲者何（疏）三星在戶參星昏見當於戶月令孟春之月昏參中夏小正正月初昏參中斗柄縣在下傳言斗柄者所以著參之中也是參星昏中在正月矣戶詁直戶夏小正漢案戶傳案戶也者直戶也言正南北也蓋中星皆以南方之中過中爲下正月參昏在南方詩不云在南而云在戶者占者爲戶於室東南隅參星昏見當戶則南北直而偏東也荀子大略篇云霜降逆女冰泮殺止冰泮在正月之節自霜降以至冰泮皆爲嫁娶之正時○廣韻二十八翰詩傳云三女爲㛑又美好皃玉篇女部同說文女部三女爲奻奻美也从女奴省聲古字作奻又作㛑今通作粲周語恭王遊於涇上密康公從有三女奔之其母曰必致之於王夫獸三爲羣人三爲衆女三爲粲王田不取羣公行下衆王御不參一族夫粲美之物也衆以美物歸女而何德以堪之案天子於后之外有媵姪娣三人又有二國來媵每國三人共一取九女諸侯亦然密康公有一族三女私

奔故其母爲何德以堪也傳引此者以證粲字之義云大夫一妻二妾者又申明三女之義則此詩皆取亦卿大夫之禮也白虎通義嫁娶篇亦云卿大夫一妻二妾又云士一妻一妾下卿大夫禮也熊安生謂士有一妻二妾非是

杕杜二章章九句

杕杜刺時也君不能親其宗族骨肉離散獨居而無兄弟將爲沃所幷爾

有杕之杜其葉湑湑（傳）興也杕特生貌杜赤棠也湑湑枝葉不相比也獨行踽踽豈無他人不如我同父（傳）踽踽無所親也嗟行之人胡不比焉人無兄弟胡不佽焉（傳）佽助也（疏）釋文據傳特下無生字有杕之杜箋云特生之杜彼箋依經生于道左言此不當有

生字也六書故引傳作杕特皃與釋文同特當讀若有
苑其特之特家訓書證篇江南本傳作杕獨皃緣下文
獨行作訓恐非毛義當從釋文本作特皃爲長也杜赤
棠爾雅釋木文說詳甘棠篇正義云裳裳者華亦云其
葉湑兮則湑湑與菁菁皆茂盛之貌傳於此云湑湑枝
葉不相比下章言菁菁葉盛互相明耳言葉雖茂盛而
枝條稀疏以喻宗族雖蕃不相親暱也案此與體也釋
文據傳不相比下有次字比次卽比佽亦當以釋文本
爲長○說文踽疏行皃詩曰獨行踽踽踽疏疊韻疏卽
傳云無所親之意廣雅踽踽行也本三家詩孟子盡心
篇行何爲踽踽涼涼與詩踽踽義同爾雅父爲考父之
考爲王父王父之考爲曾祖王父曾祖王父之考爲高
祖王父是祖曾高皆父也今以旁殺言之曰昆弟我之
同於父者也曰從父昆弟我之同父於祖者也曰從祖
昆弟我之同父於曾祖者也曰族昆弟我之同父於高
祖者也皆可謂之我同父伐木傳云天子謂同姓諸侯
諸侯謂同姓大夫皆曰父豈無他人不如我同父言他
人不如我同父之親也此起下文宗族與嗟之意○箋
云比輔也傳訓佽爲助者助亦輔也廣雅比佽代也方
言次比代也昭十六年左傳云庸次比耦次比連言與

詩比佽連文同義佽與次通嗟行之人胡不比焉人無兄弟胡不佽焉胡何也承上文獨行無所親而言獨行之人何不比輔之獨行之人無兄弟之親何不佽助之歎其無有輔助也

有杕之杜其葉菁菁（傳）菁菁葉盛也**獨行睘睘豈無他人不如我同姓**（傳）睘睘無所依也同姓同祖也**嗟行之人胡不比焉人無兄弟胡不佽焉**（疏）經言葉故傳云葉盛葉盛而枝弱與義與上章同也茗之華其葉青青傳華落葉青青然文義略同菁菁釋文本亦作青青○睘從袁聲睘睘之爲無所依猶版篇憲憲之爲無所依矣說文引詩作睘睘釋文云睘睘本亦作煢煢王逸九思注文選張衡思玄賦陸雲贈婦詩注作煢煢思玄賦舊注煢煢獨也本三家詩傳云同姓同祖也者程瑤田宗法小記云孫以祖之字爲姓故同祖昆弟謂之同姓是故自曾祖與族曾祖等而下之旁及族昆弟皆與我同姓於高祖者也其宗子所謂繼高祖之宗也自祖父與從祖祖父等而下之旁及於從祖昆弟皆與我同姓於曾祖者也其宗子

所謂繼曾祖之宗也自父與世父叔父等而下之旁及於從父昆弟皆與我同姓於祖父者也其宗子所謂繼祖之宗也案此卽同姓爲同祖之義麟之止傳公姓公同姓公族公同祖姓族皆出於祖故姓族皆得謂之同祖

羔裘二章章四句

羔裘刺時也晉人刺其在位不恤其民也（疏）箋云恤憂也

羔裘豹袪自我人居居（傳）袪袂末也本末不同在位與民異心自用也居居懷惡不相親比之貌豈無他人維子之故（疏）釋文定本據傳袂下有末字僖五年左傳疏引亦有末字遵大路正義云唐羔裘傳云袪袂末唐風取本末爲義故言袂末然正義不出一手故今唐風正義作袪袂也無末字案有末字是也今補正遵大路傳云袪袂也謂執袪猶執袂也此傳云袪袂末也袂屬衣幅二尺二寸爲袂中袂口謂之袪袪徑尺二寸

袪口之緣是爲袪袂末滚衣袂末續緣廣寸半長衣中衣袂末揜餘一尺裘制如長中袂末亦宜揜餘一尺此餘一尺乃用豹皮歟傳謂袪爲末與謂裘爲本作對文非袪爲袂袂之末也裘裘者本也袪者末也裘用羔袪用豹所謂本末不同也裘袪本末言在位與民羔豹不同言在位與民異心襄十四年左傳余不說初矣余狐裘而羔袖裘袖不同物言始終不同徹與此詩傳意略同箋云羔裘豹袪在位卿大夫之服也傳訓自爲用緜執競同與皇矣召旻訓自爲從義異我人我民人也居居究究皆不恤其民之謂爾雅釋訓居居究究惡也傳云居居懷惡不相親比之皃者義取爾雅爲訓箋其役使我之民人其意居居然有悖惡之心不恤我之困苦是也居居與上篇湑湑踽踽聲義相近晉語暇豫之吾吾不如烏烏章注吾讀如魚吾吾不敢自親之貌也御覽人事部一百十引國語舊注俉俉疏遠之貌淮南子覽冥篇臥倨倨高注倨倨臥無思慮也倨讀虛田之虛聲義並相近○子席在位者也故故舊也

羔裘豹褎自我人究究（傳）褎猶袪也究究猶居居也豈

無他人維子之好（疏）說文褎袂也俗作袖是褎亦袂矣袂末謂之袪亦袂末謂之褎故云褎猶袪也古究宄聲同詩之究當讀爲宄亦懷惡不相親之皃故云究究猶居居也

鴇羽三章章七句

鴇羽刺時也昭公之後大亂五世君子下從征役不得養其父母而作是詩也（疏）五世謂孝侯鄂侯哀侯小子侯晉侯緡也俱在昭公之後

肅肅鴇羽集于苞栩（傳）興也肅肅鴇羽聲也集止苞稹栩杼也鴇之性不樹止王事靡盬不能蓺稷黍父母何怙（傳）盬不攻致也怙恃也悠悠蒼天曷其有所（疏）興者鴇之集栩棘桑以喻君子征役之勞苦經言鴇羽故云肅肅鴇羽聲集止爲全詩通訓集始見於葛覃集于灌木而無傳此因欲言鴇不樹止而訓釋之也苞稹爾雅釋言文孫注云物叢生曰苞齊人名曰稹郭注云今人呼物

叢致者爲稹箋云稹者根相迫迮梱致也栩杼櫟木文
東門之枌同杼說文作柔木部云栩柔也其阜一曰樣
樣栩實也栩實一名櫟實州部云草草斗櫟實也一曰
象斗草古阜字象當作樣樣字之誤也亦名柞實周禮大
司徒一曰山林宜阜物鄭司農注云阜物柞栗之屬今
世間謂柞實爲阜斗栩實似栗故柞栗又名橡栗呂覽
特君篇冬日則食橡栗高注云橡阜斗也其狀似栗案
橡與樣同栩一名柔其實謂之樣櫟實柞實皆以形近
通俗耳正義引義疏云今柞櫟也徐州人謂櫟爲杼或
謂之爲栩其子爲阜或言阜斗其殼爲汁可以染阜今
京洛及河內多言栩汁謂櫟爲杼五方通語也云鴇之
性不樹止者釋文鴇似鴈而大無後趾趾宋毛詩作指
正義引義疏云鴇鳥連蹄性不樹止樹止則爲苦故以
喻君子從征役爲危苦也竝本傳爲說禮記內則有鴇
○正義云昭元年左傳於文皿蟲爲蠱穀之飛亦爲蠱
蠱害器敗穀皆謂之蠱盬與蠱字異義同奐謂周禮鹽
人共其苦鹽杜子春讀苦爲盬典婦功辨其苦良鄭司
農苦讀爲盬鄭注喪服云沽猶麤也檀弓云沽猶略也
苦沽亦與盬字異義同四牡王事靡盬傳盬不堅固也
采薇杕杜北山王事靡盬箋竝云盬不堅固也不攻致

卽不堅固車攻傳攻堅也致卽今之緻字余友邵陽魏源云晉自曲沃構難何暇更勤王事而鴇羽三言王事靡盬者何此與衛風伯兮之言王事皆作於桓王之世桓王二年曲沃莊伯以鄭邢之師伐翼王使尹氏武氏助之是秋曲沃叛王王命虢公伐曲沃而立哀侯十六年曲沃殺小子侯王命虢仲立晉侯緡虢仲芮伯梁伯荀侯賈伯伐曲沃王師屬臨於晉妨農失養而作是詩○齊南山傳云蓺樹也怙恃釋言文不能樹稷黍父母何恃者言何所恃而得食何所恃而得嘗正義云下言何食何嘗與此相接成是也殷其雷隰有萇楚篇例皆同

肅肅鴇翼集于苞棘王事靡盬不能蓺黍稷父母何食悠悠蒼天曷其有極（疏）苞棘猶叢棘

肅肅鴇行集于苞桑（傳）行翮也王事靡盬不能蓺稻粱父母何嘗悠悠蒼天曷其有常（疏）傳以翮詁行鴇翮猶鴇羽鴇翼也義未詳

易否六五繫于苞

桑鄭注云苞稹也

無衣二章章三句

無衣美晉武公也武公始并晉國其大夫爲之請命乎天子之使而作是詩也疏莊十六年左傳云王使虢公命曲沃伯以一軍爲晉侯史記晉世家云晉哀侯二年曲沃莊伯卒子曲沃武公稱立哀侯九年虜小子侯四年誘殺晉侯緡二十六年曲沃武公伐晉侯緡滅之盡以其寶器賂獻于周釐王釐王命曲沃武公爲晉君列爲諸侯於是盡并晉地而有之武公已即位三十七年矣凡三十九年而卒攷緡二十六年六誤作八舊本史記不誤也哀侯以魯隱五年立七年莊伯卒武公踰年即位自在魯隱八年至魯莊十六年王命爲侯武公即位已三十八年則并晉國當在前一年史記敘命侯於并國之先正義據以爲并國命侯俱三十七年內誤矣箋云天子之使是時使來者正義謂其使名號書傳無文奐案禮爲人臣者無外交雖容或有周使適晉晉大夫不得與天子之使交通且

命出自天子又不得私相干請蒸序中使字必吏字之誤天子之吏謂三公也列國大夫入天子之國稱士士不得上通天子故屬於天子之吏若成二年左傳晉侯使鞏朔獻齊捷于周王使委於三吏禮之如侯伯克敵使大夫告慶之禮杜注云委屬也三吏三公也此其義證矣晉武公克曲沃以寶器賂僖王必有大夫至周其大夫亦但能屬乎天子之吏爲君請命僖王得賂遂以武公爲晉侯是請命在周斷不在晉由轉寫者吏誤作使遂多謬說此詩卽其大夫所作故爲美而不爲刺至武公并晉天子不正篡國之罪而反許受命之請編詩者隱喩刺意爾

豈曰無衣七兮（傳）侯伯之禮七命冕服七章**不如子之衣安且吉兮**（傳）諸侯不命於天子則不成爲君（疏）傳釋經之七爲七命七命故冕服七章周禮典命云侯伯七命其國家宮室車旗衣服禮儀皆以七爲節大行人云諸侯之禮冕服七章是謂侯伯之禮也○子庶武公也武公既得命服故云安且吉安且與傳云諸侯不命於天子

則不成爲君者總釋詩義以見武公之服命於天子爲足美也若春秋邾儀父鄭黎來蕭叔介葛盧皆微國之君未爵命故不書爵是則不命之諸侯春秋不書爵此不成爲君之義也

豈曰無衣六兮（傳）天子之卿六命車旗衣服以六爲節

不如子之衣安且燠兮（傳）燠煖也（疏）傳釋經之六爲六命六命故車旗衣服以六爲節周禮典命云王之卿六命及其出封加一等其國家宮室車旗衣服禮儀亦如之是謂天子之卿之禮也天子之卿卽侯伯也天子之卿六命出封侯伯加一等則七命七命以七爲節六命以六爲節晉爲侯伯之國實七命其在王朝則亦就六命之數蓋詩人以七六分章實一意爾○燠當從釋文作奧小明日月方奧傳亦云奧煖也爾雅釋言燠煖也字亦當作奧

有杕之杜二章章六句

有杕之杜刺晉武公也武公寡特兼其宗族而不求賢

以自輔焉

有杕之杜生于道左傳興也道左之陽人所宜休息也彼君子兮噬肯適我傳噬逮也中心好之曷飲食之疏杕特皃杜赤棠也義見上杕杜篇道以右爲陰左爲陽杕然之杜其枝葉足以庇陰人生於道左之陽衆人得休息之興者喻人君有國賢者宜歸往之刺今之不然也通章言武公初得晉國寡特無助宜求賢以自輔不作反興之詞上篇有杕之杜其葉湑湑有杕之杜其葉菁菁以葉盛不與枝相比佽爲喻小雅有杕之杜有睆其實有杕之杜其葉萋萋以實葉之蕃盛爲喻皆取下句爲興不以有杕爲興此亦同也管子輕重丁篇云途旁之樹未沐之時五衢之民男女相好往來之市者罷市相睹樹下談語終日不歸男女當壯扶輦推輿相睹樹下戲笑超距終日不歸父兄相睹樹下論議玄語終日不歸是古者道旁皆種樹可作休息之義證○君子謂賢者也方言云北燕曰噬逮通語也爾雅作遾日月篇作逝噬假借字釋文引韓詩正作逝云逝及也噬逝

同聲逮及同意中心心中也爾雅曷盍也郭注云盍何不也廣雅曷盍何也曷盍聲同故何謂之曷又何不謂之曷猶何謂之盍亦何不謂之盍義竝同釋詞云曷何不也說者訓爲何失之

有杕之杜生于道周〔傳〕周曲也 彼君子兮噬肯來遊〔傳〕遊觀也 中心好之曷飲食之〔疏〕周讀如漢盩厔縣之厔道左卷阿篇有卷者阿傳卷曲也道之曲與阿之曲同意亦人所休息也釋文引韓詩云周右也韓以上章道左則此當訓道右然道樹宜在左毛義優也○來遊卷阿作來游游遊古今字云觀者孟子梁惠王篇齊景公曰吾何脩而可以比於先王觀也晏子引夏諺曰吾王不遊吾何以休是遊觀義同也觀讀如易觀我之觀來觀猶上章之云適我矣

葛生五章章四句

葛生刺晉獻公也好攻戰則國人多喪矣〔疏〕正義云獻公以魯莊

十八年立僖九年卒左傳伐驪戎滅耿滅霍滅魏伐東山皋落氏滅下陽圍上陽滅虢執虞公敗狄于采桑是其好攻戰也

葛生蒙楚蘞蔓于野〔傳〕興也葛生延而蒙楚蘞生蔓於野喻婦人外成於他家**予美亡此誰與獨處**〔疏〕葛絺綌草也蒙覆也楚木也蔓延也正義引義疏云蘞似栝樓葉盛而細其子正黑如燕薁不可食也幽州人謂之烏服毛晉廣要云本草蘞有赤白黑三種疑此是黑蘞也說文薟白薟或作蘞則蘞有白蘞矣案葛蘞皆蔓延野草故以喻婦人之外成於他家也白虎通義嫁娶篇云嫁娶者何謂也嫁者家也婦人外成以出適人爲家○婦人稱夫謂美猶稱夫謂良車鄰傳云亡喪棄也誰與即獨處與不遠伊邇貞怨且慶云徂何往孔淑不逆句法相同

葛生蒙棘蘞蔓于域〔傳〕域塋域也**予美亡此誰與獨息**〔傳〕息止也〔疏〕蒙棘猶蒙楚傳釋域爲塋域者爾雅域兆也廣雅宅兆塋域葬地也古者葬地皆在

外野蘞草蔓延於塋域亦是婦人外成之義若謂葬夫之處則失之○獨息猶獨處也息訓止處亦止也

角枕粲兮錦衾爛兮（傳）齊則角枕錦衾禮夫不在斂枕篋衾席韣而藏之**予美亡此誰與獨旦**（疏）經言角枕錦衾傳則申明經義以爲齊時之物凡齊必居於正寢故爲之別設此角枕錦衾也傳又云禮夫不在斂枕篋衾席韣而藏之者此引古禮文以言夫從征役既缺時祭婦人斂藏枕衾乃特假夫在齊物以起興爾枕篋枕匣也少儀茵席枕几穎杖王引之禮記述聞穎字當在枕下枕穎相連釋文穎作潁玉篇廣韻竝曰潁篋也是枕篋又謂之枕潁矣席韣席韜也鄭注內則云襡韜也襡與韣同枕貯於篋謂之枕篋席納於韣謂之席韣枕篋也衾也席韣也夫不在則斂此三者藏之詩但言枕衾耳席韣乃連而及之正義引內則夫不在斂枕篋簟席韣而藏之此傳引彼變簟爲衾衾順經衾文案孔所見內則文當有奪誤內則云御者舉几斂席與簟縣衾篋枕斂簟而韣之又云父母舅姑之衣衾簟席枕几不傳凡言席者必兼簟言簟席者必兼衣衾矣毛傳但舉衾席以該衣簟耳

今本內則鞠作褐獨下又誤衍一器字當從詩正義所引無器字爲善本○旦讀如昧旦之旦祭昧旦而與質明而行事夫不在故自傷其獨旦也獨旦猶獨處獨息也

夏之日冬之夜（傳）言長也**百歲之後歸于其居**（疏）夏日長冬夜長故云言長也傳統下章爲訓○後箋據章懷注後漢書蔡邕傳引箋居墳墓也四字作傳文與竊以爲不然也凡全詩上下章同義上章無傳下章即承上章之字作傳者如羔羊革猶皮也緇衣好猶宜也有女同車英猶華也蘀兮漂猶吹也九罭宿猶處也白駒夕猶朝也小明息猶處也鼓鍾悲猶傷也此通例也居訓墳墓此箋申補經傳之義非傳文有此四字也舊本北堂書鈔禮儀十三死三十亦引作鄭箋不作毛傳

冬之夜夏之日百歲之後歸於其室（傳）室猶居也（疏）此詩居字室字與同穴之穴字同義大車死則同穴傳死則神合同爲一也此即所謂歸於居室也大車及秦黃鳥箋云穴謂冢壙中也此箋云室猶冢壙皆以申明傳文荀子禮論篇壙壟其須象室屋也

采苓三章章八句

采苓刺晉獻公也獻公好聽讒焉〔疏〕晉獻公嬖驪姬殺大子申生重耳夷吾皆出奔此其好聽讒也

采苓采苓首陽之巔〔傳〕興也苓大苦也首陽山名也采苓細事也首陽幽辟也細事喻小行也幽辟喻無徵也

人之爲言苟亦無信舍旃舍旃苟亦無然〔傳〕苟誠也人之爲言胡得焉〔疏〕苓大苦簡兮同說詳簡兮篇舊說首陽在河東蒲阪或謂首陽即雷首在今山西蒲州府北余友臨海金鶚求古錄云曾子制言中篇云夷齊居河濟之閒莊子讓王篇云夷齊北至於首陽之山遂餓而死言北至於首陽則首陽當在蒲阪之北雷首南枕大河不得言北也況論語言首陽之下是首陽二字名山非言首山之陽也蒲阪雷首山一名首山不名首陽則謂首陽在蒲阪者非也唐國即晉國

晉始封在晉陽卽夏禹都至穆侯遷于翼在今平陽獻公居絳亦屬平陽詩所詠首陽卽夷齊所隱之首陽也平陽爲堯都又黃帝所葬二子所願居其地近河濟又在蒲阪之北與曾子莊子所言皆合但非在河濟之閒意二子先居於河濟後乃隱於首陽史記云武王東伐紂夷齊叩馬而諫蓋在孟津之地孟津正當河濟閒是夷齊去周尚未隱首陽而居於河濟之閒也又云武王已平殷亂天下宗周夷齊恥之隱於首陽山采薇而食遂餓死是武王克商之後乃隱於首陽山也故曾子言居河濟之閒而不言隱首陽莊子言北至於首陽明自河濟閒而北去也首陽之在平陽可無疑矣案金說明辨毛傳亦謂山名首陽非首山之陽矣晉都平陽故詩人遂以晉山爲興云采苓細事首陽幽辟又云細事喻小行幽辟喻無徵所以明經取興之義小行無徵皆指讒說行道也小行小道也無徵無徵不信也首二句是興體下正言讒之無足信與人不聽讒而讒自止也三章篇義同巔俗顚字○正義云王肅諸本作爲言定本作僞言定本與釋文或作本同沔水正月民之訛言箋訛僞也說文作譌言無訛字古爲僞譌三字同毛詩本作爲讀作僞也爲言卽讒言所謂小行無徵之言也荀

誠者苟與果一聲之轉故苟謂之誠猶果謂之誠也苟亦無信誠無信也亦爲語助陟岵傳云旃之也無然無是也皇矣無然畔援無然歆羨傳無是畔道無是援取無是貪羨無是釋無然或在句首或在句末其義一也無是者無一是者也焉猶然也

采苦采苦首陽之下（傳）苦苦菜也人之爲言苟亦無與

（傳）無與勿用也舍旃舍旃苟亦無然人之爲言胡得焉

（疏）苦苦菜禮記內則濡豚包苦儀禮公食大夫士虞特牲饋食記鉶芼用苦苦皆苦菜也邶谷風及大雅緜謂之荼傳云荼苦菜是苦與荼同物故鄭注禮以爲苦荼矣○傳釋無與爲勿用無讀爲毋與讀爲以詁訓毋勿同義毋謂之勿無亦謂之勿矣以與同義以謂之用與亦謂之用矣易師上六大君有命開國承家小人勿用象傳云小人勿用必亂邦也與傳勿用義同

采葑采葑首陽之東（傳）葑菜名也人之爲言苟亦無從

舍旃舍旃苟亦無然人之爲言胡得焉（疏）邶谷風采葑采菲無以下體傳葑須從也下體根莖也葑之根莖不可食其葉有可食故此傳又云菜名也

卷十終

武林愛日軒朱光熊鐫

清長洲陳氏本詩毛氏傳疏

第三册

清 陳奐撰

山東省圖書館藏清道光二十七年吴門南園陳氏埽葉山莊刊本

山東人民出版社·濟南

詩毛氏傳疏卷十一

長洲陳奐學

秦車鄰詁訓傳弟十一　毛詩國風

秦國十篇二十七章百八十一句 疏 秦嬴姓皋陶之子伯益之後歷夏殷世至周孝王封其苗裔非子於秦谷爲附庸國漢書地理志云今隴西秦亭秦谷是也括地志云清水縣本秦川非子始封案今甘肅秦州清水縣即其地也

車鄰三章一章四句二章章六句

車鄰美秦仲也秦仲始大句有車馬禮樂侍御之好焉

疏 史記秦本紀秦仲立三年周厲王無道諸侯或叛之西戎反王室滅犬丘大駱之族周宣王即位乃以秦仲爲大夫誅西戎西戎殺秦仲秦仲立二十三年死於戎徐廣注云宣王元年秦仲之十八年也國語史伯曰

秦仲嬴之雋也且大其將興乎史伯言嬴姓之大始於秦仲耳非謂幽王之世秦仲尚在也序與國語合

有車鄰鄰有馬白顛(傳)鄰鄰衆車聲也白顛旳顙也**未見君子寺人之令**(傳)寺人內小臣也(疏)釋文鄰又作轔文選潘岳藉田賦王融曲水詩序注引毛詩作轔轔廣雅轔轔聲也今詩作鄰鄰者古文假借字傳以旳顙詁白顛爾雅旳顙白顛舍人注云旳白也顙頟也頟有白毛今之戴星馬也易說卦傳震爲旳顙說文日部旳明也引易作旳顙又馬部馰馬白頟也易曰爲馰顙段注云疑馰後出非古○君子席秦仲也周禮序官內小臣閹人寺人內豎皆奄官內小臣爲奄官之長與寺人別官傳云內小臣則知此寺人非郎周禮寺人矣詩稱寺人序稱侍御服虔注襄二十九年左傳云秦仲始有侍御之臣古寺侍通用儀禮燕禮主人洗升自西階獻庶子于阼階上如獻士之禮辯降洗遂獻左右正與內小臣皆于阼階上如獻庶子之禮案諸侯亦有內小臣公食大夫禮謂之內官之士此詩下章鼓瑟鼓簧正行君燕臣禮傳以內小臣釋寺人實本燕禮爲說秦仲爲宣王大夫與外諸

侯同體故亦得設內小臣之官令釋文引韓詩作伶云使伶箋云欲見國君者必先令寺人使傳告之鄭用韓義也

阪有漆隰有栗〔傳〕與也陂者曰阪下溼曰隰既見君子並坐鼓瑟〔傳〕又見其禮樂焉今者不樂逝者其耋〔傳〕耋老也八十曰耋〔疏〕阪有漆桑隰有栗楊與終南之有條梅與與義略同言與者合下章發傳而又明首章之非與此與南有嘉魚有駁傳例又不同也陂者曰阪爾雅釋地文阪與側同意邊爲側猶陂爲阪東門之墠傳遠而難則如茹藘在阪蒹葭箋升者言其難至如升阪是也下溼曰隰亦釋地文釋地又云下者曰隰爾雅隰有兩解下溼謂平地之隰下者對陂者言則謂不平之隰傳不云下者曰隰而必云下溼曰隰者於阪見其不平而於隰著其高下經義始備也簡兮皇皇者華傳並云下溼曰隰○爾雅釋言並併也郭注引詩並坐鼓瑟燕禮公以賓及卿大夫皆坐乃安此並坐之義也並坐與鼓瑟不連讀燕禮鼓瑟在堂上有工坐

之文或據之以解詩竝坐爲樂工竝坐然鼓簧在堂下詩亦言竝坐將作何解解乎傳中又字冢上章不冢上句燕禮小臣坐授瑟乃降工歌鹿鳴四牡皇皇者華此升歌三終也笙入立于縣中奏南陔白華華黍此笙入三終也詩上章寺人之令言見其侍御之好鼓瑟則又見其升歌矣鼓簧則又見其笙入矣傳云又見其禮樂焉者乃承上合下以釋之○樂樂禮樂也逝讀如日月逝矣之逝逝往也今者不樂逝者其耋言今者不樂禮樂往者其老矣蟋蟀篇今我不樂日月其除今我不樂日月其邁今我不樂日月其慆彼序云欲其及時以禮自虞樂也詩義正同耋老釋言文傳八十曰耋當作七十曰耋易離九三釋文引馬注云七十曰耋鄭注謂年踰七十經言大耋卽爲過耋之年踰七十爲大耋則鄭亦以七十爲耋與馬注同杜注僖九年左傳云七十曰耋與服注同何注宣十二年公羊傳七十稱老徐彥疏云七十稱老曲禮文也按今曲禮云七十曰耋與此異也徐彥見曲禮作七十曰耋禮記射義疏亦云六十之耆七十之耋與公羊疏同耋卽耋之省今本曲禮作七十曰老疑老卽耋之誤奪去下至耳曲禮七十曰耋正爲毛傳所本是七十謂之耋非八十謂之耋也又版傳云

八十曰耄卽曲禮八十九十曰耄也是八十謂之耄則七十謂之耋也此皆足訂毛傳七誤爲八之證說文年八十曰耋年九十曰薹許以耋薹年近統稱其言老與毛傳不同則其言耋亦與此傳不同而劉熙釋名王肅注易郭璞注爾雅皆主八十曰耋之說後人遂以改易此傳七十爲八十與禮記曲禮馬鄭服杜注不合且與毛傳耋耄同稱八十尤不可通正義謂耋有七十八十無正文不能釐正傳文之誤而作此游移之說

阪有桑隰有楊旣見君子竝坐鼓簧傳簧笙也今者不樂逝者其亾傳亾喪棄也疏詩之簧卽儀禮之笙也故傳以簧爲笙君子陽陽同

○傳云亾喪棄也者喪亾互訓言無禮樂則國政將喪棄矣是時秦始大而不忘喪棄故國胙長久易繫辭傳云子曰危者安其位者也亾者保其存者也亂者有其治者也是故君子安而不忘危存而不忘亾治而不忘亂是以身安而國家可保也易曰其亾其亾繫于苞桑

駟驖三章章四句

駟驖美襄公也始命句有田狩之事園囿之樂焉〔疏〕襄公秦仲之孫也秦本紀云周避犬戎難東徙雒邑襄公以兵送周平王平王封襄公爲諸侯箋云始命命爲諸侯也秦始附庸也

駟驖孔阜六轡在手〔傳〕驖驪阜大也公之媚子從公于狩〔傳〕能以道媚於上下者冬獵曰狩〔疏〕駟當作四四馬曰駟若下一字爲馬名則上一字作四不作駟四驖孔阜猶云四牡孔阜耳凡碩人小戎四牡采薇杕杜六月車攻吉日節南山北山車舝桑柔崧高烝民韓奕皆曰四牡此詩曰四驖載驅六月曰四驪四牡裳裳者華曰四駱采芑曰四騏車攻曰四黃大明曰四騵皆謂四馬也說文引詩作四驖漢書地理志作四戜載乃戴之誤而其字皆作四可證驖訓驪駟傳云純黑曰驪周禮廋人以阜馬鄭注云阜盛壯也大亦盛壯之意箋云四馬六轡六轡在手言馬之良也〇傳云能以道媚於上下者以釋經之媚子思齊傳媚愛也卷阿七章云藹藹王多吉士維君子

使媚于天子此言媚於上者也八章云藹藹王多吉人維君子命媚于庶人此言媚於下者也傳正本卷阿詩義上下謂君民昭七年左傳子產曰不媚不信不信民弗從也媚民卽媚下箋中傳以上下爲君臣正義謂不是己身能上媚下媚言能和合他人使之相愛皆失傳恉王肅云卿大夫稱子冬獵曰狩叔于田同

奉時辰牡辰牡孔碩(傳)時是辰時也冬獻狼夏獻麋春秋獻鹿豕羣獸**公曰左之舍拔則獲**(傳)拔矢末也(疏)時是爾雅釋詁文十月之交文王韓奕訪落傳竝訓時爲是時是同聲古文以時爲是字也辰訓時時牡謂冬獵之獸也上章傳云冬獵曰狩而此則又引周禮獸人文以廣證時牡之義實因冬獵連類稱之耳傳中多有此例且傳釋經之辰牡不釋經之奉故箋云奉是時牡者謂虞人也騶虞傳虞人翼五豝以待公之發卽此義也碩大孔碩猶孔阜也○箋云左之者從禽之左射之也此卽鄭司農周禮保氏注所云五馭逐禽左左也賈疏云逐禽左者謂御驅逆之車逆驅禽獸使左當人君以射之人君自左射故毛傳云自左膘而射之達於右腢爲上

殺是也箋云拔括也釋名云矢末曰栝栝會也與弦會也玉篇木部栝矢末也豈希馮所據詩傳作栝歟獲言中禽也

遊于北園四馬既閑（傳）閑習也輶車鸞鑣載獫歇驕（傳）輶輕也獫歇驕田犬也長喙曰獫短喙曰歇驕（疏）有杕之杜傳遊觀也書無逸篇云于觀于逸于遊于田渾言之遊亦田也古者田在園囿中北園當郎所田之地首章言狩此章言北園與車攻篇上言狩言苗而下言于敖文義正相同也北園未聞秦有具圃見左傳四馬郎四驖也還序云習於田獵謂之賢閑於馳逐謂之好是閑習同義禮記仲尼燕居篇以之田獵有禮故戎事閑也書大傳戰鬬不可不習故于搜狩以閑之也閑之者貫之也貫之者習之也案閑古字皆當作閒箋以序田狩園囿分屬二事遂謂公遊北園爲田獲以前并讀閑爲邦國六閑四馬爲四種之馬恐非詩傳之恉〇輶輕釋言文文選張衡西京賦屬車之簉載獫猲獢薛綜注云簉副也案張以屬車之簉解詩之輶車此輶車爲倍乘也

當卽從公媚子之所乘車攻傳諸侯發則大夫士發上言公射此乃及大夫以下推廣言之耳鸞當作鑾說文輶輕車也詩曰輶車鑾鑣鑣在鑾故曰鑾鑣詳蓼蕭篇載載於車也傳釋獫歇驕爲田犬而又引爾雅釋畜文以分釋之爾雅長喙獫短喙獨獢說文獫長喙犬也獨短喙犬也詩曰載獫獨獢爾雅曰短喙犬謂之獨獢獢獨獢也是許所據詩爾雅作獨獢郭注爾雅李注文選引詩皆同

小戎三章章十句

小戎美襄公也備其兵甲以討西戎西戎方彊而征伐不休國人則矜其車甲婦人能閔其君子焉疏秦本紀襄公二年戎圍犬丘世父擊之爲戎人所虜七年西戎與申侯伐周殺幽王而襄公將兵救周戰甚力有功十二年伐戎而至岐卒

小戎俴收五楘梁輈傳小戎兵車也俴淺收軫也五五

束也棻歷錄也梁輈輈上句衡也一輈五束束有歷錄

游環脅驅陰靷鋈續(傳)游環靳環也游在背上所以禦出也脅驅慎駕具所以止入也陰揜軓也靷所以引也鋈白金也續續靷也文茵暢轂駕我騏馵(傳)文茵虎皮也暢轂長轂也騏騏文也左足白曰馵言念君子溫其如玉在其板屋亂我心曲(傳)西戎板屋(疏)小戎兵車兩無正傳戎兵也凡兵車建五兵故謂之兵車亦謂之戎車采薇六月采芑泮水篇皆曰戎車是也箋云此羣臣之兵車故曰小戎俴淺爾雅釋言文傳詁收爲軫者軫後軫也考工記言車軫四尺以明軫崇之度於輿人記軫圍以明軫厚之度於輪人記庇軫於輈人記軫間以明軫廣之度記皆不及後軫車廣六尺六寸輿深四尺四寸其四面東輿之木謂之軫詩則謂之收收聚也謂聚衆材而收東之也凡棻車之體不方箱故軫方非正方也軫圍尺

有一寸其徑二寸七分半其度準於牙圍牙與軫任同故度同也升車皆從車後故軫圍雖四面材兩旁爲輢前爲軓其三面上有揜輿之版納於輿下者不可得而見輿後一面無揜輿之版所可見者唯此後軫而已鄭注云軫輿後橫木說文亦云軫車後橫木也皆指可見之軫而言後軫無揜版爲人上車之處故毛傳謂之淺軫者即此也昭二十一年左傳張匄擊之折軫後軫故可擊可折又襄二十四年傳張骼輔躒皆踞轉而鼓琴轉即軫也後軫故可踞可鼓琴此亦兵車淺軫之義證與○經言五傳云五束束約也五束五約也五束之文是曰綮釋文綮本亦作鞏說文綮車歷錄束文也與傳訓同梁輈謂曲轅五綮謂輈束傳既以輈上句衡釋梁輈之義句與軥同又嫌五綮爲衡束故申釋五綮之義云一輈五束束有歷錄謂一輈共五束束文有歷歷錄錄然也輈在輿下者謂之任正任正如隧深在輿下四尺四寸合之軓前十尺輈長丈四尺四寸鄭司農云四馬之轅率尺所一縛然則五束爲五尺當在近衡之前五尺不在近軓之後五尺矣○游猶流也設環環流於服馬背上是謂之游環傳靳環各本作靷環今依釋文訂正定九年左傳吾從子如驂之有靳說文靳當膺也驂

馬之首當服馬之胸當胸之革爲靳靳上有環謂之靳環游環就服馬得其義而靳環兼驂馬得其義也云游環在背上所以禦出也者箋云游環在背上無常處貫驂之外轡以禁其出禁即禦也葢環游於服馬之背上而驂馬之外轡貫之則驂馬不得外出故曰禁其出也云脅驅慎駕具所以止入也者箋云脅驅者箸服馬之外脅以止驂之入是驂馬首與服馬脅適相埒服馬之脅爲駕具吃緊之處驂馬之內轡倚箸於服馬之外脅則服馬駕具亦得慎重而驂馬亦不得還入於後故曰所以止驂之入也○陰揜軓陰揜雙聲軓軾前也軾前之版揜於軓上是謂之揜軓程瑤田通藝錄說前軫下輈厎起處牙鎝相嵌而圅之範圍此輈故謂此處爲軓箋云揜軓在軾前垂輈上是也傳以引釋靷說文玉篇並云靷引軸案軸在輿下者謂之橫任靷引軸則當繫於橫任在陰版之後橫任兩頭有靷故左傳稱兩靷正義謂靷繫於陰版之上非也爾雅白金爲之銀其美者謂之鐐小箋以爲古毛詩本皆作渼渼即鐐字之假借也續猶系也續靷者系於靷之環白金爲環之飾也箋云鋈續白金飾續靷之環釋名續續靷端也葢靷以皮爲之靷環所以系靷是曰續設於軸上不設於軓前也○

傳釋文爲虎皮各本文下衍茵字當刪文者覆軾之皮卽韓奕所謂淺幭也茵薦軾中或用席爲之字從艸或用革爲之故字又從革卽韓奕所謂鞹鞃也急就篇鞇𩊱靯𩍅鞍鑣鍚史記酷吏傳同車未嘗敢均茵伏徐廣音義云伏軾也漢書霍光傳加畫繡絪馮列女傳作絪𩊱馮卽伏也文茵鞇𩊱皆二事釋名釋詩文茵用虎文爲鞇解者皆從劉說恐未是史記禮書寢兕持虎索隱云寢兕以兕牛皮爲席持虎以猛獸皮文飾倚較及伏軾故云持虎徐廣音義引續漢書輿服志文虎伏軾案此文卽伏之證也玉篇暢亦作韔廣雅韔長也考工記輪人五分其轂之長去一以爲賢去三以爲軹參分其轂長二在外一在內以置其輻凡轂長三尺二寸五分其長一爲賢當得六寸四分卽一在內也內在輿下者也三爲軹當得尺九寸二分卽二在外也外在輿外者也於內外閒畱其一當得六寸四分所以置輻也轂之在於輿外者較長於輿下者長轂指在輿外可見者言也其用革鞔於長轂是曰軝釆芑傳軝長轂之軝也昭五年左傳長轂九百又文十四年穀梁傳長轂五百乘杜范注長轂爲戎車○傳騏文正義本作綦文文選顏延之赭白馬賦注引傳騏綦文尸鳩傳同出其東門箋

作綦文正本傳訓說文騏馬青驪文如博綦也段注依七發注玄應書所引說文作青驪文如綦謂白馬而有青黑紋路相交如綦綦者是巳尸鳩正義云馬之青黑者謂之騏又駽正義云騏黑色之名顧命四人騏弁注青黑曰騏引詩云我馬維騏是騏爲青黑色不知鄭注言青黑爲弁文不謂青黑弁猶說文言青驪爲馬文不謂青驪馬仲達誤會騏馬爲青黑馬豈騏弁亦青黑弁乎孔說非是此及皇皇者華采芑駉騏凡四見爾雅釋畜馬後後左足白馵傳所本也易說卦傳震爲馵足虞翻注馬白後左足爲馵說文馵馬後左足白也讀若注竝同爾雅馵毛傳不言後者省文耳○言念二章云我念故箋云言我也君子謂棄小戎者也野有死麕傳云如玉德如玉也板古作版下章傳在邑爲在敵邑則知板屋爲西戎板屋矣漢書地理志天水隴西山多林木民以板爲室屋故秦詩曰在其板屋又酈注水經渭水篇秦武公十年伐邽漢武帝改爲天水郡其鄉居悉以板蓋屋詩所謂西戎板屋也箋云心曲心之委曲也憂則心亂也此上四句者婦人所用閔其君子

四牡孔阜六轡在手騏駵是中騧驪是驂傳黃馬黑喙

曰騧龍盾之合鋈以觼軜傳龍盾畫龍其盾也合合而載之軜驂內轡也言念君子溫其在邑傳在敵邑也方何爲期胡然我念之疏赤身黑鬣曰騮疑傳文有此六字今㢘入箋語傳凡言馬色必詳騏義已見上章騮義雖箸於駉篇而此騮實爲入經始見之馬駱首見四牡駰首見皇皇者華而駱與駰又見於駉綒傳之例皆兩釋之則知小戎駉之騮亦或兩釋之矣解見駉篇爾雅白馬黑脣駩黑喙騧白馬當作黃馬釋文駩孫本作犉云與牛同稱也孫炎所據爾雅作黃馬黑脣犉與無羊艮耜傳黃牛黑脣曰犉合此謂馬牛同矣黃馬而黑脣者謂之犉黃馬而黑喙者謂之騧爲此傳所本騧卽冢上犉言郭注云今以淺黃色爲騧馬疑郭景純所見爾雅本不誤上章傳云驖驪也驪易識之馬例不傳箋云中中服也驂兩騑也○傳云龍盾畫龍其盾也者其當作於正義不誤畫刻畫也畫龍於盾刻畫龍文於盾也齊語輕罪贖以鞼盾一戟鞼當讀畫繢之繢與詩龍盾同盾狀如蓋故曰合云合而載之者謂覆合而載於車也大東傳載載乎車也與此傳

載字同義王肅云合而載之以爲車蔽○傳釋軜爲驂內轡觼者所以貫驂內轡之環也箋云鋈以觼軜軜之觼以白金爲飾也軜繫於軾前說文云觼環之有舌者或作鐍軜驂馬內轡繫軾前者詩曰沃以觼軜案鄭許皆足以申明傳義爾雅釋器環謂之捐捐卽觼之假借字又釋器載轡謂之轙說文轙車衡載轡者或作钀然則四馬八轡兩驂馬各有內外轡皆先貫於服馬之游環其兩驂外轡從游環復入車軶大環是謂之轙其兩驂內轡從游環復貫軾前之大環是謂之觼軜之言納也謂納於觼也內轡納於觼故在手者止有六轡耳沃觼以白金飾觼也荀子正論篇三公持納持納謂軾前也楊注云納納與軜同○經言在邑傳云在敵邑敵謂西戎也鵲巢傳訓方爲有此方亦爲有也何爲胡然皆疑問之詞言有歸期而不歸使我念之不已也小雅杕杜篇期逝不至而多爲恤傳云遠行不必如期室家之情以期望之意與此同

俴駟孔羣厹矛鋈錞蒙伐有苑傳俴駟四介馬也孔甚也厹矛三隅矛也錞鐏也蒙討羽也伐中干也苑文貌

虎韔鏤膺交韔二弓竹閉緄縢傳虎虎皮也韔弓室也膺馬帶也交韔交二弓於韔中也閉紲緄繩縢約也言念君子載寢載興厭厭良人秩秩德音傳厭厭安靜也秩秩有知也疏傳以四馬釋駟介釋俴箋云俴淺也謂以薄金爲介之札介甲也此箋申傳也釋文引韓詩駟馬不箸甲曰俴駟案駟馬之駟當作四不字衍韓亦以四馬解駟箸甲解俴韓詩六月傳云馬被甲則戎車之馬皆箸甲矣清人駟介旁旁傳云介甲也箋云駟四馬也俴駟猶言駟介孔訓甚甚羣者旁旁之意也○說文口部叴高气也巨鳩切段注云詩叴矛是此叴字案說文金部引詩正作叴傳文叴下奪矛字正義云叴矛三隅矛刃有三角今據正義補正鄭注顧命云戣瞿葢今之三鋒矛叴與戣瞿一聲之轉錞鐏以疊韻爲訓禮記曲禮進戈者前其鐏後其刃進矛戟者前其鐓鄭注云銳底曰鐏平底曰鐓此析言之也說文錞矛戟柲下銅鐏也詩曰叴矛沃錞段注據玄應書說文作鐓案御覽兵部八十四引詩亦作鐓玉篇鐓鐏也

字皆作鐵淮南子原道篇云猶鐵之與刃刃犯難而鐵無患者何也以其託於後位也高誘注鐵讀曰頓是鐵狀固平底矣白金爲台矛下飾詩謂之𨱔鐵漢人則謂之銅鐏○傳云蒙討羽者蒙覆也討治也謂治羽而覆於中干之上是曰蒙伐鄭司農周禮舞師注翌舞蒙羽舞又樂師注翌舞者以羽冒覆頭上案仲師所云蒙羽即本此傳蒙討羽之義箋云蒙厖也討襍也畫襍羽之文於伐故曰厖伐鄭說不同玉篇引三家詩作厖毛詩用假借作伐傳云伐中干玉篇誤爲箋語非也說文戟盾也干與戟同中戟即中盾也大盾曰櫓苑訓文皃者謂羽飾也禮稱朱干舞大武或舞干以染朱羽爲飾與○虎韔以虎皮爲弓韔故傳云虎虎皮韔弓室也弓室猶弓衣也膺匈也傳以馬帶釋膺馬帶非馬大帶馬大帶在腹下馬帶在匈前也馬帶以革爲之箸於匈前故曰膺革有金飾故曰鏤膺箋云鏤膺有刻金飾也鏤膺與鉤膺不同鉤膺下垂而鏤膺不下垂此戎車與路車制異也鉤膺詳釆芑篇○傳文交韔下當有二弓二字正義云交二弓於韔中謂顛倒安置之是也二弓閟宮謂之重弓韔即虎韔之韔竹閉以竹爲閉也閉亦作柲既夕記有柲注柲弓檠弛則縛之於弓裏備損傷以竹

爲之詩云竹柲緄縢古文柲作柴閉亦爲紲考工記譬如終紲引如終紲注紲弓鞁弓有鞁者爲發弦時備損傷詩云竹鞁緄縢說文云檠榜也榜所以輔弓弩也紲繫也案繫檠曰紲因之評檠曰紲毛意葢讀詩之閉爲既夕記有柲之柲而卽以考工記終紲之紲釋之實一物也詩既言交弓於韔中又用竹檠約之以繩所以虞其翩反也角弓傳不善紲檠巧用則翩然而反是其義矣傳文緄繩縢約疑有互譌宋策束組三百緄此緄有約義少儀甲不組縢周書有金縢此縢有繩義閟宮綠縢傳亦訓縢爲繩緄縢謂約之必以繩也綠縢者其繩色綠也然賈公彥疏已作緄繩縢約矣○湛露傳厭厭安也此云安靜各隨文訓也厭古懕字懕懕三家詩作愔愔愔卽懕之異體秩秩有知巧言同爾雅秩秩智也古知智通用列女傳賢明篇君子謂於陵妻謂有德行詩云愔愔良人秩秩德音此之謂也案此三家釋詩良人指婦人與綢繆毛傳良人美室同義未審毛於此詩良人然不也

蒹葭三章章八句

蒹葭刺襄公也未能用周禮將無以固其國焉

蒹葭蒼蒼白露爲霜(傳)興也蒹葭蘆也蒼蒼盛也白露凝戾爲霜然後歲事成國家待禮然後興所謂伊人在水一方(傳)伊維也一方難至矣遡洄從之道阻且長(傳)逆流而上曰遡洄逆禮則莫能以至也遡游從之宛在水中央(傳)順流而涉曰遡游順禮求濟道來迎之(疏)蒹薕爾雅釋草文郭注云似藡而細高數尺江東呼爲薕說文云蒹雚之未秀者薕蒹也碩人正義引義疏亦云薍或謂之荻至秋堅成則謂之雚其初生三月中其心挺出其下本大如箸上鋭而細楊州人謂之馬尾葭蘆騶虞碩人同夏小正七月秀雚葦籟葭卽雚葦之未秀者七月始秀而成爲荼也廣雅蒼蒼茂也盛茂義同蒹葭蒼蒼在七月之前而白露爲霜乃在九月巳後故傳又申之云白露凝戾爲霜然後歲事成也案此詩多

用興體也先言蒹葭之盛喻國家之興此一興也又言霜至物成喻禮得國興此一興也下皆以水爲喻遡洄猶逆禮遡游猶順禮此又一興也首章爲霜喻已得禮下章未晞未已就未爲霜言喻未得禮餘義三章盡同

○伊維一聲之轉伊其卽維其伊何卽維何伊人卽維人此篇及伐木白駒曰伊人烈文及雝曰維人維是也猶言是人也箋云伊當作緊緊猶是也所謂是知周禮之賢人此箋申傳也廣雅釋詁隒厓厲方也邊厓旁隒方也又釋邱隒厓也疏證云方猶旁也秦風傳湄水隒也涘厓也卽經所云水一方也故蘇武詩云各在天一方古詩云各在天一涯涯與厓通奐謂常武傳濆厓也汝墳傳墳大防也方與防義亦相通隄防與厓岸一也箋云在大水之一邊假喻以言遠箋正申成傳義一方爲曲隈蔽隱之處故云難至傳合在湄在涘而言此亦其人甚遠之意東門之墠傳云得禮則近不得禮則遠

○爾雅釋水逆流而上曰泝洄傳所本也釋文云泝詩作遡說文水部㴑逆流而上曰㴑洄㴑向也水欲下違之而上也字或作遡洄㴑洄也公劉桑柔傳遡鄉也遡㴑同字鄉向同字云逆禮則莫能以至也者此兼釋道阻且長句雄雉谷風傳竝云阻難也爾雅順流而下曰

泝游下字疑亦當作上字逆流爲洄順流爲游逆流而上爲泝泝洄順流而上爲泝游是以逆順分洄游渡水皆是鄉上也說文汓浮行水上也游與汓同傳就濟渡言故云順流而涉其實逆流而上亦是涉也不作下字云順禮求濟道來迎之者此兼釋宛在水中央句央亦中也中坻中沚就首章而申言之

蒹葭淒淒白露未晞〔傳〕淒淒猶蒼蒼也晞乾也所謂伊人在水之湄〔傳〕湄水隒也遡洄從之道阻且躋〔傳〕躋升也遡游從之宛在水中坻〔傳〕坻小渚也〔疏〕淒淒讀爲萋萋故傳與上章蒼蒼同訓爲盛若本作萋萋訓盛已見於葛覃傳不當云猶蒼蒼矣宋本作淒淒不誤也釋文淒淒本亦作萋萋今釋文亦倒誤湛露匪陽不晞傳亦云晞乾也箋云未晞未爲霜言未凝戾爲霜也〇葛藟傳漘水隒也湄與漘皆有坐邊之義故傳訓相同躋升釋詁文釋文躋本又作隮正義本當作隮字與蝃蝀同而與候人斯干長發異故不云釋詁文也爾雅小州曰渚小渚曰沚小沚曰坻傳於沚用爾雅而於坻乃易之云小渚者沚

坻皆是絕小之稱不復區別也說文坻小渚也从土氏聲詩曰宛在水中坻許同傳訓甫田箋云坻水中之高地也

蒹葭采采白露未已傳采采猶淒淒也未已猶未止也所謂伊人在水之涘傳涘厓也遡洄從之道阻且右傳右出其右也遡游從之宛在水中沚傳小渚曰沚疏芣苢傳采采非一詞也浮游傳采采眾多也是采采亦爲盛故云猶淒淒也蒼蒼淒淒采采一語之轉已爲止未已爲未止緑衣傳同已止之已與已然之已不同已然之已詩或言既或言已已止之已詩或言止或言已此其義別○涘厓詳見葛藟篇爾雅釋丘水出其前渻丘水出其後沮丘水出其右正丘水出其左營丘釋名水出其右曰沚丘沚止也西方義氣有所制止也據劉熙所見爾雅正乃止之誤傳云出其右者謂水出道右也正本爾雅出其右之義上章傳云躋升也升猶前也卽本爾雅出其前之義小渚曰沚釋水文文選潘岳河陽縣

作注引韓詩宛在水中沚薛君章句大渚曰沚案大字誤說文亦云小渚曰沚爾雅釋文本或作涛郭注穆天子傳云涛小渚也

終南二章章六句

終南戒襄公也能取周地始爲諸侯受顯服大夫美之故作是詩以戒勸之(疏)周地岐以西之地鄭語云平王之末秦取周土

終南何有有條有梅(傳)興也終南周之名山中南也條槄梅柟也宜以戒不宜也君子至止錦衣狐裘(傳)錦衣采色也狐裘朝廷之服顏如渥丹其君也哉(疏)漢書地理志右扶風武功大一山古文以爲終南垂山古文以爲敦物皆在縣東案禹貢終南惇物皆在雍州渭南惇物漢扶風武功縣之南山而終南爲漢京兆長安縣之南山今陝西西安府南五十里終南山卽此鄠在長安西鎬在

長安東則終南爲周鄷鎬之南山矣古文尚書終南惇物皆在武功界內而以大一當終南未是也史記秦本紀言平王封襄公爲諸侯賜之岐以西之地其子文公遂收周餘民有之地至岐岐以東獻之周漢書匈奴傳亦云秦襄公伐戎至郊始列爲諸侯據此知襄公賜封僅有岐西尚無岐東至豐鎬之南山必非秦履傳云終南周之名山中南也者昭四年左傳司馬侯曰中南九州之險終南即中南中與終通終南爲周之名山毛傳既有明文序云能取周地者亦謂取周岐西地耳非以周山爲周地也地理志襄公將兵救周有功賜受郊鄷之地列爲諸侯此班孟堅括史記襄公至德公以後而言下文故秦地於禹貢時跨雍梁二州詩風兼秦豳兩國亦統穆孝以後而言自鄭康成誤讀班志詩譜云襄公遂橫有周西都畿內八百里之地高誘注呂覽疑似篇亦云受周故地鄷鎬其誤與詩譜同而說者因以西起秦隴東徹藍田橫亙八百里皆屬之終南則謬之謬者也然則詩何以詠終南也終南爲周西都地其時故宗廟宫室盡爲禾黍而襄公來朝受命東都終南道所由徑故秦大夫偶以終南起興秦無終南而終南名篇魏無汾而汾沮洳名篇正是一例○爾雅釋木梠山榎

孫炎注引詩有條有梅云條稻也孫用毛義謂條即稻之假借字也正義引義疏云稻今山楸也郭璞注同梅枏釋木文墓門同衆經音義引樊光注云荆州曰梅楊州曰枏益州曰赤楩葉似豫樟無子也義疏云梅樹皮葉似豫樟豫樟葉大如牛耳一頭尖赤心華赤黄子青不可食枏葉大可三四葉一藂木理細緻於豫樟子赤者材堅子白者材脃江南及新城上庸蜀皆多樟枏終南山與上庸新城通故亦有枏也傳云宜以戒不宜也者此合下章而總釋大義終南之有條梅又有基堂皆山之所宜有也以興襄公始爲諸侯宜乎長受此顯服小箋云宜謂言山所宜以戒不宜此說起興戒勸之意○傳以采色詁錦衣疑色乃衣之誤正義云錦者襍采爲文故云采衣是孔據傳作采衣也逸周書大匡篇及期日質明王麻衣以朝朝中無采衣案麻衣朝服也天子皮弁日視朝此因荒變故服諸侯朝服視朝以示貶諸侯朝服無采衣唯天子皮弁服有采衣采衣即錦衣矣傳云狐裘朝廷之服者狐裘狐白裘也玉藻君衣狐白裘錦衣以裼之錦衣狐裘諸侯之服也鄭注云君衣狐白毛之裘則以素錦爲衣覆之使可裼也袒而有衣曰裼必覆之者裘褻也詩云衣錦絅衣裳錦絅裳然則

錦衣復有上衣明矣天子狐白之上衣皮弁服與凡裼
衣象裘色也非諸侯則不用錦衣爲裼案鄭言裼衣象
裘色裼衣當作上衣字之誤天子皮弁服上衣以白布
爲之是象狐白裘色也若諸侯之皮弁服論語所謂素
衣麑裘也聘禮注云皮弁時或素衣其裘同可知是也
聘禮賓皮弁聘至于朝公皮弁迎賓于大門內及廟門
公揖入公裼降立賓裼奉束帛加璧享是侯國朝聘于
朝于廟皆皮弁服有裼衣若王朝于朝則皮弁服而于
廟則冕冕服天子諸侯君臣同服覲禮至于郊王使人皮
弁用璧勞侯氏亦皮弁迎于帷門之外再拜注云皮弁
者天子之朝朝服也此侯氏初來皮弁服也侯氏裨冕
釋幣于禰注云裨冕者衣裨衣而冠冕也此侯氏入廟
冕服也秦襄公入覲以錦衣爲狐裘之裼此正同天子
皮弁服之制明在朝廷不在廟中也皮弁服爲諸侯視
朔與天子日視朝之正服故諸侯在己國行廟受之禮
皮弁服裼衣者素衣也其裘則麑青也諸侯在天子朝
廷皮弁服裼衣者錦衣也其裘則狐白也裼衣即中衣
也是錦衣狐裘唯諸侯在天子朝廷君臣同服之衣書
大傳云命於其君得命衣文駢錦未有命者不得衣是
錦衣爲貴顯之服矣夏小正九月王始裘亦與秋覲禮

合○渥丹丹字疑誤當同簡兮作渥赭釋文引韓詩作沰云沰赭也赭沰聲通若作丹則聲不通矣今韓詩外傳引詩顏如渥赭或後人依毛詩改之也簡兮傳云渥厚也箋云渥厚漬也顏色如厚漬之丹言赤而澤也其君也哉儀貌尊嚴也

終南何有有紀有堂傳紀基也堂畢道平如堂也君子至止黻衣繡裳傳黑與青謂之黻五色備謂之繡佩玉將將壽考不忘疏紀紀讀與基同古己其聲通也傳釋堂謂畢道平如堂平字當衍小箋云定本作平如堂非也此自兩厓壁立言之平如堂則自道言之矣案段說是也爾雅釋厓岸畢堂牆此傳所本畢者道名謂終南山之道有厓岸如堂牆者也傳釋紀爲基基爲山厓之下堂爲山厓之邊箋云基也堂也亦高大之山所宜有也畢終南山之道名邊如堂之牆然此鄭申傳說今本箋基也誤作畢也二字孔仲達所據已不能諟正矣詩述聞云考白帖終南山類引詩作有杞有棠所引葢韓詩栁宗元終南山祠堂碑曰其物產之

厚器用之出則璆琳琅玕夏書載焉紀堂條梅秦風詠焉宗元以紀堂爲終南之物產則是讀紀爲杞讀堂爲棠蓋亦本韓詩也○黑與青謂之黻考工記畫繢之事文宣十六年左傳晉侯請于王以黻冕命士會將中軍且爲大傅此公之孤四命有黻也禮器云諸侯黼大夫黻天子大夫與列國大夫同黻如赤韍蔥珩之例天子卿六命出封爲侯伯七命天子大夫四命出封爲子男五命曲禮云其在東夷北狄西戎南蠻雖大曰子則是襄公始封諸侯當始就子男之命應用黼不應用黻而詩詠黻衣仍從天子大夫四命之節者何也此與唐無衣篇晉武公始封侯伯二章仍就天子之卿六命言之其例正同又曾子問孔子曰天子賜諸侯大夫冕弁服於大廟歸設奠服賜服案冕裨冕也弁爵弁即玄冕也天子所賜冕弁必歸奠而後服在天子朝廷不得服所賜之服此亦詩詠黻之義歟考工記五采備謂之繡五色即五采也古者黹刺與畫繢皆有五色山龍青華蟲黃作繪黑宗彝白璪火赤畫繢之五色也黺絲黼黻亦備五色黹刺之五色也子男自毳冕以下不得備畫繢五色子男未出封四命又不得備黹刺五色傳云五色備者所以釋經繡字之訓蓋唯冕服之裳有繡文也故

終南之繡裳與九罭之繡裳畫
刺自有等差將將猶瑲瑲也

黄鳥三章章十二句

黄鳥哀三良也國人刺穆公以人從死而作是詩也疏文六年左傳秦伯任好卒以子車氏之三子奄息仲行鍼虎爲殉皆秦之良也國人哀之爲之賦黄鳥君子謂穆公收良以死詩序與左傳合漢書匡衡傳云秦穆貴信而士多從死匡學齊詩說異

交交黄鳥止于棘傳興也交交小貌黄鳥以時往來得其所人以壽命終亦得其所誰從穆公子車奄息傳子車氏奄息名維此奄息百夫之特傳乃特百夫之德臨其穴惴惴其慄傳惴惴懼也彼蒼者天殲我良人傳殲盡良善也如可贖兮人百其身疏黄鳥小鳥故交交爲小皃小宛交交桑扈

傳亦云交交小皃也傳以黃鳥得所止喻人得死所以見三良不得壽命終小鳥之不如所以明經興義總釋全章也詩本賦三良耳而因黃鳥生興故左傳爲之賦毛傳爲之興此因興以賦猶葛藟因興以比興該賦比矣○從從死也子車左傳云子車氏傳所本也子車爲氏奄息其名鄘柏舟傳特匹也云乃特百夫之德者言奄息之德乃足以匹百夫耳穴讀死則同穴之穴惴惴懼爾雅釋訓文慄當作栗孟子公孫丑注引詩作惴惴其栗淮南說山注徑讀詩惴惴其栗之惴也皆作栗可證爾雅慄懼也慄誤俗字殲盡釋詁文春秋莊十七年齊人殲于遂穀梁傳殲者盡也公羊傳殲者何殲積也何注云殲者死文殲之爲死積死非一之辭故曰殲積衆多也案殲與𢦟通積死非一盡之意也良訓善良人善人也左傳君子曰秦穆之不爲盟主也宜哉死而弃民先王違世猶詒之法而況奪之善人乎詩曰人之云亾邦國殄瘁無善人之謂若之何奪之此傳訓良爲善之義也人百其身言百人身也

交交黃鳥止于桑誰從穆公子車仲行維此仲行百夫

之防傳防比也臨其穴惴惴其慄彼蒼者天殲我良人如可贖兮人百其身疏仲左傳釋文作中仲字也行名也子車仲行若鄭之祭仲足祭氏仲字足名矣傳以奄息爲名則仲行鍼虎皆名仲行爲子車氏之弟二子單名行故詩人以此分章不當兩稱名而一稱字箋謂仲行字恐非是傳讀防爲比方之方徐邈云毛音方是也箋防猶當也防如字義亦通

交交黃鳥止于楚誰從穆公子車鍼虎維此鍼虎百夫之禦傳禦當也臨其穴惴惴其慄彼蒼者天殲我良人如可贖兮人百其身疏禦當者禦亂當亂禦敵當敵是禦有當義百夫之當言可當百夫耳

晨風三章章六句

晨風刺康公也忘穆公之業始棄其賢臣焉疏與權輿刺意同

鴥彼晨風，鬱彼北林。傳興也。鴥，疾飛貌。晨風，鸇也。鬱，積也。北林，林名也。先君招賢人，賢人往之，駛疾如晨風之飛入北林。未見君子，憂心欽欽。傳思望之，心中欽欽然。如何如何，忘我實多。傳今則忘之矣。疏鴥疾飛皃者，疾與鴥疊韻也。韓詩外傳入作鷐。晨風，鸇，爾雅釋鳥文。說文鸇，鷐風，而於鴥下引詩作晨風，晨古文假借字。正義引義疏云：鸇似鷂，青黃色，燕頷句喙，嚮風搖翅，乃因風飛急，疾擊鳩鴿燕雀食之。孟子離婁篇「爲叢敺爵者，鸇也」，趙注云：鸇，土鸇也。鬱，正月、小弁、菀柳、桑柔皆作菀，訓茂，鬱、菀一語之轉。傳訓鬱爲積者，與棫樸訓槱爲積，以薪之積喻賢人之衆多者同意。北林，林名，其地未詳。晨風飛入北林，猶賢人之歸先君。傳合二句爲興也。下二章以山隰所有與國家有賢人。○君子謂賢人也。傳云思望之，釋未見君子句；云心中欽欽然，釋憂心欽欽句。爾雅：欽欽，憂也。如猶柰也。我，我君子也。云今則忘之矣者，今與先君相應，先君謂穆公，今謂康公也。文十三年左傳繞朝贈晉士會以策曰子無謂秦無人吾謀適不用也此卽康公忘棄舊臣之事矣後箋云傳文兩之字相承明指賢者而言思謂穆公思之忘謂康公忘之箋以憂心爲思賢與傳同至忘我實多則謂假穆公之意責康公之忘己此泥於序文忘字之故其實序言忘穆公之業乃作詩大旨非卽指詩中忘字也箋釋經忘字本與傳異正義强以鄭說述毛殊失毛旨韓詩外傳云魏文矦封大子擊於中山三年莫往來趙倉唐爲大子使於文矦文矦曰中山之君亦何好乎對曰好詩文矦曰於詩何好倉唐曰好黍離與晨風文矦曰晨風謂何對曰鴥彼晨風云云至忘我實多此自以忘我者也於是文矦大悅據此必此詩爲君忘其臣故倉唐引以爲諷若如箋說以爲子之忘父而乃誦之以諷文矦之忘其子雖曰斷章亦言之不順矣

山有苞櫟隰有六駮（傳）櫟木也駮如馬倨牙食虎豹未見君子憂心靡樂如何如何忘我實多（疏）正義云釋木櫟其實梂孫炎云櫟實橡也有梂彙自裹也陸機疏云秦人謂柞櫟爲櫟河內人謂木蓼爲櫟椒樧之屬也其子房生爲梂

木蓼子亦房生故說者或曰柞櫟或曰木蓼機以爲此秦詩也宜從其方土之言柞櫟是也說文櫟櫟木也梂櫟實段注云陸謂秦詩當是柞櫟觀許櫟梂二篆連屬與陸云木蓼子房生爲梂者合許意謂木蓼也艸部云草斗櫟實也一曰樣斗木部栩下云柔也其草一曰樣草下櫟實字是名柞櫟非子梂生之櫟也奐案說文草下櫟實亦是俗稱櫟實爲梂不爲樣此詩之櫟與鴇羽東門之枌栩不同爾雅注引詩作枹櫟○駮如馬倨牙食虎豹爾雅釋畜文郭注引山經云駮如白馬黑尾倨牙音如鼓食虎豹蓋兼海外北經而爲說也管子小問篇桓公乘馬虎望見之而伏管仲對桓公曰此駮象也駮食虎豹故虎疑焉說苑辯物篇言晉平公出畋之事同駮一名茲白見王會篇正義引陸機義疏以駮爲梓榆與下章山有苞棣隰有樹檖皆木相配不宜云獸而與傳不合駮言六者王肅說據所見而言胡承珙後箋云六字當爲犖之聲俗六駮即犖駮據吳都賦驀六駮劉注即引此詩衆經音義九魏黃初三年六駮再見於野亦引此詩爲證據胡說則傳駮上當奪六字

山有苞棣隰有樹檖傳棣唐棣也檖赤羅也未見君子

憂心如醉如何如何忘我實多疏正義云釋木有唐棣常棣傳必以爲唐棣未詳聞也案正義非也爾雅舊本當作唐棣棣常棣栘爲傳所本棣謂之唐棣則唐棣謂之棣召南唐棣之華傳唐棣棣是也唐棣謂之棣則常棣謂之栘小雅常棣之華傳常棣栘是也今本爾雅及召南小雅二傳皆互誤可據此傳文以訂正○釋文云檖或作遂說文檖羅也引詩隰有樹檖是許所據詩爾雅皆作檖爾雅作檖蘿蘿加什頭俗字詩正義引作檖赤羅者疑依毛傳增赤字耳郭注云今楊檖也實似梨而小酢可食御覽果部九引義疏云檖一名赤蘿一名山梨今人謂之楊檖樹及實如梨但實甘小異一名鹿梨一名鼠梨

無衣三章章五句

無衣刺用兵也秦人刺其君好攻戰亟用兵而不與民同欲焉疏此亦刺康公詩也正義云康公以文七年立十八年卒春秋文七年晉人秦人戰于令狐十年秦伯伐晉十二年晉人秦人戰于河曲十六年楚人秦人滅庸是其好攻戰也定四年左傳申包胥如秦

乞師秦哀公爲之賦無衣

豈曰無衣與子同袍傳興也袍襺也上與百姓同欲則百姓樂致其死王于興師脩我戈矛與子同仇傳戈長六尺六寸矛長二丈天下有道則禮樂征伐自天子出仇匹也疏袍襺爾雅釋言文字亦作繭禮記玉藻纊爲繭縕爲袍鄭注云衣有著之異名也纊謂今之新綿也縕謂今纊及舊絮也案箸與褚同傳不以袍爲縕而以袍爲襺義本爾雅襺則可該縕也同襺即同纊宣十二年左傳王巡三軍拊而勉之三軍之士皆如挾纊杜注云纊綿也言說以忘寒與詩義正合傳云上與百姓同欲則百姓樂致其死者所以明即事起興以總釋全章也六子字指百姓六同字謂同欲詩中但言上與百姓同欲至百姓之樂致其死是傳申說經義以爲今用兵者刺○考工記及廬人戈柲六尺有六寸鄭注云柲猶柄也傳云戈長者謂戈柄之長也考工記酋矛常有四尺注此兵車也八尺曰尋倍尋曰常鄭司農

云酋發聲直謂矛盧人酋矛常有四尺夷矛三尋注酋夷長短名酋之言遒也酋近夷長矣案考工記言兵車六等戈軫人殳戟酋矛也盧人六建既備注六建五兵與人也五兵者戈殳戟酋矛夷矛也夷矛不常用故凡矛皆酋矛說文矛酋矛也建於兵車長二丈然則叔重亦但指酋矛矣傳云矛長二丈謂酋矛也淸人閟宫之二矛二酋矛也不數夷矛○天下有道則禮樂征伐自天子出論語季氏篇文傳引之者亦以總釋全章指也征伐出自天子則下國之兵禍自息秦本周地故詩人追念古明王用師之道以慨今之不然此猶匪風之思周道也仇與疇通匹者匹讀秦晉匹也之匹

豈曰無衣與子同澤(傳)澤潤澤也**王于興師脩我矛戟與子偕作**(傳)作起也(疏)傳以潤澤釋澤雙字釋單字之例潤澤古語與子同澤謂與百姓同此潤澤之衣也此章泛言衣箋澤褻衣近汗垢釋文云說文作襗襗是鄭或本三家詩讀澤爲襗故云褻衣與上下章袍裳同爲衣名傳箋義别或謂毛鄭同義非也王義以甘雨潤物申毛亦非○考工記兵車有戟盧

人云車轅常謂轅長文有六尺也作訓起者起讀以起軍旅之起

豈曰無衣與子同裳王于興師脩我甲兵與子偕行(傳)行往也(疏)行往同義偕往者言奉王命而偕往征之也漢書趙充國傳贊引詩作與子皆行

渭陽二章章四句

渭陽康公念母也康公之母晉獻公之女文公遭麗姬之難未反而秦姬卒穆公納文公康公時爲大子贈送文公于渭之陽念母之不見也我見舅氏如母存焉及其即位思而作是詩也(疏)列女傳賢明篇穆姬𡚱穆姬爲晉文公大子罃思母之思而送其舅氏也遂作此詩此三家詩與毛詩同晉文公即位在魯僖公二十四年之弟重耳入秦秦送之晉是

我送舅氏曰至渭陽(傳)母之昆弟曰舅何以贈之路車

椉黃〔傳〕**贈送也椉黃四馬也**〔疏〕爾雅釋親母之晜弟爲舅傳所本也晜俗罤字今通假作昆舅氏謂晉文公也渭水名水北曰陽渭陽在渭水北送舅氏至渭陽不渡渭也箋云秦是時都雍至渭陽者蓋東行送舅氏於咸陽之地攷咸陽在今陝西西安府長安縣雍在今鳳翔府鳳翔縣西北正義謂雍在渭南晉在秦東行必渡渭者誤也○贈訓送雞鳴溱洧不傳者義不限於首見也說文贈玩好相送也凡平人以物相與曰贈其義爲送自上與下曰畀曰貺曰賚其義爲賜爲予大叔于田椉椉黃傳云椉黃四馬皆黃此直謂椉爲四黃爲馬者路車椉馬爲諸侯之車馬也嵩高王遣申伯路車椉馬彼傳云椉馬四馬也秦康公作詩時穆公尚在坊記父母在饋獻不及車馬此贈車馬何也逸周書大子晉篇師曠請歸王子賜之椉車四馬孔注云禮爲人子三賜不及車馬此賜則白王然後行可知也然則康公亦白穆公而行歟

我送舅氏悠悠我思何以贈之瓊瑰玉佩〔傳〕**瓊瑰石而次玉**〔疏〕悠悠思也思念母也○竹竿有女同車終南篇及芄蘭木瓜子衿傳皆云佩玉此玉佩猶佩佩玉

瓊瑰玉佩猶佩玉瓊琚耳有女同車傳佩有琚瑀所以納閒則瑰亦納閒之玉也納閒有琚瑀又有蠙珠說文玫火齊珠一曰石之美者瑰玫瑰也一曰圜好璣珠不圜者琅玕似珠者許以瑰列珠類傳云石而次玉或瑰爲圜好之石似珠者歟成十七年左傳聲伯夢涉洹或與已瓊瑰食之泣而爲瓊瑰盈其懷杜注云瓊玉瑰珠也食珠玉含象案杜說誤瓊非玉名瑰亦非珠名大夫不得含珠大夫含玉亦非白玉聲伯夢食瑰則瑰爲石之次玉者瓊瑰美石也古玉石通稱也左傳贈我以瓊瑰郭注穆天子傳引作贈我以璿瑰璿與瓊通

權輿二章章五句

權輿刺康公也忘先君之舊臣與賢者有始而無終也

於我乎夏屋渠渠（傳）夏大也今也每食無餘于嗟乎不承權輿（傳）承繼也權輿始也（疏）夏大爾雅釋詁文皇矣時邁同禮記樂記篇夏大也襄二十九年左傳此之謂夏聲夫能夏則大大之至也方言自關而西秦晉之間凡物之壯大者而愛偉

之謂之夏是夏夏爲大也夏夏屋大屋也檀弓見若覆夏屋者矣鄭注云夏屋今之門廡也士冠禮注周制卿大夫以下其室爲夏屋濟陽張爾岐句讀云夏屋兩下爲之有東西翼天子諸侯則四阿渠渠無傳詁夏爲大則渠渠爲大皃文選王延壽魯靈光殿賦揭蘧蘧而騰湊李注引崔駰七依曰夏屋蘧蘧高也音渠案蘧與渠通廣雅渠渠盛也義蓋本三家詩〇傳訓承爲繼文選盧諶贈劉琨詩注引韓詩章句云承受也謂受恩疑是此詩章句說文手部承奉也受也奉與毛詩繼相近受本韓詩也權輿始釋詁文大戴禮誥志篇百草權輿逸周書周月篇日月權輿皆謂始也不承權輿爾雅注引詩作胡不承權輿郭以乎胡同聲偶爾憶誤于嗟乎是悲嘆之詞不必更益胡字也漢書楚元王傳初元王敬禮申公等穆生不耆酒元王每置酒常爲穆生設醴及王戊卽位常設後忘設焉穆生退曰可以逝矣醴酒不設王之意怠稱疾臥申公白生强起之曰獨不念先王之德與今王一旦失小禮何足至此穆生曰先王之所以禮吾三人者爲道之存故也今而忽之是忘道也遂謝病去此與詩不承權輿之意合

於我乎每食四簋（傳）四簋黍稷稻粱今也每食不飽于嗟乎不承權輿（疏）公食大夫禮宰夫設黍稷六簋宰夫授公飯粱膳稻于粱西賓北面自閒坐左擁簠粱此諸侯食大夫正饌設黍稷加饌設稻粱黍稷盛於簋稻粱盛於簠簠簋異用也散文則簠簋可通稱耳每食減於食禮大夫以上食粱四簋有粱可知玉藻諸侯朔月四簋鄭注云朔月四簋則日食粱稻各一簋而已然則諸侯食每食粱稻二簋朔月加黍稷共四簋奉先君以諸侯朔月之禮待賢者每食之食也四簋有稻粱鄭注與毛訓同

卷十一終

詩毛氏傳疏卷十二

長洲陳奐學

陳宛丘詁訓傳弟十二　毛詩國風

陳國十篇二十六章百一十四句疏左傳子產曰昔虞閼父爲周陶正以服事我先王我先王賴其利器用也與其神明之後也庸以元女大姬配胡公而封諸陳以備三恪案恪說文作愙樂記武王克殷封黃帝之後於薊封帝堯之後於祝封帝舜之後於陳古春秋左氏說以此爲三恪矣漢書地理志淮陽國陳故國今河南陳州府治附郭淮寧縣陳故都也

宛丘三章章四句

宛丘刺幽公也淫荒昏亂游蕩無度焉疏史記陳世家幽公十二年周厲王奔于彘

子之湯兮宛丘之上兮（傳）子大夫也湯蕩也四方高中央下曰宛丘洵有情兮而無望兮（傳）洵信也（疏）序刺幽公傳以子席大夫者以下篇子仲爲陳大夫與此相類風化之所行由於幽公之淫荒昏亂席大夫即以刺幽公兩詩一意也地理志云婦人尊貴好祭祀用巫故其俗好巫鬼陳詩曰坎其擊鼓宛丘之下亾冬亾夏値其鷺羽又曰東門之枌宛丘之栩子仲之子婆娑其下此其風也案班引兩詩以證陳之風俗如此與毛詩序傳意同也又韓詩外傳云子路與巫馬期薪於緼丘之下陳之富人有處師氏者脂車百乘觴於緼丘之上此緼丘卽宛丘陳有宛丘猶之鄭有洧淵皆是國人游觀之所處師氏脂車觴此則陳大夫之游蕩無度習成風俗由來久矣湯讀與蕩同湯古文假借字傳云蕩者卽游蕩也楚辭離騷注六帖六御覽地部十八引詩皆作蕩○爾雅釋丘陳有宛丘餘姚邵晉涵正義云水經渠水注宛丘在陳城南道東王隱云漸欲平今不知所在矣元和郡縣志宛丘在陳州宛丘縣南三里太平寰宇記在宛丘縣南三里高二丈宛丘在元魏時酈道元巳云不知所

枉而李吉甫能按其道里樂史且計其崇卑疑後人別
指一丘以當之非王隱所云漸欲平者矣案邵說是也
爾雅又云宛中宛丘丘上有丘曰宛丘釋名云中央下
曰宛丘上有丘宛宛如偃器也李巡孫炎並云中央下
與毛傳同唯郭璞謂中央隆高爲異說○洵讀爲恂說
文恂信心也是恂爲信也爾雅詢信也古恂詢洵通用
釋洵爲信者信作虛義解不作實義解洵有情兮而無
望兮言信有淫情而無德望也傳爲全詩洵字通訓靜
女叔于田有女同事
溱洧箋並云洵信也

坎其擊鼓宛丘之下傳坎坎擊鼓聲**無冬無夏值其鷺羽**傳值持也鷺鳥之羽可以爲翳疏坎之爲言考也山有樞傳考亦擊也
坎與考一語之轉擊鼓謂之考擊鼓聲謂之坎坎亦擊
缶聲謂之坎坎坎皆考擊之義也值持疊韻持執持也小
宛負持也攜持也抑捫持也止持也訓同義別○簡兮
右手秉翟傳翟翟羽也舞用翟羽亦用鷺羽故云鷺鳥
之羽可以爲翳顏師古漢書注云值立也鷺鳥之羽以
爲翿立之而舞以事神也其釋下篇詩云婆娑舞貌也

亦言於枌栩之下歌舞以娛神也案顏說或本三家義擊鼓値羽自其風俗至無冬夏則游蕩而無度矣振鷺有駁傳竝云鷺白鳥也爾雅鷺舂鉏郭注云頭翅背上皆有長翰毛今江東人取以爲睫攡名之曰白鷺縗正義引義疏云鷺水鳥也好而潔白故謂之白鳥齊魯之閒謂之舂鉏遼東樂浪吳揚人皆謂之白鷺青脚高尺七八寸尾如鷹尾喙長三寸頭上有毛十數枚長尺餘毵毵然與衆毛異好

坎其擊缶宛丘之道（傳）盎謂之缶**無冬無夏値其鷺翿**（傳）翿翳也（疏）盎謂之缶爾雅釋器文郭注云盆也孫注云瓦器說文缶瓦器所以盛酒漿秦人鼓之以節謌案史記藺相如傳請奉盆缻秦王以相娛樂又李斯傳擊甕叩缻眞秦之聲也缻俗缶字呂覽古樂篇帝堯命質爲樂置缶而鼓之高注云鼓擊也呂不韋秦人此正秦擊缶之說也然詩言擊缶在陳風易離卦九三不鼓缶而歌則又不專說秦人矣○御覽時序部十一引傳作翿亦翳也與今本不同周禮樂師凡舞有帗舞有羽舞有皇舞故書帗作翇皇作翌鄭司農注云翇舞者全羽羽舞者析羽翌舞者以羽冒覆頭上衣飾

翡翠之羽社稷以翣宗廟以羽四方以翌又舞師注云翌舞蒙羽舞書或爲皇或爲義葢翣羽翌三舞皆用羽而翌則專用諸四方與舞師言翌舞舞旱暵者不同翌舞用於四方而旱暵舞亦用之樂師舞師所掌各異不得合爲一說也案此詩言陳大大持翿於宛丘之上下則於四方而不於社稷宗廟矣翿古字作翳說文云翳翳也所以舞也翌樂舞以羽翢自翳其首以祀星辰也从羽王聲讀若皇叔重言翌舞爲自翳其首與仲師蒙覆頭上義同仲師言四方而叔重則言祀星辰詩譜言陳大姬無子好巫覡禱祈鬼神歌舞之樂民俗化而爲之其祀星辰於宛丘上下持翳以舞亦或有然耳然則詩之翿即周禮樂師之翌舞其仲師叔重之說皆足申明此傳翿訓爲翳之義傳已見於君子陽陽矣此又承上章而申言之宋本誤併此三字於釋文

東門之枌三章章四句

東門之枌疾亂也幽公淫荒風化之所行男女棄其舊業亟會於道路歌舞於市井爾

東門之枌宛丘之栩傳枌白楡也栩杼也國之交會男女之所聚子仲之子婆娑其下傳子仲陳大夫氏婆娑舞也疏枌者楡之一種其皮色白故云白楡爾雅楡白枌郭注云枌楡先生葉卻著莢皮色白孫注爾雅及鄭注內則竝云楡白者枌漢有枌楡社枌楡卽白楡玉篇亦云枌白楡也栩杼鴇羽同說詳鴇羽篇宛丘疑地近東門枌栩人所安休息者故傳云國之交會釋首二句云男女之所聚以總釋全章也○子仲陳大夫子仲氏猶秦黃鳥子車氏矣箋云之子男子也婆娑舞爾雅釋訓文李巡注云槃娑盤辟舞也李所據爾雅作媻娑說文女部引詩市也媻娑徐鉉云今俗作婆非是然則婆字古本作媻字矣盤辟而舞是曰媻娑上篇云值其鷺羽值其鷺翿是其舞也其下卽宛丘之下也

穀旦于差南方之原傳穀善也原大夫氏不績其麻市也婆娑疏穀善爾雅釋詁文小雅黃鳥甫田同善旦猶言詰朝耳差無傳于差釋文引韓詩作于嗟

王肅音嗟用韓詩幷改經旦爲且實非毛意也吉日傳差擇也擇讀擇不處仁之擇箋訓差爲擇毛意當然也春秋莊二十七年公子友如陳葬原仲公羊傳原仲者何陳大夫也何注云稱字者葬從主人左杜注穀梁范注皆云原仲陳大夫原氏仲字㠯中有麻傳嵒大夫氏是原氏嵒氏皆以邑爲氏者也箋云以南方原氏之女可以爲上處上處卽舞位之前頭此申明經傳義也○潛夫論浮侈篇云詩刺不績其麻女也婆娑今多不修中饋休其蠶織而起學巫祝鼓舞事神以欺誣細民熒惑百姓案此三家詩婆娑爲鼓舞事神與地理志合則兩詩一意也市潛夫論作女字之誤後漢書王符傳作市

穀旦于逝越以鬷邁（傳）逝往鬷數邁行也**視爾如荍貽我握椒**（傳）荍芘芣也椒芳香也（疏）逝往二子乘舟小雅杕杜同越讀同粵爾雅粵于也采蘩采蘋擊鼓皆云于以此云越以皆合二字爲發語之詞鬷讀爲總羔羊傳云總數也邁行泉水黍離悉蟀時邁同數有急聚之義數行者言急數行會也序云亟會亟急也急亦數也玉篇彳部㣸數也引詩

越以俀邁三家詩字異義同○爾雅葴蚍衃說文葴蚍衃也竝與芘芣同正義引義疏云芘芣一名荊葵似蕪菁華紫綠色可食微苦毛晉廣要云爾雅翼葴荊葵也比戎葵葉俱小花似五銖錢大色粉紅有紫紋縷之崔豹古今注以荊葵芘芣與戎葵蜀葵四者爲一物異名者非貽當作詒詒遺也傳云椒芳香也定本作椒芳物小箋從定本內則佩容臭鄭注云容臭香物芳物其卽容臭之類與箋云遺我一握之椒交情好也案此與鄭風贈之以勺藥同意

彼傳云勺藥香草

衡門三章章四句

衡門誘僖公也愿而無立志故作是詩以誘掖其君也

疏 箋云誘進也掖扶持也

衡門之下可以棲遲 傳 衡門橫木爲門言淺陋也棲遲遊息也泌之洋洋可以樂飢 傳 泌泉水也洋洋廣大也

樂飢可以樂道忘飢疏閟宮楅衡衡爲木則知此衡亦爲橫木衡者橫之假借傳云衡門橫木爲門漢書韋玄成傳宜優養玄成勿枉其志使得自安衡門之下顏師古注云衡門謂橫一木於門上御覽居處十引劉楨毛詩義問云橫一木作門而上無屋竝與傳訓合橫木爲門無阿塾之制故傳又申之云言淺陋也爾雅釋詁棲遲息也傳本爾雅而必益其義云遊息也者遊字與下樂字斠通淺陋喻小邦遊息喻政教下文泌水樂飢卽是遊息之意下二章食魚不必魴鯉取妻不必齊姜宋子亦是不必大邦施政教之喻傳云淺陋遊息雖釋首二句亦與通章相關通也箋云賢者不以衡門之淺陋則不遊息於其下以喻人君不可以國小則不興治致政化案鄭說眞足以申明經傳之指唯下文樂飢作療飢喻用賢治國下二章亦謂用人不必賢聖然與序誘掖其君之說稍疏恐此尚非傳指也○泌泉水泉水傳云泉水始出毖然流也毖與泌通廣雅釋邱邱上有邱爲柲邱王念孫疏證云蔡邕郭林宗碑棲遲泌邱周巨勝碑洋洋泌邱于以逍遙束皙玄居釋云學既積而身困夫何爲乎祕邱泌祕柲通竝以爲邱名說與毛異蓋本於三家也洋洋廣大碩人傳

洋洋盛大盛大言流滿廣大言水寬云樂飢可以樂道忘飢者即是遊息也王肅云洋洋泌水可以樂道忘飢魏魏南面可以樂治忘亂此申傳說也韓詩外傳云雖居蓬戶之中彈琴以詠先王之風有人亦樂之無人亦樂之亦可發憤忘食矣詩曰衡門之下可以棲遲泌之洋洋可以療飢案韓義與毛詩同其字當亦作樂飢今外傳誤作療列女傳賢明篇君子謂老萊妻果於從善從善即樂道之意引詩亦當作樂列女傳往往與韓詩同也今字誤作療箋作𤻲文選王元長策秀才文注引箋作𤻲說文𤻲治也或作療鄭與毛韓異或從齊魯說

豈其食魚必河之魴豈其取妻必齊之姜疏箋云姜齊姓

豈其食魚必河之鯉豈其取妻必宋之子疏箋云子宋姓

東門之池三章章四句

東門之池刺時也疾其君之淫昏而思賢女以配君子也

東門之池可以漚麻(傳)興也池城池也漚柔也彼美叔姬可與晤歌(傳)晤遇也(疏)興者麻紵菅皆女功之所事故詩人以起興焉池爲城池則東門爲城東門東門之墠傳東門城東門也城池謂城下溝文王有聲傳淢城溝也虞翻易注云城下溝無水稱隍有水稱池漚柔疊韻爲訓考工記㡛氏湅絲以涚水漚其絲鄭注云漚漸也楚人曰漚齊人曰湪案漚湪雙聲之轉治麻與治絲皆用漚傳云柔者言與蹂揉同也麻有兩種程瑤田通藝錄九穀考云牡麻俗評花麻夏至開花所謂榮而不實謂之英者花落卽拔而漚之剝取其皮是爲夏麻夏麻之色白詩言八月載績夏刈之則八月可績也苴麻俗評子麻夏至不作花而放勃勃卽麻實所謂不榮而實謂之秀者入九月閒子熟則落搖而拾取之詩言九月叔苴叔拾也拾取子盡乃刈漚其皮而剝之是爲秋麻色青而黯不絜白〇叔姬各本作淑姬全詩淑字關雎君子偕老韓奕傳燕燕中谷有蓷尸鳩鼓鍾桑柔泮水箋竝訓淑爲善唯此篇無注解則經本作叔字矣小箋從釋文作叔姬今據以訂正叔姬與淑女不同叔字姬姓彼美叔姬猶云彼美孟

姜耳爾雅遇遻也說文遻相遇驚也晤者遻之假俗字案草蟲亦既覯止覯遇也傳於晤覯並訓遇遇與偶通可與遇者言叔姬可與君子配偶序所謂思賢女配君子是也歌者謂有琴瑟鐘鼓之樂

東門之池可以漚紵彼美叔姬可與晤語 疏 正義引義疏云紵亦麻也科生數十莖宿根在地中至春自生不歲種也荆楊之閒一歲三收今官園種之歲再刈刈便生剝之以鐵若竹挾之表厚皮自脫但得其裏韌如筋者謂之徽紵今南越紵布皆用此麻說文云紵𦆉屬今見山東人呼麻𧝓之麤作繩索用者曰𧝓麻卽𦆉也紵爲𦆉屬𦆉不作布紵作布故周禮典枲注云白而細疏曰紵疏猶麤也○楚辭九懷假寐兮愍斯誰可與兮寤語此必三家詩義

東門之池可以漚菅彼美叔姬可與晤言 傳 言道也 疏 哀八年左傳拘鄫人之漚菅者漚菅慌氏注引作渥菅釋文云渥烏豆反與漚同案渥猶沃也隰桑傳沃柔也沃之爲柔猶漚之爲柔皆一聲之轉正義引義疏云菅似茅而滑澤無毛根五寸中有白粉者柔韌宜爲索漚

乃尤善矣通藝錄釋萑葦云菅茅亦萑葦醜然菅柔忍而茅脃菅有二種小者五月秀初色紫後漸白每莖末其秀疏擻多者數十條取其莖爲埽彗呼苕帚歛人謂之荻茁江北人謂之巳茁其心之包莖者只一葉未秀時拔之亦可爲繩作屨大者八月始秀每莖末十餘節每節爲小莖數十參差旋繞而至於末茶生小莖上其白如雪其密不可以數計也茶落則莖末禿然無疏擻長出數十條者故不可爲埽彗但可用流星桿耳歛人謂之蘆茁江北人謂之家茁亦呼八月茁其心之包莖者拔之剝之有三重未秀皆可取爲繩作屨也詩言白華菅兮豈謂蘆茁與若荻茁其初華乃紫色也據程說此詩之菅其卽小雅之白華彼傳云白華野菅也已漚爲菅漚字卽本此詩○公劉傳直言曰言言易曉耳云道者道讀爲性道之道列女傳賢明篇君子謂齊姜絜而不瀆能育君子於善又君子謂黔婁妻爲樂貧行道引詩曰可與寤言皆可以申明此傳道字之義

東門之楊二章章四句

東門之楊刺時也昏姻失時男女多違親迎女猶有不

至者也疏失時失年盛之時與有狐序同違離也離猶喪棄也

東門之楊其葉牂牂傳興也牂牂然盛貌言男女失時不逮秋冬昏以爲期明星煌煌傳期而不至也疏詩以楊興男女失年盛之時與易枯楊生稊生華設喻正同楊葉盛在春夏交牂之牂肺肺又以興歲月晚也易林革云南山之楊其葉將將本三家詩內則取豚若將注將當爲牂此即牂牂將聲通之證○傳云言男女失時不逮秋冬者此冡上生下之詞男女失時所以申明取興之義時謂年時男踰三十女踰二十皆是也宜以有室家不逮秋冬而行嫁娶以起下文刺親迎而不至之事摽有梅傳三十之男二十之女禮未備則不待禮會而行之者所以蕃育民人也又野有死麕傳春不暇待秋也召南言凶荒嫁娶此言踰年嫁娶周禮媒氏中春之月令會男女於是時也奔者不禁會男女在中春其實年盡之男女雖過仲春奔亦不禁故亦不逮秋冬義各有當然而嫁娶正時必以秋冬也正義引荀子大略篇云霜降逆女冰泮殺止又引春秋繁露循天之道篇云聖人以

男女陰陽其道同類天道嚮秋冬而陰氣來嚮春夏而陰氣去故古人霜降始逆女冰泮而殺止與陰俱近而陽遠也媒氏疏載王肅論引韓詩傳亦云古人霜降逆女冰泮殺止荀董韓皆大儒其言男女之昏時與毛合家語雖出自王肅亦本古禮不易也奐又案管子幼官篇春十二清明發禁十二始卯合男女秋十二白露下收聚十二始卯合男女惠士奇禮說云丣俗作卯始丣合男女者清明後出耕之日始丣之辰媒氏職所謂中春之月令會男女是也今文酉古文丣俗誤爲卯白露下收聚之初始丣之辰荀子所謂霜降而婦功成嫁娶者行焉是也然則嫁娶之候秋冬爲正時仲春爲盡期此常禮也坊記男女無媒不交無幣不相見此唯秋冬嫁娶爲得禮之正時通媒妁之言備五兩之禮至二月則無媒不禁矣其失時則不逮秋冬矣此外尚有凶荒多昏之政無限時月但不備禮耳既立常期以定禮又權變時以便俗聖人至精至密之制也今試卽全詩以統論之氓將子無怒秋以爲期霜降逆女也匏有苦葉士如歸妻迨冰未泮冰泮殺止也草蟲行露秋月也鵲巢綢繆葛屨冬月也采蘋猶在嫁女之前桃夭乃在于歸之後摽有梅野有死麕皆爲凶荒殺禮不待秋冬所

以蕃育民人東山得殺禮之制故序亦樂其及時有狐不能行殺禮之制故序又刺其失時此又因時制宜非昏姻之正其昏姻之正則秋冬爲不可易矣自鄭氏以仲春爲正期變前儒之說故箋與傳往往不同白虎通義嫁娶篇嫁娶必以春何春者天地交通萬物始生陰陽交接之時也夏小正二月綏多女士某氏傳綏安也冠子娶婦之時也此鄭說所本○士昏禮從車二乘執燭前馬昏以爲期也明星煌煌則過昏矣云期而不至者期字卽蒙上句不至以申明經義序所謂親迎女猶有不至者也大明傳煌煌明也煌煌與下章晢晢同訓故此不傳箋云至大星煌煌然女曰雞鳴篇子興視夜明星有爛箋云明星尚爛爛然早於別色時

東門之楊其葉肺肺傳肺肺猶牂牂也**昏以爲期明星晢晢**傳晢晢猶煌煌也疏肺肺卽𣎳𣎳小弁萑葦罛謂之淠淠生民荏菽長謂之旆旆淠淠旆旆亦卽𣎳𣎳也說文云艸木盛𣎳𣎳然讀若輩庭燎傳云晣晣明也晢晣一字

墓門二章章六句

墓門刺陳佗也陳佗無良師傅以至於不義惡加於萬民焉〔疏〕陳佗文公子桓公卒佗殺大子免而代立爲君事見春秋魯桓公五年是其不義也不義由於無良師傅此蓋國人遭亂而作詩中但責其師傅之不良作推本之論其實詩之作當在陳佗自立爲君之歲矣凡云刺者多刺君陳佗陳君也其謂陳佗者何春秋魯桓公六年蔡人殺陳佗序從春秋志也鄭昭公未踰年出奔衞春秋書鄭忽忽世子當立故鄭風序但云刺忽不從春秋書鄭忽內之也佗不當立故云刺陳佗從春秋書陳佗之例外之也穀梁傳所謂匹夫行故匹夫稱之是也詩春秋相表裏於序見之矣佗釋文作它它佗古今字

墓門有棘斧以斯之〔傳〕興也墓門墓道之門斯析也幽閒希行用生此棘薪維斧可以開析之夫也不良國人知之〔傳〕夫傅相也知而不已誰昔然矣〔傳〕昔久也〔疏〕墓塋

域之地墓有門門有道故傳云墓門墓道之門說文云斯析也本傳訓也爾雅方言斯離也廣雅斯分也義竝與析相近墓門爲幽閒之地故云幽閒希行襄二十五年左傳鄭伐陳陳侯扶其大子偃師奔墓遇賈獲與其妻扶其母以奔墓亦免此陳墓可以辟兵其爲隱辟可知墨子明鬼下莊子庚桑楚荀子王制議兵呂覽謹聽觀世淮南覽冥脩務新書耳痺以及列女傳韓詩外傳皆以幽閒爲隱辟也希者罕也幽閒之地人所罕行故云用生此棘薪孟子盡心篇山徑之蹊閒介然用之而成路爲閒不用則茅塞之矣是其義也斧以析薪故云維斧可以開析之也案棘梅喻佗斧與鴞以喻師傅一章言墓道之門有棘維斧可以開析之以興陳佗之不義維良師傅乃有以訓敎之二章言墓道之門有梅又有鴞以集止之以興陳佗之不義維師傅之不良又有以交引之一反喻一正喻也○傳釋夫爲傅相傅相卽師傅良善也已止也言傅相之不善國人皆知之知之而不能救止也隱六年左傳往歲鄭伯請成于陳陳侯不許五父諫曰親仁善鄰國之寶也君其許鄭案五父佗之字其時佗年當幼觀其辭氣初未嘗不善則後日之不義皆由失敎故國人深責其傳相也爾雅曩久也

東山其舊如之何言久長之道也緜古言久也㫺與曩舊古四字同義故竝訓爲久誰誰陳佗也然猶是也言陳佗信任不良傳相久已如是雖躬陷誅絶之罪惡而不自知也易文言傳云臣弒其君子弒其父非一朝一夕之故其所由來者漸矣

墓門有梅有鴞萃止（傳）梅柟也鴞惡聲之鳥也萃集也

夫也不良歌以訊止（傳）訊告也**訊予不顧顛倒思予**（疏）

梅柟終南同詳終南篇楚辭天問何繁鳥萃棘負子肆情王逸注載解居父事婦人引詩墓門有棘有鴞萃止三家詩與上章皆作棘列女傳續篇作梅是譌字也毛詩作梅奐竊疑繁鳥萃棘負子肆情不出於詩三家或附會之而張揖郭璞皆以繁鳥爲鴞矣鴞惡聲之鳥泮水翩彼飛鴞集于泮林傳亦云鴞惡聲之鳥也晏子襍下篇景公曰有鴞昔者鳴聲無不爲也吾惡之甚與傳訓正同史記賈誼傳云楚人命鴞曰服正義引義疏云鴞大如班鳩綠色惡聲之鳥也入人家凶賈誼所賦鵩鳥是也其肉甚美可爲羹臛又可爲炙案陸說本史記

綠當作黑索隱引吳錄云服黑色也史記之鵩文選作鵩鳥乃賈誼賦云鵩似鴞不祥鳥也似鴞則鴞類於鵩而非即鵩諸家說鵩似雞鴞似鳩或因形相似而方俗評之同名者歟鴞與瞻卬梟鴟異鳥易彖傳云萃聚也集聚義相近鴞羽傳云集止也○訊當爲誶止作之誤今正休寧戴氏震聲韻考云歌以訊之與萃爲韻小雅莫肎用訊與退遂瘁爲韻而釋文以音信爲正不知皆誶字之譌也廣韻六至誶字引詩歌以誶止然則此句止字與上句止字相應爲語詞凡古人之詩韻在句中者韻下用字不得或異三百篇惟不可休思思譌作息與此處止譌作之失詩句用韻之通例案釋文訊本又作誶徐息悴反是徐仙民所據尚作誶不誤爾雅釋詁誶告也傳所本也爾無正箋誶告也今字亦譌作訊訊與誶音義皆殊韓詩誶諫也說文誶讓也義並相近訊予之訊亦當作誶王逸注楚辭誶諫也引詩誶予不顧予不顧不顧予也顛倒言亂也

防有鵲巢二章章四句

防有鵲巢憂讒賊也宣公多信讒君子憂懼焉疏後箋云王

氏總聞據史記宣公嬖姬生子欵欲立之而殺其大子禦寇禦寇素愛公子完完懼及禍乃奔齊以此爲宣公信讒之證

防有鵲巢邛有旨苕(傳)興也防邑也邛丘也苕草也誰侜予美(傳)侜張誑也心焉忉忉(疏)興者防之有鵲巢中唐之有甓邛之有苕鷊皆信而有徵無可誑者以喻讒賊之人無徵宣公信之是爲刺防邑邛丘陳邑丘之名續漢書郡國志陳國陳縣劉昭注引博物記曰邛地在縣北防亭在焉然於古未聞也爾雅苕陵苕黃華蔈白華茇小雅苕之華傳既云苕陵苕矣此云苕草者以爾雅苕入釋草故直謂苕爲草與苕爲陵苕詳略可互見也說文苕艸也蔈苕之黃華也艸之白華爲茇此許合爾雅毛傳而爲之説也正義引義疏云苕苕饒也幽州人謂之翹饒蔓生莖如勞豆而細葉似蒺藜而青其莖葉綠色可生食如小豆藿也苕之華正義引義疏云一名鼠尾生下溼水中七八月中華紫似今紫草華可染皁孔仲達據陸説陵苕生下溼苕草生高邛爲二物然陸説陵苕卽爾雅勢

鼠尾苕草爲苕饒與蘇頌圖經所說陵苕不合恐不然矣○箋云誰誰讒人也傳侜張之上小箋補侜字侜張釋侜此疊字釋單字之例而又釋侜張之義爲誑也爾雅釋訓侜張誑也傳所本也郭注引書無或侜張爲幻說文引作譸張馬融本作輈張楊雄國三老箴作侏張論語微子篇作朱張竝字異而義同說文云侜有廱蔽也誑謂欺誑與廱蔽義相近予美釋文引韓詩作予娓云娓美也毛韓字異而義同箋謂予美爲我所美之人所美謂宣公也齊甫田傳云忉忉憂勞也

中唐有甓邛有旨鷊〔傳〕中中庭也唐庭塗也甓令適也鷊綬草也**誰侜予美心焉惕惕**〔傳〕惕惕猶忉忉也〔疏〕云傳中中庭也者中庭庭中此猶中林林中之例說文廷朝中也廷皆不屋字皆當作廷今通作庭傳唐庭塗庭各本作堂字之誤也塗古作涂爾雅釋宮廟中路謂之唐堂涂謂之陳何人斯胡逝我陳傳陳堂涂也何人斯傳既本雅訓此不應唐陳同名與雅訓乖戾且中爲中庭則唐爲庭涂必矣蓋堂階之涂謂之堂涂詩謂之陳中

庭之涂謂之庭涂詩謂之唐陳之言敶也唐之言大也堂涂在東西庭涂則在中也釋宮中庭謂之走言庭之中皆有道可走者也詩中唐爾雅廟中路其義一也文選東京賦注引如淳漢書注唐庭也毛詩曰中唐有甓漢書郊祀志作商中庭史記孝武紀索隱作唐堂庭各本互譌而如注庭字實本毛傳逸周書作雒篇隄唐孔晁注云唐中庭道亦與毛傳同皆其義證釋宮令適謂之甓傳所本也今字作瓴甋郭注云甗甎也今江東呼瓴甓周禮考工記注及禮記禮運注皆云令甓說文瓦部甓瓴令適也大徐本作令甓案適甓聲同故或謂之甓亦謂之適或謂之令適亦謂之令甓甓又作墼說文土部墼令適甓墼古今異名也周禮賈疏云令甓令之塼也塼與甎通古字祇作專專者所以甃涂也凡涂必以專甃之故爾雅言宮中衖廟中路堂涂繫於甓下知不徒施諸庭涂矣詩之甓則甃諸中庭道者也○爾雅釋草虉綬釋文虉又作鷊郭注云小草有襍色似綬說文䕛綬艸也引詩作䕛玉篇引詩作虉依說文䕛正字虉俗字詩爾雅作鷊假借字義疏云鷊五色作綬文故曰綬草○惕惕亦憂勞之意故云猶忉忉也楚辭九章悼來者之悐悐說文惕悐同字爾雅惕惕愛也郭注云詩

云心焉惕惕韓詩以爲說人故言憂也案憂者謂憂君君受讒賊所誣故君子憂勞之心惕惕然爾雅釋經義毛傳釋字義也說人卽是憂君鄭以所美爲宣公用韓申毛無有異也

月出三章章四句

月出刺好色也在位不好德而說美色焉

月出皎兮傳興也皎月光也佼人僚兮舒窈糾兮傳僚好貌舒遲也窈糾舒之姿也勞心悄兮傳悄憂也疏月出喻美色三章興義同皎月光則二章皓三章照皆月光也文選宋玉神女賦云其少進也皎若明月舒其光謝莊月賦注引詩月出皦兮○釋文佼字又作姣引方言云自關而東河濟之閒凡好謂之姣後箋云毛詩佼爲姣之俗字說文姣好也小徐引史記長姣美人是也荀子非相篇古者桀紂長巨姣美作姣成相篇君子由之佼以好又作佼是二字本多通俗說文云僚好皃从人尞聲本傳訓也傳於野有死麕常武舒訓徐此舒訓遲

者舒遲以雙聲得義云窈糾舒之姿者說文姿態也謂舒遲之姿態則窈糾然也後箋云史記司馬相如傳青虯蚴蟉於東箱正義云蚴蟉行動之貌也又驂赤螭青虯之蠍蟉蜿蜒蚴蟉蠍蟉皆與窈糾同卽洛神賦所謂矯若游龍者也奐案窈糾疊韻也二章懮受疊韻也三章夭紹疊韻也窈糾本與二章懮受同聲今詩首章用與皎僚悄爲韻則又與三章夭紹同聲矣此九幽與蕭豪部近合音也○悄訓憂邶柏舟出車篇皆云憂心悄悄重言曰悄悄單言之則曰悄也箋云思而不見則憂

月出皓兮佼人懰兮舒懮受兮勞心慅兮（疏）皓當依唐石經作晧

○釋文劉本又作懰力久反好皃埤倉作嬼嬼妖也案說文無懰嬼字是陸所據詩作劉也釋文懮懮於久反舒皃後箋云玉篇心部云懮受舒遲之皃廣韻同集韻類篇亦同並引詩舒懮受兮凡此疊字形容卽梁冀傳所謂愁眉啼裝折腰齲齒以善爲妖態者也○巷伯勞人草草爾雅作慅慅慅慅重言曰慅慅單言之則曰慅也慅亦憂也

月出照兮佼人燎兮舒夭紹兮勞心慘兮（疏）燎當爲嫽說文嫽女字也方言廣雅云嫽好也嫽與僚同史記司馬相如傳索隱眾經音義卷九皆引詩姣人嫽兮疑當出此章之文上章僚兮釋文云本亦作嫽則僚嫽分章之義相混矣後箋云文選西京賦要紹脩態麗服颺菁注要紹謂嬋娟作姿容也又南都賦致飾程蠱要紹便娟又靈光殿賦曲折要紹而環句注要紹曲貌此諸言要紹者皆與夭紹同○戴氏震毛鄭詩考正云勞心慘兮慘七感切方言云殺也說文云毒也音義皆於詩不協蓋懆字轉寫譌爲慘耳懆千到切故與照燎紹韻說文懆愁不安也引詩念子懆懆今詩中正月篇憂心慘慘北山篇或慘慘劬勞抑篇我心慘慘皆懆懆之譌釋文於北山篇云字亦作懆於白華篇念子懆懆云亦作慘慘未能決定二字音義矣詩小學云張參五經文字懆千到反見詩慘七敢反悽也據此可見詩皆作懆之證案懆勞心之皃重言之曰懆懆單言之則曰懆也

株林二章章四句

株林刺靈公也淫乎夏姬驅馳而往朝夕不休息焉疏夏姬陳大夫御叔之妻也夏徵舒之母以子氏稱故曰夏姬陳靈公於春秋魯宣公十年被弒詩作在弒前矣鄭譜云孔子錄懿王夷王時詩訖於陳靈公淫亂之事謂之變風變雅

胡爲乎株林從夏南兮傳株林夏氏邑也夏南夏徵舒也匪適株林從夏南兮疏夏南食采於株林故知株林爲夏氏邑其地未詳後箋云寰宇記夏亭城在陳州西華縣西南三十里陳詩株林刺靈公也胡爲乎株林從夏南注云夏南夏徵舒也今此城北五里有株林即夏氏邑一名華亭考陳州本古陳國西華縣在州西八十里夏亭在縣西南三十里是夏氏之邑去陳國本遠若元和郡縣志宋州柘城縣本陳之株邑詩株林是也故柘城在寧陵縣南七十里此又在陳之東北前漢志淮陽國有柘續志同然劉昭補注但於陳縣下云陳有株邑蓋朱襄之地於柘下不言即株寰宇記以柘城縣爲春秋時陳之株野而於下邑縣又云或以爲陳之株林此雖傳疑不定要可見株野

株林必非一處○夏氏南字徵舒名正義云徵舒祖字子夏故爲夏氏徵舒字子南以氏配字謂之夏南楚殺夏徵舒左傳謂之戮夏南是知夏南卽夏徵舒也昭二十三年左傳疏引世本云宣公生子夏子夏生御叔御叔生徵舒詩言從夏南序言淫夏姬序則據事詩有隱辭也禮運云諸侯非問疾弔喪而入諸臣之家是謂君臣爲謔鄭注卽援引陳靈公數如夏氏爲說矣案正義本從夏南下有兮字定本無兮字今各本皆從定本刪去兩兮字者非也胡何也匪彼也適之也言何爲乎株林從夏南兮彼靈公之之株林者從夏南兮也上二句疑詞下二句決詞上章言國之人見靈公往株林下章言靈公命駕往株林詩人分章之意如此箋訓匪爲非爲觝拒之詞與駕我乘我之文不相承接

駕我乘馬說于株野乘我乘駒（傳）大夫乘駒**朝食于株**

（疏）我我靈公也乘馬四馬也駒當依釋文作驕說詳漢廣皇皇者華篇乘驕四馬皆驕也大夫乘驕漢廣傳云五尺以上曰驕是五尺以上爲大夫之所乘也株卽株林也後箋云株林卽株乃夏氏邑在株野之外魯頌

傳郊外曰野野外曰林說文同是由國中至株林必先經株野然則駕我乘馬者謂靈公本以諸侯車騎出至株野託言他適乃舍之而乘大夫所乘之驕以至于株林則已永夕永朝淫蕩忘返國語云南冠以如夏氏是靈公當日實有易服微行之事故箋云變易車乘者實得經傳微旨王肅見傳云大夫乘驕遂以爲乘驕者謂孔儀從君適株不知序但云刺靈公並未嘗及孔儀也奐謂經言我傳言大夫鄭以變易車乘申明經傳固是精確正義用王肅語述傳亦未見爲非何也宣十年左傳云陳靈公與孔寧儀行父飲酒於夏氏此雖爲靈公被弑發傳然其君臣共往夏氏已非一日序故謂驅馳而往朝夕不休息也九年傳云陳靈公與孔寧儀行父通於夏姬皆衷其衵服以戲于朝枉朝既君臣同衷衵服如夏氏則君臣共乘驕傳云大夫亦未嘗不關通孔儀矣

澤陂三章章六句

澤陂刺時也言靈公君臣淫於其國男女相說憂思感

傷焉【疏】女謂夏姬也

彼澤之陂，有蒲與荷。【傳】與也。陂，澤障也。荷，夫渠也。有美一人，傷如之何。【傳】傷無禮也。寤寐無爲，涕泗滂沱。【傳】自目曰涕，自鼻曰泗。【疏】大叔于田藪訓澤，則澤亦藪也。車鄰傳陂者曰阪，陂與阪同義。傳云澤障，障防也，陂與障义同義也。王風揚之水傳蒲草也。箋云蒲柔滑之物，亦指蒲草而言。爾雅釋草荷夫渠，傳所本也。山有扶蘇作扶渠，從艸者俗字。荷一名夫渠，此莖本華實之總名也。箋云夫渠之莖曰荷。案古荷與茄同部，鄭葢讀荷爲茄。釋草其莖茄，夫渠之莖爲茄不爲荷也。正義云樊光注爾雅引詩有蒲與茄，是鄭本三家詩之證，詳山有扶蘇篇。彼彼無禮也，蒲喻性之柔，荷喻形體，菡萏喻美色，蕑以喻有遠聞。○有美一人謂有禮者也。傷即序憂思感傷之傷。傳云傷無禮也者，言有美一人見陳君臣淫說無禮之甚，而爲之感傷也。爾雅陽予也，郭注云今巳濮之人自呼阿陽，引魯詩陽如之何，毛魯字異而意同。涕泗，易萃上六、禮記檀弓皆作涕洟。

鄭注云自目曰涕自鼻曰洟泗者洟之假借字

彼澤之陂有蒲與蕑傳蕑蘭也有美一人碩大且卷傳卷好貌寤寐無爲中心悁悁傳悁悁猶悒悒也疏蕑蘭同傳不必與上下章一例箋云蕑當作蓮夫渠實也釋文正義據箋蕑當作蓮箋改傳文非易經字古蓮蘭聲通故韓詩溱洧篇以蕑爲蓮蓮卽蘭非謂荷蓮之蓮也鄭乃本韓詩破此傳文蘭爲蓮以與上下章同例○釋文卷本又作婘齊風釋文云韓詩婘好皃好謂有好德也楚辭九歎勞心悁悁涕滂沲兮又悲余心之悁悁兮哀故邦之逢殃繁露精華篇此吾所悁悁而悲者也竝與詩悁悁同大戴禮曾子立事篇君子終身守此悒悒制言中篇君子無悒悒於貧知我吾無訢訢不知我吾無悒悒竝與傳悒、悒同鄭司農周禮廬人注云絹讀爲悁邑之悁邑古悒字

彼澤之陂有蒲菡萏傳菡萏荷華也有美一人碩大且

儼傳儼矜莊皃寤寐無爲輾轉伏枕疏山有扶蘇傳其華菡萏本釋草文也正義引郭注爾雅云今江東人呼荷華爲夫容說文菡蕳夫容華未發爲菡蕳已發爲夫容菡卽蕳之省高注淮南本經亦云其華曰夫容其秀曰菡萏是荷華有此二名而析之則爲已發未發也易林訟云菡萏未華御覽百卉部六引義疏云扶渠華未發爲菡萏已發爲扶渠爾雅翼引義疏同不知扶渠爲荷之異名非華已發之異名也陸說誤○儼御覽人事部九引韓詩作嬐薛君章句云嬐重頤也廣雅嬐美也說文引詩作碩大且嬐皆本韓詩說文又云儼好皃此與上章之卷同義矜莊亦好皃也輾當作展關雎云展轉反側

卷十二終

詩毛氏傳疏卷十三

長洲陳奐學

檜羔裘詁訓傳弟十三　毛詩國風

檜國四篇十二章四十五句（疏）釋文云檜本又作鄶水經注潧水出鄶城西北雞絡隝下洧水東南逕鄶城南大戴禮帝繫篇云陸終弟四子曰萊言是爲云鄶人云鄶人者鄭氏也水經注引世本作求言案云古妘字妘鄶人檜國之上祖鄶人者鄭鄶鄭同地故也其實鄶鄭同地而不同城鄭譜正義云僖三十三年左傳稱文夫人葬公子瑕於鄶城之下服注鄶城故鄶國之墟杜注鄶國在滎陽密縣東北新鄭在滎陽宛陵縣西南是別有鄶城也今河南開封府密縣東北有鄶城是其地朱右曾詩地理徵云左傳言先君桓公與商人皆出自周庸次比耦以艾殺此地斬之蓬蒿藜藋而共處之此與外傳所云寄孥虢鄶之事正合商人與桓公之孥俱出自周故推本桓公言之非桓公時已滅虢

鄶也桓公寄孥則武公當桓公之世已居鄶矣寄孥在幽王九年越二年而幽王滅公羊傳云先鄭伯有通於鄶夫人者外傳言鄶由叔妘此鄭伯正指武公通乎鄶夫人蓋在此二年中幽王既滅武公乃與晉文侯共立平王卒滅虢鄶世家言桓公之時虢鄶獻十邑夫十邑者通虢鄶言之爲十國非虢鄶之國有是十邑也水經洧水篇稱竹書紀年晉文侯二年王子多父伐鄶克之乃居鄭父之邱是曰桓公然攷文侯二年爲周幽王三年時桓公未爲司徒未謀於史伯又何遽滅鄶而居之也

羔裘三章章四句

羔裘大夫以道去其君也國小而迫君不用道好絜其衣服逍遥遊燕而不能自强於政治故作是詩也（疏）箋云以道去其君者三諫不從待放於郊得玦乃去案待放見宣元年公羊傳及白虎通義諫諍篇

羔裘逍遥狐裘以朝（傳）羔裘以遊燕狐裘以適朝豈不

爾思勞心忉忉（傳）國無政令使我心勞（疏）逍遙當作消搖說見清人篇遊當作游燕者安也傳以游燕釋消搖序云消搖游燕
燕此四字同義諸侯朝服燕居燕飲皆用羔裘今游燕
而羔裘是其好絜衣服也諸侯在天子朝衣狐裘白在
祭衣狐裘青皆禮裘也七月傳云狐貉之厚以居此狐
取厚者所謂褻裘也今以褻裘適朝是其不能自强於
政治也○經言朝傳云適朝緇衣傳適之也視朝在路
門外治朝之宁聽朝則在路門內燕朝之堂碩人傳云
君聽朝於路寢是也首章適朝二章在堂其實一也天
子諸侯皆二朝解之者誤以爲皆三朝矣今試明之周
禮宰夫掌治朝小司寇朝士掌外朝其言朝位同此外
朝即治朝也司士正朝儀之位大僕前王入內朝皆退
大僕王眡燕朝則正位此內朝即燕朝也槁人云掌共
外內朝冗食者之食然則天子朝唯有外內二而已諸
侯與天子同禮記文王世子其朝於公內朝則東面北
上臣有貴者以齒其在外朝則以官司士爲之公族朝
於內朝內親也雖有貴者以齒明父子也外朝以官體
異姓也魯語天子及諸侯合民事於外朝合神事於內
朝文王世子之外朝司士所掌與周官司士正朝儀位

爲治朝者同魯語之外朝合民事與周官宰夫掌諸臣萬民復逆爲治朝者同又宣六年公羊傳靈公爲無道使諸大夫皆內朝趙盾已朝而出與諸大夫立於朝何注云從內朝出立於外朝蓋外朝有諸大夫位焉從內朝出立外朝卽從燕朝而出矣治朝也然則諸侯朝亦唯外內二而已鄭司農朝士注云王有五門外曰皋門二曰雉門三曰庫門四曰應門五曰路門路門一曰畢門外朝在路門外內朝在路門內奐案仲師說門朝之制確不可易緜傳王之郭門曰皋門王之正門曰應門天子五門其一曰皋門爲郭門亦爲外城門二曰雉門爲內城門皋雉二門出入不禁其無朝可知庫應路三門皆宮門庫門爲大門應門爲中門路門爲內門庫門以內亦出入不禁其無朝又可知應門宮之正門在庫路之中故亦爲中門朝君入應門則應門以內始有朝朝有外有內以在路門之外內而名之也天子外朝在應門內路門外內朝在路門內諸侯庫雉路三門亦皆宮門庫門爲大門雉門爲中門路門爲內門諸侯外朝在雉門內路門外其內朝亦在路門內仲師言天子二朝而諸侯之二朝可據理推也後鄭宰夫注云治朝在路門之外文王世子注云外朝路寢門之外庭亦旣以

治外爲一朝矣乃小司寇注外朝朝在雉門之外朝士注外朝在庫門之外皋門之內蓋易先鄭五門皋雉庫應路爲皋庫雉應路故一說外朝在雉門外一說外朝在庫門外鄭氏本無定解朝士注又云周天子諸侯皆有三朝外朝一內朝二內朝之在路門內者或謂之燕朝然內朝即燕朝古無二內朝之名玉藻朝服以日視朝於內朝疑內乃外之誤或因下文聽政路寢言之要不得援一端以該羣經謂此內朝即治朝而遂以爲有二內朝之說也書大傳諸侯之宮三門三朝其外曰皋門次曰應門又次曰路門其皋門內曰外朝應門內曰內朝路門內曰路寢之朝大傳言諸侯門制與禮記不合而與緜箋同言三朝與先鄭不合而與朝士注玉藻注同此鄭氏所據歟大傳張生歐陽生多所增益門制詳緜篇○羔裘尊服也狐裘褻服也尊服以消搖褻服以適朝故傳云國無政令也云使我心勞者我大夫自我也勞心心勞也齊甫田傳忉忉憂勞也勞亦憂也箋云爾女也三諫不從待放而去思君如是心忉忉然

羔裘翱翔狐裘在堂傳堂公堂也豈不爾思我心憂傷

【疏】箋云翱翔猶消搖也是翱翔亦游燕之義○堂在路門內燕朝路寢庭也堂路寢堂也公堂者以公所聽政之堂而名之也逸周書大匡篇朝于大庭孔晁注云大庭公堂之庭與此傳公堂同凡朝君臣咸立於庭說文廷朝中也今通作庭皆有門而不屋路門左右塾謂之門側之堂不當中門其當中門者自庫門以至路門唯路寢乃有堂耳曾子問諸侯旅見天子雨霑服失容則廢此路門外外朝無堂可證也春官樂師車亦如之注王如有車出之事登車於大寢西階之前反降於阼階之前大僕注大寢路寢也登車於路寢階前此路門內內朝無堂可證也玉藻朝辨色始入君日出而視之退適路寢聽政使人視大夫大夫退然後適小寢釋服注小寢燕寢也考工記外有九室九卿朝焉注外路門之表也九室如今朝堂諸曹治事處攷諸侯外朝亦有門官府治處大夫治事當在外朝之室君聽政則在內朝之堂視大夫朝罷而後從路寢反燕寢也論語鄉黨記孔子入公門過位攝齊升堂出降一等沒階復其位曲禮下卿位注卿位卿之朝位也孔疏云卿位路門之外門東北面位引鄭注鄉黨過位謂入門右北面君揖之位案此位即外朝之位為大夫治事之處堂為君聽政

之處諸臣復逆必由外朝入內朝升堂君與圖事而臣復退俟於外朝之位也升堂在過位之後此唯路寢有堂又可證也

羔裘如膏日出有曜傳日出照曜然後見其如膏豈不爾思中心是悼傳悼動也疏末章但言羔裘承上兩章羔裘消搖羔裘翺翔而言是其好絜衣服可見不能自强於政治亦可見羔裘如膏日出有曜傳云日出照曜然後見其如膏此倒句也雞鳴篇匪雞則鳴蒼蠅之聲傳蒼蠅之聲有似遠雞之鳴匪東方則明月出之光傳見月出之光以爲東方明皆其句例○箋云悼猶哀傷也氓傳云悼傷也動與傷義相近鼓鐘之妯菀栁之蹈傳皆訓爲動悼與妯蹈亦聲近而訓同動古慟字說文無慟周禮九擽振動杜子春讀動爲慟

素冠三章章三句

素冠刺不能三年也疏論語宰我問三年之喪孔子曰子生三年然後免於父母之懷

夫三年之喪天下之通喪也

庶見素冠兮棘人欒欒兮傳庶幸也素冠練冠也棘急也欒欒瘠貌**勞心慱慱兮**傳慱慱憂勞也疏庶幸爾雅釋言文傳為全詩通訓也釋言又云庶幾尚也單言庶衆言庶幾故雨無正巧言生民抑江漢箋竝以庶為庶幾論語回也其庶乎易傳云顏氏之子其殆庶幾乎此庶與庶幾同訓之理而皆為幸之詞云素冠練冠也者素冠白布冠也十三月為練已練之冠謂之練冠襍記喪冠條屬以別吉凶三年之練冠亦條屬右縫鄭注云別吉凶者吉冠不條屬也條屬者通屈一條繩若布為武垂下為纓屬之冠象大古喪事略也吉冠則纓武異材焉右縫者右辟而縫之案練冠非純凶亦非純吉時人以練除首絰春秋遂有已練弁冕之說而不能行三年之練冠矣三年之喪初喪喪冠小祥練冠是練冠為三年小祥之冠故亦得謂三年練冠也大祥縞冠中月而禫綅冠踰尸吉祭乃玄冠復平常傳就小祥說箋以素冠為縞冠就大祥說然傳雖言小祥其實小祥之後大祥之前

皆練冠○北風傳亟急也棘者假借字宋薇出車雨無正文王有聲抑桑柔江漢之棘竝同傳爲全詩棘字通訓也正義云棘急釋言文彼棘作戒音義同案今本釋言作悈欒讀爲臠亦假借字也說文臠臞也引詩正作臠臠爾雅臠病也臠俗臠字呂覽任地篇棘者欲肥肥者欲棘高注云棘羸瘠也詩云棘人之欒欒言羸瘠也義與傳同爾雅傳傳憂也詩言勞心故傳訓憂勞詩首章三句一意傳於欒欒訓瘠於傳傳訓憂勞皆所以形容棘人哀痛未盡思慕未忘之狀下二章首句與首章同而下皆變其辭以我心與子作對言我刺詩者自我也子卽首章之棘人也乃從不可得見而幸見之傷悲菀結是爲刺也此篇義也則欒欒傳傳自不得分作兩橛解矣傳字不見說文文選思玄賦注引毛詩作摶摶

庶見素衣兮傳素冠故素衣也我心傷悲兮聊與子同歸兮傳願見有禮之人與之同歸疏傳云素冠故素衣也者昭三十一年左傳季孫練冠麻衣檀弓將軍文子之喪既除喪而後越人來弔主人深衣練冠待于廟襍記如筮則筮史練

冠長衣以簪又聘禮遭喪將命于大夫主人長衣練冠以受案練冠所配之衣或麻衣或湪衣或長衣鄭注麻衣卽湪衣喪服記公子爲其母練冠麻麻衣縓緣注云此麻衣者如小功布湪衣爲不制衰裳變也縓淺絳也一染謂之縓練冠而麻衣縓緣三年練之受飾也引檀弓曰練練衣黃裏縓緣閒傳期而小祥練冠縓緣又期而大祥素縞麻衣注云喪服小記曰除成喪者其祭也朝服縞冠此素縞者玉藻所云縞冠素紕既祥之冠麻衣十五升布亦湪衣也謂之麻者純用布無采飾也然則小祥大祥皆用麻衣大祥之麻衣配縞冠小祥之麻衣配練冠傳意以此章素衣與上章素冠同時之服素冠爲練冠則素衣卽檀弓之練衣練衣卽麻衣衣冠皆爲三年練之受服也箋就既祥祭而言素衣謂朝服緇衣素裳但朝服麻衣色緇三年麻衣色白素者白也不得以緇爲素明矣又朝服無裳鄭以素衣爲素裳亦非是〇傷悲同義鼓鍾傳云傷猶悲也傳釋聊爲願與泉水出其東門同願見有禮之人欲見能行三年喪者也與之同歸同歸於禮也列女傳貞順篇君子謂杞梁之妻貞而知禮引詩云我心傷悲聊與子同歸案列女傳出魯詩此雖斷章亦謂與知禮之人同歸與毛詩義合

也

庶見素韠兮我心蘊結兮聊與子如一兮傳子夏三年之喪畢見於夫子援琴而弦衎衎而樂作而曰先王制禮不敢不及夫子曰君子也閔子騫三年之喪畢見於夫子援琴而弦切切而哀作而曰先王制禮不敢過也夫子曰君子也子路曰敢問何謂也夫子曰子夏哀已盡能引而致之於禮故曰君子也閔子騫哀未盡能自割以禮故曰君子也夫三年之喪賢者之所輕不肖者之所勉疏正義云喪服始終無韠禮大祥祭朝服素韠毛意亦以卒章思大祥之人矣案傳章末據三年之喪畢說則孔說是也喪服小記及襍記言祥祭服朝服朝服素韠故詩人言素韠爲能終三年喪者作

幸見之詞侯人傳云芾韠也韠與芾通稱韠象裳色天子山火龍諸侯火龍卿大夫山此畫繪之韠以配衮鷩毳希之裳也玄冕之服天子朱韠配朱裳諸侯卿大夫赤韠配赤裳士爵弁韎韐配纁裳也玄端不與裳相應故士玄端爵韠裳則有玄黃襍之異朝服如深衣有韠而無裳○蘊當作薀校勘記據唐石經初刻作薀以後改薀爲俗字說文云薀積也了夏三年之喪畢以下傳當有成文正義引檀弓說子夏除喪之行與此正反而說苑修文篇亦與此傳大略相似又以子路爲子貢皆所聞異也聊與子如一兮者言願與有禮之人用心如一也尸鳩篇淑人君子其義一兮其義一兮心如結兮傳云善人君子其執義當如一也執義一則用心固與此如一義同一謂專壹不敢不及不敢過皆謂專壹於禮傳以釋經與子如一之義也

隰有萇楚三章章四句

隰有萇楚疾恣也國人疾其君之淫恣而思無情慾者也

隰有萇楚猗儺其枝傳興也萇楚銚弋也猗儺柔順也

夭之沃沃樂子之無知傳夭少也沃沃壯佼也疏萇楚銚弋爾雅釋草文郭注云今羊桃也或曰鬼桃葉似桃華白子如小麥亦似桃正義引義疏云今羊桃是也葉長而狹華紫赤色案萇楚華色白或紫亦不一種本草圖經云生平澤中葉花似桃子細如棗核苗長弱即蔓生不能爲樹今處處有多生溪澗今人呼爲細子根據蘇說則郭注麥字疑棗字之誤下溼曰隰萇楚生於下溼地也傳猗儺柔順也當依釋文本無順字傳柔箋柔順與東門之池同萘詩以萇楚之枝柔與人之年少也猗儺者枝柔之狀二章云猗儺其華三章云猗儺其實猗儺皆謂枝之柔而其華其實因首章而申言之王注楚辭九辯九歎引詩旖旎其華云旖旎盛貌此三家詩義猗儺旖旎一語之轉○傳訓夭爲少謂人之年少時也沃當作洪廣雅婑婑容也洪洪與媉媉聲同壯佼者正義云少壯而佼好是也無知無無猶不也知讀不識不知之知二章云無家不知家也三章云無室不知室也亦因首章而申言之此句例也序所謂思無情慾者也箋云

知匹也於人年少沃沃之時樂其無妃匹之意與傳義實通

隰有萇楚猗儺其華夭之沃沃樂子之無家

隰有萇楚猗儺其實夭之沃沃樂子之無室

匪風三章章四句

匪風思周道也國小政亂憂及禍難而思周道焉

匪風發兮匪車偈兮傳發發飄風非有道之風偈偈疾驅非有道之車顧瞻周道中心怛兮傳怛傷也下國之亂周道滅也疏發猶發發也蓼莪飄風發發傳云發發疾皃下章傳云迴風爲飄偈猶偈偈也韓詩伯兮傳云偈疾驅皃漢書王吉傳韓詩外傳皆作揭揭傳釋匪風爲非有道之風匪車爲非有道之車匪爲非有道卽揆下周道而言王吉傳吉引詩說曰是非古之風也發發者是非古之車也揭揭者蓋傷之也案

王治韓詩與毛義同古謂古之道也○周道岐西之道顧瞻周道猶睠念古昔之意序所謂思周道也中心怛中也說文怛憯也傷與憯義相近王吉傳引詩作㤁顏注云㤁古怛字云下國之亂周道滅也者以中明傷之之義此思古以慨今之不然韓詩外傳云傳曰國無道則飄風厲疾暴雨折木陰陽錯氛夏寒冬溫春熱秋榮日月無光星辰錯行民多疾病國多不祥羣生不壽而五穀不登當成周之時陰陽調寒暑平羣生遂萬物寧故曰其風治其樂連其驅馬舒其民依依其行遲遲其意好好詩曰匪風發兮匪車揭兮顧瞻周道中心怛兮韓意以周道當成周之時亦與毛義同

匪風飄兮匪車嘌兮(傳)迴風爲飄嘌嘌無節度也顧瞻周道中心弔兮(傳)弔傷也(疏)飄猶飄飄也飄飄猶發發也迴風爲飄爾雅釋天文鄭注月令云迴風爲猋爾雅扶搖謂之猋猋亦迴風非鄭所見爾雅本異也說文飆回風也今字通作迴嘌猶嘌嘌也嘌嘌猶偈偈也疾驅謂之偈偈亦謂之嘌嘌云無節度者是亦疾驅之意說文嘌疾也詩曰匪車嘌兮

今字隸變作嘌○弔猶怛也故傳竝釋之爲傷今吳郡人有弔心之語弔心卽傷心也

誰能亨魚溉之釜鬵(傳)溉滌也鬵釜屬亨魚煩則碎治民煩則散知亨魚則知治民矣**誰將西歸懷之好音**(傳)周道在乎西懷歸也(疏)溉當爲摡釋文本又作摡說文摡滌也从手旣聲詩曰摡之釜鬵許據詩作摡釜通作釜洞酌傳摡淸也滌淸義相近說文云鬵大鬴也鬴鍑屬或作釜鍑如釜而大口者案大釜曰鬵與鍑相似故傳云釜屬采蘋傳無足曰釜則鬵無足矣爾雅䰛謂之鬵鬵鉹也說鼎與此異傳云亨魚煩則碎治民煩則散以釋經亨魚爲治民之喻又申之云知亨魚則知治民者治民之道在不煩而已下國政亂因而思古之治也韓子解老篇云亨小鮮而數撓之則賊其澤治大國而數變法則民苦之是以有道之君貴靜不重變法故曰治大國若亨小鮮○傳承上章兩周道故云周道在乎西以釋經之西也懷歸疊韻爲訓皇矣同之猶是也歸是好音卽家上句西歸而言周之道在西有歸之者當歸之以善政令也亦是思周道

之意

卷十三終

詩毛氏傳疏卷十四

長洲陳奐學

曹蜉蝣詁訓傳弟十四　毛詩國風

曹國四篇十五章六十八句（疏）漢書地理志濟陰郡禹貢荷澤在定陶東屬兗州定陶故曹國周武王弟叔振鐸所封禹貢陶丘在西南陶丘亭水經濟水逕定陶縣故城南酈注云縣故三朡國也湯追桀伐三朡卽此是周之曹夏之三朡也今山東曹州府定陶縣縣東有三朡亭

蜉蝣三章章四句

蜉蝣刺奢也昭公國小而迫無法以自守好奢而任小人將無所依焉（疏）正義云曹世家自叔振鐸至昭公凡十五君昭公以魯閔公元年卽位僖七年卒周惠王以莊十八年卽位僖八年崩是當周惠王時也

蜉蝣之羽衣裳楚楚(傳)興也蜉蝣渠略也朝生夕死猶有羽翼以自修飾楚楚鮮明貌心之憂矣於我歸處(疏)蜉蝣渠略爾雅釋蟲文古字作浮游夏小正五月浮游有殷傳殷者衆也浮游殷之時也浮游者渠略也朝生而莫死說文作蟲蟓則渠略爲假借字正義引義疏云似甲蟲有角大如指長三四寸甲下有翅能飛夏月陰雨時地中出今人燒炙噉之美如蟬也樊光謂之糞中蝎蟲隨陰雨時爲之朝生而夕死案淮南子說林篇浮游不飲不食三日而終又詮言篇浮游不過三日言三日死說稍異浮游有羽翼以喻在位所任之小人雖有此尊盛之服飾而不能終也傳云朝生夕死猶有羽翼以自修飾合下章而總釋其義○釋文楚楚說文作䵄䵄云會五綵鮮色也綵俗采字䵄楚同聲䵄䵄本字楚楚假借字會五采鮮色與傳鮮明義正申成蓋許取三家詩之本字以明毛詩之借字也凡冕服上衣下裳會五采皆於裳䵄䵄指繡裳而言故說文入黹部黹繡義同也於我二字讀逗於我歸處言於我乎何歸處序所謂將無所依也

蜉蝣之翼，采采衣服。〔傳〕采采，衆多也。心之憂矣，於我歸息。〔傳〕息，止也。〔疏〕采采衆多，謂文采之衆多也。文選禰衡鸚鵡賦注引韓詩「采采衣服」，薛君章句云：「采采，盛貌。」盛亦衆多也。息訓止，歸息猶歸處也，處亦止也。

蜉蝣掘閱，麻衣如雪。〔傳〕掘閱，容閱也。如雪，言鮮絜也。心之憂矣，於我歸說。〔疏〕說文：「堀，突也。」引詩作「堀」。小箋云：各本作「掘」，非。突謂地突，猶土堀也。釋堀不釋閱，傳云容閱，釋閱不釋堀，堀乃連而及之，詁訓中有此例也。谷風「我躬不閱」，傳：「閱，容也。」連言曰容閱。容閱猶容躬，言浮游居土堀中，能自容躬，是謂之堀閱，以喻小人在位，偷合苟容也。孟子盡心篇「有事君人者，事是君則爲容悅者也」，容閱與容悅同。此章與上二章羽翼興衣服辭義有別。○麻衣，朝服也。凡布幅廣二尺二寸，八十縷爲升。朝服用十五升，緦則去朝服之半，二者精麤不同，而其用麻則一也，故朝服與緦服皆得謂之麻衣。緦麻其色白，朝麻其色染緇，鄭風緇衣卽麻衣矣。禮記閒傳「又期而大祥，素縞麻衣」，喪服小記「除成喪者其祭也朝服縞冠素縞即縞冠則麻衣即朝服此一證逸周書大匡篇及期日質明王麻衣以朝日視朝之服天子皮弁諸侯朝服王服朝服爲降等則麻衣爲朝服此又一證論語子罕篇子曰麻冕禮也今也純麻亦麻衣也古冕弁得通稱麻冕麻衣而冕與祭服玄冕玄衣而冕同祭服用絲朝服用麻玉藻云朝服之以縞也自季康子始也楚策令尹子文緇帛之衣以朝是朝服用絲春秋初楚已用之魯至康子時亦用之孔子曰儉儉恭儉也是古者朝服麻衣矣朝服如深衣衣裳不殊諸侯朔視朝用皮弁服君臣同服亦謂之朝服皆以麻爲之傳云如雪言鮮絜絜下也字今補凡衣皆連下裳言朝服無裳而有素韠素韠白韋爲之故以雪比白鮮絜謂其色鮮絜也

候人四章章四句

候人刺近小人也共公遠君子而好近小人焉疏共公昭公子

彼候人兮何戈與祋傳候人道路送迎賓客者何揭祋殳也言賢者之官不過候人彼其之子三百赤芾傳彼彼曹朝也芾韠也一命緼芾黝珩再命赤芾黝珩三命赤芾蔥珩大夫以上赤芾乘軒疏宋本送下奪迎字正義有迎字羣書治要御覽兵八十二四兩引與正義同迎當作逆周禮候人若有方治則帥而致于朝及歸送之于竟此主送賓客也周語敵國賓至關尹以告行理以節逆之候人爲導此主逆賓客也宣十二年左傳隨季對楚使曰豈敢辱候人是矦國有候人矣無羊傳亦云何揭也玄鳥傳何任也各隨文訓也說文殳部祋殳也本毛詩又或說城郭市里高縣羊皮有不當入而欲入者暫下以驚牛馬曰祋樂記注引詩祋作綴疏以爲齊魯韓詩綴表也高縣羊皮亦揭表之義揭戈殳者乃爲候人之事云言賢者之官不過候人者序官候人上士六人下士十有二人彼王朝之官候人是上士下士則矦國之官候人當在中士以下候人爲賤官也賢者不在曹朝而任以道

路送逆之官是共公之遠君子也○傳以彼爲彼曹朝對上彼字不在曹朝者而言之子庰小人也芾古作市說文云市韠也篆文作韍韠韍也此及采芑車攻斯干采叔皆作芾唯素冠作韠采叔箋冕服謂之芾其他服謂之韠析言之也渾言芾韠同故傳云芾韠也一命縕芾黝珩再命赤芾黝珩三命赤芾葱珩禮記玉藻文玉藻作韍作幽衡芾韍同字幽衡卽黝珩之假借也珩詳鄭風篇鄭注云縕赤黃之閒色所謂韎也周禮公矦伯之卿三命其大夫再命其士一命子男之卿再命其大夫一命其士不命案曹爲伯甸其一命爲士再命爲大夫三命爲卿縕芾卽韎韐士之服赤芾爲卿與大夫之服經言赤芾則縕芾乃類及之耳故傳申之云大夫以上赤芾乘軒大夫以上統再命三命言也三百三百人也箋云佩赤芾者三百人是謂共公之好近小人也閔二年左傳衞懿公好鶴鶴有乘軒者定十三年唯邴意茲乘軒哀十五年衞大子謂渾良夫曰苟使我入獲國服冕乘軒杜注云軒大夫車是乘軒亦大夫之飾僖二十八年左傳晉矦入曹執曹伯數之以其不用僖負羈而乘軒者三百人也且曰獻狀杜注謂責其無德居位者多之功狀案詩言三百赤芾左傳言乘軒三百人皆

是共公好近小人之實據必云欒軒者傳本左傳以補詩義之未及下二章皆就近小人說末章又說近小人爲國弱民窮之張本荀子富國篇云士大夫衆則國貧

維鵜在梁不濡其翼(傳)鵜洿澤鳥也梁水中之梁鵜在梁可謂不濡其翼乎**彼其之子不稱其服**(疏)爾雅鵜鴮鸅釋文云鴮鸅毛詩傳作洿澤同說文鵜鵜胡汚澤也或作鵜郭注爾雅及鄭注禮記表記皆作污澤淮南子齊俗篇鵜胡飲水數斗而不足高注亦云污澤鳥正義引義疏云鵜水鳥形如鶚而極大喙長尺餘直而廣口中正赤頷下胡大如數升囊若小澤中有魚便羣共抒水滿其胡而棄之令水竭盡魚在陸地乃共食之故曰淘河云梁水中之梁者即邶谷風傳所謂魚梁也不語詞不濡翼濡翼也不濡咮濡咮也傳於不下加乎意以不爲語詞也濡有潤澤之義鵜在梁而濡其翼喻小人之好絜衣服○僖二十四年左傳鄭子臧好聚鷸冠鄭伯殺之君子曰服之不衷身之災也詩曰彼己之子不稱其服子臧之及不稱也夫然則此詩之流誦不獨楚成王矣左

傳作已禮記引作記其已記同

維鵜在梁不濡其咮（傳）咮喙也彼其之子不遂其媾（傳）媾厚也（疏）玉篇引詩咮作噣古咮噣聲同喙者口也哀二十六年左傳得夢已爲烏咮加於南門釋文云咮鳥口濡其口者喻小人得食君祿○媾厚疊韻晉語晉公子如楚成王以周禮享之九獻庭實旅百令尹子玉請殺晉公子王曰不可請止狐偃王曰不可曹詩曰彼己之子不遂其媾鄭之也夫鄭而效之鄭又甚焉效鄭非禮也韋注云媾厚也遂終也鄭過也案詩言不終其厚所以爲過成王引之謂當厚待晉公子必善始以善終故下文卽云楚子厚幣以送公子于秦所謂終其厚也傳以媾爲厚正本國語作訓又案曹共公與楚成王同時人曹詩已爲成王成誦則詩自作於晉公子返國之前共公任用小人至三百乘軒之多國人作刺遂以流誦列國人君之口異日晉公子亦卽以爲獻功狀良有以也

薈兮蔚兮南山朝隮（傳）薈蔚雲興貌南山曹南山也隮

升雲也婉兮孌兮季女斯飢傳婉少貌孌好貌季人之少子也女民之弱者疏薈蔚雙聲說文薈艸多皃文選西都賦注引倉頡篇蔚木盛皃是薈蔚本爲草木盛多因之爲凡盛多之稱說文艸部引詩薈兮蔚兮又女部嬒女黑色也引詩嬒兮蔚兮此或本三家詩南山屬曹風故云曹南山御覽地部七引十道志云曹南山有汜水出焉隮當作躋正義云隮升釋詁文誤躋爲隮也今爾雅不作隮說文無隮可證正義本所據傳升下無雲釋文集注定本及御覽天部八引傳皆有雲案有雲字是也南山喻在尊位者雲有盛多之義南山之朝升雲薈蔚然言居尊位者之盛多○婉孌疊韻齊甫田傳婉孌少好皃此云婉少皃孌好皃渾言析言義各有當也傳解經季女各本依定本正義云采蘋有齊季女車舝思孌季女逝兮皆不得有男在其閒故以季女爲少女此言斯飢當謂幼者竝飢非獨少女而已故以季女爲人之少子女子皆觀經爲訓故不同也案正義本傳文當作季人之少子女女子七字此季女與采蘋車舝不同季爲人之少子女爲女子分釋其義故婉孌亦分釋其義與甫田不同定本云季人

之少子女民之弱者是定本以季女爲少弱之稱義無分別則傳亦不必分釋其義且經言女不言民也古毛傳當從正義本今正義本從定本而誤

斯猶其也季女其飢言室家之窮乏也

鳲鳩四章章六句

鳲鳩刺不壹也在位無君子用心之不壹也

鳲鳩在桑其子七兮（傳）興也鳲鳩秸鞠也鳲鳩之養其子朝從上下莫從下上平均如一淑人君子其儀一兮其儀一兮心如結兮（傳）言執義一則用心固（疏）釋文鳲本又作尸尸鳲古今字鳲鳩秸鞠詳鵲巢篇方言鳲鳩自關而東謂之戴鵀東齊海岱之閒謂之戴南南猶鵀也或謂之鳻鶝或謂之戴頒或謂之戴勝郭璞注云鳲音尸按爾雅郎布穀非戴勝也昭十七年左傳疏云孫炎云方言鳲鳩自關而東謂之戴勝毛詩義疏云今梁宋之閒謂布穀爲鴶鵴則布穀是鳲鳩明矣而楊雄云鳲鳩是

戴勝也今戴勝自生穴中不巢生雄言非也案高誘淮南呂覽注及張揖廣雅竝以尸鳩戴勝爲一鳥其義皆出楊雄方言然爾雅鵖鴔戴鵀鳲鳩鴶鵴判然二鳥毛傳用爾雅決不以鳲鳩爲戴勝矣傳以鳲鳩之養子平均興君子用心之壹鵲巢箋鳲鳩有均壹之德樊光爾雅注春秋云鳲鳩氏司空心平均故爲司空與傳義同〇箋云淑善儀義也善人君子其執義當如一也案此當是傳文傳上言尸鳩養子平均如一此言君子執義當如尸鳩之一也執義一則用心固亦謂在位君子其用心當一與序說正同今各本割截經傳而又以淑善儀義也下十六字攙入箋語使傳文上下語意不通唯楊倞注荀子引此皆爲傳文可得其證矣荀子勸學篇是故無冥冥之志者無昭昭之明無惛惛之事者無赫赫之功行衢道者不至事兩君者不容目不能兩視而明耳不能兩聽而聰螣蛇無足而飛鼫鼠五技而窮詩曰尸鳩在桑其子七兮淑人君子其儀一兮其儀一兮心如結兮故君子結於一也又成相篇治復一脩之吉君子執之心如結毛傳正用其師說列女傳魏芒慈母有三子前妻之子有五人五子親附慈母雍雍若一慈母以禮義之漸率導八子咸爲魏大夫卿士各成於禮

義君子謂慈母一心詩云尸鳩在桑其子七兮淑人君
子其儀一兮其儀一兮心如結兮言心之均一也尸鳩
以一心養七子君子以一儀養萬物一心可以事百君
百心不可以事一君此之謂也説苑反質篇尸鳩在桑
其子七兮淑人君子其儀一兮傳曰尸鳩之所以養七
子者一心也君子所以理萬物者一儀也淮南子詮言
篇有智而無術雖鑽之不通有百技而無一道雖得之
弗能守故詩曰淑人君子其儀一也其儀一也心如結
也君子其結於一乎韓詩外傳君子務結心乎一亦引
此詩竝與毛義同小箋云經傳一字疏内皆作壹爲長

鳲鳩在桑其子在梅（傳）飛在梅也**淑人君子其帶伊絲**
其帶伊絲其弁伊騏（傳）騏騏文也弁皮弁也（疏）傳云飛在梅也
者言鳲鳩之子飛在梅也正義云首章言生子之數下
章云在梅在棘在榛言其所在之樹見鳲鳩均壹養之
得長大而處他木也○箋云其帶伊絲謂大帶也大帶
用素絲有襍色飾焉正義云玉藻説大帶之制云天子
素帶朱裏終辟諸侯素帶終辟大夫素帶辟垂士練帶
率下辟是大夫以上大帶用素絲故言絲也玉藻又云

襍帶君朱綠大夫玄華士緇辟是其襍色飾焉案玉藻注辟讀如裨冕之裨裨謂以繒采飾其側襍猶飾也卽上之裨也又縞冠素紕注紕緣邊也紕讀如埤益之埤干旄素絲紕之傳云紕所以織組也帶以素絲緣邊所謂其帶伊絲也此帶爲素帶下文弁爲皮弁是皮弁配素帶天子諸侯大夫同通冕弁服皆用之士悉用緇帶傳騏文之騏釋文作綦綦小戎傳騏綦文謂白馬而有蒼色文也此傳騏綦文謂白鹿皮而有蒼色組以飾弁也顧命四人騏弁鄭注云青黑曰騏鄭謂青黑爲弁飾之色非與毛訓有異也書之騏與詩之騏皆謂弁縫飾色如綦文騏皆綦之假借字書校本作綦周禮弁師注引詩正作綦此其證正義云皮弁是諸侯視朝之常服又朝天子亦服之作者美其德能養民舉其常服知是皮弁矣案諸侯視朝玄冠朔視朝皮弁在朝君臣同服則朔視朝大夫亦服皮弁序云在位君子統君臣言也

鳲鳩在桑其子在棘淑人君子其儀不忒（傳）忒疑也其儀不忒正是四國（傳）正長也（疏）正義云忒疑釋言文言當作詁爾雅釋詁貳疑

也詩述聞謂貳乃貳之誤古忒貳通用也禮記緇衣篇子曰爲上可望而知也爲下可迹而志也則君不疑於其臣而臣不惑於其君矣尹吉曰惟尹躬及湯咸有壹德詩云淑人君子其儀不忒鄭注云君臣皆有壹德不貳則無疑惑也釋文忒本或作貳貳亦貳之誤案傳以不忒爲不疑與禮記釋詩正同不疑猶壹也又荀子議兵篇陳囂問孫卿子曰先生議兵常以仁義爲本孫卿子曰堯伐驩兜舜伐有苗禹伐共工湯伐有夏文王伐崇武王伐紂此四帝兩王皆以仁義之兵行於天下也故近者親其善遠方慕其德兵不血刃遠邇來服德盛於此施及四極詩曰淑人君子其儀不忒此之謂也荀引詩言先王行仁義儀即義也是又毛傳本荀子之一證管子内業篇萬物中義守不忒亦與毛訓同○小箋據傳文長當作是訓正爲是則是爲此正是四國言是此四國也大學引詩釋之云其爲父子兄弟足法而后民法之也民法即經正字之義

鳲鳩在桑其子在榛淑人君子正是國人正是國人胡不萬年疏箭兮傳榛木名

下泉四章章四句

下泉思治也曹人疾共公侵刻下民不得其所憂而思明王賢伯也（疏）案共公卽位在魯僖公八年春秋經于洮于葵丘于鹹于牡丘于淮齊桓公作方伯共公幾盟會無不至自晉文公入國修觀狀之怨侵曹入曹執曹伯畀宋人取濟西田終共公之世不得儕於盟會者晉爲之也左傳曹伯之豎侯獳曰齊桓公爲會封異姓今君爲會滅同姓是曹人明明言晉文之不如齊桓矣此詩與侯人先後皆刺共公而作侯人刺招致晉禍之所由下泉乃疾其旣遭晉亂而不能修德以進於自治疾共公幷以惡晉侯故疾其侵刻而因念周之賢伯也明王賢伯連言與鳧鷖序神祇祖考連言同例明明王神祇皆推廣之非經義之所有

洌彼下泉浸彼苞稂（傳）興也洌寒也下泉泉下流也苞本也稂童粱非溉草得水而病也愾我寤嘆念彼周京

洌當作冽正義云字從冰大東正義云說文冽寒貌【疏】故字從冰廣韻集韻十七薛洌寒也皆不誤爾雅沃泉縣出縣出下出也李注云水泉從上溜下出傳釋下泉爲泉下流者七月傳流下也則下亦流也是郎爾雅下出之義苞本雙聲苞根爲根本與下泉爲泉下皆倒句以明義斯干生民常武傳皆云苞本也稂童粱爾雅釋草文大田同郭注稂莠類也詩爾雅釋文兩引說文禾粟之莠生而不成者謂之童蓈案蓈即稂童蓈即童粱則童粱爲莠之不成者二章蕭蒿三章蓍亦蒿屬若月令藜莠蓬蒿並興相類而言也義疏云禾莠爲穗而不成則嶷然謂之童粱陸言禾莠猶說文言禾粟之莠禾穗下𠂹莠穗不下𠂹童粱雖不成莠而其耑嶷然者正與莠同正義引義疏莠誤作秀說文莠誤作采因以童粱爲禾穗不成之名非是今從段氏說訂正傳又云非溉草得水而病也者此明經取興之義以統釋下二章蕭蓍而言箋云興者喻共公之施政教徒困病其民○箋云愾嘆息之意禮記祭義出戶而聽愾然必有聞乎其嘆息之聲說文愾大息也从心氣聲詩曰愾我寤嘆玉篇口部引作嘅楚辭九歎注引作慨周京猶京周也

洌彼下泉，浸彼苞蕭。傳蕭，蒿也。愾我寤嘆，念彼京周。疏蓼蕭「蓼彼蕭斯」，傳亦云「蕭，蒿也」。爾雅「蕭，萩」，義疏云：「今人所謂萩蒿也，或云牛尾蒿。」案：蕭與藾蕭不同，詩之蕭皆萩也。傳不用爾雅以萩釋蕭，意謂萩亦蒿也。京周，大周也。

洌彼下泉，浸彼苞蓍。傳蓍，草也。愾我寤嘆，念彼京師。疏蓍草，草名蓍也。說文云：「蓍，蒿屬。」淮南子說山篇「上有叢蓍，下有伏龜」，是蓍爲叢生之草矣。易說卦釋文引義疏云：「蓍似藾蕭，青色，科生。」鹿鳴正義引義疏：「苹葉青白色，莖似箸而輕脆。」爾雅「苹，藾蕭」，郭注云：「今藾蒿也。」是藾蕭亦蒿之類。蓍之爲言箸也。蓍似藾蕭，則蓍莖亦如苹莖之似箸矣。京師，大衆之所居也。

芃芃黍苗，陰雨膏之。傳芃芃，美貌。四國有王，郇伯勞之。傳郇伯，郇侯也。諸侯有事，二伯述職。疏黍苗對根蕭蓍，陰雨對下泉。陰雨膏之，則芃芃然美，對三浸字。以喻恩及下民，此愾我而念彼也。小雅黍苗篇「芃芃黍苗，陰雨膏之」，傳云：「芃芃長大皃文義皆同○王王事也勞讀勑勞于野之勞鴻雁序云能勞來還定安集之至于矜寡無不得其所焉即此勞字之義也傳云郇伯郇侯也者桓九年左傳荀侯伐曲沃荀即郇是荀本侯爵也水經涑水注涑水西逕郇城郇伯故國也杜元凱春秋釋地曰今解縣西北有郇城服虔曰郇國在解縣東郇瑕氏之墟也今解故城東北二十四里有故城在猗氏故城西北鄉俗名之爲郇城服說與俗符賢於杜氏矣是酈注以郇國在解縣東北杜說西北爲誤也今山西蒲州府臨晉縣東北有郇城云諸侯有事者釋四國有王句云二伯述職者釋郇伯勞之句又以申明伯爲二伯勞來亦述職中事也王制千里之外設方伯州有伯八州八伯八伯各以其屬屬於天子之老二人分天下以爲左右曰二伯周制方伯二伯皆九命方伯屬於二伯外統於內也郇侯爲二伯傳無明文未審何時人一說易林蠱卦下泉苞根十年無王荀伯遇時憂念周京魏源據焦說十年無王謂郇伯勞來當在厲王流汾共伯攝政之世奐竊謂傳不言郇伯爲文王子序又不言古明王賢伯小雅黍苗刺幽王但近述召穆公已不必遠追召康公則此値晉文修怨之年似不必更追述文王子之郇矣焦說本

三家詩魏默深攷厲王
末年當之說似有據

卷十四終

詩毛氏傳疏卷十五

長洲陳奐學

豳七月詁訓傳弟十五　毛詩國風

豳國七篇二十七章二百三句〔疏〕豳公劉國周公既遭管蔡之變東征三年後歸朝廷致大平爲成王營雒彷彿公劉治豳故託始於豳而大師編詩遂以爲豳國之風焉漢書地理志云右扶風栒邑有豳鄉今陝西邠州即其地

七月八章章十一句

七月陳王業也周公遭變故陳后稷先公風化之所由致王業之艱難也〔疏〕先公豳公也公劉居豳故謂之豳公豳公之業由於后稷故陳王業者必本后稷也此周公遭管蔡之變而作

七月流火九月授衣傳火大火也流下也九月霜始降婦功成可以授冬衣矣一之日觱發二之日栗烈無衣無褐何以卒歲傳一之日十之餘也一之日周正月也觱發風寒也二之日殷正月也栗烈寒氣也三之日于耜四之日舉趾同我婦子饁彼南畝田畯至喜傳三之日夏正月也豳土晚寒于耜始修耒耜也四之日周四月也民無不舉足而耕矣饁饋也田畯田大夫也疏火東方心星亦曰大火四月篇六月徂暑傳云六月火星中暑盛而往矣本月令及昭三年左傳文爲說攷堯典日永星火以正仲夏夏小正五月初昏大火中與詩月令左傳皆不合蓋大火在唐虞夏以五月昏中六月而流周以六月昏中七月而流其候逐歲漸差詩雖作於周初然公劉在夏末或已七月而流也春秋哀十二年冬

十二月螽左傳火伏而後蟄者畢今火猶西流司曆過也杜注云火伏在今十月猶西流言未盡没知是九月曆官失一閏案火伏在九月春秋之季火伏在十月九月猶西流其候又差矣此卽後世歲差之法流火火下也火向西而下暑退將寒之候也傳云婦功成者卽下章傳所謂絲事畢也婦功成於八月至九月霜降授衣云授冬衣者謂禦寒之衣揆下文衣褐卒歲而言○傳云一之日十之餘也者十十月也數起於一終於十復從十月而數其餘月一之日十有一月之日二之日十有二月之日皆以紀夏正也傳又云一之日二之日三之日爲周殷夏正月也者春秋春三月皆書王春正月周正春二月殷正春三月夏正夏殷周各統一正而三正實兼行之不敢怠棄是其義也觱卽觱之俗觱發疉韻發風發發也觱爲風寒之皃觱當讀爲滭說文滭風寒也栗烈下泉大東兩正義引詩文選古詩注引毛詩傳竝作栗冽栗當讀爲凓說文凓寒也玉篇冽寒氣也十一月待風而寒故觱發爲風寒十二月不風而寒故栗冽爲寒氣也箋云褐毛布孟子滕文公篇許子衣褐趙注云以毳織之若今馬衣也或曰褐枲衣也一曰粗布衣也趙前一說與箋同馬衣卽左傳馬褐廣雅毼罽

也罽者織毛爲之蓋以褐爲毼也說文褐編枲韈一曰
粗衣與趙或兩說同漢書貨殖傳裋褐不完顏注亦爲
編枲衣○說文枱耒耑也或作鈶耜與枱鈶同考工記
耜廣五寸謂耒耑之金廣五寸也經言耜傳云耒耜凡
耜必兼耒言也耒以木爲之月令修耒耜在十二月詩
則正月始修耒耜者爲豳土晚寒故也豳土晚寒傳又
爲全章通釋也四之日四月之日也周四月夏二月也
一之日爲周正月則四之日爲周四月矣此變言二月
爲周四月之日據周正爲說篇中若改歲春酒始播百
穀皆言周正而所紀時月皆用夏正蓋行事仍從夏時
尊本朝法前王也周公作豳風與孔子作春秋同意御
覽資產部兩引韓詩三月之時可豫取耒耜繕修之至
于四月始可舉足而耕也韓從周正爲說又初學記地
部下引韓詩二之日夏之十二月三之日夏之正月是
韓亦兼夏正矣漢書食貨志引詩四之日舉止止趾古
今字傳訓爲足麟之止同○饁饋爾雅釋詁文說文饁
餉田也周人謂餉曰饟餉饋也饋餉也饁餉饟饋四字
同義僖三十三年左傳曰季見冀缺耨其妻饁之此婦
饋也孟子滕文公篇有童子以黍肉餉此子饋也南畝
詳信南山篇周禮籥章以樂田畯鄭司農注云田畯古

之先致田者爾雅曰畯農夫也月令孟春命田舍東郊
鄭注云田謂田畯主農之官也高注呂覽以田爲農大
夫傳云田大夫猶之農大夫也鄭箋詩及郭注爾雅皆
以田畯爲嗇夫覲禮注嗇夫蓋司空之屬釋文喜王申
毛如字甫田大田同
七月流火九月授衣春日載陽有鳴倉庚女執懿筐遵
彼微行爰求柔桑傳倉庚離黃也懿筐深筐也微行牆
下徑也五畝之宅樹之以桑春日遲遲采蘩祁祁女心
傷悲殆及公子同歸傳遲遲舒緩也蘩白蒿也所以生
蠶祁祁衆多也傷悲感事苦也春女悲秋士悲感其物
化也殆始及與也豳公子躬率其民同時出同時歸也
疏箋云陽溫也爾雅四時春爲青陽郭注云氣青而溫
陽爾雅倉庚黧黃亦云鵹黃高注呂覽淮南引爾雅

作黎黃說文作離黃與毛傳同又鵹鵹黃也一曰楚雀也其色黎黑而黃方言作鸝黃案離與黧鵹黎鵹鸝竝同箋云溫而倉庚又鳴可蠶之候也說文亦云鳴則蠶生小正月令竝記仲春鳴也倉庚非黃鳥辨見葛覃篇○小爾雅云懿深也故懿筐爲深筐也行道也微行小道傳乃援下句故云牆下徑也孟子梁惠王篇兩言五畝之宅樹之以桑又盡心篇言五畝之宅樹牆下以桑匹婦蠶之是桑樹於牆下矣荀子大略篇家五畝宅百畝田與孟子同古者近郊有門謂之郭門近郊之內即城郭之內亦謂之國中亦謂之邑中其餘鄉遂之地公有公邑家有家邑縣都有縣邑都邑邑皆民居略放今之離落村堡與田鄙處不甚相遠宅居也五畝之宅城郭都鄙之居也周禮載師宅不毛者有里布鄭司農注宅不毛者謂不樹桑麻也引孟子五畝之宅樹之以桑又遂人上地夫一廛田百畝鄭注廛城邑之居孟子所云五畝之宅樹之以桑麻者也先後鄭竝以五畝宅爲邑居矣此詩言豳女求桑正是匹婦蠶桑乃居室之事傳引孟子爲訓則不以五畝宅爲田中廬舍明矣趙岐孟子注云廬井邑居各二畝半以爲宅冬入保城二畝半故爲五畝也案邠鄉因古說廬井二畝半又創說邑

居二畝半以徙就五畝宅之數而不知理不可通食貨志言田制用司馬法建步立畮六尺爲步步百爲畮古之百畮爲今四十一畮一百六十步則古之五畮當今二畮零二十步古之二畝半當今一畮零十步一夫一婦以養父母妻子五口爲率内有門堂外有場圃又有桑麻雞彘豈一畝零十步中之所能容者太原閻若璩四書釋地三續駁趙說是也采薇傳柔始生也柔桑始生之桑箋云柔桑稺桑也○廣雅遲遲長也傳云舒緩也舒亦緩也采叔傳紓緩也舒與紓通舒緩者春晝長也正義謂人遇春暄四體舒泰非也蘩醜不一種蘩可生蠶蠶惡溼安燥則蘩爲陸地之蘩傳云白蒿釋文及定本皆作皤蒿與采蘩傳同孫郭爾雅注許說文陸義疏竝即以爲白蒿皤白義同也正義云白蒿所以生蠶今人猶用之夏小正云二月采蘩祁祁衆多玄鳥箋同傳云傷悲感事苦也者謂感蠶事之勞苦經但言春女傷悲傳因述古語則秋士以類相及御覽時序部四引淮南繆稱訓春女悲秋士哀知物化矣是古有此語也案此章因授衣而言女功始蠶之事末句承上章之意言耕者出而歸耳始讀與始同及與釋詁文公子猶公孫狼跋傳公孫豳公之孫則公子豳公之子謂成王也

經言民與公子傳言公子率民又補經義同歸必同出以箸君民勤於農事如此也

七月流火八月萑葦傳薍爲萑葭爲葦豫畜萑葦可以爲曲也蠶月條桑取彼斧斨以伐遠揚猗彼女桑傳斨方銎也遠枝遠也揚條揚也角而束之曰猗女桑荑桑也七月鳴鵙八月載績載玄載黃我朱孔陽爲公子裳傳鵙伯勞也載績絲事畢而麻事起矣玄黑而有赤也朱深纁也陽明也祭服玄衣纁裳疏篇中皆敘人事而人事必因天時故詩前三章以七月流火發端也萑當作萑萑一名薍葦一名葭判然二物碩人菼薍也大車菼騅也萑之初生者也蒹葭蒹薕也皆萑也騶虞碩人蒹葭云葭蘆也皆葦也傳義悉本爾雅菼薍蒹薕爲未成之萑葭蘆爲未成之葦夏小正七月秀萑葦傳未秀則不爲萑葦秀然後爲萑葦故先言秀灌荼傳荼萑葦之秀爲蔣楮之也

萑未秀爲菼葦未秀爲蘆然則萑葦春生苗至秋乃成
小正七月爾土則八月也云豫蓄萑葦可以爲曲也者
月令季春具曲植籧筐鄭注云時所以養蠶器也曲薄
也植槌也方言宋魏陳楚江淮之閒謂之苗自關而西
謂之薄宋魏陳楚江淮之閒謂之植自關而西謂之槌
郭注云槌縣蠶薄柱也案曲苗古今字萑葦可以爲曲
豫畜之以供來春養蠶傳揆下文釋經義也○箋云條
桑枝落之采其葉也玉篇引詩作挑桑斨方銎釋文引
說文云銎斧空也空即孔字斧孔曰銎方孔者則曰斨
也遠揚謂桑之枝條遠揚者故傳釋遠爲枝遠揚爲條
揚枝亦條也汝濆傳枝曰條說文條小枝也猗當作掎
說文掎偏引也廣雅捔掎也傳云角而束之角即捔字
爾雅釋木女桑桋桑釋文桋或作夷毛傳作荑荑者初
生之稱集注定本皆云女桑桑柔桑者或以荑字難明故
易柔字箋云女桑少枝長條不枝落者束而采之○鶪
夏小正作鴂鶪伯勞爾雅釋鳥文郭注云似鶷鶡而大
小正傳作百鷯昭十七年左傳作伯趙聲竝通小正月
令皆五月鳴月令章句云應時而鳴爲陰候也高注呂
覽云是月陰作於下陽發於上伯勞夏至後應陰而殺
蛇磔之於棘而鳴其上御覽羽族部十引陳思王惡鳥

論詩云七月鳴鵙七月夏五月伯勞以五月鳴應陰氣
之動其聲鵙故以音名也是子建以鵙五月鳴詩七月
猶鳴遂以七月爲周正而不知豳風言某月者皆夏正
也崔集注及王述毛竟改經之七月爲五月未免臆解
總不若箋晚寒從氣爲說○傳云絲事畢者承上蠶桑
揆下玄黃謂至八月始畢絲事也云麻事起者以釋經
載績之義絲曰紡麻曰績絲所成曰帛麻所成曰布詩
重絲事也故下文即言染絲之事士冠禮注凡染黑五
入爲緅七入爲緇玄則六入與又注爵弁者其色赤而
微黑如爵頭然或謂之緅考工記注染纁者三入而成
又再染以黑則爲緅緅今禮俗文作爵言如爵頭色也
又復再染以黑乃成緇矣凡玄色者在緅緇之閒其六
入與夏小正傳玄也者黑也說文云黑而有赤色者爲
玄許說玄正本毛氏傳訓黃色近纁玄黃猶之玄纁也
考工記鍾氏染羽三入爲纁五入爲緅七入爲緇釋器
一染謂之縓再染謂之赬三染謂之纁士冠禮注云凡
染絳一入謂之縓再入謂之赬三入謂之纁朱則四入
與案周禮爾雅皆有三入爲纁之文周禮言纁緅緇染
黑法爾雅言縓赬纁染絳法六入四入經無明文鄭以
玄爲六入而朱爲四入皆足補經文所未備說文絑純

赤也纁淺絳也纁三入則絑淡於纁爲四入矣傳云淡
纁即是純赤絑今通作朱詁陽爲明者色鮮明也天子
五冕之衣皆玄衣裳有袞鷩毳希之異天子玄冕玄衣
而冕也玄衣配以朱裳方相氏玄衣朱裳此即天子玄
冕也士玄衣則配以纁裳禮器上玄衣纁裳是也傳意
承載玄載黃句故云祭服玄衣纁裳就士而言以見豳
人亦自作服經言我朱孔陽爲公子裳又以見
豳公子朱裳亦是祭服也絲衣傳絲衣祭服也

四月秀葽五月鳴蜩八月其穫十月隕蘀(傳)不榮而實
曰秀葽葽草也蜩螗也穫禾可穫也隕墜蘀落也**一之
日于貉取彼狐貍爲公子裘**(傳)于貉謂取狐貍皮也狐
貉之厚以居孟冬天子始裘**二之日其同載纘武功言
私其豵獻豜于公**(傳)纘繼功事也豕一歲曰豵三歲曰
豜大獸公之小獸私之(疏)不榮而實曰秀爾雅釋草文
傳文重葽字初學記歲時部

御覽時序部六引傳葽草也不誤葽草未詳說文葽艸
也詩曰四月秀葽劉向說此味苦苦葽也案劉子政說
葽爲苦葽鄭箋疑卽王萯不從劉說穆天子傳珠澤之
藪爰有萑葽郭璞注葽莠屬引詩四月秀葽廣雅葽莠
也通藝錄辨之云莠秀於六月非秀於四月葽非莠明
矣苦葽亦未審何草○爾雅蜩唐蜩俗作螗夏小正云
五月唐蜩鳴傳唐蜩者匽也又云匽之興五日翕望乃
伏傳其不言生而稱興何也不知其生之時故曰興以
其興也故言之興五日翕也望也者月之望也而伏云
者不知其死也故謂之伏五日也者十五日也翕也者
合也伏也者入而不見也案詩言蜩凡三見傳於小弁
蕩皆釋蜩爲蟬唯此蜩爲唐蕩又釋唐爲匽其意以七
月之蜩卽小正之唐匽小正詳匽伏在五月而詩則五
月始鳴皆以紀候也○豳地八月其禾始穫故傳云穫
禾可穫也大東傳穫刈也隕隊小弁縣同隊俗作墜蘀
落鶴鳴同隕蘀謂草木隊落也說文云艸木凡皮葉落
陊地爲蘀引詩十月隕蘀周語先王之教曰草木節解
而備藏隕霜而冬裘具故下文卽言取皮作裘之事○
傳文于貉謂取狐貍皮也八字誤當作取彼狐貍謂取
狐貍皮也十字傳言狐貍爲狐貍皮則貉爲貉皮可互

見故不更爲于貉作解箋乃云于貉往搏貉以自爲裘也凡傳未備箋乃申補之以完經義此其通例今本刪去複經句取彼狐貍四字而又因箋中于貉二字羼入傳中致不可讀當據全詩通例訂正狐貉之厚以居論語鄉黨篇文傳冡上文于貉引論語爲證說文貈似狐善睡獸引論語作貈今字通假作貉貉皮毛厚以爲私居裘宊也狐皮不獨爲私居之裘其狐皮之厚者以私居也江永圖考謂狐貉之裘爲褻裘論語子罕篇衣敝緼袍與衣狐貉者立繁露服制篇百工商賈不敢服狐貉孔子爲大夫狐貉以居是大夫得服狐貉也正義引定九年左傳稱齊大夫東郭書衣貍製服注云貍裘是貍亦大夫裘也竊謂褻裘與禮裘異貉狐貍或上下通裘爾小正九月王始裘月令孟冬之月天子始裘傳云孟冬豳地晚寒也經言公子豳公之子成王也故傳卽以天子釋之正義云孟冬已裘而仲冬始搏獸者爲來年用之天官掌皮秋斂皮冬斂革春獻之注皮革踰歲乾久乃可用獻之以入司裘是其事也○同讀如我馬既同之同車攻傳云同齊也田獵齊足正義云纘繼功事皆釋詁文今爾雅纘作纂功作公武功田獵之事也豕一歲曰豵騶虞傳同豕田豕也還竝驅從兩肩兮傳

獸三歲曰肩鄭司農注周禮大司馬職云詩云言私其豵獻肩于公一歲爲豵二歲爲豝三歲爲特四歲爲肩五歲爲慎案仲師傳毛詩其所據爾詩作肩與齊風同其云三歲特四歲肩肩特二字互譌毛傳於肩兩言三歲說文及韓詩章句竝同豵豝肩皆豕特慎非豕慎卽麢也豕生一歲爲小三歲爲大他獸三歲以上皆尚小則必自四歲五歲始也廣雅獸一歲爲豵二歲爲豝三歲爲肩四歲爲特稚讓作三歲肩四歲特是其證正義云大獸公之小獸私之大司馬職文禽獸得通大司馬仲冬教大閱遂以狩田此言二之日是季冬不用仲冬者豳地晚寒故習兵晚也四時皆習兵而獨說冬獵者以取皮在冬且大閱禮備故也

五月斯螽動股六月莎雞振羽傳斯螽蚣蝑也莎雞羽成而振訊之**七月在野八月在宇九月在戶十月蟋蟀入我牀下穹窒熏鼠塞向墐戶**傳穹窮窒塞也向北出牖也墐塗也庶人蓽戶**嗟我婦子曰爲改歲入此室處**

爾雅釋蟲蜤螽蜙蝑傳所本也蜤當作析說文蜙或
【疏】作蚣郭注云俗呼春黍詩之斯螽卽爾雅之析螽蓋
門傳斯析也斯與析皆象其動股作聲蜙蝑春黍竝於
斯析聲義相近也周南正義引義疏云幽州人謂之春
箕春箕卽春黍蝗類也長而青長角長股股鳴者也或
謂似蝗而小斑黑其股似瑇瑁又五月中以兩股相切
作聲聞數十步○釋文沈重云舊多作沙今作莎音素
何反爾雅釋蟲翰天雞樊光注一名莎雞釋鳥翰天雞
說文云赤羽是蟲鳥同名則莎雞亦赤羽也正義引義
疏云莎雞似蝗而斑色毛翅數重其翅正赤或謂之天
雞六月中飛而振羽索索作聲幽州人謂之蒲錯李巡
云酸雞郭璞云樗雞御覽引廣志云莎雞似蠶蛾而五
色亦曰犨雞皆異名也傳以振訊釋振訊亦振也爾雅
振訊也廣雅振振訊動也○蟋當作悉箋云自七月在野
至十月入我牀下皆謂蟋蟀也蓋古者在野有廬在邑
有室春夏居廬秋冬居室故豳人歷敘其由外而內由
遠而近於蟋蟀以紀候焉爾月令季夏蟋蟀居壁呂覽
季夏居宇淮南孟秋居奧而詩則七月在野者首章出
耕既後於月令則入處亦必後於月令皆因豳地晚寒
也入月以往悉入於邑矣釋文引韓詩云宇屋霤也○

穹窮雙聲窒塞亦雙聲爾雅釋言文雲漢傳熏灼也韓詩外傳晏子曰社鼠出竊於外入託於社灌之恐壞牆熏之恐燒木此鼠之患又云稷蜂不攻而社鼠不熏然則古有熏鼠之事穹窒熏者言窮盡鼠穴而塞之灼之也明堂位注鄉牖屬士虞記注鄉牖一名也鄉者向之假借字釋文引韓詩向北向窻也窻亦牖之屬凡屋前有堂後有房有室房在東有南戶室在西有南牖房之北有北堂北堂之下有北階房室之閒亦有戶以相通室之北有北牖此燕寢制也北風驟緊交冬閉藏故毛韓皆謂塞向爲塞在北之向也說文墐涂也涂塗古今字角弓傳涂泥也墐與墐同說文墐拭也涂讀同敷說文敷閉也讀若杜丹部引周書惟其敷丹雘今梓材作涂涂敷聲通傳云庶人篳戶者儒行注篳門荆竹織門也襄十年左傳注篳門柴門則篳戶當以柴竹爲戶泥之使不通風矣月令孟冬天地不通閉塞而成冬鄭注云門戶可閉閉之窻牖可塞塞之案此卽塞向墐戶之事塞向者塡塞西室之北牖也墐戶者涂拭房室相通之戶也曰語詞漢書食貨志作聿爲改歲古曰與聿通緇衣傳改更也改歲更一歲也周建子以十一月爲歲始入室處者將避寒氣月令命有司曰寒氣總至民力

不堪其皆入室是其義也

六月食鬱及薁，七月亨葵及菽。八月剝棗，十月穫稻。爲此春酒，以介眉壽。（傳）鬱，棣屬。薁，蘡薁也。剝，擊也。春酒，凍醪也。眉壽，豪眉也。七月食瓜，八月斷壺，九月叔苴。采荼薪樗，食我農夫。（傳）壺，瓠也。叔，拾也。苴，麻子也。樗，惡木也。

（疏）正義云鬱棣屬者是唐棣之類屬也劉稹毛詩義問云其樹高五六尺其實大如李正赤食之甜本草云鬱一名雀李一名車下李一名棣生高山川谷或平田中五月時實言一名棣則與棣相類故云棣屬齊民要術引陸機義疏與義問同正義又云蘡薁者亦是鬱類而小別耳晉宮閣銘云華林園中有車下李三百一十四株薁李一株車下李即鬱薁李即薁二者相類而同時熟據孔說蘡薁鬱類則薁爲木桼說文薁嬰薁也入艸部俗字作蘡廣雅釋草燕薁蘡舌也疏證云即蘡薁也薁李樹不名蘡薁蘡薁自是葡萄之屬齊民要術引

陸機詩義疏云櫻薁實大如龍眼黑色今車鞅藤實是
又引疏云櫐似燕薁連蔓生御覽引毛詩題綱云藟一
名燕薁藤宋開寶本草注云蘡薁是山葡萄亦堪作酒
毛公釋詩正謂此草也案說文引詩隺鬱及藿爾雅釋
草疏以爲韓詩○士虞記鉶芼夏用葵豆實葵菹周禮
醢人饋食之豆其實葵菹齊民要術引崔寔四民月令
云六月六日可種葵中伏後可種冬葵九月可作葵菹
乾葵案此作菹在九月矣詩言七月亨葵與儀禮夏用
葵合亨葵以供鉶羹之滑鄭注云夏秋用生葵是也說
文尗豆也今字作菽釋文本亦作叔爲假俗字小宛傳
菽藿也藿爲尗之少者七月尗時尚少蓋亨其少者耳
夏小正八月剝棗傳剝也者取也毛傳云擊言擊而取
焉爾今山東人於棗孰時男女持竿擊棗謂之扑棗小
箋云剝即攴之假俗今字作扑○春酒爲凍醪義未聞
說文醪汁滓酒也凍醪楚辭謂之凍飲疑即今作白酒
釀酒之有汁滓者周禮酒正注醴猶體也成而汁滓相
將如今恬酒矣鄭以醴爲汁滓酒說文醴酒一宿孰也
醴醪連篆當是一酒於醴下言一宿孰於醪下言汁滓
義互相成漢書楚元王傳穆生不耆酒元王每置酒常
爲穆生設醴顏注云醴甘酒也少麴多米一宿而孰不

齊之是也月令仲冬乃命大酋秫稻必齊蓋稻有稉秔
稉者釀酒秫稻稉稻也仲冬周之春正月十月作酒而
十一月用之酒卽末章行鄉飲酒禮也是春酒爲易孰
矣南山有臺傳云眉壽秀眉也秀豪同義介大也酒所
以養老也○信南山疆場有瓜是剝是菹傳云剝瓜爲
菹莊八年左傳瓜時而往曰及瓜而代服注云瓜時七
月及瓜謂後年瓜時是食瓜在七月也壺讀與瓠同爾
雅釋器康瓠瓠卽壺釋木壺棗壺卽瓠此皆壺瓠聲通
之證瓠亦作菹匏有苦葉傳瓠葉苦不可食也箋云瓠
葉苦至八月之時然則未至八月乘食瓠葉至八月葉
苦不可作菜則斷瓠以爲菹瓜瓠又作瓜華郊特牲天
子樹瓜華不斂藏之種也管子山權數篇云民之能樹
瓜瓠說文云叔拾也汝南名收芋爲叔正本傳訓爾雅
芓麻母說文作芓麻母曰芓麻子則曰苴禮經籩實之
蕡豆實之糝熬麻子爲之也邶谷風緜傳並云荼苦菜
也月令孟夏苦菜秀爾雅釋文引易通卦驗玄圖云苦
菜生於寒秋歷冬歷春得夏乃成呂覽任地篇日至苦
菜死而資生案日至在仲夏苦菜已死所謂資生者其
實落復生者也故緯書謂苦菜生於寒秋詩言九月采
荼是采其復生之荼歟樗今俗之臭椿此及我行其野

傳皆謂惡木本草圖經云椿木樗木形幹大抵相類但椿木實而葉香可噉樗木疎而氣臭膳夫亦能熬去其氣北人呼樗爲山椿江東人呼爲鬼目葉脫處有痕如樗蒲子又如眼目故得此名其木最爲無用莊子所謂吾有大木人謂之樗其本擁腫不中繩墨小枝曲拳不中規矩立於途匠者不顧是也此言瓜瓠苴荼可作菹樗可作薪幽土疏材之蓄聚足以給食農夫也

九月築場圃（傳）春夏爲圃秋冬爲場十月納禾稼黍稷重穋禾麻菽麥嗟我農夫我稼既同上入執宮功（傳）後孰曰重先孰曰穋入爲上出爲下晝爾于茅宵爾索綯亟其乘屋其始播百穀（傳）宵夜綯絞也乘升也（疏）說文場治穀田也東方未明傳圃菜園也場圃連言傳乃先釋圃後釋場春夏之圃至秋冬作場以治穀是謂之築場圃傳依經義言也箋云場圃同地自物生之時耕治之以種菜茹至物盡成孰築以爲場序官場人注云場築地

爲墠季秋除圃中爲之並與傳義合○箋云納內也治
於場而內之囷倉也禾者今之小米說文禾之秀實爲
稼莖節爲禾則絫評之曰禾稼也重穋說文引詩作種
稑閟宮黍稷重穋呂覽注作重稑周禮內宰舍人司稼
皆作種稑鄭司農注云先種後孰謂之穜後種先孰謂
之稑呂覽任地篇穜稑禾不不爲稑穜重禾不不爲重高注
云晚種早孰爲稑早種晚孰爲重說文云種先種後孰
也稑疾孰也或作穋重者種之假借穋稑一字也古種
稑作種直容反種埶作種之用反今種種二字互用禾
麻菽麥判然四物正義謂於麻麥之上更言禾以總諸
禾因以禾稼爲諸穀苗幹之大名非是生民詩亦菽禾
麻麥並稱可證我稼之稼亦謂禾以該黍稷麻麥也箋
云既同言已聚也爾雅宮謂之室功事也正義本作宮
公定本作宮功傳云入爲上者承上章入此室處之意
而言又云出爲下者蓋揆下文出治野屋爲訓也箋云
上入都邑之宅治宮中之事宮中猶室中也○說文茅
菅也是菅亦稱茅也宵夜小星同綯絞爾雅釋言文詩
述聞云索者糾繩之名綯郎繩也索綯猶言糾繩趙岐
注孟子曰晝取茅草夜索以爲綯是也方言車紂自關
而東周洛韓鄭汝潁之間或謂之曲綯郭璞注曰綯亦

繩名引詩宵爾索綯是綯爲繩也絞亦繩也急就篇纍繘繩索絞紡纑哀二年左傳絞縊以戮杜注曰絞所以縊人物墨子辭過篇曰古之民衣皮帶茭茭與絞同說文筊竹索也義與絞亦相近奐案顏師古匡謬正俗或問曰蒲州盛酒堈謂蒲綯何也荅曰此堈既從遠來運致非易恐其破損故以蒲索纏之按爾雅云綯絞也詩云宵爾索綯卽是其義此堈爲加蒲索故謂之蒲綯爾顏以綯爲索索卽繩索可見唐人解經有不誤爾雅登升也古乘登升三字同聲考工記匠人葺屋參分瓦屋三分古者野屋或用葺屋歟箋云急當治野廬之屋趙注孟子滕文公篇云及爾閑暇亟而乘蓋爾野廬之屋此家上十月治場既畢而言于茅索綯待修治野屋之用以來歲播穀爲亟周語其時儆曰收而場功待而畚梮營室之中土功其始是其義也始歲始也周十一月歲始故於十月中豫籌之文選東都賦注引韓詩章句云穀類非一故言百也

二之日鑿冰沖沖三之日納于凌陰四之日其蚤獻羔祭韭傳冰盛水複則命取冰於山林沖沖鑿冰之意凌

陰冰室也九月肅霜十月滌場朋酒斯饗曰殺羔羊傳肅縮也霜降而收縮萬物滌埽也場功畢入也兩樽曰朋饗者鄉人飲酒也鄉人以狗大夫加以羔羊躋彼公堂稱彼兕觥萬壽無疆傳公堂學校也觥所以誓衆也疆竟也疏月令季冬冰方盛水澤腹堅命取冰鄭注云腹厚也此月日在北陸冰堅厚之時也今月令無堅釋文腹本又作複毛傳無堅與今月令同昭四年左傳深山窮谷於是乎取之初學記地部下引韓詩冰者窮谷陰氣所聚不洩則結而爲伏陰是取冰於山谷也山林猶言山谷傳云沖沖鑿冰之意韓詩云沖沖聲也訓異而意同周禮凌人掌冰正歲十有二月令斬冰三其凌鄭注云凌冰室也說文𣲟仌出也詩曰納于𣲟陰或作凌出疑室字之譌玉篇凌冰室也𣲟同韓詩云凌陰冰室也與毛傳同冰者固陰沍寒之物故凌謂之冰室與凌陰謂之冰室一也正義謂凌爲冰體誤矣蚤早古今字獻羔祭韭言出冰之事也左傳亦云獻羔

而啓之月令仲春天子乃鮮羔開冰先薦寢廟注鮮當爲獻左傳月令皆不及祭韭者文略也高注呂覽云開冰室取冰治鑒以祭廟春薦韭卵案周禮禮記左傳取冰藏冰皆在十二月詩十二月取冰正月藏冰二月開冰正義引鄭志荅孫皓云豳土晚寒故可夏正月納冰夏二月仲春大蔟用事陽氣出地始溫故禮應開冰先薦寢廟又引服注左傳西陸朝覿而出之謂二月日在婁四度春分之中奎始晨見東方蟄蟲出矣故以是時出之給賓客喪祭之用鄭意本爾雅西陸爲昴故依周禮孟夏頒冰爲說箋云此章備暑○古肅縮聲同正義引月令仲春行冬令草木皆肅注肅謂枝葉縮束是縮束爲肅猶收縮爲肅也首章傳云九月霜始降蒹葭傳云白露凝戾爲霜然後歲事成此所謂霜降而收縮萬物也說文滌洒也埽洒同義築場在九月埽場則在十月也周語云場功入○鄉飲酒禮尊兩壺于房戶閒斯禁禮記鄉飲酒義篇鄉人士君子尊於房戶之閒賓主共之也詩言朋傳以兩尊釋之此卽兩壺賓主所共之尊也鄉射禮兩壺斯禁射亦飲酒也又燕禮司宮尊于東楹之西兩方壺尊士旅食于門西兩圜壺注尊方壺爲卿大夫士也尊士旅食者用圜壺變於卿大夫也據

此則鄉人有大夫尊兩壺爲兩方壺矣兩方壺有玄酒兩圜壺無玄酒也罇俗字傳文饗者下各本奪鄉人飲酒也五字說文饗鄉人飲酒也本傳訓正義本有五字今訂正鄉飲酒禮及鄉射記皆云其牲狗也亨于堂東北鄉飲酒義云亨狗于東方祖陽氣之發于東方也是鄉人飲酒牲以狗矣詩不亨狗而殺羔羊傳云大夫加以羔羊鄉人飲酒有大夫在焉則加以羔羊也鄉大夫卿州長中大夫黨正下大夫書大傳云大夫士七十致仕退老歸其鄉里大夫爲父師士爲少師新穀已入櫌鉏已藏祈樂已入歲事既畢餘子皆入學距冬至四十五日始出學傳農事○公堂爲學校此鄉學也王制命鄉簡不帥教者以告者老皆朝于庠元日習射上功習鄉上齒大司徒帥國之俊士與執事焉不變命國之右鄉簡不帥教者移之左命國之左鄉簡不帥教者移之右如初禮不變移之郊如初禮不變移之遂如初禮鄭注云此庠謂鄉學也鄉謂飲酒也習禮於鄉學使之觀焉郊鄉界之外者也又爲之習禮於郊學遠郊之外曰遂又爲之習禮於遂學王制周人養國老於東膠養庶老於虞庠虞庠在國之四郊鄭注云東膠大學在國中王宮之東虞庠小學也周立小學於四郊庠之言養也

周之小學爲有虞氏之庠制是以名庠云其立鄉學亦如周之案成周之制中爲王宮之學謂之四門大學畦國百里爲六鄉六鄉之中有州序黨庠謂之鄉學六鄉之境有郊學謂之四郊之小學又其其外畦國二百里爲六遂有遂學遂學在縣鄙亦如鄉學之在於州黨也此學制之大槩也天子六鄉以東西言則謂之左鄉右鄉每鄉萬二千五百家一鄉五州每州二千五百家一州五黨每黨五百家州長春秋以禮會民而射于州序黨正以禮屬民而飲酒于序注序州黨之學學記黨有序注黨屬於鄉鄉飲酒義主人拜迎賓於庠門之外注庠鄉學也州黨曰序鄉射禮注周以有虞氏之庠爲鄉學庠之制有堂有室也然則鄉學亦得名庠周官飲酒之禮著於黨正一職黨學即鄉學可舉黨以該鄉也飲酒本鄉人會飲於州黨其飲酒也有大夫與飲之禮飲酒即以養老周公陳后稷公劉之業適虞夏殷之際而飲酒養老四代皆如是也庠有堂庠爲公家所設以教民者故曰公堂鄭箋及月令注以公堂爲大學饗羣臣非傳義卷耳傳兕觥角爵也此云觥所以誓衆者誓猶戒也飲酒將終戒衆設觥衆人遂稱觥致祝萬壽無疆衆人所以致祝於尊客之辭也鄉飲酒禮有大夫則大夫爲尊

客也昭元年穀梁傳彊之爲言
猶竟也彊訓竟傳爲全詩通訓

鴟鴞四章章五句

鴟鴞周公救亂也成王未知周公之志公乃爲詩以遺王名之曰鴟鴞焉疏書金縢篇云周公居東二年則罪人斯得于後公乃爲詩以詒王名之曰鴟鴞然則鴟鴞之詩蓋作於東征二年之後周公未歸時也故次在東山前

鴟鴞鴟鴞既取我子無毀我室傳興也鴟鴞鸋鴂也無能毀我室者攻堅之故也寧亾二子不可以毀我周室

恩斯勤斯鬻子之閔斯傳恩愛鬻稚閔病也稚子成王也疏全章皆託鴟鴞起興周公以自喻也鴟鴞鸋鴂爾雅釋鳥文說文作寧鴂方言云桑飛自關而東謂之工爵或謂之過鸁或謂之女匠自關而東謂之鸋鴂自關而西謂之桑飛或謂之懱爵正義引義疏云鴟鴞

似黃雀而小其喙尖如錐取茅莠爲巢以麻紩之如刺
襪然縣箸樹枝或一房或二房幽州人謂之鸋鴂韓詩
鴟鴞鸋鴂鳥名也繫之葦苕風至苕折依韓詩說此卽
大戴禮之蝬鳩荀子之蒙鳩也荀子勸學篇楊倞注云
蒙鳩鷦鷯小毖箋鷦或曰鴟鴞矣趙岐注孟子鴟鴞爲
小鳥三章傳手病口病故能免乎大鳥之難則毛亦謂
鴟鴞爲小鳥矣唯郭注爾雅方言王注楚辭不同古說
〇傳云無能毀我室者攻堅之故也者室猶巢也以喻
周室之堅固此釋經之喻義云寧亾二子不可以毀我
周室者此釋經之正義也說文寧願詞也甯所願也寧
與甯音義皆同傳以不可釋無漢廣傳又以無釋不可
無猶勿也無猶毋也無勿毋三字竝與不可同義二子
謂管蔡也春秋莊九年九月齊人取子糾殺之穀梁傳
言取病內也此卽經取字之義僖十九年冬梁亾左傳
梁亾自取之也此卽傳亾字之義曰取曰亾則明既誅
管蔡矣當時武庚啓釁遂株連奄東諸國意將興復殷
商而管叔習見殷商弟及已乃叔旦之兄武王崩成王
幼次當及己爲天子蔡在同監故黨管作難一朝變起
天下殷周不知誰何后稷以來攻堅之室則幾乎毀壞
周公誅二子不得已也毛氏可謂善逆公志矣〇說文

恩惠也惠亦憂也恩斯勤斯言我周室當恩憂保護勤勞勉作承無毀我室句王肅謂憂惱此二子非傳意也正義引爾雅釋言鬻稚也郭璞曰鞠一作毓邶谷風正義引作育稚今本作鞠稺石經稺作稚釋文作稺閔病邶柏舟閔予小子同傳既釋字義而又釋經義云稺子成王也文選陳琳檄吳將校部曲注引韓詩云鴟鴞所以憂養其子者適以病之憂憐養其子者謂堅固其窠巢病之者謂不知託於大樹茂枝反敷之葦蔄風至蔄折巢覆有子則顙有卵則破是其病也毛韓大指相同

迨天之未陰雨徹彼桑土綢繆牖戶（傳）迨及徹剝也桑土桑根也今女下民或敢侮予（疏）迨及匏有苦葉同說文引詩作隸迨見爾雅而不見說文蓋迨即隸之異體迨從台聲隸從臬聲一也徹者撤之假借故傳云剝孟子注云取也桑土訓桑根方言杜根也東齊曰杜郭注引詩徹彼桑杜釋文引韓詩正作杜毛詩作土爲杜之假借字綢繆傳云綢繆言纏綿也○今女下民孟子公孫丑篇引詩女作此孔子曰爲此詩者其知道乎能治其國家誰敢侮之趙

注云言此鴟鴞小鳥尚知及天未陰雨而取桑根之皮以纏緜牖戶人君能治其國家誰敢侮之刺邠君曾不如此鳥案邠君蓋亦指成王也侮猶毁也

予手拮据予所捋荼予所蓄租予口卒瘏傳拮据撠挶也荼萑苕也租爲瘏病也手病口病故能免乎大鳥之難曰予未有室家傳謂我未有室家疏釋文引韓詩口足爲事曰拮据韓蓋以鳥之手卽鳥之足其摋下予口卒瘏爲訓故必兼言口也說文拮手口共有所作也据戟挶也案許於据下用毛而於拮下用韓以見毛韓訓異意同非分釋拮据兩義也玉篇云拮据手病也戟挶者卽手病之謂俗作撠○荼苕傳云捋取也荼萑苕萑當作雚爾雅蔈荂荼猋藨芀郭注皆芀荼之別名雚醜芀注其類皆有芀秀說文芀葦華也韓詩傳作葦蒿案苕蒿皆芀之假借方言錐謂之鍣鍣與苕同蓋以鍣狀錐則知荼之脫穎秀出者如錐然矣凡茅一莖秀只一條旋卽作華傳云萑苕出其東門箋茅秀廣雅蒤茅穗蒤卽荼淮南子

說林篇薖薖苗類絮而不可爲絮高注云薖苗萑秀楚人謂之薖薖讀敵戰之敵幽冀謂之萑苕也皆𢿱文可通之例○校勘記云釋文租子胡反本又作祖如字爲也正義祖訓始也物之初始必有爲之故云祖爲也今釋文正義祖皆譌租當正負案蓄釋文作畜蓼莪箋畜起也祖訓爲爲者作也畜亦當訓起此毛義也釋文租下引韓詩云積也疑韓詩作蓄租今本從韓改毛耳瘏病卷耳同此言口病傳必連言手病者上三句皆謂手病也正義云鴟鴞小鳥爲巢以自防故知求免大鳥之難也○傳以謂字代曰字與正月同未有室家言未營成周也桓二年左傳武王克商遷九鼎于雒邑史記周本紀武王曰我維顯服及德方明自雒汭延于伊汭居易毋固其有夏之居我南望三塗北望嶽鄙顧詹有河粤詹雒伊毋遠天室營周居于雒邑而後去事見逸周書度邑篇然則欲營成周公之志武王之志也書大傳云五年營成周

予羽譙譙予尾翛翛(傳)譙譙殺也翛翛敝也予室翹翹風雨所漂搖予維音嘵嘵(傳)翹翹危也嘵嘵懼也(疏)禮記

樂記篇其哀心感者其聲噍以殺又云志微噍殺之音作而民思憂譙與噍同重言之曰譙譙云殺者考工記矢人羽豐則遲羽殺則趮殺與豐正相反小箋云唐定本宋監本越本蜀本皆作修修唐石經宋集韻光堯石經皆作脩脩蓋毛詩本用合韻淺人改爲消又或改爲脩今本釋文亦是淺人所改集韻所據釋文未誤案中谷有蓷傳脩且乾也脩與修通修修謂鳥尾勞敝修修然無潤澤之色亦且乾之義也說文䐹乾魚尾䐹䐹也應劭風俗通義說夏馬掉尾肅肅馬尾肅肅魚尾䐹䐹鳥尾修修聲義並同也羽殺尾敝愉勞苦也○翹翹危爾雅釋訓文釋名云危阢阢不固之言也蘀兮風其漂女傳云漂猶吹也玉篇引詩予維音之嘵嘵說文作唯予音之嘵嘵音下皆有之字與今本異說文作唯予依毛詩字例當作維予維發聲也詩凡言維予與女維予二人維予侯興維予胥忌維予小子皆作維予是其證嘵嘵懼亦釋訓文今爾雅作憢憢誤懼者懼室爲風雨所危也

東山四章章十二句

東山周公東征也周公東征三年而歸勞歸士大夫美之故作是詩也一章言其完也二章言其思也三章言其室家之望女也四章樂男女之得及時也君子之於人序其情而閔其勞所以說也說以使民民忘其死其唯東山乎

疏此美周公東征告成之詩書大誥篇肆朕誕以爾東征東征之一年也金縢篇居東二年東征之二年也孟子滕文公篇伐奄三年討其君東征之三年也書大傳云周公攝政一年救亂二年克殷三年踐奄是其謂矣奐竊謂東征與居東非有二時武王既喪成王踰年即位其夏六月葬武王而武庚遂作亂武庚叛即東征東征作大誥故書大傳大誥廁金縢前有以也武庚之叛周公之征總在成王元年中流言釁起東國欲以蠢動西土人眾而尚未知出自管蔡書云武王既喪管叔及其羣弟乃流言于國曰公將不利于孺子周公乃告二公曰我之弗辟我無以告我先王周公居東二年則罪人斯得案弗辟說文作不擘擘

訓治治者治武庚非治管蔡也治武庚叛亂非治管蔡流言也不然外侮不禦禍生蕭牆公之聖初不出此道聽浮說輒動干戈公之聖亦斷不出此蓋金縢一篇文字極簡略記流言不及叛亂論管蔡不及武庚此史臣載筆之辭若當初周公意中但欲出師治武庚亂以告厥功於先王爾絶不疑啓商始禍乃出於骨肉懿親天倫遭變實生意表罪人斯得以爲至是而得罪人前此則未得也直至雷風動威乃於三年之秋迎公卽於三年之冬公歸朝廷書序云唐叔得禾異畝同穎獻諸天子王命唐叔歸周公于東作歸禾此東征顛末心迹其灼然者也自僞孔傳辟爲刑辟居東爲東征管蔡鄭氏乃凝於罪人未得不便一聞流言遂卽東征故辟爲辟嫌居東爲辟居東都不明辟字的解以滋曲說故具論之

我徂東山慆慆不歸我來自東零雨其濛（傳）慆慆言久也濛雨貌我東曰歸我心西悲（傳）公族有辟公親素服不舉樂爲之變如其倫之喪制彼裳衣勿士行枚（傳）士

事枚微也蜎蜎者蠋烝在桑野傳蜎蜎蠋貌蠋桑蟲也
烝寘也敦彼獨宿亦在車下疏東山魯東蒙山在今山東沂州府蒙陰縣南周公所誅之奄國在魯境內魯初封曲阜其後益封始得奄之故地左傳祝鮀稱因商奄之民封魯於少皞之虛服虔注云商奄魯也周公之征管蔡之罪未著勸祿父以畔者奄君薄姑也故出師必先征奄國奄國強大故踐奄又在克殷之後詩以徂東山發端者謂此也孟子盡心篇孔子登東山而小魯與詩東山同悉蟀日月其慆重言之曰慆慆三年故云言久也零當爲霝說文引詩作霝雨其濛濛微雨與傳訓同案此紀往來東土之勞苦毎於章首先著明之○公族有辟以下禮記文王世子文傳引之者以釋經西悲之義閔管蔡之既誅也制古製字製彼裳衣言成王以上公之服迎周公也九罭我覯之子袞衣繡裳傳所以見周公卽其事也傳於士讀爲事於枚讀爲微皆尋聲得義勿猶勉也如韓詩傳密勿黽勉之義勿事行微言周公密勿從事行微不怠也烝民維仲山甫舉之愛莫助之傳愛隱也隱猶微也謂仲山甫能積微也彼訓愛爲隱義本荀子則此訓

行枚爲行微義亦本荀子荀子堯問篇云堯問於舜曰我欲致天下爲之柰何對曰執一無失行微無怠忠信無勸而天下自來執一如天地行微如日月忠誠盛於內賁於外形於四海天下其在一隅邪夫有何足致也毛公親受業於荀門故傳義常用師說又大戴禮曾子立事篇君子不絕小不殄微也行自微也不微人人知之則願也人不知苟吾自知也君子終身守此勿勿也盧注云勿勿猶勉勉也開元占經雷占引京房云霆或正直而長光明者此人君行微人不知曲直竝與此行微義同案篇皆敘軍士此先述周公悲傷兄弟勤勞王家傳可謂善逆詩志者矣〇鄭注考工記盧人云蜎掉也重言之曰蜎蜎蠋者蜀之俗玉篇蜎蜀皃又蜀桑蟲也說文蜀葵中蠶也引詩正作蜀爾雅釋文所引說文葵作桑韓子內儲說上篇蠶似蠋又淮南子說林篇蠶之與蠋狀相類而愛憎異然則蜀狀如蠶矣莊子庚桑楚篇奔蜂不能化藿蠋司馬彪注云蠋豆藿中大青蟲是在豆藿中者亦曰蜀也烝寘當依釋文作寘常棣傳烝訓塡箋云古者聲寘塡塵同三章傳云敦猶專專也亦在車下以驗軍士之生還

序云一章言完是其義也

我徂東山慆慆不歸我來自東零雨其濛果贏之實亦施于宇伊威在室蠨蛸在戶町畽鹿場熠燿宵行（傳）果贏括樓也伊威委黍也蠨蛸長踦也町畽鹿迹也熠燿燐也燐螢火也不可畏也伊可懷也（疏）爾雅釋草果贏之實括樓此釋詩也果括贏樓皆一聲之轉傳直以括樓釋果贏矣正義引李巡注云括樓子名也孫炎云齊人謂之天瓜本草云括樓葉如瓜葉形兩兩相值蔓延青黑色六月華七月實如瓜瓣是也案孔引本草蓋唐本草注也果贏蔓生草之類括括俗從木作栝括樓說文作苦蔞其字又作瓡瓠高注呂覽孟夏紀及淮南時則訓謂與王瓜一物然唐本草注王瓜葉似栝樓陶隱居注栝樓狀如王瓜又謂同類不謂同物矣葛覃傳云施移也〇伊威委黍釋蟲文爾雅作蛜釋蟲蟠鼠負說文蟠鼠婦也蛜蛜威委黍委黍鼠婦也此郭景純所謂舊說鼠婦爲蛜威別名也婦與負通正義引義疏云在壁根下甕底土中生似白魚案白魚狀似今之地鼈蟲陸佃埤雅亦云伊

威形似白魚而大寇宗奭本草衍義云多足其色如蚓背有横紋蹙蹙起大者長三四分在處有之塼甃及下溼處多○蠨蛸長踦釋蟲文郭注云小鼅鼄長脚者俗呼爲喜子義疏云蠨蛸長踦一名長脚荆州河内人謂之喜母此蟲來著人衣當有親客至有喜也幽州人謂之親客亦如蜘蛛爲羅網居之是也近人歛戴庚云惟此種鼅鼄後兩股頗長結網極速偶有驚觸便分鬬後兩股如排八字以俟飛蟲而擒之此即詩之蠨蛸也俗呼喜母或稱喜子今人又以壁上結白膜如錢大者爲喜子以其白膜窠中抱子者當之奐案說文作蟰云蟰蛸長股者蠨蛸後兩足於前六足較長故爾雅毛傳謂之長踦長脚長股亦皆指後兩足言也此鼅鼄中能作网者壁錢亦鼅鼄類其足長短若齊不能作网二者俗通呼之爲喜子或謂喜母而鼅鼄其大名也說文鼅鼄鼄蝥也鼊蝥作网鼄蝥也鼊蝥即爾雅之次蠹許云作网鼄蝥爲鼊蝥以別凡爲鼄蝥之不能作网者不得渾稱也蠨蛸長踦斷非作白膜之壁錢則其爲能作网之鼅鼄而與壁錢爲不能作网之鼅鼄亦同類別物矣陸元恪謂蠨蛸喜母而以今之壁錢當之乃與長踦古訓不倅失之○釋文町他典反或他頂反字又作圢畽本

又作疃他短反字又作墥說文田踐處曰町疃禽獸所踐處也詩曰町疃鹿場从田童聲其字作疃段注云町下踐字疑淺人所增廣韻靑韻注曰田處田處者謂人所田之處獸足蹂地曰厹其所蹂之處曰疃楚辭九思鹿蹊兮躖躖與疃蓋一字案段解町疃爲平坦所踐處則町爲平坦傳云鹿迹者祇釋經疃字之義釋獸鹿其迹速釋文速作𪋻云素卜反本又作速引字林云鹿迹說文鹿部云𪋻鹿迹也从鹿速聲速即𪋻之省辵部迹步處也籀文作速速乃迹之籀文資昔切速非速字也爾雅言鹿迹謂之𪋻則𪋻爲鹿迹之專稱故說文於𪋻下云鹿迹本爾雅而於疃下云禽獸所踐處即不專謂鹿迹毛傳依經作訓故釋町疃爲鹿迹蓋鹿迹者鹿所步處也○釋文熠以執反燿以照反說文熠盛光也詩曰熠熠宵行段注云宋本葉鈔本作熠熠王伯厚詩攷舉說文熠熠宵行文選張華勵志詩涼風振落熠熠宵流注引毛傳熠熠燐也疑皆熠燿之誤當依詩音義爲正案此章熠燿傳謂燐之光當是相傳古說下章言倉庚于飛熠燿其羽則熠燿又謂鳥羽之光明矣釋文燐字又作𧍚螢爾雅釋文本又作熒詩正義引爾雅本作螢火又按諸文皆不言螢火爲燐引陳思王螢火論

詩云熠燿宵行章句以爲鬼火或謂之燐仲達以韓詩
章句未爲得幷謂毛以螢火爲燐爲非然則傳釋熠燿
爲燐毛與韓同毛又釋燐爲螢火亦與韓釋燐爲鬼火
同自不當依爾雅之熒火夜飛有火蟲釋之矣燐說文
作粦炎部粦兵死及牛馬之血爲粦粦鬼火也从炎舛
段注云列子天瑞篇曰馬血之爲轉鄰也人血之爲野
火也張注此皆一形之內自變化也淮南氾論訓曰老
槐生火久血爲燐許注兵死之士血爲鬼火見詩正義
高注血精在地暴露百日則爲燐遥望炯炯若然火也
又說林訓曰抽簪招燐有何爲驚高注燐血似野火招
之應聲而至血灑汙人以簪招則不至博物志戰鬥死
亡之處有人馬血積年化爲粦粦著地入草木皆如霜
露不可見有觸者著人體便有光拂拭便散無數又有
吒聲如煼豆詩傳曰燐熒火熒火謂其火熒熒閃睗猶
言鬼火也毛詩字本作熒或乃以釋蟲之熒火卽炤當
之且或改熒爲螢改粦爲燐大非詩義古者鬼火與卽
炤皆謂之熒火絕無螢字也粦者鬼火故从炎舛奐桼
說文於熠下引詩熠燿宵行於粦下言鬼火許宗毛知
毛傳之熒火斷非爾雅之熒火故卽以鬼火釋之至魏
晉間人誤合爾雅毛傳熒火爲一物熒改作螢粦作燐

又改作蠎廣雅遂有螢火蠎之說而唐本草更有螢火一名熠燿之說其誤始則誣傳繼且誣經矣段說原許申毛確不可易○箋懷思也序云二章言其思也

我徂東山慆慆不歸我來自東零雨其濛鸛鳴于垤婦歎于室(傳)垤螘冢也將陰雨則穴處先知之矣鸛好水長鳴而喜也**洒埽穹窒我征聿至有敦瓜苦烝在栗薪**(傳)敦猶專專也烝眾也言我心苦事又苦也**自我不見于今三年**(疏)釋文鸛本又作雚說文引詩正作雚與鳥部之雝異物正義引義疏云鸛鸛雀也似鴻而大長頸赤喙白身黑尾翅樹上作巢大如車輪卵如三升桮望見人按其子令伏徑舍去一名負釜一名黑尻一名背竈一名阜裙又泥其巢一旁爲池含水滿之取魚置池中稍稍以食其雛若殺其子則一村致旱災垤螘冢說文云螘封趙注孟子公孫丑高注呂覽愼小竝云蟻封封冢聲相近封者聚土之義冢其墳然者

也俗作塚方言云楚郢以南蟻土謂之封箋云鸛水鳥也將陰雨則鳴文選張華情詩注引韓詩鸛水鳥也巢處知風穴處知雨天將雨而蟻出壅土鸛鳥見之長鳴而喜案毛韓義同蟻知雨鸛好水鸛見垤而喜鳴正義謂鸛鳥鳴於垤上則失其義矣長鳴猶長聲也○洒灑埽拚也穹窮窒塞也廷內則洒埽之向戶則窮塞之我征聿至言室家之人望我征夫之將至也行葦傳敦聚見專專者聚之意專古團字釋文徒端反是也烝衆爾雅釋詁文烝民同經言瓜苦傳因言心苦事又苦以明經義瓜栗猶云瓜果皆室家之所樹鄭風東門之栗有踐家室是也栗木爲薪故曰栗薪釋文引韓詩作蓼薪云聚薪也鄭箋析薪與韓義近○曰三年者東征之三年即周公攝政之三年亦即成王即位之三年也軍士在外歷時既久於其歸也喜幸見之序云三章言其室家之望女也

我徂東山慆慆不歸我來自東零雨其濛倉庚于飛熠燿其羽之子于歸皇駁其馬傳黃白曰皇騮白曰駁親

結其縭九十其儀(傳)縭婦人之褘也母戒女施衿結帨九十其儀言多儀也**其新孔嘉其舊如之何**(傳)言久長之道也(疏)王肅云倉庚羽翼鮮明以喻嫁者之盛飾箋云熠燿其羽羽鮮明也桃夭傳之子嫁子也于往也婦人謂嫁曰歸皇駁其馬其馬或皇或駁也漢廣之子于歸言秣其馬馬皆壻家之馬士昏禮注云士妻之車夫家共之大夫以上嫁女則自以車送之黄白曰皇此及駉傳俱依爾雅爲訓釋畜黄白皇正義引舍人云黄白色名曰皇駉正義所引舍人注於黄白色下有褋字者非也爾雅黄白皇駵白駁與青驪騆同一文法皆謂全身一色之馬黄與皇疊韻謂黄馬而發白色者是曰皇非黄白二色相褋也孔謂馬色有黄處有白處其說自誤說文驈黄馬發白色段注驈卽皇則舉驈例皇可以明黄白之義矣釋畜駵白駁孫注駵赤色也駉傳赤身黑鬛曰駵駵爲赤馬以駵馬而發白色者是謂之駁淡赤非深赤故說文云駁馬色不純謂非正赤色耳月令夏駕赤駵中央駕黄駵赤駵卽赤馬黄駵較淺於赤駵黄駵卽駵白色也所謂駁馬也駁亦有赤義

廣雅釋畜馬屬有朱駮駮與駁同○爾雅釋器婦人之褘謂之縭此傳所本也孫炎注云褘帨巾也說文褘蔽厀方言蔽厀江淮之閒謂之褘或謂之袚魏宋南楚之閒謂之大巾自關東西謂之蔽厀齊魯之郊謂之衻是叔然說爲有據矣褘又謂之縭釋器縭緌也緌下垂縭亦取下垂遮蔽之義郭注以爲即今之香纓正義序之是也葢傳既引爾雅之文下文又引儀禮結帨以證經之結縭士昏禮記母施衿結帨曰勉之敬之夙夜無違宮事又列女齊孝孟姬傳母醮房之中結其衿縭此結縭卽結帨之確證矣野有死麕傳帨佩巾也內則婦事舅姑左佩紛帨注紛帨拭物之巾也今齊人有言紛者釋文紛或作帉說文楚謂大巾曰帉帉同又內則女子設帨於門右注帨事人之佩巾也帨爲女子初生時所設及嫁則結之以爲事舅姑拭物之所需父母及庶母皆有戒辭傳但引母戒者母至親也經言親結縭傳言母施衿結帨正是一事又案鄭風子衿傳以衿爲領領衣交領也此衿斷非衣之交領其字當作紟說文紟衣系也玉藻紳韠結三齊結或作衿宋本作紟內則衿纓注衿猶結也字亦當作紟佩巾系於革帶革帶又有繫之其所繫之組謂之紟文選思玄賦注引韓詩章句

縭帶也傳文儀上當奪威字正義云斯干傳婦人質無威儀此言多威儀者婦人無男子之禮揖讓周還之儀耳其舉動威儀則多也是正義本所據傳作多威儀矣文王傳濟濟多威儀也句意亦正同○新新昏也昏禮屬嘉周禮以嘉禮親成男女舊故也傳云言久長之道也者謂今新昏既甚嘉矣其久長之道又如之何欲將共成家室樂此大平易序卦傳夫婦之道不可以不久也故受之以恆恆者久也鄭注云夫婦當有終身之義是也擊鼓正義引韓詩說二十從役三十受兵六十還兵今東征歸士中有壯而欲室者故詩歌之以敘其情序云四章樂男女之得及時也

及時者謂及男女年盛之時

破斧三章章六句

破斧美周公也周大夫以惡四國焉（疏）此亦東征之詩

既破我斧又缺我斨（傳）隋銎曰斧斧斨民之用也禮義國家之用也周公東征四國是皇（傳）四國管蔡商奄也

皇匡也哀我人斯亦孔之將（傳）將大也（疏）七月正義據此傳隋銎曰斧下當有方銎曰斨四字斨方銎巳見七月此重釋之者欲偕斧斨以設喻傳固有此例耳銎者斧柄之孔釋文云隋孔形狹而長也伐柯傳柯斧柄也斧柄廣三寸厚一寸有半斧首隋圜故斧柄亦爲狹長之形考工記廬人注齊人謂柯斧柄爲椑則椑隋圜也斧隋孔斨方孔說文斨方銎斧也詩曰又缺我斨許正本傳訓於斧言破於斨言缺互詞傳以斧斨喻禮義破缺之以喻四國壞周公禮義篇首先聲箸其罪惡之也下二章同○傳釋四國爲管蔡商奄管者地理志河南郡中牟有管叔邑在今河南開封府鄭州是管叔所封國也武王時又居三監之一在殷東之鄘蔡者地理志汝南郡上蔡故蔡國周武王弟叔度所封度放成王封其子胡十八世徙新蔡今河南汝寧府上蔡縣縣西南十里有故蔡城是蔡叔所封國也武王又命爲三監之一在朝歌紂都商者謂祿父也武王封祿父於邶稱商者仍舊號也孟子周公使管叔監殷管叔以殷畔殷商一也奄者商諸侯嬴姓奄君蒲姑之國郡國志魯國魯縣有故奄國說文周公所誅𨛜國在魯𨛜與奄同案當時叛者不止

此四國書序成王伐淮夷遂踐奄逸周書作雒篇二叔及殷東徐奄及熊盈以略凡所征熊盈族十有七國俘維九邑史記晉世家武王崩成王立唐有亂周公誅滅唐地理志周成王時薄姑氏與四國共作亂成王滅之呂覽察微篇猶尚有管叔蔡叔之事與東夷八國不聽之謀韓子說林上篇周公攻九夷而商蓋服商蓋卽商奄墨子耕柱篇亦作商蓋然則武庚之叛東隅之侯咸從羣起言四國者舉其重者耳書大傳云周公身居位聽天下爲政管叔蔡叔疑周公流言于國曰公將不利于王奄君蒲姑謂祿父曰武王既死矣今王尚幼矣周公見疑矣此百世之時也請舉事然後祿父及三監叛也周公以成王之命殺祿父三監當作二監說見王引之尚書述聞大傳釋東征亦以管蔡商奄言之與毛傳正合也僖四年公羊傳古者周公東征則西國怨西征則東國怨荀子王制篇周公南征而北國怨曰何獨不來也東征而西國怨曰何獨後我也案此卽東征四國之事白虎通義巡守篇引傳曰周公入爲三公出爲二伯中分天下出黜陟詩曰周公東征四國是皇言東征述職周公黜陟而天下皆正也何休公羊注亦云此道黜陟之時也亦引此詩葢周公爲東伯主東方諸侯東

諸侯畔周出師東討若方叔征荆蠻召虎平淮夷亦家
宰述職中事耳據三家詩說正足以申成毛義皇讀與
匡同晉語是之不果奉而暇晉是皇言不暇匡晉也亦
假皇爲匡匡讀如一匡天下之匡爾雅皇匡正也故白
虎通義釋皇爲正義同○哀我人斯承破缺句亦孔之
將承東征句言哀我民人遭此破缺之害則征匡之德
甚大也將大義已見樛木傳詩述聞云大與美義相近
廣雅曰將美也首章言將二章言嘉三章言休將嘉休
皆美也將臧聲相近亦孔
之將猶言亦孔之臧耳

既破我斧又缺我錡(傳)鑿屬曰錡周公東征四國是吪

(傳)吪化也哀我人斯亦孔之嘉(疏)鑿屬曰錡說文鑿穿木也錡鉏鋤也穿木
之器其耑鉏鋤然鉏鋤猶齟齬也釋文錡字或作奇引
韓詩云錡木屬與毛詩異○吪讀與化同正義云吪化
釋言文今爾雅釋言作訛郭注引詩作四國是訛釋文
訛又作吪節南山箋訛化也說文無訛字云化者書大
誥篇肆予大化誘我友邦君天棐忱辭其考我民化變
化也猶云黎民於變也逸周書小明武篇上有軒冕斧

鉞在下勝國若化故曰明武又柔武篇勝國若化不動金鼓善戰不鬬故曰柔武武寤篇商庶若化並與傳云化訓同大明傳云嘉美也

既破我斧又缺我銶（傳）木屬曰銶周公東征四國是遒（傳）遒固也哀我人斯亦孔之休（傳）休美也（疏）木屬曰銶釋文引韓詩銶鑿屬也一解云今之獨頭斧玉篇銶鑿屬本韓詩與毛詩異說文無銶字屬或古钃字考工記車人一宣有半謂之钃鄭注云钃斵斤柄長二尺說文钃一曰斤柄性自曲者○廣雅揫固也古遒揫聲通若長發百祿是遒三家詩作揫之叚也固者讀周禮掌固之固魯語帝嚳能序星辰以固民韋注云固安也休美釋詁文民勞以爲王休傳亦云休美也廣雅休善也美與善同意故休謂之美亦謂之善猶嘉謂之美亦謂之善矣

伐柯二章章四句

伐柯美周公也周大夫刺朝廷之不知也（疏）狼跋序云近則王不

知此不直席王而言朝廷者以刺者周大夫也九罭同

伐柯如何匪斧不克【傳】柯斧柄也禮義者亦治國之柄

取妻如何匪媒不得【傳】媒所以用禮也治國不能用禮則不安【疏】傳云柯斧柄也者考工記車人之事一欘有半謂之柯又車人爲車柯長三尺博三寸厚一寸有半五分其長以其一爲之首鄭注云首六寸謂今剛關頭斧柯其柄也鄭司農云柯長三尺謂斧柯說文柯斧柄也柄柯也或作棅案柯者斧柄之名伐斧柄必待斧而後成猶治國之柄必待禮義而後成與上篇斧斨喻禮義意同上篇傳云禮義國家之用也此傳云禮義者亦治國之柄玩亦字即冢上篇而言○取妻必用禮媒者用禮之人故傳云媒所以用禮也又申之云治國不能用禮則不安者即承所以用禮之故禮即禮義也傳中兩云治國皆明經義斧喻禮義媒喻用禮義雖兩喻實一意也媒以喻周公也周公能執禮義而王不知是不能用禮也

伐柯伐柯其則不遠傳以其所願乎上交乎下以其所願乎下事乎上不遠求也我覯之子籩豆有踐傳踐行列貌疏則法也禮記中庸篇子曰道不遠人人之爲道而遠人不可以爲道詩云伐柯伐柯其則不遠執柯以伐柯睨而視之猶以爲遠故君子以人治人改而止忠恕違道不遠施諸己而不願亦勿施於人案詩言伐斧柄之法以喻治人之法不在遠求傳卽本中庸爲訓也韓詩外傳云原天命治心術理好惡適情性而治道畢矣四者不求於外不假於人反諸己而存矣夫人者說人者也形而爲仁義動而爲法則詩曰伐柯伐柯其則不遠韓詩義同○踐行列皃說文𢓜迹也中庸注踐或爲纘纘同纂聲義相近行列卽陳列周大夫欲周公之歸而望朝廷設籩豆陳列以饗燕之正義用王肅義謂周公以禮治國籩豆有踐謂見其行禮以申述傳意竊恐傳意不然當如箋以籩豆之饌迎周公也案此篇先言成王不用周公末乃望其用周公下篇始言欲見周公後言周公不歸以爲心悲皆是往復其辭以刺王之不知爾

九罭四章一章四句三章章三句

九罭美周公也周大夫刺朝廷之不知也

九罭之魚鱒魴【傳】興也九罭緵罟小魚之網也鱒魴大魚也我覯之子衮衣繡裳【傳】所以見周公也衮衣卷龍也【疏】釋文罭本亦作域說文無罭字爾雅釋器緵罟謂之九罭九罭魚罔也傳所本也郭注云今之百囊罟是亦謂之罽今江東謂之緵緵罟卽數罟故傳又申之云小魚之網也魚麗傳庶人不數罟罟必四寸然後入澤梁四寸之目網至小者也御覽資產部十四引韓詩云九罭取鰕笓也文選王褒講德論鰌鱓竝逃九罭不以爲虛又西京賦布九罭摷鯤鮞皆謂小魚之網鱒魴雖非極大之魚傳云大魚者對九罭爲緵罟而言九罭但能取鰕與摷鯤鮞不當網鱒魴故言大以明其義鱒魴之大魚不宜居小魚之網猶下文云鴻大鳥不宜循渚陸鱒魴與鴻皆以喻周公也王肅云以與下土小國不宜久留聖人是其義矣爾雅鮅鱒郭注云似鯶子

赤眼陸義疏云鱒似鯶魚而鱗細於鯶赤眼多細文說
文玉篇皆云鱒赤目魚也○覯見也之子斥周公也衮
衣繡裳上公之禮服故云所以見周公也傳衮衣卷龍
但釋經之衮字采叔傳玄衮卷龍亦但釋經之衮字衮
衣玄衮傳乃依經連言非解玄字與衣字也衮與卷古
同聲卷者曲也象龍曲形曰卷龍畫龍作服曰龍卷加
衮之服曰衮衣玄衣而加衮曰玄衮戴冕而加衮曰衮
冕天子上公皆有之覲禮注上公衮無升龍賈疏案白
虎通引傳曰天子升龍諸侯降龍唯此爲異爾雅釋言
云衮黻也此言衮衣繡裳終南言黻衣繡裳是衮衣猶
黻衣矣終南傳云五采備謂之繡唐風揚之水傳云繡
黼也荀子哀公問篇黼衣黻裳者不茹葷是黼衣猶繡
衣黻裳猶衮裳矣古者衮繡黼黻義得通稱也凡上爲
衣下爲裳然有殊衣裳者亦有連衣裳者單言裳連上
衣也若褰裳爲摳衣也單言衣連下裳也若綠衣褧衣
毳衣緇衣素衣錦衣麻衣衣皆兼裳也白虎通義衣裳
篇云凡言衣者上兼下是也然則衮繡同文衣裳同制
衮衣卽繡裳故下章是以有衮衣兮但舉衮衣以該繡
裳言也鄭康成於采叔箋及禮記玉藻注周禮司服注
儀禮覲禮注皆謂畫卷龍於衣儒者悉從鄭無異說說

文解字衣部云袞天子享先王卷龍繡於下幅一龍蟠阿上鄉說文繫傳於下之下有裳字裳古作常通作裳許叔重說卷龍繡於裳與鄭不同今細覈之惟許合古也周禮司服王之吉服祀昊天上帝服大裘而冕祀五帝亦如之享先王袞冕享先公饗射鷩冕祀四望山川毳冕祭社稷五祀希冕祭羣小祀玄冕又弁師掌王之五冕皆玄冕玄玄衣也玄衣絲衣也弁師云王之五冕郎司服之裘冕袞冕鷩冕毳冕希冕也云王之五冕皆玄冕則裘袞鷩毳希五冕同玄衣而冕也鄭司農注大裘羔裘也天子冬日圜丘大祫大裘之冕仍用袞郊特牲祭之日王被袞以象天戴冕璪十有二旒則天數也故裘冕亦在五冕中也玉藻大裘不裼是天子祀天裘冕衣玄衣而不裼其餘冕入廟則皆裼可知玄衣爲上衣其內有中衣中衣又謂之裼衣繡黼丹朱中衣諸侯冕服之裼也天子當以錦衣爲裼聘禮注云裼者免上衣見裼衣若畫龍於上衣衣已見美又何爲免上見裼之禮此亦畫在裳不在衣之證也五冕皆玄衣玄袞玄衣袞裳也玄鷩玄衣鷩裳也玄毳玄衣毳裳也玄希玄衣希裳也其玄衣同也而裳有袞鷩毳希之等級禮器天子龍袞諸侯黼大夫黻士玄衣纁裳亦玄衣同也而

惟士纁裳天子諸侯大夫加冕服則裳有龍衮黼黻之尊服士冠禮爵弁服纁裳純衣純衣亦絲衣純讀爲黗說文黗黑也純衣猶玄衣也爵弁與玄冕本同制天子玄冕朱裳諸侯卿大夫玄冕赤裳上變冕爲爵弁則纁裳其玄冕同而裳有朱赤纁之殊士冠禮特牲饋食禮記玄端玄裳黃裳襍裳鄭司農司服注云衣有襦裳者爲端玄端端衣玄也猶爵弁服之純衣五冕之玄衣也士有上中下三等玄端同而裳有玄黃襍之異玉藻云衣正色裳閒色正色者不貳采也閒色者襍合五采也希冕以上裳皆襍采玄冕以下裳不盡皆襍采而其於上衣色皆玄從正色不從閒色固已章章可考者尚書皋陶謨篇予欲觀古人之象日月星辰山龍華蟲作繪宗彝璪火粉米黼黻希繡以五采章施于五色作服大傳云天子衣服其文華蟲作繪宗彝璪火山龍諸侯作繪宗彝璪火山龍子男宗彝璪火山龍大夫璪火山龍士山龍故書曰天命有德五服五章哉山龍青也華蟲黃也作繪黑也宗彝白也璪火赤也天子服五諸侯服四次國服三大夫服二士服一案虞書觀象當讀如易象之象易繫傳黃帝堯舜垂衣裳而天下治蓋取諸乾坤九家說卦云乾爲衣坤爲裳也有虞法黃帝象乾坤

製爲衣裳古人衣裳連而不殊乾坤各六合之爲十有二袞衣制十有二幅又引易曰坤六二之動直以方也此取諸乾坤之義也王制有虞氏皇而祭袞衣而養老注皇冕屬蓋於祭言皇於養老言袞衣互詞也則虞冕服袞衣也大傳以作繪爲黑色而次諸山龍華蟲宗彝璪火之閒繪讀爲畫繢之繢禮器云白受采以白畫黑故作繪列於五采之一也說文云繪會五采繪也虞書曰山龍華蟲作繪許謂繪繡同事有繪而後畫繢之五采備猶有繡而後黹刺之五采備其解虞書說雖與大傳異而意實大同說文又云璪玉飾如水藻之文虞書曰璪火黺米黺畫粉也䋛繡文如聚細米也黼白與黑相次文黻黑與青相次文黹箴縷所紩衣繡五采備也粉米作黺䋛黺下云畫粉粉卽細米䋛下云繡文繡文卽畫二者本一物特䋛字從糸乃入糸部耳黹與希同其解黼黻繡本考工記畫繢之事白黑綫相次成章是曰黼黑青綫相次成章是曰黻又黹細米文并所畫繢之五采而分布之總曰繡者黹刺亦襍合五采也故曰以五采章施於五色也大傳不數粉米以下者古者但稱畫衣也不數日月星辰者或三辰自古在旌旗也有虞冕服若周袞衣然畫繢黹刺皆爲衣飾天子備青黃

黑白赤其服五諸矦去黃而四子男去黑而三大夫去白而二士服青而已此有虞氏之服物采章也夏殷之冕無旒夏有黻冕殷有黼冔黼黻爲裳然其服不可得而詳冕服至周文始大備蓋周以虞之祭服連衣裳者爲朝服燕居服而祭用冕服則衣與裳殊作繪黑也上衣玄象天之玄也其山龍以下爲冕服九章皆裳飾司服公之服自衮冕而下矦伯之服自鷩冕而下子男之服自毳冕而下孤之服自希冕而下卿大夫之服自玄冕而下大行人上公冕服九章矦伯冕服七章子男冕服五章鄭注云古天子冕服十二章周以日月星辰畫於旌旗登龍於山登火於宗彝鷩畫雉謂華蟲也毳畫虎蜼謂宗彝也希刺粉米無畫也又云九章者自山龍以下七章者自華蟲以下五章者自宗彝以下據鄭注以推則所謂九章者一曰龍二曰山三曰華蟲四曰火五曰宗彝六曰璪七曰粉米八曰黼九曰黻龍山華蟲火宗彝璪六章爲畫績粉米黼黻三章爲黹刺天子衮升龍備九章也上公衮亦九章畫六章刺三章九命以九爲節也九罭采叔韓奕烝民言衮皆上公也矦伯鷩去龍山而七章畫四章刺三章七命以七爲節也唐風豈曰無衣七兮此矦伯也子男毳去華蟲火而五章畫

二章刺三章五命以五爲節也大車毳衣如菼畫白也毳衣如璊畫赤也此子男也惟希冕以下不依命次公之孤四命止刺二章宣十六年左傳命晉士會以黻冕爲大傅所謂大夫黻是已此公之孤希冕裳無畫又去黼也諸侯之卿大夫玄冕纁裳則又無刺矣上士玄端玄裳荀子哀公問云端衣玄裳者謂士也中士玄端黄裳下士玄端襍裳王之三公八命去山畫五刺三衮同於上公也荀子大略篇天子山冕蓋對公無山而言也王之卿六命去火畫三刺三鷩同於侯伯也火取其明故王之卿或無火也王之大夫四命畫二刺二毳如子男而去黼故終南詠黻衣爲秦始受子男之服而同於大夫四命也王之上士三命刺二希同於公之孤也中士再命玄冕無刺同於諸侯之卿大夫也下士一命玄裳同於諸侯之上士也其黄裳襍裳謂之不命之士此周冕服之大凡也王者受天命爲天子改正朔易服色夏殷不相沿虞周不相襲迺後儒援周禮測虞書遂創六者繪衣六者繡裳之説而不知虞之服若衮衣畫刺皆在衣也既誤以虞爲上衣下裳因又卽虞之五服五章竝同於周之九章七章五章亦以畫刺分屬於衣裳而不知周之冕服上皆以玄衣爲正色畫刺皆在裳爲

閒色也昭二十五年左傳云爲九文六采五章以奉五色九文九章也六采五采合玄也五章卽五色也禮運云五色六章十二衣六章猶六采也學記云水無當於五色五色弗得不章水屬黑謂玄也此卽五色六章之義也解經者竝謂畫袞在衣而不在裳故詳證言之如此

鴻飛遵渚（傳）鴻不宐循渚也 **公歸無所於女信處**（傳）周公未得禮也再宿曰信（疏）傳詁遵爲循與汝墳遵大路同遵渚循渚也遵陸循陸也鴻以喻周公也小箋云說文曰鴻者鴻鵠也鴻鵠卽黃鵠也黃鵠一舉知山川之紆曲再舉知天地之圜方最爲大鳥故箋云大鳥傳云鴻不宐循渚陸非鴻所宐止非謂大鴈也小雅傳云大曰鴻小曰鴈此因下言鴈決上言大鴈乃鴻字假借之用而今人遂失鴻本義○女猶爾也爾此也此此居東也袞衣所以禮周公周公未得禮是公歸而尚無所於此東而信處也再宿曰信有客傳同

鴻飛遵陸（傳）陸非鴻所宐止 **公歸不復於女信宿**（傳）宿

猶處也疏我行其野傳復反也王肅云未得所以反之道是不復爲不反也有客傳一宿日宿此不同者信宿不平列此信宿猶上章信處處止也說文宿止也

是以有衮衣兮無以我公歸兮傳無與公歸之道也無使我心悲兮疏傳無以爲無與古以與通也言朝廷有衮衣當爲見公之服今成王不持衣逆公是無與公歸之道也此周公未得成王命故不得歸不得歸而終望朝廷之歸公故云無使我心悲也

狼跋二章章四句

狼跋美周公也周公攝政遠則四國流言近則王不知周大夫美其不失其聖也疏此詩既歸朝廷而作在攝政四年後事

狼跋其胡載疐其尾傳與也跋躐疐跲也老狼有胡進則躐其胡退則跲其尾進退有難然而不失其猛公孫

碩膚赤舄几几傳公孫成王也豳公之孫也碩大膚美也赤舄人君之盛屨也几几絇貌疏跋躐疐跲皆爾雅釋言文說文䟦步行獵跋也䟦卽今詩跋字䟦郭音貝是也說文躓跲也詩曰載躓其尾三家詩作躓毛詩作疐故段注說文於疐礙不行也下增補詩曰載疐其尾六字葢許用毛不廢三家如漢廣作永又作羕江有汜作汜又作洍擊鼓作鏜又作鼞君子偕老作紲又作褻碩人手作褧又作縱子衿作挑又作岦候人作薈又作嬒四牡作嘽嘽又作瘉瘉正月作蹐又作趚蓼莪作罄又作窒青蠅作營營又作營營賓之初筵作傞傞又作姕姕皆其例老狼躐胡跲尾進退有難興周公四國流言成王不知遠近皆有難傳申之云然而不失其猛者喻周公不失其聖葢據下文義而言也○公謂豳公孫謂成王傳以公孫爲成王而又自申其說云豳公之孫也碩大釋詁文方言齊宋之間曰巨曰碩簡兮同膚美文王同正義引小爾雅廣訓云膚美也此美周公歸周成王年既長大德又盛美於以見公之輔相成王聖德昭著爲美成王郎是美周公也荀子儒效篇云周公歸周反籍於成王而

天下不輟事周○冕服稱舄常服稱屨此析言之也屨其大名也故傳以赤舄爲人君之盛屨赤舄其色以金爲飾則謂之金舄車攻傳金舄達屨箋云金舄黄朱色也此詩以赤舄美周公韓奕以赤舄賜韓侯是赤舄爲諸侯盛飾矣云几几絇皃者屨人注云絇謂之拘著舄屨之頭以爲行戒士冠禮注云絇之言拘也以爲行戒狀如刀衣鼻在屨頭漢書王莽傳莽再拜受衮冕句屨孟康注云今齊祀屨句頭飾也出屨三寸士冠禮記玄端黑屨青絇繶純素積白屨緇絇繶純考工記黑與青謂之黻白與黑謂之黼此玄端皮弁屨飾取黼黻相次之文也爵弁纁屨黑絇繶純士爵弁大夫以上爲冕此冕服屨飾取同色之義也屨人掌王及后之服屨爲赤舄黑舄赤繶黄繶青句案句與絇同黑舄配青絇爲玄端服赤舄配赤繶爲冕服黄繶所施未聞於赤言繶於絇言青互詞衮冕赤舄之絇以金爲飾其狀則几几然也胡承珙云説文己部引詩作赤舄己己手部又引詩作掔掔呂氏讀詩記引董氏云崔靈恩集注几几作掔掔考己象萬物辟藏詘形絇在屨頭如刀衣鼻自有詘形故曰己己至掔説文訓堅掔掔當并取金絇箸屨堅固之皃是三家詩義疑以金舄加金爲飾也

狼疐其尾載跋其胡公孫碩膚德音不瑕（傳）瑕過也（疏）

傳詁瑕爲過不過言無有過失也禮記明堂位云六年朝諸侯於明堂制禮作樂頒度量而天下大服又樂記云天下大定然後正六律和五聲弦歌詩頌此之謂德音德音之謂樂

卷十五終

武林愛日軒朱兆熊鐫

詩毛氏傳疏卷十六

長洲陳奐學

鹿鳴之什詁訓傳弟十六　毛詩小雅

鹿鳴之什十篇五十五章三百一十五句（疏）小雅皆錄殷紂尚存文武未大平成王誅管蔡以及賓燕諸侯宣王初年征伐作牧考室幽王諸詩皆刺朝政以至滅亾乃下變爲風之漸實自幽王始也關雎序云政有小雅焉

鹿鳴三章章八句

鹿鳴燕羣臣嘉賓也既飲食之又實幣帛筐篚以將其厚意然後忠臣嘉賓得盡其心矣（疏）此燕羣臣之詩也史記十二諸侯年表潛夫論班祿篇文選琴賦注引蔡邕琴操皆以鹿鳴爲刺詩三家說

呦呦鹿鳴，食野之苹。【傳】興也。苹，蓱也。鹿得蓱，呦呦然鳴而相呼，懇誠發乎中，以興嘉樂賓客，當有懇誠相招呼以成禮也。我有嘉賓，鼓瑟吹笙。吹笙鼓簧，承筐是將。【傳】簧，笙也。吹笙而鼓簧矣。筐，篚屬，所以行幣帛也。人之好我，示我周行。【傳】周，至。行，道也。【疏】說文：呦，鹿鳴聲也。或作𣢴。玉篇引詩作欸欸，卽𣢴之省。廣雅云：呦呦，鳴也。曾釗詩異同辨云：爾雅苹，蓱，其大者蘋，則蓱是水草。此詩云野之苹，不得以水之蓱解之，疑蓱本當作荓。爾雅：荓，馬帚。毛蓋以馬帚之荓釋此經之苹，後人轉寫加水耳。案：曾說是也。夏小正七月苹秀，傳：苹也者，馬帚也。小正作苹，爾雅作荓，此卽苹、荓通用之證。說文：荓，馬帚也。廣雅：馬帚，屈馬第也。通藝錄謂北方埽帚菉爲蓬，荓、蓬音相近，馬帚、埽帚名復相同。見埽帚菉立秋節無不秀者，與七月苹秀合。又案：管子地員篇云其草宜苹蓨，尹注：苹蓨，草名也。不以苹爲蓱。管子又云：蔞下於荓，荓下於蕭。是荓爲蔞類，荓以食鹿猶蔞以飤馬與箋苹藾蕭亦用釋草文郭注云今藾蒿也毛鄭皆本爾雅此章之苹與下章之蒿異名同類其用意則一也鹿鳴食野草以興君燕羣臣正義云鹿呼同類猶君呼臣子或以爲兩鹿相呼喻兩臣相招爲羣臣相呼以成君禮斯不然矣引鄭駁異義云君有酒食欲與羣臣嘉賓燕樂之如鹿得苹草以爲美食呦呦然鳴相呼以欵誠之意盡於此耳案鄭駁正本毛義儀禮燕禮小臣戒與者膳宰具官饌于寢東樂人縣此卽傳所謂懇誠相招呼以成禮也陸賈新語道基篇云鹿鳴以仁求其羣淮南子泰族篇云鹿鳴興於獸君子大之取其見食而相呼也鹽鐵論刺復篇云鹿鳴之樂賢此皆與毛義同○嘉賓謂羣臣也燕禮射人請賓公曰命某爲賓鄭注云某大夫也此卽禮記燕義篇不以公卿爲賓而以大夫爲賓明嫌之義也燕禮工四人二瑟小臣左何瑟面鼓執越內弦右手相入升自西階北面東上坐小臣坐授瑟乃降工歌鹿鳴四牡皇皇者華此升歌三終也笙入立于縣中奏南陔白華華黍閒歌魚麗笙由庚歌南有嘉魚笙崇丘歌南山有臺笙由儀此笙入三終閒歌三終也案詩言鼓瑟卽升歌吹笙卽笙閒歌在堂上笙在堂下閒乃堂上堂下代作升歌以瑟爲

主故儀禮有瑟無琴與此詩首章言鼓瑟不言鼓琴合然非堂上無琴也末章言鼓瑟琴不及吹笙當指合樂燕禮升歌笙閒畢遂歌鄉樂周南關雎葛覃卷耳召南鵲巢采蘩采蘋大師告于樂正曰正歌備此合樂三終也合樂堂上歌詩以琴瑟弦之堂下則衆音幷作詩但就其堂上琴瑟爲說亦非堂下衆音不作也鹿鳴雖是文王燕羣臣之樂而雅頌之作實皆在成王之世周公制禮以鹿鳴列於升歌之詩下篇傳云周公作樂以歌文王之道爲後世法然則鹿鳴四牡皇皇者華三章皆周公本文王之道以爲樂歌傳有明文也君子陽陽執簧車鄰鼓簧簧卽笙故傳兩云簧笙也此笙簧連言與單言簧者不同傳簧笙也小箋本於笙下增一簧字吹笙而鼓簧矣君子陽陽正義引鹿鳴云吹笙鼓簧言吹笙則鼓簧是今本傳文而字乃則字之誤宋書樂志引吹笙則簧鼓矣簧鼓文倒而則字不誤小箋本依王風正義訂正○筐與筐筥不同詩之筐猶書之篚故傳云篚屬所以行幣帛也將行也箋云承猶奉也書曰篚厥玄黃正義以爲書脩征文孟子滕文公篇篚厥玄黃實玄黃于篚趙注以爲尚書逸篇之文說文引逸周書實玄黃于匪案玄黃卽所行之幣帛匪今通作篚後箋云

周語言先王之燕禮解節折而共飲食之于是乎折俎
加豆酬幣宴貨以示容合好則燕亦未嘗不用酬幣也
○周行訓至道與卷耳周行不同義王肅云謂羣臣嘉
賓也夫飲食以饗之琴瑟以樂之幣帛以將之則能好
愛我好愛我則示我以至美之道矣禮記緇衣篇子曰
私惠不歸德君子不自畱焉詩云人之好我示我周行
鄭注云行道也言示我以忠信之
道此與毛義同禮注與詩箋異

呦呦鹿鳴食野之蒿(傳)蒿菣也**我有嘉賓德音孔昭視**
民不恌君子是則是傚(傳)恌愉也是則是傚言可法傚
也我有旨酒嘉賓式燕以敖(傳)敖遊也(疏)蒿菣爾雅釋
草文說文蒿菣也菣香蒿也或作⿱艹堅正義引義疏云蒿青蒿也荊豫
之閒汝南汝陰皆云菣也神農本草草蒿一名青蒿一
名方潰陶注云處處有之即今青蒿人亦取雜香菜食
之蜀本圖經云葉似茵蔯蒿而背不白高四尺許四月
五月採苗日乾江東人呼爲犱蒿爲其臭似犱北人呼
爲青蒿○箋云視古示字也恌當爲佻昭十年左傳及

說文玉篇人部引詩皆作恌恌愉愉釋言文今爾雅愉作偷偷偷古今字古澆薄字作偷不作愉說文恌愉也愉薄也服注左傳云示民不偷薄鄭注鄉飲酒禮燕禮云嘉賓既來示我以善道又樂嘉賓有孔昭之明德可則傚也禮注以德音爲嘉賓之明德箋又以德音爲先王之德敎當從禮注爲長則法也則傚二字連文成義是則是傚是則傚也言君子可爲人法傚箋謂君子所法傚非傳義昭七年左傳仲尼曰能補過者君子也詩曰君子是則是效孟僖子可則效已矣此引詩亦謂君子可爲人則效傳義所本也傚與效同說文敖游也游古文作遊今字通作遊卽古文遊之字變敖謂之遊連言之曰敖遊邶柏舟云微我無酒以敖以遊是有酒可以敖遊矣

呦呦鹿鳴食野之芩傳芩草也我有嘉賓鼓瑟鼓琴鼓瑟鼓琴和樂且湛傳湛樂之久我有旨酒以燕樂嘉賓之心傳燕安也夫不能致其樂則不能得其志不能得

其志則嘉賓不能竭其力【疏】陸機義疏云苓草莖如釵股葉如竹蔓生澤中下地
鹹處爲草貞實牛馬亦喜食之說文苓艸也詩曰食野
之苓釋文引作蒿也說文注云恐是一本作蒿屬也字
或屬字之誤集韻類篇苓蘦苓三字同魚音切菜名似
蒜生水中孜字林齊民要術皆云苓似蒜生水中此則
別是一物案釋文苓又其炎反正切蘦字之音與陸許
不同許意苓與上章之蒿爲同類〇湛讀爲媅此假借
字也說文媅樂也今字皆作湛通作耽釋文湛本又作
耽呡正義引此詩作耽耽湛行而媅廢矣後箋云燕以
示慈惠湛露有厭厭夜飲不醉無歸之語故傳云樂之
久是也燕訓安湛露傳云厭厭安也兩安字訓同皆郎
燕禮司正命安賓之義又經言燕樂賓心而傳必推至
賓能竭力此郎序所謂忠臣盡心之義傳實本禮記燕
義爲訓也燕義篇云君舉旅於賓及君所賜爵皆降再
拜稽首升成拜明臣禮也君荅拜之禮無不荅明君上
之禮也臣下竭力盡能以立功於國君必報之以爵祿
故臣下皆務竭力盡能以立功是以國安而君寧禮無
不荅言上之不虛取於下也上必明正道以道民民道
之而有功然後取其什一故上用足而下不匱也是以

上下和親而不相怨也和寧禮之用也此君臣上下之大義也

四牡五章章五句

四牡勞使臣之來也有功而見知則說矣【疏】詩中皆言使臣有功見知而於其來也以勞之四牡勞使臣襄四年左傳文也

四牡騑騑周道倭遲【傳】騑騑行不止之貌周道岐周之道也倭遲歷遠之貌文王率諸侯撫叛國而朝聘乎紂故周公作樂以歌文王之道爲後世法豈不懷歸王事靡盬我心傷悲【傳】盬不堅固也思歸者私恩也靡盬者公義也傷悲者情思也無私恩非孝子也無公義非忠臣也君子不以私害公不以家事辭王事【疏】玉篇騑騑行不止也

左傳注使臣棄四牡騑騑然行不止勤勞也並與傳訓同文王都於岐周故云周道岐周之道也釋文倭本又作委說文委隨也倭順皃詩曰周道倭遲倭與委俱有順隨之義遲有遠義故傳以歷遠釋倭遲也傳文歷遠之皃文選江淹別賦顏延年秋胡詩注引皆無之字釋文引韓詩作倭夷倭字疑誤文選潘岳西征賦注作威夷并引薛君章句云威夷險也玉篇云贓夷險阻也贓俗字顏注漢書地理志引韓詩作郁夷言使臣棄馬行於此道此或出魯詩顏乃誤爲韓詩三家不同訓而於經各通歷遠者荆梁於岐周爲近徐揚於岐周爲遠使臣朝聘從岐周而行故傳又申歷遠之義云文王率諸侯撫叛國而朝聘乎紂也文王受殷天子命入爲三公出爲西伯西伯但能率西方諸侯厥後東諸侯叛殷從周文王於是鎮撫叛國使通朝聘故東諸侯亦率從文王焉襄四年左傳云文王帥殷之叛國以事紂逸周書程典篇云文王合六州之侯奉勤于商論語泰伯篇云三分天下有其二以服事殷後漢書西羌傳亦云文王率西戎征殷之叛國以事紂此事蓋在受命五年棄黎之後紂囚羑里諸侯不娛逆諸文王是其時也案詩所歌皆文王之道而樂乃周公所作如鄉飲酒禮燕禮皆

有鹿鳴四牡皇皇者華歌文王以爲後世法也傳云故周公作樂以歌文王之道爲後世法此言爲一部諸文王詩之總義矣○懷思也王般王紂也盬固皆古聲故以不堅固詁盬固亦堅也天保傳固堅也襄二十九年左傳葬靈王鄭子展使印段往曰詩云王事靡盬不遑啟處東西南北誰敢寧處堅事晉楚以蕃王室也王事無曠何常之有案堅事晉楚以蕃王室即是文王令諸侯從己事紂之意毛傳正本左傳爲訓四牡采薇杕杜三言王事靡盬實一事也鴇羽傳又云盬不攻致也不攻致又從不堅固而引申之毛傳之精密如是也無私恩以下皆係傳文集注及定本皆無箋云二字今據以訂正思歸爲私恩又申之云無私恩非孝子也者撰下文將父母而言也靡盬爲公義又申之云無公義非忠臣也者正說使臣有功於王事推文王之忠以爲忠鹿鳴序忠臣盡心皇皇者華傳忠臣奉使能光君命三言忠臣其指一也君子不以私害公不以家事辭王事以釋經我心傷悲句言思歸而不歸有此情思也序所謂有功而見知也此釋全章之總義韓詩外傳云吾聞君子不以私害公哀三年公羊傳云不以家事辭王事以王事辭家事是上之行乎下也

四牡騑騑嘽嘽駱馬〔傳〕嘽嘽喘息之貌馬勞則喘息白馬黑鬣曰駱豈不懷歸王事靡盬不遑啓處〔傳〕遑暇啓跪處居也臣受命舍幣于禰乃行〔疏〕嘽嘽喘息之皃之字疑衍釋文作喘息也也乃皃之誤六書故嘽下引傳喘息皃說文嘽喘息也詩曰嘽嘽駱馬本毛詩又瘏馬病也玉篇瘏力怯也俱引詩曰瘏瘏駱馬本三家詩嘽聲多聲相近傳既釋嘽嘽爲喘息而又申之云馬勞則喘息者知馬勞即知使臣勞也白馬黑鬣曰駱爾雅釋畜文駉同禮記月令仲秋駕白駱明堂位夏后氏駱馬黑鬣駱色白故謂之白駱駱馬黑鬣鬣即白馬黑鬣也駱馬全身白色唯鬣黑耳爾雅釋文鬣鬣髦也舍人作鬣衆家竝作髦駉正義云髦即是鬣皆謂馬之騣也定本集注髦字皆作鬣高注淮南子時則篇云白馬黑毛曰駱毛與髦同也詩釋文引樊光孫炎所據爾雅作白馬黑髦鬣尾也髦鬣同義寫者誤併耳說文駱馬白色黑鬣尾也與樊孫本合爾雅釋文所引說文鬣作毛又引廣雅白馬朱鬣曰駱段注云駱當爲駁○遑暇般其靁同遑當作皇下同不

皇不暇也啟跪釋言文郭注云小跽啟與跽一聲之轉處訓居居當作凥古謂之啟處今謂之跪凥廣雅啟踞也說文注云踞俗字今蹲踞古作蹲居今居處古作凥處說文凥處也从尸得几而止隱几而坐曰跪凥傳云臣受命舍幣于禰乃行者此言使臣自周道出使朝聘亦釋全章總義也正義云聘禮命使者使者辭君不許乃遂厥明賓朝服釋幣于禰注云告爲君使也又曰釋幣于行遂受命乃行注引曲禮曰凡爲君使已受命君言不宿於家是臣出使舍幣乃行之事也引此者證不遑啟處言臣受命卽行是不遑啟處也

翩翩者鵻載飛載下集于苞栩（傳）鵻夫不也王事靡盬**不遑將父**（傳）將養也（疏）廣雅云翩翩飛也鵻夫不釋鳥文爾雅本鵻下有其字衍也方言鳩自關而東周鄭之郊韓魏之都謂之鵖鶝其鴓鳩謂之鸊鷎自關而西秦漢之閒謂之鵴鳩其大者謂之鳻鳩其小者謂之鴓鳩或謂之鷄鳩或謂之鵅鳩或謂之鶻鳩梁宋之閒謂之鵻案或謂之鶻鳩五字舊本當在其大者謂之鳻鳩之下廣雅云鵖鶝鳩也鶻鵃鴿鳩也鴓鳩鷄鳩鸊鷎鵅鳩鶻鳩也鴿與鳻同鵖鶝爲鳩之

總名鶻鳩即鶌鳩鶻鳩之大者鶌鳩鷞鳩鶅鶌鳩鶉
鳩謂鳩之小者稚讓正本子雲也左傳爾雅疏引郭璞
注云鶻鵃舊說及廣雅云斑鳩此其明證然則子雲不
以雛爲鶻鳩也釋文雛本又作隹南有嘉魚釋文同方
言作鵻同郭注鶌音浮浮郎夫不合聲或其鳥聲近之
故說雛者毋以鶌鳩當之矣說文雛祝鳩昭十七年左
傳祝鳩氏司徒也杜注云祝鳩鵻鳩鵻鳩孝故爲司徒
主敎民樊光亦云孝故爲司徒箋詩言雛集栩杞與養
父母故樊杜以雛鳩爲孝或本三家說栩杼詳鴇羽篇
○將讀與養同將父養父也將母養母也桑柔天不我
將箋云將猶養也鄭以將養不同義故云猶此
東漢人訓例也廣雅釋詁云將養也本此傳訓
翩翩者雛載飛載止集于苞杞（傳）杞枸檵也王事靡盬
不遑將母（疏）杞枸檵釋木文四月同郭注云今枸杞也
廣雅檹乳苦杞也地筋枸杞也檹與枸同
本草注掌禹錫引義疏云一名苦杞一名地骨春生作
羹茹微苦其莖似莓子秋熟正赤莖葉及子服之輕身
益氣
耳

駕彼四駱載驟駸駸傳駸駸驟貌豈不懷歸是用作歌將母來諗傳諗念也父兼尊親之道母至親而尊不至

疏四駱四馬皆駱也載詞也載驟猶載馳說文驟馬疾步也駸馬行疾也詩曰載驟駸駸諗念釋言文諗讀與念同諗從念聲念從今聲古聲同也來語詞是用作歌將母來諗言使臣念母乃作歌以勞之與首章我心傷悲同意歌念母者孝子於母情尤篤也故傳又申之云父兼尊親之道母至親而尊不至陟岵傳云父尚義母尚恩

皇皇者華五章章四句

皇皇者華君遣使臣也送之以禮樂言遠而有光華也

疏此遣使臣之詩臣之功本君之教也冡上篇而歸美於其君

皇皇者華于彼原隰傳皇皇猶煌煌也高平曰原下溼

日隰忠臣奉使能光君命無遠無近如華不以高下易其色駪駪征夫每懷靡及〔傳〕駪駪衆多之貌征夫行人也每雖懷和也〔疏〕皇古煌字故傳云皇皇猶煌煌也煌煌華色明也說文邍廣平之野韻會本作高平曰邍周禮大司徒五曰邍隰邍今通作原爾雅大野曰平廣平曰原高平曰陸傳於天保云高平曰陸用爾雅文此云高平曰原者隰下溼則原高平爲對舉之稱也昭元年公羊傳上平曰原下平曰隰上平亦對下平而言下溼曰隰詳車鄰篇傳意言華不以高下易其色喻臣不以遠近失其名此君遣之之詞勉使臣不辱命也在君謂之明在臣則謂之忠光者遠而自他有耀者也○楚辭招魂注玉篇廣韻引詩皆作侁侁云行聲也此三家義國語引詩作莘莘韋注莘莘衆多也說文桑盛皃讀若詩曰莘莘征夫李注文選東都賦魏都賦皆引傳莘莘衆多也然則毛詩作莘莘矣今作駪駪者疑係後人所改云衆多之皃也者言從使臣者衆多所謂鄉行旅從也征行也征夫爲行人是一時奉使之人非專官也春秋經有鄭行人良霄衞行人石買陳

行人干徵師我行人叔孫婼宋行人樂祁犂衞行人北宮結左傳云書曰行人言使人也哀十五年傳上介芋尹蓋對曰無祿使人逢天之慼令君命逆使人曰無以尸造于門此使人指公孫貞子聘禮君與卿圖事遂命使者鄭注云聘使卿棻聘使卿一人唯此一人稱使其餘上介衆介不稱使也傳云行人卽序之使臣當是一人下文每雖懷和自爲無及亦謂使臣一人非謂衆行人也每雖爾雅釋訓文今本爾雅作每有雖也衍一有字莊子庚桑楚篇每發而不當釋文引爾雅每雖也不誤玉篇廣韻皆云每雖也常棣篇每有良朋又云雖有兄弟是每有卽雖有也彼箋云每有雖也有亦衍字懷和雙聲得義國語魯語叔孫穆子引此詩而釋之云懷和爲每懷國語以懷和釋懷毛傳以和釋懷毛傳實本國語也鄭箋改和爲私將仲子及烝民箋皆同蓋鄭誤也版詩懷德維寧傳亦云懷和也改和爲私豈和德亦作私德乎且雖和若作雖私理尤不可通孔仲達疑每雖後人所加曲爲鄭諱又據晉語姜氏引此詩以證懷私不知姜語義取征夫無及不可懷安故後取而方書及鄭詩之言懷以戒重耳與詩每懷本不干涉首章傳言和末章傳言中和王肅云雖有中和者卽上每雖懷

和也孫毓云毛傳上下說自相申成雖有中和當自謂無所及即是旃懷靡及旃雖懷和之義案王孫申毛得其指矣中謂禮和謂樂必達大禮樂之原乃能通中和之德傳云中和與序言禮樂意正相合言使臣雖有中和之德猶自謂靡及必將周咨之公羊傳云及猶汲汲也

我馬維駒六轡如濡載馳載驅周爰咨諏〔傳〕忠信爲周訪問於善爲咨咨事爲諏〔疏〕我我使臣也釋文駒本作驕株林椉我椉駒釋文作椉驕引沈重云或作駒字後人改之皇皇者華篇內同是沈所據此篇作驕也說文馬高六尺爲驕从馬喬聲詩曰我馬維驕許引詩可證箋云如濡言鮮澤也○國語忠信爲周襄四年左傳皇皇者華君教使臣曰必咨於周臣聞之訪問於善爲咨內外傳義互明內傳之所謂善即外傳之所謂忠信也訪問於善此即必咨於周之義內傳以咨列五善數咨即數周也故外傳六德不數咨內外傳皆出左氏非有異也此毛氏兼用內外傳說周咨並舉其實諏謀度詢皆連咨言皆是訪問於善咨字一義領下四事意亦數周不數咨也斯爲善承左

氏之學矣說文謀事曰咨汎謀曰訪諮俗字咨事爲諏
左傳文國語作咨才爲諏案才卽事之假借字韋注云
才當爲事依內傳改外傳非也晉語文王諏於蔡原而
訪於辛尹韋注云諏訪皆謀也爾雅諏謀也說文諏聚
謀也

我馬維騏六轡如絲傳言調忍也**載馳載驅周爰咨謀**

傳咨事之難易爲謀疏小戎傳騏綦文也駉傳蒼綦曰
騏云言調忍也者以釋如絲之
義忍爲彊忍謂既調且忍也高注淮南云如絲言調勻
也與下章既均同義說或本三家○傳云咨事之難易
爲謀者疑易字當衍左傳咨難爲謀國語咨事爲謀章
注云事當爲難依內傳改也說文云慮難曰謀桓六年
左傳會于成紀來諮謀齊難也諮謀卽咨謀皆無易字
可證淮南子脩務篇云是故田者不强囷倉不盈官御
不厲心意不精將相不强功烈不成矦王懈惰後世無
名詩云我馬維騏六轡如絲載馳載驅周爰諮謨以言
人之有所務也墨子尚同中篇云夫唯能使人之耳目
助己視聽使人之吻助己言談使人之心助己思慮使

人之股肱助己動作助之視聽者衆則其所聞見者遠矣助之言談者衆則其德音之所撫循者博矣助之思慮者衆則其謀度速得矣助之動作者衆則舉其事速成矣其下引詩曰我馬維騏六轡若絲載馳載驅周爰咨度又曰我馬維駱六轡沃若載馳載驅周爰咨謀卽此語古者國君諸侯之聞見善與不善也皆馳驅以告天子案謂以馳驅之獲告天子也故與傳自謂無所及成於六德之義合

我馬維駱六轡沃若載馳載驅周爰咨度（傳）咨禮義所宜爲度（疏）白馬黑鬣曰駱傳見上篇若猶然也氓傳云沃若猶沃沃然○傳云咨禮義所宜爲度者左傳咨禮爲度國語咨義爲度兼內外傳作訓也爾雅度謀也晉語云度於閎夭

我馬維駰六轡既均（傳）陰白雜毛曰駰均調也**載馳載驅周爰咨詢**（傳）親戚之謀爲詢兼此五者雖有中和當自謂無所及成於六德也（疏）陰白雜毛曰駰爾雅釋畜文駰同駟正義云舍人曰

今之泥驄也樊光曰駰者目下白也孫炎曰陰淺黑也郭璞曰陰淺黑今之泥驄或云目下白或云白陰皆非也璞以陰白之文與驪白黃白蒼白彤白相類故知陰是色名非目下白與白陰也說文駰馬陰白褋毛也宋本也作黑段注云許葢褋毛之下釋云陰淺黑也如虢下虎竊毛謂之虦苗竊淺也正是一例今本漏奪不可讀奐案陰之爲言幽也隰桑傳幽黑色也陰白褋毛謂黑馬發白色而閒有褋毛是曰駰也陰幽雙聲陰駰亦雙聲均讀爲勻故傳云均調也○傳云親戚之謀爲詢者左傳國語竝云咨親爲詢爾雅詢謀也晉語云詢於八虞諏謀度詢四事析言之各有專義渾言之則皆爲謀也云兼此五者雖有中和當自謂無所及成於六德也者此冡上文每懷靡及句而總釋之也陳啟源稽古編云春秋內外傳說此詩有五善六德咨諏謀度詢爲五善內傳本文自明外傳六德韋昭注於五善之外取周以備數與毛傳不合外傳云懷和爲每懷咨才爲諏咨事爲謀咨義爲度咨親爲詢忠信爲周君況使臣以大禮重之以六德據此文義則所謂六德卽上六語是矣忠信爲周言咨於忠信之人卽內傳之訪問於善爲咨周咨一義韋分兩德誤也懷和爲每懷在五善之外

雖有中和自謂無及以備六德之一與外傳正相符繆叔以懷和爲一德而康成破和爲私懷私可謂德乎又謂傳中和是釋周義而指爲六德之一誤又與韋等案陳說是也傳列周咨諏謀度詢凡六事而云兼此五者則合周咨爲一矣周咨合一諏謀度詢各一爲五善從內傳說以五善而加懷和則謂之六德從外傳說

常棣八章章四句

常棣燕兄弟也閔管蔡之失道故作常棣焉疏此詩在周公既誅管蔡而作以爲合九族之樂歌東山我心傷悲之意也

常棣之華鄂不韡韡傳興也常棣棣也鄂猶鄂鄂然華外發也韡韡光明也凡今之人莫如兄弟傳聞常棣之言爲今也疏釋文常棣棣也本或作常棣栘按爾雅云唐棣栘常棣棣棣作栘者非案釋文所據傳本或作常棣栘者是也爾雅當作常棣栘正爲傳所本毛詩常棣之華藝文類聚木部引三家詩作夫栘之華

詩考引韓詩序夫移燕兄弟也閔管蔡之失道也據此則毛詩常棣韓詩作夫移是常棣爲移之確證說文移棠棣也棠乃常字之誤許治毛詩則毛傳之作常棣移亦其明證矣詩有唐棣常棣二種爾雅釋木唐棣棣常棣移此釋詩也晨風山有苞棣棣唐棣也何彼襛矣唐棣之華唐棣棣也采薇維常之華常常棣也此篇常棣之華常棣移也毛傳皆本爾雅以釋詩然則唐棣得專稱棣而常棣一名移乃棣之屬七月傳鬱棣屬其即移歟唐棣白棣也常棣赤棣也辨見何彼襛矣篇○文選束晳補亡詩注引毛詩作萼說文引詩亦作萼段注云字當作咢萼俗字也今詩作鄂亦非咢取咢布之意傳云鄂猶鄂鄂然華外發也者華字各本作言字誤正義謂華聚而發於外也又以華之外發取衆多爲義釋文華外發鄂鄂然也是其證說文咢部韡盛也玉篇韡盛皃隸變作韡傳訓韡韡爲光明藝文類聚引三家詩作煒煒不語詞正義引王肅云不韡韡言韡韡也以興兄弟能內睦外禦則彊盛而有光耀若常棣之華發也杜預左傳注云鄂鄂然華外發不韡韡言韡韡以喻兄弟和睦則彊盛而有光輝韡韡然王杜皆足以申明傳義王云華發杜云華外發尤足以訂今本傳文之誤○傳

云聞常棣之言爲今也者以釋經之今字常棣之言卽常棣之詩也周公弔二叔之不咸以作此詩則二叔不咸爲古而周公作詩爲今也召穆公思周德之不類以歌此詩則周公作詩爲古而召公歌詩爲今也所謂作樂爲後世法也

死喪之威兄弟孔懷（傳）威畏懷思也原隰裒矣兄弟求矣（傳）裒聚也求矣言求兄弟也（疏）威畏巧言同列女傳續篇君子謂聶政姊仁而有勇不怯死以滅名詩云死喪之威兄弟孔懷言死可畏之事唯兄弟甚相懷劉子政亦釋威爲畏也懷訓思箋云死喪可畏怖之事維兄弟之親甚相思念鄭用三家義以申傳訓○裒聚般般武同說文繫傳及玉篇引詩原隰捊矣云捊聚也大雅釋文引釋詁捊聚也裒卽捊之俗案此興也原隰相聚高下得其宜以喻兄弟其處長幼得其序傳文求矣上奪兄弟二字當補經言兄弟求傳云求兄弟謂思求兄弟以相救於急難也

脊令在原兄弟急難（傳）脊令雝渠也飛則鳴行則搖不

能自舍耳急難言兄弟之相救於急難每有良朋況也

永歎傳況茲永長也疏釋文脊亦作即即令雝渠爾雅釋鳥文俗作鶺鴒說文雁石鳥一名雝渠一曰精列精列即脊令之轉一物而四名正義引義疏云脊令大如鷃雀長腳長尾尖喙背上青灰色腹下白頸下黑如連錢故杜陽人謂之連錢是也小宛篇題彼脊令載飛載鳴傳脊令不能自舍君子有取節爾案兩傳竝以不能自舍爲喻飛鳴行搖即其不能自舍也脊令喻兄弟脊令言飛行不舍兄弟急難言兄弟之相救於急難皆是申明經義傳文急難上奪兄弟二字當補昭七年左傳晉大夫言於范獻子曰衛事晉爲睦晉不禮焉庇其賊人而取其地故諸侯貳詩曰即令在原兄弟急難又曰死喪之威兄弟孔懷兄弟之不睦於是乎不弔況遠人誰敢歸之左引詩以明急難即上章之死喪兄弟急難即上章死喪而懷思兄弟毛義亦然也○皇皇者華傳每雖也況釋文本或作兄與桑柔召旻同兄況古今字古作兄今通作況晉語衆況厚之又況固其謀也字皆作況韋注云況益也書無逸則皇自敬德漢石經殘碑作則兄自敬德王肅本作況注

云況滋益用敬德訓況爲益與詩傳訓兄爲茲其義一也茲滋亦古今字古作茲今通作滋說文茲艸木多益也滋益也詩傳訓兄爲茲茲與滋同言雖有良朋徒滋其永嘆而已永訓長嘆釋文作歎長歎朋友之不如兄弟相救於急難與下章烝也無戎同義蓋兄弟之情親而朋友之道疏義不存乎相救急孟子曰越人關弓而射之則己談笑而道之無它疏之也其兄關弓而射之則己垂涕泣而道之無它戚之也語意相同

兄弟鬩于牆外御其務（傳）鬩很也御禦務侮也兄弟雖內鬩而外禦侮也**每有良朋烝也無戎**（傳）烝塡戎相也

（疏）爾雅鬩恨也孫炎本作很韋注國語鬩很也孟子離婁篇好勇鬩很以危父母此鬩很同義之證說文鬩恆訟也詩曰兄弟鬩于牆从鬥兒兒善訟者也訟爭也杜注左傳鬩訟爭貌竝與很義近御禦以下十五字各本作箋小箋云作正義時未誤今訂正正義云定本經御作禦訓爲禁集注亦然俗本以傳禦爲御案正義禦御二字互誤俗本經作御傳作禦當是古本傳文如是御禦邶谷風同詩作御內外傳引詩皆作禦故以禦釋

御也韋昭杜預注禦禁也後人因改此經傳作禦禁耳務侮爾雅釋言文詩作務内外傳引詩皆作侮侮爲本字務爲假借字故傳以侮釋務也周語富辰曰古人有言曰兄弟讒鬩侮人百里周文公之詩曰兄弟鬩于牆外禦其侮若是則鬩乃内侮而雖鬩不敗親也僖二十四年左傳引詩曰兄弟鬩于牆外禦其侮如是則兄弟雖有小忿不廢懿親鬩牆爲小忿外禦侮爲不廢親此傳所本也又昭元年傳子皮賦野有死麕之卒章趙孟賦常棣且曰吾兄弟比以安尨也可使無吠亦義取外禦侮之意大雅緜亦作禦侮○烝訓塡桑柔瞻卬傳塡久也爾雅烝塵也塵久也古塡塵聲同烝謂之塡塡謂之久烝謂之塵塵謂之久其義相因也戎相釋言文相助也

喪亂既平既安且寧雖有兄弟不如友生（傳）兄弟尚恩熙熙然朋友以義切切節節然（疏）正義云兄弟之多則尚恩其聚集則熙熙然朋友之交則以義其聚集切切節節然切切節節者相切磋勉勵之貌論語云朋友切切偲偲兄弟怡怡注

云切切勸競貌怡怡謙順貌此熙熙當彼怡怡節節當彼偲偲也定本熙熙作怡怡節節作偲偲依論語則俗本誤然則正義本當作兄弟尚恩熙熙然朋友以義切切節節然十六字伐木正義亦云朋友切切節節釋文云切切然一本作切切偲偲然今各本依定本作怡怡然不作熙熙然依釋文本作切切然不作切切節節然皆是後人改竄大戴禮立事篇兄弟憘憘朋友切切文又不同○案上三章曰死喪曰急難曰外務朋友不如兄弟此章言喪亂既平之後兄弟不如朋友者愈以見兄弟之當親喪亂既平既安且寧即行燕兄弟內相親之禮以下三章皆是也弟五章爲承上起下之詞

儐爾籩豆飲酒之飫（傳）儐陳飫私也不脫屨升堂謂之飫**兄弟既具和樂且孺**（傳）九族會曰和孺屬也王與親戚燕則尚毛（疏）儐陳釁韻爲訓陳讀如禮皆南陳之陳夜飲傳夜飲燕私也宗子將有事則族人皆侍楚茨諸父兄弟備言燕私傳燕而盡其私恩此即私字之義不

脱屨升堂謂之飫傳既本爾雅釋飫爲私而又申明其
爲燕私也傳不字必下字之誤燕禮賓北面取俎以出
膳宰徹公俎降自阼階以東卿大夫皆降東面北上賓
反入及卿大夫皆説屨升就席公以賓及卿大夫皆坐
乃安此即禮記鄉飲酒義篇降説屨升坐之義也鄭注
云凡燕坐必説屨屨賤不在堂也少儀凡祭於室中堂
上無跣燕則有之注云祭不跣者主敬也燕則有跣爲
歡也將燕降説屨乃升堂毛傳下脱屨升堂即降説屨
升坐草蟲傳降下也然則傳文作下脱屨甚顯白矣毛
詩作飫張載注魏都賦引韓詩作醧徐堅初學記器物
部韓詩説夫飲之酒不脱屨而即席者謂之禮跣而上
坐者謂之宴能飲者飲之不能飲者已謂之醧齊顔色
均衆寡謂之沈閉門不出客謂之湎君子可以宴可以
醧不可以沈不可以湎御覽飲食部三引同又李善注
東都賦引薛君章句飲酒之禮下跣而上坐者謂之宴
李所據跣上有下字韓詩云下跣而上坐即毛詩之下
脱屨升堂也衆經音義卷一及文選南都賦注引賈逵
國語注下脱屨升堂謂之宴賈正合毛韓爲一義今下
亦誤作不耳是詩爲燕兄弟之樂歌則所謂飲酒者燕
禮也同姓在焉異姓則否坐而飲夜而飲不醉無歸燕

私之禮也說文食部飫燕食也詩曰飲酒之飫本毛詩也今字通作飫酉部醧宴私之飲也本韓詩也宴私郎燕私飫醧雙聲字異而義同國語魯語釋不盡飫則遐舊說云飫宴安私飲也魯語亦作飫與毛詩字義正合鄭箋不用魯語之飫以申飫私之訓而用周語立成之飫爲說誤解經之飫字并誤解爾雅毛傳釋飫爲私之義正義從鄭申毛是不可以不辨○具俱也兄弟既具言已俱在也和樂與下章和樂不同義此和讀民大和會之和傳以九族會爲和郎本左傳召穆公合九族於成周而作詩以爲說也箋云九族從己上至高祖下至玄孫之親也鄭言九族葛藟行葦序箋同禮記喪服小記篇親親以三爲五以五爲九上殺下殺旁殺而親畢矣鄭注云己上親父下親子三也以父親祖以子親孫五也以祖親高祖以孫親玄孫九也殺謂親益疏者服之則輕案殺之爲言猶治也上殺五則爲己父祖曾高下殺五則爲己子孫曾玄二五一己合之則成九族也九族者旁殺之義也旁殺之義詳於釋親矣其曰父之昆弟爲世父叔父者祖之子也由己而父而旁殺之也曰父之從父昆弟爲從祖父者曾祖之孫也由己而父而祖而旁殺之也曰父之從祖昆弟爲族父者高祖之

曾孫也由己而父而祖而曾祖而高祖而旁殺之所謂四世而緦也曰族父之子相謂爲族昆弟與己同出於高祖由父之從祖昆弟而下殺之而旁殺之所謂五世祖免也曰族昆弟之子相謂爲親同姓與己同出於高祖之父由父之從祖昆弟之子而下殺之而旁殺之所謂六世親屬竭也然則父之昆弟父之從父昆弟有殺義而無族名族之名成於四世矣九族之義成於五世矣五世而外絕族而稱姓所謂姓別於上而戚單於下也古者立宗收族數世以降子姓衆庶于是君有合族之道與燕飲于宗室己而上有父之昆弟焉有祖之昆弟焉有曾高之昆弟焉己而下有子之昆弟焉有孫之昆弟焉有曾玄之昆弟焉所謂旁治昆弟合族以食也所謂序之以昭穆而人道竭也所謂羣居和壹之理盡也九族會曰和此其義也孺屬釋言文管子形勢解和子孫屬親親戚卽其義也傳旣釋孺爲屬而又明屬之義云王與親戚燕則尚毛者親戚謂兄弟也禮記中庸云燕毛所以序齒也周禮司儀云王燕則諸侯毛又齊語云班次顚毛以爲民紀統

妻子好合如鼓瑟琴兄弟旣翕和樂且湛（傳）翕合也（疏）

翕合釋詁文大東般同夏小正傳亦云翕也者合也方言翕聚也合與聚義相近釋文湛又作耽引韓詩云耽樂之甚也

宜爾家室樂爾妻帑（傳）帑子也**是究是圖亶其然乎**（傳）究深圖謀亶信也（疏）家室唐石經作室家帑者奴之假借鄭注中庸云古者謂子孫曰帑

正義云上云妻子好合子即帑也左傳曰秦伯歸其帑書曰予則帑戮汝皆是子也然則此章宜爾室家樂爾妻帑即上章妻子好合如鼓瑟琴之意爾爾兄弟也由燕兄弟而推及兄弟之室家妻子至於室家宜妻子樂則合族之道盡矣思齊云刑于寡妻至于兄弟以御于家邦文王之詩也四牡傳周公作樂以歌文王之道爲後世法○鴻雁傳究窮也深與窮義相近圖謀亶信皆釋詁文然猶是也於是而深謀之古人於兄弟之道信如是乎

伐木三章章十二句（疏）今訂正辨見下

伐木燕朋友故舊也自天子至于庶人未有不須友以成者親親以睦友賢不棄不遺故舊則民德歸厚矣【疏】李賢注後漢書朱穆傳引蔡邕正交論周德始衰伐木有鳥鳴之刺風俗通義窮通篇同是魯詩說以伐木爲刺詩也李善注文選謝混遊西池詩引韓詩伐木廢朋友之道缺勞者歌其事詩人伐木自苦其事故以爲文又注潘岳閒居賦以勞者歌其事爲韓詩序初學記樂上及御覽樂十一引韓詩飢者歌食勞者歌事其詳略不同而韓與毛義相近

伐木丁丁【傳】興也丁丁伐木聲也鳥鳴嚶嚶出自幽谷遷于喬木嚶其鳴矣求其友聲【傳】嚶嚶驚懼也幽深喬高也君子雖遷於高位不可以忘其朋友相彼鳥矣猶求友聲矧伊人矣不求友生【傳】矧況也神之聽之終和

且平疏伐木丁丁一興也鳥鳴嚶嚶以下又一興也鳥
遷喬木而不忘幽谷之鳥以興君子居高位而
不忘下位之朋友伐木者取須友以成之義故二章三
章亦以伐木為興廣韻朾伐木聲丁同朾○嚶嚶驚懼
傳言鳥驚懼而作其聲嚶嚶然嚶實鳥鳴之聲故下文
嚶其鳴矣不謂驚懼也箋云丁丁相切直也嚶嚶兩鳥
聲也爾雅釋訓丁丁相切直也釋詁嚶嚶音聲和也文
選東京賦笙賦注作嚶嚶今本爾雅誤作雝雝丁丁下
又誤衍嚶嚶二字鄭箋非原本轉寫者依誤本爾雅改
之也毛以鳥鳴嚶嚶連下讀鄭以丁丁嚶嚶連言非毛
義幽深釋言文孟子滕文公篇吾聞出于幽谷遷于喬
木者未聞下喬木而入于幽谷者趙注以幽谷為深谷
喬高釋詁文時邁同傳云君子雖遷於高位釋遷于喬
木句不可以忘其朋友釋求其友聲句經言喻義傳則
言其正義也文選張華詩屬耳聽鸎鳴李注引詩鸎其
鳴矣玉篇鸎黄鳥也引詩亦作鸎唐人用鸎出谷命題
葢本諸此桐城徐璈以為三家舊義文選禰衡鸚鵡賦
顔延之讌曲水詩注引韓詩章句云鳥微物也○矧況
釋言文賓之初筵抑箋竝云矧況也況即常棣召旻桑
柔之兄字兄茲也說文矤況詈也段注云況當作兄兄

詈者增益之詈其意爲益其言爲矤俗作矧伊猶是也伊人是人也終猶既也言求友情切懇誠發乎中則神明聽之既和且平也與神之聽之式穀以女神之聽之介爾景福辭意略同此詩曰終和且平那曰既和且平是終與既同也

伐木許許釃酒有藇〔傳〕許許柿貌以筐曰釃以藪曰湑藇美貌既有肥羜以速諸父〔傳〕羜未成羊也天子謂同姓諸侯諸侯謂同姓大夫皆曰父異姓則稱舅國君友其賢臣大夫士友其宗族之仁者寧適不來微我弗顧〔傳〕微無也於粲洒埽陳饋八簋〔傳〕粲鮮明貌圓曰簋天子八簋既有肥牡以速諸舅寧適不來微我有咎〔傳〕咎過也〔疏〕許許後漢書朱穆傳及家訓書證篇初學記器物部作滸滸說文作所所云伐木聲所本字許

所皆假借字傳云柹皃柹即桃之隸變廣韻云桃斫木
札也眾經音義卷十八云江南名桃中國曰札山東名
朴豆引說文桃削木朴也朴木皮也木皮謂之朴削木
皮謂之札又謂之桃今江蘇人謂所斫木皮曰木桃讀
如肺肝之肺即玄應所云江南名桃也桃蒲貝反○六
書故湑下釃下兩引傳以匡曰釃匡與筐通說文釃下
酒也凡作酒者以筐漉酒是謂之釃下猶漉也又說文
籭竹器也可以取麤去細釃籭聲義皆同經言釃傳必
兼云以藪曰湑者蓋挨下章有酒湑我作訓也下章傳
湑莤之也莤之謂以藪漉之是謂之湑也藪者籔之誤
詩異義云段氏說文注曰筐者盛飯之器較細籔者滰
淅之器較麤籔今人謂之浚箕皆可以漉酒籔誤作藪
正義云草甚謬未聞草可名藪草可漉酒也縮酒用茅
其事非漉酒也初學記器物部引傳藇美也與疑今本
作皃乃也字之誤釋文亦作也字藇音敘謂次敘之美
也玉篇藇酒之美也引詩作藇亦作𨡾說文無藇𨡾字
○爾雅釋畜未成羊羜傳所本也說文羜五月生羔也
云天子謂諸侯同姓稱父異姓稱舅者覲禮同姓大國
則曰伯父其異姓則曰伯舅同姓小邦則曰叔父其異
姓則曰叔舅此大邦稱伯小邦稱叔曲禮五官之長曰

伯天子同姓謂之伯父異姓謂之伯舅九州之長天子同姓謂之叔父異姓謂之叔舅此二伯較大於方伯故二伯稱伯方伯稱叔毛傳不言伯叔則渾言稱父稱舅耳其云諸侯謂大夫同姓稱父異姓稱舅者正義引莊十四年左傳鄭厲公稱原繁伯父又隱五年傳隱公稱臧僖伯叔父服杜注云諸侯稱同姓大夫長曰伯父少曰叔父禮記祭統衛孔悝鼎銘公曰叔舅其稱伯舅未聞也案此傳釋諸父兼釋諸舅國君統天子諸侯言詩詠天子燕耳諸侯已連而及之而弁下及大夫士者此卽序所云自天子至庶人皆須友以成之義也寧猶胡也胡何也適之也何之不來言必來也式微傳微無也式微之微訓無無與有對文微我之微訓無無與勿同義二傳訓同意別無我弗顧者勿弗顧我也無我有咎者勿有咎我也皆幸其來之之詞我王自謂我也通章七我字同○釋文云於如字箋疏並同音烏作歎詞者非也桑中傳爰於也於與爰皆發聲傳云粲鮮明皃皃當作也此言洒埽之鮮明非形容洒埽也釋文作鮮明也不誤鮮明猶言清埩也說文簋黍稷方器也簠黍稷圜器也周禮舍人注云方曰簠圜曰簋所傳聞異也傳云圓曰簋與鄭合而與許不同或疑傳依周禮注增入

釋文正義皆無此三字天子八簋之燕而言也聘禮堂上八簋公食大夫禮上大夫八簋是諸侯燕羣臣及他國之使臣皆八簋天子之燕與侯國同也明堂位云周之八簋簋盛黍稷八數者周之制膳八凡王之饋鄭注云進物於尊者曰饋爾雅咎病也過與病義相近

伐木于阪釃酒有衍傳衍美貌籩豆有踐兄弟無遠民之失德乾餱以愆傳餱食也有酒湑我無酒酤我傳湑莤之也酤一宿酒也坎坎鼓我蹲蹲舞我傳蹲蹲舞貌迨我暇矣飲此湑矣疏車鄰傳云陂者曰阪衍美皃衍之誤○伐柯傳踐陳列皃箋因上章速諸父諸舅故兄弟兼異姓言案鄭說非也周禮周之宗盟異姓爲後故詩言燕飲召族人飲酒之禮諸舅乃兼及之耳下文云有酒湑我無酒酤我箋族人陳王之恩鄭亦以酒爲族人設矣同姓之臣親爲兄弟則諠爲朋友上章傳國君友其賢臣大夫士友其宗族之仁者是宗族亦有朋友

也沔水傳兄弟同姓臣也葛藟刺桓王棄九族其詩曰終遠兄弟頍弁刺幽王不親九族其詩曰兄弟匪他兄弟具來角弓刺幽王不親九族其詩曰此令兄弟不令兄弟行葦內睦九族其詩曰戚戚兄弟莫遠具爾皆謂兄弟爲九族之親不爲異姓矣餱食爾雅釋言文說文餱乾食也依乾餱言故云乾食爲餱其實餱卽食耳愆過也漢書宣帝紀詔曰夫婚姻之禮人倫之大者也酒食之會所以行禮樂也今郡國二千石或擅爲苛禁禁民嫁娶不得具酒食相賀召由是廢鄉黨之禮令民亡所樂非所以導民也詩不云乎民之失德乾餱以愆又韓宣傳鄉黨闕於嘉賓之懽九族忘其親親之恩飲食周急之厚彌衰送往勞來之禮不行夫人道不通則陰陽否鬲和氣不興未必不由此也其下亦引此詩顏注云言無恩德不相飲食則闕乾餱之事爲過惡也○傳云湑莤之也者釋文莤所六反天官甸師祭祀共蕭茅鄭大夫注云蕭字或爲莤莤讀爲縮束茅立之祭前沃酒其上酒滲下去若神飲之故謂之縮縮浚也故齊桓公責楚不貢包茅王祭不共無以縮酒說文莤下引春秋傳作無以莤酒古莤縮聲同莤酒者自泲酒於茅上非謂莤爲茅也毛傳訓湑爲莤與鄭大夫訓縮爲浚意

同箋王有酒則泲莤之鳧鷖箋湑酒之泲者也甸師注縮酒泲酒也鄭不誤釋文正義竝以莤爲蕭茅大誤云酤一宿酒也者說文酤一宿酒也醴酒一宿孰也此詩以湑酤對文猶行葦篇以酒醴對文韓詩謂醴爲有汁滓者酤與醴一酒也然則有汁滓者謂之酤滲去其汁滓者謂之湑一宿言易孰耳徐鍇以今之雞鳴酒當之非也有酒湑我無酒酤我此倒句也我有酒則湑之我無酒則酤之言有酒用其滲去汁滓之酒無酒則用有汁滓者也汁滓之酒禮非常設故下文但云飲此湑矣不更及酤也箋酤買也說文一曰酤買酒也漢書食貨志魯匡釋詩有酒酤我亦訓爲買酒俱本三家詩義○坎坎者竷竷之假借釋文引說文作竷云舞曲也今本說文作竷繇也舞也樂有章从章从夅从夊詩曰竷竷舞我許合下句而言猶東方昌矣犬夷呬矣之例黃公紹韻會引繫傳本作竷竷鼓我或鼓字據今本改之也蹲當作壿釋文本或作壿說文士部壿舞也詩曰壿壿舞我爾雅坎坎壿壿喜也其字皆作壿可證案上句言鼓下句言舞舞與鼓相應也故許以舞詁壿壿亦詁竷竷其意實同坎坎鼓我壿壿舞我言我爲之擊鼓則坎坎然我爲之與舞則壿壿然亦倒句也○案此詩分章

各本皆誤正義標起止亦誤胡承珙後箋云凡傳箋下疏語統釋一章者例置每章之末今總十二句爲一疏作三次申述又序下疏指伐木許許爲二章上二句伐木于阪爲卒章上二句又指諸父諸舅爲二章兄弟無遠爲卒章是正義本自作三章章十二句各本作六章章六句者阮氏校勘記以爲其誤始於唐石經合併經注正義時又誤改標起止耳今據以訂正凡毛鄭分章異同關雎思齊行葦閟宮故言舊說必箸明之此不言異同毛鄭分章皆如是也

天保六章章六句

天保下報上也君能下下以成其政臣能歸美以報其上焉【疏】此臣下報君上之詩所以荅前篇伐木之意也

天保定爾亦孔之固【傳】固堅也俾爾單厚何福不除【傳】俾使單信也或曰單厚也除開也俾爾多益以莫不庶

傳庶衆也疏保安也定止也爾爾君上也爾雅堅固也堅爲固固亦爲堅轉相訓也此皆臣下歸美君上以推本於天之所命則通篇十爾字皆指君上也韓詩外傳云言天之所以仁義禮智保定人之甚固也韓詩泛言人與毛異○俾使緑衣蕩同古祇作卑下同單有信厚兩訓皆亶之假借也桑柔正義及潛夫論愼微篇引詩作亶爾雅亶信也亶厚也傳據爾雅亶作兩訓信厚者言信乎有厚也單厚者單亦厚也單厚與下文多益皆合二字成義謂受福之厚益除訓開爾雅開闢也闢與除亦轉相訓庶衆爾雅釋詁文傳爲全詩通訓也以發聲以莫不庶莫不庶也以莫不興莫不興也以莫不增莫不增也凡全詩多用以字爲發聲例此

天保定爾俾爾戩穀罄無不宜受天百祿傳戩福穀祿罄盡也降爾遐福維日不足疏戩福釋詁文戩古讀如晉易晉九三晉如愁如貞吉受茲介福于其王母是晉有進福之義穀祿釋言文穀祿疊韻罄盡釋詁文罄之爲言竟也與蓼莪訓同義別

天保定爾以莫不興如山如阜如岡如陵(傳)言廣厚也高平曰陸大陸曰阜大阜曰陵如川之方至以莫不增

(疏)興讀中庸寶藏興焉之興山阜岡陵喻福祿之廣厚山岡一類也阜陵一類也高平曰陸大陸曰阜大阜曰陵皆爾雅釋地文傳釋阜陵而必兼引高平曰陸者以明阜陵亦地之高平者也李巡注云高平謂土地豐正名爲陸土地獨高大名曰阜阜最大名爲陵說文陸高平地𠂤大陸山無石者今通作阜北堂書鈔地部一引韓詩云積土高大曰阜說文陵大𠂤也文選長楊賦注引韓詩云四平曰陵廣雅四隤曰陵隤平隤也四隤即四平皆所謂大阜也箋云川之方至謂其水縱長之時也鄭讀方與旁同增益也

吉蠲爲饎是用孝享禴祠烝嘗于公先王(傳)吉善蠲絜也饎酒食也享獻也春曰祠夏曰禴秋曰嘗冬曰烝公事也君曰卜爾萬壽無疆(傳)君先君也尸所以象神卜

子也（疏）吉善摽有梅同釋文蠲舊音圭周禮蜡氏注蠲讀爲吉圭惟饎之圭圭絜也士虞禮注引詩作吉圭爲饎或鄭用韓詩作圭也古圭蠲聲同饎酒食爾雅釋訓文說文饎或作𩜁或作糦天保泂酌作饎玄鳥作糦七月甫田大田箋喜讀爲饎凡黍稷爲酒爲食是曰饎也享獻釋詁文我將載見同說文亯部亯獻也从高省曰象進孰物形篆文作亨今作享者隸寫之變爾雅享孝也是孝亦享也爾雅釋天春祭曰祠夏祭曰礿秋祭曰嘗冬祭曰烝此釋四時之祭傳所本也繁露四祭篇云古者歲四祭四祭者因四時所生孰而祭其先祖父母也故春曰祠夏曰礿秋曰嘗冬曰烝此言不失其時以奉祭先祖也過時不祭則失爲人子之道也祠者以正月始食韭也礿者以四月食麥也嘗者以七月嘗黍稷也烝者以十月進初稻也此天之經也地之義也祭義篇云春上豆實夏上尊實秋上机實冬上敦實豆實韭也春之所始生也尊實麷也夏之所受初也机實黍也秋之所先成也敦實稻也冬之所畢孰也始生故曰祠善其司也夏約故曰礿貴所受初也先成故曰嘗嘗言甘也畢孰故曰烝烝言衆也奉四時所受於天者而上之爲上祭貴天賜且尊宗廟也案此皆本周禮

爲說礿與禴同王制天子諸侯宗廟之祭春曰礿夏曰
禘秋曰嘗冬曰烝鄭注云此蓋夏殷之祭名周則改之
春曰祠夏曰礿以禘爲殷祭詩小雅曰礿祠烝嘗于公
先王此周四時祭宗廟之名祭統注亦謂春礿夏禘秋
嘗冬〻烝夏殷時禮然則夏殷之禘卽爲四時祭之一而
周則四時祭之外更有禘又有祫與夏殷不同說詳閟
宮篇蓋禮制出自周公故大宗伯之職以祠春享先王
以禴夏享先王以嘗秋享先王以烝冬享先王詩義與
周禮合公讀爲功嵩高傳功事也靈臺江漢酌公皆訓
爲事○經言君傳云先君先君卽先王也祭統云尸在
廟中則全於君又郊特牲云尸神象也皆傳所本也周
禮守祧若將祭祀則各以其服授尸鄭注云尸當服卒
者之上服以象生時卜予釋詁文楚茨篇神嗜飲食卜
爾百福箋卜予也文義與此同吉蠲爲饎是用孝享以
爲酒食以享也禴祠烝嘗于公先王以祀也君曰卜爾
萬壽無疆以介景福也文義與楚茨首章亦合爾爾主
人也箋云尸嘏
主人傳神辭也

神之弔矣詒爾多福〔傳〕弔至詒遺也民之質矣日用飲

食【傳】質成也。羣黎百姓，徧爲爾德。【傳】百姓，百官族姓也。

【疏】弔至與節南山訓同義別，至謂神靈之降至也。詁訓遺北門傳云：遺，加也。質成，釋詁文。緜、抑同。成當讀先成民而後致力於神之成。成用以也。日以飲食，此民成之實也。飲食者，民之大欲所存。○傳云百姓，百官族姓也者，楚語：民之徹官百，王公之子弟之質能言能聽徹其官者，而物賜之姓，以監其官，是爲百姓。韋注云：百姓，百官受氏姓也。古者功臣世官則受之以姓，其支子爲庶姓則分之以族。百官族姓，謂百官各有其族，亦各有其姓也。左傳襄三十一年：公孫揮能辨於其大夫之族姓。昭三十年：我盍姑億吾鬼神而寧吾族姓。書呂刑云：官伯族姓。族姓猶氏姓也。徧爲爾德，言能廣徧君上之德，是質成之驗也。

如月之恆，如日之升。【傳】恆，弦。升，出也。言俱進也。如南山之壽，不騫不崩。【傳】騫，虧也。如松柏之茂，無不爾或承。【疏】釋文：恆本又作緪。定本經字作恆。經即緪之省。恆，古文假借也。傳訓恆爲弦。恆者，月上弦之貌。考工記弓人恆角而短鄭司農讀恆爲裻絙之絙恆讀爲絙與此同傳訓升爲出者匏有苦葉傳旭日始出謂大昕之時始出卽始升也箋云月上弦而就盈日始出而就明此鄭申傳言俱進之義也不騫不崩閟宮不虧不崩是騫爲虧也爾雅虧毀也生民傳茂美也權輿傳承繼也

采薇六章章八句

采薇遣戍役也文王之時西有昆夷之患北有玁狁之難以天子之命命將率遣戍役以守衛中國故歌采薇以遣之出車以勞還杕杜以勤歸也【疏】後漢書西羌傳文王爲西伯西有昆夷之患北有玁狁之難遂攘戎狄而戍之莫不賓服乃率西戎征殷之畔國以事紂逸周書敘文王立西距昆夷北備玁狁謀武以昭威懷作武稱與詩序同

采薇采薇薇亦作止【傳】薇菜作生也曰歸曰歸歲亦莫

止靡室靡家玁狁之故不遑啟居玁狁之故（傳）玁狁北狄也（疏）薇菜草蟲同詳草蟲篇作生天作同無衣傳作起也駟傳作始也訓別而義同蓋同者其字義則一別者所因之文不同也○說文無玁狁釋文本或作獫允是也獫允北狄箋云北狄今匈奴也史記匈奴傳唐虞以上有山戎獫狁葷粥居于北蠻晉灼注云堯時曰葷粥周曰獫狁秦曰匈奴案大王事葷粥則殷亦稱葷粥殷周又爲獫允秦漢皆爲匈奴隋唐爲突厥古雍州地其北皆狄總謂之北狄春秋時白狄亦其類也史記周本紀懿王之時王室遂衰詩人作刺漢書匈奴傳穆王之孫懿王時王室遂衰戎狄交侵暴虐中國中國被其苦詩人始作疾而歌之曰靡室靡家獫允之故豈不日戒獫允孔棘此三家舊說以采薇爲懿王時詩

采薇采薇薇亦柔止（傳）柔始生也曰歸曰歸心亦憂止

憂心烈烈載飢載渴我戍未定靡使歸聘（傳）聘問也（疏）箋云柔謂脆脕之時此申傳始生之義箋烈烈憂貌廣雅㤠㤠憂也烈與㤠同王揚之水傳云戍守也聘問爾

雅釋言文隱九年穀梁傳荀子大略篇皆云聘問也

采薇采薇薇亦剛止(傳)剛少而剛也曰歸曰歸歲亦陽止(傳)陽歷陽月也王事靡盬不遑啓處憂心孔疚我行不來(傳)疚病來至也(疏)傳少而剛也上奪一剛字今依小箋補箋云剛謂少堅忍時陽爲陽月漢書五行志引左氏說正月謂周六月夏四月正陽純乾之月也是自四月以至十月皆爲陽月詩末章云昔我往矣楊柳依依今我來思雨雪霏霏是歷敘戍役所經之月故傳云歷陽月也杕杜云王事靡盬繼嗣我日日月陽止是其義也此箋及杕杜箋皆主爾雅十月爲陽之說與毛訓實同○箋云處猶居也啓處卽啓居承上章以釋下章也九罭二章於女信處三章於女信宿宿猶處也小明四章無恆安處五章無恆安息息猶處也傳皆依上下同義爲訓四牡不遑啓處傳云處居也疚病釋詁文召旻閔予小子同來至釋詁文我我戍役也杕杜云匪載匪來憂心孔疚期逝不至而多爲恤詩義正同爾雅釋訓不俟不來也說文來部亦引

詩曰不竢不來也疑不來古本詩有作不竢者與姑備記於此

彼爾維何維常之華（傳）爾華盛貌常常棣也**彼路斯何君子之車戎車既駕四牡業業豈敢定居一月三捷**（傳）業業然壯也捷勝也（疏）爾讀爲薾假借字也說文薾華盛詩曰彼薾唯何或許所據毛詩作薾也載驅瀰瀰衆也新臺瀰瀰盛皃凡從爾聲之字竝有衆盛之義常棣一名常又名栘詳常棣篇箋云此言彼爾者乃常棣之華以興將率車馬服飾之盛○汾沮洳傳路車也路謂椉車下文乃言兵車耳或者天子命軍師自椉椉車餘師旅椉戎車采芑方叔受命而爲將詩云方叔率止椉其四騏四騏翼翼路車有奭簟茀魚服鉤膺鞗革方叔椉路車不椉戎車此其義箋云君子謂將率也烝民四牡業業傳業業言高大也壯卽高大之意捷勝釋詁文三捷未聞文十三年左傳季文子賦采薇之四章

駕彼四牡四牡騤騤君子所依小人所腓（傳）騤騤彊也

腓辟也四牡翼翼象弭魚服傳翼翼閑也象弭弓反末也所以解紛也魚服魚皮也豈不日戒玁狁孔棘疏云傳騤騤彊者彊彊馬彊盛也六月四牡騤騤無傳義同也腓讀與辟同其字作腓其意為辟此謂假僻也生民牛羊腓腓字之傳腓辟也亦假腓為辟辟君子所依謂依於車中者也依猶倚也小人謂徒兵辟於車下者也王肅述毛所以辟患亦此意也云翼翼閑者閑當作閑車鄰傳閑習也廣雅翼翼和也閑和義相近采芑四騏翼翼義當同○爾雅釋器弓有緣者謂之弓無緣者謂之弭孫注云緣謂繁束而漆之弭不以繁束骨飾兩頭者也爾雅釋弭但言無緣不言弓末不實則無緣之弓其末必飾象骨用則或張或弛僖二十三年左傳左執鞭弭杜注弭弓末無緣者既夕禮記弓矢之新沽功有弭飾焉亦張可也鄭注弓無緣者謂之弭弭以骨角為飾亦使可張案左傳既夕之弭皆是弛弓詩謂之象弭弭謂無緣弓象弭謂有象骨飾弓末故傳云弓末末謂兩頭也詩之弭亦是弛弓故傳云弓反末反讀如翩其反矣之反反猶弛也弭弛則其末之象骨可以任解紛之用故傳

云弓反末所以解紛弓釋弭末釋象反所以解紛總釋象弭之用則傳文弓反末所以解紛也反入字當作一氣讀冬本弓反末下衍一也字失其理矣箋云弭弓反末彆者以象骨爲之以助御者解轡紒宜滑也說文云弭弓無緣可以解繙紛者鄭許皆足以申成傳義釋文解紒本又作紛芳云反毛傳古本當作解紛箋申傳作解轡紒紒字不見於說文經典中唯士冠禮采衣紒主人紒作紒古文本作結鄭於周禮追師弁師注禮記襍記注儀禮士冠士喪少牢饋食注皆有紒字今本毛傳必是涉箋致誤傳云魚服魚皮疑服字當衍傳不解經服字故箋申之云服矢服也閔二年左傳歸夫人魚軒服注魚獸名義疏云魚獸似豬東海有之其皮背上斑文腹下純青今人以爲弓鞬步义者也其皮雖乾燥爲弓鞬矢服經年海水將潮及天將雨其毛皆起水潮還及天晴則毛復如故雖在數千里外可以知海水之潮氣自相感也○釋文曰音越又人栗反案人栗反是也箋云豈不日相警戒乎誠日相警戒也日爲日月之日作子日之日非棘急也

昔我往矣楊柳依依今我來思雨雪霏霏（傳）楊柳蒲柳

也霏霏甚也**行道遲遲載渴載飢**（傳）遲遲長遠也**我心傷悲莫知我哀**（傳）君子能盡人之情故人忘其死（疏）釋文引韓詩云昔始也楊柳蒲柳合二字爲一木若杞柳之爲柾柳也楊柳一名楊爾雅楊蒲柳是也蒲柳一名蒲揚之水箋蒲蒲柳宣十二年左傳注蒲楊柳是也一王風正義引義疏云蒲柳有兩種皮正青者曰小楊其一種皮紅者曰大楊其葉皆長廣似柳葉皆可以爲箭幹故春秋傳曰董澤之蒲可勝既乎今又以爲箕鑵之楊也車舝依彼平林傳依茂木皃茂木謂之依重言曰依依文選潘岳金谷集作詩注引韓詩章句云依依盛貌來思與往矣對文思猶矣也漢廣傳云思詞也出車篇同霏霏甚也當作皃北風雨雪其霏傳霏甚皃重言之曰霏霏廣雅云霏霏雪也始見楊柳而往及雨雪而來此遣戍北狄之詞也白虎通義三軍篇古者師出不踰時者爲怨思也天道一時生一時養人者天之貴物也踰時則內有怨女外有曠夫即引此詩○遲遲長遠言歷道之長遠也渴飢二章云飢渴皆言其戍役之情苦我戍者自我也我心傷悲莫知我哀此道人之情也杕

杜傳云室家踰時則思又云遠行不必如期室家之情以期望之此皆能盡人之情也君子如此故人忘其死東山序云君子之於人序其情而閔其勞所以說也說以使民民忘其死彼序與此傳同鹽鐵論備胡篇作莫之我哀或本三家異字

出車六章章八句

出車勞還率也（疏）采薇序云出車以勞還勞還將率也

我出我車于彼牧矣（傳）出車就馬於牧地自天子所謂我來矣召彼僕夫謂之載矣（傳）僕夫御夫也王事多難維其棘矣（疏）我我將率也我出我車我出車也與我將我享句法相同傳云出車就馬於牧地者荀子大略篇天子召諸侯諸侯輦輿就馬禮也詩曰我出我輿于彼牧矣自天子所謂我來矣傳義正用師說鹽鐵論散不足篇亦云古者天子有命以車就牧牧地者放牧之地也駉篇駉駉牡馬在坰之野傳坰遠野也

邑外曰郊郊外曰野野外曰林林外曰坰牧之坰野則駉駉然是牧地自在遠郊外天子遠郊百里百里內六鄉百里外六遂而六遂餘地直達於畿其閒皆有閒隙可以放牧故駉詩以遠野爲牧地此篇上章言牧下章言郊則牧卽在郊外是又不必在遠野也天子六軍出於六鄉亦出於六遂柒誓魯人三郊三遂峙乃楨榦魯人三郊三遂峙乃芻茭成國三軍亦出郊遂之中與王畿同制齊語云卒伍整于里軍旅整于郊亦其義也自從也自天子所謂我來矣謂我之來從天子所奉天子命出爲將率也○周禮戎僕掌馭戎車注師出王乘以自將也馭夫掌馭從車注從車戎路之副校人掌王馬之政三皁爲轂轂一馭夫六轂爲廄廄一僕夫案天子僕夫當卽是戎僕與馭夫別官天子自將乘戎車其僕夫爲戎僕又有馭夫之副若天子命將率乘戎車其僕夫卽馭夫更無戎僕之官故傳以僕夫爲御夫也御與馭通成十八年左傳程鄭爲乘馬御六騶屬焉使訓羣騶知禮襄十六年傳虞丘書爲乘馬御杜注乘馬御乘車之僕是諸侯僕夫或名乘馬御矣國語謂之贊僕○維發聲凡言維其其也維以以也維此此也維彼彼也維何何也維皆發聲有維其用在句中者絲衣曰曷維

其已十月之交曰則維其常是也有一句中維其分用者烈文曰維皇其崇之我將曰維天其右之是也有連句中上言維而下言其者無羊曰誰謂爾無羊三百維羣誰謂爾無牛九十其犉是也維其連文它皆放此棘急也猶亢急也

我出我車于彼郊矣設此旐矣建彼旄矣彼旟旐斯胡不旆旆（傳）龜蛇曰旐旄干旄鳥隼曰旟旆旆旒垂貌憂心悄悄僕夫況瘁（疏）邑外曰郊郊郎牧也周語國有郊牧韋注云國外曰郊牧放牧之地箋云牧地在遠郊○龜蛇曰旐周禮司常文桑柔同云旄干旄者干旄傳注旄於干首凡旗之干皆有旄則旐與旟同也鳥隼爲旟亦司常文干旄桑柔同案此乃師旅之所建也若天子諸侯之旟有鎗革鳥旐則有繼旆說詳六月篇胡何也采叔其旂湑湑傳動也泮水其旂茷茷傳言有法度也竝與旆旆同楊雄甘泉賦云騰清霄而軼浮景兮夫何旟旐郅偈之旖旎也郅偈卽指干旄旖旎卽指旒垂正與傳合旒古作流○郷柏舟傳云

悄悄憂皃況古作兄兄茲也北山或盡瘁事國彼傳云盡力勞瘁以從國事況瘁盡瘁皆二字平列義同楚辭九歎云顧僕夫之憔悴又云僕夫慌悴竝與詩況瘁同

王命南仲往城于方出車彭彭旂旐央央(傳)王殷王也南仲文王之屬方朔方近玁狁之國也彭彭四馬貌交龍爲旂央央鮮明也**天子命我城彼朔方赫赫南仲玁狁于襄**(傳)朔方北方也赫赫盛貌襄除也(疏)王爲殷王文王爲西伯時殷王紂也王制州有伯八州八伯八伯各以其屬屬於天子之老二人分天下以爲左右曰二伯州伯屬於二伯文王西伯南仲州伯故傳云南仲文王之屬也漢書古今人表作南中與召虎方叔同列而文王時無南仲班以此南仲與常武南仲爲一人從魯詩說也匈奴傳及鹽鐵論繇役篇出車與六月皆以爲宣王時詩當亦從魯義而史記又以爲入襄王者恐司馬遷記憶之誤耳後漢書馬融疏亦云玁狁侵周周宣王立中興

之功是以赫赫南仲載在周詩馬治毛詩而亦兼取三家○傳云方朔方而又申之云近玁狁之國者欲知朔方當先求玁狁之國矣殷周之際玁狁迫近中夏大王辟狄去邠邠之北爲狄所竄處文王都岐山之南而岐山之北有密須國涇北有阮國共國阮共二國之北亦必狄所荐居然則南仲往城之方其去涇北不遠也六月侵鎬及方箋鎬也方也皆北方地名鄭意謂六月之方即出車之方六月之鎬方當在今甘肅平涼府固原涇州鎮原閒宣王北伐至大原即文王時所城朔方之地故漢書匈奴傳衛青傳必連引兩詩云薄伐玁狁至于大原出車彭彭城彼朔方矣鹽鐵論繇役篇引詩同又地理志朔方郡武帝元朔三年開郡國志同不云即詩之朔方也唯水經河水注東南逕朔方縣故城東北詩所謂城彼朔方也元和郡縣志夏州朔方縣什賁故城在縣治北即漢朔方縣之故城詩所謂城彼朔方是也魏唐人言朔方其說始混然不知朔方本無定向堯典宅朔方與嵎夷南交西爲四表不謂書之朔方即詩之朔方而謂殷周之朔方即漢郡之朔方必不然矣漢朔方城在今薩哈賚喀河之南延安慶陽殷周已屬荒服焉得北濱河套而築城以禦狄又不然矣三代西北

疆域地不廣大自趙武靈王攘北地西至雲中九原秦始皇使蒙恬斥逐匈奴築長城漢武帝遣衞青等度西河歷高闕收河南築朔方城後立朔方郡皆非三代時疆域所有也○傳以出車就馬故彭彭爲四馬皃北山烝民皆云四牡彭彭交龍爲旂司常文韓奕同鄭注周禮云諸侯畫交龍一象其升朝一象其下復也爾雅素錦綢杠纁帛縿素升龍于縿練旒九飾以組維以縷郭注云纁帛絳也畫白龍於縿令上向又有鈴曰旂郭注云畫交龍於旒此皆釋交龍爲旂也上公之旂有升龍降龍爾雅不言降龍者畧也覲禮天子載大旂象日月升龍降龍鄭注云大旂大常也王建大常縿首畫日月其下及旒交畫升龍降龍朝事儀曰天子建大常十有二旒鄭解大常縿首畫日月縿下及十二旒畫交龍郭釋旂縿畫升龍九旒畫交龍唯不畫日月爲異此郭與鄭同也何注宣十二年公羊傳云加文章曰旂畫升龍於正幅之縿與他旂之畫文在旒者其制殊異故謂之加文章是謂之交龍旂或謂之龍旂考工記龍旂九斿以象大火樂記龍旂九旒以贈諸侯覲禮侯氏載龍旂弧韣是也又謂之大旂巾車金路建大旂左傳魯公分大旂是也詩於載見閟宮玄鳥曰龍旂出車及采芑韓

奕曰旂旂爲交龍旂交龍旂有鈴載見傳云鈴在旂上央央釋文作英英英也當作皃六月帛茷央央傳云央央鮮明皃央央猶英英也采芑句同○方爲朔方傳又申釋之云朔方爲北方爾雅釋訓朔北方也赫赫盛常武同爾雅赫赫迅也郭注云盛疾之貌舍人本作奭奭古赫奭聲通襄除牆有茨同玁狁于除言玁狁之難于以除也釋文襄本或作攘襄與攘通

昔我往矣黍稷方華今我來思雨雪載塗（傳）塗凍釋也

王事多難不遑啓居豈不懷歸畏此簡書（傳）簡書戒命也鄰國有急以簡書相告則奔命救之（疏）黍稷不榮而實不爲華華猶秀也塗當作涂今字通作塗傳云凍釋謂雪凍開釋也夏小正正月凍塗傳凍塗者凍下而澤上多也莊子庚桑楚篇是乃所謂冰解凍釋者管子五行篇冰水解而凍釋臣椉馬篇曰至六十日而陽凍釋七十日而陰凍釋陰凍釋而秇稷百日不秇稷尹注云陽凍地上也陰凍地下也案黍稷方華箸城方之始雨雪載塗箸伐

戎之始○爾雅簡謂之畢說文云簡牒也凡鄰國有急難之事則書之於簡謂之簡書使臣奉命以戒救相救是謂之戒命簡戒雙聲也其時文王有昆夷之患故云然也閔元年左傳狄人伐邢管敬仲言於齊侯曰戎狄豺狼不可厭也諸夏親暱不可弃也宴安酖毒不可懷也詩云豈不懷歸畏此簡書簡書同惡相恤之謂也請救邢以從簡書齊人救邢毛傳正本左傳奔命救之義亦見左傳成七年吳始伐楚伐巢伐徐子重奔命馬陵之會吳入州來子重自鄭奔命子重子反於是乎一歲七奔命昭二十三年吳人伐州來楚薳越帥師及諸侯之師奔命救州來三十二年魏獻子使伯音對曰天子有命敢不奉承以奔告於諸侯

喓喓草蟲趯趯阜螽未見君子憂心忡忡既見君子我心則降赫赫南仲薄伐西戎

疏　喓喓聲也趯趯躍也忡忡猶衝衝也降下也俱見草蟲篇箋云草蟲鳴阜螽躍而從之天性也喻近西戎之諸矦聞南仲既征玁狁將伐西戎之命則跳躍而鄉望之如阜螽之聞草蟲鳴焉草蟲鳴晚秋之時也此以其時所見而興之君子斥南仲也案聞伐西戎之命

在秋月也○玁狁在涇陽之北而涇陽以西卽爲西戎所居赫赫南仲薄伐西戎言伐玁狁遂伐西戎耳采薇序文王之時西有昆夷之患箋云文王爲西伯服事殷之時也昆夷西戎也書大傳文王四年伐犬夷犬夷卽西戎鄭注云四年伐之南仲一行幷平二寇然則出車諸詩自在文王爲西伯四年中事葢西戎之患岐周先罹其害北狄之禍涇洛以東皆得恣逞其凶威故但稱文王伐犬夷不及玁狁者就岐周而言之也詩篇中於伐玁狁至再至三而於西戎止有薄伐一語者陳王事也伐西戎在玁狁後

春日遲遲卉木萋萋倉庚喈喈采蘩祁祁執訊獲醜薄言還歸傳卉草也訊辭也赫赫南仲玁狁于夷傳夷平也疏七月傳云遲遲舒緩也卉草爾雅釋草文四月同方言東越楊州之閒名草爲卉也說文卉艸之總名也艸草古今字卉木萋萋言草木皆萋萋然也葛覃萋萋茂盛皃是草盛爲萋萋矣卷阿萋萋梧桐盛也是木盛爲萋萋矣喈喈鳴也祁祁衆多也倉庚采蘩二月時也爾雅訊言也正月傳訊問也此釋訊爲辭者謂所

生得敵人而聽斷其辭也周禮小司寇附于刑用情訊之求民情一曰辭聽辭聽者聽其辭以弊其罪此傳義也皇矣執訊連連無傳義與此同此篇訊獲獲字無傳葢義見皇矣也皇矣傳云馘獲也不服者殺而獻其左耳曰馘彼傳釋馘爲獲則此詩獲字即爲馘之假借字生者訊之殺者馘之醜衆也執訊獲醜言執訊馘者衆此箋及采芑箋竝以獲爲得失之此正言伐西戎之事自正月陳釋而來至二月而還歸也還歸與上文懷歸兩歸字相應○逸周書大明武篇既克和服使衆咸安竟其金革是謂大夷孔注云夷平也義與傳同

杕杜四章章七句

杕杜勞還役也（疏）采薇序云杕杜以勤歸勤亦勞也勞歸戍役也

有杕之杜有睆其實（傳）興也睆實貌杕杜猶得其時蕃滋役夫勞苦不得盡其天性王事靡盬繼嗣我日日月陽止女心傷止征夫遑止（疏）唐風杕杜傳云杕特皃杜亦棠也睆釋文作皖云字

從白或從目邊非睆訓實皃其義未聞說文云牝曰杜是杜有實也杕杜蕃滋以反與役夫勞苦傳合下章而總釋之有睆其實喻子孫多也其葉萋萋喻室家盛也皆天性之事今役夫在外不得盡天性是杕杜之不如矣三章云陟彼北山言采其杞正以喻役夫之勞苦也○采薇傳云陽歷陽月也征夫遑止遑暇也王事休息則征夫閒暇也北言伐玁狁之事

有杕之杜其葉萋萋王事靡盬我心傷悲卉木萋止女心悲止征夫歸止傳室家踰時則思疏萋猶萋萋也上章謂冬此章謂春詩人歷道其所經所謂踰時也出車篇云春日遲遲卉木萋萋薄言還歸文義與此同此兼言伐西戎之事傳云室家踰時則思者蓋室家之情有如是也鹽鐵論繇役篇古者無過年之繇無踰時之役今近者數千里遠者過萬里歷二期長子不還父母愁憂妻子詠歎憤懣之恨發動於心慕思之積痛於骨髓此杕杜采薇之所爲作也案詩中皆敘踰時期歸之語故三家詩以二詩刺時而作毛詩則以爲盡人之情極道其勞役之苦

室家之意不泥於文辭此毛氏之所以獨勝三家也

陟彼北山言采其杞王事靡盬憂我父母檀車幝幝四牡痯痯(傳)檀車役車也幝幝敝貌痯痯罷貌征夫不遠(疏)檀可以爲輪察車自輪始故凡車皆得稱檀車大明棧車戎車也此檀車棧車也傳云役車與何草不黃棧車同解矣說文幝車敝皃引詩檀車幝幝本傳訓也後漢書劉陶傳注引詩作嘽嘽釋文引韓詩作緣緣廣雅緣緣緩也本韓詩聲義相近痯痯罷皃罷病罷也說文無痯字云悹憂也疑痯卽悹之異體說文又云綰惡絡也聲義亦相近

匪載匪來憂心孔疚期逝不至而多爲恤(傳)逝往恤憂也遠行不必如期室家之情以期望之卜筮偕止會言近止征夫邇止(傳)卜之筮之會人占之邇近也(疏)匪不疚病

也匪載匪來憂心孔疚言不載來憂心甚病也逝往二子乘舟東門之枌同恤憂爾雅釋詁文祈父同云遠行不必如期室家之情以期望之以釋經中期字與上章傳室家踰時則思相應皆總釋全章以盡室家之情也傳云卜之筮之者卜筮不相襲也云會人占之者家上卜筮偕止句以釋經中會字會言近止與會且歸矣句法相同言與且皆語詞邇訓近近者不遠也征夫近與上章征夫不遠皆所謂室家之情以期望之也

魚麗六章三章章四句三章章二句

魚麗美萬物盛多能備禮也文武以天保以上治內采薇以下治外始於憂勤終於逸樂故美萬物盛多可以告於神明矣【疏】文武道同

魚麗于罶鱨鯊【傳】麗歷也罶曲梁也寡婦之笱也鱨楊也鯊鮀也大平而後微物眾多取之有時用之有道則

物莫不多矣古者不風不暴不行火草木不折不操斧斤不入山林豺祭獸然後殺獺祭魚然後漁鷹隼擊然後罻羅設是以天子不合圍諸侯不掩羣大夫不麛不卵士不隱塞庶人不數罟罟必四寸然後入澤梁故山不童澤不竭鳥獸魚鼈皆得其所然君子有酒旨且多

【疏】傳云麗歷歷歷上奪麗字釋文麗力馳反麗歷也正義時捕魚者施笱於水中則魚麗歷於罶者陸孔皆以麗歷連文其所見傳當不誤麗歷猶適歷周禮遂師抱磿鄭注云磿者適歷執綍者名也賈疏云稀疏得所名爲適歷說文秝稀疏適歷也秝與歷同亦作歷錄小戎傳絫歷錄也麗與錄一聲之轉魚麗歷在罶言魚在罶錄錄歷歷然也正義云釋訓曰凡曲者爲罶是罶曲梁也釋器曰嫠婦之笱謂之罶是寡婦之笱也釋訓注郭璞引詩傳曰罶曲梁也凡以薄取魚者名爲罶也釋器注孫炎曰罶曲梁其功易故謂之寡婦之笱然則曲薄

也以薄爲魚笱其功易故號之寡婦笱耳非寡婦所作
也案傳與苕之華傳同邶谷風傳梁魚梁笱所以捕魚
也說文罶曲梁寡婦之笱魚所罶也段注云蓋曲梁别
於凡梁寡婦之笱别於凡笱曲梁者僅以薄爲之寡婦
之笱笱之敝者也魚麗美萬物盛多能備禮也故言此
曲梁寡婦之笱而魚之多如是苕之華大夫閔時也師
旅竝起因之以飢饉言三星在罶則無魚可知也梁與
笱相爲用故詩云敝笱在梁言逝梁必言發笱○鱨楊
爾雅釋魚無文正義引義疏云鱨一名黃頰魚是也似
燕頭魚身形厚而長大頰骨正黃魚之大而有力解飛
者徐州人謂之楊黃頰通語也又釋文引義疏云今江
東呼黃鱨魚尾微黃大者長尺七八寸許說文鱨楊也
本毛詩說段注云楊各本从木者誤鯊鮀釋魚文郭注
云今吹沙小魚體圓而有黑點文舍人注云鯊石鮀也
正義引義疏云魚狹而小常張口吹沙故曰吹沙說文
魦出樂浪潘國此别一種非詩之鯊鮀也段注云毛詩
鯊本作沙○傳云大平而後微物衆多者魚微物魚衆
多則萬物盛多可知此乃大平之所致無羊篇衆維魚
矣實維豐年傳陰陽和則魚衆多矣意與此同云取之
有時用之有道所以推明衆多之故六月序所謂法度

是也古者不風不暴不行火以下當有成文傳引庶人用罟四寸入澤梁以證魚麗于罶之義而又推廣言之以美萬物盛多也草木不折不操正義操作芟士不隱塞釋文隱本又作偃偃卽堰字庶人不數罟正義作總罟集注總作緵緵亦數也此與禮記王制篇較詳逸周書文傳淮南子主術賈子禮等篇及荀子王制篇文義俱與此略同○旨且多旨美也言君子之酒旣美物且多也多且旨旨且有同旨多旨皆謂酒且多且旨且有皆謂物也故下三章卽承多旨有三字而廣言萬物耳胡承珙後箋說

魚麗于罶魴鱧傳鱧鯇也**君子有酒多且旨**疏魴易識之魚不

傳正義云釋魚鱧鯇舍人曰鱧名鯇郭璞曰鱧鮦偏檢諸本或作鱧⿰魚重或作鱧鯇或有本作鱧⿰魚果者定本鱧鮦鮦與⿰魚重音同案今傳文作鱧鮦依定本改也爾雅以鱣釋鯉以鮎釋鰋以鯇釋鱧傳於鱣鰋皆從爾雅則鱧下必作鯇不作鮦明矣鮦卽今之烏魚頭有七星者說文鮦⿰魚蠡也⿰魚蠡鮦也鮦名⿰魚蠡不名鱧爾雅釋文云鱧字或作鱺本草作蠡今神農本草作蠡蠡卽⿰魚蠡之省爾雅之鱧或誤作⿰魚蠡郭景純不從舊讀遂據誤本之爾雅以鮦釋

鱧御覽鱗介部九引義疏云爾雅曰鱧鮦也陸與郭同而定本因改此傳文鯇作鮦其紕繆甚矣又說文云鰥鱧也正義引或本作鱧鰥疑出三家義與爾雅毛傳異也郭注爾雅云鯇今鯶魚似鱒而大鱒下注云似鯶子赤眼是鯶子之赤眼者曰鱒不赤眼者曰鯇也陳藏器本草拾遺云鯇魚似鯉生江湖閒

魚麗于罶鰋鯉（鰋）鰋鮎也**君子有酒旨且有**（疏）鰋鮎釋魚文孫炎注云鰋一名鮎說文鮎鰕也鰕鮀也或作鰋段注云鮀也乃鮎也之誤案許與爾雅毛傳義同也鮎一名鯷一名鮧爾雅釋文引字林云青州人呼鮎鯷謂鮎即鯷也引說文云鮧大鮎也謂鮎之大者別曰鮧也今說文鮧作鮷同陶宏景名醫別錄注云鮧即鯷也今人皆呼慈音即是鮎魚作臛食之鯉亦易識之魚

物其多矣維其嘉矣（疏）物萬物也嘉善也

物其旨矣維其偕矣（疏）荀子大略篇聘禮志曰幣厚則傷德財侈則殄禮禮云禮云玉帛云乎哉詩曰物其指矣唯其偕矣不時宜不敬交不驩欣雖指非禮也楊倞注云指與旨同此明聘好輕財

重禮之義也荀子引詩與序云美萬物盛多能備禮合豐年傳云皆偏也詩述聞云廣雅曰皆嘉也皆與偕古字通荀子以時宐敬交驩欣爲偕是偕與嘉同義

物其有矣維其時矣疏後箋云時亦與偕嘉同義頍弁爾酒既旨爾殽既嘉爾酒既旨爾殽既時傳云時善也此時與嘉同義之證也且此詩嘉偕時皆謂政之善卽首章傳所云取之有時用之有道也故六月序云魚麗廢則法度缺矣經文維其二字確是推本萬物盛多之由猶言維其如是所以如是裳裳者華維其有章矣是以有慶矣維其有之是以似之凡言維其者如此此詩文法倒裝耳說苑辨物篇曰天子南面視四星之中知民之緩急急則不賦藉不舉力役書曰敬授民時詩曰物其有矣維其時矣物之所以有而不絕者以其動之時也此解有爲常有時爲用之以時最合經旨左傳襄二十年季武子如宋歸復命公享之賦魚麗之卒章正義曰物其有矣者謂言魚有鱨鯊魴鯉幷有旨酒也維其時矣者注云大平而後微物衆多取之有時用之有道則萬物莫不多也此可以補詩疏所未及而物不專指魚時謂取之有時皆較詩疏

為勝

南陔孝子相戒以養也

白華孝子之絜白也

華黍時和歲豐宜黍稷也有其義而亡其辭（疏）箋云此三篇者鄉飲酒燕禮用焉曰笙入立于縣中奏南陔白華華黍是也孔子論詩雅頌各得其所時俱在耳篇弟當於此遭戰國及秦之世而亡之其義則與衆篇之義合編故存至毛公為詁訓傳乃分衆篇之義各置於其篇端云又闕其亡者以見在為數故推改什首遂通耳而下非孔子之舊又由庚崇丘由儀箋云此三篇者鄉飲酒燕禮亦用焉曰乃間歌魚麗笙由庚歌南有嘉魚笙崇丘歌南山有臺笙由儀亦遭世亂而亡之燕禮又有升歌鹿鳴下管新宮新宮亦詩篇名也辭義皆亡無以知其篇弟之處後箋云箋云孔子時南陔等篇弟當在於此是謂南陔三篇在魚麗後足見魚麗殿鹿鳴之什非毛公所移而六月序魚麗一句在南陔之上亦必非鄭

氏所移可知且六月序列次小雅二十二篇自鹿鳴至華黍皆言缺自由庚以下則變其次孔疏以此爲別謂華黍以上爲文武之詩由庚以下爲周公成王之詩言缺者爲剛君父之義不言缺者爲柔臣子之義雖近穿鑿然亦可見序文原本如此非由鄭氏移魚麗一句於南陔上也又六月序南陔白華華黍三詩本相連正義云毛公爲詁訓傳分別衆篇之義各置篇端此三篇之序無詩可屬故連聚置於此此由不知三詩本當在此非毛所連聚也惟所云據六月序由庚本弟在華黍下而與崇丘同處者以其是成王之詩故下從其類此則不誤由庚三篇連聚一處當由毛公所置然孔說尚不如陸氏釋文云以其俱亾使相從者爲當耳又箋云闕其亾者以見在爲數故推改什首遂通耳而下非孔子之舊正義謂毛公不數亾詩推改什篇之首遂通盡小雅云耳言以下非則止鹿鳴一什是也據此是孔子時鹿鳴至魚麗爲一什南陔至湛露爲一什以下凡小雅八什什各十篇毛傳則闕六笙詩不入什數以南有嘉魚至吉日爲次什以下每相差者六篇凡小雅七什末什爲十四篇奇零之數歸於末什大雅及頌皆然稽古編謂毛公置六詩於什外此本正義之說翁氏附記謂

當從蘇呂所定收入什中殊不知分什者止因篇數既多簡札煩重不得不分六詩既亾自無庸分篇數而入什目必以南陔居什之終白華領什之始取彼虛名當其實數亦可以不必矣後箋又云笙詩乃不歌而笙之詩卽鄭注儀禮所云以笙吹此詩以爲樂也惟其專以笙吹故其辭易亾不然他詩具在而獨亾此六篇亦屬可疑得此乃
更無疑義矣

卷十六終

詩毛氏傳疏卷十七

長洲陳奐學

南有嘉魚之什詁訓傳弟十七　毛詩小雅

南有嘉魚之什十篇四十六章二百七十二句

南有嘉魚四章章四句

南有嘉魚樂與賢也大平之君子至誠樂與賢者共之也

南有嘉魚烝然罩罩（傳）江漢之閒魚所產也罩罩籗也

君子有酒嘉賓式燕以樂（疏）傳云江漢之閒魚所產也者釋南有嘉魚句漢廣序文王之道被于南國美化行乎江漢之域是則南者周之南國弟三章云南有樛木見於周南樛木篇弟四章

云翩翩者鵻見於小雅四牡篇皆紀文王之詩而此篇
亦俗樛木翩鵻設興故傳知經之南謂在江漢閒也周
以文王官人爲法○王肅云烝衆也云罩罩籗也者正
義云釋器籗謂之罩李巡曰籗編細竹以爲罩捕魚也
孫炎曰今楚篧也郭璞曰今魚罩然則罩以竹爲之無
竹則以荆故謂之楚篧重云罩罩者非一也釋文引郭
注云籗捕魚籠也說文云罩捕魚器也籱罩魚者或省
作籗竹角切今作篧者疑非也淮南子說林篇云罩者
抑之案抑者按也罩魚爲籗按而取之器也今見太湖
人尚有以罩取魚者言南方之魚旣旨且多有捕魚之
人以罩罩取之喻賢人徧處天下亦旣善且衆有大平
君子以禮禮賓之也次章興義同○君子大平君子也
嘉賓謂
賢者也

南有嘉魚烝然汕汕（傳）汕汕樔也君子有酒嘉賓式燕
以衎（傳）衎樂也（疏）傳云汕汕樔也者正義云釋器樔謂
之汕李巡曰汕以薄汕魚孫炎曰今之撩罟孫與鄭箋郭注皆同釋文樔字或作罺與今本
爾雅同說文网部無罺字木部樔澤中守艸樓邵晉涵

爾雅正義云壅州澤畔蓄魚其中名爲罺此與李說以薄汕魚合淮南子云罾者舉之罾疑即橾罾橾猶橧巢也說文水部汕魚游水皃詩曰烝然汕汕義本三家又魚部引詩烝然䱁䱁䱁與罩同廣雅淖淖潍潍衆也王念孫疏證云淖淖與罩罩同潍潍與汕汕同廣韻汕潍二字竝所簡切淖淖潍潍之訓爲衆葢亦本三家也○衎樂者與上章同義衎亦樂也說文衎行喜皃

南有樛木甘瓠纍之傳興也纍蔓也君子有酒嘉賓式燕綏之疏樛木傳木下曲曰樛樛木下𠂢甘瓠得而纍蔓之喻君子禮下賢者因而歸附之燕禮歌南有嘉魚鄭注云此采其能以禮下賢者賢者纍蔓而歸之與之宴樂是也鄉飲酒禮注同正義云傳文略三章傳云興也舉中明此上下足知魚雖皆興也傳訓纍爲蔓者蔓長也延也樛木箋纍而蔓之是纍爲蔓也古字作曼綏安也

翩翩者鵻烝然來思傳鵻壹宿之鳥君子有酒嘉賓式

燕又思【疏】釋文雖本亦作隹四牡翩翩者雖傳雖夫不鳥箋壹宿者壹意於其所宿之木也讀壹爲專壹之壹慤謹專壹雖之性也詳四牡篇案上章言下曲之木喻君子與賢之誠此章言壹宿之鳥喻賢者之一心乎君子所以然者本由君子至誠也○烝然來思言衆然來也思猶之也上章以纍綏爲韻而韻下用兩之字此章以來又爲韻而韻下用兩思字古之思聲同故之思二字皆爲語已之詞又讀爲右彤弓傳右勸也

南山有臺五章章六句

南山有臺樂得賢也得賢則能爲邦家立大平之基矣【疏】襄二十年左傳季武子如宋歸復命公享之公賦南山有臺武子去所曰臣不堪也穆天子傳祭公飲天子酒天子命歌南山有䨼䨼古臺字此皆謂得賢之樂與序義同

南山有臺北山有萊【傳】興也臺夫須也萊草也樂只君

子邦家之基〔傳〕基本也樂只君子萬壽無期〔疏〕箋云興者山之有草木以自覆蓋成其高大喻人君有賢臣以自尊顯五章興義皆同○臺夫須爾雅釋草文正義引義疏云舊說夫須莎草也可爲蓑笠案夫須莎一語之轉爾雅舊說可爲蓑蓑下笠字疑當衍都人士傳臺所以禦雨又無羊傳蓑所以備雨臺即蓑是則臺皮可以爲蓑矣爾雅翼云臺者沙草可爲衣以禦雨今人謂之蓑衣此羅端良本爾雅舊說也都人七箋以臺皮爲笠與舊說異傳云萊草草名萊也正義誤以爲草之總名爾雅釐蔓華釐說文作萊繫傳以爲釐與萊同齊民要術卷十引義疏云萊藜也莖葉皆似菉王芻今兖州人蒸以爲茹謂之萊蒸譙沛人謂雞蘇爲萊故三倉云萊茱萸此二草異而名同毛晉廣要云藜草似蓬一名洛帚藜疑與萊異種據景純漁仲注釐一名蒙華未詳其狀何似○昊天有成命傳基始也本與始義相近襄二十四年左傳子產曰夫令名德之輿也德國家之基也有基無壞毋亦是務乎有德則樂樂則能久詩云樂旨君子邦家之基有令德也夫又昭十三年傳同盟于平丘子產爭承自日中以至于昏晉人許之仲尼謂子產於是行

也足以爲國基矣詩曰樂旨君子邦家之基子產君子之求樂者也案兩引詩皆作旨旨與只皆語詞樂謂德樂指君子言而與序樂得賢樂字不同義君子席賢者也

南山有桑北山有楊樂只君子邦家之光樂只君子萬壽無疆（疏）箋云光明也政教明有榮曜

南山有杞北山有李樂只君子民之父母樂只君子德音不已（疏）南山有杞杕杜北山篇竝云北山采杞解之者以杕杜北山之杞爲即今之枸杞而以此南山之杞爲山木恐非是本草注謂枸杞有高一二丈者疑即此也釋文引義疏云杞其樹如樗一名狗骨○禮記大學篇詩云樂只君子民之父母民之所好好之民之所惡惡之此之謂民之父母案引詩以明樂字之義所謂有德則樂也泂酌豈弟君子民之父母傳樂以强教之易以說安之民皆有父之尊母之親傳用表記文以釋豈弟之義言各有當也已止也不已猶不忌也說文忌止也

南山有栲，北山有杻。傳栲山樗，杻檍也。樂只君子，遐不眉壽。傳眉壽，秀眉也。樂只君子，德音是茂。疏栲山樗杻檍山有樞同，詳山有樞篇。○傳於棫樸之遐不作人、下武之不遐有佐，訓遐爲遠。爾不字皆爲助詞，無意義。唯此篇遐不眉壽、遐不黃耇，與隰桑之遐不謂矣，毛無傳者，意不與棫樸、下武同也。釋詞云：遐，何也。遐不，何不也。案眉壽、黃耇皆古者老壽之稱，烈祖篇亦云綏我眉壽，黃耇無疆。經於眉不言秀，而黃不言髮，此乃行文之例。傳嫌但解眉爲秀眉，而壽未見，故必連壽言之，云眉壽，秀眉也。下章黃耇不箸明黃髮，而黃字之義未見，故又必分釋之，黃爲黃髮，耇爲壽，此傳義也。七月傳：眉壽，豪眉也。義與此同。方言：眉，老也。東齊曰眉。或三家詩有謂眉爲老者矣。還傳云：茂，美也。

南山有枸，北山有楰。傳枸，枳枸。楰，鼠梓。樂只君子，遐不黃耇。傳黃，黃髮也。耇，老也。樂只君子，保艾爾後。傳艾，養保安也疏正義云枸釋木無文宋玉賦曰枳枸來巢則枸木多枝而曲所以來巢也引義疏云枸樹高大似白楊有子著枝端大如指長數寸噉之甘美如飴八月熟今官園種之謂之木蜜案今文選宋玉風賦作枳句句同枸莊子山木篇言騰猿得柟梓豫章攬蔓其枝而王長其閒得柘棘枳枸之閒危行側視振動悼慄其字亦作枳枸枳枸與柘棘爲類是枸木爲叢生之木可知枸禮記曲禮內則皆作椇說文作椒說文椒積椒也一曰木名崔豹古今注云枳椇子一名樹蜜一名木餳實形拳曲核在實外味甜美如餳蜜崔說與義疏合椇鼠梓釋木文正義引義疏云其樹葉木理如楸山楸之異者今人謂之苦楸郭注爾雅云楸屬也今江東有虎梓郝懿行爾雅義疏云今一種楸大葉如桐葉而黑山中人謂之檟楸郎郭所云虎梓○傳知黃爲黃髮者行葦黃耇台背閟宮黃髮台背又閟宮四章言黃髮眉壽七章言眉壽黃髮此黃即黃髮之義也今本耇老下奪也字釋文作耇壽也疑陸所據傳不誤耇詁壽傳意以上章之壽釋此章之耇也爾雅云黃髮壽也又云耇壽也行葦序箋云黃黃髮也耇凍黎也說文耇老人面凍黎若垢孫炎云耇面凍黎色如浮垢老人壽徵也

耇垢疊韻故取以爲訓艾養釋詁文鴛鴦福祿艾之傳亦云艾養也保安山有樞楚茨思齊常武同小箋云依傳似經文當作艾保

由庚萬物得由其道也

崇丘萬物得極其高大也

由儀萬物之生各得其宜也有其義而亡其辭（疏）說見上末七字毛公作傳時所益也

蓼蕭四章章六句

蓼蕭澤及四海也（疏）禮記祭義篇推而放諸東海而準推而放諸西海而準推而放諸南海而準推而放諸北海而準詩云自西自東自南自北無思不服此之謂也

蓼彼蕭斯零露湑兮（傳）興也蓼長大貌蕭蒿也湑湑然

蕭上露貌既見君子我心寫兮(傳)輸寫其心也燕笑語兮是以有譽處兮(疏)蓼猶蓼蓼也蓼莪傳蓼蓼長大皃義與此同蕭蒿下泉同零當作霝下同裳裳者華傳湑盛皃盛曰湑重言曰湑湑傳云蕭上露皃也者謂蕭上露盛多湑湑然也蕭以其祭祀諸侯有與助祭祀之禮故詩以蓼蕭起興○既見君子謂諸侯之見天子也我諸侯自我也經言寫傳云輸寫此以雙字釋單字輸亦寫也廣雅釋言輸寫也輸寫蓋古語泉水傳寫除也輸寫與除義亦相近燕安也與下章孔燕同詩述聞云集傳引蘇氏曰譽豫通凡詩之譽皆樂也蘇氏之說是也爾雅曰豫樂也豫安也則譽處安處也蓼蕭之譽處承燕笑語兮而言之裳裳者華之譽處承我心寫兮而言之呂氏春秋孝行篇注曰譽樂也南有嘉魚曰嘉賓式燕以樂車舝曰式燕且喜又曰式燕且譽六月曰吉甫燕喜韓奕曰韓姞燕譽射義引詩則燕則譽而釋之曰則安則譽皆安樂之意也箋悉訓爲名譽之譽疏矣

蓼彼蕭斯零露瀼瀼(傳)瀼瀼露蕃貌既見君子爲龍爲

光其德不爽壽考不忘〔傳〕龍寵也爽差也〔疏〕野有曼草傳瀼瀼盛皃蕃與盛義同○龍古寵字古文以龍爲寵也昭十二年左傳宋華定來聘公賦蓼蕭昭子曰宴語之不懷寵光之不宣令德之不知同福之不受案昭子四言正釋詩四章之義詩龍光左傳作寵光龍讀爲寵毛傳正本左傳爲寵爲光爲寵光也寵亦光也酌我龍受之長發何天之龍箋竝以龍爲寵本此傳訓而傳於酌長發龍字不訓寵矣爽差㞑同

蓼彼蕭斯零露泥泥〔傳〕泥泥霑濡也既見君子孔燕豈弟〔傳〕豈樂弟易也宜兄宜弟〔傳〕爲兄亦宜爲弟亦宜令德壽豈〔疏〕廣雅泥泥露也傳云霑濡即行露傳所云厭浥溼意也○豈樂弟易載驅旱麓泂酌傳竝同經言宜兄宜弟傳乃逆辭釋經謂兄宜弟宜故云爲兄亦宜爲弟亦宜也兄弟指來朝諸侯言同姓諸侯盡以爲宜也沔水傳兄弟同姓臣也是其義正義云宜爲人兄宜爲人弟則指天子爲諸侯之兄弟順經作解失

傳之指

蓼彼蕭斯零露濃濃（傳）濃濃厚貌既見君子鞗革沖沖

和鸞雝雝萬福攸同（傳）鞗轡也革轡首也沖沖垂飾貌在軾曰和在鑣曰鸞（疏）說文濃露多也厚與多義同○鞗爲轡首之飾非轡也今傳文鞗轡二字理不可通正義云釋器轡首謂之革郭璞曰轡靶也然則馬轡所靶之外有餘而垂者謂之革鞗皮爲之故云鞗革轡首垂也鞗革卽言沖沖故知垂飾貌案傳文鞗轡也革轡首也七字據仲達所見當作鞗革轡首垂也六字轡首詁革垂詁鞗蓋轡首以垂爲飾故又解沖沖爲垂飾見韓奕箋鞗革謂轡也載見箋鞗革謂轡首也皆渾言之采芑箋云鞗革轡首垂也此箋正用蓼蕭傳語鞗當作鋚革古文勒說文云鋚轡首銅也勒馬頭絡銜也銜馬勒口中也是轡之絡馬首者謂之勒勒關馬口者謂之銜勒以革爲之故字從革勒絡馬首所垂之轡其上飾謂之鋚鋚以金爲之說文曰銅銅卽金也正義謂鋚爲皮蓋因字誤從革耳又謂勒爲靶

外有餘而垂者亦誤春官巾車革路龍勒注龍駹也以白黑飾韋襍色爲勒厭翟勒面注勒面謂以如王龍勒之韋爲當面飾也翟車貝面注貝面貝飾勒之當面也又旣夕記纓轡貝勒縣于衡注貝勒貝飾勒亦謂勒當馬面所謂轡首也天子以下轡首皆有飾考工記玉人上公用龍說文龍作駹四玉一石龍勒以玉爲飾是天子以玉諸侯以金大夫士以貝與載驅垂轡爾爾傳垂轡轡之垂者此傳云沖沖垂飾皃垂飾謂轡首之垂飾垂飾以金爲飾載見箋鶬金飾皃金所謂鋈也沖與鶬一聲之轉○和鈴也傳云在軾曰和軾軾前也載見傳亦云和在軾前桓二年左傳錫鸞和鈴昭其聲也杜注云鸞在鑣和在衡史記禮書集解引服注同說苑說叢篇亦云鸞設於鑣和設於衡然則云鸞在鑣與毛同而云和在衡與毛異和繫軾前軾前卽馬尾其繫鈴之處未聞也一說驂馬內轡繫於軾前其環謂之觼車行有聲故又謂之和若此則和爲環轡之聲而非鈴矣鸞亦鈴也鸞繫於鑣傳云在鑣曰鸞說文鑣馬銜也馬銜之出於兩旁者爲鑣兩旁故兩鑣繫鈴於鑣爲鸞大戴禮保傅篇升車則聞和鸞之聲在衡爲鸞在軾爲和馬動而鸞鳴鸞鳴而和應聲曰和和則敬此御之節也經解

升車則有鸞和之音鄭注云鸞和皆鈴也所以爲車行節也引韓詩內傳鸞在衡和在軾前升車則馬動馬動則鸞鳴鸞鳴則和應輿服志劉昭補注引魯訓和設軾者也鸞設衡者也白虎通義鸞者在衡和者在軾然則云和在軾與毛同而云鸞在衡又與毛異鄭於大馭注玉藻注竝云鸞在衡和在軾四鐵箋置鸞于鑣異於乘車是乘車之鸞在衡田車之鸞在鑣亦主鸞在衡之說烈祖箋鸞在鑣四馬則八鸞則又主鸞在鑣之說鄭本無定解左傳疏云考工記輪崇車廣衡長參如一則衡之所容唯兩服馬耳詩辭每言八鸞當謂馬有二鸞鸞若在衡衡唯兩馬安得置八鸞乎以此知鸞必在鑣案孔疏是也說文鑾人君乘車四馬鑣八鑾鈴象鸞鳥之聲和則敬也从金鸞省輿服志注引許慎曰詩云八鸞鎗鎗則一馬二鸞也又曰輶車鸞鑣知非衡也許說當出五經異義四馬八鑣八鑾采芑烝民韓奕烈祖皆云八鸞鸞者鑾之假借字月令章句云以金爲鸞鳥縣鈴其中施於衡爲遲速之節高注呂覽云鸞鳥在衡與服志亦云鸞雀立衡此皆本鸞在衡之說而更誤作鳥形矣爾雅雝雝聲也禮記少儀篇鸞和之美肅肅雝雝新書容經篇和鸞噰噰萬福攸同言動有紀度則萬福之所

聚也

湛露四章章四句

湛露天子燕諸侯也

湛湛露斯匪陽不晞傳興也湛湛露茂盛貌陽日也晞乾也露雖湛湛然見陽則乾厭厭夜飲不醉無歸傳厭厭安也夜飲私燕也宗子將有事則族人皆侍不醉而出是不親也醉而不出是渫宗也疏湛從甚聲古音讀如沈沒字茂盛與甚義相近陽讀爲暘祭義殷人祭其陽注陽讀爲曰雨曰暘之暘此陽暘古通矣說文云暘日出也晞乾蒹葭同文四年左傳衛甯武子來聘公與之宴爲賦湛露不荅對曰昔諸侯朝正於王王宴樂之於是乎賦湛露則天子當陽諸侯用命也杜注云言露見日而乾猶諸侯稟天子命而行案杜正用毛傳詩凡四章上二句是興

陽喻天子露喻諸侯豐草杞棘桐梓喻諸侯所在之國首章不言露之所在二章三章不言陽末章并不言露皆互見其義○厭讀爲懕懕此假借也小戎傳厭厭安靜也亦當作懕懕爾雅懕懕安也説文懕安也从心厭聲引詩作懕懕夜飲釋文及文選魏都賦琴賦注引韓詩作愔愔夜飲薛君章句愔愔和悦之貌與毛詩異燕禮云司正命卿大夫君曰以我安卿大夫皆對曰諾敢不安賓反入及卿大夫皆説屨升就席公以賓及卿大夫皆坐乃安此即傳訓厭厭爲安之義也正義云楚茨備言燕私傳曰燕而盡其私恩明夜飲者亦君留而盡私恩之義故言燕私也是孔所據傳文私燕作燕私矣傳既釋夜飲爲燕私而又援宗子族侍之禮釋經不醉無歸句書大傳酒誥篇宗室有事族人皆侍終日大宗已侍于賓奠然後燕私燕私者何也祭已而與族人飲也不醉而出是不親也醉而不出是渫宗也出而不止是不忠也親而甚敬忠而不倦若是則兄弟之道備備者成也成者成于宗室也故曰飲而醉者宗室之意也德將無醉族人之志也是故祀禮有讓德施有復義之至也案此與傳義同燕禮云司正升受命皆命君曰無不醉賓及卿大夫皆興對曰諾敢不醉皆反坐此謂不醉

無歸也又記云宵則庶子執燭於阼階上司宮執燭於西階上甸人執大燭於庭閽人爲大燭於門外賓醉北面坐取其薦脯以降奏陔此謂夜飲不醉無歸也但儀禮不言同姓傳乃揆下章在宗載考句故傳主族燕爲說此詩可以補禮之闕而傳又足以申補經之義也

湛湛露斯在彼豐草傳豐茂也厭厭夜飲在宗載考傳夜飲必於宗室疏豐草小弁云茂草是豐爲茂也爾雅茂豐也二字互訓○傳云夜飲必於宗室以釋經在宗之義在與於同上章不醉無歸傳揆宗子族侍之禮言之此言宗室正是宗子之室考成也夜飲必成於宗子之室也王者爲天下之大宗卽爲天下諸侯之宗室矣燕諸侯兼同異姓周之宗盟異姓爲後故詩特舉同姓之親親以該異姓耳六月序云湛露廢則萬國離矣可見此詩本不專謂燕同姓諸侯

湛湛露斯在彼杞棘顯允君子莫不令德疏四月隰有杞桋傳杞枸檵也桋赤棘也杞棘猶杞桋矣○君子謂諸侯也

其桐其椅，其實離離。〔傳〕離離，垂也。豈弟君子，莫不令儀。

〔疏〕定之方中傳云：椅，梓屬。離離猶歷歷也。初學記果木部引韓詩云：離離，長皃。垂與長義相近。

彤弓三章，章六句。

彤弓，天子錫有功諸侯也。

彤弓弨兮，受言藏之。〔傳〕彤弓，朱弓也，以講德習射。弨，弛貌。言，我也。我有嘉賓，中心貺之。〔傳〕貺，賜也。鍾鼓既設，一朝饗之。〔疏〕說文：彤，丹飾也。以丹飾弓曰彤弓，故傳云彤弓，朱弓也。荀子大略篇及何注定四年公羊傳皆云諸侯彤弓。夏官司弓矢掌六弓：王弓、弧弓以授射甲革椹質者，夾弓、庾弓以授射豻侯鳥獸者，唐弓、大弓以授學射者、使者、勞者。服虔注左傳：唐弓以射甲革椹質，服以旅弓當周禮之弧弓，必有師據。此傳言彤弓以講德習射，則當周禮之大弓。鄭注云：學射者弓用中，後習强弱則易也。使者勞者弓亦用中，遠近可也。勞者勤勞王事若晉文侯文公受王弓矢之賜者鄭與毛同也考工記弓人往體來體若一謂之唐弓之屬利射深注云射深用直唐弓合七而成規大弓亦然春秋傳曰盜竊寶玉大弓案定八年穀梁傳云大弓者武王之戎弓也周公受賜藏之魯是大弓爲我魯受諸先王所藏之弓則彤弓之卽大弓此確證也公羊傳云弓繡質繡卽丹飾歟說文弨弓反也弛反義相近傳訓言爲我者與葛覃泉水文王同受言我受猶永言我永也願言我願也同其句例我我諸侯也我諸侯受彤弓於天子守而藏諸祖廟也襄八年左傳季武子賦彤弓宣子曰我先君文公獻功于衡雍受彤弓于襄王以爲子孫藏又昭十五年傳彤弓虎賁文公受之皆其義也王肅云我藏之以示子孫是矣受言載之受言櫜之同○嘉賓謂諸侯也貺賜爾雅釋詁文說文貝部無貺當是況字之誤文四年左傳衛甯武子來聘公與之宴爲賦湛露及彤弓武子對曰諸侯敵王所愾而獻其功王於是乎賜之彤弓一彤矢百玈弓矢千以覺報宴今陪臣來繼舊好君辱貺之其敢干大禮以自取戾案傳以賜詁貺正用左傳又僖二十八年傳晉侯獻楚俘于王賜之彤弓一彤矢百玈弓矢千此卽諸侯敵愾獻功而賜之之禮

也○天子饗諸矦有金奏此鍾鼓卽金奏之樂樂之始也仲尼燕居言大饗禮兩君相見揖讓而入門入門而縣興又云入門而金作示情也郊特牲言饗禘有樂又云賔入大門而奏肆夏示易以敬也此賔卽大賔入大門奏肆夏卽兩君相見入門縣興左傳穆叔曰肆夏天子所以享元矦也春官鍾師凡樂事以鍾鼓奏九夏鄭注云先擊鍾次擊鼓又燕禮記若以樂納賔則賔及庭奏肆夏注云肆夏以鍾鑮播之鼓磬應之所謂金奏也金鶚求古錄云燕聘賔及庭而奏肆夏兩君相見則入大門卽奏肆夏此其異也且樂章亦殊燕禮謂燕他國大夫奏肆夏而左傳穆叔如晉金奏肆夏之三不拜以爲使臣不敢與聞葢諸矦燕聘賔惟用肆夏一章而兩君相見及天子享諸矦乃得備三章故左傳不言肆夏而言三夏也外傳謂金奏肆夏繁遏渠肆夏其一繁遏其二渠其三以肆夏統之故曰肆夏之三猶文王大明緜三篇稱文王之三鹿鳴四牡皇皇者華稱鹿鳴之三也又樂闋亦有異燕禮記云賔拜酒主人荅拜而樂闋是賔未卒爵也郊特牲言卒爵而樂闋當兼賔主言葢諸矦爲賔其禮宜隆故樂闋必待卒爵也又燕聘賔金奏止二節與兩君奏三節異焉與案凡諸矦賜弓矢專

征伐是九命作伯天子乃以饗禮當之周語公當饗是也一朝猶終朝也正義云以燕如至夜饗則如其獻數禮成而罷故以朝言之

彤弓弨兮受言載之（傳）載以歸也我有嘉賓中心喜之（傳）喜樂也鍾鼓既設一朝右之（傳）右勸也（疏）傳云載以歸以釋經載之之義與上章藏之同意也喜樂釋詁文菁菁者莪我心則喜傳亦云喜樂也○楚茨傳侑勸也周禮大祝以享右祭祀注右讀爲侑此右侑聲通之證侑本字假借作右又作宥後箋云上言鍾鼓既設則右醻明是饗時之事不當泛以勸報有功釋之右之醻之當主侑幣酬幣爲義左傳莊十八年虢公晉侯朝王王饗醴命之宥皆賜玉五瑴馬三匹僖二十五年晉侯朝王王饗醴命之宥僖二十八年晉侯獻楚俘于王王饗醴命晉侯宥是則饗禮本有侑幣王禮或更有玉與馬

彤弓弨兮受言櫜之（傳）櫜韜也我有嘉賓中心好之（傳）

好說也鍾鼓既設一朝醻之（傳）醻報也（疏）時邁載櫜弓矢傳亦云櫜韜也齊語坐櫜而入韋注云櫜囊也韜與櫜義近好猶喜也傳訓好爲說與訓喜爲樂義亦相近○醻或酬字酬訓報楚茨瓠葉酢亦訓報酬酢義同後箋云春秋時秦后子享晉侯歸取酬幣終事八反魯侯享范獻子展莊叔執幣皆饗有酬幣之證郊特牲大饗君三重席而酢三獻之介君專席而酢有酢必有酬此所以用酬幣也覲禮饗禮乃歸注云禮謂食燕也王或不親以其禮幣致之略言饗禮互文也疏云以此文爲互則饗食燕皆有酬幣侑幣是以掌客職三饗三食三燕云云卽云若弗酌則以幣致之此節注疏最爲明晰饗禮既有侑酬則此詩右之醻之卽饗時之侑幣酬幣不必牽及於食燕矣

菁菁者莪四章章四句

菁菁者莪樂育材也君子能長育人材則天下喜樂之矣

菁菁者莪在彼中阿傳興也菁菁盛貌莪蘿蒿也中阿阿中也大陵曰阿君子能長育人材如阿之長莪菁菁然既見君子樂且有儀疏文選西都賦注引韓詩蓁蓁者莪薜君章句蓁蓁盛皃也集韻十四清引詩菁菁者莪茂皃竝與菁菁同莪蘿爾雅釋草文傳本爾雅莪釋蘿而又申之云蒿也莪蘿蒿也四字作三句讀舍人云莪一名蘿莪蘿爲蒿蒿類不一故說文以爲蒿屬也正義引義疏云莪蒿也一名蘿蒿生澤田漸洳之處葉似邪蒿而細科生三月中莖可生食又可蒸食香美味頗似蔞蒿廣雅云莪蒿廩蒿也陳藏器本草拾遺云廩蒿生高岡宿根先於百草一名莪蒿竝謂莪蒿即廩蒿說文菻蒿屬菻與廩同大陵曰阿爾雅釋地文傳既釋中阿爲阿中又本爾雅申明阿字之義大陵謂之阿則中阿與中陵同也案上三章言君子之長育人材沚之長莪陵之長莪猶阿之長莪也末章又以舟之載物興君子之用人材○儀無傳文三年左傳公如晉晉侯饗公賦菁菁者莪莊叔以公降拜曰小國受命於大國敢不愼儀君貺之以大禮何樂如

之抑小國之樂大國之惠也莊叔釋詩樂卽經之樂愼儀卽經之有儀旣之以大禮所謂錫我百朋也左傳釋詩意樂且有儀句就見君子者一邊說儀當作義禮義作義不作儀說見相鼠篇六月序云菁菁者莪廢則無禮義矣今字亦作儀

菁菁者莪在彼中沚傳中沚沚中也**既見君子我心則喜**傳喜樂也疏采蘇傳沚渚也蒹葭傳小渚曰沚○喜樂彤弓同上言樂此言喜序云君子能長育人材則天下喜樂之矣是喜亦樂也

菁菁者莪在彼中陵傳中陵陵中也**既見君子錫我百朋**疏天保傳大阜曰陵中阿阿中中沚沚中中陵陵中皆倒句以就韻○箋古者貨貝五貝爲朋淮南子道應篇散宜生得大貝百朋以獻紂高注亦云五貝爲一朋也一朋五貝百朋五百貝說文貝海介蟲也古者貨貝而寶龜周而有泉至秦廢貝行錢是古用貝爲貨周兼用泉布而貝不廢漢書食貨志大貝四寸八分以

上壯貝三寸六分以上幺貝二寸四分以上小貝寸二分以上二枚爲一朋不盈寸二分漏度不得爲朋是爲貝貨五品貝不盈六分不得爲貨此王莽制

汎汎楊舟載沈載浮傳楊木爲舟載沈亦浮載浮亦浮

旣見君子我心則休疏汎汎流皃楊木爲舟謂之楊舟猶柏木爲舟謂之柏舟松木爲舟謂之松舟矣傳上句亦浮各本作亦沈今據正義訂正沈浮猶重輕重者舟亦浮輕者舟亦浮以言物不論重輕舟無不載喻才不論大小朝無不用也箋云舟者沈物亦載申解載沈亦浮句浮物亦載申解載浮亦浮句○破斧傳云休美也

六月六章章八句

六月宣王北伐也鹿鳴廢則和樂缺矣四牡廢則君臣缺矣皇皇者華廢則忠信缺矣常棣廢則兄弟缺矣伐

木廢則朋友缺矣天保廢則福祿缺矣采薇廢則征伐缺矣出車廢則功力缺矣杕杜廢則師衆缺矣魚麗廢則法度缺矣南陔廢則孝友缺矣白華廢則廉恥缺矣華黍廢則蓄積缺矣由庚廢則陰陽失其道理矣南有嘉魚廢則賢者不安下不得其所矣崇丘廢則萬物不遂矣南山有臺廢則爲國之基隊矣由儀廢則萬物失其道理矣蓼蕭廢則恩澤乖矣湛露廢則萬國離矣彤弓廢則諸夏衰矣菁菁者莪廢則無禮儀矣小雅盡廢則四夷交侵中國微矣（疏）周至厲王天下大壞無綱紀文章宣王雖是中興而六月以下十四篇皆已列於變雅時爲之也北伐伐玁狁也宣王之六月其彷彿文王之采薇乎

六月棲棲戎車既飭四牡騤騤載是常服(傳)棲棲簡閱貌飭正也日月爲常服戎服也玁狁孔熾我是用急(傳)熾盛也王于出征以匡王國(疏)棲通作栖論語憲問篇邢疏云栖栖猶皇皇也

傳簡閱皃釋文作簡閱之皃春秋桓六年秋八月壬午大閱何休注公羊傳云大簡閱兵車使可任用而習之孔子曰以不教民戰是謂棄之故比年簡徒謂之蒐三年簡車謂之大閱五年大簡車徒謂之大蒐案五年一大簡閱常禮也詩言六月簡閱棲棲然此猶莊八年春秋經治兵于廟爲用兵敎戰之事而與常蒐不同戎車兵車也飭讀爲敕說文敕誡也正與誡義相近正同整常武篇整我六師以修我戎是其義也采薇傳云騤騤彊也○日月爲常周禮司常文司常云王載大常大司馬云仲秋敎治兵王載大常及致建大常庀軍衆詩言簡閱載常傳正本大司馬爲訓巾車建大常十有二斿注大常九旗之畫日月者正幅爲縿斿則屬焉節服氏六人維王之大常注王旌十二旒兩兩以縷綴連旁三人持之禮天子旌曳地案游或作斿或又作流旒卽流

之俗游分屬於縿縿爲正幅張於杠持游者有縷以維
之其張縿有弧弧有衣曰韣凡旌旗之縿游皆如是天
子大常十二游則兩旁各屬六游也覲禮天子載大旂
象日月升龍降龍注大旂大常也縿首畫日月其下及
旒交畫升龍降龍鄭於他注言畫縿而於覲禮注幷言
畫旒宊以此爲定說傳常爲大常服爲戎服司服凡兵
事韋弁服此及采芑箋竝依周禮說也正義引鄭注孝
經田獵戰伐冠皮弁此本白虎通義三軍篇也與周禮
異○采薇傳玁狁北狄也熾盛爾雅釋言文急字之誤
全詩字皆作棘又作亟北風亟急也傳爲七月靈臺通
訓也素冠棘急也傳爲采薇出車雨無正文王有聲抑
桑柔江漢通訓也其字皆不作急急古音在緝葉帖而
國古音在職德二字不同部故急國不入韻則棘與國古
音同部園有桃尸鳩青蠅抑以棘國爲韻則此詩急字
當爲棘矣常武以戒國爲韻戒與國古音亦同部素冠
正義引釋言戒急也今爾雅作悈急也釋文本或作悈
又作亟鹽鐵論繇役篇引此詩作戒毛詩作棘其音皆
讀如悈其義則皆訓爲急詩小學云謝靈運撰征賦曰
宣王用棘於獫狁是六朝時詩本有作我是用棘者今
本作急後人用其義改其字耳于語詞匡正也雖則將

率出征亦出自王事故一章王于出征二章王于出征易離上六爻辭云王用出征以正邦也文義正相同必言王者尊王命也秦無衣王于興師傳云天下有道則禮樂征伐自天子出

比物四驪閑之維則（傳）物毛物也則法也言先教戰然後用師**維此六月既成我服我服既成于三十里**（傳）師行三十里**王于出征以佐天子**（傳）出征以佐其爲天子也（疏）夏官校人凡大祭祀朝覲會同毛馬而頒之凡軍事物馬而頒之鄭注云毛馬齊其色物馬齊其力正義引此以爲傳直言物難解故連言毛物以曉人比物者比同力之物戎事齊力尚强不取同色而言四驪者雖以齊力爲主亦不厭其同色是也四驖傳閑習也則法釋詁文烝民同案比物四驪閑之維則二句承上起下傳云先教戰是承上之詞云然後用師是起下之詞○六月治兵即六月出師故重言之云維此六月也服即戎服漢書律曆志云癸巳武王始發丙午還師戊午度于孟津孟津去周九百里師行三十里故三十一

日而度賈捐之陳湯王吉傳及白虎通義喪服篇竝云師行三十里與傳同天子謂宣王也傳云出征以佐其爲天子謂吉甫之佐宣王也下章薄伐玁狁至于大原文武吉甫萬邦爲憲傳吉甫尹吉甫也有文有武是伐玁狁者吉甫也又侯誰在矣張仲孝友傳使文武之臣征伐孝友之臣處內是宣王使吉甫征伐而與張仲在國也皆尹吉甫征伐以佐天子之事僖二十三年左傳公賦六月趙衰曰君稱所以佐天子者命重耳杜注云道尹吉甫佐宣王征伐喻公子還晉必能匡王國襄十九年傳季武子賦六月杜注云六月尹吉甫佐天子征伐之詩以晉侯比吉甫出征以匡王國晉語秦伯賦六月子餘曰君稱所以佐天子匡王國者以命重耳韋注云六月道尹吉甫佐宣王征伐復文武之業案內外傳與毛義同正義從王肅孔晁之徒謂毛氏爲王自親征誤矣

四牡脩廣其大有顒傳脩長廣大也顒大貌薄伐玁狁以奏膚公傳奏爲膚大公功也有嚴有翼共武之服傳

嚴威嚴嚴也翼敬也共武之服以定王國【疏】脩長韓奕同廣大雝同說

文顒大頭也是顒有大義其大有顒猶云有顒其大也與有蕡其實有睆其實句法同特倒辭以就韻耳○鴟鴞傳祖爲也奏與祖聲轉其義竝訓爲爲又訓作祖作疊韻奏作雙聲膚與膴同聲故爲大公讀與功同傳各本威下衍嚴字訓嚴爲威不訓嚴爲威嚴也常武有嚴天子傳嚴而威也亦訓嚴爲威傳威威箋威嚴猶傳敬箋恭敬今各本依箋增入嚴字釋文嚴威也正義其嚴者威敵厲衆是陸孔所見毛傳不重嚴字華嚴音義下引傳嚴威也不誤翼敬釋詁文文王有聲行葦卷阿同翼古趩字論語趨進翼如也說文作趩凡全詩翼訓恭敬者皆趩也共王肅音恭

玁狁匪茹整居焦穫侵鎬及方至于涇陽【傳】焦穫周地接于玁狁者織文鳥章白旆央央【傳】鳥章錯革鳥爲章也白旆繼旐者也央央鮮明貌元戎十乘以先啓行【傳】

元大也夏后氏曰鉤車先正也殷曰寅車先疾也周曰元戎先良也【疏】匪不也茹度也並見邶柏舟篇玁狁匪茹猶左傳云息不度德耳整整旅也爾雅釋地周有焦穫郭注云今扶風池陽縣瓠中是也酈注水經瀘水篇瀘水東注鄭渠渠首上承涇水於中山西邸瓠口所謂瓠中也爾雅以爲周焦穫矣古穫瓠聲相通古曰焦穫漢曰瓠口亦曰瓠中池陽漢縣在馮翊晉屬扶風郡今陝西西安府三原涇陽二縣之閒有焦穫澤即此焦穫澤名傳云周地者澤亦地也焦穫在渭北涇東本周都畿內之地名而傳又云接于玁狁者宣王時狄侵中國迫近王都漢書西域傳所謂自周衰戎狄錯居涇渭之北也史記匈奴傳犬戎殺幽王遂取周之焦穫而居于涇渭之閒侵暴中國蓋至幽王已後竟入爲戎地矣淮南子墬形篇九藪有陽紆高誘以爲池陽一名具圃周禮作楊紆爾雅作楊陓呂覽有始篇秦之陽華並同地而異稱高注呂覽云陽華或曰在華陰西案華陰近河西之地故職方以爲冀藪後入於秦故釋地以爲秦藪淮南子脩務篇禹之爲水以身解於陽盱之河又穆天子傳至于陽紆之山河伯無夷之所都

居此皆在華陰西之證也高注陽紆說與焦穫同處因辨及之箋云鎬也方也皆北方地名正義云鎬方雖在焦穫之下不必先焦穫乃侵鎬方王肅以爲鎬京王基駁曰據下章云來歸自鎬我行永久言吉甫自鎬來歸也故劉向曰千里之鎬猶以爲遠案王駁之是也劉向說見漢書陳湯傳方即南仲所築之方出車篇王命南仲往城于方傳方朔方近玁狁之國也朔方北方也鎬地未聞涇陽涇水之陽也僖二十八年穀梁傳水北爲陽箋云來侵在涇水之北是也今甘肅平涼府西南有漢涇陽故城即此地然則當時玁狁交侵之患近在焦穫居心腹之內遠在鎬方居肘腋之閒涇東涇北皆是北狄蹂躪之處而實未嘗踰涇也○織當作識周禮司常疏引詩作識爾雅釋天錯革鳥曰旟孫注云錯置也革急也畫急疾之鳥於旒周官所謂鳥隼爲旟者矣詩正義引鄭志答張逸云畫急疾之鳥隼是孫本鄭也李注云以革爲之置於旐端是李以革爲皮也郭注與李同奐謂讀革爲急鳥是蓋錯之爲言涂也錯亦畫也章正幅詩之綏章爾雅之因章禮記之龍章皆正幅也正幅爲縿傳云錯革鳥爲章則畫革鳥於縿上傳有明文矣爾雅之旟與周禮之旟本不同司常鳥隼爲旟

又州里建旟大司馬百官載旟此旟爲州里百官建載自與尊者建載不同制傳本爾雅之義以爲畫急疾之鳥於縿上則周禮之旟其不畫於縿上可知孫炎誤合爾雅周禮兩旟爲一物雖知鳥隼之畫於旒而不知錯革鳥之乃畫於縿上與常畫日月旒畫交龍縿旒竝有畫文者同其寵異也考工記龍旂九游鳥旟七游熊旗五游與大行人上公九游矦伯七游子男五游合考工記鳥旟爲矦伯旟明矣其非州里百官旟又明矣說文云旟錯革畫鳥其上所以進士衆旟旟衆也周禮曰州里建旟許既引爾雅更引周禮以爲別義與旗下旐下注一例然旗下旐下先引考工旟下先引爾雅不引考工者意以爾雅之錯革鳥與考工之鳥旟七游同旟而與司常大司馬別旟故也毛傳於此詩言吉甫北伐說旟引爾雅其於干旄出車桑柔三篇皆引周禮其用意甚明管子兵法篇五曰舉鳥章則行陂與詩鳥章異〇白旆正義本作帛茷傳云帛茷繼旐者也者疑傳帛字衍經之帛謂旐也繼旐者謂之茷傳本爾雅釋茷不釋帛也茷者旆之假借字爾雅繼廣充幅長尋曰旐繼旐曰旆郭注云帛全幅長八尺帛續旐末爲燕尾義見詩是郭所據詩作旆詩釋文引爾雅作茷茷旆二字古通

用何注宣十二年公羊傳繼旐如燕尾曰旆郭云燕尾
正本何義詩正義引孫炎注爾雅云緇黑繒也蓋旌旗
之幅爲縿帛即縿也以黑色之繒爲之則旐乃通帛黑
也旐大黑旗大白物半白半赤無物則半黑半赤其餘
旗皆赤也爾雅釋旐既箸其色緇又明其長尋其餘旗
之長無明文也公羊疏引孫炎云帛續旐末亦長尋孫
更釋旆之長亦八尺不識所據何書也出車桑柔傳皆
云龜蛇曰旐周禮龜蛇爲旐縣鄙建旐郊野載旐鄭注
云龜蛇象其扞難辟害也縣鄙鄉遂之官郊謂鄉遂之
州長縣正以下也野謂公邑大夫載旐者以其將羨卒
也考工記龜蛇四游以象營室也奐案公之孤四命其
游如命數或四游之旐爲公之孤所建載與縣鄙郊野
建載之旐其游數當有不同而縣鄙郊野之旐其止畫
龜蛇於游者與天子諸侯之旐其體製亦復不同其不
同者特有繼旐之旆以爲尊飾也說文云旆繼旐之旗
也沛然而垂此唯天子諸侯之旐有旆非凡旐皆有旆
也左傳謂之大旆周禮謂之大麾韓奕傳謂之大綏皆
繼旐者也若左傳綪茷疏茷同旆儀禮經末注今文末
爲旆其下幅之續於上幅者亦得爲旆旆與游皆以下
垂爲義故杜預左傳注云旆游也此皆旆之引申義也

知繼旐之別於凡旐則鍇革鳥之別於凡旟更無疑矣央央訓鮮明出車同公羊疏引詩帛旆英英古英央聲同○元大采芑同夏后氏曰鉤車以下御覽兵部六十五引古司馬兵法同古司馬法兵車一乘甲士十人然則甲士二五爲一乘十乘百人卽甲士百人諸侯有大功賜以虎賁百人得專征伐者謂此也吉甫帥師元戎十乘非謂宣王自將也昭十三年左傳劉獻公曰天子之老請帥王賦元戎十乘以先啟行正本此詩其明證矣史記三王世家裴駰集解引韓詩章句元戎大戎謂兵車也車有大戎十乘謂車縵輪馬被甲衡扼之上盡有劍戟名曰陷軍之車所以冒突先啟敵家之行伍也箋云先前啟突敵陳之前行鄭從韓詩義

戎車既安如輊如軒四牡既佶既佶且閑（傳）輊摯佶正也薄伐玁狁至于大原（傳）言逐出之而已文武吉甫萬邦爲憲（傳）吉甫尹吉甫也有文有武憲法也（疏）考工記輈人大車平地既節軒摯之任輊與摯聲義相近故傳以摯詁輊也箋戎車之安從後視之如摯從前視之如軒玉篇

前頓曰鞏後頓曰軒淮南子人閒篇道者置之前而不鞏鎋之後而不軒案鞏與摯通車攻我馬既同傳同齊也戎事齊力尚强也齊亦正也於車攻言齊於此言正義互相足也箋佶壯健之皃與傳訓本無不合正義謂箋義異誤矣說文佶正也郎引此詩○胡渭禹貢錐指云日知錄曰薄伐玁狁至于大原毛鄭皆不詳其地其以爲今太原陽曲縣者始於朱子而愚未敢信也古之言大原者多矣若此詩則必先求涇陽所在而後大原可得而明也漢書地理志安定郡有涇陽縣幵頭山在西禹貢涇水所出後漢書靈帝紀段熲破先零羌於涇陽注涇陽屬安定郡在原州郡縣志原州平涼縣本漢涇陽縣地今縣西四十里涇陽故城是也然則大原當即今之平涼而後魏立爲原州亦是取古大原之名爾計周人之禦玁狁必在涇原之閒若晉陽之大原在大河之東距周京千五百里豈有寇從西來兵乃東出者乎故曰天子命我城彼朔方而國語宣王料民于大原亦以其近邊而爲禦戎之備必不料之於晉國也渭按漢安定郡治高平縣後廢元魏改置曰平高唐爲原州治廣德元年沒吐蕃節度使馬璘表置行原州於靈臺縣之百里城貞元十九年徙治平涼縣西去故州一百

六十里故州郎元開城縣今固原州也小爾雅云高平謂之大原則大原當在州界非平涼縣縣乃古涇陽在固原之東玁狁侵及涇陽而薄伐之以至於大原蓋自平涼逐之出塞至固原而止不窮逐也奐案方輿紀要陝西平涼府鎮原縣在府北百三十里縣西二里有漢高平故城固原州在府西北百十里鎮原爲唐之原州治固原屬原州界西之中疑古大原當在鎮原平涼郎涇陽地從涇陽直北追至鎮原不更向西北矣史記匈奴傳武王伐紂放逐戎夷涇洛之北當亦不甚相遠也後漢書西羌傳穆王西征犬戎獲其五王遂遷戎于大原夷王命虢公率六師伐大原之戎至于俞泉汲郡紀年宣王二十七年遣兵伐大原戎不克皆郎詩之大原也楊雄并州箴云周穆遐征犬戎不享爰貉伊德侵玩上國宣王命將攘之涇北是古大原郎在涇水之北矣或謂漢五邊郡本秦九邊郡郎此詩之大原史記趙武靈王築長城至高闕爲塞漢書衞青渡西河至高闕遠在大河之北去鎬京幾二千里而又以漢武帝所築朔方城郎出車詩之朔方因滋曲說斷不可從傳云逐出之而已者漢書匈奴傳嚴尤諫王莽曰當周宣王時獫允內侵至于涇陽命將征之盡境而還其視戎狄之侵

譬猶蟁蝱之螫毆之而已此與傳義合○宣王時吉甫卽尹吉甫故傳特明之嵩高同箋云吉甫此時大將也有文有武猶言允文允武耳憲法釋詁文桑扈百辟爲憲傳亦云憲法也

吉甫燕喜既多受祉（傳）祉福也來歸自鎬我行永久飲御諸友炰鼈膾鯉（傳）御進也侯誰在矣張仲孝友（傳）侯維也張仲賢臣也善父母爲孝善兄弟爲友使文武之臣征伐與孝友之臣處內（疏）喜樂也燕喜燕樂之也祉福爾雅釋詁文巧言同箋云吉甫既伐玁狁而歸天子以燕禮樂之則歡喜矣又多受賞賜也漢書陳湯傳劉向曰吉甫之歸周厚賜之卽引此詩來歸自鎬自鎬來歸也我我吉甫也蔡邕獨斷云御者進也義與傳同諸友處內諸臣也韓奕箋炰鼈以火孰之也正義云字書炰毛燒肉也炰烝也服虔通俗文曰燥煮曰炰炮與炰別而此及六月云炰鼈者音皆作炰案正義巳謬亂今正之如是字書卽說文蓋說文本有炰篆而佚之也炰鼈猶內則之濡鼈招魂之

胹鼈其俗字誤作炮鼈無毛不可炮也鼈者燕飲庶羞之饌儀禮大射儀羞庶羞注或有炰鼈膾鯉賈疏云詩燕飲吉甫有炰鼈故知有此也又魯語公父文伯之母曰祭養尸饗養上賓鼈於何有此謂正加之饌皆無鼈也今大射儀注作炮宋本作炰炰即缹之異體膾鯉魚牲亦庶羞也周禮大司馬饗會羞牲魚鄭司農注云大司馬主進魚牲○爾雅維矦也維謂之矦矦亦謂之維維與矦一聲之轉十月之交文王下武同而用意差别張仲古今人表作張中中古仲字善父母爲孝善兄弟爲友爾雅釋訓文云文武之臣征伐者謂吉甫也吉甫有文有武也云孝友之臣處内者謂張仲也荀子大略篇使仁居守是其義也李巡注爾雅張姓仲字其人孝故稱孝友據李説則經文以張仲孝爲逗友爲句而不以孝友連文箋張仲吉甫之友其性孝友疑箋無下友字與李同

本三家詩

采芑四章章十二句

采芑宣王南征也

薄言采芑于彼新田于此菑畝傳興也芑菜也田一歲曰菑二歲曰新田三歲曰畬宣王能新美天下之士然後用之方叔涖止其車三千師干之試傳方叔卿士也受命而爲將也涖臨師衆干扞試用也方叔率止乘其四騏四騏翼翼路車有奭簟茀魚服鉤膺鞗革傳奭赤貌鉤膺樊纓也疏芑菜正義引義疏云芑菜似苦菜莖青白色摘其葉白汁出脃可生食亦可蒸爲茹然則生民言禾苗之白者爲芑則芑莖帶白色故得異物而同名皦用一歲曰菑二歲曰新田三歲曰畬爾雅釋地文傳引爾雅以釋經新菑之義三歲曰畬亦連而相及耳新下田字當衍說詳臣工篇案新菑爲休耕之田畝至畬而出耕新田菑畝中得有芑菜之可采以喻國家人材養蓄之以待足用凡軍士起於田畝故詩人假以爲興下章同○方叔卿士謂天子三公中執政者也受命而爲將謂受天子命而出爲將率也

魯語云天子作師公帥之以征不德說文𨽾臨也涖𨽾聲近俗作莅其車三千無傳箋據司馬法一乘七十五人正義因謂天子六軍千乘三千乘十八軍金鶚求古錄云夫天子六軍七萬五千人耳今用一十八軍二十二萬五千人古者用兵未有如此之多也司馬法本有二說鄭詩箋及論語注引司馬法兵車一乘甲士三人步卒七十二人而小司徒注又引司馬法革車一乘士十人徒二十人鄭不詳其所以異賈疏及春秋孔疏皆以七十五人爲畿內采地法不知王者軍制自畿內達之天下安得有異且士卒出於鄉遂非出於采地也江愼修謂七十五人者邱甸之本法三十人者調發之通制此說得之然其解周官亦謂戰車七十五人則亦誤也車乘士卒經典有明文周官五伍爲兩兩者車一乘也是明言二十五人爲一乘矣蓋兵車一乘甲士十人步卒十五人甲士二伍步卒三伍士卒不相襍也凡用兵選其强壯有勇者爲甲士又選其尤者使居車上左人持弓矢主射右人持矛主擊刺中人主御是謂甲首左傳言獲其甲首三百甲首者甲士之首也三百人則車百乘也餘甲士七人蓋在車之左右步卒十五人蓋在車之後也調發之制一乘三十人而戰止用二十五

人蓋以步卒五人將重車也杜牧注孫子云炊家子十人固守衣裝五人廄養五人樵汲五人此將重車二十五人也每一乘兵車所出之卒除五人將重車是兵車五乘重車一乘也五乘凡一百五十人馬二十匹其糗糧芻茭皆以一大車載之矣重車在兵車之後將重車者大抵老弱之人皆步卒而非甲士故不用以戰行則將重車止則爲炊爨樵汲等事也江氏謂四兩爲卒以一兩之人將重車抑又誤矣伍兩卒旅皆戰士將重車者非戰士也以一兩之人將重車則無以成卒又何以成旅師與軍乎唯以二十五人爲一乘按之諸書皆合方叔南征車三千乘每乘二十五人三千乘得七萬五千人是王六軍之制也案金誠齋之說確不可易誠齋又歷引左傳師車三百乘甲士三千人孟子革車三百兩虎賁三千人與管子一乘四馬白徒三十人奉車兩並與司馬法一乘三十人合可謂信而有證矣師衆爾雅釋詁文干扞試用釋言文師干之試言軍士之衆足爲扞禦之用也○率古帥字采薇傳云翼翼閑也奭讀爲赫簡兮傳赫赤皃是赫爲赤也載驅簟茀朱鞹傳鞹革也諸侯之路車有朱革之質而羽飾是路車有赤飾也載驅傳又云簟方文席也車之蔽曰茀夏官繕人凡

棨車充其籠箙說文籠笭也笭車笭也車笭即茀矢服
繫於笭故曰籠箙是即詩之魚服魰采薇傳魚魚皮也
服古箙字傳云鉤膺樊纓嵩高同本周禮說周禮巾車
五路皆有樊纓唯金路鉤樊纓鄭注云鉤婁頷之鉤也
賈疏云鉤連言膺明鉤在膺前以今驗古明鉤是馬婁
頷也案此及嵩高韓奕曰鉤膺或皆指金路言也鉤卽
金飾孟子告子篇一鉤金趙注以爲一帶鉤之金是人
帶有金爲飾馬纓之革其上亦有金曲鏤之小戎謂之
鏤膺戎車縷膺路車則鉤膺也樊者纓之飾周禮鄭司
農注纓謂當胷引禮家說纓當胷以削革爲之賈疏引
賈馬亦云樊纓馬飾在膺前十有二匝以毛牛尾金塗
十二重說文緐馬髦飾也毛髦同緐今俗作繁樊爲假
借字漢之羽葆幢以犛牛尾爲之如斗在棨輿左騑馬
頭上馬纓飾其狀相似是謂之緐纓亦與旌竿析羽注
旄首相似故哀二十三年左傳言薦夫人馬稱旌緐蔡
邕獨斷云緐纓在馬膺前如索帬方言帬陳魏之閒謂
之帔自關而東或謂之襬蔡以漢索帬比況緐纓皆謂
下垂緐多之狀既夕禮薦馬纓三就記纓轡貝勒縣于
衡又晉語亡人之所懷挾纓纕韋注纓馬纓也既夕士
禮喪吾出亡未立爲君故馬皆有纓而無緐成二年左

傳衛仲叔于奚請繁纓以朝新書審微篇云繁纓者君之駕飾也是繁纓爲尊者之馬飾馬有繁纓猶人有綏纓綏與纓異材賤者止有冠纓尊者以綏爲飾人之纓結頷下馬之纓結胷前小戎傳膺馬帶也纓卽馬帶以革爲之繁下垂其上有鉤金以爲飾先鄭賈馬蔡許說樊纓大略相同唯鄭康成讀樊如鞶帶之鞶謂今馬大帶也纓今馬鞅與古說絶異箋云肇革轡首垂也肇當作鋚詳蓼蕭篇

薄言采芑于彼新田于此中鄉傳鄉所也方叔涖止其車三千旂旐央央方叔率止約軝錯衡八鸞瑲瑲傳軝長轂之軝也朱而約之錯衡文衡也瑲瑲聲也服其命服朱芾斯皇有瑲蔥珩傳朱芾黃朱芾也皇猶煌煌也瑲珩聲也蔥蒼也三命蔥珩言周室之强車服之美也言其强美斯劣矣疏鄉所所猶處也中所者謂此菑畝中處也傳嫌鄉爲六鄉之鄉故明

之般武傳亦云鄉所也○旂旐央央詳出車篇傳釋軝爲長轂之軝長轂戎車也小戎謂之暢轂朱而約之以釋經約字朱其飾也考工記輪人說置轂之制五分其轂之長去一以爲賢去三以爲軹容轂必直陳篆必正施膠必厚施筋必數幬必負榦既摩革色青白謂之轂之善鄭注云篆轂約也說文軝下本傳訓引詩作軝或作軧段注云大車轂長尺五寸兵車田車乘車轂長三尺二寸五分三尺二寸之長一爲賢得六寸四分三爲軹得尺九寸二分虛其一者畱以置輻也考工記軹字卽毛詩之軝字軹者同音假借取此尺九寸二分者以革約之而朱其革詩所謂約軝也容如製甲必先爲容之容先爲容轂之笵盛轂於中以治之飾之陳篆者刻畫其文而以革縷若絲嵌約之而後施膠施筋而後幬之以渾革而丸桼之而摩之革色青白而後朱畫之容轂以下渾轂所同也幬而朱之軝所獨也本是幬而朱之毛云朱而約之許云以朱約之者既朱則似先朱其革其意一也案段說約軝之制既明晰矣烈祖箋云約軝轂飾也錯衡文衡韓奕同錯詁文者謂衡上束文也說文轢車衡三束也曲輮轢縛直輮暈縛从革爨聲讀如論語鑽燧之鑽或作轢案曲輮卽曲輈曲輮車衡其

約束之革是曰轡鎗轡聲相近三束者衡之文也或謂以金飾衡者則誤以鎗衡爲金厄耳輿人注云衡之長容兩服釋文瑲本作鎗五經文字云詩或作鎗云聲者鸞聲也○命服上公之服朱芾葱珩皆是也天子朱芾諸侯赤芾此嫌方叔用天子服故傳云朱芾黄朱芾則是深於赤而淺於朱矣斯干箋云天子純朱諸侯黄朱斯干箋亦云皇猶煌煌也經言珩故云瑲珩聲葱蒼聲轉義同三命葱珩禮記玉藻篇文傳引此以證經葱珩之義又以明天子之上大夫九命與諸侯之上大夫三命者皆用葱珩故此及候人傳竝有三命葱珩之訓說文卿大夫葱珩亦統天子諸侯之卿大夫而言之矣又玉藻天子佩白玉公侯佩山玄玉大夫佩水蒼玉玄玉卽黝珩蒼玉卽葱珩外諸侯用黝珩而不與三命同葱珩者明嫌之義也唯天子白玉珩也周禮玉府注引詩傳曰佩玉上有葱衡下有雙璜衡牙蠙珠以納其閒賈疏謂是韓詩又晉語注詩傳曰上有葱珩下有雙璜王應麟以爲此詩傳箋傳文言其強美斯劣矣七字當作其強美者斯劣弱矣八字今各本皆誤此葢總釋全章之義正義云其車三千言周室之強路車朱芾言車服之美必言其強美者斯劣弱矣老子曰國家昏亂有忠

臣六親不和有孝慈明名生於不足詩人所以盛矜於
强美者斯爲宣王承亂劣弱美而言之也美字今正義
誤作矣後箋依
李迂仲集解訂
鴥彼飛隼其飛戾天亦集爰止（傳）戾至也方叔涖止其
車三千師干之試方叔率止鉦人伐鼓陳師鞠旅（傳）伐
擊也鉦以靜之鼓以動之鞠告也顯允方叔伐鼓淵淵
振旅闐闐（傳）淵淵鼓聲也入曰振旅復長幼也（疏）晨風傳鴥
疾飛皃戾至爾雅釋詁文小宛采叔同箋云隼急疾之
鳥也飛乃至天喻士卒勁勇能深攻入敵也爰於也亦
集於其所止喻士卒須命乃行也常武王旅嘽嘽如飛
如翰傳疾如飛摯如翰文義相同○伐擊甘棠訓同義
別周禮鼓人以金錞和鼓以金鐲節鼓以金鐃止鼓以
金鐸通鼓此錞鐲鐃鐸四金皆與鼓相應者也而大司
馬言習戰辨鐸鐲鐃三金之用者錞卽錞于唯戰則用
之晉語戰以錞于丁寧淮南子兵略篇兩軍相當鼓錞

相望皆是也詩言誓師則鉦卽大司馬之鐸鐲鐃矣說
文云鐲鉦也鐃小鉦也鐸大鈴也鈴令丁也國語作丁
寧韋注云丁寧謂鉦也鄭司農注周禮亦以鐸鐲鐃謂
鉦之屬然則鉦其大名也傳云靜動所以明習戰之節
非進鼓退金之謂也鞫讀與告同十月之交告凶漢書
告作鞫此古鞫告聲通之證告讀誓誥之誥周禮誓用
之于軍旅文選東京賦注引尹文子云將戰有司讀誥
誓三令五申之既畢然後卽敵○顯允方叔言有顯德
者方叔也允語詞淵淵讀鼘鼘故云鼓聲也伐鼓振旅
句承陳師鞫旅之下猶是未戰時爾雅釋天振旅闐闐
出爲治兵尚威武也入爲振旅反尊卑也傳云復長幼
卽是反尊卑本爾雅文爾雅釋詩兼及治兵則振旅爲
習戰毛傳但依經言振旅作訓而不及治兵者文從略
也葢周制春秋二時教民三年數軍實皆有治兵振旅
習戰之事春秋莊八年春王正月師次于郎以俟陳人
蔡人甲午治兵公羊傳云出曰祠兵入曰振旅其禮一
也皆習戰也祠者治之假借字穀梁傳云出曰治兵習
戰也入曰振旅習戰也又晉語云治兵振旅鳴鐘鼓以
至于宋此行師習戰亦皆有治兵振旅並與詩言振旅
同箋謂戰止將歸寔失經傳之恉矣說文嗔盛气也玉

篇嗔盛聲也皆引詩作嗔嗔與闐闐同

蠢爾荆蠻，大邦爲讎。（傳）蠢動也荆蠻荆州之蠻也方叔元老，克壯其猶。（傳）元大也五官之長出於諸侯曰天子之老壯大猶道也方叔率止，執訊獲醜。戎車嘽嘽，嘽嘽焞焞，如霆如雷。（傳）嘽嘽衆也焞焞盛也顯允方叔，征伐玁狁，荆蠻來威。（疏）蠢動爾雅釋詁文又釋訓蠢不遜也郭注云蠢動爲惡不謙遜也書大誥篇西土人亦不靜越茲蠢又反鄙我周邦今蠢與詩蠢動義同荆蠻作蠻荆者誤文選左思吳都賦注及通典邊防三引詩作蠢爾荆蠻又通典及御覽兵五十八載漢書賈捐之傳引詩亦作荆蠻顔注云荆蠻荆州之蠻又劉峻注世說新語排調篇引傳與顔注同各本經傳皆誤今據以訂正殷武傳荆楚荆州之楚國與此傳句法正同角弓傳蠻南蠻也荆蠻卽荆楚漢書地理志周成王時封文武先師鬻熊之曾孫熊繹於荆蠻爲楚子居丹楊今湖北宜昌府歸州東南有丹楊城卽漢丹楊郡丹楊縣地宣王時之楚國尚居於此大邦謂諸夏也賈捐之傳引詩釋之云言聖人起則後服中國衰則先畔動爲國家難自古而患之矣後漢書南蠻傳亦云明言黨眾繁多是以抗敵諸夏竝謂荆蠻爲荆楚也○傳訓元爲大元老爲大老又引禮記曲禮文以釋大老之義曲禮五官之長曰伯自稱於諸侯曰天子之老鄭注云九命作伯伯分主東西者又王制八伯各以其屬屬於天子之老二人分天下以爲左右曰二伯注云老謂上公昭十三年左傳晉侯使叔向告劉獻公對曰天子之老請帥王賦元戎十乘以先啟行杜注云獻公王卿士劉子案劉子爲王卿士故自稱於諸侯爲天子之老與詩禮正合傳訓壯猶爲大道者言方叔爲天子之大老克任其大道也鹽鐵論未通篇五十以上血脈溢剛曰艾壯引詩方叔元老克壯其猶或本三家說與毛詩絶異方叔率止執訊獲醜正言伐荆蠻之事常武王旅嘽嘽傳嘽嘽然盛也此焞焞爲盛則嘽嘽爲眾矣廣雅嘽嘽眾也嘽嘽焞焞謂聲氣眾盛也僖五年左傳天策焞焞火中成軍亦謂光明之盛也漢書韋玄成傳引詩嘽嘽推推廣韻⿰車隹⿰車隹車盛皃竝與焞焞同○案詩章末

正言方叔率師南征荆蠻而因及征伐玁狁者六月伐
玁狁其時方叔爲上公折衝禦侮離遣賢臣尹吉甫而
帷幄主謀總在方叔運籌之内故守衞中國功必歸焉
易林離小過並云六月采芑征伐無道張仲方叔克勝
飲酒據焦說方叔與張仲類列則六月所云飲御諸友
中有方叔矣方叔未嘗北伐此爲得其實又漢書陳湯
傳劉向疏曰昔周大夫方叔吉甫爲宣王誅玁狁而百
蠻從箋云方叔先與吉甫征伐玁狁鄭用劉子政說後
漢書李膺傳言馮緄前討荆蠻均吉甫之功其說又稍
異荆蠻來威據漢書韋玄成傳引詩訂正威猶畏也攷
史記楚世家熊嚴生子四人伯霜仲雪叔堪季徇熊霜
元年周宣王初立熊霜六年卒三弟爭立仲雪死叔堪
亾辟難於濮而少弟季徇立熊徇二十二年卒子熊咢
立九年卒子熊儀立是爲若敖二十二諸侯年表宣王元
年楚熊霜元年七年熊徇元年二十九年熊咢元年三
十八年楚若敖元年宣王四十六年崩即若敖之九年
也與世家合蓋楚當夷厲之際其國漸大侵犯中國故
宣王中興既命方叔南征又徙封申伯於謝邑以禦南
方其事皆在初年汲郡古文以爲宣王五年伐荆蠻爲
熊霜之世其說或有依據若宣王之末適當若敖之初

左傳稱若敖啟辟山林其惷南國之師已載見於國語幽王荒廢荆叛不至作漸漸之石以刺之平王東遷楚患尤甚戍申戍甫勞動京師漢陽諸姬蠶食殆盡迨至齊桓公師召陵晉文公戰城濮齊晉迭霸而楚稍縮衰然則南征荆蠻亦夏夷盛衰之一轉棙也

車攻八章章四句

車攻宣王復古也宣王能內脩政事外攘夷狄復文武之竟土脩車馬備器械復會諸侯於東都因田獵而選車徒焉

我車既攻我馬既同（傳）攻堅同齊也宗廟齊豪尚純也戎事齊力尚强也田獵齊足尚疾也四牡龐龐駕言徂東（傳）龐龐充實也東雒邑也（疏）車田車也瞻卬傳鞏固也攻鞏聲義相近同訓

齊宗廟齊豪戎事齊力田獵齊足爾雅釋畜文傳引之而又申明齊之義爲尚純尚强尚疾也詩因田獵而修車馬則齊足尚疾正訓經之同字宗廟戎事連言及之也舍人爾雅注云田獵取牲於苑囿之中追飛逐走取其疾而已○龐充疊韻充實者彊盛之意玉篇驪驪充實皃疑出三家字異東東都東都在鎬京之東故經言徂東序箋云東都王城也成王作邑土中會諸侯於王城宣王中興復會於此駕言徂東言命駕而往會諸侯耳會有大射射有中禽又宣王實有大蒐之禮故詩中連言田獵其會諸侯本在王城傳以雒邑釋東用意顯然矣雒邑即王城羣書治要作雒今作洛非

田車既好四牡孔阜東有甫草駕言行狩傳甫大也田者大艾草以爲防或舍其中褐纏旃以爲門裘纏質以爲槸閒容握驅而入擊則不得入左者之左右者之右然後焚而射焉天子發然後諸侯發諸侯發然後大夫

士發天子發抗大綏諸侯發抗小綏獻禽於其下故戰不出頃田不出防不逐奔走古之道也〔疏〕甫楚辭九歎注作圃文選班固東都賦後漢書班固傳馬融傳注引韓詩東有圃草薛君章句圃博也有博大之茂草也毛韓義同而皆不言地名鄭箋以甫草爲甫田之草水經濟水注中牟縣圃田澤多麻黃草述征記曰踐縣境便覩斯卉窮則知踰界詩所謂東有圃草也案此本鄭說故圃田在今河南開封府中牟縣西北與敖山相去僅百餘里靈臺傳囿所以域養禽獸也天子百里諸侯四十里是圃田敖山俱在天子囿內鄭說足申傳義矣墨子明鬼篇周宣王合諸侯而田於圃田車數百乘其事尚在宣王末年而亦可見圃田之常獵也成周在王城之東而圃田敖山又在成周之東宣王當日之蒐在成周斷不在王城故成周有宣王之謝謝以講軍實者始因此也此章言狩下章言苗苗爲夏獵則狩非冬獵爾雅火田爲狩郭注云放火燒草獵亦爲狩○傳云田者以下皆所以明甫草行狩之事云大艾草以爲防者昭八年穀梁傳艾蘭以爲防蘭亦草也云或舍其中者正義云此屬夏

苗之田也周禮仲夏教茇舍鄭注云茇舍草止也軍有草止之法也云褐纏旃以爲門者正義云以織毛褐布纏通帛旃之竿以爲門之兩旁其門蓋南開並爲二門用四旃四褐也案大司馬遂以狩田以旌爲左右和之門鄭注云軍門曰和今謂之壘門立兩旌以爲之以旃爲門猶以旌爲門矣穀梁傳置旃以爲轅門言立旃爲門如設轅在兩旁非謂更以轅表門如范甯說也云裘纏質以爲槸者槸讀爲闑闑爲門之中央所豎短木穀梁傳以葛覆質以爲槷范注云葛或爲褐案毛傳言裘者所傳聞異質椹質矦中的也猗嗟傳二尺曰正質即正也方二尺四邊以木爲榦是謂之椹質今以椹質爲門中闑則闑高當二尺而復以裘纏其上也云閒容握者閒門中也門中置槸車入門去兩旁旃竿各容一握也穀梁傳流旁握流行也謂車輪行也旁門旁也車行至門兩輪之軹去門旁一握毛傳閒容二字即穀梁旁字之義下毛傳驅而入三字即穀梁流字之義其詳略義可互明正義云兩軸頭去旃竿之閒各容一握握入四指爲四寸是門廣於軸八寸也擊正義本作擊釋文本作轚音計劉兆注穀梁云絓也其字亦作轚與疑擊轚皆輂字之誤傳冢門槸而言門中之槸以質爲之質

高二尺田車之軹離地崇三尺三寸故車可以過檻輂
之離地庳不得過檻史記孫叔敖傳楚民俗好庳車王
欲下令使高之相曰臣請教閭里使高其梱王許之居
半歲民悉自高車梱即檻車入里門檻高則車亦高乃
可過也此車過檻之說也呂覽本生篇出則以車入則
以輂務以自佚命之曰招蹷之機機亦門中檻也輂則
至機而止爲務以自佚之喻此輂不得過檻之說也傳
云驅而入者謂車也不得入者謂輂也轂梁傳御輂者
不得入車軌塵馬候蹶揜禽旅御者不失其馳轂梁亦
謂車入門而御輂者不入門也御輂者謂徒也凡田獵
有車有徒下文之子于苗選徒囂囂傳維數車徒者爲
有聲也徒御不警傳徒輂者御御馬者此皆言車徒之
事車天子諸侯大夫士所棄之車也徒句徒也徒爲御
輂之人輂爲徒所御之車名毛傳嫌言御輂者不得入
則弁其人而言故直云輂則不得入謂徒所棄之輂不
得入門而徒仍入門也不得入者謂輂非謂徒也周禮
言陳表之中車騶徒趨車馳徒走車入表故曰騶曰馳
徒則步入表故曰趨曰走是其明證矣說者俱依誤本
作周禮舟車轚互之轚以爲車入門當驅而驅車又不
可與門旁轚互門旁轚互便不令車入門以此教戰試

其能否田獵之儀恐不若是總由不明門檝又不明輦不得入門檝之制誤輦爲轚轚又誤爲擊俾古制遂不可攷矣云左右者左右和之門也焚火田也發發矢也抗舉也大綏大麾也巾車大麾以田王制謂殺禽巳訖田止而弊文不同也下綏下也大禽公之謂獻禽也御覽資產部十一引韓詩內傳天子抗大綏諸侯抗小綏羣小獻禽其下天子親射之於旂門亦其義也穀梁傳過防弗逐不從奔之道也又說苑修文篇百姓皆出不失其馳不抵禽不詭遇逐不出防廣雅釋天刈草爲防毆而射之不題禽不抵遇不捷草越防不追竝與毛傳略同

之子于苗選徒囂囂(傳)之子有司也夏獵曰苗囂囂聲也維數車徒者爲有聲也建旐設旄薄狩于敖(傳)敖地名(疏)經言選徒是有司之事故傳云之子有司也于往于苗言往苗也爾雅釋天夏獵爲苗傳所本也古曰與爲通周禮左傳穀梁傳竝云夏苗唯公羊傳以爲無夏田說異詳叔于田篇說文囂聲也重言之曰囂囂

徐邈讀曰敫選讀爲算說文算數也大司徒撰車徒鄭注撰讀曰算算車徒爲數擇之也撰與選同故撰亦爲算維數車徒者爲有聲此有司豫備田獵之事至天子出田獵無讙譁之聲傳意固以有聲對章末無聲言作相應法也○薄狩作搏獸訛文選東京賦水經濟水注後漢書安帝紀注引詩皆作薄狩于敖初學記武部作搏狩搏亦薄之訛初學記云獵亦曰狩狩獸也鄭箋言田獵搏獸也此經文作薄狩之確證今薄作搏者音近而訛狩作獸者因箋而訛釋文搏獸音博舊音傳乃釋鄭箋非釋經文也說詳段氏詩經小學薄狩于敖狩于敖也薄爲語詞敖木山名傳云地名者以所狩之地言也秦敖倉在山北春秋時晉士季帥七覆於敖前在山南今開封府滎澤縣西北有敖山即此

駕彼四牡四牡奕奕【傳】言諸侯來會也赤芾金舄會同有繹【傳】諸侯赤芾金舄舄達屨也時見曰會殷見曰同繹陳也【疏】四牡諸侯所乘傳揆下文會同故云言諸侯來會也四牡奕奕與韓奕句同文選謝惠連

詩注引韓詩章句云奕奕盛貌也案弟四章五章正言宣王會諸侯於東都而又因會習射也○諸侯赤芾傳人傳再命三命皆赤芾再命大夫三命卿是諸侯與其卿大夫同服赤芾矣然服同而制有異公侯前後方大夫前方後挫角形不同也諸侯會以火山卿大夫會以山文不同也唯色同赤耳此傳云諸侯赤芾金舄與采叔傳諸侯赤芾邪幅句例相同而下又申釋邪幅金舄之義今本傳文奪邪字金字當補正達屨釋金舄不徒釋舄據正義舄上有金字不誤也正義云言金舄達屨者達屨屨之最上達者也小爾雅云屨尊者曰達屨謂之金舄而金鉤也與傳達屨同後箋云達猶孟子達尊之義自當以疏說爲是豳風傳亦舄人君之盛屨盛屨猶達屨也或疑約在屨頭如刀衣鼻似難飾之以金攷晏子春秋諫篇曰景公爲屨黃金之綦飾以銀連以珠良玉之約其長尺是古人本有以金飾屨之制又晏子對曰古者人君大帶重半鈞舄屨倍重不欲輕也趙注孟子一鉤金謂一帶鉤之金則此所謂大帶之重者亦是帶鉤鄭注周禮云今東萊稱或以大半兩爲鈞則此云大帶重半鈞者當是一帶鉤之金重三分兩之一舄屨倍重者當是兩舄之金重一鈞爲大半兩此古人金

易之制可爲明證者也○時見曰會殷見曰同周禮大宗伯文詩言會而同則連及之耳釋陳爾雅釋詁文常武賚同覲禮諸侯覲於天子爲宮方三百步四門壇十有二尋深四尺上介皆奉其君之旂置于宮尚左公侯伯子男皆就其旂而立案凡大會同於宮壇之上皆有陳列之位正義云有陳於會同之位言各以爵之尊卑陳列於其位次者是也晉語昔成王盟諸侯於岐陽置茅蕝設望表說文云朝會束茅表位曰蕝繹與蕝義亦相近

決拾既佽弓矢既調（傳）決鉤弦也拾遂也佽利也**射夫既同助我舉柴**（傳）柴積也（疏）決釋文作夬本又作決或作抉周禮繕人掌王之用抉拾鄭司農云抉者所以縱弦也拾者所以引弦也詩云抉拾既次詩家說或謂抉謂引弦彄也拾謂韝扞也玄謂抉挾矢時所以持弦飾也箸右手巨指士喪禮曰抉用正王棘若檡棘則天子用象骨與韝扞箸左臂裏以韋爲之儀禮士喪禮決用正王棘若檡棘組繫纊極二鄭注云決猶闓也挾弓以橫執弦詩云決拾既次正

善也王棘與欅棘善理堅刃者皆可以爲決極猶放弦也以沓指放弦令不摯指也生者以朱韋爲之而三夗用纊又二明不用也然則先鄭周禮注抉者所以縱弦是抉抉與極同物後鄭以禮經之極卽衞風之韘與決異物抉者所以持弦從先鄭引詩家說其詩家說卽毛詩說也大射儀右巨指鉤弦注云右巨指右手大擘以鉤弦弦在旁挾由便也毛傳以鉤弦釋決正本大射儀其以遂釋拾者亦本禮經爲訓鄉射言說決拾凡四見袒決遂凡十五見大射言說決拾凡十三見袒決遂凡十一見於袒則曰遂鄉射注遂所以遂弦者也於說則曰拾鄉射注其非射時則謂之拾拾斂也所以蔽膚斂衣也大射於正射時笥中取出亦謂之決拾詩言決拾既佽正謂此也大射儀小射正奉決拾以笥坐奠笥于物南遂拂以巾取決興贊設決朱極三小臣正贊袒小射正又坐取拾興贊設拾以笥退奠于坫上復位大射正執弓以袂順左右隈上再下壹左執弣右執簫以授公公親揉之小臣師以巾內拂矢而授矢于公稍屬公卒射小射正以笥受決拾退奠于坫上復位小臣正贊襲公卽席司正以命升賓賓升復筵而后卿大夫繼射案此諸矦之大射也天子大射意與諸侯同鄉傳云佽利說

文佽便利利讀如利弓矢之利利猶調也箋佽謂手指相次比也芃蘭正義申此箋云手指相比次亦謂巨指既箸決左臂加拾右手指又箸沓而相比次也大射決極拾三者竝陳士喪又決極竝舉詩言決不言極文不備也故正義申箋兼箸沓而言箋與杕杜傳佽訓助略同而與此傳佽訓利實異調和也決拾既佽取決取拾也弓矢既調順弓拂矢也下文云射夫既同卽卿大夫繼射也○射夫謂會同之諸侯也同猶合也既同言巳合耦也周禮大司馬之職若大射則合諸侯之六耦注云大射王將祭射于射宮以選賢也王射三侯以諸侯爲六耦又大射儀自阼階前曰爲政請射遂告曰大夫與大夫士御於大夫注云御侍也大夫與大夫爲耦不足則士侍於大夫與爲耦也案下章傳云其餘以與大夫士以習射於澤宮卽其事也說文𢱭積也引詩作助我舉𢱭玉篇廣韻引詩皆作𢱭疑今本柴乃𢱭之誤積謂積禽也張衡西京賦收禽舉胔薛綜注云胔死禽獸將腐之名也舉胔本三家詩與毛詩字義不同大射之禮天子先射而后卿大夫射故云助我舉積禽也下章傳云田雖得禽射不中不得取禽田雖不得禽射中則得取禽是其事也

四黃既駕兩驂不猗傳言御者之良也不失其馳舍矢如破傳言習於射御法也疏四黃猶四牡也猗當作倚釋文猗倚二字音義迥別節南山有實其猗猗於宜反箋猗倚也倚於綺反淇奧綠竹猗猗於宜反倚重較兮於綺反此篇倚於寄反則釋文本作倚字可證不倚無偏倚也大叔于田兩驂如手傳進止如御者之手所謂御者之良也〇孟子滕文公篇王良曰吾爲之範我馳驅終日不獲一爲之詭遇一朝而獲十詩云不失其馳舍矢如破所謂習於射御法也四驖傳閑習也閑訓習則習亦訓閑矣釋詁云如破而破也舍矢如破與舍拔則獲同意皆言其中之速也箋曰如椎破物趙注孟子曰應矢而死者如破皆誤解如字案第六章七章承五章助舉積禽而追敘田獵獲禽之事

蕭蕭馬鳴悠悠旆旌傳言不讙譁也徒御不警大庖不盈傳徒輦者御御馬者不警警也不盈盈也一日乾豆

二曰賓客三曰充君之庖故自左膘而射之達于右腢爲上殺射右耳本次之射左髀達于右䯚爲下殺面傷不獻踐毛不獻不成禽不獻禽雖多擇取三十焉其餘以與大夫士以習射於澤宮田雖得禽射不中不得取禽田雖不得禽射中則得取禽古者以辭讓取不以勇力取

疏 傳釋蕭蕭馬鳴悠悠旆旌爲不讙譁即下章無聲之義於田獵見軍旅之整也說文讙譁也譁讙也讙譁二字雙聲○徒輦者御御馬者二者字各本作也字依正義訂正正義云諸徒皆爲徒行此獨以爲輦者釋訓云徒御不警徒輦者也爾雅特釋此文故依而爲說徒旣爲輦者故御爲御馬者也案正義謂諸徒皆爲徒行黍苗嵩高傳皆云徒徒行者是也徒行爲舍車而徒輦以人輓行車爲異其實輦以人輓而不用馬駕故輦亦徒也說文輦輓車也輓引之也釋名輦車人所輦黍苗嵩高傳皆云御御車者義與此同警各本作

驚正義作警不誤徒御不警徒御警也大庖不盈大庖盈也傳以不爲助句之詞也一字不成詞則用一助字以足之此其句例桑扈不戢戢也不難難也不多多也文王不顯顯也不時時也生民不寧寧也不康康也卷阿不多多也玉篇云不詞也凡古人作詞多由方語語有急緩則詞有短長初以語言之發聲後爲文辭之助句皆出自然非有矯爾毛公深明乎古人屬辭之意故特發明之○經言庖盈傳因推廣乾豆賓客此禮記王制及春秋桓四年公羊穀梁傳田狩之事皆有其文何休注云一者弟一之殺也自左膘射之達於右髃中心死疾鮮絜故乾而豆之中薦於宗廟二者弟二之殺也自左膘射之達於右脾遠心死難故以爲賓客三者弟三之殺也自左膘射之達於右髃中腸胃污泡死遲故以充君之庖廚案何注毛傳詳略相同左膘釋文引三蒼云小腹兩邊肉也說文云脅後髀前肉也今說文膘牛脅後髀前合革肉也右腢本或作髃公羊釋文引字林云肩前兩乳骨也說文髃肩前也箋射右耳本當爲達正義云亦自左射之達右耳本而死者爲次殺不言自左者蒙上文可知公羊注作達於右脾范注穀梁云次殺射髀骼死傳云射左髀達於右髃釋文作左脾

云本又作髀謂股外公羊注作左膘右髃公羊釋文云一本作肱音賢說文肱牛百葉也从肉弦省聲髃郎肱之異字汙泡謂芻炎也踐毛正義作翦毛澤宮爲習射之宮在國中者也穀梁傳而傷不獻不成禽不獻禽雖多天子取三十焉其餘與士衆以習射於射宮射而中田不得禽則得禽田得禽而射不中則不得禽是以知古之貴仁義而賤勇力也又書大傳凡祭取所餘獲陳于澤然後鄉大夫相與射也中者雖中不取也命不中者雖中不取何以也所以貴揖讓之取而賤勇力之取也鄉之取也于囿中勇力之取也今之取也于澤宮揖讓之取也澤習禮之處非所以行禮其射又主中鄭注云澤澤射宮也案此皆成文與毛傳略同

之子于征有聞無聲（傳）有善聞而無讙譁之聲**允矣君子展也大成**（疏）之子即于苗之有司也征行也猶歸也言田獵而歸也東都賦所謂先驅後路屬車按節是也傳以有善聞釋經有聞而以無讙譁之聲釋經無聲讙或作諠釋文作讙譁上章傳言不讙譁也家訓文章篇引毛傳作諠譁諠即讙之異體說文有讙無諠知毛傳作讙不作諠矣○爾雅允展信也又

展允誠也允謂之信展亦謂之信展謂之誠允亦謂之誠允展同義也析言之則展訓誠允訓信允矣君子展也大成言信矣君子誠能成其大功也君子謂宣王也

吉日四章章六句

吉日美宣王田也能慎微接下無不自盡以奉其上焉

疏 昭三年左傳鄭伯如楚子產相楚子享之賦吉日既享子產乃具田備案此吉日爲出田之證車攻會諸侯而遂田獵吉日則專美宣王田也一在東都一在西周

吉日維戊既伯既禱 傳 維戊順類椉牡也伯馬祖也重物慎微將用馬力必先爲之禱其祖禱禱獲也田車既好四牡孔阜升彼大阜從其羣醜 疏 傳云維戊順類椉牡也者箋戊剛日也故椉牡爲順類也下文言田車既好四牡孔阜此即謂椉牡之事爾雅釋天既伯既禱馬祭也郭注云伯祭

馬祖也周禮校人春祭馬祖夏祭先牧秋祭馬社冬祭馬步廋人掌祭馬祖祭閑之先牧鄭注云馬祖天駟也孝經說房爲龍馬釋天天駟房也郭注云龍爲天馬故房四星謂之天駟詩之伯即周禮之馬祖故傳以馬祖釋伯也禱者祭馬祖而禱也甸祝禂牲禂馬皆掌其祝號杜子春注禂禱也爲馬禱無疾爲田禱多獲禽牲詩云既伯既禱爾雅曰既伯既禱馬祭也杜以禂牲謂禱所獲禽牲禂牲禂馬自爲一祭說文禂禱牲馬祭也許以禂爲禱牲即以禂牲爲馬祭正本杜說詩之禱即周禮之禂馬禂馬即祭馬祖也傳云重物慎微即序慎微之義既言將用馬力必禱於馬祖而因又申釋之云禱禱獲也者獲亦所獲禽牲此即周禮禂牲之謂是杜許皆足以申成傳意矣說文禂或作䮞繫傳引詩既禡既禂此既禡乃既伯之誤詩爾雅釋文云禱說文作禂陸所據說文禂下引詩作既禂今詩作既禱者疑當從或字作既䮞傳以禱獲釋䮞與杜許以禱釋禂同意說文獲獵所獲也〇從逐也

下章傳云獸三曰羣

吉日庚午既差我馬〔傳〕外事以剛日差擇也獸之所同

麀鹿麌麌漆沮之從天子之所〔傳〕鹿牝曰麀麌麌衆多也漆沮之水麀鹿所生也從漆沮驅禽而致天子之所

〔疏〕外事以剛日禮記曲禮表記皆有其文庚午剛日也出車傳出車就馬於牧地牧地在郊外是差馬爲外事也上章言乘牡是外事亦用剛日此章言差馬亦是順剛之類傳文互明耳漢書翼奉傳南方之情惡也惡行廉貞寅午主之西方之情喜也喜行寬大己酉主之二陽竝行是以王者吉午酉也詩曰吉日庚午案翼治齊詩此當是齊詩說差擇釋詁文差者參差不齊馬亦有良惡之不齊訓差爲擇擇與車攻傳訓同爲齊一意擇讀如擇有車馬之擇○爾雅釋獸鹿牝麀此傳所本也靈臺傳麀牝也說文麀牝鹿也字或作[illegible]麌麌韓奕作噳噳傳噳噳然衆也義與此同說文引詩作噳云麌麌羣口相聚皃麌疑麌之誤轉寫者涉上文麀鹿遂誤虍頭爲鹿鹿頭耳麌卽噳之古文假借字如全詩用字之例任又作壬儀又作義俾又作單仕又作士之比韓奕作噳噳吉日作麌麌皆其理也說文無麌字潛傳漆沮岐周之二水也漆沮之水其旁地亦麀鹿之所生正義云

驅之於漆沮之傷從彼以至天子之所上言衆車升大阜下言獸在中原此云驅之漆沮皆見獸之所在驅逐之事以相發明也案孔所據傳致作至騶虞正義引亦作至後箋云車攻疏述傳義以田法芟草爲防未田之前誓士戒衆教示戰法教戰既畢士卒出和乃分地爲屯既陳車驅卒奔驅禽納之於防然後焚燒此防草在其中而射之天子先發然後諸侯大夫士發然則此言漆沮之從天子之所者謂驅禽而納諸防中也言悉率左右以燕天子者謂焚燒防草復驅之以待天子之射也

瞻彼中原其祁孔有儦儦俟俟或羣或友傳祁大也趨則儦儦行則俟俟獸三曰羣二曰友**悉率左右以燕天子**傳驅禽之左右以安待天子疏中原原中祁與頎同大也孔甚也原田之中其地廣大物又甚有箋改祁爲麎正義據爾雅某氏注引詩作麎本三家詩後漢書馬融傳注騃音俟引韓詩駓駓騃騃文選西京賦注引薛君章句趨曰駓駓行曰騃騃說文俟大也引詩作伾伾

俟俟許宗毛則所引是毛詩與韓詩字異聲同今詩作儦儦而與伾伾聲部絶異未知審也獸三曰羣國語周語文章注云自三以上爲羣二曰友其義無聞說文同志爲友从二又相交友也其卽獸二爲友之義歟○燕訓安云驅禽之左右以安待天子文選張衡東京賦注引毛詩傳驅禽獸於王之左右與今本異箋云率循也悉驅禽循其左右之宜以安待王之射也此鄭申毛也騶虞傳虞人翼五豝以待公之發翼亦驅也案上章傳言驅禽至天子之所此言之左右以安待天子皆卽序奉上之義

既張我弓既挾我矢發彼小豝殪此大兕傳殪壹發而死言能中微以制大也以御賓客且以酌醴傳饗醴天子之飲酒也疏爾雅殪死也發殪矢發卽死小豝言發大兕言殪互詞故傳以壹發而死釋經殪字必兼上句發字以明意耳小豝微禽也大兕大禽也微者中大者制此射者之能事也荀子儒效篇弓調矢直矣而不能以射遠中微則非羿也王霸篇人主欲得射遠中微則莫若羿蠭門矣君道篇人主欲得善射

射遠中微者縣貴爵重賞以招致之議兵篇弓矢不調則羿不能以中微傳云中微始用其師說豝詳騶虞篇○六月傳御進也田禽以饗賓客賓客謂諸侯也傳文饗醴上疑奪醴字醴卽酒也醴爲饗饗醴又申釋饗之義爲天子之飲酒說文饗鄉人飲酒也廱天子饗飲辟廱也案天子四郊之學亦曰辟廱其郊射之宮曰郊宮亦曰射宮天子射畢而飲酒卽用鄉人飲酒之禮是亦曰饗也左傳莊十八年僖二十五年二十八年王饗醴周語王乃淳濯饗醴王薦鬯饗醴與此傳饗醴不同此卽序接下之事奉上由於接下故美天子田獵而於章末推本言之

卷十七終

武林萲日軒朱兆熊鐫

清長洲陳氏本詩毛氏傳疏

第四册

清 陳奐撰

山東省圖書館藏清道光二十七年吴門南園陳氏埽葉山莊刊本

山東人民出版社·濟南

詩毛氏傳疏卷十八

長洲陳奐學

鴻鴈之什詁訓傳弟十八　毛詩小雅

鴻鴈之什十篇三十二章二百三十句

鴻鴈三章章六句

鴻鴈美宣王也萬民離散不安其居而能勞來還定安集之至于矜寡無不得其所焉

鴻鴈于飛肅肅其羽(傳)興也大曰鴻小曰鴈肅肅羽聲也鴻鴈知辟陰陽寒暑之子于征劬勞于野(傳)之子侯伯卿士也劬勞病苦也爰及矜人哀此鰥寡(傳)矜憐也

老無妻曰鰥偏喪曰寡〔疏〕鴻鴈二鳥名也孟子稱梁惠王顧鴻鴈麋鹿飛者之有鴻鴈猶走者之有麋鹿耳杜注左傳亦云大曰鴻小曰鴈說文隹部雁雁鳥也雁鳥肥大雁雁也或作鳿鳥部鴻鴻鵠也鴈鵝也詩九罭之鴻謂鴻鵠鵝有苦葉之鴈謂鵝其正字作鴻作鴈此鴻鴈乃野鳥其正字當作鳿雁說文曰雁鳥即今之野鵝鳿其大者也經言羽故云肅肅羽聲也傳文鴻鴈知辟陰陽寒暑此八字各本攙入箋語後箋從正義述傳今據以訂正鴻鴈以喻萬民陰寒陽暑皆知所辟是猶辟離散而歸安集也首章言離散二章就已安集言三章就未安集言○傳云之子侯伯鄉士也者侯伯外諸侯之長鄉士內諸侯之長外諸侯有救患分災之任內諸侯有命事考績之職宣王時侯伯申侯也鄉士召公方叔也皆有劬勞于野之事焉劬勞病苦豈風同劬勞二字平列鄭注內則云劬勞也是也釋文引韓詩劬數也韓讀不平列○矜憐疊韻尚書多士予惟率肆矜爾論衡雷虛篇作予惟率夷憐爾又論語哀矜作哀憐此矜憐通訓之證爾雅矜苦也傳不用爾雅緣下句哀字立訓說文憐哀也是矜哀皆憐也憐人即是哀鰥寡及猶汲汲也爰語詞言汲汲哀矜

此鰥寡之人也漢書蕭望之傳詩云爰及矜人哀此鰥寡上惠下也蕭習齊詩與毛詩意同老無妻曰鰥王制鰥作矜襄二十七年左傳齊崔杼生成及彊而寡鰥亦稱寡書大傳舜年三十不娶稱鰥則不老而無妻亦稱鰥此通言無別也傳云偏喪曰寡偏喪猶偏亾承上句老字連下王制所謂老而無夫者謂之寡也高注淮南子原道篇云雖有偏喪不復更醮與此偏喪同不言孤獨者文不備故爾

鴻鴈于飛集于中澤（傳）中澤澤中也之子于垣百堵皆作（傳）一丈爲板五板爲堵雖則劬勞其究安宅（傳）究窮也（疏）集得所安集也中澤澤中此倒句凡傳云臯澤雖澤陂澤障皆謂澤爲有水之稱無水者曰藪○箋云春秋傳曰五板爲堵五堵爲雉雉長三丈則板六尺正義云韓詩説八尺爲板五板爲堵五堵爲雉何休注公羊取韓詩傳云堵四十尺雉二百尺二説不同故鄭駁異義辨之云左氏傳説鄭莊公弟段居京城祭仲曰都城過百雉國之害也先王之制大都不過三國之一中五之一小九之一今京不度非制也古之雉制書傳

各不得其詳今以左氏說鄭伯之城方五里積千五百步也大都三國之一則五百步也五百步爲百雉則知雉五步五步於度長三丈則雉長三丈也雉之度量於是定可知矣奐案傳云一丈爲板者此横言之也云五板爲堵者此竪言之也板廣二尺累高五板爲一堵横長三堵爲一雉隱元年左疏引異義古周禮及左氏說一丈爲板板廣二尺五板爲一堵一堵之牆長丈高丈三堵爲雉一雉之牆長三丈高一丈以度其長者用其長以度其高者用其高也說與毛義同定十二年公羊傳雉者何五板而堵五堵而雉百雉而城箋據公羊傳五堵爲雉雉謂按五堵成一雉雉長三丈則板當六尺以毛義其說板六尺與毛板一丈之說不同而謂雉長三丈與古周禮左氏說又未嘗不同至公羊注作八尺曰板堵凡四十尺與左疏引戴禮及韓詩說雉長四丈合而於古說皆不可通板當作版版傳云垣牆也無衣傳云作起也宣王承厲之變萬民離散遷徙無常十月之交所謂徹我牆屋田卒汙萊也侯伯卿士爲之坏垣牆補城郭此正是勞來安集之事箋謂於壞滅之國徵民起屋舍築牆壁如箋說則是勞民役非安民居矣○究窮釋言文凡詁訓窮有二義窮極謂之窮窮困亦謂之

窮蕩靡屆靡究傳究窮也彼窮爲窮極此窮爲窮困二傳訓同意別高誘注淮南時則云鰥寡孤獨曰窮也皇矣閟宫傳竝云宅居也雖則劬勞其究安宅言上之人雖是病苦而其下窮困之人皆能安集康居之此承上章末二句而言其得所也篇中三劬勞皆謂侯伯卿士勞來病苦之情

鴻鴈于飛哀鳴嗸嗸（傳）未得所安集則嗸嗸然維此哲人謂我劬勞維彼愚人謂我宣驕（傳）宣示也（疏）釋文嗸本又作嗷說文嗷衆口愁也詩曰哀鳴嗷嗷文十三年左傳鄭伯與公宴于棐子家賦鴻鴈季文子曰寡君未免於此襄十六年傳穆叔見范宣子賦鴻鴈之卒章宣子曰匄在此敢使魯無鳩乎杜注鳩集也傳云未得所安集者猶卽本左傳無鳩爲訓○我我侯伯卿士也宣訓示宣猶明也示古視字驕者慢也呂覽期賢篇吾安敢驕之秦策王兵勝而驕高誘注竝訓驕爲慢芄蘭傳云以驕慢人是驕有慢義劬勞與驕作對文維此哲人謂我劬勞維彼愚人謂我宣驕言智者謂我病苦而愚者猶謂我視民以慢也慢猶不急也左傳云穆叔如晉聘且言齊

故晉人曰以寡君之未禘祀與民之未息不然不敢忘穆叔曰以齊人之朝夕釋憾於敝邑之地是以大請敝邑之急朝不及夕引領西望曰庶幾乎比執事之閒恐無及也穆叔遂賦詩以譏晉不急魯難亦是驕慢之意

庭燎三章章五句

庭燎美宣王也因以箴之○疏列女傳賢明篇宣王嘗夜臥宴起姜后待罪於永巷使其傅母通言於王王曰寡人不德實自生過非夫人之罪也遂復姜后而勤於政事早朝宴退卒成中興之君案此與詩義合箴猶戒也與常武序同

夜如何其夜未央庭燎之光○傳央旦也庭燎大燭也君子至止鸞聲將將○傳君子謂諸侯也將將鸞鑣聲也○疏央旦釋文本旦作且正義從王肅本作旦案且字是也箋云猶言夜未渠央也釋文引說文云久也巳也王逸注楚辭云央盡也韓奕箋且訓多載芟傳且訓此多者猶言久也此者猶言巳也盡也夜未且正與夜未久同

意王子雖不明且字之義遂改且爲旦而以未旦爲夜半正義從其說誤庭燎大燭大燭別於凡燭謂之燎燎設於庭謂之庭燎箋云於庭設大燭燕禮甸人執大燭於庭是也周禮司烜氏凡邦之大事共墳燭庭燎故書墳爲蕡鄭司農注蕡燭麻燭也賈疏云古者未有麻燭庭燎所作依慕容所爲以葦爲中心以布纏之飴蜜灌之若今蠟燭案賈說非也巷伯傳使執燭放乎旦而蒸盡是薪蒸與麻蒸皆爲燭庭燎爲大燭亦猶是爾禮記郊特牲庭燎之百由齊桓公始也鄭注僭天子也庭燎之差公蓋五十侯伯子男皆三十孔疏云此數出大戴禮也百者皇氏云作百炬列於庭也或云百炬其一束也○君子爲爲來朝之君子故傳云謂諸侯也鸞古作鑾文選曹子建應詔詩注引此詩正作鑾鸞在鑣故將將爲鸞鑣聲鸞者鈴也巾車大祭祀鳴鈴以應雞人鄭注云雞人主呼旦鳴鈴以和之聲旦警衆必使鳴鈴者車有和鸞相應和之象

夜如何其夜未艾庭燎晣晣（傳）艾久也晣晣明也君子至止鸞聲噦噦（傳）噦噦徐行有節也（疏）正義云艾取名於耆艾艾者是

年之久從幼至艾爲年久似從昏至旦爲夜久昏似幼旦似艾言夜未於久亦是未至於旦未艾與未央其意同也案正義謂未央未艾同意是也爾雅艾長小爾雅艾止杜預注襄九年左傳艾息竝與傳艾久義近箋芟末日艾以言夜先雞鳴時箋與傳同正義謂易傳非釋文晰本又作晢張衡東京賦作庭燎晢晢書洪範云明作晢是晢晢爲明也○噦噦徐行有節此與上章傳義互明將將亦徐行有節而噦噦噦噦亦鸞鑣聲也泮水噦噦言其聲也是噦噦亦聲也噦噦當作鉞鉞說詳泮水篇

夜如何其夜鄉晨庭燎有煇傳煇光也**君子至止言觀其旂**疏鄉者今之向字箋晨明也說文晨早昧爽也庭燎有煇猶云庭燎之光耳故傳訓煇爲光也○箋云上二章聞鸞聲爾今夜鄉明我見其旂是朝之時也朝禮別色始入言語詞箋訓我失之

沔水三章二章章八句一章六句

沔水規宣王也疏箋云春秋傳曰近臣盡規

沔彼流水朝宗于海〔傳〕興也沔水流滿也水猶有所朝宗駃彼飛隼載飛載止嗟我兄弟邦人諸友莫肯念亂誰無父母〔傳〕邦人諸友謂諸侯也兄弟同姓臣也京師者諸侯之父母也〔疏〕傳以水流瀰詁沔匏有苦葉傳瀰深水也沔瀰聲義相近說文淖水朝宗于海也从水朝省淖古潮字段注云說文無濤篆濤即淖之異體論衡書虛篇辨子胥驅水爲濤事曰天地之性上古有之經江漢朝宗于海唐虞之前也又曰濤之起也隨月盛衰小大滿損不齊同虞翻注易習坎有孚曰水行往來朝宗于海不失其時如月行天注行險而不失其信曰水性有常消息與月相應皆與許說合朝宗于海者謂彼此相迎受浲水之時江漢不順軌不與海通海淖不上至禹治之江漢始與海通於楊州曰三江既入謂江漢之入海也於荆州曰江漢朝宗于海謂海淖上達直至荆州也江漢之水下赴海淖上迎呼吸相通恩禮相受二州之文相爲表裏古說如是朝宗于海謂海水來朝見尊禮也案許解朝宗于海以爲

海淳之來若朝宗然段氏因發明尚書朝宗于海其義明晰詩言朝宗于海傳乃釋之云水猶有所朝宗者水喻衆諸侯水有朝宗喻諸侯有朝宗于王海水外至猶諸侯之外來玄鳥篇四海來假來假祁祁即其義也許宗毛者也當據之以爲解鄭詩箋書注竝謂納水趨海若周禮春朝夏宗非古說也海之朝宗隼之飛止兩喻皆興諸侯朝天子首章言朝次章言不朝○傳先釋邦人諸友後釋兄弟或言諸侯或言臣是互詞邦人諸友爲異姓臣而兄弟則爲同姓諸侯也莫不肎可也誰誰諸侯也同異姓皆諸侯來朝京師故傳釋父母爲京師民勞箋京師者諸夏之根本亦其義也言諸侯不可念亂應供王職也潛夫論釋難篇且夫一國盡亂無有安身詩云莫肎念亂誰無父母言將皆爲害然有親者憂將㴱也不以父母爲京師本三家詩

沔彼流水其流湯湯傳言放縱無所入也鴥彼飛隼載飛載揚傳言無所定止也念彼不蹟載起載行心之憂矣不可弭忘傳不蹟不循道也弭止也疏湯湯卽蕩蕩之假借宛丘

傳湯蕩也司馬相如上林賦蕩蕩乎八川分流相背而異態與傳言放縱無所入義合高注淮南子精神篇云飛揚不從軌度也與傳言無所定止義合水之放縱鳥無定止興者以喻諸侯無道不來朝於京師○彼彼諸侯也傳文循字當衍傳不蹟不道也箋云諸侯不循法度日月傳遹道也箋不道不循禮也十月之交傳徹道也箋不道者言王不循天之政教三箋皆以不循申傳不道之義後人遂依箋改傳誤增循字耳爾雅釋訓不蹟不道也傳義正本雅訓今爾雅於不蹟下衍一也字說見十月之交篇說文蹟迹之或字迹道也則起則行言諸侯之跋扈所謂不道也弭者所以解紛亦所以止亂說文㣆止也讀若沔弭與㣆通周語至于今未弭賈逵注云弭忘也是忘亦弭也

鴥彼飛隼率彼中陵民之訛言寧莫之懲（傳）懲止也我友敬矣讒言其興（傳）疾王不能察讒也（疏）率循也中陵陵中也隼之飛循陵中而至止箋云喻諸侯之守職順法度漢書賈誼傳云諸侯軌道○民之訛言說文引詩作譌言無訛

詩十八　六

字徵艾也艾亦止也徵艾同義寧猶胡也寧莫之懲言民造作僞言胡無有禁止也十月之交云胡憯莫懲句法正同我友敬矣讒言其興興起也我友我諸侯也讒言起由於王不能察故傳云疾王不能察讒也文選范曄宦者傳論注引韓詩讒言緣間而起王應麟詩考以爲此詩內傳文讒言其起我諸侯敬其爾位仍循守朝正述職之事疾宣王以規諸侯亦以規宣王宣王之世改封申伯於謝作嵩高命召公平淮夷作江漢申南國在江漢之閒江漢禹貢荊州域也二詩皆作於宣王盛年國語三十二年春宣王伐魯立孝公諸侯從是不睦又云宣王既喪南國之師乃料民于大原夫南國喪師經無足徵此詩言諸侯放縱不念京師篇首直以江漢朝宗于海發端起興當時大夫或亦因喪師以爲規諫歟沔水而下諸詩皆當在宣王三十二年以後之作

鶴鳴二章章九句

鶴鳴誨宣王也 疏 箋云誨教也教宣王求賢人之未仕者

鶴鳴于九皋聲聞于野 傳 興也皋澤也言身隱而名著

也魚潛在淵或在于渚（傳）良魚在淵小魚在渚樂彼之園爰有樹檀其下維蘀（傳）何樂於彼園之觀乎蘀落也尚有樹檀而下其蘀它山之石可以爲錯（傳）錯石也可以琢玉舉賢用滯則可以治國（疏）小箋云古書引皆無于字凡十四見唐石經有于字誤昭二十八年左傳御以如皋鄘注水經汾水篇謂即爾雅昭餘祁幷州藪是皋爲澤也傳但釋皋爲澤不釋九字釋文引韓詩九皋九折之澤箋皋澤中水溢出所爲坎自外數至九鄭本韓申毛也云言身隱而名著也者傳合下章總釋其義荀子儒效篇君子務修其內而讓之於外務積德於身而處之以遵道如是則貴名起之如日月天下應之如雷霆故曰君子隱而顯微而明辭讓而勝詩曰鶴鳴于九皋聲聞于天此之謂也毛正用其師說又漢書東方朔傳荀能修身何患不榮論衡藝增篇言鶴鳴九折之澤聲猶聞於天以喻君子修德窮僻名猶達朝廷也韓詩外傳云故君子務學脩身端行而須其時者也皆引此詩竝與傳同詩全

篇皆興也鶴魚檀石皆以喻賢人○傳以在渚者爲小魚在淵者爲良魚則良魚乃大魚也四月傳云大魚能逃處淵正義云潛淵喻隱者不云大魚而云良魚者以其喻善人故變文稱良是也案魚潛淵與鶴鳴皐一意就賢者一邊說以下就用賢者一邊說○何樂於彼園之觀乎以釋樂彼之園句之觀往觀也爰語詞七月篇十月隕蘀傳隕隊蘀落也下蘀猶隕蘀爾雅下落也是下亦落也落謂夗葉萎枝也下章穀惡木則此下蘀卽下惡木之蘀云尚有樹檀而下其蘀者所以申明樂觀之意也尚庶幾也樹檀下蘀喻用賢者而退小人○說文厝厲石也詩曰它山之石可以爲厝高注淮南子脩務篇礛諸治玉之石引詩亦作厝今詩作錯爲厝之假借厝爲攻玉之石因之攻玉亦曰厝故傳既訓錯爲石而又申之云可以琢玉也石可琢玉喻賢可治國故又云舉賢用滯則可以治國也滯猶隱也用滯與上文傳言身隱相應文六年左傳出滯淹杜注云拔賢能是也孟子梁惠王篇今有璞玉於此雖萬鎰必使玉人彫琢之至於治國家則曰姑舍女所學而從我則何以異於教玉人雕琢玉哉漢書董仲舒傳夫不素養士而欲求賢譬猶不琢玉而求文采也琢玉以比治國義與傳同

鶴鳴于九皋聲聞于天魚在于渚或潛在淵樂彼之園爰有樹檀其下維穀（傳）穀惡木也它山之石可以攻玉（傳）攻錯也（疏）穀與黃鳥之穀同書序桑穀共生于朝管子地員篇五位之土其柞其穀竝與詩穀同說文廣雅竝云穀楮也正義引義疏云荊揚人謂之穀中州人謂之楮西山經鳥危之山其陰多檀楮檀楮卽詩之檀穀也傳云惡木喩小人○攻訓錯者承上章立訓它山之石可以攻卽它山之石可以錯耳上章傳云可以琢玉亦卽探此章玉字爲訓

祈父三章章四句

祈父刺宣王也

祈父予王之爪牙（傳）祈父司馬也職掌封圻之兵甲胡轉予于恤靡所止居（傳）恤憂也宣王之末司馬職廢羌

戎爲敗【疏】祈父司馬箋云此司馬也時人以其職號之故曰祈祈父書曰若疇祈父謂司馬也釋文疇古疇字本或作壽馬鄭音受正義引鄭注云順壽萬民之圻父是鄭作壽也傳云職掌封圻之兵甲者封圻釋祈謂祈即圻之假借封圻即邦畿周禮小司徒五人爲伍五伍爲兩四兩爲卒五卒爲旅五旅爲師五師爲軍蓋六鄉不詳田制鄭注以爲與六遂同六遂不詳軍制亦當與六鄉同六鄉六遂皆在邦畿二百里內三百里至五百里爲王子弟公卿大夫采邑不出兵甲其馬牛車輦亦半出焉司馬掌兵甲故爲王之爪牙席司馬所以刺宣王也予我也我王之爪牙席祈父也成十二年左傳略其武夫以爲己腹心股肱爪牙漢書陳湯傳戰克之將國之爪牙不可不重辛慶忌傳右將軍慶忌宏在爪牙官以備不虞馮奉世傳奉世居爪牙官前後十年爲折衝宿將後漢書度尚傳備位方伯爲國爪牙竝與詩言爪牙正同又襄十六年左傳穆叔見中行獻子賦圻父獻子曰偃知罪矣敢不從執事以同恤社稷而使魯及此杜注云詩人責圻父爲王爪牙不脩其職案杜說是也玉篇牙部引祈父維王之爪牙此三家詩予作維維爲也與毛字異義同鄭箋以爪牙爲軍士易林

謙小過云爪牙之士怨毒祈父此與箋合葢亦本三家詩○恤憂小雅杕杜同傳云羌戎爲敗以申明憂字之義云宣王之末司馬職廢者所以明其致敗之由此總釋全章之大恉爲補明序刺之義也羌當作姜字之誤正義所據傳作姜不作羌也周語宣王不藉千畝虢文公諫而不聽三十九年戰于千畝王師敗績于姜氏之戎孔晁注云宣王不耕藉田神怒民困爲戎所敗戰于近郊史記周本紀亦作姜氏之戎桓二年左傳稱晉穆矦夫人姜氏以千畝之戰生命子桓叔爲成師杜預注云西河界休縣南有地名千畝正義從孔晁不從杜預是矣正義云常武美宣王命程伯休父爲大司馬則休父賢者也言職廢者葢休父卒後他人代之其人不賢故廢職也

祈父予王之爪士（傳）士事也胡轉予于恤靡所底止（傳）底至也（疏）士讀與事同假借字也上言爪牙此言爪事謂祈父職掌我王爪牙之事也○說文厂部底柔石也从厂氏聲或作砥段注云訓至者底之引申義此字从氏聲五經文字石刻譌作厎少一畫不可從

底與厎音義均别案底都禮切厎職雉切此篇之厎與小旻之伊于胡厎同作底者誤也爾雅厎止也郭注云厎義見詩傳

祈父亶不聰〔傳〕**亶誠也胡轉予于恤有母之尸饔**〔傳〕尸陳也孰飳曰饔〔疏〕亶誠爾雅釋詁文版不實于亶傳亦云亶誠也二傳訓同而意别版之亶訓誠誠作實義解此亶訓誠誠作虛義解兔爰傳聰聞也亶不聰者誠不聞也責祈父之詞也洪範五行傳聽之不聰是謂不謀昭九年左傳女弗聞而樂是不聰也竝與詩不聽同○尸陳釋詁文郊特牲亦云尸陳也伐檀大東傳竝謂飧爲孰飳饔與飧同說文饔孰飳也隸變作饔正義云許氏異義引此詩曰有母之尸饔謂陳饔以祭志養不及親韓詩外傳曾子曰往而不可還者親也至而不可加者年也是故孝子欲養而親不待也木欲直而時不待也是故椎牛而祭墓不如雞豚之逮親存也其下卽引詩曰有母之尸雍雍古饔字外傳與異義合案此古義也有母之尸饔有母二字當逗讀之猶則也言我從軍以出有母不得終養歸則惟陳饔以

祭是可憂也蓼莪出則銜恤入則靡至彼序云民人勞苦孝子不得終養爾亦此意也所謂養不及親也鄭箋順經作釋嫌母陳祭不辭故云母爲父陳餧然經言陳饔不言陳父饔恐非經恉

白駒四章章六句

白駒大夫刺宣王也

皎皎白駒食我場苗縶之維之以永今朝（傳）宣王之末不能用賢賢者有椉白駒而去者縶絆維繫也所謂伊人於焉逍遙（疏）皎皎白駒皃白駒賢者之所椉也經言白駒來食場中之苗傳云椉白駒而去因願望其來故追思其去也云宣王之末不能用賢此總釋全章之恉以補明序刺之義也縶訓絆者說文馽絆馬也春秋傳曰韓厥執馽前讀若輒或作縶士喪禮注綦讀如馬絆綦之綦昭二十年穀梁傳兩足不能相過齊謂之綦楚謂之踂衛謂之輒釋文輒本亦作縶是縶馽同字縶輒同聲皆爲絆也縶維卽絆綦也繫與係

九一九

同○伊維也維猶是也玉篇焉是
也言於是消搖也今字作逍遙
皎皎白駒食我場藿縶之維之以永今夕傳藿猶苗也
夕猶朝也**所謂伊人於焉嘉客**疏藿猶苗承上章言也禾初生曰苗因之穀
蔬初生皆曰苗場圃同地場卽圃也場圃蔬草木場有
苗非禾也尗之少者曰藿因之凡草木之幼少者皆曰
藿傳不謂藿爲尗猶不謂苗爲禾也夕猶朝亦
承上章言也○賢者棄白駒而去故曰嘉客
皎皎白駒賁然來思傳賁飾也**爾公爾矦逸豫無期**傳
爾公邪爾矦邪何爲逸樂無期以反也**愼爾優游勉爾**
遁思傳愼誠也疏賁飾易序卦傳文飾然來者言賢者之來有車服之盛飾傳意揆下公矦
爲訓也箋云願其來而得見之易卦曰山下有火賁賁
黄白色也說苑反質篇孔子卦得賁曰賁非正色也是
賁有樸色之文盛飾不一色故箋引易賁卦以況之正
義以爲思賢者當以車服表之得其義矣廣雅賁美也

飾與美義相近○小箋云依正義當爾公下增一邪字胡承珙後箋云李氏集解引毛傳正作爾公邪爾矦邪與段説合顏氏家訓音辭篇曰邪北人呼爲也據此知毛傳邪亦與也同謂爾宐爲公也爾宐爲矦也何爲逸樂無期以反也如此於憂賢留賢之意乃合案胡說是也爾雅豫樂也故傳以逸樂釋逸豫也愼誠釋詁文巧言同燕燕陟岵不傳者例不限於首見也大學愼獨必本誠意中庸愼獨卽是誠身禮器言愼獨鄭注云少其性物致誠慤荀子不苟篇云不誠則不獨是愼皆誠也優游猶逸豫也遁思與下章遐心同義釋文遁又作遯

愼爾優游勉爾遁思賢者誠優游而勉以遠遁之思言有遐心也思與期韻

皎皎白駒在彼空谷傳空大也**生芻一束其人如玉毋金玉爾音而有遐心**疏文選班固西都賦陸機苦寒行注引韓詩作穹谷薛君章句云穹谷深谷也爾雅穹大也古空穹通用故穹谷謂之大空亦謂之大矣漢書司馬相如傳巖巖深山之谾谾兮晉灼注云谾古巃字說文巃大長谷也空谷字可作巃作谾在彼空谷承上章遁思句○芻所以萎白駒託言禮

所以養賢人一束者不以微薄廢禮也野有死麕傳云如玉德如玉也言德如玉之人宜生芻一束以要之也釋文毋本亦作無毛詩例作無不作毋文選謝莊月賦張華思玄賦司馬相如長門賦顏延年秋胡詩王粲贈士孫文始詩趙至與嵇茂齊書注引毛詩俱作無可證音德音也遐遠也言賢者德音如金如玉爾無以金玉之音而有遠遁之心此留賢以刺不留也

黃鳥三章章七句

黃鳥刺宣王也

黃鳥黃鳥無集于穀無啄我粟傳興也黃鳥宜集木啄粟者喻天下室家不以其道而相去是失其性此邦之人不我肯穀傳穀善也言旋言歸復我邦族傳宣王之末天下室家離散妃匹相去有不以禮者疏案傳疑有鍇誤云天

下室家不以其道而相去既與上文黃鳥宜集木啄粟文不承接又與下文宣王之末天下室家離散妃匹相去有不以禮者義更重複此當是箋語今各本者上奪興字而以喻下十六字誤箋作傳耳傳云興也黃鳥宜集木啄粟言宜以言今之不宜也不集木不啄粟是不宜也此傳之反言興義也箋云興者喻天下室家不以其道而相去是失其性此箋乃正言興義也所以申成傳說也凡全詩通例傳興箋則明言喻傳興也箋言興者喻若桃夭麟之止江有汜雄雉中谷有蓷風雨甫田鶉羽車鄰墓門月出浮游尸鳩下泉狼跋斯干節南山角弓皆一例可證鶴鳴傳穀惡木也穀木叢生下二章集桑集栩同○穀善東門之枌甫田同不我肯穀言不可善我也傳所謂有不以禮者也言旋言歸我旋曰歸也上言字訓我下言字與曰同義猶葛覃言告言歸我告曰歸也亦上言字訓我下言字與曰同義句法相同又傳於泉水還車言邁之言訓我旋與還通歸歸宗也復反也族父兄也室家離散妃匹相去傳乃總釋全章之恉

黃鳥黃鳥無集于桑無啄我粱此邦之人不可與明（傳）

不可與明夫婦之道言旋言歸復我諸兄〔傳〕婦人有歸宗之義〔疏〕經言不可與明傳乃申說之云不可與明夫婦之道明猶曉也婦人歸宗皆爲被出歸宗草蟲傳亦云婦人雖適人有歸宗之義歸宗故婦人於母氏之黨不絕族儀禮喪服斬衰節子嫁反在父之室爲父三年鄭注注云謂遭喪後而出者始服齊衰期出而虞則受以三年之喪受旣虞而出則小祥亦如之旣除喪而出則已案此謂女子子旣嫁而歸宗遭父喪則爲父三年與女子子在室爲父三年同又不杖期節女子子適人者爲昆弟之爲父後者傳爲昆弟之爲父後者何以亦期也婦人雖在外必有歸宗曰小宗故服期也注云歸宗者父雖卒猶自歸宗其爲父後服重者不自絕於其族類也曰小宗者言是乃小宗也小宗明非一也小宗有四案此謂婦人雖外成他家有歸小宗之義故爲昆弟之爲父後者服期也又齊衰節婦人爲宗子宗子之母妻傳何以服齊衰三月也尊祖也尊祖故敬宗敬宗者尊祖之義也注云婦人女子子在室及嫁歸宗者也宗子繼別之後百世不遷所謂大宗也案此謂婦人適人有出必歸宗不自絕於宗子故爲大宗之子

服齊衰也爾雅釋親宗族節男子謂女子先生爲姊後生爲妹父之姊妹爲姑王父之姊妹爲王姑曾祖王父之姊妹爲曾祖王姑高祖王父之姊妹爲高祖王姑父之從父姊妹爲從祖姑王父之從祖姊妹爲族祖姑案此謂女子適人而姑姊不絕九族之親明有歸宗也其姊妹與宗同父同父宗者也與宗同王父同祖宗者也與宗同曾祖王父同曾祖宗者也與宗同高祖王父同高祖宗者也婦人歸宗父母在則歸父室父母旣殁則歸於諸父昆弟謂之小宗小宗旣絕則或歸於大宗之家猶之將嫁之女祖廟旣毁則必教於大宗之室

黃鳥黃鳥無集於栩無啄我黍此邦之人不可與處（傳）處居也言旋言歸復我諸父（傳）諸父猶諸兄也（疏）殷其靁四牡傳竝訓處爲居居居室也小宗四大宗一五宗之昆諸兄也五宗之父諸父也故傳云諸父猶諸兄也鄭駮五經異義云婦人歸宗女子雖適人字猶繫姓明不與父兄爲異族

我行其野三章章六句

我行其野刺宣王也

我行其野蔽芾其樗〔傳〕樗惡木也昏姻之故言就爾居爾不我畜復我邦家〔傳〕畜養也宣王之末男女失道以求外昏棄其舊姻而相怨〔疏〕行讀如女子有行之行甘棠傳蔽芾小皃樗惡木七月同王肅云行遇惡木言已適人遇惡人也案下二章傳兩言惡菜同〇上篇傳云處居也則居亦處也畜訓養爾不我畜言爾不養我也今各本宣王之末以下十九字攙入箋語者非男女失道以求外昏棄其舊姻而相怨傳合下末章不思舊姻求爾新特而總釋其義如此此傳例也祈父白駒黃鳥傳皆云宣王之末彼三詩與此詩之序皆謂刺宣王而作傳乃總釋全詩大恉以申補序意也篇義皆同今據傳通例訂正

我行其野言采其蓫〔傳〕蓫惡菜也昏姻之故言就爾宿爾不我畜言歸斯復〔傳〕復反也〔疏〕曾釗詩異同辨云說文無蓫釋文蓫本又

作蓄竊疑蓄當爲苗之譌說文艸部苗蓨也从艸由聲竹部笛从竹由聲周禮作篴則從由從逐之字古文可相通許君艸部采苗而不采蓫猶竹部采笛而不采篴之側耳釋草苗蓨郭注未詳齊民要術引詩義疏云今之羊蹄似蘆菔莖赤煑爲茹滑而不美多噉令人下痢楊州謂之羊蹄幽州謂之蓫一名蓨據此則此之蓫即爾雅之苗不可謂釋草無文矣滑而不美故毛以爲惡菜箋云蓫牛蘈似誤今本爾雅蘈牛蘈無蓫牛蘈之文即謂鄭據爾雅本作蓫牛蘈而孫炎云車前一名牛蘈孫炎爲鄭君弟子則鄭解爾雅當同孫說車前是藥而非菜與下章采葍不類矣毛義爲長案曾說是也神農本草羊蹄一名蓄陶隱居注引詩言采其蓄易林暌卦黄鳥采蓄既嫁不荅念吾父兄思復邦國是焦所見詩亦作蓄苗之爲蓄其誤已久○九罭傳宿猶處也歸歸宗也爾雅復返也上章之復我邦家與與上篇之復我邦族復我諸兄復皆返也反與返通

我行其野言采其葍傳葍惡菜也不思舊姻求爾新特成不以富亦祇以異傳新特外昏也祇適也疏爾雅葍當葍藑

茅郭注謂蒚華白蔓茅華赤爲異名說文蔓茅蒚也一名藑蔓蒚也蒚蔓也藑艸也楚謂之蒚秦謂之藑蔓地生而連華齊民要術卷十一引義疏云河東關內謂之蒚幽兗謂之燕蒚一名爵弁一名蔓根正白著熱灰中溫噉之飢荒可蒸以禦飢漢祭甘泉或用之其華有兩種一種莖葉細而香一種莖赤有臭氣案一種莖赤即郭注所謂蔓茅華赤歟赤者有臭氣則毛釋詩之蒚爲惡菜始指蔓茅而言箋不謂惡菜故本爾雅蒚爲說○特讀如寘維我特之特鄘柏舟傳云特匹也新特與舊姻對文舊姻謂舊家室則新特謂新昏姻故傳釋之云外昏也夫不能養婦是則男之求外昏而棄舊姻矣女既反而求適人此女之棄舊姻而求外昏也故傳兼男女相怨爲說不思舊姻求爾新特此承上文兩復字而言其語氣爲婦人自述其既歸求適之詞下二句更自敘其去之之故耳上篇傳妃匹相去有不以禮者亦此意也白虎通義嫁娶篇云姻者婦人因夫而成故曰姻詩云不惟舊因謂夫也三家詩亦以舊姻指夫毛意亦然也論語顏淵篇引詩作誠毛詩作成成即誠之假借字祇五經文字從衣作衹詩三祇字唐石經皆作祇說文衣部無衹疑唐以前本無從衣之衹字易坎釋文云

祇辭也馬同馬習毛詩訓祇爲詞與傳訓祇爲適其義相通伯兮傳適主也誠不以富亦祇以異富猶賄也即㫰詩之以我賄遷也異猶貳也即㫰詩之士貳其行也言誠不以外昏之有財賄亦主以舊姻之有貳行爲可惡也論語引此以證婁惡之惑與詩義略同

斯干九章四章章七句五章章五句

斯干宣王考室也 疏 考成也厲王奔彘周室大壞宣王即位復承文武之業故云考室焉

秩秩斯干幽幽南山 傳 興也秩秩流行也干澗也幽幽深遠也 **如竹苞矣如松茂矣** 傳 苞本也 **兄及弟矣式相好矣無相猶矣** 傳 猶道也 疏 秩讀若禹貢泆爲熒之泆說文泆水所蕩泆也傳云流行也也釋文作皃干讀與澗同聘禮記皮馬相閒古文閒作干是古文禮假干爲閒詩則假干爲澗也考槃澗韓詩作干此亦干澗聲通之理采蘩考槃傳皆云山夾水曰澗伐木傳幽深也重其言曰幽幽重其義則曰

湥遠興者喻宣王上承姜嫄后稷而來如澗之流如山之湥以言周家之室流長緜遠也生民行葦箋苞茂也苞與茂同義傳云苞本者竹本以喻本根湥固也生民傳茂美也松美以喻枝葉美盛也○兄弟九族之親猶道采芑小旻抑版訪落同道當讀如有道之道傳言兄與弟相攸好相有道也無爲助詞無意義文王傳無念念也抑執競傳無競競也無皆爲發聲之助

似續妣祖（傳）似嗣也**築室百堵西南其戶**（傳）西鄉戶南鄉戶也**爰居爰處爰笑爰語**（疏）似讀與嗣同其字作似其意爲嗣此謂假借也裳裳者華卷阿江漢㫐耜傳皆讀似爲嗣箋云妣先妣姜嫄也祖先祖也西南其戶傳釋之云西鄉戶南鄉戶也者此謂路寢明堂也大戴禮盛德篇明堂九室室有四戶八牖三十六戶七十二牖明堂九室卽五室室各有戶有牖四面洞達禮所謂外戶而不閉也江都焦循宮室圖云路寢其大室之西則西鄉戶大室之南則南鄉戶也不言東北者文不具也詩固不謂燕寢矣奐謂新君卽位必有脩治路寢閟宮殷武皆是也不必如三

家說宣王改小寢廟以滋後人宣王遷都張本爰於是也爰居爰處爰笑爰語公劉于時處處于時廬旅于時言言于時語語爰即于時也于時即於是也○案此章爲總括全章之意嗣續妣祖遠承先妣近接先祖君子將營宮室宗廟爲先也築室百堵上承宗廟下該路寢燕寢也西南其戶指路寢也爰居爰處爰笑爰語指燕寢也下章君子攸芋君子攸躋承路寢言也君子攸寧承燕寢言也以下皆從燕寢極稱室家聚盛之好子孫蕃衍之美故西南其戶句不專上接百堵亦不兼下接居處笑語文有連讀得義之例亦有離讀得義之例此離讀之乃得其意恉矣

約之閣閣椓之橐橐（傳）約束也閣閣猶歷歷也橐橐用力也

風雨攸除鳥鼠攸去君子攸芋（傳）芋大也（疏）傳詁約爲束者箋約謂縮版也緜箋以索縮其築版上下相承而起束與縮通云閣閣猶歷歷者言縮版之繩歷歷然也說文𩊚生革可以爲縷束也束曰𩊚束之亦曰𩊚重言之曰𩊚𩊚毛詩作閣閣考工記匠人注引詩作格格爾

雅格格舉也閣格皆卽輅也說文椓擊也橐者櫜之假借字廣雅櫜櫜聲也蓋三家詩有作櫜櫜𠎮釋文本或作㮮㮮說文櫜下引易重門擊櫜而㮮下引易作擊㮮此櫜㮮通用之理也傳云用力縣築之登登傳亦云用力也橐登聲轉而義同故皆謂以力擊之之聲○除亦去也悉蟀傳除去也爾雅宇大也芋與宇通大司徒嬔宮室鄭注云嬔善也謂約椓攻堅風雨攸除各有攸宇案三家詩或作宇訓居毛詩作芋訓大大當讀如君子大居正之大晉語云今君之德宇何不寬裕也

如跂斯翼（傳）如人之跂竦翼爾**如矢斯棘如鳥斯革**（傳）棘棱廉也革翼也**如翬斯飛君子攸躋**（傳）躋升也（疏）文傳如人之跂竦翼爾七字疑此箋語凡傳例下與上同義者卽以上句之字爲下句之訓下傳革翼也革卽翼上下同義爲下句訓則上句易明不訓如南有嘉魚篇嘉賓式燕以樂嘉賓式燕以衎傳衎樂也菁菁者莪篇樂且有儀我心則喜傳喜樂也皆其例矣且傳爲斯棘斯革皆卽字作訓而於斯翼斯飛可依類明義并不釋如

跂如矢如鳥如翬也箋乃云如人之跂竦翼爾如人挾
弓矢戟其肘如鳥夏暑希革張其翼時伊洛而南素質
五色皆備成章曰翬此章四如者皆謂廉隅之正形貌
之顯也是箋爲四如字作解人跂竦翼人挾弓矢未免
於經外增義轉寫者誤以箋語入傳文俾毛鄭兩家錯
亂莫辨矣跂當爲狘字之誤也如狘斯翼狘即言翼之
狀猶下句如翬斯飛翬即言飛之狀文意一律玉篇引
詩如企斯翼作企字者三家詩義鄭箋本此○棘棱廉
謂棱角廉隅也釋文引韓詩作如矢斯朸云朸隅也玉
篇木部引韓詩亦作朸抑傳隅廉隅也箋如宮室之制
內有繩直則外有廉隅棘朸同字也棱廉廉隅同義也
文選西都賦設璧門之鳳闕上觚棱而棲金爵李注引
應劭曰觚八觚有隅者也說文曰棱柧也柧與觚同革
古文鞹古文假借革爲鞹也釋文引韓詩正作鞹云翅
也說文鞹翅也本韓詩革鞹同字翼翅同義也方言翬
飛也說文翬大飛也詩曰有翬斯飛許作有與今本異
九經字樣如亦作有○傳訓躋爲
升者升升堂也室唯路寢有堂

殖殖其庭有覺其楹（傳）殖殖言平正也有覺言高大也

噲噲其正，噦噦其冥。傳正，長也。冥，幼也。君子攸寧。疏庭庭涂謂庭涂平正殖殖然也小弁傳踧踧平易也殖踧一聲之轉有覺爲形容其楹之高大箋於抑訓覺爲大而此訓覺爲直與毛訓互易而實通○正長爾雅釋詁文冥幼釋言文崔靈恩集注孫炎爾雅注作窈而王肅述傳及郭璞注皆作幼幼古窈字長讀平聲長者廣大幼者深遠皆言宮室之廣大深遠非謂人之長幼也郭王不明六書假借之例幼爲長幼之幼陸孔皆因其說而於經義無當孫崔作窈經義雖當而於爾雅毛傳之古字其眞已沒今讀幼爲窈存其假借之幼字而讀以本義之窈字斯兩得之矣說文冥幽也大戴禮誥志篇幽幼也幼與幽亦通噲噲噦噦義未聞箋云噲噲猶快快也正晝也噦噦猶煟煟也冥夜也言居之晝日則快快然夜則煟煟然皆寬明之皃箋用三家義淮南子精神篇噲噲然得臥則親戚兄弟歡然而喜夫脩夜之寧非直一噲之樂也與箋義略同○寧安也安即起下章乃安斯寢之意漢書楚元王傳劉向說斯干之詩上章道宮室之如制下章言子孫之衆多上章謂前五章下章謂後四章此三家說與毛詩同下莞上簟乃安斯寢乃寢乃興乃占我夢（傳）言善之應人也吉夢維何維熊維羆維虺維蛇（疏）儀禮公食大夫記萑席今文萑皆爲莞莞萑古通用葦之屬載驅傳方文席曰簟說文簟竹席也莞簟皆安寢之席非行燕鋪陳之席箋乃云鋪席與羣臣安燕正義云此下莞上簟雖是與羣臣燕樂之席其室內寢臥袵席亦當然士喪禮下莞上簟袵如初則平常皆莞簟也其寢臥之席自天子以下宜莞簟同又禮器疏亦以此下莞上簟爲臥席是孔疏亦不盡從鄭箋也內則斂枕簟注簟席之親身也又御者斂席與簟疏斂此所臥在下大席與上襯身之簟又父母舅姑之衣衾簟席夫不在斂枕篋簟席皆簟席連言猶莞簟連言是簟爲寢席之證○傳云言善之應人也者蓋揆下吉夢爲訓吉善也言善之應人故有此吉夢也吳語爲虺弗摧爲蛇將若何此虺蛇同物猶熊羆同類也爾雅蝮虺博三寸首大如擘爲別一種正義引之誤也

大人占之維熊維羆男子之祥維虺維蛇女子之祥（疏）

箋云熊羆在山陽之祥也故爲生男虺蛇穴處陰之祥也故爲生女

乃生男子載寢之牀載衣之裳載弄之璋〔傳〕半珪曰璋裳下之飾也璋臣之職也**其泣喤喤朱芾斯皇室家君王**

箋云男子初生而臥於牀尊之也半珪曰璋棫樸

〔疏〕傳作圭不誤周禮典瑞璋邸射鄭司農注云射剡也爾雅曰邸本也是璋本剡出也說文剡上爲圭半圭爲璋案上者末也剡末爲圭則璋末不剡可知傳倒先釋字義再釋經義故先璋而後裳裳下之飾昭十二年左傳文有狐傳在下曰裳所以配衣也說文弄玩也正義云裳爲下飾以璋配裳故知爲臣之職也宣王子孫當爲君君而言臣下者王肅云言無生而貴之也明欲爲君父當先知爲臣子也璋而得爲臣職者王肅云羣臣之從王行禮者奉璋又棫樸曰奉璋峨峨髦士攸宜是也○說文喤小兒聲詩曰其泣喤喤天子朱芾皇猶煌煌也傳意以宣王之適子世爲君王服其朱芾煌煌然假樂篇穆穆皇皇宜君宜王傳宜君王天下也此其義箋云芾者天子純朱諸侯黃朱宣王所生之子或且爲

諸侯或且爲天子假樂箋亦云或爲諸侯或爲天子鄭不與毛同玉藻疏誤引此箋以爲傳文

乃生女子載寢之地載衣之裼載弄之瓦（傳）裼褓也瓦紡塼也無非無儀唯酒食是議無父母詒罹（傳）無儀婦人質無威儀也罹憂也（疏）箋云臥於地卑之也後漢書曹世叔妻傳女誡云臥之牀下明其卑弱主下人也裼讀爲褅假借字釋文引韓詩作禘禘即褅說文褅緥也引詩作禘許用三家詩字而說解仍用毛傳說文緥小兒衣也俗作褓正義引侯苞韓詩翼要云示之方也明緥制方令女子方正事人之義傳以紡塼釋瓦紡即絲紡塼所以持絲以瓦爲之與鹿車所以收絲以竹爲之者二物也說文寸部作紡專案古祇作專今俗作塼又作甎廣韻二十霰䥢紡錘集韻䥢一曰紡甎是紡專又名䥢也說苑襍言篇子獨不聞和氏之璧乎價重千金然以之閒紡曾不如瓦塼女誡云弄之瓦塼明其習勞主執勤也○非猶過失也傳文婦人質無威儀也上奪無儀二字今依小箋補經言儀傳云威儀與東山經傳同唯當爲維毛詩作維魯詩

作唯此其例維猶乃也無非無儀維酒食是議言婦人不與外事故無過失尚質無威儀乃酒食之是議也大戴禮本命篇婦人不出閨門事在饋食之間而已矣盧辯注即引此詩罹憂免爰同釋文罹本又作離無父母詒憂者即葛覃歸安父母之意也

無羊四章章八句

無羊宣王考牧也（疏）斯干營室無羊畜牧皆是宣王遭亂中興國家殷富也

誰謂爾無羊三百維羣誰謂爾無牛九十其犉（傳）黃牛黑脣曰犉**爾羊來思其角濈濈爾牛來思其耳溼溼**（傳）聚其角而息濈濈然呞而動其耳溼溼然（疏）黃牛黑脣曰犉良耜殺時犉牡傳同爾雅黑脣犉舍人注云黃牛黑脣曰犉說文犉黃牛黑脣也詩曰九十其犉段注云爾雅不言黃牛者牛以黃爲正色凡不言何色皆謂黃牛也爾雅牛七尺爲犉邢疏引尸子說大牛爲犉七尺此別義○

釋文濈本亦作戢疑古本毛詩作戢戢後人涉下溼溼
因誤加水旁耳御覽獸十四引詩正作戢戢戢戢桑扈時邁
傳戢聚也鴛鴦傳戢其左翼言休息也是戢戢有聚息
義玉篇䝤牛多角又角堅皃或作戢案䝤亦戢之俗角
堅或本三家詩義溼溼耳動之皃爾雅楓欇欇欇欇爲
搖動溼溼與欇欇聲義皆相近傳云呞而動其耳釋文
呞本亦作齝爾雅牛曰齝詩釋文引郭注云食已復出嚼之也

或降于阿或飲于池或寢或訛（傳）訛動也爾牧來思何蓑何笠或負其餱（傳）何揭也蓑所以備雨笠所以禦暑

三十維物爾牲則具（傳）異毛色者三十也（疏）訛當爲吪兔爰尚寐無吪傳亦云吪動也玉篇口部引詩或寢或吪吪動也其所據正作吪釋文引韓詩作譌云譌覺也譌同寤寤覺也毛韓字異而意同○何揭俟人同蓑郎衰之俗說文衣部衰艸雨衣秦謂之萆艸部萆雨衣一曰衰衣是衰所以備雨也笠所以禦暑都人士同御覽器物十資產十三引傳作御御禦古今字越語譬如衰笠時雨既

至必求之亦衰笠連言也小宛傳負持也伐木傳餱食也傳云異毛色者三十毛色釋物鄭司農注犬人云物色也穆天子傳收皮効物郭注云物謂毛色也即引此詩

爾牧來思以薪以蒸以雌以雄爾羊來思矜矜兢兢不騫不崩 傳 矜矜兢兢以言堅彊也騫虧也崩羣疾也麾之以肱畢來既升 傳 肱臂也升升入牢也 疏 矜兢雙聲說文兄部兢競也讀若矜隸變作兢宣十六年左傳引詩戰戰兢兢本亦作矜矜是矜矜與兢兢同桑柔烈文傳競彊也說文競彊語也兢競雙聲傳云以言堅彊者即下句不騫不崩之謂騫虧崔集注虧作曜小箋從集注作曜曜同燿考工記梓人大胷燿後鄭注云燿讀爲哨哨小也下哨今作頭傳作大匈哨後玉篇曰部及後漢書馬融誤後漢書注不誤玉篇同周禮典同注甄讀爲甄燿之甄甄猶掉也鍾微薄則聲掉是燿爲小也梓人又云小體騫腹騫亦小也不騫者左傳所謂碩大蕃滋也崩羣疾小箋云羣疾謂病者衆也案不崩者左傳所謂不疾

瘯蠡也齊民要術云羊有疥者間別之不別相染污或能合羣致死此與傳羣疾之訓合○說文厷臂上也或从肉作肱臂手上也手以上臂以上皆謂之肱傳訓肱爲臂者渾言也以手曰招用臂曰麾升猶登也古登升通用云升入牢者君子于役云日之夕矣羊牛下來日之夕矣羊牛下括是其義也

牧人乃夢衆維魚矣旐維旟矣大人占之衆維魚矣實維豐年傳陰陽和則魚衆多矣旐維旟矣室家溱溱傳溱溱衆也旐旟所以聚衆也疏衆維魚矣旐維旟矣上維字訓其下維字訓與言衆其魚旐與旟也衆其魚言魚之多云陰陽和則魚衆多者魚衆多爲豐年實維豐年實當作寔寔是也維爲也言是爲豐年也漢書食貨志宣帝即位御史大夫蕭望之奏言故御史屬徐宮家在東萊言往年加海租魚不出長老皆言武帝時縣官嘗自漁海魚不出後復予民魚迺出夫陰陽之感物類相應萬事盡然案此與詩義合詩以魚之衆多卜年之豐稔今浙東人歲終魚多卜來歲之豐魚少卜來歲之歉古遺意也○閟宮烝

徒增增傳增增衆也溱增聲轉而義同若溱湑或作湑湑矣故傳云溱溱衆也湑夫論蓼列篇作蓁蓁蓁蓁與溱通案此與上篇大人占之維熊維羆男子之祥維虺維蛇女子之祥異義上篇占子孫之衆多此篇占室家之會聚故傳又申占旐旟之蓼云旐旟所以聚衆也

卷十八終

詩毛氏傳疏卷十九

長洲陳奐學

節南山之什詁訓傳弟十九　毛詩小雅

節南山之什十篇七十九章五百五十二句

節南山十章六章章八句四章章四句

節南山家父刺幽王也【疏】十月之交箋節刺師尹不平昭二年左傳季武子賦節之卒章盧辯注大戴禮衞將軍文子篇云小雅節之四章章節下皆無南山二字

節彼南山維石巖巖【傳】興也節高峻貌巖巖積石貌赫赫師尹民具爾瞻憂心如惔不敢戲談【傳】赫赫顯盛貌師大師周之三公也尹尹氏爲大師具俱瞻視惔燔也

國既卒斬何用不監傳卒盡斬斷監視也疏禮記釋文云節徐音
截玉篇巀山高陵也陵乃峻之誤節讀與巀同釋文引
韓詩節視也韓揆下文民具爾瞻立訓釋文巖本或作
嚴箋言尊嚴禮記大學注言高嚴是鄭據詩作嚴嚴賈
昌朝羣經音辨吅部引詩維石嚴嚴嚴古礹字南山高
峻其石嚴嚴然興者喻師尹尊貴其位赫赫然○傳於
赫有言顯者生民是也有言盛者出車常武㶁是也單
字曰赫重其字曰赫赫單義曰盛亦曰顯重其義曰顯
盛義竝同也師大師大明同版箋云大師三公也傳云
尹尹氏爲大師者言當幽王時有尹氏者爲大師之官
也尹氏本官名武王時尹佚爲之有功後子孫因以官
族故亦稱尹氏周公以冢宰兼大師大公以司馬兼大
師皇父以司徒兼大師是大師爲三公之兼官矣案此
尹氏當以司空兼大師蓋司徒主教司馬主兵恆出任
二伯之職司空主土公羊傳所謂一相處乎內者是也
漢書董仲舒傳周室之衰其卿大夫緩於誼而急於利
亾推讓之風而有爭田之訟故詩人疾而刺之曰節彼
南山惟石巖巖赫赫師尹民具爾瞻爾好誼則民鄉仁
而俗善爾好利則民好邪而俗敗由此觀之天子大夫

者下民之所視效遠方之所四面而內望也近者視而放之遠者望而效之豈可以居賢人之位而爲庶人行哉董言有爭田之訟本三家詩其時尹氏爲司空掌主土田故疾詩之此尹氏爲司空之證歟五章鞫訩毛傳訓盈訟與董說合具訓俱瞻訓視義亦同○段氏詩小學云釋文正義皆引說文作憂心如㶴㶴讀如餤毛詩如㶴韓詩作如炎毛傳㶴燔也瓠葉傳加火曰燔說文曰燔爇也㶴小爇也爇加火也正本毛詩而今毛詩譌炎改惔矣案段說是也詩以巖瞻談斬監五句成韻山尹㶴三句不入韻憂心如㶴與雲漢憂心如熏句義相同詩述聞云戲談猶戲謔也卒盡爾雅釋詁文說文斬截也斷截也監視釋詁文爾雅釋文監又作鑑說文鑑視也監古鑑字既已也用以也言國祚已盡滅斷絕彼尹氏者何以不起而視政也釋文引韓詩監領也領者理也意亦同

節彼南山有實其猗（傳）實滿猗長也赫赫師尹不平謂何天方薦瘥喪亂弘多（傳）薦重瘥病弘大也民言無嘉

憯莫懲嗟〔傳〕憯曾也〔疏〕傳云實滿猗長箋以滿爲草木平滿王肅又以長爲草木之長茂言山之平均喻師尹之不平傳意或然也○薦重雲漢同爾雅荐再也薦與荐通瘥病釋詁文集韻八戈說文嚶殘藏田也引詩作薦嗟與爭田之訟說合荅義本三家也弘大釋詁文憯曾釋言文憯當作朁民勞憯不畏明說文引作朁云曾也曾者詞之舒也朁曾皆從曰會意釋詞云朁莫懲嗟朁莫懲也言天降喪亂如此而在位者曾莫知所懲也嗟句末語助耳若訓爲歎詞則與上三字義不相屬矣十月之交曰胡朁莫懲下無嗟字可證案民言無嘉憯莫懲嗟與河水民之訛言寧莫之懲文義亦相同

尹氏大師維周之氐秉國之均四方是維〔傳〕氏本均平也天子是毗俾民不迷〔傳〕毗厚也不弔昊天不宜空我師〔傳〕弔至空窮也〔疏〕爾雅柢本也鄭司農周禮典瑞注引爾雅作邸詩作氐古文省維爲也維周之氐言尹氏爲周之榦臣也文王維周之楨嵩高維周之翰傳於楨翰皆訓爲榦文選魏都賦注及盧

譏贈詩注引說文榦本也句義正同此言尹氏位尊任重而與天子有共治斯民之責潛夫論志氏姓篇尹吉甫相宣王著大功績詩云尹氏大師維周之底也疑三家詩以此尹氏爲尹吉甫論其世族溯其祖考歟均漢書律曆志引詩作鈞均鈞同六章誰秉國成義與此同故傳竝訓爲平也平下也字今補維繫也○毗乃𣬈之隸變釆叔之膍即肶之或字從肉與此𣬈從囟二字而其義皆爲厚荀子引作痺釋文引王肅本作埤竝字異而義同厚者厚尹氏以爵祿也俾釋文及荀子引作卑古祇假卑爲俾今字皆作俾矣下同卑使也卑與不空相應傳訓弔爲至者古至致通不至猶不致有不攻致不堅固之義故箋云至猶善也不弔昊天猶鄭司農大祝注引春秋傳云閔天不淑耳弔淑義同昊天㡿王也七月傳穹窮也古空穹通用師謂衆民也不空空我師言不空困窮我衆民也荀子宥坐篇云今之世則不然亂其敎繁其刑其民迷惑而墮焉則從而制之是以刑彌繁而邪不勝即所謂困窮我民也

弗躬弗親庶民弗信弗問弗仕勿罔君子（傳）庶民之言

不可信勿罔上而行也**式夷式已無小人殆**傳式用夷平也用平則已無以小人之言至於危殆也**瑣瑣姻亞則無膴仕**傳瑣瑣小貌兩壻相謂曰亞膴厚也疏爾雅躬身也身親也是親與躬同義傳云庶民之言不可信者弗不同言不可信四字連讀得義君子不言而信今君子不能躬率庶民則庶民於上之言不肯信從矣楚語周詩有之曰弗躬弗親庶民弗信臣懼民之不信君也故不敢不言不然何急以其言取罪也傳意正同箋云仕察也是仕與問同義汪龍詩異義云勿禁止辭王雖不問察而小人勿得罔上而行也經言君子傳言上皆指王是也傳訓式夷為用平平均也已止也殆危也詩異義又云王當用平正之人則小人欺罔之事用自消止無任小人受其欺罔以至於危殆正義以勿罔君子謂禁民欺罔式已為下民欺罔之心消止恐非與案大戴禮衛將軍文子篇孔子曰詩云式夷式已無小人殆而商也其可為不險也孔子引詩以不險釋無殆毛傳云危殆確不可易鄭箋盧注訓殆為近失之○爾雅釋訓

佌佌瑣瑣小也此釋佌佌彼有屋瑣瑣姻亞也舍人注云瑣瑣計謀褊淺之貌傳訓小義本爾雅易旅瑣瑣鄭注亦云小也兩壻相謂曰亞釋親文昭二十五年左傳昏媾姻亞杜注同釋言亞次也詩異義云都人士箋尹氏姞氏周室昏姻之舊姓也彼疏引此尹氏以證雖彼箋所言非經義而尹氏爲周室昏姻要必有徵此篇刺幽王而經言尹氏爲政不平欲王躬親則所謂姻亞或當即指尹氏案周禮腊人注膴又詁曰大厚與大同意仕事也管子形埶解毀訾賢者之謂訾推譽不肖之謂讆訾讆之人得用則人主之明蔽而毀譽之言起任之大事則事不成而禍患至故曰訾讆之人勿與任大義與詩意合

昊天不傭降此鞠訩昊天不惠降此大戾(傳)傭均鞠盈訩訟也君子如屆俾民心闋君子如夷惡怒是違(傳)屆極闋息夷易違去也(疏)傭均爾雅釋言文周禮典同鄭司農注之正傭梓人鄭注之鴻傭及荀子正名篇色不及傭聲不及傭傭皆均也昊天不均猶云昊天不平耳上章傳均平也釋文引韓詩作

庸庸易也毛韓字異意同傳訓鞫訩爲盈訟義本爾雅鞫盈釋詁文訩訟釋言文釋詁鞫溢盈也郭注引詩作證今本爾雅鞫下衍訩疑因注中訩字誤增之耳阮元爾雅校勘記已有此說說文訩訟也或省作訩小旻箋謀事者衆訩訩滿庭卽此義也燕燕傳云惠順也箋云戾乖也○屆極釋言文與蕩傳訓同意別釋詁呬息也闋與呬聲相近夷易釋詁文天作有客同易和易也惡怒卽和易之反違訓去與息同意惡怒是違言民心之惡怒是去也詩異義云傳訓屆爲極當謂建極君子皆當指王上言尹氏爲政不均不順致民多獄訟乖爭此則欲王建中立極行平易之政以化民俗卽上章欲王躬親爲政也箋於兩章君子通㡿在位之人恐非經傳之旨棻注說君子㡿王其義自確唯昊天㡿尹氏仍沿九章箋而誤篇中三言君子五言昊天皆㡿王桑柔倬彼昊天寧不我矜瞻卬瞻卬昊天則不我惠孔塡不寧降此大厲竝與此篇詩義同彼兩昊天傳皆云㡿王此其明證矣

不弔昊天亂靡有定式月斯生俾民不寧憂心如酲誰

秉國成（傳）病酒曰酲成平也不自爲政卒勞百姓（疏）引王之述聞通說云襄十三年左傳楚共王卒吳侵楚養由基奔命子庚以師繼之戰于庸浦大敗吳師君子以吳爲不弔詩曰不弔昊天亂靡有定不弔亦不祥言伐人之喪不祥所以敗也越語曰助天爲虐者不祥是也又成七年傳中國不振旅蠻夷入伐而莫之或恤無弔者也夫詩曰不弔昊天亂靡有定其此之謂乎有上不弔其誰不受亂此言蠻夷入伐而莫之或恤皆由中國之無善君也善君謂霸主也昭十六年傳曰齊君之無道也興師而伐遠方會之有成而還莫之亢也無伯也夫語意與此相似下文有上不弔其誰不受亂亦謂中國無善君則諸侯皆受其亂也案此皆不弔卽不善之義式月斯生俾民不寧生生亂也所謂不弔也此席王○晏子諫上篇景公飲酒酲三日而後發晏子見曰君病酒乎公曰然此卽病酒爲酲之證說文亦云酲病酒也成平縣同秉國成猶云秉國均也誰言誰爲大師者指尹氏也禮記緇衣篇詩云昔吾有先正其言明且清國家以寧都邑以成庶民以生誰能秉國成不自爲正卒勞百姓案雲漢傳先正百辟卿士也禮記引逸詩正指

詩十九 五

大臣說鄭注云成邦之入成也本三家而毛意亦同不自爲政卒勞百姓自從也勞猶病也言大臣不從政百姓受其病卽首章國既卒斬何用不監也此指大臣下二章皆從此章下四句生義王肅謂政不由王出恐非傳恉

駕彼四牡四牡項領【傳】項大也**我瞻四方蹙蹙靡所騁**

【傳】騁極也【疏】凡從工聲字多訓大如空仜唯之側故傳訓項爲大也桑扈傳云領頸也潛夫論三式篇且人情莫不以已爲賢而效其能者周公之戒不使大臣怨乎不以詩云駕我四牡四牡項領蕭山汪繼培箋注云此引詩以明大臣怨乎不以則以四牡項領而靡所騁喻賢者有才而不得試蓋本三家詩說中論爵祿篇云君子不患道德之不建而患時世之不遇詩曰駕彼四牡四牡項領我瞻四方蹙蹙靡所騁傷道之不遇也新序襍事五云處勢不便豈可以量功校能哉詩不云乎駕彼四牡四牡項領夫久駕而長不得行項領不亦宐乎隸釋堂邑令費鳳碑云遏已進弟不營榮祿栖遲歷稔項領滯畜易林履之剝否之屯噬嗑之歸

妹未濟之明夷竝云名成德就項領不試枹朴子嘉遁篇云空谷有項領之駿者孫陽之恥也勖學篇云項領之駿騁迹於千里博喻篇云兩絆而項領則騏騄與蹇驢同矣訟竝與此同案此非獨三家詩義則然毛傳質略當亦謂賢者懷材莫用靡所馳騁也箋云四牡者人君所乘駕今但養大其領不肎爲用喻大臣自恣王不能使此箋義非傳意○蹙古祇作戚戚戚戚猶蹜蹜也騁訓極極者至也靡所極無所至也文選王粲登樓賦注引韓詩章句騁馳也又潘岳射雉賦注左思詠史詩注引馳作施疑誤

方茂爾惡相爾矛矣傳茂勉也既夷既懌如相醻矣傳懌服也疏說文懋勉也茂與懋通相視也爾爾尹氏也此章兩爾字與首章民具爾瞻爾字同意言勉爾之惡則下民之視爾如矛矣懌服釋詁文郱亦不夷懌傳夷說也彼訓夷爲說此訓懌爲服義互見也如讀爲而彤弓傳醻報也言雖已說服而相報復無常德也

昊天不平我王不寧不懲其心覆怨其正傳正長也疏

昊天與我王互詞猶三章五章或稱天子或稱君子或稱昊天一也不平不寧此㡿王○沔水傳懲止也此懲字與二章民言無嘉憯莫懲嗟兩懲字同義正訓長長讀上聲與斯于玄鳥傳正長也長讀平聲者訓同而義別王肅云覆猶背也師尹不定其心邪僻妄行故下民皆怨其長傳意或然也上章茂惡卽所謂邪僻妄行也此指尹氏

家父作誦（傳）家父大夫也以究王訩式訛爾心以畜萬邦（疏）家父大夫周大夫食采於家以邑爲氏者也十月之交篇有家伯或是家父之族春秋周桓王時有家父或卽家父之後歟何注公羊傳云家采地父字是也說文誦諷也此章王訩與五章昊天不傭降此鞫訩兩訩字同義凡民之爭訟皆由於王之競心也究窮治之也訛當作吪破斧傳吪化也陸賈新語術事篇引此詩而釋之云言一心化天下而國治此之謂也是西京舊訓亦以吪爲化畜養也上句言化下句言養互詞欲尹氏以一心化養萬邦也○案篇中一章二章及三章之上四句刺尹三章之下四句四章五章及六章之上

四句刺王六章之下四句七章八章刺尹九章上二句刺王下二句刺尹末章自明作誦究王訩吪爾心諷王亦諷尹序謂刺王者責重在王耳

正月十三章八章章八句五章章六句

正月大夫刺幽王也

正月繁霜我心憂傷傳正月夏之四月繁多也民之訛言亦孔之將傳將大也念我獨兮憂心京京哀我小心癙憂以痒傳京京憂不去也癙痒皆病也疏春秋莊二十五年夏六月辛未朔日有食之左傳唯正月之朔慝未作昭十七年夏六月甲戌朔日有食之傳平子曰唯正月朔慝未作日有食之於是乎有伐鼓用幣禮也其餘則否大史曰在此月也當夏四月謂之孟夏漢書五行志引古左氏說正月謂周六月夏四月正陽純乾之月也毛傳正本左傳余友錢塘汪遠孫說淮南子泰族篇冬雷夏

霜卽引此詩與傳同繁者緐之俗公劉雖箋云緐多也訛說文作譌沔水同漢書楚元王傳劉向上封事諫曰霜降失節不以其時其詩曰正月繁霜我心憂傷民之訛言亦孔之將言民以是爲非甚衆大也義亦與傳同○我大夫自我也獨㥄獨也爾雅釋訓京京憂也憂不去者十月之交傳所謂親屬之臣心不能已也癙痒病皆釋詁文爾雅釋文云詩作鼠案作鼠是也雨無正鼠思泣血字作鼠說文無癙字桑柔箋亦云痒病也

父母生我胡俾我瘉不自我先不自我後（傳）父母謂文武也我我天下瘉病也**好言自口莠言自口憂心愈愈是以有侮**（傳）莠醜也愈愈憂懼也（疏）小宛我心憂傷念昔先人傳先人文武也雲漢父母先祖傳先祖文武爲民父母也文義與此同我我天下者謂我天下之民也瘉病釋詁文角弓同言文武天下至幽王之世而遭此病○莠醜疊韻十月之交傳醜惡也莠爲醜醜又爲惡故箋謂好言爲善言莠言爲惡言此疾吪言之人愈卽瘉之假借字爾雅瘐瘐病也本又作庾庾卽詩愈愈之異文唐固國語注

十六斗曰庾聘禮記今文作十六斗曰逾此臾俞聲通之理郭璞注云賢人失志懷憂病也傳云憂懼愈懼聲相近侮爲吪言者侵侮也箋義如是

憂心惸惸念我無祿（傳）惸惸憂意也民之無辜并其臣僕（傳）古者有罪不入於刑則役之圜土以爲臣僕哀我人斯于何從祿瞻烏爰止于誰之屋（傳）富人之屋烏所集也（疏）惸當作㥞形之誤也說文亏部甹或从心作㥞爾雅㥞㥞憂也傳云憂意蓋撥下文之意爲訓詩爾雅釋文皆云㥞本或作煢古旬營通如江漢箋旬當作營之例箋云無祿者言不得天祿自傷值今生也○并古拼字爾雅拼使也從也經言念天下無罪之人爲臣僕傳言古者有罪以爲臣僕明今之非古也周禮司圜掌收教罷民凡害人者弗使冠飾而加明刑焉任之以事而收教之能改者上罪三年而舍中罪二年而舍下罪一年而舍其不能改而出圜土者殺雖出三年不齒凡圜土之刑人也不虧體其罰人也不虧財鄭司

農注云以此知其爲民所苦而未入刑者也故大司寇
職曰見萬民之有罪過而未麗於灋而害於州里者桎
梏而坐諸嘉石役諸司空案毛傳本周禮而仲師又據
毛傳爲說此古者有罪之人不入於刑者則寘諸圜土
以爲役也臣僕即罪人爲役者也書微子篇商其淪喪
我罔爲臣僕逸周書作雒篇凡工賈胥市臣僕州里管
子小匡篇大國之君事如臣僕是臣僕賤者之稱故罪
人役圜土亦爲臣僕晏子襍上篇越石父曰吾爲人臣
僕於中牟史記則云在縲紲中此罪人爲臣僕之確證
矣箋解并其臣僕句讀如秦法一人有罪并其室家之
并云王既刑殺無罪并及其家之賤者不止於所罪而
已如鄭解則於經義當增設刑殺一層而以臣僕爲世
家臣僕又於經民字爲不可通鄭說非是○爰於也止
集也誰誰富人也傳云富人之屋富人指在位之小人
機末章富人爲訓烏以喻附和小人者也晉語暇豫之
吾吾不如烏烏人皆集於苑已獨集於枯言烏集富人
之屋與國語集苑之喻略相近後漢書郭大傳郭大字
林宗建寧元年陳蕃竇武爲閹人所害林宗哭之既而
歎曰人之云亡邦國殄瘁瞻烏爰止不知于誰之屋耳
李注云言不知王業當何所歸案此三家詩以烏自況

箋既本三家而又解屋爲富人之屋仍用毛義亦恐失傳之恉也

瞻彼中林侯薪侯蒸（傳）中林林中也薪蒸言似而非民今方殆視天夢夢（傳）王者爲亂夢夢然既克有定靡人弗勝有皇上帝伊誰云憎（傳）勝乘也皇君也（疏）中林林中兔罝同侯維也侯薪侯蒸與無羊以薪以蒸句法正同侯以皆語詞薪蒸喻小人薪蒸不能爲大木故傳云言似而非箋林中大木之處而維有薪蒸爾喻朝廷宜有賢者而但聚小人詩異義云傳之所謂似卽箋之所謂宜言既曰中林矣則似有大木今維有薪蒸而非大木猶既在朝廷則當爲賢者今維是小人傳言似而非一語統釋經文二句其言簡質故箋申明之曰林中大木之處而維有薪蒸爾疏申傳言薪蒸似大木而非誤解傳意矣案汪說是也韓詩外傳釋詩亦云言朝廷皆小人也○殆危也此以天爲王者末章又以天爲君一也抑傳亦云夢夢亂也釋文引韓詩夢夢惡皃訓異意同勝讀如騰與乘疊韻既猶終也克能也定定亂也人在位者

也此承上爲亂夢夢而言終能有定亂之日乃今在位之人無不棄陵助王爲亂如是上下蒙昧其危始無休已時襄十三年左傳云及其亂也君子稱其功以加小人小人伐其技以馮君子是以上下無禮亂虐竝生由爭善也謂之昏德國家之敝恆必由之是其義也皇君釋詁文上帝亦君也版蕩傳上帝庳君王伊語詞云助詞誰憎言憎王之潑也

謂山蓋卑爲岡爲陵（傳）在位非君子乃小人也民之訛言寧莫之懲召彼故老訊之占夢（傳）故老元老訊問也具曰予聖誰知烏之雌雄（傳）君臣俱自謂聖也（疏）傳意山喻位卑喻小人小人小人而處高位如爲岡與爲陵耳天保傳大阜曰陵陵亦最高大者也蓋讀同盍鄭注檀弓蓋皆當爲盍羣經音辨蓋音盍是也爾雅曷盍也廣雅曷盍何也謂山蓋卑言山何卑也謂天蓋高謂地蓋厚言天何高地何厚也三蓋字竝與何字同義○懲止也故老猶之言孤卿謂皇父卿士也傳云元老詳采芑篇周禮

占夢季冬聘王夢鄭注云聘問也訊聘義同晏子襍下篇景公夜夢與二日鬬不勝晏子朝請召占夢者又景公夢見彗星明日召晏子而問焉寡人夢見彗星吾欲召占夢者使占之案古者有問夢之事召元老問之占夢洪範所謂謀及卿士也周禮有占夢之官具俱予我也曰與謂同義傳云君臣俱自謂聖十月之交傳皇父甚自謂聖則知臣指皇父而君刺幽王不知烏之雌雄席王弁席執政也

謂天蓋高不敢不局謂地蓋厚不敢不蹐傳局曲也蹐累足也維號斯言有倫有脊傳倫道脊理也哀今之人胡爲虺蜴傳蜴螈也疏局曲曡韻釋文本又作跼李善注文選顏延之詩引毛詩傳跼曲也薛綜注東京賦引毛詩不敢不跼跼傴僂也蓋薛以傴僂代曲字非傳有異本也陸孔及王肅本皆作局曲跼卽局之俗字累當作絫蹐絫曡韻說文足部蹐小步也引詩作蹐走部趚側行也引詩作趚許錄毛詩兼錄三家詩字異而義實同說苑敬慎篇孔子論詩至於正月之六章戄然曰不逢時之君子豈不始哉從上依

世則廢道達上離俗則危身世不與善己獨由之則日非妖則孽也是以桀殺關龍逢紂殺王子比干故賢者不遇時常恐不終焉卽引此詩○碩鼠傳號呼也說文人部倫道也侖部侖理也侖與倫同論語言中倫包咸注云倫道也理也脊讀爲蹟河水傳不蹟不道也繁露深察名號篇引詩作迹說文迹蹟一字是倫謂之道又謂之理脊謂之理又謂之道矣此言君子之言皆有道理安號呼而告之今畏怖如虺蜥然是疾避而無所自容之意○說文虺以注鳴者段注云注者味之段借虺爲蜥易屬釋文蜴又作蜥說文引詩正作蜥鹽鐵論周秦篇亦作蜥爾雅蠑螈蜥蜴蜥蜴蝘蜓蝘蜓守宮也李孫郭注並云別四名方言秦晉西夏謂之守宮或謂之蠦蠝或謂之蜥易其在澤中者謂之易蜴南楚謂之蛇醫或謂之蠑螈東齊海岱謂之蝷螏北燕謂之祝蜓蠘氏震補注云易蜴當爲蜥易是巳與謂守宮或謂之蜥易疑此蜥易二字或蝘蜓之譌爾雅一物四名渾言不別方言則以守宮蝘蜓一類蜥易蠑螈一類說文在壁曰蝘蜓在艸曰蜥易在艸卽楊雄所謂在澤中者毛傳以螈釋蜥亦非在壁者也陸義疏云虺蜴一名蠑螈水蜴也或謂之號蜼或謂之蛇醫如蜥蜴青綠色大如指

形狀可惡元恪謂蝶螈如蜥蜴蜴與楊許說不合又虺別物虺蜴連舉亦非是箋虺蜴之性見人則走後漢書左雄傳云言人畏吏如虺蜴也蜴皆蜥之誤字

瞻彼阪田有菀其特（傳）言朝廷曾無傑臣天之扤我如不我克彼求我則如不我得執我仇仇亦不我力（傳）扤動也仇仇猶謷謷也（疏）傳意阪田喻朝廷特喻傑臣阪田有菀特則朝廷無傑臣矣箋云阪田崎嶇墝埆之處而有菀然茂特之苗喻賢者在閒辟隱居之時載芟傳有厭其傑言苗厭然特美也箋特爲苗申成傳義○考工記則是以大扤扤注扤搖動貌方言艤謂之扤謂船動也是扤有動義爾雅仇仇敖敖傲也郭注云皆傲慢賢者釋文敖本又作謷又作嚻阪傳嚻嚻猶謷謷也聲義並同天席王我我傑臣也如猶而也克勝也彼彼朝廷也言王動搖我而不勝任我朝廷求我而不得以禮進我雖欲執留我謷謷然甚傲慢而亦不力挽我此我傑臣所以不安朝廷而退處也禮記緇衣篇子曰大人不親其所賢而信其所賤民是

以親失而教是以煩詩云彼求我則如不我得執我仇仇亦不我力文中子魏相篇竇威進曰聞朝廷有召子議矣文中子亦引此詩喟然遂歌正月終焉既而曰不可爲矣是其義也仇仇或作执执廣雅执执緩也集韻执执緩持也緇衣注仇仇然不堅固即是緩持之意案三家與毛訓異意同緩持傲慢一也玉篇执緩也

心之憂矣如或結之今茲之正胡然厲矣（傳）厲惡也燎之方揚寧或滅之（傳）滅之以水也赫赫宗周褒姒威之（傳）宗周鎬京也褒國也姒姓也威滅也有褒國之女幽王惑焉而以爲后詩人知其必滅周也（疏）正長也謂褒姒私黨升在位者若皇父七子之屬胡何也然猶是也厲者癘之假借字厲爲惡傳本左傳立訓桑柔瞻卬傳竝云厲惡也說文燎放火也寧或猶云胡有也傳文奪滅之二字當補滅之以水也五字作一句讀言燎火熾盛滅必以水今於何有也隱六年左傳君子曰商書曰惡之易也如火之燎于原不可鄉邇其猶可撲滅莊十四年傳君子

日商書所謂惡之易也如火之燎于原不可鄉邇其猶可撲滅者其如蔡哀侯乎言不可撲滅也惡萌易滋而以燎火難滅爲喻○節南山傳赫赫顯盛皃周幽王在鎬故鎬京爲宗周酈注水經沔水篇褒水南逕褒縣故城東褒中縣也本褒國矣南流入于漢案漢褒中縣屬漢中郡古褒國在今陝西漢中府褒城縣括地志云褒國故城在縣東二百步是也漢中在禹貢梁州之域周并梁於雍則褒國當在職方雍州之南境史記夏本紀論云禹爲姒姓其後分封用國爲姓故有褒氏潛夫論五德志同是褒國姒姓也釋文威呼說反齊人語也案威古滅字傳威爲滅猶御爲禦突爲㓉皆以今字釋古字之例謂之古文假借可也昭元年左傳引詩正作滅褒姒滅周莫詳於史伯告鄭桓公語國語鄭語云褒人褒姁有獄而以爲入於王王遂置之而嬖是女也使至於爲后而生伯服是褒女爲后之事也又云王欲殺大子以成伯服必求之申申人弗畀必伐之若伐申而繒與西戎會以伐周周不守矣幽王八年而桓公爲司徒九年而王室始騷十一年而斃韋注云騷謂適庶交爭亂虐滋甚是卽滅周之事也攷史記周本紀言幽王三年王之後宮見褒姒而愛之生子伯服是立后當在四

五年間六年而遭日食之變大夫作十月之交以刺之至王欲放殺大子而其傳作小弁之詩自在九年中事此傳但云幽王惑於褒姒立以爲后不及放殺大子則此篇與十月之交篇先後同作總在史伯告桓公八年之前據傳證史可以得其歲次矣然而嬖褒滅周其兆既成賢者爲之憂傷而作是詩其卽伯陽父流亞與

終其永懷又窘陰雨（傳）窘困也其車既載乃棄爾輔（傳）大車重載又棄其輔載輸爾載將伯助予（傳）將請伯長也（疏）終猶既也齊南山破斧篇皆上言既而下言又此上言終而下言又是終既同義也永長懷傷也鄭箋窘仍也韓詩窘迫也玉篇窘困也急也義竝相近言既其長爲之憂傷又困之以陰雨陰雨以喻所遭多難○傳以車爲大車爲大車載爲重載輔者揜輿之版大東傳箱大車之箱也方言箱謂之𨏥爾雅棐輔也棐與𨏥通箱取輔相之義則輔卽箱矣大車揜版置諸兩旁可以任載今大車既重載矣而又棄其兩旁之版則所載必墮此其顯喻也僖五年左傳宮之奇設輔車相依脣亡齒寒兩喻呂覽權勳篇虞之與虢也若車之有輔也車依

輔輔亦依車虞號之勢是也先人有言曰脣竭而齒寒韓子十過篇淮南子八閒篇竝有此文然則車之有輔猶齒之有脣最相切近人之兩頰曰口輔亦曰牙車其命名即取車輔之義也自來解者皆不識輔爲何物正義謂輔是可解脫之物以今人縛杖於輻爲比況之詞若是則棄輔未即墮載恐與經義無當也車之有輔與國之有輔臣箋云棄輔喻遠賢也載輸輸也箋輸墮也將請將仲子同請猶告也伯長釋詁文長謂賢者也子我也助我即下文無棄輔而益輻之事

無棄爾輔員于爾輻（傳）員益也**屢顧爾僕不輸爾載終踰絕險曾是不意**（疏）荀子法行篇詩曰涓涓源水不雝不塞轂已破碎乃大其輻事已敗矣乃重大息其云益乎楊倞注云大其輻謂壯大其輻也案荀引逸詩言事敗之後此詩言事未敗之先文異而意同也傳訓員爲益正本荀子員與云通故有益義易大壯九四壯于大輿之輹釋文本又作輻大輿大車也壯者大也益與大義相近屢釋文作婁婁數也終亦既也曾猶乃也言既踰絕險矣乃不爲意也以喻用賢

者之不堅固

魚在于沼亦匪克樂潛雖伏矣亦孔之炤(傳)沼池也憂心慘慘念國之爲虐(傳)慘慘猶慼慼也(疏)靈臺王在靈沼於牣魚躍傳亦云沼池也池以畜魚喻國以養賢君子不能居朝廷猶魚在池中而不能以自樂也潛深也伏伏於淵也禮記中庸篇詩云潛雖伏矣亦孔之昭故君子內省不疚無惡於志釋文昭本又作炤鄭注云孔甚也昭明也言聖人雖隱遯其德亦甚明矣疚病也君子自省身無愆病雖不遇世亦無損害於己志鄭釋詩與箋不同當從禮記注爲優裴度諸葛武侯碑云公是時也躬耕南陽自比管樂我未從虎時稱臥龍亦引此詩○慘當作懆詳月出篇傳以慼慼詁懆懆懆慼聲近也抑懆懆憂不樂也小明慼慼憂也憂謂之懆懆重言之曰懆懆憂謂之慼重言之曰慼慼

彼有旨酒又有嘉殽(傳)言禮物備也洽比其鄰昏姻孔

云【傳】洽合鄰近云旋也是言王者不能親親以及遠念

我獨兮憂心慇慇【傳】慇慇然痛也【疏】都人士傳彼彼明王也旨嘉皆美也殽釋文作肴𣨡鷖爾酒既多爾肴既嘉傳言酒品齊多而肴備美也義與此同洽合版同左傳作協鄰近雙聲爲訓近猶親親也昏姻異姓之臣也說文云象回轉之形旋者回轉之意旋卽還也此陳古燕享之禮禮物既備同異姓具在王者有親親及遠之道焉此經義也本詩人之意乃以刺今不如古傳云是言王者不能親親以及遠與經義相反而意實相成也僖二十二年左傳引詩協比其鄰昏姻孔云富辰釋之云吾兄弟之不協焉能怨諸侯之不睦兄弟謂鄰諸侯謂昏姻襄二十九年傳引詩協比其鄰昏姻孔云子大叔釋之云晉不鄰矣其誰云之言晉不親近諸姬則諸侯其誰旋歸之乎毛傳與左傳辭意正合王肅云言王但以和比其鄰近左右與昏姻其親友而已不能親親以及遠王說未審經傳之恉〇念念今也爾雅慇慇憂也痛與憂義相近桑柔句同

佌佌彼有屋蔌蔌方穀【傳】佌佌小也蔌蔌陋也民今之無祿天夭是椓【傳】君夭之在位椓之哿矣富人哀此惸獨【傳】哿可也獨單也【疏】佌佌小爾雅釋訓文佌當作佁說文佁小皃引詩作佁佁玉篇同管子輕重乙篇佌諸矦度百里猶謂小諸矦耳佌亦當作佁佁佁猶瑣瑣也蔌當爲遬說文速籀文作遬故毛詩遬遬三家詩作速速古文速又作警玉篇蔌小言皃疑三家有依警字作訓也釋文方穀云本或作方有穀非也案方穀與上有屋對文方亦有也鵲巢傳方有之也方訓爲有不應方下更增有字今從釋文訂正李注後漢書蔡邕傳引詩作速速方穀云韓詩亦同爾雅釋訓速速惟逑鞫也逑本亦作求釋詁求終也釋言鞫窮也逑鞫猶言終窮小人專祿國道終窮也傳云遬遬陋也箋云穀祿也此小人富而窶陋將貴也窶陋有穀是國道終窮矣傳義與雅訓相因也○釋文云夭災也夭椓二字連文竝有殘害侵削之義召旻傳椓夭椓是也夭以席王者則經言君之夭椓未及顯指在位者之夭椓於下民此經義也傳乃以夭屬君而椓屬在位作

分釋之詞葢詩本兼刺姻黨羣小在位從上下文言富人之有屋穀立訓以補明經義之未備此傳意也正義椓爲詠失之○哿可雨無正同詩述聞云哿與哀相對爲文哀者憂悲哿者歡樂也言樂矣彼有屋之富人悲哉此無祿之惸獨也哿嘉俱以加爲聲而其義相近禮運以嘉魂魄鄭注曰嘉樂也是嘉與樂同義哿之爲言猶嘉耳故昭八年左傳引詩哿矣能言杜注曰哿嘉也毛傳訓哿爲可可亦快意愜心之稱故箋曰富人巳可惸獨將困正義曰可矣富人猶有財貨以供之失傳箋之意矣案惸者惸之俗字傳以單詁獨單古禪字禮記閒傳注單獨也惸亦獨也閔予小子箋嬛嬛然孤特孟子梁惠王篇引詩作煢惸嬛煢同

十月之交八章章八句

十月之交大夫刺幽王也疏正義言韓詩篇次與毛不異

十月之交朔月辛卯日有食之亦孔之醜傳之交日月之交會醜惡也彼月而微此日而微傳月臣道日君道

今此下民亦孔之哀疏周十月夏八月交謂朔也傳云之交日月之交會者昭七年左傳日月之會是謂辰故以配日杜注云一歲日月十二會所會謂之辰是謂日月之會也朔在日月之會今新法測日食者先求食限食限在兩交日中交日正交黃白二道相交之度亦日交行去交近則食遠則否是謂日月之交會也朔月月朔也朔月辛卯辛卯朔也此詩爲周幽王時十月辛卯朔日有食之鄭箋用緯說改爲周厲王時日食儀徵阮元云大衍術日蝕議曰小雅十月之交梁虞劇以術推之在幽王六年開元術定交分四萬三千四百二十九入食限授時術議曰幽王六年十月辛卯朔泛交十四日五千七百九分入食限蓋自來推步家未有不與緯說異者本朝時憲書密合天行爲往古所無今遵後編法推幽王六年十月朔正得入交如謂厲王時事者斷難執以爭矣阮說詳揅經室集○傳訓醜爲惡者謂當受其凶惡也左傳晉侯問於士文伯曰誰將當日食對曰魯衛惡之正爲毛傳所本管子四時篇日食則失德之國惡之亦與傳訓同云月臣道日君道者東方之日傳日出東方人君明盛無不照察也月盛于東方君明于上若日也臣察于下若月

也彼日月同盛以喻君臣有道此日月其微以喻君臣之失道也箋微謂不明也鄁柏舟日居月諸胡迭而微箋日君象也月臣象也微謂虧傷也漢書劉向傳云日月薄蝕而無光

日月告凶不用其行四國無政不用其良彼月而食則維其常此日而食于何不臧

疏 日月告凶承上章日月其微而言劉向傳引詩作鞫凶古鞫告通行道也箋行道度也不用之者謂相干犯也不用其良良善也言不用其善政也箋云不用善人韓詩外傳不用其良臣而不亾者未之有也是箋用韓義後漢書左雄傳上疏言幽厲昏亂不自為政褒豔用權七子黨進賢愚錯緒深谷為陵故其詩云四國無政不用其良亦與箋合○左傳晉侯問於士文伯曰詩所謂彼日而食于何不臧者何也對曰不善政之謂也國無政不用善則自取謫于日月之災故政不可不慎也案彼當作此詩正義及漢書五行志引不誤彼月此日卽承上章彼月而微此日而微以申說也天文志引此詩詩傳曰月食非常也比之日食猶常也日食則不臧矣徐璈以為魯詩傳

爗爗震電不寧不令傳爗爗震電貌震雷也百川沸騰山冢崒崩傳沸出騰乘也山頂曰冢崒者崔嵬高岸爲谷深谷爲陵傳言易位也哀今之人胡憯莫懲疏經言震電故傳云爗爗震電皃震電陰陽薄激而生震者電之聲電者震之光說文爗盛也謂聲光之盛也震爲雷言雷以該電也春秋隱九年大雨震電穀梁傳震雷也電霆也穀梁解電爲霆則電亦雷矣爾雅疾雷謂之霆疾雷卽震電之義郭注云雷之急激者謂霹靂今本爾雅霆下有霓字涉上文霓爲挈貳而誤衍○釆叔傳觱沸泉出皃是沸爲出也沸與浡聲義相近今音甫味反以沸爲濆非也騰讀爲滕假偕字也玉篇滕水上涌也引詩正作滕騰乘閟宫同文選楊雄甘泉賦顏延之侍遊蒜山詩注引韓詩章句亦云騰乘也乘與陵義相近漢書李尋傳水爲準平王道公正脩明則百川理落脈通偏黨失綱則踊溢爲敗今汝潁畎澮皆川水漂踊與雨水竝爲民害此詩所謂爗爗震電不寧不令百川沸騰者也其咎在於皇甫卿士之屬案三家詩沸騰爲踊溢與

毛詩踊出檿陵訓同爾雅釋山山頂冢此傳所本也釋文崒本亦作卒漢書劉向傳及後漢書董卓傳贊注引詩作卒卒卽崒之假借字崒者崔嵬四字各本誤入箋箋云百川沸出相檿陵者由貴小人也山頂崔嵬者崩君道壞也箋正承傳文用三家說以申成毛義楊倞注荀子引毛傳有此四字今據以訂正漸漸之石箋卒者崔嵬鄭正用此傳文則崒古必作卒矣釋山崒者厜㕒此亦傳所本也小雅谷風傳崔嵬山顚也說文厜㕒山顚也字異義同周語幽王二年而周三川皆震伯陽父曰周將亡矣是歲也三川竭岐山崩韋注云三川涇渭洛也案川竭山崩在幽王二年與史記周本紀合非卽此詩百川沸騰山冢卒崩也本紀言見納褒姒在三年其立后尚在三年之後至六年遇日食之變而作此詩劉向傳云天變見於上地變動於下水泉沸騰山谷易處劉子政以此詩上二章爲天變此章爲地變則陰陽不和天地易位之徵皆當在幽王六年中而子政以爲幽厲之際連類相及耳孔仲達亦知沸騰非震而卽以爲非幽王時未知審也漢書翼奉傳臣奉竊學齊詩聞五際之要十月之交篇知日蝕地震之效似齊詩沸騰指地震說○傳文言易位也上荀子注引有高岸爲谷

深谷爲陵八字今各本皆奪足徵鄭氏箋詩於毛傳中皆有經文複句徑後寫者刪之耳昭三十二年左傳史墨曰社稷無常奉君臣無常位自古以然故詩曰高岸爲谷深谷爲陵三后之姓于今爲庶君所知也此葢以谷陵之變徙喻天命之靡常傳云易位正本左傳爲訓荀子君子篇以族論罪以世舉賢雖欲無亂得乎哉其下卽引此詩亂卽易位荀毛義同也箋謂易位者君子居下小人處上左雄說詩合鄭或本三家與毛不同憯當作朁朁曾也懲止也胡朁莫懲言無有止亂也

皇父卿士番維司徒家伯維宰仲允膳夫聚子內史蹶維趣馬楀維師氏豔妻煽方處（傳）豔妻褒姒美色曰豔煽熾也（疏）士事也士掌六卿之事謂之卿士卿士三公中執朝政者幽王時則皇父也宣王之時皇父爲大師與此皇父必是二人鄭語史伯曰夫虢石父讒謟巧從之人也而立以爲卿士與剸同也棄聘后而立內妾好窮固也侏儒戚施寔御在側近頑童也周法不昭而婦言是行用讒慝也不建立卿士而妖試幸措

行暗昧也案史伯說幽王時事與此詩正同疑皇父即號石父或皇父徂向更以號石父代之世遠年湮迄無攷證○鄭語幽王八年鄭桓公友爲司徒詩作於幽王六年爲司徒者是番也漢書古今人表作司徒皮釋文引韓詩作緐如鄉射記皮樹今文緐豎之例番與皮亦聲近史記河渠書河東守番係索隱引詩云番氏也○周禮宰夫下大夫四人鄭司農注宰夫主諸臣萬民之復逆故詩人重之曰家伯維宰案仲師以此宰爲宰夫毛無傳仲師治毛詩當是毛詩古說春秋宰咺服虔注咺天子宰夫此亦宰夫稱宰之證也古今人表大宰家伯鄭箋宰爲冢宰從魯詩說但冢宰是執政之官皇父爲卿士不當復有家伯爲大宰似誤○周禮膳夫上士二人鄭司農以詩說之曰仲允膳夫雲漢傳云膳夫徹膳幽王以仲允爲膳夫也古今人表作膳夫中術○周禮內史中大夫一人掌王八枋之灋凡命諸侯及孤卿大夫則策命之鄭司農說以春秋傳曰王命內史興父策命晉侯爲侯伯策謂以簡策書王命案幽王時棸子爲內史也古今人表作掫子○周禮趣馬下士皁一人徒四人鄭司農說以詩曰蹶維趣馬雲漢傳云趣馬不秣是趣馬主養馬之官也書立政篇有趣馬○周禮師

氏中大夫一人鄭司農注詩云楀維師氏書牧誓亞旅
師氏立政綴衣虎賁顧命師氏虎臣茱氏傳云師氏大
夫官虎臣虎賁氏案牧誓有師氏而無虎賁立政有虎
賁而無師氏蓋周公未定禮前師氏虎賁氏同官也至
成王顧命二氏不同官故有師氏又有虎賁氏與周禮
同雲漢傳云師氏弛其兵楀集韻引詩作搞古今人表
師氏萬顏注萬讀曰搞潛夫論本政篇作踽○豔妻傳
以爲卽正月褒姒褒姒爲幽王后而云妻者天子之妻
曰后也漢書谷永傳云昝褒姒用國宗周以喪閻妻驕
扇日以不臧又云絕驕嫚之端抑褒閻之亂外戚班倢
仔傳亦云哀褒閻之爲郵案漢書多用魯詩褒閻郎渾
括兩篇詩義先褒後閻其次序與毛同閻與豔聲相近
褒姒閻妻爲二人三家詩初無明文正義引中候擿雒
貳剡者配姬以放賢山崩水潰納小人又昌受符厲倡
發期十之世權枉相自康成信緯候謂豔妻爲厲王后
而解者遂沿鄭說矣桓元年文十六年左傳竝有美而
豔之文方言豔美也宋衞晉鄭之閒曰豔美色爲豔竝
與傳訓同說文傓熾盛也引詩作傓本毛詩訓也顏注
谷永傳引魯詩閻妻扇方處扇者
傓之假借今作煽俗字處居也

抑此皇父豈曰不時〔傳〕時是也胡爲我作不卽我謀徹

我牆屋田卒汙萊〔傳〕下則汙高則萊曰予不戕禮則然

矣〔疏〕抑讀爲懿假借字也古抑懿聲近義通抑此皇父與懿厥哲婦句意相同傳訓時爲是豈曰不是豈不是也曰語詞言皇父之自是也釋文引韓詩抑意也箋抑之言噫噫鄭用韓詩○胡爲何以也我我民也作耕作卽就也徹讀爲撤撤牆屋謂撤城邑民居也說文洿窊下也小池爲污古污洿通用故孟子污池一作洿池楚茨序田萊多荒箋茨棘不除也遂人注萊謂休不耕者案休不耕任其草生來歲反耕亦卽草萊之義也卒盡也此謂田盡不治則下者積水而高者薉草矣書湯誓篇我后不恤我衆舍我穡事而割正傳云我后桀也正政也言奪民農功而爲割剝之政文義與此正同也予皇父自予也箋云戕殘也我不殘敗女田業禮下供上役其道當然言文過也王肅改戕爲臧字

皇父孔聖〔傳〕皇父甚自謂聖作都于向擇三有事亶侯

多藏〔傳〕向邑也擇三有事有司國之三卿信維貪淫多藏之人也不憖遺一老俾守我王擇有車馬以居徂向

〔疏〕孔甚也經言甚聖傳云甚自謂聖卽承上章抑此皇父豈曰不時而重言之也○向邑未聞正義據杜注左傳河內軹縣西有地名向上軹縣向上周初蘇子邑未審何時爲皇父邑也王制大國三卿皆命於天子次國三卿二卿命於天子小國二卿皆命於其君鄭注云小國亦三卿此文似誤脫耳案白虎通義封公矦篇引王度記曰子男三卿周禮大宰乃施典于邦國設其參注參謂卿三人此皆列國三卿之證作都向邑則皇父本是列國傳釋三事爲三卿與常武同詩蓋刺貪不刺僭也亶訓信矦訓維維猶是也多藏爲貪淫多藏言皇父所擇立己國之三卿信是貪淫多藏之人也○憖無傳釋文引小爾雅憖願也方言願欲思也說文寧願詞也甯所願也憖寧甯聲轉相通俾使也不憖遺一老俾守我王言皇父不願遺一老使守衛我王也哀十六年左傳哀公誄孔子曰旻天不弔不憖遺一老俾屏余一人以在位句法正同韓詩憖閒也鄭箋憖者心不欲自

強之辭也杜預注憖且也方言憖傷也郭注引詩云亦傷恨之言也諸家訓釋似不若顧義爲長吉日傳差擇也差爲擇則擇亦爲差徂往也墨子明鬼下武王以擇車百兩與此擇字同釋詞云居語助言擇有車馬以往向也蓋皇父當日內附姻黨之族親外擯賢勞之故舊以居高位爲握重權雖張改封邑亦唯知私厚己國而身實仍在王朝

黽勉從事不敢告勞無罪無辜讒口囂囂下民之孽匪降自天噂沓背憎職競由人（傳）噂猶噂噂沓猶沓沓職主也（疏）劉向傳及後漢書傅毅傳注引詩作密勿黽勉密勿一聲之轉版傳云囂囂猶謷謷也釋文引韓詩作謷謷劉向傳作嗸嗸潛夫論賢難篇作敖敖字並通劉向傳云君子獨處守正不橈衆枉勉彊以從王事則反見憎毒讒愬○噂猶噂噂沓猶沓沓此疊字釋單字之例釋文噂說文作僔今說文引詩人部作僔口部作噂僖十五年左傳引詩亦作僔玉篇人部同傳噂古今字說文僔聚也廣雅僔僔衆也聚衆義相近版傳

泄泄猶沓沓也蕩箋其笑語沓沓如湯之沸羹之方孰說文沓語多沓沓也荀子正名篇愚者之言諮諮然而沸楊注諮諮多言也諮俗沓字然則傳沓猶聚語也箋云傳傳沓沓相對談語職訓主由從也由人與自天對文職競由人言不從天降而主從人之競爲惡也

悠悠我里亦孔之痗傳悠悠憂也里病也痗病也四方有羨我獨居憂傳羨餘也民莫不逸我獨不敢休天命不徹我不敢傚我友自逸傳徹道也親屬之臣心不能已疏爾雅悠悠思也思與憂義近爾雅悝憂也㾖病也郭注引詩作悝玉篇引詩作㾖㾖悝同里者古文假俗字傳病字宋本誤作居釋文不誤痗病伯兮同小司徒職以其餘爲羨羨鄭司農注云羨餘也羨與下文逸作對文餘者有餘於財卽上章傳所謂貪淫多藏也我獨居憂言我獨憂也居爲語助我獨何害我獨于罹句法相同○箋云逸逸豫也爾雅釋訓不遹不蹟不徹不道也不遹者卽日月篇之報我不述也毛詩當作遹遹

古述字不蹟者卽沔水篇之念彼不蹟也不徹者卽此篇之天命不徹也不遹不蹟不徹竝見於詩故爾雅統釋之云不道也傳釋徹爲道正本爾雅今爾雅不遹不蹟下衍一也字爲不可通矣天命不道言天之令不循道而行遂有日食震電之變所謂旻天疾威天篤降喪也我不敢傚我友自逸我親屬之臣自我也親屬之臣心不能已故不敢傚友之逸豫所謂敬天之怒無敢戲豫也

雨無正七章二章章十句二章章八句三章章六句

雨無正大夫刺幽王也雨自上下者也衆多如雨而非所以爲政也【疏】此詩爲賢者離居親屬之臣義不得去而作國政多門用是離居也古正政通用

浩浩昊天不駿其德降喪饑饉斬伐四國【傳】駿長也穀

不孰曰饑蔬不孰曰饉旻天疾威弗慮弗圖舍彼有罪既伏其辜若此無罪淪胥以鋪〔傳〕舍除淪率也〔疏〕旻天庰王也駿長爾雅釋詁文清廟同方言亦云駿長也駿同峻長猶常也不長其德猶云不恆其德耳穀不孰曰饑蔬不孰曰饉釋天文襄二十四年穀梁傳五穀不升爲大饑一穀不升謂之嗛二穀不升謂之饑三穀不升謂之饉四穀不升謂之康五穀不升謂之大侵韓詩外傳嗛作鎌康作荒又墨子七患篇一穀不收謂之饉二穀不收謂之旱三穀不收謂之凶四穀不收謂之餽五穀不收謂之饑邵晉涵云餽與匱通案此皆相承古義以穀晐蔬也魯語能殖百穀百蔬韋注云草實曰蔬此穀蔬別言也蔬古作疏○旻天當依定本作昊天此篇三言皆作昊天作旻者因小旻召旻致誤逸周書祭公篇亦云昊天疾威可證昊天疾威猶云疾威上帝也蕩傳云疾病人矣威罪人矣弗慮弗圖弗篓作不顏注漢書敘傳引詩作不弗不同也節南山傳以不字訓弗字舍與羕裹之舍命不渝瞻卬之舍爾介狄不同義舍命舍爾皆捨也此傳讀舍爲除謂舍即除之假借除猶治也淪

率釋言文抑同漢書敘傳嗚呼史遷薰胥以刑晉灼注云齊韓魯詩作薰薰帥也從人得罪相坐之刑也後漢書蔡邕傳下獲勳胥之辜李賢注云詩小雅曰若此無罪勳胥以痛勳帥也胥相也痡病也言此無罪之人而使有罪者相帥而病之是爲大甚見韓詩案薰勳古字通韓詩作薰訓帥毛詩作淪訓率韓詩作痡毛詩作鋪竝字異而義同江漢傳鋪病也釋文引王肅訓鋪爲病義本江漢傳與韓詩合鋪者痡之假借字言有罪者既除伏其辜幷此無罪者亦率相以病也正月云民之無辜幷其臣僕文義與此同

周宗既滅靡所止戾【傳】戾定也正大夫離居莫知我勩【傳】勩勞也三事大夫莫肯夙夜邦君諸侯莫肯朝夕庶曰式臧覆出爲惡【傳】覆反也【疏】周宗當作宗周正月傳箋皆同則鄭所據經本作宗周矣昭十六年左傳引詩作宗周北堂書鈔政術部十六作宗周唐初尚不誤也正義引王肅述毛云其道已滅將無所止定案王說是也既滅者即承上章降喪饑饉斬伐四國而言桑柔民

之未戾傳亦訓戾爲定義同○正長也書般庚下篇今我民用蕩析離居罔有定極文十六年左傳百濮離居將各走其邑竝與詩離居同勩勞釋詁文正大夫離居莫知我勩言長官大夫皆已離羣索居而不知我之賢勞也廣雅勩苦也勞與苦義相近左傳引詩作肄四章曾我暬御憯憯日瘁末章荅爾出居誰從作爾室皆此意也十月之交及常武所云三事諸侯三卿也此云三事天子三公也箋以三事爲三公正義云鄭言三公者以經三事大夫爲三公也王肅以三事爲三公大夫謂其屬案王說非也三事大夫卽上文之正大夫也三事大夫言內也邦君諸侯言外也夙早也早夜夜未盡而早起以從事也夙夜朝夕皆二字連文成義夙夜謂早朝夕謂晚莫肎夙夜莫肎朝夕冡上文離居而言臧善也覆反桑柔同庶曰式臧覆出爲惡蓋以原離居之故實出於王之不聽正言而反以善爲惡也下章辟言不信卽承此意而申言之

如何昊天辟言不信傳辟法也如彼行邁則靡所臻凡百君子各敬爾身胡不相畏不畏于天疏辟法釋詁文版同說文亦

云辟法也彼與辟言對文邁亦行也臻至也至猶善也如彼行邁則靡所臻言如彼道聽途說則無所爲善也小旻云如匪行邁謀是用不得于道文義相同○凡百君子統指三事大夫言胡何也不畏畏也胡不相畏不畏于天言何不各相敬畏畏于天也文十五年左傳引詩釋之云君子之不虐幼賤畏于天也左以不爲語詞

戎成不退飢成不遂曾我暬御憯憯日瘁傳戎兵遂安也暬御侍御也瘁病也**凡百君子莫肯用訊聽言則荅譖言則退**傳以言進退人也疏說文戈部戒兵也从戈申申古文甲字今隸變作戎兵不退者幽王之末用兵不息也遂有成就之義故訓爲安安讀安民之安飢不安者天降饑饉民無所安定也成當讀爲誠我行其野成不以富論語顏淵篇作誠不以富此其證凡全詩句例莫不詞也而民莫不穀民莫不逸莫不爲句中之詞維其詞也而曷維其巳則維其常維其爲句中之詞是用詞也而亂是用長亂是用暴是用爲句中之詞于時詞也而肆于時夏陳常于時夏于時爲句中之詞猶成不詞也而此篇戎成不

退飢成不遂成不爲句中之詞皆其例也箋云兵成而不退飢成而不安成連上讀失之○曾猶則也暬當從唐石經作暬從埶聲楚語居寢有暬御之箴韋注云暬近也後箋云此詩自是暬御之臣所作而序云大夫刺幽王則暬御未必是小臣之稱嵩高王命傳御傳云御治事之官也然則此暬御當是近臣之治事者毛以侍御訓暬御則當爲左右親近之臣故末章傳云遭亂世義不得去其非小臣可知箋泥於暬字之解以爲左右小臣恐非毛旨奐案後漢書蔡邕傳夫世臣門子暬御之族天隆其祜主豐其祿抱膺從容爵位自從此與詩暬御同箋意以對大臣言故爲侍御左右小臣非謂內豎小臣之屬也韓子解老篇苦痛襍於腸胃之閒則傷人也憯憯則退而自咎與詩憯憯同瞻卬邦國殄瘁傳瘁病也北山或盡瘁事國傳盡力勞病以從國事傳皆訓瘁爲病爾雅顇病也釋文或作悴說文悴憂也顇顦顇也疒部無瘁字○訊當作誶箋誶告也墓門歌以誶止傳誶告也今本作訊誤與此同後箋云傳以進釋荅字荅本當作對大雅桑柔聽言則對與此正同蕩流言以對傳云對遂也遂之義爲進易大壯不能退不能遂虞注遂進也此詩傳意蓋謂聽言則對譖言則退者有

時聽淺近之言則進用其人有時受讒譖之言則排退其人季布所謂以一人譽召臣以一人毀去臣及王尊傳云一尊之身三期之間乍賢乍佞皆其類也此二語所以申上文凡百君子莫肯用誶言由其輕信好讒故衆在位者無肯用危亾之事相告語者下章能言不能言亦卽承此章而反復明之惟聽言之不善故拙者病而巧者安也漢書賈山傳言秦退誹謗之人殺直諫之士是以道諛媮合苟容天下已潰而莫之告也其下引詩曰聽言則對譖言則退新序襍事篇齊宣王謂閭邱卬曰子有善言何見寡人之晚也卬對曰夫雞豚讙嗷則奪鐘鼓之音雲霞充咽則奪日月之明讒人在側是以見晚也詩曰聽言則對譖言則退庸得進乎二條皆與傳義相近

哀哉不能言匪舌是出維躬是瘁（傳）哀賢人不得言不得出是舌也哿矣能言巧言如流俾躬處休（傳）哿可也可矣世所謂能言也巧言從俗如水轉流（疏）經言不能言傳云不

得言得能聲轉而義相近以不字代匪字與邶柏舟出其東門常武傳同不得出是舌釋匪舌是出句所謂不能言也哿可正月同云可矣世所謂能言也者八字作一句讀以釋哿矣能言句巧言從俗如水轉流釋巧言如流句所謂能言也不能言屬賢人能言則屬讒巧之人矣昭八年左傳叔向曰君子之言信而有徵故怨遠於其身小人之言僭而無徵故怨咎及之卽引此詩亦以君子之言屬不能言小人之言屬能言順經爲說潛夫論本政篇詩傷巧言如流俾躬處休言佞彌巧者官彌尊也亦與毛傳合俾左傳釋文作卑

維曰于仕孔棘且殆傳于往也云不可使得罪于天子亦云可使怨及朋友疏于往桃夭同何人斯傳云言也使讀官盛任使之使不可使不肎仕也可使肎仕也怨及朋友謂爲朋友所怨憎也朋友指賢者

謂爾遷于王都曰予未有室家傳賢者不肎遷于王都也鼠思泣血無言不疾傳無聲曰泣血無所言而不見

疾也眢爾出居誰從作爾室傳遭亂世義不得去思其友而不肎反者也疏爾爾賢者也遷從也處者欲招賢者共居王都而賢者離居終不來徙蓋王都爲鄉大夫之采邑曰予未有室家者言不得其祿位此代賢者自述其不肎遷從王都之意也正月傳鼠病也思語詞說文無聲出涕者曰泣是無聲爲泣也說苑權謀篇下蔡威公閉門而哭三日三夜泣盡而繼以血是涕多則血出爲泣血也與妻顧琴芝執親喪淚下皆成血血此目驗矣云無所言而不見疾也者釋無言不疾句二句蒙上曰予未有室家而言○出居即離居言自王都出居也自眢賢者出居之後又誰與我共作室家謂無人相助治理也傳云不肎反即不肎遷之意後箋云上篇末章我不敢傚我友自逸傳親屬之臣心不能已此篇末章傳思其友而不肎反可見二篇實一時之事此不肎遷于王都之賢者即上篇之我友亦即此篇之朋友也幽王之時亂形孔亟羣臣離散鄭桓公尚寄孥虢鄶爲逃死之計其不去者必實有義不得去之故此等傳義毛公當有師承斷非望文衍說也

小旻六章三章章八句三章章七句

小旻大夫刺幽王也疏旻天斥幽王小旻猶小明也小明箋云言幽王日小其明損其政事以至於亂

旻天疾威敷于下土傳敷布也謀猶回遹何日斯沮傳回邪遹辟沮壞也謀臧不從不臧覆用我視謀猶亦孔之邛傳邛病也疏疾威二字平列義見上篇箋云旻天之德疾王者以刑罰威恐萬民與列女續篇雋不疑傳釋詩義合此三家說也說文尃布也敷從尃聲敷俗字猶亦謀也常武傳云猶謀也單言謀絫言謀猶下兩言謀猶同三章不我告猶傳猶道也以別上文之謀猶也四章匪大猶是經傳猶道也以別上文之爲猶也傳意可尋者也說文囊裹也裹囊也回邪卽囊裹之假借鼓鍾同傳訓遹爲辟者辟古僻字抑桑柔召旻皆云回遹釋文引韓詩回鴥文選幽通賦注作回穴西征賦注作回泬竝與回遹同回遹邪辟皆合二

字成義箋以回爲回辟而遹用釋詁遹循之訓西征賦注引薛君章句云回邪辟也章句但釋回爲邪辟或鄭本韓詩沮訓壞壞毀也何日斯沮言不日天下毀壞也○爾雅邛勞也病與勞義相近巧言維王之邛箋亦云邛病也

潝潝訿訿亦孔之哀（傳）潝潝然患其上訿訿然不思稱乎上謀之其臧則具是違謀之不臧則具是依我視謀猶伊于胡底（疏）潝潝說文作翕翕爾雅翕翕詩正義釋文皆作潝潝漢書劉向傳作歙歙訿訿說文作呰呰傳不思稱乎上不思各本作思不正義不誤說文呰呰不思稱意也爾雅釋文引字林訿訿不思稱乎上之意皆用毛傳楊倞注荀子脩身篇引毛傳訿訿然不思稱乎上是其證爾雅潝潝訿訿莫供職也雅傳辭異而義同潝潝有强禦之義潝讀爲是謂脅君之脅傳云患其上者言與上爲患也訿訿有病弱之義史記貨殖傳呰窳偷生脊灼注呰病也應劭注漢書地理志呰弱也呰與訿同傳云不思稱乎上者言不思報稱

乎上意也皆謂臣下不供職之事召旻傳訿訿窳不供事也釋文引韓詩云潝潝訿訿不善之皃○底當從唐石經作底祈父篇字不誤祈父傳云底至也至猶善也言我視謀猶于何爲善也伊維也發語詞伊于胡底與則靡所臻文義正相同

我龜既厭不我告猶(傳)猶道也謀夫孔多是用不集(傳)集就也發言盈庭誰敢執其咎(傳)謀人之國國危則亦之古之道也如匪行邁謀是用不得于道(疏)猶訓道不我告道言龜瀆既厭不復告我以吉凶之道也集就大明同集卽就之假借字元鈔本韓詩外傳作是用不就襄八年左傳引詩杜預注亦云集就也集就兹與成同義黍苗箋集猶成也爾雅就成成也左傳云謀之多族民之多違事滋無成卽其義也伐木傳咎過也傳云謀人之國國危則亦之以釋經咎字之義誰敢執者言莫能任是過責也○匪毛無傳左傳注云匪彼也行邁謀謀於路人也不得于道衆無適從崑山顧炎武杜解補正元和惠棟

毛詩古義皆以杜解爲長玉篇廣雅竝云匪彼也王念孫廣雅疏證云小旻三章曰如匪行邁謀是用不得于道四章曰如彼築室于道謀是用不潰于成語意正相同雨無正曰如彼行邁其意畧同則匪卽彼也案王說亦從杜解杜本賈服舊注賈景伯治毛詩故杜注左傳多同毛傳疑此詩毛傳本有匪彼也三字爲全詩匪字與彼字同義者發凡起例杜預注左傳卽本之以爲說匪彼疊韻

哀哉爲猶匪先民是程匪大猶是經維邇言是聽維邇言是爭〔傳〕古曰在昔昔曰先民程法經常猶道邇近也爭爲近言**如彼築室于道謀是用不潰于成**〔傳〕潰遂也

〔疏〕猶謀也匪非也非與不同古曰在昔昔曰先民國語魯語文邢同程訓法連言之曰法程冀州從事郭君碑云先民有呈呈卽古程字經訓常連言之曰經常猶訓道大猶大道也巧言秩秩大猶箋亦云猶道也傳先釋經字後釋猶字逆其辭以爲釋則是經與是程同義而大猶與邇言作對文也不以先民是法不能常守此

大道卽上篇所謂辟言不信也傳訓辟爲法與此訓程爲法文義正同鹽鐵論復古篇引詩釋之云此詩人刺不通於王道而善爲權利者亦與毛傳訓猶爲道合傳訓邇爲近者邇言近言也中庸舜好問而好察邇言鄭注云邇近也邇言難察邇言是聽則不好察之矣傳云爭爲近言以釋維邇言是爭句言上之人維近言之是聽則下之人維相爭爲近言以逢迎王意此亦逆其辭以釋之也上文行邁謀與下文道謀皆所謂近言也○潰者當是遺之假借字遺與遂同義召旻草不潰茂傳同

國雖靡止或聖或否民雖靡膴或哲或謀或肅或艾(傳)靡止言小也人有通聖者有不能者亦有明哲者有聰謀者艾治也有恭肅者有治理者**如彼泉流無淪胥以敗**(疏)止至靡止細小之至也通俗文云不長曰幺細小曰麼靡靡麼古今字古祇作靡傳於靡止之靡訓小以別下靡膴之靡不同義國雖靡止猶云國無小耳說文聖通也連言曰通聖若豈風傳聖叡也楚語則連言

之曰叡聖矣否古祇作不傳以不能詁不不能者言不能通聖也縣傳膴膴美也則此詩膴字當亦訓爲美靡無也民雖無美猶云民之無良耳釋文引韓詩作靡腜云猶無幾何正義云王肅讀爲幠幠大也無大有人言少也王用韓義則靡膴與靡止同也哲亦明也連言曰明哲謀讀爲敏如中庸人道敏政地道敏樹敏或爲謀卽其證謀亦聰也連言曰聰謀艾讀爲乂爾雅乂治也乂古文叚字恭亦肅也連言曰恭肅乂爲治治爲治理言民亦有明於治理者也洪範五行傳長事一曰貌貌之不恭是謂不肅次二事曰言言之不從是謂不乂次三事曰視視之不明是謂不悊次四事曰聽聽之不聰是謂不謀次五事曰思心思心之不容是謂不聖案詩言聖哲謀肅艾卽指洪範五事人有五常之性故皆有此五行之事也傳云明哲聰謀恭肅義卽本洪範唯艾言治理聖言通聖但解義爲異古人引書不必依字解說耳或釋爲有古或有聲通也天保無不爾或承箋或之言有也東漢人訓詁如此若西漢之初則直謂或爲有矣或爲有有亦爲或或有同義此傳爲全詩或字通訓也○雨無正傳淪率也釋詞云無發聲無淪胥以敗淪胥以敗也言周德日衰如泉水之流滔滔不返無論

智愚賢否將相率而底於敗亾也抑曰如彼泉流無淪胥以亾無亦發聲

不敢暴虎不敢馮河人知其一莫知其他傳馮陵也徒涉曰馮河徒搏曰暴虎一非也他不敬小人之危殆也

戰戰兢兢傳戰戰恐也兢兢戒也如臨深淵傳恐墜也

如履薄冰傳恐陷也疏馮陵疊韻說文淜無舟渡河也繫傳引詩作淜毛詩作馮訓陵說文夌越也陵與夌通傳既詁馮爲陵又依經句作訓則今本徒搏曰暴虎句舊當在徒涉曰馮河之上後人誤倒耳爾雅釋訓暴虎徒搏也馮河徒涉也此傳所本也大叔于田傳暴虎空手以搏之空搏卽徒搏李巡注云無舟而渡水曰徒涉論語述而篇子曰暴虎馮河死而無悔者吾不與也是暴虎馮河當時有此形容危殆之語傳釋一爲非釋他爲不敬小人之危殆言人知暴虎馮河爲害之非而無知其不敬小人之危殆亦如暴虎馮河有立至之害也荀子臣道篇仁者必敬人凡人非賢則案不肖也人賢而不敬則是禽獸也人不肖而

不敬則是狎虎也禽獸則亂狎虎則危災及其身矣引詩曰不敢暴虎不敢馮河人知其一莫知其它故仁者必敬人敬人有道賢者則貴而敬之不肖者則畏而敬之賢者則親而敬之不肖者則疏而敬之其敬一也其情二也毛傳正本荀子又昭元年左傳晉樂王鮒曰小旻之卒章善矣吾從之子羽曰樂王鮒字而敬尤可證傳義之用古訓非憑臆說也高注淮南子本經篇云言小人而爲政不可不敬不敬則危猶暴虎馮河之必死人皆知暴虎馮河立至害也故曰知一而不知當畏愼小人危亾也故曰莫知其它是漢人說詩與傳義皆合又呂覽安死篇注喻小人而爲政不可以不敬不敬之則危猶暴虎馮河之必死也人知其一莫知其他一非也人皆知小人之爲非不知不敬小人之危殆此解人知其一句與傳義略異○雲漢傳兢兢恐也此以戰戰爲恐則兢兢爲戒戒愼與恐懼無二義也雲漢兢兢亦作矜矜宣十六年左傳引詩戰戰兢兢本亦作矜矜說文兄部云兢讀若矜墜俗隊字陷從高下也此傳云如臨深淵恐隊也如履薄冰恐陷也小宛傳云如集于木恐隊也如臨于谷恐隕也二傳訓同案此詩本刺幽王用小人而作故章末三句自言王者在上進賢退不肖

當有戒慎恐懼之意左傳晉羊舌職引此詩而釋之云善人在上小宛末章韓詩亦謂大王居人上毛意或然也呂覽慎大篇云賢主愈大愈懼愈彊愈恐其下卽引周書曰若臨深淵若履薄冰以言慎事也文義亦同

小宛六章章六句

小宛大夫刺幽王也

宛彼鳴鳩翰飛戾天傳興也宛小貌鳴鳩鶻鵰翰高戾至也行小人之道責高明之功終不可得我心憂傷念昔先人傳先人文武也明發不寐有懷二人傳明發發夕至明疏傳釋宛爲小兒大玄沈次四菀雛沈視菀雛卽尐雛正與詩訓同考工記函人眡其鑽空欲其惌也鄭司農注惌小孔貌惌讀爲菀彼北林之菀詩考作宛宛彼北林必是菀彼鳴鳩之誤晨風作鬱彼不作宛彼也毛傳訓菀爲小故仲師本之以證惌爲小孔說文宛惌一字也鳴鳩鶻鵰者昭十七年左傳鶻鳩

氏杜注云鶻鳩鶻鵰也爾雅鶌鳩鶻鵃案鶻鵰鵰鵃字異義同傳於氓之鳩爲鶻鳩而此以鳴鳩爲鶻鵰則亦謂一物矣夏小正三月鳴鳩月令鳴鳩拂其羽御覽引蔡邕章句鳴鳩鶻鳩也釋文及氓正義引陸機義疏及高誘呂覽注竝以鳴鳩爲班鳩廣雅鶻鵃鶌鳩也方言作鳻與班同郭璞注爾雅云今江東亦呼爲鶻鵃似山鵲而小短尾青黑色多聲舊說及廣雅云斑鳩非也斑鳩鳩之大者故郭景純不從舊說釋文引字林云鶻鵃小種鳥也義與郭同戾天文選西都賦注引韓詩作厲天薛君章句厲附也韓與毛字異而義同毛傳訓翰爲高戾爲至又以申明興義鳴鳩之小不能高飛至天以喻幽王所行皆小人之道而欲責以高明之功終不可得也高注淮南子時則篇云鳴鳩奮迅其羽直刺上飛入雲中又注呂覽季春紀云是月拂擊其羽直刺上飛數十丈乃復此與詩義合○念昔先人此猶是思古明王之意也傳釋先人爲文武與雲漢傳先祖爲文武同禮記祭義篇言文王之祭卽引詩云明發不寐有懷二人是古說此詩者指文王言文武者文武道同也明發卽發明發明猶發夕此云明發發夕至明載驅傳發夕自夕發至旦載驅正義發夕謂夕時發行明發謂此至

明之開發文義相同也懷思也二人謂父母也案此首章與四章合潛夫論讚學篇詩云題彼鶺鴒載飛載鳴我日斯邁而月斯征夙興夜寐無忝爾所生是以君子終日乾乾進德脩業者非直爲博已而已也蓋乃思述祖考之令問而以顯父母也觀此可以知兩章之詩恉矣

人之齊聖飲酒溫克傳齊正克勝也**彼昏不知壹醉日富**傳醉日而富矣**各敬爾儀天命不又**傳又復也疏爾雅齊中也正與中義相近猗嗟之選車攻之同桑柔之黎閟宮之翦傳皆詁爲齊齊皆正也齊爲正則聖爲通小旻傳人有通聖者是也文二年左傳子雖齊聖又十八年傳齊聖廣淵與詩齊聖同溫猶溫溫也爾雅勝克也克勝互訓勝讀論語不使勝食氣之勝玄鳥傳勝任也○壹專壹也壹醉日三字連讀傳云醉日而富者醉日日醉也而富自富也此猶而角自用之意瞻卬傳富福也此富字亦當作福字解言自以日醉爲福也經文壹醉日三字冡上文飲酒溫克而言富字卽生下文天命不又也儀威儀也傳訓又爲復執競傳反復也反從又

反謂之復又謂之復其理一也不又猶不再也左傳云天祿不再

中原有菽庶民采之（傳）中原原中也菽藿也力采者則得之螟蛉有子蜾蠃負之（傳）螟蛉桑蟲也蜾蠃蒲盧也負持也教誨爾子式穀似之（疏）中原原中謂原田之中爾雅可食者曰原是也菽豆之大名傳以藿詁菽者菽亦得稱藿也七月亨菽釋文菽藿也采叔箋菽大豆也采之者采其葉以爲藿易林漸云旦種菽豆暮成藿羹皆是菽藿通稱之證說文尗豆也藿尗之少也尗菽藿藿爲古今字白駒傳藿猶苗也是藿爲菽之嫩苗者耳箋云藿生原中非有主也以喻王位無常家也勤於德者則得之此箋中傳力采者則得之之義○螟蛉桑蟲爾雅釋蟲文郭注云俗謂之桑蟃亦曰戒女玉篇蟃螟蛉蟲也正義引義疏云螟蛉桑上小青蟲也似步屈其色青而細小或在草萊上又釋蟲蝎桑蠹蝎蛣蝠蝤蠐蝎案桑蠹卽桑蟲一名蝎一名蛣蝠一名蝤蠐蛣蝠卽步屈蝤蠐與螟蛉一語之轉自是一物也東山傳蜀桑中蟲釋蟲謂之烏蜀郭

注云大蟲如指似蠶蓋蜀之為獨也獨有大義故桑蟲之大者曰蜀亦螟蛉之類也蛉說文作蠕蜾蠃蒲盧亦釋蟲文郭注云即細腰蠭也俗呼為蠮螉說文𧕿蠃蒲盧細要土蠭也天地之性細要純雄無子引詩螟蠕有子𧕿蠃負之𧕿或作蜾純雄無子此即莊子細要者化之說也大玄親次三螟蛉不屬蜾蠃取之法言學行篇螟蠕之子殪而逢蜾蠃祝之曰類我類我久則肖之矣淮南子說山篇貞蟲之動以毒螫高注云貞蟲細要蜂蜾蠃之屬無牝牡之合曰貞箋蒲盧取桑蟲之子負持而去煦嫗養之以成其子中庸注蒲盧蜾蠃謂土蜂也蒲盧取桑蟲之子去而變化之以成為已子也義疏云蜾蠃土蜂也似蜂而小腰取桑蟲負之於木空中七日而化為其子司馬彪注莊子亦云取青蟲子祝使似之也說並同然則螟蛉為桑蟲蜾蠃為蒲盧蒲盧即土蜂土蜂取桑蟲子變成已子故以蜾蠃為純雄無雌解詩者從古無異說唯梁陶宏景本草注謂細腰土蜂作房自生子捕草上青蜘蛛為子糧又有入蘆竹管中亦取草上青蟲因以前人說詩言細腰無雌教祝青蟲變成已子為謬於是唐宋以降都從陶而與舊說不同矣傳訓負為持褓負負戴皆持也持猶攜持也箋云喻有萬

民不能治則能治者將得之○箋讀似如字詩異義云傳於似字皆訓爲嗣則此或不得同之於鄭稽古編引詩詁以似爲似續之似言王不能治民則將爲能治者繼而有之陳氏又謂此章以上四句與此二句文義各相承采爲采菽負爲負螟蛉則似之亦當爲似爾子謂嗣有女之萬民其言良是

題彼脊令載飛載鳴【傳】題視也脊令不能自舍君子有取節爾**我日斯邁而月斯征夙興夜寐毋忝爾所生**【傳】忝辱也【疏】六書故十題下引傳題眡也眡古視字玉篇即顧視也題題諟竝從是聲義同常棣傳脊令雝渠也飛則鳴行則搖不能自舍爾箋云則飛則鳴求其類天性也案則飛則鳴即此詩之載飛載鳴詩言飛鳴而彼傳更言行搖以補經義之未備皆其不能自舍之意君子視脊令以動其勤脩之念故云君子有取節爾漢書東方朔傳此士所以日夜孳孳敏行而不敢怠也辟若鶺鴒飛且鳴矣顏注云小青雀也飛則鳴行則搖言其勤苦也義與傳同○我君子自我也邁征皆行也日邁

月征猶云日就月將耳毋唐石經作無忝辱釋言文大
戴禮曾子立孝篇引詩云夙興夜寐無忝爾所生言不
自舍也不恥其親君子之孝也傳以脊令之不
自舍以興君子之不自舍正本大戴禮爲說
交交桑扈率場啄粟傳交交小貌桑扈竊脂也言上爲
亂政而求下之治終不可得也哀我填寡宜岸宜獄傳
填盡岸訟也握粟出卜自何能穀疏交交小皃秦黃鳥同傳訓交交爲小
即首章訓宛爲小之義皆以喻行小人之道也桑扈竊
脂釋鳥文爾雅作鳸說文雇籀文作鳸今字通俗作扈
正義引義疏云桑扈青雀也好竊人脯肉脂及筩中膏
故曰竊脂賈逵注左傳桑扈竊脂爲蠶驅雀者也蔡邕
獨斷桑扈氏農正趣民養蠶說文亦云九雇農桑候鳥
以趣亟蠶事謂之桑扈以竊肉食謂之竊脂以其色
青又謂之青雀則桑扈與秋鳸竊藍其色相似而獨司
蠶桑之候亦與春鳸同時桑扈篇交交桑扈有鶯其領
傳鶯然有文章以其色言之也此傳用爾雅桑扈竊脂
之文者以其性言之也淮南子說林篇鳥不食脂桑扈

不豕粟非云廉也案桑扈食肉不豕粟是其天性今循場豕粟顛倒其性以喻上之人爲政而亂也傳云上爲亂政以釋經桑扈豕粟云求下之治終不可得兼揆下文塡寡岸獄而言易林同人云桑扈竊脂豕粟不宜亂政無常使心孔明焦說正與傳義合也箋謂竊脂無肉而豕粟不能自活尙不足以申成傳意○塡讀爲殄瞻卬傳殄盡也古塡殄聲通釋文引韓詩作疹云疹苦也疹卽殄字盡寡者盡謂窮盡寡謂寡特也岸爲犴之假借釋文引韓詩作宜犴宜獄云鄉亭之繫曰犴朝廷曰獄毛韓字異義同荀子宥坐篇注漢書刑法志注後漢書皇后紀注鹽鐵論刑德篇初學記政理部及說文引詩皆作犴周禮射人注作豻豻與犴同字悉本於韓詩也○握粟無傳惠棟詩古義云古者卜筮先用精鑿之米以享神謂之糈東山經曰糈用稌米淮南說山曰巫用糈藉郭璞高誘皆云祀神之米楚辭曰巫咸將夕降兮懷椒糈而要之王逸云言巫咸將下願懷椒糈要之使筮者占茲吉凶之事是也故日者列傳云卜而有不審不見奪糈詩言貧者不得精鑿之米貞于陽卜而但持卷握之粟求兆于豬肩羊膊雖得吉卜安能爲善乎管子云守龜不兆握粟而筮者屢中言無與於吉凶也

溫溫恭人⟨傳⟩溫溫和柔貌如集于木⟨傳⟩恐墜也惴惴小心如臨于谷⟨傳⟩恐隕也戰戰兢兢如履薄冰⟨疏⟩爾雅溫溫柔也郭注云和柔抑溫溫恭人傳溫溫寬柔也各隨文立訓隧當作隊隊落也秦黃鳥傳云惴惴懼也隕亦隊也案此詩刺幽王以小智而登高位故末章陳古明王居上位而不敢怠忽於政事者恭人以言明王也韓詩外傳孔子曰明王有三懼一曰處尊位而恐不聞其過二曰得志而恐驕三曰聞天下之至道而恐不能行三懼者明君之務也詩曰溫溫恭人如集于木惴惴小心如臨于谷戰戰兢兢如履薄冰此言大王居人上也韓詩說與毛詩首章興義首尾相應與小旻章末文義亦同

小弁八章章八句

小弁刺幽王也大子之傅作焉⟨疏⟩大子大子宜咎也宜咎被幽王之放其傅乃述其念父而作詩此毛詩說也趙岐孟子注以小弁爲伯奇之詩或本三家義與毛詩說異與孟子親之過

大而怨之說亦異事繫天下之存亾故日大也

弁彼鸒斯歸飛提提傳興也弁樂也鸒卑居卑居雅烏也提提羣飛貌**民莫不穀我獨于罹**傳幽王取申女生大子宜咎又說褒姒生子伯服立以爲后而放宜咎將殺之**何辜于天我罪伊何**傳舜之怨慕日號泣于旻天于父母**心之憂矣云如之何**疏說文昪喜樂也段注云弁者昪之假借鸒卑居

爾雅釋鳥文正義釋文鸒下有斯而以斯爲語詞定本無斯今俗本爾雅作鵯鶋鸒下亦有斯案無斯字是也詩正義所引爾雅無斯爾雅釋文及周禮羅氏疏御覽皇親部十二引毛詩傳皆無斯可證法言學行篇頻頻之黨甚於鸒斯此用詩辭以足句耳傳既用爾雅鸒一名卑居而又云卑居雅烏也者此以今名通古名之例說文鵯卑居也鵯與鸒同又云雅楚烏也一名鸒一名卑居秦謂之雅郭璞注云雅烏小而多羣腹下白江東

亦呼爲卑鳥酈注水經灅水引犍爲舍人以爲壁居馬融說又以爲賈鳥小爾雅云小而腹下白不反哺者謂之雅鳥提者㩳之假借鄭司農注翟氏翟讀爲翅翼之翅翅卽㩳也翟讀爲翅與提讀爲㩳同廣韻五支㩳㩳飛皃又提下云羣飛皃正義據定本集注傳文羣下無飛字釋文本有飛字案有飛字是也御覽引傳有飛字可證箋云羣飛而歸提提然經言歸飛故提提爲羣飛皃與振鷺有駜傳振振羣飛皃句正同雅鳥羣集而飛歸則提提然而樂以興大子旣被放逐失父子之親是雅鳥之不如也○大車傳穀生也此穀字亦當作生義解我我大子也罹憂也言人莫不有生聚相樂我大子獨處於憂謂將有放殺之事鄭語史伯告桓公曰王欲殺大子以成伯服必求之申申人弗畀必伐之若伐申而繒與西戎會以伐周周不守矣幽王八年而桓公爲司徒九年而王室始騷十一年而斃然則大子宜咎奔放在申幽王將有放殺其事在九年之中而去西周之亾甚急促也此傳據以釋經罹字之義亦總釋全章之恉以明小弁之詩乃宜咎被放而作管子君臣上篇云婦人嬖寵假於男之知以援外權於是乎外夫人而危大子兵亂內作以召外寇此危君之徵也○孟子萬章

篇萬章問曰舜往于田號泣于旻天何爲其號泣也孟子曰怨慕也長息問于公明高曰舜往于田則吾既得聞命矣號泣于旻天于父母則吾不知也公明高曰是非爾所知也夫公明高以孝子之心爲不若是恝我竭力耕田共爲子職而已矣父母之不我愛於我何哉趙注云言舜自怨遭父母見惡之戹而思慕也案號泣于旻天于父母列女傳母儀篇作號泣日呼旻天呼父母則兩于字當作呼字解於我何哉者猶詩云我罪伊何也毛傳援引孟子爲訓正義云引此者言大舜尚怨故大子亦可然也心之憂矣云如之何言如之何順於父母可以解憂也此亦大子之傳述大子怨慕之詞正義謂其傳言我心爲之憂則誤矣

踧踧周道鞫爲茂草（傳）踧踧平易也周道周室之通道鞫窮也我心憂傷惄焉如擣（傳）惄思也擣心疾也假寐永歎維憂用老心之憂矣疢如疾首（疏）爾雅儵儵嘒嘒罹禍毒也郭注云悼王道穢塞嘒嘒卽嘒蜩嘒嘒儵儵卽踧踧周道之異文釋文引樊光本爾雅作攸攸攸音條竝與踧踧古

聲同爾雅總括經義傳乃兼通古訓釋踧踧爲平易說文踧行平易也引詩本傳訓傳云周道周室之通道者周室謂鎬京也鞫窮邶谷風齊南山同窮猶塞也周室通達之大道其平易踧踧然今爲茂草所塞墓門傳所謂幽閒希行用生此棘薪也楚辭東方朔七諫何周道之平易兮然蕪穢而險戲亦此意也茂草生行道窮也讒人進家道窮也故見者爲之憂傷○惄思釋詁文汝墳箋惄思也愵猶然也如與而通擣者疛之假借字釋文引韓詩作疛云義同是韓訓心疾與毛同也高注呂覽盡數篇云疛跳動又注審時篇云胕動病心胕讀如疛案疛訓心疾乃跳動病心之疾襄三年左傳楚子重遇心疾而卒又昭元年傳六疾明淫心疾並與傳訓同箋云不脫冠衣而寐曰假寐說文云疢熱病也呂覽注云疾首頭痛疾也漢書中山靖王傳宗室擯卻骨肉冰釋斯伯奇所以流離比干所以横分也其下卽引此詩以言子臣不得於其君父者非謂此詩爲伯奇而作

維桑與梓必恭敬止（傳）父之所樹已尚不敢不恭敬靡瞻匪父靡依匪母不屬于毛不罹于裏（傳）毛在外陽以

言父裏在內陰以言母。天之生我，我辰安在。傳辰時也。

疏桑梓以喻國家，傳意以桑梓爲父之所樹，己尚恭敬，以明幽王之周室爲文武之周室，大子尤必憂護之。今遭放去，不能安其宗，是謂隳其本，所以怨也。○屬猶附也。罹當依唐石經作離。凡別離與附離字皆作離，不作罹。不屬于毛承靡瞻匪父句，不離于裏承靡依匪母句。靡，無也。匪，非也。非父則無所瞻視，非母則無所依據。父者屬于毛，非父則不得附屬矣；母者離于裏，非母則不能附離矣。言不得憂於其父母也。父母以言毛裏，傳必云毛在外爲陽，裏在內爲陰者，亦以明男正位外，女正位內之義，而念今之不然也。辰訓時。我辰安在，言我何適在今時也。葛覃傳：寧，安也。寧安同義，故二字竝與何同義。

菀彼柳斯，鳴蜩嘒嘒。有漼者淵，萑葦淠淠。傳蜩，蟬也。嘒嘒，聲也。漼，深貌。淠淠，衆也。譬彼舟流，不知所屆。心之憂矣，不遑假寐。疏菀柳傳：菀，茂木皃。蜩蟬，蕩同。方言：蟬，楚謂之蜩是也。其大者曰唐蜩，其小者也傳云嘒嘒聲也疑聲上奪小字文選秋興賦注引詩傳嘒嘒小聲也說文嘒小聲或作嚖廣雅嘒嘒鳴也疑嘒即嚖字傳云漼深皃皃當作也說文漼深也漼當作萑淠讀爲朮說文朮艸木盛朮朮然也淠淠即朮朮之假借箋云栁木茂盛則多蟬淵深而旁生萑葦言大者之無不容說苑雜言篇引此詩而釋之云言大者之旁無所不容又韓詩外傳云言大者無不容也此鄭所本三家毛意或然也楚辭王襃九懷林不容兮鳴嘒王注云國不養民賢宜退也爾雅嘒嘒罹禍毒也郭注云羨蟬鳴自得傷己失所遭讒賊訓雖異而意義實通○節南山傳屆極也舟流喻大子放逐二子乘舟傳云國人傷其涉危遂往如乘舟而無所薄汎汎然迅疾而不礙也礙猶止也文義與此同

鹿斯之奔維足伎伎雉之朝雊尚求其雌（傳）伎伎舒貌謂鹿之奔走其足伎伎然舒也**譬彼壞木疾用無枝**（傳）壞瘣也謂傷病也**心之憂矣寧莫之知**（疏）傳釋伎伎舒皃又云鹿之

奔走其足伎伎然舒也者舒舒遲也箋云鹿之奔走其勢宜疾而足伎伎然舒留其羣也此箋申傳也說文伎與也廣韻伎侶也與侶卽留羣之義鹿足伎伎此卽鹿鳴傳鹿得苹呦呦然鳴而相呼之意也說文雊雄雉鳴也雉雊求雌此卽伐木篇嚶其鳴矣求其友聲之意也以念今大子鹿雉之不如○壞瘣二字疑經傳互譌經當作瘣傳以壞詁瘣爾雅樊本及說文玉篇疒部引詩皆作瘣爾雅瘣木符婁郭注云謂木病尪傴癭腫無枝條符婁說文作痀瘻傳云謂傷病也者釋經疾用無枝句傷病卽痀瘻之意中論藝紀篇木無枝葉則不能豐其根榦故謂之瘣案此正與詩義合以喻大子放逐無輔翼如木之傷病無枝葉也僖九年左傳秦伯謂郤芮曰公子誰恃對曰臣聞亾人無黨卽此義也故下文云心之憂矣寧莫之知

相彼投兔尙或先之行有死人尙或墐之（傳）墐路冢也

君子秉心維其忍之心之憂矣涕既隕之（傳）隕隊也（疏）墐當爲殣形之誤也說文殣道中死人人所覆也引詩作殣楚語道殣相望韋注云道冢曰殣引詩亦作殣案

道冢即路冢古人族葬路冢則不入塋域者也周禮蜡氏若有死於道路者則令埋而置楬焉此周制也列女傳節義篇夫慈故能愛乳狗搏虎伏雞搏狸恩出於中心也即引此詩○君子庳幽王也隕隊七月縣同隊猶墜也禮記云墜涕洟

君子信讒如或醻之君子不惠不舒究之伐木掎矣析薪扡矣傳伐木者掎其巔析薪者隨其理舍彼有罪予之佗矣傳佗加也疏醻猶荅也惠順也舒緩也究窮也不舒究之言不寬緩而窮治之也○七月傳角而束之曰掎賈逵國語注從後牽曰掎說文掎偏引也掎有三訓而義實相通此傳以掎木之顛釋經掎字蓋凡伐木者必先以繩索繫其顛木而角束之而偏引之而從後牽之今人斬伐大木者猶如是也顛俗作巔扡唐石經作杝玉篇引詩作杝五經文字木部杝又音榹見詩小雅則張參所據本亦作杝也杝音榹則與斯字同義墓門傳斯析也說文杝落也此傳以隨薪木之理釋經杝字與析落兩訓其義實相因也箋

云掎其顛者不欲妄踣之杝謂觀其理也必隨其理者
不欲妄挫析之以言今王之遇大子不如伐木析薪也
依正義挫字衍○佗加疊韻俗字作駝說文佗負何也
負何與加義相近予我也言今君子舍彼有罪之人而
惟加其罪於我也佗罪猶負罪書曰負罪引
慝箋云舍褎姒讒言之罪而妄加我大子

莫高匪山莫浚匪泉〔傳〕浚深也君子無易由言耳屬于垣無逝我梁無發我笱我躬不閱遑恤我後〔傳〕念父孝也高子曰小弁小人之詩也孟子曰何以言之曰怨乎孟子曰固哉夫高叟之爲詩也有越人於此關弓而射我我則談笑而道之無他疏之也兄弟關弓而射我我則埀涕泣而道之無他戚之也然則小弁之怨親親也親親仁也固矣夫高叟之爲詩曰凱風何以不怨曰凱

風親之過小者也小弁親之過大者也親之過大而不
怨是愈疏也親之過小而怨是不可磯也愈疏不孝也
不可磯亦不孝也孔子曰舜其至孝矣五十而慕〔疏〕浚讀
與濬同長發傳濬深也書皋陶謨濬畎澮距川史記作
浚易恆初六浚恆鄭本作濬此浚濬聲通之證莫高匪
山莫浚匪泉與莫赤匪狐莫黑匪烏句法相同而與義
不問後漢書黃瓊傳稱曾子大孝慈母投杼伯奇至賢
終於流放夫讒諛所舉無高而不可升相抑無深而不
可淪可不察與此必本三家詩義〇箋由用也抑無易
由言無曰苟矣箋由於也爾雅繇於也繇與由通用於
義同韓詩外傳孔子正假馬之言而君臣之義定矣詩
曰君子無易由言名正也此詩乃深戒幽王當慎用其
言不得易出諸口將有讒人屬耳於垣壁以窺伺之也
言謂卽廢適立庶之言箋以爲用讒言恐非傳義無勿
也逝之也之我梁發我笱以喻褒姒讒佞將顚覆周室
大子代父爲憂猶冀其或改也故云無逝我梁無發我
笱邶谷風傳閱容也遑當作皇暇也以言不暇也恤憂

也後後日也我躬不閱皇恤我後言我身不能容說於父何暇憂我之後日乎案此皆念父之詞故傳云念父孝也念即慕也傳又引孟子爲高子論小弁之詩親之過大而怨是以爲孝直擬諸大舜怨慕當是積古解詩之義如此以總釋全章也

巧言六章章八句

巧言刺幽王也大夫傷於讒故作是詩也（疏）五章有巧言二字因以名篇

悠悠昊天曰父母且無罪無辜亂如此幠（傳）幠大也昊天已威予慎無罪昊天泰幠予慎無辜（傳）威畏慎誠也

（疏）悠悠憂也且語助尊之如昊天親之曰父母皆斥幽王王幽王好信讒而賢者被罪國政亦因之以致亂也幠大爾雅釋詁文亂如此幠言亂如此大也○已甚也威訓畏畏謂畏亂也列女傳續篇引詩釋之云言王爲

威虐之政則無罪而遘咎也三家詩讀威如字予我大大自我也慎誠白駒同慎之爲誠與展之爲誠亶之爲誠苟之爲誠竝同予慎無罪言我誠然無罪也予慎無辜言我誠然無辜也誠作虐義解不作實義解泰釋文作大音泰新序節士下篇引詩作大昊天大幠承昊天已威句言王亂可畏甚大大也

亂之初生僭始旣涵傳僭數涵容也**亂之又生君子信讒君子如怒亂庶遄沮**傳遄疾沮止也**君子如祉亂庶遄已**傳祉福也疏僭當爲譖釋文音側蔭反是也衆經音義卷五引詩作譖數者數與婁同義謂數進讒言也旣爲終始旣卽始始終也涵與含通說文涵水澤多也卽引此詩是涵有容訓矣論語云浸潤之譖膚受之愬與詩義正同王肅云言亂之初生讒人數緣事始自入盡得容其讒言有漸也僭始旣涵句就讒之者說下文乃言君子之信讒也涵釋文引韓詩作減云減少也與毛義異箋云君子斥在位者也〇遄疾泉水烝民同沮止雲漢同孟子梁惠王篇嬖人有臧倉者沮君君是以不果來也曰行或使之止或尼之行止

非人所能也是沮爲止也祉福六月同魯語慶其喜而弔其憂韋注云喜猶福也是福亦喜也遄已猶遄沮也宣十七年左傳范武子曰吾聞之喜怒以類者鮮易者實多詩曰君子如怒亂庶遄沮君子如祉亂庶遄已君子之喜怒以已亂也左傳喜詁祉與毛傳福詁祉義同箋云君子見讒人如怒責之則此亂庶幾可疾止也福者福賢者謂爵祿之也如此則亂亦庶幾可疾止也此鄭申毛也

君子屢盟亂是用長（傳）凡國有疑會同則用盟而相要也**君子信盜亂是用暴**（傳）盜逃也**盜言孔甘亂是用餤**（傳）餤進也**匪其止共維王之邛**（疏）正義引定本及集注本皆云用盟而不相要所據傳文有不字案無不字是也周禮司盟掌盟載之灋凡邦國有疑會同則掌其盟約之載盟要即盟約要之爲言成也故左傳要言亦曰成言矣傳引周禮文以釋經之盟字耳屢當作婁婁數也數盟則亂長用猶以也桓十二年左傳公欲平宋鄭秋公及宋公盟于句瀆之丘宋成未可知也故又會于虛冬又會于龜宋公

辭平故與鄭伯盟于武父遂帥師而伐宋戰焉宋無信也君子曰苟信不繼盟無益也又襄二十九年傳鄭大夫盟於伯有氏裨諶曰是盟也其與幾何竝引此詩○傳詁盜爲逃謂盜卽逃之假借字荀子榮辱篇云陶誕突盜惕悍憍暴以偷生又云汙漫突盜常危之術也王覇篇云汙漫突盜以先之案突盜卽王制篇之遁逃此盜逃通用之證莊十七年穀梁傳云逃義曰逃餤進爾雅釋詁文說文無餤字炎部舕炎光也从炎舌聲徐鉉云當从甛省聲段注改從西聲是也谷部西舌皃讀若三年導服之導一曰讀若沾疑餤卽舕之異體舕從西聲西讀若沾則舕亦讀如沾沾今之添字炎光之升曰舕與亂氣之進曰舕其理同也舕舕形近西舌炎因誤作舌旁炎舕亦作餤餤餤聲近舌旁炎又誤作倉旁炎耳古字作舕舕與甘韻釋文餤音談音鹽皆誤○匪不也維爲也止共猶言共止倒句協韻耳小旻傳云邛病也韓詩外傳引詩釋之云言不共其職事而病其主也箋小人好爲讒佞旣不共其職事又爲王作病鄭用韓以申毛也說苑政理篇此傷姦臣蔽主以爲亂者也亦與韓詩同

奕奕寢廟君子作之秩秩大猷聖人莫之〔傳〕奕奕大貌秩秩進知也莫謀也他人有心予忖度之躍躍毚兔遇犬獲之〔傳〕毚兔狡兔也〔疏〕韓奕傳奕奕大也御覽地部五引彼傳也作皃與此傳同疑皃皆也字之誤秩秩進知者謂進乎知也小戎傳云秩秩有知也說文載大也讀若詩載載大猷此本三家詩猷道也莫讀爲謨此假借字漢書敘傳注後漢書文苑傳穀傳注引詩作謨抑傳云謨謀也○箋以他人指讒人釋文忖本又作寸寸古刌字說文刌切也刌度言案切測度也躍躍初學記獸部及文選西京賦注引詩作趯趯草蟲傳云趯趯躍也史記春申君列傳詩云趯趯毚兔遇犬獲之集解引韓嬰章句趯趯往來皃獲得也言趯趯之毚兔謂狡兔數往來逃匿其跡有時遇犬得之王肅云言其雖騰躍逃隱其迹或適與犬遇而見獲此王用韓以述毛也廣雅毚獪也狡獪義相近毚兔狡兔喻讒人

荏染柔木君子樹之〔傳〕荏染柔意也柔木椅桐梓漆也

往來行言，心焉數之。蛇蛇碩言，出自口矣。傳蛇蛇淺意也。巧言如簧，顏之厚矣。疏說文集集弱皃姌弱長皃廣雅集集姌姌弱也荏染卽集姌柔弱同義傳因詩言柔木故云柔意也定之方中椅桐梓漆爰伐琴瑟謂此四木中琴瑟材榛栗因言樹而連及之耳傳訓柔木椅桐梓漆不數榛栗者以此也抑荏染柔木言緡之絲傳緡被也謂被之於琴瑟也義自互明行道也往來行言心焉數之言往來在道路之言當心悉數之如君子之樹木也箋以行言與下碩言作對文碩言爲不顧行之大言行讀爲德行之行行言爲善言箋云此言君子樹善木如人心思數善言而出之善言者往亦可行來亦可行於彼亦可於己亦可是之謂行也未審傳意然不也○孟子告子篇訑訑之聲音顏色趙注訑訑自足其智不嗜善言之貌蛇與訑聲同而義近版傳泄泄猶沓沓也說文引詩作呭又作詍多言也蛇與泄呭詍又竝聲轉而義通傳云淺意也者淺讀與諓同文十二年公羊傳引書惟諓諓善竫言何注云諓諓淺薄之貌越語又安知是諓諓者乎韋注云諓諓巧辯之言公羊釋文引賈注國語云諓諓巧言也楚辭九歎讒人諓諓孰可愬兮王注云諓諓讒言貌引書諓諓竫言潛夫論救邊篇云淺淺善竫俾君子怠鹽鐵論論誹篇云淺淺面從以成人之過並與傳訓合解者多以淺近申傳失其義矣如簧如笙之鼓簧也

彼何人斯居河之麋(傳)水草交謂之麋**無拳無勇職爲亂階**(傳)拳力也**既微且尰爾勇伊何**(傳)骭瘍爲微腫足爲尰**爲猶將多爾居徒幾何**(疏)箋云何人者斥讒人也賤而惡之故曰何人爾雅釋水水草交爲湄傳所本也郭注及李注文選任昉奏彈引詩皆作湄湄本字麋假借字僖二十八年左傳余賜女孟諸之麋杜注云孟諸宋藪澤水草之交曰麋太平寰宇記云虞城孟諸澤俗呼爲湄臺此古麋湄通用之證蒹葭在水之湄傳湄水隒也水隒猶水邊水邊即水草之交○齊語於子之鄉有拳勇股肱之力秀出於衆者管子小匡亦作拳勇說文手部引國語作捲勇文選左思吳都賦覽將帥之權勇李善注權與拳同段注說文云吳都賦當作攉勇攉者捲之異體案拳捲攉三字同傳詁拳爲力者義出國語也拳亦勇也韋注云

大勇曰拳拳勇本才力之美稱所謂好勇而不亂者也職主也文二年左傳引周詩曰勇則害上不登于明堂況無勇而主亂乎惡之也襄十五年傳孫文子如戚孫蒯入使公飲之酒使大師歌巧言之卒章杜注云公欲以喻文子居河上而爲亂是其義也○骭瘍爲微爾雅釋訓文郭注云骭腳脛瘍創也說文云骭骹也骹脛也高注淮南子俶眞篇云骭自厀以下脛以上也然則厀下脛上生瘍是爲微微音黴說文瘣病也一曰腫旁出也胡罪切古微瘣同部微卽瘣之假借字爾雅釋文引字書作癓爲俗字腫足爲尰亦釋訓文腫足當作足腫足腫謂之尰猶骭瘍謂之微腫瘍互詞玉篇瘇足腫也尰足尰也亦作瘇說文瘇脛氣足腫詩曰旣微且瘇籀文作尰案字當從重得聲古亦作重成八年左傳郇瑕氏土薄水淺其惡易覯易覯則民愁民愁則墊隘於是乎有沈溺重膇之疾杜注云沈溺溼疾重膇足腫重卽尰之假借字伊何猶維何也言爾旣居生溼之地得微尰之疾雖欲自恃其拳勇又何爲也猶謀也將多猶孔多雨無正云謀夫孔多是也旣微且尰爾勇伊何承無拳無勇句爲猶將多承職爲亂階句居讀爲其語助詞徒猶直也定之方中傳以直訓徒此以徒爲直爾居徒幾

何猶言爾直幾何也

何人斯八章章六句

何人斯蘇公刺暴公也暴公爲卿士而譖蘇公焉故蘇公作是詩以絕之疏漢書地理志河內郡溫故國已姓蘇忿生所封也今河南懷慶府溫縣是其地正義引世本暴辛公作塤蘇成公作箎譙周以爲謬不足信然應劭注漢書律曆志亦引世本暴辛公作塤又高誘注淮南子精神篇訟閒田者虞芮及暴桓公蘇信公是周有暴國矣箋暴蘇皆畿內國名解者遂據春秋時暴一名暴隧鄭地卽周之暴國未詳確實也戰國有韓將暴鳶一說周禮暴字皆作虣薄報反暴公之暴疑亦作虣說文無虣字虎部虢虎所攫畫明文也古音古博反與虣同部虣卽虢之異體故說文錄虢不錄虣其虢國正字當作郭虢爲假借字周幽王時虢石父爲卿士

彼何人斯其心孔艱胡逝我梁不入我門伊誰云從維

暴之云傳云言也疏云從之云爲語助與之云之云不同義伊維也維其也伊誰云從其誰從也傳訓云爲言釋下云字不釋上云字云言也言卽譖言也古語言之言謂之云語云之云亦可謂之言言又謂之曰云言曰三字同義故三字亦皆爲語詞

二人從行誰爲此禍胡逝我梁不入唁我始者不如今云不我可疏二人謂蘇公與暴公也二人從行卽弟七章伯氏吹壎仲氏吹篪之意誰誰暴公也禍者時蘇公已受譖被罪也○始者不如今云不我可此二句卽冡二人從行而言我與何人俱爲王臣本有從行之義始者尚可不如今之不我可也句中云字爲語助正月雨無正竝訓哿爲可則可亦哿也哿猶嘉也

彼何人斯胡逝我陳傳陳堂塗也我聞其聲不見其身不愧于人不畏于天疏爾雅釋宮堂途謂之陳傳所本也塗途皆俗字古作涂孫郭注竝云堂下至門徑鄉飲酒禮主人與賓三揖至于階鄭注云將進揖當陳揖當碑揖李如圭以爲其北屬階其

南接門內霤李與孫郭說同考工記匠人堂涂十有二分鄭注謂階前若今令甓裓也分其督旁之脩以二分爲峻也賈疏云漢時名堂涂爲令甓裓令甓今之塼也裓則塼道也名中央爲督假令兩旁上下尺二寸則取二寸於中央爲峻焦循云裓即陔陔階次也葢室南有堂堂下有階東西階及門之涂以甓甃之是謂之堂涂亦謂之陳陳者㯿之假借字說文㯿列也謂㯿列於東西也堂涂在門內詩曰逝陳則入門矣而不入我室所以聞聲不見身也此乃設辭耳箋泥上章言不入我門不入唁我故謂堂涂爲公館之堂涂但公館自在公所則不得稱我公館於經中我字義不相連且與下文我聞不見文亦不相承恐非詩恉

彼何人斯其爲飄風胡不自北胡不自南（傳）飄風暴起之風**胡逝我梁祇攪我心**（傳）攪亂也（疏）匪風卷阿傳皆以飄風爲回風本爾雅爲訓此云暴起之風終風傳云暴疾也訓異而以喻惡道則同也○我行其野傳祇適也說文攪亂也引詩本傳訓

爾之安行亦不遑舍爾之亟行遑脂爾車壹者之來云何其盱（疏）爾女女何人也遑古祇作皇皇暇也安徐而行疾徐莫測猶上章飄風之不自北不自南之意也○卷耳傳盱憂也云何其盱何其憂也云爲語助盱爲憂下章祇訓爲病後箋云曰憂曰病皆承上文攪我心而言壹者之來卽指上文逝梁逝陳之事壹者猶言乃者高誘注呂氏春秋知節篇云一猶乃也漢書曹參傳乃者吾使諫君也注云乃者謂曩日也上來字對舍字言謂但來而不舍息下來字對入字言謂但來而不入唁

爾還而入我心易也還而不入否難知也（傳）易說也壹者之來俾我祇也（傳）祇病也（疏）傳易說下奪也字釋文讀如平易之易易一音羊益切與懌聲相轉板傳懌說也懌謂之說易亦謂之說矣一音以豉切與夷聲相轉風雨邶傳夷說也夷謂之說易亦謂之說矣釋文引韓詩作施施善也毛韓字異而意同入入唁我不入不入

唁我也否古作不釋詞云不語詞否難知難知也言其心孔艱不可測也○祇從示氏聲與易知爲韻作祇從氏聲者非也祇者地祇義不訓病而故訓云爾者祇讀爲疷疷此假借字也無將大車白華傳疷病本字也此傳云祇病假祇爲疷也說文疷病不翅也从疒氏聲

伯氏吹壎仲氏吹篪傳土曰壎竹曰篪**及爾如貫諒不我知出此三物以詛爾斯**傳三物豕犬雞也民不相信則盟詛之君以豕臣以犬民以雞疏土曰壎爾雅大塤謂之嘂郭注云塤燒土爲之大如鵝子銳上平底形如稱錘六孔小者如雞子釋文引世本云塤圍五寸半長三寸半六孔塤與壎同周禮小師注說文廣雅竝云六孔竹曰篪爾雅大篪謂之沂郭注云篪以竹爲之長尺四寸圍三寸一孔上出寸三分一名翹橫吹之小者尺二寸廣雅云八孔是郭本廣雅爲說世本云篪長尺二寸鄭司農笙師注云篪七空案空孔古今字七孔孔與八孔不異正義云蓋不數其上出者故七也又周禮疏引禮圖言九孔風俗

通義言十孔長尺一寸所傳聞者異也版如壎如篪傳云言相和也箋云伯仲喻兄弟也我與女恩如兄弟其相應和如壎篪以言俱為王臣宜相親愛王肅亦云我與女同寮長幼之官如篪壎之相和○貫讀易貫魚之貫箋云我與女俱為王臣其相比次如物之在繩索之貫也諒信也傳云三物豕犬雞也者挨下句詛字作解云民不相信則盟詛之以釋經詛字之義盟亦詛類定本無盟字非也古多以盟詛連稱周禮司盟云盟萬民之犯命者詛其不信者鄭注引春秋傳鄭伯使卒出豭行出犬雞以詛射潁考叔者案此隱十一年左傳文韓子內儲說下篇亦云釁之以雞豭若盟狀豭即豕也豕犬雞為出詛之物與詩義正同傳又云君以豭臣以犬民以雞乃三物分作三等之用未知出於何書禮記曲禮下涖牲曰盟賈疏憾異義韓詩云天子諸侯以牛豕大夫以犬庶人以雞韓與毛同唯牛為盟牲因類而及之為異焉耳

為鬼為蜮則不可得有靦面目視人罔極傳蜮短狐也靦姡也作此好歌以極反側傳反側不正直也疏蜮春秋經

作蟚莊十八年穀梁傳云蟚射人者也蟚與蜮同一名短狐左釋文狐作弧說文蜮短狐也似鼈三足以气射害人段注云狐當作弧又名射景詩義疏云人在岸上景見水中投人景則殺之故曰射景又名射工左穀梁釋文竝云蜮本草謂之射工亦名水弩漢書五行志劉向以爲蜮生南越亂氣所生故聖人名之曰蜮蜮猶惑也在水旁能射人射人有處其甚者至死南方謂之短弧近射妖死亡之象也劉歆以爲蜮盛暑所生非自越來也顏注云即射工也亦呼水弩五行志狐亦作弧案短弧射景射工水弩其名類皆相近說文及正義引洪範五行傳皆謂似鼈而抱樸子登涉篇以爲狀如鳴蜩大其說迥殊御覽獸部二十一引韓詩云短狐水神也亦與毛異藝文類聚災異部引詩作則不可測或本三家詩○靦姡爾雅釋言文李孫注云靦人面姡然說文靦面見人姡面靦也是靦與姡皆面見人之貌也越語余雖靦然而人面哉吾猶禽獸也韋注云靦面目之貌又後漢書樂成靖王黨傳安帝詔曰萇有靦其面而放逸其心意與越語同罔無極中也言不中正也周禮匡人掌達灋則匡邦國而觀其慝使無敢反側以聽王命荀子王制篇故姦言姦說姦事姦能遁逃反側之民竝

與詩反側同書洪範云無反無側王道正直無反側謂之正直反側謂之不正直此傳義之所本也

巷伯七章四章章四句一章五句一章八句一章六句

巷伯刺幽王也寺人傷於讒故作是詩也巷伯奄官兮

疏 釋文正義秦風正義及周禮疏皆以此下有巷伯奄官四字又正義本官下有兮字小箋云兮也古通用然則序文有巷伯奄官兮五字矣今據以補正凡全詩不用經字名篇序必申釋其義若小雅雨無正之雨大雅常武之常召旻之旻頌之酌賚般皆然此云巷伯亦不用經中之字故序箸釋篇名之義此其通例也序以巷伯爲奄官則巷伯寺人爲一人周禮無巷伯之官唯襄九年左傳令司宮巷伯儆宮與此詩巷伯同左傳以巷伯次司宮猶周禮之寺人次內小臣杜預云巷伯卽寺人當是賈服舊注蓋王之寺人五人於五人中最長者謂之孟子但云孟子則其官不顯但云寺人則其官爲五人長者亦不顯故詩以巷伯名篇巷者宮中之道

名孟伯皆長也巷伯卽經所謂寺人孟子也箋以巷伯爲周禮之內小臣而與寺人別官非是

萋兮斐兮成是貝錦（傳）興也萋斐文章相錯也貝錦錦文也彼譖人者亦已大甚（疏）淇奧傳匪文章皃匪卽斐也文章爲斐文章相錯爲萋斐萋錯雙聲爲訓說文緀帛文皃引詩緀兮斐兮玉篇緀文皃緀本字萋假借字錦作貝文曰貝錦故傳云貝錦錦文也禹貢謂之織貝箋云錦文者文如餘泉餘蚳之貝文也興者喻讒人集作己過以成於罪猶女工之集采色以成錦文大甚者謂使己得重罪也

哆兮侈兮成是南箕（傳）哆大貌南箕箕星也侈之言是必有因也斯人自謂辟嫌之不審也昔者顏叔子獨處于室鄰之釐婦又獨處于室夜暴風雨至而室壞婦人趨而至顏叔子納之而使執燭放乎旦而蒸盡擶屋而

繼之自以爲辟嫌之不審矣若其審者宜若魯人然魯人有男子獨處于室鄰之釐婦又獨處于室夜暴風雨至而室壞婦人趨而託之男子閉戶而不納婦人自牖與之言曰子何爲不納我乎男子曰吾聞之也男子不六十不閒居今子幼吾亦幼不可以納子婦人曰子何不若栁下惠然嫗不逮門之女國人不稱其亂男子曰栁下惠固可吾固不可吾將以吾不可學栁下惠之可孔子曰欲學栁下惠者未有能似於是也彼譖人者誰適與謀疏傳云哆大皃皃疑也之誤說文哆張口也僖四年穀梁傳於是哆然外齊侯也楊疏云哆然寬大之意竝與傳同爾雅釋言誃離也郭注云誃見詩此卽哆兮之異文三家詩用雅訓哆誃同字大

離同義說文䜌字下及崔集注本詩作侈兮哆兮疑古本當如是也箕箕星東方蒼龍之宿實居東宿之末在北之南故謂之南箕南箕卽箕星也大東篇維南有箕載翕其舌傳翕合也彼云合舌此云張口各隨文訓箋云箕星哆然踵狹而舌廣今譖人之因寺人之近嫌而成言其罪猶因箕星之哆而侈大之正義云箕四星二爲踵二爲舌史記天官書云箕爲敖客曰口舌案侈哆連文猶萋斐連文皆合二字成義萋斐成貝錦之文侈哆成南箕之形皆以喻譖人致譖與寺人受譖之由然譖必有因故傳申明之云侈之言是必有因也譖之因出於己之不早辟嫌故又申明之云斯人自謂辟嫌之不審也下文卽引昔者顏叔子與魯人男子辟嫌之審不審以自悔責己之不審義乃箸於此章卽承上章侈哆之言以爲說其實傳意乃總釋兩章之興義耳白虎通義誅伐篇引韓詩內傳孔子爲魯司寇先誅少正卯謂佞道已行亂國政也佞道未行章明遠之而已餘姚盧文弨以爲此詩內傳文韓言遠佞之必早與毛言近譖之不審其用意正同矣傳云摘屋者正義摘謂抽也小箋摘屋卽左傳之抽屋也武梁碑作摘窋說文曰摘蹴引也云男子不六十不閒居者小箋此卽六十閉房之

說謂不六十不能無欲也釋文閒音閑是也正義男子
作男女閒訓閒襍非云嫗不逮門之女國人不稱其亂
者荀子大略篇柳下惠與後門者同衣而不見疑非一
日之閒即其事也小箋後門即不逮門謂不及門無宿
處也禮記注曰以體曰嫗可者
可字能似能字小箋依正義補

緝緝翩翩謀欲譖人（傳）緝緝口舌聲翩翩往來貌愼爾
言也謂爾不信（疏）說文咠聶語也聶附耳私小語也咠
下引詩作咠咠今詩緝緝爲咠咠之
假借字附耳私小語即傳所謂口舌聲也桑柔傳翩翩
在路不息也往來皃亦是不息之意○箋云愼誠也女
誠心而後言王將謂女不信而不受欲其誠者惡其不
誠也韓詩外傳云受命之士正衣冠而立儼然人望而
信之其次聞其言而信之其次見其行而信之既見行
而衆皆不信斯下矣詩曰愼爾言矣謂爾不信鄭同韓
說古也
矣通用

捷捷幡幡謀欲譖言（傳）捷捷猶緝緝也幡幡猶翩翩也

豈不爾受既其女遷（傳）遷去也（疏）捷者接之假借春秋左傳捷公羊傳皆作接鄭注禮記內則篇接讀爲捷此古捷接聲通之證捷者有接續不絕之意故傳云猶緝緝也蘇林注漢書楊雄傳唼音詩唼唼幡幡之唼說文無唼字幡幡猶反反翩翩猶偏偏是翩翩幡幡皆是偏黨反側之義故傳云幡幡猶翩翩也○傳於岷賓之初筵殷武皆云遷徙此云遷去又從義之引申也詩異義云傳訓遷爲去言爾爲是不誠之讒言王豈不受乎既而知言不誠將舍去女也箋遷之言訕也謂王訕誹讒人訕者謗上之名亦賊義之稱以讒言爲非安得謂之訕誹不若傳去義爲當

驕人好好勞人草草（傳）好好喜也草草勞心也蒼天蒼天視彼驕人矜此勞人（疏）驕與憍同爾雅旭旭憍也釋文郭音呼老反是旭旭卽好好之異文喜讀與嬉同郭璞云小人得志憍蹇之貌亦嬉之意也草讀爲慅假借字也月出勞心慅兮重言曰慅慅爾雅慅慅勞也是卽詩草草之異文故傳云草草勞心也玉篇慅音草

彼譖人者誰適與謀取彼譖人投畀豺虎【傳】投棄也豺虎不食投畀有北【傳】北方寒涼而不毛有北不受投畀有昊【傳】昊昊天也【疏】投與木瓜小弁抑不同義此云投棄也遵大路傳𣪠棄也投與𣪠聲轉義同傳釋北爲北方今奪一北字寒涼而不毛又申釋北方之義毛草也卽今北方大漠不草之地有昊猶言彼蒼蒼天謂之蒼昊天謂之昊其義一也後漢書馬援傳朱勃上書引詩釋之云此言欲令上天而平其惡勃能說韓詩與毛詩同箋云付與昊天制其罪也禮記緇衣云惡惡如巷伯

楊園之道猗于畝丘【傳】楊園園名猗加也畝丘丘名寺人孟子作爲此詩【傳】寺人而曰孟子者罪已定矣而將踐刑作此詩也凡百君子敬而聽之【疏】楊園園名其地未聞道路也釋文猗於綺反徐於宜反依釋文本作倚徐仙民讀爲猗耳此與倚重較兮兩驂不倚同誤傳訓倚爲加者楊園

在畞丘之上故云楊園之路加於畞丘也爾雅如畞畞丘此釋詩之畞丘也傳云丘名卽本爾雅爲訓李注云謂丘如田畞曰畞丘孫注云方百步也李孫但依字作解而其地亦未聞楊園畞丘地必相連畞丘喻自己楊園喻讒人同處加讒亦是辟嫌不審之意小弁舍彼有罪予之佗矣傳佗加也兩加字義同○作爲作詩釋文一本云作爲作詩案一本非也定之方中作爲楚宮作爲楚室桑柔作爲式穀與此作爲同箋嫌作爲連文故云作起也孟子起而爲此詩訓作爲起以別爲爲作非有異本也定本作起也作爲也顏師古定本所見箋不可依據傳云寺人而曰孟子者作此詩也以釋經寺人孟子作爲此詩二句古曰爲通用寺人孟子言寺人之中爲孟子者也爲亦作也作爲此詩言作此詩也云罪已定將踐刑者此自明其被讒之禍且以原其作詩之由也罪定踐刑於經無當當是相傳古說如此今無攷

卷十九終

武林吳王千長氏兵鐫

詩毛氏傳疏卷二十

長洲陳奐學

谷風之什詁訓傳弟二十　毛詩小雅

谷風之什十篇五十四章三百五十六句

谷風三章章六句

谷風刺幽王也天下俗薄朋友道絶焉

習習谷風維風及雨（傳）興也風雨相感朋友相須將恐將懼維予與女將安將樂女轉棄予（傳）言朋友趨利窮達相棄（疏）習習和舒之皃東風謂之谷風傳見邶谷風篇及與也風與雨有相感之理以興朋友相須傳合下二章而總釋其義也○將猶方也文選任昉策秀才文注引韓詩將恐將懼薛君章句將辭也又楊

雄甘泉賦注引章句同傳云言朋友趨利窮達相棄者將恐將懼窮也將安將樂達也女旣達而予終窮乃相遺棄以釋經中棄字之義趨利者所以推明棄之之故也序云天下俗薄朋友道絕絕猶棄也

習習谷風維風及穨（傳）穨風之焚輪者也風薄相扶而上喻朋友相須而成**將恐將懼寘予于懷將安將樂棄予如遺**（疏）傳文疑有譌爾雅釋天焚輪謂之穨扶搖謂之猋李注云焚輪暴風從上下降謂之穨穨下也扶搖暴風從下升上故曰猋猋上也孫注云迴風從上下曰穨迴風從下上曰猋穨與猋不同自不得紐合爲說傳云穨風之焚輪者也正用爾雅焚輪爲穨之訓小箋云焚輪猶紛綸也案言此者以與朋友相切直義巳明備不煩更取扶搖以足經文穨字之義而與雅訓乖戾且上章維風冡上谷風維風及雨言谷風與雨與朋友相須此章維風亦冡上谷風維風及穨言谷風與穨與朋友相須若於焚輪之外更增扶搖之說則以風之上下及風之下上爲喻而於經中及字有難通矣朋友相須傳巳見上章則此章更不必重文疊義也反

復經傳義訓風薄相扶而上喻朋友相須而成十三字當是箋語誤入傳文乃風薄相扶而上鄭用爾雅扶搖爲猋之訓蓋以經之積爲迴也故不從爾雅毛傳其月令注迴風爲猋亦不從爾雅毛傳用意正同上章箋云喻朋友同志則恩愛成末章箋云以喻朋友雖以恩相養亦安能不時有小訟乎唯此章無箋其云喻朋友相須而成三喻字一例讀可據以删正

習習谷風維山崔嵬無草不死無木不萎傳崔嵬山巔也雖盛夏萬物茂壯草木無有不死葉萎枝者忘我大德思我小怨疏崔嵬山巓巓俗顚字十月之交傳云山頂日冢卒者崔嵬爾雅顚頂也山顚郎山頂崔嵬者是山顚巉巖之狀兩傳義同谷風生養萬物山顚之草木交茂盛以興大德也萎與㷂通草死木萎以興小怨也後箋云據正義引定本及集注草木無有不死葉萎枝者則正義本不同可知今觀正義云雖至盛夏之月萬物茂壯無能使草不有死者無能使木不有萎者可見傳文無有不死葉萎枝者當作無不有

殃葉萎枝者無不有卽偶然有之之意非謂草木盡殃也中論脩本篇詩曰習習谷風維山崔嵬何木不殃何草不萎言盛陽布德之月草木猶有枯落而與時謬者況人事之應報乎此雖不爲朋友德怨之喻然其言草木猶有枯落正與傳義同也

蓼莪六章四章章四句二章章八句

蓼莪刺幽王也民人勞苦孝子不得終養爾

蓼蓼者莪匪莪伊蒿傳興也蓼蓼長大貌哀哀父母生我劬勞疏蓼蕭傳蓼長大皃重言之則曰蓼蓼爾雅莪蘿菁菁者莪傳莪蘿蒿也葢蒿類衆多蒿之言槀也若蔞蒿蕭蒿每以秋老得名因之嫩而可食者亦通稱蒿故傳於菁菁者莪本爾雅莪蘿之訓又申之云蒿者義取成材言各有當也此詩首章莪蒿本一物而以時之先後異其名下章莪蔚本同類而以子之有無異其名後箋云嚴粲詩緝據爾雅蘩之醜秋爲蒿及彼注疏蘩蕭莪蔚之類始生氣味各異其名不同至秋

老成則皆蒿之語以爲莪始生香美可食至秋高大則麤惡不可食喻子初生猶是美材至於長大乃是無用之子此語於取喻甚合且與首句蓼蓼長大下文生我劬勞語意尤融貫與謂傳云長大指莪不謂長大成蒿蓼蓼者莪言莪長大蓼蓼然以喻子得長大者皆父母生我之德也匪莪伊蒿於匪莪下作一轉語言非莪乃是蒿蒿不可食以喻子不得終養父母也首二章興義同三章因孝子不得終養之故由於王事征役故以缾罄罍恥爲喻末二章南山飄風以自叙其勞苦之情○爾雅哀哀懷報德也郭注云悲苦征役思所生也豈風母氏劬勞傳云劬勞病苦也與此劬勞同

蓼蓼者莪匪莪伊蔚（傳）蔚牡菣也**哀哀父母生我勞瘁**

（疏）蔚牡菣釋草文郭注云無子者菣卽蒿牡菣謂之蔚說文云蔚牡蒿也正義引義疏云牡蒿也三月始生七月華華似胡麻華而紫赤八月爲角角似小豆角銳而長一名馬新蒿案本草角蒿馬先蒿亦名馬新蒿皆有子之蒿陸合牡蒿爲一與郭景純說無子者不同且蒿以牡名郭說是也後箋云莪爲有子蔚爲無子草木

自以有子者爲材匪莪
伊蔚正與上句一例
缾之罄矣維罍之恥（傳）缾小而罍大罄盡也鮮民之生不如死之久矣（傳）鮮寡也無父何怙無母何恃出則銜恤入則靡至（疏）說文缶部云缾罋也或作瓶罋汲缾也罄器中空也詩曰缾之罄矣穴部云窒空也詩曰缾之窒矣毛作罄三家作窒也爾雅罍器也小罍謂之坎周禮鬯人注大罍瓦罍罍有大小之異罍大對缾小而言之也昭二十四年左傳鄭子大叔對范獻子曰今王室實蠢蠢焉吾小國懼矣然大國之憂也吾儕何知焉吾子其早圖之詩曰缾之罄矣惟罍之恥王室之不寧晉之恥也此引詩缾喻已小國罍喻晉大國雖是斷章亦取缾小罍大之義傳云缾小而罍大正本左氏說也缾小而盡以喻已不得養父母罍大而恥以喻其不能養之之故實由於上之人征役不息爲可恥也所以刺幽王也後漢書陳忠傳建光中上疏云夫父母於子同氣異息一體而分三年乃免於懷抱先聖緣人情而著其節制服二十五月是以春秋臣有大喪

君三年不呼其門閔子雖要絰服事以赴公難退而致
位以究私恩故稱君使之非也臣行之禮也周室陵遲
禮制不序蓼莪之人作詩自傷曰瓶之罄矣惟罍之恥
言已不得終竟子道者亦上之恥也案忠釋詩凡二事
此及鼓鍾民勞於經傳之指悉合大東傳云空盡也罄
空聲之轉○鮮寡釋詁文鮮者尟之假借故與寡同訓
傳於苕之華鮮可以飽之鮮爲少與此鮮爲寡者訓近而
意殊寡當讀惠鮮鰥寡之寡鴻鴈傳偏喪曰寡因之喪
父母者亦曰寡意揆一下文無父無母而爲之釋也寡字
逗不與民連讀寡孤一也寡民之生與左傳寡我襄公
文義相同案此下二句卽承上二何一氣直下上之人
征役不息則下之人勞苦不休以致喪父喪母不得終
其養親之志孤寡之由皆上使之然也大戴禮用兵篇
詩云鮮民之生矣不如死之久矣盧注以爲困於兵革
之詩此引以證用兵之害就上之人一邊說不如死久
句乃孝子自歎其孤寡之難堪也末二章云民莫不穀我
獨何害穀生也言民無不生我獨罹此勞苦之害也民
莫不穀我獨不卒卒終也言民無不生我獨不得終養
父母也皆從此義而申說之讀者皆不得其解○鴇羽
傳怙恃也渾言之則怙亦恃也釋文及華嚴經音義入

法界品引韓詩云怙賴也恃負也析言之也恤憂也憂不得養也入則靡至言役罷而歸時父母皆喪入則無所至士喪禮下篇反哭賓弔者升自西階曰如之何鄭注云反而亾焉失之矣於是爲甚故弔之即此意也序箋云二親病亾之時時在役所

父兮生我母兮鞠我拊我畜我長我育我顧我復我出入腹我（傳）鞠養腹厚也欲報之德昊天罔極（疏）爾雅鞠生也依雅訓則母兮鞠我與父兮生我同義也傳以父生母養分言下文畜我育我我行其野傳畜養也思文箋育養也鞠畜育聲義皆同拊與撫通拊我長我謂撫養長養也顧有回顧旋視之義復反也顧復猶出入也腹厚釋詁文詩連用九我字傳鞠訓養則拊畜長育皆養也腹訓厚則顧復皆厚也重言之者以明生我劬勞之意○岷園有桃傳皆以罔極爲無中王引之詩述聞云欲報之德昊天罔極言我方欲報是德而昊天罔極降此鞠凶使我不得終養也不言父母既沒不得終養者無父何怙無母何恃已見於上文也昊天罔極猶言昊天不

傭昊天不惠朱子所謂無所歸咎而歸之天也漢司隷校尉魯峻碑悲蓼義之不報痛昊天之靡嘉得詩人之意矣義即莪字案王說罔極是也昊天當席幽王節南山兩言昊天亦席幽王與此同非謂歸咎於天作此泛義易林乾蒙謙恆云南山昊天刺政閔身疾悲無辜背憎爲仇恭出三家詩與毛詩亦合

南山烈烈飄風發發(傳)烈烈然至難也發發疾貌民莫不穀我獨何害(疏)烈烈然至難後箋云難當如行路難蜀道難之難以烈烈爲險阻之狀說文巘巍高也讀若厲玉篇廣韻作巘云巍也集韻類篇巘力蘗切山高皃古有巘山氏禮記祭法注厲山氏炎帝也起于厲山或曰有烈山氏然則烈烈爲山之高峻故傳以爲至難釋文飄本又作票何人斯傳云飄風暴起之風暴亦疾也飄風爲疾則發發爲疾皃

南山律律飄風弗弗(傳)律律猶烈烈也弗弗猶發發也

民莫不穀我獨不卒(疏)後箋云南山律律王介甫以爲山之崒嵂說文無嵂字玉篇有

硉字云硉矹危石文選七發上擊下律注云律當爲硉是律硉同字故傳云律律猶烈烈也案司馬相如子虛賦隆崇嵂崒嵂與硉同古弗弗發聲同碩人發發皇矣茀茀竝訓爲盛盛謂之發發亦謂之茀茀疾謂之發發亦謂之弗弗故傳云弗弗猶發發也

大東七章章八句

大東刺亂也東國困於役而傷於財譚大夫作是詩以告病焉**疏**幽王之世東國傷困則西周之政亂也譚國大夫作詩告病本刺周亂編諸小雅

有饛簋飧有捄棘匕**傳**興也饛滿簋貌飧孰食謂黍稷也捄長貌匕所以載鼎實棘赤心也周道如砥其直如矢君子所履小人所視**傳**如砥貢賦平均也如矢賞罰不偏也睠言顧之潸焉出涕**傳**睠反顧也潸涕下貌**疏**

興者陳古以言今亦興體也餘皆託物以爲喻方言賸豐也自關而西秦晉之閒凡大貌謂之賸饛與賸通說文饛盛器滿皃引詩作饛後漢書張衡傳作蒙蒙者饛之假俗字代檀傳孰食曰飧案孰食所晐甚廣傳旣釋飧爲孰食而又冡簋盛黍稷謂孰食爲黍稷也禮記襍記篇朼以桑長三尺或曰五尺故傳釋朼爲長皃也鄭注襍記云朼所以載牲體者牲體卽鼎實牛羊豕鼎魚腊鼎鼎皆有匕匕取鼎實而載之於俎此匕較長於取黍稷之匕傳釋棘匕不冡上句簋飧故不以爲取黍稷而以爲載鼎實也鄭注又云吉祭朼用棘朼古祇作匕園有桃傳棘棗也秋官朝士注樹棘以爲位者取其赤心而外刺象以赤心三刺也淮南子時則篇孟冬其樹棗高注云棗取其赤心也棘木中心色赤故謂之赤心特牲記棘心匕刻是吉祭之匕用棘心也箋以此喻古者主人致客之禮○說文砥底之或字孟子萬章篇引詩作底砥訓平均如砥爲貢賦平均矢訓不偏如矢爲賞罰不偏言周家貢賦賞罰之道如此也墨子兼愛下篇周詩曰王道蕩蕩不偏不黨王道平平不黨不偏其直若矢其易若底君子之所履小人之所視若吾言非語道之謂也古者文武爲正均分賞賢罰暴勿有親戚

弟兄之所阿郎此文武兼也案義正與毛傳合此陳古爲興○睠者反顧之皃傳也字當作皃睠言荀子作眷焉後漢書作睠然言焉然三字皆語詞說文濟涕流皃詩曰濟焉出涕韻會作然古然焉同也言顧古周道以念今則濟焉而涕下矣荀子宥坐篇今之世則不然亂其教繁其刑其民迷惑而墮焉則從而制之是以刑彌繁而邪不勝今夫世之陵遲亦久矣而能使民勿踰乎詩曰周道如砥其直如矢君子所履小人所視眷焉顧之濟焉出涕豈不哀哉楊倞注云言失其砥矢之道所以陵遲哀其法度墮壞毛傳正用荀子

小東大東杼柚其空（傳）空盡也糾糾葛屨可以履霜佻佻公子行彼周行（傳）佻佻獨行貌公子譚公子也既往既來使我心疚（疏）說文云杼機持緯者繹文柚又作軸詩小學云織軸似車軸故同名柚是橘柚字因杼字從木而改軸亦從木非也案大玄掜篇棘木爲杼削木爲軸杼軸既施民得以燠掜擬之經緯法言先知篇田畝荒杼柚空謂之斁其字正作軸空盡爾雅釋詁文東東國小大東國杼軸盡空則是傷於財

也管子國蓄篇大國內款小國用盡款與空一聲之轉義與此同下文因言譚困於役之事○爾雅釋訓佻佻契契愈遐急也郭注云賦役不均小國困竭賢人憂歎遠益急切案釋詩佻佻公子契契寤歎也下章傳契契憂苦也本爾雅此云佻佻獨行皃者亦謂困竭急切之狀與爾雅訓異意同釋文佻本或作窕韓詩作嬥嬥往來皃楚辭九歎注作苕苕玉篇彳部佻佻獨行皃竝字異而聲同毛探下行彼周行爲訓韓探下既往既來爲訓也是詩譚大夫所作故公子爲譚公子詩言周行凡三卷耳鹿鳴及此此也此周行無傳者易曉耳上行爲來下行爲道楚辭注引作行彼周道卽其義言譚公子奉使周道往來不已東國之行役譚尤獨受其困乏也

我譚大夫

自我也

有冽氿泉無浸穫薪契契寤歎哀我憚人(傳)冽寒意也側出曰氿泉穫艾也契契憂苦也憚勞也薪是穫薪尚可載也哀我憚人亦可息也(傳)載載乎意也(疏)冽當作冽正義

云七月二之日栗冽是冽爲寒意也說文冽寒皃故字從冰冽訓寒許正用傳訓今說文仌部失冽篆仲達所見唐本不誤易井九五爻辭井洌寒泉食說文以爲水清則洌與冽不同義矣爾雅氿泉穴出穴出仄出也側與仄通邵晉涵正義云說文作厬仄出泉也又泬水出從孔穴疾出也漀側出泉也是側出之泉又曰漀也艾釋文作刈穫薪刈薪也穫稻刈稻也穫稗刈稗也穫菽刈菽也毛於全詩穫字不傳而此作傳者以穫薪爲析薪不謂穫爲木也無浸浸也浸穫薪與哀憚人一喻一正作對文箋讀穫爲檴爾雅檴落樊光注引詩作檴薪與毛義異○楚辭九歎孰契契而委棟兮王注云契契憂貌也義與此同爾雅釋文及楚辭注契契一作挈挈擊鼓傳契闊勤苦也契本亦作挈廣雅栔栔憂也契挈栔聲通釋文憚字亦作癉小明同爾雅癉勞也郭注引詩作癉版傳癉病也勞與病義相近說文癉勞病也○載載乎意義不可解小箋云意當作車是也傳訓穫薪爲刈薪薪是穫薪上薪字疑是浸字之聲誤箋改穫作檴云薪是檴薪者析是檴薪也則鄭所據本已作薪字矣亦可息當作不可息與東山篇不可畏也俗本作亦可畏也其誤正同此承上文反覆言之彼泉浸之刈薪

尚可載乎車哀哉我東國勞人不能止息而自休也若作亦可息則與哀我勞人文不相承矣氓士之耽兮猶可說也女之耽兮不可說也抑白圭之㓠尚可摩也斯言之㓠不可爲也文正相同

東人之子職勞不來〈傳〉東人譚人也來勤也**西人之子粲粲衣服**〈傳〉西人京師人也粲粲鮮盛貌**舟人之子熊羆是裘**〈傳〉舟人舟楫之人熊羆是裘言富也**私人之子百僚是試**〈傳〉私人私家人也百僚是試用於百官也〈疏〉譚國在東故東人爲譚人來勤爾雅釋詁文爾雅又云勑勤勞也說文勑勞也賚傳勤勞也是勑與勤竝有勞義來古勑字箋云職主也東人勞苦而不見謂勤謂亦勤也○周在西故以西人爲京師人粲采一聲之轉今北方評好爲喝采南方衣服鮮麗爲粲聲如餐則重言曰采采亦曰粲粲矣爾雅燕燕粲粲尼居息也郭注云盛飾宴安近處優閒北山傳燕燕安息皃義本爾雅此釋粲粲衣服鮮盛皃者亦近處安息之意箋云京師人

衣服鮮絜而逸豫舟人舟楫之人卽今月令之榜人是
也匏有苦葉傳舟子舟人主濟渡者各隨文訓熊羆裘
爲富者言得祿多也正月箋云此言小人富而窶陋將
貴也私人私家人謂私屬之家人也若七子姻黨之類
家人猶今言人家耳嵩高傳私人家臣也各隨文訓釋
文僚又作寮說文作寮采芑傳試用也版傳寮官也傳
文是試上奪百僚二字今依小箋補用於百官此倒句
法也詩異義云而人之子舟人之子皆對東人之困病
言私人之子則言羣小得
志起下三章曠官廢職意

或以其酒不以其漿（傳）或醉於酒或不得漿**鞙鞙佩璲**
不以其長（傳）鞙鞙玉貌璲瑞也**維天有漢監亦有光**（傳）
漢天河也有光而無所明**跂彼織女終日七襄**（傳）跂隅
貌襄反也（疏）經中或字領下句兼以不以言故傳分釋
之云或醉於酒或不得漿以見王政之偏
也或有也以用也不以不用也不可以不可用也下皆
同韓詩外傳宋燕相齊見逐陳饒曰三斗之稷不足於

士而君鴈鶩有餘粟果園梨粟後宮婦人以相提擲上曾不得一嘗綾紈綺縠靡麗於堂從風而獘士曾不得以爲緣引詩曰或以其酒不以其漿釋文鞙又作琄爾雅作琄說文無琄案鞙是也鞙鞙謂佩玉鞙鞙然非謂玉也傳玉皃當作佩玉皃三字蓋奪一佩字耳說文鞙大車縛軶軜字亦作𨌲釋名𨌲縣也所以縣縛軶也是鞙有縣繫之義箋云佩璲者以瑞玉爲佩佩之鞙鞙然依箋亦當有佩字劉昭注與服志鞙鞙佩玉皃又集韻四十一迴琄佩玉皃可證爾雅璲瑞也璲綬也璲爲瑞佩瑞卽佩玉佩玉之綬謂之璲詩言鞙鞙謂綬也佩璲謂瑞也璲繸皆不見說文古字當作遂芄蘭箋遂瑞也正本此詩傳訓遂卽瑞之假借字爾雅琄琄刺素餐也箋云徒美其佩而無其德刺其素餐不以其長言不用其長也周道褎微諸臣曠職下文皆從此句而申言之託天象星名以爲興○天以喩王也漢天河亦日雲漢棫樸傳及雲漢箋茲云雲漢天河也夏小正七月漢案戶傳漢也者河也案戶也者直戶也言正南北也昭漢十七年左傳冬有星孛於大辰西及漢梓愼曰星孛及漢漢水祥也又昭八年傳今在析木之津孔疏云釋天析木之津箕斗之閒漢津也孫炎曰析別水木以箕斗之

閒是天漢之津也劉炫謂是天漢卽天河也天河在箕斗二星之閒箕在東方木位斗在北方水位分析水木以箕星爲隔隔河須津梁以渡故謂此次爲析木之津也不言析水而言析木者此次自南而盡北故依此次而名析木也韋昭注周語亦云津天漢也析木次名從尾十度至南斗十一度爲析木其川爲漢津監視也光者水之光天河無星故傳云有光而無所明○跂俗企字小箋云跂當從說文作跂是也說文七部跂頃也引詩作跂玉篇跂隅兒顧希馮所據毛詩亦作跂跂與攲音義皆同廣韻云攲者不正也墨子襍守篇其甚害者爲築三亭三亭隅織女之令能相救諸蓋織女三星成三角故防禦築三亭以象織女處隅之形文選顏延之詩注引薛君章句襄反也韓與毛同執競傳云反復也七七時也七月終日有七時言織女星歷七時辰而復見於昏是謂之七襄

雖則七襄不成報章（傳）不能反報成章也睆彼牽牛不可以服箱（傳）睆明星貌何鼓謂之牽牛服牝服也箱大

車之箱也東有啓明西有長庚傳日旦出謂明星爲啓明日既入謂明星爲長庚庚續也有捄天畢載施之行傳捄畢貌畢所以掩兔也何嘗見其可用乎疏報亦反也反報猶反覆箋云織女有織名爾駕則有西無東不如人織相反報成文章據正義作報反夏小正七月初昏織女正東鄉初昏見織女在東而不在西小正七月指夏時而言〇睆唐石經作睆玉篇睆明星也廣韻睆明星皆本此詩而睆睆鎋出疑傳文當作睆明皃星字涉下兩言明星而誤衍禮記檀弓釋文睆華板反明皃與傳訓合睆睆睆三字說文皆不錄而艸部莌從睆聲則說文有睆字矣爾雅星紀斗牽牛也何鼓謂之牽牛是牽牛爲星紀或名何鼓何揭也鼓量名實一星也郝懿行義疏云今驗牽牛三星牛六星牟廷相曰牛宿其狀如牛何鼓直牛頭上則是牽牛人也何鼓中星最明舉頭即見而鼓牛宿差不甚顯詩人觸景攄情不妄舍極明之何鼓而取難見之牛宿睆彼之詠謂何鼓不謂牛宿明矣毛傳取爾雅爲釋精當不移月令季春旦牽牛中仲秋

昏牽牛中皆何鼓也考諸經典無名牛宿曰牽牛者天
官書云牽牛爲犧牲其北河鼓蓋星家失傳自此始今
按牟說足訂史記之誤郭注云擔鼓擔者荷也擔荷說
文作儋何今南方農語猶呼此星爲扁擔何鼓三星中
豐而兩頭銳下有儋何之象故因名焉自史記誤以何
鼓牽牛爲二星釋爾雅者因之而誤故李巡曰何鼓牽
牛皆二十八宿名也孫炎曰何鼓之旗十二星在牽牛
北故或名何鼓爲牽牛也爾雅以何鼓牽牛爲一星如
李孫之義則二星孫炎又以何鼓左右之旗強名爲何
鼓斯失之矣服牝服傳本考工記車人大車崇三柯綆
寸牝服二柯有參分柯之二羊車二柯有參分柯之一
鄭司農注云牝服謂車箱服讀爲負羊車謂車羊門也
釋名立人象人立也或曰陽門在前曰陽兩旁似門也
桊陽與羊通牝即牛服者負之假偺字大車重載牛負
之故謂之牝服既夕禮注云服車箱也說文云箱大車
牝服也服以負物箱以載物單言服則服爲車箱連言
服箱故傳分釋之服爲牝服箱爲大車之箱矣凡柯三
尺大車崇三柯車崇九尺也牝服二柯有參分柯之二
謂車淺八尺也羊車二柯有參分柯之一謂車廣七尺
也大車任載牛負之不若藥車用馬故車淺較長車廣

較狹乘車前面有版爲軓而後面無版以便升車是謂之淺軫大車後面有版爲軝而前面無版以便載物是謂之陽門歟說文軝大車後也此大車之箱制也詩小學云李善思玄賦注引詩睆彼牽牛不可以服箱與下文不可以簸揚不可以挹酒漿句法一例鄭箋云以用也不可用於牝服之箱爲下文二不可以舉例也今各本脫可字○傳云日旦出當作且正義已誤當從小箋本訂正日出東方日且出而明星見於東方是日啓明啓開也開日之明也爾雅明星謂之启明启與啓同日入西方日既入而明星見於西方是日長庚庚續也猶繼也長猶常也繼日而常明也故箋云啓明長庚皆有助日之名而無實兊也史記索隱引韓詩云大白晨出東方爲啓明昏見西方爲長庚毛傳以啓明長庚爲明星韓傳以啓明長庚爲大白則明星亦謂大白星也天官書以明星代啓明以大白代長庚而後之言星家遂多異說正義云庚續釋詁文今爾雅作賡書益稷疏引詩作賡賡爲庚之譌庚訓續非卽賡字也說文賡古文續庚賡同義不同字楚辭九歎立長庚以繼日續卽繼也○正義云上言捄長皃此云畢皃亦言畢之長也鄭注月令云小而柄長謂之畢漸漸之石傳畢濁也

天官書畢曰罕車爲邊兵主弋獵畢星象田弋之畢故傳云所以掩兔十月之交箋行道度也今天畢張施道度而不見其可用亦徒虛也箋用特牲宗人執畢之畢易傳而解經各通

維南有箕不可以簸揚維北有斗不可以挹酒漿傳挹𣂏也維南有箕載翕其舌傳翕合也維北有斗西柄之揭疏簸亦揚也說文簸揚米去康也賓之初筵箋仇讀曰𣂏賓手挹酒士冠禮注尊斗所以𣂏酒也玉篇挹𣂏也說文𣂏挹也挹𣂏義同箕簸揚斗𣂏酒漿南箕北斗則不可用也韓詩外傳云言有位無其事也○翕合常棣般同玉篇引詩作吸云吸引也箋翕猶引也鄭讀翕爲吸本三家詩義禮記曲禮以箕自鄉而扱之注扱讀曰吸謂收糞時也少儀執箕膺擖注膺親也擖舌也持箕將去糞者以舌自鄉蓋三家詩作吸訓引引舌內鄉似箕形毛詩作翕訓合說文合亼口也亼讀若集合舌者箕四星其舌二星亼口行列成箕形皆所以狀箕星之似箕也斗古枓字說文枓勺也杓枓柄也揭高舉也

四月八章章四句

四月大夫刺幽王也在位貪殘下國構禍怨亂竝興焉

四月維夏六月徂暑（傳）徂往也六月火星中暑盛而往矣先祖匪人胡寧忍予（疏）傳訓徂爲往往暑暑往也六月雖盛夏之時而火星昬中其暑將往矣興者以喻我周列祖盛德而至幽王之身其德就衰矣月令季夏之月昬火中昭三年左傳晉張趯曰辟如火焉火中寒暑乃退此其極也能無退乎杜注云火心星心以季夏昬中而暑退案暑盛而往卽是暑極而退之意毛傳正本左傳爲訓詩凡八章各自爲興不言興者畧也○匪彼也彼猶其也胡寧皆何也先祖匪人胡寧忍予言先祖其人何忍予而降禍亂也與雲漢父母先祖胡寧忍予文義相同○正義云王肅述毛於六月徂暑之下注云詩人以夏四月行役至六月暑往未得反已闕一時之祭後當復闕二時也先祖匪人之下又云征役過時曠廢其祭祀我先祖獨非人乎王者何爲忍不憂恤我使我不得修子道案王說雖未

得毛恉然其言行役未嘗無據徐幹中論譴交篇以四月爲行役過時刺怨而作徐偉長爲漢靈帝末年人其解詩正與王子雝合則經中四月六月秋日冬日皆爲紀時也行役不歸不得養父母卽不得承祀先祖此又在久役於外而念及之人情所必至也詩三章烈烈發發與蓼蓼莪弟五章同句而二章淒淒爾雅與蓼莪哀哀同釋蓼莪序云民人勞苦孝子不得終養六章盡瘁以仕寧莫我有與北山或盡瘁事國同解北山序云已勞於從事不得養父母則與此詩文義亦甚相同文十三年左傳鄭伯與公宴于棐子家賦鴻鴈季文子曰寡君未免於此文子賦四月文子賦詩或是取下國構禍望晉安集之意杜預注云義取行役踰時思歸祭祀卽用王子雝說行役闕祭毛詩序傳所無而按諸經義三家詩亦未嘗無據序云構禍怨亂歎行役亦在其中傳云暑盛而往小明篇所云載離寒暑其毒大苦者不妨偕時以設喩此非毛詩序傳之正解而義實足以兼晐爾

秋日淒淒百卉具腓〔傳〕淒淒涼風也卉草也腓病也亂離瘼矣爰其適歸〔傳〕離憂瘼病適之也〔疏〕緑衣傳淒寒風也此云淒

淒涼風涼寒義通爾雅哀哀悽悽懷報德也郭注云悲
苦征役思所生也又廣雅云悽悽哀哀悲也哀哀卽蓼
莪之哀哀父母悽悽卽此秋日淒淒之異文卉草出車
同文選謝靈運戲馬臺詩淒淒陽卉腓李善注引韓詩
曰秋日淒淒百卉俱腓薛君曰腓變也俱變而黃也腓
音肥毛萇曰痱病也今本作腓字非案李注當作毛萇
曰腓病也今本作痱字非今腓痱二字互誤張衡西京
賦注王粲公讌詩注引毛詩百卉具腓鮑昭苦熱行渡
瀘寧具腓注引毛詩秋日淒淒百卉具腓毛萇曰腓病
也是李所據詩本作腓釋文云腓房非反病也韓詩云
變也然則陸所見毛韓詩字皆作腓用假借字爾雅痱
病也郭注云見詩玉篇痱風病也詩云百卉具痱或齊
魯詩作痱用本字箋云涼風用事而衆草皆病與貪殘
之政行而萬民困病傳意當然也○離憂兔爰斯干同
今字作罹者非古也瘼病釋詁文桑柔同方言云瘼病
也東齊海岱之間曰瘼爰於也適訓之於其之歸言歸
於亂爲此憂病也宣十二年左傳引詩曰亂離瘼矣爰
其適歸歸於怙亂者也夫傳意本左傳說葢經文亂字
讀逗離瘼爲憂病此毛義也文選潘岳關中詩注引韓
詩亂離斯莫薛君曰莫散也其所據韓詩作斯莫任昉

爲范尚書讓表注引薛君曰瘼散也此瘼字當爲莫說苑政理篇云詩不云乎亂離斯瘼爰其適歸此傷離散以爲亂者也離散用韓詩義家語辨政篇同今字作瘼者據毛改韓耳家語爰作奚常璩華陽國志引詩作奚其適歸詩小學云疑三家詩有作奚者

冬日烈烈飄風發發民莫不穀我獨何害（疏）蓼莪傳云烈烈然至難也發發疾皃箋云言王爲酷虐慘毒之政如冬日之烈烈矣其亟急行於天下如飄風之疾也案傳意當然也○穀生也我我幽王時也民莫不穀我獨何害言人無不貪生者而我何獨遭此害也

山有嘉卉侯栗侯梅廢爲殘賊莫知其尤（傳）廢大也（疏）箋云嘉善侯維也山有美善之草生於梅栗之下人取其實蹂殘而害之令不得蕃茂喻上多賦斂富人財盡而弱民與受困窮案傳意當然也○廢大爾雅釋詁文郭注即引此詩釋文云一本作廢大也此是王肅義王子雖所據傳作廢大定本同宋本作忕者乃涉箋而誤尤過也列女傳續編引此詩而釋之云言忕於惡不知

其爲過此箋及蕩箋言怢於惡用
列女傳本三家義而毛意實同

相彼泉水載清載濁我日構禍曷云能穀（傳）構成曷逮也（疏）箋云相視也我視彼泉水之流一則清一則濁刺諸侯並爲惡曾無一善案傳意當然也○廣雅構成也本傳訓也箋構猶合集也合集卽構成之義牆有茨箋內冓之言謂宮中所冓成頑與夫人淫昏之語冓與構通正義云曷逮釋言文今爾雅作遏郭注引方言東齊曰遏今方言遏作蝎說文遏微止也讀若桑蟲之蝎曷者遏之假借字逮者及也穀生也我日構禍曷云能穀言我今下國日日成此禍亂及己之身云能獨生乎

滔滔江漢南國之紀（傳）滔滔大水貌其神足以綱紀一方盡瘁以仕寧莫我有（疏）江漢大水故傳云滔滔大水皃也云其神足以綱紀一方者一方指南國紀卽綱紀也言江漢之大水南國百川其神足以綱紀之爾雅神治也魯語仲尼曰山川之靈

足以紀綱天下者其守爲神法言君子篇仲尼之道猶四瀆也經營中國終入大海他人之道者西北之流也綱紀夷貉或入于沱或淪于漢兹與此綱紀同詩言江漢綱紀南國不使衆水放縱無所入以興與幽王之神不足以紀理天下俾下國之諸侯恃强連禍不供王事更無江漢朝宗之義○盡瘁與北山盡瘁同仕事也北山或盡瘁事國傳云盡力勞病以從國事寧猶胡也有相親有也

匪鶉匪鳶翰飛戾天匪鱣匪鮪潛逃于淵傳鶉鵰也鵰鳶貪殘之鳥也大魚能逃處淵疏釋文云鶉字或作鷻說文鷻雕也引詩作鷻雕鷻也籀文从鳥作鵰鳶當爲鳶字之誤也說文無鳶字其所據詩字作鳶云鳶鷙鳥也鷙擊殺鳥也廣雅鷙鶚鵰也鷙鶚即鷻鳶正義云鵰之大者又名鶚孟康漢書音義曰鶚大鵰也說文鳶鷙鳥也鷻鳶皆殺害小鳥故云貪殘之鳥然則正義本作鳶與說文廣雅合釋文本作鳶後人依釋文改正義又以鳶五各反改說文鳶與專反說文注云鳶讀與專同者與鵰疊韻而又雙聲說文鵰鴟也夏小正謂之弋弋即鴟也弋之字變爲

鳶廣雅疏證云當從鳥戈聲而書作鳶鳶字古音在元部古從戈聲之字多有讀入此部者故說文閔從戈聲而讀若縣戌從戈聲而讀若環鳶之從戈聲而音與專切亦猶是也案作弋作鳶說俱有理讀與專反者或出三家詩而毛詩作鳶五各反當以說文所據爲證旱鹿鳶飛戾天箋鳶鴟之類鳥之貪惡者也說文注云鳶亦當爲鳶正義引說文鳶鷙鳥此亦引說文鳶鷙鳥而從俗寫爲鳶耳釋詁云匪彼也傳云鶚鳶貪殘之鳥也者以喻貪殘之人處於高位傳文大魚上疑奪鱣鮪二字云鱣鮪大魚能逃處淵者以喻今民不能逃避禍害是大魚之不如矣

山有蕨薇隰有杞桋（傳）杞枸檵也桋赤楝也**君子作歌維以告哀**（疏）蕨薇詳草蟲篇杞枸檵四牡同隰有杞杞生於隰也下篇陟彼北山言采其杞杞生於山也是枸檵山隰皆有矣桋赤楝赤楝爾雅釋木文爾雅又云白者楝郭注云赤楝樹葉細而岐銳皮理錯戾好叢生山中中爲車輞白楝葉圓而岐爲大木邢疏引義疏云楝葉如柞皮薄而白其木理赤者爲赤楝一名桋

白者爲楝其木皆堅韌今人以爲車轂案杞楝同類郭景純謂赤楝叢生是已但云赤楝生山中詩言隰楝豈山隰亦皆有此木歟蕨薇之菜杞桋之木山隰足以覆養而有之以喻在位之人不能恩育萬民病困草木之不如○君子席在位之人作此詩歌以告哀於君子此倒句也正義謂作者自言君子似非詩恉君子作歌與吉甫作頌不同也

北山六章三章章六句三章章四句

北山大夫刺幽王也役使不均己勞於從事而不得養其父母焉

陟彼北山言采其杞偕偕士子朝夕從事傳偕偕強壯貌士子有王事者也王事靡盬憂我父母疏北山采杞以喻勞於從事言語詞○偕偕爲強壯強當作彊說文偕彊也引詩偕偕士子本傳訓也大玄彊次四爰聰爰明左右彊

彊測曰爰聰爰明庶士方來也又增上九測曰羣士彊
彊偕偕與彊彊同士讀爲事傳云士子有王事者王事
挨下句爲訓從事從王事也三章云嘉我未老鮮我方
將旅力方剛經營四方卽其義箋云靡無也盬不堅固
也王事無不堅固故我當盡力勤
勞於役久不得歸父母思己而憂

溥天之下莫非王土率土之濱莫非王臣（傳）溥大率循濱涯也**大夫不均我從事獨賢**（傳）賢勞也（疏）溥大爾雅釋詁文公

劉同溥天之下昭七年左傳東周策孟子萬章荀子君
子韓子說林上忠孝呂覽愼人新書匈奴白虎通義封
公矦喪服史記漢書司馬相如傳韓詩外傳皆作普聲
通率循釋詁文率古遳字古文作率漢人作遳今率行
而遳廢矣縣訪落同濱古當作瀕漢書王莽傳白虎通
義封公矦喪服兩篇引詩作賓爲假偕字說文無涯字
采蘋傳作厓○大夫在上位者席大夫不直席幽王也
節南山傳均平也不均序所謂役使不均也我有王事
者自我也傳詁賢爲勞勞者廣雅賢勞也王念孫疏證云
孟子萬章篇引詩而釋之曰此莫非王事我獨賢勞也

賢亦勞也賢勞猶言劬勞故毛傳曰賢勞也鹽鐵論地廣篇亦日詩云莫非王事而我獨勞刺不均也鄭箋趙注竝以賢爲賢才失其義矣案王說是也我從事獨賢序云已勞於從事是賢勞同也襄十三年左傳引詩而釋之云言不讓也亦謂大夫不知讓不讓與不均同意此詩專刺幽王役使不均從事獨勞是卽不均也首章言王事靡盬憂我父母又推獨勞者之情孟子云是詩也勞於王事而不得養父母也統釋首章與序言不得養父母合下章及末三章言獨勞不均皆從此章之義而申說之

四牡彭彭王事傍傍【傳】彭彭然不得息傍傍然不得已

嘉我未老鮮我方將旅力方剛經營四方【傳】將壯也旅衆也【疏】烝民箋彭彭行皃傍當作傍說文傍附行也彭彭傍傍聲義皆相近傳於彭彭云不得息於傍傍云不得已互文見義也○未老方將對文故傳訓將爲壯方將卽方壯也射義幼壯孝弟壯或爲將爾雅奘駔也奘與壯同樊孫本作將此皆壯將聲通之證旅衆釋詁文大明同桑柔靡有旅力與此旅力同秦誓番番

㫏士旅力既愆周語四軍之帥旅力方剛孔傳韋注竝云旅眾也逸周書大明武篇我師之窮靡人不剛鹽鐵論繇役篇詩云獫允孔熾我是用戒武夫潢潢經營四方故守禦征伐所由來久矣竝與此詩同

或燕燕居息（傳）燕燕安息貌**或盡瘁事國**（傳）盡力勞病以從國事**或息偃在牀或不已于行**（疏）燕安也重言曰燕燕爾雅燕燕尼居息也字又作宴宴傳云安息義同或盡瘁事國昭七年左傳引詩盡瘁作憔悴漢書五行志所載左傳作盡顇鄭注周禮小司寇云謂憔悴以事國其所據詩作憔悴字異義同傳云盡力勞病以釋盡瘁二字語雖分釋而義實平列也云以從國事釋經事國二字倒句以釋之已止也行道也

或不知叫號（傳）叫呼號召也**或慘慘劬勞或棲遲偃仰或王事鞅掌**（傳）鞅掌失容也（疏）叫號連緜字說文口部叫嘷也嘷號也言部訆大嘷也評召也碩鼠傳號呼也古嘷評呼通用叫謂之嘷嘷又謂之號號謂之呼評又謂之召是叫呼號召四

字同義也慘慘釋文字亦作懆懆是也衡門傳云棲遲游息也仰釋文作卬鞅掌疊韻連緜字鞅掌失容猶言倉皇失據耳正義云傳以鞅掌爲煩勞之狀故云失容言事煩鞅掌然不暇爲容儀也今俗語以職煩爲鞅掌其言出於此傳也案莊子庚桑楚篇鞅掌之爲使郭象注云鞅掌不自得宋陳景元校本有不字今各本奪不不可通矣崔譔云不仁意司馬彪云醜貌竝與失容義近又在宥篇遊者鞅掌以觀無妄鞅掌亦浮遊動容之意

或湛樂飲酒或慘慘畏咎或出入風議或靡事不爲（疏）湛亦樂也讀爲酖連言湛樂般樂也連言般樂娛樂也連言娛樂愉樂也連言愉樂喜樂也連言喜樂康樂也連言康樂皆其例慘慘亦懆懆之誤箋云咎猶罪過也風猶放也

無將大車三章章四句

無將大車大夫悔將小人也

無將大車祇自塵兮〔傳〕大車小人之所將也無思百憂祇自疷兮〔傳〕疷病也〔疏〕大車與王風大車不同考工記車人大車崇三柯鄭注云大車平地載任之車晉語以傳召伯宗遇大車當道而覆韋注云大車牛車也詩以大車喻小人將大車喻進小人傳云大車小人之所將也者但釋經之大車而喻義自明也我行其野傳祇適也箋云喻大夫而進舉小人適自作憂累故悔之易林井云大輿多塵小人傷賢皇甫司徒使君失家亦此義也○疷石經作疷不誤疷病釋詁文白華傳我疷兮傳亦云疷病也詩小學云詩三用此字爲韵白華與卑韵何人斯祇與易知篪知斯韵此皆弟十六部本音何人斯俗地祇字爲之於六書爲假俗若無將大車之疷而與弟十二部之塵韵讀若眞此古合韵之例又云張衡賦思百憂以自疢疢與疷音近禮記畛於鬼神鄭注畛或爲祇又說文觝一作䚩古狋氏讀如權精於此可求合韵之理釋文都禮反是唐初誤作疷也

無將大車維塵冥冥無思百憂不出于熲〔傳〕熲光也〔疏〕

荀子大畧篇君人者不可以不慎取臣匹夫者不可以不慎取友友者所以相有也道不同何以相有也均薪施火火就燥平地注水水流溼夫類之相從也如此之著也以友觀人焉所疑取友善人不可不慎是德之基也詩曰無將大車維塵冥冥言無與小人處也又韓詩外傳云今子所樹非其人也故君子先擇而後種也詩曰無將大車惟塵冥冥案此釋詩竝與序傳合箋云冥冥者蔽人目明令無所見也猶進舉小人蔽傷己之功德也○熲灮釋詁文箋云使人蔽闇不得出於灮明之道

無將大車維塵雝兮無思百憂祇自重兮疏箋云雝猶蔽也重猶累也

小明五章三章章十二句二章章六句

小明大夫悔仕于亂世也

明明上天照臨下土我征徂西至于艽野二月初吉載

離寒暑傳艽野遠荒之地初吉朔日也心之憂矣其毒
大苦念彼共人涕零如雨豈不懷歸畏此罪罟傳罟網
也疏明明猶昭昭禮記中庸篇今夫天斯昭昭之多鄭
之明其光甚微以喻世亂則闇於照察故詩以小明名
篇○艽野遠荒之地說文艽遠荒也从艸九聲引詩本
傳訓也古謂朔爲吉傳以朔日詁初吉者初始也初吉
與吉月不同而朔日與月朔又異吉月月朔爲一月之
始一日初吉者謂吉月之始朔日者謂月朔之日不必
定在始一日自一至十皆是也二月夏正之二月或謂
此二月爲周之二月者非也箋云我行往之西方至於
遠荒之地乃以二月朔日始行至今則更夏暑冬寒矣
尚未得歸案鄭說是也二月初吉冡上我征徂西句郎
下兩章云昔我往矣日月方除昔我往矣日月方奧也
載離寒暑即下兩章云曷云其還歲聿云莫也經言先
寒後暑箋乃以夏暑冬寒釋之蓋揆下采蕭穫菽已在
秋冬之交爲言此西行之大夫固爲歷寒未歸而作也
詩五章前三章章下六句作對耦法上六句用錯綜

法首章首二句明明上天照臨下土以喻身居小明之世爲全詩綱領至于艽野繫於我征徂西句下以箸明其行西所到之地二章念我獨兮我事孔庶繫於曷云其還歲聿云莫句下以言歲莫不歸而猶從事獨勞也三章政事愈蹙繫曷云其還下卽二章云念我獨兮我事孔庶也采蕭穫菽繫歲聿云莫下以驗星移物變有行役一時之苦卽首章云載離寒暑也三章上六句皆錯綜以變其體其實一線穿成解者或以二月初吉繫至于艽野之下遂謂二月既至艽野之二月失詩之意矣○共古恭字箋云共人靖共爾位以待賢者之君鄭以上三章共人卽末二章靖共爾位好與正直之君子案鄭說是也經以彼此作對文此者此幽王則彼者彼明王也小宛末章溫溫恭人惴惴小心韓詩以恭人爲大王居人上與此共人同傳云罟網古祇作罔說文罟网也或作罔或作䍏瞻卬罪罟不收傳罪罟設罪以爲罟與此罪罟同鹽鐵論執務篇古者行役不踰時春行秋反秋往春來寒暑未變衣服不易固已還矣若今則繇役極遠盡寒苦之地危難之處陟胡越之域今茲往而來歲還父母延頸而西望男女怨曠而相思身在東楚志在西河故一人行而鄉曲恨一人死而萬人悲詩

云念彼恭人涕零如雨豈不懷歸畏此罪罟案桓引詩亦以彼爲古而此爲今春行秋反寒暑未變云云郎解二月初吉意繇役極遠盡寒苦之地云云郎解至于艽野意此雖非全引詩辭正是依詩辭爲說則二月爲春行西京舊說有可證也

昔我往矣日月方除傳除除陳生新也**曷云其還歲聿云莫念我獨兮我事孔庶心之憂矣憚我不暇**傳憚勞也**念彼共人睠睠懷顧豈不懷歸畏此譴怒**疏昔我往矣日月方除此追溯其我往之時也蟋蟀除去也天保除開也去者除除陳開者生新除字兼有此二義管子度地篇天氣下地氣上萬物交通故事已新事未起其下卽云寒暑調日夜分分之後夜日益短晝日益長利以作土功之事案此與傳訓同汪龍詩異義云傳訓除爲除陳生新指二月也史記律書卯之爲言茂也言萬物茂也白虎通義卯者茂也漢書律曆志冒茆於卯說文卯冒也萬物冒地而出象開門之形故二月爲天門徐氏鍇曰

天門萬物畢出也釋名卯冒也載冒土而出也傳以除陳生新爲二月義致確矣箋引爾雅四月爲除釋昔我往矣爲往至於艽野爾雅四月爲余雖除余義通但經言昔我往矣是追溯始行之時釋往爲往到義終未安○釋文憚字亦作癉徐音旦徐仙民所據詩作癉矣今大東雲漢皆作憚憚訓勞憚爲癉之假借大東傳睠反顧皃重言曰睠睠箋云睠睠有往仕之志也王注楚辭九歎引詩李注文選王粲登樓賦張衡思玄賦謝惠連獻康樂詩引韓詩竝作眷眷懷顧說文有眷無睠

昔我往矣日月方奧傳奧煖也曷云其還政事愈蹙傳蹙促也歲聿云莫采蕭穫菽心之憂矣自詒伊慼傳慼憂也念彼共人興言出宿豈不懷歸畏此反覆疏奧煖衣同奧爲燠古文假借詩異義云說文煖溫也七月春日載陽箋陽溫也二月萬物畢出陽氣方盛經言方奧傳以煖解之亦致確也且二月初吉爲始行而昔我往矣則不定指初吉之一日即二月之末接於三月之初

凡往征途皆可言經方奥往方除下說文本有炙弟疏
既以春温申傳復引洪範疑燠當爲夏謂二月之初援
於正月之末時尚有霜不可云燠其言非也案汪說允
當唯解初吉爲一日自誤○蹙古祇作戚戚訓爲促者
以疊韻爲訓召旻傳云戚促也與此同今經典訓促急
字皆作蹙子六反非古義古音也凡古今文字日以滋
廣實由方語之殊引申假借之用故每字必有數音數
義解經者隨文立訓生生而不窮如公劉傳戚斧也戚
之本義而此句政事愈戚訓促下句自詒伊戚訓憂言
各有當不妨字同而義異也此故訓用字之通例蕭蒿
也菽九穀中最後穫者亨菽采菽皆其葉也至此則稱
穫矣淮南子墬形篇云菽夏生冬死○戚古慼字說文
慼憂也字亦作蹙伊維也雄雉箋伊當作緊緊猶是也
正義云箋以宣二年左傳自詒緊慼小明云自詒伊戚
爲義既同故此及蒹葭東山白駒各以伊爲緊小明不
易者以伊慼之文與左傳正同爲緊可知案據此則孔
所見左傳作緊與此詩作伊義同矣九罭傳云宿猶處
也與言出宿言將起而出處仕於治朝也與上睠睠懷
顧同意反亦覆也
反覆猶反側也

嗟爾君子無恆安處靖共爾位正直是與（傳）靖謀也正直為正能正人之曲曰直神之聽之式穀以女（疏）爾女女君子庶王也恆常也無常於安處安息以起下文靖共好與之意荀子勸學篇君子傳學而日參省乎己則知明而行無過矣其下即引詩曰嗟爾君子無恆安息靖共爾位好是正直神之聽之介爾景福楊注云無恆安息戒之不使懷安也漢書董仲舒傳武帝策賢良制曰詩不云虖嗟爾君子毋常安息神之聽之介爾景福顏注云言人君不當苟自安處而已亂其義也○靖謀爾雅釋詁文召旻我將同其即共人末二章承上三章念彼其人而言所以傷今而思古也襄七年左傳引此詩而釋之曰恤民為德正直為正正曲為直參和為仁如是則神聽之介福降之傳云正直為正能正人之曲為直其釋詩正直二字即用左傳文左傳恤民為德何以釋詩之靖字杜注云靖共其位所以恤民是也傳訓靖為謀謀所以恤民當亦本諸左傳召旻實靖夷我邦我將日靖四方傳皆云靖謀也皆謂謀治民人意義相同靖共爾位則指明君矣大夫有恤民之責故引詩可斷章取

義而要之詩意在刺幽王自不指在位之大夫禮記緇衣篇云有國者章善癉惡以示民厚則民情不貳亦引此詩箋指明君說不誤乃訓共爲具謂謀具女之爵位與共人箋義不可通共人不得稱具人也

嗟爾君子無恆安息傳息猶處也靖共爾位好是正直神之聽之介爾景福傳介景皆大也疏息猶處傳謂末兩章同意耳上章無恆安處此章無恆安息安息猶安處也般其靁二章莫敢遑息三章莫敢遑處遑息猶遑處也葛生一章誰與獨處二章誰與獨息獨息猶獨處也浮游一章於我歸處二章於我歸息歸息猶歸處也傳皆云息止也○介大爾雅釋詁文生民同說文亦大也方言乔大也東齊海岱之閒曰乔今字通作介猶奄大今作純弟大今作佛假俗行而本義廢矣景大亦釋詁文車舝玄鳥同景者京之假俗左傳云介福降之則介福爲大福也箋訓介爲助非傳義上章式穀以女爾女通稱穀善也穀女猶言介爾鄭於表記注云用祿與女是矣箋云其用善人則必用女亦非傳義

鼓鍾四章章五句

鼓鍾刺幽王也（疏）正義云鄭於中候握河注云昭王時鼓鍾之詩所爲作者鄭時未見毛詩依三家爲說也

鼓鍾將將淮水湯湯憂心且傷（傳）幽王用樂不與德比會諸侯于淮上鼓其淫樂以示諸侯賢者爲之憂傷淑人君子懷允不忘（疏）鍾當作鐘今鍾鐘通用鼓鐘擊鐘謂金奏也大饗王出入奏王夏賓出入奏肆夏賓爲諸侯詩言幽王會諸侯則所謂鼓鐘者奏王夏與肆夏也凡饗食賓射尚金奏故詩四章皆言鼓鐘說文鎗鐘聲也鐘聲爲鎗重言曰鎗鎗將將古文假借執競傳云將將集也載驅傳云湯湯大皃案上句言鼓鐘而下句即言淮水是用樂於淮水之上也淮水之上非方嶽覲諸侯之地今幽王會諸侯而用先王之樂是不與先王之德比矣不與德比即爲淫樂此傳總發全章之恉賢者爲之憂傷以釋憂心且傷句箋云

爲之憂傷者嘉樂不野合犧象不出門今乃於淮水之上作先王之樂失禮尤甚嘉樂不野合犧象不出門定十年左傳文史記魯世家稱孔子誅齊淫樂鄭引之正以申明此傳之義王肅亦云凡作樂而非所則謂之淫淫過也○釋詞云允語詞懷允不忘懷不忘也

鼓鍾喈喈淮水湝湝憂心且悲（傳）喈喈猶將將湝湝猶湯湯悲猶傷也**淑人君子其德不回**（傳）回邪也（疏）將將爲樂聲之作喈喈猶然也喈讀如八音克諧之諧湯湯爲水流之大湝湝猶然也說文云湝水流湝湝也悲傷同義憂心且悲猶云憂心且傷耳回邪小旻同

鼓鍾伐鼛淮有三洲憂心且妯（傳）鼛大鼓也三洲淮上地妯動也**淑人君子其德不猶**（傳）猶若也（疏）緜傳亦云鼛大鼓也長丈二尺淮南子主術篇鼛鼓而食高注鼛鼓王者之食樂也引詩鼓鍾伐鼛鼛鼓當作伐鼛玉海一百九引

淮南正作伐鼛而倉荀子正論篇代皋而倉皋與鼛通
代乃伐之誤淮南郎本於荀子也春官大司樂王大倉
三侑皆令奏鍾鼓郎其事也說詳王念孫荀子襍志○
三洲淮上地未詳朱右曾云按水經注淮水又東爲安
豐津淮中有洲俗號關洲蓋津關所在故斯洲納厥稱
禹通校全淮惟此有洲在今霍邱縣北也左傳周幽爲
大室之盟戎狄叛之潁水源於大室而入於淮意王既
會遂浮潁入淮數穆天子之浮于熒水以奏廣樂宣其
決侈于諸侯而不知戎狄之竊發此賢者所以聞樂而
拊心也奐今攷方輿紀要江南鳳陽府壽州霍邱縣縣
西南二十里有安風城或譌風爲豐大業陂縣東北十
五里周二十餘里八呼爲水門塘相傳古名鎮淮洲陷
而爲陂淮水在縣北三十里自潁州流入境又東北接
潁上縣界自霍邱縣而東經正陽鎮潁水流合焉漢志
潁水出陽城縣陽乾山東至下蔡入淮其入淮處謂之
潁尾左傳昭十二年楚子狩於州來次于潁尾亦曰潁
口下蔡城郎古州來也是淮洲陷成陂當在潁水入淮
之處又案釋正淮南有州黎上邵正義引劉台拱經傳
小記鹽鐵論論儒篇孔子能方不能圓故飢于黎上哀
公二年蔡遷于州來四年孔子自陳適蔡絕糧鹽鐵論

所謂黎上蓋即州黎之上也晉志淮南郡壽春縣今爲安徽鳳陽府壽州○妯動釋詁文箋妯之言悼也由古卓聲同鄭不以妯悼同訓而以鼓鐘之妯讀同悼猶以菀柳之蹈讀曰悼謂妯蹈皆即悼也檜羔裘傳云悼動也說文心部引詩憂心且怞妯怞聲相近衆經音義卷十二引韓詩憂心且陶妯陶聲亦相近猶若小星同

鼓鍾欽欽鼓瑟鼓琴笙磬同音〔傳〕欽欽言使人樂進也笙磬東方之樂也同音四縣皆同也**以雅以南以籥不僭**〔傳〕爲雅爲南也舞四夷之樂大德廣所及也東夷之樂曰昧南夷之樂曰南西夷之樂曰朱離北夷之樂曰禁以爲籥舞若是爲和而不僭矣〔疏〕賓入門則金作故傳云欽欽言使人樂進也鳧鷖傳欣欣然樂也欽欣一聲之轉廣雅釋訓欽欽聲也鼓瑟鼓琴瑟琴在堂上也歌詩以弦之下文言樂舞皆在堂下○儀禮大射儀樂人宿縣于阼階東笙磬西面其南笙鍾西階之西頌磬東面其南鍾鄭注

云笙猶生也東爲陽中萬物以生言成功曰頌西爲陰中萬物之所成鍾不言頌省文也周禮眡瞭掌擊頌磬笙磬注云磬在東方曰笙笙生也在西方曰頌頌或作庸功也大司樂疏引書笙庸以閒注云東方之樂謂之笙笙生也東方生長之方故名樂爲生也庸者西方之樂謂之庸庸功也西方物熟有成功亦謂之頌頌亦是頌其成也然則鄭亦以鍾磬之在西者爲頌在東者爲笙矣詩言笙磬不言頌磬言磬不言鍾皆省文也傳釋笙磬爲東方之樂者舉東方以晐西方亦舉磬以晐鍾也云同音四縣皆同也者此總釋四面縣之義小胥正樂縣之位王宮縣鄭司農注云宮縣四面縣四面象宮室四面有牆故謂之宮縣逸周書大匡篇國不鄉射樂不牆合孔注云牆合卽所謂宮縣是也案逸周書言牆合卽鄭司農所謂象宮室四面有牆也凡周樂縣之制編磬編鐘各一四面設一縣共八縣此外之縣者鎛二縣在東西兩行之南特磬一縣在堂下之北更設鞉鼓一縣在頌磬之西四縣皆在堂下同音者堂下樂器之音同也同之爲言均也調也此不兼堂上樂器而言正義以爲堂上之琴瑟與堂下之磬鍾皆同其聲音不相奪倫失傳恉矣○以雅以南傳云爲雅爲南爲釋經之以

玉篇以爲也全詩以與爲同義者放此雅正樂舞六代之樂也南夷樂也詩但言南夷之樂傳乃兼言四夷之樂以補明經義不言雅者以易曉畧耳周禮旄人掌敎舞夷樂鄭注云夷樂四夷之樂亦皆有聲歌及舞鞮鞻氏掌四夷之樂注云四夷之樂東方曰韎南方曰任西方曰侏離北方曰禁詩云以雅以南是也王者必作四夷之樂一天下也何休昭二十五年公羊傳注云王者舞六樂于宗廟之中舞先王之樂明有法也舞己之樂明有制也舞四夷之樂大德廣及之也東夷之樂曰株離南夷之樂曰任西夷之樂曰禁北夷之樂曰昧蔡邕獨斷同白虎通義禮樂篇引河閒獻王樂元語樂先王之樂明有法也興其所自作明有制也興四夷之樂明德廣及之也故東夷之樂曰朝離南夷之樂曰南西夷之樂曰昧北夷之樂曰禁合觀之樂儛於堂四夷之樂陳於右先王所以得之順命重始也案觀當作歡右疑門字之誤劉逵魏都賦注引韓詩内傳王者舞六代之樂舞四夷之樂大德廣之所及後漢書陳禪傳尚書陳忠曰古者合歡之樂舞於堂四夷之樂陳於門故詩云以雅以南韎任朱離蓋忠引三家詩韎任朱離以釋詩之南與毛傳昧南朱離禁以釋詩之南其義正同非三

家詩增多四字也雅樂在門內堂下夷樂在明堂四門之外白虎通義所謂夷狄無禮義不在內是其義也禮記明堂位篇昧東夷之樂也任南蠻之樂也納夷蠻之樂於大廟言廣魯於天下也又云大廟天子明堂魯大廟與天子路寢明堂同制唯魯明堂無西北夷樂或下於天子故但納夷蠻樂於大廟而設其樂於路寢明堂外也天子路寢明堂外有四門巡狩會諸侯築明堂其外亦有四門九夷八蠻六戎五狄來朝立於明堂四門之外因以舞其樂焉樂元語東夷之樂持矛舞助時生也南夷之樂持羽舞助時養也西夷之樂持戟舞助時殺也北夷之樂持干舞助時藏也北堂書鈔樂部三引劉向五經通義同此四夷之樂皆有舞故毛韓詩傳並云舞四夷之樂也傳謂籥為籥舞不僭為和而不僭抑傳僭差也此總釋雅南也賓之初筵傳云秉籥而舞與笙歌相應所謂為和而不僭也總釋雅南則上文鐘磬琴瑟包在其中矣天子會同築壇覲侯其舞當有干舞不言干舞而但稱籥舞者尚德之義也舉文舞以晐武舞故但以籥言春秋經萬入去籥禮記仲尼燕居武夏籥序興皆是也鄭易傳以雅為萬舞萬舞為干舞而於此詩經傳意不合○案末章陳古樂意承上三章淑人

君子謂用樂與德比者也

楚茨六章章十二句

楚茨刺幽王也政煩賦重田萊多荒饑饉降喪民卒流亡祭祀不饗故君子思古焉【疏】詩先言民事而及神饗獲福也陳古以刺今

楚楚者茨言抽其棘【傳】楚楚茨棘貌抽除也自昔何爲我蓺黍稷我黍與與我稷翼翼我倉既盈我庾維億【傳】露積曰庾萬萬曰億以爲酒食以享以祀以妥以侑以介景福【傳】妥安坐也侑勸也【疏】牆有茨傳云茨疾藜也玉藻注齊當爲楚薺之薺楚薺卽楚茨鄭所據三家有作楚楚者薺也王注楚辭引楚楚者薋玉篇薋蒺蔾也三角刺人茨薺薋竝同楚木有棘故楚楚爲茨棘皃抽除雙聲棘卽茨棘也牆有茨傳襄除也義同訓亦同○自昔何爲句承上生下

自昔猶云自古言自古墾田之法如是是何爲乎爲我農夫將種蓺黍稷故也說文引此詩作埶今通作蓺說文旟旟衆也从㫃與聲是與與有衆義廣雅云翼翼盛也說文倉穀藏也庾倉無屋者甫田箋庾露積穀本此傳訓也周語云野有庾積露積即野積胡廣漢官解詁在邑曰倉在野曰庾蓋庾本爲在野積穀之稱故亦謂庾爲倉也萬萬曰億伐檀同詳伐檀篇○以者以黍稷也凡酒食以黍稷爲之享祀又以黍稷爲主也天保吉蠲爲饎是用孝享傳饎酒食也享獻也文義相同妥安坐爾雅釋詁文禮記郊特牲舉斝角詔妥尸鄭注云尸始入舉奠斝若奠角將祭之祝則詔主人拜安尸使之坐尸即至尊之坐或時不自安則以拜安之也天子奠斝諸侯奠角禮器云周坐尸少牢特牲皆拜妥尸則自天子以下同也拜妥尸在薦孰之後侑訓勸侑尸謂勸尸食也特牲饋食禮尸三飯告飽祝侑主人拜尸又三飯告飽祝侑之如初尸又三飯告飽祝侑之如初鄭注云三飯告飽禮一成也侑勸也或曰又勸之又使食有司徹注士九飯大夫十一飯其餘有十三飯十五飯賈疏云諸侯十三飯天子十五飯案此侑尸之禮也以介景福祝爲主人獻神之辭禮運所謂祝以孝告也小明

傳云介景

皆大也

濟濟蹌蹌絜爾牛羊以往烝嘗或剝或亨或肆或將（傳）濟濟蹌蹌言有容也亨飪之也肆陳將齊也或陳于互或齊其肉

祝祭于祊祀事孔明（傳）祊門內也

先祖是皇神保是饗（傳）皇大保安也

孝孫有慶報以介福萬壽無疆（疏）禮記曲禮下篇大夫濟濟士蹌蹌鄭注云皆行容止之貌義與傳訓同有容與下章爨竈有容傳皆謂助祭之大夫士矣絜爾牛羊以往烝嘗正義云司徒奉牛司馬奉羊也瓠葉箋亨熟也飪熟同義剝亨猶割亨也繁露質文篇先亨而後用樂此即周人尚臭之義也肆陳行葦同說文云肆極陳也將齊釋言文或陳於互者周禮牛人凡祭祀共其牛牲之互互注互若今屠家縣肉格賈疏云始殺解體未薦之時且縣於互待解訖乃薦之是也或齊其肉者王肅云分齊其肉所當用案將讀與醬同說文醬醢也古文作牆醢則分齊其肉之

細者也是將有分齊之義禮運篇腥其俎孰其殽鄭注腥其俎謂豚解而腥之及血毛孰其殽謂體解而爓之孔疏云特牲九體肩一臂二臑三肫四胳五正脊六橫脊七長脅八短脅九少牢則十一體加以脡脊代脅爲十一體也是分豚爲體解孰其殽謂體解訖以湯爓之不全熟次於腥而薦之堂故祭義曰爓祭祭腥而退是也然則分豚體解卽所謂分齊其肉也此言天子朝踐薦腥之事而云或亨者類相及耳文不次也○爾雅閍謂之門李孫注竝云廟門也門曰閍門內之祭曰祊說文鬃門內祭先祖所以徬皇也詩曰祝祭于鬃或从方作祊言門內本毛義也凡祭宗廟之禮廟主藏於室中于其祭也祝以詔告之所謂直祭祝于主也廟門之內皆祖宗神靈所馮依焉孝子不知神之所在于其祭也祝以博求之所謂索祭祝于祊也是祊祭當在事尸之前至繹祭主未納室故無詔室之祭亦必無索神之祭鄭注禮記以祊爲繹安於廟門外箋詩又以門內爲大門內非廟門內康成初不治毛詩而箋詩常自用其禮注孔疏曲爲護解廟門外爲繹祭之祊廟門內爲正祭之祊則詩之祊與禮記郊特牲禮器之祊爲二祭矣江都焦循宮室圖云繹祭之名見於諸經者絕不與祊混

祊皆正祭索神之名所云爲祊於外而出於祊者皆對室中言非門外也焦說是矣明謂昭明也○傳訓皇爲大保爲安言先祖之神靈於是大安之則於是饗之也下神保是格神保聿歸保皆訓爲安饗神饗之也孝孫有慶報以介福萬壽無疆此祝爲尸致福於主人之辭禮運所謂嘏以慈告也儿受術之後祝致嘏辭士尸親嘏大夫以上命祝嘏少牢饋食禮尸命祝祝以嘏于主人曰皇尸命工祝承致多福無疆于女孝孫來女孝孫使女受祿于天宐稼于田眉壽萬年勿替引之是其義也

執爨踖踖爲俎孔碩或燔或炙（傳）爨饔爨廩爨也踖踖言爨竈有容也燔取膟膋炙炙肉也君婦莫莫爲豆孔庶爲賓爲客（傳）莫莫言清靜而敬至也豆謂內羞庶羞也繹而賓尸及賓客獻醻交錯禮儀卒度笑語卒獲（傳）東西爲交邪行爲錯度法度也獲得時也神保是格報

以介福萬壽攸酢（傳）格來酢報也（疏）爨今之竈傳釋爨爲饔爨廩爨者牲與黍稷皆有竈也少牢禮雍人概鼎匕俎于雍爨雍爨在門東南北上廩人概甑甗匕與敦于廩爨廩爨在雍爨之北特牲記尸卒食而祭饎爨雍爨爨菜大夫以上皆稱廩爨惟士稱饎爨特牲士禮有牲爨魚腊爨則天子大牢其雍爨更有牛爨矣雍古饔字爾雅踖踖敬也易離初九履錯然敬之无咎象傳云履錯之敬以避咎也錯與踖通書大傳云爨竈者有容與此傳訓同碩大也宗廟之俎用大房也○燔取膟膋祭義云鸞刀以封取膟膋乃退又郊特牲云取膟膋燔燎升首報陽也是膟膋燔燎朝踐饋食皆有其事惟饋食取膟膋以爇蕭合黍稷爲異詩上承執爨自在黍稷薦陳之後則傳意同於信南山與生民矣炙炙肉謂以肉炙之也瓠葉傳云抗火曰炙禮運篇醴醆以獻薦其燔炙孔疏引皇侃義疏云燔謂薦孰之時爇蕭合馨薌正用毛義爲說○君婦與五章君婦同周禮九嬪凡祭祀贊玉齍贊后薦徹豆籩世婦掌祭祀之事帥女宮而濯摡爲齍盛及祭之日涖陳女宮之具凡內羞之物女御凡祭祀贊世婦夫九嬪之職在贊后薦徹豆籩即弟五章所云君婦廢徹

也世婦之職在菹陳內羞之物而女御又贊世婦者鄭下文所云爲豆孔庶也說詳何楷世本古義說文漢清也莫與漢同傳云清靜敬至此謂正行祭祀之時有司徹宰夫羞房中之羞于尸侑主人主婦皆右之司士羞庶羞于尸侑主人主婦皆左之注云二羞所以盡歡心房中之羞其籩則糗餌粉餈其豆則酏食糝食庶羞羊臐豕膮皆有胾醢房中之羞內羞也內羞在右陰也庶羞在左陽也籩人羞籩之實注即引二羞羞豆與羞籩同則詩之豆爲羞豆也案天子賓尸之禮既亾故傳本大夫賓尸言之大夫賓尸尸侑主人主婦皆有二羞則天子賓尸尸侑及王與后皆有二羞可知雖賓客獻酬亦設之也據少牢正祭尸食舉之時羞庶羞而不羞內羞荊溪任啓運天子肆獻祼饋食禮云王不獻祝王與后未交致爵內羞庶羞於何用乎若謂繹祭獻祝致爵王后時則善又云按正祭時賓客無豆繹乃設之葢以內羞庶羞皆爲飲酒設故至旅酬乃用也案任說是也詩言設俎薦孰之後因直說到賓尸設豆之時故傳釋經爲豆即據賓尸之豆有內羞庶羞爲訓經於爲賓爲客句以起下獻酬傳乃補明經義云繹而賓尸及賓客謂繹祭賓尸之禮始及賓客也絲衣序繹賓尸也穀梁

傳繹者祭之且日之享賓也傳意順經作繹正義謂豆先於祭時豫作以待賓客則經文賓客獻酬皆成豫作泛詞失經傳恉矣○釋文疇又作酬酬旅酬也特牲饋食禮主人酬賓之觶奠於薦北賓取之奠於薦南主人獻長兄弟衆兄弟及內兄弟後於是賓取主人酬賓之觶酬長兄弟長兄弟酬衆賓衆賓又酬衆兄弟交錯以辯主婦及內賓宗婦亦旅西面內賓象衆賓宗婦象兄弟其儀節依男子有司徹旅酬賓三獻後使二人舉觶於尸侑尸酬主人主人酬侑侑酬長賓至衆賓與兄弟及私人交錯其酬皆是以尊酬卑中庸云旅酬下爲上所以逮賤也特牲士禮士不賓尸有司徹大夫賓尸其旅酬儀文不同而獻酢酬以及旅酬無算爵節次無不同天子諸侯明日賓尸則旅酬爲繹祭祭畢之禮故中庸旅酬卽繼之以燕毛序齒也傳釋交錯之義云東西爲交者東西二觶竝旅旅行也東西行謂之交也云邪行爲錯者邪與衺同錯者逪之假借字東西而衺行者謂之逪也大玄瑩篇東西爲緯南北爲經經緯交錯邪正以分與傳訓同禮記坊記篇子云七日戒三日齊承一人焉以爲尸過之者趨走以教敬也醴酒在室醍酒在堂澄酒在下示民不淫也尸飲三衆賓飲一示民有

上下也因其酒肉聚其宗族以敎民睦也故堂上觀乎室堂下觀乎上詩云禮儀卒度笑語卒獲傳釋度爲法度即示不淫示民有上下之義也祭祀之時淸靜而敬至至獻酬時則笑語不禁即敎民睦之義也故傳云獲得時也儀當作義韓詩外傳四引詩禮義卒度箋云古者於旅也語○格來爾雅釋言文方言佫來也自關而東周鄭之郊齊魯之閒或謂之佫佫與格通酢報釋詁文瓠葉酌言酢之傳云酢報也訓同而義異瓠葉之酢報爲賓報主人之獻引申之則凡報皆曰酢也來來饗介大也萬壽攸酢言報之以萬壽也洪範五福一曰壽案此章及明日繹祭祭畢而饗燕賓客由饗燕而推本於神報介福則祀事至此畢矣下三章又複敘祭祀始末以明思古之情

我孔熯矣式禮莫愆傳熯敬也工祝致告徂賚孝孫傳善其事曰工賚予也苾芬孝祀神嗜飲食卜爾百福如幾如式既齊既稷既匡既敕傳幾期式法也稷疾敕固

也永錫爾極時萬時億（疏）箋云我我孝孫也熯敬釋詁文小箋云熯即戁之假借字
說文戁敬也式用愆過也式禮莫愆即上章禮義卒度
之意○正義云論語曰工欲善其事故云善其事曰工
工祝致告此正祭工祝告利成也凡正祭告利成後有
神餕受福之儀節下文正言其事徂讀爲且與下徂位
之徂不同義徂賚孝孫且賚孝孫也古徂且聲通賚予
釋詁文予孝孫即下文之卜爾也少牢禮上釐親嘏曰
主人受祭之福胡壽保建家室釐古文作餕說文苾馨
香也芬艸初生其香分布也或作芬是苾芬皆香也重
言苾苾芬芬箋苾苾芬芬有馨香矣文選蘇武詩注引
韓詩馥芬孝祀衆經音義卷十四引韓詩同薛君章句
云馥香皃也馥即苾之異體故說文艸部錄苾而香部
不錄馥爾雅享孝也孝可訓爲享天保載見皆云孝享
孝亦享也孝祀即享祀也享祀則神饗之神嗜飲食是
即神餕矣卜即賚也天保傳卜予也○幾讀與期同此
假借字也如期承上爾百福句式法下武同如式承苾
芬孝祀句大宰一曰祭祀之式是也既齊既稷既匡既
敕又承如式句永錫爾極時萬時億又承如期句稷讀
爲速爾雅速疾也謖音速稷謖皆從畟聲其讀當同故

稷與敕合韻也敕讀爲飭說文飭致堅也从人力食聲讀若敕飭敕不同部許讀同者其類相近故其義相通也致堅者固之謂也稷飭同部速敕同部敕讀爲飭猶稷讀爲速竝於雙聲得義齊亦疾也爾雅齊疾也又云匡正也固與正義相近齊稷匡敕皆祭祀肅敬之意所謂如法也極中也時是也箋云長賜女以中和之福是萬是億言多無數所謂如期也神之期於子孫者福數正多也

禮儀既備鍾鼓既戒孝孫徂位工祝致告（傳）致告告利成也神具醉止皇尸載起鼓鍾送尸神保聿歸（傳）皇大也諸宰君婦廢徹不遲諸父兄弟備言燕私（傳）燕而盡其私恩（疏）戒亦備也祭且畢王將出則奏鍾鼓矣周禮大司樂王出入則令奏王夏箋解徂位爲往位堂下西面位告者告孝孫也特牲士禮其正祭於旅酬後祝告利成改饌闔戶牖再告利成士不賓尸也少牢大夫禮其正祭終獻後告利成尸出又賓尸告利成尸出改饌再告利成鄭注云利猶養也成畢也孝子之

養禮畢案此告利成之節次也諸侯以上禮更隆盛楚茨篇中兩言致告皆是告利成上章工祝致告謂正祭祭畢此章工祝致告謂繹祭祭畢毛於此章發傳者至繹祭而事尸之禮乃終也改饌尸已出則利成致告於主人尸未出則亦致告於主人箋言告尸失之○郊特牲云尸神象也周七廟當有七尸旅酬則六尸故云神具醉止具俱也皇訓大少牢無君稱皇尸則皇尸爲大尸尊大之也詩小學云宋書禮志四兩引皆曰鐘鼓送尸正義云云鳴鐘鼓以送尸是唐初不作鼓鐘開成石經誤矣案周禮鐘師掌金奏凡樂事以鐘鼓奏九夏鄭注云以鐘鼓者先擊鐘次擊鼓以奏九夏杜子春注云尸出入奏肆夏是肆夏亦有鐘有鼓矣不得謂但鼓擊其鐘也神保聿歸箋云神安歸者歸於天也宋書樂志引詩作神保遹歸遹與聿通○正義云周禮宰夫無徹饌之文膳夫凡王祭祀賓客則徹王之胙俎注膳夫親徹胙俎胙俎最尊也其餘則其屬徹之然則徹饌者膳夫也言諸宰者以膳夫是宰之屬官序官膳夫上士二人中士四人下士八人故言諸也又云周禮九嬪凡祭祀贊后薦徹豆籩知君婦豆籩而已餘饌諸宰徹之也長發傳不遲言疾也傳云燕而盡其私恩者釋經燕私二

字之義箋祭祀畢歸賓客之俎同姓則留與之燕所以尊賓客親骨肉也正義云特牲祝命徹胙俎豆籩設于東序下注胙俎主人之俎設于東序下亦將私燕也是祭末而燕私之事歸之俎所以尊賓客留之燕所以親骨肉也

樂具入奏以綏後祿爾殽既將莫怨具慶（傳）綏安也安然後受福祿也將行也既醉既飽小大稽首神嗜飲食使君壽考孔惠孔時維其盡之子子孫孫勿普引之（傳）普廢引長也（疏）綏安樛木同安謂神安祿謂子孫受福祿此總括上文神饗獲福之意既醉篇爾肴既將傳亦云將行也兩傳行字皆讀如行列之行伐柯籩豆有踐傳踐行列皃是其義也此承祭畢燕私而言中庸云親親則諸父昆弟不怨所謂莫怨具慶也既醉者既醉以酒也既飽者既飽以德也既醉傳云既者盡其禮終其事又云終於饗燕始於享祀文義與此正同此已下復因燕私醉飽而推本於祭祀受嘏與弟

三章末三句一意孔甚惠順時是也盡之盡其禮也甚順者無不順甚是者無不是祭統云唯賢者能盡祭之義賢者之祭也必受其福非世所謂福也福者備也備者百順之名也無所不順者之謂備言內盡於己而外順於道也普廢釋言文說文竝部云普廢也召旻傳同引長釋詁文行葦卷阿召旻傳皆云引長也爾雅釋訓子子孫孫引無極也舍人注云子孫長引美道引無極也

信南山六章章六句

信南山刺幽王也不能脩成王之業疆理天下以奉禹功故君子思古焉

信彼南山維禹甸之畇畇原隰曾孫田之（傳）甸治也畇畇墾辟貌曾孫成王也我疆我理（傳）疆畫經界也理分地理也南東其畝（傳）或南或東（疏）周禮稍人注甸讀與維禹敶之之敶同賈

疏云出韓詩古甸嗽聲義相同也傳詁甸爲治韓奕同書禹貢雍州荆岐既旅終南惇物至於鳥鼠案荆岐渭北山終南惇物渭南山終南在今長安縣南惇物在今武功縣南皆爲南山禹治水災自東而西終南及惇物皆有功施詩言禹所治之南山即此也均人注甸均也讀如㽦㽦原隰之㽦釋文㽦音均又音旬玉篇㽦均也畇畇與㽦㽦同傳云墾辟者夏小正正月農率均田傳率者循也均田者始除田也言農夫之急除田也周語墾田若蓺韋注云發田曰墾辟者開也序言成王故知曾孫爲成王也行葦維天之命傳同田讀如甸言成王之脩奉禹功也○傳云疆畫經界也者說文畺界也或作疆月令孟春之月王命布農事命田舍東郊皆脩封疆審端經術鄭注云封疆田首之分職術周禮作遂凡井牧其邱甸縣都之田野㽦造徑畛涂道之通路皆我疆事也孟子滕文公篇使畢戰問井地孟子曰夫仁政必自經界始經界不正井地不均穀祿不平是故暴君汙吏必慢其經界經界既正分田制祿可坐而定也○云理分地理也者考工記匠人凡溝逆地防謂之不行鄭注云防謂脈理說文云防地理也周語農祥晨正土乃脈發韋注云脈理也凡種稑之種原隰之宜上地中

地下地田萊之數皆我理事也疆理所以治田二者相須而行故此詩及緜迺疆迺理江漢于疆于理皆連言之○云或南或東者或之爲有也或南者有南其畝者也或東者有東其畝者也韓子外儲說右上篇晉文公伐衞東其畝又呂覽簡選篇晉文公東衞之畝高注云使衞耕者皆東畝以遂晉兵也成二年左傳晉郤克伐齊使齊之封內盡東其畝賓媚人曰先王疆理天下物土之宜而布其利今吾子疆理諸侯而曰盡東其畝而已唯吾子戎車是利無顧土宜杜注云晉之伐齊循壟東行易蓋南東必因地埶齊衞在晉東故晉使東畝爲不顧土宜也程瑤田通藝錄阡陌考云阡陌田閒之道也亦作仟佰訓故家釋阡陌者皆言南北曰阡東西曰陌惟應劭風俗通具二義曰南北曰阡東西曰陌河東以東西爲阡南北爲陌諒哉應氏之說得古人物土宜之義矣天下之川皆東流故川橫則澮縱洫又橫溝又縱遂又橫遂橫者其甽必縱而畝陳於東是故東畝者天下之大勢也遂上有徑當百畝之閒故謂之陌其徑東西行故曰東西曰陌也遂上之徑東西行則溝上之畛必南北行畛當千畝之閒故謂之阡而曰南北曰阡也然則南北曰阡東西曰陌此阡陌之通義以其義出

於東畝蓋東畝者天下之大勢也然有東畝者亦有南畝者天下之川大勢雖皆東流而河東之川獨南流河爲川之最大者而或南流則其畝必南陳而爲南畝矣南畝畎橫則遂縱徑亦縱而爲南北行豈不南北爲陌乎溝橫畛亦橫而爲東西行豈不東西爲阡乎由是洫又縱澮又橫而川則縱而南流矣河東之川天下之大川也而獨南流故特舉之以爲東西爲阡南北爲陌之例物土之宜以爲阡陌必具二義而不知者乃是此非彼葢亦勿思矣河至大伾又北流則盡畝之法與河東川之南流者同爲南畝而晉人乃欲使齊之境內盡東其畝此實媚人所以有無顧土宜之席也阡陌之名從遂人百畝千畝百夫千夫生義而匠人之阡陌則因乎遂人而名之義不繫乎畝與夫之千百命名之事惟變所適亦自然之勢也奐案詩言畝有南東則阡陌亦必南東程說足以證三代定畝之至意天下之川東西流者畝必東南北流者畝必南其大較也河東之川南流豳岐豐鎬在大河之西其川與河東之川同是南流其畝必南陳故七月甫田大田載芟良耜等篇皆云南畝此篇言疆理天下故云南東畝是立文之義矣

上天同雲雨雪雰雰〔傳〕雰雰雪貌豐年之冬必有積雪益之以霢霂既優既渥〔傳〕小雨曰霢霂既霑既足生我百穀〔疏〕藝文類聚天部下引韓詩外傳云凡草木華多五出雪華獨六出雪華曰霙雪雲曰同雲雰雰猶紛紛御覽天部八引詩作紛紛說文雨部無雰字疑古毛詩本作分分後人加雨耳晏子襍上篇云陰水厥陽冰厚五寸者寒溫節節則刑政平平則上下和和則年穀孰案此與傳豐年積雪之說畧同爾雅釋天小雨謂之霢霂傳所本也說文瀀澤多也引詩作瀀玉篇瀀今作優說文渥霑也浞濡也足即浞之假借字

疆場翼翼黍稷彧彧〔傳〕場畔也翼翼讓畔也彧彧茂盛貌曾孫之穡以爲酒食畀我尸賓壽考萬年〔疏〕場訓畔說文畔田界也翼翼恭敬皃故讓畔謂之翼翼彧者戫之隸變玉篇作彧彧廣韻作棫棫云黍稷盛皃○伐檀傳斂之曰穡以爲酒食以黍稷爲酒食也凡祭祀有妥尸饗賓之禮楚茨云我黍與與我稷翼翼我倉既盈我庾維億

以爲酒食以享以祀以妥以侑以介景福又云爲豆孔庶爲賓爲客獻酬交錯禮義卒度笑語則獲神保是格報以介福萬壽攸酢是其義也

中田有廬疆場有瓜是剝是菹（傳）剝瓜爲菹也**獻之皇祖曾孫壽考受天之祜**（疏）公劉傳廬寄也說文廬寄也秋冬去春夏居此即在田曰廬之謂也宣十五年穀梁傳古者三百步爲里名曰井田井田者九百畝公田居一古者公田爲居井竈葱韭盡取焉范注云八家共居是廬在公田中矣漢書食貨志理民之道地著爲本故必建步立畮正其經界六尺爲步步百爲畮畮百爲夫夫三爲屋屋三爲井井方一里是爲九夫八家共之各受私田百畮公田十畮是爲八百八十畮餘二十畮以爲廬舍是班本孟子八家同井同養公田定爲八家各助耕公田十畮餘二十畮爲廬舍矣何休注公羊傳云聖人制井田之法而口分之一夫一婦受田百畝以養父母妻子五口爲一家公田十畝即所謂什一而稅也廬舍二畝半凡爲田一頃十二畝半八家而九頃共爲一井故曰井田廬舍在內貴

人也公田次之重公也私田在外賤私也案五口一家即子産治鄭田疇廬井有伍之制亦即小司徒下地家五人之法八家分受公田中畫二十畝爲廬舍則八家各得廬舍二畝半此何注因班志以立説韓詩外傳云古者八家而井田方里爲一井廣三百步長三百步爲一里其田九百畝廣一步長百步爲一畝廣百步長百步爲百畝八家爲鄰家得百畝餘夫各得二十五畝家爲公田十畝餘二十畝共爲廬舍各得二畝半八家相保出入更守疾病相憂患難相救有無相貸飲食相召嫁娶相謀漁獵分得仁恩施行是以其民和親而相好詩曰中田有廬疆埸有瓜此韓傳亦主廬舍二畝半尚在班何之前其説當爲近古趙岐孟子耕者九一注云八家耕八百畝其百畝者以爲公田及廬井故曰九一也方里而井注云公田八十畝其餘二十畝以爲廬井宅園圃家二畝半也注與古説同唯梁惠王篇五畝之宅樹之以桑注云廬井邑居各二畝半以爲宅冬入保城二畝半故曰五畝也趙邠卿本古有在田二畝半之説以創此在邑亦二畝半合五畝宅之數不知五畝宅在城郭都鄙與田廬本不相涉説見七月篇又案箋中田田中也農人作廬焉以使其田事鄭習韓詩而此箋

不言廬畝之數是不從韓詩廬舍二畝半矣甫田箋九
夫爲井井稅一夫其田百畝井十爲通通稅十夫其田
千畝通十爲成成方十里成稅百夫其田萬畝正義云
食貨志取孟子爲說而失其本旨義異於鄭理不可通
何則言井九百畝其中爲公田則中央百畝共爲公田
不得家取十畝也又言八家皆私百畝則百畝皆屬公
矣何得復以二十畝爲廬舍也言同養公田是八家共
理公事何得家分十畝自治之也若家取十畝各自治
之安得謂之同養也若二十畝爲廬舍則家別二畝半
亦入私矣則家別私有百二畝半何得謂八家皆私百
畝也鄭於匠人注云野九夫而稅一此箋云井稅一夫
其田百畝是鄭意無家別公田十畝及二畝半爲廬舍
之事近儒金鶚井田考九一爲助法以九百畝而得一
百畝也若公田僅八十畝是輕於九一矣亦與孟子不
合鄭謂公田百畝非八十畝也詩所謂中田有廬者乃
於畺畔爲之以避雨與暑大不容一畝必無二畝半之
廣在公田之中也案金說亦從鄭義而與古殊書缺有
閒姑備參攷○經言有瓜故知剝爲剝瓜也剝猶削也
曲禮爲天子削瓜者副之巾以絺削瓜作菹所以供祭
祀也禮記玉藻論語鄉黨皆有瓜祭皇祖謂先祖也獻

瓜菹於先祖神饗德
與信不求備焉也

祭以清酒從以騂牡(傳)周尚赤也**享于祖考執其鸞刀**
以啓其毛取其血膋(傳)鸞刀刀有鸞者言割中節也毛
以告純也膋脂膏也血以告殺膋以升臭合之黍稷實
之於蕭合馨香也(疏)周禮酒正辨三酒之物三曰清酒
鄭司農注云清酒祭祀之酒也從
從獻也量人注云從獻者肉殽從酒也御覽禮儀部三
引傳文周尚赤用騂五字與今本異旱鹿篇清酒騂牡
義同享獻也享于祖考猶上章云獻之皇祖耳○說文
鑾鈴象鸞鳥之聲从金鸞省通假作鸞刀有鸞者謂之
鸞刀何注宣十二年公羊傳鸞刀宗廟割切之刀環有
和鋒有鸞是也禮記祭義云鸞刀以封郊特牲云割刀
之用而鸞刀之貴貴其義也聲和而後斷也是言割中
節之事毛以告純也以下二十九字定本集注皆爲毛
傳而正義本以此爲鄭箋誤矣御覽引亦誤今訂正毛
以告純者毛之色全者曰毛猶角之正好者曰角車攻

傳宗廟齊豪尚純也豪與毛同膋脂膏者內則膋之以其膋注膋腸閒脂說文膫牛腸脂也引詩作膫或作膋將腸閒肥也一名膫戴角者脂無角者膏此析言也渾言則脂膏不別也血以告殺國語楚語文楚語毛以示物血以告殺接誠拔取以獻具爲齊敬也韋注云物色也拔毛取血獻其備物也禮運云薦其血毛腥其俎禮器云血毛詔於室郊特牲毛血告幽全之物也告幽全之物者貴純之道也鄭注云幽謂血也詩言啓毛取血是卽告幽全之義也言取血又言取膋者膋卽膟膋祭義鸞刀以封取膟膋乃退又建設朝事燔燎羶薌見以蕭光以報氣也注云取牲祭脂也郊特牲詔祝于室注云朝事延尸于戶西南面布主席東面取牲膟膋燎于爐炭洗肝于鬱鬯而燔之入以詔神於室又出以墮于主前主人親制其肝所謂制祭也禮器君親制祭注云親制祭謂朝事進血膋時郊特牲取膟膋燔燎升首報陽也升首于堂注云制祭之後升牲首于北墉下尊首尚氣也自此以前謂之朝踐又郊特牲蕭合黍稷臭陽達於牆屋故既奠然後焫蕭合羶薌注云奠謂薦孰時也特牲饋食所云祝酌奠於鉶南是也蕭薌蒿也染以脂合黍稷燒之詩云取蕭祭脂羶當爲馨聲之誤也奠

或爲薦案此膟膋合黍稷爲饋食也然則朝事饋食皆有膟膋經言取者謂取之以告備傳乃詳及燔燎升臭之義合黍稷實於蕭必終言其事也

是烝是享苾苾芬芬祀事孔明（傳）烝進也先祖是皇報以介福萬壽無疆（疏）烝進爾雅釋詁文甫田漸漸之石同是烝是享是進獻之也廣雅馥馥芬芬香也文選何晏景福殿賦亦云馥馥芬芬馥馥本韓詩楚茨傳云皇大也

卷二十終

詩毛氏傳疏卷二十一

長洲陳奐學

甫田之什詁訓傳弟二十一　毛詩小雅

甫田之什十篇三十九章二百九十六句

甫田四章章十句

甫田刺幽王也君子傷今而思古焉

倬彼甫田歲取十千傳倬明貌甫田謂天下田也十千言多也我取其陳食我農人自古有年傳尊者食新農夫食陳今適南畝或耘或耔黍稷薿薿傳耘除草也耔雝本也攸介攸止烝我髦士傳烝進髦俊也治田得穀

俊士以進【疏】傳云倬明皃皃當作也說文焯明也釋文引韓詩作菿彼甫田云菿卓也倬焯卓同甫爲大甫田卽大田故云謂天下田也楚語天子之田九畡以食兆民王取經入畡以食萬民韋注云九畡九州之內有畡數也十千爲萬故云言多也傳文豐夫當依經作農人正義作農人倉陳經言取陳倉農人耳傳云尊者倉新者以申補經義也周禮旅師春頒粟又管子五行篇發故粟以田數是其義也尊者農人對稱則尊者君上也孫毓說尊者爲尊老恐非是有年豐年也箋云自古者豐年之法如此○今謂成王時耘釋文作芸說文頛除苗閒穢也或从芸作藝耔當作秄或作芋說文秄雝禾本本傳訓也廣雅云薿薿茂也玉篇䅡䅡然黍稷盛皃漢書作儗儗漢書食貨志后稷始甽田以二耜爲耦廣尺深尺曰甽長終畮一畮三甽一夫三百甽而播種於甽中苗生三葉以上稍壯耨隴草因隤其土以附苗根故其詩曰或芸或芓黍稷儗儗芸除草也秄附根也言苗稍壯每耨輒附根比盛暑隴盡平而根深能風與旱故儗儗而盛也義與傳同○介大也止猶息也攸介攸止烝我髦士承上文黍稷嶷嶷而言長大其黍稷休息其民人也二章云以介我稷黍以穀我士

女文義同烝進已見信南山篇髦俊爾雅釋言文棫樸髦士攸宜思齊譽髦斯士傳竝云髦俊也爾雅又云髦選也食貨志冬月餘子在于序室八歲入小學學六甲五方書計之事始知室家長幼之節十五入大學學先聖禮樂而知朝廷君臣之禮其有秀異者移鄉學于庠序庠序之異者移國學于少學諸侯歲貢少學之異者於天子學于大學命曰造士行同能偶則別之以射然後爵命焉此傳所謂治田得穀俊士以進也

以我齊明與我犧羊以社以方（傳）器實曰齊在器曰盛社后土也方迎四方氣於郊也**我田既臧農夫之慶琴瑟擊鼓以御田祖以祈甘雨以介我稷黍以穀我士女**（傳）田祖先嗇也穀善也（疏）齊明明齊也明齊卽左傳絜粢也釋文齊本又作齍豐年傳作齍盛他經典多作粢盛作齊者古文假借字器實曰齊實謂黍稷也黍稷爲齊齊在器曰盛故經言齊而傳乃兼言盛耳犧謂牛閟宮享以騂犧傳犧純也騂犧皆牛之色因之謂牛爲騂亦爲犧也大田來方禋祀以

其騂黑傳騂牛也是祭社用牛矣白虎通義五祀篇云祭五祀天子諸侯以牛卿大夫以羊因四時祭牲也中霤以豚或曰中霤用牛不得用牛者用豚此天子祭國中五祀中霤用牛豈四郊五祀尤尊而祭社反不用牛乎鄭箋據曲禮犧牛爲純色之牛遂謂此犧羊爲純色之羊恐非是○昭二十九年左傳云后土爲社此傳所本也后土爲社神祭社以句龍配食左傳云土正曰后土又云共工氏有子曰句龍爲后土后土又爲五祀之神而亦以句龍配食也魏獻子問社稷五祀誰氏之五官史墨既詳荅五祀又詳荅社稷是后土在五祀之內而社不在五祀之中故言五祀又別言社稷也周禮大宗伯以血祭祭社稷五祀五嶽以貍沈祭山林川澤以疈辜祭四方百物鄭注云不言祭地此皆地祇祭地可知也則地祇亦卽在五祀中矣大司樂注云地祇所祭於北郊謂神州之神及社稷又云土祇原隰及平地之神也然則土祇地祇皆地祭之名祭原隰之神謂之土祇地以方丘之祭爲大禘神其號謂之地祇黃帝及后土之神皆祀焉而以后稷配黃帝句龍配后土者也后稷配天於南郊配地於北郊北郊亦在中兆內也此謂五祀也若春祈秋報雖亦於中兆而非大禘祀天神不

祀天帝而專以句龍配者也此謂社也后土爲五祀亦爲社五祀祀后土兼祀黃帝社亦祀后土專祀后土亦卽五祀中別而尊之爲兩祭而實同祀后土高誘注呂覽孟冬紀云社爲土官稷爲木官俱在五祀中以其功大故別言社稷是已傳云社后土與五祀后土不同白虎通義社稷篇歲再祭之何春求秋報之義也是春秋皆祭社一祈一報詩下文云以祈甘雨當指春祈雲漢篇祈年孔夙方社不莫此祈年方社之明證矣箋與周禮大司馬注皆指秋報說○周禮大宗伯以玉作六器以禮天地四方以蒼璧禮天以黃琮禮地以青圭禮東方以赤璋禮南方以白琥禮西方以玄璜禮北方此卽曲禮所謂天子祭天地祭四方也鄭注禮天以冬至謂天皇大帝在北極者也禮地以夏至謂神在崑崙者也禮東方以立春謂蒼精之帝禮南方以立夏謂赤精之帝禮西方以立秋謂白精之帝禮北方以立冬謂黑精之帝鄭亦謂地卽地祇而四方卽四時迎氣矣書大傳云萬物非天不生非地不載非春不動非夏不長非秋不收非冬不藏故書湮于六宗歐陽大小夏侯說六宗上不及天下不及地旁不及四方是四方亦在六宗內也掌次王大旅上帝朝日祀五帝又司服祀昊天上帝

服大裘而冕祀五帝亦如之合上帝五帝卽爲六宗不數上帝則爲五帝小宗伯兆五帝于四郊其中央帝爲黄帝黄中和之色亦卽地祇也中庸郊社之禮所以事上帝言上帝以晐地祇也尊之雖地地祇亦稱天稱帝也月令春帝大皡夏帝炎帝中央帝黄帝秋帝少皡冬帝顓項所謂五帝也春神句芒夏神祝融中央神后土秋神蓐收冬神玄冥左傳木正曰句芒火正曰祝融金正曰蓐收水正曰玄冥土正曰后土所謂五祀也少皡氏有四叔曰重曰該曰脩曰熙重爲句芒該爲蓐收脩及熙爲玄冥顓項氏有子曰犂爲祝融共工氏有子曰句龍爲后土所謂五官也尊之曰五帝神之曰五祀其義一也然則天地四方謂之六宗地與四時謂之五帝又謂之五祀所配食之人神謂之五官不連地祇言則謂之四方四方皆爲壇祭之祭義云四坎壇祭四方也書大傳云壇四奥注謂祭四方之帝四方之神是鄭解四方亦依月令四時之帝神而言月令孟春立春之日天子迎春于東郊孟夏立夏之日迎夏于南郊孟秋立秋之日迎秋于西郊孟冬立冬之日迎冬于北郊此四郊迎四方之氣四時之帝神皆與祀焉而中央之帝神雖旺於夏季實則仲夏至月在方丘以祭之四時所以成

歲故於四立之日迎四方之氣月令亦竝無中央迎氣之文傳云方迎四方氣於郊正本月令爲說書五行傳中央之極自崑崙中至大室之野帝黃帝神后土司之土王之日禱用牲迎中氣于中室司馬彪續漢書志月令有五郊迎氣服色先立秋十八日迎黃靈于中兆祭黃帝后土說同五行傳唯惠棟明堂大道錄云郊特牲正義五時迎氣東方青圭南方赤璋西方白琥北方玄璜其中央無文先師以爲用黃琮黃琮禮地卽方澤之祭先師之言得其義矣惠亦謂地爲地祇不謂迎土氣

○旣善也臧慶皆善也擊鼓擊土鼓也御迎也周禮疏引傳田祖先嗇者也有者字春官籥章凡國祈年于田祖吹豳雅擊土鼓以樂田畯鄭注云田祖始耕田者謂神農也郊特牲蜡之祭也主先嗇而祭司嗇也注云先嗇若神農者鄭以田祖先嗇爲神農矣地官大司徒設其社稷之壝而樹之田主注社稷后土及田正之神田主田神后土田正之所依也詩人謂之田祖鄭又以田祖爲社稷之神案傳意以祈年之田祖卽蜡祭之先嗇祈蜡一神非謂祈蜡爲一祭先嗇者始先稼穡之人則不爲社稷之神可知穀訓善王肅云大得我黍稷以善我男女言倉廩實而知禮節也此乃祈年之辭

曾孫來止以其婦子饁彼南畝田畯至喜攘其左右嘗
其旨否禾易長畝終善且有〔傳〕易治也長畝竟畝也曾
孫不怒農夫克敏〔傳〕敏疾也〔疏〕曾孫成王也以猶爲也
饁饋也爾雅云儴因也
攘與儴同左右猶東西謂田畔也嘗其旨否言各嘗其
饋之美與不也○易有蕩平之義故傳詁易爲治治者
謂除草雖本也生民傳方極畝也竟畝與極畝同義終
猶既也有讀歲其有之有敏疾文王生民江漢同齊語
盡其四支之敏以從事於田野韋注云敏猶材也曾孫
不怒農夫克敏言農夫能疾除其田則曾孫不怒也不
怒者不待
趨其耕耨
曾孫之稼如茨如梁曾孫之庾如坻如京〔傳〕茨積也梁
車梁也京高丘也乃求千斯倉乃求萬斯箱黍稷稻粱
農夫之慶報以介福萬壽無疆〔疏〕箋云稼禾也謂有稾
者也小箋云說文積

積禾也毛謂此茨即積之假借也茨本訓屋以艸蓋故知此訓積爲假借說文引詩積之栗栗作積之秩秩是積積可通用矣何以言如也此與淇奧如積同義梁車梁即輿梁正義云孟子十二月車梁成梁謂水上橫橋橫有廣狹得容車渡則高廣者也故以比禾積楚茨傳云露積曰庾蒹葭傳坻小渚也如坻者取蓄聚之義也京高丘定之方中同如京者以高積爲喻管子新成囷京京急就篇門戶井竈廡囷京說文圜謂之囷方謂之京廣雅京倉也或三家詩有以京爲倉名故解者悉本之與○大東傳箱大車之箱也箋云萬車以載之是也唐風言藝黍稷藝稻粱聘禮黍粱稻皆二行稷四行內則飯黍稷稻粱白黍黃粱食醫六穀牛宜稌羊宜黍豕宜稷犬宜粱稌即稻也此四穀之見於經者稷不可以冒粱猶黍不可以亂稻也稻粱貴故禮爲加饌黍稷二者又以黍爲貴鄭注禮云黍者食之主

大田四章二章章八句二章章九句

大田刺幽王也言矜寡不能自存焉疏詩亦思古之辭

大田多稼既種既戒既備乃事以我覃耜俶載南畝播厥百穀既庭且碩傳覃利也庭直也曾孫是若疏箋云大田謂地肥美可墾耕多爲稼可以授民者也將稼者必先相地之宜而擇其種季冬命民出五種計耦耕事脩耒耜具田器此之謂戒是既備矣至孟春土長冒橛陳根可拔而事之○覃讀爲剡此假借也淮南子汜論篇古者剡耜而耕文選東京賦介馭閒以剡耜爾雅剡利也郭注引詩作剡耜本三家詩俶載始事也俶載南畝播厥百穀七月篇一所云其始播百穀也箋俶讀爲熾載讀爲菑栗之菑田一歲曰菑載芟良耜箋說同案箋非也菑一歲休耕之田不得播穀庭直爾雅釋詁文韓奕閔予小子同既庭且碩庭言直生也碩言長大也曾孫是若若順也箋云成王於是則止力役以順民事不奪其時

既方既皁既堅既好不稂不莠傳實未堅者曰皁稂童粱也莠似苗也去其螟螣及其蟊賊無害我田穉傳食

心曰螟食葉曰螣食根曰蟊食節曰賊田祖有神秉畀炎火【傳】炎火盛陽也【疏】方極畞也皁即草斗下文言既堅則既皁爲實未堅者之稱今艸木字俗作草草斗字俗作皁作皂廣韻有草而從艸早聲之義亡矣稂童粱下臬同稂亦莠之類已成謂之莠不成謂之稂亦謂之童粱其艸皆中牛馬芻國語馬餼不過稂莠是也魏策幽莠之幼也似禾幽莠謂莠也傳云莠似苗也者莠秀挺出直上非若禾秀之下垂其始生時莠與禾苗莫能分辨故孔子有惡莠亂苗之喻淮南子說山篇農夫不察苗莠而并耘之皆謂其似苗也○爾雅釋蟲食苗心螟食葉蟘食節賊食根蟊此傳所本也說文螟蟲食穀葉者吏冥冥犯法卽生螟葉當作心正義引義疏云螟似子方而頭不赤子方齊民要術作蚄蚄說文蟘蟲食苗葉者吏乞貣則生蟘从虫貣貣亦聲引詩曰去其螟蟘蟘本字螣爲假借字義疏云螣蝗也高注呂覽云今兖州謂蝗爲螣說文蟊蟲食艸根者吏抵冒取民財則生或作蝥古文作蛑艸當作苗義疏云賊似桃李中蠹蟲赤頭身長而細耳漢書五行志京房易傳臣安祿茲謂貪厥災蟲蟲食根德無常茲

謂煩蟲食葉不紬無德蟲食本與東作爭茲謂不時蟲食節蔽惡生孳蟲食心說文正從易傳爲說韓詩稺幼稼也說文稺幼禾也禾稼一也幼讀如養幼少之幼閟宮傳謂稺爲後種凡後種者必小於早種也今字作稚○上篇傳云田祖先嗇者也釋文引韓詩卜畀炎火云卜報也韓詩秉作卜而詁爲報禮記注報讀爲赴疾之赴此報字亦當讀爲赴毛韓字異而意同干旄傳畀予也傳云炎火盛陽也者箋螟螣之屬盛陽氣贏則生之今明君爲政田祖之神不受此害持之付與炎火使自消亾正義云陽而稱火者以南方爲火炎爲甚之故云盛陽又云螟螣之屬得陽而生故陽盛而爲害月令仲夏行春令百螣時起是陽行而生陽盛則蟲起消之則付於所生之本

有渰萋萋興雨祁祁雨我公田遂及我私（傳）渰雲興貌萋萋雲行貌祁祁徐也彼有不穫穉此有不斂穧彼有遺秉此有滯穗（傳）秉把也伊寡婦之利（疏）傳文渰雲興皃釋文正義

同定本集注作渰陰雲皃家訓書證篇引毛傳云渰陰雲皃小箋從家訓定本集注作陰雲渰陰陰雙聲陰雲黑雲也釋文渰本又作弇呂覽務本篇作晻漢書食貨志作黤六帖二作揜竝同萋萋呂覽漢書後漢書左雄傳韓詩外傳說文玉篇廣韻皆作淒淒今釋文正義作萋萋恐係後人改也釋文云興雨或本作興雲非也正義云經興雨或作興雲誤也定本作興雨家訓云渰已是陰雲何勞復云興雲祁祁邪雲當爲雨俗寫誤爾然則釋文正義皆從家訓之說以興雨爲是而呂覽漢書韓詩外傳皆作興雲可知古本作興雲也小箋云說文淒雨雲起也渰雨雲皃雨雲謂欲雨之雲凡大雨之來黑雲起而風生風生而雲行所謂有渰淒淒也已而風定白雲彌天雨隨之下所謂興雲祁祁雨公及私也作興雨於物理經訓皆失之祁祁宋本作祈祈誤正義云祁祁徐皃釋文作徐也也當皃之誤家訓引毛傳作祁祁徐皃也也當衍字○孟子滕文公篇引詩云雨我公田遂及我私惟助爲有公田由此觀之雖周亦助也使畢戰問井地孟子曰方里而井井九百畝其中爲公田八家皆私百畝同養公田公事畢然後敢治私事所以別野人也戰國時周家井田之法已壞孟子乃據大田詩

言公田而略陳其概如此也宣十五年穀梁傳古者三百步爲里名曰井田井田者九百畝公田居一私田稼不善則非吏公田稼不善則非民古者公田爲居井竈葱韭盡取焉此皆井田有公田之説也周禮小司徒乃經土地而井牧其田野九夫爲井四井爲邑四邑爲邱四邱爲甸四甸爲縣四縣爲都鄭注云此謂造都鄙也采地制井田異於鄉遂重立國此制小司徒經之匠人爲之溝洫相包乃成耳匠人爲溝洫九夫爲井方十里爲成方百里爲同注云此畿內采地之制九夫爲井井者方一里九夫所治之田也采地制井田異於鄉遂及公邑又云以載師職及司馬灋論之周制畿內用夏之貢灋稅夫無公田以詩春秋論語孟子論之周制邦國用殷之助灋制公田不稅夫貢者自治其所受田貢其稅穀助者借民之力以治公田又使收斂焉畿內用貢灋者鄉遂及公邑之吏旦夕從民事爲其促之以公使不得恤其私邦國用助灋者諸侯專一國之政爲其貪暴稅民無藝周之畿內稅有輕重諸侯謂之徹者通其率以什一爲正孟子云野九夫而稅一國中什一是邦國亦異外內之灋耳金榜禮箋云小司徒九夫爲井之法遂人有十夫有溝之法地之險夷異形廣狹異數因

地勢而制其宜凡不可井者濟以遂人法而地無曠土孟子請野九一而助國中什一使自賦國中城郭宮室差多涂巷又廣於遂人法爲宜是小司徒實與遂人聯事通職不以鄉遂都鄙異制審矣奐竊謂書缺有閒各存一說以俟參攷焉可也至邦國行井田有公田見諸經傳顯有明證噫嘻傳云私民田也○秉把雙聲同義不穫穉禾刈者也不斂穧刈而未斂者也遺秉謂連槀者滯穗謂去槀者伊寡婦之利外舅無錫顧氏廷杏云山東省農家於刈穫時必留畝一角令貧戶取之以爲利猶古遺風與

曾孫來止以其婦子饁彼南畝田畯至喜來方禋祀以其騂黑傳騂牛也黑羊豕也**與其黍稷以享以祀以介景福**疏來方猶上篇云以方來古糇字語詞也上篇傳云方迎四方氣於郊也迎四方氣於郊者祀五天帝及五人神周禮大司寇小司寇禋祀五帝大祝注云禋祀祭天神也以其騂黑與其黍稷以享以祀猶上篇云以我齊明與我犧羊以社也上篇傳云社后土也傳以騂黑爲牛羊豕正指社祭召誥乃社于新邑牛一

羊一豕一此其義也案此詩騂黑與周禮牧人騂牲黝牲不同牧人凡陽祀用騂牲陰祀用黝牲騂牲色赤黝牲色黑非謂騂爲牛而黝爲羊豕也鄭謂陽祀祭天及宗廟陰祀祭地及社稷箋詩遂引周禮爲說意以四方迎氣用牛社用羊分配經傳騂牛黑羊豕不知天子社稷皆大牢非特用羊也四方迎氣用牛與上篇箋秋祭四方不指迎氣又不合祭社當有句龍配食祭法瘞埋于泰折祭地也用騂犢是騂以祀社羊豕祀配食之人歟召誥用牲于郊牛二祀天一牛配天之人一牛祭地用牛其祭地配食之人卑用羊豕

瞻彼洛矣三章章六句

瞻彼洛矣刺幽王也思古明王能爵命諸侯賞善罰惡焉【疏】爵命諸侯若宣王之爵命尹吉甫北伐方叔南征召虎程伯休父伐淮夷賞善罰惡二伯述職也

瞻彼洛矣維水泱泱【傳】興也洛宗周漑浸水也泱泱深廣貌君子至止福祿如茨韎韐有奭以作六師【傳】韎韐

者茅蒐染草也一入曰韎韐所以代韠也天子六軍〔疏〕
周禮職方氏正西曰雍州其川涇洛鄭注云洛出懷德
漢書地理志北地郡歸德洛水出北蠻夷中入河左馮
翊褱德禹貢洛水東南入渭雍州寖顏注云褱亦懷字
漢懷德縣卽今陝西同州府朝邑縣地爲洛入渭之處
漢志云入河誤王念孫以爲二字衍文也漢志識洛水
入渭之縣而於洛出之源但云出北蠻夷中者略也淮
南子隆形篇洛出獵山高注獵山在北地西北夷中洛
東南流入渭西山經白於之山洛水出于其陽而東流
至于渭元和郡縣志白於山一名女郎山在洛源縣北
三十里白於山獵山在漢北地郡所謂北蠻夷中矣漢
歸德縣卽今甘肅慶陽府安化合水二縣地爲洛出源
之處雍州之洛與豫州之雒其字分別自古不紊今以
豫州爲南洛水而以雍州爲北洛水非古也洛水在鎬
京之北而在岐周之西其川南流入渭以入河要皆在
宗周畿內故傳以爲洛宗周漑浸水也鄭注職方氏云
浸可以爲陂灌漑者說文泱滃也周禮酒正注盎猶翁
也泱盎聲相近傳云泱廣皃者考工記匠人爲溝洫廣
尺深尺謂之甽廣二尺深二尺謂之遂廣四尺深四尺

謂之溝廣八尺深八尺謂之洫廣二尋深二仞謂之澮案都鄙用井田溝洫即爲井田之制軍賦實起於此故詩人以洛水之盛興出軍之衆傳即本匠人溝洫之深廣言之○君子席諸侯也如輿而通甫田傳云茨積也如茨而積也淇奧如簀而積也文義正相同傳文韎下韐字衍草當作韋一下入字依定本補王引之詩述聞云毛傳原文本作韎染韋也今本韎下有者茅蒐三字此涉鄭箋韎者茅蒐染而誤衍也蓋毛以染韋一入之色爲韎而不以茅蒐爲韎故曰韎染韋也一入曰韎鄭以韎爲茅蒐之合聲則以茅蒐爲韎而不以一入爲韎故曰韎者茅蒐染也茅蒐韎聲也若毛以茅蒐爲韎則與一入曰韎之文自相違異且毛既云韎者茅蒐染韋鄭不須更云韎者茅蒐染矣孔陸所見已是誤本故不言鄭與毛異耳晉語韎韋之跗注韋注曰三君云一染曰韎鄭後司農說以爲韎茅蒐染也云鄭以爲茅蒐染則毛不以爲茅蒐染明矣三君皆從毛義故但言一染曰韎而不言茅蒐也說文韎茅蒐染韋也一入曰韎茅蒐二字亦後人依誤本毛傳加之也賈景伯注成十六年左傳及晉語竝云一染曰韎叔重之學出於景伯故云韎染韋也一入曰韎且賈許皆治毛詩故以一入爲

韎至康成始以茅蒐爲韎不得於說文注中增入茅蒐二字且茅蒐爲韎與一入爲韎二者各爲一義不可强同也案王說是也韎從韋故知爲韋韎韋之色故知爲染韋一入曰韎傳又申說染韋之義也玉藻注緼赤黃之閒色所謂韎也爾雅一染謂之縓士冠禮注凡染絳一入謂之縓緼與縓古聲同韎卽縓也說文韎字从末聲不从未聲傳旣釋經韎之義又釋經韐之義凡士朝服皮弁服玄端服稱韠韎色之韠稱韐故云韐所以代韠也士冠禮爵弁服纁裳純衣緇帶韎韐又受爵弁加之服纁裳韎韐士喪禮爵弁服純衣緇帶韎韐注韎韐緼韍也韐之制似韠說文巿部士無巿有韐制如榼缺四角爵弁服其色韎賤不得與裳同从巿合聲或从韋作韐鄭箋亦云韐祭服之韠合韋爲之其服爵弁服紂衣纁裳也許鄭皆以韎韐爲爵弁服本禮經爲訓春官司服凡兵事韋弁服鄭注云韋弁以韎韋爲弁又以爲衣裳春秋傳曰晉郤至衣韎韋之跗注是也奂謂韎韋卽韎韐郤至爲晉下卿衣韎韋以爲兵事之服天子作師主將朱芾其餘軍士韎韐詩所謂韎韐有奭以作六師也是韎韐又爲韋弁服矣有奭言韐有奭色所謂韎也采芑傳云奭赤皃白虎通義爵篇韓詩內傳曰諸侯

世子三年喪畢上受爵命於天子其下又言世子上受
爵命衣士服引詩曰韎韐有奭通典禮五十三引內傳
同此韓詩義鄭箋正用其說奭與赩同○周禮夏官凡
制軍萬有二千五百人爲軍王六軍襄十四年左傳周
爲六軍又襄十一年穀梁傳古者天子六師是六師卽
六軍也棫樸傳及常武箋並同地官小司徒乃會萬民
之卒伍而用之五人爲伍五伍爲兩四兩爲卒五卒爲
旅五旅爲師五師爲軍以起軍旅案此周之軍法乃統
四郊都鄙萬民卒伍用之六軍不盡出於六鄉遂人注
云遂之軍法追胥起徒役如六鄉是六遂有軍也縣師
若將有軍旅會同田役之戒則受灋于司馬以作其衆
庶及馬牛車輦會其車人之卒伍稍人掌令邱乘之政
令若有會同師田行役之事則以縣師之灋作其同徒
輂輦帥而以至是稍縣鄙皆有軍也采地制井田小都
鄉之采地大都公之采地公卿采地之外皆有公邑鄉
遂無井田出師人數亦可充卒而軍半出於都鄙出車
篇云我出我車于彼牧矣自天子所
謂我來矣此之謂也軍制詳采芑篇

瞻彼洛矣維水泱泱君子至止鞞琫有珌〔傳〕鞞容刀鞞

也琫上飾珌下飾也天子玉琫而珧珌諸侯璗琫而璆珌大夫鐐琫而鏐珌士珕琫而珕珌君子萬年保其家室

疏說文鞞刀室也削鞞也方言劒削自河而北燕趙之閒謂之室自關而東或謂之廓或謂之削自關而西謂之鞞鞞與鞞同此傳云容刀鞞容刀見公劉篇彼傳云容刀言有武事也蓋有武事則佩之矣說文琫佩刀上飾也珌佩刀下飾也許說正用毛訓段注云鞞之言裨也刀室所以裨護刀者漢人曰削俗作鞘琫之言奉也奉俗作捧刀本曰環人所捧握也其飾曰琫珌之言畢也刀室之末其飾曰珌古文作理傳云鞞容刀鞞也謂刀削其云琫上飾珌下飾者上下自全刀言之琫在鞞上鞞在琫下珌在鞞末公劉詩不言珌故云下曰鞞舉鞞以該珌鞞琫有珌言鞞琫而又加珌也王莽傳瑒琫瑒珌孟康曰佩刀之飾上曰琫下曰珌若劉熙釋名曰室口之飾曰琫琫捧也捧束口也下末之飾曰琕琕卑也下末之言也琕卽鞞之譌劉意自一鞘言之故雖襲毛上曰琫下曰鞞之云而大非毛意至杜預本之注左傳云鞞佩刀削上飾鞛下飾又互譌上下字矣

許云佩刀上飾用毛說謂一刀之上非一削之上也凡刀劒以手所執爲上刀謂之穎亦曰環書刀謂之拊劒謂之鐔案傳文諸矦璆珌釋文及定本集注作璆珌正義本作鏐珌大夫鏐珌定本集注作鏐珌正義云大夫琫珌皆用鐐飾是正義本作鐐珌也說文琫下云天子以玉諸矦以金珌下云天子以玉珧蜃甲也所以飾物也禮佩刀天子玉琫而珧珌璗金之美者與玉同色禮佩刀諸矦璗琫而璆珌珕蜃屬禮佩刀士珕琫而珧珌後箋云此傳所言雖不箸所出然說文於珕珧璗下皆引禮云云則毛亦必據禮逸篇之文不應互異如此說文珌下云天子以玉者因珧有玉珧之稱以玉猶言以珧然玉琫珧珌上下究有不同若諸矦璗琫鏐珌黃金謂之璗其美者謂之鏐是諸矦琫珌同以金爲之此所以別於天子也王莽傳瑒琫瑒珌瑒與璗同亦上下皆用金之證大夫則皆以鐐爲之士皆以珕爲之說文諸矦璆珌士珧珌恐是傳寫之誤定本集注作諸矦璆珌大夫鏐珌皆非也奐謂定本集注作大夫鏐珌鏐亦金也此固不誤小箋亦云琫珌天子皆以玉諸矦皆以金大夫皆以銀士皆以珕爲有條理與說文注不同

瞻彼洛矣維水泱泱君子至止福祿既同君子萬年保其家邦

裳裳者華四章章六句

裳裳者華刺幽王也古之仕者世祿小人在位則讒諂並進棄賢者之類絶功臣之世焉【疏】此亦思古之詞

裳裳者華其葉湑兮【傳】興也裳裳猶堂堂也湑盛貌我覯之子我心寫兮我心寫兮是以有譽處兮【疏】傳以裳裳爲堂堂之假借說文門部云闛闛盛皃與堂堂同廣雅云常常盛也裳常一字毛與三家詩同意也於華言裳裳於葉言湑皆有盛義傳云湑盛皃湑猶湑湑也興者以華葉之盛喻賢者功臣其世澤之茂盛亦如華葉之裳裳湑湑然首章言華又言葉下章不言葉略也○之子庥世祿者也三章傳以之子椉駱爲世祿此其義矣蓼蕭

我心寫兮傳云輸寫其心也

裳裳者華芸其黄矣傳芸黄盛也我覯之子維其有章矣維其有章矣是以有慶矣疏芸讀如紛紜之紜老子夫物芸芸各復歸其根是芸有盛義詩言華之黄故傳云黄盛也

裳裳者華或黄或白我覯之子乘其四駱乘其四駱六轡沃若傳言世祿也疏或有也或黄或白有黄又有白也華之黄白俱盛○四牡傳云白馬黑鬣曰駱四駱六轡是世祿之所乘故傳卽依序言古之仕者世祿作釋也世祿亦世位詳文王篇

左之左之君子宜之右之右之君子有之傳左陽道朝祀之事右陰道喪戎之事維其有之是以似之傳似嗣也疏傳釋左爲陽道右爲陰道又申明陽道爲朝祀之事陰道爲喪戎之事當有成文無攷成十三年左

傳云國之大事在祀與戎荀子大略篇云吉事尚尊喪事尚親逸周書武順篇吉禮左還順天以利本武禮右還順地以利兵老子亦云吉事尚左凶事尚右竝與傳訓略同說苑脩文篇詩曰左之左之君子宜之右之右之君子有之傳曰君子者無所不宜也是故韠冕厲戒立于廟堂之上有司執事無不敬者斬衰裳苴絰杖立于喪次賓客弔唁無不哀者被甲纓冑立于桴鼓之閒士卒莫不勇者故仁足以懷百姓勇足以安危國信足以結諸侯强足以拒患難威足以率三軍故曰爲左亦宜爲右亦宜爲君子無不宜者此之謂也劉子政所引傳或出魯詩傳其釋詩言君子朝祀喪戎無不得宜與毛詩義正合蓋有者有此宜也故詩下文但接有之句而言○傳讀似爲嗣者言古君子有是美德是以嗣爲世官也襄三年左傳祁奚請老晉侯問嗣焉祁奚卽舉子午羊舌職死又舉職之子赤晉侯於是使祁午爲中軍尉羊舌赤佐之君子謂祁奚能舉善唯善故能舉其類詩云惟其有之是以似之案此上文言問嗣其下卽引此詩則詩之似正訓作嗣以美祁奚能舉善嗣其官職卽是不廢世祿之類毛傳實本左傳以立訓也

桑扈四章章四句

桑扈刺幽王也君臣上下動無禮文焉疏詩亦陳古君臣之詞

交交桑扈有鶯其羽傳興也鶯然有文章君子樂胥受天之祜傳胥皆也疏小宛交交桑扈傳云交交小皃桑扈竊脂也桑扈小鳥交交爲小鳥皃也扈當作鳸今通作扈鶯然有文章者總釋經之兩鶯字以明取興之義言桑扈之羽翼首領皆有文采可觀以喻臣下舉動有禮文合下章而釋之也有鶯其羽鶯然其羽也有鶯其領鶯然其領也鶯者是形容羽領之美稱說文鶯鳥也段注云今說文必淺人所改鶯非卽鸎字〇君子謂王者也與鴛鴦君子同胥訓相又訓皆皆者皆臣下也祜福也新書禮篇云詩曰君子樂胥受天之祜胥相也祜大福也夫憂民之憂者民必憂其憂樂民之樂者民亦樂其樂與士民若此者受天之福矣案此釋詩樂胥與士民樂本三家詩義箋云王者樂臣下有才知文章鄭讀胥爲諝義異其解君子爲王者樂胥爲樂臣下則與毛義當同也

交交桑扈，有鶯其領。傳領頸也。君子樂胥，萬邦之屏。傳屏蔽也。疏玉篇頁部引詩傳云領頸也。文選潘岳射雉賦鶯綺翼而䞍撾，灼繡頸而袞背。鶯綺翼卽鶯羽，灼繡頸卽鶯領，此正用詩義。徐爰注云鶯文章貌。今本文選誤作鸎字。○屏蔽雙聲。玉藻云諸侯之於天子，其在邉邑曰某屏之臣某。屏亦蔽也。

之屏之翰，百辟爲憲。傳翰幹。憲法也。不戢不難，受福不那。傳戢聚也。不戢戢也。不難難也。那多也。不多多也。疏之屏承上章言之猶是也。之屏之翰，言是屏是翰也。翰榦爾雅釋詁文。文王有聲版崈高竝同。翰讀與榦同，此謂假借也。成十三年左傳孟獻子曰禮身之榦也。襄三十年傳鄭子皮曰禮國之榦也。是其義。辟君也。百辟謂外諸侯也。百辟爲憲與六月萬邦爲憲句義正同，故傳竝訓憲爲法也。假樂之百辟卿士，百辟與卿士對文，非以百辟卽卿士也。烝民烈文百辟皆指外諸侯。○戢聚釋詁文。時邁同。聚猶斂也。言聚斂其志意。不戢不難不

那三不字傳皆以爲語詞難古儺字周禮占夢遂令始
難敺疫故書難或爲儺隰桑阿難隰有萇楚作猗儺家
訓書證篇引毛傳不儺儺也然則顏所據經傳正作儺
矣竹竿傳云儺行有節度也行有節度謂之儺則儺有
動必以禮不敢縱弛之意執競反反難也載芟濟濟難
也難皆儺字那多釋詁文那同說文齊謂多爲夥方言
大物盛多齊宋之郊楚魏之際曰夥史記陳勝世家楚
人謂多爲夥那與夥同說文魕从鬼難省聲讀若詩受
福不儺儺當作那魕聲讀若那疑涉上
句不戢不儺而誤不多多也卷阿同

兕觥其觩旨酒思柔彼交匪敖萬福來求【疏】觩爲斛之誤釋文云
或作斛說文斛角皃引詩有斛其角今良耜作捄爲六
書假借字而絲衣泮水之觩釋文皆作斛字當不誤也
思柔與其斛對文則其與思皆爲語詞絲衣篇同○成
十四年左傳衞侯饗苦成叔甯惠子相苦成叔敖甯子
曰苦成家其亾乎古之爲享食也以觀威儀省禍福也
故詩曰兕觵其觩旨酒思柔彼交匪傲萬福來求今夫
子傲取禍之道也又襄二十七年傳鄭伯享趙孟于垂
隴公孫段賦桑扈趙孟曰匪交匪敖福將焉往若保是

言也欲辭福祿得乎案不交敖爲求福之道左爾釋詩同意與毛詩序傳合成十四年引詩彼交匪傲與今本詩同而漢書五行志作匪儌匪傲應劭注云言在位不儌訐不倨傲也臧琳經義襍記謂論語惡儌以爲知者儌鄭本作絞儌絞古通毛詩作交絞之省假故漢書作儌漢志所載左傳爲古文今本出之杜氏未足深信趙孟引詩作匪不作彼與漢書正同尤爲明證漢志匪儌當從應仲援說爲不儌訐師古改爲儌幸非是後箋云臧說是也匪彼二字古雖通用此詩義當作匪絲衣兕觥其觩旨酒思柔不吳不敖胡考之休與此詩四句文義相同此匪交匪敖當與彼不吳不敖一例耳

鴛鴦四章章四句

鴛鴦刺幽王也思古明王交於萬物有道自奉養有節焉

鴛鴦于飛畢之羅之(傳)興也鴛鴦匹鳥大平之時交於

萬物有道取之以時於其飛乃畢掩而羅之君子萬年福祿宜之【疏】鴛鴦匹鳥御覽羽族部十二引崔豹古今注云鴛鴦水鳥鳧類雌雄未嘗相離人得其一則一者相思死故謂之匹鳥是也大平之時交於萬物有道此傳用序語以明經義取之以時者交萬物有道也於其飛乃畢掩而羅之者取必以時也大東傳畢所以掩兔兔爰傳鳥網爲羅畢與羅異用而散文則通故交取鴛鴦乃畢羅皆施於鳥矣箋云匹鳥言其止則相耦飛則爲雙性馴耦也此交萬物之實也而言興者廣其義也獺祭魚而後漁豺祭獸而後用此亦皆其將縱散時也案此一興體也前二章鴛鴦爲興言交於萬物有道舉一物以例餘也後二章又以芻秣之式興奉養有節○箋云君子謂明王也

鴛鴦在梁戢其左翼【傳】言休息也君子萬年宜其遐福【疏】桑扈傳戢聚也休息者聚之意釋文引韓詩云戢捷也捷其噣於左也捷今之插字箋斂其左翼以右翼掩之白華鴛鴦在梁戢其左翼箋戢斂也斂左翼者謂右掩左也鳥之雌雄不可別者以翼右掩左雄左掩右

雌案此爾雅釋鳥文也鴛鴦匹鳥雌雄相休息戢左翼者言雄以晐雌也上章于飛則畢羅之此章在梁則休息之所謂交於萬物有道也論語云弋不射宿

乘馬在廏摧之秣之【傳】摧莝也秣粟也君子萬年福祿艾之【傳】艾養也【疏】傳文摧莝釋文本作摧芻引韓詩云莝委也是毛詩作摧訓芻謂摧卽芻之假借字韓詩作莝訓委委卽萎字說文莝斬芻毛韓字異而義同箋云摧今莝字也鄭用韓說後人依鄭箋改毛傳當依釋文本作摧芻爲正衆經音義卷十三十五引傳作芻說文繫傳引詩作芻之餗之傳文秣粟釋文本作秣穀馬也亦當依釋文本爲正漢廣言秣其馬傳秣養也又雲漢傳歲凶年穀不登則趣馬不秣王制作馬不食穀凡言秣者皆謂以穀食馬不謂秣爲粟矣箋云無事則委之以莝有事乃予之穀鄭所據亦作穀馬秣或作餗說文餗食馬穀也許正用毛傳摧秣卽芻秣周禮大宰以九式均節財用七曰芻秣之式鄭注云芻秣養牛馬禾穀也案周公制禮以養馬芻秣之事定爲國家均節財用之式與詩言養馬之得其時制與王

者自奉養有節其義正同○艾養南山有臺同

椉馬在廐秣之摧之君子萬年福祿綏之〔疏〕綏安也上言艾此言綏艾綏猶南山有臺之艾保也

頍弁三章章十二句

頍弁諸公刺幽王也暴戾無親不能宴樂同姓親睦九族孤危將亾故作是詩也〔疏〕諸公同姓之臣宴釋文作燕

有頍者弁實維伊何〔傳〕頍弁貌弁皮弁也爾酒既旨爾殽既嘉豈伊異人兄弟匪他蔦與女蘿施于松柏〔傳〕蔦寄生也女蘿菟絲松蘿也喻諸公非自有尊託王之尊未見君子憂心奕奕〔傳〕奕奕然無所薄也既見君

子庶幾說懌〔疏〕頍者非形容皮弁之皃乃形容其戴弁之皃正義引王肅云戴頍然之弁疑王子雖所據傳作頍戴弁皃四字今本奪戴字釋文云著弁皃著弁猶言戴弁說文頍舉頭也也玉篇作皃舉頭與戴弁義同士冠禮注缺讀如有頍者弁之頍鄭本三家義天子視朝用皮弁詩言燕而傳云弁皮弁也者是天子燕用皮弁矣實當作寔寔是也維猶爲也是爲伊何者以言乎在首也一章伊何二章何期三章在首實一意也正義云昭九年左傳王使詹桓伯辭於晉曰我在伯父猶衣服之有冠冕僖八年穀梁傳曰弁冕雖舊必加於首周室雖衰必先諸侯然則王者之在上位猶皮弁之在人首故以爲喻也○旨酒嘉殽以設燕也兄弟匪他言燕兄弟非有異人也爾雅釋草無蔦傳云寄生說文蔦寄生也或作樢許本毛訓釋木寓木宛童解者皆卽以爲詩之蔦蓋寄與寓同義也釋草唐蒙女蘿女蘿菟絲今案桑中傳唐蒙菜名不謂女蘿此傳云女蘿菟絲本爾雅文疑毛所見爾雅與今本或異傳又云松蘿是女蘿菟絲松蘿一物三名矣菟通作兔淮南子說山云下有伏苓上有兔絲說林云伏苓掘兔絲死又云兔絲無根而生呂覽精通云人或謂兔絲無根兔絲

非無根也其根不屬也伏苓是菟絲卽女蘿而菟絲又卽松蘿傳與舊說悉合正義引義疏云今菟絲蔓連草上非松蘿松蘿自蔓松上與菟絲殊異釋文亦云在草曰女蘿在木曰松蘿然詩明言女蘿施於松木不得據今驗易古說明矣喻諸公非自有尊託王之尊者箋云託王之尊者王明則榮王衰則微刺王不親九族孤特自恃不知己之將危亡也○爾雅釋訓奕奕憂也此依詩憂心爲訓傳云奕奕然無所薄也者亦是形容憂心之狀楚策楚威王曰寡人心搖搖如縣旌而無所終薄奕奕搖搖語轉而義同懌本作釋靜女箋說懌作說釋與此同案既見指宴樂同姓未見卽序不能宴樂之意既與終同義此因未見而終思相見親戚之臣心不能已也箋云君子斥幽王也幽王久不與諸公宴諸公未得見幽王之時懼其將危亡已無所依怙故憂而心奕奕然故言我若已得見幽王諫正之則庶幾其變改意解釋也

有頍者弁實維何期爾酒既旨爾殽既時【傳】時善也豈伊異人兄弟具來蔦與女蘿施于松上未見君子憂心

怲怲〔傳〕怲怲憂盛滿也既見君子庶幾有臧〔傳〕臧善也

〔疏〕釋文期本亦作其何其何也其語詞箋云何期猶伊何也期辭也辭當作詞○時之言是也故時有善義爾殽既時猶上章云爾殽既嘉耳嘉亦善也廣雅時善也本傳訓爾雅怲怲憂也說文怲憂也詩曰憂心怲怲此亦依詩憂心爲訓傳云憂盛滿也者怲滿雙聲奕薄疊韻葢依疊韻雙聲言也臧訓善讀善兄弟爲友之善

有頍者弁實維在首爾酒既旨爾殽既阜豈伊異人兄弟甥舅如彼雨雪先集維霰〔傳〕霰暴雪也死喪無日無幾相見樂酒今夕君子維宴〔疏〕阜盛也兄弟謂諸公也此言燕同姓而必及甥舅者禮記文王世子篇云公若與族燕則異姓爲賓○霰暴雪釋文霰消雪也疑陸元朗所據傳作霄雪霄暴形易譌今作消雪後人或以爾雅亦作本改之也爾雅雨霓爲霄雪霄本亦作消說文雨霰爲霄齊語也霰稷雪也或作霓蘩傳作積雪文選謝惠連雪賦注御覽天部十二引韓詩章句云霰霙也御覽引又云雪華六出

日㝵訓家多不同大戴禮曾子天圓篇云陽之專氣爲霰釋名云霰星也水雪相摶如星而散也箋云將大雨雪始必微溫雪自上下遇溫氣而摶謂之霰久而寒勝則大雪矣喻幽王之不親九族亦有漸自微至甚如先霰後大雪○殊無無日無幾相見無不也言不日殊無相見無幾也王逸注楚辭大招引詩作樂酒今昔云昔夜也古夕昔通用今昔即今夕唯同姓有夜飲禮也維猶是也樂酒今夕君子維宴言王能宴樂飲酒當自今日始此乃覬幸之詞案上二句猶云未見君子憂心奕奕未見君子憂心怲怲也下二句猶云既見君子庶幾說釋既見君子庶幾有臧也詩三章皆欲王之宴樂親睦同姓以刺今之不能則孤危將亾其兆既存矣

車舝五章章六句

車舝大夫刺幽王也褒姒嫉妬無道竝進讒巧敗國德澤不加於民周人思得賢女以配君子故作是詩也

間關車之舝兮思變季女逝兮〔傳〕興也間關設舝也變

美貌季女謂有齊季女也匪飢匪渴德音來括〔傳〕括會也雖無好友式燕且喜〔疏〕詩凡五章皆興前三章就賢女往配君子說後二章就賢女既配君子說設舝往配亦是陳古以刺今與大東篇興義相同○正義及泉水正義引傳文作閒關設舝皃皃乃也之誤今本作也不誤關讀爲綸說文絲部綸織以絲毌杼也從段本訂以絲貫杼曰綸以舝設車軸閒曰閒關閒關者言季女棄車設舝之事非形容其設舝也北堂書鈔車部三引韓詩注閒關好皃陳禹謨本删去舝韓詩作轄昭二十五年左傳昭子賦車轄墨子魯問篇子之爲鵲也不如匠之爲車轄也須臾鑿三寸之木而任五十石之重淮南子繆稱人閒篇竝云三寸之轄蓋古轄以木爲之耳思詞也思變季女與思齊大任思媚周姜句例相同泉水猗嗟候人傳竝訓孌爲好而此訓孌爲美美有美德者也云季女謂有齊季女也者采蘋誰其尸之有齊季女傳尸主齊敬季少也少女微主也古之將嫁女者必先禮之於宗室此季女亦是將嫁之女與采蘋季女同故傳郎本采蘋以釋之也逝往也謂往嫁嫁之也○君子于役傳佸會也括與佸同義會

者當讀如媒氏令會男女之會會猶作合也德音來括言季女有此德音是宜與我王作合也來語詞文選劉越石荅盧諶詩陸士衡辨亾論注引韓詩章句括約束也王伯厚以爲此詩章句箋謂使我王更脩德教合會離散之人或鄭用韓義也友讀琴瑟友之之友燕安也

依彼平林有集維鷮（傳）依茂木貌平林林木之在平地者也鷮雉也**辰彼碩女令德來教**（傳）辰時也**式燕且譽好爾無射**（疏）依爲茂木依猶依依也采薇韓詩傳云依依盛皃茂與盛義相近周禮林衡注云竹木生平地曰林說文云平土有叢木曰林从二木林者木之多也是木在平地者稱林故此及生民詩皆謂之平林鄭許與傳訓皆同擊鼓傳又云山木曰林各隨文釋也鷮雉爾雅釋鳥文中山經女几之山風雨之山其鳥多白鷮文選西京賦游鷮高翬薛綜注云雉之健者爲鷮尾長六尺鷮尾長故韓詩二矛重鷮以鷮羽爲矛飾說文椉輿防釳用鷮平林之有鷮以喻賢女之在父母家也○辰訓時時當讀如男女得以及時之時女者

在父母家之稱令德來教言教之以婦道也葛覃傳古者女師教以婦德婦言婦容婦功祖廟未毀教于公宫三月祖廟既毀教于宗室案此卽經教字之義也來語詞射讀爲斁葛覃傳斁厭也韓奕云慶既令居韓姞燕譽文義與此同

雖無旨酒式飲庶幾雖無嘉殽式食庶幾雖無德與女式歌且舞疏德卽承上兩章德音令德兩德字而言與女猶好爾爾女皆㡿王也式歌且舞猶云式燕且喜式燕且譽也蓋周人歷世有賢聖之配今幽王寵嬖褒姒立以爲后大臣知其將有傾城滅周之禍故篇中語氣言不必若大姜大任大姒之賢聖第思得德音令德之女以配我君子已有歌舞喜樂之盛猶無旨酒嘉殽亦足以解渴而解飢此深惡王之黜申后而用褒姒也故詩以雖無德與女作一轉語而序則直謂之賢女耳昭二十六年左傳晏子曰陳氏雖無大德而有施於民豆區釜鍾之數其取之公也薄其施之民也厚公厚斂焉陳氏厚施焉民歸之矣詩曰雖無德與女式歌且舞案此斷章取義詩人本以女與褒姒相比晏

子引之以爲公與陳氏相較而用意實同雖無德解作雖無大德則詩義本然也首章云雖無好友亦此義也

陟彼高岡析其柞薪析其柞薪其葉湑兮鮮我覯爾我心寫兮（疏）靜女靜女其姝俟我乎城隅傳城隅以言高而不可踰此高岡之義也桃夭其葉蓁蓁傳蓁蓁至盛皃有色有德形體至盛也此其葉湑兮之義傳也裳裳者華傳云湑盛皃陟岡析薪以興越國取賢女漢廣綢繆皆以刈薪束薪喻嫁娶齊南山析薪如之何匪斧不克取妻如之何匪媒不得亦以析薪喻取妻此其義也柞木名可爲薪采叔云維柞之枝其葉蓬蓬亦謂柞葉之盛秦人謂柞爲櫟三蒼說又謂棫爲柞皆是方俗通稱柞與櫟棫或相似爾○草蟲傳覯遇也遇者配偶之義鮮我覯爾我心寫兮下章云覯爾新昏以慰我心猶草蟲篇亦既覯止我心則降亦既覯止我心則說亦既覯止我心則夷也覯皆訓爲遇東門之池可以晤歌傳晤遇也彼序云思賢女以配君子又與此詩序同

高山仰止景行行止四牡騑騑六轡如琴（傳）景大也覯

爾新昏以慰我心（傳）慰安也（疏）仰當作卬說文匕部引詩作卬止當作之禮記表記釋文引詩作之景大小明玄鳥同景行與高山對文上行爲道下行讀女子有行之行高山猶高岡也靜女變而不見搔首踟躕傳志往而行止此高山卬之景行行之之義也漢廣之子于歸言秣其馬之子于歸言秣其駒鵲巢之子于歸百兩御之之子于歸百兩將之此四牡騑騑六轡如琴之義也四牡傳云騑騑行不止之皃如琴言調和也六轡以御四馬喻御衆之有禮法簡兮執轡如組傳御衆有文章言能治衆蓋言有賢德也此末二章皆與君子得賢女以爲配凡與義必與上下相準箋以析薪爲喻除嫉妒之女如琴爲喻羣臣有禮皆上下文意不連屬矣○孫毓王肅據傳作慰怨也釋文從之而以慰安爲馬融義引韓詩作以慍我心云慍恚也是孫王同韓詩也正義從定本作慰安案慰安是也箋云我得見女之新昏如是則以慰除我心之憂也新昏謂季女也鄭亦依慰安爲解蓋此詩曰季女曰碩女曰新昏皆是思望賢女之詞刺褒姒意在言外所謂主文譎諫言之者無罪聞之者足以戒若楚茨以下諸詩皆是例矣竊疑傳文本無慰安也三字馬作毛詩

注鄭作毛詩箋皆依豈風緜傳文作慰安解至孫王劉鄭以新昏謂褒姒不謂季女復取韓詩說易安訓怨致失序傳之恉

青蠅三章章四句

青蠅大夫刺幽王也疏襄十四年左傳云賦青蠅而退則詩爲刺讒明矣詩考引袁孝政注劉子以爲魏武公信讒詩案魏當衞之誤三家詩以此合下篇皆衞武公所作何楷說同

營營青蠅止于樊傳興也營營往來皃樊藩也豈弟君子無信讒言疏興者青蠅以喻讒人也箋蠅之爲蟲汙白使黑汙黑使白易林論衡初學記竝有青蠅汙白之語後漢書楊震傳青蠅點素同茲在藩漢書昌邑王賀夢青蠅之矢積西階東可五六石矢卽汙也此皆本三家詩可以申明毛詩之興義也大玄堅次四小蠭營營螉其翊翊測曰小蠭營營固其氐也是營營爲往來不絕之皃與詩營營同說文爻部引詩作營營又言部云營小聲引詩作營營本三家詩樊藩東

方未明同說文云楙藩也从爻林詩曰營營青蠅止于楙案爻者交也楙从爻林取交積材之義叔重所據詩作楙今詩作樊者假借字也漢書武五子傳兩引詩作止于藩史記滑稽傳作藩蕃與藩同三家詩作藩毛詩作樊故傳以藩詁樊也○君子庳幽王也

營營青蠅止于棘讒人罔極交亂四國（疏）極中也史記滑稽傳漢書武五子傳敘傳注論衡言毒篇新舊唐書顏眞卿傳竝作讒言罔極

營營青蠅止于榛（傳）榛所以爲藩也**讒人罔極構我二人**（疏）棘榛皆爲藩上章不言棘所以爲藩正義謂互相足是矣藩猶籬也傳中兩藩字同義東方未明折柳樊圃傳樊藩也藩猶屏也訓同而意異○釋文引韓詩構亂也亂卽上章交亂箋構合也合猶交亂也用韓詩也魏源云易林豫云青蠅集藩君子信讒害賢傷忠患生婦人又觀革云馬蹶蹟車婦惡破家青蠅污白恭子離居夫幽王聽讒莫大于廢后放子而此曰患生婦人則明指褒姒矣恭子離居用申生恭世子事明指宜

曰矣故曰讒人罔極構我二人謂王與母后也讒人罔極交亂四國謂戎繒申呂也案魏說本何楷世本古義漢書戾大子之亂壺關三老茂上書昔者虞舜孝之至也而不中於瞽叜孝己被謗伯奇放流骨肉至親父子相疑何者積毀之所生也其下即引青蠅之詩與幽王放宜臼合楚辭九歎若青蠅之僞質兮晉驪姬之反情又與幽王嬖褒姒合皆出於三家有足以補明毛義者也

賓之初筵五章章十四句

賓之初筵衛武公刺時也幽王荒廢媟近小人飲酒無度天下化之君臣上下沈湎淫液武公既入而作是詩也【疏】入入相也武公入相在周平王之世是詩爲追刺幽王而作抑三章云顛覆厥德荒湛于酒刺厲王飲酒無度也衛武公刺厲刺幽皆言事關王政故抑編諸大雅而此則編諸小雅焉後漢書孔融傳注引韓詩云衛武公飲酒悔過也則專以爲武公所自警矣

賓之初筵左右秩秩籩豆有楚殽核維旅〔傳〕秩秩然肅敬也楚列貌殽豆實也核加籩也旅陳也酒既和旨飲酒孔偕鍾鼓既設舉醻逸逸〔傳〕逸逸往來次序也大侯既抗弓矢斯張射夫既同獻爾發功發彼有的以祈爾爵〔傳〕大侯君侯也抗舉也有燕射之禮的質也祈求也

〔疏〕筵席也燕禮司宮筵賓于戶西東上無加席也射人告具小臣設公席于阼階上西鄉設加席是主席在東而賓筵在西左右猶東西也後漢書注引韓詩云言賓客初就筵之時賓主秩秩然俱謹敬也毛韓義同荀子仲尼篇貴賤長少秩秩焉莫不從桓公而貴敬之與詩秩秩同楚之言鋊也正義據傳文列上有陳字列亦陳也士冠禮籩豆有楚鄭注亦云楚陳列之貌殽釋文作肴生民傳豆薦菹醢也菹醢置於豆中故豆實謂之肴傳因文立義也春秋內外傳並以肴爲俎實傳於豆言實而於籩言加互詞加籩者廣庶品也箋據籩人加

籩無核而饋食之籩有核故以核爲籩實此鄭義也正義依箋解傳加籩爲加之於籩則誤矣核亦作覈班固典引肴覈仁義蔡邕注肴覈食也肉曰肴骨曰覈詩云肴覈惟旅蔡所引當是魯詩旅陳爾雅釋詁文說文旅古文作炭以爲魯衛之魯士冠禮注古文旅作臚周禮司儀注旅讀爲鴻臚之臚臚陳之也是旅古讀如魯又讀同臚也殷武傳同豐年傳云皆徧也偕與皆通○醻亦作酬燕禮旅酬有樂故云鍾鼓既設也禮記燕義篇獻君君舉旅行酬而后獻卿卿舉旅行酬而后獻大夫大夫舉旅行酬而后獻士士舉旅行酬而后獻庶子案燕禮於獻士後行射大射則卿舉旅後即行射燕禮注云薦旅食乃射者燕射主於飲酒是也逸逸猶繹繹也楚茨傳東西爲交邪行爲錯所謂往來交序也侯射侯也考工記梓人爲侯張獸侯則王以息燕儀禮鄉射記凡侯天子熊侯白質諸侯麋侯赤質大夫布侯畫以虎豹士布侯畫以鹿豕凡畫者丹質案此皆獸侯也熊麋皮也天子諸侯側用皮大夫士側中皆用布布用畫獸其質天子白質諸侯赤質大夫士畫獸則丹質也獸侯用諸鄉射故特箸於鄉射記而燕射亦用獸侯燕禮云若射如鄉射之禮是其義也傳釋大侯爲君侯者詩刺

幽王則君矦指熊矦天子熊矦白質故傳以旳爲質旳
白同義矣凡矦皆設鵠王以虎熊豹三皮棲鵠謂之皮
矦飾皮棲鵠又張五采謂之五采之矦五采即五正也
若以皮飾側設鵠設正舉一獸不舉三皮備一正不備
五采則謂之獸矦鄭仲師賈景伯馬季長說皆如是箋
謂大矦大射之矦漢書吾丘壽王傳引此詩亦爲大射
之禮其魯詩說歟但大射皮矦不設正質也梓人祭矦
之辭故抗而射女鄭注云抗舉也張也義與傳同舉酬
之後始行燕射故傳特箸之云有燕射之禮所以釋經
既抗之文也楚辭大招三公穆穆登降堂只諸矦畢極
立九卿只昭質既設大矦張只執弓挾矢揖辭讓只文
與詩義同旳釋文作勺勺者旳之假借禮記射義篇古
者諸矦之射也必先行燕禮又孔子曰射者何以射何
以聽循聲而發發而不失正鵠者其唯賢者乎若夫不
肖之人則彼將安能以中詩云發彼有旳以祈爾爵祈
求也求中以辭爵也毛傳與禮記正合燕射用獸矦獸
矦有鵠有正故記以正鵠爲旳傳以旳爲質質者正也
鵠居正外言正以包鵠也猗嗟傳二尺曰正則質當二
尺矣鄭衆馬融及王肅說四寸曰質又韓子外儲說左
上篇難勢篇設五寸之旳小爾雅正中謂之槷方六寸

槷卽質也諸說謂質居正内而寸數不同傳渾言正質無別耳傳詁祈爲求正用射義文射義注云言射旳必欲中之者以求不飲女爵也爾或爲有箋云射之禮勝者飲不勝所以養病也故論語曰下而飲其爭也君子

籥舞笙鼓樂既和奏傳秉籥而舞與笙鼓相應烝衎烈祖以洽百禮百禮既至有壬有林錫爾純嘏子孫其湛傳壬大林君也嘏大也其湛曰樂各奏爾能賓載手仇室人入又傳手取也室人主人也主人請射於賓賓許諾自取其匹而射主人亦入於次又射以耦賓也酌彼康爵以奏爾時傳酒所以安體也時中者也疏傳云秉籥卽簡兮之執籥吹籥而舞謂之籥舞云與笙鼓相應者伐木坎坎鼓我蹲蹲舞我又有駜振振鷺于下鼓咽咽醉言舞一手秉籥一手必執羽羽所以舞也鼓所以節舞也是籥舞與鼓相應矣燕禮公又舉奠觶唯公所賜以

旅于西階上如初卒笙入立于縣中記云笙入三成遂
合鄉樂若舞則勺燕於大夫舉旅之後有笙入間歌之
樂至無筭爵無筭樂舞亦必有笙相和是籥舞與笙相
應矣周語王子積飲三大夫酒子國爲客樂及徧儛此
即天子燕飲樂舞之證奏猶作也六月傳奏爲也爲謂
之作玆奏亦謂之作壬大林君嘏大竝爾雅釋詁文純
嘏古語卷阿載見閟宮皆曰純嘏純亦大也湛樂也案
二章言燕射重敘飲酒之禮首二句象首章鐘鼓旣設
舉醻逸逸說下烝衎烈祖六句即承首二句說下燕禮
坐燕時有羞庶羞大夫祭薦之禮至燕舞則歌勺周頌
作酌序酌告成大武也言能酌先祖之道以養天下也
此即射義所謂先王養諸矦兵不用而諸矦自爲正之
具也燕射歌勺義取諸此此當舞時因而念今日之息
燕實本於先祖告成功烈之所致百禮莫愆威儀無失
於是有美大其爲人君之道錫爾子孫以大大之福子
孫其有此樂也詩因燕而推本言之故下文仍援燕射
以樂之之事王肅云言燕樂之義得則進樂其先祖是
也箋以衎稱殷禮故祭祀先奏樂自不如毛義之有據
矣○奏獻也能技能也載語詞傳訓手爲取取言擇比
也訓仇爲匹匹猶耦也賓與室人對稱故傳以室人爲

主人主人爲君之黨則君亦主人也首章射夫既同言衆耦比射之事二章言從衆耦比射及君與射之事而以君射爲主傳云主人請射於賓賓許諾自取其匹而射者釋經賓載手仇句大射儀司射適次請射遂比三耦司射命上射曰某御於子命下射曰子與某子射卒遂命三耦取弓矢于次鄭注云次若今時更衣處張帷席爲之是請射比耦燕禮亦司射爲之司射命於君故直謂主人請射而賓自此以比耦也云主人亦入于次又射以耦賓也者釋經室人入又句謂君與賓爲耦也燕禮記云君與射則爲下射袒朱襦樂作而后就物上射退于物一笴既發則荅君而俟案下上猶左右也主尙左爲下射賓尙右爲上射故君與射亦爲下射大射君與賓耦射之儀公將射則賓降適堂西袒決遂執弓搢三挾一个升自西階先待于物北北一笴東面立注云不敢與君併東面立鄉君卽燕禮記所謂君射爲下射上射退于物一笴者也此爲君射耦賓之禮○射義酒所以養老也所以養病也求中以辭爵者辭養也傳云酒所以安體釋經康字之義正本射義爲訓云時中者也者時是也中得也勝者爲是則不勝者爲不是矣獲者爲得則不獲者爲不得矣奏爲也酌康爵以爲女

中者也爲中者飲不中者酌此爵以俟之燕禮記若飲君燕則夾爵鄉射記則云如燕則夾爵鄭注云謂君在不勝之黨也賓飲君如燕賓媵觚于公之禮則夾爵夾爵者君既卒爵復自酌

賓之初筵溫溫其恭其未醉止威儀反反曰既醉止威儀幡幡舍其坐遷屢舞僊僊傳反反言重愼也幡幡失威儀也遷徙屢數也僊僊然其未醉止威儀抑抑曰既醉止威儀怭怭是曰既醉不知其秩傳抑抑愼密也怭怭媟嫚也秩常也疏上二章陳古下三章刺今故重言賓之初筵以箸燕之失燕禮記云與鄉燕則大夫爲賓與大夫燕亦大夫爲賓是賓爲大夫也曰賓者不敢直庳王且以刺王所與之大夫皆小人也○小宛傳溫溫和柔皃反反言重愼正義云自重而謹愼釋文引韓詩作昄昄云善皃毛韓字異意同文王傳濟濟多威儀也多威儀曰濟濟失威儀則曰幡幡遷訓徙屢俗字釋文本作婁傳訓婁爲數者爲全詩婁

字通訓正月巧言箋皆云婁數也爾雅釋言婁亟也亟亦數也僊僊然上當更有數舞二字葢僊僊然者數舞皃也數舞僊僊然與南山崔崔然信誓旦旦然句例相同莊子在宥篇鴻蒙曰意毒哉僊僊乎歸矣又說苑指武篇孔子曰辯哉士乎僊僊者乎亦謂僊僊爲數疾也燕禮賓及卿大夫皆說屨升就席公以賓及卿大夫皆坐乃安司正升受命皆命君曰無不醉賓及卿大夫皆興對曰諾敢不醉皆反坐案燕有坐燕之禮燕樂有舞春官樂師燕射帥射夫以弓矢舞旄人舞其燕樂皆謂燕舞之事若坐則徙矣舞又數矣是則小人既醉之情態也此總括初筵舉旅至無算爵○抑傳抑抑密也本爾雅此又益其義云愼密也怭怭說文人部引作佖佖心部無怭字玉篇怭慢也慢輕侮也慢與嫚同媟與褻同新書道術篇接遇愼容謂之恭反恭爲媟接遇肅正謂之敬反敬爲嫚嫚秩常釋詁文烈祖同常則也法也不知其常所謂幡幡怭怭也所謂坐徙舞數也

賓既醉止載號載呶亂我籩豆屢舞僛僛是曰既醉不知其郵側弁之俄屢舞傞傞（傳）號呶號呼讙呶也僛僛

舞不能自正也傞傞舞不止也既醉而出並受其福醉而不出是謂伐德飲酒孔嘉維其令儀疏碩鼠傳號呼也二傳訓同意別碩鼠之呼爲烏呼此號呼爲召呼說文云召評也評召也又嘑號也號呼也是號爲呼也呶字當在讙字上轉寫或誤耳民勞箋怋怓猶讙譁也彼箋以讙譁釋怋怓與此傳以讙釋呶同義說文呶讙聲詩曰載號載呶許以讙聲釋呶亦與傳訓同說文又云嘮呶讙也是呶讙連文之證韓詩云賓既醉止載號載呶不知其爲惡也僛與欹聲相近故云舞不能自正也說文僛醉舞皃詩曰屢舞僛僛玉篇同側說文引詩作仄燕君臣同服朝服諸侯玄冠天子皮弁則此弁爲皮弁矣傞傞舞不止也各本奪舞字今據釋文補正玉篇傞傞舞不止皃說文傞醉舞皃詩曰屢舞傞傞又女部引作姕姕玉篇同晏子襍上篇云側弁之俄言失德也屢舞傞傞言失容也○晏子又云既醉而出並受其福賓主之禮也醉而不出是謂伐德賓之罪也說文伐一曰敗也伐德敗德也大明傳云嘉美也令儀善威儀也案此言無算爵既醉失德遂陳古者醉出之禮因以箴之燕禮賓醉

北面坐取其薦脯以降奏陔賓所執脯以賜鐘人於門内霤遂出鄭注云明雖醉不忘禮大戴禮文王官人篇云醉之以觀其不失是其義也

凡此飲酒或醉或否既立之監或佐之史傳立酒之監佐酒之史彼醉不臧不醉反恥式勿從謂無俾大怠匪言勿言匪由勿語由醉之言俾出童羖傳羖羊不童也三爵不識矧敢多又疏凡此飲酒此字承上章末六句其醉否凡飲酒禮皆然也鄭注鄉射云爵備樂畢將留賓以事爲有解倦失禮立司正以監之察儀法也引詩既立之監或佐之史○彼醉不臧彼字與上此字作對文彼彼飲酒無度者也臧善也不善猶無儀也式用也勿無也俾使也匪不也由用也言無使其大怠慢無度不言無禮之言不用無禮之語爲醉者設此禁詞然已醉矣用無從而謂之也以明醉者不可說數當早戒也抑傳童羊之無角者也此云羖羊不童則羖羊爲有角

矣爾雅夏羊牡羭牝羖程瑶田通藝錄釋蟲云牝牡二字互譌說文夏羊牡曰羖又曰羯羊羖犗也去勢曰犗詞之今之屠羊者綿羊牡曰羝羯之則曰羖牡者多有角亦間有無角者百中之數頭耳其牝多無角亦間有有角者亦百中之數頭耳然卽有角亦不能如牡者之角大也案據程說則羖爲有角牡羊目驗之而確證今醉之言不中禮法或有從而謂之彼醉者推其類必使羖羊物變而無角謂出此童羖以止飲酒猶漢書云羝乳乃得歸皆必無是之事角所以爲爵故借以設喻也此醉者歫人戒之詞○箋云三爵者獻也酬也酢也宣二年左傳臣侍君宴過三爵非禮也玉藻君子之飲酒也受一爵而色洒如也二爵而言言斯禮已三爵而油油以退鄭注云禮飲過三爵則敬殺可以去矣矧況也言凡禮三爵之後則不識德況敢多又飲乎此懲箴之詞以刺今之無度也

卷二十一終

清長洲陳氏本詩毛氏傳疏

第五册

清　陳奂撰

山東省圖書館藏清道光二十七年吴門南園陳氏埽葉山莊刊本

山東人民出版社·濟南

詩毛氏傳疏卷二十二

長洲陳奐學

魚藻之什詁訓傳弟二十二　毛詩小雅

魚藻之什十四篇六十二章三百二句

魚藻三章章四句

魚藻刺幽王也言萬物失其性王居鎬京將不能以自樂故君子思古之武王焉

魚在在藻有頒其首（傳）頒大首貌魚以依蒲藻爲得其性王在在鎬豈樂飲酒（疏）樊光注爾雅引詩有賁其首賁與墳通頒與墳義又合也釋文引韓詩云頒衆皃韓讀頒爲紛謂魚口上見喁喁然衆多與毛詩異魚以依蒲藻爲得其性者傳合弟三

章依于其蒲而總釋之箋云魚之依水草猶人之依明王此申傳義也○王武王也鎬鎬京豈亦樂也豈與樂兼二義故一章豈樂一章樂豈義並同也

魚在在藻有莘其尾傳莘長貌王在在鎬飲酒樂豈疏說文艸部無莘而手部扟下云讀若莘廣雅⿰多辛多也疑莘即⿰多辛之異體故說文錄⿰多辛見螽斯釋文不錄莘今本說文併侁⿰多辛字矣傳云長皃者莊子徐無鬼篇禍之長也茲莘此莘有長義玉篇⿰魚辛魚尾長⿰魚辛蓋卽莘之俗大首長尾得性之驗也

魚在在藻依于其蒲王在在鎬有那其居疏桑扈那傳並云那多也多者盛大之詞居處也

采菽五章章八句

采菽刺幽王也侮慢諸侯諸侯來朝不能錫命以禮數

徵會之而無信義君子見微而思古焉（疏）箋云幽王徵會諸侯爲合義兵征討有罪既往而無之是於義事不信也君子見其如此知其後必見攻伐將無救也正義即據史記幽王數舉烽火其後諸侯莫能信至以證其事

采菽采菽筐之筥之（傳）興也菽所以芼大牢而待君子也羊則苦豕則薇君子來朝何錫予之（傳）君子謂諸侯也雖無予之路車乘馬又何予之玄衮及黼（傳）玄衮卷龍也白與黑謂之黼（疏）釋文菽本亦作叔昭十七年左傳小邾穆公來朝公與之宴季平子賦采叔晉語秦穆公燕公子重耳賦采叔字皆作叔豆名作尗叔假借字菽非古也小宛傳云菽藿也公食大夫禮記鉶芼牛藿羊苦豕薇鄭注云藿豆葉也詩之菽即儀禮之藿藿爲牛俎之芼傳云芼大牢者兼牛羊豕就牢禮而言以補明經義舉菽以晐苦薇也箋菽大豆也采之者采其葉以爲藿三牲牛羊豕芼以藿王

饗賓客有牛俎乃用鉶羹故使采之此鄭申傳義也芼大牢本以待君子之禮而言興者因所事而興也○序言諸侯來朝故知君子爲諸侯也通章九君子同云玄衮卷龍也者玄玄衣也玄衣而加衮謂之玄衮衮者畫卷龍於裳也鄭謂畫卷龍於衣不合古制詳九罭篇白與黑謂之黼考工記畫繢之事文文王傳亦云黼白與黑也禮器云諸侯黼衮爲畫繢之事黼爲黹刺之文故云衮及黼也爾雅斧謂之黼謂畫斧於依爲天子宁立之處古畫繢與黹繡散文則通稱故斧依一作黼依與黹繡於裳者不同解者誤以衣畫斧形爲黼又誤以衣畫兩己相背爲黻不知黼黻皆黹文或以黑青綫爲之或以白黑綫爲之爾雅黼黻彰也揚之水傳繡黼也

觱沸檻泉言采其芹〔傳〕觱沸泉出貌檻泉正出也君子來朝言觀其旂其旂淠淠鸞聲嘒嘒〔傳〕淠淠動也嘒嘒中節也載驂載駟君子所屆〔疏〕觱觱之隸變玉篇滭泉水出皃滭與觱通十月之交傳沸出也爾雅釋水濫泉正出正出涌出也傳所本也說文濫氾也引詩觱沸濫泉繫傳作滭沸濫泉字

皆作濫今此詩及瞻卬皆作檻釋文正義引爾雅亦作檻檻假俗字箋云芹菜也可以爲菹亦所用待君子也周禮芹菹鴈醢○淠淠泮水作茷茷出車傳旆旆旐坐皃動者旐坐之意也古淠茷旆竝聲同而義通鸞當作鑾嘒嘒猶噦噦庭燎鑾聲噦噦傳噦噦徐行有節也泮水鑾聲噦噦傳噦噦言其聲也亦言其聲中節也字或作噦噦或作鉞鉞曲禮釋文嘒徐音雖醉反則嘒聲讀同歲聲矣屆晏子諫上引詩作誡王念孫讀書襍志云晏子亦作屆今作誡者俗音亂之也屆者至也君子所屆者君子至也所語詞耳屆字以凷爲聲於古音屬至部其上聲則爲旨部其入聲則爲質部詩中用屆字者小雅節南山與惠戾闋爲韻小弁與嘒淠寐爲韻采菽與淠嘒駟爲韻大雅瞻卬與疾爲韻

赤芾在股邪幅在下（傳）諸侯赤芾邪幅幅偪也所以自偪束也彼交匪紓天子所予（傳）紓緩也樂只君子天子命之樂只君子福祿申之（傳）申重也（疏）諸侯赤芾邪幅與車攻諸侯赤

芾金舄又候人大夫以上赤芾乘軒句法一例幅偪也當作邪幅偪也各本奪一邪字正義云邪纏於足謂之邪幅故傳辨之云邪幅正是偪也是正義本有邪字可證內則云偪屨著綦詩謂之邪幅禮記則謂之偪故傳以偪釋邪幅也說文幅布帛廣也布帛廣施諸於纏足謂之邪幅邪幅謂之偪取偪束之義故傳又申之云所以自偪束也又謂之徽說文云徽衺幅也衺與邪同鄭箋詩及注禮記內則杜注桓二年左傳皆謂之行縢此古今異名也）紓緩釋言文彼交匪紓荀子勸學篇引詩作匪交匪紓疑今本毛詩彼乃匪字之誤荀子云禮恭而後可與言道之方辭順而後可與言道之理色從而後可與言道之致故未可與言而言謂之傲可與言而不言謂之隱不觀氣色而言謂之瞽故君子不傲不隱不瞽謹慎其身詩曰匪交匪紓天子所予此之謂也案匪與非同非不也交古絞字交傲一義桑扈彼交匪敖左傳引詩作匪交匪敖義同所云未可與言而言謂之傲也傳訓紓爲緩緩怠緩也所云可與言而不言謂之隱也不交傲不怠緩則禮恭辭順色從矣君子如此並爲天子所賜予毛義正同荀子韓詩外傳引詩彼交匪紓天子所予言必交吾志然後予箋云彼與人交接

本韓詩申重釋詁文天子命諸侯而又重之
以百福千祿也假樂烈祖傳竝訓申爲重

維柞之枝其葉蓬蓬傳蓬蓬盛貌樂只君子殿天子之邦傳殿鎮也樂只君子萬福攸同平平左右亦是率從傳平平辯治也

疏柞之枝喻外諸侯言此者興諸侯承順天子天子恩被優渥如柞葉之蓬蓬然盛也蓬蓬與芃芃聲相近○殿讀如臀與鎮聲相近釋文鎮本作塡古塡與鎮通樂只襄十一年左傳引詩作樂旨杜注云殿鎮也謂諸侯有樂美之德可以鎮撫天子之邦平平釋文引韓詩作便便爾雅便便辯也書大傳予辯下土使民平平古平便聲通傳云辯治當作治辯辯亦通作辨荀子儒效篇云分不亂於上能不窮於下治辨之極也詩曰平平左右亦是率從是言上下之交不相亂也毛傳正用師說又榮辱云脩正治辨矣而亦欲人之善已也王覇云出若入若天下莫不平均莫不治辨議兵云禮者治辨之極也正論云上宣明則下治辨矣又云治辨則易一禮論云君者治辨之主也成相云治辨上下貴賤有等明君臣凡此皆作治辨

之證治辨左右者言天子治平上諸侯治平下辨別不亂平平然左傳引詩作便蕃便與辨同言辨別也蕃與緐同言緐亂也辯別緐亂謂之便蕃治辯謂之平平文異而義同也韓詩云便便閒雅之皃當亦是治辨之極之義思文傳率用也左傳作帥從謂諸侯之順從也亦發聲亦是率從與我是用憂我是用長句略相同左傳引此詩而釋之云夫樂以安德義以處之禮以行之信以守之仁以厲之而後可以殿邦國同福祿來遠人所謂樂也

汎汎楊舟紼纚維之傳紼繂也纚緌也明王能維持諸侯也樂只君子天子葵之樂只君子福祿膍之傳葵揆也膍厚也優哉游哉亦是戾矣傳戾至也疏汎汎流皃爾雅釋水汎汎楊舟紼縭維之紼繂也縭緌也傳所本也縭與纚通孫注云繂大索也李注云繂竹爲索所以維持舟者釋文引韓詩云筰也筰才各反案筰亦繩索之名此當爲紼之義釋文乃誤爲纚注耳文選顔延年元皇后哀

策文注引韓詩纚繫也是纚爲維繫之稱綏者冠纓下垂亦爲繫也傳云明王能維持諸侯也者言明王維持諸侯如紼之纚維楊舟以刺今幽王之不然也○葵揆釋言文揆者度也古量度制度不分二音膍厚釋詁文釋文引韓詩作肶說文膍或作肶節南山傳肶厚也肶與膍通揆厚者言天子揆度諸侯之德而厚予之以福祿也卷阿篇優游爾休矣與此優游同戾至釆芑小宛同至讀如君子至止之至

角弓八章章四句

角弓父兄刺幽王也不親九族而好讒佞骨肉相怨故作是詩也

騂騂角弓翩其反矣（傳）興也騂騂調利也不善紲檠巧用則翩然而反兄弟昏姻無胥遠矣（疏）騂騂說文引詩作觲觲云用角低卬便也言一低一卬用角便易與傳調利之訓合凡角長二尺有五寸角之中當弓之淵其輔弓之檠短長

與弓淵相埒考工記弓人言居角之過長者以終紲爲比也弛則伏諸檠張則去檠拂弓淵然後用之大射儀小射正授弓大射正以袂順左右隈上再下一此卽調利用弓之法翩者偏之假借傳云不善紲檠巧用則翩然而反者釋翩其反矣句善蓋繕之省紲亦檠也巧猶調利也弛不納諸弓檠用又不觳摩弓淵其必偏然而反說苑建本篇烏號之弓雖良不得排檠不能自任卽其義也箋云興者喻王與九族不以恩禮御待之則使之多怨也○昏姻因兄弟而推及之也正月洽比其鄰昏姻孔云傳訓鄰爲親親亦是由善兄弟而兼善昏姻以刺幽王之不能兩詩意正同襄八年左傳晉范宣子來聘公享之季武子賦角弓昭二年晉韓宣子來聘公享之韓子賦角弓季武子拜曰敢拜子之彌縫敝邑寡君有望矣旣享宴于季氏有嘉樹焉宣子譽之武子曰宿敢不封殖此樹以無忘角弓案此兩引詩皆義取兄弟之國宜相親近箋云胥相也骨肉之親當相親信無相疏遠相疏遠則以親親之望易以成怨鄭亦但說兄弟以詩本言兄弟故昏姻得從略耳

爾之遠矣民胥然矣爾之教矣民胥傚矣〔疏〕箋云爾女女幽王也

案此承上章胥遠而言遠遠兄弟教教民以相遠也傚古字作效白虎通義三教潛夫論班祿及羣書治要皆作效昭六年左傳叔向曰楚辟我衷若何效辟詩曰爾之教矣民胥效矣從我而已焉用效人之辟其字亦作效

此令兄弟綽綽有裕不令兄弟交相爲瘉（傳）綽綽寬也裕饒也瘉病也（疏）此以民胥傚爲此也爾雅釋言云寬綽也寬謂之綽故綽綽謂之寬又釋訓云綽綽緩也孟子公孫丑篇豈不綽綽然有餘裕哉趙注云豈不綽綽然舒緩有餘裕乎寬緩義相近傳裕饒下也字今補說文裕衣服饒也引申之則爲凡饒之稱寬饒者能讓之謂也瘉病正月同交相爲瘉斯不讓而已亾矣斯干篇兄及弟矣式相好矣無相猶矣箋猶當作瘉瘉病也鄭葢本此詩

民之無良相怨一方受爵不讓至于己斯亾（傳）爵祿不以相讓故怨禍及之比周而黨愈少鄙爭而名愈辱求

安而身愈危　疏民之無良此卽不令之兄弟亦下文受爵而不讓者也相怨一方序所謂骨肉相怨也漢書劉向傳上封事書下至幽厲之際朝廷不和轉相非怨詩人疾而憂之曰民之無良相怨一方後漢書章帝紀上無明天子下無賢方伯人之無良相怨一方此引詩以言怨之所聚卽是爾敎民效之意又說苑建本篇云民怨其上不遂亡者未之有也韓詩外傳亦云民皆居一方而怨其上不亡者未之有也釋詩以言交怨必致亡國與序刺幽王意合傳義當然也傳云爵祿不以相讓釋受爵不讓句云故怨禍及之者怨卽冢上怨字禍及釋經己亡二字己謂己身也亡謂喪棄也比周以下三句皆用荀子語以總釋無良相怨不讓己亡也荀子儒效篇君子務脩其內而讓之於外務積德於身而處之以遵道如是則貴名起之如日月天下應之如雷霆鄙夫反是比周而譽俞少鄙爭而名俞辱煩勞以求安利其身俞危詩曰民之無良相怨一方受爵不讓至于己斯亡此之謂也案俞古愈字元刻譽作與讀書襍志以與爲黨與故荀子作與毛傳作黨也韓詩外傳云有君不能事有臣欲其忠有父不能事有子欲其孝有兄不能敬有弟欲其從令詩曰受爵不讓至

于己斯亡言能知於人而不能自知也箋云民之意不獲當反責之於身思彼所以然者而怨之鄭本韓義○案首章言幽王之宜親九族兄弟無相怨棄二章卽承無胥遠矣句言幽王遠兄弟而人則傚之三章卽承民胥傚矣句言兄弟之不善遂相爲病四章卽承交相爲瘉句言兄弟生怨爵祿不讓將有喪家亡身之禍則予人以爵祿者宜早體察知之以諷動幽王耳以下五六兩章宜安待族人以刺幽不親九族而言七八兩章宜遠屏讒人以刺幽專好讒佞而言骨肉相怨由於不親九族之故不親九族又由於好讒佞之故

老馬反爲駒不顧其後傳已老矣而孩童慢之**如食宜饇如酌孔取**傳饇飽也疏傳以老釋老馬孩童釋駒釋文孩本亦作咳正義本作咳并引說文云咳小兒笑也孩咳字通後不先也言老馬而反視爲駒任之以勞不顧其不能先所謂慢也經言喻義傳則言其正義以明王者不可慢老人也故下文卽言養老之禮○古饇飫通用常棣飲酒之飫韓詩作饇說文飫燕食也飽猒也飫飽連言則饇飽同訓常棣以飫爲饇此又以饇爲飫也說文繫傳引詩正作飫孔

取與宴饇對文宴孔皆語詞耳孔甚也甚取言取酌之多如食宜飽之如酌甚取之食飲飽醉正養老之事箋謂王有族食族燕之禮與傳同唯孔爲器孔之孔釋文引韓詩宴饇作儀饇云儀我也皆不謂語詞

毋教猱升木如塗塗附（傳）猱猨屬塗泥附箸也**君子有徽猷小人與屬**（傳）徽美也（疏）猱猨屬正義云猱則猨之輩屬非猨也引義疏云猱獼猴也長臂者爲猨爾雅猱蝯善援說文亦作蝯出車傳塗凍釋也塗者以土之粉解帶水而言故傳訓塗爲泥附之爲言祔也祔者合也傳訓附爲箸箸亦合箸也泥謂之塗以泥泥箸之謂之塗附上塗字虛下塗附連讀得義毋毋教猱升木如塗塗附此設喻二句一意與上章設喻亦二句一意同其例毋依全詩字例求之當作無無不也如而也猱喻不令兄弟列女傳母儀篇引詩以猱比公子州吁是其義也猱之性善登木而以泥附箸於木不教猱升以明王者宴與族人樂聞善道而連屬之也故下文正言其事○爾雅徽善也美善義相近猷當作猶猶道也君子有徽猷小人與屬此二句平列與上章末二句平列同其例君子小人指族人在位或不

在位者言屬讀不屬于毛之屬

雨雪瀌瀌見晛曰消〔傳〕晛日氣也莫肯下遺式居婁驕

〔疏〕瀌瀌疑詩本作麃麃後人加水旁耳韓詩外傳四荀子非相篇漢書劉向傳作麃麃曰作聿字通碩人鑣鑣盛皃載驅儦儦衆皃竝以麃聲得義則此麃麃爲雨雪衆盛也見晛合二字成義見謂日見非謂雪見日也釋文引韓詩作曣晛云日出也荀子作宴然廣雅曣晛煗也史記封禪書曣晛有黃雲蓋焉漢書郊祀志作宴溫皆合二字成義荀書之宴韓詩之曣與毛詩之見皆謂日之初升天氣清明也說文無曣字火部然燒也然有氣煗之意毛韓之晛與荀書之然義皆同也傳但釋晛爲日氣不解見字疑有奪字當云見晛日出氣也則文義始備矣日氣初升而雪遂消卷阿傳惡人被德化而消卽此消字之義也韓詩外傳云上法舜禹之制下則仲尼之義以務息十子之說如是者仁人之事畢矣天下之害除矣聖人之迹箸矣又外傳云孔子曰聖士哉大人出小人匿聖者起賢者伏竝引此詩劉向上封事書君子道長小人道消則政日治故爲泰泰者通而

治也亦引此詩鄭箋以雨雪消喻小人誅滅蓋用韓以
申毛也○遺荀子作隧古遺隧音同說文旞或作䢾此
其例北門傳云遺加也此遺字當亦訓加婁數也莫肎
下遺式居婁驕言小人之行不肎卑下加禮於人唯數
數驕慢好自用也箋亦謂小人不肎謙虛而驕慢義亦
同荀子非相篇云人有三不祥幼而不肎事長賤而不
肎事貴不肖而不肎事賢是人之三不祥也人有三必
窮爲上則不能愛下爲下則好非其上是人之一必窮
也鄉則不若偝則謾之是人之二必窮也知行淺薄曲
直有以縣矣然而仁人不能推知士不能明是人之三
必窮也人有此三數行者以爲上則必危爲下則必滅
詩曰雨雪瀌瀌宴然聿消莫肎下隧式居婁驕此之謂
也荀子引詩指小人而
在位者說傳義正同

雨雪浮浮見晛曰流(傳)浮浮猶瀌瀌也流流而去也**如**
蠻如髦我是用憂(傳)蠻南蠻也髦夷髦也(疏)浮浮瀌瀌一聲之轉
江漢浮浮廣大也廣大亦衆盛意故云浮浮猶瀌瀌也
禮記大學篇唯仁人放流之屏諸四夷不與同中國郎

此流字之義也傳云流流而去也者兩雪因日氣而流以喻讒佞之去巷伯豈不爾受既其女遷傳遷去也亦謂去爲去讒人○爾雅釋地六蠻周禮職方八蠻在殷者蠻有六種在周者蠻有八種傳以蠻爲南蠻則髦爲西夷夷髦謂西夷之髦種也箋云髦西夷別名武王伐紂其等有八國從焉案今書牧誓作髳括地志云姚府以南古髳國之地有髳州原本方輿紀要云雲南楚雄府定遠縣唐爲髳州地天寶中沒於南詔曰牟州牟與髦同音也顧祖禹方輿紀要其底稾原本多親筆吏改與外流傳本頗有不同舊存在奐處韓詩外傳云出則爲宗族患入則爲鄉黨憂詩曰如蠻如髦我是用憂小人之行也又云今夫肢體之序與禽獸同節言語之暴與蠻夷不殊混然無道此明王聖主之所罪茲引此詩箋今小人之行如夷狄而王不能變化之鄭亦用韓申毛也此末二章皆以刺幽王之好讒佞我是用憂我父兄也十月之交傳云親戚之臣心不能已

菀柳三章章六句

菀柳刺幽王也暴虐無親而刑罰不中諸侯皆不欲朝

言王者之不可朝事也

有菀者柳不尚息焉(傳)興也菀茂木也上帝甚蹈無自暱焉(傳)蹈動暱近也俾予靖之後予極焉(傳)靖治極至也(疏)傳云菀茂木也疑也當作皃桑柔菀彼桑柔傳菀茂皃正月有菀其特小弁菀彼柳斯箋竝訓菀爲茂釋詞云不語詞不尚尚也案息者休也茂然之柳木人可以休息之興者以喻王者之朝諸侯願往之一二章同末章鳥傳于天喻諸侯之朝天子○上帝庠幽王也蹈卽媨悼之假借蹈與媨爲聲近鼓鐘憂心且媨傳媨動也媨謂之動蹈亦謂之動蹈又與悼爲聲轉檜羔裘中心是悼傳悼動也悼謂之動蹈亦謂之動箋蹈讀曰悼是也傳云動者猶亂也衆經音義卷五引詩上帝甚陶陶變也此三家義動與變義相近暱近爾雅釋詁文此章無自近言無自近亂也下章無自病言無自取病也皆謂幽王暴虐不可朝事廣雅暱病也王念孫疏證云訓暱爲病當本之齊魯韓詩奐案三家詩暱瘵同訓病上下章一律毛傳例不一律而辭有互足義有互

明故訓暱爲近與訓瘵爲病訓不同而意無不同王以毛傳訓近爲非則失之矣釋文云俾本作卑後皆同卑使也末章曷予靖之曷訓害使爲致使納於州罰則是害也靖治釋詁文治謂治其罪也後予極與後予邁同義邁者行也傳訓極爲至至當讀如君子至止之至言恐致治我罪我是以後至不欲朝事也

有菀者柳不尚愒焉（傳）愒息也上帝甚蹈無自瘵焉（傳）瘵病也俾予靖之後予邁焉（疏）上章不尚息焉此章不尚愒焉民勞三章迄可小息四章迄可小愒愒與息同義故傳竝訓愒爲息也○瘵病釋詁文瞻卬士民其瘵傳亦云瘵病也韓詩外傳載荀子賦曰璇玉瑤珠不知佩襍布與錦不知異閭娵子都莫之媒嫫母力父是之喜以旨爲明以聾爲聰以是爲非以吉爲凶嗚呼上天曷維其同其下引詩曰上帝甚慆無自瘵焉案外傳引詩以證聰明是非吉凶悉皆顛亂與毛詩訓蹈爲動字異而意同荀子賦篇不引詩而楚策載荀子賦其下亦引詩曰上天甚神無自瘵也王念孫讀書襍志云外傳每章之末必引詩爲證若戰國策則無此例也後人取外傳附益之耳引詩上

帝作上天因與上文嗚呼上天相涉而誤神者慆之壞字瘵焉作瘵也亦是傳寫之誤案王說是也高誘注楚策已從誤本詩考入異字異義條下

有鳥高飛亦傅于天彼人之心于何其臻曷予靖之居以凶矜（傳）曷害矜危也（疏）于何其臻潛夫論賢難篇作于何不臻箋云臻至也彼人斥幽王也幽王之心於何所至乎言其轉側無常人不知其所屆疑箋所據經其作不古害曷聲同通假其字作曷其義為害此謂假借也長發傳同害言賊害也居猶其也語詞廣雅矜危也本傳訓凶危言凶暴危險也

都人士五章章六句

都人士周人刺衣服無常也古者長民衣服不貳從容有常以齊其民則民德歸壹傷今不復見古人也（疏）後箋云據箋正義此序當作周人刺服無常也服上無衣字

彼都人士【傳】彼彼明王也狐裘黃黃其容不改出言有章行歸于周【傳】周忠信也萬民所望【疏】傳云彼彼明王也者下泉序明王賢伯對稱明王爲周之先王也周禮小都鄉之采地大都公之采地及王子弟所食邑外諸侯入爲天子大夫亦食邑於都謂之鄉士詩言萬民所望者天子曰兆民諸侯曰萬民縣內諸侯與畿外同也又三章言充耳琇實與淇奧二章充耳琇瑩同二傳訓美石義亦同彼衞武公入爲天子卿士之服此都人士同有是服則其爲王朝大夫與古明王共有長民之責者正義以都人士目爲庶人誤也○狐裘黃黃狐黃裘也白虎通義衣裳篇天子狐白諸侯狐黃大夫狐蒼士羔裘然則諸侯狐黃裘矣論語鄉黨黃衣狐裘禮記玉藻狐裘黃衣以裼之此黃衣爲裼衣郊特牲黃衣黃冠而祭此黃衣爲蜡祭之衣鄭注合爲一事金榜已辨之其緇衣注云黃衣則狐裘大蜡之服也詩人見而說焉然蜡祭國人皆與故黃衣黃冠爲庶人祭服與詩義不合箋云冬則衣狐裘黃黃然取溫裕而已黃黃爲形容狐裘之色狀不指蜡祭此說得之○襄十四年左傳君子謂子囊忠君

蔑不忘增其名將亦不忘衛社稷可不謂忠乎忠民之望也詩曰行歸于周萬民所望忠也左引詩以明子囊之忠其實忠信必連言而義始備傳釋周爲忠信正本左傳皇皇者華傳忠信爲周本國語楚語云民事忠信是其義也禮記緇衣篇子曰長民者衣服不貳從容有常以齊其民則民德壹詩云彼都人士狐裘黃黃其容不改出言有章行歸于周萬民所望鄭注云此詩毛氏有之三家則亡正義引服虔左傳注云此逸詩也今韓詩實無此首章時三家列於學官毛詩不得立故服以爲逸

彼都人士臺笠緇撮【傳】臺所以禦暑笠所以禦雨也緇撮緇布冠也**彼君子女綢直如髮**【傳】密直如髮也**我不見兮我心不說**【疏】汪龍詩異義云南山有臺疏及文選謝玄暉臥病詩注引此傳云臺所以御雨又無羊傳蓑所以備雨笠所以御暑則毛公本臺爲御雨笠爲御暑此傳暑雨字正是後人轉寫誤倒笠本以禦暑而亦可禦雨故良耜傳曰笠所以禦暑雨案汪說是也南山有臺傳臺夫須臺皮可以爲蓑因之御

雨之物卽謂之臺此傳臺御雨無羊傳褎備雨則臺卽
褎矣臺與笠明是二物箋云臺夫須也以臺皮爲笠鄭
以臺笠與緇撮對語合爲一物矣又案無羊篇爾牧來
思何褎何笠牧人何褎笠則臺笠不專屬庶人郊特牲
大羅氏天子之掌鳥獸者也諸侯貢屬焉草笠而至尊
野服也鄭注云諸侯於蜡使使者戴草笠貢鳥獸也詩
云彼都人士臺笠緇撮鄭或本三家詩緇爲緇布冠撮
卽所以固緇布冠之物傳渾言以釋之而學者皆不得
其撮字之義儀禮士冠禮緇布冠缺項青組纓屬于缺
緇纚廣終幅長六尺鄭注云缺讀如有頍者弁之頍緇
布冠無笄者著頍圍髮際結項中隅爲四綴以固冠也
項中有編亦由固頍爲之耳今未冠笄者著卷幘頍象
之所生也滕薛名蔮爲頍屬猶著纚今之幘梁也終充
也纚一幅長六尺足以韜髮而結之矣喪服注云首經
象緇布冠之缺項案此缺項之制也缺在項故謂之缺
項詩之撮卽儀禮之缺缺爲固冠之物撮亦固冠之義
莊子寓言篇向也括撮而今也被髮道藏本陳景元音
義有撮字各本奪撮卽詩之撮也人閒世篇會撮指天
崔譔云會撮項椎也司馬彪云會撮髻也古者髻在項
中脊曲頭低故髻指天也大宗師篇句贅指天李頤云

句贅項椎也其形似贅言其上向也蓋贅卽撮也又淮南子精神篇燭營指天高誘云燭陰華也營其竅也燭營讀曰括撮也括與會通故會髮卽括髮其固緇布冠之物是謂之缺亦謂之撮缺從夬聲撮從最聲古音正同撮者本字缺者假借字儀禮之缺項缺當讀如臺笠緇撮之撮鄭注缺讀如有頍者弁之頍毛傳以頍爲箸弁之皃則不爲固冠之物名矣緇布冠爲三加之始冠諸侯有繢緌諸侯以下無繢緌以緇布冠爲常服其猶大古冠布之遺與○傳讀綢爲周故釋綢爲密說文周密也杜注昭二十年左傳周密也周謂之密凡從周得聲字皆可謂之密說文㐱稠髮也鬒髮多也稠髮並有密義密直如髮言其髮之密直如猶而也與四章云彼君子女卷髮如蠆意同

箋讀如爲比方之詞

彼都人士充耳琇實(傳)琇美石也彼君子女謂之尹吉(傳)尹正也我不見兮我心苑結(疏)琇當作璓璓美石詳淇奧篇實者充耳之皃尹正爾雅釋言文王肅云尹吉正而吉也案吉善也上章云彼君子女綢直如髮下章云彼君子女卷髮如

薹上下章皆言容之美此章言其德之美也○苑依釋文正義皆作苑徐音鬱正月苑音同素冠云我心蘊結兮苑結郎蘊結也

彼都人士垂帶而厲（傳）厲帶之垂者**彼君子女卷髮如蠆我不見兮言從之邁**（疏）古厲烈聲相通爾雅烈餘也烈謂之餘厲亦謂之餘垂帶而厲郎下章言匪伊垂之帶則有餘也傳云厲帶之垂者毛正讀厲爲烈矣帶之垂者爲大帶高注淮南氾論博帶大帶引詩垂帶若厲是也箋而亦如也而厲如鞶厲也鞶必垂厲以爲飾厲字當作裂內則注鞶小囊盛帨巾者男用韋女用繒有飾緣之則是鞶裂與詩云垂帶如厲鄭讀厲爲鞶裂之裂義或本三家詩桓二年左傳鞶厲依鄭讀亦爲鞶裂上文云帶裳幅舄則鞶厲疑非帶謂左傳鞶厲爲鞶裂則可謂詩之厲爲鞶裂則不可詩但言厲不得增入鞶字也卷阿傳卷曲也箋云蠆螫蟲也尾末揵然似婦人髮末曲上卷然鄭亦訓卷爲曲也禮記雜記下女雖未許嫁年二十而笄禮之婦人執其禮燕則鬈首注既笄之後去之猶若女有鬌紒也

鬈與卷同○言猶云也我不見兮言從之邁從之邁也下章我不見兮云何盱矣何其盱也何人斯傳云云言也是云言同義故言與云亦皆爲語詞

匪伊垂之帶則有餘匪伊卷之髮則有旟(傳)旟揚也我不見兮云何盱矣(疏)王引之釋詞云匪彼也言彼帶之垂則有餘彼髮之卷則有旟也猶上文言彼都人士垂帶而厲彼君子女卷髮如蠆也說者訓匪爲非失之矣傳訓旟爲揚旟猶舉也說文云揚飛舉也箋云旟枝旟揚起也枝卽楮字言髮之揚起如楮旟也說稍異○卷耳傳云盱憂也言憂傷之深也此卽序傷今不復見古人之意

采綠四章章四句

采綠刺怨曠也幽王之時多怨曠者也

終朝采綠不盈一匊(傳)興也自旦及食時爲終朝兩手

曰匊予髮曲局薄言歸沐傳局卷也婦人夫不在則不容飾疏綠讀爲菉假借字也楚辭注引詩終朝采菉淇奧傳云綠王芻自旦及食時爲終朝蝃蝀同兩手曰匊椒梛同興者怨曠之人自旦及食時以采王芻而不滿兩手以喻憂思之深卷耳采采卷耳不盈頃筐傳憂者之興也義與此同○正月局曲也卷阿卷曲也局卷並有曲義傳云婦人夫不在則不容飾以釋予髮曲局句也伯兮自伯之東首如飛蓬豈無膏沐誰適爲容傳婦人夫不在無容飾義與此同薄言語詞歸夫歸也沐沐髮也

終朝采藍不盈一襜傳衣蔽前謂之襜五日爲期六日不詹傳詹至也婦人五日一御疏說文藍染青艸也衣蔽前謂之襜爾雅釋器文說文襜衣蔽厀段注云此謂衣非謂蔽厀也引申之凡衣或曰襜褕或曰襜襦皆取蔽義案段氏說甚精詩人言欲以襜盛藍與以衽納芣苢其事相同芣苢傳袺執衽也襭扱衽也衽屬裳之兩旁而襜則其在前者

也碩人傳嫁則錦衣加褧襌褧襌猶衣裳爾雅毛傳以釋詩並云衣蔽前正謂其裳之蔽前者耳釋名裳障也以自障蔽也古者衣皮先知蔽前蔽厀乃其遺象不得謂蔽前卽蔽厀明甚○詹至釋詁文方言亦云詹至也閟宮傳同婦人五日一御禮記內則文上章言望夫之歸此章言夫不至因念及夫在進御之情故傳文先釋不詹爲不至再釋五日之義五日六日連而及之非行役過六日便生怨曠正義引孔晁云行役過時而以六日不至爲過期之喻非止六日是也又王肅云五日一御大夫以下之制案下章云之子于狩之子于釣之子爲行役之君子其非庶人可知綢繆傳大夫一妻二妾是有正寢一小寢二夫婦恆居不必同寢五日一御禮或宜然內則云妾雖年老未滿五十必與五日之御禮記言妾不言姪娣明是大夫以下之制也鄭以五日爲諸侯制非大夫以下婦人進御之日限其注禮記以五日配諸侯九女至箋詩乃依傍月令小正采藍當在五月故以五日六日爲五月之日六月之日俱於經義未當後漢書劉瑜傳且天地之性陰陽正紀隔絕其道則水旱爲并詩云五日爲期六日不詹怨曠作歌仲尼所錄此亦言怨曠者舉近以喻遠也

之子于狩言韔其弓之子于釣言綸之繩【疏】韔弓弢弓也郭注釋草綸今有秩嗇夫所帶糾青絲綸是綸有糾合之稱綸之繩與韔其弓對文之猶是也之子狩歟則弢其弓之子釣歟則糾是繩言皆語詞此婦人思夫之不在而設想之如此下章又因釣而申說之耳皆爲怨曠之詞非爲悔不從夫往狩往釣而爲之韔弓綸繩也

其釣維何維魴及鱮維魴及鱮薄言觀者【疏】觀釋文引韓詩作覩

黍苗五章章四句

黍苗刺幽王也不能膏潤天下卿士不能行召伯之職焉【疏】召伯召穆公虎也申伯封謝召伯述職詩陳古以刺今

芃芃黍苗陰雨膏之【傳】興也芃芃長大貌悠悠南行召伯勞之【傳】悠悠行貌【疏】天有陰雨膏澤百物興者以喻古賢伯承順王者之恩施膏潤

天下亦如陰雨之膏黍苗芃芃然長大也襄十九年左傳范宣子賦黍苗季武子興再拜稽首曰小國之仰大國也如百穀之仰膏雨焉若常膏之其天下輯睦豈唯敝邑晉語子餘使公子賦黍苗子餘曰重耳之仰君也若黍苗之仰陰雨也若君實庇陰膏澤之使能成嘉穀薦在宗廟君之力也此兩引詩竝以古賢伯起興○悠讀爲攸說文攸行水也引申之義凡行皆曰攸竹竿傳滺滺流皃滺卽攸之隷變義正相近南謝在周南也申伯封謝則悠悠然行能建國親族此卽膏潤天下之意也勞勤也召伯勞之鄉士述職也箋以悠悠爲徒役衆多然將徒役而往營謝未免擾動兵衆不中時務嵩高詩但言因謝作庸也

我任我輦我車我牛（傳）任者輦者車者牛者我行既集蓋云歸哉（疏）我我申伯也任者箋云有負任者輦者箋云有輓輦者輦詳車攻篇車者箋云有將車者正義以爲大車云此轉運載任則是人任以駕牛者也牛者箋云有牽傍牛者正義引秋官罪隷凡封國若家牛助爲牽傍又引地官牛人凡軍旅行役共其兵車之牛與其牽傍以載公任器牽傍在轅外不與將車

同也箋主召伯營謝轉餫則牛爲封國牽傷之牛罪隸之所助者今細繹傳指二章三章皆敘申伯入謝牛卽軍旅行役所牽傷之牛當爲牛人之所共者正義據罪隸以申明箋說是巳至傳與箋不同孔氏尚未能明也傷當作偒說文彳部𢓜附行也つ集就猶成也蓋讀爲盍爾雅曷盇也曷謂之盇盇又謂之曷蓋亦謂之曷蓋云歸哉曷云歸哉也蓋云歸處曷云歸處也歸歸于謝也晉語重耳若獲集德而歸載使主晉民成封國其何實不從韋注云集成也載祀也集德歸載正以釋詩集歸之義歸爲歸謝明矣嵩高云申伯還南謝于誠歸

我徒我御我師我旅（傳）徒行者御車者師者旅者我行既集蓋云歸處（疏）徒行者御車者徒御對文則徒爲徒行御爲御車也徒行者謂小人也御車者謂君子也上章任輦車牛是言申伯遷謝任載之事下章徒御師旅是言申伯入謝從行之衆皆就申伯一邊說嵩高云以峙其粻式遄其行卽此上章之義也又云既入于謝徒御嘽嘽卽此下章之義也彼傳云徒御嘽嘽徒行者御車者嘽嘽喜樂也此徒御卽嵩高之徒御故兩傳訓同師者旅者以釋經之師旅有爲師者

有爲旅者謂是從入謝之官師與泛言師旅爲一衆者異也王引之左傳述聞云經傳言師旅者有二義一爲士卒之名小司徒五卒爲旅五旅爲師是也一爲羣有司之名宰夫掌百官府之徵令辨其八職一曰正掌官灋以治要二曰師掌官成以治凡三曰司掌官灋以治目四曰旅掌官常以治數是也襄十年左傳官之師旅不勝其富十四年傳今官之師旅無乃實有所闕以攜諸矦晉語陽有夏商之嗣典有周室之師旅樊仲之官守焉皆謂掌官成官常者官之師旅猶言羣有司也周室之師旅卽官守也蓋樊仲之官守所守者嗣典也其官則師旅也三句一貫故下文但曰其非官守也其大小之差則旅卑於師師又卑於正故八職師旅在正之下成十八年傳師不陵正旅不偪師言小不加大也襄二十五年傳百官之正長師旅先正長而後師旅也楚語天子之貴也唯其以公矦爲官正而以伯子男爲師旅言公矦之統伯子男猶官正之統師旅也乃杜注師不陵正旅不偪師曰師二千五百人之帥也旅五百人之帥也注官之師旅曰師旅之長注百官之正長師旅曰師旅小將帥也韋注伯子男爲師旅曰帥師旅也皆不知師旅爲羣有司之名而誤以爲帥師旅者夫帥師旅

者豈得遂謂之師旅乎至韋注周室之師旅曰周室之師衆則又誤以爲人衆之名矣與案此箋解師旅謂五百人爲旅五旅爲師引春秋傳君行師從卿行旅從其誤正與杜注左傳韋注國語同此是申伯入謝不必盛言兵衆嵩高傳以徒御爲虎賁又王命傳御遷其私人傳御治事之官也私人家臣也傳御私人亦卽在徒御師旅之中則此師旅非兵衆可知鄭箋以徒御師旅皆謂召伯之士卒與毛傳不同義二千五百人爲師則傳不得稱之曰師者矣五百人爲旅則傳不得稱之曰旅者矣正義依箋申傳失之

肅肅謝功召伯營之(傳)謝邑也**烈烈征師召伯成之**(疏)

小星肅肅宵征傳云肅肅疾皃嵩高傳謝周之南國也此云謝邑也者謝在周爲南國之邑周宣王徙封申伯於謝邑而召伯往營成之嵩高云于邑于謝南國是式又云登是南邦世執其功傳功事也兩功字義同烈烈讀如如火烈烈征行也師衆也襄二十七年左傳鄭伯享趙孟于垂隴子西賦黍苗之四章趙孟曰寡君在武何能焉言不敢受召伯之任也

原隰既平泉流既清傳土治曰平水治曰清召伯有成王心則寧疏原隰既平則土治矣泉流既清則水治矣故云土治曰平水治曰清此以喻治之有本也說苑建本篇夫本不正者末必倚始不盛者終必衰詩云原隰既平泉流既清本立而道生是故君子貴建本而重立始于宣王也寧安也

隰桑四章章四句

隰桑刺幽王也小人在位君子在野思見君子盡心以事之也疏唐石經初刻之下有也字羣書治要亦有也字今補

隰桑有阿其葉有難傳興也阿然美貌難然盛貌有以利人也既見君子其樂如何疏阿之爲言猗也洪奧傳猗猗美盛也古難儺通難之爲言那也釋文難乃多反其讀同那桑扈那傳那多也盛與多同義阿難連緜字萇楚曰猗儺那曰猗那

聲義皆同也案此詩三章皆言隰桑有阿首章言有阿又言有難故傳分別以釋之云有以利人也者桑葉之美盛以利人興君子之德以庇陰人隰以言在野也小人在位則君子在野矣故詩人思欲見君子也○既見君子其樂如何既猶終也言君子在位有利人之德政故可樂也

隰桑有阿其葉有沃傳沃柔也既見君子云何不樂疏阿阿難也絫言阿難單言阿也沃古字作渼柔者亦是美盛之意

隰桑有阿其葉有幽傳幽黑色也既見君子德音孔膠傳膠固也疏幽黑色幽即黝之古文假借說文黝微青黑色也爾雅黑謂之黝玉藻注云幽讀爲黝○膠固爾雅釋詁文列女傳賢明篇引詩曰既見君子德音孔膠夫婦人以色親以德固姜氏之德行可謂孔膠也又韓詩外傳云夫習之於人微而箸淺而固是暢於筋骨貞於膠漆是以君子務爲學也亦引此詩膠訓爲固三家詩義同也

心乎愛矣遐不謂矣中心藏之何日忘之

疏 遐不謂矣禮記引詩作瑕不謂矣遐瑕古通用鄭注云瑕之言胡也謂猶告也南山有臺篇遐不眉壽遐不黃耇遐不皆胡不也藏當作臧臧釋文作臧羣書治要作臧禮記釋文誤作艸頭藏云鄭解詩作臧臧善也王肅訓善其字亦當作臧中心臧之猶云中心好之耳案末章言君子事君之道序所謂思見君子盡心以事之也禮記表記子曰事君欲諫不欲陳孝經子曰君子之事上也進思盡忠退思補過將順其美匡救其惡故上下能相親也並引此詩襄二十七年左傳鄭伯享趙孟子產賦隰桑趙孟曰武請受其卒章此賦詩以君子美趙孟趙孟但斷取忠君愛上之義故云請受卒章也皆與序合

白華八章章四句

白華周人刺幽后也幽王取申女以爲后又得襃姒而黜申后故下國化之以妾爲妻以孼代宗而王弗能治

周人爲之作是詩也（疏）幽王立褒姒爲后在即位之四年五年中

白華菅兮白茅束兮（傳）興也白華野菅也已漚爲菅之子之遠俾我獨兮（疏）白華野菅爾雅釋草文舍人注云白華一名野菅郭注云菅茅屬通藝錄謂菅柔忍而茅脆以白華者爲蘆茁說詳東門之池篇野菅已漚曰菅猶紵麻作布曰紵故傳本爾雅旣以白華爲野菅而又釋經菅兮之菅以爲已漚者之名也東門之池傳云漚柔也野有死麕傳云白茅取絜清也桼詩凡八章皆各自爲興首章興義正義引王肅云白茅束白華以興夫婦之道宜以端成絜白相申束然後成室家也箋以菅喻申后茅喻褒姒菅柔忍中用更取白茅收束喻取申后更納褒姒與二章傳義不合則此章當從述毛爲長○箋云之子斥幽王也

英英白雲露彼菅茅（傳）英英白雲貌露亦有雲言天地之氣無微不箸無不覆養也天步艱難之子不猶（傳）步

行猶可也疏英英釋文引韓詩作泱泱潘岳射雉賦天泱泱以垂雲用韓詩也英英假借字云露亦有雲者以釋白雲即露也御覽天部八引傳言天地之氣無微不著無不覆養也今本奪也字補淮南子主術篇云覆露照導普化無私義亦同也菅茅即冡上章言菅即白華茅即白茅正義云上既言王不以禮已失菅茅申束之義故因言菅茅之蒙養英英然白雲下露潤彼菅之與茅使之得長成以反興申后見黜菅茅之不如箋謂養彼可以爲菅之茅使與白華之菅相亂易則此章之菅與上章之白華不同恐非經恉○步行桑柔同中谷有蓷傳艱亦難也猶可陟岵同正義云王肅云天行艱難使下國化之以倡爲不可故也矦苞云天行艱難於我身不我可也如肅之言與上章不類今以矦爲毛說

滮池北流浸彼稻田傳滮流貌嘯歌傷懷念彼碩人疏滮說文作淲淲水流皃从水彪省聲詩曰淲池北流許本毛不謂淲爲水名箋豐鎬之閒水北流正義云文王有聲箋豐在豐水西鎬在豐水東然則豐鎬之閒唯豐水耳池者下田畜水之處池引豐水亦北流也案孔說是

也鎬京諸水唯豐爲大鎬京之水西承豐水北入於渭池水卽豐水鎬池其遺跡歟酈注水經渭水篇鎬水又北流西北注與滮池合水出鄗池西而北流入於鎬毛詩云滮流浪也而世傳以爲水名矣酈所據毛傳與今本異其云滮池水北流入鎬亦與古異浸彼稻田與上章露彼菅茅喻意同○嘯當依釋文作歗箋云碩大也妖大之人謂褒姒也申后見黜褒姒之所爲故憂傷而念之案鄭意篇中五我字皆指申后四章六章云維彼碩人實勞我心若碩人指申后則我心之我又屬何人矣衛風碩人爲夫人故此碩人爲褒姒后與夫人一也此鄭義也王肅孫毓不同於鄭

樵彼桑薪卬烘于煁【傳】卬我烘燎也煁烓竈也桑薪宜以養人者也維彼碩人實勞我心【疏】卬我匏有苦葉生民同我者我幽王也烘燎爾雅釋言文燎當作尞說文烘尞也詩曰卬烘于煁煁烓亦釋言文傳既本爾雅釋煁爲烓而又釋之爲竈也郭璞云今之三隅竈說文烓行竈也从火圭聲讀若同薪爲炊爨故云宜以養人言桑薪者岷傳桑女

功之所起是其義也傳先釋燋而後釋桑薪者此逆辭爲訓之例宜以言不宜也正義云桑薪薪之善者宜以炊爨而養人今不以炊爨反燎於煁竈失其所也以興申后有德宜居王后之位而母養天下今不以當尊反黜爲卑賤非其宜矣

鼓鍾于宮聲聞于外(傳)有諸宮中必形見於外念子懆懆視我邁邁(傳)邁邁不說也(疏)傳云有諸宮中必形見於外韓詩外傳亦引此詩而釋之云言有中者必能見外也箋云王失禮於內而下國聞知而化之王弗能治如鳴鼓鍾於宮中而欲外人不聞亦不可止○說文懆愁不安也从心喿聲詩曰念子懆懆正月傳懆懆猶慼慼也抑傳懆懆憂不樂也釋文云邁邁韓詩及說文竝作㤄㤄韓詩云意不說好也許云很怒也然則毛詩邁邁訓不說即爲㤄㤄之假借古㤄邁聲同宣十一年公羊傳是以使君王沛焉何注云沛焉者怒有餘之貌沛亦㤄之假借廣雅㤄怒也

有鶖在梁有鶴在林傳鶖秃鶖也維彼碩人實勞我心

疏說文鵚秃鵚也或作鶖李時珍本草綱目云秃鶖水鳥之大者也出南方有大湖泊處其狀如鶴而大青蒼色張翼廣五六尺舉頭高六七尺長頸赤目頭項皆無毛其頂皮方二寸許紅色如鶴頂其喙深黄色而扁直長尺餘其嗉下亦有胡袋如鵜鶘狀其足爪如雞黑色性極貪惡能與人鬬好啖魚蛇及鳥雛詩云有鶖在梁卽此案鶖喻褒姒鶴喻申后鶖在梁得食魚鶴在林不得食魚以喻褒姒安享而申后窮困也

鴛鴦在梁戢其左翼之子無良二三其德

疏鴛鴦傳云鴛鴦匹鳥又云戢其左翼言休息也言此者以喻夫婦之道各有配耦然後休息得所刺今之不然

有扁斯石履之卑兮傳扁扁乘石貌王乘車履石之子之遠俾我疧兮傳疧病也

疏斯猶其也有扁斯石言扁然其石也扁者器不圓也經言扁傳云扁扁扁扁爲乘石之皃正義謂上車履石之皃者誤也周禮隷僕王行洗乘石鄭司農注云乘石

王所登上車之石也詩云有扁斯石履之卑兮謂上車所登之石仲師說正本毛傳王上車所登之石石曰椉石猶馬曰椉馬車曰椉路也李善注文選任彥昇進今上牋引尸子曰昔者武王崩成王少周公旦踐東宮履椉石假爲天子七年又見淮南子齊俗篇高誘注云人君升車有椉石也此皆椉石之證也士昏記婦升車法婦椉以几從者二人坐持几相對賈疏云王后則履石大夫諸侯亦應有物履之但無文今人猶用臺案履之卑猶小戎軫之淺皆便於上車之謂言王后出入與王同體也以反刺今王后之易位不得其宜上章與體皆用反興此亦然也箋以履卑喻申后見黜而卑賤非傳之指矣〇疷當依石經作疧釋文祁支反是也氏聲在支佳部故與卑爲韻傳訓疧爲病無將大車同

緜蠻三章章八句

緜蠻微臣刺亂也大臣不用仁心遺忘微賤不肯飲食教載之故作是詩也疏箋云微臣謂士也古者卿大夫出行士爲末介士之祿薄或困

王之於貧財則當賙贍之幽王之時國亂禮廢恩薄大不念小尊不恤賤故本其亂而刺之

緜蠻黃鳥止于丘阿（傳）興也緜蠻小鳥貌丘阿曲阿也鳥止於阿人止於仁道之云遠我勞如何飲之食之教之誨之命彼後車謂之載之（疏）緜蠻雙聲禮記大學作緡蠻文選何晏景福殿賦王融曲水詩序注引韓詩章句緜蠻文皃傳云小鳥皃者毛意固以黃鳥喻微臣也曲阿釋阿不釋上鳥止於阿以釋經義人止於仁傳又以明經之興義也大學云子曰於止知其所止可以人而不如鳥乎鄭注引論語擇不處仁以明人亦當如鳥之擇處箋止謂飛行所止託也興者小鳥知止於丘之曲阿靜安之處而託息焉喻小臣擇卿大夫有仁厚之德者而依屬焉案此皆足以申成傳義○箋云後車倅車也

緜蠻黃鳥止于丘隅豈敢憚行畏不能趨飲之食之教之誨之命彼後車謂之載之

緜蠻黃鳥止于丘側豈敢憚行畏不能極飲之食之教之誨之命彼後車謂之載之疏箋云極至也

瓠葉四章章四句

瓠葉大夫刺幽王也上棄禮而不能行雖有牲牢饔餼不肎用也故思古之人不以微薄廢禮焉

幡幡瓠葉采之亨之傳幡幡瓠葉貌庶人之菜也君子有酒酌言嘗之疏經言瓠葉故傳云幡幡瓠葉皃卷伯傳幡幡猶翩翩也幡幡正偏反少嫩之時故又云庶人之菜也胡承珙後箋云傳以瓠葉爲庶人之菜者不過極言其物之微薄以見維其禮不維其物如蘋蘩蘊藻可以薦鬼神而羞王公之意未嘗以全詩皆言庶人之禮也鄭箋泥於傳意以君子爲庶人之有賢行者與序思古意不合又云孰瓠葉以爲飲酒之菹農功畢乃爲酒漿以合朋友與邶風箋瓠葉苦謂

八月之時說亦不合案胡說是也七月篇言斷瓠作菹
自在八月則采亨瓠葉其時尚早傳言菜者當是中鼎
實之芼若荇蘩蘋藻皆謂芼爲菜此其義據當時庶人
之禮或用瓠葉以爲芼傳必有依據而言之也楚語云
庶人食菜楚茨傳云亨飪之也亨飪瓠葉以爲菜下三
章三言兔首以爲所羞之肉皆是微薄之物行酌嘗獻
酬之禮序所謂不以微薄廢禮也○嘗者主人未獻於
賓先自嘗之也行葦箋云有醇厚之酒醴以大斗酌而
嘗之而美故以告黃耇之人
是主人固有先嘗之禮矣

有兔斯首炮之燔之（傳）毛曰炮加火曰燔**君子有酒酌言獻之**（傳）獻奏也（疏）兔首亦示微薄之意王肅孫毓述毛云唯有一兔頭耳案兔頭猶云牛三頭牛十二頭孔仲達誤解頭字致有空用其頭其肉安在之誚有兔斯首與有鶯其羽有捄其角句同斯猶其也古斯其同聲故二者皆爲語詞箋斯白也今俗語斯白之字作鮮齊魯之閒聲近斯有兔白首者兔之小者也此箋斯訓白王赫斯怒斯訓盡無獨斯畏斯訓離皆不本毛傳毛曰炮古曰與爲通禮記禮運以炮鄭

注云裹燒之也內則炮取豚若將刲之刳之實棗於其腹中編萑以苴之涂之以謹涂炮之涂皆乾擘之注將當爲牂謹當爲墐案此即裹燒之說也說文炮毛炙肉也義與傳同加火曰燔禮運以燔注加於火上說文火部燔爇也爇燒也亦與傳同○燕禮記獻公曰臣敢奏爵以聽命是獻爲奏也昭元年左傳子皮戒趙孟趙孟賦瓠葉子皮遂戒穆叔且告之穆叔曰趙孟欲一獻子其從之及享具五獻之籩豆於幕下趙孟辭乃用一獻趙孟爲客後箋云此詩當是一獻之禮禮有獻有酢有酬而後一獻之禮終古者士禮一獻既夕禮注云士腊用兔

有兔斯首燔之炙之傳炕火曰炙君子有酒酌言酢之

傳酢報也疏炕火曰炙正義云炕舉也謂以物貫之而舉於火上以炙之據孔所見傳當作抗火賓之初筵傳抗舉也舉肉加火是謂之炙生民傳貫之加於火曰烈烈烈即炙也禮運以炙注貫之火上是貫即抗也若依今本作炕火則炙與燔無別矣說文注亦以此傳炕爲俗字哀十五年左傳欒寧將飲酒炙未孰聞

亂行爵酓豕此飲酒用豕之證也○酢報楚茨同說文醋客酌主人也从酉昔聲今經典皆以酢爲醋矣酢者賓所以報主人之獻也故謂酢爲報箋云報者賓既卒爵洗而酌主人也行葦箋云客荅之曰酢

有兔斯首燔之炮之君子有酒酌言醻之傳醻道飲也疏醻道飲道飲謂主人自飲復道客飲也箋云主人既卒酢爵又酌自飲卒爵復酌進賓猶今俗之勸酒說文云醻獻醻主人進賓也字或作酬

漸漸之石三章章六句

漸漸之石下國刺幽王也戎狄叛之荊舒不至乃命將率東征役久病於外故作是詩也疏箋云荊謂楚也舒舒鳩舒鄝舒庸之屬正義云又有舒龍謂之羣舒文十二年左疏云世本偃姓舒庸舒蓼舒鳩舒龍舒鮑舒龔漢書地理志廬江郡舒故國莽曰昆鄉龍舒應劭注云羣舒之邑

漸漸之石維其高矣山川悠遠維其勞矣(傳)漸漸山石高峻武人東征不皇朝矣(疏)漸讀爲嶄假借字也槃傳引詩作嶄嶄說文嶄礹石也礹石山也連言之曰嶄礹或曰嶄巖上林賦嶄巖嵾嵳又曰巉巖高唐賦登巉巖而下望竝字異而義同節南山傳巖巖積石皃巖巖卽礹礹漸漸卽嶄嶄古斬聲嚴聲同也傳云山石高峻疑峻下奪皃字玉篇嶃岩高峻皃或作磛有皃字可證說文陖或作峻悠亦遠也勞勞苦也○武人謂將率也荆舒在鎬東東征者東征荆舒也舒爲荆之屬序云戎狄叛之荆舒不至乃命將率東征詩本爲用兵荆舒而作戎狄乃連而及耳箋以漸漸之石二句喻戎狄山川悠遠以下四句指荆舒而正義用王肅意以上四句爲征戎狄下二句征荆舒皆非經恉皇暇也朝音朝夕之朝不皇朝猶言無暇日耳左傳云朝夕之不皇句義相同王肅述毛以爲不暇修禮相朝正義駁之是矣箋訓皇爲正言不能正荆舒使之朝王然與序役久病外不合恐亦非經恉何草不黃篇哀我征夫朝夕不暇以刺用兵之不息此刺征人役久爲病兩詩皆爲下國刺幽王其意一也

漸漸之石維其卒矣山川悠遠曷其没矣傳卒竟没盡也武人東征不皇出矣疏爾雅卒有四訓盡也巳也終也既也竝與竟義近而有別故傳於節南山之卒爲盡而於此卒爲竟竟猶窮也維其卒矣與維其高矣意同說文歾終也没與歾通傳云盡者言欲歷盡久長之道也亦維其勞矣之意○出猶行也

有豕白蹢烝涉波矣傳豕豬也蹢蹄也將久雨則豕進涉水波月離于畢俾滂沱矣傳畢噣也月離陰星則雨

武人東征不皇他矣疏豕豬爾雅釋獸文當入釋畜錯簡在此今本豕下有子字爾雅述聞以爲涉上文兔子嬎而衍郭注云今亦曰彘江東呼爲豨皆通名邢疏引小爾雅云彘豬也其子曰豚大者謂之豝方言云豬北燕朝鮮之閒謂之豭關東西或謂之彘或謂之豕東楚謂之豨其子或謂之豚或謂之豯吳楊之閒謂之豬子案此具異名也爾雅四蹢皆白豥郭注云詩云有豕白蹢蹢蹄也郭本傳訓豕豬皆大

名而四蹢白者又別其名曰豥也箋四蹢皆白曰駭則白蹢其尤躁疾者鄭亦以白蹢爲駭矣駭與豥同說文蹏足也蹢俗字白蹢涉波豕之性也烝進也傳云豕進涉水波以釋經義云將久雨釋文一本作天將雨案一本是也雨上又奪一大字耳正義本據傳文作天將大雨四字可證下箋云將有大雨亦冢傳言也傳蓋揆滂池句作訓也正義云毛以下經月離于畢爲雨徵類之則此亦雨徵也言役人遇雨之勞苦也孔說得毛恉矣詩言東征陷雨以況勞苦之情東山篇云我徂東山慆慆不歸我來自東霝雨其濛亦此意也○離讀與麗同論衡說日及淮南子原道注引詩作麗盧令箋畢噣也彼正義引釋天噣謂之畢李巡云噣陰氣觸起陽氣必止故曰畢畢止也史記律書北至于濁濁者觸也言萬物皆觸死也故曰濁索隱引爾雅濁謂之畢今郭本作濁李本作噣噣濁其義皆與觸同也案小星傳五噣爲柳星此當依史記作濁讀爲觸爲正字仲尼弟子列傳集解引毛傳畢濁也釋文云本亦作濁此古本傳作濁之證孫郭爾雅注竝云掩兔之畢或呼爲濁因以名星其字亦皆作濁也傳云月離陰星則雨者正義云以畢爲月所離而雨是陰雨之星故謂之陰星是也畢西方

宿實沈之次也書洪範篇月之從星則以風雨江氏聲集疏云漢書天文志云西方爲雨雨少陰之位也月失中道遂而西入畢則多雨此則非鄭君誼也依鄭君之誼雨爲木氣畢西方金宿金克木木爲妃畢好其妃故多雨也志又云一月失節度而妄行出陽道則旱風出陰道則陰雨是亦一說也東北東南皆陽道西則陰道也毛傳云月離陰星則雨與志言出陰道相似也史記仲尼弟子列傳云孔子旣歿弟子思慕有若狀似孔子弟子相與共立爲師師之如夫子時也他日弟子進問曰昔夫子當行使弟子持雨具已而果雨弟子問曰夫子何以知之夫子曰詩不云乎月離于畢俾滂沱矣昨莫月不宿畢乎他日月宿畢竟不雨有若無以應是滂沱爲多雨之誼也奐案滂沱詩考引史記作滂池說文滂沛也初學記引說文池者陂也大雨沛然下來積水成陂是爲滂池新臺河水浼浼傳云浼浼平池也與此義同○他古作它

苕之華三章章四句

苕之華大夫閔時也幽王之時西戎東夷交侵中國師

旅竝起因之以饑饉君子閔周室之將亾傷己逢之故作是詩也

苕之華芸其黃矣傳興也苕陵苕也將落則黃心之憂矣維其傷矣疏苕陵苕爾雅釋草文釋草又云黃華蔈白華茇舍人注云別華色之異名也箋云陵苕之華紫赤而繁列女傳孽嬖篇顏若苕之榮綦毋邃注云陵苕之草其華紫蘇頌本草圖經云紫葳陵霄花也初作藤蔓生依大木歲久延引至顛而有花其花黃赤夏中乃盛陶隱居蘇恭引郭云陵霄按今爾雅注無陵霄之說郭又謂苕爲陵時本草云今紫葳無陵時之名而鼠尾草有之乃知陶蘇所引是以陵時作陵霄耳陸機義疏苕一名陵時一名鼠尾似王芻生下溼水中七八月中華似今紫草郭從陸說案義疏與圖經不同奐在杭州西湖葛林園中見陵苕花藤本蔓生依古柏樹直至樹顛五六月中花盛黃色俗謂之卽陵霄花與圖經目驗合陵苕草類故爾雅入草部而本草繫於木部者以其蔓生木上故也黃華見於樹末其卽爾

雅之黃華蔈者歟蔈者末也白華見於樹木故爾雅白華者爲茇華有黃白二種其紫者疑又一種也芸者抎之假借抎落也傳云將落則黃者黃爲蕍黃非其華黃也箋云興者陵苕之榦喻如京師也其華猶諸夏也故或謂諸夏爲諸華華衰則黃猶諸夏之師旅罷病將敗則京師孤弱

苕之華其葉青青（傳）華落葉青青然知我如此不如無生（疏）此華落葉青青然者意承上章而言上言華黃將落此言華已落但見葉青青然唐杕杜傳菁菁葉盛也假借字作青青箋云京師以諸夏爲障蔽今陵苕之華衰而葉見青青然喻諸侯微弱而王之臣當出見也傳華落箋華衰猶上章傳將落則黃箋華衰則黃不異義也正義謂箋易傳者非

牂羊墳首三星在罶（傳）牂羊牝羊也墳大也罶曲梁也寡婦之笱也牂羊墳首言無是道也三星在罶言不可久也人可以食鮮可以飽（傳）治日少而亂日多（疏）爾雅羊牡

羒牝羒傳所本也羊吳羊吳羊之牡者曰羒牝者則曰
牂也魚藻傳頒大首皃墳頒聲同郝懿行爾雅義疏云
羒葐同墳言高大也牂猶牂牂言肥盛也今吳羊高大
而肥盛詩曰牂羊墳首墳卽羒矣言牝羊而牡首故毛
傳言無是道也案郝說是也吳羊牡者多有角牝者無
角雖有角而不能如牡之大墳首謂頭角之大正義云
牂小羊而大首失之矣廣雅三歲曰牂則非小羊可知
易林中孚云牂羊肥首君子不飽年飢孔荒士民危始
古墳聲如肥墳首作肥首或本三家詩也嚚詳魚麗篇
箋云無是道者喩周巳衰求其復興不可得也不可久
者喩周將亾如心星之光耀見於魚笱之中其去須臾
也○鮮少也經言人食少飽傳乃申明之云治日少而
亂日多也

何草不黃四章章四句

何草不黃下國刺幽王也四夷交侵中國背叛用兵不
息視民如禽獸君子憂之故作是詩也

何草不黃何日不行何人不將經營四方傳言萬民無不從役疏上章言黃下章言玄黃玄猶玄黃也爾雅玄黃病也卷耳傳馬病則玄黃馬病謂之玄黃草病亦謂之玄黃大戴禮用兵篇草木嫣黃嫣與玄疊韻玄與黃雙聲是合二字成義詩人偶分屬上下章耳蓋首二章以草之病喻人之病末二章以兕虎芃狐喻軍旅之勞苦非以草黃草玄分說紀用兵之時也易林蒙何草不黃至末盡玄室家分離悲愁於心分說黃玄此非毛義○將行也傳云言萬民無不從役此總釋經義序所謂用兵不息也

何草不玄何人不矜哀我征夫獨爲匪民疏詩小學云鴻雁傳矜憐也菀柳傳矜危也何人不矜言夫人而危困可憐不必讀爲鰥詩敝笱鰥與雲韻在弟十三部菀柳矜與天臻韻何草不黃與玄民韻桑柔與旬民塡天韻在弟十二部漢人十二十三部合用多借矜爲鰥寡字而書堯典康誥無逸甫刑詩鴻雁孟子明堂章皆作鰥不假借矜字惟烝民作不侮矜寡則漢後所改而左傳昭元年

引不侮鰥寡不畏彊禦固作鰥何人不矜當從本字非鰥之假借字也○箋云征夫從役者也

匪兕匪虎率彼曠野傳兕虎野獸也曠空也哀我征夫朝夕不暇疏傳以兕虎爲野獸芃狐爲小獸序所謂視民如禽獸也箋云兕虎比戰士也曠空雙聲曠野廣大之野白駒傳空大也廣雅疏證云匪彼也言彼兕彼虎則率彼曠野矣哀我征夫何亦朝夕於野而不暇乎猶下文云有芃者狐率彼幽草有棧之車行彼周道也

有芃者狐率彼幽草傳芃小獸貌有棧之車行彼周道傳棧車役車也疏芃小獸皃芃與蒙一聲之轉對上章兕虎言故以狐爲小獸也箋云狐草行草止故以比棧車輂者伐木傳云幽深也周語野無奧草韋注云奧深也奧草賈逵本作冥草玉篇冥草深也說文冥幽也義竝同○周禮巾車士乘棧車庶人乘役車鄭注云棧車不革輓而漆之役車方箱可載任器以共役是棧役本二車二車皆無革輓故考工記輿人棧車欲弇亦統役車而言箋謂輂亦依役車任器者而

言之也杕杜檀車幝幝傳檀車役車也與此同既夕禮注今文棧作轏成二年左傳字作輚轏輚皆棧之異體說文云竹木之車曰棧鹽鐵論散不足篇古者椎車無柔棧輿無植蓋柔卽輪輮車輞也無輮謂無輞無植謂無輻或古者棧車無輻而輞亦不革輓歟

卷二十二終

武林愛日軒朱兆熊鐫

詩毛氏傳疏卷二十三

長洲陳奐學

文王之什詁訓傳弟二十三　毛詩大雅

文王之什十篇六十六章四百一十四句（疏）文王受命武王定天下成王告大平宣王封諸侯至若召穆衞武仍凡之刺厲刺幽皆是直陳王事而與小雅之主文譎諫者異矣關雎序云政有大雅焉小雅大雅者猶之諸侯之事繫召南天子之事繫周南爾

文王七章章八句

文王文王受命作周也（疏）受命者受命爲西伯也書大傳云天之命文王非啍啍然有聲音也文王在位而天下大服施政而物皆聽令則行禁則止動搖而不逆天之道故曰天乃大命文王文王受命一年斷虞芮之訟二年伐邘三年伐密須四年伐犬夷五年伐耆六年伐崇七年而崩然則古說受命

皆謂受西伯七年之命而作周之興於焉始也遂以爲天之命文王若受命之年稱王其說誣也詩作於成王周公時故以文王名篇

文王在上於昭于天傳在上在民上也於歎辭昭見也

周雖舊邦其命維新傳乃新在文王也有周不顯帝命不時傳有周周也不顯顯也顯光也不時時也時是也

文王陟降在帝左右傳言文王升接天下接人也疏在上對于天言故云在民上也於歎辭清廟亦云於歎辭也二傳爲全詩於字爲歎詞者發凡起例文選陸機赴洛道中詩注引韓詩章句嗚歎辭又潘岳寡婦賦注引韓詩嗚歎聲於與嗚通辭當作詞昭見爾雅釋詁文見箸見也大明傳云文王之德明明於下故赫赫然箸見於天○周自大王徙岐故稱舊邦維猶乃也維新乃新也凡全詩中維與乃同義者放此傳云乃新在文王者言周至文王而始新之呂覽古樂篇周文王處岐諸侯去

殷三淫而翼文王徹安生曰殷可伐也文王弗許周公旦乃作詩曰文王在上於昭于天周雖舊邦其命維新以繩文王之德案此與小雅四牡毛傳義合則命之新當在受命六年中事也有周之有爲語詞不顯之不爲語助無實義而傳又詁顯爲光也執競傳亦云顯光也大明思齊嵩高韓奕清廟維天之命烈文執競之不顯不皆爲語助有周不顯言周德之光明也帝天也文王受命於殷之天子是即天之命矣十月之交豈曰不時傳時是也與此不時訓同而義別不是是也是是周也言帝命是周也即周雖舊邦其命維新之義○傳云升接天天下接人以釋文王陟降句在帝左右即所謂升接天也天亦在民上故文王之下接人者本天之意而爲之墨子明鬼下篇若鬼神無有則文王既死彼豈能在帝之左右哉此但解在帝左右句

亹亹文王令聞不已（傳）亹亹勉也陳錫哉周侯文王孫子文王孫子本支百世（傳）哉載侯維也本本宗也支支子也凡周之士不顯亦世（傳）不世顯德乎士者世祿也

【疏】亹者釁之俗釁從分聲故隸變又作斖鳧鷖之亹音門釁之聲轉也後箋云古釁字本有勉義襄二十六年左傳夫小人之性釁於勇杜注釁動也動與勉義相近案文選束皙補亾詩注引毛詩傳重勉字爲後人誤衍單字釋經雙字不重勉字也爾雅釋詁亹亹勉也此傳所本也玉篇且部亹亹猶微微也義本三家已止也令聞不已言善聲聞之悠久也墨子作問○宣十五年昭十年左傳皆引詩曰陳錫載周周語芮良夫引大雅曰陳錫載周是不布利而懼難乎故能載周以至于今詩作哉内外傳作載故傳以載詁哉也載見傳載始也哉爲載載又爲始此一義之申序云文王受命作周左傳云文王所以造周作造皆始也箋云哉始也能敷恩惠之施以受命造始周國是也侯訓維語詞侯猶乃也下文侯于周服侯服于周同傳訓侯爲維維亦乃也爾雅維侯也侯乃也維謂之侯侯謂之乃侯謂之維維謂之乃其義一也王肅云文王能布陳大利以賜予人故能載行周道致有天下唯文王孫子受而行之本者天子之世長子世爲天子僖五年穀梁傳云天子之世子世天下也本宗者一本之宗版傳云王者天下之大宗是也支莊六年左傳引詩作枝同支子者天子庶

子出封爲諸侯諸侯之世長子亦世爲諸侯爲羣姓之大宗今文王既受命其後子孫能王天下於是武王爲繼體長子百世不遷其管蔡郕霍魯衛毛聃郜雍曹滕畢原酆郇十六國皆文王支子亦百世不遷本支百世謂本支皆百世也昭八年左傳云臣聞盛德必百世祀○傳云不世顯德乎者正言之不爲語詞反言之則下加乎字以足其義此句例也士者世祿傳引孟子文以申釋經世字之義正義本士作仕五經異義公羊說春秋書尹氏崔氏爲譏世卿世卿卽是世位是天子諸侯之大夫皆不世位也左氏說卿大夫得世祿不得世位父爲大夫死子得食其故采而有賢才則復升父故位是卿大夫不世位而世祿有功德則亦世位許鄭皆從左氏說孟子梁惠王篇仕者世祿趙注云賢者子孫必有土地又滕文公篇夫世祿滕固行之矣注云古者諸侯卿大夫士有功德則世祿賜族者也官有世功也其子雖未任居官得世食其父祿賢者子孫必有土之義也趙亦與左氏說同毛傳言世祿不言世位有大功德皆世無大功德則皆不世何以明之緇衣傳云有德君子宜世居卿士之位焉是唯有德者世位此卽王制所謂天子大夫不世爵之義又干旄傳云古者臣有大功

世其官邑官邑卽是爵祿是唯有功者世爵祿此卽王制所謂諸侯之大夫不世爵祿之義此傳云不世顯德乎士者世祿也葢有顯德必當世位世祿實兼世位故箋申之云凡周之士謂其世有光明之德者亦得世世在位重其功也毛傳釋詩皆就有大功德者而言故無世祿不世位之文說稍異而義實同

世之不顯厥猶翼翼〔傳〕翼翼恭敬也**思皇多士生此王國王國克生維周之楨**〔傳〕思辭也皇天楨榦也**濟濟多士文王以寧**〔傳〕濟濟多威儀也〔疏〕世之不顯言世有顯德耳猶道也恭敬下也字今補言顯德之人其持道恭敬爾雅翼翼恭也郭注云恭敬與傳訓同○思發語之辭漢廣思辭也思語已之辭二傳爲全詩思字發凡也辭皆當作詞正月傳皇君也皇者尊大之稱故皇謂之君又謂之天矣思皇多士生此王國言天多士生此文王之國也史記周本紀文王禮下賢者日中不暇食以待士士以此多歸之伯夷叔齊在孤竹聞西伯善養老盍往歸之大顚閎夭散宜生鬻子辛甲大夫之徒皆往歸之繁露郊祭篇傳

日周國子多賢蕃殖至于駢孕男者四四産而得八男皆君子俊雄也此天之所以興周國也案此王褒所謂故世平主聖俊艾將自至也楨榦釋詁文易文言傳貞者事之榦也貞固足以榦事楨與貞通嵩高維申及甫維周之翰傳翰榦也文義相同濟濟是狀士有光輝之德故傳云多威儀也爾雅濟濟止也止容止也多威儀即容止之義成二年左傳云夫文王猶用衆是釋經多士之義

穆穆文王於緝熙敬止〔傳〕穆穆美也緝熙光明也**假哉天命有商孫子**〔傳〕假固也**商之孫子其麗不億上帝既命侯于周服**〔傳〕麗數也盛德不可爲衆也〔疏〕穆穆美爾雅釋詁文又釋詁云緝熙光也傳於光義未盡又益明義維清敬之箋及大學注竝云緝熙光明也禮記大學篇引詩而釋之云爲人君止於仁爲人臣止於敬爲人子止於孝爲人父止於慈與國人交止於信抑淑愼爾止傳止至也彼引大學文爲說則知此敬止即敬至也言美哉穆穆然文王其德光明而又能敬至也於發聲昊天有成

命篇同○假讀與固同此假借也廣雅賈固也假賈固聲竝近假之讀爲固猶賈之讀爲固矣有語助有商商也與上傳有周周也同例詩蓋言天命之於商孫子亦堅固也下接言商之孫子玄鳥篇商之先后受命不始在武丁孫子下接言武丁孫子句意正相同箋讀有爲有無之有云天爲此命之使臣有殷之子孫似失語意玩下經文上帝既命既字傳文則見天命之無常則字可見麗讀爲數此亦假借也方言麗數也說文玉篇廣雅同王引之釋詞云不語詞不億億也商之孫子其麗不億猶云子孫千億耳箋以爲不徒億失之趙岐孟子注誤與箋同案王說是也商孫子之數億可爲衆矣侯維也孟子離婁篇引詩而釋之孔子曰仁不可爲衆也夫國君好仁天下無敵孟子言仁毛傳言盛德一也王肅云商之孫子有過億之數天既命文王則維服于周盛德不可爲衆

侯服于周天命靡常〔傳〕則見天命之無常也殷士膚敏裸將于京厥作裸將常服黼冔〔傳〕殷士殷侯也膚美敏

疾也祼灌鬯也周人尚臭將行京大也黼白與黑也冔殷冠也夏后氏曰收周曰冕**王之藎臣無念爾祖**（傳）藎進也無念念也（疏）靡無也靡常無常也商孫子服於周則見天命之無常箋云無常者善則就之惡則去之荀子天論篇云天行有常不爲堯存不爲桀亾應之以治則吉應之以亂則凶繁露堯舜不擅移湯武不專殺篇云言天之無常予無常奪也引詩竝與傳義同○傳以殷士爲殷侯謂殷諸侯也文王爲西伯殷諸侯自有來助祭於周廟者以見天命之無常藎毛意以殷之未喪言之也漢書劉向傳孔子論詩至於殷士膚敏祼將于京喟然歎曰大哉天命善不可不傳於子孫是以富貴無常不如是則王公其何以戒愼民氓何以勸勉蓋傷微子之事周而痛殷之亾也白虎通義三正篇詩曰厥作祼將常服黼冔言微子服殷之冠助祭於周也據劉向班固說以殷士即微子然微子朝周在成王時去喪殷已久翼奉傳亦云周公作詩深戒成王以恐失天下詩曰殷之未喪師克配上帝宜監于殷駿命不易與毛詩皆不合下文箋王成王本三家說

膚美狠跋同生民傳敵疾也將事齊敵也與此敵訓疾義同祼灌疊韻鬯卽秬鬯也秬鬯灌神是謂之灌鬯旱鹿傳云九命然後錫以秬鬯圭瓚是文王九命作伯得用灌鬯也周人尚臭禮記郊特牲文周禮小宰凡祭祀贊祼將之事將訓行行灌鬯之事也京大釋詁文大明皇矣公劉同于京言于京是大也正義以京爲京師失之趙注孟子誤同○采叔玄袞及黼傳白與黑謂之黼與此同也鄭注王制云冕服有虞氏十二章周九章夏殷未聞案此言黼正謂冕服章數之一古人重畫章特舉刺章之一者畧耳詩於殷言黼冔猶論語於夏言黻冕黼黻皆黹刺於裳也說文無冔五經文字云字林作冔經典相承隸省作冔傳釋冔爲殷冠而又兼引夏周之冠者殷之冔夏后氏之收周之冕其冠制相似也王制夏后氏收而祭殷人冔而祭周人冕而祭白虎通義紼冕篇禮曰周冕而祭又曰殷冔夏收而祭此三代宗廟之冠也冔收竝與周冕竝稱玉篇冔覆也殷之冕也史記裴駰集解引太古冠冕圖云夏名冕曰收據此則冔收卽夏殷之冕矣冔收之制不可得而詳今以周冕言之禮記禮器云天子之冕朱綠藻十有二旒諸侯九上大夫七下大夫五士三是天子冕十二旒諸侯九上公

九命袞冕九旒也上大夫七天子上大夫比侯伯鷩冕七旒也下大夫五天子下大夫比子男毳冕五旒也士三天子上士比公之孤希冕三旒也天子之中士下士與列國之卿大夫玄冕無旒白虎通義謂士爵弁無旒是也大夫而冕有旒者若晉士會之有黻冕是也鄭注弁師云天子袞衣之冕十二游毳衣之冕七游希衣之冕五游玄衣之冕三游是唯天子玄冕有三旒矣有旒曰冕無旒則曰弁弁師王之弁經弁而加環經司服凡弔事弁經服周禮載天子之服不著爵弁者弁卽爵弁也故檀弓天子之哭諸侯也爵弁經純衣又襍記大夫之哭大夫弁經大夫與殯亦弁經大夫有私喪之葛則於其兄弟之輕喪則弁經弁經者以爵弁而加環經也天子以爵弁加環經爲弔服不加環經而加旒爲玄冕儀禮士爵弁純衣純衣猶天子五冕皆玄衣也爵弁猶天子之玄冕也故士冠禮郊特牲所記三加爵弁之文而云周弁殷冔夏收周與夏殷之冕竝記之也檀弓下周人弁而葬殷人冔而葬亦周殷之冠弁記之也周人爵弁無旒則夏殷之冕無旒可知也爵弁同玄冕五冕又皆同玄冕雖有十二旒九旒七旒五旒三旒之差而其體實與爵弁同制則知周之冕要從夏殷之冕特章

大之唯士有爵弁所以存其古也說文云弁冕也夏曰收殷曰冔周曰弁獨斷云周曰爵弁殷曰冔夏曰收何注宣元年公羊傳云夏曰收殷曰冔周曰弁加旒曰冕○蓋進釋詁文逸周書皇門篇朕蓋臣夫明爾德孔注云蓋進也義與此同王文王也臣殷諸侯也言文王進殷臣而誥教之也酒誥云乃穆考文王肇國在西土厥誥毖庶邦庶士是文王誥教邦事也傳釋爾祖爲爾庶國之祖對殷諸侯言故下章云爾庶國亦當自求多福是文王進爾庶國誥教之辭也無發聲無念爾祖念爾祖也文二年左傳云詩曰毋念爾祖聿修厥德孟明念之矣念德不怠其可敵乎左釋詩亦以毋爲發聲傳所本也毋與無通昭二十三年傳引詩作無

無念爾祖聿修厥德永言配命自求多福（傳）聿述永長言我也我長配天命而行爾庶國亦當自求多福殷之**未喪師克配上帝**（傳）帝乙已上也**宜鑒于殷駿命不易**（傳）駿大也（疏）爾爾庶國也爾雅律述也遹述也古聿律遹通用聿同曰故詩中聿字皆語詞無實

義唯此聿爲述漢書東平思王傳及後漢書宦者呂强
傳引詩皆作述此聿述聲通之證述當讀如述所職之
述無念爾祖述修厥德言爾祖能述所職爾庶國亦當
念勤修爾祖之德也江漢云無曰予小子召公是似肇
敏戎公用錫爾祉文義相同傳訓永爲長與卷耳漢廣
常棣同箋云長猶常也訓言爲我與葛覃泉水彤弓同
下武永言配命箋永長言我也正本此傳乃箋於此言
讀爲言語之言不從傳矣云我長配天命而行者釋永
言配命句云爾庶國亦當自求多福者釋自求多福句
桓六年左傳鄭大子忽曰詩云自求多福在我而已昭
二十八年傳仲尼聞其命賈辛也以爲忠詩曰永言配
命自求多福忠也並與傳意合○喪亾師衆也書酒誥
云在昔殷先哲王迪畏天顯小民經德秉哲自成湯咸
至于帝乙成王畏相惟御事厥棐有恭不敢自暇自逸
多士云自成湯至于帝乙罔不明德恤祀亦惟天丕建
保乂有殷殷王亦罔敢失帝罔不配天其澤多方云乃
惟成湯克以爾多方簡代夏作民主愼厥麗乃勸厥民
刑用勸以至于帝乙罔不明德愼罰亦克用勸皆謂帝
乙已上能配上帝此傳義所本也宜鑒于殷禮記大學
引詩作儀監駿大釋詁文嵩高噫嘻長發同禮記作峻

命之不易無遏爾躬宣昭義問有虞殷自天傳遏止義善虞度也上天之載無聲無臭儀刑文王萬邦作孚傳載事刑法孚信也疏遏止釋詁文遏卽今之歇字無止爾躬者言無於爾躬止也釋文引韓詩云遏病也韓讀遏爲害與毛訓異意同宣昭明昭也時邁臣工皆作明昭雝曰宣哲卽明哲桑柔曰宣猶卽明猶鴻雁曰宣驕卽明驕淇奧傳曰宣箸卽明箸是宣與明同義杜注僖二十七年左傳韋注晉語皆云宣明也正義云義善釋詁文今爾雅作儀儀與義通問讀爲聞善問猶令聞也若令聞作令問之例虞度釋言文度殷自天言度殷之未喪師者皆自天也度猶鑒也抑傳詁虞爲度度法度也與此異○載讀與事同禮記中庸篇上天之載注載讀曰裁謂生物也王應麟困學紀聞以爲是韓詩與謂毛訓載爲事實包括生物之義漢書楊雄傳上天之縡或從齊魯詩玉篇云縡事也載也說文不錄縡字刑法釋詁文刑古型字思齊抑我將同我將儀式刑文王之典傳云儀善也案此傳義訓善則儀亦當訓善或毛所據詩本作義也善法文王言文王

之善法天也襄十三年左傳引詩曰儀刑文王萬邦作孚言刑善也又昭六年傳引詩曰儀刑文王萬邦作孚服虔注云儀善也刑法也善用法者文王也言文王善用其法故能爲萬國所信也杜從服說不就法文王者言也孚信釋詁文儀刑文王性與天合也萬邦作孚受命作周也襄三十年左傳詩曰文王陟降在帝左右信之謂也雒誥周公曰作周孚先

大明八章四章章六句四章章八句

大明文王有明德故天復命武王也

明明在下赫赫在上【傳】明明察也文王之德明明於下故赫赫然著見於天**天難忱斯不易維王天位殷適使不挾四方**【傳】忱信也紂居天位而殷之正適也挾達也

【疏】明明察爾雅釋訓文常武傳亦云明明然察也生民傳赫顯也重言之曰赫赫明明赫赫皆是形容文王

之德在上與在下對文下爲天之下則上爲天矣在與於同義全詩放此○忱漢書貢禹傳後漢書胡廣傳續漢書律曆志論繁露如天之爲篇潛夫論卜列篇皆作諶說文引詩亦作諶蕩其命匪諶說文引詩作忱與今本毛詩互異說文訦燕代東齊謂信訦也爾雅諶信也忱諶訦同韓詩外傳云傳曰言爲王之不易也引詩天難訦斯不易惟王韓詩亦作訦易以豉反毛義當同也正義引鄭注書序微子啓紂同母庶兄紂之母本帝乙之妾生啓及衍後立爲后生受德案呂覽當務篇與鄭注同而殷本紀索隱又以啓紂異母其謂紂爲殷之正適則一也爾雅浹徹也挾浹同聲達徹同義韓詩外傳云紂之爲主勞民力冤酷之令加於百姓憯悽之惡施於大臣羣下不信百姓疾怨故天下叛而願爲文王臣紂自取之也夫貴爲天子富有天下及周師至而令不行乎左右悲夫當是之時索爲匹夫不可得也詩曰天謂殷適使不俠四方韓義同疑謂乃位之字誤俠與挾字通

摯仲氏任自彼殷商來嫁于周曰嬪于京（傳）摯國任姓

仲中女也嬪婦京大也乃及王季維德之行傳王季大王之子文王之父也疏傳文仲字各本皆作之唯宋本作仲而正義釋文皆作之史記外戚世家索隱引毛詩云摯國任姓之中女也蓋此入字爲一句總釋經文摯仲氏任也摯國者周語昔摯疇之國由大任是摯爲國名也任姓者晉語黃帝之子二十五宗其得姓者十四人爲十二姓任其一也傳以中女釋仲氏燕燕仲氏任只傳仲戴嬀字然則仲爲大任字矣就未嫁言曰女以姓繫乎國則曰摯任猶春秋書陳嬀歸于京師是也以姓配乎字則曰仲任猶春秋書伯姬歸于紀叔姬歸于紀是也以姓屬乎國與字則曰摯仲任猶春秋書紀季姜歸于京師是也婦人必言姓此百世昏姻不通之義也士昏禮祝告稱婦之姓曰某氏來婦又記問名曰某既受命將加諸卜敢請女爲誰氏某氏者稱婦之姓也誰氏者舉女之名也喪大記男子稱名女子稱字問名卽問字問其伯仲也○爾雅釋親云嬪婦也郭注引詩聿嬪于京堯典釐降二女于嬀汭嬪于虞後漢書荀爽傳引書釋之云嬪者婦也案婦者有姑之辭思齊篇思齊大任文王之母思媚周姜京

室之婦彼傳云周姜大姜也京室王室也大姜爲大任之姑傳云嬪婦京大者卽本思齊經義也王季文王之父傳又云大王之子者其意周家王迹實始大王耳箋云及與也大任配王季而與之共行仁義之德同志意也

大任有身生此文王傳大任仲任也身重也維此文王小心翼翼昭事上帝聿懷多福厥德不回以受方國傳回違也疏上章言摯仲氏任故知大任卽仲任也身古㑗字玉篇㑗妊身也廣雅身㑗也列女孽嬖傳楚考李后頌知重而入遂得爲嗣是重與身同義箋重謂懷孕也○文王傳云翼翼恭敬也繁露郊祭篇引詩允懷多福聿與允皆語詞時邁傳云懷來也後漢書李賢注蔡邕傳文選呂向注晉紀總論引詩竝訓懷爲來回讀與違同不違不違德也昭二十六年左傳引詩厥德不回以受方國釋之云君無違德方國將至左以違釋回傳所本也旱鹿常武箋竝同

天監在下有命既集傳集就也文王初載天作之合在洽之陽在渭之涘傳載識合配也洽水也渭水也涘厓也疏節南山傳云監視也集就下也字今補小旻是用不集韓詩集作就此集就通用之證天監在下有命既集言天視於下其命既有以徙就之皇矣篇帝遷明德傳徙就文王之德也與此意正同○載識疊韻立訓魯語天子大采朝日與三公九卿祖識地德初載卽祖識傳依國語解詩是謂文王之治岐也此章言文王天命既集卽承上弟三章事上帝受方國以合下弟五章總言文王取大姒之事弟六章云有命自天命此文王于周于京纘女維莘長子維行又覆述上文數章以起天復命武王王天下之事據按文義則文王之取大姒斷不在幼年矣解者泥信文王幼年生子之說遂以初載爲初有知識稽諸事理無有可通失經傳之指矣爾雅妃合也配與妃通合妃妃轉相爲訓皇矣傳云妃媲也○洽桓八年穀梁傳注水經河水注引詩作郃說文引詩亦作郃段注云魏世家築合陽字作合合者水名毛詩本作合秦漢間乃製郃字今詩作洽者後人意加

水旁耳酈注水經河水篇云河水又逕郃陽城東城北有瀵水南去二水各數里其水東逕其城內東入于河又於城南側中有瀵水東南出城注于河城南又有瀵水東流注于河水即郃水也縣取名焉案洽水無攷酈善長即以郃陽瀵水當之郃陽漢屬左馮翊魏仍漢縣縣北縣南皆有瀵水此謂郃陽縣名之地也詩言洽陽非即郃陽縣故地葢水以北爲陽洽陽洽水之北是商莘國在洽水北不在洽水南漢高帝爲劉仲築城於郃陽縣之東北爲郃陽矦漢初稱或不誤矣渭亦莘國之水名莘國雖東濱大河亦在渭水之北故下文云親迎于渭也涘厓葛藟蒹葭傳同

文王嘉止大邦有子大邦有子俔天之妹【傳】嘉美也俔磬也文定厥祥【傳】言大姒之有文德也祥善也親迎于渭【傳】言賢聖之配也造舟爲梁不顯其光【傳】言受命之宜王基乃始於是也天子造舟諸矦維舟大夫方舟士

特舟造舟然後可以顯其光輝〔疏〕嘉美爾雅釋詁文嘉讀如嘉耦日妃之嘉大邦莘國子女子也言文王擇此美配是大邦子也白虎通義嫁娶篇王者之娶必先選于大國之女禮儀備所見多詩云大邦有子俔天之妹文定厥祥親迎于渭明王者必娶大國也俔磬磬當作罄初學記中宮部引傳正作罄可證釋文引韓詩作罄天之妹云罄譬也罄亦當作罄罄文選顏延之宋郊祀歌亘地稱皇罄天作主罄天卽用韓詩也俔俔罄雙聲訓俔爲罄與訓罄爲譬義本相因說文云俔譬諭也本韓以申毛耳君子偕老胡然而天也傳云尊之如天箋云尊之如天之有女弟○傳以文爲文德定止也祥善釋詁文止善盛德止善也謂大姒之賢箋謂文爲文王定祥爲納幣與白虎通義人君無父母自定娶者亦引此詩其說合當是三家詩義然亦可證親迎大姒在王季既歿文王卽位之年毛義亦然也渭水在莘國之南郊故文王躬迎大姒必至于渭也傳云言賢聖之配也者以釋經親迎之義賢謂大姒聖爲文王親迎者重昏禮也正義云異義公羊說天子至庶人娶皆當親迎左氏說王者尊無體敵之義故不親迎鄭駮之云大姒之家在洽之陽在渭之涘文

王親迎于渭卽天子親迎明矣天子雖至尊其於后猶夫婦也夫婦判合禮同一體所謂無敵豈施於此哉禮記哀公問曰寡人願有言然冕而親迎不已重乎孔子愀然作色而對曰合二姓之好以繼先聖之後以爲天地宗廟社稷之主君何謂已重乎此言親迎繼先聖之後爲天地宗廟主非天子則誰乎是鄭意以此爲天子之法故引之以明天子當親迎也案異義所引公羊說娶皆親迎此乃嚴顏舊說至何邵公作公羊注仍從左氏說天子不親迎鄭駮是也白虎通義亦言天子當親迎與鄭駮同左疏云文王之迎大姒身爲公子迎在殷世未可據此以爲天子禮不知文王取大姒已在卽位之年詩以文王所行事定爲周制故下傳云天子造舟造舟爲天子制則親迎當爲天子禮毛傳亦與鄭駁同蓋關雎淑女思齊寡妻皆謂大姒之配文王周家王業實始基此夫婦造端敢不兢兢迨春秋時王變禮桓八年祭公來遂逆王后于紀逆天下之母若逆婢妾于是夫婦之道缺而妃匹之愛輕矣故天子親迎玄以文王爲後世法所以敬愼重正昏禮也○云言受命之玄王基乃始于是也者關雎序正始之道王化之基樂得淑女以配君子此其義也天子造舟以下皆爾雅釋水文

宣十二年公羊注及說文方部引古禮說合今本爾雅多庶人乘泭句疑衍文也天子造舟者方言船舟謂之浮梁文選潘岳閒居賦注引方言作造舟說文造古文作船爾雅郭注云比船爲橋李注云比其舟而渡曰造舟孫注云造舟比舟爲梁也說文橋水梁也梁水橋也周語引夏令曰十月成梁孟子十一月輿梁成皆即今之水橋天子造舟爲梁者謂以比次其舟如水橋制也諸侯維舟者李注云中央左右相維持曰維舟孫注云維舟連四舟也郭注同大夫方舟者李注云併兩船曰方舟郭注同說文方併船也象兩舟省總頭形或作汸斻方舟也从方亢聲方言方舟謂之橫郭注楊州人呼渡津舫爲橫荆州人呼杭案杭即斻橫集韻十二庚又作艎竝與方同部皆謂兩船相併也齊語方舟設泭韋注云方併也漢廣傳及邶谷風箋皆云方泭也渾言之則方亦可稱泭也士特舟者李注云一舟曰特舟不顯顯也光光輝也文王當殷時造舟迎大姒以顯禮之光輝後世遂爲周天子梁舟之法度至春秋秦用造舟乃周禮之末失也

有命自天命此文王于周于京纘女維莘長子維行（傳）

纘繼也莘大姒國也長子長女也能行大任之德焉篤生武王保右命爾燮伐大商(傳)篤厚右助燮和也(疏)京大也于周于京於周爲大也上于訓於下于訓爲不同義白虎通義號篇三正篇引詩釋之云此言文王改號爲周易邑爲京也纘繼七月同思齊大姒嗣徽音繼即嗣也女在父母家之稱維猶有也纘女維莘言能繼行大任之德者其女有莘也傳云莘大姒國者說文無莘字潛夫論志氏姓篇云禹爲姒姓其後分封用國爲姓故有辛氏蓋其字作辛或從古也水經注河水逕郃陽城東周威烈王之十七年魏文侯伐秦至鄭還築汾陰郃陽即此城也故有莘邑矣爲大姒之國方輿紀要云古莘城在郃陽縣南二十里疑縣南當作縣北云長子長女也者大姒爲莘國之長女也古者適室所生之子嫁爲諸侯夫人若周武王元女配陳胡公滿是也大姒莘國之長女故曰長子尊貴之稱也行當讀如維德之行之行○先儒論文王娶大姒生武王年代莫攷大抵依大戴記稱文王十三生伯邑考十五生武王爲說禮記文王世子篇稱文王九十七乃終武王九十三而終然

以此數推之文王十五生武王當武王即位已有八十二歲武王即位十有三年方始克殷管子小問篇云武王伐殷克之七年而崩漢書律曆志亦云克殷後七歲而崩唯逸周書明堂篇作六年則知武王九十三之說既不足信即文王十五而生之說亦無足據蓋小大戴記閒載襍說耳近儒舉尚書逸周書語爲說確有根據尚書無逸篇周公告成王曰文王受命唯中身厥享國五十年此文王享國之年數也又逸周書度邑篇武王克殷告叔旦曰唯天不享于殷發之未生至于今六十年此武王克殷之年數也武王克殷年近六十其在位已十有三年此外四十七年皆在文王享國數內武王之生應在文王即位之三四年中然則文王之取大姒在文王即位後書有明文或可據此數而推知也奐竊謂古者天子諸侯皆有不再娶之文然又有即位取元妃之禮文二年冬左傳云襄仲如齊納幣禮也凡君即位好舅甥脩昏姻取元妃以奉粢盛孝也孝禮之始也是禮也周公之禮亦文王之禮也此篇言大姒之來歸周京已在天命文王之既集玩詩辭正與尚書受命中身語合韓奕篇美韓侯之入覲宣王也亦云韓侯迎止于蹶之里此亦行即位親迎之禮與春秋古左氏說合

明鄒忠胤意大姒爲文王繼妃以解經纘女維莘句但纘訓繼謂繼纘行大任之德不讀爲繼室之繼唯以文王即位後取大姒準諸事理似乎有據姑記之於此○篤厚椒聊公劉同長發傳左右助也左與右皆訓助故右爲助也右通作祐易繫辭傳云子曰祐者助也天之所助者順也人之所助者信也履信思乎順又以尚賢也是以自天祐之吉无不利也與詩義同爾猶之也保右命爾猶假樂篇言保右命之耳燮和釋詁文說文燮和也讀若溼和伐大商言天人會合伐殷也常棣傳九族會曰和是和有會義說見酌篇

殷商之旅其會如林矢于牧野維予侯興(傳)旅衆也如林言衆而不爲用也矢陳興起也言天下之望周也**上帝臨女無貳爾心**(傳)言無敢懷貳心也(疏)旅衆北山同正義云木聚謂之林如林言其衆多而不爲紂用武成曰甲子昧爽受率其旅若林此僞尚書武成篇文即襲用詩辭也毛讀會如字說文引詩作其旝如林本三家矢陳爾雅釋詁文皇矣卷阿同矢讀爲尸祈父傳尸陳也古尸矢聲

通牧商郊地名說文坶朝歌南七十里地周書曰武王與紂戰于坶野坶與牧通興起釋言文起讀如以起軍旅之起維予侯興維爲也予我我周也侯猶乃也侯興與如林對文言殷商之衆不爲殷用爲我周乃起作也故傳又申明其義云言天下之望周也箋以爲起爲天子王肅以爲我興起而滅殷俱非傳恉○女女殷衆也貳讀爲二貳從弍聲弍古文二是貳二聲通也繁露天道無二篇引詩作二襄二十四年左傳詩云上帝臨女無貳爾心有令名也夫恕思以明德則令名載而行之是以遠至邇安遠至邇安是無敢懷二心之義此傳所本也

牧野洋洋檀車煌煌駟騵彭彭【傳】洋洋廣也煌煌明也騵馬白腹曰騵言上周下殷也維師尚父時維鷹揚涼彼武王【傳】師大師也尚父可尚可父鷹揚如鷹之飛揚也涼佐也肆伐大商會朝淸明【傳】肆疾也會甲也不崇

朝而天下清明（疏）洋洋野之廣故云廣也水經清水注云倉水東南歷坶野自朝歌以南南暨清水土地平衍據皋跨澤悉坶野矣詩所謂坶野洋洋檀車煌煌者也說文煌煌煇也廣雅煌煌光也竝與傳明訓同韓詩外傳三引詩作皇皇駟當作四字之誤干旄正義引異義古毛詩說云四騵彭彭武王所乘其字正作四义公羊隱元年疏及淮南主術注竝引詩作四皆其證四騵彭彭猶四驪濟濟四騏翼翼耳出車傳云彭彭四馬皃爾雅釋畜騂馬白腹騵傳所本也郭注騂赤色黑鬣騧傳及小戎箋竝云赤身黑鬣曰騂鄭注檀弓亦云騵騂馬白腹高注淮南云黃馬白腹曰騵案月令有赤騂黃騂故騂馬亦爲黃馬說文縓帛赤黃色騵與縓聲義皆相近云言上周下殷也者騂馬即赤馬騂馬白腹赤在上白在下故傳謂是上周下殷之義唯騵馬之色然也檀弓周人尚赤戎事乘騵正義謂此武王所乘遂爲一代常法○傳云師大師節南山傳師大師周之三公也則師爲官名矣云尚父可尚可父箋尚父呂望也尊稱焉正義引劉向別錄云師之尚之父之故曰師尚父此尚父尊稱竝與傳同史記譙周注云姓姜名牙說文雁籀文作鷹今俗作鷹箋云鷹鷙鳥也揚

讀如環人揚軍旅之揚鄭注環人亦即引此詩傳以飛揚釋揚者說文揚飛舉也言尚父行軍如鷹之迅疾也常武篇王旅嘽嘽如飛如翰傳疾如飛摯如翰義與此同涼讀爲亮假借字也漢書王莽傳引詩正作亮韓詩作亮云亮相也爾雅云亮右也又云左右亮也傳以涼釋佐右祇作左六書故涼亮下皆引傳作左左猶左右也涼彼武王與長發實左右商王句同○肆讀爲緣說文緣希屬引虞書曰緣類于上帝希脩豪獸讀若弟是緣爲脩豪獸之屬引申之則有力疾兩義爾雅肆力也毛傳肆疾也皆即緣之假借字說文引書作緣今堯典作肆史記五帝紀封禪書漢書王莽傳皆作遂夏小正傳肆遂也遂與疾亦相近疾者當讀疾如飛之疾傳訓即從時維鷹揚句生義皇矣傳同小箋云會古外切甲與會雙聲凡器之蓋曰會日之首曰甲二者演之爲居首之稱貨殖傳蓋一州漢書作甲一州詩之甲朝一謂甲子日一謂弟一日天下清明也定本作會甲兵坐不知由音以推義耳案段說會甲雙聲通義是也甲朝一謂甲子日一謂弟一日似尚非傳中甲字之義甲朝猶形弓云一朝耳甲者十之首一者數之始傳恐人不曉甲朝之義故又申釋之云不崇朝而天下清明崇終也

不終朝一朝也蝃蝀采綠傳皆云自旦及食時爲終朝終朝朝之終甲朝朝之始不終朝卽是甲朝說文日部早晨也从日在甲上

緜九章章六句

緜文王之興本由大王也疏釋文一本無由字是也詩美文王耳首章下三句至七章皆敘大王初徙岐山爲文王之興之本

緜緜瓜瓞民之初生自土沮漆傳興也緜緜不絕貌瓜紹也瓞瓝也民周民也自用土居也沮水漆水也古公亶父陶復陶穴未有家室傳古公豳公也古言久也亶父字或殷以名言質也古公處豳狄人侵之事之以皮幣不得免焉事之以犬馬不得免焉事之以珠玉不得

免焉乃屬其耆老而告之曰狄人之所欲者吾土地也吾聞之君子不以其所養人者害人二三子何患乎無君去之踰梁山邑于岐山之下豳人曰仁人之君不可失也從之如歸市陶其土而復之陶其壤而穴之室內曰家未有寢廟亦未敢有家室疏瓜瓞緜緜然不絕以興周國自小而漸成大哀十七年左傳緜緜生之瓜淮南子繆稱篇福之萌也緜緜茲與此緜緜同小箋本傳文增瓜瓞二字而以瓜紹也三字連讀宜據以補正爾雅瓞瓝其紹瓞爾雅既釋瓞爲瓝而又云其紹者謂之瓞以申釋瓞之義毛傳順詩辭爲訓故先釋瓜瓞爲瓜紹而又云瓞謂之瓝亦以申釋瓞之義說文瓞㼋也㼋小瓜也㼋卽瓝字釋文及文選潘岳在懷縣作詩注引韓詩章句瓞小瓜也爾雅紹繼也箋瓜之本實繼先歲之瓜必小狀似瓝故謂之瓞鄭解瓜紹紹字最得經傳取興之義陸佃埤雅云今驗近本之瓜常小末則復大此農師從鄭說而更

得之目驗也傳釋民爲周民者以沮漆二水在周也自訓用土者所以居也因之土有居義漢書地理志引詩作杜水名與毛異蓋周之興莫大於文王之治岐而實本於大王之徙岐故章首先敘岐周水土民居下文因詳及大王辟狄去豳徙岐之事○傳釋沮漆爲水三章傳云周原沮漆之閒也又潛傳云漆沮岐周之二水也是沮漆在周不在豳矣汪龍詩異義述師丁杰曰水經鄭渠在大上皇陵東南濁水入焉俗謂之漆水又謂之漆沮其水東流注於洛水說文漆水一曰入洛此涇東之漆也漢書地理志北地郡直路縣沮水出縣東西入洛水經沮水出北地直路縣東過馮翊祋祤縣北東入於洛說文瀘水出北地直路西東入洛此涇東之沮也山海經羭次之山漆水出焉地理志右扶風漆縣漆水在縣西莽曰漆治水經漆水出杜陽縣俞山東北入於渭說文漆水出右扶風杜陽岐山東入渭十三州地理志漆水出漆縣西北岐山東入渭此涇西之漆注涇以入渭者也十三州地理志有水出杜陽縣岐山北漆溪謂之漆渠西南流注岐水水經注杜水出杜陽山東南流合漆水水出杜陽之漆溪謂之漆渠南流合岐水至美陽縣注於雍水隋書地理志扶風普潤縣有漆水此

涇西之漆合杜岐雍以入渭者也涇西之沮書傳未聞
龍按傳以周原爲沮漆之閒是指普潤漆水箋誤解經
及傳謂公劉失職遷於豳居沮漆之地則指漆縣漆水
疏牽合爲一引漆縣漆水而謂沮漆在豳地但二水東
流亦過周地其誤已甚至引書傳謂漆沮一名洛水則
更移之涇東尤爲疎繆又按漢書地理志右扶風杜陽
杜水東入渭莽曰通杜師古曰緜詩自土沮漆齊詩作
自杜杜言公劉避狄而來居杜與漆沮之地其經文作自
杜雖與毛異然與杜竝言益可見此經是普潤之漆蓋
普潤漆水合杜岐雍入渭故齊詩作自杜說詩者以爲
公劉誤同鄭箋○周自公劉居豳故狼跋傳公劉爲豳
公此亶父未遷岐以前亦爲豳公豳公謂之古公者祭
義祀稷先古注先古先祖也故傳申之云古言久也不
從追王稱大王者從其朔也父亦作甫正義引鄭注中
候稷起云亶甫以字爲號白虎通義及趙注孟子亶甫
爲名禮記大傳追王大王亶甫王季歷文王昌竝與傳
或說同也古公辟狄自豳徙岐孟子梁惠王莊子讓王
呂覽審爲淮南子道應詮言泰族說苑至公及書大傳
略說皆紀其事傳引之者合下數章統釋古公始末而
爲言也復說文引詩作𡪎玉篇同段注云土謂堅者堅

則不患崩壓故旁穿之使上有覆蓋陶其土旁穿之也壤謂柔者柔則恐崩故正鑿之陶其壤正鑿之也毛傳讀陶爲掏案淮南子氾論篇古者民澤處復穴高注云復穴重窟毛析言之高則渾言之也爾雅其內謂之家傳云室內卽其內也古公之作寢廟在五章以後此但述初遷之始經言未有家室傳卽撰五章義以申明之云未有寢廟則亦未敢有家室也箋正義泥二章始及從岐而誤就處豳說

古公亶父來朝走馬率西水滸至于岐下(傳)率循也滸水厓也**爰及姜女聿來胥宇**(傳)姜女大姜也胥相宇居也(疏)走馬玉篇引詩作趣馬言早且疾趙注孟子云遠避狄難去惡疾也詩小學云早釋來朝疾釋趣字說文趣疾也玉篇作趣馬據漢人相傳古本也率循北山訪落同水經漆水注引詩西作先先假借字古西先聲通也滸水厓葛藟同程大昌雍錄謂此水厓卽渭水之厓是也蓋從豳至岐中隔梁山詩不言山略也古公當日去豳踰梁由早路來故云來朝趣馬踰梁入渭循渭達岐故云率西水滸至于岐下岐在豳西也梁山在

今武功縣北岐山在今扶風縣西武功扶風皆南臨於渭故但沿厓西上不必向渡中流耳公劉云于豳斯館涉渭爲亂此豳國渡渭之證也皇矣云居岐之陽在渭之將將亦厓也此岐陽濱渭之證也史記周本紀云遂去豳渡漆沮踰梁山止于岐下是誤合詩之沮漆西水爲一而箋乃沿其說○爰於及與聿遂也姜女姜姓之女大王之妃故稱大姜也胥相釋詁文公劉同宇居桑柔閟宮同胥宇猶云相宅也宅亦居也新序襍事篇引詩作相宇

周原膴膴堇荼如飴爰始爰謀爰契我龜（傳）周原沮漆之閒也膴膴美也堇菜也荼苦菜也契開也**曰止曰時築室于茲**（疏）酈注水經渭水篇漆渠水南流與杜水合逕岐山西又屈逕周城南城在岐山之陽而近西所謂居岐之陽也又歷周原下北則中水鄉成周聚故曰有周也水北卽岐山矣案善長言岐周山水脈絡分明周本雍州邑名地理志右扶風美陽禹貢岐山在西北中水鄉周大王所邑攷元和郡縣志鳳翔府

扶風縣本漢美陽縣地卽今之陝西扶風縣也岐山在美陽西北大王邑在岐山南美陽之中水鄉也是謂之周城中水鄉在周原北則周原又在中水鄉之南郡國志右扶風美陽有岐山有周城引皇甫謐帝王世紀云周大王所徙南有周原王褘周公廟記云周城今爲岐陽鎭遺阯猶存廣袤七八里四圍皆濠溝南有周原是周原在周城南矣漆水在岐西而沮水無聞水經注莢水出好畤縣梁山大嶺東南逕梁山宮西又南逕美陽縣之中亭川注雍水謂之中亭水又南逕美陽縣西其水又南流注于渭竊謂古沮水必在斯處矣沮東漆西故傳云周原在沮漆之閒也膴膴韓詩作腜腜文選左思魏都賦腜腜坰野張載注云腜腜美也引詩周原腜腜李善注引韓詩同廣雅腜腜肥也美與肥義相近箋亦云周之原地在岐山之陽膴膴然肥美○堇當作菫通作堇說文堇艸也根如薺葉如細柳蒸食之甘爾雅齧苦堇郭注云今堇葵也葉似柳子如米汋食之滑是堇卽苦堇矣夏小正二月榮堇傳堇菜也豆實也公食大夫記鉶芼羊苦有滑鄭注苦苦荼也滑堇荁之屬內則有堇滑苦卽荼荼爲鉶羹之芼滑則用堇故詩堇荼連言荼卽芼也郝懿行爾雅義疏云余按生下溼者葉

厚而尖細於柳葉高尺許莖紫色味苦淪之則甘是郝
目驗菫菜本味亦苦也正義菫爲烏頭非荼苦菜邶谷
風同采荼謂之苦彼正義引陸義疏云苦菜生山田及
澤中得霜甛脃而美所謂菫荼如飴邵晉涵爾雅正義
云霜後之菜多轉爲甛非其本質大雅言周原之美雖
菫荼亦甘若飴爾非謂荼菜本作甘也以今驗之菜之
爲苦稱斯名矣邵說是也內則云飴蜜以甘之○契讀
爲挈漢書敘傳注引詩正作挈玉篇挈部挈開也挈與
挈同開龜周禮卜師掌其事定之方中傳云建國必卜
之故建邦能命龜爰於也於於是也爾雅爰曰也曰亦
爰語詞也時是也築室于茲言既
有此廣平之原則將築室於周也

迺慰迺止迺左迺右迺疆迺理迺宣迺畝自西徂東周爰執事（傳）慰安爰於也（疏）經作迺箋作乃爾雅迺乃也
今篇內迺乃錯出不一律慰安下當有也字安定也止
猶處也書大傳云大王亶甫遂策杖而去過梁山邑岐
山國人東脩奔走而從之者三千乘一止而成三千戶
之邑又作箋云大王居之一年成邑二年成都三年五

倍其初○公劉傳云宣徧也徧畝猶甫田之言竟畝也徂與且同義東畝東西爲陌南畝東西爲阡西東謂田閒道也爰於桑中同周爰執事言至周原於是執事也凡民之大事在農故先言之

乃召司空乃召司徒俾立室家其繩則直縮版以載傳言不失繩直也椉謂之縮作廟翼翼傳君子將營宮室宗廟爲先廄庫爲次居室爲後疏乃唐石經作迺箋司空司徒卿官也司空掌營國邑司徒掌徒役之事正義云大王之時以殷之大國當立三卿其一蓋司馬乎時不召者司馬於營國之事無所掌故也○俾釋文作卑傳云言不失繩直也者釋其繩則直句李善注東京賦引毛詩傳於繩直下較今本多之字二字椉謂之縮釋經之縮字箋云繩者營其廣輪方制之正也椉聲之誤當爲繩也鄭據爾雅釋器文故知傳椉字爲繩字之誤爾雅繩之謂之縮之此繩字與縮同義說文繩索也斯干傳約束也孫炎云繩束築版謂之縮凡立室家以城三分之一爲宮宗廟在路門內廄庫在前居室在後蓋其制也此經言大王

立室家而但云作廟故傳遂引禮記曲禮篇云君子將營宮室宗廟爲先以釋經義而兼及廄庫居室者所以補經義之略而亦挨下章百堵皆興句爲釋之爾翼翼恭敬也

捄之陾陾度之薨薨築之登登削屢馮馮（傳）捄虆也陾陾衆也度居也薨薨言百姓之勸勉也登登用力也削牆鍛屢之聲馮馮然**百堵皆興鼛鼓弗勝**（傳）皆俱也鼛大鼓也長一丈二尺或鼛或鼓言勸事樂功也（疏）傳釋捄爲虆者淮南子說山篇虆成城高注云虆土籠也始一蕢以上於城此與傳虆字之訓正合又脩務篇及孟子滕文公篇字皆作虆劉熙孟子注云虆盛土籠也說文欙山行所乘者引虞書四載山行乘欙史記河渠書作橋一作蕃漢書溝洫志作梮竝字異而義同可以乘人亦可以盛土箋捄捊也築牆者捊取壤土盛之以虆而投諸版中說文捄盛土於梩中也鄭許皆申毛訓小箋云捄卽虆之假借字陾陾當依玉篇引詩作陑陑廣雅仍

仍登登馮馮衆也毛詩陑陑三家詩作仍仍集韻仍音而關中語此而仍聲轉相通故陑與薨登馮與勝爲韻如耳孫即仍孫之例也釋文如之反說文云築牆聲也音而陸所據正作陑陑令本說文亦誤作陾陾度居皇矣同方言度居也東濟海岱之閒或曰度居有都聚之義釋文引韓詩度塡也箋度猶投也義竝相近傳文言百姓之勸勉也之上奪薨薨二字今依小箋補薨讀爲薆雒誥女乃是不薆馬鄭王注皆訓薆爲勉薆莫崩反又武剛反莫崩讀如薆武剛則讀如茫竝與勸勉義近登登義未聞傳云用力謂用力聲登登然也今俗謂用力得得如公羊傳登來之爲得來矣屢當作婁小箋云婁音樓空也鍛婁者槌打空竅坳突處馮馮堅實聲也○百堵詳鴻雁篇皆當作偕偕訓俱若本作皆人所易曉可不傳耳故鴻雁百堵皆作無傳七經孟子考文作偕此其證鼛大鼓鼓鐘同傳文長一丈二尺一字當衍鼓鐘釋文及鼓人注竝云長丈二尺周禮鼓人以鼛鼓鼓役事說文引作臯鼓考工記韗人爲臯鼓長尋有四尺古咎臯聲同毛傳正本周禮也經言鼛鼓本是一鼓傳云或鼛或鼓者或有也語詞也或鼛鼛鼓也或鼓鼓之也弗勝說文作不勝勝任也不勝如不勝任且鼓以

作之正是勸事樂功以見興作之盛小箋云經文鼛鼓分大小義同鄭孔恐未是

迺立皋門皋門有伉迺立應門應門將將傳王之郭門曰皋門伉高貌王之正門曰應門將將嚴正也美大王作郭門以致皋門作正門以致應門焉

迺立冢土戎醜攸行傳冢大戎大醜衆也冢土大社也起大事動大衆必先有事乎社而後出謂之宜美大王之社遂為大社也

疏皋門傳云王之郭門美大王之築城郭也說文𩫏度也民所度居也从回象城郭之重兩亭相對也今通作郭管子度地篇云歸地之利內為之城外為之郭是郭在城之外也正義引襄十七年傳宋人稱皋門之晳謂諸侯自有皋門今左傳作澤門杜注澤門宋東城南門也釋文庠澤門作皋門為誤誤疑澤門卽孟子垤澤之門澤古作睪睪皋相似而誤與詩皋門無涉皋門為臺門故傳云伉高皃釋文引韓詩作閌盛皃玉篇閌

字下及張衡西京賦皆云高門有閌本韓詩說文無閌字詩小學云說文閌閬也閬門高也五經文字閌門高毛詩之伉古本作閌應門傳云王之正門本爾雅釋宮文美大王之築宮室也鄭注考工記書大傳竝云應門朝門也應門內爲治朝故應門爲王宮正門明堂位九采之國應門之外北面東上是明堂位之外門亦曰應門應門之內朝會諸侯明堂位之制與王宮同也周禮閽人鄭司農注云王有五門外曰臯門二曰雉門三曰庫門四曰應門五曰路門路門一曰畢門其朝士注同案仲師治毛詩其云外曰臯門卽毛傳之郭門自郭門以至路門共五門外自城郭內至路寢明堂而寢門以內從略矣解者誤以外爲宮外則臯門爲宮外門古制不明實權輿於此鄭康成禮記注不信舊說謂先庫後雉諸侯有庫雉無臯應箋詩又本書大傳謂諸侯亦有臯應天子加以庫雉鄭說旣屬游移近儒戴東原言天子諸侯皆三門是已又謂天子有臯應無庫雉諸侯有庫雉無臯應其說亦誤今竊言之考工記匠人營國方九里旁三門呂覽季春紀國人儺九門磔禳高注云九門三方九門也嫌非王氣所在故磔犬羊以禳高解九門以前三門爲王氣所在磔禳止三方九門四旁共十

二門公羊注所謂天子周城也書大傳古者百里之國九里之城三里之宮七十里之國三里之城一里之宮五十里之國一里之城以城爲宮此謂公矦伯子男三等之城制也周禮典命上公九命國家宮室以九爲節矦伯七命國家宮室以七爲節子男五命國家宮室以五爲節鄭注云公之城蓋方九里宮方九百步矦伯之城蓋方七里宮方七百步子男之城蓋方五里宮方五百步以開方計之與書大傳同鄭康成大傳注疑天子城九九里大國與之同以爲當天子九里大國七里次國五里又或者天子實十二里諸矦大國九里次國七里小國五里有此兩說但周制每從先王以爲後世法有如皋門應門家土辟廱路寢親迎造舟一取九女此類甚多不必專以城同九里爲疑也一里之城以城爲宮其宮四面皆屬城三里之城其宮南一面屬城三面不屬城九里之城其宮室四面有牆四面不屬城說文䡅缺也古者城缺其南方謂之䡅城缺南方公羊注所謂諸矦軒城也孟子三里之城七里之郭七里晉書段灼傳作五里此據七十里之國而言天子城與大國同九里其距郭較遠詩之皋門傳謂之郭門則皋門非宮門而謂皋門爲宮外門者誤也天子城門其上有臺謂之闍

四旁十二門共十二闈皋門爲外城門雉門當爲內城門考工記城隅之制九雉左傳云都城過百雉築城以雉起度此或城門爲雉門之義歟則雉門亦非宮門天子諸矦宮門皆爲庫門最在外而謂先庫後雉者誤也檀弓下君復於小寢大寢小祖大祖庫門四郊又自寢門至於庫門又軍有憂則素服哭於庫門之外郊特牲獻命庫門之內又繹之於庫門是天子諸矦皆有庫門而謂天子有皋無庫諸矦有庫無皋者誤也詩之應門傳謂之正門司儀出及中門之外中門之外卽庫門之內也應門在庫路之中故謂之中門庫門之內出入不禁應門以內爲朝會之處皆必設禁閽人掌守王宮中門之禁是其事也中門以縣象魏象魏闕也故穀梁傳謂之闕門外朝之內內朝之外其門謂之路門門內庭卽路寢之庭爾雅路大也其門庭爲較大也亦謂之畢門畢之爲言盡也路門內有路寢明堂右社稷左宗廟說詳闕宮篇故路門又謂之廟門穀梁傳謂之祭門鄭仲師朝士注以爲路門外爲外朝內爲內朝當是師承古說而謂天子諸矦皆三朝庫門以內有朝者誤也然則天子郭門爲皋門城門爲雉門庫門爲宮之外門應門爲宮之中門路門爲宮之內門合城郭爲五門離之

則爲三門諸侯南面無城以宮垣爲城牆即以宮之外門爲城南門非如徐彦所疑城墉不完之謂也天子有郭有郭門諸侯有郭亦有郭門春秋僖二十年春新作南門公羊以爲門有古常穀梁以爲有加其度葢此南門爲魯郭南門也天子郭門有門臺魯於是始僭從天子制耳諸侯之宮亦三門庫門爲宮之大門雉門爲宮之中門路門爲宮之內門天子三門諸侯亦三門唯天子以雉門爲城門諸侯無城門以雉門爲宮之中門爲異而謂諸侯三門天子五門加以臯應或曰加以庫雉者誤也明堂位庫門天子臯門雉門天子應門此言其制之相似天子城之外門與宮之外門上有臺謂之臺門魯之宮外門門上亦有臺如天子城外門之制而他國之宮外門無臺也故云庫門天子臯門也天子門皆有臺諸侯庫門無臺雉門路門有臺昭二十五年公羊注禮天子諸侯臺門天子外闕兩觀諸侯內闕一觀觀即臺也此宮之中門有臺也郊特牲臺門而旅樹注旅道也屛謂之樹禮天子外屛諸侯內屛此宮之內門有臺也天子於應門設兩觀諸侯於雉門設一觀春秋定二年雉門及兩觀災新作雉門及兩觀是魯之中門設兩觀如天子中門之制而他國止設一觀也故云雉

門天子應門也解之者誤讀禮記經文以爲諸侯有庫雉天子有皋應則天子諸侯之門制莫攷卽魯與他國門制之同異亦無聞矣今姑略陳門制梗槩如此文選張衡東京賦立應門之將將李善注引毛詩傳將將嚴正之皃與今本不同當據以訂正黍苗箋肅肅嚴正之皃句正相同說苑權謀篇將將之臺亦謂將將爲尊嚴正肅也大王築城郭宮室作郭門正門不獨大王爲諸矦制卽文王亦非卽從天子制周有天下遂以郭門爲皋門正門爲應門故詩人直以周天子之制言之耳下冢土大社同○冢大戎大醜衆竝爾雅釋詁文逸周書作雒篇乃建大社于國中其壝東青土南赤土西白土北驪土中央舋以黃土將建諸矦鑿取其方一面之土燾以黃土苴以白茅以爲土封案此冢土爲大社之義也禮記祭法篇王爲羣姓立社曰大社王自爲立社曰王社王社在郊迎氣報祈之禮行焉大社在王宮路寢之西大會同大朝覲大軍旅之政行焉大王作宗廟立社稷故社爲大社也古者用師告社故傳引爾雅釋天文爲證孫炎注云大事兵也有事祭也爾雅宜事也王制天子將出征宜乎社大王當日必有用師之事今無攷

肆不殄厥慍亦不隕厥問柞棫拔矣行道兌矣（傳）肆故今也慍恚隕墜也兌成蹊也混夷駾矣維其喙矣（傳）駾突喙困也（疏）思齊傳肆故今也二傳訓同几肆者皆承上起下之詞肆兼故今兩義爾雅治肆古故也肆故今也肆爲故肆故又爲今與伊維也伊維侯也潛淶也潛淶測也皆其例毛傳雖本雅訓而意不同雅謂肆一句故一句總爲之今也傳謂詩之肆旣爲故又爲今立意自異故者承上古公也今者起下文王也殄絕也孟子盡心篇引詩趙注云慍怒也正義引說文云恚怒也是慍恚竝爲怒肆不殄厥慍承上文戎醜攸行而言大王赫怒整旅至文王而不絕其所怒也趙注云隕失也隊失義同俗作墜問讀爲令聞之聞古問聞通用亦不隕厥問趙注云不能隕失文王之善聲聞也文王篇宣昭義問正義云常布明其善聲聞於天下義與此同○柞棫皆叢生薪木故皇矣言柞棫拔拔而松柏易直也拔讀爲跋猶翦除也兩拔字同兌者遂之假借字桑柔傳遂道也遂古隧字檀弓注云隧奪聲相近或爲兌此卽兌遂聲通之證載馳韓詩傳云不由蹊遂而

涉曰跋涉韓以蹊遂爲跋大玄羨次五孔道夷如蹊路微如大輿之憂測曰孔道之夷奚不遵也竝與此傳云成蹊之蹊同成蹊猶言成路皇矣二章作屛修平啓辟攘剔即此意也古駾突同部文選王延壽魯靈光殿賦遭漢中微盜賊奔突張載注突唐突也詩云昆夷突矣混與昆通毛詩作駾三家詩或作突此傳以突詁駾之證喙廣韻二十廢引詩作㙖㙖與喙同說文呬下引詩犬夷呬矣本三家詩字異而音義相同○案此與采薇出車所歌爲一時事采薇序云文王之時西有昆夷之患出車篇云赫赫南仲薄伐西戎西戎即昆夷也文王伐昆夷奉天子得專征伐之命故與殷大臣共伐之書大傳云四年伐犬夷犬夷亦即混夷也是文王四年之前尚未興師出討故孟子有事昆夷之說至受命爲西伯四年乃伐之箋云是之謂一年伐混夷正義以爲七年內之一年是已

虞芮質厥成文王蹶厥生（傳）質成也成平也蹶動也虞芮之君相與爭田久而不平乃相謂曰西伯仁人也盍

往質焉乃相與朝周入其竟則耕者讓畔行者讓路入其邑男女異路班白不提挈入其朝士讓爲大夫大夫讓爲卿二國之君感而相謂曰我等小人不可以履君子之庭乃相讓以其所爭田爲閒田而退天下聞之而歸者四十餘國予曰有疏附予曰有先後予曰有奔奏予曰有禦侮（傳）率下親上曰疏附相道前後曰先後喻德宣譽曰奔奏武臣折衝曰禦侮（疏）質訓成成讀春秋以成宋亂之成凡四方有亂獄則往而成之是其義也成平節南山同虞芮質成史記周本紀說苑君道篇書大傳略說竝有此文而詳略不同耳虞芮在河東周姬姓國商時虞芮無攷書大傳云文王受命一年斷虞芮之訟四年伐犬夷五年伐耆六年伐崇又云西伯既戡耆紂囚之牖里散宜生閎夭南宮适三子者相與學訟於大公大公與三

子見文王于牖里紂遣西伯伐崇案上章伐混夷在四年此章乃追敘虞芮斷訟及四臣來輔渾括文王興周受命七年中事蹶動爾雅釋詁文版同箋云虞芮之質平而文王動其緜緜民初生之道謂廣其德而王業大○予我我文王也曰楚辭離騷注引詩作聿聿曰皆語詞疏附書大傳作胥附疏胥同釋文奔作本奏又作走書釋文正義作奔奏禦釋文作御昭二年左傳季武子賦緜之卒章杜注云取文王有四臣故能以緜緜致興盛書大傳云文王胥附奔奏先後禦侮謂之四鄰以免乎牖里之害懿子曰夫子亦有四鄰乎孔子曰文王得四臣丘亦得四友焉自吾得回也門人加親是非胥附邪自吾得賜也遠方之士日至是非奔奏邪自吾得師也前有光後有輝是非先後邪自吾得由也惡言不至于門是非禦侮邪文王有四臣以免虎口丘亦有四友以禦侮案詩言疏附先後奔奏禦侮卽此文王四臣是矣據書大傳四臣散宜生也閎夭也南宮适也及大公呂尚也與君奭言文王修和有夏虢叔閎夭散宜生泰顛南宮适約舉五人者不同解者皆失之

棫樸五章章四句

棫樸文王能官人也疏後箋云大戴禮逸周書皆有文王官人篇荀子亦云文王以官人爲能竝與此序語合

芃芃棫樸薪之槱之傳興也芃芃木盛貌棫白桵也樸枹木也槱積也山木茂盛萬民得而薪之賢人衆多國家得用蕃興

濟濟辟王左右趣之傳趣趨也疏傳云芃芃木盛皃正義作盛皃無木字釋文作盛也也乃皃之誤初學記帝王部引木盛也亦誤棫白桵爾雅釋木文郭注云桵小木叢生有刺實如耳璫紫赤可啖緜柞棫拔矣箋棫白桵也正義引義疏云三蒼說棫卽柞也可以爲犢車軸與高注淮南時則篇櫟可以爲車轂合此秦人謂柞爲櫟謂棫卽柞者恐非是也薛綜西京賦注云棫白蕤蕤與桵通爾雅樸枹者郭注云樸屬叢生者爲枹詩所謂棫樸枹櫟舍人及李孫本爾雅作樸枹者彙傳云枹木亦謂叢生者也爾雅枹遒木魁瘣注云謂樹木叢生根枝節目盤結磈磊棫樸二木名箋謂白桵相樸屬

而生恐非是○鄭注大宗伯云槱積也本傳訓也說文槱積火燎之也从木从火酉聲詩曰薪之槱之周禮以槱燎祠司中司命或作禉柴祭天神也案積火當依段注本作積木兩燎字當作尞尞柴祭天引申之凡炊爨之薪柴字皆當作尞傳但云積薪說文言積木以尞之者卽引此詩正以申補傳義也又兼引周禮之槱尞爲柴祭天神箋云祭皇天上帝及三辰則聚積以燎之此用三家詩繁露郊祀篇引此首章二章四祭篇引此二章皆謂文王郊祭之詩爲許鄭所本而非毛氏傳義也傳以山木茂盛薪積待用興賢人之衆多國家蓄興于斯可驗棫樸之作人猶菁莪之育材爾詩異義云首章見衆賢之集於朝輔助政教次章述祀事之得人三章述戎事之得人國之大事在祀與戎舉此二者以明賢才之用四章言文王作人之化紂之污俗咸與維新末章言文王聖德綱紀四方無不治理又總箸政教之美官人之效經之設文葢有次弟矣○文王傳濟濟多威儀也辟王謂文王也新書連語篇似鍊絲染之藍則青染之緇則黑得善佐則存不得善佐則亾此其不可不憂者耳詩云芃芃棫樸薪之槱之濟濟辟王左右趣之此言左右日以善趨也故臣竊以爲練左右急也容經

篇諺曰君子重襲小人無由入正人十倍邪辟無由來古之人其謹於所近乎詩曰芃芃棫樸薪之槱之濟濟辟王左右趨之此言左右日以善趨也晏子問下篇亦引此詩釋之云此言古者聖王明君之使以善也案與序能官人正合其字皆作趨傳以趨訓趣正用古訓卷耳傳云思君子官賢人置周之列位左右趨善卽是卷耳周行之義

濟濟辟王左右奉璋（傳）半圭曰璋**奉璋峨峨髦士攸宜**（傳）峨峨盛壯也髦俊也（疏）半圭曰璋斯干同斯干傳又云璋臣之職也箋云璋璋瓚也祭祀之禮王祼以圭瓚諸臣助之亞祼以璋瓚禮記祭統君執圭瓚祼尸大宗執璋瓚亞祼注圭瓚璋瓚祼器也以圭璋爲柄考工記玉人大璋中璋邊璋注三璋之勺形如圭瓚旱鹿傳玉瓚圭瓚也蓋祼祭有勺所以流秬鬯之酒勺以玉瓚爲柄君用圭瓚臣用璋瓚郊特牲云灌以圭璋用玉氣也是也詩異義云臣之執璋行禮唯贊祼時其他無執璋者傳云半圭曰璋璋瓚之璋亦半圭也傳特略不及瓚耳箋言諸臣亞祼以璋瓚義

實申傳案何注定八年公羊傳言璋者所以郊事天卽引此詩本繁露四祭篇此三家說○峨峨釋文本作俄俄公羊釋文又作娥娥箋奉璋之儀峨峨然儀峨古聲同如壓麗卽嵯峨之例爾雅峨峨祭也爾雅釋經義故但云祭傳云盛壯壯古莊字盛莊者卽所謂齊明盛服以承祭祀公羊疏云奉此半珪之璋其儀容峨峨盛莊疑徐彥所據傳正作盛莊髦俊甫田思齊同文王殷士膚敏祼將于京傳以殷士爲殷矦此箋謂俊士爲卿士蓋助文王祼祭者諸矦卿士也

淠彼涇舟烝徒楫之（傳）淠舟行貌楫櫂也周王于邁六師及之（傳）天子六軍（疏）楚辭九歌沛吾乘兮桂舟王注云沛行貌說文述行皃古淠沛述同音普活切釋文淠匹世反今吳俗尚有此語玉篇淠水聲也傳詁楫爲櫂櫂當作擢箋云烝衆也淠淠然涇水中之舟順流而行者乃衆徒船人以楫擢之故也興衆臣之賢者行君政令○天子六軍瞻彼洛矣同繁露引詩以此爲文王伐崇也後箋云小大雅所有文王之詩自皆是周公制作禮樂時所爲四牡傳云周公作

樂以歌文王之道爲後世法此言已足爲諸文王詩之總義故大明及此傳直云天子造舟天子六軍皆以追述之詞不嫌稱文王爲天子疏所云詩爲大雅莫非王法者誠通論也

倬彼雲漢爲章于天（傳）倬大也雲漢天河也**周王壽考**

遐不作人（傳）遐遠也遠不作人也（疏）說文倬箸大也詩曰倬彼雲漢傳云大許云箸大益義以申傳也雲漢天河大東傳亦云漢天河也箋云雲漢之在天其爲文章譬猶天子爲法度於天下○遐遠汝墳下武同小箋云此當云遠作人也不衍字案此乃不警警也不盈盈也之例遐不作人遠作人也不遠有佐遠夷來佐也句法相同旱鹿篇同

追琢其章金玉其相（傳）追雕也金曰雕玉曰琢相質也

勉勉我王綱紀四方（疏）追琢有客作敦琢追敦皆假借字荀子引此詩作雕琢故傳以雕釋追也爾雅玉謂之雕金謂之鏤玉謂之琢雕謂之琢鏤鋑也是刻金不爲雕而雕琢皆爲治玉之稱此詩

雕琢金玉文正相對故傳謂雕治金琢治玉正義云散文相通是矣桑柔維此惠君民人所瞻秉心宣猶考愼其相傳相質也二傳義同案此詩美文王能官人非專美文王有聖德相質也章猶明也上句言章下句言相上句言雕琢下句言金玉合二句成辭以見與也金玉以雕琢而明其質四方以綱紀而端其本其理一而已矣荀子富國篇云人君者所以管分之樞要也故美之者是美天下之本也安之者是安天下之本也貴之者是貴天下之本也古者先分割而等異之也故使或美或惡或厚或薄或佚或樂或劬或勞非特以爲淫泰夸麗之聲將以明仁之文通仁之順也故爲之雕琢刻鏤黼黻文章使足以辨貴賤而已不求其觀爲之鐘鼓管磬琴瑟竽笙使足以辨吉凶合歡定和而已不求其餘爲之宮室臺榭使足以避燥溼養德辨輕重而已不求其外詩曰雕琢其章金玉其相亹亹我王綱紀四方此之謂也荀言本毛言質義正相同說苑修文篇云故聖人之與聖也如矩之三襍規之三襍周則又始窮則反本也詩曰彫琢其章金玉其相言文質美也此引詩證教民以文質相爲終始皆不指聖德言也王肅云以與文王聖德其文如雕琢其質如金玉殊失古義○勉勉

疑當作亹亹文王篇亹亹文王傳亹亹勉也嵩高亹亹申伯箋亹亹勉也是毛詩皆作亹亹後人或依訓釋改作勉勉耳韓詩外傳五引此詩作亹亹文王白虎通義三綱六紀篇作亹亹我王與荀子同綱紀主官人說

旱麓六章章四句

旱麓受祖也周之先祖世脩后稷公劉之業大王王季申以百福干祿焉疏受祖之上疑有文王二字

瞻彼旱麓榛楛濟濟傳旱山名也麓山足也濟濟眾多也豈弟君子干祿豈弟傳干求也言陰陽和山藪殖故君子得以干祿樂易疏麓國語作鹿釋文本亦作鹿是也旱山名鹿山足旱鹿旱山之足也漢書地理志漢中郡南鄭旱山池水所出東北入漢劉昭郡國志注引華陽國志酈道元沔水注竝謂池水出旱山又水經沔水及涔水篇云涔水出旱山案此二水皆出自旱山也今陝西漢中府附郭南鄭縣在古

禹貢梁州之域殷周幷梁入雍則旱山在江漢域內詩以旱山發詠是在文王爲西伯時矣榛木名見簡兮傳書禹貢荆州貢楛釋文引義疏云楛葉如荆而赤莖似蓍詩釋文載義疏莖葉二字互譌云濟濟衆多也者言視彼旱山之足榛楛之木衆多濟濟然下文傳所謂陰陽和山藪殖也○君子謂文王也干求爾雅釋言文樂易詁豈弟或作愷悌說文愷樂也無悌字周語單穆公云詩亦有之曰瞻彼旱鹿榛楛濟濟愷悌君子干祿愷悌夫旱鹿之榛楛殖故君子得以易樂干祿焉若夫山林匱竭林麓散亾藪澤肆既民力彫盡田疇荒蕪資用乏匱君子將險哀之不暇而何易樂之有焉案君子有易樂之德求福而福自至榛楛之殖此其驗也毛傳正用國語

瑟彼玉瓚黃流在中（傳）玉瓚圭瓚也黃金所以飾流鬯也九命然後錫以秬鬯圭瓚

豈弟君子福祿攸降（疏）瑟鄭司農周禮典瑞注引詩作卹又作邲卹即邲之誤仲師治毛詩其所據作邲箋云瑟絜鮮皃說文作璱云玉英

華相帶如瑟弦也本三家詩今作瑟者疑依箋改也毛詩作邲邲者流鬯之皃泌之洋洋傳泌泉水也毖彼泉水傳泉水始出毖然流也邲與泌毖竝聲同而義近玉瓚江漢云圭瓚故傳以圭瓚釋玉瓚也釋文云黃金所以流鬯也御覽珍寶六引同釋文又云一本作黃金所以爲飾流鬯也後人所加正義從定本及集注云俗本無飾字者誤小箋從正義本而以黃金所以飾爲句奐謂當作黃金所以爲飾釋文一本有爲字是也象服所以爲飾象揥所以爲飾皆其句例典瑞祼圭有瓚鄭司農注云於圭頭爲器可以挹鬯祼祭謂之瓚玉人祼圭尺有二寸有瓚大璋中璋九寸邊璋七寸射四寸厚寸黃金勺青金外朱中鼻寸衡四寸有繅鄭司農注云鼻謂勺龍頭鼻也衡謂勺柄龍頭也案璋瓚圭瓚其形相似瓚柄用圭謂之圭瓚圭頭有勺勺以黃金爲飾卽所以注酒黃卽勺流卽酒故傳云流鬯也鬯秬鬯黃流在中言秬鬯之酒自勺中流出也江漢傳云九命錫圭瓚秬鬯二傳同九命者文王九命作西伯也白虎通義考黜篇圭瓚秬鬯宗廟之盛禮故孝道備而賜之秬鬯所以極著孝道孝道純備故內和外榮玉以象德金以配情芬香條鬯以通神靈玉飾其本君子之性金飾其中

君子之道君子有黃中通理之道美素德金者精和之至也玉者德美之至也鬯者芬香之至也君子有玉瓚秬鬯者以配道德也其至矣合天下之極美以通其志也其唯玉瓚秬鬯乎

鳶飛戾天魚躍于淵（傳）言上下察也豈弟君子遐不作人（疏）傳云言上下察也者引禮記中庸釋詩之文禮記述聞云中庸引詩以明君子之道之大上至於天下至於地也故下文曰君子之道造端乎夫婦及其至也察乎天地管子內業篇上察於天下極於地淮南子原道篇高不可際高誘注曰際至也際與察古同聲案鳶天魚淵極乎天地此言文王之道之所至文王傳文王升接天下接人亦此意也潛夫論德化篇詩云鳶飛屬天魚躍于淵君子修其樂易之德上及飛鳥下及淵魚無不歡忻悅豫文選四子講德論注引薛君云魚喜樂則踴躍於淵中三家傳以鳶飛魚躍爲道之效與毛義異鳶當作鳶詳四月篇○棫樸傳遐遠也遠作人也不爲語助成八年左傳引詩曰愷悌君子遐不作人求善也夫作人斯有功績矣杜注云遐遠也作用也言文王能遠用善人不語助杜注正本毛傳令棫樸傳於遠

下誤加不字矣潛夫論作胡不作人胡何也此三家義

清酒既載騂牡既備（傳）言年豐畜碩也以享以祀以介景福（傳）言祀所以得福也（疏）文選西征賦注引韓詩章句云載設也載卽䞉之假偹廣雅釋言䞉設也說文丮部䞉設飪也从丮食才聲讀若載傳云言年豐畜碩也者正義云言酒見其年豐言牲見其畜碩桓六年左傳聖王先成民而後致力於神故奉牲以告曰博碩肥腯謂其畜之碩大蕃滋也奉酒醴以告曰嘉栗旨酒謂其三時不害而民和年豐也此傳取彼意也白虎通義三正篇釋詩云言文王之牲用騂周尚赤也此是魯詩義解經騂牡二字蓋毛義亦指文王也○享孝也介景皆大也文王當年豐畜碩以孝祀其先祖能得大大之福故傳云言祀所以得福也案此及下章言享祀獲福而神勞來之卽是序云受祖之義上三章皆述文王求福之隆末章述文王求福由於有小心之德但言求福而福自隆盛受祖之義唯著於四五兩章而已

瑟彼柞棫民所燎矣【傳】瑟眾貌豈弟君子神所勞矣【疏】瑟訓眾皃未聞柞棫之眾卽首章榛楛濟濟之義也釋文燎說文作尞云柴祭天也又云燎放火也依陸則詩本有作尞者矣凡燒薪木其字皆可作尞白華傳烘尞也則尞亦烘也月令季冬乃命四監收秩薪柴以共郊廟及百祀之薪燎燎亦當作尞○神先祖之神也文王能祀先祖而神勞之僖十二年左傳君子曰管氏之世祀也宜哉讓不忘其上詩曰愷弟君子神所勞矣杜注云言樂易君子爲神所勞來故世祀也此引詩以證世祀之宜傳意當然也

莫莫葛藟施于條枚【傳】莫莫施貌豈弟君子求福不回【疏】廣雅莫莫茂也此云施皃緣下句以立訓施于條枚韓詩外傳二呂覽知分篇注後漢書黃瓊傳注引新序竝作延于條枚箋用韓詩作延葛覃傳施移也延移義相近高誘注呂覽云莫莫葛藟之貌延蔓于條枚之上得其性也樂易之君子求福不以邪道順於天性以正直受大福鄭注禮記與高注同○禮記表記篇子曰

下之事上也雖有庇民之大德不敢有君民之心仁之厚也是故君子恭儉以求役仁信讓以求役禮不自尚其事不自尊其身儉於位而寡於欲讓於賢卑已而尊人小心而畏義求以事君得之自是不得自是以聽天命詩云莫莫葛藟施于條枚凱弟君子求福不回其舜禹文王周公之謂與有君民之大德有事君之小心詩云惟此文王小心翼翼昭事上帝聿懷多福厥德不回以受方國案兩詩義正同大明傳云回違也則此詩回字亦謂文王小心之德不違於道周語單襄公言聖人貴讓其下即引此詩又淮南子泰族篇引此詩而釋之云言以信義爲準繩也竝與禮記引詩義合

思齊五章二章章六句三章章四句

思齊文王所以聖也

思齊大任文王之母思媚周姜京室之婦傳齊莊媚愛也周姜大姜也京室王室也大姒嗣徽音則百斯男傳

大姒文王之妃也大姒十子衆妾則宜百子也疏文王傳思詞也思齊大任猶云有齊季女耳思與有皆語詞列女傳母儀篇大任之性端壹誠莊與傳訓齊莊同爾雅齊壯也莊壯字通大任仲任也摯國之女王季之妃文王之母也說文媚說也壹說義相近大王居周原謂之周姜尊稱之又謂之大姜大明傳京大也正義云京者京師故言京室王室王季未爲天子而言京者以其追號爲王故以京師言之○大姒莘國姒姓之女是謂文王之妃也角弓傳徽美也言大姒能嗣大任之美音也後漢書襄楷傳文王一妻誕數十男所謂大姒十子也白虎通義姓名篇文王十子詩傳曰伯邑考武王發周公旦管叔鮮蔡叔度曹叔振鐸成叔處霍叔武康叔封南季載此當是魯詩傳劉向列女傳亦用魯詩言大姒生十男其次弟合唯霍叔武成叔處字有互異耳然孟子公孫丑篇云周公弟也管叔兄也荀子儒效篇亦云管叔爲周公兄史記管蔡世家武王同母兄弟十人其次管叔在周公之前其說爲有依據妃之下皆爲妾故云衆妾韓奕傳云諸侯一取九女二國媵之諸娣衆妾也是衆妾九女也白虎通義嫁娶篇云天子諸侯一取九

女引王度記漢書杜欽傳後漢書劉瑜傳竝云天子一取九女天子九女卽周禮之九嬪也王引之周禮述聞云周禮敘官有九嬪以下無三夫人與昏義不同昏義九嬪次於三夫人之下此則有九嬪而無三夫人非有其人而不列於此也內宰內小臣內司服追師皆但言九嬪而不及三夫人然則周禮無三夫人明矣周語內官不過九御魯語日入監九御使潔奉禘郊之粢盛韋注竝云九御九嬪月令后妃帥九嬪御乃禮天子所御皆言九嬪而不及三夫人與周禮合奐案昏義古者天子后立六宮三夫人九嬪二十七世婦八十一御妻蓋古者一取十二女三國來媵故后之外有三夫人有九嬪周制一取九女二國來媵故后之外但有九嬪無三夫人周南之后妃召南之夫人皆指大姒而言文王受命爲天子猶行諸侯禮周公制禮必效法文王故天子諸侯皆一取九女也周人立正妃又有次妃三人又有二國之媵姪娣六人適符九女之數正妃位尊九女不兼正妃言也正妃生十子九女應生九十子合之爲有百子故傳云大姒十子衆妾則宜百子也大姒能絕嫉妬之原故衆妾得生子孫衆多樛木螽斯之化行也

惠于宗公，神罔時怨，神罔時恫。（傳）宗公，宗神也。恫，痛也。

刑于寡妻，至于兄弟，以御于家邦。（傳）刑，法也。寡妻，適妻也。御，迎也。（疏）「宗公，宗神也」者，傳即從下文兩「神」字立訓，言文王之祀羣神也。祭法：「有天下者祭百神。」曲禮：「天子祭天地，祭四方，祭山川，祭五祀，歲徧。」又王制：「天子祭天下名山大川，五嶽視三公，四瀆視諸侯。」昭二十九年左傳：「五行之官，是謂五官，實列受氏姓，封爲上公，祀爲貴神。社稷五祀，是尊是奉。」杜注云：「五官之君長，能脩其業者，歿皆配食於五行之神，爲王者所尊奉。」凡此皆所謂羣神也。雲漢篇「上下奠瘞，靡神不宗」，傳：「上祭天，下祭地，奠其禮，瘞其物。宗，尊也。」據彼傳，則此詩「宗」字亦作「尊」字解，曰宗公猶言乎上公矣，曰宗神猶言乎貴神矣。晉語云：「文王於是乎用四方之賢良。及其即位也，詢於八虞，而咨於二虢，度於閎夭而謀於南宮，諏於蔡、原而訪於辛、尹，重之以周、召、畢、榮，億寧百神，而柔和萬民。故詩云：『惠于宗公，神罔時恫。』」國語以宗公爲百神，與毛傳以宗公爲宗神正是一意。此引詩承「億寧百神」句，而於詢咨度謀諏訪句不干涉也猶上文引詩刑于寡妻至于兄弟以御于家邦承刑于大姒句而於在傳弗勤處師弗煩句不干涉也解國語者皆失之矣正義謂宗公爲宗廟先公但經傳中未有稱祖宗爲宗公者亦未有稱祖宗爲宗神者孔說疏矣引王肅云文王之德上順祖宗安寧百神無失其道無所怨痛王意以宗爲祖宗公爲百神不知此章宗公泛言神下章宮廟纔說到宗廟王釋宗公平列述毛亦誤箋易毛以宗公爲大臣然順於大臣未能即當於神明與下文兩言神義不相接恫痛爾雅釋言文楚語云又能上下說乎鬼神順道其欲惡使神無有怨痛于楚國怨恫即怨痛傳訓正用國語恫說文引詩作侗侗假借字○釋文引韓詩云刑正也趙注孟子梁惠王篇與韓同法正義相近傳上章云文王之妃此云寡妻適妻也者寡之爲言特也適之爲言正也寡謂之特特謂之匹適謂之妃妃謂之匹義竝通也天子之妻適一餘皆妾故傳釋寡妻爲適妻猶尚書稱適兄爲寡兄矣燕燕先君之思以勖寡人此衞莊姜爲莊公之適故得自稱曰寡人禮記玉藻其於敵以下曰寡人曲禮其與民言自稱曰寡人猶天子自稱曰予一人諸侯自稱曰孤也論語邦君之妻稱諸異邦曰寡小

君以邦君妻稱寡小君猶自稱其君曰寡君也此名之
必正者也解者竝謂寡妻爲寡德於是主一無敵之義
久湮矣又曲禮下篇天子之妃曰后諸侯曰夫人大夫
曰孺人士曰婦人庶人曰妻析言之也妻其通稱也爾
雅詁迎也說文詁相迎也詁本字御假借字鵲巢甫田
箋竝云御迎也迎于家邦言文王之接見於天下家邦
也書大傳天子大子年十八曰孟侯孟侯者于四方諸
侯來迎于郊者問其所不知也鄭注云孟迎也案迎家
邦與迎
侯義同

雝雝在宮肅肅在廟傳雝雝和也肅肅敬也**不顯亦臨**
無射亦保傳以顯臨之保安無厭也疏雝雝和肅肅敬禮記樂記爾雅
釋訓竝有其文宮亦廟也采蘩傳云宮廟也○不顯一顯
也亦臨臨也厭當依釋文作猒釋文云保安無猒也一
本作保保安也射猒也非正義云言安無厭也定本云保
安射厭也定本與釋文之一本同正義與釋文同而釋
文又衍一保字耳當依正義本作安無厭也四字爲長
傳以安釋保以猒釋射先釋保後釋射倒文以明義也

以顯臨之安無斁也入字作一氣讀言文王以顯道臨民則民安君德無見斁憎之也清廟傳云無射于人斯不見厭於人矣義正與此同

肆戎疾不殄烈假不瑕傳肆故今也戎大也故今大疾害人者不絕之而自絕也烈業假大也**不聞亦式不諫亦入**傳言性與天合也疏肆故今也緜同戎訓大殄訓絕不絕絕也此承上章臨保無厭之意故傳又申明之言故今大疾害人之事自是乃絕也烈當作厲傳云厲業謂厲卽列之假借執競武傳皆云烈業也烈謂之業厲亦謂之業後人不通假借之例遂改厲爲烈矣箋厲假皆病也鄭所據毛詩本作厲字同而義異耳集韻十四泰引詩作厲假不瑕皆其證假大那烈祖同假讀爲嘏嘏大也爾雅假嘏皆大也嘏本字假假借字狼跋德音不瑕傳瑕過也義當同○式用也不聞聞也亦式式也不諫諫也亦入入也與不顯亦臨不顯亦世上不下亦皆爲語詞者同其句例聞式諫入正是文王之聖德傳云性與天合者卽是孟子

性善之義孟子盡心篇云盡其心者知其性也知其性則知天矣所謂性與天合也下章卽承此意而推廣文王作人之化見聖德之章明

肆成人有德小子有造傳造爲也古之人無斁譽髦斯士傳古之人無厭於有名譽之俊士疏造爲閔予小子酌同說苑建本篇云成人有德小子有造大學之教也時禁於其未發之曰豫因其可之曰時相觀於善之曰磨學不陵節而施之曰馴發然後禁則扞格而不勝時過然後學則勤苦而難成襍施而不遜則壞亂而不治獨學而無友則孤陋而寡聞故曰有昭辟廱有賢泮宮田里周行濟濟鏘鏘而相從執質有族以文案此乃西京人釋詩與傳造訓爲義合書洪範云人之有能有爲使脩其行此卽有爲之義也○釋文云斁毛音亦厭也鄭作擇髦俊也一本此下更有古之人無厭於有譽之俊士也此王肅語據陸氏所見毛傳有斁厭也髦俊也六字今本奪去而衍入古之人以下十二字以王肅語竄改傳文鄭作擇正義云箋不言字誤則此經本有作擇者故不破之

案孔說是也詩作擇傳訓爲猷猷謂擇卽斁之假借猷讀論語學而不猷之猷甫田棫樸髦皆訓爲俊

皇矣八章章十二句

皇矣美周也天監代殷莫若周周世世修德莫若文王疏崔靈恩集注下周字作也字玩箋亦然

皇矣上帝臨下有赫監觀四方求民之莫傳皇大莫定也維此二國其政不獲維彼四國爰究爰度傳二國殷夏也彼彼有道也四國四方也究謀度居也上帝耆之憎其式廓乃眷西顧此維與宅傳耆惡也廓大也憎其用大位行大政西顧顧西土也宅居也疏皇訓大美大之詞上帝天也赫猶赫赫也大明云赫赫在上節南山傳云監視也莫定爾雅釋詁文版同本亦作嗼汪遠孫云文選沈約

齊安陸昭王碑慮淡求瘼李注班固漢書注引詩而爲此瘼今漢書敘傳作莫誤蜀志馬超傳章武策曰求民之瘼本三家詩潛夫論班祿篇亦作瘼○書召誥篇我不可不監于有夏亦不可不監于有殷我不敢知曰有夏服天命惟有歷年我不敢知曰不其延惟不敬厥德乃早墜厥命我不敢知曰有殷受天命惟有歷年我不敢知曰不其延惟不敬厥德乃早墜厥命今王嗣受厥命我亦惟茲二國命嗣若功案二國謂夏殷與詩言二國同周歷夏殷而王天下周代殷故傳釋二國又先殷而次夏也獲得也其政不獲言殷夏之不得民心也此二國爲無道則彼四國傳釋彼爲彼有道四國卽天監之四方故云四國四方也究謀釋詁文度訓居居猶定也爰於也言彼四方有道之國於是圖謀而安定之是人與天皆有定民之意正義用王肅語謂四方諸侯從紂謀度於非道傳意不然也○韓詩武傳者惡也與此傳訓同廣雅諸怒也者與諸聲義相近憎亦惡也式用也廓大釋詁文廓當依釋文作郭古城郭作𩫏恢廓作鄺也傳既訓郭爲大而又申釋用大之義爲用大位行大政牧誓云今商王受乃惟四方之多罪逋逃是崇是長是信是使是以爲大夫卿士俾暴虐于百姓以姦宄

于商邑卽其義也眷顧皃傳文顧上奪西字今從小箋補西顧顧西土者康誥云我西土惟時怙冒聞于上帝帝休天乃大命文王卽其義也宅居釋言文閟宮同潛夫論及論衡初稟篇作度宅居與度居同西土有安居下民之道故天眷而與之淮南子氾論篇引詩而釋之云言去殷而遷于周也漢書郊祀志匡衡奏議釋詩云言天以文王之都爲居也谷永傳云去惡奪弱遷命賢聖竝與毛義同

作之屏之其菑其翳修之平之其灌其栵啓之辟之其檉其椐攘之剔之其檿其柘傳木立死曰菑自斃爲翳灌叢生也栵栭也檉河柳也椐樻也檿山桑也帝遷明德串夷載路傳徙就文王之德也串習夷常路大也天立厥配受命旣固傳配媲也疏作讀爲柞載芟傳除木曰柞釋文屏除也菑又作甾爾雅釋木立死甾傳所本也郭注引詩作檔鄭司農輪人注菑讀如穛廁之廁泰山平原所樹立物爲菑

聲如截博立臯基亦爲菑菑有立義故木之立死者爲菑也李巡讀爲菑害之菑正義據爲說失古訓矣釋文引韓詩菑反草也義異爾雅蔽者翳蔽與斃通傳云自斃與立死對文立者爲菑不立者爲翳皆謂木之死者翳卽殪之假借字韓詩殪因也因高塡下也毛韓訓不同而翳殪則聲同也郭璞讀爲蔭翳正義據以爲生木失之矣釋文叢生上有木字爾雅木族生爲灌孫郭注及家訓書證篇竝以族爲叢玉篇樌木叢生也今作灌栵栭釋木文說文注云栭與灌爲類非木名謂小木叢生者如魚子名鯤鮞案段說是也芝栭栭栗皆因小得名陸疏郭注以爲栵栭之專稱恐非是檉河栁釋木文正義引義疏云河栁皮正赤如絳一名雨師枝葉似松漢書西域傳鄯善國多檉栁椐樻釋木文義疏云節中腫似扶老卽今靈壽是也今人以爲馬鞭及杖漢書孔光傳賜大師靈壽杖顏注云木似竹有枝節長不過八九尺圍三四寸自然有合杖制不須削治也攘剔皆除也釋文剔或作鬄檿山桑尚書檿絲國語檿弧檿皆山桑山桑以別於隰桑也亦謂檿桑爾雅檿桑山桑考工記弓人取榦檿桑次之柘亦桑屬也胡三省通鑑辨誤云桑柘二木之葉皆可以飼蠶柘木抽條勁直而長桑

木敷枝擁腫而大柘之葉小而厚桑之葉大而薄今村莊園圃籬落皆有之居然可別也箋云天旣顧文王四方之民則大歸往之岐周之地險隘多樹木乃競刊除而自居處言樂就有德之甚○遷訓徙與岷賓之初筵般武同大明傳云文王之德明明於下故赫赫然箸見於天是文王有明德故天乃徙就之也串習釋詁文字當作毌史記田完世家宣公取毌丘索隱毌音貫則其字尚作毌也今俗作串夷讀爲彝烝民傳彝常也瞻卬同習常王肅以爲世習常道是也路大釋詁文生民同大國大也配當作妃釋文本亦作妃爾雅作妃正義云釋詁妃媲也某氏引詩作妃說文媲妃也箋云天旣顧文王又爲之生賢妃謂大姒也

帝省其山柞棫斯拔松柏斯兌帝作邦作對傳兌易直也對配也**自大伯王季**傳從大伯之見王季也**維此王季因心則友則友其兄則篤其慶載錫之光受祿無喪奄有四方**傳因親也善兄弟曰友慶善光大也喪亾奄

大也

疏爾雅省察也山岐山也拔義詳緜篇兌猶兌兌也殷武松柏丸丸傳丸丸易直也義與此同傳詁對爲配者言自文王之治岐而克配上帝也此承上章之意下文乃溯周世德推本文王之所由興○傳釋大伯王季爲大伯之見王季者蓋文王之興實始於大伯之見讓王季之能立也釋自爲從者謂天亦從其意而從就之也因古姻字如舊姻作舊因之例因訓親親心卽仁心說文仁親也中庸云仁者人也親親爲大善兄弟曰友六月同大伯讓於王季王季克循親親之心以善事大伯蓼蕭傳云爲兄亦宜爲弟亦宜所謂善兄弟也則友其兄兄爲大伯卽承則友句則篤其慶傳訓慶爲善亦卽承善兄弟意而申言之篤其慶猶云篤於親也篤厚也古光廣聲通故光有大義載錫之光王肅云錫文王之大位是也喪亡疊韻受祿無亡言受祿不失也說文俺大也奄與俺同韓詩外傳大王亶甫有子曰大伯仲雍季歷歷有子曰昌大伯知大王賢昌而欲季爲後也大伯去之吳大王將死謂曰我死汝往讓兩兄彼卽不來汝有義而安大王薨季之吳告伯仲伯仲從季而歸羣臣欲伯之立季季又讓伯謂仲曰今羣臣欲我立季季又讓何以處之仲曰刑有所謂矣要於扶

微者可以立季季遂立而養文王文王果受命而王孔子曰大伯獨見王季獨知伯見父志季知父心故大王大伯王季可謂見始知終而能承志矣詩曰自大伯王季惟此王季因心則友則友其兄則篤其慶載錫之光受祿無喪奄有四方此之謂也案韓與毛義同毛義簡略可卽韓義以證明之

維此文王帝度其心貊其德音其德克明克明克類克長克君傳心能制義曰度貊靜也德正應和曰貊照臨四方曰明類善也勤施無私曰類敎誨不倦曰長賞慶刑威曰君**王此大邦克順克比**傳慈和徧服曰順擇善而從曰比**比于文王其德靡悔**傳經緯天地曰文**既受帝祉施于孫子**疏文王各本作王季昭二十八年左傳及韓詩亦作文王公劉傳言文王之無悔禮記樂記注言文王之德皆此詩作文王之證箋作王季晉干寶晉

紀總論已沿鄭誤心能制義曰度九言皆左傳釋詩之文毛傳所本也各本貉靜也下衍箋云二字而以曰貉五言混入箋語正義謂毛引不盡箋取足之誤矣小箋云此章故訓本左氏已上三十三字各本係箋自屬舛誤今訂正貉靜爾雅釋詁文左傳禮記韓詩皆作莫其德音釋文引韓詩莫定也玉篇嗼靜也嗼與莫同類善釋詁文既醉桑柔瞻卬同克比禮記作克俾爾雅俾從也比與俾古字通比于文王比者合也言文王之德合於文而能王天下也周語天六地五數之常也經之以天緯之以地經緯不爽文之象也文王質文故天胙之以天下案國語言文王有文德與左傳釋詩正合正義云左傳說此九事乃云九德不愆作事無悔言其動合衆心不爲人所恨公劉傳曰民無長歎猶文王之無悔也則毛取左傳之意謂文王之德不爲人恨○左傳故襲天祿子孫賴之襲天祿卽受帝祉也杜注云襲受也

帝謂文王無然畔援無然歆羨誕先登于岸（傳）無是畔道無是援取無是貪羨岸高位也密人不恭敢距大邦

侵阮徂共傳國有密須氏侵阮遂往侵共王赫斯怒爰整其旅以按徂旅以篤于周祜以對于天下傳旅師按止也旅地名也對遂也疏傳以無是釋無然然與是同義此爲全詩然字通訓也畔者叛之假借字傳訓畔援爲畔道而援取箋畔援猶拔扈也釋文引韓詩畔援武强也漢書敘傳注作畔換玉篇人部作伴換義竝同歆羨訓貪羨者歆從音聲貪從今聲聲近義通文選孫綽遊天台山賦注引韓詩章句云羨願也誕大登升也正義云岸是高地故以喻高位案十月之交傳以高岸爲谷喻易位則兩岸字義同言文王無是畔道援取貪羨之心大矣早先升於高位也○密密須國漢書地理志安定郡陰密詩密人國在今甘肅涇州靈臺縣西五十里有陰密故城卽古密須國地世本云密須姞姓此與姬姓之密在漢河南郡密縣者異也周語密康公不獻三女爲周恭王所滅所謂密須亾由伯姞也詩密人乃康公之上祖文王之伐不必貪羨其土地故呂覽用民篇密須之民自縛其主而與文王則文王未嘗滅密須矣書大傳云文王受命三年

伐密須恭當作共呂覽注引詩作共密人不共猶言宋公不王耳不共不共王職也敢距大邦距文王也時文王爲西伯故稱大邦也阮共二國名文王之屬王肅云周地非也阮國無攷方輿紀要云涇州共池在州北五里詩侵阮徂共今之共池是也傳訓徂爲往侵阮侵共是密須侵我周之屬國故下文即言伐密須徂旅之師所以討其不共也箋乃據魯詩以密阮徂共爲四國謂阮徂共三國犯周文王伐之密人距其義兵則經文當言阮徂共三國犯周而密人助虐不當先言密人之犯順其阮徂共犯周與文王之伐阮徂共不見經傳未知魯詩所據何書首章維彼四國及文王有聲有此武功箋謂伐此四國皆用魯義要當從毛義爲長○赫盛怒之皃斯語詞傳於北山大明旅爲衆而此旅爲師者師六師也密須連侵鄰封文王救患恤同於是治師伐密須猶湯之征葛弔民伐罪往取其殘而已也以讀能左右之曰以之以按止釋詁文按與遏一聲之轉文王傳遏止也孟子梁惠王篇引詩正作遏逸周書武寤篇約期于牧案用師旅案與按通傳云止者當讀如乃止齊焉之止謂步伐有節止也旅孟子作莒如脊篆作呂之例韓子難二篇文王侵孟克莒舉酆克莒即詩之徂旅

也旅爲密須國之地名王肅用趙岐孟子注謂以止徂旅之寇則以旅爲周地失之以按徂旅正是伐密須中事也孟子引詩以篤周祜無于字對遂釋言文雨無正傳遂安也對爲遂遂又爲安孟子云文王一怒而安天下之民即其義也蕩江漢傳訓同意別

依其在京侵自阮疆陟我高岡無矢我陵我陵我阿無飲我泉我泉我池(傳)京大阜也矢陳也度其鮮原居岐之陽在渭之將萬邦之方下民之王(傳)小山別大山曰鮮將側也方則也(疏)邶柏舟傳據依也依亦據也定之方中及小雅甫田傳京高丘也大阜猶高丘我我周也卷耳傳山脊曰岡此承上章密人侵阮而來陟我周之高岡也矢訓陳天保傳大阜曰陵文選楊雄長楊賦注引此詩薛君章句四平曰陵四平者四下平陁亦大阜也菁菁者莪傳大陵曰阿王肅云密人乃依阻其京陵來侵自文王阮邑之疆密人升我高岡周人皆怒曰汝無陳於我陵是乃我文王之陵阿

也泉池非汝之有勿敢飲食之案王述毛是也唯以阮爲周邑非○箋云度謀也小山別大山曰鮮爾雅釋山文孫炎注別不相連也古鮮斯聲通如瓠葉箋今俗語斯白之字作鮮之側墓門傳斯析也小山分析而不與大山相連屬者是曰鮮鮮謂山之小者原謂地之平者逸周書和寤篇王乃出圖商至于鮮原孔晁注云近岐周之地也小山曰鮮鮮原公劉作巘原兩傳義同度其鮮原正義以爲文王作程之事大匡篇維周王宅程三年遭天之大荒作大匡以詔牧其方三州之侯咸率孔注云程地名在岐州左右後以爲國初王季之子文王因焉而遭饑饉後乃徙豐焉文王初未得三分有二故三州也率謂奉順也案岐州當作岐周伐密須度鮮原皆受命三年事伐崇在六年徙豐又在伐崇之後則宅程徙豐中隔三年耳逸書與書傳正合而孔注亦確有依據也又攷孟子離婁篇文王生于岐周卒于畢郢郢卽程字畢終南山之道名故周人出師必由道也鮮原疑卽畢原矣文王度鮮原爲作下都於程邑而國仍在岐周故下文云居岐之陽也書缺有閒俟攷將之爲言牆也爾雅畢堂牆堂牆爲山厓邊側之名其水厓邊側亦如是也傳訓將爲側正本爾雅釋厓岸堂牆之義大

明在渭之涘傳涘厓也伐檀傳側猶厓也岐周在渭水之北韓奕箋以方爲則與此傳同王者人所歸往也

帝謂文王予懷明德不大聲以色不長夏以革不識不知順帝之則（傳）懷歸也不大聲見於色革更也不以長大有所更

帝謂文王詢爾仇方同爾弟兄以爾鉤援與爾臨衝以伐崇墉（傳）仇匹也鉤鉤梯也所以鉤引上城者臨臨車也衝衝車也墉城也（疏）懷歸匪風同禮記緇衣私惠不歸德歸或爲懷此懷歸聲通之證中庸是故君子篤恭而天下平詩云予懷明德不大聲以色鄭注云予我也懷歸也言我歸有明德者以其不大聲爲嚴厲之色以威我也正義引孫毓云不大聲色以加人竝與傳合傳訓長夏爲長大長長受天命大大其國都革訓更謂變易前代之法度文王不以長大而有所更也不識不知順帝之則言文王性與天合天亦從就其明德以王此大邦也僖九年左傳公孫枝引此詩以證定國之義墨子天志中

篇亦引詩而釋之云帝善其順法則也故舉般以賞之使貴爲天子富有天下名譽至今不息○仇讀如公侯好仇之仇仇訓匹匹爲匹耦謂羣臣也上章傳云方則也後漢書伏湛傳湛上疏曰文王受命而征伐五國必先詢之同姓然後謀之羣臣其下即引詩曰詢爾仇方同爾弟兄湛治齊詩其解詢爾仇方爲謀之羣臣正義述毛云文王伐崇當詢謀於女匹己之臣以問其伐人之方此與伏湛釋詩義合矣伏湛傳作弟兄又御覽兵部六十七引毛詩作弟兄與方爲韻各本兄弟不入韻今訂正○墨子備城門篇言攻守之具十二臨鉤衝梯堙疑衝梯二字誤倒鉤梯爲攻守具之一管子兵法篇凌山阬不待鉤梯韓子外儲說左上篇趙主父秦昭王令工施鉤梯毛傳以鉤梯訓鉤義正同又墨子襍守篇凡待堙衝雲梯臨之法是雲梯即鉤梯也逸周書小明武篇具行衝梯梯亦即雲梯也傳云所以鉤引上城者釋經援字之義臨臨車攻守具之一釋文引韓詩作隆淮南子氾論篇隆衝以攻又兵略篇攻不待衝隆雲梯而城拔隆臨一聲之轉衝衝車亦攻守具之一定八年左傳主人焚衝杜注衝戰車說文幢陷敶車也衝者幢之假借字衝說文作衝墉城韓奕艮耜同伏湛傳引詩

作庸庸假脩字耳書大傳云西伯既戡耆紂囚之牖里散宜生陳寶于紂之庭紂曰非子辠也崇侯也遂遣西伯伐崇又云文王受命五年伐耆六年伐崇七年而崩韓子云舉酆紂惡之似尚在六年已前舉酆非即伐崇也說者因謂殷崇侯虎國在今陝西西安府鄠縣東則皆以酆爲崇不知伐崇邑豐文王有聲篇畫然兩事崇豐爲異地明矣且文王伐崇非即滅崇也宣元年左傳晉趙穿帥師侵崇杜注云崇秦之與國是崇至春秋時尚存而其地無攷

臨衝閑閑崇墉言言執訊連連攸馘安安是類是禡是致是附四方以無侮傳閑閑動搖也言言高大也連連徐也攸所也馘獲也不服者殺而獻其左耳曰馘於內曰類於野曰禡致致其社稷羣神附附其先祖爲之立後尊其尊親其親**臨衝茀茀崇墉仡仡是伐是肆是絕**

是忽四方以無拂（傳）茀茀彊盛也仡仡猶言言也肆疾也忽滅也（疏）傳訓閑閑動搖茀茀彊盛茀茀有動搖之義閑閑亦有彊盛之義漢書敘傳戎車七征衝輣閑閑廣雅云閑閑盛也蓋本三家詩爾雅大簫謂之言是言有大義碩人庶姜孽孽韓詩作⿰車獻⿰車獻說文⿰車獻載高皃古言⿰車獻同聲王肅云高大言其無所壞是也出車傳訊辭也云連連徐者連讀爲輦今吳俗尚有徐行輦輦之語周禮小司徒輦輦故書輦作連中車連車組輓連亦作輦此其例攸攸所生民同禹貢洪範攸字史記俱作所字是攸所同義矣馘獲爾雅釋詁文訊馘出車采芑皆曰訊獲傳云不服者殺而獻其左耳曰馘謂軍中不能載尸但殺之斷其左耳以獻是謂之馘亦謂之獲馘爲已殺之名獲亦非生得之謂春秋獲陳夏齧獲齊國書皆俘者曰獲周禮獲者取左耳則殺禽獸以獻亦曰獲此皆馘獲義通之證僖十九年左傳文王聞崇德亂而伐之軍三旬而不降退修教而復伐之因壘而降襄三十一年傳亦言文王伐崇再駕而降爲臣然則文王伐崇軍三旬不降正義云於時非無拒者故得有訊馘此即傳云不服者之義也退修教而復伐此傳

所云徐之義也安安猶連連亦舒徐之意○尚書堯典禮記王制周禮肆師大祝竝有類上帝之文肆師注類禮依郊祀而爲之者說文禷以事類祭天神鄭許同用夏侯歐陽尚書說出征祭上帝亦是因師事而郊祭天故亦曰禷今字假作類類祭在郊傳云於内曰類者内本國郊内也對禡在所征之地而言禡春官肆師甸祝夏官大司馬皆作貉鄭司農注貉讀爲禡禡謂師祭也書亦或爲禡古貉禡聲通也肆師鄭注貉讀爲十百之百造軍灋者禱氣勢之增倍也甸祝注禱氣勢之十百而多獲說文禡師行所止恐有慢其神下而祀之曰禡鄭許義異詩言文王出征崇國故爾雅釋之云是禷是禡師祭也爾雅繫於釋天或類禡皆祭天神及日月山川之神故繁露有郊祀伐崇之說王制類乎上帝禡於所征之地禡不言祭神者略也傳云於野曰禡者野是征國之野先類後禡依行師之次序也野禡疊韻致讀如致蔡於負函之致襄二十五年左傳鄭伐陳子美入數俘而出祝祓社司徒致民司馬致節司空致地乃還竝與詩致字之義合羣神謂山川之神及羣五祀與崇社稷其致之是尊其尊也附讀爲祔而作主之祔此謂崇國立廟如新主合食然故云祔其先祖崇國咎有大

功義不當絶爲之君爲之立大宗故云爲之立後是親其親也說苑指武篇文王伐崇令毋殺人毋壞室毋填井毋伐樹木毋動六畜此即是致是祔之謂也○廣雅勃勃盛也茀茀與勃勃同仡當作仡傳云仡仡猶言言者皆謂城之高大仡仡與孽孽同聲猶言言與轞轞同聲也張載注魯靈光殿賦屹猶孽也高大皃引詩屹屹說文圪牆高皃引詩圪圪廣雅圪圪高也竝與毛傳同釋文引韓詩仡仡搖也鄭箋言言猶孽孽將壞皃鄭本韓義不若毛訓爲優伐肆即大明之肆伐故兩傳皆訓肆爲疾也文五年左傳臧文仲聞六與蓼滅曰皋陶庭堅不祀忽諸傳訓忽爲滅義本諸此魏源云春秋君死曰滅又曰誅君之子不立絶忽施於崇虎致附施其先世釋文引王肅云拂違也

靈臺五章章四句

靈臺民始附也文王受命而民樂其有靈德以及鳥獸昆蟲焉【疏】靈臺繼皇矣而作也皇矣言伐崇而靈臺即言作豐於伐崇觀天命之歸而於作豐驗民

心之所歸往皆文王受命六年中事文王有聲篇文王受命有此武功既伐于崇作邑于豐文王烝哉傳烝君也文王能盡君道而民歸靈德矣箋云文王受命而作邑于豐立靈臺

經始靈臺經之營之庶民攻之傳神之精明者稱靈四方而高曰臺經度之也攻作也**不日成之**傳不日有成也疏傳云神之精明者稱靈定之方中正義引爾雅靈善也精明猶清明神之精明亦善之義說苑修文篇積恩爲愛積愛爲仁積仁爲靈靈臺之所以爲靈者積仁也神靈者天地之本而爲萬物之始也是故文王始接民以仁而天下莫不仁焉文德之至也義與傳正同靈臺靈囿靈沼三靈同四方而高曰臺爾雅釋宮文正義引異義公羊說天子三諸侯二天子有靈臺以觀天文有時臺以觀四時施化有囿臺觀鳥獸魚鼈諸侯當有時臺囿臺諸侯卑不得觀天文無靈臺皆在國之東南二十五里東南少陽用事萬物著見用二十五里者吉行五十里朝行暮反也案此公羊嚴顏舊說也何注莊三十一年傳云禮天子有靈臺以候天地諸侯有

時臺以候四時舊說以天子靈臺時臺爲二何本古禮說天子靈臺諸侯謂之時臺其義稍異時臺卽觀臺也而舊說云施化有囿臺觀鳥獸魚鼈此西京人士本詩爲訓然則詩之臺爲囿臺矣僖五年左傳公旣視朔遂登觀臺以望而書雲物正義引左氏說天子靈臺在大廟之中諸侯有觀臺亦在廟中皆所以望嘉祥也禮記盧注月令蔡論春秋穎子嚴釋例以及左傳賈服注皆同左氏說書大傳王升舟入水觀臺惡武王伐紂時稱觀臺也諸侯稱觀臺之證管子桓公問篇武王有靈臺之復而賢者進武王定天下後稱靈臺也天子稱靈臺之證然凡此靈臺非卽詩之靈臺詩言文王作臺耳以其有神靈之德故謂之靈臺是靈臺之號始於文王後遂以爲天子望氣之臺在文王時未有等差且臺沼囿同處則文王之靈臺實卽諸侯之囿臺當在郊諸儒每據天子靈臺在路寢明堂中者以說文王之靈臺則掍而同之也焦循學圖云僖十五年左傳秦伯舍晉侯於靈臺大夫請以入杜注云在京兆鄠縣周之故臺則此靈臺卽文王之靈臺也三輔黃圖云靈囿在長安西北四十二里靈臺在長安西北四十里長安志云豐水出長安縣西南五十五里是豐邑在長安之西也黃圖以

漢長安縣言今長安故城在西安府之西北十三里水經渭水會豐水後越鎬水洨水而東逕長安城北是長安在豐邑之東也公羊說云在國之東南二十五里即長安西北四十里也地理志文王作豐顏注云今長安西北界靈臺鄉豐水上靈臺在郊斷斷然矣○楚語臺度於臨觀之高即引此詩是經爲度也召誥云厥既得卜則經營與此經營同召誥又云庶殷攻位與此攻同傳文不日有成也五字作一句讀箋不設期日而成之韋注國語不程課以期日趙注孟子言文王始經營規度此臺衆民竝來治作之而不與之相期日限自來成之也皆足以申成傳義

經始勿亟庶民子來王在靈囿麀鹿攸伏〔傳〕囿所以域養禽獸也天子百里諸侯四十里靈囿言靈道行於囿也麀牝也〔疏〕經始勿亟承不日成之句庶民子來承庶民攻之句昭九年左傳引此詩杜注云言文王始經營靈臺非急疾之衆民自以子義來勸樂爲之臧琳經義襍記云勸樂義本孟子猶禮記中庸謂子

庶民則百姓勸也○囿域疊韻故傳以域養禽獸釋經之囿說文囿苑有垣也垣即域也凡囿有二周禮閽人王宮每門四人囿游亦如之是囿在宮之中矣掌戮宮者使守內刖者使守囿是囿與內相近矣襄十四年左傳衛獻公戒孫文子甯惠子食皆服而朝日旰不召而射鴻於囿二子從之月令疏云路門內雖是宮室所在然亦有林苑此宮中之囿也委人共其野囿財用注野囿之財用者苑囿藩羅之材囿人掌囿游之獸禁牧百獸注囿游囿之離宮小苑觀處也鄭司農云囿游之獸游牧之獸雍氏禁山之爲苑鄭司農云不得擅爲苑囿於山也周語藪有圃草囿有林池韋注囿苑林積木也春秋魯有鹿囿郎囿鄭有原囿秦有具囿此在郊之囿也詩之靈囿當在郊傳云天子百里一都之地也云諸矦四十里一縣之地也則靈囿當在縣都之內縣都爲公卿采地尚有餘地公邑可作園囿污池田狩在其處書大傳云鄉之取于囿中勇力之取楊雄羽獵賦云帝將惟田于靈之囿此之謂也毛傳特據古者天子諸矦囿制爲說耳孟子言文王之囿方七十里則大於諸矦而小於天子後漢書馬融傳廣成頌且區區之鄷郊猶廓七十里之囿與孟子說文王同漢書楊雄傳文王囿

百里民尚以爲小與毛傳同此亦依古天子制爲說也白虎通義云囿天子百里大國四十里次國三十里小國二十里又何注成十八年公羊傳天子囿方百里公侯十里伯七里子男五里徐彦疏云司馬法亦云也其所傳聞異辭○吉日傳亦云鹿牝曰麀趙注孟子云麀鹿牸鹿也牸鹿卽牝鹿

麀鹿濯濯白鳥翯翯傳濯濯娛遊也翯翯肥澤也**王在靈沼於牣魚躍**傳沼池也靈沼言靈道行於沼也牣滿也疏濯濯與趯趯聲義相近遊當作游傳於濯濯爲娛游漢書司馬相如傳云濯濯之麟游彼靈畤是其義也廣雅濯濯肥也蓋本三家詩云翯翯肥澤也者也當作皃玉篇作皃說文翯鳥白肥澤皃引詩作翯翯亦作皃新書作皜皜繫傳作皠皠何晏景福殿賦皠皠白鳥廣雅曤曤白也玉篇作皠皠孟子作鶴鶴趙注云鳥肥飽則鶴鶴而澤好竝字異而聲同詩義疏云鷺水鳥也好而潔白故謂之白鳥是白鳥卽鷺鳥矣○沼訓池沼卽辟廱古左氏說壅之靈沼謂之辟廱是其義也傳云靈道行於囿靈道行於沼靈道卽序所謂靈德囿有

鹿伏沼有魚躍所謂文王之靈德以及鳥獸昆蟲也庶民作臺又作囿沼是民樂其樂矣孟子梁惠王篇王立于沼上顧鴻雁麋鹿孟子因引此詩三章而釋之云文王以民力爲臺爲沼而民歡樂之謂其臺曰靈臺謂其沼曰靈沼樂其有麋鹿魚鼈文選顏延之曲水詩注引韓詩章句云文王聖德上及飛鳥下及魚鼈新書禮篇引詩而釋之云言德至也聖主所在魚鼈禽獸猶得其所況於人民乎君道篇同物訓滿故充物即充滿也

虡業維樅賁鼓維鏞於論鼓鐘於樂辟廱（傳）植者曰虡横者曰栒業大版也樅崇牙也賁大鼓也鏞大鍾也論思也水旋丘如璧曰辟廱以節觀者（疏）凡經典皆言筍虡詩言虡業業猶筍也有瞽設業設虡傳亦云植者爲虡衡者爲栒衡與横通爾雅木謂之虡釋名虡舉也在旁舉筍也說文業下引詩作巨巨者假借字虡爲縣鍾磬兩旁之植木鍾磬皆編縣之鍾一虡磬一虡每虡十六枚四面六十四枚大司樂說三大祭圜丘樂縣圜鍾黃鍾大蔟姑洗方丘樂縣函鍾大蔟姑洗南呂宗廟樂縣黃鍾大呂大

蔟應鍾此即宮縣編鍾之制而於磬無聞考工記梓人爲筍虡贏屬以爲鍾虡羽屬以爲磬虡鄭注云贏者謂虎豹貔螭爲獸淺毛者之屬羽鳥屬說文虍部虡鍾鼓之柎也飾爲猛獸篆文作虡是鼓虡亦飾獸也然古者但有建鼓至周始有縣鼓所謂鼓虡者周制也文王與周公制禮時有不同故有鍾磬虡而無鼓虡靈臺之虡業非即有聲之虡業矣栒者周禮作筍禮記作簨栒簨字皆不古說文栒枕也栒木名假借之爲樂縣上橫者之名筍即栒之省杜子春典庸器注筍讀博選之選鄭司農梓人注筍讀竹筍之筍皆以擬其音耳梓人鱗屬以爲筍鄭注云鱗龍蛇之屬明堂位夏后氏之龍簨虡注云橫曰簨飾之以鱗屬說文鎛鎛鱗也鍾上橫木上金𠌶也此皆筍之制也有聲傳業大版也所以飾栒爲縣也捷業如鋸齒以白畫之樅崇牙傳讀樅爲崇牙之崇也正義以爲崇牙之狀樅樅然非傳恉矣有聲傳崇牙上飾卷然可以縣也明堂位云殷之崇牙故文王時有崇牙而無樹羽矣虡立兩端之木栒則在虡端而橫設之業爲覆栒之版崇牙又爲業上之飾說詳有聲篇○爾雅釋樂大鼓謂之鼖考工記韗人爲皋陶鼓長八尺鼓四尺中圍加三之一謂之鼖鼓說文鼖或作鞼詩

作賁者假借字賁鼓不縣何以言之周禮鼓人掌教六鼓雷鼓鼓神祀靈鼓鼓社祭路鼓鼓鬼享鼖鼓鼓軍事鼛鼓鼓役事晉鼓鼓金奏鄭注云雷鼓八面鼓神祀祀天神靈鼓六面鼓社祭祭地祇路鼓四面鼓鬼享享宗廟大司樂圜丘雷鼓方丘靈鼓宗廟路鼓此天子四面縣皆有建鼓也康成注鼓人亦本三大祭而釋之矣路鼓施於路寢明堂又建於路寢門外大僕建路鼓于大寢之門外而掌其政注大寢路寢也淮南兵略云建鼓不出庫卽謂路鼓矣此路鼓爲建鼓而雷靈二鼓皆爲建鼓其八面六面四面皆可擊也吳語載常建鼓章注鼓晉鼓也周禮將軍執晉鼓建謂爲之楹而樹之此晉鼓爲建鼓而鼖鼛二鼓禮無明文然鼛鼓見於緜篇其建而非縣可知賁鼓見於靈臺文王時尚無縣鼓之設則賁鼓亦建而非縣可知說文壴陳樂立而上見也从屮豆凡壴之屬皆从壴鼓郭也春分之音萬物郭皮甲而出故曰鼓从壴支支象其手擊之也周禮六鼓靁鼓八面靈鼓六面路鼓四面鼖鼓臯鼓晉鼓皆兩面壴字從中豆豆卽古侸字立而上見正狀其建之之形鼓與壴同意鼓下引周禮六鼓則六鼓皆立而上見之鼓叔重亦以六鼓爲建鼓可知周人縣鼓謂鞉鼓也非此六

鼓也後儒不明縣鼓爲鞉鼓遂以此六鼓爲皆縣鼓而并謂文王之賁鼓亦卽周人之縣鼓當之則其誤彌甚矣大司馬中春敎振旅諸侯執賁鼓執猶持也時文王爲諸侯故建賁鼓又賁鼓施於軍事而於辟雍陳設之者古者軍旅之事統於學也此在文王旣伐于崇之樂

○爾雅大鍾謂之鏞傳所本也郭注云亦名鑮音博邢傳大鍾曰庸庸者鏞之假借字儀禮周禮及春秋內外傳皆謂之鑮或作鎛儀禮大射儀阼階東西面其南笙鍾其南鑮西階之西東面其南頌鍾其南鑮鄭注云鑮如鍾而大奏樂以鼓鑮爲節周禮鎛師注亦云鎛如鍾而大周語細鈞有鍾無鎛大鈞有鎛無鍾是鎛爲大鍾明矣說文鑮大鍾淳于之屬所以應鐘磬也堵以二金樂則鼓鑮應之从金薄聲鏞大鍾謂之鏞从金庸聲說文以鑮鏞連篆合詩禮爲一物大鐘以應編鐘編磬堵以二者所謂鐘一堵磬一堵謂之肆也金當作奏奏樂擊大鐘以應編鐘編磬與鄭注大射說正同也鐘磬編縣鑮特縣張衡西京賦云洪鐘萬鈞猛虡趪趪負筍業而餘怒乃奮翅而騰驤此謂鑮虡也凡樂縣大夫判縣聲樂不備無鑮無特磬故晉悼公以鄭賂鑮磬賜魏絳絳始有金石之樂金卽鑮也大射陳設諸侯軒縣東西

有鏄北無鏄疑天子宮縣鏄亦東西有之南北否周禮序官磬師中士四人鐘師中士四人此編縣設四面故四人也鏄師中士止二人或卽東西二鏄與○傳訓論爲思則上句言思而下句言樂意本思樂泮水句義而釋之也於論鼓鐘承上維鏞而言鄭司農鐘師注鼓讀如莊王鼓之鼓案此鼓亦讀同也鼓鐘與鐘鼓義別關睢山有樞形弓楚茨賓之初筵執競言鐘鼓謂鐘與鼓也此篇言鼓鐘及鼓鐘之鼓鐘將將白華之鼓鐘于宮謂擊鐘也詩上二句言樂具以下始言入奏奏卽金奏也天子諸侯金奏之樂先擊鏄鼓鐘猶鼓鏄耳○辟廱大學也振鷺傳雝澤也廱與雝通辟讀爲璧故傳云水旋丘如璧也泮水傳天子辟廱箋辟廱者築土雝水之外圓如璧四方來觀者均也白虎通義辟雝篇引詩訓曰水圓如璧正義引韓詩說天子之學圓如璧竝與毛傳同案學制四代相變在國在郊代各不同王制虞上庠下庠夏東序西序殷左學右學周東膠虞庠虞庠在國之四郊鄭注云異者四代相變耳或上西或上東或貴在國或貴在郊上庠右學大學也在西郊下庠左學小學也在國中王宮之東東序東膠亦大學在國中王宮之東西序虞庠亦小學也西序在西郊周立小學於

四郊然則虞夏殷國郊各立一學唯周立四代之學周小學四大戴禮保傅篇及書大傳所云小學有東學南學西學北學是也大學亦有四文王世子上庠東序瞽宗三者皆大學鄭注以瞽宗爲殷學東序爲夏學而上庠虞學爲周成均之大學魯謂之米廩米廩即上庠東序魯謂之序大司樂祭於瞽宗鄭司農云或曰祭於瞽宗祭於廟中引明堂位曰瞽宗殷學也以此觀之祭於學宮中禮記祭義篇食三老五更於大學祀先賢於西學大學謂東膠也西學近西之學謂瞽宗也樂記注云周人立大學曰東膠蓋周人行事必於東膠凡云大學者皆東膠也東膠在宮東亦前代相因之制也四小學在四郊四大學在國中路寢明堂四門之外又有州黨之學爲鄉學在距國百里內又有縣鄙之學爲遂學遂學猶鄉學也在距國二百里內小學大學皆圜之以水故統謂之辟廱而鄉學不必辟廱也大戴禮盛德篇明堂者所以明諸矦尊卑外水曰辟雍南蠻東夷北狄西戎此四郊之辟廱也御覽皇親部十三引白虎通義云大學者辟雍鄉射之宮此國中四門之辟廱也說文云天子鄉飲辟廱文王世子注天子飲酒於虞庠則郊人亦得酌於上尊以相旅此天子鄉飲於四郊之辟廱也

月令孟冬大飲烝注十月農功畢天子諸侯與其羣臣飲酒於大學以正齒位此天子鄉飲於國中四門之辟廱也其國郊制相同皆有圜臺沼周制也答儒多從周制大學辟廱在國中者而言之鄭駁異義以靈臺辟廱在郊從殷制而言之鄭說是也王制大學在郊天子曰辟廱鄭亦爲殷制則辟廱始於殷王制之右學祭義之西學明堂位之瞽宗皆殷之辟廱也周小學辟廱在四郊其殷之辟廱韓詩說在七里之內大戴禮作七里之郊鄭說在西郊其遠近未聞也文王仍殷制則辟廱自在郊矣又文王爲殷諸侯故周人以諸侯之大學亦仍殷制在郊魯頌之泮宮是也詩末二章即申言弟三章王在靈沼之義

於論鼓鍾於樂辟廱鼉鼓逢逢矇瞍奏公 傳 鼉魚屬逢逢和也有眸子而無見曰矇無眸子曰瞍公事也 疏 高誘注呂覽季夏紀淮南時則訓亦謂鼉爲魚屬與傳同說文以爲水蟲釋文引義疏云形似蜥蜴四足長丈餘甲如鎧皮堅厚宜冒鼓案此鼉鼓即蒙上賁鼓言之鄭司農注考工記說鼖鼓四尺謂革所蒙者廣四尺是鼖鼓

之面其革四尺革用鼉皮也顧命大貝鼖鼓在西房書之鼖鼓卽靈臺之賁鼖以其制異故與大貝共爲宗器陳之以華國月令季夏命漁人取鼉注鼉皮又可以冒鼓呂覽淮南注同皆本詩而言其實鼉皮爲鼓文王偶用之非常制耳秦策李斯書云樹靈鼉之鼓此亦賁鼓爲建鼓之一證逢逢高注呂覽郭注山海經引詩皆作韸韸廣雅韸韸聲也是三家詩有作韸韸矣毛詩作逢逢傳云和謂鼓聲與鐘聲相應和也執競鐘鼓喤喤傳喤喤和也義正同○孟子離婁篇莫良於眸子趙注云眸子目瞳子也周禮瞽矇鄭司農注云無目眹謂之瞽有目眹而無見謂之矇說文瞽目但有眹也說各有有眹無眹之別而其爲有目瞳子則一也鄭司農注云有目無眸子謂之瞍說文瞍無目也說雖有有目無目之別而其爲無目瞳子則又一也眸子卽珠子李善注文選演連珠引韓詩章句無珠子曰矇珠子具而無見曰瞍疑李注有誤韓詩當作珠子具而無見曰矇無珠子曰瞍與毛義同矇瞍卽瞽矇樂工也周禮瞽矇上瞽四十人中瞽百人下瞽百有六十人眡瞭三百人是一瞽矇一眡瞭也公訓事謂卽瞽矇所掌播鼗柷敔塤簫管弦歌之事也文選注引韓詩作奏功儀禮鄉飲酒疏楚

辭九章注引詩作奏工楚茨傳善其事曰工古公功工三字通

下武六章章四句

下武繼文也武王有聖德復受天命能昭先人之功焉 疏 文文德也文王以上世有文德武王繼之是之謂繼文

下武維周 傳 武繼也世有哲王三后在天王配于京 傳 三后大王王季文王也王武王也 疏 武繼爾雅釋詁文也禮記中庸篇武王纘大王王季文王之緒鄭注云纘繼也箋云下猶後也後人能繼先祖者維有周家最大此申傳義也正義謂不通數武王者非也○大王王季文王爲三后冡上世有哲王句也繼文王者復有武王故王爲武王京大也王配于京言武王配天命更光大也

王配于京世德作求永言配命成王之孚 疏 求讀爲逑逑匹也匹

亦配也爾雅釋訓釋文述本亦作求此求述通用之證
○永長言我也永言配命言武王長配天命也文王篇
句義皆同噫嘻傳云成王成
是王事也文王傳云孚信也
成王之孚下土之式傳式法也永言孝思孝思維則傳
則其先人也疏式法楚茨同下土之式與萬邦爲憲百
辟其刑句義相同○則亦法也孟子萬
章篇孝子之至莫大乎尊親尊親之至莫大乎以天下
養爲天子父尊之至也以天下養養之至也詩曰永言
孝思孝思維則此之謂也孟子引詩以明尊親先人以
盡其孝思傳云則其先人也者亦是尊親之事序所謂
能昭先人之功也趙邠卿以爲長言孝道欲以爲天下
法則則就孝思而推廣之究非詩指且與下土之式文
複
媚茲一人應侯順德傳一人天子也應當侯維也永言
孝思昭哉嗣服疏思齊傳媚愛也一人指武王傳不言
武王而變言天子者以武王受天命

爲天子也應當賚同矦訓維矦爲句中語助無意義順德定本作愼德古順愼二字通案此言武王有輔佐諸臣也大戴禮衛將軍文子篇引詩釋之云故回一逢有德之君世受顯命不失厥名以御于天子以申之傳以一人爲天子正本戴記漢書敘傳下張湯遂達用事任職媚茲一人日旰忘食既成寵祿亦罹咎慝亦用戴記釋詩之義荀子仲尼篇主尊貴之則恭敬而傳主信愛之則謹愼而嗛主專任之則拘守而詳主安近之則愼比而不邪主疏遠之則全一而不倍主損絀之則恐懼而不怨卽引此詩以明臣下之事君上淮南子繆稱篇是故得一人所以得百人也其下引詩云媚茲一人應矦愼德愼德大矣一人小矣能善小斯能善大矣此釋詩一人爲得一賢人與古說殊當出三家詩義而指臣下言則無甚異也○嗣服猶云纘緒也

昭茲來許繩其祖武（傳）許進繩戒武迹也**於萬斯年受天之祜**（疏）六月傳御進也古御許聲同劉昭續漢書祭祀志注引謝沈書作昭哉來御本三家詩也御本字許假借字繩讀爲愼續漢書注引詩作愼其祖武是三家詩作愼也繩愼聲轉義通武迹釋訓文生民

武同武以止戈會意訓迹者步之假借古步武聲同也沔水傳蹟道也說文迹蹟同字祖迹祖道也言武王有昭明之德求進於治又能戒以先祖之道也此亦則其先人之意

受天之祜四方來賀於萬斯年不遐有佐傳遠夷來佐也疏四方謂諸夏也○傳訓遐爲遠不遠遠也不爲語助遠謂遠夷正義引書敘武王勝殷西旅獻獒巢伯來朝魯語武王克商遂通道於九夷八蠻肅愼來賀以證傳遠夷來佐之事韓詩外傳云成王三年有越裳氏重九譯而至獻白雉於周公周公乃敬求其所以來詩曰於萬斯年不遐有佐韓釋詩與毛意同唯韓以爲成王則上文云昭哉嗣服昭茲來許亦必指成王之世葢詩自作於周公故三家釋詩每及成王也

文王有聲八章章五句

文王有聲繼伐也武王能廣文王之聲卒其伐功也疏文王受命作西伯專征伐武王繼之伐紂定天下是謂之繼伐

文王有聲遹駿有聲遹求厥寧遹觀厥成文王烝哉(傳)烝君也(疏)全詩多言曰聿唯此篇四言遹遹卽曰聿爲發語之詞說文欥詮詈也引詩欥求厥寧欥字从欠曰會意是發聲當以欥爲正字曰聿遹三字皆假借字箋訓遹爲述義本釋言不作語詞○烝君爾雅釋詁文釋文引韓詩云烝美也毛韓同意昭元年左傳楚公子美矣君哉孟子滕文公篇君哉舜也烝哉卽君哉美嘆之詞

文王受命有此武功既伐于崇作邑于豐文王烝哉(疏)文王受命受命作西伯也有此武功得有專征伐之武功也既終也伐崇在作西伯之六年也繁露楚莊王篇文王之時民樂其興師征伐也故武武者伐也詩云文王受命有此武功既伐于崇作邑于豐樂之風也又云王赫斯怒爰整其旅當是時紂爲無道諸侯大亂民樂文王之怒而詠歌之也周人德已洽天下反本以爲樂謂之大武言民所始樂者武也云爾又郊祀篇文王受天命而王天下先郊乃敢行事而興師伐崇其詩曰芃

芃棫樸薪之槱之濟濟辟王左右趨之濟濟辟王左右奉璋奉璋峩峩髦士攸宜此郊辭也其下曰淠彼涇舟烝徒檝之周王于邁六師及之此伐辭也其下曰文王受命有此武功旣伐于崇作邑于豐以此辭者見文王受命則郊郊乃伐崇伐崇之時民何處娛乎案二王後得郊天或古者受命作伯亦得郊天故皇矣詩有伐崇類禡之文此郊祀伐崇可爲三家詩作證至文王受命爲受天命王天下三家義而非毛義也棫樸首章爲郊祭亦非毛義史記周本紀云詩人道西伯蓋受命之年稱王此當是魯詩○文王邑豐又在受命六年後也七年而崩見書大傳豐古酆字說文酆周文王所都在京兆杜陵西南昭四年左傳康有酆宮之朝括地志云鄠縣東三十五里有文王酆宮案漢杜陵故城在今陝西西安府東南而酆乃在杜陵之西南其西漢鄠縣地今西安府鄠縣東五里有古酆城灃水又在酆城東酆宮在鄠縣東三十五里酆宮疑卽文王之辟雝也去酆城三十里在近郊內

築城伊淢作豐伊匹傳淢成溝也匹配也**匪棘其欲遹**

追來孝王后烝哉傳后君也疏城依傳當作成成爲城古文假借字傳云成溝猶城池釋文引韓詩作城洫云洫淢池張衡西京賦經城洫東京賦邪阻城洫薛綜注云洫城池皆用韓詩也洫本字淢假借字說文𧯶讀若溝洫之洫古文閾作𨵵此淢洫聲通之理上公之城方九里宮方九百步文王爲西伯築城于豐從上公之禮制武王有天下率由舊章故天子城與上公同此周禮也詳緜篇匹訓配讀若永言配命之配○棘釋文作亟禮記禮器引詩作革正義云棘急釋言文而禮記釋文云革急釋言文今釋言悈急也棘革悈三字同欲釋文作慾禮器作猶鄭注云猶道也非必欲急己之道箋云此非以急成從己之欲字異義同遹禮記作聿遹追來孝猶言追孝於前人也遹發聲來語助弟一字發聲弟三字語助此其句例后君釋詁文傳訓烝爲君又訓后爲君左傳不君君矣國語爲君必君論語信如君不君皆上君字實下君字虛與此同

王公伊濯維豐之垣四方攸同王后維翰傳濯大翰幹

也王后烝哉疏箋云公事也天保靈臺江漢酌傳皆以
公爲事濯大釋詁文常武同方言亦云
濯大也荆吳楊甌之閒曰濯棫樸傳倬大也古濯倬同
聲故倬謂之明濯亦謂之明倬謂之大濯亦謂之大矣
釋文引韓詩云濯美也大與美義相近垣牆也維豐之
垣百堵皆興也○版大宗維翰傳王者天下之大宗翰
榦也文
義正同

豐水東注維禹之績四方攸同皇王維辟傳績業皇大
也皇王烝哉疏豐古灃字漢書地理志右扶風鄠豐水
出東南北過上林苑入渭水經渭水篇
又東豐水從南來注之酈注引地說云渭水又東與豐
水會於短陰山内水所匯處無他高山異巒所有唯原
阜石激而已宋敏求長安志引水經豐水逸篇豐水出
豐谿西北流分爲二水一水東北流又北交水自東入
焉又北昆明池水注之又北逕靈臺西又北至石堨注
于渭案渭南諸水唯豐爲大歷代穿引禹跡難尋然諦
觀豐水大勢大抵入渭以入河者也漢志言北流入渭
與白華箋豐鎬之閒水北流皆就豐入渭近者言之此

箋謂禹治豐水使入渭東注入河解經東注之義與禹貢渭會豐入河義正合蓋詩陳禹治河之業豐水東注則渭南諸水皆東注矣胡渭禹貢錐指據詩東注之文以爲豐水北流入渭非禹故道不免以文害辭續業釋詁文閟宮纘禹之緒傳緒業也○正月傳云皇君也楚茨皇矣傳竝云皇大也說文皇大也从自王自始也始王者三皇大君也然則大君謂之皇故詁訓君謂之皇亦大謂之皇矣凡皇天皇祖皇考皇尸皆同大王謂武王也釋文辟又音婢亦反法也皇王維辟與上章王后維翰句法相同翰爲榦則辟爲法當依陸別義爲優

鎬京辟廱自西自東自南自北無思不服皇王烝哉 疏

郡國志京兆尹長安鎬在上林苑中孟康云長安西南有鎬池引古史考武王遷鎬長安豐亭鎬池也水經渭水注鎬水上承鎬池於昆明池北周武王之所都也自漢武帝穿昆明池於是地基構淪褫今無可究案今西安府即漢長安縣地鎬池在長安西即漢上林苑地在漢昆明池之北是武王之所都即於鎬池也鎬邑名與鄗爲常山縣名者不同字周時渭南豐水猶大鎬京之水西承豐水則引豐水爲池是謂之鎬池又謂之鎬陂

又別之爲鎬水皆是豐水別流矣鎬曰京者京師也劉昭郡國志補注杜陵下引決錄注云鎬在豐水東豐在鎬水西相去二十五里箋云豐邑在豐水之西鎬京在豐水之東說苑脩文篇是故聖王修禮文設庠序陳鐘鼓天子辟雍諸侯泮宮所以行德化其下即引此詩然則此鎬京辟廱即周立四郊之小學矣周制小學在郊殷則大學在郊靈臺辟廱是也諸侯用殷制大學在郊魯頌泮宮是也○王引之釋詞云無思不服無不服也思語詞耳案王說是也荀子儒效篇議兵篇兩引詩並云通達之屬莫不從服釋無思不服則以思爲語詞明矣箋與孟子注皆不以思爲語詞

考卜維王宅是鎬京【傳】武王作邑於鎬京維龜正之武王成之武王烝哉【疏】考成也考卜成卜也王武王也宅禮記坊記引作度度與宅通宅以言作邑也傳云武王作邑於鎬京正釋經文考卜維王宅是鎬京二句之義箋武王卜居是鎬京之地禮記注武王卜而謀居此鎬邑王風譜始武王作邑於鎬京謂之宗周是爲西都正義云文王有聲云宅是鎬京武王

成之是武王作邑於鎬京也是孔所見之本尚不誤今各本此傳誤入上章唯李善注文選典引所引毛詩傳不誤今據以訂正

豐水有芑武王豈不仕詒厥孫謀以燕翼子（傳）芑草也仕事燕安翼敬也**武王烝哉**（疏）芑草未詳采芑傳芑菜解之者以爲別物鄭注表記云芑枸檵也廣雅椅乳苦杞也入草部行露傳云豈不言有是也古仕士通士事也士謂之事故仕亦謂之事晏子諫下篇晏子曰臣聞明君必務正其治以事利民然後子孫享之引詩正作事仕讀爲事其訓古矣○詒遺也燕安翼敬言武王以安敬之謀遺其孫子也上言謀下言燕翼上言孫下言子皆互文以就韻耳後漢書班彪傳昝成王之爲孺子出則周公召公大史佚入則大顛閎夭南宮括散宜生左右前後禮無違者故成王一日卽位天下曠然大平是以春秋愛子敎以義方不納於邪驕奢淫佚所自邪也詩云詒厥孫謀以宴翼子言武王之謀遺子孫也案此引詩似以得賢輔佐爲遺謀之事與文三年左傳言子桑之忠知人舉善亦

引此詩合但武王遺謀不止得賢輔佐所該者廣也

卷二十三終

詩毛氏傳疏卷二十四

長洲陳奐學

生民之什詁訓傳弟二十四　毛詩大雅

生民之什十篇六十五章四百三十三句

生民八章四章章十句四章章八句

生民尊祖也后稷生於姜嫄文武之功起於后稷故推以配天焉【疏】此詩專敘后稷始末以述尊祖之德而配天之功因是而推

厥初生民時維姜嫄【傳】生民本后稷也姜姓也后稷之母配高辛氏帝焉生民如何克禋克祀以弗無子【傳】禋敬弗去也去無子求有子古者必立郊禖焉玄鳥至之

日以大牢祠于郊禖天子親往后妃率九嬪御乃禮天子所御帶以弓韣授以弓矢于郊禖之前**履帝武敏歆攸介攸止載震載夙載生載育時維后稷**（傳）履踐也帝高辛氏之帝也武迹敏疾也從於帝而見于天將事齊敏也歆饗介大也攸止福祿所止也震動夙早育長也后稷播百穀以利民（疏）爾雅云初始也緜民之初生傳民周民也此民亦謂周民周有天下之號文武起於后稷而后稷生於姜嫄故云生民本后稷也姜爲姓箋姜姓者炎帝之後有女名嫄字亦作原史記周本紀注引韓詩章句姜姓原字或曰姜原諡號也傳文后稷之母之上當奪姜嫄二字姜嫄配高辛氏帝帝嚳也大戴禮帝繫篇云帝嚳上妃有邰氏之女也曰姜嫄氏產后稷○禋敬爾雅釋詁文今字作諲郭云未詳誤維清傳禋祀也散文則禋亦祀對文則禋爲敬國語云精意以享禋也說文弗从韋省故弗謂

之去與違謂之去同意箋讀弗爲祓云祓除其無子之疾而得其福卽申傳去無子求有子也郊禖卽禖宮於郊故謂之郊禖帝高辛氏已有之故傳云古者必立郊禖焉也周人以帝高辛妃姜嫄立其廟以爲禖宮故又謂之高禖閟宮傳閟閉也先妣姜嫄之廟在周常閉而無事孟仲子曰是禖宮也玄鳥至之日以下皆禮記月令文傳變月令高禖言郊禖者以此詩是帝高辛率姜嫄所生后稷於禖宮之事不從周人稱高禖也玄鳥傳亦言郊禖者義同此履所以踐也因之凡踐皆曰履姜嫄配高辛氏帝故知帝爲高辛氏之帝也武敏訓迹疾謂疾趨數發也郊禖爲祀天之祭其時高辛氏帝祠於郊禖姜嫄與后妃九嬪之列故傳云從於帝而見于天又云將事齊敏者爾雅齊疾也則齊亦疾也案爾雅釋訓一篇多徑漢人增益其釋履帝武敏句武迹也敏拇也鄭箋同雅訓史記楚辭列女傳春秋繁露白虎通義正義引異義齊魯韓詩說竝同敏爾雅舍人本作畝釋云古者姜嫄履天帝之迹於畎畝之中而生后稷亦出三家詩義主感天而生說毛公作傳不從讖緯最得其正歆卽末章上帝居歆也說文歆神食气也神食气曰歆亦曰饗介大小明同傳止上奪攸字今補釋歆爲饗

釋介爲大釋攸止爲福祿所止據此則經文當作歆介攸止四字今各本於歆下衍一攸字箋心體歆歆然以解經之歆其左右所止住以解經之介攸止鄭雖與毛義異其所據亦無上攸字可證也傳言姜嫄從帝見天天乃饗其德大其福祿也福祿莫大於生子故下文詳言生后稷之事○爾雅娠震動也昭元年左傳邑姜方震說文引作娠震與娠通夙訓早卽總括先生如達以下之義也育訓長卽總括實覃實訏以下之義也時是維爲也傳云后稷播百穀以利民民卽承上文兩生民而言也此八字文理不完小箋據韋昭注國語及裴松之注魏志杜畿傳引韋注稱毛詩傳作后稷周棄也勤播百穀以利民死於黑水之山校補十字

誕彌厥月先生如達（傳）誕大彌終達生也姜嫄之子先生者也**不坼不副無菑無害**（傳）言易也凡人在母母則病生則坼副菑害其母橫逆人道**以赫厥靈上帝不寧不康禋祀居然生子**（傳）赫顯也不寧寧也不康康也（疏）

誕大釋詁文彌終釋言文大者美大之詞傳訓達爲生說者皆不得其解載芟驛驛其達言苗之生驛驛然也傳達射也射猶出也訓達爲射與此訓達爲生雖隨文立訓而意義實同先生如生如生而生也此卽如破而破如濡而濡之例如當作而字解傳云姜嫄之子先生者也者釋經先生之義先生謂姜嫄始生而生謂生后稷言姜嫄始生子先生后稷終月而生初無異也傳釋彌終達生者明終月而生之義後釋先生者爲起下之詞至于始生之易尚在下文故下傳云不坼不副無菑無害言易也以姜嫄之始生后稷而無坼副菑害之苦是天生顯靈也自後人割絕傳文刪去複句遂不得其讀矣箋讀如爲比方之詞如羊子之易生絕非傳義○說文坼裂也引詩作不坼隸變作坼俗作拆說文引詩作不疈副判也籀文作疈御覽人事部引史記楚世家陸終生六子坼疈而生字亦作疈姜嫄生后稷不坼副無菑害是其易生之狀異乎凡人此其中有天道焉赫訓顯以顯其靈句承上起下不寧寧也寧安也不康康也康樂也不皆發聲居猶其也然猶是也案此承上章言姜嫄克禋祀上帝而上帝亦將安樂其禋祀其然生子謂生后稷也

誕寘之隘巷牛羊腓字之（傳）誕大寘置腓辟字愛也天生后稷異之於人欲以顯其靈也帝不順天是不明也故承天意而異之於天下誕寘之平林會伐平林（傳）牛羊而辟人者理也置之平林又爲人所收取之誕寘之寒冰鳥覆翼之（傳）大鳥來一翼覆之一翼藉之人而收取之又其理也故置之於寒冰鳥乃去矣后稷呱矣（傳）於是知有天異往取之矣后稷呱呱然而泣（疏）誕大上章傳同下文兩誕字下章四誕字誕皆美大之詞也寘古作窴寘置卷耳伐檀同腓辟采薇同字訓愛言愛護之也辟讀般辟之辟亦愛護之意傳云天生后稷異之於人欲以顯其靈也者此冢釋上章之義云帝不順天是不明也故承天意而異之於天下者此總釋本章之義帝高辛氏帝也帝嚳知姜嫄之生后稷異於凡人是天意欲

顯其靈矣故置隘巷平林寒冰皆承天意而異之於天下之事傳依經作解義甚顯白不若後世橫滋異說載疑以誣經也○車舝傳平林林木之在平地者也傳云牛羊而辟人者理也置之平林者此冡牛羊腓字之句以釋經寘之平林也云又爲人所收取之以釋經會伐平林也人即伐平林之人云大鳥來一翼覆之一翼藉之者以釋經鳥覆翼之也經言覆傳兼言藉申補經義王逸注楚辭天問棄之於冰上有鳥以翼覆薦溫之藉猶薦溫也云人而收取之又其理也故置之於寒冰此又冡會伐平林句以釋經寘之寒冰也先釋鳥覆後釋置冰爲承上起下之詞傳有順經之辭而釋之者亦有逆經之意而釋之者此其例也云於是知有天異往取之矣者言置隘巷而牛羊燮護寘平林而適人會伐二者猶理之常有故更欲顯其異而置之於寒冰之上及見大鳥覆藉則眞知有天異可顯於天下至往取后稷大鳥既去意亦冡上二句以釋經鳥乃去矣也云后稷呱呱然而泣以釋經后稷呱矣也說文呱小兒嗁聲呱猶呱呱然書咎繇謨云啓呱呱而泣

實覃實訏厥聲載路誕實匍匐克岐克嶷以就口食（傳）

覃長訏大路大也岐知意也嶷識也蓺之荏菽荏菽旆
旆禾役穟穟麻麥幪幪瓜瓞唪唪〔傳〕荏菽戎菽也旆旆
然長也役列也穟穟苗好美也幪幪然茂盛也唪唪然
多實也〔疏〕說文㫗部引詩作𣆪今字通俗作覃廣雅亦云覃長也訏訓大篇中實字皆當作寔寔是
也寔是覃寔訏言于是長大也上寔訓于是下寔爲助詞
猶云是刈是濩于是刈濩也是究是圖于是究圖也皆
上是訓于是下是爲助詞句法一例路大皐矣同箋云
是時聲音則已大矣誕寔匍匐言大矣是始能匍匐也
釋名云匍匐小兒時也匍猶捕也藉索可執取之地也
匐伏也伏地行也匍匐釋文亦作扶服同說文㘈小兒
有知也詩曰克岐克㘈高注淮南本經引詩亦作㘈小
箋云今本毛詩作嶷淺人依岐字偏旁改之耳岐知古
音同在十六部㘈識古音同在一部此古於疊韻得訓
之大凡也岐者山之兩岐也心之開明似之故曰知意
㘈者心口開有所識也故曰識也皇矣亦不識不知竝
言奐謂岐知㘈識析言也渾言知識不別故說文㘈解

有知識亦知也就成也口僉謂衆口之僉也此言后稷
少時便知教民稼穡故下文即言蓺之之事○齊南山
傳蓺樹也爾雅釋草荏菽謂之戎菽傳所本也菽釋文
作叔荏疑當作任任與戎皆有大義故箋云戎菽大豆
也大豆爲九穀之一種春秋莊三十一年齊侯來獻戎
捷穀梁傳謂戎爲菽即本管子戒篇北伐山戎出戎菽
布之天下郭璞注爾雅遂指戎菽爲胡豆孔仲達駁之
是矣旆从㫃𣎵聲旆旆猶𣎵𣎵說文𣎵艸木盛𣎵𣎵然
讀若輩長盛義同也○生者曰苗秀者曰禾別言也渾
言苗亦得稱禾禾役者苗之幹也禹貢三百里納秸服
秸服二字連文得義斷去其稾又去其穎謂之秸帶稃
言謂之秸服稾則脫於糠矣米則成爲粱矣孔傳云秸
稾也服稾役案僞孔誤解服與役同義服爲稾役此不
可解書之秸服而可以證詩之禾役蓋禹貢言穎生民
言莖秸者實也秸服者稾之皮也禾者苗也禾役者稾
之皮也傳以列訓役列謂裂之假借字廣雅黍穰謂之
裂廣韻穰禾莖則禾莖亦爲穰正義列爲行列失之矣
爾雅穟穟苗也此傳所本也說文穟禾采之皃引詩作
禾穎穟穟采或作穗許本三家詩指采說不指苗說與
爾雅毛詩皆異傳云苗好美當作美好釋文苗美好也

正義其苗則穟穟然美好可證○大東傳饛滿簋皃饛饛聲義相近廣雅亦云幪幪茂也又云菶菶茂也多實者茂盛之意說文口部唪下及玉部玤下兩引詩作瓜瓞菶菶玉篇菶菶多實也今詩作唪唪者疑非舊本耳

誕后稷之穡有相之道（傳）相助也**茀厥豐草種之黃茂實方實苞實種實褎實發實秀實堅實好實穎實栗**（傳）茀治也黃嘉穀也茂美也方極畝也苞本也種雝種也褎長也發盡發也不榮而實曰秀穎垂穎也栗其實栗栗然**卽有邰家室**（傳）邰姜嫄之國也堯見天因邰而生后稷故國后稷於邰命使事天以顯神順天命耳（疏）相助清廟雝同爾雅相勴也勴亦助也正義云茀治釋詁文今本爾雅作弗釋文引韓詩作拂拂弗也上章傳弗去也治與去義相近湛露傳豐茂也種當作穜下同傳云黃嘉穀者嘉穀爲禾之大名箋謂穜黍稷不謂禾鄭據

聘禮米禾皆兼黍稷稻粱言之故以禾稼爲諸穀苗幹大名但他穀無異名或可假禾稼以通稱而禾稼斷不可假稱黍稷生民之黃非黍稷也已下皆言禾茂美還同○方讀若房有普徧之義傳云極畝蓋卽甫田詩之長畝漢志之長終畝是也苞之言固也苞訓本謂固苗之本蓋卽甫田傳之雝本漢志之附苗根是也此后稷甽田之制漢書食貨志后稷始甽田以二耜爲耦廣尺深尺曰甽長終畮一畮三甽一夫三百甽而播種於甽中苗生三葉以上稍壯耨隴草因隤其土以附苗根此其義也種者以穀播土之名傳云雝種此卽雝本之意管子五行篇苗足本尹注云足猶擁也亦其義也實種冢上文實苞言苞謂本則種爲雝種傳以申實苞之訓也雝種與莊子雝腫無用義殊正義誤引之以解爲充肥之皃釋文作穠種涉箋生不穠而誤褎訓長謂苗生長也說文㽕木生條也从𢎘由聲褎㽕聲義皆相近發之爲言舒也傳云盡發言極畝之中苗并發也秀者禾作采也不榮而實曰秀爾雅釋草文管子小問篇隰朋曰夫㮚內甲以處謂米也中有卷城謂稃也外有兵刃謂芒也然則禾苗發秀正當成稃作芒米處殼中時將充滿也大田既堅既好箋堅孰齊好與此同也禾秀曰

穟禾末曰穎穟穎互稱巠穎者巠當作𥝩他穀不下𥝩故穎之名唯禾有之書序唐叔得禾異畝同穎張衡思玄賦嘉禾𥝩穎而顧本是其義也說文㮚其實下𥝩故从鹵則引申之爲嘉穀實皃左傳云嘉粢旨酒栗猶栗栗然也呂覽任地篇后稷曰子能使藁數節而莖堅乎子能使穟大而堅均乎子能使栗圜而薄糠乎呂言治禾苗生長之節次與詩義略同○說文邑部水經渭水注呂覽𪗋土注史記周本紀索隱引詩皆作有邰家室無卽字白虎通義京師篇引詩作台漢人作斄並同邰姜嫄國說文邰炎帝之後姜姓所封周棄外家國右扶風斄縣是也水經注渭水東逕斄縣故城南舊邰城也城東北有姜嫄祠城西南百步有稷祠郿之斄亭也案漢斄縣後漢併入郿縣郡國志郿縣之邰亭卽地理志斄縣地東晉以後又併入武功縣古斄城在今陝西乾州武功縣西南二十五里傳云堯見天因邰而生后稷故國后稷於邰者堯亦高辛氏帝嚳之子爲后稷異母兄堯見天生后稷本始於姜嫄故卽以姜嫄國而封后稷亦猶帝嚳之順天也后稷封邰在堯時傳已有明文矣箋堯改封於邰就其成國之家室無變更也列女傳母儀篇堯使棄居稷官更國邰地遂封棄於邰號曰后

稷史記劉敬傳周之先自后稷堯封之邰說竝同也云
命使事天以顯神順天命者傳葢撰下三章之意而言
誕降嘉穀維秬維秠維穈維芑傳天降嘉種秬黑黍也
秠一稃二米也穈赤苗也芑白苗也恆之秬秠是穫是
畝恆之穈芑是任是負以歸肇祀傳恆徧也肇始也始
歸郊祀也疏經言嘉穀傳云嘉種嫌嘉穀爲禾之大名
下文秬秠是黍穈芑是禾故以嘉種釋嘉
穀渾言之以兼黍禾也後人乃因傳改經耳說文禾部
及文選典引注引詩誕降嘉穀可證孔叢子執節篇魏
王問子順曰昔者上天神異后稷而爲之下嘉穀周以
遂興荅曰天雖至神自古及今未聞下穀與人也詩美
后稷能大教民種嘉穀以利天下故詩曰誕降嘉穀孔
叢僞書其所據詩亦作嘉穀今引詩作嘉種者以誤本
改之也○秬黑黍秠一稃二米爾雅釋草文正義引春
官鬯人注秬如黑黍一秠二米說文𪏰黑黍也一稃二
米以釀或从禾作秬案秬本黑黍之大名以秬中之一
稃二米者釀鬯是謂秬鬯故小篆作𪏰說文秠一稃二米

用爾雅毛傳文鄭志荅張逸曰秠卽其皮稃亦皮也然則秠者凡稃之稱因之以别一米之秬而又得爲一稃二米之專稱單言秬則二米不見故豳人注必申解之單言秠則黑黍不見故必知秠卽秬之皮而後秠因秬得名之義可憭如也秠玉篇作秠穈爾雅說文皆作虋虋赤苗芑白苗亦釋草文說文禾嘉穀也虋赤苗嘉穀也芑白苗嘉穀也案赤苗白苗謂禾莖有赤白二種本爲苗之名因爲禾之名下言虋芑可以任負則不謂苗矣郭注爾雅云赤粱粟白粱粟其就已成之禾說猶是也至宋蘇頌冒爲赤黍白黍者大繆程瑤田云黍之苗惟一色而無赤白之異○傳恆徧下奪也字今補釋文恆本又作亙說文極竟也亙古文極考工記弓人恆角而短注恆讀爲極極竟也竟與徧義近恆者亙之俗字與詩同任亦負也玄鳥傳何任也任與何同義任負猶負何也肇始釋詁文維清小毖同案上章傳言堯命后稷使事天此言后稷始行事天之祀祀爲郊祀者郊特牲云郊之祭也大報天也是郊祀卽事天矣歸歸部國也穫畝任負始歸郊祀則在秋冬報非春夏祈矣此章肇祀與末章后稷肇祀爲祀上帝文正相應后稷之祀上帝出於堯命如周成王命魯公祀帝于郊之例其在

古箚當有明文今不可得而攷矣末章之肇禮記引詩作兆故鄭箋讀此肇爲兆五帝於四郊之兆意據周禮孟春南郊祈穀祭感生帝以后稷配爲說但周人祈穀在孟春及孟夏兩月孟春南郊以后稷配此人祀后稷與后稷自祀者不同詩言后稷自郊祀爲天降嘉穀之祥故堯命之以事天報本不得援月令祈穀之文以釋此詩之義下章云穀孰而謀陳祭而卜傳義甚明矣凡祈穀與祈年不同祈穀以春播穀而祈秋實也祈年以報今秋成孰而祈來歲再豐也

誕我祀如何或舂或揄或簸或蹂釋之叜叜烝之浮浮

傳揄抒臼也或簸穅者或蹂黍者釋淅米也叜叜聲也浮浮氣也載謀載惟取蕭祭脂取羝以軷載燔載烈傳嘗之日涖卜來歲之芟獮之日涖卜來歲之戒社之日涖卜來歲之稼所以興來而繼往也穀孰而謀陳祭而

卜矣取蕭合黍稷臭達牆屋既奠而後爇蕭合馨香也羝羊牡羊也軷道祭也傳火曰燔貫之加於火曰烈以

興嗣歲（傳）興來歲繼往歲也（疏）我我后稷也說文舂擣粟也舀抒臼也引詩作抗抗即舀周禮舂人注及儀禮有司徹注竝引詩作抗抗即舀之或字毛詩作揄者爲假借字經言簸傳云簸糠釋文糠亦作康說文糠穀之皮也从禾米庚聲或作康是糠康一字今隸變作康康者米包皮內簸康者謂穀既舂後皮米離脫則揚去其皮而米自在箕下也說文云箕簸也簸揚米去康也下文即言蹂米之事經言蹂傳云蹂黍定本作蹂米是也箋蹂之言潤也簸之又潤溼之將復舂之趣於鑿也此潤當作撊潤溼又煩撊之謂葛覃傳汙煩也箋煩煩撊之用功深煩撊者以手重擦之謂與蹂字從足柔聲義正相近若云潤溼則米已箸水豈能再舂之理葢箋以撊釋蹂正申傳蹂米之義復舂趣鑿亦補足蹂訓也下文乃言淅米之事說文釋漬米也釋音擇釋者假借字或古毛詩作釋不能肊定也傳云淅米者士喪禮祝淅米于堂注淅汏也凡米必先漬

之而後泆泆之是謂之淅亦謂之釋今吳俗謂之淘淘即泆之轉耳釋文叜叜又作溲溲爾雅溞溞淅也樊光注引詩作溞溞玉篇溞溞淅米聲溞溞即溲溲之異文禮記內則篇爲稻粉糔溲之以爲酏糔當作溞溞溲同也說文烝火气上行也烰烝也引詩作烝之烰烰爾雅烰烰烝也浮烰義近炊米字從火三家詩及爾雅作烰烰者本字毛詩浮浮則假借也○嘗之日以下周禮肆師文傳引以證興來繼往之義嘗獮皆在秋時社亦爲秋報故良耜爲秋報社稷篇末以似以續句與此章末以興嗣歲句傳義相同也周禮祀天神南郊祀地示北郊兩者皆於郊報祭堯命后稷祀天報功其亦報地德可知傳言此以補經義要非正解經文耳云穀孰而謀釋經之載謀云陳祭而卜釋經之載惟爾雅惟謀也謀即謀卜也穀孰括上文任負之事陳祭括上文釋烝之事穀孰即謀報本陳祭即卜豐年是以秋報爲正祭而冬報亦晐在其中周頌豐年序云秋冬報此秋冬皆有報祭之典月令孟冬大飲烝天子乃祈來年于天宗大割祠于公社及門閭高誘注呂覽云祈求也求明年於天宗之神宗尊也凡天地四時皆爲天宗萬物非天不生非地不載非春不動非夏不長非秋不成非冬不藏書

曰禋于六宗此之謂也祠于公社國社后土也據高說
天宗公社皆於天地祈來年之祭亦與詩傳合○傳文
取下奪蕭祭脂三字寫者刪經中複語而於蕭上賸一
取字正義云云蕭合黍稷臭達牆屋既奠而後爇蕭合
馨香皆郊特牲文是正義本無取字可證案禮記言黍
稷不言脂詩言脂不言黍稷互文錯見也云蕭合黍稷
釋取蕭二字云臭達牆屋兼釋祭脂二字云既奠而後
爇蕭合馨香者蕭也脂也黍稷也三者合馨香鳧鷖傳
馨香之遠聞也此薦孰時也信南山取其血膋傳膋脂
膏也血以告殺膋以升臭合之黍稷實之于蕭合馨香
兩詩傳義同又案取蕭祭脂句當指宗廟之祭蓋詩末
三章本主郊祀而此章爲承上起下故因報祭兼及廟
祭一語耳豐年良耜皆秋冬報祭之詩而竝有烝畀祖
妣之文此其義證也不然蕭脂已正祭薦孰之節下文
何爲重言道祭往郊也○說文羝牡羊也廣雅羝雄也
吳羊牡三歲曰羝漢書蘇武傳匈奴使武牧羝羝乳乃
得歸顏注羝不當產乳故設此言示絕其事此卽羝爲
牡之證軷卽犯軷夏官大馭掌馭玉路以祀及犯軷王
自左馭馭下祝登受轡犯軷遂驅之鄭注云行山曰軷
犯之者封土爲山象以菩芻棘柏爲神主既祭之以車

轢之而去喻無險難也引詩家說曰將出祖道犯軷之祭也據鄭說則軷本行山之名因之行者封土爲山象謂之軷軷行神之所依故因之道祭亦謂之軷說文軷出將有事於道必先告其神立壇四通樹茅以依神爲軷既祭犯軷轢牲而行爲範軷詩曰取羝以軷範範軷也讀與犯同許與鄭說略同祭軷必轢牲詩言取羝則所轢之牲乃羊耳杜子春謂轢軷磔犬者秋官犬人凡祭祀共犬牲伏瘞亦如之鄭司農注云伏謂伏犬以王車轢之杜本司農說也故聘禮注謂犬羊竝可用之正義云天子用犬此諸侯用羊禮相變不知郊祀正天子禮不得云天子不用羊也月令注行在廟門外之西祀行之禮北面設主于軷上案據鄭說行軷一事天子往郊必告祖禰犯軷當卽在廟門外則詩此句爲祀行而上句爲告廟尤可徵信也若祭軷畢而飲酒曰餞送行者之禮與此道祭無涉瓠葉傳加火曰燔傳猶加也全詩中三言燔炙唯此言燔烈烈炙聲轉而義同貫之加於火曰烈卽瓠葉傳抗火曰炙也燔炙爲郊祭薦孰之事報畢而祈故傳云興來歲繼往歲也

卬盛于豆于豆于登（傳）卬我也木曰豆瓦曰登豆薦葅

醢也登大羹也其香始升上帝居歆胡臭亶時后稷肇祀庶無罪悔以迄于今傳迄至也疏卬我匏有苦葉白華同爾雅釋器木豆謂之豆瓦豆謂之登傳所本也豆說文作梪今通作豆說文𢍶禮器也从廾持肉在豆上讀若鐙同鐙與𢍶音同通假登又鐙之省假桓四年公羊注豆祭器名狀如鐙考工記旊人豆中縣注縣縄正豆之柄禮記祭統篇夫人薦豆執校執醴授之執鐙注校豆中央直者也鐙豆下跗也案豆鐙制相似豆下之跗名鐙則鐙必有足豆以木鐙以瓦爲別耳天官醢人朝事之豆饋食之豆加豆之實皆有菹有醢儀禮特牲禮薦兩豆葵菹蝸醢是豆薦菹醢也聘禮注凡籩以豆爲本賈疏云凡設饌皆先設豆乃設餘饌公食大夫禮大羹湆不和實于鐙注大羹湆煑肉汁也大古之羹不和無鹽菜詩正義引作登是大羹爲登實也特牲禮設大羹湆于醢北注設之所以敬尸也賈疏云醢北者爲薦左公食大夫昏禮大羹湆皆在薦右此在左者神禮變於生人○上章傳歆饗也居語詞上帝居歆言上帝其饗也與上帝既命上帝是依句同胡何亶誠時善也胡臭亶時后稷

肇祀言何其芳臭達聞於天誠無不善者以后稷之始行郊祀故也傳於上章肇祀訓始郊祀始字與此章今字文正相對今今文武也周之功以后稷爲始而以文武爲今篇中皆述后稷郊祀至文武於南郊之祀后稷配天是序推言尊祖非經義所有耳箋云后稷肇祀上帝於郊又云子孫蒙其福以至於今是矣禮記表記子曰后稷之祀易富也其辭恭其欲儉其祿及子孫詩曰后稷兆祀庶無罪悔以迄于今此言后稷之祀祿及子孫兆與肇聲相通辭恭欲儉卽是箋祀天用瓦豆陶器質之義哀元年穀梁傳云郊享道也貴其時大其禮其養牲雖小不備可也亦辭恭欲儉之說也鄭注禮記謂祀后稷於郊以配天解后稷兆祀句與箋詩不合注禮記時未治毛詩迄當作迄迄至釋詁文維清同

行葦七章二章章六句五章章四句

行葦忠厚也周家忠厚仁及草木故能內睦九族外尊事黃耇養老乞言以成其福祿焉疏列女傳辯通篇晉弓工妻曰君聞昔

者公劉之行乎羊牛踐葭葦惻然爲民痛之恩及草木文選班彪北征賦後漢書寇榮傳潛夫論邊議篇德化篇漢人承三家舊說皆以行葦爲公劉之詩

敦彼行葦牛羊勿踐履方苞方體維葉泥泥（傳）敦聚貌行道也葉初生泥泥然**戚戚兄弟莫遠具爾**（傳）戚戚內相親也（疏）說文立部竴磊竴重聚也敦與竴通文選馬融長笛賦注引鄭箋團聚貌與今本異行訓道行葦道葦也履亦踐也苞本也苞謂本根體謂枝莖下言葉也傳云葉初生泥泥然然字依羣書治要補葉爲初生則苞體亦爲本枝孱弱之時方猶且也左思蜀都賦總莖柅柅裛葉蓁蓁劉逵注柅柅蓁蓁茂盛貌也李善引毛詩作柅柅廣雅苨苨茂也竝與泥泥同箋云敦敦然道傍之葦牧牛羊者毋使躐履折傷之草物方茂盛以其終將爲人用故周之先王爲此愛之況於人乎案此卽序所謂周家忠厚仁及草木也○禮記大傳篇君有合族之道族人不得以其戚戚君位也言族人不得與君行戚戚之道爲君在位故也與詩戚戚義同

具俱也爾古邇字莫遠具爾與不遠伊邇句法一例漢書文三王傳谷永上疏引詩云戚戚兄弟莫遠具爾顏師古注云戚戚內相親也爾近也言王之族親情無疏遠皆昵近也案顏說是也莫遠具爾即內相親之意序所謂內睦九族也養老之先必行射禮諸侯之射也必先行燕禮二三章指燕四五章指射六七章正言養老之事序所謂外尊事黃耇也

或肆之筵或授之几（傳）肆陳也或陳設筵者或授几者

肆筵設席授几有緝御（傳）設席重席也緝御踧踖之容也

或獻或酢洗爵奠斝（傳）斝爵也夏曰醆殷曰斝周曰爵

（疏）肆陳楚茨同公食大夫記司宮具几與蒲筵常緇布純加萑席尋玄帛純鄭注云丈六尺曰常半常曰尋必長筵者以有左右饌也是凡筵皆大於加席矣周禮司几筵注云筵亦席也鋪陳曰筵藉之曰席然其言之筵席通矣詩言肆筵下文旣肆筵又設席則筵席通稱傳云陳設筵亦兼設席也司几筵王位左右玉几

昨席亦如之鄭司農注云昨席於主階設席王所坐也司農意以昨席左形几爲諸矦之禮則知天子昨席亦當設左右玉几下文授几有緝御傳本君在蹴蹜爲敬則此授几爲授玉几也公食大夫記不授几無阼席注云食禮輕公不坐若天子燕飲其有阼席授几必矣几爲尊者設也傳釋設席爲重席重席與加席不同燕禮司宮兼卷重席設于賓左東上鄉辭重席司宮徹之注言兼卷則每鄉異席也重席重蒲筵緇布純也徹猶去也重席雖非加猶爲其重累去之辟君也鄭以重席爲重筵是矣禮器天子之席五重諸矦之席三重大夫再重鄉飲酒禮亦云賓若有遵者席于賓東公三重大夫再重是重席有五重三重再重之異而加席爲最上之席鄉飲酒禮注加席上席也周禮唯王一位加繅席加次席有二加席與左右几爲殊禮其餘只一加席也燕禮賓無加席而重席未嘗不設傳云重席者就賓位而言授几就主位而言也緝讀爲戢戢聚也御進也聚足而進口緝御曲禮堂上接武注武迹也迹相接謂每移足半躡之中人之迹尺二寸玉藻君與尸行接武注尊者尚徐蹜半迹緝御猶接武緝接疊韻御武疊韻傳云蹴蹜之容者論語鄉黨篇君在蹴蹜如也馬融注云蹴蹜

恭敬貌廣雅跡踏畏敬也跡與蹴同○傳釋斝爲爵則斝亦爵也又引禮記明堂位文以證三代之異名醆或作琖明堂位魯用玉琖夏爵也周禮大宰贊玉爵周爵也斝爲殷爵亦以玉爲之說文斝玉爵也或說斝受六斗鄭司農鬱人注斝讀爲稼稼畫不稼也據周禮禮記斝皆用諸廟中而詩斝則用諸燕故三家以行葦爲公劉詩也燕禮云公執觶與賓進受虛爵降奠于篚易觶洗又云賓以旅酬於西階上射人作大夫長升受旅賓大夫之右坐奠觶拜執觶興大夫荅拜賓坐祭立飲卒觶不拜若膳觶也則降更觶洗案此卽獻酢後洗奠之禮

醓醢以薦或燔或炙嘉殽脾臄傳以肉曰醓醢臄函也

或歌或咢傳歌者比於琴瑟也徒擊鼓曰咢疏爾雅肉謂之醢李注云以肉作醬曰醢釋名醢多汁者曰醓醓瀋也宋魯人皆謂汁爲瀋說文肬肉汁滓也䀋血醢也禮有䀋醢醢以牛乾脯粱麴鹽酒也天官醢人朝事之豆有醓醢釋文本又作盜醓盜卽䀋之譌今字通作醓以肉作醬謂之醢肉醬有汁謂之醓醢醓卽醢之汁傳云以肉曰醓醢醓蓋舉肉不必言肉汁矣段注說文云汁卽鹽酒所

成醢皆胜物非有孰汁也燔炙傳義見上篇○醢人饋食之豆脾析蠯醢鄭司農注云脾析牛百葉也既夕禮注脾讀爲雞脾肶之脾說文作膍脾膍音相近胃薄如葉碎切之謂之脾析亦謂之肶亦謂之百葉廣雅云百葉謂之膍胵天子諸侯牛百葉大夫士羊百葉說文谷口上阿也或作臄又㔾部圅舌也段注云舌當谷之譌蓋許以谷釋圅毛以圅釋臄義同釋文臄口次肉也引通俗文云口上曰臄口下曰圅析言之也案豆實之臄禮無明文唯少儀羞首者進喙祭耳嘉肴有臄其卽進喙歟集韻十八藥臄切肉也取脾胃實腸炙之曰臄詩嘉肴脾臄此或本三家詩說箋云以脾圅爲加故謂之嘉○燕禮有升歌閒歌之樂傳云歌者比於琴瑟此卽指升歌閒歌言也園有桃我歌且謠傳曲合樂曰歌徒歌曰謠歌謂正歌曲合樂所謂比於琴瑟也徒擊鼓曰咢爾雅釋樂文歌咢猶歌謠歌皆正歌謠與咢皆非正歌傳既釋或歌又引爾雅以釋或咢則經義已兼及無算樂矣正義從王肅所據毛傳作徒擊鼓曰咢是也釋文及定本集注作徒歌曰咢誤字林或作咢

敦弓既堅四鍭既鈞舍矢既均（傳）敦弓畫弓也天子敦

弓鍭矢參亭巳均中蓺序賓以賢傳言賓客次序皆賢
孔子射於矍相之圃觀者如堵牆射至於司馬使子路
執弓矢出延射曰奔軍之將亾國之大夫與爲人後者
不入其餘皆入蓋去者半入者半又使公罔之裘序點
揚觶而語公罔之裘揚觶而語曰幼壯孝弟耆耋好禮
不從流俗脩身以俟死者不在此位蓋去者半處者半
序點又揚觶而語曰好學不倦好禮不變耄勤稱道不
亂者不在此位也蓋僅有存焉疏說文弴畫弓也隸變作弴玉篇弴天子弓
也弴本字毛詩作敦爲假借字畫弓謂繪畫之畫非刻
畫之畫彤弓傳彤弓朱弓也朱色之弓謂之彤弓則知
敦弓爲設色非刻文矣傳云天子敦弓弓者荀子大略篇
天子彫弓諸侯彤弓大夫黑弓禮也敦彫一聲之轉彫

弓之爲敦弓猶彫琢之爲敦琢矣彫者亦文飾之謂毛訓正本荀子又何注定四年公羊傳云禮天子雕弓諸侯彤弓大夫嬰弓士盧弓雕與彫通○傳云鍭矢參亭者鍭矢釋鍭參亭釋鈞四字連讀非以矢參亭三字專釋經之鍭也鈞者均之假借字考工記矢人爲矢鍭矢參分一在前二在後鄭注云參訂之而平者前有鐵重也鄭司農注一在前謂箭稾中鐵莖居參分殺一以前案凡矢長三尺殺一尺尺而翦羽六寸刃二寸刃即箭鏑參亭者謂一在前二在後皆已停均軒輊中也亭古停字弓人云材美工巧爲之時謂之參均角不勝幹幹不勝筋謂之不參均參亭猶參均耳爾雅金鏃翦羽謂之鍭李注云鍭以金爲箭鏑也既夕記猴矢一乘骨鏃短衞注生時猴矢金鏃蓋以金鏃言從金作鍭以翦羽言從羽作猴實一字也金鏃所以主中大射主皮禮射不主皮詩言鍭矢其爲大射不爲禮射明矣傳云已均中埶四字亦連讀已釋既而以均中埶中明經義非以中埶釋已均也次章傳如樹言皆中也均中皆中同義箋埶質也賓之初筵傳的質也說文臬射壿的也匠人注槷古文臬假借字上句言矢體之善下句言矢發之巧○序賓傳云賓客次序下章言賢才則賢爲賢才也孔

子射於矍相之圃以下皆禮記射義文引之即以證賓客次序皆賢之義傳文奪公罔之裘揚觶而語八字今依小箋補儀禮鄉射大射射畢皆行飲酒之禮飲酒以養老爲重箋云周之先王將養老先與羣臣行射禮以擇其可與者以爲賓鄭蓋撰末二章養老而言段氏經韻樓集云天子諸侯先大射後養老行葦之射必爲大射又云古之養老用鄉飲酒之禮故禮注謂養老爲飲酒古大射賓射燕射不外鄉射之禮故禮大射有如鄉射之禮之文蓋其儀雖多不同而其爲尊長養老一也

敦弓既句既挾四鍭（傳）天子之弓合九而成規四鍭如樹（傳）言皆中也序賓以不侮（傳）言其皆有賢才也（疏）天子之弓合九而成規夏官司弓矢及考工記竝有此文弓人往體寡來體多謂之王弓之屬利射革與質鄭注云射深者用直此又直焉於射堅宜也王弓合九而成規弧弓亦然天子射侯亦用此弓然則王弧皆天子之弓爲合九之制天子大射亦用此弓也敦弓即王弧之弓矣張衡東京賦彫弓既彀薛綜注彀張也釋文引說文

作彀云張弓曰彀三家詩作彀與毛詩作句義異段注說文云句讀倨句之句此弓倨多句少言句以見其倨也不得云句卽彀○說文挾俾持也段注云挾當作挾从二入會意禮注方持弦矢曰挾挾謂矢與弦成十字形也皆自其交會處言之古文禮挾皆作接接矢爲本字挾矢爲假借字案儀禮大射儀司射適次袒決遂執弓挾乘矢於弓外見鏃於弣右巨指鉤弦自阼階前曰爲政請射司射入于次搢三挾一个出于次此耦射之始也三耦既拾取矢梱之兼挾乘矢皆内還南面揖公將射搢三挾一个升自西階此正射之始也耦揖進坐兼取乘矢與順羽大夫亦兼取乘矢如其耦北面搢三挾一个此樂射之始也燕射儀節略同詩言挾四鍭卽大射禮所謂挾乘矢猗嗟傳四矢乘矢則四鍭猶四矢也既挾是初射如樹是卒射說文尌立也讀若駐樹與尌通傳以中釋樹中卽中蓺也中埶猶尌立然也○侮有輕慢之意不侮言不輕慢也不輕慢卽傳所謂賢才矣箋云不侮者敬也其人敬于禮則射多中

曾孫維主酒醴維醹酌以大斗以祈黃耇（傳）曾孫成王

也醻厚也大斗長三尺也祈報也【疏】曾孫謂成王信南山維天之命同文選南都賦注引韓詩醴甛而不泲也又舊本書鈔酒食部八作甛而不泲少麴多米曰醴韓以醴爲汁滓酒七月篇十月穫稻爲此春酒以介眉壽傳春酒凍醪也凍醪卽醴醴有稻醴毛韓義同也傳詁醹爲厚說文醹厚酒也詩曰酒醴維醹○酌者勺之假借斗者枓之假借說文勺挹取也枓勺也杓枓柄也是枓謂之勺枓柄謂之杓北斗七星自一至四爲魁象枓自五至七爲杓象枓柄大東云維北有斗不可以挹酒漿謂枓也又云維北有斗西柄之揭謂枓柄也蓋象卽取諸大枓也酌以大斗者言挹取酒醴用大枓以注尊中大斗卽大枓枓柄長三尺其制未聞正義據漢禮器制度注勺五升徑六寸長三尺引爲證祈訓報謂報賓也此時射畢飲酒成王爲主人老者爲賓主人既獻賓賓亦酢主人主人復酌大斗以酌賓是主人報賓之酢也南山有臺傳云黃黃髮耇老也

黃耇台背以引以翼【傳】台背大老也引長翼敬也壽考

維祺以介景福（傳）祺吉也（疏）黃耇傳見於南山有臺矣故此但釋台背爲大老爾雅鮐背耇老壽也大老猶言大壽也箋云台之言鮐也大老則背有鮐文郭注爾雅云鮐背背皮如鮐魚詩作台古鮐字也閟宮篇亦作台背○引長翼敬卷阿同以引以翼言長之敬之也箋云以禮引之以禮翼之在前曰引在旁曰翼祺吉爾雅釋言文吉猶善也介景皆大也序所謂乞善言以成其福祿也

既醉八章章四句

既醉大平也醉酒飽德人有士君子之行焉（疏）此祭畢而用饗燕之詩

既醉以酒既飽以德（傳）既者盡其禮終其事君子萬年介爾景福（疏）傳釋既字訓爲盡又訓爲終則全詩終字多有與既同義矣葛藟傳釋終爲已已亦既也盡其禮者盡其饗燕之禮也終其事者享祀爲事之始則饗燕爲事之終也小明介爾景福傳云介景皆

大也

旣醉以酒爾殽旣將【傳】將行也君子萬年介爾昭明【疏】將行楚茨同昭亦明也時邁臣工皆曰明昭

昭明有融高朗令終【傳】融長朗明也始於饗燕終於享祀令終有俶公尸嘉告【傳】俶始也公尸天子以卿言諸侯也【疏】融長爾雅釋詁文郭注云宋衞荆吳之間曰融東方之日箋日在東方其明未融昭五年左傳明而未融服注云融高也長高義亦相近爾雅明朗也二字互訓說文朖明也今作朗傳文始於饗燕終於享祀始終二字疑互譌當作終於饗燕始於享祀今本錯亂不可通矣此章之義上二句承上二章也下二句起下二章也云終於饗燕者以釋經令終之義旣醉以酒旣飽以德傳旣者盡其禮終其事醉酒飽德乃饗燕中事是終爲饗燕非爲享祀也云始於享祀者卽釋經有俶之義令終有俶公尸嘉告傳云俶始也公尸嘉告乃

享祀中事是始爲享祀非爲饗燕也凡祭有正祭明日之祭爲繹祭繹有賓尸之禮禮畢又有饗燕賓客行旅酬之禮蓋既醉一篇爲饗燕賓客而作言饗燕者必本始於享祀此善終者如始也楚茨云爲賓爲客獻酬交錯禮義卒度笑語卒獲神保是格報以介福萬壽攸酢又云爾肴既將莫怨具慶既醉既飽小大稽首使君壽考皆因饗燕以推本於享祀獲福則楚茨三章六章與此篇詩意正合也正義謂禮以祭爲重故謂之終祭禮爲終則與人交接爲始孔不能釐正鄭誤强爲曲解失之俶始繹詁文○正義云白虎通引曾子曰王者宗廟以卿爲尸射以公爲耦不以公爲尸避嫌三公尊近天子親稽首拜尸故不以公爲尸常時傳記有此說故知宗廟之尸必以卿也案傳言天子尸以卿爲之故曰公尸公君也疑傳文言諸侯也四字後人據鄭箋增入正義云傳言以卿爲非諸侯者故又言諸侯入爲卿大夫以申足傳說然則傳言卿箋言諸侯孔所據與今本異曲禮疏云祭祖則用孫列天子諸侯雖取孫列用卿大夫爲之故既醉注天子以卿鄭箋諸侯入爲天子卿大夫故云公尸是傳文無此四字又可證矣宣八年公羊注禮天子以卿爲尸諸侯以大夫爲尸卿大夫以下以

孫爲尸傳云天子以卿正與逸
禮合也告讀嘏以慈告之告

其告維何籩豆靜嘉傳恆豆之菹水草之和也其醢陸產之物也加豆陸產也其醢水物也籩豆之薦水土之品也不敢用常褻味而貴多品所以交於神明者言道之徧至也朋友攸攝攝以威儀傳言相攝佐者以威儀也疏爾雅嘉善也靜與靖通靖亦善也傳引禮記郊特牲文以釋經籩豆靜嘉之義水草之和和調和也禮記和下衍氣字非也朝事薦腥饋食薦孰二者皆爲正祭則所云恆豆者謂朝事之豆饋食之豆也加豆者謂加豆之實也禮記疏云醢人加豆爲尸食訖酳尸所加之豆是也豆皆有菹有醢說文菹酢菜也是菹作菜水草亦可作菹也說文醢肉醬也牛羊豕之肉皆爲醢亦陸產之所兼也云加豆陸產者若筍菹亦陸所產也云其醢水物者若魚爲水物可作醢也鄭注周禮云凡醓醬所和細切爲齏全物若䐑爲菹齏菹之稱菜肉通

是菹亦醢也記文於菹言水草於醢言陸產又於加豆不言菹於加豆之醢但言水物凡饌以豆爲本故言豆而不及籩皆互文錯見之例記文正謂天子祭祀之事毛傳引之亦此意也鄭注禮記以饋豆爲諸侯朝事加豆爲諸侯饋食葢以菹悉用水物醢悉用陸產與天子不同爲說正義卽本鄭注以申毛傳誤矣傳既引禮記文又云言道之徧至也者籩政平氣和所致故也此鄭申毛也正義謂道之徧而至於水土亦誤○假樂傳云朋友謂羣臣也葢在正祭爲助祭之羣臣而在繹祭則爲與燕之賓客此云朋友猶楚茨之賓客統繹祭而名之耳經言攝傳云攝佐此益其辭以明其義詩述聞云攝卽佐也襄三十一年左傳引此詩杜預注曰攝佐也白帖三十四引詩朋友攸攝攝以威儀攝佐也與毛詩義同而文異葢本韓詩也

威儀孔時君子有孝子孝子不匱永錫爾類（傳）匱竭類善也（疏）瞻卬篇威儀不類傳類善也時與類同義頍弁傳云時善也君子孝子謂成王也有語詞○匱竭古聲同部不竭猶無已也禮記祭統云大孝不匱博施備物可謂不匱矣又皇矣傳云類善也勤施無私曰

類此傳以不匱爲不竭卽是博施備物以類類爲善卽是勤施無私博施勤施其意與下章壼廣之義相通則不匱與類非有二義也永長錫予爾爾孝子也言孝子有不竭之善則祖考之神長予孝子以善也永錫爾類與楚茨篇永錫爾極句義皆同隱元年左傳君子曰潁考叔純孝也愛其母施及莊公詩曰孝子不匱永錫爾類其是之謂乎施卽所謂博施勤施也引詩以美潁考叔之孝又成二年傳賓媚人對晉師曰吾子布大命於諸侯而曰必質其母以爲信其若王命何且是以不孝令也詩曰孝子不匱永錫爾類若以不孝令於諸侯其毋乃非德類也乎類亦德也引詩以譏晉人之不孝兩引詩皆義取不匱原有廣施及人之意孝子有是善祖考長予之以善故國語謂不忝前哲以釋此詩之類也類字皆不作族類解方言云類法也法與善義亦相近

其類維何室家之壼傳壼廣也**君子萬年永錫祚胤**傳胤嗣也疏說文口部壼宮中道从口象宮垣道上之形壼壼本爲宮中衖名引申之則爲廣廣之言擴充也孟子云苟能充之足以保四海苟不充之不足以事父母

正與此廣訓合正義引王肅云其善道施於室家而廣及天下○爾雅肩嗣續繼也肩爲繼亦爲嗣互相爲訓祚當依釋文作胙說文有胙無祚肉部胙祭福肉也因之凡福皆曰胙胙肩肩胙也永錫胙肩言長子孫以福祿也孝子對祖考而言故永錫爲祖考之神長子之爾永錫同若謂天長予之則失其義矣下章天被爾祿纔說到天命耳周語晉羊舌肸引此詩而釋之云類也者不忝前哲之謂也壼也者廣裕民人之謂也萬年也者令聞不忘之謂也肩也者子孫蕃育之謂也單子朝夕不忘成王之德可謂不忝前哲矣膺保明德以佐王室可謂廣裕民人矣若能類善物以混厚民人者必有章譽蕃育之胙則單子必當之矣毛傳類善壼廣肩嗣悉本國語立訓與昊天有成命篇同

其肩維何天被爾祿（傳）祿福也君子萬年景命有僕（傳）僕附也（疏）祿福釋詁文天保曰百祿假樂曰百福皇矣曰受祿假樂曰受福是祿福同也六書故引此詩毛傳有景大也三字景命大命也僕讀與樸同考工記輪人欲其樸屬鄭司農樸讀如子南僕之僕鄭注

云樸屬猶附箸堅固貌
也角弓傳云附箸也
其僕維何釐爾女士(傳)釐予也釐爾女士從以孫子(疏)
釐讀爲賚楚茨傳賚序皆云賚予也正義引爾雅釐予
賜也今釋詁作賚予賜也釐賚聲同予賜義同爾亦女
也爾女二字連文孟子盡心篇人能充無受爾女之實
此卽爾女連文之證序云人有士君子之行卽指此章
末之士而言之也繁露俞序篇云是亦始於麤粗終於
精微教化流行德澤大洽天下之人人有士君子之行
而少過矣案董說雖不釋詩而與詩義合毛讀女音汝
鄭讀女如字箋云予女以女而有士行者謂生淑媛使
爲之妃與毛詩序不合而與列女傳毋儀
篇引詩義合蓋鄭用魯詩也爾雅從重也

鳧鷖五章章六句

鳧鷖守成也大平之君子能持盈守成神祇祖考安樂
之也(疏)此繹祭賓尸之詩承上篇由饗燕之終以推本
乎享祀之始所以完令終有俶公尸嘉告之意

也

鳧鷖在涇公尸來燕來寧（傳）鳧水鳥也鷖鳧屬大平則萬物衆多**爾酒既清爾殽既馨**（傳）馨香之遠聞也**公尸燕飲福祿來成**（疏）爾雅舒鳧鶩鸍沈鳧鸍音施詩之鳧即沈鳧也正義引義疏云大小如鴨青色卑腳短喙水鳥之謹愿者也方言云野鳧甚小而好沒水中者南楚之外謂之鷿鷉大者謂之鶻蹏楚策小臣之好射鶀鴈羅鸗集韻云鸗小鳧也此皆鳧之異名也倉頡解詁云鷖鷗也一名水鴞周禮巾車安車雕面鷖總鄭司農注云鷖讀爲鳧鷖之鷖鷖總者青黑色以繒爲之鷖青黑色陸元恪謂鳧青色則鷖與鳧形色皆相似案五章皆以鳧鷖發端水鳥之衆多由大平之所致也此傳云大平則萬物衆多魚麗傳亦云大平而後微物衆多義同又魚麗序美萬物盛多可以告於神明箋告於神明者於祭祀而歌之亦與此詩義合○詩小學云按此篇涇沙渚潨亹一例不應涇獨爲水名鄭箋涇水中也今本誤作水名下文及下章箋皆云水鳥

居水中承拄涇爲言引爾雅直波爲徑釋名水直波曰涇涇徑也涇徑徑同謂大水中流徑直孤往之波奐案涇水中也與下章傳沙水旁也渚沚也潀水會也疊山絶水也同一例此當是傳文非箋語古本傳當云鳬水鳥也大平則萬物衆多涇水中也箋云鷖鳬屬也水鳥而居水中猶人爲公尸之在宗廟也故以喻焉今本傳於鳬水鳥也下衍鷖鳬屬三字而又以涇水中也四字攙入箋語皆係轉寫致誤李善注文選西都賦云毛萇詩傳曰鳬水鳥鄭玄詩箋曰鷖鳬屬也據此知傳箋非舊本矣○既醉傳云公尸天子以卿燕燕飲也正祭之尸唯祭酒啐酒而已繹祭以賓禮事尸故尸得燕飲之也寧安也言孝子之心安也每章言公尸來燕又言公尸燕飲是來燕就公尸說來寧來宜來處來宗熏熏皆就孝子說易林大有之鳬鷖游涇君子以寧履德不愆福祿來成焦以君子以寧解來寧得其指矣來皆詞也爾爾孝子也爾酒既清所謂清酒既載也賓之初筵傳肴豆實也生民篇卬盛于豆于豆于登其香始升此傳云馨香之遠聞也者卽所謂其香始升也樛木傳成就也福祿來成猶云福履成之也履祿也福祿來爲猶云福祿媲之也媲厚也福祿來下猶云福祿攸降也福祿

來崇猶云福祿申之也來亦皆助詞

鳧鷖在沙公尸來燕來宜傳沙水旁也宜宜其事也爾酒既多爾殽既嘉傳言酒品齊多而殽備美公尸燕飲福祿來爲傳厚爲孝子也疏傳以水旁釋沙謂水旁多積散石非謂水旁名沙也說文云沙水散石也从水少水少沙見爾雅潬沙出沙出即水少沙見之謂今俗評水旁爲水灘灘即潬之轉語矣郭注云今河中呼水中沙堆爲潬謂潬在水中乃即瀨也說文瀨水流沙上也瀨與潬不同○爾雅宜事也宜謂宜其事采蘩傳云事祭事也朋友攸攝攝以威儀所謂宜其事也云言酒品齊多而殽備美下當有也字今奪齊多釋多備美釋嘉上篇傳云籩豆之薦水土之品也不敢用常褻味而貴多品所以交於神明者言道之徧至也二傳意同爲造也孝子即既醉之孝子亦即序大平之君子謂成王也孝子對公尸之稱永錫爾類永錫胙胤皆所謂厚爲孝子也

鳬鷖在渚公尸來燕來處傳渚沚也處止也爾酒既湑爾殽伊脯公尸燕飲福祿來下疏采蘩傳沚渚也渚沚通訓處止江有汜同止讀如君子至止之止一說止容止也○伐木傳以藪曰湑又云湑莤之也莤讀爲縮藪莤皆去汁滓之義箋湑酒之泲者也士冠禮注湑淸也內則注淸泲也爾酒既湑猶云爾酒既淸矣說文云脯乾肉也

鳬鷖在潨公尸來燕來宗傳潨水會也宗尊也既燕于宗福祿攸降公尸燕飲福祿來崇傳崇重也疏說文云小水入大水曰潨詩曰鳬鷖在潨此許申毛也箋潨水外之高者也正義云水外之地潨然而高蓋涯涘之中復有偏高之處廣雅亦云潨厓也案潨爲厓必本三家詩義傳箋本無不通傳云水會卽是衆水相入交會之處便是水旁厓岸之地公劉傳芮水厓也說文汭水相入也芮與汭同水相入謂之汭亦謂之潨水厓謂之汭亦謂之潨訓異而義得相通若謂毛鄭義異失之矣○宗尊雙聲通用若晉伯宗國語穀梁傳作伯尊之例公尸在廟

中則全乎君故以尊詁宗也王肅云尊敬孝子即箋尊主人之意然尸以象神不應尊人自當以孝子尊公尸爲義優也雲漢靡神不宗宗尊也二傳意同既燕于宗即承上文爲言于于是也宗者亦謂孝子之尊公尸五章每中間二句皆就孝子能敬養公尸而公尸克饗以爲說此雖文變而義無殊也崇重釋詁文烈祖申錫無疆傳云申重也崇與申義同

鳧鷖在亹公尸來止熏熏傳亹山絕水也熏熏和說也**旨酒欣欣燔炙芬芬公尸燕飲無有後艱**傳欣欣然樂也芬芬香也無有後艱言不敢多祈也疏亹山絕水義未聞亹者釁之俗字絕渡也猶通也亹爲山間通水之處與首章涇水中也一意爾雅釋厓岸谷者澂水經滋水注引爾雅作微郭注云微水邊通谷也微亹一聲之轉箋云亹之言門也漢書地理志金城郡浩亹顏師古云亹者水流夾山岸深若門也即引詩鳧鷖在亹顏注與鄭箋聲讀相同當本三家舊讀續志蜀郡湔氐道劉昭注云蜀王

本紀曰縣前有兩石對如闕號曰彭門彭門浩亹亦一聲之轉○來止當依說文作來燕上四章皆云來燕也說文醺醉也詩曰公尸來燕醺醺許依字作醺故爲醉其實詩義不爲醉也繹祭祭畢尸既出其時賓客行旅酬之禮始有醉酒飽德之事此云公尸燕飲尚未及旅酬之節不得言醉傳云和說祭義所謂饗之必樂也大玄交次四往來熏熏得亾之門測曰往來熏熏與神交行也與詩熏熏同文遯東京賦君臣歡樂具醉熏熏薛綜注云熏熏和說貌薛本毛訓爾雅欣欣樂也重言曰欣欣正義云樂謂尸之樂是也說文芬或作芬信南山亦曰芬芬此傳云芬芬香也首章傳云馨香之遠聞也兩香字同意言燔炙猶殽也士喪禮筮宅命曰度茲幽宅兆基無有後艱無有後艱蓋當時有此常語生民云庶無罪悔以迄于今後卽今也艱猶罪悔也文義正同傳云言不敢多祈也者所祈止于是而巳禮器君子曰祭祀不祈莊子讓王篇時祀盡敬而不祈喜喜福也呂覽誠廉篇作不祈福文義與詩同

假樂四章章六句

假樂嘉成王也

假樂君子顯顯令德宜民宜人受祿于天〔傳〕假嘉也宜民宜人宜安民宜官人也保右命之自天申之〔傳〕申重也〔疏〕假嘉爾雅釋詁文序亦以嘉詁假也左傳文二年公賦嘉樂襄二十六年晉侯賦嘉樂禮記中庸篇引詩嘉樂君子此以嘉詁假之證維天之命雖同大明傳云嘉美也嘉者美歎之詞嘉樂二字不連讀君子謂成王也廣雅云顯顯箸也禮記作憲憲孔疏云詩本文憲憲爲顯顯與此不同者齊魯韓詩與毛詩不同故也○宜民宜人句承上令德起下受天命宜民爲宜安民宜人爲宜官人傳必分釋之者因末二章皆言成王之能官人末二句又帶及安民之意而與凡泛言民人者不同故也漢書董仲舒傳詩云宜民宜人受祿于天爲政而宜於民者固當受祿于天此三家詩與毛詩異保右命之據上下文義此命之當是天命之中庸引詩作保佑而釋之云故大德者必受命言受天命也大明保右命爾傳右助也命亦天命與此保命同申之言申之以

福祿也采叔福祿申
之傳亦云申重也
千祿百福子孫千億穆穆皇皇宜君宜王傳宜君王天
下也不愆不忘率由舊章疏旱鹿傳云干求也祿福義
同於祿言干於福言百互
詞也千億言子孫衆多也千祿百福子孫千億二句承
上章自天申之意穆穆皇皇又以美成王之令德也文
王傳穆穆美也泮水傳皇皇美也少儀云言語之美穆
穆皇皇與此義同宜君宜王釋文作且君且王云一本
且作宜字案作宜字是也宜民宜人兩宜字平列宜君
宜王上宜字實下宜字作語助無實義兩宜字不平列
詁訓中多有此例初不泥於句法也傳云宜君王天下
言成王有此穆穆皇皇之令德固宜君王天下耳斯干
朱芾斯皇家室君王與此君王同若經作且字則傳言
且君王天下也語難通矣正義云君王別文傳幷言之
者以其俱有宜文故總而釋之言宜君者宜君天下宜
王者宜王天下正義本作宜而君王分解非傳之恉○
愆傳愆過也孟子離婁篇引詩釋之云遵先王之法而
過者未之有也漢書郊祀志云舊章先王法度又繁露

郊語篇云舊章者先聖人之謂文章也竝與孟子釋詩同

威儀抑抑德音秩秩（傳）抑抑美也秩秩有常也無怨無惡率由羣匹受福無疆四方之綱（疏）猗嗟傳訓抑爲美重言之曰抑抑故亦云美也秩讀咸秩無文之秩秩有次弟之意重言之曰秩秩傳云有常有典常也意承上章率由舊章爲訓爾雅釋訓抑抑密也秩秩清也箋用釋訓文或本三家詩○皇矣詢爾仇方傳仇匹也與此匹同義匹亦仇也箋云循用羣臣之賢者其行能匹耦己之心繁露楚莊王篇百物皆有合偶偶之合之仇之匹之善也引詩云無怨無惡率由仇匹案此爲鄭箋所本毛無傳下章釋朋友爲羣臣則此羣匹爲羣臣傳意亦然也卷阿豈弟君子四方爲綱與此四方之綱句義相同

之綱之紀燕及朋友（傳）朋友羣臣也百辟卿士媚于天子不解于位民之攸塈（傳）塈息也（疏）之綱承上章綱紀連文故又言之紀

也綱紀指羣臣說四月滔滔江漢南國之紀傳其神足以綱紀四方又棫樸勉勉我王綱紀四方言文王官人足爲四方之綱紀雲漢散無友紀亦謂因荒散亂無朋友之綱紀義竝同之綱之紀燕及朋友言朋友足以綱紀四方故天子欲燕飲之也伐木六月沔水雲漢皆天子稱臣爲友沔水傳云邦人諸友謂諸侯也此云朋友羣臣也者揆下言卿士故不專指諸侯說○百辟謂外諸侯也卿士謂內諸侯也桑扈之百辟爲憲猶六月之萬邦爲憲也烝民之式是百辟猶嵩高之式是南邦也雲漢傳羣公先正百辟卿士也亦以百辟爲羣公卿士爲先正可證思齊傳云媚愛也不當作匪烝民韓奕閟宮殷武皆作匪解匪不也或後人以匪訓不遂改經之匪字爲不字矣釋文作匪解舊本書鈔政術部十引此詩正作匪解塈息邶谷風同成二年昭二十一年哀五年左傳引詩皆作塈顏眞卿書郭令公家廟碑作民之攸㥁集韻八未云㥁通作塈案㥁者塈之俗字也正義引爾雅某氏曰民之攸呬本三家詩呬塈聲同塈息也息止也生民傳攸止福禄所止也匪解于位民之攸塈言羣臣皆不解於其位則天下民人同受福禄矣與首章傳云安民同意

公劉六章章十句

公劉召康公戒成王也成王將涖政戒以民事美公劉之厚於民而獻是詩也疏召公獻公劉周公陳七月召公相雒周公營雒左右成王二詩共作

篤公劉匪居匪康迺場迺疆迺積迺倉迺裹餱糧于槖于囊思輯用光傳篤厚也公劉居於邰而遭夏人亂迫逐公劉公劉乃避中國之難遂平西戎而遷其民邑於豳焉迺埸迺疆言脩其疆埸也迺積迺倉言民事時和國有積倉也小曰槖大曰囊思輯用光言民相與和睦以顯於時也弓矢斯張干戈戚揚爰方啟行傳戚斧也

揚鉞也張其弓矢秉其干戈戚揚以方開道路去之豳
蓋諸侯之從者十有八國焉（疏）篤訓厚厚者郇序云厚於民也匪不也康安也
經言公劉自郇之豳之事故傳先釋居郇遭亂辟難以
釋經不居不安之義云遷民邑豳又揆下文以總釋去
豳之由亦以美公劉有厚於斯民之道也生民傳堯見
天因郇而生后稷故國后稷於郇是郇后稷之舊邦也
至公劉亦國於郇白虎通義京師篇言公劉去郇之豳
與毛傳公劉居郇義合傳云遭夏人亂辟中國難者史
記劉敬傳周之先自后稷堯封之郇積德累善十有餘
世公劉避桀居豳漢書同此公劉爲避桀之確證也又
史記匈奴傳夏道衰而公劉失其稷官變於西戎邑于
豳其後三百有餘歲戎狄攻大王亶父亶父亾走岐下
漢書同計商祀六百公劉至大王三百餘歲此又公劉
在夏末商初之確證也漢書古今人表公劉列於夏末
有以也公劉者不窋之孫周語云昔我先王世后稷以
服事虞夏及夏之衰也棄稷不務我先王不窋用失其
官而自竄于戎狄之閒周語又云昔孔甲亂夏四世而
殞戴氏震詩考正云不窋已上世爲后稷之官不知凡

幾傳之不窋然後失其官也史記周本紀后稷之興在陶唐虞夏之際皆有令德后稷卒子不窋立亦謂最後之爲后稷者卒其子不窋立也夏之衰疑在孔甲時孔甲之後帝皐帝發帝桀不窋之後鞠公劉此代系不甚遠者案戴說是矣不窋及夏衰在孔甲時公劉遭夏亂乃在帝桀世亦既章章可考官謂王官后稷之官也夏都冀州邰在雍州之西爲古戎狄地竄匿也竄于戎狄者不窋失王官而匿就邰國故至公劉初年尚在於邰耳昭九年左傳詹桓伯曰我自夏以后稷魏駘芮岐畢吾西土也駘與邰通周在夏地不及邰岐已北則終夏之世尚無豳土可知公劉棄夏人亂自邰之豳非失邰也豳亦非周故有也周故有邰地後公劉啓豳土故詩中紀邰豳風土綦詳釋文引書大傳云公爵劉名也疑公劉爲商之三公故稱公受商命故得張弓矢秉斧鉞公劉當日必有佐成湯平攘西戎之功焉後漢書西羌傳后桀之亂畎夷入居邠岐之閒成湯既興伐而攘之則毛傳所云公劉平西戎者蓋在此時也要之唐虞以來終夏之世國於邰夏末商初國於豳歷公劉慶節皇僕差弗毀隃公非高圉亞圉公組至古公亶父自豳而岐焉邰岐豳皆屬漢右扶風界內涇水之南渭水之北

○治場積穀是紀居部事也伐木傳餱倉也餱糧卽糗糧也文選曹子建應詔詩注引此傳文有餱糧倉也四字橐囊皆裹糧之器僖二十八年甯子執納橐饘焉宣二年趙盾見靈輒餓爲之簞食與肉寘諸橐以與之此橐可裹糧也漢書東方朔傳奉一囊粟此囊可裹糧也史記陸賈傳索隱引詩傳大曰橐小曰囊與今本異又戴侗六書故引毛傳作無底曰橐有底曰囊恐出記憶之誤也裹餱糧於橐囊是紀去部事也孟子梁惠王篇引詩釋之居者有積倉行者有裹囊趙注云乃積穀於倉乃裹盛乾食之糧於橐囊也公劉遷豳固未嘗失部矣思詞也傳以和睦訓輯以顯於時訓光是民有居者亦有行者相與和睦以爲光顯也○傳訓戚揚爲斧鉞戚之爲言迫也爾雅越揚也鉞越皆從戉聲古祇作戉說文戚戉也戉大斧也淮南子兵略篇云主親操鉞持頭授將軍其柄曰從此上至天者將軍制之是鉞有發揚義也又云復操斧持頭授將軍其柄曰從此下至淵者將軍制之是斧有戚迫義也可以想像其遺制矣王制云諸侯賜弓矢然後征賜鈇鉞然後殺鈇與斧通爰於也方之言甫也啟行開道路也經言啟行耳傳乃探下章之義而云去之豳也諸侯之從者十有八國正義

云不知出何文

篤公劉，于胥斯原。既庶既繁，既順迺宣，而無永嘆。傳胥，相；宣，徧也。民無長嘆，猶文王之無悔也。陟則在巘，復降在原。何以舟之？維玉及瑤，鞞琫容刀。傳巘，小山別於大山也。舟，帶也。維玉及瑤，言有美德也。下曰鞞，上曰琫。言德有度數也。容刀，言有武事也。疏胥相繇同禮記善相土宏阪險原隰是即相原義也庶繁言人衆多也宣徧爾雅釋言文皇矣王此大邦克順克比傳慈和徧服曰順此詩既順即克順則徧即徧服慈和徧服即上章傳所謂民事時和民與和睦也周語劉康公曰寬肅宣惠君也寬所以保本也肅所以濟時也宣所以教施也惠所以和民也本有保則必固時動而濟則無敗功教施而宣則徧惠以和民則阜若本固而功成施徧而民阜乃可以長保民矣其何事不徹毛傳正本國語爲訓永長也嘆釋文正義皆作歎傳無悔宋本作無侮非也皇矣其德靡悔彼言文王之德民無無悔恨此言公劉之德民亦無長歎與文王同也此紀公劉居邰之事○說文無巘字疑毛詩本作獻獻原即皇矣之鮮原也此猶鮮羔即獻羔之例獻或作巘爾雅鮮或作⿰山鮮山旁皆後人所增誤正同爾雅小山別大山鮮又重甗隒畫然兩字釋名鮮誤爲甗解者即泥甗字作解而以小山別大山與重隒之厓岸細合爲一其誤始於劉熙之釋名孔仲達遂謂此與皇矣義別矣鮮原詳皇矣篇其地在岐周之東北南近於邰公劉從邰而出所涉之地故陟獻降原望北而行即上章啟行之所由徑也下文玉瑤鞞琫皆言在塗備武之事○小箋云舟即匍之假借故訓爲帶傳文瑤上奪維玉及三字依小箋補正木瓜報之以瓊瑤傳瓊瑤美石䃘佩集玉石爲之維玉及瑤言有玉與石也正義謂瑤是玉之別名誤佩有事佩有德佩鞞琫容刀事佩而玉瑤德佩故傳云言有美德也鞞琫說詳瞻彼洛矣篇傳文德字涉上文美德而衍言有美德言有度數言有武事文法一例正義云故云言有度數是本無德字可證瞻彼洛矣傳天子玉琫而珧珌諸侯璗琫而鏐珌大夫鐐琫而鐐珌士珕琫而珕珌此其度數也容刀佩刀也佩

刀以爲容飾故曰容刀瞻彼洛矣韎韐與鞞琫皆是武事之服飾公劉遷豳行備武事故亦有鞞琫容刀之佩也又采芑篇服其命服朱芾斯皇有瑲葱珩凡兵事又有葱珩之佩此言維玉及瑤者與采芑同意正義不得其解

篤公劉逝彼百泉瞻彼溥原迺陟南岡乃覯于京傳溥大覯見也**京師之野**傳是京乃大衆所宜居之也**于時處處于時廬旅于時言言于時語語**傳廬寄也直言曰言論難曰語疏百泉未聞疑近在於豳此即弟五章相其陰陽觀其流泉也或謂今三水縣諸泉水當之俱在涇北者非是傳訓溥爲大箋訓廣義同山脊曰岡岡即豳山之岡也豳山在百泉之南故曰南岡乃石經作迺覯見抑同爾雅作遘即五章既溥既長既景乃岡度其夕陽豳居允荒也陟岡觀京與定之方中升虛望楚文義相同傳是京乃大衆所宜居之也者也當作地字之壞也箋京地乃衆民所宜居之野也野

字理不可通御覽地部二十引箋作定居之地不誤可據以訂正矣傳云是京承于京言京師爲大衆云乃大衆所定居之地謂將營造都邑也疑此傳文當作是京乃大衆所定居之地也十一字以釋乃覯于京句併傳寫者又誤移在下句耳京大也京地大地也周以王者之居稱京師義取諸此○漢書食貨志在壄曰廬何注宣十五年公羊傳在田曰廬說文廬寄也秋冬去春夏居呂覽仲春紀耕者少舍高誘注云皆耕在野少有在都邑者也尚書厥民析散布在野此即所謂春夏居也然則廬者田中之廬八家廬井二畝半春夏所居故謂廬爲寄也旅衆也在野之衆謂之廬旅猶在邑之衆謂之里旅左傳敢煩里旅則近市者爲里旅也其時公劉於大地之野爲大衆定廬舍行井田法于時處處者猶緜詩迺慰迺止迺左迺右也于時廬旅者猶緜詩迺疆迺理迺宣迺畝也文義正同釋文及定本集注論曰難語正義本作荅難非也說文亦云直言曰言論難曰語直言者徒言之而已不待辨論也論難者理有難明必辨論之不已也古者處農就田野言言語語皆謂田野事也廣雅言言語語喜也蓋本三家義

篤公劉于京斯依蹌蹌濟濟俾筵俾几既登乃依乃造其曹執豕于牢酌之用匏（傳）賓已登席坐矣乃依几矣曹羣也執豕于牢新國則殺禮也酌之用匏儉以質也食之飲之君之宗之（傳）爲之君爲之大宗也（疏）于京斯依言於豳之大地依之以立國也楚茨傳云濟濟蹌蹌言有容也正義云公劉使人爲之設筵使人爲之設几賓來就燕既登席矣乃依几矣又云上言筵几此言登依則是登筵依几故云賓已登席矣乃依几矣正義本傳文登席下無坐字當據以訂正席筵也謂重席也几謂彤几也登席爲賓則依几爲主人矣說詳行葦篇正義又引左傳說饗禮設几而不倚此或兼食禮故得依几案公食大夫記不授几無阼席鄭注云公不坐也此言君臣其几席爲燕飲之禮○傳訓曹爲羣羣謂羣臣昭十二年左傳周原伯絞虐其輿臣使曹逃杜注曹羣也此曹即羣臣之證造爲也言爲其羣臣設飲食執豕用匏是其禮也周禮掌客凡禮賓客國新殺禮國新卽新國公劉

新國於豳執豕爲殺禮傳意本周禮爲訓也箋云酌酒以匏爲爵葢以一匏離爲二酌酒於其中是曰匏爵亦謂之瓢鬯人禜門用瓢齎鄭注齎讀爲齊取甘瓠割去柢以齊爲尊是也又謂之巹士昏禮實四爵合巹注合巹破匏是也凡郊祭與昏禮器皆用匏禮記郊特牲注此謂大古之禮器公劉新國用大古禮器以燕羣賓客傳云儉以質儉謂殺禮殷尚質也○燕有食飲之禮食飲猶飲食也君謂諸侯也諸侯君一國即爲一國之大宗版傳王者爲天下之大宗王者王天下即爲天下之大宗是天子諸侯皆得稱大宗也其時公劉爲諸侯始君豳國設酒食召族黨後子孫遵行以爲收宗睦族之常法

篤公劉既溥既長既景迺岡相其陰陽觀其流泉傳既景乃岡考於日景參之高岡其軍三單度其隰原徹田爲糧傳三單相襲也徹治也度其夕陽豳居允荒傳山西曰夕陽荒大也疏景日景也定之方中揆之以日傳揆度也度日出日入以知東西此

考日景之瀍也說詳定之方中篇既景迺岡句從上起下之詞正義云考其日景卽上旣溥旣長以日景考之也參之高岡卽下相其觀其是登岡視之也周語仲山甫曰國必依山川○胡承珙後箋云傳以單爲對複之名單者一也獨也三單者卽周禮凡起徒役無過家一人之謂蓋止用正卒爲軍不及其羨故曰單三軍故曰三單傳云相襲者猶言相代則三單之中尚有更休疊上之法此爲制軍之數案胡說與岳州王夫之詩稗疏略同王夫之略放春秋繁露爵國篇曰軍之說百畝以食八口除老弱婦女率可任者三人三分而用其一百畝而賦口口軍一卽後世之三丁抽一相襲謂上役休能更番充伍此皆足以申明經傳之恉言公劉之不欲盡民力如此也隰原猶原隰文倒之以協韻耳傳訓徹爲治嵩高徹申伯土田傳亦云徹治也箋治者正其井牧定其賦稅徹申伯土疆以峙其粻箋王使召公治申伯土界之所至彼箋與傳訓同而唯此箋讀徹爲周人百畝而徹之徹以申明徹治之義不知毛傳言治田不言徹法也韓奕維禹甸之甸治也箋與傳訓同而信南山篇甸讀爲四丘爲甸之甸以申明甸治之義不知毛傳言治山不言丘甸也鄭說俱非毛義○山西曰夕陽爾

雅釋山文湛露傳陽日也山之西夕見日故曰夕陽山之東朝見日故曰朝陽因之山東爲朝陽而山西爲夕陽矣夕陽建國則豳居在豳山之西地理志右扶風栒邑有豳鄉詩豳國公劉所邑方輿紀要邠州南有豳山三水縣東北二十五里有栒邑城縣西三十里有古豳城案豳城卽漢之豳鄉在栒邑縣界中非栒邑卽豳城也今三水縣在涇北栒邑在縣東邠州在涇南豳山在州南而公劉豳城猶在豳山之南南至邠城不及二百里豳土爲邠之北境邠入說文邑部則地名作邠山名作豳公劉遷邠爲豳山之邠邑是不踰涇水固較然矣徐廣云漆縣東北有豳亭今邠州西漢漆縣地

允語詞荒訓大者謂卽大衆所安居之地也

篤公劉于豳斯館涉渭爲亂取厲取鍛【傳】館舍也正絕流曰亂鍛石也**止基迺理爰衆爰有夾其皇澗遡其過澗**【傳】皇澗名也遡鄉也過澗名也**止旅乃密芮鞫之卽**【傳】密安也芮水厓也鞫究也【疏】白虎通義京師篇引詩于邠斯觀說文邠豳同

字觀乃館之假借字也傳云舍者止息之義則未有家室也下文正言營造都邑之事○正絶流曰亂爾雅釋水文正中也絶渡也水就下爲順流挽上爲逆流中水而渡是爲正絶流說文亂不治也中水而渡則水之不治者也渭水出鳥鼠山自西而東流入於河豳當渭之北厲碫產於渭南諸山涉渭中渡而取厲碫是爲亂經作爲傳作曰一也禹貢云入于渭亂于河梁州貢道浮潛逾河東北入渭沿流而東至今華陰縣之渭口西河水從北而南下由渭涉河從蒲州以達帝都此必中水而渡故亦爲亂大禹所名也詩書義同中山經陰山蠱尾之山多礪石厲與礪同鍛乃碫之假借字傳訓鍛爲石則厲亦石也說文云厲旱石碫厲石厲碫者斲礱之石也古者天子廟桷必加密石焉諸侯則斲之礱之取厲碫者爲營宗廟也邰在渭北涉渭而取厲碫則渭南亦在邰境此公劉新遷於豳而於故都取足材用焉周本紀云公劉渡渭取材用止基迺理爰眾爰有二句渾括緜詩篇義止基基亦止也緜詩云曰止曰時也迺理緜詩云迺疆迺理也眾有卽緜詩作廟立社之事眾有猶富有也箋以眾謂人有謂物眾有分釋恐非經意且下文止旅乃密始言人民耳○皇澗未聞寰宇記寧州

眞寧縣大陵水下引水經注曰大陵小陵水出巡河南姝川西南逕寧陽城故豳詩曰夾其皇澗陵水即皇澗矣今攷寧州在邠州北百四十三里眞寧縣又在州東中隔涇水鄜以陵水有南流之水即皇澗恐非是豳居在豳山之西皇澗在豳居之東故曰夾夾讀如夾右碣石之夾夾即挾也正義云皇澗縱在兩旁而夾之則誤以爲山夾水矣過澗未聞遡讀如如彼遡風之遡鄉逆風爲遡鄉逆流亦爲遡故兩傳皆云遡鄉也鄉猶偭也三蒼云逆流行水曰遡遡即遡字過澗當在豳居之西北兩澗皆出豳山皇澗逕豳居之東南流入於渭過澗逕豳居之西逆流北入於涇正義云過澗橫故在北而嚮之是也○旅衆也傳訓密爲安者言從遷之衆止豳乃安耳說文宓安也密宓聲相近芮水厓芮者汭之假俗字尚書左傳皆作汭說文汭水相入也案水相入即水會成厓之處汭者外水相入不謂水之內也傳訓鞫爲究者究之爲言曲也淇奧傳奧隈也奧或作澳亦作隩鞫者澳隩之假借說文氿水厓枯土也究即氿之假借傳意釋芮鞫爲水厓之曲曲兼有內曲外曲兩義箋乃分釋芮內隩鞫外鞫而後人遂因此箋改爾雅外爲隈作外爲鞫不知爾雅釋隩謂與鞫聲通則可而於大

雅之芮鞫初無涉也又案周禮職方氏其川涇汭鄭注云汭在豳地詩大雅公劉曰汭垙之即地理志右扶風汧芮水出西北東入涇詩芮阮雍州川也顏注阮讀與鞫同韓詩作芮阮與謂班用魯詩魯韓同字廣雅垙隈也說文之氿即阮垙之異文阮爲汭水之曲與毛傳鞫究同義唯汭爲水名義稍異毛傳之所謂水厓或即涇水之厓也胡渭云涇水東南流至邠州長武縣東芮水自平涼府靈臺縣界流經縣南而東注于涇公劉所居故豳城正在二水相會內曲之處朱右曾云水厓蓋主過澗而言公劉崎嶇戎狄立國豳谷境必不廣且豳城在涇水東汭水在涇水西詩不言涇豈得越涇而居芮此毛傳之精所以勝於韓詩也二說未知誰是即就也芮鞫之即言從遷衆民依就水厓之曲而徙處此也易益卦云中行告公從利用爲依遷國

泂酌三章章五句

泂酌召康公戒成王也言皇天親有德饗有道也〔疏〕藝文類聚職官部二楊雄博士箴云公劉挹行潦而濁亂斯清官操其業士執其經案此三家說泂酌爲公劉詩也

洞酌彼行潦挹彼注茲可以餴饎【傳】洞遠也行潦流潦也餴餾也饎酒食也豈弟君子民之父母【傳】樂以強教之易以說安之民皆有父之尊母之親【疏】洞讀爲迥假借字也爾雅迥遠也行潦流潦釆蘋同大東傳挹斞也廣雅斞酌也是挹與酌義同也有司徹注云注猶瀉也餴又作饙爾雅饙餾稔也稔又作餁郭注云今呼餐飯爲饙饙熟爲餾孫注云蒸之日饙均之日餾說文䭁滫飯也或作饙作餴餾飯氣蒸也詩正義引蒸作流爾雅釋文引蒼頡篇云餐饙也案餾與餐聲義相近故饙餾並有餐飯之義餐即滫也饎酒食與天保同方言糦孰食也氣孰日糦饎糦同字酒食氣孰亦日饎餴饎者謂以水餐酒食也箋云可以洪酒食之餴○禮記表記篇詩云凱弟君子民之父母凱以強教之弟以說安之使民有父之尊有母之親傳所本也凱俗豈字傳豈作樂弟作易者葢以訓詁字代之也各本母之親上有有字俗依禮記增入傳固不必悉依禮記文也鄭注云有父之尊有母之親謂其尊親己如父母呂覽不屈篇惠子曰詩曰愷悌君

子民之父母愷者大也悌者長也君子之德長且大者則爲民父母此本三家義而意則同

洞酌彼行潦挹彼注茲可以濯罍傳濯滌也罍祭器豈弟君子民之攸歸疏周禮大宰宰夫大宗伯小宗伯肆師竝有眂滌濯之文是滌濯連文同義故傳訓濯爲滌也罍祭器者周禮司尊彝追享朝享其再獻用兩山尊鄭司農注云山尊山罍也禮記明堂位尊用犧象山罍夏后氏之尊也禮器廟堂之上罍尊在阼犧尊在西君西酌犧象夫人東酌罍尊是罍爲祭器矣又司尊彝六尊皆有罍諸臣之所昨也鄭司農注云罍臣之所飲也詩曰缾之罄矣維罍之恥案此亦宗廟之罇也爾雅彝卣罍器也小罍謂之坎卣中尊也郭注云罇形似壺大者受一斛

洞酌彼行潦挹彼注茲可以濯漑傳漑清也豈弟君子民之攸塈疏漑當依釋文作概匪風傳概滌也此篇濯概連文濯爲滌則概爲清矣連言之曰濯概周禮世婦掌祭祀賓客之事帥女宮而濯概爲齍盛鄭注云概拭也爾雅拭清也拭古作飾清同瀞說

文瀞無垢薉也案上言濯鬵爲滌祭器此言濯摡則所包者廣不特祭器矣何以明之特牲饋食禮宗人升自西階視壺濯及豆籩反降東北面告濯具注濯摡也此士禮也少牢饋食禮雍人摡鼎匕俎于雍爨廩人摡甑甗匕與敦于廩爨司宮摡豆籩勺爵觚觶凡洗篚于東堂下注凡摡者皆陳之而後告絜此大夫之禮也天子饋食禮無明文首章餴饎則爲饋食可知二章視滌濯祭器三章視滌濯祭器又兼告絜傳云清者清猶絜也可據特牲少牢二禮例推而知傳義本諸此○假樂篇民之攸塈傳云塈息也

卷阿十章六章章五句四章章六句

卷阿召康公戒成王也言求賢用吉士也

有卷者阿飄風自南（傳）興也卷曲也飄風迴風也惡人被德化而消猶飄風之入曲阿也豈弟君子來游來歌以矢其音（傳）矢陳也（疏）說文卷厀曲也是卷有曲義卷阿曲阿也匪風傳云迴風爲飄

又云發發者非有道之風何人斯彼何人斯其爲飄風傳云飄風暴起之風竝與此飄風同興者以曲阿爲興起德化之地以飄風爲惡人惡人消則賢人道長矣故王者以德化養育人材爲亟務此召康公戒成王之意○君子謂賢人也游優游也歌歌舞也言樂易之君子優游歌舞以陳其德音是能以德化者也來語詞此章矢音與末章矢詩首尾相應故傳竝訓矢爲陳也韓詩外傳釋此詩云以陳盛德之和而無爲也

伴奐爾游矣優游爾休矣傳伴奐廣大有文章也**豈弟君子俾爾彌爾性似先公酋矣**傳彌終也似嗣也酋終也疏說文伴大皃禮記大學篇心廣體胖注胖猶大也胖與伴伴通是伴有廣大義也論語泰伯篇奐乎其有文章是奐與有文章義也汪龍詩異義云傳釋伴奐爲廣大有文章箋釋伴奐爲自縱弛之意稽古編謂如鄭解則與優游意複不如毛義之當但王肅述毛云周道廣大而有文章故君子得以樂易而來游優游而休息獨以伴奐指王而分游與優游爾休指君子割截經語不成文義又下二章首二句皆指王不應此獨異斷井

毛旨因參鄭箋而爲之解曰廣大而有文章爾王可得
游娛矣從容而自得爾王可得休息矣廣大有文章言
規模制度宏遠明備故天下底定而王得安享大平所
謂爾游也優游爾休又承天爾游而申成之陳氏此解允
合經義○俾當作卑下同彌終生民同終猶盡也似讀
與嗣同酋終爾雅釋詁文注引詩作嗣先公爾酋矣是
郭所據作爾酋酋與下章百神爾主矣純嘏爾常矣同詞
案有爾字似優也酋正義本作遒爾雅釋文云郭音遒
是郭所見詩當作遒遒與詩正義同今詩作酋者依爾雅
也酋古遒字說文遒迫也段注云終與迫義相成箋云
嗣先君之功而終
成之此箋申傳也

爾土宇昄章亦孔之厚矣傳昄大也**豈弟君子俾爾彌爾性百神爾主矣**疏土宇猶言封畿也昄大釋詁文抑傳云章表也厚篤厚也長發四章云受小球大球爲下國綴旒何天之休五章云受小共大共爲下國駿厖何天之龍傳以綴旒爲表章駿厖爲大厚言法度章明又能篤厚而行之文義相同孟子萬章篇云使之主祭而百神饗之所謂百神爾主也

爾受命長矣茀祿爾康矣（傳）茀小也豈弟君子俾爾彌爾性純嘏爾常矣（傳）嘏大也（疏）受命受天子命爾受命長矣文王傳云我長配天命而行也爾雅茀小也茀茀聲同故義通傳緣本句康字復對下文純嘏字故以茀祿爲小祿也民勞汔可小康又禮記禮運禹湯文武成王周公六君子是謂小康鄭注云康安也言小安者失之則賊亂將作傳意本禮記以寓戒成王之意也箋茀福也爾雅祓福也郭注引詩祓祿康矣奪爾字鄭依三家詩嘏大賓之初筵同純亦大也

常猶長也

有馮有翼有孝有德以引以翼（傳）有馮有翼道可馮依以爲輔翼也引長翼敬也豈弟君子四方爲則（疏）說文凭依几也讀若馮馮凭聲同傳釋馮爲道可馮依翼讀孟子輔之翼之之翼爾雅孝享也有孝有德言能有享德也下有字爲助詞引長翼敬行葦同詩異義云傳以馮翼孝德爲賢者之德引翼言王當長尊之恆敬之此篇本

戒王求賢不及祭事箋易傳爲廟中事尸之禮
恐非詩意且與豈弟君子四方爲則不相承接

顒顒卬卬如珪如璋令聞令望（傳）顒顒溫貌卬卬盛貌

豈弟君子四方爲綱（疏）易觀有孚顒若馬注云顒敬也重言曰顒顒說文匕部卬望也孟子望望然去之望望卽卬卬也氣盛謂之卬卬則德盛亦謂之卬卬矣傳於上章馮翼爲君子之德不爲君德則此章顒顒卬卬亦爲君子之德不爲君德顯然明白荀子正名篇有兼聽之明而無奮矜之容有兼覆之厚而無伐德之色說行而天下正說不行則白道而冥窮是聖人之辨說也郎引此詩蓋荀子亦就在下位君子言之無奮矜之容無伐德之色經之所謂顒顒傳之所謂溫貌也有兼聽之明有兼覆之厚經之所謂卬卬傳之所謂盛貌也淮南子俶眞篇聖人呼吸陰陽之氣而羣生莫不顒顒然仰其德以和順又荀子賦篇卬卬兮天下之咸蹇也楊注云卬卬高貌竝與傳訓義相近爾雅釋訓釋此詩云顒顒卬卬君之德也箋因謂王有賢臣切磋故君有此顒顒卬卬之德其說與爾雅合與毛傳不合又毛傳釋顒顒曰溫釋卬卬曰盛言其德溫

恭又充盛是溫盛二義相因下義卽申足上義顒顒卬卬之不平列猶上章馮翼之不平列矣箋以顒顒指體貌卬卬指志氣亦與毛傳不合說文珪古文圭字釋文聞本亦作問爾雅釋詁疏荀子正名篇文選王融曲水序史岑出師頌注舊本書鈔帝王五引詩皆作問

鳳皇于飛翽翽其羽亦集爰止傳鳳皇靈鳥仁瑞也雄曰鳳雌曰皇翽翽衆多也藹藹王多吉士維君子使媚于天子傳藹藹猶濟濟也疏說文鳳神鳥也靈亦神也傳既釋鳳皇爲靈鳥而又申言之云仁瑞也者此卽用修母致子之義正義云五行傳及左氏說皆云貌恭體仁則鳳皇翔言行仁德而致此瑞毛意用臣之仁以致南方鳳昭二十九年左傳水官廢龍不生得彼言臣修水職致東方龍則毛與左說同以用臣所致者皆修母致子應也爾雅釋鳥鶠鳳其雌皇說文鶠鳥其雌皇一曰鳳皇也疑許據爾雅鶠下無鳳字故以鶠爲鳳皇別名然其雌爲皇則鳳爲雄與傳義同也爾雅釋文引義疏云雄曰鳳雌曰皇一名

鷗其雛名鸑鷟或曰鳳一名鸑鷟傳訓翽翽爲衆多箋云翽翽羽聲也鳳皇往飛翽翽然亦與衆鳥集於所止衆鳥慕鳳皇而來喻賢者所在羣士皆慕而往仕也因時鳳皇至故以喻焉案此箋申傳也翽翽本爲鳳皇之羽鳳皇飛則其羽必衆多又不專指鳳皇矣韓詩外傳黃帝服黃衣戴黃冕致齋于宫鳳乃蔽日而至黃帝降于東階西向再拜稽首曰皇天降祉不敢不承命鳳乃止帝東園集帝梧桐食帝竹實沒身不去詩曰鳳皇于飛翽翽其羽亦集爰止鳳蔽日而至即說文所謂鳳飛羣鳥從以萬數故鳳古作朋字是已正義乃引尚書臯陶謨鄭注尚書中候以鳳皇來必衆多似不若箋說爲備○王注楚辭九歎藹藹盛多貌此云猶濟濟者亦盛多之意爾雅藹藹濟濟止也郭注云皆賢士盛多之容止說文藹臣盡力之美竝與傳訓同思齊傳云媚愛也

鳳皇于飛翽翽其羽亦傅于天藹藹王多吉人維君子命媚于庶人（疏）傳讀與附同箋云傳猶戾也

鳳皇鳴矣于彼高岡梧桐生矣于彼朝陽（傳）梧桐柔木

也山東曰朝陽梧桐不生山岡大平而後生朝陽菶菶萋萋雝雝喈喈(傳)梧桐盛也鳳皇鳴也臣竭其力則地極其化天下和洽則鳳皇樂德(疏)梧與桐二木名爾雅云櫬梧又云榮桐木說文云梧梧桐木一曰櫬又云榮桐木也桐榮也詩之梧卽一名櫬一名梧桐詩之桐卽一名榮矣正義云梧桐可以爲琴瑟是柔刃之木故曰柔木山東曰朝陽爾雅釋山文郭注云旦卽見日朝陽卽高岡之東是也經文梧桐生矣卽承于彼高岡句故傳又申之云梧桐不生山岡大平而後生朝陽於梧桐言山岡於朝陽言大平互詞箋云鳳皇之性非梧桐不棲此以箸鳳皇梧桐連及之義也周語周之興也鸑鷟鳴于岐山三君注云鸑鷟鳳之別名也詩云鳳皇鳴矣于彼高岡其在岐山之脊乎曾子天圓篇云鳳非梧不生○說文菶艸盛萋艸盛菶與萋皆本爲艸盛因之爲木盛猶芃本爲艸盛棫樸篇爲木盛矣詩言雝雝鳴鴈雞鳴喈喈雝喈本爲鳥鳴聲鳳皇亦鳥也傳意以菶菶萋萋句承梧桐生矣故云梧桐盛雝雝喈喈句承鳳皇鳴矣故云鳳皇鳴又

申明其鳴盛之所致云臣竭其力則地極其化者釋菶
菶萋萋句云天下和洽則鳳皇樂德者釋雝雝喈喈句
臣竭其力天下和洽亦互詞箸義也爾雅藹藹萋萋臣
盡力也噰噰喈喈民協服也郭注云梧桐茂賢士衆地
極化臣竭忠鳳皇應德鳴相和百姓懷附興頌歌奐疑
此藹藹乃菶菶之誤景純郎本毛傳爲解也箋以上句
喻君德盛下句
兼喻臣民和協

君子之車既庶且多君子之馬既閑且馳傳上能錫以
車馬行中節馳中法也**矢詩不多維以遂歌**傳不多多
也明王使公卿獻詩以陳其志遂爲工師之歌焉疏鐵四
傳閑習也行中節馳中法傳以釋經之閑馳上錫君子
以車馬是上能用賢人也○不多多桑扈同矢陳大明
皇矣同詩者志之所之也傳以獻詩陳志釋經之矢詩
公卿即指賢也言明王既能用賢使居公卿之位而又
使獻詩陳志周語天子聽政使公卿至於列士獻詩是
其義也歌樂歌工師樂人諳諸樂歌爲鑒戒之也詩異

義云傳意言王能用賢則在朝公卿皆賢人吉士使之獻詩陳志遂爲工歌令矇瞍賦誦以爲鑒戒矣詩與首章矣音同義故以不多爲反辭言賢人多其陳戒自多也箋誤解經矣詩爲召公自言陳作此詩因易傳以不多爲順辭疏又據箋此解申傳以不多爲多謂王能用賢不復須戒故以作詩爲煩多而公劉敘下疏謂此二句乃召公自言作意爲公劉泂酌卷阿三篇總結皆非經傳之旨

民勞五章章十句

民勞召穆公刺厲王也

民亦勞止汔可小康惠此中國以綏四方【傳】汔危也中國京師也四方諸夏也無縱詭隨以謹無良式遏寇虐憯不畏明【傳】詭隨詭人之善隨人之惡者以謹無良愼小以懲大也憯曾也柔遠能邇以定我王【傳】柔安也【疏】

傳訓汔爲危箋汔幾也稽古編云危卽近義鄭言幾正申毛意非易傳也爾雅嘰幾裁始危也譏汔也幾譏危汔轉互相通後箋云古人言幾每曰危漢書宣元六王傳恐無處所我危得之外戚傳今兒安在危殺之矣此皆以危爲幾意昭二十年左傳注汔其也彼疏云杜以幾其同聲故以汔爲其蓋杜訓其猶鄭言幾也彼漢書班超傳引此詩李賢注亦云汔其也要皆與危意相同非有異也○此詩五章四章皆言中國唯弟三章言京師故知中國爲京師也又弟四章言四國此言四方皇矣傳四國四方也京師爲中國故四國四方爲諸夏也長發傳云諸夏爲外茖之華箋云陵茖之餘喩如京師也其華猶諸夏也故或謂諸夏爲諸華華褎則黃猶諸侯之師旅罷病將敗則京師孤弱此箋亦云京師者諸夏之根本僖二十八年左傳釋詩云不失賞刑之謂也又昭二十年傳云施之以寬也不失賞刑卽是施寬此解詩惠綏之義也淮南子泰族篇內順而外寧內順解惠此中國句外寧解以綏四方句竝與傳義同○縱當依左傳作從箋以聽釋從其字不誤也說文云詭責也詭人之善卽隨人之惡詭隨疊韻連語傳雖分釋而同義也謹愼也詩五章每章皆以詭隨寇虐作對文傳云愼

小以懲大也者愼小謂上無從詭隨二句無良即是詭
隨以謹即是無從也懲大謂下式遏寇虐二句傳實爲
五章總釋也解者以愼小屬詭隨懲大屬無良失其指
矣廣雅釋訓云詭隨小惡也後漢書陳忠傳自順帝即
位盜賊竝起郡縣更相飾匿莫肎糾發忠上疏曰臣聞
輕者重之端小者大之源故隄潰蟻孔氣洩鍼芒是以
明者愼微智者識幾書曰小不可不殺詩云無縱詭隨
以謹無良蓋所以崇本絕末鉤深之慮也案忠言欲禁
盜賊必先愼微引詩上二句以爲謹小愼微之漸最合
傳意文王傳云遏止也憯曾節南山同說文朁曾也从
日兓聲詩曰朁不畏明是許所據毛詩作朁今節南山
十月之交雲漢皆作憯非古矣釋文作慘或依左傳改
也明猶法也不畏明法即是寇虐言爲政者用以遏止
之左傳釋詩云糾之以猛也傳云懲大即本糾猛之義
懲亦止也○柔釋文作揉柔安釋詁文時邁懷柔傳同
凡柔嘉柔惠輯柔和柔柔皆訓爲安柔與保疊韻故訓
相同能讀爲而漢督郵班碑作柔遠而邇古如而通用
遠謂四方邇謂中國邇近也言安遠方之國而使與中
國相親近也中庸云柔遠人則四方歸之即其義解者
竝以柔遠能邇對文非是尚書堯典柔遠能邇蠻夷率

服顧命柔遠能邇安勸小大庶邦文侯之命柔遠能邇惠康小民皆謂安遠也定亦安也左傳引詩云柔遠能邇以定我王平之以和也此正取和遠之義

民亦勞止汔可小休惠此中國以爲民逑（傳）休定也逑合也無縱詭隨以謹惛怓式遏寇虐無俾民憂（傳）惛怓大亂也無棄爾勞以爲王休（傳）休美也（疏）瞻卬傳云休息也定息同義爾雅釋言休戾也戾亦定也釋詁仇合也古逑仇聲通箋云合聚也說文云逑斂聚也○說文怋怓也怓亂也詩曰以謹怋怓段注云怋讀如民怋怓爲連緜字今誤作惛音呼昆切則與惛無別矣案說文言亂謂昏亂也正用傳訓今傳文衍大字不可通箋怋怓猶讙譁也謂好爭訟者也亦申傳亂字之義俾當作卑下同休美破斧同此休與汔可小休不同義凡一章中用韻有字同而義不同者是其例

民亦勞止汔可小息（傳）息止也惠此京師以綏四國無

縱詭隨以謹罔極式遏寇虐無俾作慝（傳）慝惡也敬慎威儀以近有德（傳）求近德也（疏）息止殷其靁葛生浮游同箋云罔無極中也無中所行不得中正然則以謹罔極猶首章云以謹無良耳論語顏淵篇樊遲問修慝子曰攻其惡無攻人之惡非修慝與是慝爲惡也庸柏舟傳慝邪也惡邪義相近管子權脩篇云凡牧民者欲民之正也欲民之正則微邪不可不禁也微邪者大邪之所生也微邪不禁而求大邪之无傷固不可得也此與傳慎小懲大之義合○昭二年左傳叔向曰子叔子知禮哉吾聞之曰忠信禮之器也卑讓禮之宗也辭不忘國忠信也先國後己卑讓也詩曰敬慎威儀以近有德夫子近德矣傳云求近德本左氏說有爲語助之詞

民亦勞止汔可小愒惠此中國俾民憂泄（傳）愒息泄去也無縱詭隨以謹醜厲式遏寇虐無俾正敗（傳）醜眾厲危也戎雖小子而式弘大（傳）戎大也（疏）愒訓息小愒猶小息也上章傳

云息止也泄者渫之假借字說文玉篇云渫除去也私列切箋泄猶出也發也鄭以泄爲抴義得相通醜衆厲危正義云謂衆爲惡行以爲危者也箋厲惡也危惡義相近無卑正敗箋云敗壞也無使先王之正道壞○戎訓大弘亦大也節南山傳弘大也小子斥厲王也王肅云在王者之大位雖小子其用事甚大也

民亦勞止汔可小安惠此中國國無有殘（傳）賊義曰殘

無縱詭隨以謹繾綣式遏寇虐無俾正反（傳）繾綣反覆也

王欲玉女是用大諫（疏）孟子梁惠王篇賊義者謂之殘荀子勸學篇害良曰賊害良郎賊義也左傳言政猛則民殘殘則施之以寬其下郎引詩惠綏爲施寬之政此章之無有殘郎首章之所謂綏也繾綣猶展轉反覆猶反側廣雅云展轉反側也何人斯傳云反側不正直也反覆也覆顛覆也無卑正反與無卑正敗同意○阮元揅經室集云說文金玉之玉無一點其加一點者解云朽王也从王有點讀若畜牧之畜詩玉女玉字當是加點之玉玉女者畜女也畜女者好女也好女者臣說君也召穆公言王乎我正惟

欲好女不得不用大諫也孟子曰爲我作君臣相説之樂其詩曰畜君何尤畜君者好君也孟子之畜君與毛詩召穆公之玉女無異也後人不知玉爲假借字是以鄭箋誤解爲金玉之玉矣

板八章章八句

板凡伯刺厲王也疏凡周公之胤畿内國入爲王官續漢書郡國志河内郡共有汎亭劉昭注云凡伯邑今河南衛輝府輝縣西南有故凡城即其地也

上帝板板下民卒癉出話不然爲猶不遠傳板板反也上帝以稱王者也癉病也話善言也猶道也靡聖管管不實于亶傳管管無所依也亶誠也猶之未遠是用大諫傳猶圖也疏板古作版後漢書董卓傳論注文選劉峻辯命論注引詩作版版傳以反詁版版此單字釋經疊字之例爾雅版版僻也僻禮記注作辟辟與反義相近蕩傳上帝以託君王也兩傳義同傳

先釋版版後釋上帝此倒句也版版上帝與蕩蕩上帝句法相同癉禮記緇衣引作癉爾雅癉病也本又作癉韓詩外傳云悲夫傷哉窮君之反於是道而愁百姓引詩作癉後漢書李固傳引詩亦作癉云刺周王變祖法度故使下民將盡病也○話當作語依字從言故善言曰語抑愼爾出話傳亦云話善言也說文云話會合善言也然猶是也不然者不以善言爲是也禮記大學篇其所令反其所好而民不從所謂不然也猶訓道爲道不遠者言其所行之政令不能不遠也孟子盡心篇身不行道不行於其妻子使人不以道不能行於妻子所謂不遠也管管疑當作悹悹廣韻二十四緩引詩傳云悹悹無所依是濼言所據詩傳作悹悹箋云王無聖人之法度管管然以心自恣案鄭言以心自恣則其字作從心悹不作從竹管與毛傳無所依之說正相成也說文悹憂也玉篇廣韻悹悹憂無告也今爾雅作懽懽憂無告懽懽乃灌灌之異文不應訓憂無告當依希馮濼言所據爾雅作悹悹無告與無所依義本相通亶誠所父同箋云不能用實於誠信之言言行相違也○爾雅猷圖也猷與猶同上文爲猶與出話對文猶訓爲道此承靡聖不誠而猶訓爲圖傳葢緣文施訓也常棣傳云圖謀

也諫假借字作簡成八年左傳詩曰猶之未遠是用大簡行父懼晉之不遠猶而失諸侯也是以敢私言之杜注猶圖也襄二十八年傳榮成伯曰遠圖者忠也

天之方難無然憲憲天之方蹶無然泄泄傳憲憲猶欣欣也蹶動也泄泄猶沓沓也辭之輯矣民之洽矣辭之懌矣民之莫矣傳輯和洽合懌說莫定也疏方有也然是也無然無是也憲憲即軒軒之假借樂記武坐致右憲左致同輕憲同軒言武之坐右厀至地左足則軒起也鄭注憲讀爲軒又內則注軒讀爲憲此憲軒聲通之證並與傳欣欣之義合欣古掀字說文掀舉出也虛言切段注云掀之言軒也蹶訓動猶擾亂也此詩之蹶與野有死麕之感采芑之蠢菀栁之蹈傳皆訓爲動並有擾亂之義緜傳蹶動也義攸別荀子解蔽篇辯利非以言是則謂之詍楊倞注詍多言也詩曰無然詍詍說文口部呭多言也引詩作呭呭言部詍多言也引詩作詍詍今詩作泄泄乃呭詍之假借字孟子離婁篇詩曰天之方蹶無

然泄泄泄泄猶沓沓也事君無義進退無禮言則非先王之道者猶沓沓也孟子以沓沓釋泄泄又以言非禮義釋沓沓與說文多言之訓合傳義正本孟子也爾雅憲憲泄泄制法則也郭注云佐興虐政設教令也鄭箋云爲之制法度達其意以成其惡箋本爾雅而與毛傳文異而義同國語所謂厲始革典也說見嘉定錢大昕答問○輯和抑同新序襍事三作集洽合正月同洽讀爲協襄三十一年左傳引詩正作協列女傳辯通篇亦作協懌釋文作繹左傳及說苑善說篇皆作繹節南山傳云懌服也服亦說也莫定皇矣同辭辭令也案此承上句無然泄泄而言箋云王者政教和說順於民則民心合定此戒語時之大臣是也說苑子貢曰出言陳辭身之得失國之安危也詩云辭之繹矣民之莫矣夫辭者人之所以自進也主父偃曰人而無辭安所用之昔子產脩其辭而趙武致其敬王孫滿明其言而楚莊以懃蘇秦行其說而六國以安蒯通陳其說而身得以全夫辭者乃所以尊君重身安國全性者也故辭不可不脩而說不可不善

我雖異事及爾同寮我卽爾謀聽我囂囂（傳）寮官也囂

囂猶謷謷也**我言維服勿以爲笑先民有言詢于芻蕘**

傳芻蕘薪采者疏我凡伯自我也異事事異也爾女女憲憲泄泄之大臣也寮官釋詁文文七年左傳荀林父曰同官爲寮吾嘗同寮敢不盡心乎弗聽爲賦板之三章又弗聽及亾荀伯盡送其帑及其器用財賄於秦○曰爲同寮故也毛傳正用左說今字通作僚大東作僚○囂囂爲謷謷之假借十月之交讒口囂囂韓詩作謷謷韓用本字毛用假借字此其證爾雅敖敖傲也潛夫論明忠篇引詩作敖敖敖即謷之省說文謷不省人言也重言曰謷謷箋云女反聽我言謷謷然不肎受楚辭九思令尹兮謷謷王注云謷謷不聽話言而妄語也維有也勿無也草蟲傳說服也說爲服服亦爲說我言維服勿以爲笑言我言有可說之道無爲笑也○笞曰先民見小旻那傳賈逵國語注云先民古賢人也傳文芻蕘薪采者釋文者下有也字李注文選楊雄羽獵賦潘岳馬汧督誄楊注荀子大略篇引竝有也字哀十四年公羊傳然則孰狩之薪采者也薪采者則微者也徐彥疏云薪采猶言采薪也周禮小司寇致萬民而詢焉鄭司農注云詢謀也詩曰詢于芻蕘書曰

謀及
庶人

天之方虐無然謔謔老夫灌灌小子蹻蹻（傳）謔謔然喜樂也灌灌猶款款也蹻蹻驕貌匪我言耄爾用憂謔多將熇熇不可救藥（傳）八十曰耄熇熇然熾盛也（疏）傳云謔謔然喜樂下也字今補喜亦樂也謔樂聲同曲禮大夫七十自稱曰老夫鄭注云老夫老人稱也引春秋傳曰老夫耄矣說文懽喜歀也款意有所欲也或作歀楚辭悃悃歀歀王注云心志純也今詩作灌灌假借字毛意灌讀爲懽懽與歀聲同古曰懽今日歀歀此以今語通古語也皆是懇誠愷切之意而與憂無告一訓無涉說文懽下或引詩老夫懽懽今奪乃轉引爾雅懽懽愮愮憂無告也疑徑後人誤改欵俗字小子斥厲王也爾雅蹻蹻憍也憍卽驕也新序襍事五詩曰老夫灌灌小子蹻蹻言老夫欲盡其謀而少者驕而不受也案三家詩亦以驕訓蹻蹻與毛訓同嵩高蹻蹻壯皃酌蹻蹻武皃泮水蹻蹻言彊盛也蹻蹻竝有驕壯之意或施之於人

或施之於馬各隨文通義也○抑傳云耄老也渾言之則老耄爲老析言之則年八十爲耄也詩行葦釋文及杜注隱四年昭元年左傳章注周語楚語皆云八十曰耄與此傳同說文作薹年九十曰薹老耄即薹之異體禮記曲禮云八十九十曰老耄釋文作旄射義注八十九十曰旄旄即老耄之假借字左傳劉子語王曰諺所謂老將知而耄及之者其趙孟之謂乎又穆叔曰趙孟將死矣年未盈五十而諄諄焉如八九十者弗能久矣是八九十年皆得爲耄也毛傳以八十爲耄則以七十爲耋見車鄰篇謔猶謔謔也爾用憂謔言因女之謔謔然喜樂用是憂也○熇熇說文繫傳作嗃嗃易家人嗃嗃劉表作熇熇此熇嗃通用之證爾雅謔謔謞謞崇讒慝也郭注云樂禍助虐增譖惡也案謞即嗃字傳訓謔謔喜樂熇熇熾盛與爾雅文異而義同韓詩外傳三夫重臣羣下者人主之心腹支體也心腹支體無疾則人主無疾矣故非有賢醫莫能治也詩曰多將熇熇不可救藥終亦必亾而已矣故賢醫用則衆庶無疾況人主乎說苑辯物篇夫死者猶不可藥而生也悲夫亂君之治不可藥而息也詩曰多將熇熇不可救藥甚之之辭也此三家詩正與爾雅釋詩合也

天之方懠無爲夸毗（傳）懠怒也夸毗以體柔人也威儀卒迷善人載尸民之方殿屎則莫我敢葵（傳）殿屎呻吟也喪亂蔑資曾莫惠我師（傳）蔑無資財也（疏）懠怒釋言文釋文懠疾怒也疑陸所據傳怒上有疾字此增字足義之例也廣雅釋詁懠愁也或本三家詩爾雅夸毗體柔也正義云夸毗者便僻其足前卻爲恭以形體順從於人故云以體柔人玉篇身部𨉖𨈬以體柔人也𨉖𨈬俗字蓋夸奢也毗之言比也比者俌也夸毗雙聲連緜字○迷迷亂也箋云君臣之威儀盡迷亂賢人君子則如尸矣不復言語時厲王虐而弭謗中論亾國篇今不務明其義而徒設其祿可以獲小人難以得君子雖强搏執之而不獲已亦杜口佯愚苟免不暇國之安危將何賴焉故詩曰威儀卒迷善人載尸此之謂也案徐言杜口佯愚以解經載尸之義與箋不復言語合爾雅殿屎呻也依孫郭注呻下奪吟字爲毛傳所本古曰殿屎今曰呻吟是謂之古今義也玉篇口部唸吚呻吟也說文引詩作民之方唸吚段本依詩爾雅音義五經文字吚作吚然

則三家詩有作唸吚者爲本字而爾雅毛詩殿屎爲假借字不有說文而殿屎之本字不明矣采叔傳云葵揆也揆者度也○蔑之爲無猶微之爲無靡之爲無莫之爲無皆取雙聲爲訓潛夫論敘錄蔑作末同甫田傳茨積也資與茨通財積財也積財謂之資與說文積禾謂之稽同意無財言無積畜也師衆也說苑政理篇相亂蔑資曾莫惠我師此傷奢侈不節以爲亂者也仁和孫志祖云按相當爲喪字之誤或引三家異文詩攷失載

天之牖民如壎如篪如璋如圭如取如攜（傳）牖道也如壎如篪言相和也如璋如圭言相合也如取如攜言必從也**攜無曰益牖民孔易民之多辟無自立辟**（傳）辟法也（疏）牖者誘之假借野有死麕傳誘道也說文誘或羑字古文作羑故牖里或作羑里矣伯氏吹壎仲氏吹篪有相和之義璋藏諸侯圭藏天子有相合之義取攜甚便有必從之義箋云王之道民以禮義則民和合而從之如此此申傳說也○攜卽家上取攜句益猶加也無益者言無有加乎民以起下牖民孔易句孔易傳

所謂必從也韓詩外傳五及禮記樂記篇引詩皆作誘韓詩外傳云聖王之教其民也必因其情而節之以禮必從其欲而制之以義義簡而備禮易而法去情不遠故民之從命也速孔子知道之易行曰詩云誘民孔易非虛辭也辟法爾無正同無自立辟卽無是憲憲泄泄也宣九年昭二十八年左傳引詩亦爲邪辟之世不可自爲立法

傳義同

价人維藩大師維垣大邦維屏大宗維翰（傳）价善也藩屏也垣牆也王者天下之大宗翰榦也懷德維寧宗子維城（傳）懷和也無俾城壞無獨斯畏（疏）正義云价善釋詁文說文价善也从人介聲詩曰价人維藩維藩與下維屏同義故傳云藩屏也師衆也將仲子傳牆垣也垣牆同訓大師爲牆此卽衆志如城之意荀子君道篇故君人者愛民而安好士而榮兩者無一焉而亾詩曰价人維藩大師維垣此之謂也荀意以价人爲士大師爲民傳義當然也俗本荀子作介漢書諸侯王表亦作介大邦維屏與萬

邦之屏句法同桑扈傳云屏蔽也國策秦策周天下之宗室也逸周書大子晉篇師曠對王子曰王子汝將爲天下宗乎荀子彊國篇夫桀紂聖王之後子孫也有天下者之世也埶籍之所存天下之宗室也正論篇聖王之子也有天下之後也埶籍之所在也天下之宗室也案宗室大宗之室是天子亦稱大宗故傳謂王者爲天下之大宗翰幹桑扈文王有聲嵩高同說文幹本也文王傳本本宗也○傳訓懷爲和與皇皇者華同常棣傳云九族會曰和此其義也寍安也宗子羣宗之子也僖五年左傳晉侯使士蔿爲二公子築蒲與屈不慎寘薪焉夷吾訴之公使讓之士蔿曰詩云懷德惟寍宗子惟城君其脩德而固宗子何城如之昭六年宋逐華合比華亥見於左師左師曰女夫也必亾女喪而宗室於人何有人亦於女何有詩曰宗子維城毋俾城壞毋獨斯畏女其畏哉左兩引詩竝以宗子爲羣宗之子矣逸周書皇門篇我聞在昔有國誓王之不綏于卹乃維其有大門宗子埶臣罔不茂揚肅德訖亦有孚以助厥辟勤王國王家祭公篇維我後嗣旁建宗子丕維周之始并案并當作屏周書宗子與詩義亦合斯此也無獨斯畏言無獨以此畏也此者承城壞而言諸侯王表言周封

國制全引此詩以爲親親賢賢襃表功德或用魯說而與毛義大恉相同

敬天之怒無敢戲豫敬天之渝無敢馳驅（傳）戲豫逸豫也馳驅自恣也昊天曰明及爾出王昊天曰旦及爾游衍（傳）王往旦明游行衍溢也（疏）昭三十二年左傳引詩不敢戲豫不敢馳驅無即不也清廟傳以不字釋無字豫樂也逸豫是戲豫之意自恣是馳驅之意自古詒字淮南子主術篇所以禁民不得自恣高注云恣放恣也○王讀與往同此謂假借也賈注吳語云王往也本傳訓也往亦出也旦訓明昊天曰旦猶昊天曰明耳游有流義故訓行衍釋文作羨羨有餘義故訓溢詩中爾字皆指助厲王者言此二爾字當同則昊天亦以託厲王矣出往行溢義未聞

卷二十四終

武林愛日軒朱兆熊鐫

清長洲陳氏本詩毛氏傳疏

第六册

清　陳奐撰

山東省圖書館藏清道光二十七年吴門南園陳氏埽葉山莊刊本

山東人民出版社·濟南

詩毛氏傳疏卷二十五

長洲陳奐學

蕩之什詁訓傳弟二十五　毛詩大雅

蕩之什十一篇九十二章七百六十九句

蕩八章章八句

蕩召穆公傷周室大壞也厲王無道天下蕩蕩無綱紀文章故作是詩也

蕩蕩上帝下民之辟傳上帝以託君王也辟君也疾威上帝其命多辟傳疾病人矣威罪人矣天生烝民其命匪諶靡不有初鮮克有終傳諶誠也疏爾雅盪盪僻也盪與蕩同僻當

作辟古邪辟作辟箋蕩蕩法度廢壞之皃與辟義相近
上帝㡀君王版傳同辟君釋詁文殷武天命多辟傳同
疾威平刻傳云疾病人威罪人箋疾病人者重賦斂也
威罪人者峻刑法也辟邪辟箋云其政教又多邪辟不
由舊章說苑至公篇夫公生明偏生暗端慤生達詐僞
生塞誠信生神夸誕生惑此六者君子之所慎也而禹
桀之所以分也詩云疾威上帝其命多僻言不公也三
家詩上帝亦指君王與毛訓異義同○諶誠爾雅釋詁
文說文作忱古諶忱通烝衆也其命匪諶即家上其命
多辟句言天生此天下之衆民何其政教之不誠也靡
不有初鮮克有終所謂不誠也版靡聖管管
不實于亶傳亶誠也版蕩二詩文義相同
文王曰咨咨女殷商傳咨嗟也曾是彊禦曾是掊克曾
是在位曾是在服傳彊禦彊梁禦善也掊克自伐而好
勝人也服服政事也天降滔德女興是力傳天君滔慢
也疏咨讀爲嗞說文嗞𧦧也嗟與𧦧同咨嗞雙聲咨嗟
亦雙聲單言曰嗟亦曰咨緐言曰咨嗟爾雅嗟咨

髪也咨髪卽嗞嗟廣韻嗞嗟憂聲也亦曰嗟嗞嗞或作
茲絪繆傳子兮者嗟茲也咨嗞茲子竝字異而義同箋
云厲王弭謗穆公朝廷之臣不敢斥言王之惡故上陳
文王咨嗟殷紂以切刺之○傳訓彊爲彊梁禦爲禦善
禦當也禦善卽彊梁彊與禦猶掊與克雖分釋而實同
義繁露必仁且知篇其強足以覆過其禦足以犯詐強
與彊通下文彊禦多懟烝民不畏彊禦左傳所稱彊禦
已甚吾軍帥彊禦竝義同一曰彊梁墨子魯問篇彊梁
不材莊子山木篇從其彊梁大玄彊莫不彊梁皆古有
此語掊者伐之假借字傳以自伐釋掊以好勝人釋克
自伐勝人二義實一意也孟子告子篇掊克在位趙注
云掊克不良也此與傳義相通唯釋文掊克聚斂之說
非傳義正義云釋詁服事也且在服與在位對文故知
服政事謂非徒備官又委任之也○天君釋詁文君亦
王也天謂之君上帝謂之君王其意一也說文牧牛徐
行也讀若滔滔牧聲義俱近古慉慢作慢慢德言其德
敎之慢卽蕩蕩之意也女女
彊禦掊克之臣也力猶疾也

文王曰咨咨女殷商而秉義類彊禦多懟流言以對寇

攘式內(傳)對遂也侯作侯祝靡屆靡究(傳)作祝詛也屆極究窮也(疏)秉操也義類皆善也而之言自也而秉義類言殷商之人自用爲善所謂彊禦也抑傳而角自用也彼無角而自用其角此不善而自用其善意正相同十月之交傳皇父甚自謂聖意亦同說文懟怨也流言民之譌言也對讀與遂同皇矣江漢傳皆訓對爲遂爾雅遂遂作也是遂有作義式用也流言以對寇攘式內此承多懟而言民多相怨則譌言羣作而寇盜攘竊之禍用亂於內矣列女傳孽嬖篇引詩釋之云言不善之從內出也召旻蟊賊內訌傳訌潰也亦此義也○祝讀爲詶詶詛亦詶也傳文作祝詛也四字一氣讀祝詛二字以釋經之祝字則作祝連文成義侯作侯祝侯作祝也侯維也猶有也猶云是剝是菹是剝菹也爰始爰謀爰始謀也迺宣迺畝迺宣畝也克禋克祀克禋祀也匪紹匪游匪紹游也皆以弟一字爲語詞弟三字爲助詞此其句例屆極節南山同究窮鴻雁同靡屆靡究言無終極無窮已也箋云王與羣臣乖爭而相疑日祝詛求其凶咎無極已

文王曰咨咨女殷商女炰烋于中國斂怨以爲德（傳）炰烋猶彭亨也不明爾德時無背無側（傳）背無臣側無人也爾德不明以無陪無卿（傳）無陪貳也無卿士也（疏）炰烋彭亨皆壘韻劉逵注魏都賦引詩作咆烋說文繫傳作咆哮竝同箋云炰烋自矜氣健之皃易大有釋文引干寶注云彭亨驕滿皃斂怨以爲德即上章之彊禦多懟也箋云斂聚羣不逞作怨之人謂之有德而任用之○禮記文王世子篇記曰虞夏商周有師保有疑丞設四輔及三公不必備唯其人語使能也書大傳古者天子必有四鄰前曰疑後曰承左曰輔右曰弼此傳以無背爲背無臣無側爲側無人者背謂後也不言前者文略側謂左右也即四鄰四輔之說也昭三十二年左傳史墨曰物生有兩有三有五有陪貳故天有三辰地有五行體有左右各有妃耦王有公諸侯有卿皆有貳也此傳以陪爲陪貳者謂三公也以卿爲卿士者謂三公中之孤卿執政之一人也韓詩外傳天子有爭臣七人雖無道不失其天下昔殷王紂殘賊百姓絕逆天道至

紂朝涉剖孕婦脯鬼侯醢梅伯然所以不亾者以其有箕子比干之故微子去之箕子執囚爲奴比干諫而死然後周加兵而誅絶之故曰有諤諤爭臣者其國昌有默默諛臣者其國亾詩曰不明爾德時無背無側爾德不明以無陪無卿言文王咨嗟痛殷商無輔弼諫諍之臣而亾天下矣韓詩與毛詩同義漢書五行志中詩云爾德不明以亾陪亾卿不明爾德以亾背亾仄言上不明暗昧蔽惑則不能知善惡親近習長同類亾功者受賞有罪者不殺百官廢亂其引詩與今本誤倒晉書亦誤顔注可證也

文王曰咨咨女殷商天不湎爾以酒不義從式（傳）義宜也**既愆爾止靡明靡晦式號式呼俾晝作夜**（傳）使晝爲夜也（疏）釋文引韓詩云飲酒閉門不出客曰湎文選七命注初學記器物部引薛君章句云齊顔色均衆寡謂之沈閉門不出客謂之湎案此析言之也渾言沈湎同義箋天不同女顔色以酒正義引鄭注酒誥云飲酒齊色曰湎鄭以顔色釋湎字本韓詩義宜烝民同箋云式法也有沈湎於酒者是乃過也不宜從而法行

之○愆過也止威儀容止也風雨傳云晦昏也呼亦號也碩鼠賓之初筵傳竝云號呼也崔集注作謼漢書敘傳引詩作謼俾釋文作卑云後皆同俾訓使綠衣天保同作訓爲淸人同號呼承既愆爾止句使晝作夜卽承靡明靡晦句也晏子襍下篇晏子謂田桓子曰無客而飲謂之從酒今若子者晝夜守尊謂之從酒也與詩義正合說苑貴德篇人之鬭誠愚惑失道者也詩云式號式呼俾晝作夜言鬭行也此三家義荀子榮辱篇不引詩當冢上飲酒無度而言

文王曰咨咨女殷商如蜩如螗如沸如羹傳蜩蟬也螗蝘也**小大近喪人尚乎由行**傳言居人上欲用行是道也**內奰于中國覃及鬼方**傳奰怒也不醉而怒曰奰鬼方遠方也疏蜩蟬小弁同夏小正五月唐蜩鳴傳唐蜩者匽也唐匽今字皆加虫旁唐匽蟬之大者析言之也渾言之則蜩亦名唐蜩詳七月篇漢書五行志中詩云如蜩如螗如沸如羹言上號令不順民心

虛諱憒亂則不能治海內顏注云謂政無文理虛言蹲沓如蜩螗之鳴湯之沸涫羹之將熟也案此謂政令之憒亂毛意亦然也○傳假尚爲上陟岵又假上爲尚古尚上聲通由訓用君子陽陽同謂厲王居乎衆人之上不念禮法欲用行其道是以無小大事日近亟亡也襄十四年左傳師曠曰天之愛民甚矣豈其使一人肆於民上以從其淫而棄天地之性必不然矣是其義也此言厲王之無道也說文大部奰壯大也从三大三目二目爲㚖三目爲奰益大也一曰迫也讀若易虙羲詩曰不醉而怒謂之奰疒部𤻮滿也从疒奰聲奰𤻮聲義皆近淮南墬形注引詩作奰奰今隸變作䀠䀠爲怒不醉而怒傳又申說怒之義也葛覃傳覃延也鬼方與中國對文中國諸夏之國則鬼方爲諸夏之外史記楚世家周夷王時熊渠立三子康紅疵爲王及厲王暴虐熊渠畏其伐楚亦去其王至熊渠之孫熊勇六年而周人作亂厲王出奔彘案此亦厲王怒延遠方之一證稽其年歲尚在諸侯叛周之前傳云鬼方遠方抑用逷蠻方傳逷遠也兩詩意正同與高宗伐鬼方指氐羌者異

文王曰咨咨女殷商匪上帝不時殷不用舊雖無老成

人尚有典刑曾是莫聽大命以傾【疏】匪非也上帝天也時善也是也舊舊章也匪上帝不時言非天帝之不善是也與左傳云君與大夫不善是也句法相同殷不用舊言殷不用舊章故耳

文王曰咨咨女殷商人亦有言顚沛之揭枝葉未有害本實先撥【傳】顚仆沛拔也揭見根貌殷鑒不遠在夏后之世【疏】顚讀爲蹎沛讀爲跋拔與跋通說文蹎跋也跋蹎也蹎跋本字顚沛假借字馬注論語里仁篇云顚沛偃仆也顚沛蓋古語傳文顚仆沛拔也五字當作顚沛顚仆沛拔也七字與上傳彊禦彊梁禦善也賓之初筵傳號呶號呼呶讙也皆是統箸古語再釋古義同一文法今傳奪顚沛二字當補正揭見根皃釋文作根見根見者其根可見也韓子解老篇樹木有曼根有直根直根者書之所謂柢也柢也者木之所以建生也曼根者木之所以持生也若其根可見則本先撥矣傳以根見釋揭字撥下文本撥爲訓韓詩外傳根淺則枝

葉短本絕則枝葉枯詩曰枝葉未有害本實先撥言禍福自己出也列女傳孼嬖篇引詩撥作敗字異義同○漢書劉向傳詩曰殷鑒不遠在夏后之世亦言湯以桀爲戒也聖帝明王常以敗亂自戒不諱廢興韓詩外傳云夫明鏡者所以照形也往古者所以知今也故夏之所以亡者而殷爲之殷之所以亡者而周爲之故殷可以鑒於夏而周可以鑒於殷引詩作鑒與監同

抑十二章三章章八句九章章十句

抑衛武公刺厲王亦以自警也疏抑與賓之初筵皆衛武公入相於周而作也史記十二諸侯年表武公和元年宣王之十六年至平王十三年而卒衛世家武公和四十二年犬戎殺周幽王武公將兵往佐周平戎甚有功周平王命武公爲公五十五年卒據史記平王始命武公爲公武公於厲王時未爲諸侯幽王時雖諸侯不聞爲周卿士則入相於周斷在平王之世入相而作賓之初筵刺幽王作抑刺厲王兩詩皆作於平王時而序云刺厲王者本作詩之意而言取殷鑒不遠之義因遂坿於蕩篇後正義以

爲追刺厲王是矣正義引楚語荅衞武公年九十有五矣有箴儆於國曰自卿以下至於師長士苟在朝者無謂我老耄而舍我於是乎作懿以自儆案懿卽抑也抑爲假借字儆與警通武公作抑已在老年詩作於平王之世其一證也序云亦以自警者與國語合賓之初筵韓詩序云飲酒悔過則亦爲自警而作兩詩意正同

抑抑威儀維德之隅人亦有言靡哲不愚（傳）抑抑密也隅廉隅也靡哲不愚國有道則知國無道則愚**庶人之愚亦職維疾哲人之愚亦維斯戾**（傳）職主戾罪也（疏）抑抑密爾雅釋訓文傳文廉下從正義本補隅字隅廉隅與靜女靜貞靜楚茨度法度同其句例箋云人密審於威儀抑抑然是其德必嚴正也古之賢者道行心平可外占而知内如宮室之制内有繩直則外有廉隅此鄭申毛之訓也又禮記儒行篇云近文章砥厲廉隅○國有道則知國無道則愚論語公冶長文傳引之以釋經靡哲不愚句瞻卬傳哲知也厲王無道故無哲人而不愚也韓詩外傳比干諫而死箕子曰知不用而言愚也殺

身以彰君之惡不忠也二者不可然且爲之不祥莫大焉遂被髮佯狂而去君子聞之曰勞矣箕子盡其精神竭其忠愛見比干之事免其身仁知之至詩曰人亦有言靡哲不愚箋言賢者皆佯愚不爲容貌如不肖然益本韓以明毛也職主悉蟀十月之交同箋云衆人性無知以愚爲主言是其常也案鄭以是其常釋經維疾二字疾無常義疑鄭所據詩不作疾疾當爲夷字之誤也皇矣瞻卬傳竝云夷常也夷戾入韻古同部疾戾古不同部爾雅戾辠也古罪辠通用

箋云賢者而爲愚畏懼於罪也

無競維人四方其訓之有覺德行四國順之傳無競競也訓教覺直也訏謨定命遠猶辰告傳訏大謨謀猶道辰時也敬慎威儀維民之則疏無競競執競傳同昭元年左傳引詩曰無競惟人善矣左亦以無爲發聲又哀二十六年傳引詩而釋之若得其人四方以爲主人謂得賢人烝民烈文傳皆云訓道也教道義相近禮記緇衣引詩覺作梏王注楚辭九歎訓覺爲較何注隱六年公羊傳云古者諸侯有

較德案較德卽覺德爾雅梏較直也竝字異而義同箋訓覺爲大用列女魯義姑姊傳義繁露郊祭篇釋詩訓覺爲箸皆本三家而意實相通○詁訓人謨謀爾雅釋詁文成十三年左傳劉康公曰民受天地之中以生所謂命也是以有動作禮義威儀之則以定命也能者養以之福不能者敗以取禍案詩此章承首章抑抑威儀維德之隅爲言則定命當依左爲說傳訓遠猶爲遠道辰告爲時告言賢人能以遠大之道時警告之也襄三十一年傳衛北宮文子曰詩云敬慎威儀惟民之則民所不則以在民上不可以終有威而可畏謂之威有儀而可象謂之儀君有君之威儀其臣畏而愛之則而象之故能有其國家令聞長世臣有臣之威儀其下畏而愛之則而象之故能守其官職保族宜家順是以下皆如是是以上下能相固也

其在于今興迷亂于政顛覆厥德荒湛于酒女雖湛樂從弗念厥紹罔敷求先王克共明刑（傳）紹繼共執刑法也（疏）箋云于今謂今厲王也邶谷風傳慉興也興與慉同義箋謂尊尚小人義亦相近顛覆厥德荒湛于

酒卽蕩篇所云天不湎爾以酒不義從式也女女厲王也民勞玉女指厲王與此同釋詞云雖維也古雖維聲通書無逸篇云惟耽樂之從文義正與此同紹繼釋詁文罔無也無不也爾雅拱執也共古拱字刑法文王我將同將

肆皇天弗尚如彼泉流無淪胥以亾（傳）淪率也夙興夜寐洒埽廷內維民之章（傳）洒灑章表也修爾車馬弓矢戎兵用戒戎作用逿蠻方（傳）逿遠也（疏）肆故今也義見緜思齊傳爾雅尚右也右通作祐易无妄傳天命不祐義與此同淪率雨無正同釋詞云無發聲無淪胥以亾淪胥以亾也言皇天弗尚禍亂日生如泉水之流滔滔不返周之君臣將相率而厎於敗亾也○洒灑山有樞同章讀同彰故傳訓表也雨無正傳云戎兵也戒讀如左傳季氏戒都車之戒逿遠釋詁文潛夫論勸將篇引詩作逖說文逖遠也古文作逿蕩傳鬼方爲遠方意與此同案此言厲王無道以致亾國凡長民者急宜修理內政扞禦外難

共相警戒從也以下爲自警之詞

質爾人民謹爾侯度用戒不虞傳質成也不虞非度也慎爾出話敬爾威儀無不柔嘉白圭之玷尚可磨也斯言之玷不可爲也傳話善言也玷缺也疏質成天保緜同成平也質成平一義之申人民當作民人爾雅注引詩質爾民人說苑修文篇告爾民人鹽鐵論世務篇誥爾民人皆作民人可證告誥三家詩義侯維也語詞傳云不虞非度者虞度也古不非同言有平治民人之責者宜皆謹女之度以戒非度也書微子云卿士師師非度周語念前之非度韋注云度法也竝與傳非度同○話善言版同字當作語箋云言謂教令也柔安嘉善也玷俗刮字說文刮缺也引詩作刮緇衣引詩作玷召旻曾不知其玷箋玷缺也玷行而刮廢矣論語先進篇南容三復白圭江都汪中云白圭不辭今論語奪之玷二字大戴禮衞將軍文子篇史記仲尼弟子列傳皆云一日三復白圭之玷磨俗摩字

無易由言無曰苟矣莫捫朕舌言不可逝矣（傳）莫無捫持也無言不讎無德不報（傳）讎用也惠于朋友庶民小子子孫繩繩萬民靡不承（疏）君子陽陽傳云由用也小弁君子無易由言箋亦訓由爲用苟讀如不苟訾之苟韓詩外傳云無類之說不贊之辭君子愼之是其義傳訓莫捫爲無持者持猶止持也說文捫無持也無持卽止持逝者往也言無有止持我之舌者則言不可徑往而不返矣說苑叢談篇云口者關也舌者機也出言不當四馬不能追也口者關也舌者兵也出言不當反自傷也是其義○讎由聲同由謂之用故讎亦謂之用說文用可施行也無言不用者言無有言而不施行也此結上文愼爾出話之意無德不報言無有德及於民而民不報以相勸也禮記表記子曰以德報德則民有所勸以怨報怨則民有所懲卽引此詩○假樂傳朋友謂羣臣國語所云自鄉以下至于師長士皆是也時武公在王朝則朋友爲王朝之羣臣矣小子謂厲王也篇中四言小子皆指厲王惠憂也惠于朋友庶民小子言施憂道於朋友下及庶民而

上卽以告敎小子也下文云子孫冢小子萬民冢庶民子孫厲王爲人之子孫也蠡斯傳云繩繩戒愼也韓詩傳云承受也言爲人子孫能戒愼其德則萬民其承受之也釋文靡不承一本靡作是箋天下之民不承順之乎言承順也箋不爲靡字作解則鄭所據作是字釋詞云不語詞不承承也爾雅是則也萬民是不承則承順之矣不須加乎字以足之

視爾友君子輯柔爾顏不遐有愆（傳）輯和也**相在爾室尚不愧于屋漏無曰不顯莫予云覯**（傳）西北隅謂之屋漏覯見也**神之格思不可度思矧可射思**（傳）格至也（疏）友君子卽上章所云朋友也輯和版同遐遠愆過也不發聲不遐有愆與不瑕有害句法正同此言友君子德加於民而能和顏遠過者皆其闇修之所昭著故下文卽本承事如祭之禮以考驗其德行荀子所謂行微無怠者也○相視也愧唐石經作媿說文愧或媿字西北隅謂之屋漏爾雅釋宮文傳引之以證詩屋漏之義古

者有設祭西北隅之禮特牲饋食禮佐食徹尸薦俎敦設于西北隅几在南厞用筵納一尊佐食闔牖戶降鄭注云厞隱也不知神之所在或諸遠人乎尸謖而改饌爲幽闇庶其饗之所以爲厭飫少牢饋食禮曰南面如饋之設此所謂當室之白陽厭也少牢下篇卒暮有司官徹饋饌於室中西北隅南面如饋之設右几厞用席注云此於尸謖改饌當室之白厞隱也古文厞作茀曾子問注云當室之白謂西北隅得戶明者也明者曰陽又云祭成人始設奠於奧迎尸於前謂之陰厭尸謖之後改饌於西北隅謂之陽厭與案厭者安也西北隅爲神主之所安藏文二年穀梁疏云麋信引衞次仲曰宗廟主皆用栗祭訖則內於西壁埳中去地一尺六寸昭十八年左疏云每廟木主皆以石函盛之當祭則出之事畢則納於函藏於廟之北壁之內所以辟火災也引白虎通義納之西壁或云西壁或云北壁其義同也士虞禮祝反入徹設于西北隅如其設也几在南厞用席何休成三年公羊傳注云因新入宮易其西北角穀梁傳云喪主於虞吉主於練於練焉壞廟壞廟之道易檐可也改塗可也是士虞而納主諸侯練而納主皆在廟室之西北隅其後常祭祭末改饌亦於此處矣爾雅屋

漏之義郭璞云未詳孫炎云屋漏者當室之白日光所漏入孫本鄭禮注作解舍人云古者徹屋西北扉以炊浴汲者訖而復之古謂之屋漏也劉熙釋名云禮每有親死者輒撤屋之西北隅薪以爨竈煑沐供諸喪用時若値雨則漏遂以名之也喪大記甸人取所徹廟之西北扉薪用爨之疏云謂正寢爲廟神之也案此即劉與舍人所本但喪大記謂新死者撤正寢西北扉隱之處非即廟室中之西北隅不得据而爲一且劉以雨漏作解尤爲迂遠箋云屋小帳也漏隱也禮祭於奧既畢改設饌於西北隅而扉隱之處此祭之末也正義謂漏隱釋言文今爾雅作陋漏即陋之假借釋名帷屋也以帛依板施之形如屋也屋即幄之假借鄭意以詩之屋蓋即儀禮之席也詩之漏即儀禮之扉也士虞疏云扉用席謂以席爲障使之隱箋說爲長禮記中庸篇君子之所不可及者其唯人之所不見乎即引此詩是屋漏爲人所不見之地君子之所不可及者其用力正在此也傳訓覯爲見義本中庸曾子言十目所視亦此謂也○格至釋詁文雲漢泮水傳假至也玉篇徦至也𢓜至也方言徦𢓜至也邠唐冀兗之閒或曰徦或曰𢓜今說文彳部徦至也下失去𢓜篆矣格即𢓜之假借字思齊清

廟竝訓射爲厭此舉神之如在以觀友君子修誠之功故中庸引詩而釋之云夫微之顯誠之不可揜如此夫

辟爾爲德俾臧俾嘉淑愼爾止不愆于儀不僭不賊鮮不爲則【傳】女爲善則民爲善矣止至也爲人君止於仁爲人臣止於敬爲人子止於孝爲人父止於慈與國人交止於信僭差也

投我以桃報之以李彼童而角實虹小子【傳】童羊之無角者也而角自用也虹潰也【疏】辟法也爾女也女爲善釋經辟爾爲德句傳爲全詩爾字通訓也俾使也臧嘉皆善也民爲善釋經俾臧俾嘉句淑善愼誠也止至也泮水同止讀爲在止于至善之至爲人君止於仁五句禮記大學文傳引之以釋經止字之義儀威儀也廣雅僭差也本毛訓淑愼爾止二句承辟爾爲德即二章所云敬愼威儀也不僭不賊二句承俾臧俾嘉即二章所云維民之則也昭元年左傳引詩釋之云能爲人則者不爲人下矣則亦法也投我以桃報之以李

二句偕桃李投報以結上文無德不報之意箋云此言善往則善來人無行而不得其報也墨子兼愛下篇大雅之所道曰無言而不讎無德而不報投我以桃報之以李即此言愛人者必見愛也而惡人者必見惡也鹽鐵論和親篇釋詩亦云未聞善往而有惡來者竝與箋義合○彼與上文數爾字作對文彼謂助厲王虐之人蕩篇之彊禦掊克皆是也羊之無角者曰童宣八年公羊傳云而者何難也傳以自用釋經而字之義而詞之難也用以也自用猶言自以爲有角耳即蕩傳彊梁禦善自伐勝人之義謂彼幼穉無知之人自恃其剛力改常易度未有不傾覆我國家者也彼童而角與衆穉且狂句義正同虹讀爲訌此假借字也召旻傳訌潰也爾雅虹潰也顧野王本作訌小子席厲王也民勞戎雖小子而式弘大版老夫灌灌小子蹻蹻彼兩詩小子皆席厲王此以下皆爲刺厲王之詞

荏染柔木言緡之絲溫溫恭人維德之基傳緡被也溫溫寬柔也其維哲人告之話言順德之行傳話言古之

善言也其維愚人覆謂我僭民各有心疏巧言傳云荏染柔意也柔木椅桐梓漆也定之方中篇樹之榛栗椅桐梓漆爰伐琴瑟然則柔木中琴瑟之木也說文云吳人解衣相被謂之緡方言云吳越之間脫衣相被謂之緡緜是緡有被義緜者八音之琴瑟也被緜猶言安弦耳傳云溫溫寬柔也也當作皃荀子注作皃小宛溫溫恭人傳溫溫和柔皃義各有當也荀子不苟篇君子寬而不僈廉而不劌辯而不爭察而不激寡立而不勝堅彊而不暴柔從而不流恭敬謹慎而容夫是之謂至文卽引此詩傳以寬柔詁溫溫正用其師說南山有臺傳云基本也木被緜而適用人本德以成行其理一也○話當爲詁字之誤也釋文引說文作告之詁言云詁故言也是陸所見說文據詩作詁言可據以訂正毛以古之善言釋詁許以故言釋詁古故詁三字同義也烝民古訓是式傳古故也古訓卽故訓故訓猶詁言也襄二年左傳引詩告之話言字亦誤

上章傳云僭差也

於乎小子未知臧否匪手攜之言示之事匪面命之言

提其耳借曰未知亦既抱子傳借假也民之靡盈誰夙知而莫成傳莫晚也疏王逸楚辭敘詩人怨主刺上曰嗚呼小子未知臧否匪面命之言提其耳風諫之語于斯爲切仲尼論之以爲大雅是漢人竝謂小子㡿厲王矣未知臧否即下章所謂夢夢也示之事提其耳即下章所謂誨爾諄諄也○借訓假與藉同漢書霍光傳光議廢昌邑王引詩藉曰未知亦既抱子其字正作藉盈滿也靡盈言財用不滿足也莫晚東方未明同凡文易曉者不傳易曉而嫌涉它義則或傳之如莫捫之莫訓無莫成之莫訓晚一篇之中字同訓異故特箸明以別兩莫字不同義此其例也誰誰厲王也早知晚成言政教之無常也

昊天孔昭我生靡樂視爾夢夢我心慘慘誨爾諄諄聽我藐藐傳夢夢亂也慘慘憂不樂也藐藐然不入也匪用爲教覆用爲虐借曰未知亦聿既耄疏耄老也疏爾女

厲王也爾雅釋訓夢夢亂也又儚儚惛也夢儚義相近此傳本爾雅夢夢爲亂正月視天夢夢傳王者爲亂夢夢然兩詩傳義正同我我親昵之臣也若召公凡芮之屬慘慘當作懆懆千到反慘讀七敢反則不入韻矣詳月出篇懆懆憂也傳云憂不樂者緣上文我生靡樂立訓言憂我生之不樂懆懆然也爾雅慘慘慍也字亦當作懆懆○說文諄告曉之孰也重言之曰諄諄中庸注作忳忳書大傳作訰訰竝與諄諄同爾雅邈邈悶也舍人注云憂悶也正義引爾雅作藐藐匪用爲敎覆用爲虐傳所謂藐藐然不入也不入與憂悶義相因也偕曰未知亦聿既耄言假謂王年尚幼未知其道竝聽用老臣之言今反謂其老耄而舍之是卽聽我藐藐之意也案此章與版四章同意傳訓耄爲老與彼傳八十曰耄兩詩傳義亦正同周語周景王謂伶州鳩曰爾老耄矣何知

於乎小子告爾舊止聽用我謀庶無大悔天方艱難曰喪厥國取譬不遠昊天不忒回遹其德俾民大棘（疏）讀舊

如率由舊章之舊曰喪厥國釋文引韓詩作聿古曰與聿通忒變也回遹邪辟也棘急也

桑柔十六章八章章八句八章章六句

桑柔芮伯刺厲王也（疏）漢書地理志左馮翊臨晉有芮鄉故芮國案此周之芮在河西與商之芮鄰於虞在河東者不同地今陝西同州府朝邑縣即周芮伯國書序疏引世本云姬姓厲王時芮伯芮良夫也文元年左傳引此篇弟十三章以爲周芮良夫之詩詩爲芮良夫所作傳有明文矣又潛夫論遏利篇亦曰周厲王好專利芮良夫諫而不入退賦桑柔之詩以諷三家詩亦謂芮良夫刺厲王

菀彼桑柔其下侯旬捋采其劉瘼此下民（傳）興也菀茂貌旬言陰均也劉爆爍而希也瘼病也不殄心憂倉兄填兮（傳）倉喪也兄滋也填久也倬彼昊天寧不我矜（傳）昊天斥王者也（疏）興者隱桑篇隱桑有阿其葉有難傳阿然美皃難然盛皃有以利人也桑

葉美盛其庇陰有以利人今捋采之則木葉希疏不均無足以庇陰是不能利人且病人矣以喻下民之病困由於王政之侵刻也菀訓茂菀柳同族維也傳以陰均詁旬祭義注陰讀爲依蔭之蔭爾雅洵均也徇徧也樊光本徇作袀古旬聲勻聲通陰均者言依蔭普徧也宣二年左傳舍于翳桑杜注翳桑桑之多蔭翳者義與此同芣苢傳捋采皆訓取武傳云劉殺也謂殺削枝葉也釋文爆爍本又作暴樂爾雅釋詁毗劉暴樂也毛傳本爾雅釋經劉字而必益其義云暴樂而希者暴樂猶剝落即希疏之意也爾雅釋經劉字而又必益其辭云毗劉者益毗之言庇也殺削枝葉曰劉枝葉可庇人而殺削之不能庇是曰毗劉樊光本毗作庇訓蔭得其理矣瘼病四月同○殄絕也倉喪疊韻爲訓滋古祇作茲常棣召旻傳並訓兄爲茲塡久瞻卬同爾雅塵久也古塡與塵通箋云民心之憂無絕已喪凶之道滋久長是也甫田傳倬明皃倬彼昊天猶抑云昊天孔昭耳昊天席王者瞻卬同鴻雁傳云矜憐也

四牡騤騤旟旐有翩（傳）騤騤不息也鳥隼曰旟龜蛇曰

旟翩翩在路不息也亂生不夷靡國不泯民靡有黎具禍以燼傳夷平泯滅也黎齊也於乎有哀國步斯頻傳步行頻急也疏傳云騤騤不息謂馬行不息騤騤然也北山篇四牡彭彭傳彭彭然不得息皆所謂朝夕從事王事靡盬也烝民傳騤騤猶彭彭也周語引詩韋注云騤騤行貌義同鳥隼曰旟龜蛇曰旐出車傳同旟旐者戎車之所建也翩翩猶翩翩也韋注云翩翩動搖不休止之意義亦同傳云翩翩在路不息則騤騤不息亦在路矣釋文作偏本亦作翩案此二章及三四章皆刺王暴虐以致紊用兵革無有止息也○夷訓平不平即亂也成十六年左傳國人曰若之何憂猶未弭而又討我寡君以亡曹國社稷之鎮公子是大泯曹也杜注云泯滅也是泯有滅義滅戔滅也黎齊疊韻爲訓荀子王制篇先王惡其亂也故制禮義以分之使有貧富貴賤之等足以相兼臨者是養天下之本也書曰維齊非齊此之謂也管子正世篇治莫貴於得齊齊不得則治難行故治民之齊不可不察也並與傳齊訓同齊猶治也民靡有齊言民無有能齊之者也具俱也燼

當依釋文作蓋箋災餘曰蓋方言蓋餘也詩小學云說
文作㚢㚢步行白華同行道也頻者顮之隸省說文顰涉
水顰戚急戚義相近戚與促同顮字當是顰字之假借
國步斯顰言亂泯禍蓋國道其日促急也顰訓急卽是
弟四章孔棘之意說文矉恨
張目也引詩作矉此三家義

國步蔑資天不我將靡所止疑云徂何往傳疑定也君
子實維秉心無競誰生厲階至今爲梗傳競彊厲惡梗
病也疏版傳云蔑無也資財也四牡傳云將養也天昊
天席王者也我我民也不我將言不養我也疑
當卽凝之省假說文凝止也疑凝同聲定止同義儀禮
鄉射注疑止也爾雅疑戾也疑與戾亦雙聲義近故疑
謂之止亦謂之定猶戾謂之止亦謂之定也雨無正靡
所止戾傳戾定也文義正同徂亦往也云徂何往重言
反覆之以盡其義全詩中多有此句例○君子謂古之
長民者也實當作寔寔是維是爲也或在句首或在句末
皆同定之方中傳云秉操也競彊烈文同無發聲抑執
競傳皆云無競競也君子寔維秉心無競言君子之所

爲其操心甚彊固也孟子盡心篇云其操心也危誰誰
厲王也厲惡正月瞻卬同說文病臥驚病也从㝱省丙
聲廣雅病病也㾘從叓聲叓從丙聲病亦從丙聲聲義
竝同㾘厲王兵革不息大惡於民終見困病昭二十四
年左傳楚子爲舟師以略吳彊吳人踵楚而邊人不備
遂滅巢及鍾離而還沈尹戌曰亾郢之始於此在矣引
詩曰誰生厲階至今爲梗其王之謂乎杜注云梗
病也左傳言楚王用兵亾國卽引此詩亦其義也

憂心慇慇念我土宇我生不辰逢天僤怒(傳)宇居僤厚
也**自西徂東靡所定處多我覯痻孔棘我圉**(傳)圉垂也

(疏)正月傳云慇慇然痛也宇訓居土亦居也緜傳土宇
皆爲居土宇猶邊垂也僤與單同故單謂之厚僤亦
謂之厚厚怒猶重怒也定止也處居也靡所定處猶言
靡所止居耳箋云痻病也說文云慇痛也說文有慇無
痻有悴無瘁有悝無瘽有㝌無疚有悹無痯則痻瘁瘽
疚痯卽慇悴悝㝌悹之或字邶柏舟覯閔既多傳閔病
也痻閔義同圉垂爾雅釋詁文召旻我居圉卒荒傳亦
云圉垂也棘急也孔棘我圉猶云我邊垂甚急耳此倒

句以就韻○案史記秦本紀秦仲立三年周厲王無道諸矦或叛之西戎反王室滅犬丘大駱之族後漢書西羌傳厲王無道戎狄寇掠乃入犬丘殺秦仲之族王命伐戎不克又東夷傳厲王無道淮夷入寇王命虢仲征之不克凡此皆厲王時所有邉垂之禍見諸史策可攷者如此箋易圉作禦云甚急矣我之禦寇之事或本三家而與傳實無異也正義以爲傳箋異失之

爲謀爲毖亂況斯削【傳】毖慎也告爾憂恤誨爾序爵誰能執熱逝不以濯【傳】濯所以救熱也禮所以救亂也其何能淑載胥及溺【疏】說文云慮難曰謀毖慎釋詁文小毖毖後患傳亦云毖慎也慎者慎用禮也況當作兄首章倉兄塡兮傳云兄茲也爲謀爲毖亂兄斯削二句承上三章而言凡有國家者爲靖謀爲劼毖當今日兵亂日茲邉垂生患尤亟思有以救之也下文告爾憂恤四句冢爲謀爲毖言其何能淑二句冢亂兄斯削言○爾女女厲王也恤亦憂也憂恤即指上三章用兵禍亂之事箋訓序爵爲次序賢能之爵又

天官大宰以八柄詔王馭羣臣一曰爵以馭其貴注爵謂公矦伯子男卿大夫士也詩云誨爾序爵言教王以賢否之弟次也傳意當同傳云救亂宋本救作毖正義云以濯救熱喻以禮救亂正義作救不誤襄三十一年左傳衛北宮文子引詩而釋之云禮之於政如熱之有濯也濯以救熱何患之有案此傳所本也孟子離婁篇今也欲無敵於天下而不以仁是猶執熱而不以濯也亦引此詩孟子言仁卽左傳之言禮正義云必賢人乃能行禮故箋云治國之道當用賢以申足傳意是也墨子尚賢中篇爵位不高則民不敬也蓄祿不厚則民不信也政令不斷則民不畏也故古聖王高予之爵重予之祿任之以事斷予之令夫豈爲其臣賜哉欲其事之成也詩曰告女憂卹誨女予鬱孰能執熱鮮不用濯則此語古者國君諸矦之將不可以不執善承嗣輔佐也譬之猶執熱之有濯也將休其手焉王念孫墨子襍志云鬱爲爵之譌爾爾字皆作女序作予誰作孰逝作鮮以作用所見詩有異文也善上執字衍案鄭箋及趙注孟子竝解經濯爲濯手與墨子合○淑善也胥相也其何能淑載胥及溺言今之爲政者不能以禮治國卽不能以善治國將相入於溺亾也孟子苟不志於仁終身憂

辱以陷於奴㠯即引此詩民歸仁君不忘仁將陷民於奴㠯矣韓詩外傳令民相伍有罪相伺有刑相舉使構造怨仇而民相殘傷和睦之心賊仁恩害士化所和者寡欲敗者多於仁道泯焉亦引此詩溺謂民陷溺卽上文所謂民靡有黎具禍以燼也趙岐注孟子王肅述毛竝以爲君臣陷溺趙注云刺時君臣何能爲善乎但相與爲沈溺之道也王肅與趙注同鄭箋同

如彼遡風亦孔之僾民有肅心荓云不逮好是稼穡力民代食（傳）遡鄉僾唈荓使也力民代食代無功者食天祿也稼穡維寶代食維好（疏）遡鄉公劉同鄉令之向字文選謝莊月賦注引毛詩傳愬向之也與今本異僾唈爾雅釋言文荀子禮論憚詭唈僾能無時至焉楊注云唈僾气不舒憤鬱之貌單言僾絫言唈僾故爾雅毛傳竝以唈釋經之僾也說文繫傳引詩作亦孔之炁炁本字僾假俗字唈古祇作邑肅敬也荓讀爲俜說文俜使也釋文荓或作拼爾雅拼使也或疑詩本作拼集韻云拼使也或作伻逬古作平

苹通作抨而無荓字可證又爾雅抨使也郭注云皆見詩是三家詩有作抨也逮及也鄉風孔僂以喻民重稼穡之事而不及時者有使之然也○鄭箋於此章好是稼穡稼穡維寶作家嗇云居家吝嗇下章稼穡卒痒始作稼穡解王肅讀此章兩言家嗇爲稼穡與下章稼穡一例則家嗇爲稼穡之壞字如曰予不戕王以爲藏之壞字竝與鄭訓不同今細繹經傳文義依王說作稼穡是也傳云代無功者食天祿繹經代食之義王肅云當好知稼穡之艱難有功力於民代無功者食天祿有功力於民釋經力民之義以述明傳意也韓詩外傳晉平公之時藏寶之臺燒公子晏子獨奉束帛而賀公曰自今已往請藏於百姓之閒引詩曰稼穡維寶代食維好韓詩作稼穡其明證矣稼穡維寶因民之所利而利之也代食維好民之所好好之也欲刺王用好利之小人故先陳此告誨之詞

天降喪亂滅我立王降此蟊賊稼穡卒痒哀恫中國具贅卒荒靡有旅力以念穹蒼傳贅屬荒虛也穹蒼蒼天

【疏】滅殘滅我我中國也此卽弟二章亂生不夷靡國不泯之意立王義未聞或謂天之所立謂之立王滅我立王言殘滅之道本由於王也一說立古位字如小宗伯掌神位故書位作立之比滅我立王召旻篇云我位孔貶文義與之同也韓詩外傳里克對魏文侯曰數戰而數勝夫差所以自喪於干遂引詩天降喪亂滅我立王毛韓意當同也此責王之詞○蟊賊以喻貪殘之人也正月傳痒病也思齊傳恫痛也中國國中也贅訓屬贅屬一聲之轉如孟子屬其耆老書大傳作贅之例說文云屬連也案傳文荒虛正義無釋則孔所據毛傳無此訓矣具贅卒荒承上文降此蟊賊稼穡卒痒言之猶云饑饉薦臻耳不作空虛解也召旻篇我居圉卒荒亦承上文瘨我饑饉言之言我邊竟盡饑饉亦不作空虛解也彼箋荒虛也正義云荒虛釋詁文唯某氏本有荒字其諸家爾雅則無之然則訓荒爲虛鄭義疑後人依鄭說增此荒虛二字○力與上章力民代食同義北山旅力方剛經營四方傳旅衆也靡有旅力言今無有一力於民者也穹蒼蒼天爾雅釋天文穹窮也大也窮大之蒼謂之穹蒼黍離傳蒼天以體言之據遠視之蒼蒼然則稱蒼天以念穹蒼卽黍離篇所云悠悠蒼天之意

也韓詩外傳云民勞思迭治暴思仁刑危思安國亂思天引詩靡有旅力以念穹蒼毛韓義同

維此惠君民人所瞻秉心宣猶考慎其相傳相質也維彼不順自獨俾臧自有肺腸俾民卒狂疏惠順也秉操也猶道也相訓質讀如質爾民人之質質成也弟三章云君子實維秉心無競即此義也呂覽知度篇人主自智而愚人自巧而拙人高注云自智謂人愚自巧謂人拙即引此詩案高以自獨俾臧爲自智自巧而以俾民卒狂爲愚人拙人傳義或然也

瞻彼中林甡甡其鹿傳甡甡衆多也朋友已譖不胥以穀人亦有言進退維谷傳谷窮也疏中林林中也說文甡衆生竝立之皃从二生詩曰甡甡其鹿玉篇甡甡衆多皃是三家詩有作甡者也林中之鹿甡甡然衆多以喻賢者皆羣退而窮處假樂傳云朋友羣臣也譖當作僭釋文本亦作僭僭差也穀善也言羣臣過

差不相與成於善道是不能處朝廷也○谷鞫同聲故鞫謂之窮谷亦謂之窮韓詩外傳家石他曰嗚呼生亂世不得正行劫乎暴人不得全義悲夫乃進盟以免父母退伏劍以死其君聞之者曰君子哉安之命矣又楚申鳴曰受君之祿避君之難非忠臣也正君之法以殺其父又非孝子也行不兩全名不兩立悲夫若此而生亦何以示天下之士哉遂自刎而死兩引詩曰進退惟谷韓詩亦謂進退兩窮與毛義同晏子問下篇晏子曰且嬰聞君子之事君也進不失忠退不失行不苟合以隱忠可謂不失忠不持利以傷廉可謂不失行叔向曰善哉詩有之曰進退維谷其此之謂與谷讀爲穀訓善與毛韓義異

維此聖人瞻言百里〔傳〕瞻言百里遠慮也維彼愚人覆狂以喜匪言不能胡斯畏忌〔疏〕瞻言百里蓋古有此語周語古人有言曰兄弟讒鬩侮人百里韋注云百里喻遠也傳文遠慮上奪言字言遠慮者以釋經義論語衛靈公篇云人無遠慮必有近憂韓詩外傳云由此觀之聖人能知微矣卽引此詩遠慮猶知微也覆反也狂卽俾民卒狂之狂覆狂以

喜言使民反入於狂而猶自以喜此愚人之所爲也愚人謂助厲王虐者下文忍心不順貪人皆是也○匪言不能胡斯畏忌匪非也言非言之不能何其畏忌而不言也周語厲王得衛巫使監謗者以告則殺之國人不敢言道路以目案此卽畏忌不言之事忌猶憚也儀禮士虞記夙興夜處小心畏忌昭二十五年左傳爲刑罰威獄使民畏忌以類其震曜殺戮竝與此畏忌同

維此良人弗求弗迪（傳）迪進也維彼忍心是顧是復民之貪亂寧爲荼毒（疏）迪進爾雅釋詁文弗求弗迪言不干進也維此良人弗求弗迪維彼忍心是顧是復此良人則無下進之志彼忍心之人惟是瞻顧反復無常德也上章云維此聖人瞻言百里維彼愚人覆狂以喜言聖人有遠慮而愚人但知自喜用事下章云維此良人作爲式穀維彼不順征以中垢言良人爲善而彼不順之人則惟闇冥是行也文義相同○荼苦荼因之凡苦曰荼荼毒卽是亂周語大子晉曰詩曰四牡騤騤旟旐有翩亂生不夷靡國不泯又曰民之貪亂寧爲荼毒夫見亂而不惕所殘必多其飾彌章

民有怨亂猶不可遏又荀子儒效篇凡人莫不欲安榮而惡危辱故唯君子爲能得其所好小人則日徼其所惡亦引此詩是其義也周語厲王虐國人謗王召公告王曰民不堪命矣王弗聽於是國人莫敢出言三年乃流王于彘案此三年卽厲王之三十七年也厲王之亾亾自國人故芮伯遠慮先知乃作此危激之詞寧猶胡也寧爲荼毒與胡爲虺蜴句同

大風有隧有空大谷（傳）隧道也維此良人作爲式穀維彼不順征以中垢（傳）中垢言闇冥也（疏）說文無隧字疑古本作遂初學記天部上引詩作遂潛夫論遏利篇言是大風也必將有遂其所據詩當亦作遂可證白駒在彼空谷傳空大也是空亦大也遂訓道道行也大風喻不順之人大風行於空大之谷猶不順之行闇冥也下章以大風喻貪人箋大風之行有所從而來必從大空谷之中喻賢愚之所行必由其性鄭意下文良人與不順之人竝言故以賢愚爲喻不知章義但說不順之人而連及良人猶上二章因言愚人而及聖人因言忍心之人而及良人

耳○式用穀善言良人之作爲皆用以善道也穀與垢相對成義箋征行也說文垢濁也中垢者內濁不淸之謂相鼠傳云無禮義者雖居尊位猶爲闇昧之行闇冥卽闇昧也韓詩外傳云故曰以明扶明則升于天以明扶闇則歸其人兩瞽相扶不傷牆木不陷井穽則其幸也詩曰惟彼不順往以中垢闇行也毛韓義同往疑征之誤

大風有隧貪人敗類傳類善也聽言則對誦言如醉匪用其良覆俾我悖傳覆反也疏貪人好利之人也史記周本紀厲王卽位三十年好利近榮夷公芮良夫諫厲王不聽卒以榮公爲卿士用事王行暴虐侈傲國人謗王召公諫三十四年王益嚴國人莫敢言道路以目三年乃相與畔襲厲王厲王出奔於彘案詩貪人卽指榮公之屬史記載芮良夫諫用榮公在三十年國語亦載其事而此詩之作猶在榮公爲卿士後其去流彘之年不甚相遠類訓善敗類爲敗善善謂善人卽上章所云良人也左傳秦伯曰孤實貪以禍夫子正釋詩貪人敗類也是其義○聽言指

貪人誦言指良人王聞貪人聽從之言則對荅如流而聞良人莊誦之言則憯然若醉酒不省人事韓詩外傳云古之謂知道者曰先生何也曰猶言先醒也不聞道術之人則冥於得失不知亂之所由眊眊乎其猶醉也荅郭君出郭謂其御者曰子知吾且亾乎御者曰然曰何不以諫也御者曰君喜道諛而惡至言臣欲進諫恐先郭亾是以不諫也郭君作色而怒御轉其辭曰君之所以亾者大賢引詩曰聽言則對誦言如醉毛韓意同也匪猶不也良謂良人也篇中三覆一復一反字義皆同故云覆反也說文誖亂也悖與誖通此刺王不用良人而信用此好利之徒反使我民誖亂若是也

嗟爾朋友予豈不知而作如彼飛蟲時亦弋獲既之陰女反予來赫(傳)赫炙也(疏)此章承上四章而言王信用匪人以致下民謀亂故呼女朋友而嗟告之也予我也芮伯自我也作爲也飛蟲喻衆民弋獲弋取攫獲喻貪忍卽下文所謂炙也之猶是也蝃蝀傳訓之爲是此其義陰卽首章傳所云陰均也女女民也釋文及定本集注毛傳皆作炙說文赫大火

皃。赫訓炙，其引申之義也。炙猶侵削之也。箋「距人謂之赫」，鄭讀赫爲莊子「以梁國嚇我」之嚇，與毛不同。「既之陰女，反予來赫」，言我欲是庇陰女衆民，乃當時執政者反予之志，是侵削之也。此推本民亂之由，以生下二章之意。

民之罔極，職涼善背。〔傳〕涼，薄也。爲民不利，如云不克。民之回遹，職競用力。〔疏〕傳以薄詁涼，全詩中薄字皆語詞，無實義，則涼亦爲語詞矣。民之罔極，職涼善背，罔極猶無良也，職，主也，言民之無良，唯主以違背爲善也。箋「涼，信也」，非傳義。說文「諒，事有不善言諒也」，亦非詩義。克，勝也。回遹，邪辟也。言上之人爲民所不利，如恐不勝，是以民之邪辟，主彊用力而爲不善也。

民之未戾，職盜爲寇。〔傳〕戾，定也。涼曰不可，覆背善詈。雖曰匪予，既作爾歌。〔疏〕戾訓定，未定，亂未定也。民亂未定，主爲盜寇。國語芮良夫曰「匹夫專利，猶謂之盜」，卽其義。蓋篇末皆說民之作非，卽上章民之貪亂，寧爲荼毒之意。王肅述毛，皆主民言，是也。下民禍亂若此則上之失政可知矣涼曰不可覆背善詈謂民不可則反背而善詈之涼曰猶薄言皆語詞無實義匪與非同非違也旣猶終也爾女也女厲王也雖曰匪予旣作爾歌此芮伯自明其歌詩以諷刺厲王也

雲漢八章章十句

雲漢仍叔美宣王也宣王承厲王之烈內有撥亂之志遇烖而懼側身脩行欲銷去之天下喜於王化復行百姓見憂故作是詩也【疏】春秋仍叔之子穀梁傳作任叔黃帝二十五子有任姓古仍任通其地無攷

倬彼雲漢昭回于天【傳】回轉也王曰於乎何辜今之人天降喪亂饑饉薦臻【傳】薦重臻至也靡神不舉靡愛斯牲圭璧旣卒寧莫我聽【疏】棫樸傳云倬大也舊本書鈔天部二引韓詩作對彼雲漢

注曰宣王遭旱仰天也王念孫云對當爲菿爾雅菿大也倬菿聲義皆同雲漢天河也回訓轉讀如水轉流之轉古者天子登靈臺而望書雲物備水旱故宣王於時仰望天河而憂懼旱裁也○王宣王辜罪也何罪今之人今之人何罪也薦重節南山同薦通作荐繁露郊祀篇引詩作荐臻至泉水同襄二十二年左傳不虞荐至郭注爾雅引易水荐至是薦臻即荐至也不舉不舉祭也王制山川神祇有不舉者爲不敬鄭注云舉猶祭也牲禱牲也天地用牛日月山川以下用羊圭璧禮神之玉也說文瓏禱旱玉也爲龍文然則禱旱有玉矣周禮大宗伯六玉用諸六宗典瑞及考工記玉人之事皆命侯常祀之圭璧而不及禱祭之玉與此圭璧異也節南山傳卒盡也偏祭羣神故云既盡下章傳所謂索鬼神而祭之也昭十八年左傳云卜筮走望不愛牲玉與此詩義正同寧胡也聽讀神之聽之之聽

旱既大甚蘊隆蟲蟲（傳）蘊蘊而暑隆隆而雷蟲蟲而熱

不殄禋祀自郊徂宮上下奠瘞靡神不宗（傳）上祭天下

祭地實其禮瘞其物宗尊也國有凶荒則索鬼神而祭

之后稷不克上帝不臨耗斁下土寧丁我躬（傳）丁當也

（疏）正義云溫字定本作蘊釋文蘊本又作熅疑熅即溫之誤蘊即薀之俗毛詩古字作溫謂薀之假借字薀積之爲溫積猶小宛箋薀蓄之爲溫蓄矣釋文引韓詩作鬱爾雅鬱鬱氣也郭注云鬱然氣出薀隆之爲鬱隆猶素冠篇薀結之即鬱結矣傳云暑亦謂暑氣也淮南子天文篇季春三月豐隆乃出以將其雨注豐隆雷也此豐隆謂雷聲之大詩言隆隆非大雷也箋云隆隆而雷非雨雷也雷聲尚殷殷然此即漢書劉向傳所謂無雲而雷也蟲蟲爾雅作爞爞熏也郭注云旱熱熏炙人釋文引韓詩作烔烔烔音徒冬反衆經音義卷四引埤倉云烔烔然熱皃廣韻引字林云熱氣烔烔用韓詩也又華嚴經音義下如來出現品之二引韓詩傳曰烔謂燒草傳火爛盛也據此則韓詩鬱隆烔烔指燔柴祭天而言與毛說絕異廣雅烔爇也張用韓義然釋文於鬱下云與毛同而烔下又不詳韓義未審其實說文火部烔光也無烔字○殄絕也不殄不絕也爾雅眕致也郭注云

見詩傳疑此詩之異文不眕禋祀致禋祀也不發聲郭或據三家詩傳耳大宗伯以禋祀祀昊天上帝自郊徂宮自郊宮也徂語詞禮器魯人將有事於上帝必先有事於頖宮頖宮或爲郊宮觀禮祭天燔柴祭法燔柴於泰壇祭天也宮猶壇也月令仲夏命有司爲民祈祀山川百源大雩帝用盛樂鄭注云雩吁嗟求雨之祭也雩帝謂爲壇南郊之旁雩五精之帝配以先帝也春秋傳曰龍見而雩雩之正當以四月凡周之秋三月之中而旱亦脩雩禮以求雨因著正雩此月失之矣天子雩上帝諸侯以下雩上公周冬及春夏雖旱禮有禱無雩奐謂詩因旱而禋祀郊宮正是雩上帝之事故篇中言上帝言昊天言昊天上帝皆謂雩祭也箋以郊宮爲二宮爲宗廟徂宮爲從郊而至宗廟不知此章不及宗廟董仲舒引此詩二章在郊祀篇可證○傳云上祭天承上文而言下祭地祭天必兼祭地耳上下謂天地奠瘞指上下梁書許懋傳引毛傳云上祭天下祭地奠其幣瘞其物案此與今本作奠其禮不同幣謂帛也奠其幣但以帛爲奠而知祭天燔牲與玉之說誣也物毛物謂牲體也祭地而瘞其物則知埋玉之說亦誣也一說今本傳作禮不誤禮物二字互文奠不專指祭天而瘞則專

指祭地覲禮祭地瘞爾雅祭地曰瘞埋祭法瘞埋於泰折祭地也金鶚云禮運列祭祀瘞繒繒爲幣帛瘞埋爲帛則眞亦宜爲帛也祭天帛宜燔而云眞者帛必眞之而後燔於柴上也毛傳未嘗言牲玉孔疏以牲玉釋之非也郊特牲疏引韓詩内傳天子奉玉升柴加于牲上金誠齋辨之矣宗尊鳧鷖同靡神不宗猶云靡神不舉也周禮大司徒以荒政十有二聚萬民十有一日索鬼神鄭司農注云索鬼神求廢祀而修之雲漢之詩所謂靡神不舉靡愛斯牲者也毛傳本周禮故仲師即本詩以爲說覲禮祭山丘陵升祭川沈大祝掌六祈四日禜鄭司農注云禜日月星辰山川之祭也春秋傳日日月星辰之神則雪霜風雨之不時於是乎禜之山川之神則水旱癘疫之災於是乎禜之杜注昭元年左傳云有水旱之災則禜祭山川之神周禮四日禜祭爲營欑用幣以祈福祥祭法雩宗祭水旱也鄭注云宗當爲禜禜字之誤也雩禜水旱壇也然則索鬼神其即周禮之禜祭歟後漢書順帝紀詔日分禱祈請靡神不禜錢大昕攷異云靡神不宗之宗三家詩必有作禜者○后稷南郊配天故禋祀上帝又吁嗟后稷也克能也王肅謂不能福佑我是也臨以言降佑也繁露郊祀篇云宣王自以爲

不能乎后稷不中乎上帝故有此災中者得也不得卽不臨之意非謂臨爲中也西京舊儒尚知此古訓之法耗俗秏字繫露及玉篇禾部引詩皆作秏釋文及後漢書竇皇后紀注引韓詩秏惡也惡音好惡之惡箋斁敗也六書故引作傳文非也說文殬訓敗則斁卽殬字繫露作射古射斁通其字作斁其義毛當訓厭也丁當釋詁文

旱既大甚則不可推兢兢業業如霆如雷傳推去也兢兢恐也業業危也周餘黎民靡有孑遺傳孑然遺失也

昊天上帝則不我遺胡不相畏先祖于摧傳摧至也疏說文推排也去猶排也小旻傳兢兢戒也恐戒義相近業業危爾雅釋訓文大玄差次七纍卵業業懼貞安測曰纍卵業業自危作安也是業業爲危矣召旻兢兢業業箋同○正義云孑然孤獨之貌言靡有孑遺謂無有孑然得遺漏定本及集注皆云孑然遺失也俗本有無字者誤也案有無字者是也小箋云靡有孑遺無孑然

遺失也失同佚孟子萬章篇引詩而釋之云信斯言也是周無遺民也靡有孑遺是無遺民之義民困饑饉餓死無存此是極盡之詞耳方言廣雅皆云孑餘也靡孑遺卽無餘遺毛傳無孑然遺失其意亦同鄭箋云周之衆民多有死亾者矣幸其餘無有孑遺者言又餓病也趙注云志在憂旱災民無孑然遺脫不遭旱災者非無民也鄭趙箋注乃孟子以意逆志則可不得據此以釋詩辭績溪胡紹勳四書拾義說○女曰雞鳴傳問遺也則遺亦問也畏畏天也摧至釋詁文方言云摧至也摧楚語先祖謂文武也文武於周較后稷爲親胡不相畏先祖于摧言欲覬冀先祖之神庶幾其至以救此烖耳下章云父母先祖胡寧忍予言父母先祖何竟忍予而不顧我也皆反覆其詞以箸其憂烖之情

旱既大甚則不可沮赫赫炎炎云我無所大命近止靡瞻靡顧（傳）沮止也赫赫旱氣也炎炎熱氣也大命近止民近死亾也**羣公先正則不我助父母先祖胡寧忍予**

傳先正百辟卿士也先祖文武爲民父母也疏沮止巧言同赫
赫盛也言旱氣之盛也說文焅旱气也苦沃切赫焅聲
相近或許本三家也大田傳炎火盛陽也火爲陽則炎
爲盛是炎炎爲熱氣之盛也爾雅炎炎熏也雒誥云無
若火始燄燄燄與炎通釋文據傳熱下無氣字玉篇赫
旱也似希馮所據旱下亦無氣字止至也近止近至也
列女傳續篇知天道之不祐示以大期卽傳所謂民近
夗亡也○傳文先正上奪羣公二字百辟卿士釋經之
羣公先正非以百辟卿士但釋經之先正也假樂之綱
之紀燕及朋友百辟卿士媚于天子百辟爲諸侯桑扈
烝民烈文百辟同故傳意以百辟謂羣公羣公卽辟公
卿士謂先正正長也書文侯之命篇亦惟先正克左右
昭事厥辟鄭注云先正謂公卿大夫也又禮記緇衣篇
詩云昔吾有先正其言明且清國家以寧都邑以成庶
民以生誰能秉國成不自爲正卒勞百姓此與節南山
尹氏大師秉國之均文義相同則先正爲卿士也案此
詩言雩祀當祀先世之諸侯卿士在王畿內者司巫注
云雩旱祭也天子於上帝諸侯於上公之神國語說苑
及五經異義皆有公侯祀百辟百神之文然則諸侯不

祀上帝而天子又得兼祀百辟卿士故月令仲夏命百縣雩祀百辟卿士有益於民者以祈穀實百縣詩正義引作百官此卽天子兼祀之義箋云百辟卿士雩祀所及者鄭卽本月令以申傳是矣○傳云先祖文武爲民父母也九字爲一句奪複句經文父母先祖四字耳正義云於民則爲父母於周則爲先祖故言先祖文武爲其爲民父母故稱父母欲見先祖父母爲一故先解先祖必知先祖唯文武者以此詩所訴皆所祭之神周立七廟親廟四非受命立功不足偏訴上章已言后稷明此唯文武耳胡何也寧亦何也盤庚云乃祖乃父乃斷棄女不救乃从此卽忍予之義也

旱既大甚滌滌山川傳滌滌旱氣也山無木川無水**旱魃爲虐如惔如焚我心憚暑憂心如熏**傳魃旱神也惔燎之也憚勞熏灼也**羣公先正則不我聞昊天上帝寧俾我遯**傳滌滌猶脩脩也中谷有蓷傳脩且乾也鴟鴞傳修修敝也聲義相近說文蓨艸旱盡也引

詩作薇薇徒歷切玉篇引詩作潊潊云本亦作潊潊疑薇之譌徒歷一切正讀如盪潊之潊古攸聲叔聲皆在尤幽部叔之平聲同修潊潊之爲薇薇小弁踧踧卽爾雅之黨黨其理一也傳云山無木川無水依經言也說文云艸旱盡依字言也艸盡則水竭可知晏子諫上篇夫靈山固以石爲身以草木爲髮天久不雨髮將焦身將熱說苑辯物篇亦有斯語○後箋云藝文類聚引韋昭毛詩荅問曰雲漢之詩旱魃爲虐傳魃天旱鬼也據此似傳本作旱鬼說文魃旱鬼也卽用毛傳後漢書皇甫規傳注毛傳已作旱神與今本同山海經大荒之中有山名不句有黃帝女妭本天女也黃帝下之殺蚩尤不得復上所居不雨郭注妭音如旱魃之魃玉篇妭下引文字指歸云女妭禿無髮所居之處天不雨也案妭與魃同古者求雨以女巫其卽祓除女妭之意歟釋文及定本作惔正義本作炎而燎下皆無之字詩小學云後漢書章帝紀章懷注引韓詩如炎如焚說文云炎燎也葢毛亦作炎也上文赫赫炎炎本或作惔惔是其明證憚讀爲癉大東小明傳皆云癉勞也勞憂勞也韓詩苦也箋猶畏也義竝相近說文屮部熏火煙上出也从屮从黑屮黑熏象傳以熏爲灼隨經訓也灼焦灼也○

詩述聞云聞猶恤問也與葛藟篇亦莫我聞同寧猶胡也俾當作卑寧卑我遯與胡卑我瘨句同

旱既大甚黽勉畏去胡寧瘨我以旱憯不知其故祈年孔夙方社不莫昊天上帝則不我虞敬恭明神宜無悔怒【傳】悔恨也【疏】後漢書蔡邕傳宣王遭旱密勿祗畏無以或加三家詩黽勉作密勿也箋云瘨病也召旻瘨我饑饉箋同釋文瘨韓詩作疹云重也憯當作朁朁曾也言何病我以旱曾不知其何故也○噫嘻序春夏祈穀于上帝也又月令孟冬天子乃祈來年於天宗大割祠於公社及門閭此祈年之祭也甫田以社以方傳社社后土也方迎四方氣于郊也此方社之祭也二者以言其不廢常祀也詩述聞云虞猶撫有也廣雅曰虞有也則不我虞猶言亦莫我有也其四章曰羣公先正則不我助助猶虞也故廣雅又曰虞助也○明神釋文作明祀本或作明神案作明神者依箋誤改箋云我心肅事明神如是蓋言敬祀於神如是非鄭所據毛詩本作明神也文選張衡東京賦爰敬恭於明神李善注引毛詩作敬恭明神陸機荅張士然詩駕言巡明

祀致敬在祈祈年江淹禖體袁大尉從駕詩恭絜由明祀肅駕在祈年李注又兩引毛詩作敬恭明祀可知唐時既有此兩本而陸江所云正用詩辭可爲作明祀之確證北堂書鈔禮儀部九引毛詩作明祀陳禹謨本改明神矣此詩云明祀楚茨及信南山詩皆云祀事孔明其義正同敬恭明祀者卽上文所謂祈年孔夙方社不莫也悔恨傳爲全詩悔字通訓不必限於首見也黃公紹韻會引說文云悔恨也

旱既大甚散無友紀鞫哉庶正疚哉冢宰趣馬師氏膳夫左右(傳)歲凶年穀不登則趣馬不秣師氏弛其兵馳道不除祭祀不縣膳夫徹膳左右布而不修大夫不食粱士飲酒不樂**靡人不周無不能止**(傳)周救也無不能止言無止不能也**瞻卬昊天云如何里**(疏)說文散襍肉也引申散有襍亂之義假樂之綱之紀燕及朋友傳朋友羣臣也天子燕飲羣臣自有一定之綱紀汪龍詩異義引周禮掌

客凡禮賓客凶荒殺禮爲此章傳義與假樂篇義合奐竊謂此云友郎朋友紀郎綱紀與假樂同而用義自別散無友紀者言朋友本有一定之綱紀今爲凶荒各自殺禮是郎無友紀也散者郎無友紀之謂非謂天子燕羣臣而凶荒殺禮也歲凶年穀不登以下皆傳釋散無友紀之義禮記曲禮下篇歲凶年穀不登君膳不祭肺馬不食穀馳道不除祭事不縣大夫不食粱士飲酒不樂襄二十四年穀梁傳大侵之禮君食不兼味臺榭不塗弛侯廷道不除百官布而不制鬼神禱而不祀此大侵之禮也此與毛傳詳略不同或毛公兼引禮記穀梁傳隨經作訓抑別有成文不可攷也○鞫窮也庶正長謂六官之長也疚本或作灾灾貧也此冢宰爲宰夫與周禮大宰不同大宰在庶正之中則冢宰爲其屬矣十月之交家伯維宰鄭司農以爲宰夫趣馬師氏膳夫已見十月之交篇左右統大夫上而言也鞫哉灾哉郎下章昭假無贏之意其所以既鞫且灾者爲諸臣助王憂裁出祿餼以振貸飢饉之黎民郎以起下文靡人不周無不能止也周讀與救同論語雍也篇君子周急不繼富孟子萬章篇君之於氓也固周之周皆救也箋易周爲賙賙字見周禮鄉師職賙萬民之囏阨鄭司農云

賙讀爲周急之周大司徒職五黨爲州使之相賙杜子春云賙當爲糾案周賙古今字故先鄭杜皆不從賙許君作說文亦不錄賙毛詩多古文祇作周爲救之假借字不必改賙也止猶已也王肅述毛云無不能而止者其發倉廩散積聚有分無多分寡無敢有不能而止者言上下同也○箋云里憂也十月之交傳云里病也憂病同義釋文本亦作⿸疒里說文有悝無⿸疒里里爲古文假借字

瞻卬昊天有嘒其星（傳）嘒眾星貌**大夫君子昭假無贏**（傳）假至也**大命近止無棄爾成何求爲我以戾庶正**（傳）戾定也**瞻卬昊天曷惠其寧**（疏）正義云以嘒文連星故爲星皃小星正義引此傳亦但云星皃無眾字釋文有眾字小星嘒彼小星傳云嘒微皃小星眾無名者說文嘒小聲也引詩有嘒其星蓋微小者必眾多玉篇嘒眾星皃與此傳同而其字作嘒未詳○假讀爲假方言說文皆云假至也泮水同爾爾大夫君子也王肅云大夫君子公卿大夫也昭其至誠於天下無敢有私贏之而不斁散大夫君子所以

無私贏者以民近死亡當賑救之以全汝之成功案王
說申毛是也我宣王自我也戾定雨無正桑柔同何求
爲我以戾庶正言今我求雨何獨爲我躬亦欲以定庶
正救裁之成功而已宣王初年在廷諸臣若尹吉甫仲
山甫召虎方叔之倫俱在庶正之列必有助王祈禱振
救之者故詩末二章皆言其諸臣勤勞可想見宣王初
年君與臣一德憂念百姓雖承厲之亂而復著中興此
序所謂百姓見憂也○惠憂也寧安也言君臣憂百姓
如此天何不憂而安之瞻卬云瞻卬
昊天則不我惠孔塡不寧降此大厲

崧高八章章八句

崧高尹吉甫美宣王也天下復平能建國親諸侯褒賞申伯焉【疏】申申侯也申伯者申侯受命爲侯伯也篇中所敘命召伯城謝以及錫命之美餞禮之盛人國之喜樂申侯爲侯伯不爲二伯鄭箋謂申伯以賢入爲周卿士則申侯兼二伯之職矣鄭說非也此詩當作於采芑南征之後在宣王中興初年

崧高維嶽駿極于天維嶽降神生甫及申（傳）崧高貌山大而高曰崧嶽四嶽也東嶽岱南嶽衡西嶽華北嶽恆堯之時姜氏爲四伯掌四嶽之祀述諸侯之職於周則有甫有申有齊有許也駿大極至也嶽降神靈和氣以生申甫之大功**維申及甫維周之翰**（傳）翰幹也**四國于蕃四方于宣**（疏）崧禮記及韓詩外傳初學記引詩皆作嵩山大而高曰崧爾雅釋山文釋文崧又作嵩高嵩卽崇之或體崧俗字也漢人以大室爲崇高山應劭風俗通義遂誤以詩之嵩高爲中嶽矣經言嶽傳言四嶽書堯典云歲二月東巡守至于岱宗柴望秩于山川肆覲東后五月南巡守至于南岳如岱禮八月西巡守至于西岳如初十有一月朔巡守至于北岳如西禮案嶽岳一字天子巡守四方見諸侯於嶽下四方故四嶽般序巡守而祀四嶽河海也傳高山四嶽也二傳義同云東嶽岱者禹貢海岱惟青州海岱及淮惟徐

州青東至海西至岱徐北至岱南至淮是岱在禹貢青
徐二州界中職方氏河東曰兗州其山鎮曰岱山周之
岱幷入於兗矣山名曰岱岱爲四嶽之長故尚書謂之
岱宗在三嶽之東故爾雅謂之東嶽亦爲域中山之最
大故閟宮謂之大山漢書地理志泰山郡博岱山在西
北今在山東泰安府附郭泰安縣北五里漢博縣地此
東嶽也云南嶽衡者禹貢荆及衡陽惟荆州荆北及荆
山南至衡山之陽職方氏正南曰荆州其山鎮曰衡山
周以漢北爲豫漢南爲荆而南及衡陽與夏同也地理
志長沙國湘南禹貢衡山在東南荆州山今在湖南衡
州府衡山縣西北三十里漢湘南縣地此南嶽也漢以
霍山爲南嶽故漢人皆舉霍山廣雅天柱謂之霍山峋
嶁謂之衡山稚讓釋五嶽舉霍山而衡山不列於五嶽
據漢而言云西嶽華者禹貢華陽黑水惟梁州西傾朱
圉鳥鼠至于大華華即大華也梁東自河西之華西北
至于黑水周無梁州而以嶓冢之東幷入豫州岷山之
南幷入雍州故華山在豫州職方氏河南曰豫州其山
鎮曰華山地理志京兆尹華陰大華山在南豫州山班
志不云梁州山以大華在雍梁之閒故不從禹貢而從
職方矣後漢華陰屬弘農郡今在陝西同州府華陰縣

縣南十里此西嶽也云北嶽恆者禹貢大行恆山在冀州域內恆水所出也職方氏正北曰并州其山鎮曰恆山地理志常山郡上曲陽恆山在西北并州山禹貢恆水所出東入滱今在直隸定州曲陽縣西北百四十里漢置上曲陽縣此北嶽也漢避文帝諱改恆山爲常山○周語云堯用伯禹共之從孫四嶽佐之胙以天下賜姓曰姒氏曰有夏胙四嶽國命爲侯伯賜姓曰姜氏曰有呂此一王四伯唯能釐舉嘉義以有胤在下守祀不替其典案傳義正本國語四伯主掌四嶽之祀述諸侯之職堯之時炎帝後姜姓爲之伯夷其一伯也堯之四伯猶周之二伯下泉傳諸侯有事二伯述職周制分天下以爲左右二伯分主東西以領八州之方伯左伯率東方諸侯右伯率西方諸侯此二伯述職也堯時以四伯掌四嶽分主東西南北以領十二州之牧伯行述職之事則四伯自在王官故堯典帝曰咨四岳咨四伯也咨十有二牧咨十二州之牧伯也正義謂四嶽如牧伯誤矣傳云於周則有甫有申有齊有許也者周語云齊許申呂由大姜又云申呂雖衰齊許猶在此亦傳義所本也甫卽呂呂爲姜姓始封之國申亦夏商舊國齊許則皆周封之國宣王之世四國猶存詩言錫命申伯耳

申甫連言猶之申呂連言而傳又連及齊許更推廣之
申之先祖主嶽之祀自堯迄周歷千餘年傳乃揔下生
申句以發明篇端高嶽之義也駿大極至所謂高也○
神神靈也云嶽降神靈和氣以生申甫之大功者傳又
揔下四句立義于蕃于宣即其大功也鄭注孔子閒居
篇甫申爲仲山甫及申伯仲山甫樊侯也後漢書張衡
傳申伯樊仲實榦周邦此皆三家異說而翰之爲榦義
則同也四國于蕃四方于宣于爲也言爲蕃四國爲宣
四方也箋云四國有難則往扞禦之爲
之蕃屏四方恩澤不至則往宣暢之

亹亹申伯王纘之事于邑于謝南國是式傳謝周之南
國也王命召伯定申伯之宅登是南邦世執其功傳召
伯召公也登成也功事也疏文王傳亹亹勉也王宣王
也釋文纘韓詩作踐云踐
任也中庸踐其位踐或爲纘此纘踐聲通之理潛夫論
引詩作薦聲亦近韓奕云王親命之纘戎祖考無廢朕
命文義正同○說文邑國也古邑國通稱于邑于謝言
爲國於謝也周禮以東都王畿爲土中在東畿之南故

傳以謝爲周之南國鄭語史伯曰當成周者南有申呂是也此傳云謝周之南國也黍苗傳云謝邑也謝本爲周南國之邑至宣王之世遷都於此傳意可互見也潛夫論志氏姓篇申城在南陽宛北序山之下故詩云亹亹申伯王薦之事于邑于序南國爲式古謝序聲通葢謂宣王封申伯於序在今漢南陽郡宛縣北序山之下也漢人又謂之北筮山漢書地理志南陽郡宛故申伯國有屈申城縣南有北筮山然則漢宛縣申伯故國縣南有北筮山此卽宣王所封之謝較舊都近南謝在宛縣南不在宛縣北矣顧祖禹方輿紀要云河南南陽府南陽縣附郭周申國宛縣今府治又云申城府北二十里括地志南陽縣北有申城周宣王舅所封此由誤讀潛夫論以宛北連文遂謂申城在南陽縣北顧氏實沿括地志之謬又紀要南陽府唐縣謝城相傳周申伯徙封于此又河南信陽州羅山縣縣西北六十里有謝城古申伯所都劉昭注續志引荊州記棘陽縣東北百里有謝城水經淯水注謝水出謝城北城周迴側水申伯之都世祖封樊重少子爲謝陽矦卽此朱右曾以爲此皆世本所云任姓之謝或在此以爲申伯之都非是南國是式猶下章云式是南邦也箋云式法也○傳以召

伯爲召公者謂召伯爲天子之三公出爲二伯也召公召穆公也宅居也烝民王命仲山甫城彼東方傳東方齊也古者諸侯之居逼隘則王者遷其邑而定其居蓋去薄姑而遷於臨菑也彼詩言宣王命仲山甫爲齊遷邑定居與此詩言宣王命召穆公爲申遷邑定居皆是建國親侯之美政小雅黍苗篇正言其事登成爾雅釋詁文黍苗云召伯成之又云召伯有成是其義也宣十二年穀梁傳云績功也功事也與傳訓同

王命申伯式是南邦因是謝人以作爾庸傳庸城也王命召伯徹申伯土田傳徹治也王命傳御遷其私人傳御治事之官也私人家臣也疏爾雅仍因也因亦通訓仍謝人謝邑之人也庸讀爲墉古文假借字皇矣韓奕良耜傳皆云墉城也徹治公劉同江漢錫山土田傳諸侯有大功德賜之名山土田附庸此言土田者亦宣王之所錫也○書牧誓篇我友邦冢君御事司徒司馬司空孔傳云治事三卿大誥酒誥梓材召誥雒誥等篇言御事皆爲諸侯治事之臣此傳以治事之官釋經文之御正與書義合也臣工

嗟嗟臣工嗟嗟保介傳工官也凡大國三卿命於天子皆有職司於王室故天子得以敕之命之傳御猶保介也諸侯之上大夫卿亦兼孤故春秋陽處父爲大傅士會將中軍爲大傅箋以傳御謂冢宰正義用箋申傳失之私人卽傳御之私人傳御爲諸侯之臣故傳以私人爲家臣矣禮記玉藻大夫私事使私人擯則稱名鄭注云士臣於大夫者曰私人儀禮士相見注云家臣稱私有司徹注云私人家臣己所自謁除也大夫言私人明不純臣也此皆私人爲大夫家臣之證正義謂申伯私家之臣亦失之十月之交云皇父孔聖作都于向擇三有事亶侯多藏擇有車馬以居徂向文義相同

申伯之功召伯是營有俶其城寢廟既成既成藐藐（傳）俶作也藐藐美貌王錫申伯四牡蹻蹻鉤膺濯濯（傳）蹻蹻壯貌鉤膺樊纓也濯濯光明也（疏）俶作爾雅釋詁文傳於既醉之俶訓始而此俶訓作者有俶其城猶上章云以作爾庸也緜傳君子將營宮室宗廟爲先廄庫爲次居室爲後故作

城必及寢廟也藐藐美亦繹詁文說文作藐重言之曰藐藐通作藐藐既成藐藐句束上起下上文皆言召伯定宅之事下文則敘申伯入謝也○泮水傳其馬蹻蹻言彊盛也壯即彊盛之義韓奕言王錫韓侯有鉤膺皆所以錫命侯伯也鉤膺樊纓采芑同說詳采芑篇云濯濯光明也者路車之樊以纓爲飾光明言其飾也周禮巾車金路鉤樊纓以賓同姓以封此錫申伯鉤膺或於賓饗用之故下章遣申伯路車爲封異姓之象路與

王遣申伯路車乘馬（傳）乘馬四馬也**我圖爾居莫如南土錫爾介圭以作爾寶**（傳）寶瑞也**往近王舅南土是保**（傳）近己也申伯宣王之舅也（疏）乘馬四馬即承上章之四牡言也韓奕云韓侯出祖其贈維何乘馬路車文義相同郭注爾雅引詩介作玠說文玠大圭也介與玠通考工記玉人之事命圭九寸謂之桓圭長發傳桓大也介與桓竝有大義公所執桓圭於鎮圭爲小而視信圭躬圭則爲大王肅云桓圭九寸諸侯圭之大者所以朝天子是也故桓圭亦稱介圭矣命申伯錫介圭與韓奕介圭以入覲皆是上公

九命作伯之禮爾雅珪大尺二寸謂之玠爾雅玠圭即天子之鎭圭與詩介圭不同箋乃誤合爲一耳春官大宗伯稱公執桓圭居六瑞之一此卽傳訓寶爲瑞之義也○迈各本作近今訂正小箋云迈己也己與忌同大叔于田傳曰忌辭也此傳謂迈者己之假借箋申之曰己辭也讀如彼記之子之記王風彼其之子箋曰其或作記或作己讀聲相似鄭風鄭箋曰忌讀如彼己之子之己蓋其記己忌迈五字同詞之助也己作戊己字今本毛詩此及王風鄭風作巳止字誤又鄭釋毛云己辭也今本仍作迈誤經傳迈誤作近則自唐然矣惟宋廖氏本作迈與案箋迈辭也辭當作詞此亦申毛不必改己字往迈王舅言王舅往耳迈爲句中語助詩曰王舅曰王之元舅故知申伯爲宣王之舅也宣王之母姜姓於傳無聞

申伯信邁王餞于郿（傳）郿地名**申伯還南謝于誠歸王命召伯徹申伯土疆以峙其粻式遄其行**（疏）再宿曰信郿地名傳不詳其所在箋云時王蓋省岐周故于郿云江漢篇于周受命箋岐周周之所起爲其先祖之靈故就之是宣

王命召公必於岐周則其命申伯亦猶然也郿在岐周之南故受命還謝爲所餞道矣地理志右扶風郿縣今據方輿紀要郿縣在陝西鳳翔府東南百四十里而故郿城在縣東北十五里岐山縣在府東五十里而岐陽廢縣在縣東北五十里以此覈之則郿地在岐周之南相去不過五六十里古者餞必在近郊也箋云還南者北就王命于岐周而還反也謝于誠歸誠歸于謝也○釋文時本又作峙爾雅峙具也峙乃峙之俗又粻糧也郭注云今江東通言粻案此仍冡上四章命召伯定宅而以敘申伯載糧就道也下章正言歸謝之事

申伯番番既入于謝徒御嘽嘽【傳】番番勇武貌諸侯有大功則賜虎賁徒御嘽嘽徒行者御車者嘽嘽喜樂也

周邦咸喜戎有良翰不顯申伯王之元舅文武是憲【傳】不顯申伯顯矣申伯也文武是憲言有文有武也【疏】爾雅釋訓番番勇也傳乃益其義云勇武秦誓番番良士孔傳云勇武番番之良士義與此同番番與嘽嘽竝指從

申伯入謝者說故傳又申釋勇武爲虎賁之士也魯語天子有虎賁習武訓也諸侯有旅賁禦災害也又楚語衛武公在輿有旅賁之規是諸侯有旅賁也天子有虎賁又有旅賁諸侯但有旅賁有大功則賜虎賁周禮序官虎賁氏下大夫二人虎士八百人旅賁氏中士二人鄭注云不言徒曰虎士則虎士徒之選有勇力者是虎賁與虎賁氏不同虎賁氏官名也虎士卽虎賁也繁露爵國篇公侯賢者爲州方伯錫斧鉞置虎賁百人書大傳有功者天子一賜以車服弓矢再賜以秬鬯三賜以虎賁百人號曰命諸侯命諸侯得專征者鄰國有臣弒其君孽代其宗者弗請于天子征之而歸其地于天子可也說苑修文篇與大傳同左傳襄王策命晉侯爲侯伯賜之虎賁三百人案此卽元戎十乘之制也司馬法革車一乘士十人徒二十人甲士十人十乘則虎賁百人兼車徒二十人十乘則虎賁三百人其制一也既入于謝楚辭七諫注引詩謝作徐或三家字通而遂誤以徐偃王爲申伯後也徒徒行者御御車者黍苗同故傳訓亦同采芑常武嘽嘽傳訓衆盛此云喜樂者探下文周邦咸喜而釋之也樂記云其樂心感者其聲嘽以緩又云嘽諧慢易繁文簡節之音作而民康樂是嘽嘽有

喜樂之義○戎大也翰幹也不顯申伯與於赫湯孫句同不於皆發聲元舅大舅也憲法也文武是憲言申伯既有文德又有武功足爲法於天下也六月傳有文有武二傳意同僖三十年左傳周公閱曰國君文足昭也武可畏也則有備物之饗以象其德薦五味羞嘉穀鹽虎形以獻其功

申伯之德柔惠且直揉此萬邦聞于四國吉甫作誦其詩孔碩其風肆好以贈申伯傳吉甫尹吉甫也作是工師之誦也肆長也贈增也疏柔安也惠順也小明傳正直爲正能正人之曲曰直韓奕訓庭爲直即本此且直爲訓說文無揉字釋文揉本亦作柔箋云四國猶言四方也○是詩尹吉甫所作故傳云吉甫尹吉甫也序箋云尹氏潛夫論志氏姓篇亦云尹者本官名也詳常武篇云作是工師之誦也者以釋經作誦之義是是詩也烝民箋吉甫作此工歌之誦作誦猶言作歌也潛夫論三式篇周宣王時輔相大臣以德佐治亦獲有國故尹吉甫作封頌二篇疑三家詩此及烝民誦作頌字頌大也肆訓長長讀上聲烝

民穆如清風傳清微之風化養萬物者也二傳義同贈增正義崔集注本皆同其詩孔碩句是吉甫自陳作誦之意其風肆好句是美申伯之詞崔靈恩云增益申伯之美

烝民八章章八句

烝民尹吉甫美宣王也任賢使能周室中興焉

天生烝民有物有則民之秉彝好是懿德傳烝衆物事則法彝常懿美也天監有周昭假于下保茲天子生仲山甫傳仲山甫樊侯也疏烝衆東山同禮記大學云物有本末事有終始物卽事也又云致知在格物物格而后知至樂記云人生而靜天之性也感於物而動性之欲也物至知知然後好惡形焉蓋已形之好惡物在情一邊未形之好惡物在性一邊物之本卽事之始也則法六月同彝常爾雅釋詁文孟子告子篇及潛夫論德化篇引詩作夷皇矣瞻卬皆假夷爲彝懿與抑聲通皆有美義故全詩多假抑爲懿

也孟子言性善以才之善仁義禮智之心爲說引詩曰天生蒸民有物有則民之秉夷好是懿德孔子曰爲此詩者其知道乎故有物必有則民之秉夷也故好是懿德案孟子引孔子釋詩以證性善不涉情一邊也物卽才也則卽仁義禮智也有是才必有是仁義禮智此之謂有物有則俱就性一邊說毛傳訓物爲事事與才同聲同義意以才訓物恐人不易曉故謂物爲事文王篇上天之載無聲無臭傳載事也兩事字義同法猶範也毛傳多引孟子文此毛意亦必用孟子義也常德性也民之秉好性善也韓詩外傳引詩而釋之云言民之秉德以則天也詩上二句天命之謂性下二句率性之謂道也故孔子以爲知道矣趙岐注孟子用韓詩而以人法天解有則句誤用韓義○監視也假至也保茲天子生仲山甫言由天保之自天生之也韓詩外傳云子曰不知命無以爲君子言天之所生皆有仁義禮智順善之心不知天之所以命生則無仁義禮智順善之心無仁義禮智順善之心謂之小人故曰不知命無以爲君子小雅曰天保定爾亦孔之固言天之所以仁義禮智保定人之甚固也觀韓詩可以明保生之義矣○傳云仲山甫樊侯樊國侯爵東都畿内諸侯入爲天子卿士

者也國語稱樊仲山甫又稱樊穆仲仲山甫字穆仲謚國語陽有樊仲之官守焉陽左傳作陽樊又作南陽服虔云樊仲山之所居故名陽樊潛夫論志氏姓篇云封於南陽南陽者在今河内郡國志河内郡修武故南陽方輿紀要云河南懷慶府濟源縣西南十五里陽城古陽樊也案樊在東畿河北故曰陽樊在晉國之南故又曰南陽又地理志南陽郡宛縣申伯國潛夫論宛西三十里有呂城呂或作甫故鄭注禮記以仲山甫爲甫侯葢三家詩誤以樊封之南陽卽在漢之南陽郡耳

仲山甫之德柔嘉維則令儀令色小心翼翼古訓是式威儀是力天子是若明命使賦（傳）古故訓道若順賦布也（疏）德懿德也二章卽承上章民之秉彝好是懿德言仲山甫有此美德也柔安嘉美儀容儀色顔色文王傳云翼翼然恭敬也成十三年左傳云劉子曰民受天地之中以生所謂命也是以有動作禮義威儀之則以定命也能者養以之福不能者敗以取禍正與詩義同○古故日月同訓道烈文同古故訓道皆釋詁文也

列女傳賢明篇引詩作故箋云故訓先王之遺典也說文云古故也从十口識前言者也訓說教也字又作詁抑傳云詁言古之善言也古故詁三字同式用也法也周語樊穆仲說魯侯曰賦事行刑必問於遺訓而咨於故寔然則仲山甫能用法古訓者矣箋云力猶勤也勤威儀者恪居官次不解于位也若順釋言文閟宮同賦讀爲敷敷小旻傳云敷布也

王命仲山甫式是百辟纘戎祖考王躬是保〔傳〕戎大也

出納王命王之喉舌〔傳〕喉舌冢宰也**賦政于外四方爰發**〔疏〕仲山甫天子之二伯也式是百辟爲天下諸侯作式王制所謂八伯各以其屬屬於天子之老是也韓奕纘戎祖考傳云戎大也〇喉舌冢宰謂喉舌乃冢宰之職非謂喉舌爲官名也冢宰即周禮之天官冢宰與書納言不同官也唐虞納言周爲內史漢爲大司農王莽更爲納言非冢宰也漢尚書爲少府屬官後漢以太傅上公錄尚書事故後漢書李固傳云今陛下之有尚書猶天之有北斗也斗爲天喉舌尚書亦爲陛下喉

舌斗斟酌元氣運平四時尚書出納王命賦政四海李固謂尚書權尊埶重偺用詩喉舌之義而與傳云冢宰究是不同魏志王肅傳疏云唐虞納言猶今尚書也以出內帝命而已漢成帝始置尚書五人公卿尚書各以事進亦與傳異

肅肅王命仲山甫將之（傳）將行也 **邦國若否仲山甫明之既明且哲以保其身夙夜匪解以事一人**（疏）將訓行行命也明明命也韓詩外傳云牧者所以開四目通四聽也引詩曰邦國若否仲山甫明之是其義牧即周禮九命作牧也〇漢書董仲舒傳云彊勉學問則聞見博而知益明彊勉行道則德日起而大有功詩曰夙夜匪解書云茂哉茂哉皆彊勉之謂也又云周道衰於幽厲至于宣王思昔先王之德興滯補弊明文武之功業周道粲然復興詩人美之而作上天祐之爲生賢佐後世稱誦至今不絕此夙夜不解行善之所致也董說與弟六章傳義合

人亦有言柔則茹之剛則吐之維仲山甫柔亦不茹剛亦不吐不侮矜寡不畏彊禦（疏）方言云茹食也矜當作鰥矜寡昭元年左傳引詩作鰥寡彊禦漢書王莽傳作彊圉圉與禦通

人亦有言德輶如毛民鮮克舉之我儀圖之（傳）儀宜也維仲山甫舉之愛莫助之（傳）愛隱也袞職有闕維仲山甫補之（傳）有袞冕者君之上服也仲山甫補之善補過也（疏）四驖傳云輶輕也惠棟易微言云如毛猶微也荀子不苟篇曰夫誠者君子之所守也而政事之本也唯所居以其類至操之則得之舍之則失之操而得之則輕輕則獨行獨行而不舍則濟矣楊倞注云持至誠也而得之則易舉也詩曰德輶如毛又彊國篇曰積微月不勝日時不勝月歲不勝時凡人好敖慢小事大事至然後興之務之如是則常不勝夫敦比於小事者矣是何也則小事之至也數其縣日也博其爲積也大

大事之至也希其縣日也淺其爲積也小故善日者王善時者霸補漏者危大荒者亾故王者敬日霸者敬時僅存之國危而後戚之亾國至亾而後知亾至死而後知死亾國之禍敗不可勝悔也霸者之善箸焉可以時託也王者之功名不可勝日志也財物貨寶以大爲重政教功名反是能積微者速成詩曰德輶如毛民鮮克舉之此之謂也楊倞注云引之以明積微至箸之功案儀當爲義釋文云毛作義鄭作儀則陸所據本作義矣蕩傳義宜也訓同○爾雅蔞隱也郭注云見詩或三家詩作蔞矣靜女薆而不見說文作僾郭注方言作蔞說文蔞蔽不見也玉篇曖隱也竝字異而義同薆爲古文假借字凡隱蔽謂之薆隱微亦謂之薆傳訓薆爲隱爾雅隱微也說文微隱行也言仲山甫能舉積微之德隱行而莫能助也荀子解蔽篇處一之危其榮滿側養一之微榮矣而未知故道經曰人心之危道心之微危微之幾惟明君子而後能知之又云夫微者至人也至人也何彊何忍何危故濁明外景清明內景聖人縱其欲兼其情而制焉者理矣夫何彊何忍何危故仁者之行道也無爲也聖人之行道也無彊也仁者之思也恭聖人之思也樂此治心之道也又堯問篇堯問於舜曰我

欲致天下爲之柰何對曰執一無失行微無怠忠信無勸而天下自來執一如天地行微如日月忠誠盛於內賁於外形於四海天下其在一隅邪夫有何足致也竝與傳襃隱之義合易微言云毛公用師說故訓襃爲隱鄭氏不明古義改訓爲憯七十子衰而大義乖康成大儒猶未免矣○衮詳九罭篇經言衮傳言衮冕衮爲衣冕爲冕九旒是君之最上服也衮職司隸校尉魯峻碑作緄職玉篇緄織成章也本三家詩義周禮典同鄭大夫讀晛爲衮衮冕之衮此衮與晛聲相通之證宣二年左傳士季曰詩曰衮職有闕惟仲山甫補之能補過也君能補過衮不廢矣案晉靈公繼文襄之業主盟中夏爲周之上公是靈有衮矣故云能補過衮不廢傳所本也衮職謂臣職也有闕補之卽襃隱莫助之意

仲山甫出祖四牡業業征夫捷捷每懷靡及傳言述職也業業言高大也捷捷言樂事也四牡彭彭八鸞鏘鏘

王命仲山甫城彼東方傳東方齊也古者諸侯之居逼

隘則王者遷其邑而定其居蓋去薄姑而遷於臨菑也

【疏】出祖祭道神仲山甫以冢宰而出祖故云言述職也下泉傳云諸侯有事二伯述職述職有考績黜陟之事有功德於民者加地進律故下文言城齊而遷邑定居也○業業猶奕奕此及采薇云四牡業業車攻韓奕云四牡奕奕爾雅業大也奕大也業奕一語之轉故大謂之業重言曰業業猶大謂之奕重言曰奕奕矣采薇傳業業然壯也高大者壯之意壯亦大也征夫行人傳義見皇皇者華篇小雅歌文王爲西伯率諸侯而朝聘乎紂征夫謂諸侯之使臣此言仲山甫爲二伯方岳述職亦必有當方諸侯使臣馳驅周咨之事文義正相同云捷捷言樂事也者征夫樂此述職之事捷捷然也玉篇引詩作倢倢每懷靡及皇皇者華傳云每雖懷和靡及自謂無及也鏘鏘當依釋文作將將○城彼東方傳即揆下章徂齊爲訓故云東方齊也齊在鎬京之東去薄姑遷臨菑是即城齊之事而傳又先引古王者遷邑之制以明其城齊之所由也昭九年左傳武王克商蒲姑商奄吾東土也服注云蒲姑齊也漢書地理志周成王時蒲姑氏與四國共作亂成王滅之以封師尚父是

爲大公破斧傳云四國管蔡商奄也此四國外又有薄姑氏共爲作亂成王滅薄姑封尚父齊遂有薄姑之地而都實在臨菑地理志齊郡臨淄師尚父所封臨菑名營丘禮記檀弓云大公封於營丘史記齊世家云武王封師尚父於齊營丘成王時得征伐爲大國都營丘五世至哀公時紀侯譖之周周烹哀公而立其弟靜是爲胡公胡公徙都薄姑而當周夷王之時哀公之同母少弟山怨胡公乃與其黨率營丘人襲攻殺胡公而自立是爲獻公獻公元年盡逐胡公子因徙薄姑都治臨菑案世家言胡公都薄姑至獻公即都臨菑獻公當周夷王世不當宣王世與毛傳不合孔仲達以爲遷之言未必實是矣哀公既烹齊或削地故胡公徙薄姑世家云周宣王二年齊獻公子武公壽卒子厲公無忌立厲公暴虐故胡公子復入齊齊人欲立之乃與攻殺厲公胡公子亦戰死齊人乃立厲公子赤爲君是爲文公而誅殺厲公者七十人文公十二年卒子成公脫立成公九年卒子莊公購立武厲文成莊五公皆當宣王世文能定厲之亂其時或有錫命復都臨菑宣王命山甫城齊之事則傳云去薄姑而遷於臨菑者宜在齊文公時然書缺有閒矣載疑可也薄蒲菑淄通用薄姑在臨菑北

四牡騤騤八鸞喈喈仲山甫徂齊式遄其歸（傳）騤騤猶彭彭也喈喈猶鏘鏘也遄疾也言周之望仲山甫也吉甫作誦穆如淸風（傳）淸微之風化養萬物者也仲山甫永懷以慰其心（疏）桑柔四牡騤騤傳云騤騤不息也北山四牡彭彭傳云彭彭然不得息說文騤馬行威儀也引詩曰四牡騤騤箋云彭彭行皃行謂之騤騤亦行謂之彭彭不息謂之騤騤亦不息謂之彭彭是騤騤猶彭彭矣鼓鍾篇一章鼓鍾將將二章鼓鍾喈喈傳亦云喈喈猶將將也鍾聲謂之將將亦謂之喈喈鸞聲謂之將將亦謂之喈喈故二傳訓同箋云鏘鏘鳴聲謂鳴鸞聲也烈祖箋云鸞在鑣四馬則八鸞○遄訓疾歸歸周也云言周之望仲山甫者庾蔚所謂宰相不得久在外也故望其疾歸耳箋云望之故欲其用是疾歸鄭亦申成傳也漢書杜欽傳仲山甫異姓之臣無親於宣就封於齊鄧展以爲韓詩隸釋載孟郁堯廟碑云天生仲山甫翼佐中興宣王平功遂受封于齊又潛夫論三式篇亦云此言申伯山甫文德致升平而王

封以樂土賜以盛服也竝用韓義而爾雅釋詁篇齊疾也郭璞引詩仲山甫徂齊則訓疾亦本三家或是魯義歟蓋嵩高封申伯故序云建國親侯烝民仲山甫封齊故序云任賢使能一爲外諸侯一爲內諸侯兩詩文義顯然讀詩者往往連文言之韓詩外傳言申伯仲山甫輔相宣王申伯仲山甫竝順天下匡救邪失後漢書張衡傳申伯樊仲實榦周邦又劉陶傳周宣用申甫以濟夷厲之荒皆合兩詩爲說解詩者知仲山甫以樊侯入爲卿士是矣據此申伯亦當以外諸侯而爲卿士知申伯出封於謝邑是矣據此仲山甫亦當就封於齊因又誤以仲山甫謂卽甫侯古甫呂通甫侯卽呂侯則又誤以仲山甫爲出封於漢之南陽郡一誤再誤而不可終極也毛詩所以獨行歟○穆美也穆如猶美然也清風正形容仲山甫之有美德故傳釋清風爲清微之風又申之爲化養萬物者直陳其布政述職之功風動教化之美所以隱括其作誦義也繫之天容篇告之以政令而化風之清微義與此傳同永長懷思慰安也言仲山甫能長思吉甫作誦之意於以安其心

韓奕六章章十二句

韓奕尹吉甫美宣王也能錫命諸侯【疏】韓韓侯奕猶奕奕也宣王命韓侯爲侯伯奕奕然大故詩以韓奕名篇此詩當在六月北伐後而作

奕奕梁山維禹甸之有倬其道韓侯受命【傳】奕奕大也甸治也禹治梁山除水災宣王平大亂命諸侯有倬其道有倬然之道者也受命受命爲侯伯也王親命之纘戎祖考無廢朕命夙夜匪解虔共爾位【傳】戎大虔固共執也朕命不易榦不庭方以佐戎辟【傳】庭直也【疏】說文奕大也重言之曰奕奕奕奕者篇端美大之詞非謂形容梁山高大書禹貢云壺口治梁及岐此傳訓甸爲治之義也漢書地理志左馮翊夏陽故少梁禹貢梁山在西北龍門山在北案梁山在今陝西同州府韓城縣西北即漢縣夏陽地梁與龍門俱在河西二山比近故禹貢道河紀至于龍門冀州既載紀治梁梁即呂梁也疏九河

以暢下流之歸而闗龍門鑿呂梁以決上流之勢最爲治水急切之功禹隨山道河自東而西由壺口而龍門由梁而岐梁山治周都鎬京之北土盡成沃野小雅信彼南山維禹甸之終南山在鎬京之南渭北之山既治渭南之原隰亦得墾辟成耕一在鎬南之山一在鎬北之山兩詩立言義正相同梁山在王畿東北交界處又爲韓矦歸國之所經故尹吉甫美宣王錫命韓矦章首即以禹治梁山除水災比況宣王平大亂命諸矦與信南山以禹比曾孫成王者其傳意亦正同也鄭箋據漢志梁山在夏陽西北而誤以梁山爲韓國之山韓矦爲晉所滅之韓近儒能辨韓矦爲近燕之韓復據水經濡水注水逕良鄉縣之北界歷梁山南高梁水出焉即爲此詩奕奕梁山之證則又誤梁山爲近燕矣梁自夏陽之梁山韓自北國之韓矦解者膠泥一處齟齬難通○倬讀爲焯見三有俊心之焯傳云有倬然之道也者言宣王有知人之明故韓矦受命也釋文引韓詩作晫晫即焯之異體說文焯明也甫田傳倬明皃倬焯聲同莊元年穀梁傳禮有受命無來錫命范注云周禮大宗伯職曰王命諸矦則擯之是來受命案此即受命之義傳云受命爲矦伯也者周禮九命作伯在外州者稱矦伯

在王官者稱二伯其數則皆九命而侯伯屬二伯者統於天子入州入伯韓侯爲侯伯蓋作幽州伯也○戎大縣思齊民勞烝民江漢烈文傳竝同祖考謂韓侯之先祖也虔固共執竝爾雅釋詁文文選張衡西京賦注引韓詩章句云榦正也庭訓直正曲爲直也方四方也榦不庭方言四方有不直者則正之侯伯得專征伐也隱十年左傳云君子謂鄭莊公於是乎可謂正矣以王命討不庭不貪其土以勞王爵正之體也詩義正同戎大辟君以佐戎辟猶云以佐天子耳此皆王親命韓侯之辭

四牡奕奕孔脩且張韓侯入覲以其介圭入覲于王（傳）脩長張大覲見也王錫韓侯淑旂綏章簟茀錯衡玄袞赤舄鉤膺鏤錫鞹鞃淺幭鞗革金厄（傳）淑善也交龍爲旂綏大綏也錯衡文衡也鏤錫有金鏤其錫也鞹革也鞃軾中也淺虎皮淺毛也幭覆式也厄烏蠋也（疏）奕奕四馬

長大之皃脩長張大猶六月篇之脩廣也故傳訓同覲
見爾雅釋詁文秋見曰覲因之凡見皆曰覲介圭詳嵩
高篇覲禮乃朝以瑞玉有繅侯氏入門右坐奠圭再拜
稽首記曰奠圭于繅上此侯伯則介圭也上言韓侯之
之來覲下言王所賜車服覲禮天子賜侯氏以車服迎
于外門外再拜路先設西上路下四亞之重賜無數在
車南鄭注引采菽詩云君子來朝何錫予之雖無予之
路車乘馬又何予之玄衮及黼義與此同○淑善關雎
同交龍爲旂出車同詳出車篇箋云善旂旂之善色者
也淑旂旂也綏章旐也出車采芑竝言旂旐央央傳央
央鮮明皃即箋所謂善色者也公羊注云加文章曰旂
釋文綏本又作緌禮記注綏當爲緌讀如冠蕤之蕤是
緌爲正字矣今字通作綏綏章連文與六月帛茷連文
同義茷與旆同章帛皆謂縿也以旆繼帛曰帛旆以綏
繫於縿末加爲文章是曰綏章六月傳旆繼旐者也僖
二十八年左傳亾大旆之左旃旐亦通帛故得旃稱傳
云大綏即大旆也周禮又謂之大麾春官巾車掌王五
路玉路建大常金路建大旂象路建大赤革路建大白
木路建大麾案常爲天子之旗大旂交龍爲旂也大赤
周正色鳥隼爲旟也曲禮行前朱鳥吳語赤旟明堂位

周之大赤是也大白殷正色熊虎爲旗也少儀人白不入廟門司馬瀍旗章殷以虎尚威明堂位殷之大白是也大麾夏正色龜蛇爲旐也爾雅緇廣充幅長尋曰旐緇黑色檀弓綢練設旐夏也明堂位夏后氏之綏是也旐有不旆旆者有繼旐者曰旆明堂位之綏即此詩之綏毛傳以綏爲大綏周禮以綏爲大麾皆有繼旐者也旆綏麾三字竝聲轉而義得相通車攻傳云天子發抗大綏諸侯發抗小綏綏有大小所以別尊卑亦唯天子諸侯有綏亦可見天子諸侯始有旆也天子大綏用諸田獵與巾車大麾以田合諸侯田用小綏而錫命有大綏王命韓侯爲追貉之長故以大綏錫之與巾車大麾以封蕃國合金榜禮箋謂大麾爲旐大綏即大麾其說良是繼旐說見六月篇○簟茀錯衡此謂路車也錯衡文衡采芑同詳采芑篇采叔傳云玄衮卷龍也狼跋傳云赤舄人君之盛屨也箋云鉤膺樊纓也詳采芑篇有金鏤其錫是曰鏤錫箋眉上曰錫刻金飾之今當盧也巾車注錫馬面當盧桓二年左傳注錫在馬額說文鍚馬頭飾也引詩作鍚玉篇鍚鏤鍚馬面飾錫同上急就篇亦作鍚巾車玉路錫樊纓金路鉤樊纓賈疏云上得兼下玉路直言錫兼有鉤然則玉路有錫有鉤而金路有

鉤無錫此周禮說也詩言封同姓用金路有鉤膺又有鏤錫者或以侯伯加歟非玉路賜韓侯也○正義引說文亦云鞟革也獸皮治去其毛曰革鞹與鞟同儀禮士喪下篇記疏引毛傳鞃式中與幭覆式一例今字通作軾說文鞃車軾也詩曰鞹鞃淺幭讀若穹韻會作車軾中鞃負謂鞃當作鞔鞔卽今之幫字穹與鞔聲義皆相近釋名鞃因與下輿相聯箸也鞹鞃者以革幫車式中所謂鞃也小戎作茵又小戎傳云文虎皮此傳釋淺爲虎皮淺毛是淺與文同物也釋文幭本作篾曲禮素篾注或爲冪說文引作犬幦少儀玉藻既夕記皆作幦竝字異義同先儒謂之覆笭而此云覆式者傳蓋以幭爲式上所覆之皮與笭當車前者異物禮記玉藻篇禮不盛服不充故大裘不裼乘路車不式不式者無覆式也路車無覆式則非路車有覆式可知傳意以此詩淺幭非路車之制故不以爲覆笭之幦而以覆式之皮言之解者直謂式爲笭誤矣覆式曰鞃幭者俗稱耳詳小戎篇○鋚當作鋚鋚革詳蓼蕭篇厄者衡下之軥說文軶轅前也軥軶下曲者渾言之衡軶同體析言之軶爲衡下曲軥也衡之長容兩服軶又兩服馬之頸故謂之兩軶輈人注衡任謂兩軶之閒是也亦謂之兩軥襄十四

年左傳射兩軥而還服注車軶兩邊叉馬頭者是也軶本字尼假借字今通作厄既夕記今文作厄與詩同傳云烏噣依釋文訂正作烏蠋者誤釋名馬曰烏啄下向叉馬頸似烏開口向下啄物時也小爾雅衡扼也扼上者謂之烏啄扼即軶字啄與噣通金厄謂以金飾烏噣也正義用爾雅厄烏蠋蟲名爲說大謬詩既有簟茀又有淺幭既有鞗衡又有金厄此所謂重賜無數者歟

韓侯出祖出宿于屠傳屠地名也顯父餞之清酒百壺傳顯父有顯德者也其殽維何炰鼈鮮魚其蔌維何維筍及蒲傳蔌菜殽也筍竹也蒲蒲蒻也其贈維何乘馬路車籩豆有且侯氏燕胥疏烝民云仲山甫出祖仲山甫爲二伯韓侯爲侯伯故兩詩皆有出祖祭道神之事屠地名無攷說文左馮翊郃陽縣有鄜亭一作鄜陽亭許不引詩鄜亭非即屠地漢郃陽縣去鎬尚遠或謂即韓侯所宿之屠地非是傳云顯父有顯德者逸周書成開本典篇竝有顯父登德

之文傳所本也泉水傳祖而舍軷飲酒於其側曰餞重始有事於道也出祖飲餞雖是兩事總在一時飲酒於其側即在行道之旁祭畢而飲酒也祖而舍軷行者之事飲酒乃送行者之事即此清酒百壺是也案昭十六年左傳鄭六卿餞宣子於郊此餞在郊之明證天子侯國宿餞遠近異禮地官遺人凡國野之道十里有廬廬有飲食三十里有宿宿有路室路室有委五十里有市市有侯館侯館有積鄭注云宿可止宿若今亭有室矣周禮之宿與詩之出宿同泉水篇言宿餞不同地先出宿而後飲餞侯伯近郊十五里遠郊三十里出宿在近郊則飲餞自在遠郊遠郊尚近在三十里也若王國遠郊百里近郊五十里此詩言出宿于屠當在近郊以內即三十里宿有路室之宿其飲餞自在近郊五十里故五十里有侯館然則顯父之餞韓侯必在五十里侯館中矣嵩高申伯信邁王餞于郿郿在岐周之近郊亦明證也正義云餞訖然後出宿今出宿之文在飲餞之上者示行不留失之○蔌作蔌者非殽當作肴賓之初筵傳云肴豆實也魚鼈詳六月篇箋云鮮魚中膾者也天官醢人饋食加豆皆有魚醢爾雅釋器菜謂之蔌郭注云菜茹之總名見詩此釋詩之蔌也豆實有醢有菹醢

謂肉菹謂菜傳云蔽菜脊正對上脊爲肉脊而言醢人
加豆之實深蒲筍菹蔽有蒲有筍則蔽爲豆實明矣又
醢人羞豆糝食鄭司農注菜餗蒸賈疏云若今煮菜謂
之蒸菜也案餗者蔽之假借字說文鬻鼎實惟葦及蒲
陳畱謂鍵爲鬻或作餗鬻餗同字鬻鼎實蔽豆實許宗
毛不應與毛菲異疑惟葦及蒲四字經後人竄改傳云
筍竹不辭疑竹下有萌字釋文筍又作笋爾雅筍竹萌
也或今傳筍竹也三字係後人所增而又脫萌字耳醢
人加豆之實箈菹筍菹鄭注箈箭萌筍竹萌案箈之爲
言細小也箈爲小竹則筍爲大竹矣王風揚之水傳蒲
草也此傳釋蒲爲蒲蒻謂蒲草之本也醢人加豆之實
深蒲醢醢鄭司農注云深蒲蒲蒻入水深故曰深蒲齊
民要術卷九引義疏云蒲深蒲也周禮以爲菹謂蒲始
生取其中心入地者蒻大如匕柄正白生噉之甘脆是
蒲蒻與深蒲一矣考工記輪人鄭注今人謂蒲本在水
中者爲弱弱與蒻通又醢人注謂深蒲蒲始生水中子
然說文蒲蒲子可以爲平席不云作菹也○嵩高傳贈增
也箋云贈送也王既使顯父餞之又使送以車馬所以
增厚意也人君之車曰路車所駕之馬曰乘馬案鄭不
言顯父贈者爲人臣者無外交之義也左傳云入有郊

勞出有贈賄且詞也籩豆有且言有籩有豆也凡諸侯
覲王稱侯氏謂韓侯爲侯氏者此亦君對臣之詞胥皆
也燕胥皆燕也
以示君有餘惠

韓侯取妻汾王之甥蹶父之子（傳）汾大也蹶父卿士也
韓侯迎止于蹶之里（傳）里邑也百兩彭彭八鸞鏘鏘不
顯其光諸娣從之祁祁如雲韓侯顧之爛其盈門（傳）祁
祁徐靚也如雲言衆多也諸侯一取九女二國媵之諸
娣衆妾也顧之曲顧道義也（疏）妻適妻也凡諸侯卽位受命取妻白虎通義爵
篇引韓詩內傳諸侯世子三年喪畢上受爵命於天子
此詩言韓侯受命韓侯入覲則亦喪畢受爵命也文二
年左傳云凡君卽位好舅甥修昏姻娶元妃以奉粢盛
孝也孝禮之始也此詩言韓侯取妻韓侯迎止則亦卽
位取元妃也傳訓汾王爲大王者厲王宣王之父故謂
之大王正義引王肅云大王王之尊稱蹶氏父字案蹶

父爲卿士未詳所聞易林井云大夫祈父無地不涉爲吾相土莫如韓樂可以居止長安富有三家以詩之蹶父葢任祈父司馬之職歟迎親迎也諸侯親迎在宣王時禮尚不廢里邑爾雅釋言文周禮載師以小都之田任縣地鄭注云小都卿之采地四百里爲縣蹶父爲士卿士當受采地於縣内里其都邑也鵲巢傳百兩百乘也諸侯之子嫁於諸侯送御皆百乘載驅傳彭彭多皃鏘鏘釋文作將將大明不顯其光傳云顯其光輝義與此同○大田傳祁祁爲徐此又益其義云徐靚也靚與靜同敝笱齊子歸止其從如雲傳如雲言盛也衆多卽盛云諸侯一取九女二國媵之者所以申明衆多之意春秋成八年衛人來媵九年晉人來媵十年齊人來媵左傳以衛晉媵共姬爲禮則齊媵爲非禮公羊傳三國來媵非禮也又莊十九年公羊傳媵者何諸侯娶一國則二國往媵之以姪娣從姪者何兄之子也娣者何女弟也諸侯壹聘九女諸侯不再娶女弟女字今據詩正義補公羊亦以二國媵爲禮三國媵爲非禮與左合諸侯於所取之國適夫人之外有媵有姪娣二國往送女又各有媵有姪娣共九女唯何休注公羊據禮適夫人之下但有姪娣左右各有媵有姪娣與漢書五行志劉

向說白虎通義嫁娶篇列女明德馬后傳所云八妾合九女中有適與毛傳不同一取九女天子皆然思齊經傳可稽也然公羊注列女傳白虎通義載或說及漢書王莽傳後漢書荀爽傳皆謂天子一取十二女蔡氏獨斷鄭注檀弓以十二女爲夏制則八妾定非周制而漢先儒往往襍用異禮不若毛傳之精且核矣九女皆不聘故傳釋諸娣爲衆妾獨舉娣者娣又爲貴妾之統稱先釋下句如雲後釋上句諸娣或疑有誤倒○經言顧傳云曲顧道義者列女傳齊孝公迎華氏之長女孟姬於其父母三顧而出親授之綏自御輪三曲顧姬輿遂納於宮白虎通義必親迎御輪三周下車曲顧者防淫泆也高誘注淮南氾論云蒼梧繞乃孔子時人以妻美好推與其兄於兄則愛矣而違親迎曲顧之義此皆所謂曲顧也道義義讀如字韓詩外傳云賢者精氣闐溢而後傷時不可過也不見道端乃陳情欲以歌道義昭二十六年穀梁傳云至自齊道義不外公也至自會道義不外公也是古有道義之語

蹶父孔武靡國不到爲韓姞相攸莫如韓樂（傳）姞蹶父

姓也孔樂韓土川澤訏訏魴鱮甫甫麀鹿噳噳有熊有羆有貓有虎(傳)訏訏大也甫甫然大也噳噳然衆也貓似虎淺毛者也慶旣令居韓姞燕譽(疏)箋云相視攸所也蹶父甚武健為王使於天下國國皆至為其女韓矦夫人姞氏視其所居韓國最樂箋與焦延壽易林井合本三家毛意或同也姞黃帝之後十二姓之一傳釋姞為蹶父姓則韓矦夫人姞姓矣訏大也重言之曰訏訏甫大也重言之曰甫甫易林離云魴鱮詡詡詡詡與甫甫聲亦相近釋文噳本又作麌吉日傳麀牡曰麌麌麌衆多也麌字之誤爾雅釋獸虎竊毛謂之虦貓傳云淺毛竊卽淺也說文虎竊毛謂之虦苗从虎戔聲竊淺也說文無貓字古字本作苗苗為虎屬似虎而淺毛者別其名曰苗重其名曰虦苗郊特牲迎貓迎虎貓亦虦苗也○箋云慶善也蹶父旣善韓之國土使韓姞嫁焉而居之韓姞則安之盡其婦道有顯譽案成九年左傳季文子如宋致女復命公享之賦韓奕之五章此大夫致女反馬復命而賦詩者卽取慶居燕譽之義也

溥彼韓城，燕師所完。傳師衆也。以先祖受命，因時百蠻。王錫韓侯，其追其貊。奄受北國，因以其伯。傳韓侯之先祖武王之子也。因時百蠻，長是蠻服之百國也。追貊，戎狄國也。奄，撫也。實墉實壑，實畝實藉。傳實墉實壑，言高其城，深其壑也。獻其貔皮，赤豹黃羆。傳貔，猛獸也。追貊之國來貢，而侯伯總領之。疏溥，大也。韓侯九命作伯，改營城邑，故大之也。水經聖水注引王肅云：今涿郡方城縣有韓侯城，世謂之寒號城，非也。括地志云：方城故城在幽州固安縣南十里。今固安縣在順天府西南，則韓城在燕國南矣。傳訓師爲衆者，燕衆猶云燕人也。王肅云：燕，北燕國。漢書地理志：廣陽國薊，故燕國，召公所封。方輿紀要云：北直順天府府治東有薊城，古燕都也。記曰：武王克商，封帝堯之後于薊。其後燕并薊地，遂都於薊，以城西北有薊丘而名。奐案：召公封燕，以山爲名，其後併薊當在成王之世，武庚之叛東夷八國竝興成王既誅武庚及八國以奄益魯以薄姑益齊以薊益燕三國爲三公故皆得就上公之封開方五百里燕之并薊正在斯時不必疑堯後之薊爲黎矣宣王時燕人爲韓築城燕韓皆在周幽州域內完者讀如繕完葺牆之完也○傳釋先祖云韓侯之先祖武王之子者謂武王之子爲韓侯始封之先祖然則韓侯爲武穆矣周有二韓一爲姬姓之韓襄二十九年左傳叔侯曰霍楊韓魏皆姬姓也是也一爲武穆之韓僖二十四年左傳富辰曰邗晉應韓武之穆也國語鄭語史伯曰武王之子應韓不在是也武王克商舉姬姓之國四十人則姬姓之韓當受封於武王之世其後爲晉之所滅以賜大夫韓萬續漢書郡國志河東郡河北縣有韓亭即姬姓韓國地武穆之韓封自成王之世至西周之季尚存其國在禹貢冀州之北故得總領追貊北國載諸詩篇章章可攷酈道元水經注聖水篇聖水東逕方城縣故城又東南逕韓城東詩韓奕章曰溥彼韓城燕師所完王錫韓侯其追其貊奄受北國王符潛夫論志氏姓篇昔周宣王有韓侯其國也近燕故詩云普彼韓城燕師所完又五德志篇韓武之穆也韓姬姓也其辨武穆姬姓爲二韓尤足徵信鄭箋以武穆之韓

郎是晉滅姬姓之韓誤合爲一杜注左傳韋注國語皆沿其說姬姓韓在河東而後之言輿地者梁山在夏陽西北遂以今河西韓城縣隋始置者指爲韓侯古城則謬之謬也學者不可不辨○以猶用也以先祖受命言韓侯先祖亦受命爲周侯伯故用其禮因以策命韓侯傳云長是蠻服之百國也者以釋經時百蠻之義時是也長讀上聲謂韓侯爲蠻服百國之長蠻服北方之蠻服也周禮職方氏王畿之外有九服侯甸男采衛蠻夷鎮蕃大行人衛服之外謂之要服九州之外謂之蕃國鄭注要服即蠻服書康誥言侯甸男采衛巾車革路封四衛木路封蕃國鄭注亦云四衛爲蠻服以內矣禹貢五百里要服三百里夷五百里荒服三百里蠻夏時甸侯綏要荒五服連王畿故夷蠻即在要荒要服荒服皆九州域也周制除王畿外建九服蠻服弟六服在九州內其夷服鎮服蕃服皆戎狄國在九州外易祓云王畿千里兩面各五百里自方五百里之侯服至方五百里之蕃服每面各二百五十里所異者周官王畿不在九服內與禹貢不同其餘弼服盡同胡渭作禹貢錐指從易祓說以爲千年不破之疑然則蠻服去王城止二千里耳周制王畿以雒邑爲土中五畿五百里每服二百

五十里六服一千五百里連王城二千里今河南府至順天府一千八百里韓在順天府南百三四十里古里短今里長韓在鑾服道里可稽易祓之說眞足以發毛傳之微矣云因時百蠻者從韓本國言也下文云其追其貊者命之爲侯伯則夷鎮蕃三服皆韓所總領故也○說文貉北方豸種追未聞疑追貉即穢貊追穢聲相近孔晁注逸周書王會篇穢韓穢東夷别種服虔注漢書武帝紀穢貊在辰韓北高句驪沃沮之南東窮於大海此即鄭箋所謂追貊爲玁狁所逼稍稍東遷者歟周時追貊在荒服之中故傳云戎狄國也周語云戎狄荒服傳訓奄爲撫者爾雅奄撫有也撫有之也憮有也撫與憮通奄訓撫又訓有也伯侯伯也箋云實當作寔趙魏之東實寔同聲寔是也傳訓墉爲城與皇矣良耜同云濬其壑者壑即池孟子公孫丑篇城非不高也池非不深也是其義藉讀藉田之藉箋云藉稅也案此謂燕衆築城之事是墉是壑猶嵩高篇云以作爾庸有俶其城也是畝是藉猶嵩高篇云徹申伯土田徹申伯土疆也句義正同○禮記曲禮篇前有摯獸則載貔貅鄭注云貔貅亦摯獸也引書曰如虎如貔傳云貔猛獸者猛摯同也爾雅貔白狐其子豰此貔爲貍類而陸機義疏貔似虎

一名白狐是以爾雅之貔謂即詩之貔矣獻猶貢也韓侯爲幽州伯在蠻服中雖追貊荒裔皆其統轄故傳云追貊之國來貢而侯伯總領之也周語穆王征犬戎得四白狼四白鹿自是荒服不至賈逵注云白狼白鹿犬戎之職貢也此即荒服貢皮之證與詩義合職方氏云凡邦國小大相維王設其牧制其職各以其所能制其貢各以其所有

江漢六章章八句

江漢尹吉甫美宣王也能興衰撥亂命召公平淮夷（疏）召公召虎也後漢書東夷傳厲王無道淮夷入寇王命虢仲征之不克宣王復命召公伐而平之此即平淮夷事宣王承厲王之烈淮夷正彊盛命召虎平淮夷尹吉甫作詩以美之江漢之詩是也召虎既平淮夷遂作詩以戒宣王常武之詩是也淮夷不一國而徐爲淮夷之大國故於江漢言淮夷而於常武特舉一徐國徐方平而淮夷諸國胥平兩詩正是一時一事宣王次江漢之水厓命將伐東國詩人遂以如江如漢狀武夫威武取

江漢命篇達於淮浦亦由江漢而東而北解者據鄭箋從江漢循流而下遂誤以魯頌淮夷在淮北而此淮夷在淮南以言輿地未審矣攷淮夷在禹貢徐州之域東及海南至淮其地皆有淮夷周改夏之徐州爲青州其分界與禹貢同則周之淮夷亦在淮北不在淮南也書序云武王崩三監及淮夷叛逸周書作雒篇云二叔及殷東徐奄及熊盈以略昭元年左傳周有徐奄賈逵杜預注竝云徐卽淮夷徐在淮而尤大故舉其國則曰徐舉其地則曰淮夷徐在東故毛傳謂之東國又謂之東夷棐誓伯禽之世徂茲淮夷徐戎竝興淮夷卽東夷徐戎爲郤戎其時與魯作難之淮夷不知其徐與否也要之春秋以前吳楚未興徐最彊大至春秋齊桓公霸諸侯東略淮夷之地徐卽諸夏故春秋進之遂有次匡救徐之師直至魯昭公十三年楚靈王會于申而徐子淮夷竝書於經後卽尋爲吳滅此淮夷與徐分合之大較也

江漢浮浮武夫滔滔匪安匪遊淮夷來求（傳）浮浮衆彊貌滔滔廣大貌淮夷東國在淮浦而夷行也**既出我車**

既設我旟匪安匪舒淮夷來鋪〔傳〕鋪病也〔疏〕江漢浮浮武夫滔滔傳浮浮眾彊皃滔滔廣大皃經傳各本皆誤當作江漢滔滔武夫浮浮滔滔滔滔廣大皃浮浮眾彊皃此因經文錯誤而又顛倒傳文也江漢滔滔猶四月篇滔滔江漢彼傳云滔滔大水皃此傳云廣大皃義正相同風俗通義山澤篇引詩江漢陶陶正即此江漢滔滔之異文是其證角弓雨雪浮浮傳浮浮猶瀌瀌也淸人麃麃武皃碩人鑣鑣盛皃盛皃謂之鑣鑣猶眾眾皃謂之浮浮矣武皃謂之麃麃猶彊皃謂之浮浮矣此浮浮爲形容武夫之眾彊與下章洸洸同義也余友王引之說同而較詳武夫猶常武之言虎臣也〇遊當作游匪猶不也游敖游也常武傳云匪紹匪游不敢繼以敖游也東國在淮浦者即本下篇率彼淮浦截彼淮浦以立言則平淮夷即是征徐國傳已有明文矣而夷行者淮浦本屬青州而其行成爲夷俗故謂之淮夷若杞夏餘即東夷郯近魯費孔子爲學在四夷杞郯皆東國而目爲夷淮夷其猶是也秦不用周禮穀粱狄之此春秋之志也淮夷來求求讀如左傳固敵是求之求常武二章云率彼淮浦省此徐土不留不處三事就緒是其義也〇出車設旟即

冡上淮夷來求句常武傳云舒徐也淮夷來鋪鋪讀爲痡卷耳傳痡亦病也常武三章云徐方繹騷震驚徐方如雷如霆徐方震驚是其義也來皆語詞案此首章正言平淮夷之事下二章又從淮夷以極武功之被及四方也

江漢湯湯武夫洸洸傳洸洸武貌經營四方告成于王四方既平王國庶定時靡有爭王心載寧疏載驅傳云湯湯大皃洸洸訓武邶谷風同爾雅洸洸武也舍人本作潢潢古文苑注作僙僙鹽鐵論繇役篇作潢潢玉篇走部趪趪武皃竝字異而義同

江漢之滸王命召虎傳召虎召穆公也式辟四方徹我疆土匪疚匪棘王國來極于疆于理至于南海疏滸水厓江漢之水厓卽周南國之地召虎召穆公正義引世本云穆公是康公之十六世孫穆公諫弭謗在厲王時已在

三公矣箋云王於江漢之水上命召公案鄭箋此說必有依據於兩篇詩義無不脗合春秋經僖十五年公會齊侯次于匡公孫敖帥師及諸侯之大夫救徐蓋諸侯次匡大夫將兵即此意也王命召虎言王既命召虎平淮夷而又命其鎮撫南國也○文選上林賦注及衆經音義兩引韓詩傳辟除也召旻傳辟開也開除義相近嵩高傳徹治也箋云疚病棘急極中也國語撫征南海訓及諸夏韋注云南海羣蠻也又左傳楚子曰君處北海寡人處南海竝與詩南海同南海指荊蠻宣王命方叔南征荊蠻又建封申伯於謝邑以厭鎮之嵩高篇王命召伯徹申伯土田王命召伯徹申伯土疆此詩所云正言其事汲郡古文宣王五年伐荊蠻六年平淮夷七年命申伯然則召穆公爲申伯定宅自在既平淮夷之後紀年僞書間有依據

王命召虎來旬來宣文武受命召公維翰（傳）旬偏也召公召康公也

無曰予小子召公是似肇敏戎公用錫爾祉（傳）似嗣肇謀敏疾戎大公事也（疏）旬偏爾雅釋言文今爾雅作徇徇徇

張揖字詁云御今巡則稚讓讀作巡也宣讀四方于宣之宣鴻雁傳宣示也來旬來宣言徧示功德於四方也來亦語詞此二句承上章而言下文皆敘功成勞來之事○傳嫌召公與序召公一人故召虎爲召穆公而召公爲召康公也箋云召康公名奭召虎之始祖也白虎通義王者不臣篇禮服傳曰子得爲父臣者不遺善之義也詩云文武受命召公維翰召公文王子也班亦以召公爲召康公其云文王子當從魯詩說翰讀維周之翰之翰嵩高傳翰榦也○似訓嗣嗣猶繼也韓詩外傳傳曰予小子使爾繼邵公之後受命者必以其祖命之韓意釋詩予小子爲宣王自謂毛意亦然也無曰予小子召公是似言爾無以予小子之故惟爾祖召公之是嗣也甘棠序召伯之教明於南國穆公能疆理南海即是嗣康公之事正義云肇謀戎大公事皆釋詁文孔安國論語注云敏行之疾也地官師氏三德有敏德是敏爲識解之疾也釋文肇韓詩云長也毛韓訓異意同後漢書宋弘傳注引詩傳作功功與公通用錫爾祉祉福也即下章所云錫山土田是也

釐爾圭瓚秬鬯一卣告于文人(傳)釐賜也秬黑黍也鬯

香草也築煑合而鬱之曰鬯卣器也九命錫圭瓚秬鬯文人文德之人也錫山土田于周受命自召祖命傳諸矦有大功德賜之名山土田附庸虎拜稽首天子萬年

疏 烈祖傳賚賜也釐與賚通圭瓚以玉爲之詳旱鹿篇秬黑黍生民同鬯香草正義引禮緯有秬鬯之草中矦有鬯草生郊皆謂鬱金之草是也傳鬯既爲香草又申釋鬯字之義築煑謂鬱草合謂黑黍言築煑鬱草又合黑黍釀作酒是曰鬯也鬯必兼鬱謂鬱積而條暢也周禮鬯人共秬鬯不及鬱而鬱人和鬱鬯不及秬不得謂鬱鬯之鬯不合秬卽不得謂秬鬯之鬯不和鬱矣鄭司農鬯人注鬯香草肆師及果築鬻注築煑築香草煑以爲鬯說文鬯黑黍也一稃二米以釀或从禾作秬鬯以𩰪釀鬱艸芬芳攸服以降神也先鄭及許竝治毛詩同毛義白虎通義攷黜篇秬者黑黍一稃二米鬯者以百艸之香鬱金合而釀之成爲鬯班亦與毛不異鄭康成泥周人鬯鬱分官以爲和香草者爲鬱鬯不和者爲秬鬯恐非是鬱人賈疏引王度記云天子以鬯諸矦以

薰大夫以蘭芝之士以蕭庶人以艾此等皆以和酒諸侯
以薰謂未得圭瓚之賜得賜則以鬱耳王度記天子以
鬯及禮緯云鬯草生庭皆是鬱金之草以其和鬯酒因
號爲鬯草也賈說得之卣器爾雅釋器文李巡注云卣
鬯之器也釋文卣本或作攸鬯人廟用脩鄭司農注脩
器名案卣卽𠧪之隸變說文𠧪讀若調攸脩調𠧪同尤
幽部書文侯之命用賚爾秬鬯一卣傳二十八年左傳
襄王賜晉文公秬鬯一卣並與詩同旱麓傳亦云九命
然後錫以秬鬯圭瓚韓詩外傳傳曰諸侯之有德天子
錫之一錫車馬再錫衣服三錫虎賁四錫樂器五錫納
陛六錫朱戶七錫弓矢八錫鈇鉞九錫秬鬯引詩曰釐
爾圭瓚秬鬯一卣韓義同○文人郎下文召祖對召虎
則稱召公爲召祖對文武則稱召公爲文人清廟濟濟
多士秉文之德傳亦云執文德之人凡爲文人武楨榦之
臣者皆可謂文德之人也末章云矢其文德洽此四國
亦謂召康公有文德以輔佐文武而召穆公作成之傳
以文德之人釋文人其義憭然矣文侯之命追孝于前
文人亦與詩文人同又書雒誥篇伻來毖殷乃命寧予
以秬鬯二卣曰明禋拜手稽首休享予不敢宿則禋于
文王武王案秬鬯二卣一以告文王一以告武王也詩

言秬鬯一卣耳但告始祖廟不得徧告羣廟○王制云凡四海之內九州名山大澤不以封其餘以爲附庸閒田又云天子之縣內名山大澤不以朌其餘以祿士以爲閒田是則名山大澤附庸閒田皆不以封諸侯諸侯有大功德則賜之閟宮云乃命魯公俾侯于東錫之山川土田附庸是也土田卽閒田畿內無附庸有大功德則亦賜之以山澤閒田召穆公畿內諸侯故詩但錫土田不及附庸傳毎引成文往往連類及之而於經實無當也正義謂土田卽附庸注龍席其非矣一說正義云定本集注毛傳皆有附庸二字則本固有無此二字者矣傳承經義言名山不及大澤因召在岐山之陽不及大河也則傳非全引成文可知兩說皆足以明經傳姑具存焉箋云周岐周也自用也宣王欲尊顯召虎故如岐周使虎受山川土田之賜命用其祖召康公受封之禮岐周周之所起爲其先祖之靈故就之拜稽首者受王命策書也臣受恩無可以報謝者稱言使君壽考而已

虎拜稽首對揚王休作召公考天子萬壽明明天子令

聞不已矢其文德洽此四國（傳）對遂考成矢弛也（疏）禮記祭統篇悝拜稽首曰對揚以辟之鄭注亦云對遂也義與傳同考訓成作召公考謂虎能爲召公成王休故事也箋云休美作爲也虎既拜而荅王策命之時稱揚王之德美君臣之言宜相成也王命召虎用召祖命故虎對王亦爲召康公受王命之時對成王命之辭謂如其所言也如其所言者天子萬壽以下是也○詩述聞云明勉一聲之轉故古多謂勉爲明重言之則曰明明爾雅曰亹亹勉也鄭注禮器曰亹亹猶勉勉也亹亹勉勉明明亦一聲之轉明明天子令聞不已猶言亹亹文王令聞不已也漢書楊惲傳明明求仁義明明求財利董仲舒傳明明作皇皇是其證也聞舊本書鈔帝王部七引詩作問矢弛釋詁文弛各本作施唯宋本作弛是也矢其文德禮記孔子閒居繁露竹林引詩弛其文德此即矢弛同字之理弛與施聲通而義自别弛者寛緩施者敷陳若上句矢其文德作施字解則與洽此四國洽字義複禮記云張而不弛文武弗能也弛而不張文武弗爲也一張一弛文武之道也此即詩弛字之義洽讀爲協孔子閒居引詩作協洽協同聲

常武六章章八句

常武召穆公美宣王也有常德以立武事因以爲戒然

赫赫明明王命卿士南仲大祖大師皇父整我六師以脩我戎傳赫赫然盛也明明然察也王命南仲於大祖皇父爲大師既敬既戒惠此南國疏赫赫然盛明明然察盛者謂宣王中興彊盛察者謂有知人之明察也王命卿士南仲大祖傳云王命南仲於大祖言王於大祖廟命南仲爲卿士也宣王時召虎爲卿士今命虎平淮夷故特命南仲爲卿士若春秋時有左卿士右卿士居二伯之職者也白虎通義爵篇封諸侯於廟者示不自專也明法度皆祖之制也舉事必告焉詩云王命卿士南仲大祖禮祭統曰古者明君爵有德必於大廟君降立於阼階南南向所命北面史由君右執策命之毛魯義同大師皇父傳云皇父爲大師言王命此皇父爲大師亦必於大祖廟也王制有發則命大司徒教士以車甲鄭注云桒兵車

衣甲之儀有發謂有軍師發卒是皇父爲大司徒而兼大師也箋云大師者公兼官也周人以后稷爲大祖大祖廟卽大廟二昭二穆咸在焉此謂在鎬都時○六師六軍瞻彼洛矣韎韐傳皆云六師天子六軍周禮大司馬凡制軍王六軍鄭司農注卽引此詩六軍軍賦之大數其調發之制不必六軍盡出大師皇父整我六師以脩我戎言王命皇父整軍習戎也六月傳云先致戰然後用師至用師命將則程伯休父爲大司馬也周禮注引詩敬作儆宣王旣於鎬都蒐軍實乃移師次於江漢之滸故云旣敬旣戒惠此南國也

王謂尹氏命程伯休父左右陳行戒我師旅率彼淮浦省此徐土傳尹氏掌命卿士程伯休父始命爲大司馬浦厓也**不留不處三事就緒**傳誅其君弔其民爲之立三有事之臣疏傳云尹氏掌命卿士者尹氏爲掌命卿士之官猶師氏保氏旅賁氏虎賁氏官皆稱氏矣書大誥篇肆予告我友邦君越尹氏庶士御事義爾邦君越爾多士尹氏御事孔疏云尹氏卽官也

逸周書和寤武寤篇尹氏八士卽周禮序官大史小史中士八人也左傳尹氏以官爲族而與尹氏爲大史者不同解之者概以尹氏爲周世族大夫失之矣命程伯休父傳云程伯休父始命爲大司馬者楚語重黎氏世敘天地而別其分主者也其在周程伯休父其後也當宣王時失其官守而爲司馬氏此傳所本也續漢書郡國志雒陽有上程聚古程伯休父之國案上篇云江漢之滸王命召虎其時宣王次於江漢之水上命召穆公爲大將又命程伯休父爲大司馬上篇爲吉甫作詩故篇中敘召穆公此篇爲召穆公作詩故篇中止敘程伯休父皆指平淮夷之事天子出師軍帥非一人也大司馬之職乃陳車徒如戰之陳皆坐羣吏聽誓于陳前斬牲以左右徇陳曰不用命者斬之又云若大師則掌其戒令鄭注云大師王出征伐也此皆大司馬之事與詩義合○說文浦瀕也瀕水厓人所賓附也瀕亦厓左傳荒浦肅浦浦皆厓也海內東經淮水入海淮浦北水經淮水東至廣陵淮浦縣入於海淮浦縣漢屬臨淮郡今淮安府安東縣淮水經縣南入海卽漢淮浦縣也詩之淮浦未卽漢之淮浦凡旁淮之厓皆謂淮浦非卽入海處率循也循淮水之厓而省視徐土則淮浦猶在徐之

西不在徐之東今安東去泗州幾四百餘里漢書地理志臨淮郡徐故國盈姓杜注僖三年左傳徐國在下邳僮縣東南䔢亭姚培謙云括地志徐城縣西四十里有大徐城即古徐國也今江南鳳陽府泗州北八十里有古徐城相傳爲徐偃王築絫周禮職方氏正東青州其川淮泗海内東經泗水入淮陰北水經淮水東北至下邳淮陰縣西泗水從西北來酈注云泗在淮北然則淮北卽泗北矣徐臨淮水卽於夷蠻上篇言淮夷徐亦與焉徐爲淮夷之大國故此篇特揭明之爾雅云省察也淮浦在徐之境故云徐土也○畱古劉字武傳云劉殺也處猶安止也傳意以誅其君釋經之畱弔其民釋經之處兩不字皆發聲也十月之交傳擇三有事有司國之三卿與此三事同大國三卿皆命於天子故云爲之立三有事之臣也閟宮傳緒業也就業者謂三卿皆有職司於王室故也王制巡守之禮革制度衣服者爲畔畔者君討鄭注云討誅也葢其時徐僭號稱王宜王次江漢水上本是省方興伐之事爲此誓戒豫告與

赫赫業業有嚴天子王舒保作匪紹匪遊(傳)赫赫然盛

也業業然動也嚴然而威舒徐也保安也匪紹匪遊不
敢繼以敖遊也徐方繹騷傳繹陳騷動也震驚徐方如
雷如霆徐方震驚疏赫赫然盛傳已見首章首章命將
出師此則用兵誅亂故兩云赫赫
以別言之盛者謂軍容之盛業業然動動謂動作也有
嚴天子嚴然天子也有發聲六月傳訓嚴爲威與此嚴
同周語云夫兵戢而時動動則威即其義也上篇云匪
安匪游淮夷來求匪安匪舒淮夷來鋪傳鋪病也案兩
詩文義正同舒徐聲義相近故傳訓舒爲徐此舒字即
上篇匪舒之舒遊當作游游字即上篇匪游之游傳訓
保爲安者亦即本上篇兩安字作訓也爾雅紹繼也云
不敢繼以敖游也者上匪字與不同義則下匪字爲語
助耳宣王次江漢水上故云王舒保作也於江漢水上
命召穆公出師故云匪紹匪游也下文即言淮夷告病
之事○傳訓繹爲陳與車攻賓訓同義別陳讀爲軍陳
之陳陳古敶字說文敶列也兩下云讀若軍敶之敶騷
動爾雅釋詁文說文慅動也騷慅聲同動讀如上軍未
動之動其時宣王已命將行師至于淮浦徐國必有敢

拒大邦者徐方繹騷言未戰而徐方之軍陳巳動亂失次矣下文卽承繹騷之義而申言之震驚徐方如雷如霆言王旅之震驚徐方如雷如霆也徐方震驚言徐方見王旅之衆盛而震驚也

王奮厥武如震如怒進厥虎臣闞如虓虎傳虎之自怒虓然鋪敦淮濆仍執醜虜傳濆厓仍就虜服也截彼淮浦王師之所傳截治也疏武卽序所謂武事也如震如怒釋文一本兩如字皆作而箋作而而震而怒而震怒也震動也言王奮發用武而動怒也震怒怒連文皇矣云王赫斯怒爰整其旅文義相同進猶先也虎臣卽虎賁氏啓行之元戎也說見六月篇說文虓虎鳴虓虎聲風俗通義正失篇引詩作哮虎虓唬哮三字聲竝相近闞與眈同闞如闞然也如卽然也傳云自怒與版之自恣抑之自角蕩之自伐同自古詯字說文詯膽气滿聲在人上从言自聲讀若反目相睞荒內切○鋪釋文引韓詩作敷云大也敦讀如左傳敦陳整旅之敦韓詩云敦迫也箋敦當作屯文選楊雄甘泉賦敦萬騎於中營兮方玉車之千乘李注云敦與

屯同引王逸楚辭注屯陳也義竝相近說文濆水厓也汝墳正義引此詩作淮墳廣雅墳厓也濆與墳通爾雅仍因也說文因就也仍因皆可訓就說文毌部虜獲也服與獲同意服威服也仍執醜虜言就其繹騷震驚執其醜衆而威服之也云

截治者言平治之也

王旅嘽嘽如飛如翰如江如漢如山之苞如川之流傳嘽嘽然盛也疾如飛摯如翰苞本也緜緜翼翼不測不克濯征徐國傳緜緜靚也翼翼敬也濯大也疏說文單大也从吅甲吅亦聲吅讀若讙故從單聲字皆有盛大之義采芑傳嘽嘽衆也衆盛義相近如飛傳云疾如飛如翰傳云摯如翰摯與鷙同如江如漢偺江漢之廣大以形其軍容之强盛亦前篇之意也苞訓本本猶基也箋云其行疾自發舉如鳥之飛也翰其中豪俊也江漢以喻盛大也山本以喻不可驚動也川流以喻不可禦也○釋文緜緜韓詩作民民大戴禮勸學篇無緜緜之事者無赫赫之功緜緜荀子作怋怋說文㝢㝢不見也段注云

緜緜民民皆謂密也鄭寯寯不見之意傳云靚者靚與靜同爾雅密靜也翼翼敬者謂諸臣持事能敬也文王傳翼翼恭敬也與此同不測不克不語詞謂淺測攻克也濯大文王有聲同箋云既服淮浦矣今又以大征徐國言必勝也案鄭說非也鄭分伐淮夷伐徐爲兩事不知淮夷之國徐爲大伐淮夷卽是伐徐二章云率彼淮浦其下卽云省此徐土三章三言徐方四章言淮濆又言淮浦其時徐國必有興師禦兵於淮浦者淮浦之禦兵既已敗散至此則大征徐國入其國都爾

王猶允塞徐方既來【傳】猶謀也徐方既同天子之功四方既平徐方來庭【傳】來王庭也徐方不回王曰還歸【疏】

爾雅猷謀也猷與猶同謀當讀如春秋傳謀元帥謀東略之謀此蓋承上章言之其命將帥也其動衆之威也其行軍之敬也皆出王謀也燕燕傳云塞實也鄭注考靈耀云道德純備謂之塞漢書嚴助傳引詩曰王猶允塞徐方既來言王道甚大而遠方懷之也三家詩王猶爲王道與毛不異荀子君道議兵及韓詩外傳引詩竝

義相同○傳釋來庭爲來王庭者以言徐方之朝正於王也箋云回猶違也還歸振旅也蓋宣王既北伐玁狁南伐荆蠻然後興師東服大伐淮徐徐在穆王時僭號稱王其負固不服已非一日至徐方來于王庭則四方既平也上篇云經營四方告成于王四方既平王國庶定文義正同房喬晉書庾旉傳古者三公坐而論道不以方任嬰之惟周室大壞宣王中興四夷交侵救急朝夕然後命召穆公征淮夷詩云徐方不回王曰還歸宰相不得久在外也柳宗元獻平淮夷雅亦云周宣王時稱中興平淮夷則江漢常武晉唐人二詩爲一時事當是古說如此

瞻卬七章三章章十句四章章八句

瞻卬凡伯刺幽王大壞也疏瞻卬召旻皆凡伯刺幽王詩與刺厲王不是一人蓋畿內之伯世爲王官若鄭武公莊公相繼爲卿士也

瞻卬昊天則不我惠孔填不寧降此大厲傳昊天斥王

也塡久厲惡也邦靡有定士民其瘵蟊賊蟊疾靡有夷

屆罪罟不收靡有夷瘳（傳）瘵病夷常也罪罟設罪以爲罟瘳愈也（疏）昊天㡿王桑柔同惠㝉也塡久桑柔同厲惡正月桑柔同定止也瘵病菀柳同蟊賊蟊疾與召旻蟊賊內訌義同夷常皇矣同屆極也小明傳罟網也此云罪罟設罪以爲罟者言設置刑罪而羅致之如罟網之設也召旻天降罪罟義竝同瘳愈風雨同箋云天下騷擾邦國無有安定者士卒與民皆勞病其爲殘酷痛病於民如蟊賊之害禾稼然爲之無常亦無止息時施刑罪以羅網天下而不收斂爲之亦無常無止息時此目王所下大惡案極愈竝有止已之義故箋以無止息時申成傳也

人有土田女反有之人有民人女覆奪之此宜無罪女

反收之彼宜有罪女覆說之（傳）收拘收也說赦也（疏）爾雅土田也是田亦土也覆亦反也爾無正桑柔傳竝云覆反也云收拘收也者謂拘執而收入之也後漢書劉瑜

詩二十五　三

傳瑜曰人無罪而覆入之三家詩以反收爲覆入與毛
詩訓同說與釋古字相通故傳訓說爲赦後漢書王符
傳潛夫論述赦篇引詩女反
脫之是三家詩覆作反也

哲夫成城哲婦傾城（傳）哲知也懿厥哲婦爲梟爲鴟婦
有長舌維厲之階亂匪降自天生自婦人匪教匪誨時
維婦寺（傳）寺近也（疏）哲知釋言文今字通作智郊特牲
云婦人從人者也夫也者以知帥人者也今婦曰哲
婦婦不從人夫亦不以知帥人國家之敗恆必由之
晏子諫上篇引詩而釋之云今君不思成城之求而
惟傾城之務國之亾日至矣哲婦庤褎姒也傾城喻
亂國也○烝民傳懿美也謂褎姒美而不德說文梟
不孝鳥也雖雞也籒文作鴟凡鴟類甚多說文於舊
下云雖舊或作鵂此即爾雅怪鴟也李善注文選演
連珠引淮南子主術篇云鴟夜撮蚤察分豪末晝出
瞋目而不見丘山高誘曰鴟鵂謂之老菟莊子秋水
篇作鴟鵂是鴟一名鴟鵂也箋梟鴟惡聲之鳥與四
月傳鷙鷙貪殘之鳥句法相同梟鴟二鳥名亦作鴟
梟史記

賈誼傳鸞鳳伏竄兮鴟梟翱翔是也詩人以梟鴟喻褒姒箋云長舌喻多言語大戴禮本命篇婦有七去口多言爲其離親也盧注卽引此詩桑柔誰生厲階傳云厲惡也義與此同寺古文侍傳云近者言暱近也論語云唯女子與小人爲難養也近之則不孫

鞫人忮忒譖始竟背傳忮害忒變也豈曰不極伊胡爲慝如賈三倍君子是識婦無公事休其蠶織傳休息也婦人無與外政雖王后猶以蠶織爲事古者天子爲藉千畝冕而朱紘躬秉耒諸侯爲藉百畝冕而青紘躬秉耒以事天地山川社稷先古敬之至也天子諸侯必有公桑蠶室近川而爲之築宮仞有三尺棘牆而外閉之及大昕之朝君皮弁素積卜三宮之夫人世婦之吉者

使入蠶于蠶室奉種浴于川桑于公桑風戾以食之歲既單矣世婦卒蠶奉繭以示于君遂獻繭于夫人夫人曰此所以爲君服與遂副禕而受之少牢以禮之及良日后夫人繅三盆手遂布于三宮夫人世婦之吉者使繅遂朱綠之玄黃之以爲黼黻文章服既成矣君服之以祀先王先公敬之至也【疏】說文𥷔窮治罪人也今字通作鞫忮害雄雉同說文玉篇人部引詩作伎伎忮聲同閟宮箋忒變也本傳訓也害變者謂幾害變亂也譖讒言也背猶違也譖始竟背與巧言譖始既涵句法相同極至也至猶善也胡何也慝惡也言窮治罪人幾害變亂數進讒言始終違背所謂慝也豈曰不極伊胡爲慝言人豈不欲善何爲作惡若此也曰伊皆語詞○易說卦傳爲近利市三倍管子小問篇桓公曰來工若何管子對曰三倍不遠千里與詩三倍同箋云識知也賈物而有三倍之利者小人

所宜知也君子反知之非其宜也休息釋詁文荀子大略篇云君子息焉小人休焉是休息義同也傳云婦人無與外政雖王后猶以蠶織爲事者事即經之事字蠶織爲事即公事也無與外政此傳申說經義非以釋經之無公事也玩傳中雖字猶以字其意可見箋云今婦人休其蠶桑織紝之職而與朝廷之事亦是補明經義以申傳說也列女傳母儀篇引詩曰婦無公事休其蠶織言婦人以織績爲公事者也休之非禮也毛與三家初無二意也古者以下皆禮記祭義篇文傳引之以明婦以蠶織爲公事之義言王后者所以刺褒姒也又類及天子藉田者所以兼刺幽王之不識公事也

天何以刺何神不富舍爾介狄維予胥忌（傳）刺責富福狄遠忌怨也**不弔不祥威儀不類人之云亾邦國殄瘁**（傳）類善殄盡瘁病也（疏）天亦斥王也與下章天之降罔同何以何爲也刺責皆從朿聲故傳云刺責也責者責求備人也今隸變作責富福皆從畐聲郊特牲云富也者福也何神不富何神而弗福

我乎言王之慢神也爾猶此也狄讀爲逷抑傳逷遠也說文逖遠也古文作逷易渙上九渙其血去逖出无咎象傳云渙其血遠害也是逖逷皆遠也抑作逷者仍古文此及泮水作狄者用古文假借說文忌憎惡也與怨義相近正義云毛讀狄爲逖故爲遠也則介當訓爲大不得與箋同也忌者相憎怨之言故以忌爲怨也王肅云舍爾大道遠慮反與我賢者怨乎案正義依王申傳蓋揆下文人之云亾邦國殄瘁故以經之予字爲我賢者傳意當然也○弔祥皆善也類善皇矣既醉桑柔同人善人也殄盡釋詁文瘁病雨無正同漢書王莽傳引詩作邦國殄顇顇與瘁同北山或盡瘁事國傳云盡力勞病彼傳以盡瘁平列則此詩殄瘁亦平列襄二十六年左傳引詩釋之云無善人之謂也

天之降罔維其優矣傳優渥也人之云亾心之憂矣天之降罔維其幾矣傳幾危也人之云亾心之悲矣疏罔古網字天之降罔猶言天降罪罟耳優讀爲瀀此假借字也說文瀀澤多也引詩既瀀既渥今信南山詩亦假借

作優云渥者簡兮傳渥厚也幾危
釋詁文說文幾始也危始義相近

觱沸檻泉維其深矣心之憂矣寧自今矣不自我先不自我後藐藐昊天無不克鞏（傳）藐藐大貌鞏固也無忝皇祖式救爾後（疏）采叔傳云觱沸泉出皃檻泉正出也此詩蓋以檻泉之深喻心之憂也寧猶胡也言我心之憂胡不自我之先後而自今也正月云父母生我胡俾我瘉不自我先不自我後文義正同傳云藐藐大皃皃釋文作也箋藐藐美也藐訓美又訓大義相近也方言藐廣也郭注云藐藐曠遠貌也藐同藐鞏固釋詁文小宛傳云忝辱也皇祖謂文武也後謂今也列女傳仁智篇引詩无忝爾祖式救爾訛與毛詩異

召旻七章四章章五句三章章七句

召旻凡伯刺幽王大壞也旻閔也閔天下無如召公之

臣也

旻天疾威天篤降喪瘨我饑饉民卒流亡我居圉卒荒(傳)圉垂也(疏)旻天㾓王也旻天疾威猶疾威上帝耳蕩傳云疾病人矣威罪人矣箋云天㾓王也瘨病也圉垂桑柔同爾雅果不孰爲荒荒亦饑饉也韓詩外傳云一穀不升謂之鎌二穀不升謂之饑三穀不升謂之饉四穀不升謂之荒五穀不升謂之大侵大侵之禮君食不兼味臺榭不飾道路不除百官補而不制鬼神禱而不祠此大侵之禮也詩曰我居御卒荒此之謂也御與圉通

天降罪罟蟊賊內訌(傳)訌潰也昏椓靡共潰潰回遹實靖夷我邦(傳)椓夭椓也潰潰亂也靖謀夷平也(疏)傳云訌潰潰者亂也說文訌讀也詩曰蟊賊內訌讀中止也潰與讀同中止猶言內讀也箋云訌爭訟相陷入之言也玉篇爭作詾詾訟陷入亦是內讀之意訌抑篇假僭作虹字昏僮昏也傳以夭椓釋椓正月篇天夭是椓大椓者

戔害侵削之謂合二字成義但正月言天故傳以夭屬君而椓屬在位者語雖分釋而義實合解也此云夭椓自當專指在位者而言靡不也不共言不共職事也文選文賦注引韓詩薛君章句云靡好也疑卽此靡共之義或爲烈文封靡義者非也○說文憒亂也潰與憒同說文襴下引爾雅襴襴䙌䙌段注引潛夫論云佪佪潰潰葢用爾雅文是潰又通作䙌也小旻傳云回邪遹辟也傳訓靖夷爲謀平夷當讀如左傳芟夷蘊崇之之夷箋云皆謀夷滅王之國廣雅夷滅也

皋皋訿訿曾不知其玷傳皋皋頑不知道也訿訿窳不供事也兢兢業業孔塡不寧我位孔貶傳貶隊也疏皋卽嘷之省說文嘷咆也譚長作獋周禮大祝來瞽令皋舞鄭注云皋讀爲卒嘷呼之嘷此皋嘷聲通之證爾雅皋皋刺素食也頑不知道者卽是素食之事左傳云心不則德義之經爲頑嘷與頑義相近也爾雅訿訿莫供職也傳用雅訓而又益其義云窳者爾雅窳勞也郭注云勞苦者多惰窳小旻傳訿訿然不思稱乎上是卽惰窳

之意也亦卽莫供職之事也二傳辭異而意同說文云
呰窳也訿與呰同正義云窳字從宀音眼今說文收入
冗部未審仲達所據也抑傳云玷缺也缺與闕通○雲
漢兢兢業業傳云兢兢恐也業業危也瞻卬孔塡不寧
傳云塡久也說文貶損也㝵傾覆也杜林說以爲貶損
之貶隊者傾覆之意我位孔貶言我王之位甚矣其隊
也十月之交傳云高岸爲谷
深谷爲陵言易位也是其義

如彼歲旱草不潰茂如彼棲苴（傳）潰遂也苴水中浮草
也我相此邦無不潰止（疏）潰遂小旻同遂猶成也就也
箋云潰茂之潰當作彙彙茂
皃箋易字而與傳無二義也靈樞經癰疽篇草蔖不成
廣雅蔖草也蔖與苴同傳云水中浮草但釋經苴字不
釋棲字箋如樹上之棲苴以申補傳楚辭九章草苴比
而不芳王注云生曰草枯曰苴是其義正義謂苴棲水
上棲有浮義失傳之恉矣○相視也潰亂也止語詞箋
云無不亂者言皆亂也春秋傳曰國亂曰潰邑亂曰叛

維昔之富不如時（傳）往者富仁賢今也富讒佞維今之

疚不如茲（傳）今則病賢也彼疏斯粺胡不自替職兄斯引（傳）彼宜食疏今反食精粺替廢兄茲也引長也（疏）維昔之富不如時維今之疚不如茲時是也茲此也言昔之富如是今之疚如此也此皆就賢者一邊說則經中兩不字皆語詞傳云往者富仁賢釋上句云今則病賢也釋下句疚病也釋文云疚字或作宊傳必於上句下句閒必先箸今也富讒佞一句者所以申明經文病賢之由而又以挨下文彼疏斯粺而爲言也○彼彼讒佞也程瑤田九穀考云凡經言疏食者稷食也論語疏食菜羹卽玉藻稷食菜羹左傳粱無麤有麤對粱而言魯語食粟食麤麤對粟而言稷之謂也奐案詩之疏正言稷曾子天圓篇云無祿者稷稷饋稷饋者無尸是古賤者食稷也彼之者賤之之詞也粺鄭箋指糲米一斛舂爲九斗之粺然一斛舂九斗之粺與糲米校糲米爲疏而粺則未爲精也稻鑿米八斗而舂爲六斗大半斗曰粲禾黍鑿米八斗而舂爲七斗曰侍御精之至矣粺與疏對文疏爲稷粺其禾黍歟禾別曰稗黍別爲䵗文選七啓芳菰精稗李善注云稗與粺通傳云彼宜食疏今反食

精粺所謂今富讒佞也替廢楚茨同廢猶湜也周禮大宰七日廢以馭其罪此傳廢字之訓也職主也傳訓兄引爲茲長職兄斯引言其獨祿主茲長也下章云溥斯害矣職兄斯弘言其遺害主茲大也常棣兄也永歎傳兄茲也永長也桑柔倉兄塡兮傳兄滋也塡久也茲與滋同凡云兄者皆滋益之詞兄永兄塡兄引兄宏竝連文得義故此及常棣桑柔傳茲也也字當衍

池之竭矣不云自頻傳頻厓也泉之竭矣不云自中傳泉水從中以益者也溥斯害矣職兄斯弘不烖我躬疏瀕訓厓厓水厓箋瀕當作濱列女傳作濱瀕濱古今字說詳采蘋篇俗省作頻傳云泉水從中以益者釋經泉自中之義益古溢字自訓從與皇矣同言池竭自厓泉竭自中耳不云皆語詞猶薄言維日皆語詞也池瀕泉中對文中猶內也中爲內故箋以厓爲猶外言池竭喻王政之亂由外無賢臣泉竭喻王政之亂由內無賢妃列女傳續篇引詩云池之竭矣不云自濱泉之竭矣不云自中成帝之時舅氏擅外趙氏專內其自竭極蓋亦

池泉之勢也鄭箋正本三家詩以申明毛義
也○溥大也弘大也不裁裁也不亦語詞
昔先王受命有如召公日辟國百里今也日蹙國百里
傳辟開蹙促也於乎哀哉維今之人不尚有舊疏關雎正義
云詩有六字一句者昔者先王受命有如召公之臣之
類是也據此則經文少三字序云閔天下無如召公之
臣召公下亦有之臣二字先王謂宣王也召公謂召穆
公也辟古闢字故傳云辟開也昔者宣王受命中興復
文武之竟土輔佐之者有如此召公之臣是以日辟國
百里江漢篇云江漢之滸王命召虎式辟四方徹我疆
土匪疚匪棘王國來極于疆于理至于南海鹽鐵論地
廣篇亦云周宣王辟國千里是其事也蹙當作戚訓促
小明同○尚讀與上同維今之人不尚有舊言乃今之
人不上用舊臣也案此章以昔先王今之人對文與六
章昔富今疚對文同意昔爲往昔今爲今時上傳云往
者富仁賢今也富讒佞召公之臣仁賢也富仁賢尚有
舊也不富仁賢而富讒佞不尚有舊也文義本是一貫
則經言昔先王不必遠舉文武時明矣召穆公在厲王

之朝作蕩詩凡伯作版詩詩云老夫灌灌又云匪我言耄則厲王時之凡伯已爲耆舊老臣厲王流彘召穆公有立宣王之大功而凡伯之後亦世入爲王官至幽王之末年政又大壞宣幽之際皆其所見所聞者故慨念昔宣之盛今幽之衰乃作此詩以刺之

卷二十五終

武林愛日軒朱兆熊鐫

詩毛氏傳疏卷二十六

長洲陳奐學

清廟之什詁訓傳弟二十六　毛詩周頌

清廟之什十篇十章九十五句 疏 頌者皆祭祀之詩作於成功之後而其事或涉於成功之先其中有周公營雒邑所行祭祀之禮亦有在鎬京制作之禮故說有不同謂此也周大師譜詩入樂但謂之頌不繫周字後詩在魯魯有魯頌又有商頌遂加周以別之左傳吳札請觀周樂爲之歌頌吳札曰五聲和八風平節有度守有序盛德之所同也此歌頌者美文王武王成王盛德皆同歌周頌非并魯商而歌之也杜預謂頌有殷魯故曰盛德之所同劉炫規之是矣

清廟一章八句

清廟祀文王也周公既成雒邑朝諸侯率以祀文王焉

雒邑今作洛非釋文作雒案此祀文王於清廟之樂

〔疏〕歌也周公朝諸侯明堂之位於居攝之六年在宗周鎬京見逸周書明堂篇此乃在雒邑東都畿內故箋以成雒邑謂在居攝五年時其時周公祀文王於國之南陽孝經所謂宗祀文王於明堂以配上帝作我將之詩又祀文王於路寢大廟以行特祀之禮作清廟之詩書大傳云清廟升歌者歌先人之功烈德澤也故欲其清也其歌之呼也曰於穆清廟於者歎之也穆者敬之也清者欲其在位者徧聞之也故周公升歌文王之功烈德澤苟在廟中嘗見文王者愀然如復見文王書傳與詩序合漢人劉向王褒蔡邕高誘鄭玄皆謂清廟歌文王不及武王無異說書雒誥篇予以秬鬯二卣曰明禋拜手稽首休享予不敢宿則禋于文王武王凡郊祭稱禋禋文武以文武合祭明堂也此祭法祖文王而宗武王之事也又祭歲文王騂牛一武王騂牛一王賓殺禋咸假王入大室祼王肅注大室清廟中央之室此合祭文武於大廟也書大傳云大廟之中繽乎其猶模繡也天下諸侯之悉來進受命周公而退見文武之尸者千七百七十三諸侯皆莫不磬折玉音金聲玉色然後周公與升歌而弦文武諸侯在廟中者伋然淵其志和其

情愀然若復見文武之身然後曰嗟子乎此蓋吾先君文武之風也夫及執俎抗鼎執刀執匕者負牆而歌憤于其情發于中而樂節文故周人追祖文王而宗武王也孔子曰吾于雒誥也見周公之德蓋周公制作禮樂祖有功而宗有德祖文宗武皆有配天之祭故於升歌其歌清廟之詩唐人杜牧云周公居攝祀文武于清廟作此歌文武之德是謂也文武可以合祭於明堂豈文武不可以合祭於清廟乎然祭文武當在居攝七年之末而祀文王歌清廟猶在前年矣逸周書作雒篇乃位五宮大廟宗宮考宮路寢明堂咸有四阿孔晁注云大廟后稷廟二宮祖考廟考廟也路寢王所居也明堂在國南者也案此大廟即昭穆之大廟與明堂月令左右个之大廟不同故孔以爲后稷廟祖考廟文王廟也考廟武王廟也周公成雒邑時文王尚在祖考宮大平告文王故特設奠於路寢大廟爲崇也若合食於后稷大廟是褻也故知此詩爲專祀文王而作路寢大廟即明堂月令左右个中央之大廟大戴禮盛德篇或以爲明堂者文王之廟通典引周禮孝經說鄭注樂記竝以文王之廟爲明堂制者蓋本諸此也試更即周人廟制而詳言之禮緯稽命徵孝經緯鉤命決竝云唐虞五廟親

廟四始祖廟一夏四廟至子孫五殷五廟至子孫六是夏以前皆五廟一殷以契爲大祖而成湯爲受命王不毀故六廟而呂覽諭大篇引商書云五世之廟可以觀怪不數成湯此五廟之制從古昭然莊三年公羊傳魯子曰請後五廟以存姑姊妹徐彥疏云紀爲附庸而得有五廟者舊說云此諸侯之禮故也是諸侯雖附庸國亦五廟矣五廟之說實本於五服之親故喪服小記王者禘其祖之所自出以其祖配之而立四廟鄭注云四廟高祖以下與始祖而五葢廟數同於喪服以一己而上推之爲父祖曾高以一己而下推之爲子孫曾玄所謂親親以三爲五以五爲九也所謂五服之親也四廟四親廟也王者立四親廟猶一己而上推之爲父祖曾高也四親廟而以一始祖不遷之廟統領之猶一己而下推之則爲子孫曾玄也五廟義生於五服百王不改也周制天子七廟見禮記王制曾子問禮器祭法等篇大戴禮三本荀子禮論穀梁僖十五年傳並同祭法言七廟有二祧諸侯無二祧止五廟王制三昭三穆中四親廟爲二昭二穆二祧爲一昭一穆與大祖而七此周七廟兼二祧昭穆之說也盧子幹鄭康成禮記注皆以二祧爲文王武王之祧孔疏引白虎通義周以后稷文武

特七廟何注成六年公羊傳禮天子諸侯立五廟受命始封之君立一廟至于子孫過高祖不得復立廟周家祖有功尊有德立后稷文武廟至於子孫自高祖已下而七廟漢書韋玄成傳周之所以七廟者以后稷始封文王武王受命而王是以三廟不毀與親廟四而七此爲盧鄭注所本然韋班何以文武爲受命不毀當在應毀不毀之後而言不數二祧而亦未嘗以二祧爲文武廟二祧雖一見於祭法當亦爲周公所定之制周禮小宗伯辨廟祧之昭穆廟謂五廟祧謂二祧皆有昭穆是周公時已有祧矣守祧掌守先王先公之廟祧其遺衣服藏焉若將祭事則各以其服授尸先王爲廟先公爲祧王之服如尸之服故司服享先王衮冕享先公鷩冕是祧與廟不同享也守祧又云其廟則有司脩除之其祧則守祧黝堊之是祧與廟不同掌也隸僕掌五寢之埽除糞灑之事五寢即五廟七廟惟祧無寢是二祧與五廟不同地也臨海金鶚天子四廟辨云周官爲周公所作在成王時大王王季文王武王爲四親廟諸盩亞圉爲二祧后稷爲周大祖推以配天雖不追王亦得稱先王必不以先公稱之引周官守祧奄八人注天子七廟三昭三穆賈疏通姜嫄爲八廟廟一人故八人以爲

在周公制禮之時已有七廟之明證成王之時文武在四親廟中安得以爲二祧文武居二祧在穆王共王之時文武爲世室又在懿王孝王之時與案誠齋說最有根據后稷於周爲大祖不遷此廟而非祧也先儒或以后稷爲先公之祧或以文武爲先王之祧則三祧而非二祧既與祭法二祧在五廟外者不合或以文武爲二祧而又合后稷三廟不毀又與祭法二祧爲壇墠者不合皆誤以祧爲不遷不毀之義而不知祧亦遷毀者也昭穆毀故四親廟及二祧皆毀二祧不與於五廟之數七廟兼二祧言者此通祧稱廟崇大之辭也周公所制禮也文武宗亦不與於五廟之數七廟兼文武言者此始受命王不毀之義也然文武應毀不毀猶在制禮之後而非周公時豫設也周公時文武尚居四親廟共王已後當遷文武居二祧懿王已後當遷而不毀以文武爲世室亦不與於五廟之數五廟在路寢之東二祧無攷世室卽大室亦卽路寢之大廟大室先公之遷主藏於大祖廟先王之遷主藏於大廟大室白虎通義所謂主祏納之而壁是已文武爲始受命王當遷而不毀故卽以大廟大室爲文武之主廟文武二王實合爲三代三王之一前堂曰大廟爲文王廟中央曰大室爲武王

廟猶如魯以周公廟稱大廟魯公廟稱大室同在一處魯頌所以有白牡騂剛合祭之文魯用王禮此其制也文武廟不毁此卽韋玄成所謂文王武王受命而王不毁之義文武親盡不更立廟此卽韋玄成所謂始受命而王祭天以其祖配而不爲立廟之義事雖行於周公之後然必本湯爲受命而王不毁亦因殷而制禮且與周公明堂清廟皆有合祭文武之禮蓋實有先行之者矣天子吉禘在路寢明堂左傳云天子有事于文武惠王喪終之吉禘也路寢大廟爲文武廟明堂其南堂也此亦周人中葉文武同廟之一證下上祖禰其廟共廟則必合祭在禮下不嫌與上同也或謂曾子問廟有二主孔子舉齊桓作僞主藏祖廟爲二主非禮是僞主與廟主爲二主非一廟二主合祭也不得援引以爲說廟制又互見魯頌商頌

於穆淸廟〔傳〕於歎辭也穆美也肅雝顯相〔傳〕肅敬雝和相助也濟濟多士秉文之德〔傳〕執文德之人也對越在天駿奔走在廟〔傳〕駿長也不顯不承無射於人斯〔傳〕顯

於天矣見承於人矣不見厭於人矣〔疏〕於歎辭文王同穆美下從釋文補也字呂覽至忠篇可謂穆行矣淮南子原道篇物穆無窮高注竝云穆美也箋云清廟者祭有清明之德者之宮也漢書韋玄成傳清廟之詩言交神之禮無不清靜潁子容春秋釋例肅然清靜謂之清廟行禘祫敘昭穆謂之大廟蔡邕明堂月令論取其宗祀之貌則曰清廟取其正室之貌則曰大廟引左傳內部大鼎于大廟下言清廟茅屋明堂位禘祀周公于大廟下言升歌清廟以爲清廟即大廟明堂位大廟天子明堂大廟即明堂亦曰大寢月令於東曰青陽大廟於南曰明堂大廟於中央曰大廟大室於西曰總章大廟於北曰玄堂大廟鄭注以大寢東堂大寢南堂大寢西堂大寢北堂釋之此即天子之路寢也路寢方三百步路亦大也凡大祭祀行諸大寢故又謂之大廟在路門之內王宮之中央呂覽慎勢篇古之王者擇天下之中而立國擇國之中而立宮擇宮之中而立廟是其謂矣○肅敬雝和何彼襛矣同相助生民雝同文王傳云濟濟多威儀也秉操也把也秉訓執義相近也傳以文德爲助祭之上有文德者昭三十二年左傳衎成王合諸侯城成周以爲

東都崇文德焉劉炫以爲崇文德之敎義與傳同對越猶對揚對越在天與對揚王休同意江漢傳云對遂也爾雅云越揚也在天言文王在上也駿長雨無正同長讀平聲○傳云顯於天矣見承於人矣則以不爲發聲不顯顯也不承承也不或作丕孟子滕文公篇引書曰丕顯哉文王謨丕承哉武王烈釋詞云顯哉承哉贊美之詞丕發聲是也無射於人斯於嘗作于凡詩用字之例經作于不作於作無不作毋作維不作唯維唯無毋于於偶爾閒出或相傳古本字不畫一抑轉寫錯誤不能肊定也傳以不厭釋無射無與不同義也大雅序云皇矣美周也天監代殷莫若周周世世修德莫若文王所謂顯於天也序云下武繼文也武王有聖德復受天命能昭先人之功焉文王有聲繼伐也武王能廣文王之聲卒其伐功也兩繼字即此詩承字權輿傳承繼也所謂見承於人也序云靈臺民始附也文王受命而民樂其有靈德以及鳥獸昆蟲焉所謂不見厭於人也皆是頌文王之詞

維天之命一章八句

維天之命大平告文王也疏書雒誥篇大傳云周公攝政六年制禮作樂七年致政維天之命制禮也維清作樂也烈文致政也三詩類列正與大傳節次合然則維天之命當作於六年之末矣雒誥周公曰王肇稱殷禮祀于新邑咸秩無文鄭注云周公制禮樂既成不使成王即用周禮仍令用殷禮者欲待明年即政告神受職然後班行周禮班訖始得用周禮故告神且用殷禮也鄭謂周禮行於七年致政之後是也箋以告大平為禮未成時在居攝五年之末未是詩云我其收之又云曾孫篤之自在制禮後語矣

維天之命於穆不已於乎不顯文王之德之純傳孟仲子曰大哉天命之無極而美周之禮也純大也假以溢我我其收之傳假嘉溢愼收聚也駿惠我文王曾孫篤之傳成王能厚行之也疏釋文引韓詩云維念也文選歐陽建臨終詩注引薛君章句云惟念也惟與維通詩譜載孟仲子作於穆不似似與巳通大哉二句傳引孟仲子語以總釋經義云天命

之無極釋天之命不已云美周之禮釋文王之德大者
卽純字之義美者卽穆字之義於天命言大於周禮言
美皆互詞也言文王有光顯之德崇效乎天其所行周
禮亦如天命之運行不已文王之德大一如天之大禮
記中庸篇詩云維天之命於穆不已葢曰天之所以爲
天也於乎不顯文王之德之純葢曰文王之所以爲文
也純亦不已箋云命猶道也天之道於乎美哉動而不
止行而不已純亦不已也於乎不光明與文王之施德
教之無倦已美其與天同功也案鄭意本中庸以申明
傳義純大下也字今補純大爾雅釋詁文說文奄大也
純與奄同經言德傳言禮昭二年左傳韓宣子觀書於
大史氏見易象與魯春秋曰周禮盡在魯矣吾乃今知
周公之德與周之所以王也杜注云易象春秋文王周
公之制是德卽禮也左傳易象春秋爲周禮鄭箋六官
之職爲周禮其義一也正義引趙注孟子云孟仲子孟
子從昆弟學於孟子者也又引鄭詩譜云孟仲子者子
思弟子葢與孟軻共事子思後學於孟軻釋文云一云
子夏傳曾申申傳魏人李克克傳魯人孟仲子孟仲子
傳根牟子根牟子傳趙人孫卿子孫卿子傳魯人大毛
公然則孟仲子亦學於詩者也故此及閟宮傳兩引其

說○傳訓假爲嘉與假樂雝同溢慎釋詁文舍人注云溢行之慎也假以溢我言以嘉美之道戒慎於我也襄二十六年左傳作何以恤我說文及廣韻作誐以謐我誐與嘉聲通誐者本字假何皆同聲假借字謐者本字溢恤皆同聲假借字收聚釋詁文箋云溢盈溢之言也以嘉美之道饒衍與我我其聚斂之以制法度以大順我文王之意謂爲周禮六官之職也書曰考朕昭子刑乃單文祖德正義引鄭注雒誥云成我所用明子之法度者乃盡明堂之德明堂者祀五帝大皞之屬爲用其法度也周公制禮六典就其法度而損益用之又引雒誥承保乃文祖受命民鄭注云文祖者周曰明堂大戴禮盛德篇云明堂天法也禮度德法也又云德法者御民之本也冢宰之官以成道司徒之官以成德宗伯之官以成仁司馬之官以成聖司寇之官以成義司空之官以成禮此以六官六政爲明堂大法鄭說所本也鄭箋詩溢爲盈溢饒衍與傳義異其言聚斂制度正足以發明傳義周語晉隨武子歸乃講聚三代之典禮修執秩以爲晉法講聚左傳作講求汪遠孫云求者逑之假借說文逑斂聚也案收逑聲本相近講聚收聚義正相同箋釋駿惠爲大順傳義亦當然也○序云大平告文

王皃覽序稱大平之君子卽指成王故傳以曾孫爲成王也成王雖是文王之孫告文王所以告先王故不妨通稱曾孫也云成王能厚行之也者釋文本無行字厚猶惇也謂惇用文王之典禮篤訓厚椒聊大明公劉傳皆云篤厚也楚辭天問帝何竺之篤與竺通箋云曾猶重也自孫之子而下事先祖皆稱曾孫是言曾孫欲使後王皆厚行之非維今也鄭意亦以曾孫爲成王兼指後王說乃申傳義而推廣之

維清一章五句

維清奏象舞也疏象文王樂象文王之武功曰象象武王之武功曰武象有舞故云象舞箋云象舞象用兵時刺伐之舞武王制焉胡承珙後箋云鄭謂武王所制者武王之作象舞其時但有舞耳考古人制樂聲容固宜兼備然亦有徒歌徒舞者三百篇皆可歌不必皆有舞則武王制象舞時始未必有詩成王周公乃作維清以爲象舞之節歌以奏之案胡說詩周公作是矣襄二十九年左傳吳公子札觀周樂見舞象箾南籥者賈服杜注並以象爲文王之樂此象謂舞不謂詩也禮記文王世子明堂位祭統仲尼燕居皆言

下管象猶之下管新宮耳此象謂詩不謂舞也制象舞在武王時周公乃作維清以節下管之樂故維清亦名象周頌首三篇清廟維天之命維清皆文王詩如周南之關雎葛覃卷耳召南之鵲巢采蘩采蘋小雅之鹿鳴四牡皇皇者華大雅之文王大明緜亦皆文王詩周公用之宗廟朝廷燕飲盟會四牡傳云周公作樂以歌文王之詩爲後世法是其義也清廟爲升歌之樂章維清爲下管之樂章唯周頌之不用維天之命猶召南之不用草蟲耳論詩編樂自有制度則知維清即象象爲文王樂維清爲文王詩昭然不疑矣後箋云鄭注禮記概以象爲周頌之武然記文管象之下又別云舞大武舞大夏則所謂下管象者非大武之詩當即此文王之象若仲尼燕居之下管象武夏籥序興亦當以象爲文王之樂與上升堂歌清廟對曰武曰夏即所謂朱干玉戚以舞大武八佾以舞大夏者鄭注亦以象爲大武非是

維清緝熙文王之典傳典法也肇禋傳肇始禋祀也迄用有成維周之禎傳迄至禎祥也疏清清靜也文王篇穆穆文王於緝熙

敬止傳云緝熙光明也清靜光明是謂文王之德也爾
雅典經也說文典五帝之書也从冊在丌上尊閣之也
莊都說典大冊也其引申之義書可爲法故典謂之法
法必有常故我將傳典又謂之常箋云文王有征伐之
法受命七年五伐也此鄭用書大傳之文以申明傳法
字之訓也○箋云文王受命始祭天而枝伐也周禮以
禋祀祀昊天上帝正義引中候我應枝伐弱勢鄭注云
先伐紂之枝黨以弱其勢若崇侯之屬是孔申明鄭說
枝伐即指伐崇案文王伐崇在受命六年七年而崩繁
露四祭篇文王受命則郊郊乃伐崇又郊祀篇文王受
天命而王天下先郊乃敢行事而興師伐崇兩引棫樸
之詩此是三家詩義然是類是禡祭天伐崇之事見於
皇矣篇三家詩說未爲無據肇訓始生民以歸肇祀傳
亦云肇始也始歸郊祀也彼篇但言祀故傳云郊祀此
篇經言禋禋者祭天之名故傳以祀詁禋則禋祀之爲
郊祀無庸箸矣后稷爲堯之上公得始行郊祀文王爲
紂之上公亦得始行郊祀兩者事相同此篇象文王之
武功是以鄭本三家詩郊伐之說以補明經義耳毛意
亦然也○迄至生民同肇始迄至文義相對言文王始
行禋祀至武王伐紂用能有此成功也釋文禎作祺徐

邈云本又作禎與崔本同正義云定本集注祺字作禎則正義亦作祺矣正義引某氏詩作維周之祺後箋云考爾雅某氏注引詩天立厥妃俾爾亶厚民之攸呬之類皆與毛異字蓋多出於三家此詩亦或三家作祺毛詩自作禎耳案說文禎祥也正用毛訓杜牧上周相公書云象者象武王伐紂刺伐之法此乃文王受命七年五伐西戰陳刺伐之法遺之武王武王用以伐紂而有天下致之清平爲周家之禎祥引詩作禎此唐人以象爲武墨子三辨繁露質文白虎通義禮樂等篇皆有此說而其引詩作禎蓋用毛義也箋征伐之法乃周家得天下之吉祥鄭以乃字代維字義見文王傳

烈文一章十三句

烈文成王即政諸侯助祭也疏此成王即政諸侯助祭文武之樂歌也周公攝政七年致政成王七年者成王在位之七年周公致政成王即政矣雒誥王在新邑烝祭歲文王騂牛一武王騂牛一鄭注云歲成王元年正月朔日也以朝享之後用二特牛祫祭文王武王於文王廟案改元雖非西京

舊說而用二特牛祭文武與詩義正合文王廟卽淸廟合祭文武亦歌淸廟之詩成王初卽政與諸侯共享大平於其來助祭也以申敕之令無忘文武之德又歌烈文之詩事非兩時而義各有當此詩乃專謂諸侯助祭而作耳故詩譜正義引服虔注左傳云烈文成王初卽雒邑諸侯助祭之樂歌是其義矣

烈文辟公錫茲祉福（傳）烈光也文王錫之惠我無疆子孫保之無封靡于爾邦維王其崇之（傳）封大也靡累也崇立也念茲戎功繼序其皇之（傳）戎大皇美也無競維人四方其訓之不顯維德百辟其刑之於乎前王不忘

（傳）競彊也訓道也前王武王也（疏）烈光爾雅釋詁文辟公席諸侯也錫讀陳錫哉周之錫文王造周故傳云文王錫之也御覽禮儀部三引傳有也字今奪白虎通義瑞贄篇云烈文辟公錫茲祉福言武王伐紂定天下諸侯來會聚於京師受法度也三家詩謂頌美武王義異而以辟公爲諸侯則

意同也襄二十一年左傳祁奚曰詩曰惠我無疆子孫保之書曰聖有謩勳明徵定保夫謀而鮮過惠訓不倦者叔向有焉社稷之固也此引詩以惠訓釋惠不倦釋無疆社稷之固釋子孫保經意蓋言諸侯皆能訓順我周故長保其子孫世世獲福也封與豐聲同故傳訓大殷武同云靡累者累當作纍靡爲羈靡之靡纍爲纍洩之纍故胥靡爲罪人也白虎通義誅伐篇詩云毋封靡于爾邦惟王其崇之此言追誅大罪也或盜天子土地自立爲諸侯絕之而已案三家詩以封靡爲大罪與毛訓同維猶乃也王謂文王也崇訓立謂更立之以繼世也承上文錫茲祉福而言無以有大罪之故乃亦爲之建立邦國此舉文王錫福之尤著者而特揭之也文王時諸侯有大罪者莫如崇侯虎皇矣云是致是禡是絕是忽絕忽罪施於崇虎致禡德及其先世即其事也〇戎訓大功與公同故詁訓功公皆爲事國之大事在祀與戎也閔予小子傳云序緒也繼緒言武王繼文王伐崇之緒也皇美釋詁文執競同案念茲戎功繼序其皇之二句上承文王下起武王作轉戾之詞清廟維天之命維清三詩篇中皆專頌文王此詩篇中則兼美武王是周公歸政之後合祭文武之事繼序與末句不忘文

意相應與閔予小子繼序不忘連文同辭武云嗣武受之勝殷遏劉者定爾功賚云我應受之敷時繹思我徂維求定皆武王繼文王之緒文義相同正義依王肅以王爲武武王不得不以繼序指諸侯大違經傳之旨矣傳云競彊無發聲人謂賢人也論語左傳竝云武王有亂十人訓道爲民同抑傳訓爲教者各隨文釋也不顯顯也刑法也禮記中庸篇是故君子不賞而民勸不怒而民威於鈇鉞詩曰不顯惟德百辟其刑之此引詩謂武王戢干戈櫜弓矢矣鄭注以爲諸侯法文王之德非毛詩義也於乎大學引詩作於戲不忘謂沒世不忘也正義云成王之前唯武王耳故知前王武王

天作一章七句

天作祀先王先公也疏此時享廟祧之樂歌也周禮守祧掌守先王先公之廟祧先王爲廟先公爲祧其在成王時后稷爲大祖廟最尊大王文王爲二昭王季武王爲二穆最親此五廟皆先王廟也諸盩郎祖紺爲一昭亞圉爲一穆此二祧爲先公廟也中庸云周公成文武之德追王大王王季上祀先公

以天子之禮祀先公而別立二祧不與於五廟數中故禮記喪服小記及周禮隸僕但言四廟五寢而王制祭法等篇所云七廟實兼二祧此周公時七廟之說也國語祭公謀父諫穆王曰日祭月祀時享歲貢終王先王之訓也五經異義古春秋左氏說云時享爲二祧漢書韋玄成傳劉歆釋國語亦云二祧則時享是時享有先公矣

天作高山大王荒之傳作生荒大也天生萬物於高山大王行道能大天之所作也彼作矣文王康之彼徂矣岐有夷之行傳夷易也子孫保之疏作生采薇同荒大悉蟀公劉同傳云天生萬物於高山者以釋天作高山句高山生萬物是即天之所作也云大王行道能大天之所作也者以釋大王荒之句大作安字之誤箋云能尊大之正義云長大此天所生箋疏不誤今據以訂正晉語叔詹曰天作高山大王荒之荒大之也大天所作可謂親有天矣此毛傳所據之本箋云高山謂岐山也作與上作字同義

康安也彼作矣文王康之言天所生之萬物而文王又能以安之也荀子王制篇天之所覆地之所載莫不盡其美致其用上以飾賢良下以養百姓而安樂之夫是之謂大神詩曰天作高山大王荒之彼作矣文王康之此之謂也此引詩康訓安樂言安樂覆載之萬物與國語釋詩同毛多用荀說意當然也○徂往也言民所歸往也夷訓易說苑君道篇夫事寡易從法省易因故民不以政獲罪也大道容衆大德容下聖人寡爲而天下理矣詩人曰岐有夷之行子孫其保之韓詩外傳云傳曰易簡而天下之理得矣又曰忠易爲禮誠易爲辭賢人易爲民工巧易爲材亦引此詩後漢書西南夷傳朱輔疏引詩傳曰岐道雖僻而人不遠李賢注引韓詩薛君章句云徂往也夷易也行道也彼百姓歸文王者皆曰岐有易道可歸往矣易道謂仁義之道而易行故岐道阻險而人不難案朱輔引詩彼徂矣作彼徂者矣者通用無關經義唯毛傳最略得此數說可以發明夷易之詁矣箋云易曰乾以易知坤以簡能易則易知簡則易從易知則有親易從則有功有親則可久有功則可大可久則賢人之德可大則賢人之業以此訂大王文王之道卓爾與天地合德鄭正用韓詩義但韓詩專指

文王不兼指大王蓋大王雖是遷岐之君而治岐之道無如文王篇末不應兼及大王

昊天有成命一章七句

昊天有成命郊祀天地也疏此冬至圜丘夏至方丘祀天地之樂歌也周禮大司樂冬日至於地上之圜丘奏之若樂六變則天神皆降夏日至於澤中之方丘奏之若樂八變則地示皆出鄭注云此皆禘大祭也天神則主北辰地祇則主崑崙禮記禮器爲高高必因丘陵爲下必因川澤注云冬至祭天於圜丘之上夏至祭地於方澤之中又因天事天因地事地注云天高因高者以事也地下因下者以事也鄭亦本大司樂而言之矣大宗伯以禋祀祀昊天上帝注云昊天上帝冬至於圜丘所祀天皇大帝又以蒼璧禮天注云此禮天以冬至謂天皇大帝在北極者也祭法周人禘嚳而郊稷注云此禘謂祭昊天於圜丘也祭上帝於南郊曰郊韋注魯語同爾雅釋天云禘大祭也禘在郊上故禘爲最大之祭禘嚳非配稷也圜丘非南郊也昊天上帝非上帝也司服王之吉服祀昊天上帝服大裘而冕圜丘之祀以冬日至時服大裘則所祀者昊

天上帝也大司樂不言禘而以爲禘祭法不言圜丘而以爲圜丘鄭說固融貫極矣大司樂注以圜丘祀天方丘祀地二者皆爲禘而祭法之禘注但言圜丘而方丘之爲禘亦當該在其中圜丘方丘皆在郊故祭法謂之禘經傳皆謂之郊國語又以禘郊連言之周語禘郊之事則有全烝魯語天子日入監九御使絜奉禘郊之粢盛楚語天子禘郊之事必自射其牲天子親舂禘郊之盛與表記天子親耕粢盛秬鬯以事上帝合此禘郊爲祭天矣楚語禘郊不過繭栗與王制祭天地牛角繭栗合此禘郊并爲祭天地矣臨海金鶚辨之甚詳然則詩言昊天即所謂昊天上帝也序言天地即所謂祀天圜丘祀地方丘也圜丘方丘鄭注謂之禘而此序言祀天地謂之郊南郊之祀郊也而小記大傳謂之禘鄭注謂之郊蓋禘郊祖宗皆祭天之事對文則別散文則通禘郊通稱亦猶祖宗通稱易耳周人於孟春南郊之祀以后稷配思文之詩是也於冬至圜丘之禘以帝嚳配此昊天有成命之詩是也后稷立大祖廟又以配天帝嚳無廟但有石室藏於大廟大室於兩日至出以配天親疏遠近之義也禘本兼天地故詩言天而序兼言地則圜丘方丘皆歌此詩可知圜丘以嚳配則方丘亦以嚳

配又可知曲禮下天子祭天地孔疏云孝經緯后稷爲天地之主則后稷配天南郊又配地北郊周人以嚳配圜丘亦當配方澤是矣孔仲達泥此序之爲郊而不爲禘遂以爲南郊北郊不爲圜丘方丘則周之人於南北郊既歌思文又歌昊天有成命而於冬至圜丘夏至方丘兩大禘無詩后稷配天有詩帝嚳配天無詩遂使周公制禮一代典章殘闕范如非細故也且南郊稱上帝不稱昊天一此其義證也詩中但述文武之功德不及上帝與雝篇追述文武而不及后稷同意且一帝嚳之祖其神甚遠止歌詩以配天不必援詩不涉嚳一語以爲疑也金鶚云始封之祖固是后稷而世系之遠祖則帝嚳也嚳又有聖德故圜丘以之配天冬至爲陽之生始故祭天而以世系之遠祖配夏正孟春爲一歲之始故祭天而以肇封之始祖配子月在寅月先遠祖在始祖先其配祭各有所當鄭氏以禘爲圜丘方丘之祭卓識自超千古而注大宗伯昊天上帝以爲天皇大帝注大司樂以爲天神主北辰注月令皇天以爲北辰耀魄寶本於春秋緯文耀鉤元命苞昆侖之說本於地統書括地象亦是緯書此鄭氏之失也

昊天有成命，二后受之。(傳)二后，文武也。成王不敢康，夙夜基命宥密。於緝熙，單厥心，肆其靖之。(傳)基，始。命，信。宥，寬。密，寧也。緝，明。熙，廣。單，厚。肆，固。靖，和也。

(疏)昊天，昊天上帝也。漢書匡衡傳谷者成王之嗣位，思述文武之道以養其心，休烈盛美皆歸之二后而不敢專其名，是以上天歆享，鬼神祐焉。匡學齊詩，亦二后爲文武也。受之，受天命也。○噫嘻篇噫嘻成王傳云成王成是王事也，與此成王同。鄭箋、韋注、賈逵、唐固說皆同。康，安。不敢康，不敢安也。夙夜，早夜也。基，始，爾雅釋詁文。禮記孔子閒居引詩作其，鄭注詩讀其爲基，基聲之誤也。基，謀也。此三家義。命、信同在眞臻部，以疊韻爲訓。始信者，檀弓所謂未施信於民而民信之也。宥、寬義同。淇奧傳云寬能容衆。密，新書作謐，同。爾雅密，寧，靜也。郭注云見詩傳。孔子閒居注密，靜也。是三家詩有訓密爲靜也。密、寧、靜三字同義。爾雅翌，明也。說文作昱。緝、昱古同聲，故緝亦訓爲明。說文巸，廣頤也。巸、熙同。傳釋緝爲明，釋熙爲廣，廣與光通。爾雅緝熙，光也。文王傳緝熙，光明，其義一也。單，厚，國語作亶。古亶、單通爾雅肆故也後箋云故當讀如孟子天下之言性則故而已矣故者以利爲本文言曰利者義之和也毛傳假固爲故並非堅固之謂胡說是也書般庚自作不靖多方自作不和是靖與和同義也○周語叔向謂單子曰語說昊天有成命頌之盛德也其詩曰昊天有成命二后受之成王不敢康夙夜基命宥密於緝熙亶厥心肆其靖之是道成王之德也成王能明文昭定武烈者也夫道之成命者而稱昊天翼其上也二后受之讓於德也成王不敢康敬百姓也夙夜恭也基始也命信也宥寬也密寧也緝明也熙廣也亶厚也肆固也靖和也其始也翼上德讓而敬百姓其中也恭儉信寬帥歸於寧其終也廣厚其心以固和之始於德讓中於信寬終於固和故曰成王案毛傳詁訓悉本國語國語引詩以首二句言文武之受天命以下五句皆言成王紹承王業之事與我將篇我其夙夜畏天之威于時保之末三句就主祀之人說文義正同然則美周成王誦者乃自引詩者口中語與詩中成王不敢康句本無干涉也新書禮容篇云宥謐者寧也億也命者制令也基者經也勢也夙早也康安也后王也二后文王武王成王者武王之子文王之孫也文王有大德而功未就武王有大

功而治未成及成王承嗣仁以臨民故稱昊天焉不敢怠安蚤興夜寐以繼文武之業布文陳紀經制度設犧牲使四海之內懿然供德各遵其道故曰有成承順武王之功奉揚文王之德九州之民四荒之國謌謠文武之烈絫九譯而請朝致貢職以供祀故曰二后受之方是時也天地調和神民順億鬼不厲祟民不謗怨故曰宥謐成王質仁聖哲能明其先能承其親不敢惰懈以安天下以敬民人賈釋詩雖訓詁不悉依國語而與國語文義無不合蓋周頌一篇其間有營雒致政先後不同如思文郊祀后稷我將宗祀文王皆在周公攝政五年治雒邑時后稷謂祖文王謂宗爲配天之祭六年制作禮樂七年致政於成成王遂以后稷謂大祖南郊配文王謂祖武王謂宗明堂配又周與殷皆出自帝嚳周用殷禘嚳之禮於圜丘配此在致政之後後之禮故昊天有成命說者或謂成王祭祀之詩

我將一章十句

我將祀文王於明堂也 疏 此宗祀文王配天之樂歌也孝經孝莫大於嚴父嚴父莫

大於配天則周公其人也昔者周公郊祀后稷以配天宗祀文王於明堂以配上帝孝經與詩序正合思文后稷配天我將文王配天皆是周公攝政五年治雒中事逸周書作雒篇乃位五宮明堂居其一孔晁注云明堂在國南者也此正言周公治雒築明堂其時宗文王不宗武王故詩但歌文王也孝經所謂嚴父配天也宗文猶行武王之事若宗武竟行成王之事宗文辟成王也禮記樂記武王克殷祀乎明堂而民知孝此武王之祀非行宗祀之禮故鄭注云文王之廟爲明堂制則不以爲孝經詩序爲一祀矣祭法祖文王而宗武王鄭注云祭五帝五神於明堂曰祖宗祖宗通言爾祭法言宗武王注又引孝經宗文王以爲證韋昭魯語注云此與孝經異也周公初宗文王後更祖文王而宗武王韋說是矣周人以文武爲祖宗宗廟之禘禘於清廟祖宗之禘禘於明堂是其制也明堂之說金榜禮箋最爲明晰其言云漢以來言明堂者人各異說由未辨於其地以王居聽政之明堂與合諸侯之明堂溷而一之也所謂王居聽政之明堂即路寢路寢大寢也引月令考工記大戴禮記盛德等篇路寢五室之制夏后殷周一也夏曰世室殷曰重屋周曰明堂所謂合諸侯之明堂于周官

經司儀及覲禮見宮壇之制于明堂位見階門之位大
戴禮記朝事義則兼舉之司儀職曰將合諸侯則令為
壇三成宮旁一門覲禮曰諸侯覲于天子為宮方三百
步四門壇十有二尋深四尺加方明于其上天子出拜
日于東門之外反祀方明禮日于南門外禮月與四瀆
于北門外禮山川丘陵于西門外盛德篇曰明堂者所
以明諸侯尊卑其宮方三百步在近郊明堂位曰昔者
周公朝諸侯于明堂之位天子負斧依南鄉而立三公
中階之前北面東上諸侯之國阼階之東西面北上諸
伯之國西階之西東面北上諸子之國門東北面東上
諸男之國門西北面東上九夷之國東門之外西面北
上八蠻之國南門之外北面東上六戎之國西門之外
東面南上五狄之國北門之外南面東上九采之國應
門之外北面東上四塞之國世告至此周公明堂之位
也此為壇為宮謂之明堂無室廟个之制惟四面表其
門則不殊南門之前又表正門亦謂之應門覲禮於祀
方明言反則出拜日為出其宮門可知方明之祀配以
受命之王古文尚書伊訓伊尹祀于先王誕資有牧方
明漢書援之而曰言雖有成湯大丁外丙之服以冬至
越茀祀先王于方明以配上帝孝經宗祀文王于明堂

以配上帝四海之內各以其職來祭殷周典禮相沿之可稽者若此書禋于六宗說者釋爲上下四方之宗後代不聞祀六宗方明蓋其遺象宗祀之名所由昉也巡狩則方岳之下覲其方之羣后亦曰明堂孟子書齊宣王曰人皆謂我毀明堂史記泰山東北趾古時有明堂處鄭君知月令室廟个之爲大寢又以五室之明堂在國之陽以宗祀爲祀五帝楊謂古者神祇皆兆祀小宗伯兆五帝于四郊未聞祀于五室之堂兆祀五帝配以五人帝五人神未聞更配以文王昔儒所以致誤者月令考工言明堂詳矣不知其即路寢因近郊及四岳明堂之名最著遂以室廟个之制加之而周官儀禮爲宮爲壇之明堂其名轉不可考於是路寢明堂異名同實王朝之明堂與近郊之明堂同名殊制均失其傳矣案金說是也明堂有二解故凡經典中必連類以記之明堂位周公朝諸侯于明堂之位七年致政於成王下文乃言季夏六月以禘禮祀周公於大廟覲禮天子設斧依於戶牖之閒左右几天子衮冕負斧依下文乃言諸侯覲於天子爲宮方三百步四門周禮司儀職言將合諸侯則令爲壇三成宮旁一門詔王儀南鄉見諸侯下文乃言王燕則諸侯毛及廟中將幣之禮大戴禮盛德

篇云明堂者古有之也凡九室一室而有四戶八牖三十六戶七十二牖以茅蓋屋上圓下方此記月令之明堂也云明堂者所以明諸侯尊卑外水曰辟雝列南蠻東夷北狄西戎其宮方三百步在近郊近郊三十里此記明堂位之明堂也故經中兩言明堂者以別之又云或以爲明堂者文王之廟也朱草日生一葉至十五日生十五葉十六日一葉落終而復始也周時德澤洽和蒿茂大以爲宮柱名蒿宮也此天子之路寢也不齊不居其室此亦記月令之明堂也又朝事義篇云天子率諸侯而朝日于東郊所以教尊尊也退而朝諸侯爲壇三成宮旁一門天子南鄉見諸侯土揖庶姓時揖異姓天揖同姓所以別親疏外內也公侯伯子男各以其旅就其位此謂明堂位云及其將幣也公于上等侯伯于中等子男于下等所以別貴賤序尊卑也奠圭降拜升成拜明臣禮也奉國地所出重物而獻之明臣職也肉袒入門而右以聽事也明臣禮臣職臣事所以致臣也此謂廟又云率而祀天于南郊配以先祖所以教民報德不忘本也此謂宗祀明堂云率而享祀于大廟所以教孝也此謂祀大廟然則經典中或明堂大廟並設或壇廟並舉以古者路寢宮壇同制故也天子大朝諸侯

必於郊故其壇謂之明堂路寢大廟之南堂覲諸侯故亦謂之明堂巡狩方岳之下會同諸侯故又謂之明堂易曰聖人南面而立鄉明而治葢取諸此也祀天必在郊故配天之祭在明堂專祖之祭在大廟

我將我享維羊維牛維天其右之（傳）將大享獻也

儀式刑文王之典日靖四方伊嘏文王既右饗之（傳）儀善刑法典常靖謀也

我其夙夜畏天之威于時保之（疏）我我周公祀文王時也下我爲助詞烈祖以假以享傳假大也箋享獻也文義與此同維羊維牛與自羊徂牛句義正相同此卽絲衣傳先小後大之謂也周禮羊人賈疏云祭天用犢其日月以下有用羊者故我將詩惟牛惟羊惟天其祐之彼亦據日月以下及配食者也案賈說是矣唯所引與今本不同或係轉寫誤倒恐不足依據祐與右同爾雅尚右也則右亦尚也右饗猶云尚饗也詩言天孝經言上帝一也祭法祖宗鄭注以爲明堂配天之祭其識卓矣又本孝經緯文王爲五帝之宗遂謂文王配五帝幷謂武王配五神不知月令五帝五神兼主祭

地神祇非所謂配天也金鶚辨之甚晰○儀與義通文王傳義善也刑訓法典常釋詁文維清傳典法也典謂之常又謂之法猶爾雅則謂之常又謂之法刑謂之常又謂之法範謂之常又謂之法矩謂之常又謂之法律謂之常又謂之法散文常法通訓也此篇刑爲法乃典爲常矣昭六年左傳引詩曰儀式刑文王之德日靖四方服注云言善用法文王之德日日謀安四方此注與文王篇儀刑文王句同杜預王肅皆從服說靖謀小明召旻同箋云靖治也菀柳俾予靖之傳靖治箋靖謀兩義相近伊發語詞嘏與假同嘏大也王肅云善用法文王之常道日謀四方維天乃大文王之德既佑助而歆饗之案王說是也上二句文王之法天下二句天既右饗文王之德皆以言文王之克配乎上帝也○夙早也早夜去明尚早所謂逮闇而祭也采蘩篇亦以夙夜在公爲不失職雒誥云予小子夙夜毖祀皆其義時是也保讀天保定爾之保保安也案此言天常眷右我周能保安天命之意文十五年左傳引詩而釋之云不畏于天將何能保又孟子梁惠王篇云樂天者保天下畏天者保其國亦引此詩蓋周公治雒祀文王其制禮後兼祀武王皆歌此詩故趙岐孟子注云言成王尚畏天之

威故能安其大平之道此或本三家義合祭文武於周公致政之年而言之也

時邁一章十五句

時邁巡守告祭柴望也(疏)此武王巡守告祭天之樂歌也書序云武王伐殷往伐歸獸識其政事案獸與狩古字通用獸識其政事史記周本紀作行狩記政事事雖行於武王而詩自作於成王耳白虎通義巡守篇云何以知大平乃巡守以武王不巡守至成王乃巡守也三家詩說如此正義以爲其言違是矣

時邁其邦昊天其子之實右序有周薄言震之莫不震疊懷柔百神及河喬嶽允王維后(傳)邁行震動疊懼懷來柔安喬高也高嶽岱宗也明昭有周式序在位(傳)明矣知未然也昭然不疑也載戢干戈載櫜弓矢我求懿

德肆于時夏允王保之(傳)戢聚櫜韜也夏大也(疏)邁訓行邁訓邦巡行邦國也天子適四方有燔柴祭天之禮故詩稱昊天其子之也右助也序讀禹貢卽敘之敘薄言皆語詞震訓動爾雅云動作也疊者慴之假借字爾雅慴懼也說文慴懼也讀若疊疊慴聲同故慴慴謂之懼疊亦謂之懼矣後漢書李固傳周頌曰薄言振之莫不震疊此言動之於內而應於外者也案振與震同動內釋薄言震之句應外釋莫不震疊句韓詩外傳云孔子曰善乎晏子不出俎豆之閒折衝千里詩曰實右序有周薄言震之莫不震疊亦謂動內應外而與毛詩義未嘗不合也後漢書注引韓詩章句云薄辭也振奮也莫無也震動也疊應也美成王能奮舒文武之道而行之則天下無不動而應其政教韓詩以奮舒釋上句動應釋下句亦與毛詩合言此詩爲美成王則三家說也○懷來釋言文柔安民勞同釋文柔本亦作濡俱訓安北堂書鈔禮儀九引毛詩作懷濡百神是所據亦作本也百神羣神也堯典云徧于羣神河爲大川堯典云望秩于山川喬高伐木同傳旣釋喬爲高更申之云高嶽岱宗也者蓋舉東嶽以該南西北三嶽也般傳高山爲四嶽矣

堯典云東巡守至于岱宗鄭注王制云岱宗東嶽也荀子禮論篇天能生物不能辨物也地能載人不能治人也宇中萬物生人之屬待聖人然後分也淮南子泰族篇聖人者懷天心聲然能動化天下者也故精誠感於內形氣動於天則景星見黃龍下祥鳳至醴泉出嘉穀生河不滿溢海不溶波其下皆引此詩並足以明毛傳來安之義也王武王也文王有聲傳后君也○傳云明矣知未然也者釋經明字云昭然不疑也者釋經昭字言此者武王伐紂遲久之義也韓詩外傳云詩曰明昭有周式序在位言各稱職也外傳又云百王之法若別黑白應當世之變若數三綱行禮要節若運四支因化之功若推四時天下得序羣物安居是聖人也又云上賢使能而等級不踰折暴禁悍而刑罰不過百姓曉然皆知夫爲善於家取賞於朝也爲不善於幽而蒙刑於顯夫是之謂定論其下亦引此詩與荀子王制篇同其釋明昭之義與毛詩未嘗不合箋云以其有俊乂用次第處位解式序在位句用韓詩義箋又云天其子愛之右助次序其事謂多生賢知使爲之臣解實右序有周句亦本韓詩義傳意或然也禮記樂記云武王克殷反商封王子比干之墓釋箕子之囚使之行商容而復其

位庶民弛政庶士倍祿鄭注云行猶視也使箕子視商禮樂之官賢者所處皆令反其居也此所謂式序在位也○戢聚櫜韜同櫜韜彤弓同樂記倒載干戈包之以虎皮將帥之士使爲諸侯名之曰建櫜與詩載櫜同懿美也昊天有成命傳肆固也此肆字亦當訓爲固時是于時于是也夏大權輿皇矣同宣十二年左傳夫文止戈爲武武王克商作頌曰載戢干戈載櫜弓矢我求懿德肆于時夏允王保之釋之云夫武禁暴戢兵保大又云暴而不戢安能保大周語引周文公之頌而釋之云明利害之鄉以文修之使務利而避害懷德而畏威故能保世以滋大案戢兵修文以解載戢載櫜二句保卽允王保之大卽肆于時夏故傳訓夏爲大正本内外傳說又鹽鐵論論菑篇兵者凶器也甲堅兵利爲天下殃以母制子故能久長聖人法之厭而不陽其下亦引此詩陽與揚通久長亦卽保世滋大之意也此皆西京舊說

執競一章十四句

執競祀武王也疏周禮鍾師注呂叔玉云肆夏繁遏渠皆周頌也肆夏時邁也繁遏執傹也

渠思文也案傹與競同此或出三家詩時邁肆于時夏思文陳常于時夏兩詩皆言夏而中閒廁執競一篇故遂以三詩配國語三夏鄭注云九夏皆詩篇名樂崩而亾頌不能具則不以吕說爲然而箋詩兩言夏仍作九夏解非毛詩義也

執競武王無競維烈不顯成康上帝是皇【傳】無競競也烈業也不顯乎其成大功而安之也顯光也皇美也自彼成康奄有四方斤斤其明【傳】自彼成康用彼成安之道也奄同也斤斤明察也鍾鼓喤喤磬筦將將降福穰穰降福簡簡威儀反反既醉既飽福祿來反【傳】喤喤和也將將集也穰穰衆也簡簡大也反反難也反復也【疏】釋文引韓詩云執服也烈文傳競彊也無競競也抑同烈業釋詁文武同傳文不顯乎其成大功而安之也之

上當有複句經文不顯成康四字爾雅康安也成大功而安之以釋經成康二字此即武篇云勝殷遏劉耆定爾功也安與定義相近不顯之不與無競之無皆語詞發聲反言之曰不顯傳順經言之云不顯乎正言之則曰顯傳又申之云顯光也文王傳不顯顯也顯光也則不爲語詞矣皇美烈文同傳云用彼成安之道用釋自字厲羔裘緜傳皆云自用也用猶施也成安之道謂成大功而安之之道也爾雅弇同也奄與弇通皇矣奄有四方傳奄大也同大隨文立訓又義互相足也同有四方者猶云四方攸同耳爾雅斤斤察也傳益其辭則曰明察斤與昕聲義相近故漢書律曆志云斤斤者明也○爾雅鍠鍠樂也漢書禮樂志說文引詩作鍠鍠與爾雅同今詩作喤喤者假借字有瞽篇亦作喤喤云和者謂鐘與鼓聲相應和荀子富國篇撞鐘擊鼓而和詩曰鐘鼓喤喤釋文筦亦作管說文蹡行皃引詩曰管磬蹡蹡荀子作管磬瑲瑲竝字異而義同先管後磬與今本毛詩異也毛詩將將當即蹡蹡之古文假借傳云集者謂諸工會集也爾雅集會也墨子非樂上篇飲食將將亦會集之意爾雅穰穰福也傳云眾者亦謂降福之眾多也簡兮傳簡大也重言之則曰簡簡爾雅簡簡大也鹽

鐵論論蕃篇周文武尊賢受諫敬戒不殆純德上休神祇相況詩云降福瀼瀼降福簡簡案詩專頌武王而此兼及文王者三家詩連稱之非合祭文武也瀼與穰同

○傳釋反反爲難者難古儺字竹竿傳儺行有節度也襄三十一年左傳云進退可度周旋可則容止可觀謂之有威儀此卽儺之義也賓之初筵威儀反反傳言重慎也箋云順習之皃重慎順習竝與儺義相近潛夫論引此詩作板板既醉既飽所謂既醉以酒既飽以德也我行其野傳復反也反復互相訓此云復者復與複通福祿來反與福祿來崇句同鳧鷖傳崇重也箋云君臣醉飽禮無違者以重得福祿也箋以重字釋反字深得毛意潛夫論巫列篇引詩釋之云此言人德義美茂神歆享醉飽乃反報之以福也王仲任讀反與返同又以醉飽屬神歆享言恐非毛恉韓詩外傳云明君修禮以齊朝正法以齊官平政以齊下然後節奏齊乎朝法則度量正乎官忠信愛刑平乎下如是百姓愛之如父母畏之如神明是以德澤洋乎海內福祉歸乎王公又云道得則澤流羣生而福歸王公澤流羣生則下安而和福歸王公則上尊而榮百姓皆懷安和之心而樂戴其上夫是之謂下治而上通竝引此詩毛意或然也

思文一章八句

思文后稷配天也疏此南郊祀天之樂歌也后稷爲周始封之祖故既立爲大祖廟而又於南郊之祀配天生民序云文武之功起於后稷故推以配天是也孝經昔者周公郊祀后稷以配天祭法周人郊稷鄭注云祭上帝于南郊曰郊魯語展禽曰周人郊稷韋注與鄭同書召誥篇若翼日乙卯周公朝至于雒用牲于郊牛二牛二者帝牛一稷牛一也逸周書作雒篇周公設丘兆于南郊以祀上帝配以后稷是正謂周公在雒祀天始行后稷配天之事與孝經合其後遂以南郊配稷爲定禮又與祭法魯語合也禮記喪服小記王者禘其祖之所自出以其祖配之而立四廟大傳禮不王不禘王者禘其祖之所自出以其祖配之諸侯及其大祖又儀禮喪服傳諸侯及其大祖天子及其始祖之所自出案天子之始祖即諸侯之大祖諸侯無配天之祭故及大祖而止天子大祖廟共四親廟爲五廟而更得配享於郊故孝經左傳禮記郊特牲皆言郊而小記大傳則謂之禘凡禘郊祖宗四者皆天子配天之大祭鄭康成以祭法之禘爲冬至圜丘之祭郊爲夏正

南郊之祭而小記大傳之禘則又謂禘即郊祖即后稷以其祖配即是后稷配天之義則宣三年公羊傳郊則曷爲必祭稷王者必以其祖配此鄭本公羊作解其說卓矣金鶚云荀子王者天大祖董子天地者先祖之所自出爲天矣郊特牲萬物本乎天人本乎祖此所以配上帝也郊之祭也大報本反始也此即禘其祖之所自出以其祖配之注腳也又是禘即郊之確證萬物本乎天此禘其祖之所自出之注腳也人本乎祖所以配上帝此以其祖配之注腳也小記大傳言禘此言郊是禘即郊之證也金鶚又云配字古與妃通爾雅妃合也匹也對也釋名配輩也然則配亨之人必相對相匹而後可至於以人神配亨天地蓋以天地人參爲三才聖人與天地合其德故可以配之也正義云國語周文公之爲頌曰思文后稷克配彼天是此篇周公所自歌也后稷之配南郊與文王之配明堂其義一也我將主言文王饗其祭祀不說文王可以配上帝此篇主言后稷有德可以配天不說后稷饗其祭祀與謂兩序之作一時之事於我將言宗文王而不言配天於思文言配天而又不言郊后稷言饗祀而配天可見言配天而饗祀亦可知孔謂經有異故序不同非也噫嘻正義引書傳曰祀

上帝于南郊所以報天德郊特牲注引易說曰三王之郊一用夏正此南郊在夏正正月也昊天有成命爲冬至圜丘祀天之詩而序云郊祀天地則知夏至方澤亦歌其詩此詩序但稱配天不及配地配天在南郊既歌此詩則配地當在北郊亦當同歌此詩金鶚云王肅謂方丘即北郊後儒多從王說不知澤中方丘非人所爲而北郊則爲壇以祭謂之泰折其地不在澤中又泰折定在正北近郊而方丘則無定處且方丘祭以夏至不必卜日而北郊則必卜日大宰祀五帝卜日下云祀大神示亦如之大神謂天大示謂地則南北郊皆必卜日矣

思文后稷克配彼天立我烝民莫匪爾極傳極中也貽我來牟帝命率育傳牟麥率用也無此疆爾界陳常于時夏疏思詞也文文德也烝衆也極中見園有桃同成十六年左傳申叔時曰民生厚而德正用利而事節時順而物成上下和睦周旋不逆求無不具各知其極故詩曰立我烝民莫匪爾極周語芮良夫曰夫王

八者將導利而布之上下者也使神人百物無不得其極故頌曰思文后稷克配彼天立我烝民莫匪爾極杜預韋昭注竝謂后稷能有立民之道無不得其中正與傳訓同書臯陶謨烝民乃粒粒者立之假借字故史記夏本紀作衆民乃定也○傳釋牟爲麥則經中來字爲語詞谷風伊余來塈塈息也四牡將母來諗諗念也車舝德音來括括會也桑柔反予來赫赫嚇也江漢淮夷來鋪鋪病也傳皆以來爲語詞無實義則來牟不連讀矣貽我來牟貽說文作詒不誤詒遺也我我烝民也后稷教民稼穡樹蓺五穀言麥者五穀之一也麥曰牟亹言之曰牟麥孟子告子篇云麰麥是也說文及趙岐注引詩皆作麰毛詩作牟牟爲麰古文假借字鄭箋云武王渡孟津白魚躍入于舟出涘以燎後五日火流爲烏五至以穀俱來此謂遺我來牟臣工箋云於美乎赤烏以牟麥俱來故我周家大受其光明謂爲珍瑞天下所休慶也鄭以詩之牟卽書之穀但此詩頌后稷不及武王箋不若傳義爲長鄭以來爲行來之來然亦不以來爲麥也說文云來周所受瑞麥來麰一麥二鏠象芒刺之形天所來也故爲行來之來詩曰詒我來麰麰來麰麥也棶齊謂麥棶也案棶卽來許作說文始以來麰爲

麥名來麰漢書楚元王傳引詩作𪌉麰劉向說𪌉麰麥也始自天降來麰𪌉麰二字成義許劉相同許治毛而不廢三家也毛不言瑞麥與三家詩異李善注典引引薛君章句云𪎊大麥也𪎊與麰同趙岐注孟子云麰麥大麥麰爲大大則來爲小廣雅釋草大麥麰小麥麳其說不古正義云釋詁率由自也由自俱訓爲用故率爲用也案君子陽陽傳由用也唐羔裘緜傳自用也是率由自三字訓同帝命率育育讀如五穀孰而民人育育養也言天命用此牟以養民人也○界釋文作介介訓大非也介古界字文選魏都賦注引韓詩章句云介界也爾雅疆界垂也無此疆爾界者言后稷布種之功盡天下之疆界無有此爾也常典也于時于是也夏大也陳常于時夏言周家陳典大法肇始后稷也

卷二十六終

詩毛氏傳疏卷二十七

長洲陳奐學

臣工之什詁訓傳弟二十七　毛詩周頌

臣工之什十篇十章一百六句

臣工一章十五句

臣工諸矦助祭遣於廟也（疏）廟大祖廟也大祖廟后稷之廟天子藉田在祈穀後郊而後耕也外諸矦來朝者適遇其時亦必與其事故九推之諸矦卽助祭之諸矦於其歸也遂歌詠其事以遣之於廟其戒敕臣工保介者卽所以戒敕諸矦故詩次於思文噫嘻閒焉

嗟嗟臣工敬爾在公王釐爾成來咨來茹（傳）嗟嗟敕之也工官也公君也嗟嗟保介維莫之春亦又何求如何

新畬於皇來牟將受厥明明昭上帝迄用康年傳田二
歲曰新三歲曰畬康樂也命我眾人庤乃錢鎛奄觀銍
艾傳庤具錢銚鎛鎒銍穫也疏傳以嗟嗟為戒敕之聲與烈祖嗟嗟不同義也
周語宣王不藉千畝虢文公曰農祥晨正日月底于天
廟土乃脈發先時九日土乃使司徒咸戒公卿百吏庶
民先時五日王即齊宮百官御事各即其齊三日案天
子為藉千畝諸侯為藉百畝天子藉田先期咸戒則諸
侯藉田亦當先期咸戒矣傳云敕之者正言其事說文
敕誡也書皋陶謨篇俊乂在官百寮師師百工惟時傳
寮工皆官也版傳云寮官也此傳云工官也皆與書義
同又酒誥篇越獻臣百宗工又惟殷之迪諸臣惟工皆
以臣工連言臣工諸侯之臣有職司於王室者諸侯之
命卿也公君爾雅釋詁文敕臣工敬君事也釐予咨謀
茹度也言王予爾諸侯共成大平爾臣工亦於是而謀
度之來猶是也來咨來茹猶云是究是度也楚茨時萬
時億猶是萬是億也桑扈之屏之翰猶是屏是翰也來
時之同聲故三字竝與是字同義○保介無傳呂覽孟

春紀是月也天子乃以元日祈穀于上帝乃擇元辰天子親載耒耜措之參于保介之御間率三公九卿諸侯大夫躬耕帝藉田天子三推三公五推卿諸侯大夫九推高誘注云措置也保介副也御致也擇善辰之日載耒耜之具於藉田致于保介之間施用之也又云禮以三爲文故天子三推謂一發也國語曰王耕一發班三之班次也謂公卿大夫各三其上公三發卿九發大夫二十七發也案高注以保介爲副當是相傳古訓副天子之副即下文三公九卿諸侯大夫也天子躬耕則三公以下爲副諸侯躬耕則三卿以下爲副毛傳爲臣工作解即不爲保介作解嗟嗟保介猶云嗟嗟臣工耳則臣工保介爲諸侯藉田時皆所率耕之人矣乃鄭於注禮箋詩保介爲車右勇力之士被甲執兵者然月令言親耕秉耜無庸更有被甲之人守視耕器況詩言爲農祈年於被甲執兵之人尤無干涉又何庸嗟嗟敕之乎當依高注以保介爲副與毛傳訓臣工爲官正合又與國語言藉畝先期咸戒公卿百吏亦無不合○田二歲曰新三歲曰畬此釋地文也六書故畬下引爾雅作二歲曰新無田字與此傳同今爾雅新下衍田字云田一歲曰菑二歲曰新田三歲曰畬易无妄馬融注菑田一

歲也畬田三歲也詩正義引鄭易注同禮記坊記注田
一歲曰菑二歲曰畬三歲曰新田案易注是而禮注非
也說文畬三歲治田也易釋文引說文畬二歲亦非孫
炎云菑始災殺其草木也新田新成柔田也畬和也田
舒緩也郭璞云今江東呼初耕地反草爲菑說文菑不
耕田也不耕爲菑猶休不耕者爲萊菑與萊聲相近也
鄭箋讀俶載爲熾菑初耕未能柔孰必以利耜發田與
田一歲菑合新謂耕二歲者畬謂耕三歲者易董遇注
悉耨曰畬蓋至三歲悉可耕耨矣此詩新畬就耕田說
若采芑新菑就休耕之田說故有可采之芑立文自有
不同皇美牟麥也春夏皆有祈穀之文夏祈麥實故言
牟且牟者后稷之所詒爲周家王業實基乎此也受受
福於上帝也明猶明明然也明矣知未然也昭然不疑
也迄至也康樂悉皹同孟子梁惠王篇云樂歲終身飽
○說文錢鎛下引詩作庤考工記注引作偫爾雅庤具
也庤與偫峙同說文云錢銚也古田器此本傳訓說文
又云鎛一曰田器艮耜其鎛斯趙箋云以田器刺地傳
訓鎒者亦田器也鎒槈之或字今通作耨管子禁藏篇
推引銚耨以當劍戟輕重已篇銚耨當劍戟輕重乙篇
一農之事必有一耜一銚一鐮一鎒一椎一銍然後成

爲農莊子外物篇春雨日時草木怒生銚鎒於是乎始脩案錢鎛銚鎒古今田器異名故傳以銚鎒詁錢鎛也傳詁銍爲穫者艾亦穫也大東傳穫艾也艾之爲穫見於大東此可不傳矣㫐耜傳挃挃穫聲也銍者挃之假借禹貢二百里納銍傳銍刈謂禾穗銍亦挃也吕覽上農篇因胥歲不舉銍艾數奪民時言不鎒穫則奪民時矣與詩銍艾同周語廩于藉東南鍾而藏之而時布之于農稷則徧戒百姓紀農協功耨穫亦如之民用莫不震動恪恭于農修其疆畔日服其鎛不解于時案詩於章末言命衆人以耨穫者與國語徧戒百姓紀農協功同詩敕臣工保介以及衆人猶國語王使司徒咸戒公卿百吏下至庶民也文義皆無不合

噫嘻一章八句

噫嘻春夏祈穀于上帝也（疏）噫嘻春夏祈穀之樂歌也禮記月令孟春天子乃以元日祈穀于上帝此春祈穀也月令但言祈穀與孝經周公郊祀后稷以配天者不同周人於南郊祀天以后稷配是主報而不主祈祈穀亦郊祭然祈禱之禮輕不以后稷配又主祈而不主報魯爲侯國損於天子故春

秋之郊皆爲祈穀以后稷配天故亦謂之郊桓五年左傳凡祀啓蟄而郊又襄七年傳孟獻子曰夫郊祀后稷以祈農事也是故啓蟄而郊郊而後耕祀后稷謂配天也祈農事謂祈穀也合報祈爲一祭魯禮非周禮也左疏引何休膏肓據孝經后稷配天非即祈穀上帝分爲兩祭而此詩正義引鄭箴膏肓云孝經主說周公孝以必配天之義本不爲郊祀之禮出是以其言不備遂據月令左傳獻子語是郊天與祈穀爲一祭案何說是也祭法禘郊祖宗四大祭皆不見於月令祭法郊稷郊之正祭也祈穀非郊之正祭可知故詩思文既爲配天樂歌此詩又爲祈穀樂歌明是兩祭斯亦祈穀非配天之確證矣月令仲夏命有司爲民祈祀山川百源大雩帝用盛樂乃命百縣雩祀百辟卿士有益於民者以祈穀實此夏祈穀也鄭注云春秋傳曰龍見而雩雩之正當以四月凡周之秋三月之中而旱亦脩雩禮以求雨因著正雩此月失之矣案鄭說是也鄭據桓五年左傳以四月爲雩月之正至五月以後爲因旱而祈雨故此詩箋亦引左傳龍見而雩以爲即夏祈穀蓋雩者本旱求之名四月順豐年逆時雨寧風旱故以此月之雩爲先祈正祭月令大雩著於五月者此亦猶穀梁傳言郊自

正月至于三月皆可郊者爲盡時說耳是五月大雩爲旱求之祭然亦祈穀實之事故云以祈穀實也雩正祭大雩旱祭雩用樂大雩用盛樂春秋經常雩不書秋三月書大雩者凡二十皆是因旱而急求非雩月之正也說文雩夏祭樂于赤帝以祈甘雨也雩或作𩁹雩舞羽也許亦據四月之雩不用盛樂言也鄭注云天子雩上帝諸侯以下雩上公定元年穀梁傳請乎應上公古之神人有應上公者通乎陰陽君親帥諸大夫道之而以請焉此魯雩上公也月令雩帝此周雩上帝也春因郊而祈穀夏則雩爲祈穀皆當在孟月祭天其祭地在仲月義箸載芟篇

噫嘻成王既昭假爾（傳）噫歎也嘻敕也成王成是王事也率時農夫播厥百穀駿發爾私終三十里亦服爾耕十千維耦（傳）私民田也言上欲富其民而讓於下欲民之大發其私田耳終三十里言各極其望也（疏）釋文噫作意又

作噫正義嘻敕也釋文作嘻和也和是敕之誤噫慨歎之詞嘻戒敕之詞噫嘻疊韻連緜字哀十四年公羊傳顏淵死子曰噫何注云噫咄嗟貌襄三十年左傳或叫于宋大廟曰譆譆出出鳥鳴于亳社如曰譆譆嘻與譆同王王事也凡國之大事在農農事卽王事故傳云成王成是王事也昭明假至也○率用時是也文選東都賦注引韓詩帥時農夫播厥百穀薛君云穀類非一故言百也率帥古字通用駿大也發讀如句庛則利發之發箋發伐也匠人注畎土曰伐伐之言發也私私田對公田言之故傳云民田也大發民之私田言此者爲富民讓下之道鹽鐵論取下篇云浚發爾私上讓下也此說與毛氏義合其訓古矣浚與駿通終之爲言極也傳云言各極其望也者上欲望民之富今私田三十里以大發之是謂各極其望也亦發聲維其也十千維耦其耦十千也甫田傳十千言多也鄭注周禮以鄉遂不用井畫釆地畫之爲井遂人匠人分爲二法程瑤田溝洫考云駿發爾私是不畫井無公田之證也耦曰十千是萬夫之證也里曰三十是萬夫之田方三十三里又少半里舉成數之證也此遂人之不爲井田確有明證奐案詩言藉田也藉田在郊天子藉田千畝千畝適合十

夫之地此亦鄉遂中用遂人十夫不用匠人九夫之事周語宣王不藉千畝虢文公述古者藉田之制云王耕一發班三之庶人終于千畝韋注王耕一發一耜之發也耜廣五寸二耜爲耦一耦之發廣尺深尺三之下各三其上也王一發公三卿九大夫二十七也終盡耕之也高注呂覽同三十里十千耦猶千畝也終三十里猶終于千畝也傳云大發私田各極其望實依周語庶人盡耕爲說月令言天子躬耕帝藉郎在祈穀之後與詩序祈穀上帝亦正合天子鄉遂無公田而亦藉民力

振鷺一章八句

振鷺二王之後來助祭也 疏 二王夏殷之王也正義云郊特牲曰王者存二代之後猶尊賢也尊賢不過二代書傳曰天子存二王之後與己三所以通三統立三正鄭駁異義云言所存二王之後者命使郊天以天子禮祭其始祖受命之王自行其正朔服色此之謂通天三統是言王者立二王後之義也

振鷺于飛于彼西雝（傳）興也振振羣飛貌鷺白鳥也雝澤也我客戾止亦有斯容（傳）客二王之後在彼無惡在此無斁庶幾夙夜以永終譽（疏）振飛猶奮翼鷺不一鳥故傳則重言之曰振振有駜振振鷺傳亦云振振羣飛皃也鷺白鳥有駜同說文云邕四方有水自邕成池者水經注四方有水爲雝周禮雝氏注雝爲隄防止水者也凡止水處曰邕假借字作雝雝卽雝之隷變鷺飛于雝與鶴鳴于皋同皋雝皆爲水鳥所居故竝訓爲澤說文川部巛下引左傳川雝爲澤此傳所本也詩以鷺之在澤與客之朝周賓位在西故曰西後漢書邊讓傳注引韓詩振鷺于飛于彼西雝薛君章句云鷺潔白之鳥也西雝文王辟雝也言文王之時辟雝學士皆潔白之人也案韓詩以雝爲文王辟廱恐非是蓋此詩作於周公制禮之後則辟廱在國中之澤宮而與文王辟廱之在郊用殷制者不同處也韓與毛異○序言二王之後故傳以客爲二王後也戾至也斯此也此鷺也言客有此絜白之容也禮記中庸篇是故君子動而世爲天下道行而世爲天下法言

而世爲天下則遠之則有望近之則不厭詩曰在彼無惡在此無射庶幾夙夜以永終譽君子未有不如此而蚤有譽於天下者也案在彼指遠在此指近箋在彼謂居其國在此謂其來朝與中庸釋詩合後漢書列女曹世叔妻傳注引韓詩亦作射射與斁通夙夜早夜也永終皆長也以永終譽猶云以介景福耳後漢書崔駰傳終作衆衆假借字箋云譽聲美也呂覽審分篇云譽流乎無止

豐年一章七句

豐年秋冬報也疏此秋冬報之樂歌也後箋云曹放齋詩說謂季秋大饗明堂秋祭四方冬祭八蜡天地百神無所不報今一以序及經證之似當以曹氏之說爲近噫嘻序言春夏祈穀此言秋冬報明是一祈一報相對爲義彼言上帝而此不言何神者考祈穀之郊主祀上帝而百神亦當從祀左傳載孟獻子曰啓蟄而郊郊而後耕是魯郊正所謂祈穀之郊春秋每卜郊不吉猶三望左傳或曰望郊之細也或曰望郊之屬也可見祈穀之郊并及方望至夏雩則月令於雩帝之外兼及百辟卿士噫嘻序但言上帝舉其重者耳

此秋冬報祭亦必自上帝百神凡有功於穀實者徧祭之而皆歌此詩月令季秋大饗帝孟冬祈來年于天宗大割祠于公社及門閭臘先祖五祀鄭注皆以爲蜡郊特牲云蜡者合聚萬物而索饗之可見秋冬之報所祭甚廣故序不指言何神但經文首稱豐年則其爲百穀報成之祭義甚箸明故傳亦不言何祭又月令大饗帝下云嘗犧牲告備於天子鄭注嘗者謂嘗羣神天子親嘗帝使有司祭於羣神可見嘗不定是廟祭之名推之孟冬大飲烝下即言天宗公社諸祭鄭注雖以烝爲升俎然高誘注淮南時則訓即以此烝爲冬祭楚語觀射父曰日月會于龍𧰡土氣含收天明昌作百嘉備舍羣神頫行國於是乎烝嘗家於是乎嘗祀夫龍𧰡乃建亥之月何以言嘗祀竊意秋冬報祀取嘗新烝眾之義亦名嘗烝與廟祀之秋嘗冬烝同名而異實箋以報爲嘗烝豈亦謂四時之外別有嘗烝歟

豐年多黍多稌亦有高廩萬億及秭傳豐大稌稻也廩所以藏齍盛之穗也數萬至萬曰億數億至億曰秭爲

酒爲醴烝畀祖妣以洽百禮降福孔皆〔傳〕皆徧也〔疏〕易豐象傳及說卦傳皆云豐者大也方言云凡物之大貌曰豐又云趙魏之郊燕之北鄙凡大人謂之豐人燕記曰豐人杼首燕趙之閒言圍大謂之豐傳訓豐爲大豐年大年也稌稻爾雅釋草文郭注云今沛國呼稌說文沛國謂稻曰稬是以黏者爲稌矣周禮食醫牛宜稌鄭司農注云稌稉也是又以不黏者爲稌矣蓋稻稌皆大名也○周語廩于藉東南鍾而藏之韋注云廩御廩春秋桓十四年公羊傳御廩者何粢盛委之所藏也穀梁傳甸粟而内之三宮三宮米而藏之御廩周禮廩人注云藏米曰廩案廩藏米傳云藏齍盛之穗黍離傳穗秀也然則高廩其露積歟甫田傳器實曰齊在器曰盛齍與齊同伐檀楚茨傳皆云萬萬曰億此卽數萬至萬也阮元校勘記云數億至億此正義本也正義云數億至億曰秭於今數爲然定本集注皆云數億至萬曰秭釋文云數億至萬曰秭一本作數億至億曰秭考伐檀楚茨傳億字毛用今數則此傳自亦是今數當以正義本爲長案阮說是也舊本北堂書鈔歲時部四引毛詩傳與定本集注同說文云數億至億曰秭是今數宗毛訓也

爾雅秭數也郭注云今以十億爲秭是以古數說秭秭即兆也衆經音義卷六引算經黄帝爲法數有十等謂億兆京垓壤秭溝澗正載及其用也有三謂上中下下數十萬曰億中數百萬曰億上數萬萬曰億此秭在第六等十萬起數數至秭則已過於數億至億矣與古數不合廣韻秭字下引風俗通義千生萬萬生億億生兆兆生京京生秭秭生垓垓生壤壤生溝溝生澗澗生正正生載載地不能載也此以萬起數數至秭秭爲萬萬則又不及於今數矣漢末諸家之說不足取爲經訓釋文引韓詩云陳穀曰秭○載芟箋云烝進畀予洽合也進予祖妣謂祭先祖先妣也以洽百禮謂饗燕之屬說文皆俱詞也偏與俱義相近偏讀爲偏爲爾德之偏說苑貴德篇釋此詩云聖人之於天下也譬猶一堂之上也有一人不得其所者則孝子不敢以其物薦進此即偏字之義

有瞽一章十三句

有瞽始作樂而合乎祖也疏王者始起未制作之時取先王之樂與己同者假以

風化天下天下大同乃自作樂故武王有天下未致大平樂器未具至成王之世始克大同迺作已樂樹羽縣鼓皆先王所未有也是在周公攝政六年時箋云合者大合諸樂而奏之

有瞽有瞽在周之庭設業設虡崇牙樹羽應田縣鼓鞉磬柷圉（傳）瞽樂官也業大版也所以飾栒爲縣也捷業如鋸齒或曰畫之植者爲虡衡者爲栒崇牙上飾卷然可以縣也樹羽置羽也應小鞞也田大鼓也縣鼓周鼓也鞉鞉鼓也柷木椌也圉楬也**既備乃奏簫管備舉喤喤厥聲肅雝和鳴先祖是聽我客戾止永觀厥成**（疏）云傳瞽樂官此即周官之大師小師矣周語瞽獻曲瞽史教誨瞽告有協風至韋注云瞽樂師又云樂大師是瞽爲樂官之義凡宿縣皆陳樂於堂下在周之庭言周始作樂也○爾雅釋器大版謂之業傳本爾雅又申明業字

之義爲鋸齒畫飾也靈臺傳亦云業大版也箋設大版於上刻畫以爲飾正義引孫炎注業所以飾栒刻版捷業如鋸齒也說文版判也業大版也所以飾縣鍾鼓捷業如鋸齒以白畫之象其鉏鋙相承也竝與毛傳同段注云栒以縣鍾鼓業以覆栒爲飾其形刻之捷業然如鋸齒又以白畫之分明可觀故此大版名曰業業之爲言𪗋也許說本毛毛傳或曰畫之或曰二字乃以白二字之譌傳云植者爲虡衡者爲栒靈臺同云崇牙上飾者謂業上飾也烈文傳崇立也業爲栒之上飾崇牙又爲業之上飾業爲平版作鋸齒形以白畫之崇牙爲業上曲然高聳處以縣鍾磬故云卷然可以縣也卷阿傳卷曲也是鍾磬縣於崇牙不縣於業牙大齒小上下相承業畫齒崇牙非畫也解之者以牙與齒爲一則崇牙爲畫文失之詩有業又有崇牙靈臺有業又有樅傳亦必分釋之其爲二物明矣羽𠂢羽飾也集韻龍筍虡飾引爾雅髦謂之蘢今釋言作旄旄髦皆羽也經言樹傳言置樹之爲言侸也置之爲言植也方言樹植立也燕之外郊朝鮮冽水之閒凡言置立者謂之樹植樹羽周禮也明堂位云殷之崇牙周之璧翣詩謂之樹羽禮記謂之璧翣其義一也疑璧乃壁之誤壁當讀如壁材之

壂壂卽栒上之版翣卽羽也謂於壂四角采羽以爲飾
是曰壂翣也亦曰置翣檀弓周人牆置翣又置翣周也
設崇殷也說文翣棺羽飾也此雖喪飾而殷設崇周置
翣其質文增益之數大略相同鄭緣喪大記有畫翣載
圭之文遂以解壂爲載壂翣爲畫翣其下又采以五采
羽則更於樹羽之外增益壂翣矣依漢制度言之恐與
古不合○應應鼓也周禮小師擊應鼓禮記禮器篇應
鼓在東爾雅釋樂小者謂之應是應爲小鼓也傳云小
鞞鞞乃鼙之俗字大射儀應鼙在其東南鼓鄭注云應
鼙應朔鼙也先擊朔鼙應鼙應之鼙小鼓也在東便其
先擊小後擊大也投壺篇魯鼓薛鼓之圖注云圜者擊
鼙方者擊鼓案應鼙在東面以應西面之朔鼙故謂之
應又先擊小鼓乃擊大鼓小鼓爲大鼓先引故亦謂之
應傳以小鼙釋應卽指應鼙言也不言朔鼙經文不備
也說文云鼙騎鼓也跨馬爲騎鼙有四足揞箸於地若
人之跨馬然故曰騎鼓明堂位注云足謂四足也則應
卽夏后氏足鼓也○傳以應田連文應爲小鼙故田爲
大鼓矣爾雅鼖應同釋說文亦鼖鼙連篆皆其義鼖亦
作賁靈臺傳賁大鼓也賁田皆爲大鼓應卽應鼙在東
縣鼓卽鞉在西詩人作句以田次於應縣鼓之閒葢田

卽儀禮之建鼓也儀禮大射儀云樂人宿縣于阼階東建鼓在阼階西南鼓一建鼓在其南東鼓一建鼓在西階之東南面案諸矦三面縣謂之軒縣三面皆一建鼓周庭設四面縣謂之宮縣則四面必皆一建鼓田之爲言陳也田田相承亦陳陳相應也鄭注云建鼓建猶樹也以木貫而載之樹之跗也賈疏云今之建鼓則殷法也又謂之楹鼓明堂位殷楹鼓鄭注云楹謂之柱貫中上出也則田卽殷人楹鼓也鼓人以路鼓鼓鬼享詩爲大祭祀宿縣則田大鼓卽路鼓也路鼓建鼓說見靈臺篇正義以田爲縣鼓失之矣郭注爾雅鄭注周禮禮記竝引詩作應朄縣鼓周禮大師小師鼓朄鄭司農兩云朄小鼓說文申部朄擊小鼓引樂聲也朄亦應之類應朄皆謂小鼓箋改田作朄當本三家詩說○傳云縣鼓周鼓也者縣鼓卽鞉鼓那置我鞉鼓傳鞉鼓樂之所成也夏后氏足鼓殷人置鼓周人縣鼓此禮記明堂位文那傳本之以證殷人鞉鼓爲置鼓之義而又推言周人鞉鼓爲縣鼓之義商頌殷制故曰置周頌周制故曰縣此殷因夏周因殷所損益可知也傳以縣鼓爲周鼓則應田承二代之典物矣周人以夏后氏足鼓爲應鼙朔鼙以殷人置鼓爲建鼓而唯鞉鼓周乃改變二代足置

之制別設一縣小師掌教鼓鼗眂瞭瞽矇掌播鼗魯用
天子樂其官有播鼗武蓋重之也古者鐘磬縣鼓皆不
縣故考工記梓人爲筍虡但有鐘磬而無鼓周鼓亦不
皆縣唯鼗鼓乃縣之大射儀云鼗倚于頌磬西紘紘猶
縣也東西兩肆皆有磬鐘鎛建鼓自北而南陳之則西
肆不得多設一器鼗在西肆須磬之西而特縣之所以
象西方功成禮器云廟堂之下縣鼓在西此其義證也
鄭注紘編磬繩也設鼗於磬西倚于紘也解紘爲編磬
繩失之又明堂位注縣縣之筍虡也鄭不解縣鼓爲鞉
鼓則所謂縣之筍虡者其意指小鼙之屬然縣於筍虡
擊小鼓以應大鼓艱於擊應又那箋鞉雖不植貫而搖
之亦植之類大射注鼗如鼓而小有柄小師注鼗如鼓
而小持其柄搖之旁耳還自擊後儒說鼗悉依鄭說爾
雅云大鼗謂之麻小者謂之料鼗有大小或鄭所據其
小者歟釋文鞉亦作鼗爾雅釋文鼗本或作鞀同說文
鞀遼也或作鞉又作鼗籀文作磬同案今字詩作鞉書
禮爾雅作鼗月令作鞀並字異義同鞉卽承上文縣鼓
而言傳云鞉鞉鼓也者卽本那篇置我鞉鼓而言也鞉
鼓俗本作小鼓者誤書臯陶謨篇下管鼗鼓合止柷敔
周禮小師掌教鼓鼗柷敔瞽矇掌播鼗柷敔爾雅釋樂

亦以柷敔鼗爲節樂之器故每連而言之大司樂宗廟之中路鼓路鼗詩之田即路鼓則詩之鞉其路鼗矣○上文設業虡編磬在其中矣此言磬者謂特磬也邢依我磬聲箋云磬玉磬也玉磬尊故異之玉磬見明堂位及魯語書謂之鳴球鄭注云鳴球玉磬也爾雅大磬謂之毊大戴禮三本篇縣一磬而尚拊搏大磬特縣所以配鎛鐘者也書戛擊明堂位作揩擊古説皆以爲柷敔柷敔在堂下則玉磬亦在堂下可知鄭注書玉磬合堂上之樂者謂玉磬倚于堂廉與堂上之歌相應非謂玉磬爲設於堂上也凡四面縣東西二鑮皆南陳其特磬當設於北方白虎通義禮樂篇云一説磬在西北方是也鄉飲酒禮笙入堂下磬南北面立此磬亦特磬也君賜之樂則大夫有特磬記曰磬階間縮霤北面鼓之注縮從也霤以東西爲從是大夫特磬在庭北笙入在其南大射儀無特磬者辟射位也諸侯大夫皆有特磬郊特牲擊玉磬爲諸侯僭禮然則唯天子用玉耳大夫閒歌特磬以應之天子無笙閒有下管亦特磬以應之而編磬亦應之鞉所以節下管故此篇及邢皆鞉磬連文也○柷爲椌以今名通古名之例疑傳文木字當衍説文椌柷樂也柷樂木椌也所以止音爲節許依椌從木

故謂之木椌耳柷下樂字亦當衍郭注爾雅云柷如漆桶方二尺四寸深一尺八寸中有椎柄連底挏之令左右擊止者其椎名風俗通義及廣雅並云柷方三尺五寸圉書禮及爾雅皆作敔圉者敔之假借字淮南子淑眞篇騎蜚廉而從敦圄圄與敔同郭注爾雅云敔如伏虎背上有二十七鉏鋙刻以木長尺櫟之柷敔禮記樂記及荀子樂論作椌楬故傳訓圉爲楬也鄭注明堂位云揩擊謂柷敔皆所以節樂者也玉篇手部揳擊柷敔所以止樂也本亦作戞爾雅所以鼓柷謂之止所以鼓敔謂之籈李注云擊柷之椎名謂止戞敔之木名謂籈樂之初擊柷以作之樂之將末戞敔以止之白虎通義禮樂篇柷敔者終始之聲萬物之所生也陰陽順而復故曰柷承順天地序迎萬物天下樂之故樂用柷柷始也敔終也案此皆就柷作敔止爲說風俗通義引禮樂記用柷止音爲節與說文同而不及敔釋名敔衙也衙止也所以止樂也鄭注尚書敔狀如伏虎背上刻之所以鼓之以止樂而又不及柷奐謂柷敔皆止樂之器鼓柷謂之止止音爲柷也鼓敔謂之籈籈之爲言禁也說文敔禁也禁亦止也柷謂之椌椌猶控也大叔于田傳止馬曰控其義也敔謂之楬楬猶遏也說文遏微止也

讀若桑蟲之蝎其義也顧希馮以爲柷敔皆止樂當有師承矣書云合止柷敔合合樂也合樂則柷敔以止之解之者乃謂合柷止敔遂有始柷終敔之説恐非古義

○既備乃奏簫謂既備爲縣畢已乃奏爲金作是既備承上文而乃奏起下文也凡奏皆金奏也説文簫參差管樂象鳳之翼管如篪六孔十二月之音物開地牙故謂之管通典引蔡氏月令章句云簫編竹有底大者二十三管小者十六管長則濁短則清以蠟蜜實其底而增減之則和管者形長尺圍寸有孔無底鄭箋及小師注皆云簫編小竹管如今賣飴餳者所吹也管如篴併而吹之高注淮南呂覽云管一孔似篴簫今之歌簫案爾雅大簫謂之言小者謂之筊大管謂之簥其中謂之篞小者謂之篎是簫管皆有大小高鄭則就其小者言耳簫管儀禮謂之簜簜之爲言大也當依蔡説就其大者言之爲是金鶚云金奏下管樂之大者笙入閒歌樂之小者故天子諸侯有金奏下管而無閒歌大夫士有笙入閒歌而無金奏下管此其等差也燕禮有金奏升歌下管笙入合樂而無閒歌有笙入者諸侯燕大夫故卽以大夫樂樂之非諸侯之正樂也徧考諸經皆無天子諸侯用笙閒之説又云堂上所歌皆風雅頌之詩堂

下笙管金奏非詩也案誠齊說天子諸侯有金奏下管而無笙入間歌明辨晳矣然以爲下管非詩竊非也昭二十五年左傳宋公享昭子賦新宮則新宮爲詩有明文矣諸侯升歌鹿鳴下管新宮見於燕禮記及大射儀天子樂禮既亾而以魯用天子樂推之其於祀大廟也升歌清廟下管象見於明堂位及祭統新宮象皆詩象卽維清也凡詩爲歌歌者在上笙管皆在下笙入間歌其堂上歌詩堂下以笙和之下管亦有詩其堂上歌詩堂下以管合之故言下管卽以包笙間二者矣鄉飲酒禮鄉射禮燕禮皆有笙無管大射儀有管無笙唯燕禮記下管新宮笙入三成此記管笙並有與經不合云備舉者言下管之樂盡舉也執競傳云喤喤和也振鷺傳云客二王之後書皋陶謨篇云祖考來格虞賓在位簫韶九成正與詩義同

潛一章六句

潛季冬薦魚春獻鮪也（疏）禮記月令季冬命漁師始漁天子親往乃嘗魚先薦寢廟此冬薦魚也月令季春薦鮪于寢廟又周禮䱷人春獻王鮪夏小正二月祭鮪此春獻鮪也魯語云古者大寒

降土蟄發水虞於是乎講罛罶取名魚而嘗之廟行諸國案冬春之際皆取魚嘗廟正與序義合

猗與漆沮潛有多魚傳漆沮岐周之二水也潛糝也有鱣有鮪鰷鱨鰋鯉以享以祀以介景福疏邢傳云猗歎詞國語猗兮違兮韋注云猗歎也猗與猶猗兮也漆沮詳緜篇傳云岐周之二水者岐周爲文王政治新邦周人於享祀時薦作爲樂歌遂以漆沮二水發端國雖邑鎬京而禮必稱岐周孟子梁惠王篇云昔者文王之治岐也澤梁無禁故潛有多魚也潛韓詩作涔禹貢沱潛夏本紀作沱涔此潛涔聲通之證糝釋文所據舊詩傳作糝爾雅釋器糝謂之涔李巡孫炎郭璞竝訓積柴作木旁參唯舍人云以米投水養魚爲涔舍人本爾雅作米旁參以米養魚非古義也諸家皆依字偏旁爲說竊謂其字作糝訓爲蓄水養魚不必改作糝亦不必訓作投米也說文网部罧積柴水中以聚魚也木部槮以柴木雝水也江賦槮澱爲涔槮涔亦聲之轉淮南子說林篇罧者扣舟罩者抑之罾者舉之高注罧以柴積水中以取魚扣擊也魚聞擊舟聲藏柴下壅而取之罧讀沙糝今兖州人

積柴水中捕魚爲罧幽州名之爲涔也武進莊逵吉云罧據爾雅說文當作槑案莊說是也淮南子與說文正合積柴聚魚其字正作槑釋文引韓詩云涔魚池亦是圍聚捕取之義與積柴之說亦未嘗不合說文云涔漬也涔本字潛假借字罧正字槮假借字○碩人傳鱣鯉也鮪鮥也此箋云鱣大鯉也鮪鮥也鄭因下有鯉故謂鱣爲大鯉以別言之四月鱣鮪傳亦謂之大魚矣箋云鰷白鰷也說文鯈鯈魚也鰷卽鯈之俗爾雅鮂黑鰦郭注云卽白鯈魚江東呼爲鮂魚麗傳云鱨揚也箋云鰋鮎也魚麗傳同郭注爾雅云鯉今赤鯉魚也

雝一章十六句

雝禘大祖也（疏）此時禘后稷之樂歌也爾雅云禘大祭也大祭猶殷祭凡禘有三禘天於圜丘也禘地於方丘也禘人鬼於宗廟也宗廟之禘有二吉禘與時禘也吉禘者終王大禘也時禘者四時大禘也吉禘爲三年喪畢之祭時禘則爲四時宗廟之祭吉禘有新主時禘則主大祖吉禘在路寢大廟時禘則於大祖廟吉禘及郊宗石室時禘則止毀廟未毀廟吉禘爲百王通義時禘則夏殷爲夏禘居四時祭之一周乃改

夏禘爲夏礿又於四時時享之外行三年祫而五年禘閟宮傳云夏禘則不礿秋祫則不嘗唯天子兼之此即時享外有祫又有禘之義也詩言禘有二雖禘大祖也時禘也長發大禘也吉禘也昊天有成命郊祀天地也此雖曰郊實亦是禘郊祀天地禘祀天地也説者或以禘爲宗廟之禘而不知有天地之禘則祭法國語禘郊祖宗之禮廢矣或以禘但爲毖畢之禘而不知有四時之禘則大宗伯大司樂六享六樂之禮亾矣序云禘大祖大祖后稷也周以文武爲受命之祖以后稷爲肇封之祖立后稷爲大祖廟故唯后稷稱大祖周禮大司樂於宗廟之中奏之若樂九變則人鬼可得而禮注人鬼則主后稷王制天子七廟三昭三穆與大祖之廟而七注七者大祖及文王武王之祧與親廟四大祖后稷然則鄭亦謂大祖爲后稷矣王制疏云鄭説禘大王王季以上遷主祭於后稷之廟其坐位乃與祫相似其文武以下遷主若穆之遷主祭於文王之廟文王東面穆主皆北面無昭主若昭之遷主祭於武王之廟武王東面其昭主皆南面無穆主又祭親廟四其四時之祭惟后稷文武及親廟四也案據鄭説已極淹貫古者夏立五廟禹爲大祖故其禘在大祖廟諸侯以始封之君爲大

祖廟同夏制也殷周以契稷始封為大祖而湯與文武受命之王與大祖並尊廟皆不毀周禮守祧注云先公之遷主藏於后稷廟先王之遷主藏於文武廟又據春秋魯有禘於羣廟之禮遂自圓其說以為時享及五廟二祧時禘及毀廟四親廟亦各禘於其廟毀主藏於后稷文武三廟中故此三廟皆行禘禮先公遷主於后稷合食先王遷主於文武合食以視祫之皆在大祖廟合食者不同此就文武應毀不毀時言之鄭說可補經義之未備要不可以論周公制禮之初韓詩內傳云禘取毀廟之主皆升合食於大祖通典引逸禮云禘于大廟禮毀廟之主升合食而立二尸又云獻昭尸如穆尸又云毀廟之主昭共一牢穆共一牢祝稱孝子孝孫王制疏引逸禮又云禘皆升食于其祖劉歆賈逵鄭衆馬融皆以為然是諸家或本古制統吉禘時禘而言或舉侯邦雖言禘而實卽祫故說禘者往往不及文武然卽援此可徵周禮制作之遺意此詩本禘后稷之詩也獻昭尸故假哉皇考也獻穆尸故既右烈考也祝辭稱孝子故綏予孝子也詩與逸禮義正脗合特詩不言毀廟為異焉耳周以后稷配天為郊祭以后稷主宗廟為禘祭以文昭武穆未毀廟為合食以祭其後遂定禘為五年一

祭此周公制禮也箋云大祖謂文王非也劉昫舊唐書禮儀志引白虎通義文王爲大祖武王爲大宗此爲鄭所本不知祖文宗武爲明堂配天之祭不聞於宗廟稱文爲大祖武爲大宗且文王既不得與后稷同稱大祖成王時文王尚居親廟豈得於文王廟特禘箋失之矣

有來雝雝至止肅肅相維辟公天子穆穆於薦廣牡相予肆祀(傳)相助也廣大也**假哉皇考綏予孝子宣哲維人文武維后燕及皇天克昌厥后綏我眉壽介以繁祉**(傳)假嘉也燕安也**既右烈考亦右文母**(傳)烈考武王也文母大姒也(疏)思齊傳雝雝和也肅肅敬也相助下也字今補清廟肅雝顯相傳云相助也義同辟公謂諸侯也天子謂成王也文王傳云穆穆美也漢書劉向傳當此之時武王周公繼政朝臣和於内萬國驩於外故盡得其驩心以事其先祖詩曰有來雝雝至止肅肅相維辟公天子穆穆言四方皆以和來也案

劉承上文而言武王非謂武王作此詩也云事其先祖則爲禘后稷可知又韋玄成傳立廟京師之居躬親承事四海之内各以其職來助祭尊親之大義五帝三王所共不易之道也亦引此詩云立廟京師則其爲時禘宗廟可知三家與毛不異也於讀如字廣大六月同廣牡猶言大牡周禮充人碩牡則贊碩亦大也楚茨行葦傳皆云肆陳也○假訓嘉箋云嘉哉皇考斥文王也綏讀以綏後祿之綏綏安也孝子亦斥成王也宣哲明哲也六月嵩高傳有文有武文王有聲傳云后君也燕讀以燕翼子之燕文王有聲傳云燕安也義同昌文王諱禮記曲禮廟中不諱鄭注云爲有事於高祖則不諱曾祖以下尊無二也於下則諱上然則此詩有事於后稷故不爲文王諱是其義也正月傳云繁多也○傳云烈考武王也者此禘后稷文王爲昭尸武王爲穆尸故詩人既歌皇考又歌烈考皇考爲文王則烈考爲武王矣祭法周人祖文王而宗武王鄭注云祖宗通言爾孝經曰宗祀文王于明堂以配上帝韋注魯語云稷周始祖也祖文王而宗武王與孝經異者周公初時亦祖后稷而宗文王至武王雖承文王之業有伐紂定天下之功其廟不可毀故先推后稷以配天而後更祖文王而宗

武王也書大傳亦云故周人追祖文王而宗武王葢祖文宗武壇位之祀昭文穆武廟禘之禮也云文母大姒也者周歷世修德莫如文王歷世有賢妃之助又莫如文母言文母不言邑姜文不具也春秋僖八年秋七月禘于大廟用致夫人此諸侯禘致夫人之新主是有父主必有母主矣文二年穀梁疏麋信引衞次仲云宗廟主皆用栗右主八寸左主七寸廣厚三寸若祭訖則內於西壁埳中去地一尺六寸右主謂父也左主謂母也襍記男子祔於王父則配注配謂并祭王母此謂女子無廟祔於男子合食也祭統鋪筵設詷几爲依神也注詷之言同也祭者以其妃配亦不特几也此謂男有尸女無尸同几少牢所謂以某氏配尚饗是也王引之詩述聞云傳以文母爲大姒者以上文皇考是文王則文母當爲大姒非謂因文王而稱文母也列女傳母儀傳大姒仁而明道思媚大姜大任旦夕勤勞以進婦道大姒號曰文母然則文母之稱專美大姒之文德明矣漢書元后傳大皇大后當爲新室文母大皇大后後漢書鄧騭傳伏惟和熹皇后聖善之德爲漢文母何敞傳伏惟皇大后秉文母之操皆本周頌爲義漢書杜鄴傳雖有文母之德必繫於子顏師古注曰文母文王之妃大

姒也劉奉世胡三省則皆以爲文王之母大任其意蓋謂文王之妃當稱文后不當稱文母故改爲大任以成文母二字之義不知文母爲文德之母不因文王而稱之也案王說是也杜鄴傳所云雖文母之德必繫於子正本此詩先武王後大姒之義

載見一章十四句

載見諸侯始見乎武王廟也（疏）成王之世武王廟爲禰廟武王主喪畢入禰廟而諸侯於是乎始見之此其樂歌也

載見辟王曰求厥章（傳）載始也龍旂陽陽和鈴央央鞗革有鶬休有烈光（傳）龍旂陽陽言有文章也和在軾前鈴在旂上鞗革有鶬言有法度也率見昭考以孝以享（傳）昭考武王也享獻也以介眉壽永言保之思皇多祜

烈文辟公綏以多福俾緝熙于純嘏疏爾雅哉始也古載哉聲通辟君君王謂成王也墨子尚同中篇云周頌道之曰載來見彼王聿求厥章則此語古者國君諸侯之以春秋來朝聘天子之廷受天子之嚴教退而治國政之所加莫敢不賓當此之時本無有敢紛天子之教者墨子釋詩章讀舊章此古說也曰聿字通○龍旂交龍爲旂也陽陽龍旂皃故傳云言有文章也隱五年左傳昭文章杜注云車服旌旗是矣和在軾前鈴之在軾前者也詳蓼蕭篇爾雅釋天有鈴曰旂李注云以鈴箸旐端桓二年左傳鈴昭其聲也杜注云鈴在旂動有鳴聲說文云旂旗有衆鈴以令衆也鈴令丁也案交龍旂有九鈴箸旐端旂有衆鈴也令丁爲鈴動有鳴聲也郭璞謂縣鈴於竿頭則與古說乖矣詩上句言龍旂下句言鈴傳云鈴在旂上則鈴在龍旂之上與凡稱旂爲旌旗總名者不同故庭燎采叔泮水等篇皆云言觀其旂但辨旂之色不及旂之聲與此有別央央狀和鈴之聲與訓鮮明者不同呂覽古樂篇其音英英高注云英英和盛之貌與此央央同肇當作鋚蓼蕭傳云鋚革轡首垂也釋文鶬本又作鎗正義本亦作鎗說文玉篇引詩皆作瑲竝同言

有法度簡兮傳云言能治衆動於近成於遠也烈文傳云烈光也○思文傳率用也序言諸侯始見乎武王廟故傳知昭考爲武王享獻天保我將同永長言我也思詞也皇天也義竝見文王篇言我武王長保天命天乃予以多福也思皇多祜與思皇多士句法相同辟公謂諸侯也俾釋文作卑緝熙光明也純嘏皆大也

有客一章十二句

有客微子來見祖廟也(疏)箋云成王既黜殷命殺武庚命微子代殷後既受命來朝而見也

有客有客亦白其馬(傳)殷尚白也亦亦周也有萋有且敦琢其旅有客宿宿有客信信言授之縶以縶其馬(傳)萋且敬慎貌一宿曰宿再宿曰信欲縶其馬而留之薄言追之左右綏之既有淫威降福孔夷(傳)淫大威則夷

易也疏傳云殷尚白也者檀弓殷人尚白戎事乘翰鄭注云翰白色馬也引易曰白馬翰如是殷馬用白也云亦亦周也者僖二十四年左傳皇武子曰宋先代之後也於周爲客案傳中周字卽用左傳於周爲客之義故經亦白二字傳乃先釋白後釋亦上承有客句下起萋且句言微子亦於周廟助祭耳白虎通義王者不臣篇不臣二王之後者尊先王通天下之三統也詩云有客有客亦白其馬謂微子朝周也魯詩亦謂客爲微子與毛詩序傳合獨斷亦同○萋且猶蹴蹜雙聲連緜字傳云敬愼此卽助祭祼將之事箋云其來威儀萋萋且且盡心力於其事是也敦琢猶雕琢旅衆也衆者此卽臣工篇之臣工保介也箋云選擇衆臣卿大夫之賢者與之朝王言敦琢者以賢美之故玉言之亦是其人如玉之義也莊三年左傳凡師一宿爲舍再宿爲信過信爲次案一宿爲舍卽一宿曰宿也九罭傳亦云再宿曰信爾雅有客宿宿言再宿也有客信信言四宿也郭注云再宿爲信重言之則知四宿白駒傳縶絆也縶爲絆馬之索授之縶卽授之索也因之以索絆馬亦爲之縶縶其馬卽絆其馬也縶馬所以畱客故傳云欲縶其馬而畱之也○薄言皆語詞箋云追送也既猶終也

淫大爾雅釋詁文淫從㸒聲㸒從壬聲故詁訓壬任淫三字竝有大義威則釋言文威從戌聲威與則雙聲廣雅釋言威德也威與德亦雙聲則德義相近箋云既有大則謂用殷正朔行其禮樂如天子此申傳訓也夷易節南山

天作同

武一章七句

武奏大武也【疏】詩以武命篇序云大武猶大夏大濩耳周禮禮記左傳皆言舞大武則大武爲樂舞箋云大武周公作樂所爲舞也後箋云箋言周公所作即此武詩又言所爲舞者以周頌惟維清及此序言奏是既歌此詩即爲此舞但維清箋言象舞武王所制則似武王時已象文王之伐而爲舞周公乃爲歌詩作樂而奏之於廟大武則似樂歌樂舞皆成王時周公所作獨斷謂大武周武所定葢本左傳武王克商作武之語而國語引此以爲周文公之頌且經云於皇武王云者定爾功必非武王時所作意此亦同維清其舞作於武王時詩則周公所定至此乃合詩與舞而奏之與

於皇武王無競維烈傳烈業也允文文王克開厥後嗣武受之勝殷遏劉耆爾定功傳武迹劉殺者致也疏於歎詞皇美也執競篇執競武王無競維烈傳亦云烈業也武王之業莫彊乎伐商誅紂宣十二年左傳云武曰無競維烈撫弱耆昧以務烈所可也撫弱耆昧即是伐商誅紂之事○嗣武猶言繼序纘緒耳武訓迹迹者道也言武王繼文王之道而卒其伐功也下武篇昭茲來許繩其祖武彼言武王繩祖之武此言武王嗣文之武文義同故傳訓亦同劉殺爾雅釋詁文王引之書述聞云咸者滅絕之名說文曰𢦏絕也讀若咸聲同而義亦相近故君奭曰誕將天威咸劉厥敵咸劉皆滅也猶言遏劉虔劉也逸周書世俘篇及漢書律厤志引武成篇並云咸劉商王紂與此同案王說是也詩之遏劉即書之咸劉皆合二字一義長發武王載發有虔秉鉞如火烈烈則莫我敢曷傳曷害也遏與曷通則此遏字亦當訓爲害下句耆字即承遏劉爲說詩言伐商誅紂箋乃本止戈爲武之義解遏劉爲止殺夾注中閒於上下文義不貫矣爾雅厎致也郭注云見詩傳者厎聲義相同左

傳汋曰於鑠王師遵養時晦者昧也杜注云者致也案經者字卽是耆昧之耆釋文引韓詩云耆惡也言武王惡紂而誅伐之與毛訓異意同箋耆老也義異○左傳云楚子曰武王克商作武其卒章曰耆定爾功其三曰鋪時繹思我徂惟求定其六曰綏萬邦屢豐年左以此篇爲武之卒章賚爲武之三章桓爲武之六章賚桓皆紀武王用武事也杜注云此三六之數與今詩頌篇次不同葢楚樂歌之次第後箋云杜謂楚樂歌次第亦未必然楚子明言克商作頌自必用當時周頌之次其與後世不同不必推及未刪定以前卽如左正義引沈氏難云今頌篇次桓第八賚第九而周頌譜疏所次則桓在二十九賚在三十是六朝篇次又與鄭譜不同况未經秦火時乎所謂可與觕論難與精悉者也

卷二十七終

長洲陳奐學

閔予小子之什詁訓傳弟二十八　毛詩周頌

閔予小子之什十一篇十一章百三十七句

閔予小子一章十一句

閔予小子嗣王朝於廟也（疏）箋云嗣王者謂成王也除武王之喪將始即政朝於廟也獨斷同匡衡學齊詩亦以此詩爲武王喪畢案其時已克殷踐奄誅管蔡矣鄭意以喪畢而東征故箋詩主未誅管蔡說與豳風鴟鴞等篇毛義不合王肅述毛剝鄭幷以此爲周公致政後之樂歌恐又不然矣曰嗣王新辟之詞也曰朝於廟免喪之詞也曰謀曰進戒曰求助遭變之詞也此及小毖四篇皆事在周公居攝三年於後六年作樂乃追敘而歌之

閔予小子，遭家不造，嬛嬛在疚。（傳）閔，病；造，爲；疚，病也。於乎皇考，永世克孝。念茲皇祖，陟降庭止。（傳）庭，直也。維予小子，夙夜敬止。於乎皇王，繼序思不忘。（傳）序，緒也。（疏）小子成王也鴟鴞鬻子之閔斯與此閔字義同故傳竝云閔病也造訓爲簉造猶成也爲與成義相近遭家不造猶鴟鴞篇取子毀室之意也嬛嬛說文引詩作煢煢哀十六年左傳煢煢余在疚說文作嬛嬛嬛與今本皆互易文選寡婦賦注引韓詩作惸惸余在疚是嬛嬛之讀爲煢煢猶惸惸之讀爲煢煢皆於雙聲通用說文宀部㝌貧病也引詩作㝌疒部無疚字據此則毛詩當作㝌矣雲漢疚哉冢宰本或作㝌召旻維今之疚不如茲字或作㝌皆其證㝌㝌謂之貧又謂之病合言之曰貧病猶癉謂之勞又謂之病合言之曰勞病其義同也○皇考武王也念字承永世克孝句謂武王能念文王陟降之德皇祖文王也庭直大田韓奕同止詞也陟降庭止猶言直上直下耳文王篇文王陟降傳言文王上接天下接人也直接一意此及訪落敬之三言陟降義竝同箋云念此君祖文王上以直道事天下以直道治民言無私枉鄭於直字下雖增道字以成義而其解陟降就文王說與傳同也漢書匡衡傳昔者成王之嗣位思述文武之道以養其心休烈盛美皆歸之二后而不敢專其名是以上天歆享鬼神祐焉其詩曰念我皇祖陟降廷止言成王常思祖考之業而鬼神佑助其治也匡稺圭解陟降就上天歆享者說與毛詩傳不同○爾雅敘緒也序與敘通繼緒猶纘緒閟宮纘禹之緒傳緒業也緒業一義之引申思爲句中語助無實義釋詞云繼序思不忘繼緒不忘也烈文曰於乎前王不忘無思字

訪落一章十二句

訪落嗣王謀於廟也

訪予落止率時昭考於乎悠哉朕未有艾將予就之繼猶判渙（傳）訪謀落始率循時是悠遠猶道判分渙散也

維予小子未堪家多難紹庭上下陟降厥家休矣皇考

以保明其身疏訪謀爾雅釋詁文謀者謀於廟也予我成王自我也落始釋詁文始者始卽政也傳文時是率循誤倒箋云循是明德之考正義云率循時是皆釋詁文是所據本作率循時是依經作訓今據以訂正載見傳云昭考武王也悠遠釋詁文遠讀任重而道遠之遠小旻傳云艾治也猶訓道繼道者謂繼昭考之道也判渙疊韻連緜字判從半聲故云分也易說卦傳說而後散之故受之以渙渙者散也王肅云將予就繼先人之道業乃分散而去言己才不能繼正義用王述毛是也漢書翟義傳王莽詔惟經蓺分析王道離散漢家制作之業獨未成就此與詩義合○江漢傳紹訓繼此紹亦爲繼援下言皇考則知所繼者爲武王之繼文王也閔予小子篇於乎皇考永世克孝念茲皇祖陟降庭止傳庭直也案此末四句與上篇四句一意紹庭上下言武王繼文王直上直下之道也陟降厥家言武王紹陟降之道以定厥家也陟降卽是上下陟降厥家與未堪家多難兩家字相應下句所以完上句紹字之義休美也美能紹此道也正義云上言昭考此言皇考皆斥武王也烝民篇云既明且哲以保其身書雒誥篇云王若曰公明保予冲子保明猶明保也

敬之一章十二句

敬之羣臣進戒嗣王也

敬之敬之天維顯思命不易哉無曰高高在上陟降厥士日監在茲【傳】顯見士事也維予小子不聽敬止日就月將學有緝熙于光明佛時仔肩示我顯德行【傳】小子嗣王也將行也光廣也佛大也仔肩克也【疏】顯見釋詁文與全詩之顯與光同義者有攸別也見猶視也思語詞易讀去聲僖二十二年左傳釋此詩云先王之明德無不難也無不懼也無不難解不易此古義也陟降上接天下接人也傳訓士爲事者事即敬也陟降厥事此就敬天者一邊承無曰語氣說下日監在茲此就天之所命一邊承高高在上語意說下若以陟降指天之上下失傳之恉矣漢書郊祀志匡衡奏議引詩云毋曰高高在上陟降厥士日監在茲言天之日監王者之處也匡學齊詩

其釋此陟降與釋閔予小子陟降皆指天說○閔予小子訪落小子無傳嗣王所自稱義易明也此爲羣臣進戒之詞傳嫌稱羣臣故特釋之云小子嗣王也將訓行淮南子脩務篇引詩高注云言爲善者日有所成就月有所奉行亦以月將爲月行也文王傳緝熙光明也昊天有成命傳緝明也熙廣也廣卽光字明廣卽明光雒誥云明光于上下是也案光明明光義本無甚區別然此詩既言光明則緝熙不當同文王傳訓光明當同昊天有成命傳以明廣釋之傳云光廣也與昊天有成命訓熙爲廣兩廣字正是一意廣亦大也故明廣爲明大明大謂之緝熙廣明爲大明大明謂之光明學有緝熙于光明言學自明而大以至於大明也若以緝熙訓光明則光明于光明文義難通說詩者不可失諸固也○說文弇大也从大弗聲佛訓大者弇之假借字韓詩外傳及說苑君道引詩作弗亦假借字傳云仔肩克也者說文仔克也爾雅肩克也是仔謂之克肩謂之克仔肩謂之克猶左謂之助右謂之助左右謂之助詁訓中有此分合同義之例箋仔肩任也任亦克也佛時仔肩書所謂遺大投艱於朕身也示古視字我我天下也緐露身之養重於義篇云聖人事明義以炤耀其所闇故民

不陷詩云示我顯德行此之謂也先王顯德以示民民樂而歌之以爲詩說而化之以爲俗故不令而自行不禁而自止從上之意不待使之若自然矣案董釋詩以示我顯德逗行字句或漢時師讀如此也

小毖一章八句

小毖嗣王求助也

予其懲而毖後患莫予荓蜂自求辛螫（傳）毖愼也荓蜂摩曳也肇允彼桃蟲拚飛維鳥（傳）桃蟲鷦也鳥之始小終大者未堪家多難予又集于蓼（傳）堪任予我也我又集于蓼言辛苦也（疏）箋懲艾也釋文引韓詩懲苦也韓揆下辛螫爲訓今俗而連下讀正義云我其懲創於往時而又云予其懲而明是有事可創是唐人於而字句絕也毖愼桑柔同民勞傳云以謹無良愼小以懲大也義略同蜂當作夆摩當作𢹎爾雅釋訓甹夆𢹎曳也傳所本也荓夆雙聲𢹎曳雙聲今俗

所謂抴曳是也說文俜使也𢓜使也段注云俜𢓜蓋甹
夆之正字摩曳者使之也桑柔傳云荓使也辛螫釋文
引韓詩作辛赦云赦事也辛事謂辛苦之事也毛義當
同○桃蟲鷦爾雅釋鳥文說文鷦鷯桃蟲也蓋桃之爲
言兆也兆小也鷦即鷦鷯竝取小爲義箋云鷦之所爲
鳥題肩也或曰鴟鴞韓詩說鴟鴞即鸋鴂故或說鷦與
鴟鴞爲一鳥今本箋作或曰鴞定本集注作或曰鴟皆
非完本矣正義云按月令注征鳥題肩齊人謂之擊征
或曰鷹題肩是鷹之別名與鴞不類諸儒皆以鷦爲巧
婦與題肩又不類也三者爲一其義未詳負謂鴟鴞鸋
鴂桃蟲鷦爾雅毛傳區別甚明鴟鴞小鳥故或評之爲
鷦以其鳥編巢攻緻故又評之爲巧婦而說者遂以桃
蟲爲巧婦失之遠矣傳云鳥之始小終大者當日日驗
桃蟲之狀正義引義疏云今鷦鷯是也微小於黃雀其
雛化而爲鵰故俗語鷦鷯生鵰易林亦謂桃蟲生雕或
日布穀生子鷦鷯養之案此與傳說略同而始小終大
未之驗也拚疑當作翻文選陸機贈馮文熊詩劉琨荅
盧諶詩注引毛詩皆作翻又謝瞻張子房詩注引薛君
章句翻飛皃是其證肇訓始生民維清同始小釋肇允
彼桃蟲句終大釋翻飛維鳥句言始者彼桃蟲之小鳥

後乃翻然飛爲大鳥此亦愼小懲大之意也允語詞○爾雅堪勝也任與勝義相近傳訓予爲我我成王自我也篇中三予字同蓼讀爲廖廖病也言辛苦者引申義也逸周書柔武篇以匡辛苦孔注云辛苦窮也一說蓼味辛故云言辛苦楚辭東方朔七諫怨上篇蓼蟲不知徙乎葵菜王注言蓼蟲處辛烈食苦惡不能知徙於葵菜食甘美終以困苦而癯瘦也洪興祖補注云蓼辛菜也魏都賦云習蓼蟲之忘辛李善引楚辭蓼蟲不知徙乎葵藿案此云蓼蟲或本三家詩有桃蟲集蓼之說與

載芟一章三十一句

載芟春藉田而祈社稷也疏此春祈社稷之樂歌也天子有王社王稷又有大社大稷大社大稷與天下羣姓共之也在王宮路門內之右王社王稷在郊爲境內之民人祀之天子藉田千畝在南郊社稷之壝與藉田相近也祈穀之祭上帝於夏正月后土於夏二月后土爲社詩兼言稷者爲五穀因重之也獨斷云天子社稷土壇方廣五丈諸侯半之社稷二神同功故同堂別壇俱在未位

載芟載柞其耕澤澤千耦其耘徂隰徂畛傳除草曰芟除木曰柞畛埸也侯主侯伯侯亞侯旅侯彊侯以有嗿其饁思媚其婦有依其士傳主家長也伯長子也亞仲叔也旅子弟也彊彊力也以用也嗿衆貌士子弟也有略其耜俶載南畝播厥百穀實函斯活驛驛其達有厭其傑厭厭其苗緜緜其麃傳略利也達射也有厭其傑言傑苗厭然特美也麃耘也載穫濟濟有實其積萬億及秭爲酒爲醴烝畀祖妣以洽百禮有飶其香邦家之光有椒其馨胡考之寧傳濟濟難也飶芬香也椒猶飶也胡壽也考成也匪且有且匪今斯今振古如茲傳且

此也振自也〇疏說文芟刈艸也秋官柞氏注柞除木之名竝與傳訓同澤澤正義作釋釋引釋訓釋釋耕也舍人注釋釋猶藿藿解散之意今爾雅作郝郝釋者本字出車傳塗凍釋也是釋有解散義也艮耜箋云千耦其耘輩作尚衆也隰者田耕之處爾雅毛傳皆云下溼曰隰隰謂下溼可耕也凡簡兮山有扶蘇山有樞晨風四月山隰皇皇者華常棣信南山黍苗原隰公劉隰原車鄰阪隰皆以二者竝言分別高下則隰畛猶是也場釋文作易古疆場多作易說文無場字可證遂人十夫有溝溝上有畛注畛容大車說文畛井田閒陌也井田閒陌可容大車則其道之平易可知故傳以易釋畛也信南山疆易翼翼傳易畔也易今亦作場徂隰徂畛猶云而隰而畛也古徂且同聲且而同義故且謂之而徂亦謂之而矣詩葢以兩載字兩徂字六矦字皆疊用之爲語詞〇主卽一家受田之人也古者二十授餘夫之田三十授一夫之田六十歸田於公大凡三十取室生子子年三十父年必六十是父歸田乃子受田矣傳云家長爲一夫家之長也伯亞卽餘夫也伯爲長子則亞爲仲叔曲禮二十曰弱是二十以前爲弱二十以後爲彊彊則授以餘夫之田二十五畝爲百畝

四分之一也漢書食貨志農民戶一人已受田其家衆
男爲餘夫亦以口受田如比是也旅卽餘夫之未受田
者也傳云旅子弟與下文士子弟同義未滿二十若子
若弟任饁耘之作亦食家長受田百畝之稅故大約有
八口五口也疾彊疾以句總上文出耕之事傳云彊彊
力以用謂皆能用力也說文嗿聲也詩曰有嗿其饁案
說文當作衆衆聲也嗿字從口故云衆聲毛釋經義故云
衆皃思齊傳云媚愛也箋云依之言愛也士子弟正義
云婦士俱是行饟之人七月同我婦子卽此之士也
思詞也蓋此篇思媚與有依對文思猶有也桑扈絲衣
思柔與其觩對文思猶其也采薇出車來思與往矣對
文思猶矣也思皆爲語詞○略讀爲䂮假借字也說文
剟籀文作䂮䂮有銛利之義爾雅云剡䂮利也剡大田
詩作覃䂮詩正義及顏師古匡謬正俗引爾雅皆作略
玉篇䂮今作略剡覃䂮略竝聲同通用箋云函含也活
生也小星韓詩傳實有也實與有同義播厥百穀實函
斯活與大田篇播厥百穀既庭且碩句義相同爾雅釋
釋生也詩正義作驛驛舍人注云穀皆生之貌正釋詩
驛驛其達句驛釋同驛驛謂之生則達卽生也生民傳
達生也此訓達爲射者射有剡出之義儀禮既夕記設

依撻焉今文撻作銛撻之爲銛猶達之爲射矣射亦生
也文選甘泉賦注引韓詩章句繹繹盛皃訓異意同厭
古歷字傳文傑字當衍傳蓋以特訓傑也說文褐禾舉
出苗也玉篇褐長禾也傑與褐同箋厭厭其苗衆齊等
也玉篇稖稖苗美也廣韻集韻皆作愔愔即厭厭其苗
之異文如湛露厭厭韓詩作愔愔也昭元年左傳是穮
是蔉杜注穮耘也甫田傳耘除草也除草謂之耘亦謂
之穮詩作麃古文假借字爾雅緜緜麃也今作穮緜緜
釋文引韓詩作民民云衆皃毛韓訓異意同王肅云芸
者其衆緜緜然不絕也釋文本傳耘作芸○傳濟濟爲
難與執競反反爲難同難古儺字謂穫之者衆必依次
而行有均齊不絕之皃是卽濟濟之義也節南山傳實
滿也豐年傳數萬至萬曰億數億至億曰秭賓之初筵
正義引載芟傳百禮言多今無此文未知何據飶楚茨
信南山作苾飶苾同也傳云芬香香釋文作芳說文飶
食之香也引詩有飶其香食謂黍稷言黍稷芬芬蓋主
祭祀而言也椒與飶同義故傳云椒猶飶也臭馨傳云
馨香之遠聞也正義引周書謚法保民耆艾曰胡是胡
爲壽也考訓成信南山行葦皆云壽考又祖考皇考昭
考考皆成也謚法云考成也案此言享祀獲福與楚茨

首章同意○且與此一聲之轉北風君子陽陽箋皆訓且爲此實本此篇傳訓匪且有且言不期有此而今適有此也此者指上文洽禮獲福而言匪今斯今言不始於今而其見於今也有駜篇自今以始歲其有傳歲其有年也文義正同振訓自猶中庸示改爲寘內則祗或作振易振恆說文作榰恆說文寘从眞聲讀若資皆依雙聲立訓之例振古卽自古自古猶自昔也爾雅云振古也詩言振古故謂振爲古毛不然者必兼求乎聲訓矣箋振亦古也正用釋言文振古承匪今斯今句如茲承匪且有且句茲亦此也解者皆失之

良耜一章二十三句

良耜秋報社稷也疏此秋報社稷之樂歌也白虎通義云歲再祭之何春求秋報之義也故月令仲春之月擇元日命民社援神契曰仲秋獲禾報社祭稷候官陳壽祺云仲秋舊作仲春誤引月令以證春求引援神契以證秋報獲與穫古通

畟畟良耜俶載南畝播厥百穀實函斯活或來瞻女載

筐及筥其饟伊黍其笠伊糾其鎛斯趙以薅荼蓼傳畟畟猶測測也笠所以禦暑雨也趙刺也蓼水草也荼蓼朽止黍稷茂止穫之挃挃積之栗栗其崇如墉其比如櫛以開百室傳挃挃穫聲也栗栗衆多也墉城也百室盈止婦子寧止殺時犉牡有捄其角以似以續續古之人傳黃牛黑脣曰犉社稷之牛角尺以似以續嗣前歲續往事也疏爾雅云畟畟耜也釋文字或作稷稷楚茨傳稷疾也說文畟治稼畟畟進也疾進義相近周禮雉氏注耜之以耜測凍土剗之測卽測測也畟與測古聲相同饟猶饁也箋豐年之時雖賤者猶食黍正義云賤者食稷耳案大戴禮天圓篇無祿者稷饋稷饋者無尸是庶人食稷豐年則亦食黍也無羊言蓑笠都人士言臺笠二者平列故傳別之云笠所以禦暑其實笠以禦暑亦以禦雨故此傳云笠所以禦暑雨也

糾猶糾糾糾也葛屨傳糾糾猶繚繚也臣工傳云鎛鎒也
荀子賦箴頭銛達而尾趙繚者郛楊倞注云趙讀爲掉
掉繚長皃言箴尾掉而繚也趙繚之趙與此趙字同傳
云刺讀刺草之臣之刺士相見禮注刺猶剗除也考工
記注及集韻引其鎛斯掮本三家詩說文蓐部薅披田
艸也从蓐好省聲或作茠引詩作茠爾雅蒤委葉郭引
詩作以茠荼蓼正義云荼亦穢草非苦荼也引王肅注
荼陸穢爾雅薔虞蓼說文蓼辛菜薔虞也薔虞蓼也許
讀爾雅以薔虞爲句與某氏孫郭三家以虞蓼爲句者
不同王肅云蓼水草孫炎注亦謂澤之所生並與傳同
荼蓼朽止黍稷茂止言草朽而苗茂也黍稷以晐百穀
也生民茀厥豐草種之黃茂傳茀治茂美也文義相同
案畟畟良耜十二句言耕田之事○爾雅挃挃穫也傳
所本也說文挃穫禾聲詩曰穫之挃挃釋名作銍銍云
斷禾穗聲也挃銍聲義相近爾雅栗栗衆也傳所本也
說文穦積禾也積聚也秩積也詩曰積之秩秩積積秩
栗皆聲轉而義得相通哀二年公羊傳戰于栗一本作
秩是栗栗即秩秩矣墉訓城皇矣韓奕同箋云百室一
族也百室者出必共洫閒而耕入必共族中而居又有
祭酺合醵之歡正義云遂人注百夫一鄭之田爲六遂

之法族在六鄉而引彼者小司徒注云鄉之田制與遂
同故舉鄭之制以言族也百室盈止婦子寧止盈滿也
寧安也鹽鐵論力耕篇釋詩云衣食者民之本稼穡者
民之務也二者修則國富而民安也案穫之挃挃七句
言豐年之事○黃牛黑脣曰犉無羊同信南山從以騂
牡享于祖考傳周尚赤用騂也是宗廟用騂牡而社稷
用犉牡黃淺於赤也箋捄角皃說文觓角皃引詩作觓
捄與觓通經言角傳知爲牛角者以言犉牡也知爲社
稷之牛者以此詩爲報社稷也社稷之牛角尺禮記王
制篇文王制祭天地之牛角繭栗宗廟之牛角握賓客
之牛角尺仁和孫志祖讀書脞錄云賓客二字卽社稷
之譌王制蓋以祭字貫下三句也若賓客則不得言祭
也禮器牲不及肥大疏謂郊牛繭栗宗廟角握社稷角
尺各有所宜是禮疏所據作社稷不譌詩疏引禮緯稽
命徵云宗廟社稷角握僖三十一年公羊傳何注祭天
牲角繭栗社稷宗廟角握六宗五嶽四瀆角尺是何用
禮緯說與王制異而亦不及賓客可證案孫說是也桓
八年公羊注禮天子之牲角握諸侯角尺而秋官掌客
注凡賓客則皆角尺卽用古禮說諸侯角尺之義今本
王制或引此而誤耳繁露郊事對引王制作賓客亦誤

似讀與嗣同續亦嗣也傳訓以似謂嗣前歲以續謂續往事言嗣續前歲已往之事也生民以興嗣歲傳興來歲繼往歲也二傳意同正義云嗣續俱是繼前之言故爲嗣前歲續往歲之事前往一也皆求明年使續今年據明年而言故謂今年爲前往孔說是也古之人田祖田畯皆是也春官籥師凡國祈年于田祖歙豳雅擊土鼓以樂田畯甫田傳田祖先嗇也鄭司農注云田畯古之先教田之官者案殺時犉牡四句正言秋報之事

絲衣一章九句

絲衣繹賓尸也高子曰靈星之尸也疏案此繹祭賓尸之樂歌也爾雅繹天繹又祭也周曰繹商曰肜夏曰復胙是繹者周又祭之名春秋宣八年六月辛巳有事于大廟仲遂卒于垂壬午猶繹公羊傳繹者何祭之明日也何注云天子諸侯曰繹大夫曰賓尸士曰宴尸儀禮有司徹注云上大夫既祭儐尸於堂之禮若下大夫祭畢禮尸於室中無別行儐尸於堂之事天子諸侯之祭明日而繹箋云天子諸侯曰繹以祭之明日卿大夫曰賓尸與祭同日案賓與儐同有司徹爲大夫賓尸之禮絲衣乃爲天子

賓尸之詩繹祭以賓禮事尸謂之賓尸天子至大夫同也故楚茨傳云繹而賓尸及賓客此天子稱賓尸魯語繹不盡飫則退此大夫亦稱繹統言不別耳○高子以爲靈星之尸也者史記封禪書或曰周興而邑部立后稷之祠至今血食天下於是高祖制詔御史其令郡國縣立靈星祠常以歲時祠以牛張守節正義引漢舊儀云五年脩復周家舊祠祀后稷於東南爲民祈農報厥功夏則龍星見而始雩龍星左角爲天田右角爲大庭天田爲司馬教人種百穀爲稷靈者神也辰之神爲靈星故以壬辰日祠靈星於東南金勝爲土相也據漢舊儀則靈星爲雩祭之星左傳龍見而雩當夏正四月此雩之正祭禮記月令仲夏大雩爲雩之盡時月令命有司爲民祈祀山川百源大雩帝用盛樂乃命百縣雩祀百辟卿士有益於民者以祈穀實鄭注云雩吁嗟求雨之祭也雩帝謂爲壇南郊之旁雩五精之帝配以先帝也又云百辟卿士古者上公若句龍后稷之類也天子雩上帝諸矦以下雩上公祭法雩宗祭水旱也鄭注云宗當爲禜雩禜亦謂水旱壇也蓋周人南郊與啓蟄而郊爲兩祭南郊以后稷配春祈穀即不以后稷配而夏祈穀爲雩祭又以后稷配鄭注所謂雩配先帝也至諸

侯雩上公上公中亦祀后稷漢高帝令郡國縣立靈星祠卽后稷祠漢沿周制也逸周書作雒篇設丘兆于南郊以祀上帝配以后稷此謂南郊后稷配天也又云日月星辰先王皆與食孔晁注先王爲后稷案日月星辰四字本作農星二字祭農星后稷配食此雩配先帝之義也農星卽靈星雩亦祈穀故謂之農星而蔡邕獨斷靈星火星大火之次中有房星故張晏注漢書遂誤以靈星爲農祥王充論衡明雩篇春秋左氏傳曰啓蟄而雩又曰龍見而雩啓蟄龍見皆二月也春二月雩秋八月亦雩春祈穀雨秋祈穀實當今靈星秋之雩也春雩廢秋雩在故靈星之祀歲雩祭也不知雩者夏祈之祭秋不雨亦常行之故漢祭靈星爲秋雩王說以爲春雩廢此亦誤沿農祥晨正之說矣淮南子主術篇君人之道其猶靈星之尸也儼然玄默而吉祥受福高誘注引詩曰公尸燕飲在宗載考此引詩有誤鳧鷖四章云公尸來燕來宗旣燕于宗福祿攸降公尸燕飲福祿來崇其意以此公尸爲靈星之尸篗祭社稷山川之尸高鄭皆本三家詩說然鳧鷖乃繹祭之詩公尸爲宗廟之尸社稷山川不聞繹祭論衡又云歲氣調和災害不生尚猶而雩今有靈星古㫺之禮也況歲氣有變水旱不時

人君之懼必痛甚矣雖有靈星之祀猶復雩恐前不備彤繹之義也王說靈星爲復雩之祀與月令合當是相傳古義然繹者明日又祭之名不得謂復雩之號此又誤沿三家詩說矣要之周家舊祠本有靈星古者祭必有尸故有靈星之尸祀亦歌絲衣與載芟良耜同爲祈報之詩序引高子說者以博異聞也鄭志荅張逸云高子之言非毛公後人箸之焉疑高子即高行子孟子稱高子論小弁之詩小弁傳引其說韓詩外傳又稱高子與孟子論衛女之詩則與此高子當是一人習於詩者故毛詩序與傳皆有高子陸德明釋文徐整云子夏授高行子高行子授薛倉子薛倉子授帛妙子帛妙子授河間人大毛公

絲衣其紑載弁俅俅傳絲衣祭服也紑絜鮮貌俅俅恭順貌自堂徂基自羊徂牛鼐鼎及鼒傳基門塾之基自羊徂牛言先小後大也大鼎謂之鼐小鼎謂之鼒兕觥其觩旨酒思柔不吳不敖胡考之休傳吳譁也考成也

疏麻衣朝服絲衣則祭服也士冠禮爵弁服纁裳純衣注純衣絲衣也荅餘衣皆用布唯冕與爵弁服用絲耳玉篇紑鮮絜皃其所據傳作鮮絜說文紑白鮮衣皃詩曰素衣其紑徐璈云皮弁服故素衣也通典禮四引劉向五經通義靈星爲立尸故云絲衣其紑會弁俅俅傳言王者祭靈星公尸所服之衣也案淇奧會弁如星弁爲皮弁弁與此作會弁同又絲衣尸服不謂祭服皆出三家異說爾雅釋言俅戴也郭注引詩戴弁俅俅釋訓俅俅服也注謂戴弁服說文俅冠飾也引詩亦作戴弁箋載猶戴也毛詩作載載語詞也弁俅俅謂弁者俅俅然恭順也公羊注云必繹者尸屬昨日配先祖食不忍輒忘故因以復祭祀則無有誤敬愼之至此與傳云恭順義合古順愼通傳絲衣爲祭服則知弁爲爵弁箋云弁爵弁是也箋又謂爵弁士服繹禮輕使士此說恐非古者冕弁通稱文王傳周冕即周弁司服凡弔事弁經服弁師韋弁皮弁弁經弁即玄冕天子祭羣小祀則玄冕繹禮輕故不服衮以下服但服玄冕經上句言絲衣謂玄也下句言弁謂冕也絲衣爵弁爲士之尊服天子服玄冕亦不妨稱弁也○有司徹埽堂注爲賓尸新之此繹祭賓尸事於堂也傳云基門塾之基者爾雅門側

之堂謂之塾一門凡四塾門塾之基廟門内塾之基也
郊特牲繹之於庫門内失之矣焦循宫室圖云明日之
祭在廟門内繹在庫門之内爲失失在庫門不在門内
也索祊在正日繹在明日祊必先索神於廟門内繹不
索神故先埽堂而後及基堂在内基在外鄭以祊繹一
祭故禮器爲祊乎外注引詩自堂徂基堂爲門堂基爲
堂基堂基指一處而箋詩亦然非毛義也經先羊後牛
故云言先小後大也說苑尊賢篇引詩曰自堂徂基自
羊徂牛言以内及外以小及大也韓詩外傳三亦引此
詩而釋之云以小成大此當有奪文劉子政學魯詩兼
習韓詩說苑正用外傳内外指堂基而小大指羊牛與
毛義正同其故未聞也兩徂字當讀爲且爲句中語助
之詞且猶而也自堂徂基言自堂而基也自羊徂牛言
自羊而牛也韓詩外傳作自羊來牛來亦語詞也箋訓
徂爲往亦失之○爾雅鼎絶大謂之鼐此與傳說同也
說文鼐鼎之絶大者段注云絶大謂函牛之鼎也九家
易曰牛鼎受一斛羊鼎五斗豕鼎三斗說文又云魯詩
說鼐小鼎案魯詩家蓋以上句先羊後牛本句又先鼐
後鼒則鼐鼎爲載羊之鼎遂有此說但上句堂基羊牛
以内外小大作儷耦至本句變文自當以爾雅毛傳爲

正解韓亦當同毛也爾雅圓弇上謂之鼒此與傳異而實同也傳以鼐鼒對稱鼐大而鼒小爾雅乃詳說其形也箋鼎圓弇上謂之鼒正義云釋器文孫炎曰鼎斂上而小口者以傳直言小鼎不說其形故取爾雅文以足之是也說文亦云鼒鼎之圓掩上者詩曰鼐鼎及鼒俗作鎡掩與弇通○卷耳我姑酌彼兕觥傳兕觥角爵也七月稱彼兕觥傳兕觥所以誓衆也則兕觥爲獻酬賓客之爵繹祭行旅酬故設兕觥焉楚茨篇云爲豆孔庶爲賓爲客獻酬交錯禮儀卒度卽其義也觩當依釋文作斛斛角皃釋詞云思句中語助也不吳釋文定本作吳正義作娛史記孝武紀引詩作不虞虞或本三家詩娛與虞同毛詩作吳泮水箋吳譁也正用此傳訓方言吳大也說文矢部吳大言也竝與譁義相近不敖史記引作不驚蓋敖之爲驁猶吳之爲虞也不吳者言不讙譁也不敖者言不敖慢也胡壽考成傳已見上篇此重釋考爲成立義自異胡何也何何不也胡考之休言何不成休也史記引詩而言曰今鼎至甘泉光潤龍變承休無疆

酌一章九句

酌告成大武也言能酌先祖之道以養天下也疏維天之命禮成告文王此樂成告武王樂莫大於大武故云告成大武也儀禮禮記皆言舞勺則樂有舞矣酌與勺同後箋云養卽經中養字傳訓養爲取序養天下卽取天下大武武之功在於取天下此告成大武之詩而篇名酌者言酌時之宜所謂湯伐桀武王伐紂時也曰酌先祖之道者先祖謂文王文王之道三分有二而不取武王酌其時八百會同則取之孟子曰取之萬民不悅則勿取文王是也取之而萬民悅則取之武王是也序以大武之取天下爲能酌文王之道卽此意也稱先祖者據成王作頌時言之耳春秋繁露質文篇云周公輔成王成文武之制作礿樂以奉天此礿卽酌也漢書董仲舒傳虞氏之樂莫盛于韶于周莫盛于勺曰奉天者不過言革命所以順天言其盛者以周之武功爲極盛耳禮樂志云周公作勺言能酌先祖之道也此正與毛詩序同白虎通義禮樂篇云周樂曰大武象周公之樂曰勺合曰大武此或出三家詩然亦足證此序言告成大武故有合曰大武之語至蔡邕獨斷應劭風俗通亦皆言酌先祖之道知序義之來古矣

於鑠王師遵養時晦〔傳〕鑠美遵率養取晦昧也時純熙

矣是用大介我龍受之蹻蹻王之造〔傳〕龍和也蹻蹻武

貌造爲也載用有嗣實維爾公〔傳〕公事也允師〔疏〕鑠美爾雅

釋詁文王武王也遵訓率率與遳同養訓取者月令羣

鳥養羞注羞謂所食則養羞猶言取食也禮記射義篇

養諸矦而兵不用猶言不用師徒曰取也荀子君子篇

論法聖王則知所貴矣論知所貴則知所養矣猶言知

所取法也孟子告子篇舍其梧檟養其樲棘猶言舍梧

檟而取樲棘也養其一指而失其肩背猶言取一指而

失肩背也爲其養小以失大猶言取小失大也於己取

之而已矣趙岐注云皆在己之所養養爲取則取爲養

皆其義證宣十二年左傳晉隨武子曰兼弱攻昧武之

善經也其下卽引汋曰於鑠王師遵養時晦耆昧也杜

注云耆致也致討於昧案耆昧卽攻昧傳訓晦爲昧義

本左傳武篇云耆定爾功此詩爲告成大武故章首發

端本武篇而言韓詩外傳兩引此詩而釋之云言相養

者之至於晦也又武篇韓詩訓耆爲惡此箋謂文王事

紂眷是闇昧之君以老其惡當用韓義而武篇之耆又不從韓詩○純大也熙廣也介亦大也王肅云於乎美哉武王之用衆也率以取是昧謂誅紂定天下以除昧也於是道大明是用有大大言大平也正義用王申傳傳意或然也龍和長發同龍之爲和識者皆不得其解書牧誓今予發惟恭行天之罰段氏尚書撰異云史記漢書皆作共或作龔漢書敘傳龔行天罰赫赫明明文選鍾士季檄蜀文命授六師龔行天罰班固東都賦龔行天罰應天順人斯乃湯武之所以昭王業也又秦和鍾銘龔夤天命案尚書龔字其義皆可訓爲和自俗人改龔爲恭則失其義矣詩之龍即龔之古文假借字傳云龍和也凡應天順人謂之和言我周協和伐商遂受天命有天下與書所云武王龔行天之罰其義正同大明篤生武王保右命爾變伐大商傳變和也其意亦正同○傳於版蹻蹻訓驕嵩高蹻蹻訓壯此云武皃各隨文訓造訓爲王之爲言武王之爲武也載猶乃也實當作寔寔維是爲也公訓事事即伐殷之事載用有嗣寔維爾公武篇所云嗣武勝殷也

桓一章九句

桓講武類禡也桓武志也【疏】正義云桓詩者講武類禡之樂歌也謂武王將欲代殷陳列六軍講習武事又爲類祭于上帝爲禡祭於所征之地治兵祭神然後克紂至周公成王大平之時詩人追述其事而爲此歌焉奐案書類于上帝文在巡守之先周禮肆師類造上帝記在師甸之後至肆師甸祝大司馬表貉諸家以爲貉卽禡祭皆爲四時田獵設祭是巡狩大甸獵皆有類禡序云講武則不獨施於出征矣蓋武王克紂代殷出征類禡其後大平告成講武事而類禡當亦以此爲樂歌歟云桓武志也者正義云桓者威武之志言講武之時軍功皆武故取桓字名篇也

綏萬邦婁豐年天命匪解桓桓武王保有厥士于以四方克定厥家於昭于天皇以閒之【傳】士事也閒代也【疏】綏猶和也婁數也宣十二年左傳引頌曰綏萬邦婁豐年而釋之云和衆豐財謂武七德之二事也泮水傳云桓桓威武皃士訓事箋云我桓桓有威武之武王則能安有天下之事是也四方爲外家爲內漢書匡衡傳陛

下聖德純備莫不修正則天下無爲而治詩云于以四方克定厥家傳曰正家而天下定矣匡稚圭治齊詩而毛詩義亦同也○閒代爾雅釋詁文皇字繫承天字文王傳云皇天也於昭于天皇以閒之言武王之德昭著於天故天以武王代殷也皇矣序云天監代殷莫若周此其義矣箋訓皇君謂紂爲天下之君於上下文義頗覺迂曲正義用王肅申毛云於乎周道乃昭見於天故用美道代殷定天下王以用美道釋皇增字成義亦非的解

賚一章六句

賚大封於廟也賚予也言所以錫予善人也（疏）論語堯曰篇云周有大賚善人是富書序云武王既勝殷邦諸侯班宗彝作分器史記殷本紀作封諸侯古邦封通也

文王既勤止我應受之敷時繹思（傳）勤勞應當繹陳也

我徂維求定時周之命於繹思（疏）勤勞爾雅釋詁文傳訓勞下當有也字宣十

一年左傳郤成子曰吾聞之非德莫如勤非勤何以求人能勤有繼其從之也詩曰文王既勤止文王猶勤況寡德乎勤皆勞也文王篇亹亹文王傳亹亹勉也勞與勉義近○我我武王也應當下武同我應受之與武嗣武受之句義相同敷宣十二年左傳引詩作鋪敷鋪皆布也傳云繹陳者陳讀如文王陳錫哉周之陳王肅云文王能有布陳大利以賜予人與序言錫予善人正合此謂武王錫予即是行文王陳錫之事也徐幹中論爵祿篇先王將建諸侯而錫爵祿也必於清廟之中陳金石之樂宴賜之禮宗人擯相內史作策也即引此頌而繹之云由此觀之爵祿者先王之所重也非所輕也案徐偉長漢末靈帝時人其解詩猶能發明序傳之指矣徂往也往伐殷也定安也與武者定爾功之定義同受命敷繹重言之者周以文王官人爲法也

般一章七句

般巡守而祀四嶽河海也般樂也【疏】正義集注本有般樂也三字今誤入箋者非也酌桓賚三序皆申說名篇之義例與之同般與時邁皆巡守之詩時邁告祭天般則望祀山川也

於皇時周陟其高山嶞山喬嶽允猶翕河（傳）高山四嶽也嶞山山之嶞嶞小者也翕合也敷天之下裒時之對（傳）裒聚也時周之命（疏）皇美也序言巡守而祀四嶽故傳釋高山爲四嶽也嵩高傳云嶽四嶽也東嶽岱南嶽衡西嶽華北嶽恆亦謂巡守四嶽也若周雍鎮之嶽爲畿內望祭非巡守而祀故傳但言四嶽而不言五嶽五嶽見於周禮大宗伯以血祭祭五嶽大司樂四鎮五嶽崩令去樂五嶽之名爾雅釋山具有二說前說云河南華河西嶽河東岱河北恆江南衡後說云泰山爲東嶽華山爲西嶽霍山爲南嶽恆山爲北嶽嵩高爲中嶽史記封禪書漢書郊祀志白虎通義引尚書大傳說苑辨物篇風俗通義山澤篇何休公羊隱八年注竝同後說說文山部從古稱易嵩高爲大室其解亦不異後說鄭康成大宗伯注用爾雅後說而大司樂注本爾雅前說說自兩岐鄭亦不全用舊解矣奐竊謂統大地言曰四嶽幷畿內言曰五嶽爾雅釋地河南曰豫州爾雅豫州之域從河南以至漢水改禹貢西河南面之地幷入於豫則大華屬豫而不屬雍說者

以爲此殷制然九州可改四嶽不移殷都在冀四嶽仍從夏制周禮職方西南與地同殷四嶽亦當從殷制職方氏雍州山鎮曰嶽山王引之以山爲衍字鄭注云嶽吳嶽也漢書地理志吳山在右扶風汧縣西古文以爲汧山續漢書郡國志汧縣有吳嶽本名汧是職方之嶽即禹貢之汧周都豐鎬改汧爲嶽實始於周嶽者山之尊稱周於王畿近西之高山名爲嶽以一嶽配四嶽不聞以雍鎮之嶽呼爲西嶽幷不得以豫鎮之華改爲中嶽可知也天子祭天下名山大川王畿所望祭之山尤尊故亦有嶽稱王制云五嶽視三公是也五嶽幷數雍嶽至巡守述職之所有事仍數四嶽而不數雍嶽或曰周公營邑成周故大室爲中嶽以配四嶽故曰五嶽此更非也周禮作於周公居攝之六年而成雒邑在居攝五年職方氏所掌辨九服之邦國必依土中定畿制而九州山鎮亦必依土中定州域職方山鎮不及大室昭四年左傳司馬侯言大室又列於四嶽之外皆其明證也邵晉涵爾雅正義據此以爲五嶽有嶽山而無大室其說甚確又以爲爾雅前說釋周禮五嶽之名末後說爲漢初傳爾雅者增益其文金鶚駁之云四嶽歷代不變中嶽隨帝都而移堯都平陽舜都蒲阪禹都晉陽皆

在冀州之域故竝以霍大山爲中嶽殷湯都西亳在豫州之域故以嵩高爲中嶽周武王都鎬在雍州之域故以嶽山爲中嶽迨平王東遷雒邑與殷都同在豫州嵩高正在畿内又在四嶽之中而嶽山淪於戎狄故因殷制以嵩高爲中嶽也秦漢以後古禮不明特沿晚周之制故五嶽之名不改案金誠齋據禹貢至于岳陽至于大岳皆指霍大山遂謂唐虞夏以霍大山爲中嶽據爾雅河西嶽職方雍鎮曰嶽山遂謂西周以嶽山爲中嶽因又謂爾雅嵩高爲中嶽定爲殷及東周之號但嵩高山禹貢謂之外方左傳謂之大室史記封禪書武帝以三百戶封大室奉祠命曰崇高邑漢書郊祀志云封崈高爲之奉邑則嵩高之名始於漢武禹貢職方皆但言嶽封禪書郊祀志於堯典四嶽之下增益其文曰中嶽嵩高也地理志云潁川郡崈高武帝置以奉大室山是爲中嶽則嵩高中嶽之稱始於漢武郭璞云霍山今在廬江灊縣西即天柱山漢武帝以衡山遼曠因讖緯皆以霍山爲南嶽故移其神於此今其土俗人皆呼之爲南嶽則改衡爲霍亦始於漢武爾雅末後說邵二雲以爲增益無疑漢帝信讖緯議封禪漢廷諸臣媿美本朝故司馬遷劉向班固許慎應劭何休說四嶽者往往益

嵩高中嶽以配五嶽之尊恪遵時制不敢游移要不可與論古也毛傳言四嶽而因及五嶽乃詳證之如此○隋字又作墮此山名爲隋不爲墮傳釋經隋山之義云山之隋本爾雅釋山巒山隋之文而更申明隋之義云隋小者也者如小豬爲豨魚子爲鱅之例山隋乃大山旁落之小山也玉篇隋小山也說文巒山小而鋭隋山之隋隋者从山惰省聲讀若相推落之墮許於隋讀若相推落之墮相推落是即隋之形狀蓋於音箸義也氏篆下云巴蜀山名岸脅之旁箸欲落𡐦者曰氏此巴蜀方語謂山岸旁脅狀欲落𡐦者爲氏亦即隋之引申義故許說與隋篆下同禮方祀高嶽而隋必連屬祭之者猶若登大山禪梁父也今解之者隋爲隋圜之隋因以爾雅之巒亦爲山形狹長豈天子巡守必取山形之狹而長者乃設祭之乎則說之謬者矣正義又以傳文隋隋爲壘字更不得其句解墮山與喬嶽對文隋山爲小山喬嶽爲域中大山時邁傳云喬高也翕訓合允猶翕河言猶合河而祭之允語詞耳凡祭山必及川先河後海言河以晐海也東嶽在東河之東南嶽在南河之南西嶽在西河之西北嶽在兩河之間巡守至嶽必合河而望祭之公羊傳云天子有方望之事無所不通觀禮

云禮日於南門外禮月與四瀆於北門外禮山川丘陵於西門外祭天燔柴祭山丘陵升祭川沈祭地瘞此天子巡守四嶽隨方向祭有祭州瀆之禮也箋解翕河謂祭者合九爲一但九河當東嶽望祭之內不及彼三嶽矣○裒當爲捊辨見常棣篇傳云聚者秩序之意也正義云徧天之下山川皆聚其神於是配而祭之能爲百神之主德合山川之靈是周之所以受天命由此也釋文於時周之命下有於繹思三字云毛詩無此句齊魯韓詩有之今毛詩有者衍文也崔集注本有是採三家之本崔因有故解之

卷二十八終

詩毛氏傳疏卷二十九

長洲陳奐學

駉詁訓傳弟二十九　毛詩魯頌

駉四篇二十三章二百四十三句疏駉四篇皆魯詩周武王定天下封其弟周公旦於魯居上公之職未就國後成王滅三監封元子伯禽得受上公之地封疆方五百里今山東兗州府曲阜縣魯所都也孔子魯人仍魯大師之舊詩錄魯頌猶修魯春秋之義焉爾

駉四章章八句

駉頌僖公也僖公能遵伯禽之法儉以足用寬以愛民務農重穀牧于坰野魯人尊之於是季孫行父請命于周而史克作是頌疏案命當讀如侯伯七命之命初伯禽就封魯本大國至春秋時爲次

國閔公又遭慶父之亂宗國顛覆齊桓公救而存之遂立僖公僖公從伯主討淮夷能復伯禽之業如大國之制魯人尊其教於是有大夫季孫行父者往周請命謂請命非謂請作頌也行父請命與史克作頌是兩事史克作頌謂作駉篇非謂作魯頌四篇也唐風無衣美晉武公也武公始并晉國其大夫爲之請命乎天子之使而作是詩也一章云豈曰無衣七兮二章云豈曰無衣六兮七命以七爲節六命以六爲節晉武公始并晉國大夫爲之請命作無衣魯僖公能復舊制大夫爲之請命作駉兩詩序義正同也魯詩獨稱頌者何仍舊史也錄之念周公也魯周公之後有可以繼周而王者魯也僖公以前未嘗無詩僖公以後未嘗無詩其錄僖公者何僖值周惠王襄王時王以莊終伯以齊始春秋十六年春公子季友卒其冬公會齊侯于淮十七年冬齊侯小白卒十八年春宋公伐齊夏師救齊穀梁傳云善救齊也僖有伐淮夷之功一時史臣皆得歌頌其功行父友之孫相繼爲魯命卿三年喪畢有職司於王室故得往周爲君請命則可以繼齊而伯者僖公也孔子曰齊一變至於魯魯一變至於道葢覬之也其以駉爲頌首者何也魯僖衛文皆繫齊桓所存之國衛文務材訓農

季年有三百乘之多故詩人美之云騋牝三千魯僖亦能復千乘之制備六閑之教其事略相等僖爲魯中興之君魯又爲諸姬之宗故聖人於駉尤致意焉史克大史克也國語作里革

駉駉牡馬在坰之野傳駉駉良馬腹榦肥張也坰遠野也邑外曰郊郊外曰野野外曰林林外曰坰**薄言駉者有驈有皇有驪有黃以車彭彭**傳牧之坰野則駉駉然驪馬白跨曰驈黃白曰皇純黑曰驪黃騂曰黃諸侯六閑馬四種有良馬有戎馬有田馬有駑馬彭彭有力有容也**思無疆思馬斯臧**疏釋文駉古熒反說文作驍又作駫同玉篇駫駉同是古本詩作駫駫牡馬說文駫下云駫馬肥盛也从馬光聲引詩作駫駫此毛詩也又驍下云驍良馬也从馬堯聲引詩作驍驍此三家詩也釋文牡馬茂后反草木疏云騭馬也說文同本或作牧正義本作牧馬云定本牧馬字

作牡馬家訓書證篇江南書皆爲牝牡之牡河北本悉爲放牧之牧案江南多舊本古毛詩本作牡馬不誤牡馬謂牡大之馬猶四馬之稱四牡不必讀爲牝牡之牡也駫駫是形容牡馬之狀若作牧馬則與駫駫義隔矣當從釋文爲長釋文本即江南舊本也傳云駫駫良馬腹榦肥張也者腹榦肥張正釋駫駫之義而必言良馬者良馬對駑馬而言本周禮以爲說泂酌傳泂遠也坰與泂聲義相同邑外曰郊四句傳引爾雅釋地文爾雅邑外謂之郊郊外謂之牧牧外謂之野野外謂之林林外謂之坰今本爾雅增郊外謂之牧一句不知野卽牧非野外更有牧地毛於此及野有蔓草燕燕干旄傳鄭風叔于田箋竝云郊外曰野又野有蔓草傳野四郊之外皆不云牧有足證矣書粊誓篇云魯人三郊三遂郊鄉之界也邑近郊三鄉之地郊遠郊三遂之地野猶周之甸削林坰猶周之縣都析言之有邑郊野林坰之異其實四郊之外直達林坰猶王畿六遂之地直達縣都統謂之野也故雖名爲坰而傳仍以遠野釋之說文冂部邑外謂之郊郊外謂之野野外謂之林林外謂之冂象遠界也古文作冋或作坰此毛詩也又馬部駉牧馬苑也从馬冋聲詩曰在駉之野此三家詩也牧馬苑謂

之駉與毛傳坰野爲遠野字義皆異薄言駉者傳牧之坰野則駉駉然駉皆當作駫駫猶駫駫也此傳冢上句在坰之野言之坰之野是放牧之處故傳云牧之坰野序亦云牧于坰野後人遂依序傳有牧字改首句牡馬爲牧馬不知序傳乃中明經義不必經有牧字明矣薄言皆語詞○驪馬白跨曰驈爾雅釋畜文郭注云驪黑色跨髀閒釋文引蒼頡篇云跨兩股閒也是驪馬黑馬以黑色馬而唯跨白者別其名爲驈也黃白曰皇東山同說文引作騜俗誤字純黑曰驪純者黗之假借純亦黑也檀弓夏后氏尚黑戎事乘驪鄭注云馬黑色曰驪閟宮傳騂赤也此傳云黃騂曰黃謂黃馬而帶騂色者是曰黃下傳云赤黃曰騂謂赤馬而帶黃色者是曰騂黃騂赤黃色黃赤有淡淺非有襍毛也正義云騂爲純赤色黃騂曰黃黃而微赤赤黃曰騂赤而微黃是巳而又言黃騂謂黃有襍赤者則誤矣傳文馬四種有良馬良馬當作種馬疑涉上良馬致誤周禮校人掌王馬之政辨六馬之屬種馬一物戎馬一物齊馬一物道馬一物田馬一物駑馬一物凡頒良馬而養乘之乘馬一師四圉三乘爲皁皁一趣馬三皁爲繫繫一馭夫六繫爲廄廄一僕夫六廄成校校有左右駑馬三良馬之數麗

馬一圉八麗一師八師一趣馬八趣馬一馭夫天子十
有二閑馬六種邦國六閑馬四種家四閑馬二種案此
傳所本也周禮六種以種戎齊道田五者爲良馬其一
爲駑馬四種則以種戎田三者爲良馬其一爲駑馬不
得以種馬獨擅良馬之稱矣傳引此六閑四種之制以
美僖公牧馬之盛耳非詩四章分屬四種如孔仲達之
說也周禮疏趙商云邦國六閑馬四種爲二千五百九
十二匹謂三良一良四百三十二匹三良千二百九十
六匹駑三其一種亦千二百九十六匹故合爲二千五
百九十二匹案趙商本鄭仲師四匹爲乘則自乘至廄
之數也詩美衞文騋牝三千舉成數耳○傳文有力二
字當衍此云彭彭有容也下章傳云伾伾有力也彭彭
言馬容之盛伾伾言馬力之彊其分章屬意如是也今
各本涉下章傳文誤衍有力耳凡詩言彭彭皆謂其儀
容之盛出車篇出車彭彭傳彭彭四馬皃彭彭猶騯騯
也說文騯騯馬盛也烝民篇四牡彭彭又四牡騤騤傳
騤騤猶彭彭也說文騤騤馬行威儀也載驅篇行人彭
彭傳彭彭多皃多亦盛也大明之四騵彭彭韓奕之百
兩彭彭皆是多盛之意說文彭鼓聲也重言之則聲盛
謂之彭彭亦儀盛謂之彭彭竝與有容之義相近御覽

獸部五引彭彭有容也無有力二字可證思詞也斯猶其也無疆無期頌禱之詞無斁無邪又有勸戒之義焉思皆爲語助臧善也以言馬之善也思馬斯臧與於萬斯年則百斯男于胥斯原有秩斯祜上一字爲語助此其句例解者俱以思爲思慮之思失之

駉駉牡馬在坰之野薄言駉者有騅有駓有騂有騏以車伾伾（傳）蒼白襍毛曰騅黃白襍毛曰駓赤黃曰騂蒼祺曰騏伾伾有力也**思無期思馬斯才**（傳）才多材也（疏）蒼白襍毛曰騅釋畜文大車傳菼騅也萑之初生者也郭注爾雅謂在青白之閒蒼白卽青白菼色如騅則知騅爲青白馬矣說文騅蒼黑襍毛驄青白襍毛此二篆黑白字互譌驄爲青黑則騅乃蒼白可知黃白襍毛曰駓釋畜文郭注云今之桃華馬上章傳黃白曰皇謂黃馬發白色也黃馬發白色而有異毛襍廁者別其名謂之駓也此篇之騅駓駰騢鄭風之鴇凡言襍毛者同其義例赤黃曰騂說見上章說文馬部無騂字釋文蒼祺

字又作騏正義作蒼騏曰騏案祺誤字蒼騏當作蒼綦與小戎駕我騏馵傳騏騏文正義作騏綦文同綦蒼艾色馬有蒼艾色之文故蒼綦謂之騏蒼綦猶綦文也騏馬白馬也文選陸士衡挽歌詩驂騑策素騏素者白也李善注乃引此傳作蒼白曰騏當是轉寫記憶之譌若傳作蒼白則爲青馬發白色矣非是○說文伾有力也重言之則曰伾伾楚辭招魂敦脄血拇逐人駓駓些王注云駓駓走貌韓詩駓駓騤騤薛君章句云趨曰駓駓並與此伾伾同材當爲才字之誤傳以多才釋經之才非謂才爲材也叔于田序叔多才而好勇盧令箋才多才皆其證

駉駉牡馬在坰之野薄言駉者有驒有駱有駵有雒以車繹繹傳青驪驎曰驒白馬黑鬣曰駱赤身黑鬣曰駵黑身白鬣曰雒繹繹善走也思無斁思馬斯作傳作始也疏青驪驎曰驒釋畜文釋文驎亦作甐爾雅釋文作粼或作驎郭注云色有深淺斑駁隱粼今之連錢

驄詩正義引郭注作隱甐案粼甐同驎俗字也說文云
驒青驪白鱗文如鼉魚許以白鱗解爾雅毛傳之粼而
又申名驒之義爲馬文如鼉魚也鼉驒疊韻詩爾雅釋
文俱引韓詩及字林云驒白馬黑髦也此疑元朗涉毛
傳白馬黑鬣爲駱而誤爲驒且字林本說文說文言驒
言駱並與毛同也有駜傳青驪曰駽是青驪爲駽青驪
色而有白鱗文者爲驒也白馬黑鬣曰駱四牡同赤身
黑鬣曰騂小戎同正義云今人猶謂此爲騂馬也高注
呂覽孟夏紀騂馬黑尾曰騂蓋騂赤也騂爲赤馬其色
仍以赤身得名或言黑鬣或言黑尾無大異也正義云
黑身白鬣曰雒則未知所出檢定本集注及徐音皆作
雒字而俗本多作駁字其字定當爲雒案爾雅雒鵋鶀
舍人注謂鵂鶹也南陽名鉤鵅說文隹部雒鵋欺鳥部
鵅鳥纍雒鵅不同鳥而鵅有鳥稱則雒亦黑色之鳥可
知傳云黑身爲雒必有依據謂馬爲雒猶謂馬爲鵅也
釋文雒本或作駱疑駱乃鵅字之誤○釋文驛驛崔本
作驛驛古繹驛通傳云善走當從釋文本作善足爲長
車攻傳田獵齊足尚疾也說文騛馬逸足者也駃馬有
疾足也並與此善足同曾釗詩異同辨云作當與易震
爲作足同義王劭曰馬行先作弄其四足毛以始訓作

意亦當爾箋作謂牧之使可棄駕亦與毛義相成葢馬先作弄四足者正是調習之狀秦風載獫猲驕箋載始也謂達其搏噬始成之也以始爲調習正與此同案曾說是也說苑指武篇造父王良不能以敝車不作之馬趨疾而致遠亦與調習義同

駉駉牡馬在坰之野薄言駉者有駰有騢有驔有魚以車祛祛傳陰白襍毛曰駰彤白襍毛曰騢豪骭曰驔二目白曰魚祛祛彊健也**思無邪思馬斯徂**疏陰白襍毛曰駰皇皇者華同彤白襍毛曰騢釋畜文正義云舍人曰赤白襍毛今赭馬名騢郭璞云彤赤也卽今赭白馬案郭解彤白亦謂赤馬發白色者也釋文引說文云赤白襍色文似鰕魚色當作毛文似鰕魚爲騢與文似鼉魚爲驒同用疊韻爲訓文選顏延之赭白馬賦注引劉芳毛詩義證彤白襍毛曰騢彤亦赤也卽赭白也此謂彤白猶騂白故騂騢可通稱正義云驔爾雅無文釋畜云四骹皆白驓無豪骭白之名傳言豪骭白者葢謂豪毛在骭而白

長名爲驔也騽則四骹襍白而毛短故與驔異也奂案今本詩爾雅皆誤唯說文不誤爾雅驪馬黃脊騽釋文云騽說文作驔驔說文驔驪馬黃脊讀若簟是驪馬黃脊爲驔而騽非驪馬黃脊也釋文又云今爾雅本亦有作驔者與說文合則知作騽之本非矣爾雅四骹皆白驓郭注云骹膝下也說文無驓字驓乃騽之誤說文騽馬豪骭也骭骹也骹脛也淮南子俶眞篇易骭之一毛高注骭自膝以下脛以上也骭讀閈牧之閈然則毛傳之骭即爾雅之骹穆天子傳天子之豪馬豪牛郭注豪猶髭也山海經云髭馬如馬足四節皆有毛郭謂豪馬即髭馬足四節皆有毛故爲豪此可證毛傳之豪骭即爾雅四骹皆白之義是豪骭謂之騽初不謂之驔也今爾雅騽既誤作驓而詩騽又誤作驔玉篇廣韻遂合驔騽二字兩義併說不可爲訓又案正義所據毛傳豪骭下有白字說文無白字釋文毛云一目白曰魚爾雅云一目白瞯二目白魚是陸所據毛傳作一目與爾雅作二目不同正義引舍人注及說文馬部瞯下皆云二目白魚毛傳本爾雅則陸所據作一目非也王引之爾雅述聞云自騂白駁以下皆言馬之毛色一目白瞯二目白魚者謂一目毛色白曰瞯二目毛色白曰魚不言毛者

承上文諸毛字而省猶之黑脣駩黑喙騧謂脣與喙邊之毛色也下文說牛云黑眥牰亦謂目眥邊之毛色義與一目白二目白同郭注二目白魚云似魚目也此亦誤以爲馬目中白與上文言毛色者不倫且魚死則目珠色白生時固不爾也○祛祛唐石經作袪袪王引之說詹諸其行夫夫當作去去案去去猶言祛祛也祛祛狀馬行去去狀詹諸行竝有彊健之意文選殷仲文詩注引韓詩章句祛去也此祛即去之證箋云徂猶行也牧馬使可走行

有駜三章章九句

有駜頌僖公君臣之有道也

有駜有駜駜彼乘黃傳駜馬肥彊貌馬肥彊則能升高進遠臣彊力則能安國夙夜在公在公明明振振鷺鷺于下鼓咽咽醉言舞傳振振羣飛貌鷺白鳥也以興絜

白之士咽咽鼓節也于胥樂兮疏說文駜馬飽也箋云喻僖公用臣先致其祿食許鄭意同乘黃四黃馬駜者羣臣所乘四黃馬之皃傳云肥彊就字訓以俗喻經義箋云致祿食又以申傳義也漢書李尋傳馬不伏歷不可以趨道士不素養不可以重國又潛夫論班祿篇君以臣爲基然後高能可崇也馬肥然後遠能可致也義並與傳同夙夜早夜也早夜於公所是卽明明之義明明猶勉勉也禮記玉藻云朝辨色始入○鷺鷺羽鷺羽所以爲舞持鷺以舞與鼓相應宛丘云坎其擊鼓值其鷺羽此其義也詩以燕舞起義亦卽以鷺鳥生興故傳義已見振鷺篇而此重發傳者將以明其興義也鷺白鳥興絜白之士則馬肥彊亦是興可互見也肥彊喻有材也絜白喻有德也凡言興者例皆發傳於首章首句而唯南有嘉魚不發傳於首章此又不發傳於首句皆其變例以見傳之言興固有通於上下者矣咽咽采芑那篇作淵淵咽淵如姻婣相通之例釋文咽本又作鼝傳云鼓節謂舞以鼓爲節也言語詞于發聲桑扈傳云胥皆也于胥樂兮言君臣皆樂也

有駜有駜駜彼乘牡夙夜在公在公飲酒(傳)言臣有餘敬而君有餘惠也振振鷺鷺于飛鼓咽咽醉言歸于胥樂兮(疏)燕主於飲酒推夙夜之心以飲酒於公所是臣有餘敬也在於公所飲酒以樂羣臣是君有餘惠也序所謂君臣有道也傳文惠下補也字

有駜有駜駜彼乘駽(傳)青驪曰駽夙夜在公在公載燕自今以始歲其有(傳)歲其有豐年也君子有穀詒孫子于胥樂兮(疏)青驪曰駽爾雅釋畜文驪者黑色郭注云今之鐵驄也說文云駽青驪馬又云絹繒如麥稍稍麥莖也是麥莖色青黑故繒色如稍謂之絹亦馬色如稍稍謂之駽矣駽絹稍竝聲同而義通○燕燕飲酒也首章夙夜在公在公明明合二句一意二章飲酒三章燕又從在公而推言之此篇例也詩以始有子爲韻唐石經於有下增年字而轉寫者更於傳文年上增豐字皆俗誤不可從甫田自古有年箋自古者豐年

之法如此也豐年箋豐年大有年也公羊傳大有年何大豐年也皆謂有年爲豐年則於有下增豐爲衍字矣定本集注皆云歲其有年無豐字可證載馳篇不能旋反不能旋反我思齊南山篇必告父母必告父母廟黄鳥篇不可與明不可與明夫婦之道及此篇歲其有歲其有年也皆經義未明傳乃補明之以足其義句例相同君子謂僖公也穀善也

泮水八章章八句

泮水頌僖公能修泮宮也（疏）五章云既作泮宮淮夷攸服

思樂泮水薄采其芹（傳）泮水泮宮之水也天子辟廱諸矦泮宮言水則采取其芹宮則采取其化魯矦戾止言觀其旂其旂茷茷鸞聲噦噦（傳）戾來止至也言觀其旂言法則其文章也茷茷言有法度也噦噦言其聲也無

小無大從公于邁疏經中或言泮宮或言泮故傳以泮宮釋泮泮宮有水曰泮泮水靈臺傳水旋丘如璧曰辟廱辟廱四面有水泮宮則當半於天子也箋及白虎通義通典禮十三引劉向五經通義竝云南通水說文云西南爲水東北爲牆所聞異也酈注水經泗水篇魯共王殿之東南即泮宮也宮中有臺臺南水東西一百步南北六十步臺西水南北四百步東西六十步酈所目驗泮宮遺址與說文合禮記王制篇天子命之教然後爲學小學在公宮南之左大學在郊天子曰辟廱諸侯曰頖宮傳所本也鄭注云此小學大學殷之制案殷制大學在郊靈臺辟廱是也周制天子大學在國小學在郊文王有聲辟廱是也天子郊學國學各四諸侯用殷制小學在國大學在郊各一鄉射禮記於郊則閭中注於郊謂大射也大射於大學此諸侯大學在郊之義證矣明堂位篇米廩有虞氏之庠也序夏后氏之序也瞽宗殷學也頖宮周學也魯路寢明堂與周同制於路寢明堂四門外亦得立四代之學唯天子四門之學總爲辟廱故瞽宗亦稱西廱若魯唯周學稱頖宮則其餘三代之學不必皆依頖宮形也此魯國學之制也禮器篇魯人將有事於上帝必先有事於頖

宮注頖宮郊之學也詩所謂頖宮也字或爲郊宮葢周四郊之學亦總爲辟廱魯郊近於周郊不必四郊設四學或亦從殷制諸侯大學在郊者止有一泮宮亦不四郊皆設泮宮也此魯郊學之制也頖與泮通魯頌泮宮與禮器頖宮同處而與明堂位頖宮爲異處泮宮在郊其遠近未聞也魯有國學有郊學國外郊內又有州黨之學若矍相之圃之類此州長黨正爲主人而魯侯所不至者也魯侯之所至者泮宮也云言水則采取其芹宮則采取其化者此總釋之也菜供飲酒鴞懷好音其用驗已采叔箋云芹菜也可以爲菹○戾亦至也止訓至則戾爲來矣魯侯戾止言僖公來至泮宮也觀其旂者旂有文章等級之度國人觀之樂取以爲法則也茷茷釋文作伐伐伐卽茷之省茷茷讀爲胡不旆旆之旆采叔其旂淠淠傳淠淠動也淠淠亦卽旆旆云言有法度者動有文章也文選東京賦注引毛詩鸞作鑾說文鉞車鑾聲也从金戉聲詩曰鑾聲鉞鉞徐鉉云今俗作鐬段注云疑古毛詩泮水本作鉞鉞後乃變爲鐬字許所據作鉞戉聲辛律切變爲鐬呼會切奐案集韻十四泰鉞鐬噦三同呼外切說文車鑾聲也引詩鑾聲鉞鉞是丁度所據說文引詩作鉞鉞也今詩作噦噦庭燎篇

同邁行也小大從公言從行者衆也

思樂泮水薄采其藻魯侯戾止其馬蹻蹻其馬蹻蹻其音昭昭載色載笑匪怒伊教(傳)其馬蹻蹻言彊盛也色溫潤也(疏)藻聚藻見采蘋傳蹻有矯拂之義皇矣傳茀茀彊盛也馬彊盛謂之蹻蹻猶車彊盛謂之茀茀也音聲也孟子盡心篇賢者以其昭昭使人昭昭趙注云賢者治國法度昭昭明於道德是躬化之道可也案與此昭昭同色讀令儀令色之色傳云溫潤蓋古語邶谷風箋君子洸洸然潰潰然無溫潤之色

思樂泮水薄采其茆(傳)茆鳧葵也魯侯戾止在泮飲酒既飲旨酒永錫難老順彼長道屈此羣醜(傳)屈收醜衆也(疏)茆各本誤作茆釋文徐音柳是也周禮醢人有茆菹說文茆鳧葵也引詩作茆又蘩鳧葵也廣雅蘩茆鳧葵也齊民要術引義疏云茆與荇菜相似葉大如手赤圓有肥者箸手中滑不得停也莖大如箸皆可生

倉又可淪滑美江南人謂之蕦菜或謂之水葵釋文引鄭小同說與義疏同蕦即蘱也管子五行篇卯菱尹知章注云卯鳧葵早春而生也卯亦茆之譌○飲酒以言饗也說文云饗鄉人飲酒也廱天子饗飲辟廱泮諸侯饗䠶之宮侯春饗所䠶侯也此鄉人飲酒饗之本義引申之凡飲酒皆曰饗天子饗飲於辟廱諸侯饗飲於泮宮其禮同也春入學釋菜詩詠采菜正謂僖公行春饗之禮而不言射者文不備也飲酒必遂養老禮記文王世子篇適東序釋奠於先老遂設三老五更羣老之席位焉適饌省醴養老之珍具遂發咏焉退脩之以孝養也周禮黨正以禮屬民而飲酒于序以正齒位此皆飲酒養老之禮行葦云曾孫維主酒醴維醹酌以大斗以祈黃耇所謂既飲旨酒也又云黃耇台背以引以翼壽考維祺以介景福所謂永錫難老也順猶遂也長道謂尊長養老之道也行葦傳云引長也義亦同屈古詘字誳即詘也爾雅屈收聚也屈訓聚亦訓收轉相爲訓醜衆緜同文王世子篇凡語于郊者必取賢斂才焉或以德進或以事舉或以言揚曲藝皆誓之以待又語三而一有焉乃進其等以其序謂之郊人遠之於成均以及取爵於上尊也注天子飲酒於虞庠則郊人亦得酌於

上尊以相旅案衆卽旅收卽取賢斂才釋文引韓詩云
屈收也收斂得此衆聚王肅亦云斂此羣衆蓋本韓以
述毛是也此章未
及伐淮夷之事

穆穆魯侯敬明其德敬愼威儀維民之則允文允武昭
假烈祖傳假至也靡有不孝自求伊祜疏爾雅穆穆敬也假至雲漢
同烈祖伯禽爲魯有功烈之祖也詩述聞云孝本作𡥈
說文𡥈效也从子爻聲效與傚同經文作𡥈而訓爲傚
故箋云無不法傚之者釋文正義所見本已誤爲孝是
以張參五經文字失收𡥈字也靡有不𡥈謂僖公無事
不法傚其祖非謂國人傚僖
公也當承昭假烈祖爲義

明明魯侯克明其德既作泮宮淮夷攸服矯矯虎臣在
泮獻馘淑問如皋陶在泮獻囚傳囚拘也疏明明猶勉勉也前四
章言脩泮宮之化後四章言伐淮夷之功既作泮宮淮
夷攸服此冡上生下之詞春秋僖十三年夏公會諸侯

于鹹左傳會于鹹淮夷病杞故十六年冬公會諸侯于淮傳會于淮謀鄫且東略也十七年秋九月公至自會傳書曰至自會猶有諸侯之事焉案淮夷病杞又病鄫于鹹于淮皆齊桓公兵車之會而僖公與焉淮之會於十六年之冬十二月而至自會在十七年秋九月其時齊侯先歸莒魯侯與諸侯以爲東略之謀則僖公自有伐淮夷之事淮夷在魯東南世與魯爲難故周公伯禽之世尚有淮夷竝興伯禽征討之後或爲魯屬國僖公又能征伐淮夷故詩人歌以美之昭三十七年左傳晉范獻子曰季氏甚得其民淮夷與之是淮夷與魯固畔則爲難服則聽從者也○爾雅蟜蟜勇也釋文蟜本亦作蹻版嵩高酌皆作蹻箋云蹻蹻武皃卽本酌傳也皇矣傳云不服者殺而獻其左耳曰馘此囚訓拘者囚與馘對文馘謂已死囚謂生者生拘之問其辭也王制出征執有罪反釋奠于學以訊馘告禮記言訊馘告學詩言囚馘獻泮宮其事正同

濟濟多士克廣德心桓桓于征狄彼東南烝烝皇皇不吳不揚傳桓桓威武貌烝烝厚也皇皇美也揚傷也不

告于訩在泮獻功【疏】爾雅桓桓威也傳本之而益其辭云威武皃桓箋同書牧誓篇尚桓桓說文作尚狟狟桓皆狟之假借字瞻卬傳狄遠也抑傳逷遠也古狄逷聲通狄彼東南與書逷矣西土之人句法一例釋文引韓詩作鬄訓除箋作剔訓治從韓義也箋云東南斥淮夷○烝烝然厚皇皇然美此傳承上克廣德心爲訓言多士之厚美即本僖公之德心也絲衣傳云吳譁也車攻之子于征有聞無聲傳有善聞而無讙譁之聲是即不吳之義也漢衞尉衡方碑引詩作不虞虞者吳之假借字王肅解吳爲過誤非是矣不揚漢碑引詩作不陽揚陽皆假借字釋文所據傳作瘍王肅所據傳作傷瘍傷義相近不譁言不讙譁也不傷言不傷害也鄭讀揚如字則與讙譁義複矣告者鞫之假借字文王世子告于甸人注告讀爲鞫與此告字同鞫亦作𥷚說文𥷚窮治罪人也不告于訩言不窮治凶惡唯在柔服之而已

角弓其觩束矢其搜【傳】觩弛貌五十矢爲束搜眾意也

戎車孔博徒御無斁既克淮夷孔淑不逆式固爾猶淮

夷卒獲【疏】觩俗字釋文作觓觓與朻讀聲相似有下垂之義故傳云觓弛皃也荀子議兵篇云負服矢五十个此傳所本也正義引無服字與漢書刑法志同案周制獄訟坐成罰以束矢其束矢之數未識與詩束矢同否鄭注秋官大司寇從尚書左傳賜諸矦一弓百矢爲說韋注齊語及高注淮南氾論竝從射禮三發四矢共十二矢爲說然二者皆非詩之束矢矣說文云搜衆意也廣雅云搜衆也竝本毛訓○博猶衆也徒徒行者御御車者斁厭也無斁言不厭倦也淑善也不逆言卒從也固安也定也猶謀也獲亦克也

翩彼飛鴞集于泮林食我桑黮懷我好音【傳】翩飛皃鴞惡聲之鳥也黮桑實也憬彼淮夷來獻其琛元龜象齒大賂南金【傳】憬遠行皃琛寶也元龜尺二寸賂遺也南謂荆揚也【疏】經言飛故翩爲飛皃鴞惡聲之鳥墓門同詳墓門篇孟子滕文公篇南蠻鴃舌之人非先王之道趙注云其舌之惡如鴃鳥案鴞聲比南楚與鴃舌指南蠻同義孟子卽本此詩意也泮林泮宮之

林也集于泮林所謂出于幽谷遷于喬木也黮眠作甚
說文云葚桑實也又云黮桑葚之黑也凡桑實孰色黑
故字又從黑淮南子主術篇問瞽師曰黑何若曰黮然
是黮爲黑也匪風傳懷歸也日月傳音聲也歸我以好
聲用夏變夷也○釋文憬說文作懬音獷文選齊故安
陸昭王碑文注引韓詩作獷薛君章句云獷覺寤之皃
今說文瞿部引詩作穬心部懬下不引詩而憬下引詩
云憬覺悟也其字同毛其義同韓段注以爲淺人竄改
疑不能明也玉篇憬遠行皃荅希馮所據毛詩已如此
琛寶爾雅釋言文正義寶作圭誤魯之淮夷猶周之蕃
服也大行人九州之外謂之蕃國世壹見各以其所貴
寶爲摯○元大也漢書食貨志元龜爲蔡如淳注說謂
蔡國出大龜也又食貨志元龜岠冉長尺二寸公龜九
寸以上矦龜七寸以上子龜五寸以上孟康注冉龜甲
緣也岠至也度背兩邊緣尺二寸也白虎通義蓍龜篇
引禮三正記云天子龜長一尺二寸諸矦一尺大夫八
寸士六寸龜陰故數偶也舊本北堂書鈔政術部五引
毛傳尺二寸上有長字長尺二寸是魯用天子龜也說
文亦云賂遺也案此言淮夷既服而聲教所被雖荆揚
之遠亦來大遺元龜象齒與金也大賂二字句屬上下

與韋顧既伐昆吾夏桀既伐二字句屬上下文法相同荆揚貢金三品大龜齒革皆荆州產傳云南謂荆揚也者就物產之地爲言其意實指荆楚也僖公時荆楚已兼有禹貢揚州之域在魯之南閟宮六章云淮夷蠻貊及彼南夷莫不率從莫敢不諾魯矦是若傳南夷荆楚也詩義正同

閟宮八章二章章十七句一章十二句一章三十八句二章章八句二章章十句

閟宮頌僖公能復周公之宇也疏七章云復周公之宇

閟宮有侐實實枚枚傳閟閉也先妣姜嫄之廟在周常閉而無事孟仲子曰是禖宮也侐淸淨也實實廣大也枚枚礱密也赫赫姜嫄其德不回上帝是依傳上帝是依依其子孫也無災無害彌月不遲是生后稷降之百

福黍稷重穋稙穉菽麥（傳）先種曰稙後種曰穉奄有下

國俾民稼穡有稷有黍有稻有秬奄有下土纘禹之緒

（傳）緒業也（疏）說文閟閉門也閉閟門也閟閉也是閟閉閟同義采蘩傳宮廟也傳挨下言赫赫姜嫄故宮爲先妣姜嫄廟生民傳姜嫄后稷之母配高辛氏帝焉周禮大司樂以享先妣鄭注云先妣姜嫄也周立廟自后稷爲始祖姜嫄無所妃是以特立廟而祭之案周享先妣在天神地示四望山川之下先祖之上則先妣尊於先祖故先祖爲后稷先妣爲后稷母姜嫄斯干似續妣祖箋亦云妣先妣姜嫄也蓋周人以后稷爲大祖立廟更於孟春南郊配天帝嚳爲遠祖尊不立廟特於冬至圜丘之禘配天以爲后稷親而帝嚳尊也周家歷世有聖母功起后稷必推本於姜嫄尊親之至理應立廟但帝嚳無廟姜嫄既不得援春秋經禘于大廟用致夫人之禮以婦人祔於男子同帝嚳在圜丘后稷有廟姜嫄亦不得援春秋經惠公仲子僖公成風之例以母繫子同后稷以合食故特爲姜嫄別立廟守祧奄八人賈疏云天子七廟通姜嫄爲八廟廟一人故八人

此姜嫄別廟之證也于是后稷有母而帝嚳有妃后稷非無父亦姜嫄非無夫矣此周禮也魯無圜丘之禘不禘嚳雖得郊祀后稷然祈穀非南郊無后稷廟亦不立姜嫄廟傳云在周以言廟不在魯也周人時祭不及姜嫄據月令仲春祀高禖有天子親往之文則姜嫄每歲止此一祭故傳云常閉而無事高禖有宮是曰禖宮葢禖宮始於上古說文禖祭也御覽禮儀部八引五經異義王者一歲七祭天仲春后妃郊禖禖亦祭天也高注呂覽仲春紀云祭其神於郊謂之郊禖據此則禖宮當在郊故生民玄鳥傳謂之郊禖帝高辛之世已有之故生民傳云古者必立郊禖焉是也其後立廟遂爲高辛妃廟故月令謂之高禖周祀姜嫄猶之殷祀簡狄也傳引孟仲子云是禖宮也者所以證明周人姜嫄廟爲禖宮之義在周不在魯也淸淨釋文作淸靜說文侐靜也傳釋實實爲廣大末章松桷有舄舄大皃義同釋枚枚爲礱密謂礱且密也春秋莊二十四年春刻桓宮桷穀梁傳云禮天子之桷斲之礱之加密石焉諸侯之桷斲之礱之大夫斲之士斲本國語及書大傳竝有此文閟宮爲先妣廟在周故傳就天子廟桷言之也釋文引韓詩枚枚閒暇無人之皃葢韓必連實實作訓以狀其常

閉與毛義異○大明傳云回違也上帝天也傳撥下文釋依爲依姜嫄之子孫子謂后稷孫謂大王以下至僖公生民云上帝不寧居然生子又云上帝居歆以迄于今卽其義也彌終也不遲言易也○七月傳後孰曰重先孰曰穋凡黍稷菽麥皆有先後種孰之異經於黍稷言重穋菽麥言稙穉傳又於重穋言孰義箸於七月而此稙穉言先種後種皆互詞以見者也釋文引韓詩稙長稼也穉幼稼也汪遠孫云先種卽長後種卽幼毛韓似異而實同種作種非俾釋文作卑云下皆同箋云秬黑黍也案既有黍又有黑黍猶內則飯既有黍又有白黍白黍以別於上黍之爲黃黍也黑黍以別於上黍之爲白黍也黃黍者糜也穄也爾雅業緒也緒業轉相訓纘繼也纘禹之緒言禹有平治水土之業后稷繼而起教民稼穡也

后稷之孫實維大王居岐之陽實始翦商(傳)翦齊也至于文武纘大王之緒致天之屆于牧之野無貳無虞上帝臨女(傳)虞誤也敦商之旅克咸厥功王曰叔父建爾

元子俾侯于魯大啓爾宇爲周室輔（傳）王成王也元首
宇居也（疏）翦齊爾雅釋言文小宛傳齊正也翦爲齊齊
又爲正此一義引申側也實始正商者言大
王自豳徙居岐陽克匡戎狄以守衞中國即其正商室
之事是大王之緒也至于文王受命巳後武王受命巳
前皆纘大王之緒也爾雅翦齊也翦勤也二訓竝釋詩
毛傳本翦齊立訓齊義可兼勤義也箋及周禮翦氏注
翦商爲斷商說文作戩商爲滅商許鄭本三家詩○節
南山薄傳屆極也箋屆殛也古極殛通致天之屆猶云
致天之罰耳此巳下始言武王滅商之事無貳義見大
明篇虞讀與誤同無虞言無敢過誤也敦商之旅猶云
裒荊之旅也殷武傳裒聚也行葦傳敦聚兒敦裒同義
咸讀爲咸咸劉厥敵之咸書述聞云咸者滅絶之名說文
伐絶也讀若咸咸與減古字通文十七年左傳曰克減
侯宜多謂減絶也案詩克咸與左傳克減同克勝也減
亦滅絶也克減厥功即武所謂勝殷遏劉者定爾功也
箋云伐紂周公又與焉故述之以美大魯○箋云叔父
謂周公也周公爲成王之叔父故王爲成王也元首釋
詁文元大也首子猶大子矣魯公伯禽爲周公首子凡

蔣邢茅胙祭皆餘子宇居縣桑柔同定四年左傳子魚曰昔武王克商成王定之選建明德以藩屏周故周公相王室以尹天下於周爲睦因商奄之民命以伯禽而封於少皞之虛案少皞之虛爲武王初封之地後成王踐奄益之以商奄於是魯大啓其居奄龜蒙荒大東爲周室輔也

乃命魯公俾侯于東錫之山川土田附庸周公之孫莊公之子龍旂承祀六轡耳耳春秋匪解享祀不忒傳周公之孫莊公之子謂僖公也耳耳然至盛也皇皇后帝皇祖后稷疏侯侯伯也錫之成王錫之山川土田附庸皆成王之命魯公也左傳云分之土田陪敦是其事矣周初封大國百里其次七十里其次五十里周公作周禮更建邦國公方五百里侯方四百里伯方三百里子方二百里男方百里周禮鄭仲師注以爲半皆附庸而鄭康成則以爲附庸不在其中明堂位封周公於曲阜地方七百里注云上公之封地方五百里加魯以四等之附庸方百里者二十四并五五二十五

積四十九開方之得七百里又地官大司徒注云凡諸矦爲牧正帥長及有德者乃有附庸爲其有祿者當取焉公無附庸矦附庸九同伯附庸七同子附庸五同男附庸三同進則取焉退則歸焉魯於周法不得有附庸故言錫之也地方七百里者包附庸以大言之也附庸二十四言得兼此四等矣賈疏申之云凡有功進地矦受公地附庸九同伯受矦地附庸七同子受伯地附庸五同男受子地附庸三同魯本五百里四面各加百里四五二十即二十同四角又各百里爲四四同故附庸二十四魯兼矦伯子男四等之附庸以開方知之也○周公至莊公十七君至僖公十八君而曰孫者自孫以下皆稱孫也龍旂承祀六轡耳耳春秋匪解享祀不忒案此四句指廟祭言龍旂上公之旂畫以交龍也魯春秋享祀載龍旂郊建大常正義云異義古毛詩說以此龍旂承祀爲郊祀者自是舊說之謬是也承讀如大禧是承之承耳耳猶爾爾載驅垂轡爾爾傳爾爾衆也盛與衆同義玉篇緝六轡盛皃緝俗字文二年左傳引詩杜注云忒差也○皇皇后帝皇祖后稷案此二句指郊祭言箋皇皇后帝謂天也天即所郊祭之天故明堂位注云昊天上帝魯不祭御覽禮儀部五經異義引賈逵說

曰魯無圜丘方澤之祭者周兼用六代之禮樂魯用四代其祭天之禮亦宜損於周故二至之日不祭天地也賈鄭說同祭法周人禘嚳郊稷魯不禘嚳而猶郊稷故南郊祀天亦配后稷其實魯郊與周郊亦不盡同魯南郊祈穀爲一祭故於郊爲祀后稷而亦祈農事在夏正正月爲郊之正時說詳噫嘻篇

享以騂犧是饗是宜降福既多傳騂赤犧純也周公皇祖亦其福女秋而載嘗夏而楅衡白牡騂剛犧尊將將毛炰胾羹籩豆大房萬舞洋洋傳諸侯夏禘則不礿秋祫則不嘗唯天子兼之楅衡設牛角以楅之也白牡周公牲也騂剛魯公牲也犧尊有沙飾也毛炰豚也胾肉也羹大羹鉶羹也大房半體之俎也洋洋衆多也孝孫有慶俾爾熾而昌俾爾壽而臧保彼東方魯邦是常不

虧不崩不震不騰三壽作朋如岡如陵傳震動也騰乘也壽考也公車千乘朱英綠縢二矛重弓傳大國之賦千乘朱英矛飾也縢繩也重弓重於鬯中也公徒三萬貝冑朱綅傳貝冑貝飾也朱綅以朱綅綴之烝徒增增戎狄是膺荊舒是懲則莫我敢承傳增增衆也膺當承止也俾爾昌而熾俾爾壽而富黃髮台背壽胥與試俾爾昌而大俾爾耆而艾萬有千歲眉壽無有害疏傳訓騂犧爲赤純箋云其牲用赤牛純色與天子同也繁露郊事對臣湯問仲舒魯祭周公用白牡其郊何用臣仲舒對曰魯郊用純騂犅周色上赤魯以天子命郊故以騂案此與傳訓合享以騂犧三句冡上章郊祀帝稷而言周公皇祖此倒句猶云皇祖后稷耳二句冡上章春秋享祀而言下文因極陳僖公祀周公於大廟之事明堂位

孟春祀帝于郊配以后稷下言以禘禮祀周公祭統外祭郊社下言內祭大嘗禘詩亦先言郊祀后稷下言禘祀周公皆是成王康周公之禮也詩與禮記文義正同○嘗四時祭名天保篇禴祠烝嘗于公先王是也經言嘗傳乃云諸侯夏禘則不礿秋祫則不嘗唯天子兼之者禘祫亦四時祭名也春官大宗伯以肆獻祼享先王以饋食享先王鄭注云肆獻祼饋食在四時之上則是祫也禘也司尊彝凡四時之閒祀追享朝享鄭司農注云追享朝享謂禘祫也在四時之閒故曰閒祀此天子於四時之祭之外兼有禘祫二祭也何休文二年公羊注禮天子特禘特祫諸侯禘則不礿祫則不嘗又桓八年注天子四祭四薦諸侯三祭三薦何解與毛義同然則禘祫者即周禮之所謂閒祀耳昝儒論禘祫聚訟紛然其實祇辨吉時兩事而已今即毛傳義而申明之傳云夏禘礿秋祫嘗則禘祫時祭非吉祭可知凡經典多言禘少言祫言禘必連言嘗中庸云明乎禘嘗之義祭統云禘嘗之義大又云魯內祭有大嘗禘嘗爲四時祭之一禘爲四時大祭之一於夏則言禘於秋則言嘗言禘知禘爲四時大祭亦言嘗知禘乃四時之一祭也祫唯見於公羊穀梁及曾子問大抵皆吉祫非時祫然公

羊傳云五年而再殷祭韋玄成何休鄭玄皆以爲一祫一禘此蓋於吉祫之後新主入親廟行其常祀而言之是四時有祫矣漢書匡衡告謝廟毀云天子間歲而祫謂時祫也則知謂有禘無祫與禘祫一祭二名以時祭而混入於吉祭之說者皆非也傳云諸侯禘祫不礿嘗天子禘祫又礿嘗則禘祫非四時常祭可知藝文類聚初學記太平御覽並引五經異義三歲一祫此周禮也五歲一禘疑先王之禮也文疑有誤奪當云三歲一祫五歲一禘此周禮也三歲一禘疑先王之禮也三歲一禘吉祭也百王之通義故云先王之禮也三歲一祫五歲一禘時祭也夏殷之未備故云此周禮也當三年則祫當五年則禘較時祭爲大也說文云春祭曰祠礿夏祭也禘諦祭也周禮曰五歲曰禘祫大合祭先祖親疏遠近也周禮曰三歲一祫許以祠礿禘祫連篆則皆謂時祭可知是固以說文爲定論矣說苑脩文篇言四時常祭之外亦云三歲一祫五年一禘可見西京舊說悉有師承則知以三年喪畢之禘祫而誤爲時祭三年祫五年禘本爲四時之殷祭而又或誤爲吉祭者又非也傳云夏禘秋祫則禘祫定以夏秋可知明堂位言季夏六月禘周公襍記四月故禘在孟夏獻子改爲孟秋行

禘故譏其失禮此禘在孟夏之證也孟夏禘孟秋祫獻子改爲孟秋禘則廢一祫祭矣天子諸侯之有禘必有祫祫當在孟秋也通典禘祫上引崔靈恩說禘以夏者以審諦昭穆序列尊卑夏時陽在上陰在下尊卑有序故大次第而祭之故禘者諦也第也祫以秋者以合聚羣主其禮最大必秋時萬物成熟大合而祭之祫者合也此卽本毛傳禘屬夏祫屬秋之義也若吉禘吉祫本無定月周禮鬯人疏引賈逵服虔說三年終禘遭烝嘗則行祭禮則與時禘時祫其禮有定時者不同天子吉禘行於路寢大廟長發是也時禘時祫行於大祖廟雖是也諸侯特祀卽吉禘合食有吉祫及時禘時祫悉行於大祖廟諸侯大祖廟卽大廟也魯參用天子禮故吉禘在新宮其吉祫及時禘時祫皆行於路寢大廟詩傳可攷也詩言秋而載嘗載與再通載嘗者旣行秋祫再行秋嘗也故傳言諸侯秋祫則不嘗禘祫並重故傳先言夏禘則不礿揆下文夏而楅衡句而爲言也秋而載嘗知五廟皆享也夏而楅衡知大廟特禘也則經于秋言嘗而不及祫于夏雖不明言禘而實行禘而又不及礿傳乃補經義以申明之衡古橫字楅衡者謂以橫木偪束之傳但云設牛角而不言橫木者文義易明耳說

文楅以木有所逼束也詩曰夏而楅衡地官封人凡祭祀飾其牛牲設其楅衡鄭司農注云楅衡所以楅持牛也謂夕牲時案鄭與許竝同毛義祭前夕之牛必設楅衡者即穀梁傳展斛角而知傷之意杜子春解楅衡以爲持牛令不得抵觸人豈是謂歟此言祭夕飾牲下文乃正說禘事○文十三年公羊傳周公用白牡魯公用騂犅此傳所本也說文云犅特也詩作剛即犅之假借字犅爲特於白言牡於騂言特互詞也檀弓殷人尚白牲用白周人尚赤牲用騂鄭注云騂赤類是白赤皆純色何注公羊謂騂犅爲赤脊之牲則其色非純矣案此詩上言夏禘下言犧尊房俎及萬舞之樂皆是康周公禮而詩言白牡必兼言騂剛者祀周公亦以祀魯公也魯用天子禮樂故魯與周可比而論之禮記明堂位言魯公祀周公於大廟知此大廟非周公廟也周公於時爲魯禰廟魯公以夏禘奉禰廟主祀大廟與周公奉文王考廟主祀清廟其禮相同魯之大廟猶周之清廟也明堂位大廟天子明堂此明堂爲路寢明堂即大廟之前堂也魯大廟與天子路寢明堂同制周制天子親廟四與大祖廟而五與二祧而七諸侯止五廟無二祧魯亦無二祧而立出王廟如二王後周以后稷爲大祖魯

以文王爲大祖大祖不遷不毀周文王武王皆爲受命之王魯周公魯公皆爲受封之君亦不遷不毀然周至懿王之世立文王爲文世室孝王之世立武王爲武世室前此未有也魯世家周公旦子魯公伯禽子考公酋弟煬公熙子幽公宰弟魏公濞子厲公擢五世服盡臣子一例其廟遷毀魯自魏公之世周公之主當遷於大廟故卽以大廟爲周公廟不毀厲公之世魯公之主當遷於大廟故卽以大廟大室爲魯公廟不毀大廟路寢大廟也大室路寢大室也宗廟毀主藏於廟室之西壁周公魯公不毀故遂以路寢大廟爲周公廟路寢大室爲魯公廟此魯廟制之大凡也不則魏厲巳後別立大廟大室則魯有七廟矣不立大廟祀周公大室祀魯公則周魯皆遷毀矣大廟之祀周公不始於遷毀之日而實始於受封之時但受封周公尚在親廟因禘而升祀大廟至當遷毀之後則其主奉於大廟則大廟之祀周公在成王之時以大廟之奉周公主乃在魏厲之後春秋經桓二年納郜大鼎于大廟臧哀伯諫證之以淸廟茅屋昭其儉德則大廟卽淸廟也穀梁傳以爲受賂而逞以事其祖以周公爲弗受則此大廟爲周公廟也天子吉禘在路寢明堂諸侯謂之特祀在新主廟故閔二

年始僭吉禘之稱而於莊公新廟不於大廟文二年有事于大廟僭行天子吉禘在明堂之禮故春秋書有事公穀皆以爲大祫此僭禮之失故孔子曰魯之郊禘非禮也周公其衰矣亦謂周公之弗受也周公至僖十八世魯公至僖十七世明堂位魯公之廟文世室也武公之廟武世室也孔疏云按成六年立武宮公羊左氏並譏之不宜立也又武公之廟立在武公卒後其廟不毀在成公之時此記所云美成王襃崇魯國而巳云武公之廟武世室者作記之人因成王襃魯遂盛美魯家之事因武公其廟不毀遂連文而美之非實辭也魚案記文當作魯公之廟世室也此因周有文世室又有武世室故遂以武公之廟足其數此失當成公立武宮之世遂以改竄明堂位之文耳世室夏之明堂重屋殷之明堂世室亦爲大室春秋文十三年秋大室屋壞左傳杜預注云大室大廟之室孔疏云左氏先師賈服等皆以爲大廟之室也漢書五行志中春秋經大事于大廟躋釐公左氏說曰大廟周公之廟饗有禮義者也釐雖愍之庶兄嘗爲愍臣臣子一例不得在愍上又未三年而吉禘前後亂賢父聖祖之大禮故是歲自十二月不雨至于秋七月後年若是者三而大室屋壞矣前堂曰大

廟中央曰大室屋其上重屋尊高者也象魯自是陵夷將墮周公之祀也引穀梁公羊經曰世室魯公伯禽之廟也周公稱大廟魯公稱世室然則前堂大廟爲周公廟中央大室爲魯公廟左氏先師舊說信有明證矣周公受封不之魯魯公雖始受封而實出自周公故祀不偏重周魯之在魯猶文武之在周也魯之禘祫周魯合祭於大廟大室猶文武合祭於淸廟明堂也故曰魯王禮也明堂位言禘周公詩言祀周公亦祀魯公皆所以頌僖公能修廟祀之禮追僖公子文公不於大廟聽朔浸致大室屋壞魯公廟壞則周公之廟亦因之而不修故孔子錄僖公詩有以也此因詩言合祭周魯而因詳證魯國廟祭之制如此又案襄十二年左傳凡諸侯之喪同姓於宗廟同宗於祖廟魯爲諸姬臨於周廟爲邢凡蔣茅胙祭臨於周公之廟杜預注云宗廟所出王之廟祖廟始封君之廟周廟文王廟周公之廟卽祖廟也杜元凱注甚見明晰文王爲魯大祖故廟爲宗廟此卽王制昭穆之大祖廟也周公爲魯始封之祖故廟爲祖廟祖廟周公大廟此卽月令左右个之大廟也周禮天府掌祖廟之守藏凡國之玉鎭大寶器藏焉若有大祭大喪則出而陳之旣事藏之鄭司農卽引顧命王崩陳

寶於西序東序西房東房行事之見於經者以爲證又與左傳納郜大鼎於大廟臧哀伯諫置賂器者合是周大廟亦稱祖廟矣解之者往往於昭穆及左右个兩制不明則大祖廟與大廟混而合之宗廟與路寢併而同之是不可以不辨路寢詳見下○犧沙聲同沙讀爲娑假俗字也傳云有沙飾疑沙下奪羽字正義云此傳言犧尊有沙羽飾是正義本有羽明堂位尊用犧象山罍注犧尊以沙羽爲畫飾鄭同毛說亦有羽皆可證周禮司尊彝春祠夏禴其朝踐用兩獻尊鄭司農注云獻讀爲犧犧尊飾以翡翠翡翠即羽也鄭志張逸問曰犧讀如沙沙鳳皇也不解鳳皇何以爲沙荅曰刻畫鳳皇之象於尊其形婆娑然或有作獻字者齊人之聲誤耳禮器犧尊疏布鼏疏引鄭云畫尊作鳳羽婆娑然故謂娑尊也案此鄭注即鄭志沙爲鳳皇其實沙爲羽之狀非必謂鳳皇也禮記述聞引莊子天地篇百年之木破爲犧尊淮南子俶眞篇百圍之木斬而爲犧尊則犧尊木質而畫以沙羽爲飾阮諶以爲牛飾王肅以爲牛形悉爲臆說執競傳云將將集也集猶合作也犧尊朝踐之尊始祭而合作之將將然也王肅將將訓美盛失之炰當作炰釋文蒲包反與六月韓奕之炰音甫九反者别

也瓠葉傳毛曰炮單言炮連言毛炮傳云豚者封人歌舞牲及毛炮之豚傳所本也鄭注云毛炮豚者爛去其毛而炮之周禮作炮不誤禮運捭豚注捭肉加於燒石之上鄭讀捭爲擘鹽鐵論散不足篇亦云古者燔豚以相饗燔與捭同祭用毛炮豚卽上古捭豚之遺意也曲禮左殽右胾殽爲豆實則胾爲籩實鄉射記薦脯用籩五職祭半職橫于上古文職爲胾是胾在籩也天官籩人朝事之籩有膴加籩有膴說文胾大臠也大臠卽膴也胾乾物羹濡物胾羹猶脯醢也傳謂胾爲肉肉乾肉也羹爲大羹鉶羹者亨人祭祀共大羹鉶羹傳所本也大羹實於瓦豆說見生民篇爾雅肉謂之羹廣雅羹謂之湆則羹者肉湆之名不加菜和爲大羹加以菜和爲鉶羹菜謂之芼故又謂之鉶芼公食記鉶芼牛藿羊苦家薇皆有滑特牲記鉶芼用苦若薇皆有滑夏葵冬荁采蘋釋文引鄭注云鉶三足兩耳有蓋和羹之器也明堂位俎用梡嶡又云俎有虞氏以梡夏后氏以嶡殷以椇周以房俎詩稱周器故言大房記稱四代之器故言俎有梡嶡傳云半體之俎也者周語禘郊之事則有全烝王公立飫則有房烝蓋房之言旁也全烝全體之俎則房烝爲半體之俎故左傳謂之體薦天地用全而宗

廟用房也飫卽饗饗亦行於廟也凡宗廟舞諸侯以羽
唯天子兼以干萬舞有干有羽也春秋宣八年夏六月
辛巳有事于大廟壬午猶繹萬入去籥此周公廟用萬
也昭十五年二月癸酉有事于武宮籥入此羣廟不用
萬也詩爲祀周公故萬舞矣傳云洋洋衆多也者明堂
位朱干玉戚冕而舞大武皮弁素積裼而舞大夏祭統
朱干玉戚以舞大武八佾以舞大夏此爲舞數衆多也
韓詩傳萬大舞也○孝享也孝孫享祀之孫謂僖公也
逸禮禘于大廟祝稱孝子孝孫慶猶福也案此已下皆
嘏辭也震動生民時邁同騰乘十月之交同不動無敢
動搖也不乘無敢乘陵也傳繹壽爲考三考義未聞疑
考乃老之誤張衡東京賦降至尊以訓恭送迎拜乎三
壽薛綜注云三壽三老也又新序襍事五詩曰壽胥與
試美用老人之言以安國也下章壽三家詩釋爲老則
與此三壽爲三老義同箋云三壽三卿也應是申成毛
訓椒聊傳朋比也古比方比合不分上去聲三壽作朋
意謂君與臣合德也○公車千乘此賦兵之車數也司
馬法有二說一說云九夫爲井四井爲邑四邑爲丘丘
十六井有戎馬一匹牛三頭是曰匹馬丘牛四丘爲甸
甸六十四井出長轂一乘馬四匹牛十二頭甲士三人

步卒七十二人戈楯具備謂之乘馬一說云六尺爲步步百爲畝畝百爲夫夫三爲屋屋三爲井井十爲通通爲匹馬三十家士一人徒二人通十爲成成百井三百家革車一乘士十人徒二十人十成爲終終千井三千家革車十乘士百人徒二百人十終爲同同方百里萬井三萬家革車百乘士千人徒二千人案前一說旬出一乘因是而推四甸爲縣出四乘四縣爲都出十六乘後一說成出一乘終出十乘同出百乘與漢書刑法志同何休宣十五年公羊注十井共出兵車一乘包咸論語學而注方里爲井十井爲乘百里之國適千乘也是爲一乘起十井一同出千乘而不知周初大國百里賦止百乘其後益封方五百里於是大國車千乘矣論語道千乘之國謂成國也井邑丘甸縣都出賦法通成終同出軍法說者混爲一制非也千乘亦有二說一說以一乘七十五人計之千乘當有七萬五千人一說以一乘三十人計之千乘當有三萬人出軍之千乘與出賦之千乘本自不同如以出軍當出賦則千乘三萬人僅充二軍爲次國不足充三軍爲大國傳云大國之賦千乘賦出賦也楚語國馬足以行軍公馬足以稱賦此軍與賦不同術也魯所出之賦千乘人數當餘羨於三軍

不當退滅爲二軍致不合大國三軍之號理甚明也昭
八年秋蒐于紅左傳自根牟至于商衛革車千乘此謂
魯蒐軍實也明堂位成王封地方七百里革車千乘此
謂魯車大數也皆出賦而非出軍固有此七萬五千人
之多也禮記坊記制國不過千乘疏引五經異義云公
車千乘謂大總計地出軍也公徒三萬謂鄉遂兵數也
許叔重說得之矣傳云朱英矛飾者挾下句二矛爲訓
淸人二矛重英傳重英矛有英飾也彼言英此言朱英
則英飾謂朱也飾縣毛羽其色朱正義謂絲纏而朱染
之非是縢繩小戎同綠縢弓飾也弓納諸韔而繩之綠
其飾也二矛詳淸人篇重弓二弓云重於鬯中者卽小
戎篇所謂交韔也鬯讀與韔同○公徒三萬此出師之
軍數也徒卽司馬法徒二人徒二十人徒二百人徒二
千人也鄭箋以三萬爲三軍正義引鄭志荅臨碩謂此
爲二軍有此兩解案三萬二軍是也詩意先言賦後言
軍千乘爲賦三萬爲軍故重弓言備豫之事而貝冑言
從戎之飾文義顯然葢家賦軍徒四事實用遞減之法
甸六十四井通上中下地率之定受田二百八十八家
計可任者二家五人凡七百二十人出長轂一乘甲士
三人步卒七十二人是於家任之人定賦約十一而用一

一乘七十五人千乘七萬五千人三軍三萬七千五百人是於賦乘之人定軍約二而用一二軍二萬五千人是於軍興起徒約三而用二故古者比年簡徒三年簡車臨陳行師亦復選徒治兵周禮天子六鄉六軍六鄉掌之大國三鄉三軍三鄉掌之次國二鄉二軍二鄉掌之小國一鄉一軍一鄉掌之此定軍之制也出師不必盡行故大國三軍三卿其一卿一軍畱守二卿二軍出征伐襄十一年公羊傳云三軍者何三卿也作三軍何以書譏何譏爾古者上卿下卿上士下士繁露爵國篇云諸侯大國四軍此謂卿爲帥士爲佐故有四軍之號其實諸侯大國止有二軍耳穀梁作三軍傳云古者天子六師諸侯一軍作三軍非正也昭五年舍中軍傳云貴復正也舍中軍爲復正穀梁亦謂魯當用二軍公穀傳皆就魯出師之制言之何休隱五年公羊傳注云禮天子六師方伯二師諸侯一師六師三見於詩莊十六年左傳王使虢公命曲沃伯以一軍爲晉侯此諸侯一軍之證也詩言公徒三萬此方伯二軍之證也齊語萬人爲一軍公帥中軍國子高子帥二軍三軍三萬人雖是變古然亦通率方伯二軍之制爲之傳云貝飾謂以貝爲飾穆天子傳朱帶貝飾三十與此貝飾同云以朱

綅綴之者說文綅綫也綫縷也古文作線朱綅謂以染朱之綫綴貝於冑正義則誤爲綴甲也○增增衆爾雅釋訓文郭注云衆衆之貌下武賚傳皆云應當也史記建元以來矦者年表引詩戎狄是應孟子作膺趙注膺擊也丁公著作應膺應聲同當擊義同沔水傳懲止也史記引詩荆舒是徵徵古懲字承與懲亦聲同故懲謂之止承又謂之止箋云天下無敢禦之禦亦當也止也案下二章頌僖公伐淮夷及荆楚此章先追美周公伐功與殷武篇述成湯時氏羌享王同其篇例小雅漸漸之石刺幽王戎狄叛之荆舒不至則周初之戎狄荆舒率服可知也僖公唯從齊伐荆若戎狄與舒未嘗有事孔仲達疑不能明要誤於鄭謂夸美僖公耳孟子滕文公篇引此詩而釋之云周公方且膺之又云是周公所膺也此其明證矣舊分章自享以騂犧以下三十八句爲一章章首從祀帝祀稷說起因而享祀大廟備陳魯以天子禮祀周公工祝致告於僖公作嘏下又極陳兵賦之大征伐之美工祝又致神之意再作嘏此皆在廟中美周公不頌僖公也觀舊分章知古說之不可易○萬有千歲眉壽無有害皆嘏孝孫之辭少牢禮工祝嘏主人之辭眉壽萬年勿替引之亦此意也

泰山巖巖魯邦所詹奄有龜蒙遂荒大東至于海邦淮夷來同（傳）詹至也龜山也蒙山也荒有也莫不率從魯侯之功（疏）泰當作大釋文作大山韓詩外傳說苑襍言篇引詩作大山說文岱大山也巖巖當作嚴嚴節南山傳嚴嚴積石皃大山積石之冣高大者也詹至采緣同至者言所至境也魯邦在大山之陽詹韓詩外傳說苑作瞻風俗通義山澤篇初學記地部引詩皆作瞻義異續漢書郡國志泰山郡博有龜山水經汶水注龜山在博縣北一十五里昔夫子望山懷操故琴操有龜山操焉山北即龜陰之田春秋定公十年齊人來歸龜陰之田是也案今山東泰安府新泰縣西南有龜山哀十七年左傳公會齊侯盟于蒙杜注云故蒙陰城漢書地理志泰山郡蒙陰禹貢蒙山在西南顓臾國在蒙山下然則論語之東蒙即蒙山矣今蒙陰縣在山東沂州府○傳云荒有者荒與幠通爾雅幠有也郭注引詩作幠葉鈔釋文引韓詩作巟至也箋荒奄也義竝相近大東魯東境海邦即魯東境之極邊左傳管敬仲曰齊大公所履東至于海猶此意也服淮夷詳泮水篇箋

云魯侯謂僖公

保有鳧繹遂荒徐宅至于海邦淮夷蠻貊及彼南夷莫不率從傳鳧山也繹山也宅居也淮夷蠻貊蠻貊而夷行也南夷荊楚也莫敢不諾魯侯是若傳若順也疏鳧山在今鄒縣西南漢書地理志魯國騶故邾國繹山在北案邾魯附庸國故繹山在魯字也邾後改為鄒或作騶繹俗作嶧與禹貢嶧陽為葛嶧山者不同繹山在今山東兗州府鄒縣東南徐讀為郳說文魯東有郳城段注云周禮雍氏注伯禽以王師征徐戎劉本徐作郳魯世家頃公十九年楚伐我取徐徐廣曰徐州在魯東是楚所取之徐州即郳地書序曰徐夷並興東郊不闢徐蓋郳也案此即徐郳聲通之義矣宅居皇矣同徐宅郳戎之舊居○傳文淮夷下各本奪蠻貊二字今補江漢傳云淮夷東國在淮浦而夷行也以釋經之夷字此傳云淮夷蠻貊蠻貊而夷行也以釋經之夷蠻貊三字今轉寫者不知經文複句之例因謂蠻貊重文刪去二字

以致文義不明淮上之國不與華同故廁之曰夷淮夷
在魯東南故更以南蠻東貉評之也傳云南夷荊楚也
者楚亦夷也居中國之南方鄭志荅趙商云楚交中國
而近南夷末世夷行故謂之夷也殷武傳荊楚荊州之
楚國也僖四年春秋經公會齊侯伐楚次于陘楚屈完
來盟于師盟于召陵八月公至自伐楚此僖公伐荊楚
事也若順烝民同順讀
國語諸侯稱順焉之順

天錫公純嘏眉壽保魯居常與許復周公之宇傳常許魯南鄙西鄙魯侯燕喜令妻壽母宜大夫庶士邦國是有既多受祉黃髮兒齒疏純嘏皆大也眉壽言常也卷阿云純嘏爾常矣常魯南鄙

箋云常或作嘗在薛之旁春秋魯莊公三十一年築臺
于薛是與周公有嘗邑所由未聞也六國時齊有孟嘗
君食邑於薛杜預左傳注云薛魯地史記越世家願齊
之試兵南陽莒地以聚常郯之境索隱云常蓋田文所
封邑案今山東兖州府滕縣東南有薛城周滕國在今
滕縣西南而薛城又在今滕縣東南常邑近薛是爲魯

之南境也齊語齊桓公反魯侵地棠潛管子小匡篇棠
作常不審即魯頌之常抑春秋之棠歟許魯西鄙箋云
許許田也魯朝宿之邑括地志許田在許州許昌縣南
四十里有魯城周公廟在城中案今河南許州中隔陳
衞成王營雒邑時以爲周朝宿邑許田在魯之西而周
公朝宿在焉是即魯之西境也鄭與魯易假許田在隱
桓之世則許田久屬於鄭疑魯南鄙之常自莊閔而後
或又屬於齊故頌僖公復故宇乃就故宇極邊邑言之
耳孔仲達謂僖公得許田而春秋闕漏恐不然矣傳以
常許爲魯南鄙西鄙鄭不得明文遂以許爲許田而又
推本薛旁之嘗即詩之常邑皆以申傳而仲達爲易傳
亦非晏子襍上篇景公伐魯傅許得東門無澤是魯有
許邑矣然齊在魯東北不應起師伐魯西邑與許爲西
鄙不合縣傳云宇居也○箋云燕燕飲也令善也僖公
燕飲於內寢則善其妻壽其母謂爲之祝慶也與羣臣
燕則欲與之相宜亦祝慶也是有猶常有也兒齒亦壽
徵案兒古齯字爾雅
云黃髮齯齒壽也
徂徠之松新甫之柏是斷是度是尋是尺松桷有舄(傳)

徂徠山也新甫山也八尺曰尋桷榱也舄大貌路寢孔碩新廟奕奕傳路寢正寢也新廟閔公廟也奚斯所作孔曼且碩萬民是若傳有大夫公子奚斯者作是廟也曼長也疏徠唐石經作來水經汶水注汶水西南流逕徂徠山西山多松柏詩所謂徂徠之松也鄒山記曰徂徠山在梁父奉高博三縣界亦曰尤徠之山案徂徠山在今泰安府東南新甫山在今新泰縣西北漢武帝改稱宮山度古劇字八尺曰尋說文云周制寸尺咫尋常仞諸度量皆以人之體爲法尋度人之兩臂爲尋八尺也爾雅釋宮桷謂之榱傳所本也說文云桷榱也椽方曰桷周謂之榱齊魯謂之桷舄者席之假借字禹貢海濱廣席夏本紀地理志皆作廣舄此舄席聲通之證也說文席卻屋也段注云卻屋者謂開拓其屋使廣也俗作斥作斥文選魏都賦注引蒼頡篇云席大也○傳云路寢正寢也殷武傳亦云寢路寢也兩詩皆於篇末亟言修治路寢之事劉向說苑修文篇春秋曰壬申公薨于高寢傳曰高寢者何正寢也曷爲或言高

寢或言路寢曰諸侯正寢三一曰高寢二曰左路寢三曰右路寢高寢者始封君之寢也二路寢者繼體君之寢也其二何曰子不居父之寢故二寢繼體君世世不可居高祖之寢故有高寢名曰高也路寢其立柰何高寢立中路寢左右春秋曰天王入于成周傳曰成周者何東周也然則天子之寢柰何曰亦三承明繼體守文之君之寢曰左右承明路寢謂之承明何曰承乎明堂之後者也故天子諸侯三寢立而名實正父子之義章尊卑之事別大小之德異矣案此春秋魯定公十五年之傳也路寢十二室之總稱其路寢之中卽大廟始封君之主在焉故謂之始封君之寢繼體之君疾病薨不在此也左居東卽青陽大廟故謂之左路寢右居西卽總章大廟故謂之右路寢前南堂爲明堂承乎明堂之後故路寢又謂之承明魯與周同制此必積古舊說路寢居宮之中央右社稷而左宗廟故經言路寢必連及新廟也劉向別錄社稷宗廟在路寢之西又云左明堂辟雝右宗廟社稷何休注桓二年公羊傳云質家右宗廟上親親文家右社稷尚尊尊然則劉子政所言蓋殷制也殷宗廟在路寢之西周宗廟在路寢之東則宗廟在路門內路寢之左此其義證故魯語云合神事於

內朝是也上公九命國家宮室以九爲節城方九里宮
方九百步三槧之得三百步者九與天子宮城之制同
前有門朝後有寢市各三百步者三路寢制如明堂方
三百步其左右亦各三百步五廟竝列可容也夏官隸
僕掌五寢之埽除糞洒之事鄭注五寢五廟之寢也詩
云寢廟繹繹相連貌也前曰廟後曰寢呂覽季春紀及
淮南子時則篇薦鮪于寢廟高注前曰廟後曰寢詩云
寢廟奕奕言相連也獨斷云頌曰寢廟奕奕言相連也
案凡五廟之制前廟後寢毛詩新廟奕奕三家詩作寢
廟繹繹奕奕高大繹繹相連作奕奕者據毛以改三家
也毛詩作新廟傳云閟公廟與穀梁傳新宮爲禰宮者
同以僖公爲閔公後而連及之特舉五寢廟之一耳與
三家詩實無異也唯鄭箋以爲姜嫄廟○傳文有大夫
公子奚斯者上奪複句經文奚斯所作四字當依小箋
補正奚斯公子奚斯即魯大夫公子魚也傳中廟字小
箋改從詩字奚斯所作所字不上屬所作猶作誦作詩
與節南山巷伯嵩高烝民末章文法皆同文選兩都賦
奚斯頌魯李注引韓詩薛君章句曰是詩公子奚斯所
作也毛與韓不異偃師武虛谷援楊子法言後漢書曹
褒傳班固傳及諸石刻之文度尚碑大尉劉寬碑綏民

校尉熊君碑費汎碑楊震碑沛相楊統碑曹全碑張遷表一一可證說詳段氏經韻樓集案段說是也鄭意魯頌四篇皆史克所作故解奚斯所作爲監作新廟與毛韓異不知史克作駉奚斯作閟宮史克見左傳在文公十八年至宣公世尚存見於國語奚斯見於閔公二年故文公二年傳已引閟宮之詩則奚斯作閟宮必在史克作駉之前此其顯證矣嵩高其詩孔碩其風肆好傳云肆長也曼肆訓同文選王褒四子講德論注引韓詩薛君章句亦云曼長也

卷二十九終

詩毛氏傳疏卷三十

長洲陳奐學

那詁訓傳弟三十　毛詩商頌

那五篇十六章百五十四句　疏　那五篇皆商詩堯之時契封於商湯有天下仍舊號焉今陝西商州是其地魯大師有商頌故孔子得錄之也

那一章二十二句

那祀成湯也微子至于戴公其閒禮樂廢壞有正考甫者得商頌十二篇於周之大師以那爲首　疏　成湯功成作大濩之樂繼世子孫祀其先祖作此樂歌也國語閔馬父之言曰箸正考父校商之名頌十二篇於周大師以那爲首是爲子夏作序之源流也左傳稱正考父佐戴武宣則正考父爲戴公時大夫戴公當周宣王時宣王中興修

禮樂正考父得以考校而錄商頌十二篇自幽王之末六代禮樂又遭廢壞孔子錄詩僅得五篇附諸周頌之末所以學殷存宋備三統之文仍大師之舊而非自孔子刪之也史記宋世家襄公之時其大夫正考父美之故追道契湯高宗殷所以興作商頌集解云韓詩章句亦美襄公司馬貞駁之矣古甫父通

猗與那與置我鞉鼓傳猗歎辭那多也鞉鼓樂之所成也夏后氏足鼓殷人置鼓周人縣鼓奏鼓簡簡衎我烈祖湯孫奏假綏我思成傳衎樂也烈祖湯有功烈之祖也假大也鞉鼓淵淵嘒嘒管聲既和且平依我磬聲傳嘒嘒然和也平正平也依倚也磬聲之清者也以象萬物之成周尚臭殷尚聲於赫湯孫穆穆厥聲庸鼓有斁萬舞有奕傳於赫湯孫盛矣湯爲人子孫也大鐘曰庸

斁斁然盛也奕奕然閑也我有嘉客亦不夷懌自古在昔先民有作溫恭朝夕執事有恪【傳】夷說也先王稱之曰自古古曰在昔昔曰先民有作有所作也恪敬也顧予烝嘗湯孫之將【疏】猗於一聲之轉歎謂之於下加一言則曰於乎亦歎謂之猗下加一言則曰猗與猗於爲歎詞與乎皆語詞歎美歎也辭當作詞那多桑扈同云多者美歎成湯多武功以定天下也周禮戰功曰多鞉鼓節下管之樂書云下管鞉鼓其義證也詩於章首言鞉鼓下文又言鞉鼓淵淵嘒嘒管聲是鞉鼓節樂故傳云樂之所成也足鼓今禮記誤倒正義及有瞽正義引皆不誤置鼓禮記作楹鼓繁露作程鼓程楹古聲同詩作置傳依經字言也置之爲言樹也禮記注楹謂之柱貫中上出也是置與楹同義也箋置讀曰植禮記注及廣雅曹憲注引詩作植毛詩作置或三家詩作植夏足般置周縣傳引禮記明堂位文以明三代鞉鼓之制有虞氏有鞉鼓其制未聞也有瞽傳云縣鼓周鼓也鞉鞉鼓也周人以鞉鼓爲縣鼓此詩言

殷制鞉鼓為置鼓殷改夏之足鼓周又改殷之置鼓然
儀禮大射儀設建鼓周亦未嘗不用置鼓所易為縣者
唯鞉鼓耳鄭解詩鞉與鼓為二直謂殷人之鼓皆置而
周人之鼓皆縣毛傳禮記皆不合篇中兩言鞉鼓兩言
鼓鼓即四面建鼓也執競傳云簡簡大也四面建鼓閒
作其聲大也衎樂南有嘉魚同烈功烈也詩祀成湯故
烈祖為湯有功烈之祖是傳明以烈祖指湯正義則云
美湯之先公誤也烈祖為湯湯孫為湯後世之孫湯孫
猶孝孫也假訓大綏安成平也言湯孫奏此大濩之樂
以樂我烈祖安享我大平之福也思語詞案此節言陳
樂奏樂下文即本此而申言之○鞉鼓淵淵說文引作
鼗鼓鼘鼘廣雅鼘鼘聲也采芑傳淵淵鼓聲也淵淵俗
字有駜作咽咽亦俗字管堂下管樂也鞉鼓淵淵然管
則嘒嘒然和言其應節之聲和也管即篴也大射儀云
篴在建鼓之閒又云乃管新宮三終鄭注管謂吹篴以
播新宮之樂賈疏引禹貢注篴大竹也諸矦下管新宮
天子下管象於商未聞也平訓正何彼禯矣同今本傳
文正下衍平字宜刪周語聲應相保曰和細大不踰曰
平此即既和且平之義也依訓倚大射儀云鼗倚于頌
磬西紘周人縣鼗於頌磬之西殷人當置鞉於頌磬之

西傳實本禮經爲訓也鼓鏞傳笙磬東方之樂此傳云磬聲之清者也以象萬物之成其意指頌磬爲西方象成之樂言之而不明言西者所該又不專指頌磬一器也眂瞭掌播鼗擊頌磬笙磬是播鼗而笙磬亦無不應之者天子有金奏下管之樂金奏擊鎛有編鐘以應之則知下管擊磬亦有編磬以應之也又孟子萬章篇集大成也者金聲而玉振之也金聲也者始條理也玉振之也者終條理也金爲鎛鐘玉爲特磬金奏鼓鎛鐘樂之始下管擊玉磬樂之終終猶成也鄭注中庸云振猶收也磬以節下管之樂是謂之玉振與詩義亦合箋云磬玉磬也玉磬尊故異言之鄭謂磬爲玉磬足以補明傳義矣考工記梓人其聲清揚而遠聞則於磬宜白虎通義禮樂篇磬者夷則之氣也象萬物之成也其氣清故曰磬有貴賤焉有親疏焉有長幼焉此三者行然後王道得王道得然後萬物成天下樂之故樂用磬也竝與傳義同周尚臭殷尚聲此禮記郊特牲文也傳引之以爲殷尚聲之證周尚臭類及之與上文言殷置鼓而周縣鼓連及之同其例耳蓋湯武皆以武功定天下天下大平乃更制作焉故傳每舉殷周以見今古改革之大端也郊特牲殷人尚聲臭味未成滌蕩其聲樂三闋

然後出迎牲聲音之號所以詔告於天地之閒也孔疏云尚聲謂先奏樂也臭味未成謂未殺牲也滌蕩謂搖動也闋止也奏樂三徧止乃迎牲入殺之言鬼神在天地之閒聲是陽故用樂之音聲號呼告於天地之閒庶神明聞之而來是先求陽之義也奐謂奏樂三止者全奏也升歌也下管也下管爲弟三節三聲告止然後殺牲入祭此殷人尚聲繁露質文篇云先用玉聲而後烹○赫爲盛穆穆爲美正是贊歎成湯之樂所以終殷人尚聲之義其閒不應及祀成湯之人傳釋此湯孫謂湯爲人子孫者言先王作樂崇德所以克盡其爲人子孫之道以爲後世子孫法也箋易傳湯孫爲大甲正義從王肅以經三湯孫皆謂湯爲人子孫以爲終篇述湯生存之事與序祀成湯義有乖且烈祖殷武之湯孫又作何解乎傳必有本而云然不得執一端以該全經也庸讀爲鏞古文假借字庸爲大鐘則鼓爲大鼓靈臺賁鼓維鏞傳賁大鼓也鏞大鐘也義與此同經言斁傳云斁斁廣雅驛驛盛也文選甘泉賦注引韓詩章句繹繹盛貌斁驛繹竝同盛者謂聲樂盛也賓之初筵籥舞笙歌傳秉籥而舞與笙歌相應此言庸鼓有斁萬舞有奕則萬舞與庸鼓相應矣故特盛之也萬舞以干羽見簡兮

傳何注昭二十五年公羊傳云大夏夏樂也周所以舞
夏樂者王者始起未制作之時取先王之樂與己同者
假以風化天下天下大同乃自作樂取夏樂者與周俱
文也王者舞六樂于宗廟之中舞先王之樂明有法也
舞己之樂明有制也案六舞唯大武大濩爲武舞餘先
王樂爲文舞周舞以大武爲己樂以大夏爲先王樂商
以大濩爲己樂其用先王樂或亦用大夏經無明文可
證也大濩武舞用干先王樂文舞用羽此詩言萬舞之
義也經言奕傳云奕奕壘子非樂上篇萬舞翼翼章聞
于天翼翼與奕奕同奕奕閑又采薇傳翼翼閑奕翼一
聲之轉故竝有閑訓閑者謂舞容也傳於十畝之閒閑
閑爲往來皇矣閑閑爲動搖竝與舞容義近此自鞉鼓
淵淵至萬舞有奕八句皆極陳殷樂之盛美有瞽云既
備乃奏簫管備舉喤喤厥聲肅雝和鳴先祖是聽是也
我有嘉客已下八句有瞽云我客戾至永觀厥成是也
○夷說風雨同懌亦說也版傳懌說也亦不夷懌亦夷
懌也不語助釋文作繹傳自古各本作在古誤魯語其
輯之亂曰自古在昔先民有作溫恭朝夕執事有恪先
聖王之傳恭猶不敢專稱曰自古古曰在昔昔曰先民
毛傳正用國語韋注用毛傳作自古今據以訂正小旻

傳亦云古曰在昔昔曰先民云有作有所作也者作作敬所謂傳恭也韋注云有作言先聖人行此恭敬之道久矣不敢言創之於己乃云受之於先古也爾雅恪敬也說文愙敬也愙恪古今字○烝嘗時祭也將大也謂祀事大也

烈祖一章二十二句

烈祖祀中宗也【疏】箋云中宗殷王大戊湯之玄孫也有桑穀之異懼而脩德殷道復興故表顯之號為中宗正義云異義詩魯說丞相匡衡以為殷中宗周成宣王皆以時毀案匡衡學齊詩則齊魯說同鄭注王制殷六廟契及湯與二昭二穆蓋二昭二穆四親廟與契大祖廟為五廟湯受命王其廟應毀而不毀故殷人六廟然則中宗應毀矣詩篇末云顧予烝嘗烝嘗時祭及四親廟此為祀中宗親廟之樂歌也

嗟嗟烈祖有秩斯祜申錫無疆及爾斯所【傳】秩常申重也既載清酤賚我思成亦有和羹既戒既平鬷假無言

時靡有爭綏我眉壽黃耇無疆傳酤酒賚賜也戒至鬷總假大也總大無言無爭也約軧錯衡八鸞鶬鶬以假以享我受命溥將自天降康豐年穰穰來假來享降福無疆傳八鸞鶬鶬言文德之有聲也假大也顧予烝嘗湯孫之將疏箋云重言嗟嗟美歎之深上篇傳烈祖謂湯有功烈之祖則此烈祖同也秩常賓之初筵同箋云祜福也申訓重重下也字今補烈文篇錫茲祉福惠我無疆彼傳言文王錫子孫以無疆之祉福此言成湯重錫子孫以無疆之常福文義正同及爾斯所猶云以迄于今也○傳訓酤爲酒清酤信南山旱鹿謂之清酒既載清酤猶云清酒既載也賚賜爾雅釋詁文成平也賚我思成成冢上文申錫之意言烈祖成湯賜我子孫有此大平也閟宮傳云羹大羹鉶羹也大羹不和五味和五味實於鉶謂之鉶羹羹則和羹爲鉶羹也說文鬻五味盉鬻也引詩作鬻小篆作羹案亦有與既載對文言既載清酒亦有和羹也鄭箋以和羹喻諸侯有

和順之德杜預注昭二十年左傳言中宗與賢者和齊可否其政如羹此皆泥於晏子引詩釋和羹之義不知晏子借和羹之和比況君臣之和而詩意本無關設喻也爾雅鬷至也郭音屆節南山箋屆至也鬷屆戒三字聲義相通傳訓戒爲至者言神靈之來至也平和平也既戒既平猶云神之聽之終和且平也鬷讀與總同假借字也東門之枌箋鬷總也禮記作奏鬷奏雙聲假左傳作嘏嘏者本字假者假借字傳既分釋之而又總釋之云總大無言無爭也者言承祭之孝孫與助祭之諸侯能總集大衆無有言語無有爭訟美其心平而德和禮記中庸篇故君子不動而敬不言而信引詩曰奏假無言時靡有爭所謂敬信者亦是無言無爭之極至矣綏安也眉壽黄耇皆壽徵言安我以無疆之福壽也此自既載清酤至黄耇無疆正言祀事○約軝錯衡詳采芑篇鸞當作鑾采芑瑲瑲聲庭燎將將鑾鑣聲彼傳但就鑾聲言之此傳鶬鶬就諸侯助祭言之故云言文德之有聲也清廟濟濟多士秉文之德傳執文德之人與此文德同假讀爲嘏故訓大以假以享與我將我享句同將享假享皆謂大享享獻也溥將皆大也臣工迄用康年傳云康樂也執競傳云穰穰衆也來享唐石經作

饗說來假來亨猶云以假以享也湯孫指祀中宗者說中宗爲湯之玄孫則祀中宗湯猶在親廟之列本諸湯者猶章首稱烈祖之意云爾

玄鳥一章二十二句

玄鳥祀高宗也

疏 箋云祀當爲祫祫合也高宗殷王武丁中宗玄孫之孫也有雊雉之異又懼而脩德殷道復興故亦表顯之號爲高宗云崩而始合祭於契之廟歌是詩焉古者君喪三年既畢禘於其廟而後祫祭於大祖廟明年春禘于羣廟自此之後五年而再殷祭一禘一祫春秋謂之大事案鄭箋未祫祭先禘廟釋文以爲此是後本與禘祫志不同者固以後本爲定論矣周禮鬯人疏亦以練後遷廟而祭新主解始禘引穀梁傳于練焉壞廟爲證又何注閔二年公羊傳云禘之于新宮然則鄭蓋自用其師說耳士虞記死三日而殯三月而葬遂卒哭將旦而祔則薦卒辭曰哀子某來日某隮祔爾于爾皇祖某甫尚饗明日以其班祔曰適爾皇祖某甫以隮祔爾孫某甫尚饗士於未祔設祭禮亦然也此箋本諸侯禘祫以爲言也諸侯三年

喪畢特祀新主春秋偕稱之爲禘禘而後祫於大祖入親廟而行時祫時禘與五廟同天子三年喪畢大禘於路寢大廟猶諸侯特祀新宮唯典較重大耳禘畢而祫與諸侯同鄭意殷武祀高宗爲專祀親廟之詩玄鳥祀高宗爲祫祭大祖廟之詩故遂改序祀字當爲祫字

天命玄鳥降而生商(傳)玄鳥鳦也春分玄鳥降湯之先祖有娀氏女簡狄配高辛氏帝帝率與之祈于郊禖而生契故本其爲天所命以玄鳥至而生焉宅殷土芒芒古帝命武湯正域彼四方方命厥后奄有九有(傳)芒芒大貌正長域有也九有九州也商之先后受命不殆在武丁孫子武丁孫子武王靡不勝(傳)武丁高宗也勝任也龍旂十乘大糦是承邦畿千里維民所止肇域彼四

海(傳)畿疆也四海來假來假祁祁景員維河殷受命咸宜百祿是何(傳)景大員均何任也(疏)玄鳥一名鳦又名燕詳燕燕篇昭十七年左傳玄鳥氏司分者也禮記月令仲春之月玄鳥至傳云春分玄鳥降以釋經玄鳥降之義簡狄帝嚳之妃契之母也有娀氏簡狄母家之國名高辛氏帝謂帝嚳也禖禖宮祈子之宮也簡狄於玄鳥至之日因祈禖而生契契爲湯之先祖堯始封於商後爲湯有天下之號傳釋此以明經天命生商之義也帝高高辛率妃簡狄祈禖生契生民傳言率妃姜嫄祈禖生后稷自是一時之事在帝高辛世已有郊禖之宮周人立姜嫄廟爲禖宮殷人或立簡狄廟爲禖宮也鄭注月令云高辛氏之世玄鳥遺卵娀簡吞之而生契後世以爲媒官嘉祥而立其祠焉據此則禖宮始於殷世矣鄭注禮記與毛詩傳不同至箋詩亦不言郊禖生契其意亦不從毛詩傳也續漢書禮儀志注引月令章句玄鳥感陽而至其來主爲孚乳蕃滋故重其至日因以用事契母簡狄蓋以玄鳥至日有事高禖而生契焉故詩曰天命玄鳥降而生商此與毛義合○閟宮傳宅居也書序云自契至于

成湯八遷成湯始遷居亳其後盤庚五遷治亳之殷地
卽成湯舊居武丁祖亳亦從成湯舊居詩爲祭武丁而
作故推本乎天命生商之始必以居殷土而言之也襄
四年左傳芒芒禹迹畫爲九州杜注云芒芒遠貌大與
遠義相近古自古也武湯爲古則武丁爲今也帝天也
正訓長長猶常也說文或域一字或謂之有域亦謂之
有也殷土邦畿內四方邦畿外方命厥后方四方后君
也言天於四方乃命武湯爲天下君也奄有猶荒有也
文選潘勖冊魏公九錫文注引韓詩奄有九域薛君章
句云九域九州也此九有卽爲九域之假字矣爾雅釋
地兩河閒曰冀州河南曰豫州河西曰雝州漢南曰荆
州江南曰楊州濟河閒曰兖州濟東曰徐州燕曰幽州
齊曰營州孫炎郭璞竝謂此蓋殷九州之制○王肅謂
先后爲成湯是也鄭讀始爲懈怠王訓危殆則非也序
就廟號稱高宗詩人祫祀作歌稱武丁殷尚質或以名
也此已下皆歌高宗之德在武丁孫子猶云在孫子武
丁倒句之以就韻耳王肅用那傳釋湯孫善爲人子孫
以釋此經謂美高宗武丁善爲人之子孫其述毛是而
箋則以爲武丁之孫子恐非傳義爾雅勝克也任與克
義同說文任保也案篇中曰武湯曰后曰先后曰武王

皆謂湯也長發傳武王湯也於此篇武王不傳者以上
言武湯則此武王爲湯易明矣商之先后受命不始在
武丁孫子言商湯受天命無有懈怠以傳至武丁孫子湯
也武丁孫子武王靡不勝言武丁爲湯之孫子於武
王天下之業亦無不保任之也經上三句從湯下及高
宗下二句又從高宗上及湯皆所以頌高宗之能繼湯
而受命也靡不勝與不始同義箋以勝爲勝伐而以武
王爲高宗之孫子有武功有王德於天下者但詩頌高
宗不應專美其子孫箋非傳義正義云此武丁爲人之
子孫能行其先祖武德之王道威德盛大無所不勝任
之孔亦當用王肅說王以武王指湯是也覲禮侯氏載
龍旂十乘元戎十乘也說文饎或作糦特牲饋食禮注
古文饎作糦天保泂酌傳皆云饎酒食也釋文引韓詩
云大糦大祭也鄭改序文祀爲祫其本韓詩歟○說文
云畿天子千里地以逮近言之則言畿周禮大司馬九
畿故書畿爲近鄭司農注云近當言畿畿近聲之轉王
制千里之內曰甸是古者以千里之內曰甸亦曰畿也
傳訓畿爲疆言王畿之疆界也千里以開方而言之也
肇域彼四海肇始域有也王肅云殷道衰四夷來侵至
高宗然後始復以四海爲境域也爾雅云九夷八狄七

戎六蠻謂之四海此般之四海也箋云假至也祁祁衆多也景與京通京爲大故景亦爲大也員讀爲圓說文圓圜全也讀若員管子有地員篇地員卽土均周禮度人正校人員選員選卽均齊是員員爲均也傳釋景員爲大均與長發幅隕爲廣均訓雖同而意實異長發廣均承上文禹敷下土方而言此大均承上文四海來假來假祁祁而言蓋高宗都景亳在冀州域內三面距河故詩人言四海之朝貢來至于河者乃大均也禹貢楊州錫貢沿于江海夏本紀地理志皆云錫貢均江海馬融本亦作均云均平也馬治古文尚書則今古文皆作均矣詩書義同咸宜言皆合義也古宜義通用隱三年左傳君子曰宋宣公可謂知人矣立穆公其子饗之命以義夫商頌曰殷受命咸宜百祿是何是宜爲義也又昭七年子產曰古人有言曰其父析薪其子弗克負何施將懼不能任其先人之祿其況能任大國之賜案傳訓何爲任正本左傳何俗作荷

長發七章一章八句四章章七句一章九句一章六句

長發大禘也疏大禘吉禘也殷人無二祧其時禘於大祖廟而又居四時享之一於其禘也不謂之大天子諸侯崩薨皆在路寢其栗主亦在路寢三年喪終之祭諸侯謂之特祀天子謂之大禘禘畢而祫於大祖廟天子諸侯皆謂之大祫殷人以契爲大祖未於大祖廟行大祫禮先特祀新主於路寢大廟此卽終王之吉禘也於其禘也較時禘爲大序云大禘則非時禘矣周語終王韋昭注云終謂終世也漢書韋玄成傳劉歆議曰大禘則終王德盛而游廣親親之殺也彌遠則彌尊故禘爲重矣御覽禮儀部引五經異義古春秋左氏說古者禘及郊宗石室通典禮九禘祫上晉博士徐禪引許愼舊說終者謂孝子三年喪終則禘於大廟以致新死者也說文云禘諦祭也周禮曰五歲一禘又云祏宗廟主也周禮有郊宗石室案五歲禘爲時禘三歲禘爲喪終之禘宗廟主藏於大廟之室禘郊祖宗四者皆配天大祭則迎其主設奠於圜丘南郊明堂若喪終之禘卽於路寢大廟出主而陳之以合食時禘止及毀廟大禘則及禘郊祖宗晉裴楷云是爲郊宗之上復有石室之祖虞夏殷周皆如是也曾子問老聃曰天子崩國君薨則祝取羣廟之主而藏諸祖廟禮也卒哭

成事而后主各反其廟此卽王制所謂喪三年不祭唯祭天地社稷爲越紼而行事也天子諸侯崩薨親廟之主皆藏諸祖廟天子七月而葬九月卒哭三年喪畢乃出陳之天子祖廟卽路寢大廟也是親廟徧禘於大廟矣通典引逸禮曰禘于大廟毀廟之主升合食是毀廟亦行禘於大廟矣春秋文二年八月丁卯大事于大廟躋僖公魯行大祫不於大祖廟而於大廟是僭天子路寢大禘之禮然亦可見天子大禘自在路寢也汲郡紀年康王三年定樂歌吉禘于先王此謂成王三年喪終吉禘成王崩喪皆行於路寢書顧命篇有明文可證喪畢之禘當亦在路寢后稷文武之主毀廟未毀廟皆於路寢合食故統言之曰先王又春秋傳僖七年冬閏月惠王崩九年夏王使宰孔賜齊侯胙曰天子有事于文武此謂惠王三年喪終吉禘周人大禘禘文武明堂者大廟之前堂也大室者大廟之中央室也文武栗主在焉故曰有事於文武也知周卽知殷矣箋云大禘郊祭天也禮記曰王者禘其祖之所自出以其祖配之是謂也鄭意以周況殷契爲殷之大祖南郊以契配天猶稷爲周之大祖南郊以稷配天故遂以此大禘爲南郊祀契之詩但周禮內司服賈疏引白虎通義周官祭天后

夫人不與而詩首章先言有娀盤庚言大享功臣從祀鄭注大享謂烝嘗而郊天無功臣從享之文乃詩末章幷及伊尹似皆不合元和惠棟禘說定爲吉禘成湯之詩奐竊謂殷人以成湯爲受命之王五世當遷其主納於路寢大廟而卽以爲成湯專廟故後王新主行大禘禮必以成湯爲禘主猶之周人後王新主亦以文武爲禘主周固因於殷也故篇中述湯受命功德綦詳或亦祀高宗之詩上篇爲大祫而此篇爲大禘歟而詩又何不一及高宗也禮無明文宜從蓋闕之例

濬哲維商長發其祥洪水芒芒禹敷下土方外大國是疆幅隕旣長傳濬深洪大也諸夏爲外幅廣也隕均也

有娀方將帝立子生商傳有娀契母也將大也契生商也疏濬深爾雅釋言文傳濬深下當有也字長猶常也洪大釋詁文玄鳥傳芒芒大皃芒芒猶湯湯也方四方外邦畿之外傳云諸夏爲外者禹有天下曰夏故畿內爲夏畿外爲諸夏也說文幅布帛廣也引申之凡

廣皆曰幅玄鳥傳員均也隕員皆圓之假借字箋云隕當作圓圓謂周也越語廣運百里廣運即廣均之義幅隕既長言其疆之廣大均平而又能久長也○傳釋經有娀爲契母則子爲契帝高辛氏帝嚳也將訓大謂長大也契母有娀氏女簡狄長大配高辛氏帝生子契佐禹有功堯立國於商後湯有天下仍其始封之舊號故云有娀方將帝立子生商也殷人禘嚳大禘禘主皆合食祭天后夫人不與大禘則先妣有娀當亦合食史記殷本紀云桀敗於有娀之虛葢桀都河南有娀與桀都相去當不甚遠淮南子墬形篇有娀在不周之北高誘注云娀讀如嵩高之嵩案嵩高山在河南於聲求義高說自得諸師讀張守節謂有娀當在蒲州北此由桀都安邑之說而誤鄭注書堯典云商國在大華之陽括地志云商州東八十里商洛縣本商邑古之商國帝嚳之子契所封也司馬貞以爲商即相土所居商丘亦誤

玄王桓撥受小國是達受大國是達率履不越遂視既發〔傳〕玄王契也桓大撥治履禮也相土烈烈海外有截

傳相土契孫也烈烈威也疏國語周語玄王勤商十有四世而興魯語自玄王以及主癸莫若湯荀子成相篇契玄王生昭明居于砥石遷于商十有四世乃有天乙是成湯是玄王爲契矣高注淮南賈注國語竝同漢書禮樂志以契玄王爲二人白虎通義瑞贄篇引詩以玄王爲湯皆非也桓楹卽大楹桓圭爲大圭是桓有大訓說文廣雅竝詁撥爲治與傳同釋文撥韓詩作發發明也大治大明毛韓意同時契爲堯司徒居二伯之職故小大之國皆其總領也達通也履禮東方之日同漢書宣帝紀蕭望之傳說苑復恩篇引詩皆作禮禮本字履假借字率禮不越率用也言用禮立教而不踰越也遂視既發發行也言巡視述職已行其教也孟子滕文公篇云使契爲司徒教以人倫父子有親君臣有義夫婦有別長幼有序朋友有信放勳日勞之來之匡之直之輔之翼之使自得之又從而振德之其此詩之謂與殷人郊契大禘郊主亦合食○殷本紀契卒子昭明立昭明卒子相土立襄九年左傳陶唐氏火正閼伯居商丘相土因之杜注云相土契孫商之祖漢書五行志謂相土商祖契之曾孫非也烈烈威釋訓文常武傳云截治也箋云截整齊也相土居

夏后之世承契之業入爲王官之伯出長諸侯其威武之盛烈烈然四海之外率服截爾整齊案相土殷之祧祖也大禘祧祖皆合食

帝命不違至于湯齊（傳）至湯與天心齊湯降不遲聖敬日躋昭假遲遲上帝是祗帝命式于九圍（傳）不遲言疾也躋升也九圍九州也（疏）帝天也違回也不違無回德也車攻傳同齊也則齊亦同也云至湯與天心齊者言天命無回德之心至於湯乃同於天是湯有王天下之德也禮記孔子閒居引詩鄭注讀湯齊爲湯躋躋升也湯升爲君此三家義○不遲卽疾之意晉語商頌曰湯降不遲聖敬日躋降有禮之謂也箋云湯之下士尊賢甚疾與國語解湯降不遲句合傳意亦然也傳訓躋爲升者文選閒居賦注引韓詩云言湯聖敬之道上聞於天韋昭國語注同大戴禮衞將軍文子篇亦云湯恭以恕是以日躋也竝與毛詩訓合禮記注日躋作日齊齊莊也或本三家義雲漢傳假至也昭假遲遲言湯之明明德於天下者至遲遲也王

肅述毛訓假爲至是也遲遲以言不疾也箋云遲遲然言急於己而緩於人禮記注云至于民遲遲然安和此三家義未審毛義然不也○祇敬也上帝是祇言敬是上帝也九圍猶九域也傳云九州說見玄鳥篇式法也帝命式于九圍言上帝命湯王天下爲九州所觀法

受小球大球爲下國綴旒何天之休傳球玉綴表旒章也**不競不絿不剛不柔敷政優優百祿是遒**傳絿急也優優和也遒聚也疏傳文球玉二字疑依箋改竄釋文球美玉也書禹貢注及禮記玉藻注皆云球美玉也美玉謂之球故小球大球爲小玉大玉小共大共爲所執搢小球大球鄭義非毛訓也古毛詩當作捄後人或依鄭讀改作球耳廣雅拱捄法也王引之述聞以爲三家詩義與謂毛詩亦皆訓爲法法有小大猶政有小大承上文式于九圍而言傳訓共爲法義著下章則上章同義不傳此其例古綴表同義連文曾子制言中篇言爲文章行爲表綴於天下晏子外篇行表綴之數呂覽不屈篇或操表掇以善晞望若施者

其操表掇者也掇與綴通此皆綴爲表之義正義云綴表未聞疎矣玉篇田部引詩作畷流云畷表也本亦作綴葉鈔本釋文作綴流古冕旒旌旒本作流流所以章物故引申之卽有章明之義章亦表也抑維民之章傳章表也荀子臣道篇傳曰斬而齊枉而順不同而壹詩曰受小球大球爲下國綴旒此之謂也荀謂斬焉枉焉不同焉而齊之而順之而壹之此卽章明法度之謂也毛爲荀之弟子故傳訓多依師說鄭箋訓綴爲結旒取喻於旌旗與諸侯會同結定其心如旌旗之旒綴著於縿鄭注郊特牲引詩作畷鄭孔疏云言成湯施布仁政爲下國諸侯在畷民之處所使不離散解詩各依字作訓義本三家○玄鳥傳云何任也競彊也彊彊梁也說文絿急也本傳訓急急疾也敷與布通優優和爾雅釋訓文成二年左傳引詩曰布政優優百祿是遒子實不優而弃百祿諸侯何害焉又昭二十年引詩曰布政優優百祿是遒和之至也說文憂和之行也詩曰布政憂憂案古憂愁作惪優和作憂許據詩作憂憂本字作優優假俗字廣雅憂憂行也蓋本三家遒讀爲揫說文引詩作揫云束也爾雅揫聚也揫卽揫破斧箋遒斂也斂亦聚也說文又云揂聚也遒揂同

受小共大共，爲下國駿厖。何天之龍，傳：共，法。駿，大。厖，厚。

龍，和也。敷奏其勇，不震不動，不戁不竦，百祿是總。傳：戁，

恐。竦，懼也。疏：書序九共九篇，馬融注云：「共，法也。」與傳訓同。高誘注淮南子本經篇云：「拱讀詩受小

拱之拱。」則詩共字古本或作拱。駿訓大，大猶廣也。爾雅：

「厖，大也。」詩正義引「厖，厚也」，或所見本異也。說文：「厖，石大

也。」厖有大義，厚亦大也。綴旒、駿厖，皆二字平列同義。傳

訓爲表章、大厚，義竝相近。表章者，言法度章明；大厚者，

言章明之法度又能篤厚而行之也。荀子榮辱篇：「先王

案爲之制禮義以分之，使有貴賤之等，長幼之差，知賢

愚能不能之分，皆使人載其事而各得其宜，然後使慤

祿多少厚薄之稱，是夫羣居和一之道也。故曰：斬而齊，

枉而順，不同而一。詩曰：受小共大共，爲下國駿蒙。此之

謂也。」大戴禮衞將軍文子篇引詩作「恂蒙」，竝字異義同。

○龍和，酌同。和與上章休同意。箋易傳作寵。吳江潘眉

云：「不震不動，不戁不竦二句，當在敷奏其勇之上，與上

章一律。」案家語弟子行篇引詩「不戁不悚，敷奏其勇」，是

王肅本不誤，此亦一證。大戴禮龍作寵，句有誤奪，疑出

後人改之也釋文敷本作傅大戴禮作傅敷傅聲同震亦動也不震不動言不震作動搖也爾雅戁悚懼也說文戁竦皆敬也戁謂之敬又謂之恐竦謂之敬又謂之懼恐亦懼也不戁不竦不恐懼也總亦聚也釋文總本又作鬷烈祖

傳鬷總也

武王載旆有虔秉鉞如火烈烈則莫我敢曷傳武王湯也旆旗也虔固曷害也苞有三櫱莫遂莫達九有有截

韋顧旣伐昆吾夏桀傳苞本櫱餘也有韋國者有顧國者有昆吾國者疏殷本紀於是湯曰吾甚武號曰武王是武王爲湯也旆旗經傳疑皆誤旆當作伐如詩六月帛茷左傳綪茷爾雅繼旐曰茷今字皆改作旆則此詩旆字本作伐伐誤爲茷又改爲旆耳荀子議兵篇引詩作武王載發影元鈔本韓詩外傳亦作發說文玉篇作坺發坺皆伐之假借字今本經誤作旆因又於傳文增旆旗也三字不知繼旐曰旆傳義見於六月旗爲九旗統稱不得以繼旐之旆獨擅旗名明

矣釋文於旆下不云旗也或唐初毛傳尚不誤箋云於是有武功有王德及興師出伐鄭所據毛詩作伐今箋興師出伐上亦誤衍建旆二字矣虔固韓奕同謂其用兵之固也曷害菀柳同荀子及漢書刑法志引詩作遏遏與曷同淮南子覽冥篇武王左操黃鉞右秉白旄瞋目而撝之曰余任天下誰敢害吾意者與傳害訓同○苞本指夏桀劉德注漢書敘傳引詩作包有三枿爾雅枿餘也枿與櫱同餘者讀爲杞夏餘之餘三櫱指韋顧昆吾三國釋文引韓詩云櫱絶也毛韓訓異而意同莫遂莫達不遂達也大明天位殷適使不挾四方傳挾達也義與此同玄鳥傳云九有九州也截治也九有有截言湯征伐以治九州也晉書樂志四廂樂歌九域有截本韓詩○韋豕韋襄二十四年左傳范宣子曰昔匄之祖在商爲豕韋氏昭二十九年傳蔡墨曰陶唐氏後有劉累事夏孔甲夏后嘉之賜氏曰御龍以更豕韋之後遷於魯縣范氏其後也此豕韋爲劉累也鄭語史伯曰祝融後八姓豕韋爲商伯矣彭姓豕韋則商滅之矣此豕韋爲彭姓也夏初豕韋爲彭姓孔甲以封劉累累遷魯縣復封彭姓商初豕韋亦彭姓湯伐之而繼興故彭姓之後爲商伯尋爲商滅乃封劉累之子孫自夏世累

遷魯縣之後范匈之祖在商爲豕韋氏之先其閒豕韋皆彭姓爲君箋云韋豕韋彭姓是也今河南衞輝府滑縣東南五十里有廢韋城○鄭語祝融後八姓巳姓顧箋云顧巳姓也哀二十一年左傳公及齊侯邾子盟于顧即此地今山東曹州府范縣東南有顧城漢書古今人表作鼓○鄭語昆吾爲夏伯巳姓昆吾顧昆吾同姓也昆吾國即衞帝丘帝顓頊之虚夏后相亦居茲平在相爲寒浞子澆所滅而少康邑諸綸是衞本相都夏道既衰昆吾作伯當在相滅之後昆吾居衞亦必當在相滅之後則昆吾居衞在後而居許乃在先也昭十二年左傳楚之皇祖伯父昆吾舊許是宅服注云昆吾曾居許地是也或謂昆吾遷許在封衞後至湯伐時昆吾在許誤也今直隸大名府開州州治是其地○書序伊尹相湯伐桀升自陑遂與桀戰于鳴條之野湯既勝夏欲遷其社不可夏師敗績湯遂從之遂伐三朡俘厥寶玉湯歸自夏至于大坰湯既黜夏命復歸于亳孔傳以爲桀都安邑後儒皆依孔說臣瓚注漢書地理志云吳起對魏武侯曰昔夏桀之居左河濟右太華伊闕在其南羊腸在其北河南城爲值之又周書度邑篇曰武王問大公曰吾將因有夏之居南望過于三塗北瞻望于有

河有夏之居即河南是也近儒金鶚考水經伊水過伊闕中至洛陽縣南北入於洛洛水東過洛陽縣南又東北過鞏縣東又北入于河國語伊洛竭而夏亾則桀時事也以爲桀都在今河南府洛陽縣之一證奐案夏商之際昆吾最强盛顧在其東豖韋在其西俱在漢東郡界內連屬密邇湯伐韋顧鋤其與黨而昆吾已成孤國之形勢非望西南而征許州也湯爲諸侯時居南亳即今河南歸德府附郭商邱縣地書疏載或說陳留平邱縣有鳴條亭即今河南開封府陳留縣地洛陽在商邱之西北必徑陳留陳留當即古桀都之西郊也湯自商邱舉師桀必自洛陽出兵相迎故於陳留交戰書序云戰于鳴條之野猶武王與紂戰于坶之野耳夏本紀以爲桀走鳴條非實錄也湯雖戰勝桀國未亾故序云遷社不可也桀因敗績而走定陶定陶故三朡國故序云湯從之伐三朡也開州在定陶北擊柝相聞昆吾與桀遂同日滅也于是夏桀已亾湯歸商邱即天子位故序云湯歸自夏復亳也此因言桀都洛陽而於湯伐情形可攷之如此

昔在中葉有震且業(傳)葉世也業危也允也天子降予

卿士實維阿衡實左右商王（傳）阿衡伊尹也左右助也

（疏）葉從業聲業從世聲故葉世同訓震動也業猶業業雲漢傳業業危也義與此同中世湯之前世也殷武正義云孟子云湯以七十里契爲上公當爲大國過百里湯之前世有君衰弱土地減削故至於湯時止有七十里耳案此卽中世震危之義也○經傳多言伊尹少言阿衡故傳以伊尹釋阿衡也說文伊下云殷聖人阿衡說本毛傳漢書王莽傳伊尹爲阿衡周公爲大宰采伊尹周公稱號加公爲宰衡位上公此與箋合阿衡爲官名則伊尹或爲氏號矣殷本紀索隱引孫子兵書及墨子楚辭竝云伊尹名摯爾雅左右亮也助與亮同義書序云召公爲保周公爲師相成王爲左右書大傳云堯爲天子舜爲左右又云小師取小學之賢者登之大學大師取大學之賢者登之天子天子以爲左右竝與詩左右同箋云商王湯也何休注文二年公羊傳云禘所以異於祫者功臣皆祭也

殷武六章三章章六句二章章七句一章五句

殷武祀高宗也【疏】詩中始終敘高宗法成湯之事功亦祀高宗之樂歌也

撻彼殷武奮伐荆楚罙入其阻裒荆之旅【傳】撻疾意也殷武殷王武丁也荆楚荆州之楚國也罙深裒聚也有截其所湯孫之緒【疏】古滑泰字作達讀如撻達與疾義相近釋文引韓詩撻達也撻即達之假借字毛韓意同高宗都亳殷則稱殷撻伐則稱武故傳謂殷武爲殷王武丁也云荆楚荆州之楚國也者荆州名楚國名詩中或稱荆或稱荆楚一也莊十年穀梁傳荆者楚也聖人立必後至天子弱必先叛僖四年公羊傳楚有王者則後服無王者則先叛武丁先世荆楚叛殷至此乃疾伐之也○罙即𥥍之隸變說文穴部𥥍深也本毛又网部罙下引詩罙入其阻本三家箋云罙冒也鄭於字同毛而義用三家若閟宮字從翦商訓從戩商之例罙式針反釋文面規反誤也裒即捊字說見常棣篇傳云聚者有保聚之義旅衆也常武傳所謂誅其君而弔其民也所兵所也截治緒業也湯孫謂武丁也武丁爲湯之孫故曰湯孫首章言武丁伐業本其

意於烈祖成湯也下文因追敘成湯之業

維女荆楚居國南鄉傳鄉所也昔有成湯自彼氐羌莫敢不來享莫敢不來王曰商是常疏居猶其也鄉所采邑同夏小正傳云鄉者何也鄉其居也是所與居同義○上言荆楚下言氐羌互詞皆謂成湯時也呂覽異用篇云湯見祝網者置四面收其三面置其一面漢南之國聞之曰湯之德及禽獸矣四十國歸之新書句奴篇亦云湯祝網而漢陰降案漢南之國即荆楚也漢書匡衡傳言成湯懷鬼方蕩湯傳鬼方遠方也氐羌西方最遠之國湯懷鬼方則氐羌在其中矣漢書五行志武丁外伐鬼方以安諸夏後漢書西羌傳武丁征西戎鬼方三年乃克故其詩曰自彼氐羌莫敢不來王范曄謂易既濟高宗所伐鬼方即詩之氐羌李注文選楊雄趙充國頌引世本注云鬼方於漢則先零戎先零亦爲西零漢臨羌西北塞外有僊海鹽池莽曰鹽羌即今甘肅青海地此鬼方爲西戎之證賈捐之傳亦云武丁地而不過氐羌此就三家詩説武丁亦有事於氐羌也海內經汲冢古文及孔晁注

逸周書王會篇並謂氐羌爲一種唯呂覽義賞篇氐羌之民其虜也高誘云氐與羌二種夷民案高說是也漢書地理志金城郡臨羌破羌隴西郡羌道氐道廣漢郡甸氐道剛氐道蜀郡湔氐道又西南夷傳夜郎滇邛都莋都冄駹白馬皆氐類也蓋自秦隴之西北連匈奴若今鞏昌蘭州臨洮河州岷州皆古西羌所居青海之羌其一也而秦隴之西南南近巴蜀若今階州以西至松潘廳古西氐所居羌在古雍州西北氐在雍州西南漢時去古未遠其分郡縣畫然而不亂氐種實近禹貢梁州之域殷之九州并梁於雍故詩以氐羌並言之○周語云賓服者享荒服者王時享終王先王之制也商者湯有天下之號

天命多辟設都于禹之績歲事來辟勿予禍適稼穡匪解

(傳)辟君適過也(疏)辟君蕩同箋云來辟猶來王也承上章並訓王肅讀來辟爲邪辟之辟非傳義○適讀爲讁北門傳讁責也說文讁罰也桓十八年左傳注讁遣也義並相近釋文引韓詩適數也數當讀如左傳數吳不德之數毛韓訓相近適訓過禍亦過也禍適猶譴責也勿予譴責者中庸云送往迎來

嘉善而矜不能所以柔遠人也稼穡匪解箋謂敕以勸民稼穡非可解倦臣工篇諸侯助祭遣於廟其詩云嗟嗟保介維莫之春亦又何求如何新畬郎此意也

天命降監下民有嚴不僭不濫不敢怠遑命于下國封建厥福（傳）嚴敬也不僭不濫賞不僭刑不濫也封大也

（疏）節南山傳監視也嚴讀爲儼爾雅儼敬也荀子儒效篇嚴嚴乎其能敬己也楊倞注嚴或爲儼傳云敬者言天之命在視下民湯於是敬天之命以施處於下民也○抑傳云僭差也襄二十六年左傳聲子曰善爲國者賞不僭而刑不濫賞僭則懼及淫人刑濫則懼及善人若不幸而過寧僭無濫與其失善寧其利淫無善人則國從之商頌有之曰不僭不濫不敢怠皇命于下國封建厥福此湯所以獲天福也案詩言不僭不濫左傳釋之以賞不僭刑不濫毛傳正本左傳也又哀五年傳引商頌曰不僭不濫不敢怠皇命以多福左傳兩引詩皆作怠皇獲天福命以多福皆渾括命于下國封建厥福二句之辭後漢書黃瓊傳云詩詠成湯之不怠遑遑

俗字封大
烈文同

商邑翼翼四方之極（傳）商邑京師也赫赫厥聲濯濯厥靈壽考且寧以保我後生（疏）傳謂商邑猶周之京師白虎通義京師篇夏曰夏邑殷曰商邑周曰京師說文邑國也商邑卽商國國爲邦畿內四方爲邦畿外民勞惠此中國以綏四方傳中國京師也四方諸夏也文義正同李賢後漢書注引韓詩文云翼翼然盛也左思魏都賦翼翼京室翼翼亦盛大之義極中也中土中也商邑翼翼四方之極言成湯都亳宅四方之中以著聲靈之盛大也詩述聞載後漢書樊準傳後魏書甄琛傳白帖七十六兩引韓詩及荀悅漢紀元帝紀載匡衡疏引齊詩竝云京邑翼翼四方是則鄭箋兼用三家義○生民傳赫赫顯也重言曰赫赫文王有聲傳濯大也重言曰濯濯保安也後生後世所生之子孫漢書匡衡疏引詩而釋之云此成湯所以建至治保子孫化異俗而懷鬼方也案自二章至五章皆美湯之伐國都亳末章頌高宗與首章相應

陟彼景山松柏丸丸是斵是遷方斲是虔松桷有梴旅楹有閑傳丸丸易直也遷徙虔敬也梴長貌旅陳也寢成孔安傳寢路寢也疏文選洛神賦陵景山李善注稱河南郡圖曰景山在緱氏縣南七里攷今河南偃師縣有緱氏城縣南二十里有景山卽此詩之景山也昭四年左傳云商湯有景亳之命蓋亳湯都名而亳有景山亦稱景亳楚語云昔殷武丁能聳其德至于神明以入于河自河徂亳湯武丁同都河南詩詠陟彼景山此卽自河而徂亳也說文丸圜也易直者圜之意○遷訓徙是斵是遷言斵景山松柏遷徙之以供材用猶之公劉徙豳而涉渭以取厲鍛也虔與劼聲義相近傳云敬者揆下文作寢立訓緜作廟翼翼虔爲敬猶翼翼爲敬也方斲是虔者言或斵爲桷或斲爲楹皆持事能敬也白帖松柏類引詩作埏段氏說埏卽梴之俗字說文木部引詩作梴淺人羼入者也手部挺長也正用商頌傳閟宮傳云桷榱也堂高數仞則榱題數尺故云長皃也旅讀爲臚賓之初筵傳亦云旅陳也逸周書作雒篇乃位五宮咸有旅楹孔注旅列也陳

與列同義明堂位刮楹鄭注刮刮摩也刮摩猶礱密刮楹旅楹皆明堂之制文選魏都賦旅楹閑列注引韓詩章句云閑大也○傳釋寢爲路寢閟宫傳路寢正寢也桓譚新論云商人謂路寢爲重屋漢書五行志云前堂曰大廟中央曰大室屋其上重屋尊高者也考工記殷人重屋周人明堂然則重屋明堂大廟大室路寢正寢皆異名而同實者也殷路寢大廟爲成湯大廟其南堂爲明堂魯路寢大廟爲周公大廟其南堂亦如天子明堂故魯頌頌僖公營宫室必修治路寢兩詩之義正同大祭大饗于此告朔行政亦于此故蔡邕明堂月令論謂此爲大教之宫矣孔子三朝記少閒篇云成湯受天命咸合諸侯作八政命于總章服禹功以修舜緒爲副于天粒食之民昭然明視民明教通于四海海之外肅慎北發渠搜氐羌來服成湯既崩殷德小破二十有二世乃有武丁卽位開先祖之府取其明法以爲君臣上下之節殷民更服近者說遠者至粒食之民昭然明視惠棟明堂大道録謂祖府卽明堂天府是也案三朝記言武丁開祖府詩言高宗築路寢正是一事與此篇詩意亦正脗合孔甚也寢成孔安言路寢既成而甚安也近說遠至所謂甚安也

卷三十終

武林愛日軒朱兆熊鐫